宋元

笔记小说

大观

五

上海古籍出版社
本社编

第五册目录

默 记

[宋] 王铚 撰
孔 一 校点

校 点 说 明

《默记》,宋王铚撰。铚,字性之,汝阴(今安徽阜阳)人,自称汝阴老民。绍兴初,以廷臣奏荐召视秩史官,给札奏御,为枢密院编修官。除《默记》外,尚有《补侍儿小名录》、《雪溪集》等著作传世。

本书所录,大都为五代末及北宋时期朝野杂事。作者于掌故颇为熟悉,所录多有据可信,且其中有他书罕及之内容。如一般以为李宗易与晏殊相知尤深,本书"李宗易郎中"条载伏暑中李宗易制"如盛冬初熟,霜粉蓬勃"之柿享客,其行近妖,招致晏殊厌恶,"自是遂疏之"。书中间及神秘怪异,此亦野史所未能免,无须苛求。

《默记》有多种丛书收录,其中收入足本的虽有三卷(《四库全书》、《学海类编》本)、一卷(《知不足斋丛书》本)之分,但内容并无多寡之别。今以《知不足斋丛书》本为底本,校以《文渊阁四库全书》本,并以有关史籍参校。失当之处,敬请指正。

默 记

　　艺祖仕周世宗,功业初未大显。会世宗亲征淮南,驻跸正阳,攻寿阳刘仁赡未下。而艺祖分兵取滁州,距寿州四程皆大山,至清流关而止。关去州三十里则平川,而西涧又在滁城之西也。是时,江南李景据一方,国力全盛,闻世宗亲至淮上,而滁州其控扼,且援寿州,命大将皇甫晖、监军姚凤提兵十万扼其地。太祖以周军数千与晖遇于清流关隘路,周师大败。晖整全师入憩滁州城下,令翌日再出。太祖兵再聚于关下,且虞晖兵再至,问诸村人,云有镇州赵学究,在村中教学,多智计,村民有争讼者,多诣以决曲直。太祖微服往访之。学究者固知为赵点检也,迎见加礼。太祖再三叩之,学究曰:"皇甫晖威名冠南北,太尉以为与己如何?"曰:"非其敌也。"学究曰:"然彼之兵势与己如何?"曰:"非其比也。"学究曰:"然两军之胜负如何?"曰:"彼方胜,我已败。畏其兵出,所以问计于君也。"学究曰:"然且使彼来日整军再乘胜而出,我师绝归路,不复有噍类矣!"太祖曰:"当复奈何?"学究曰:"我有奇计,所谓因败为胜、转祸为福者。今关下有径路,人无行者,虽晖军亦不知之,乃山之背也,可以直抵城下。方阻西涧水大涨之时,彼必谓我既败之后,无敢蹑其后者。诚能由山背小路率众浮西涧水至城下,斩关而入,彼方战胜而骄,解甲休众,必不为备,可以得志。所谓兵贵神速,出其不意。若彼来日整军而出,不可为矣!"太祖大喜,且命学究指其路。学究亦不辞,而遣人前导。

即下令誓师,夜出小路亟行。三军跨马浮西涧以迫城,晖果不
为备。夺门以入。既入,晖始闻之,旋率亲兵擐甲与太祖巷
战,三纵而三擒之。既主帅被擒,城中咸谓周师大兵且至,城
中大乱,自相蹂践,死亡不计其数。遂下滁州。即国史所载太
祖曰"余人非我敌,必斩皇甫晖头"者,此时也。滁州既破,中
断寿州为二,救兵不至,寿州为孤军。周人得以擒仁赡,自滁
州始也。擒晖送世宗正阳御寨。世宗大喜,见晖于箦中,金疮
被体,自抚视之。晖仰面言:"我自贝州卒伍起兵佐李嗣源,遂
成唐庄宗之祸。后率众投江南,位兼将相。前后南北二朝,大
小数十战,未尝败,而今日见擒于赵某者,乃天赞赵某,岂臣所
能及!"因盛称太祖之神武,遂不肯治疮,不食而死。至今滁人
一日五时鸣钟,以资荐晖云。盖淮南无山,惟滁州边淮有高山
大川,江淮相近处为淮南屏蔽,去金陵才一水隔耳。既失滁
州,不惟中断寿州援,则淮南尽为平地,自是遂尽得淮南,无复
障塞。世宗乘滁州破竹之势,尽收淮南,李景割地称臣者,由
太祖先擒皇甫晖首得滁州阻固之地故也。此皇甫晖所以称太
祖为神武者。晖亦非常人,知其天授,非人力也。其后真宗时
所以建原庙于滁而殿曰端命者,太祖历试于周,功业自此而
成,王业自此而始,故号端命。盖我宋之咸、镐、丰、沛也。其
赵学究,即韩王普也。实与太祖定交于滁州,引为上介,辟为
归德军节度使巡官,以至太祖受天命,卒为宗臣,比迹于萧、曹
者,自滁州始也。

　　王朴仕周为枢密使。五代自朱梁以用武得天下,政事皆
归枢密院,至今谓之二府。当时宰相但行文书而已,况朴之得
君哉!所以世宗才四年间,取淮南,下三关,所向成功。时缘
用兵,朴多宿禁中。一日,谒见世宗,屏人,嘁蹙且仓皇叹嗟

曰：“祸起不久矣！”世宗因问之。曰：“臣观玄象大异，所以不敢不言。”世宗曰：“如何？”曰：“事在宗社。陛下不能免，而臣亦先当之。今夕请陛下观之，可以自见。”是夜，与世宗微行，自厚载门而出，至野次，止于五丈河旁。中夜后，指谓世宗曰：“陛下见隔河如渔灯者否？”世宗随亦见之，一灯荧荧然，迤逦苍近则渐大，至隔岸大如车轮矣。其间一小儿如三数岁，引手相指。既近岸，朴曰：“陛下速拜之。”既拜，渐远而没。朴泣曰：“陛下既见，无可复言。”后数日，朴于李穀坐上得疾而死。世宗既伐幽燕，道被病，归而崩。明年，而天授我宋矣。火轮小儿，盖圣朝火德之盛兆，岂偶然哉！陆子履为先子言。

艺祖初自陈桥推戴入城，周恭帝即衣白襕乘轿子出居天清寺（世宗节名，而寺其功德院也）。艺祖与诸将同入内，六宫迎拜。有二小儿卯角者，宫人抱之亦拜。询之，乃世宗二子纪王、蕲王也。顾诸将曰：“此复何待！”左右即提去。惟潘美在后以手掐殿柱，低头不语。艺祖云：“汝以为不可耶？”美对曰：“臣岂敢以为不可，但于理未安。”艺祖即命追还，以其一人赐美。美即收之以为子，而艺祖后亦不复问。其后名惟正者是也。每供三代，惟以美为父，而不及其他。故独此房不与美子孙连名。名夙者，乃其后也。夙为文官，子孙亦然。夙有才，为名帅，其英明有自云。

徐铉归朝，为左散骑常侍，迁给事中。太宗一日问：“曾见李煜否？”铉对以“臣安敢私见之”，上曰：“卿第往，但言朕令卿往相见可矣。”铉遂径往其居，望门下马，但一老卒守门。徐言：“愿见太尉。”卒言：“有旨不得与人接，岂可见也？”铉云：“我乃奉旨来见。”老卒往报。徐入，立庭下。久之，老卒遂入，取旧椅子相对。铉遥望见，谓卒曰：“但正衙一椅足矣。”顷间，李主纱帽道服而出。铉方拜,而李主遽下阶,引其手以上。铉告辞宾主之礼,主曰:"今日岂有此礼?"徐引椅少偏,乃敢坐。后主相持大哭,乃坐默不言。忽长吁叹曰:"当时悔杀了潘佑、李平!"铉既去,乃有旨再对,询后主何言。铉不敢隐,遂有秦王赐牵机药之事。牵机药者,服之前却数十回,头足相就如牵机状也。又后主在赐第,因七夕命故妓作乐,声闻于外,太宗闻之大怒;又传"小楼昨夜又东风"及"一江春水向东流"之句。并坐之,遂被祸云。

先子言,钱俶所以子孙贵盛蕃衍者,不特纳土之功,使一方无兵火之厄,盖有社稷大勋,虽其子孙莫知之也。从太宗平太原,既擒刘继元以归,又旁取幽燕,幽燕震恐。既迎大驾至幽州城下,四面攻城,而我师以平晋不赏,又使之平幽,遂军变。太宗与所亲厚夜遁。时俶掌后军,有来报御寨已起者,凡斩六人。度大驾已出燕京境上,乃按后军徐行,故銮辂得脱。不然,后军与前军合,又虏觉之,则殆矣。盖一夜达旦,大驾行三百里乃脱,皆俶之功也。

世传王迥遇女仙周瑶英事,或言非实,托寓而为之尔。是诚不然。当斯时,盛传天下,禁中亦知。是时,皇储屡夭。晏元献为相,一日,遣人请召迥之父郎官王璐至私第,款密久之。王璐不测其意。忽问曰:"贤郎与神仙游,其人名在帝所,果否?"王璐惊惶,不知所对。徐曰:"此子心疾,为妖鬼所凭,为家中之害,所不胜言。"晏曰:"无深讳。不知每与贤郎言未来之事,有验否?"王璐对曰:"间有后验,而未尝问也。"晏曰:"此上旨也。上令殊呼郎中密托令似,以皇子屡夭,深轸上心,试于帝所问早晚之期与后来皇子还得定否?"王璐曰:"不敢辞。"后数日,来云:"密言谩令小子问之,小子言其人亲到九天,见

主典簿籍者,言圣上若以族从为嗣,即圣祚绵久,未见诞育之
期也。虽其言若此,愿相公勿以为信,以保家族。"晏公默然。
其后闻所奏者,亦不敢尽言。富郑公,乃晏婿也。富公为宰
相,皇子犹未降,故与文潞公、刘丞相、王文忠首进建储之议,
盖本诸此。

　　王溥,五代状元,相周高祖、世宗,至本朝以宫师罢相。其
父祚,为观察使致仕,待溥甚严,不以其贵少假借。每宾客至,
溥犹立侍左右。宾客不自安,引去。国史言之详矣。祚居富
贵久,奉养奢侈,所不足者,未知年寿尔。一日,居洛阳里第,
闻有卜者,令人呼之,乃瞽者也。密问老兵云:"何人呼我?"答
曰:"王相公父也。贵极富溢,所不知者寿也。今以告汝,俟
出,当厚以卦钱相酬也。"既见,祚令布卦。成,又推命,大惊
曰:"此命惟有寿也!"祚喜,问曰:"能至七十否?"瞽者笑曰:
"更向上。"答以"至八九十否",又大笑曰:"更向上。"答曰:"能
至百岁乎?"又叹息曰:"此命至少亦须一百三四十岁也。"祚大
喜曰:"其间莫有疾病否?"曰:"并无。"固问之,其人又细数之
曰:"俱无。只是近一百二十岁之年,春夏间微苦脏腑,寻便安
愈矣。"祚喜,回顾子孙在后侍立者,曰:"孙儿辈切记之,是年
且莫教我吃冷汤水。"

　　太宗长子楚王元佐既病废,次即昭成太子元僖,封许王,
最所钟爱。尹开封府,择吕端、张去华、陈载一时名臣为之佐。
礼数优隆,诸王莫比。将有青宫之立。王丰肥,舌短寡言,娶
功臣李谦溥佽女,案:《宋史》作谦溥女。而王不喜之。嬖惑侍妾张
氏,号张梳头,阴有废嫡立为夫人之约。会冬至日,当家会上
寿,张预以万金令人作关捩金注子,同身两用,一著酒,一著毒
酒。来日,早入朝贺,夫妇先上寿。张先斟王酒,次夫人。无

何,夫妇献酬,王互换酒饮,而毒酒乃在王盏中。张立于屏风后见之,挽耳顿足。王饮罢,趋朝,至殿庐中,即觉体中昏愦不知人。不俟贺,扶上马,至东华门外,失马仆于地,扶策以归而卒。太宗极哀恸,命王继恩及御史武元颖鞫治。一作武克颖。案《宋史》不载武名。顷刻狱就,擒张及造酒注子人凡数辈,即以冬至日裔钉于东华门外。赠王为太子。府僚吕端、陈载俱贬官;而张去华已去官,旋以他事贬云。去华之孙景山言亲见其详。今国史载此事多微辞,惟言上闻之停册礼,命毁张之坟墓而已。

晏元献守长安。有村中富民异财,云素事一玉髑髅,因大富。今弟兄异居,欲分为数段。元献取而观之,自颅骨左右皆玉也,璝异非常者可比。公见之,喟然叹曰:“此岂得于华州蒲城县唐明皇泰陵乎?”民言其祖实于彼得之也。元献因为僚属言:“唐小说:唐玄宗为上皇,迁西内,李辅国令刺客夜携铁槌击其脑。玄宗卧未起,中其脑,皆作磬声。上皇惊谓刺者曰:‘我固知命尽于汝手,然叶法善曾劝我服玉,今我脑骨皆成玉;且法善劝我服金丹,今有丹在首:固自难死。汝可破脑取丹,我乃可死矣。’刺客如其言取丹,乃死。孙光宪《续通录》云:玄宗将死,云:‘上帝命我作孔昇真人。’爆然有声。视之,崩矣。亦微意也。然则,此乃真玄宗之髑髅骨也。”因潜命瘗于泰陵云。肃宗之罪著矣。或云,肃宗如武乙之死,可验其非虚也。

王朴仕周世宗,制礼作乐,考定声律,正星历,修刑统,百废俱起。又取三关,收淮南,皆朴为谋。然事世宗才四年耳,使假之寿考,安可量也? 尝自谓“朴在则周朝在”,非过论也。王禹偁记,朴在密院,太祖时为殿前点检。一日,有殿直冲节者诉于密院。朴曰:“殿直虽官小,然与太尉比肩事主,且太尉方典禁兵，不宜如此。"太祖耸然而出。又周世宗于禁中作功臣阁，画当时大臣如李榖、郑仁诲与朴之属。太祖即位，一日过功臣阁，风开半门，正与朴像相对。太祖望见，却立耸然，上御袍襟领，釐折鞠躬顶礼乃过。左右曰："陛下贵为天子，彼前朝之臣，礼何过也？"太祖以手指御袍云："此人若在，朕不得此袍著。"其敬畏如此。又《闲谈录》云朴植性刚烈，大臣藩镇皆惮之。世宗收淮南，俾朴留守。时以街巷隘狭，例从展拓，怒厢校弛慢，于通衢中鞭背数十。其人忿然叹云："宣补厢虞候，岂得便从决？"朴微闻之，命左右擒至，立毙于马前。世宗闻之，笑谓近臣云："此是大愚人。去王朴面前夸宣补厢虞候，宜其死矣！"

吕申公为枢，有长者忠厚之行，故其福禄子孙，为本朝冠族。尝因知制诰有阙，进拟晁宗悫。仁宗曰："无甚文名。"命别拟人。申公曰："臣之所见，或异于是。今内外之臣，文字在宗悫之上固多，但宗悫父迥年逾八十，受先朝尊礼，若使其生冂子为侍从，且父子世掌丝纶，尤为盛事，迥必重感戴，足以惇圣朝孝悌之风。"上许之，即降旨召试。是日，亟命至中书，迥方熟睡，不暇白知也。既毕，还家，而迥老病，卧于床上，注目以待宗悫之归，问："今日来何晏也？"宗悫具白："召试毕方归，故不暇白大人也。"问："试得意否？"宗悫曰："甚得意也。"迥大喜，遽下床疾行，失病所在。盖久病卧于床，因喜其子召试而忘其疾也。宗悫在词掖久之，父子每同锡燕，搢绅荣之。宋绶云："自唐以来，惟杨於陵身见其子嗣复继掌书命，至是有晁氏焉。"然则吕申公作相而恤人之老，真宰相器也，其有后，宜哉！

章懿李太后生昭陵，而终章献之世，不知章懿为母也。章懿卒，先殡奉先寺。昭陵以章献之崩，号泣过度。章惠太后劝帝曰：“此非帝母，帝自有母宸妃李氏，已卒，在奉先寺殡之。”
仁宗即以犊车亟走奉先寺，撤殡观之，在一大井上，四铁索维
之。既启棺，而形容如生，略不坏也。时已遣兵围章献之第
矣。既启观，知非鸩死，乃罢遣之。

丁谓当国，权势震主。引王沂公为参知政事，谄事谓甚
至。既登政府，每因闲暇，与谓言，必涕泣作可怜之色。晋公
问之数十次矣。一日，因问，闵然对曰：“曾有一私家不幸事，
耻对人言。曾少孤，惟老姊同居，一外生不肖，为卒，想见受艰
辛杖责多矣。老姊在青州乡里，每以为言。”言讫，又涕下。谓
亦侧然。因为沂公言：“何不入文字，乞除军籍？”沂公曰：“曾
既污辅臣之列，而外生如此，岂不辱朝廷？自亦惭言于上也。”
言毕，又涕下。谓再三勉之云：“此亦人家常事，不足为愧。惟
早言于上，庶脱其为卒之苦尔。”自后，谓数数勉之留身上前奏
知，沂公必涕下曰：“岂不知军卒一日是一日事，但终自羞赧
尔！”晋公每催之，且谓沂公曰：“某日可留身奏陈。”沂公犹不
欲，谓又自陈之。一日，且责沂公：“门户事乃尔缓？谓当奉候
于阁门。”沂公不得已，遂留身。既留身，逾时。至将进膳，犹
不退。尽言谓之盗权奸私，且言：“丁谓阴谋诡谲，多智数，变
乱在顷刻。太后陛下若不亟行，不惟臣身齑粉，恐社稷危矣！”
太后大怒，许之，乃退。晋公候于阁门，见其甚久，即顿足掀耳
云：“无及矣！”方悟知其令谓自为己谋，不使之觉，欲适当山陵
之事而发故也。沂公既出，遇谓于阁门，含怒不揖而出。晋公
始悟见卖，含毒而己不觉也。是日，既至都堂，召两府入议，而
不召谓。谓知得罪，祈哀于冯拯、钱惟演及曾等，曰：“今日谓
家族在诸公矣。”太后欲诛谓，拯申理之。沂公奏请召知制诰，
就殿庐草制罢之，不复宣麻。太后从之。责太子少保，分司西

京，伐窜崖州。向使谓防闲沂公，则岂有此祸？故知权数在谓之上也。案此事又见朱弁《曲洧旧闻》，与此微异。

　　章献太后智聪过人。其垂帘之时，一日，泣语大臣曰："国家多难如此，向非宰执同心协力，何以至此？今山陵了毕，皇亲外戚各以迁转推恩，惟宰执臣寮亲戚无有恩泽。卿等可尽具子孙内外亲族姓名来，当例外一一尽数推恩。"宰执不悟，于是尽具三族亲戚姓名以奏闻。明肃得之，遂各画成图，粘之寝殿壁间。每有进拟，必先观图上，非两府亲戚姓名中所有者，方除之。

　　狄青善用兵，多智数，为一时所伏。其出师讨侬智高也，既行，燕犒士卒于琼林苑中。将士皆列坐。酒既行，青自起巡而问之曰："儿郎若肯随青者，任其愿同去。若有父母侍养及家私幼小、畏怯不愿去者，便请于此处自言。若大军一起之后，敢有退避者，惟有剑耳！"于是三军之士皆感泣自励，至岭外，无一人敢有怠惰者。

　　侬智高犯广南，破诸郡。官军屡败，朝廷震动，遂遣狄青作宣抚招讨使。青至洪州，闻陈陊弼在外邑丁忧。盖弼久作广南官也。青至，微服往见弼，问筹策。弼察其诚，为青言广南利害曰："官吏皆成贪墨不法，惟欲溪洞有边事，乘扰攘中济其所欲，不问朝廷安危，谓之'做边事'，涵养以至今日。非智高能至广州，乃官吏不用命，诱之至此。智高岂能出其巢穴至广州哉！今诚能诛不用命官吏，使兵权在我，一变旧俗，则贼不足破也。"青大奇之。所以初至广州，按法诛不遵节制、出兵而败陈崇仪而下三十余人。明日，一鼓而破贼。二广晏然者，用弼之策也。青南讨至岭下，随军广南转运使李肃之等迎于界首，具囊鞬谒青，曰："某等随军转运使。今已入本界，请大军粮食之数及要若干硕数、月日多少,请预备之。"青答曰:"此行亦无东西南北远近所在,亦无岁月多少之期。既曰随军转运,须著随军供赡,人人足备。若少一人之食,则先斩转运使。"肃之等悚然而退。故其军食足而成功捷。此善为将帅者也。

高遵裕之为将取灵州也,范纯粹、胡僧孺为转运使。既至军前,大陈军仪,会将校。二漕同禀:"此行军粮多少月日?"遵裕拈须熟计久之,反覆思索而言曰:"且安排一月。"二漕应诺,对遵裕呼书吏取纸,自书一月军粮状,遵裕判押照会讫,乃罢。其后,灵州城下军溃乏食,死亡几半。朝廷罪,遵裕以乏食自解。置狱华州,二漕使出遵裕所押一月军令状自解。故遵裕深责,而二漕止降一官。以此二者观之,大帅之语默举措,可以见成败矣。

滕元发言,杜祁公作相,夜召元发作文字。因观其状貌,叹曰:"此骨相穷寒,岂宰相之状也?"徐命左右秉烛,手展书卷,起而观之,见眼有黑光,径射纸上。元发默然曰:"杜公之贵者,此也。"后与王介甫同作馆职,同夜直,忽见介甫展书烛下,黑光亦径射纸上。因为荆公说祁公之事,言介甫他日必作相。介甫叹曰:"子勿相戏,安石岂愿作宰相哉?"十年之间,果如元发之言。

董士廉,关中豪侠之士。佐刘沪同擅筑水洛城,尹师鲁大非之。其后,狄青帅渭,希师鲁意,以沪擅兴,械送狱,将按诛之。时士廉已罢幕府至京师,青言于朝,槛车捕送,欲至渭而诛之。时士廉过华阴县,姚嗣宗知县事。姚、董,意气之交也。县当发人护送,而监者兵仗严密如护叛,逆者不得语也。嗣宗交护送者于路,因呼士廉行第,屡引两手向上示之。士廉应曰:"会得嗣宗意,令作向上一路出此槛车也。"既至渭州,青方坐厅事,列兵仗,盛怒以待之。士廉在槛车中见青,大呼曰:"狄青,你这回做也!你只是董士廉碍著你,你今日杀了我,这回做也!"青闻之,大惊,不敢诛。盖青起于卒伍而贵,常有嫌疑之谤,心恶闻此语,因破槛车,械送狱。既在有司,士廉得以为计矣。其后反讼师鲁赃罪,师鲁贬死,而士廉从轻比者,用姚嗣宗之计得脱也。

狄青宣抚广南,平侬智高。未出师,先大陈军仪,数诸将不俟大军之到,先出师不利,就坐擒陈崇仪等三十余人拽出。一有斩之二字。次问余襄公,襄公矍然下拜,而孙元规颇申理之,得免。次及提刑祖择之,问诸将兵败亡之由。择之知必不免,勃然起对曰:"太尉不得无礼!无择来时,金口别有宣谕。"其客将在厅下,即呼牵提刑马,遂就厅事上马以出于甲胄兵戈之间。既至所舍,便溺俱下,满于鞍鞯。此所谓气胜也。盖青武人,非仓猝之间言"金口别有宣谕"以折其谋,则必不免矣。

晏元献自西京以久病请归京师,留置讲筵。病既革,上将临问之。甥杨文仲谋谓:"凡问疾大臣者,车驾既出,必携纸钱。盖已膏肓,或遂不起,即以吊之,免万乘再临也。"遂奏:"臣病稍安,不足仰烦临问。"仁宗然之。实久病,忌携奠礼以行。然后数日即薨。故欧公作神道碑言:"明年正月,疾作,不能朝。饬太医朝夕视,有司除道,将幸其家。公叹曰:'吾无状,乃以疾病忧吾君。'即奏:'臣疾少间,行愈矣。'乃止。丁亥,以公薨闻。上以不即视公为恨。"盖此意也。

曹襄悼利用既忤宦者,明年,会其侄汭在真定因侍婢与中馈争宠,嫁出之,而汭犹过其家不已。其夫不胜愤。因汭衼衣衣淡黄祆子入其家,而其夫山呼,汭仓卒不知避。宦者为走马奏之,即倡言汭与其叔利用谋不轨,差王博文勘其事。锻炼既成，以大镬煎油，拉汭烹之。至今都监之廨凶不可入，盖汭之冤魄犹在也。欧阳叔弼言："顷于青州王家见章献与王沂公亲札一纸云：'曹利用与其侄儿谋叛，事理分明也，须早杀却。若落他手，便悔不及也。'"

王介甫初罢相，镇金陵；吕吉父参知政事，独当国。会李逢与宗室世居狱作，本以害王文恪陶、滕章敏元发、范忠宣尧夫三人也。王、滕皆李逢亲妹夫，而忠宣李氏之甥，逢之表兄弟。狱事之作，范公知庆州，忽台狱问："皇祐年，范公与逢相见，语言不顺。"范公仓卒无以为计，忽老吏言："是年文正方守庆州。"检架阁库，有文正差兵士送范公赴举公案尚在。据其年月，则范公方在庆州侍下。其月日不同，安得语言与逢相见也？遂据公案录白申台中，乃止。向非公案，则无以解纷矣。范公得脱；而元发坐亲累落职知池州；王以东宫官，神宗保全之乃免。

王介甫罢相守金陵，吕吉父参知政事，起郑侠狱，欲害介甫。先罢王平甫，放归田野。王、吕由是为深仇。又起李逢狱，以李士宁介甫布衣之旧，以宝刀遗宗室世居事，欲陷介甫。会朝廷再起介甫作相，韩子华为次相，急令介甫赴召，其事遂缓。故介甫星夜来朝，而得解焉。李之仪端叔言："元祐中，为六曹编敕删定官，见断案：李士宁本死罪，荆公就案上亲笔改作徒罪，王巩本配流，改作勒停；刘瑾、滕甫凡坐此事者，皆从轻比焉。"

张茂实太尉，章圣之子，尚宫朱氏所生。章圣畏惧刘后，凡后宫生皇子、主子，主子一作公主。俱不留。以与内侍张景宗，令养视，遂冒姓张。既长，景宗奏授三班奉职。入谢日，章圣曰："孩儿早许大也。"昭陵出阁，以为春坊谒者。后擢用，副富郑公使虏,作殿前步帅。中丞韩绛言:"茂实出自宫中,迹涉可疑。富弼引以为殿帅,盖尝同奉使,交结有自。"弼惶恐待罪。然朝廷考校茂实之除岁月,非弼进拟。出绛知蔡州,弼乃止。厚陵为皇太子,茂实入朝,至东华门外,居民繁用者,迎马首连呼曰:"亏你太尉!"茂实皇恐,执诣有司,以为狂人而黥配之,其实非狂也。茂实缘此,求外郡。至厚陵即位,避藩邸讳,改名孜,颇疏之。自知蔡州坐事移曹州,忧恐以卒。谥勤惠。滕元发言,尝因其病问之,至卧内,茂实岸帻起坐,其头角巉然,真龙种也,全类奇表。盖本朝内臣养子未有大用至节帅者,于此可验矣。其子询,字仲谋,贤雅能诗。有子与邸中作婿,此可怪也。

韩魏公帅定,狄青为总管。一日会客,妓有名白牡丹者,因酒酣,劝青酒曰:"劝班儿一盏。"讥其面有涅文也。青来日遂笞白牡丹者。后青旧部曲焦用押兵过定州,青留用饮酒,而卒徒因诉请给不整。魏公命擒焦用,欲诛之。青闻而趋就客次救之。魏公不召,青出立于子阶之下,恳魏公曰:"焦用有军功好儿。"魏公曰:"东华门外以状元唱出者乃好儿,此岂得为好儿耶!"立青而面诛之。青甚战灼,久之。或白:"总管立久。"青乃敢退,盖惧并诛也。其后,魏公还朝,青位枢密使,避火般家于相国寺殿。一日,衩衣衣浅黄袄子,坐殿上指挥士卒,盛传都下。及其家遗火,魏公谓救火人曰:"尔见狄枢密出来救火时著黄袄子否?"青每语人曰:"韩枢密功业官职与我一般,我少一进士及第耳。"其后彗星出,言者皆指青跋扈可虑,出青知陈州。同日,以魏公代之。是夕彗灭。

王广渊识英宗于潜邸。及即位,欲大用之。不果。然中外之事莫不以闻,又论宰执专权须收主威。英、神二朝俱主其说,时宰患之,无如之何。乃反间谏官司马君实,力言其奸邪不可近。章至八九上,广渊竟出外。世徒知君实言广渊,而不知宰相之反间也。然则阴讽台谏以逐人主亲臣,古今之所不免。其后神宗时,君实言杨绘不当言曾公亮事。神宗御批与滕元发,令谕绘云:“光醇儒少智,未必不为人阴使之耳。”盖广渊被逐,尝言君实纯直,受人风指之误而云耳。

司马温公屡言王广渊,章八九上,留身乞诛之以谢天下,声震殿廷。是时滕元发为起居注,侍立殿坳。既归,广渊来问元发:“早来司马君实上殿,闻乞斩某以谢天下,元发在螭坳,不知圣语如何?”元发戏曰:“只我听得圣语云:‘依卿所奏’。”

欧阳大春,湖南人,元祐初为广东幕官。尝梦入一僧舍,稍新洁,有大榜题其西室曰:“宰相蔡确死于此室。”既寤,不晓其旨。时持正尚在相位。未几,闻外补,而大春以漕檄权知新州。一日,入僧舍,宛然梦中所见。又有西室,亦如梦也。方叹息与同官言之。未几,持正责新州,州无他僧寺,竟居于此寺。而所卒之地,悉如前梦。又何异也!

李宗易郎中,陈州人,诗文、琴棋、游艺皆妙绝过人,前辈中名士也。晏临淄公为陈守,属伏暑中同诸客集于州之后圃。时炎曦赫然,晏公叹曰:“江南盛冬烘柿当此时得而食之,应可涤暑也。”宗易忽对曰:“此极易致。愿借四大食合。”公大惊,遽令取之。宗易起,入于堂之西房,令取合,复掩关。少刻而出,振衣就席,徐曰:“可令开合。”既如言,烘柿四合俱满,正如盛冬初熟者,霜粉蓬勃。分遗众客及其家,靡不沾足。晏公曰:“此人能如此,甚事不可做!”自是遂疏之。

神宗初即位,慨然有取山后之志,滕章敏首被擢用。所以东坡诗云:“先帝知公早,虚怀第一人。”盖欲委滕公以天下之事也。一日,语及北虏事,曰:"太宗自燕京城下军溃,北虏追之,仅得脱。凡行在服御宝器,尽为所夺;从人宫嫔,尽陷没。股上中两箭,岁岁必发,其弃天下竟以箭疮发云。盖北虏乃不共戴天之仇,反捐金缯数十万以事之为叔父,为人子孙,当如是乎!"已而泣下久之,盖已有取北虏大志。其后永乐、灵州之败,故郁郁不乐者尤甚,怆圣志之不就也。章敏公为先子言。

王君辰榜,是时欧公为省元。有李郎中,忘其名,是年赴试南宫。将迫省试,忽患疫,气昏愦。同试相迫,勉扶疾以入。既而疾作,凭案上困睡,殆不知人。已过午,忽有人腋下触之。李惊觉,乃邻座也,问所以不下笔之由。李具言其病。其人曰:"科场难得。已至此,切勉强。"再三言之。李试下笔,颇能运思。邻座者乃见李能属文,甚喜,因尽说赋中所当用事,及将己卷子拽过铺在李案子上,云:"某乃国学解元欧阳修,请公拆拽回互尽用之不妨。"李见开怀若此,顿觉成篇,至于诗亦然。是日程试,半是欧卷,半是欧诗。李大感激,遂觉病去。论策二场亦复如此。榜出,欧公作魁,李亦上列,遂俱中第云。后李于家庙之旁画欧公像,事之等父母,以获禄位者皆公力也。李尝与先祖同官,引先祖至影堂观之。先祖、先公每言此,以为世之场屋虚诞以相忌嫉者之戒云。

京兆李植,字化光,观察使士衡之孙。自少年好道,不乐婚宦。初为侍禁,约婚慈圣。既娶,迎入门,见鬼神千万在其前。植惊走,逾墙避之。后时即还父母家,俄选为后焉。植后自放田野,往来关中、洛阳、汝州,人以为有道之士也。

刘贡父过宝应僧舍,与昭禅师者语。壁有画山水,极妙。昭语贡父乃化光所画。贡父率然赞之曰:"昆仑有名,瑶池芹实。在梦暂觌,观幻旋失。惟是墨妙,半壁萧瑟。崎嵚坎壈,云舒川疾。是心中象,非笔端物。大士观化,四海一室。”

　　先公言,刘庄恪公平初及第,为常州无锡尉。时有巨盗在境上未获。会岁旦日,入谒县宰。是时,循国初故事,多用齐鲁鄙朴经生为县令,而无锡令又昏老之经生也,令厅吏赞簿尉廷趋,而端坐于厅事受之。平素尚气,不能堪,径趋厅事捽而奋拳痛殴之,踣于座下。左右挽引以去。一邑喧传尉殴死令矣,平亦不顾,归而酣饮至醉。群盗闻尉殴令死,大喜,乘节日至邑之草市饮酒。会有密报平者,乘大醉,亟呼弓手并市人往捕之。诸盗俱醉,且不虞尉能遽至也。平手杀五人,擒得者二十余人,全火并获,凯旋归邑。会令家曤药救之得苏,功过俱奏上,诏改大理评事,知鄢陵县。由此知名。

　　王荆公于杨寊榜下第四人及第。是时,晏元献为枢密使,上令十人往谢。晏公俟众人退,独留荆公,再三谓曰:“廷评乃殊乡里,久闻德行乡评之美,况殊备位执政而乡人之贤者取高科,实预荣焉。”又曰:“休沐日相邀一饭。”荆公唯唯。既出,又使直省官相约饭会,甚殷勤也。比往时,待遇极至。饭罢,又延坐,谓荆公曰:“乡人他日名位如殊,坐处为之有余矣。”且叹慕之又数十百言,最后曰:“然有二语欲奉闻,不知敢言否?”晏公言至此,语欲出而拟议久之,乃泛谓荆公曰:“能容于物,物亦容矣。”荆公但微应之,遂散。公归至旅舍,叹曰:“晏公为大臣,而教人者以此,何其卑也!”心颇不平。荆公后罢相,其弟和甫知金陵,时说此事,且曰:“当时我大不以为然。我在政府,平生交友,人人与之为敌,不能保其终。今日思之,不知晏公何以知之,复不知‘能容于物,物亦容焉’二句有出处,或公自为之言也。”

　　王荆公议阿云按问自首法,举朝纷纷,唯韩持国与公议同。一日晚，见持国叹曰："此法至近而易知之事，乃与时议如此大异！"持国因曰："此事维与介甫同，因夜来枕上不能寐，细思之，亦有可议也。"荆公叹曰："此一事，安石理会来三十年矣，持国以一夕聪明胜之，不亦难乎！"

夏英公其父侍禁，名廷皓。因五鼓人朝，时冬月盛寒，见道左有婴儿啼甚急，盖新生子也。立马遣人烛下视之，锦绷文葆，插金钗子二只，且男子也。夏无子，因携去，育之，竟不知谁氏子焉。稍长，其父没王事，得官润州丹阳主簿。姚铉作浙漕，见其人物文章，荐试大科，遂知名。

章子厚作宰相日，齐州奏，孙耿镇监镇武臣私官奴，乃本镇富民所畜也。一夕，诣官奴，为富民结客殴之，伤重垂尽而逸。且，阴遣人诉于州。州奏监罪，请置于法。子厚为请，富民诛于镇市中，监官放罪还任。

神宗遣贵珰张茂则传宣抚问韩魏公，公待以旧例常礼。或谓公："茂则贵密，方亲信，宜厚遇之。"公曰："正谓此也。我若过礼之，茂则归奏，必为人主所窥，不若且守中而已。乃所以防闲也。"

陈秀公罢相，以镇江军节度使判扬州。其先茔在润州，而镇江即本镇也。每岁十月旦、寒食，诏许两往镇江展省。两州送迎，旌旗舳舰，官吏锦绣，相属于道，今古一时之盛也。是时，王荆公居蒋山，骑驴出人。会荆公病愈，秀公请于朝，许带人从往省荆公。诏许之。舟楫衔尾，蔽江而下，告街于舟中喝道不绝，人皆叹之。荆公闻其来，以二人肩鼠尾轿，迎于江上。秀公鼓旗舰轴正喝道，荆公忽于芦苇间驻车以俟。秀公令就岸，大舟回旋，久之，乃能泊而相见。秀公大惭。其归也，令罢舟中喝道。

先子言,元丰末,王荆公在蒋山野次,跨驴出入。时正盛暑,而提刑李茂直往候见,即于道左遇之。荆公舍蹇相就,与茂直坐于路次,荆公以兀子,而茂直坐胡床也。语甚久,日转西矣,茂直命张伞,而日光正漏在荆公身上。茂直语左右,令移伞就相公。公曰:"不须。若使后世做牛,须著与他日里耕田。"

华州西岳庙,门里有唐玄宗封西岳御书碑,其高数十丈,砌数段为一碑。其字八分,几尺余,直上薄云霄也。旧有碑楼,黄巢入关,人避于碑楼上,巢怒,并楼焚之。楼既焚尽,而碑字缺剥焚损,十存二三也。京兆姚嗣宗知华阴县,时包希仁初为陕西都转运使,才入境,至华阴谒庙,而县官皆从行。希仁初不知焚碑之由,礼神毕,循行庙内,见损碑,顾谓嗣宗曰:"可惜好碑,为何人烧了?"嗣宗作秦音对曰:"被贼烧了。"希仁曰:"县官何用?"嗣宗曰:"县中只有弓手三四十人,奈何贼不得。"希仁大怒曰:"安有此理! 若奈何不得,要县官何用? 且贼何人,至于不可捉也?"嗣宗曰:"却道贼姓黄名巢。"希仁知其戏己,默然而去。

李后主手书金字《心经》一卷,赐其宫人乔氏。乔氏后入太宗禁中,闻后主薨,自内廷出其经,舍在相国寺西塔以资荐,且自书于后曰:"故李氏国主宫人乔氏,伏遇国主百日,谨舍昔时赐妾所书《般若心经》一卷在相国寺西塔院。伏愿弥勒尊前持一花而见佛"云云、其后,江南僧持归故国,置之天禧寺塔相轮中。寺后失火,相轮自火中堕落,而经不损,为金陵守王君玉所得。君玉卒,子孙不能保之,以归甯风子仪家。乔氏所书在经后,字极整洁,而词甚凄惋,所记止此。徐锴集南唐制诰,有宫人乔氏出家诰,岂斯人耶?

　　李师中诚之，其父纬，坐镇戎军退阵，当斩。诚之赴省试，讼父之冤，且乞斩韩魏公，以其起陕西民兵乃应贼致败。是时，诚之叔纮知开封府，诚之方年十八岁。一日，纮坐厅视事，见朝廷押上书人至阶下，视之，乃其家六秀才也。寻得释，是年遂登科。

　　李师中与王介甫同年进士，自幼负材气。一日，广坐中称其少年豪杰。介甫方识之，见众人称誉其豪杰，乃云："唐太宗十八岁起义兵，方是豪杰。渠是何豪杰？"众不敢以对。

　　刘贡父与王介甫最为故旧。荆公尝戏拆贡父名曰："刘敞不值一分文。"谓其名也。贡父复戏拆荆公名曰："失女便成宕，无宀真是妬，下交乱真如，上交误当宁。"荆公大叹，而心衔之。

　　嘉祐中，士大夫之语曰："王介甫家，小底不如大底；南阳谢师宰家，大底不如小底。"谓安石、安礼、安国、安上，谢景初、景温、景平、景回也。

　　晏元献以前两府作御史中丞，知贡举，出《司空掌舆地之图赋》。既而举人上请者，皆不契元献之意。最后，一目眊瘦弱少年独至帘前，上请云："据赋题，出《周礼·司空》。郑康成注云：'如今之司空，掌舆地图也；若周司空，不止掌舆地之图而已。'若如郑说'今司空掌舆地之图也'，汉司空也。不知做周司空与汉司空也？"元献微应曰："今一场中，唯贤一人识题，正谓汉司空也。"盖意欲举人自理会得寓意于此。少年举人，乃欧阳公也，是榜为省元。

　　石介作《庆历圣德诗》以斥夏英公、高文庄公曰："惟竦、若讷，一妖一孽。"后闻夏英公作相，夜走台谏官之家，一夕，所乘马为之毙。所以弹章交上，英公竟贴麻，改除枢密使，缘此与介为深雠。其后介死，英公每对官吏或公厅，时失声发叹曰：
"有人于界河逢见□介来。"后卒有投蕃将发棺之事，有旨下兖
州验实。杜祁公罢相守兖州，力为保明，乃免。

徐常侍铉自江南归朝，历左散骑常侍，贬静难军行军司
马，而卒于邠州。铉无子。其弟锴有后，居金陵摄山前，开茶
肆，号徐十郎，有铉、锴告敕，备存甚多。仆尝至摄山，求所谓
徐十郎家观之，其间有自江南归朝初授官诰云："归明人伪银
青光禄大夫、知内史事、上柱国徐铉，可依前银青光禄大夫、守
太子率更令"云云，知内史乃江南宰相也，银青存其阶官也。

晏知止作府推，时诸子房中案牍犹多，祖宗自批判者文字
甚众。祖宗时，不惟宰相，虽百执事皆起复，至富郑公乃以太
平而辞耳。本朝儒臣杨大年、王元之、晏相皆不曾持父母服
也。富公之后，如陈升之，亦百日则起复耳。此盖朝廷体貌，
况在兵革之际乎？其来否则在人耳。

蹇授之以废孟后见章子厚言："后一段当如何？"子厚曰：
"除是惇不在此地，有死而已。"谓立刘后也。然不久遂立中
宫，子厚但奉行而已。

范景仁父名文度，为蜀孔目官，事张乖崖。时见发郡人阴
事而诛之，而不知其何以知之。但默观一小册，每钩距得人阴
事，必记之册上，书讫入箱，封题甚密。文度日侍其旁，而莫测
也。然每观小册，则行事多杀人或行法。一日，乖崖方观小
册，忽内迫，遽起，不及封箱。文度遽取其小册观之，尽记人细
故，有已行者，即朱勾之，未行者尚众也。文度阅毕，始悟平日
所行，乃多布耳目所得，遂毁而焚之。乖崖还，见几上箱开，已
色变；及启观小册，已失之。大怒之次，文度遽前请命曰："乃
某毁而焚之，今愿以一命代众人死，乞赐诛戮。"乖崖问其故。

答曰:"公为政过猛,而又阴采人短长,不皆究实而诛,若不毁焚,恐自是杀人无穷也。"乖崖徐曰:"贷汝一死。然汝子孙必兴。"自是益用之。景仁,其子也。既起家,又以其家三翰林百禄为执政。何乖崖之知人而贳文度? 其后果兴。

小说载江南大将获李后主宠姬者,见灯辄闭目云:"烟气!"易以蜡烛,亦闭目云:"烟气愈甚!"曰:"然则宫中未尝点烛耶?"云:"宫中本阁每至夜则悬大宝珠,光照一室,如日中也。"观此,则李氏之豪侈可知矣。

司马温公为相,除张茂则之子巽为阁门使。本朝无内臣之子在阁门者。君实明日语给事中蔡元度、王子发曰:"光不敢争。正留以成给事之贤名耳!"

杨康国为先子言,治平中,彭汝砺谅阴榜赴省试。时以汴河上旧省为试院,既闻榜出,与同试数人自往探榜。既出门,则报榜者纷然天汉桥。忽有一肥举人跨蹇自河路东来者,问报榜者曰:"状元何人?"对曰:"彭汝砺也。"跨蹇者闻之,即时回,更不至省前。康国追问随行小童,曰:"此雍丘许秀才名安世也。"康国骇之。次举闻安世第一人及第也。

李公弼字仲修,登科初,任大名府同县尉。因检验村落,见所谓鱼鹰者飞翔水际,问小吏,曰:"此关雎也。"因言:"此禽有异:每栖宿,一窠中二室。"仲修令探取其窠观之,皆一窠二室,盖雄雌各异居也。因悟所谓"和而别"者,以此也;"鸷而通"者,习水而善捕鱼也。"和而别"者,因此悟明。二语疑衍文。仲修且叹:"村落犹呼曰关雎,而'和而别'则学者不复辩矣!"

东坡自海外归,至南康军,语刘羲仲壮舆曰:"轼元丰中过金陵,见介甫论《三国志》曰:'裴松之之该洽,实出陈寿上,不能别成书而但注《三国志》,此所以□陈寿下也。盖好事多在

注中。安石旧有意重修,今老矣,非子瞻,他人下手不得矣。'
轼对以轼于讨论非所工。盖介甫以此事付托轼,轼今以付壮
舆也。"仆闻此于壮舆,尽直记其旧言。

时彦举进士第一人,后为江东小漕。因按部舟行于大江,
阻风系舟僻左港汊一山下。因与同载二三举人尽却从者,上
山闲步。山甚峻,披荒以行。及转山背,忽一小寺出于山顶,
已有一老僧下山迎问曰:"岂非时状元乎?"彦既讶了无从者,
且非当路,何以知其至也?僧曰:"此寺佛殿后,有人题壁曰:
'某年月日,时状元到寺。'某志之有年,今日乃其所记之日时
也。某及时晨起,相望久矣。"彦始吐实,而未之信也。相与至
佛殿后,旋扫去积尘,始见其字,皆如僧言。而别有题年月,则
彦尚未生之前也。观其旁又曰:"此去十三年,官终四品。"彦
录之以归,尝以语于人。至大观初,彦以吏部尚书卒,_{一作礼部}
_{尚书。}正四品。距见题字时,适十三年矣。

刘瑄,河中人,枢密学士综之孙也。其庶母王氏,既生瑄
而出外。瑄事嫡母任氏,三十年不懈。嫡母死,寻访王氏,了
不能得。遂弃官,布衣蔬食,跣足走天下访之,莫知其生死。
数年而瑄志益坚,誓不见母不复为人。会岁除日,行次汝洛间
地名彭坡者,逆旅羁栖,岁尽未遂所志,泣于村市酒肆中。忽
见日者,瑄忧郁中谩呼,令作卦。日者端策云:"此坤卦乘乾
卦,父母爻动,必求访父母。今坤卦为主,则必母也。"因自喜
曰:"平生求之未见。"曰:"喜神临如化之速,但不须发去,只留
此以俟。匪惟在今日,且在今一时之内,所谓大庆可以贺矣。"
瑄虽心喜能知本意,而后段悠漫,乃日者常态,唯唯不应。日
者临行,犹曰:"即应,无铭忘也。"瑄愆惑。旋闻箫鼓喧阗,乃
村人嫁女于除夕也,举酒肆人奔往观之。瑄独坐无聊。已而,

观者稍复还坐,各说所见。一老卒在坐曰:"此本县富人之女,嫁此村富家,其送女者所生也,其婿家去此才十步。此妇人先在一大官家,闻生子今作官矣。又入一家,再为此富家侧室,生儿女三人,今嫁其季也,故今自送嫁。其正室已亡,家甚富,而专家事,于资送女甚厚也。"琯引身稍相近,问翁:"知媪之姓氏与前主之姓乎?"曰:"此妇姓王,闻前主姓刘,其子小名则琯也。"琯始惊,问翁:"何以知其详如此?"兵曰:"我放停兵也,固尝役于其家,且每祝我此事,故我常在心也。盖纸书其姓名状貌以千计矣!"出腰间系衣中小纸示琯,因略道所以。方语话酬酢间,村市小儿之慧黠者,潜往报此妇人矣。已而,老兵问琯详细,曰:"当为验之。"然琯久求母不获,而为人绐之,疑似多矣。意事与名字或有相同者,未敢必信也。已而,小儿辈与老兵继往。妇人闻之,亟遣骑乘迎琯。琯犹未信,漫往。既各细验之,真琯母也。贮心滋久,再见于不料,母子相持号恸殒绝于村市久之。事定,因访日者,莫见也。问于村中,亦曰:"未尝有此色目人。"意以琯纯孝所感,天假神灵以告之尔。琯后迎母同居,久之,以寿终。琯仕遇神宗,累膺繁剧,为世名臣。二子何、勃皆登科。其家光显贵盛,亦天之报也。

　　李教者,都官郎中昙之子。自少不调,学左道变形匿影飞空妖术。既成而精,同党皆师而信服焉。昙之母以夏月昼寝于堂,而堂阶前井中忽雷电霹雳大震,续有黄龙自井飞出。昙母惊起,开目见之,怖投床下径死。家人徐视之,乃教所变,龙即教也。昙见母死,吼怒杖之垂尽,逐出。教益与恶少薄游不检。一日,书娼馆曰:"吕洞宾、李教同游。"昙知其尚存也,遣人四出捕之,寻获矣,教皇窘自缢死。久之,王则叛于贝州,其徒皆左道用事,闻教妖术最高,声言教为谋主用事。朝廷亦知教妖术最高,果为则用,不可测也,闻之大骇,捕昙及教妻儿兄弟下狱,冀必得教。虽昙言教逐出既自缢死,终不信也。又于娼馆得教所题"教与吕洞宾同游",又诏天下捕李教及吕洞宾二人。会贝州平,本无李教者,始信其真死矣。乃独令捕吕洞宾。甚久,乃知其寓托,无其人,乃已。虽知贝州无李教,所部监司、太守如张昷之、张存十数人前皆重贬,昙责昭州别驾,教妻子皆诛死。今《仁宗实录》虽载此,而无如此之详,故表见之。

吕文穆蒙正,少时尝与张文定齐贤、王章惠随、钱宣靖若水、刘龙图烨同学赋于洛人郭延卿。延卿,洛中乡先生。一日,同渡水谒道士王抱一求相,有僧应门曰:"师出矣。"众问僧何为师道士,僧曰:"学术数于道士三十年矣。"众因泛问之,僧曰:"吾师切戒,术未精,慎毋为人言。君等必欲知,明日复来扣师可也。"明日,遂见之。文穆对席,张、王次之,钱又次之,刘居下座。坐定,道士抚掌太息。众问所以,道士曰:"吾尝东至于海,西至流沙,南穷岭峤,北抵大漠,四走天下,求所谓贵人以验吾术,了不可得,岂意今日贵人尽在座中!"众惊喜,徐曰:"吕君得解及第,无人可奉压,不过十年作宰相,十二年出判河南府,自是出将入相三十年,富贵寿考终始。张君后三十年作相,亦皆富贵寿考终始。钱君可作执政,然无百日之久。刘君有执政之名,而无执政之实。"语遍及诸弟子,而遗其师。郭君忿然,以为谬妄,曰:"坐中有许多宰相乎?"道士色不动,徐曰:"初不受馈,必欲闻之,请得徐告:后十二年,吕君出判河南府,是时君可取解。次年,虽登科,然慎不可作京官。"延卿益怒,众不自安,乃散去。久之,诏下,文穆果魁多士,而延卿不预。明年,文穆廷试第一,是所谓"得解及第,无人可压"矣。

后十年作相,十二年,有留钥之命,悉如所言。延卿连蹇场屋,至是预乡荐。鹿鸣燕日,文穆命道士与席。宾散,独留二人者入内阁,尽欢如平生。文穆矜叹,赋诗曰:"昔作儒生谒贡闱,今为丞相出黄扉。两朝鹓鹭醉中别,万里烟霄达了归。羽客渐垂新鹤发,故人犹著旧麻衣。洛阳谩说多才子,从昔遭逢似我稀。"道士索纸札似若复章者,乃书偈曰:"重日重月,荣华必别。笙歌前导,偃师看雪。"文穆心知其异,敬收之。其后,钱贰枢府,未百日罢;张、王先后登庸;刘守蒲中,朝廷议除执政,命未及下而卒;延卿以文穆极力推挽登第,未久改秩,后卒:无一差者。独赠文穆之偈,乃致仕薨于西京,以重阳日丧过偃师。是日,大寒微霰,笙歌乃敕葬卤簿鼓吹也。

郑翰林獬,郎官纾之子也。獬虽负时名,然累赴殿试省试,俱不利。纾为狄青征广南辟客,是时侬智高鸱张,未知胜负,留家在雍丘舟中,而獬赴殿试罢,在京师候唱名。其母与尽室忧纾从军未知吉音,又忧獬仍旧黜于殿试。一家屏默惶惑之次,忽舟尾晨炊釜鸣,声甚厉,震动两岸,举家不知所为。釜鸣未定,忽岸上亟寻郑郎中船,乃报捷者南来,且附纾书云:"已破侬贼,杀戮殆尽,走入溪洞,且议赏超迁矣。"语次,又有北来报榜者驰至,云:"二秀才昨日唱名而出,已状元及第矣。"釜鸣盖有为吉者。

郑毅夫幼弟名猷,字献嘉。风流文雅,人物秀少,翩翩佳公子也。又自幼随侍毅夫,守东南名郡如钱唐之类,所阅佳丽,皆一时之选。喜读书,而诗章翰墨皆有声。毅夫既没,求监安州酒税。安州其乡里,以便养亲也。久之,湖南招降得蛮首舒光勇者,溪洞生黎,面色如漆,声音侏㒧,如鬼物然。朝廷不杀,以三班差使亦来监安州酒税,与猷同官。猷以其素茹蛇啖蛊之人,每于其家送食,必作两分,与之对餐。然光勇终不快意,盖未尝知中国士夫家常馔也。每食馔毕,必令拦头辈于务前饼店以四钱买胡饼二枚。光勇既取食,必大称味之美,以谓平生未尝知此味也。一日,又以对猷言如前。猷因语之曰:"汝本溪洞腥臊生蛮,不知有饮食,乍得此至下之物,食之以为未始有也。"猷谓所善曰:"此事固小,可以喻大。凡不知而妄作者,皆舒光勇之类也。"

王景彝以御史中丞知贡举,而王平甫被黜。平甫对客云:"就试前,梦御街上骑驴而坠地,今果为驴子所落。"景彝闻而大衔之。其后,平甫试大科,景彝弹其士检不修,罢之。又曾子固作中书舍人还朝,自恃前辈,轻蔑士大夫。徐德占为中丞,越次揖子固甚恭谨。子固问:"贤是谁?"德占曰:"禧姓徐。"子固答曰:"贤便是徐禧?"禧大怒,忿然曰:"朝廷用某作御史中丞,公岂有不知之理?"其后,子固除翰林学士,德占密疏罢之,又攻罢修《五朝史》。

喻皓所造开宝塔,为天下之冠。康定中,白昼,人见塔上一灯明,顷刻数盏以至千百盏。须臾,大雷雨作而焚尽。都人大骇。此真天火也。祖母为先子言。

刘原父就省试,时父立之为湖北转运使。按部至鄂州,与郡守王山民宴于黄鹤楼,数日不发。谓守曰:"吾且止此,以候殿榜。儿子决须魁天下。"守心不平,且曰:"四海多士,虽令似才俊,岂可预料?"立之曰:"纵使程试不得意,亦须作第二人。"来日,殿榜到州,原父果第二名。继得家书云:"初考乃状元,为赋中小误,遂以贾黯为魁。"立之即以书示郡守而行,所谓"知子莫若父"也。

颍上安希武殿直言,太祖受命,封丘独守城不下,其曾祖尝随太祖自攻之。后守封丘者奏职，既入拜，诸司使开陈桥门以迎太祖，即斩守门者。又言，其祖乃安习也。太宗判南衙，时青州人携一小女十许岁，诣阙理产业事。太宗悦之，使买之，不可得。习请必置之，遂与银二笏往。习刀截银一二两少块子，不数日，窃至南衙。不久，太祖知之，捕安习甚严。南衙遂藏习夫妇于宫中，后至登位才放出，故终为节度留后。其青州女子，终为贤妃者是也。

欧公云，太祖英武。潞州李筠反状至，怀其奏，召其子皇城使守节言父反事，惶恐。次谓："彼只少尔，但速去。"来日方出奏示臣寮。守节至潞州，开城降，兵不血刃。

庆历二年，御试进士，时晏元献为枢密使。杨察，晏婿也，时自知制诰避亲，勾当三班院。察之弟寘，时就试毕，负魁天下望。未放榜间，将先宣示两府，上十人卷子。寘因以小赋求察问晏公己之高下焉。晏公明日入对，见寘之赋已考定第四人，出以语察。察密以报寘。而寘试罢，与酒徒饮酒肆，闻之，以手击案叹曰："不知那个卫子夺吾状元矣！"不久唱名，再三考定第一人卷子进御，赋中有"孺子其朋"之言，不怿曰："此语忌，不可魁天下。"即王荆公卷子。第二人卷子即王珪，以故事，有官人不为状元。令取第三人，即殿中丞韩绛。遂取第四人卷子进呈，上欣然曰："若杨寘，可矣。"复以第一人为第四人。寘方以鄙语骂时，不知自为第一人也。然荆公平生未尝略语曾考中状元，其气量高大，视科第为何等事而增重耶！

杨宣懿察之母甚贤。能文，而教之以义，小不中程，辄朴之。察省试《房心为明堂赋》榜登科第二人，报者至，其母睡未起，闻之大怒，转面向壁曰："此儿辱我如此，乃为人所压。若二郎及第，待不教人压却。"及察归，亦久不与语。寘果魁天下。

　　欧阳文忠公，庆历中为谏官。仁宗更用大臣韩、富、范诸公，将大有为。公锐意言事，如论杜曾家事，通嫂婢有子，曾出知曹州，即自缢死，又论参知政事王举正不才；及宰臣晏殊、贾昌朝举馆职凌景阳娶富人女，夏有章有赃，魏庭坚逾滥，三人皆废终身。如此之类极多，大忤权贵，遂除修起居注、知制诰。韩、富既罢，未几，以龙图阁直学士为河北都运，令计议河北二相贾昌朝、陈执中争边事，其实宰相欲以事中之也。会令内侍供奉官王昭明同往相度河事，公言："今命侍从出使，故事无内侍同行之理，臣实耻之。"朝廷从之。公在河北，职事甚振，无可中伤。会公甥张氏，妹一作虔州。婿龟正之女，非欧生也，幼孤，鞠育于家，嫁侄晟。晟自虔州司户罢，以替名仆陈谏同行，而张与谏通。事发，鞠于开封府右军巡院。张惧罪，且图自解免，其语皆引公未嫁时事，词多丑异。军巡判官、著作佐郎孙揆止劾张与谏通事，不复支蔓。宰相闻之，怒，再命太常博士、三司户部判官苏安世勘之，遂尽用张前后语成案，俄又差王昭明者监勘。盖以公前事，欲令释憾也。昭明至狱，见安世所勘案牍，视之，骇曰："昭明在官家左右，无三日不说欧阳修，今省判所勘，乃迎合宰相意，加以大恶，异日昭明吃剑不得。"安世闻之，大惧，竟不敢易揆所勘，但劾欧公用张氏资买田产立户事奏之。宰相大怒。公既降知制诰、知滁州；而安世坐牒三司取录问吏人不闻奏，降殿中丞、泰州监税；昭明降寿春监税。公责告云："不知淑慎以远罪辜，知出非己族而鞠于私门，知女归有室而纳之群从。向以讼起晟家之狱，语连张氏之资，券既不明，辨无所验。以其久参侍从，免致深文，可除延阁之名，还序右垣之次，仍归漕节，往布郡条，体余宽恩，思释前咎。"又安世责词云："汝受制按考，法当穷审，而乃巧为朋比，愿弭事端，漏落偏说，阴合傅会。知朕慎重狱事，不闻有司，而私密省寺，潜召胥役，迹其阿比之实，尚与朋党之风"云云。其后，王荆公为苏安世埋铭，盛称能回此狱，而世殊不知揆守之于其前，昭明主之于其后，使安世不能有所变改迎合也。然则二人可谓奇士尔。昭明后亦召用。而揆，饶州人，终殿中丞。当张狱之兴，杨辟叔外为举人，上书陈相力救之。今宋文集中有外书。曾存之言。

欧阳公为河北都运使，时程文简知大名府。欧公性急自大，而文简亦狷介不容物。宰相意令二人愤争，因从而罪之。公悟其旨。初至大名，文简迎于郊，因问欧公所以外补之由。公叹曰："吾侪要会得，此正唐宰相用李绅、韩愈，令不台参故例耳。吾二人岂可堕其计中耶？"文简亦大叹。二人遂益交欢相好。宰相闻知，不久有孤甥之狱。

《达奚盈盈传》，晏元献家有之，盖唐人所撰也。盈盈者，天宝中贵人之妾，姿艳冠绝一时。会贵人者病，同官之子为千牛谒者，父遣往视之，因是以秘计相亲盈盈，遂匿于其室。甚久，千牛父失子，索之甚急。明皇闻之，诏大索京师，无所不至，而莫见其迹。因问近往处。其父言："贵人病，尝往问之。"诏且索贵人之室，盈盈谓千牛曰："今势不能自隐矣。出亦甚无害。"千牛惧得罪，盈盈因教曰："第不可言在此。恐上问何往，但云所见人物如此，所见帘幕屏帏如此，所食物如此，势不由己，则决无患矣。"既出，明皇大怒，问之，对如盈盈言。上笑而不问。后数日，虢国夫人入内，明皇戏问曰："何久藏少年不出耶？"夫人亦大笑而已。为人妾者，智术固可虑矣。又见天宝后掖庭戚属莫不如此，国何以久安耶？此传晏元献手书，在其甥杨文仲家。其间叙妇人姿色及情好曲折甚详,然大意若此。

皇祐二年,有狂人冷青言,母王氏本宫人,因禁中火出外。已尝得幸,有娠,嫁冷绪而后生青,为药铺役人。与高继安者谋之,诣府自陈,并妄以神宗与其母绣抱肚为验。知府钱明逸见其姿状魁杰,惊愕起立。后明逸以狂人置不问,止送汝州编管。推官韩绛上言:"青留外非便,宜按正其罪,以绝群疑。"翰林学士赵概亦言:"青果然,岂宜出外? 若其妄言,则匹夫而希天子之位,法所当诛。"遂命概并包拯按得奸状,与继安皆处死。钱明逸落翰林学士,以大龙图知蔡州;府推张式、李舜元皆补外。世妄以宰相陈执中希温成旨为此,故诛青时京师昏雾四塞。殊不知执中已罢,是时宰相乃文、富二贤相,处大事岂有误哉!

刘原父好杂记,事或古或今,动成卷轴。予尝见其一卷内逐段事。一云:萧固为广西转运使,时侬智高未反,但诱聚亡命,阴为窥边计。边吏皆不悟,固遣人诱说,且奏朝廷乞与智高一官,善抚之,因令间交趾。奏下枢密院,难问再三。固又言"请择将吏,缮兵械,修城郭",至六七皆不报。固既召归,智高果反,破城杀吏,大困一方,所至骚然。至遣大臣,仅免败亡,则枢密院乃归责于固,以知吉州,所谓"曲突徙薪无恩泽,焦头烂额为上客"也。又一云:进士滕甫最能为省题诗。皇祐元年,狄青成功于广西,时甫廷试《西旅来王诗》云"葱岭占佳气,毡裘拜未央",最为佳句。此皆原父亲札尔。康定中,元昊上言:"为诸羌所扰,不得已,请朝廷加一名号。"宰相大怒,即乞削属籍,出兵加讨。时惟谏官吴育言:"夷狄难以中国叛臣处之,乞加以名号。"不听。卒致侵边患,颇与固相类。然古今如此者多矣，郑畋乞与黄巢节度使、吕琦乞和番之类是也。

刘原父学际天人。知永兴日，已被病。时所亲贾常彝父同在雍，夏月与常露坐，见一流星甚大。原父惊曰："当有亲王为帝者。"后数月，乃英宗为皇子。

赵至忠虞部自北虏归朝，尝仕辽中，为翰林学士，修国史，著《虏廷杂记》之类甚多。《杂记》言：圣宗芳仪李氏，江南李景女。初嫁供奉官孙某，为武疆都监。妻女皆为圣宗所获，封芳仪，生公主一人。晁补之为北都教官，因览此书而悲之，与颜复长道作《芳仪曲》云："金陵宫殿春霏微，江南花发鹧鸪飞。风流国主家千口，十五吹箫粉黛稀。满堂诗酒皆词客，拭汗争看平叔白。后庭一曲时事新，挥泪临江悲去国。令公献籍朝未央，敕书筑第优降王。魏俘曾不输织室，供奉一官奔武疆。秦淮潋水钟山树，塞北江南易怀土。双燕清秋梦柏梁，吹落天涯犹并羽。相随未是断肠悲，黄河应有却还时。宁知翻手明朝事，咫尺千山不可期。苍黄三鼓溥沱岸，良人白马今谁见？国亡家破一身存，薄命如云信流转。芳仪加我名字新，教歌遣舞不由人。采珠拾翠衣裳好，深红暗尽惊胡尘。阴山射虎边风急，嘈杂琵琶酒阑泣。无言偏数天河星，只有南箕近乡邑。当年千指渡江来，千指不知身独哀。中原骨肉又零落，黄鹄寄意何当回！生男自有四方志，女子那知出门事？君不见李君椎髻泣穷年，丈夫飘泊犹堪怜。"余尝游庐山，见李主有国时修真风馆，皆宫人施财，刊姓氏于碑，有太宁公主、永嘉公主二人，皆景女，不知芳仪者孰是也。

龙衮《江南录》，有一本删润稍有伦贯者，云：李国主小周后随后主归朝，封郑国夫人，例随命妇入宫。每一入辄数日而出，必大泣骂后主，声闻于外，多宛转避之。又韩玉汝家有李国主归朝后与金陵旧宫人书云："此中日夕，只以眼泪洗面。"

欧阳公为西京留守推官，富郑公犹为举子，每与公往来。是时，胥夫人乳媪年老不睡，善为冷淘，郑公喜嗜之。每晨起，戒中厨具冷淘，则郑公必来。公怪而问之。乳媪云："我老不睡，每夜闻绕宅甲马声，则富秀才明日必至。以此验之。若如常夜，则必不来。"欧公知富公必贵。

尹师鲁性高而褊，在洛中尝与欧、梅诸公同游嵩山。师鲁曰："游山须是带得胡饼炉来，方是游山。"诸公咸谓："游山贵真率，岂有此理！"诸公群起而攻之。师鲁知前言之谬而不能胜诸公，遂引手扼吭。诸公争救之，乃免。

李士宁缘以金钣龙刀遗世居坐罪，许安世亦连坐焉。初，许既魁多士，其父许琰为越州知录，往省觐。道出杭州，见沈文通。召食罢，延之书斋，玩好尽在，见此宝刀以金涂双龙缠之，制作精巧，光芒射人。安世见而叹爱，且屡目之。文通曰："少张喜此耶？通自得此刀，家间祸患相继，每欲与人。今公方魁天下，福气必能胜之。敢以为赠。"安世得之，宝惜特甚，而士宁素为安世所仰，一日以示。士宁见，遂拜曰："此物乃在公所耶？此徐温所佩。有二刀焉，其雌者士宁已得之，此其雄也。士宁为此刀，亲渡海往外国求之而不得，今乃近在公处。"叹息惊骇久之。安世问其意，士宁密曰："我大丹未成，不得仙去者，此刀未获也。若得此二刀以炼丹，不惟我受其功，药成亦可分遗公矣。"安世素神信士宁，遂举以与之。尔后寂然久之，至世居事作，此刀在焉，乃士宁私以遗世居也。士宁既坐私入宫赠诗与世居，又有龙刀，故坐罪配永州。而询其所由，乃安世处得之，故亦坐贬。噫！物之为祸，有如此者！

先公言，与阎二丈询仁同赴省试，遇一少年风骨竦秀于相国寺。及下马,去毛衫,乃王元泽也。是时盛冬,因相与于一小院中拥火。询仁问荆公出处,曰:"舍人何久召不赴?"答曰:"大人久病,非有他也。近以朝廷恩数至重,不晚且来。句误。疑是且晚且来。霁不惟赴省试,盖大人先遣来京寻宅子尔。"询仁云:"舍人既来,谁不愿赁宅,何必预寻?"元泽答曰:"大人之意不然,须与司马君实相近者。每在家中云:'择邻必须司马十二。此人居家,事事可法,欲令儿曹有所观效焉。'"

政和中,青溪知县、奉议郎盛龠因事对移桐庐县丞。冬至夜,宰会同官至深夜。明日五鼓漏欲尽,往贺邑宰未出,坐于客次,见有绯鱼入坐,盛既至,遽起,就马驱去,且云:"儿子不孝。某有职事,天将明,不可留矣。"龠惊问小吏,答云:"知县寻常享祀最早,夜来以会客饮酒过多,天晓方设祭。此其先父也。"

吕吉甫自罢参知政事,最为偃蹇。元祐间,贬为散官,居于建州凡十年。再见绍圣,固当预政。章子厚、蔡元度先得路,百计逐之,老于为帅。继□蔡元长久据大权,以妖人事再贬武昌。至张天觉作相,始荐于上皇,召为宫使,留京师。吉甫作谢表云:"历官三十八任,八一作六。受恩虽出于累朝;去国四十二年,留侍方从于今日。"徽庙大喜,甚有大拜意。一日,书于纸曰:"何执中除太傅平章事,张商英左仆射兼门下侍郎,吕惠卿右仆射兼中书侍郎。"既书之矣,适一士人献宫词百篇,其一首云:"先帝熙宁有旧臣,曾陪元宰转洪钧。嗣皇不减周文美,八十重来起渭滨。"徽宗改"不减"作"不啻",御书二扇,一以赐吉甫。众谓必相矣,然何执中、郑居中方攻天觉,尽用其党,逐天觉门人,起大狱为奇祸。而吉甫以腹疾乞致仕,卒于京师。其命矣乎!

　　贺方回遍读唐人遗集，取其意以为诗词，然所得在善取唐人遗意也，不如晏叔原尽见升平气象，所得者人情物态。叔原妙在得于妇人，方回妙在得词人遗意。非特两人而已。如少游临死作谶词云："醉卧古藤阴下，了不知南北。"必不至于西方净土。若王荆公、司马温公、赵阅道必不如此道也。非特贺、晏而已，凡古之词人尽如此而已矣。若荆公暮年赋《临水桃花诗》："还如景阳妃，含嗟堕宫井。"此善体物者也。然不止此而已，终云"惆怅有微波，残妆坏难整"，此乃能见境而却扫除净尽，此所谓倒弄造化手也。

　　章子厚在睦州，见贡士学制放下，谓郡守方通曰："蔡元长改学制，自旧用诗赋，也有状元，也做宰相；后用经义，也有状元，也有宰相。"

　　章申公在睦州，暮年有妾曰蒨英，有殊色。公宠嬖之。一日，其子援至所居乌龙寺僧房，有玉界尺在案上，乃公所爱，因究其所从。群婢共言与僧通已久。公怒，令为爨婢，布衣执爨而已，未尝棰也；而罪群婢不能防闲，缚而尽棰之。蒨英既执爨，请令十二县君供过，乃援妻也。缚其僧，棰而送郡，其供出事目如牛腰，即械送狱。郡守方通亲鞫而亟断之，杖其背，厅事震动，而僧不动如山。蒨英执爨四十日，衣敝。申公思之，令援曰："十二县君不须出，令蒨英依旧伏侍。蒨英却著旧衣。"蒨英坚不肯著，呼至前，曰："相公送至州县则送之，蒨英不著好衣，不伏侍相公。蒨英宁死尔！"言讫，吞气立死。

　　世言章申公在睦州遇猿事，时方通为守，实然也。云有大猿数十，章遂使人擒而缚之。忽于乌龙山后突出数千大青猿，解缚夺而去之。人皆莫敢近。余晋仲目击。

　　晏元献罢相，守颍州。一日，有岐路人献杂手艺者，作踏索之伎。已而，掷索向空，索植立，遂缘索而上，快若风雨，遂飞空而去，不知所在。公大骇莫测。已而，守衙排军白公曰："顷尝出戍，曾见此等事，但请阖郡谯门大索，必获。盖斯等妖术未能遁出府门也。"公如请，戒众兵曰："凡遇非衙中旧有之物，即以斧斫之。"既周视，无有。最后于马院旁，一卒曰："旧有系马柱五枚，今有六枚，何也？"亟斫之，即大呼，乃人尔。遂获妖人。

章子厚少年未改官，蒙欧阳公荐馆职。熙宁初，欧公作《史炤岘山亭记》以示子厚。子厚诵至"元凯铭功于二石，一置兹山，一投汉水"，子厚曰："今饮酒者，令编札斟酒亦可，穿衫著带斟酒亦可，令妇环侍斟酒亦可，终不若美人斟酒之中节也。'一置兹山，一投汉水'亦可，然终是突兀，此壮士编札斟酒之礼也。惇欲改曰'一置兹山之上，一投汉水之渊'，此美人斟酒之体，合宜中节故也。"文忠公喜而用之。

王荆公知制诰，丁母忧，已五十矣。哀毁过甚，不宿于家，以稿秸为荐，就厅上寝于地。是时，潘夙公所善，方知荆南，遣人下书金陵。急足至，升厅见一人席地坐，露颜瘦损，愕以为老兵也，呼院子令送书入宅。公遽取书，就铺上拆以读。急足怒曰："舍人书而院子自拆，可乎！"喧呼怒叫。左右曰："此即舍人也。"急足皇恐趋出，且曰："好舍人！好舍人！"

欧阳文忠公在两禁，因赴李都尉家会，至五鼓传呼呵殿而归。至内前，禁中讶趋朝之早，呼欧公官，使人密觇之，知赴李氏集方归。明日，出知同州。执政留之甚力，以修《唐书》为言，方不行。

光州有村民毕姓兄弟二人，养母佣力，又雇二人担粪土，得钱以养母尽孝道。一日，至食时，雇者不至。兄弟惶惑，夜

无母饭,不知所为。遂各担箩遍村求售担物,无有也。念母过
时未食,茫然四顾,力乏枕担于杏山观前左。忽一道士自观中
呼二人,问其困睡状,起对以曲折。道士曰:"我政欲淘厕,汝
能从我?"至观中,因指示其处。二人共淘之,皆若器皿,既视
之,皆金器,两担光彩烂然。二人亟寻适来道士,已不复见。
问观中,无此色人。因担以示观主,闻之于官。太守曰:"此汝
得之物,官难取也。"尽以给之。二人变其业,尽以置田,遂为
富人。教子读书,京中进士第。京生二子之才、之翰,皆为郡
守。天之报施,昭显如此。

　　石曼卿与刘潜、李冠为酒友。曼卿赴海州通判,将别,语
潜曰:"到官可即来相见,寻约痛饮也。"既半载,往见。到倅厅
门,其阍者迎谓曰:"自此入客位,勿高声也。"既见谒者,问知
无官,请衣襕幞。潜曰:"吾酒友也。"典客者曰:"公勿怒,既至
此,无复去之理,我为借以衣。"不得已,衣之。坐几两时,胸中
不胜愤。典谒者言:"通判歇息,未敢传。"坐几三时,馁甚,忽
报通判请,赞者请循廊。曼卿道服仙巾以就坐,不交一谈,徐
曰:"何来?"又久之曰:"何处安下? 有阙示及。"一典客从旁赞
曰:"通判尊重,不请久坐。"潜大怒索去。云:"献汤。"汤毕,又
唱:"请临廊。"似当仍作循廊。潜益愤,趋出。曼卿曳其腰带后
曰:"刘十,我做得通判过否? 扯了衣裳,吃酒去来。"遂仍旧狂
饮,数日而罢。

　　蒋希鲁守苏州,时范文正守杭州,极下士。王荆公兄弟时
寄居于杭,平甫尚布衣少年也。一日,过苏见希鲁,以道服见
之。平甫内不能平,时时目其衣。希鲁觉之,因曰:"范希文在
杭时,著道服以见客。"平甫对曰:"希文不至如此无礼。"

　　诸先生者,失其名,杭州人。举进士,当赴礼部间,遇异僧

慈上座,传以《易》数云:"《易》有三术:上者不可言;中者犹足了死生,证心地;下者知象效休咎。"且言:"子当传吾术,足以资身,不必仕宦,盖子命薄也。"遂授其术,尽验。遂不复就省试。又以授其子,亦验。慈上座者别去曰:"他时见胡钉铰者,知吾所在也。"后失其子。章丞相当国,必欲致之,声言:"吾已使人求得其子,须来,则面与之见。"先生遂往见。章丞相大喜其学。及问其子所在,曰:"吾欲相见,诈言之耳。"且入朝_{且一作旦},荐其学,以不肯赴举为言,诏特赴殿试。先生惊悔走避。丞相召乡人赴殿试者,令连结保。乡人泣请曰:"若忤丞相,则我辈垂得一官而失,皆子之致矣。"_{致一作故}。不得已赴试,而犯庙讳。丞相入奏:"斯人不欲仕,故为之尔。"特置第五甲。既悒悒不乐,一日,勉往置冠带,而作带者极有士人风范,问之,则胡钉铰也。惊问慈上座所在,曰:"君既仕宦矣,各行其志可也。慈上座其可得而见耶?"先生固请往见之,曰:"上座于人,才举意则知之,况顷刻已万里矣,何可知其处也?"先生益不乐,失志得疾,不俟注黄甲,以疾还乡而卒。独其书,人犹得之,号《三宫易》、《六遇易》。晁以道得其书,不可用。

胡先生翼之尝谓滕公曰:"学者只守一乡,则滞于一曲,隘吝卑陋。必游四方,尽见人情物态、南北风俗、山川气象,以广其闻见,则为有益于学者矣。"一日,尝自吴兴率门弟子数人游关中。至潼关,路峻隘,舍车而步。既上至关门,与滕公诸人坐门塾少憩。回顾黄河抱潼关,委蛇汹涌,而太华、中条环拥其前,一览数万里,形势雄张,慨然谓滕公曰:"此可以言山川矣,学者其可不见之哉!"

滕公尝语人,胡先生有人伦鉴。在太学时,如窦卞、汪辅之一时学者数百人相随。每于众中尝称誉安焘厚卿曰:"安秀才骨相,他日必贵。"如此数十次。众有不服者,请其由。先生曰:"此亦易见尔。安君,金玉色也。金玉必须富贵者所用,置之粪壤可乎? 人有瓦砾色者至多,若瓦砾者,何所用耶? 亦不待相书而后知也。"众人乃服。其后,安公三作执政。初预政,父母俱存。官至观文殿学士以终。

恩官人学王书,甚有楷法。尝书以示众云:"书者,一艺尔。可以纪言纪事,非道人之所游心;知之不免生死,不知不障涅槃。有志于道者,请事斯语。"

颍人沈士龙,字景通。高节独行,过于古人,尤工于诗。庆历登科,既改官,以秘书丞为益州司录。会宋子京为帅,惟事宴饮,沈湎日夜,衙前陪费多自经。景通上书子京,力言差役之害,请减饮宴。子京不听。又于本路转运使赵抃阅道,不行。乞解官寻医,又不许。遂挂衣冠置本厅,载其母,去官。子京遣人追之,不回。过关无以为验,景通言其情于关吏,怜而义之,听其过关。坐是勒停,关吏亦得罪。久之,御史中丞韩绛言其非辜,复官。王荆公行复官词,略曰:"况尔之去官志于善乎?"后居颍,元丰中卒。

张君房,字允方,安陆人。仕至祠部郎中、集贤校理,年八十余卒。平生喜著书,如《云笈七签》、《乘异记》、《丽情集》、《科名分定录》、《潮说》、《脞说》之类甚众。知杭州钱塘,多刊作大字版携归,印行于世。君房同年白积者,有俊声,亦以文名世。蚤卒,有文集行于世。常轻君房为人,君房心衔之,及作《乘异记》,载白积死,其友行舟,梦积曰:"我死罚为鼋,汝来日舟过,当见我矣。"如其言行舟,见人聚观,而乌鹊噪于岸,倚舟问之,乃渔人网得大鼋。其友买而放之于江中。《乘异记》既行,君房一日朝退,出东华门外,忽有少年拽君房下马奋击,冠巾毁裂，流血被体，几至委顿。乃白积之子也，问："吾父安有是事？必死而后已！"观者为释解，且令君房毁其版。君房哀祈如约，乃得去。

裴铏《传奇》曰："陈思王《洛神赋》，乃思甄后作也。"然无可疑。李商隐诗曰"君王不得为天子，半为当年赋洛神"是也。按《洛神赋》李善、五臣注云："曹植有所感托而赋焉。"则自昔已传甄后之事矣。至《洛神赋》曰："怨盛年之莫当。抗罗袂以掩涕兮，泪流襟之浪浪。"善注曰："盛年，谓少壮之时不能当君王之意。此言感甄后之情。"已上皆李善之注语也。善已言"感甄后之情"，则此事益明，然谓"少壮之时不能当君王之意"则误。按甄后自为袁熙妻，而魏文帝为五官中郎将，平袁氏，纳甄后。至即位之二年——黄初二年，而甄后被杀，时年二十余。而甄后死之年，文帝已三十六矣。谓文帝在位七年而年四十，于黄初七年乃崩，即黄初二年年三十六可验。故赋谓"人神之道殊兮，怨盛年之莫当"者，意非文帝匹敌及年龄之相远绝故也。此有深旨，仆考之旧事，知其明甚。《世说》云："甄慧而有色，先为袁熙妻，甚获宠。曹公之屠邺也，疾召甄，左右白曰："五官中郎已将去。"公曰："今年破贼，正为此奴"云云。故孔融闻五官将纳熙妻也，以书与曹公曰："武王伐纣，以妲己赐周公。"太祖以孔融博学，谓书传所记，后见问，对曰："以今度古，想其然也。"由是观之，不独兄弟之嫌，而父子之争亦可丑也。又按《洛神赋序》云："黄初三年，予朝京师，还济洛川。古人有言，斯水之神名曰宓妃。感宋玉对楚王神女之事，遂作斯赋。"而《魏志》曰："黄初二年，甄夫人卒。"乃甄后死后一年作赋也。故此赋托之鬼神，有曰"洛灵感焉"，又曰"悼良会之永绝，哀一逝而异乡"，又曰"忽不悟其所舍，怅神霄而蔽光"，又曰"冀灵体之复形，御轻舟而上溯"，皆鬼神死生之语也。《魏志》曰："植几为太子数矣，而任性而行，不自雕励。"又："黄初二年，监国谒者灌均希旨，奏植'醉酒悖慢，劫胁使者'，有司请治罪。帝以太后故，贬爵安乡侯。诏曰：'朕于天下，无所不容，况植乎？'"按此皆甄后死之年也。惟李商隐诗再三言之，有《涉洛川诗》："通谷杨林不见人，我来遗恨古时春。宓妃漫结无穷恨，不为君王杀灌均。"注曰："灌均，陈王之典签，潜王于文帝者。"又商隐《代魏宫私赠诗》先于其下注曰："黄初三年，已隔存没，追代其意，何必同时？亦《广子夜鬼歌》之流。"诗云："来时西馆阻佳期，去后漳河隔梦思。知有宓妃无限意，春松秋菊可同时。"仆意李义山最号知书，意必皆有据耳。元微之《代曲江老人百韵诗》有曰："班女恩移赵，思王赋感甄。辉光随顾步，生死独摇唇。"

燕翼诒谋录

[宋]王栐　撰
孔　一　校点

校 点 说 明

《燕翼诒谋录》五卷,宋王栐撰。栐字叔永,号求志老叟,庐江(今属安徽)人。大约生活于南宋中叶,曾在山阳(今江苏淮安)做官。

本书书名源自《诗经·大雅·文王有声》"诒厥孙谋,以燕翼子"二句,意为北宋前几代君主遗传给子孙的治国谋略记录。书中记述宋朝有关典章制度的创建、沿革、兴废,并论其得失,涉及选举、职官、军事、刑法、宗教、民俗诸多方面,与书名颇为相合。而其记录时限,一般(《四库全书总目》、《学津讨原》本张海鹏跋及近人整理本说明)以为"上起建隆,下迄嘉祐",则与实际不符。李裕民《四库提要订误》指出"书中南宋之事仍有所载",至确;惟以为《四库全书总目》因"采王栐自序之说"而误,亦属失检。查王栐自序云:

> 考建隆迄于嘉祐,良法美意,灿然具陈,治平以后,此意泯矣。

"建隆迄于嘉祐"是强调太祖、太宗、真宗、仁宗四位先帝为后世创立、遗留下宝贵的治国谋略——"良法美意",并非限定《燕翼诒谋录》全书所载即在于"建隆迄于嘉祐";而"治平以后,此意泯矣",则是批评英宗以后诸帝未能继承先帝优良传统,这也就决定了本书是宋朝逐步衰败的记录。

这次校点,取《学津讨原》本为底本,校以《百川学海》本、

《文渊阁四库全书》本,并以《宋史》及有关史料参校;卷二"举人命题"条底本缺题,今据文意代拟;王栐自序原在卷首,今移至目录之后。不当之处,敬请读者指正。

目　录

燕翼诒谋录序

　　仰惟艺祖皇帝，肇造区夏，宏规远略，传之万世。太宗皇帝、真宗皇帝、仁宗皇帝，嗣守丕基，善继善述。凡所更张设施，无非忠厚，故深仁厖泽，固结人心，牢不可解。虽中更新法，多所更易，其后封豕长蛇，荐食上国，而民以身徇国，有死无贰，至有城破，比肩拱手就戮，无一降者。其培植涵养，深根固蒂，岂一朝一夕之故哉！昔汉祖入关之初，约法三章；唐宗甫得天下，定租庸调：而汉四百年、唐三百年基业，实本于此。然汉祖殁而吕氏用事，唐宗亡而武氏革命。孝文继立，能绍先志；景帝刻薄，则又反是。玄宗讨乱，复以肇乱。其视皇朝，列圣相继，卒代而广声者，万万不侔矣。人皆知罪熙、丰以来用事之臣，而不原祖宗立国之本旨。苟非规摹宏远，德泽深厚，则其效验尚不能如汉、唐之季世，何以再肇中兴之基？夷考建隆迄于嘉祐，良法美意，灿然具陈，治平以后，此意泯矣。今备述如后，与识者商榷之，以稽世变云。宝庆丁亥孟冬既望，求志老叟晋阳王栐叔永书于山阴寓居求志堂中。

　　稗官小说所载国朝典故，多相矛盾。故李公伯和质以国史，为《典故辨疑》一书，凡诸家所载，无一非妄，几于可以尽废。今余所述，无非考之国史、实录、宝训、圣政等书，凡稗官小说，悉弃不取，盖以前人为戒也。凡我同志，讥其妄论则可，以为缪误则不可矣。苟有以警教之，则又幸也。中浣日再书。

燕翼诒谋录卷一

进 士 特 奏

唐末,进士不第,如王仙芝辈唱乱,而敬翔、李振之徒,皆进士之不得志者也。盖四海九州之广,而岁上第者仅一二十人,苟非才学超出伦辈,必自绝意于功名之涂,无复顾藉。故圣朝广开科举之门,俾人人皆有觊觎之心,不忍自弃于盗贼奸宄。开宝二年三月壬寅朔,诏礼部阅贡士十五举以上曾经终场者,具名以闻。庚戌,诏曰:"贡士司马浦等一百六人,困顿风尘,潦倒场屋。学固不讲,业亦难专,非有特恩,终成遐弃。宜各赐本科出身。"此特奏所由始也。自是,士之潦倒不第者,皆觊觎一官,老死不止。至景德二年三月丁巳,因赐李迪等进士第,赐特奏名:五举以上本科六十四人。《三传》十八人,同学究二十二人,《三礼》四十四人,年老授将作监主簿三十一人。此特奏之名所由立也。至景祐元年正月癸未,诏:"进士、诸科,十取其二。进士三经殿试、诸科五经殿试,或进士五举年五十、诸科六举年六十,虽不合格,特奏名。"此特奏名所以渐多也。至大中祥符八年二月丙子,则命进士六举、诸科九举特奏名,并赴殿试。则又以人多而裁抑之也。况进士入官十倍旧数,多至二十倍;而特奏之多,自是亦如之。英雄豪杰皆汩没消靡其中而不自觉,故乱不起于中国而起于夷狄,岂非得御天下之要术欤? 苏子云:纵百万虎狼于山林而饥渴之,不知其将噬人。艺祖皇帝深知此理者也,岂汉、唐所可仰望哉!

御试不称门生

　　自唐以来,进士皆为知举门生,恩出私门,不复知有人主。开宝六年,下第人徐士廉挝登闻鼓,言久困场屋。乃诏人策进士,终场经学,并试殿庭。三月庚午,御讲武殿覆试新进士宋准以下一百二十七人。是岁,礼部所放进士十一人而已,五经止二十二人。艺祖皇帝以初御试,特优与取放,以示异恩;而御试进士不许称门生于私门,一洗故习。大哉宏模,可谓知所先务矣。

吏 铨 试 书 判

　　国初承五季之乱,吏铨书判拔萃科久废。建隆三年八月,因左拾遗高锡上言请问法书十条以代试判,诏今后应求仕及选人并试判三道,仍复书判拔萃科。先是,诸道州府参选者每年冬集于吏铨,乾德二年正月甲申,诏选人四时参选。待之者甚厚,责之者甚至,真得驭臣之柄矣。后因铨部姑应故事,不分臧否,虽文纰缪、书不成字者亦令注官,故真宗景德元年八月,令铨司引对赍所试书判,以备奏御。仁宗即位之初,以诸路阙官,凡守选者,并与放选,以示特恩。至景祐元年正月,遂废书判为铨试。议者以为奏补人多令人假手,故更新制。曾不思书判犹如今之帘引,虽有假手,不可代书;若铨试之弊,则又甚矣,虽他人代书可也。省试犹可,况铨试乎!承平时,假手者用薄纸书所为文,揉成团,名曰"纸球",公然货卖,亦由朝廷施刑寝宽故也。

复 置 县 尉

五代时，尉职以军校为之，大为民患。建隆三年十二月癸巳，诏：“诸县置尉一员，在主簿之下，俸与主簿同。”始令初赐第人为之，从赵普之请也。

选 人 服 绯 紫

国初，选人有服绯紫，或加阶至大夫，故人以为荣，虽老于选调不悔。乾德二年六月庚寅，中书详定陶穀等议：防御、团练、军事推官、军事判官，今从事郎。三考加将仕郎，试秘书省校书郎；留守、两府、节度推官，今文林郎。三考加承奉郎，试大理评事。掌书记、防御、团练、判官，今儒林郎。二考加宣德郎，依前试大理评事兼监察御史；留守、两府、节度、观察判官，今承直郎。一考加朝散大夫，试大理司直，依前监察御史又转而为诸府少尹，申奏加检校官或加宪衔。观察判官以上服绯，又十五年服紫，但不佩鱼，谓之“阶绯”、“阶紫”，非有劳绩而历任无过失者，并不改官，故改官之法亦优。

借 绯 紫 佩 鱼

旧制，借绯、借紫皆不佩鱼。王诏为刑部侍郎，上奏云：“与胥吏无别，非所以示观瞻。乞与赐服人同佩鱼。”从之。然既许其佩鱼袋，则当改其衔为借紫金鱼袋、借绯鱼袋，今尚仍旧衔，此有司失于申明也。诏，化基之孙，举元之子，终工部尚书，享年七十九。

盗 赏 不 改 官

旧制，县尉捕盗无改官者。乾德六年三月庚寅，诏："尉逐贼被伤，全火，赐绯；三分之二者，减三选，加三阶；五分之二者，减二选，加二阶；三分之一者，减一选，加一阶。县令获全火，升朝人，改服色。余如尉赏。身死者，录用的亲子弟。"又诏："捕寇立定日限，已罢限外之责而终能获贼者，与除其罚，不得书为劳绩。"赏罚非不重也，若遽令改官亲民，则过矣。

置 司 理 参 军

今之司理参军，五代之马步军都虞候判官也，以牙校为之。州镇专杀，而司狱事者轻视人命。太祖皇帝开宝六年七月壬子，诏州府并置司寇参军，以新及第《九经》、《五经》及选人资序相当者充。其后改为司理参军。

因 阙 官 增 进 士 额

国初，进士尚仍唐旧制，每岁多不过二三十人。太平兴国二年，太宗皇帝以郡县阙官颇多，放进士几五百人，比旧二十倍。正月己巳，宴新进士吕蒙正等于开宝寺，赐御制诗二首。故事，唱第之后，醵钱于曲江为闻喜之饮。近代于名园佛庙。至是，官为供帐，岁以为常。先是，进士参选方解褐衣绿。是岁锡宴后五日癸酉，诏赐新进士并诸科人绿袍、靴、笏。自后以唱第日赐之，惟赐袍、笏，不复赐靴。

堂 吏 用 士 人

世传堂吏旧用士人，吕夷简改用吏人，非也。太祖皇帝以堂吏擅中书事权,多为奸赃,开宝六年四月癸巳,诏流内铨于前任令、录、判、司、簿、尉,选谙练公事一十五人,补堂后官,三年一替,令、录除升朝官,余上县。五月庚辰,以姜寅亮、任能、夏德崇、孔崇煦为之。此太祖开基立国之宏规也。不特此尔,寇准为宰相,刑部、大理寺、三司法直副法直官,旧例以令史迁补,准悉用士人。景德二年三月,诏铨司选流内官一任三考无遗阙者,引对,试断案,授之。盖仰体太祖谨重堂后官之意而推广之也。然改制之初,不能一扫而清之,新旧杂用,士大夫耻与为伍。又三年,为任人无固志,旧吏长子孙为世业,一齐不胜众楚之咻。太祖皇帝美意,数传之后,寂然无闻,是可恨也!

进士试礼部给公券

远方寒士预乡荐,欲试礼部,假丐不可得,则宁寄举不试,良为可念。谨按,开宝二年十月丁亥,诏西川、山南、荆湖等道,所荐举人,并给来往公券,令枢密院定例施行。盖自初起程以至还乡,费皆给于公家。如是而挟商旅于关节,绳之以法,彼亦何辞?今不复闻举此法矣。

置递卒代递夫

前代邮置,皆役民为之。自兵农既分,军制大异于古,而邮亭役民如故。太祖即位之始,即革此弊。建隆二年五月,诏诸道州府,以军卒代百姓为递夫。其后特置递卒,优其廪给,遂为定制。

升节度使班

五季，武夫悍卒以军功进秩为节度使者，不可数计，而班在卿、监之下。太祖皇帝以节度使受禅，遂重其选，升其班于六曹侍郎之上。此建隆三年三月壬午诏书也。故恩数同执政官，而除拜锁院宣麻尤异焉，非宗室近属、外戚国婿年劳久次，不得为此官。此外，则殿帅而已；前宰执亦时有除拜者。崇宁以来，始有滥恩，其后宦者皆得为之，殊失太祖改制之本旨矣。

赐常参官时服

前代赐时服，惟将相、翰林学士至诸军大校而止。建隆三年，太祖皇帝谓宰相曰："时服不赐百官，甚无谓也。宜并赐之。"乃以冬十月乙酉朔，赐文武常参官时服。自后遂为定制。

知州借绯紫

唐制，为刺史者并借绯。太平兴国二年二月戊戌，诏常参官、知、节、镇并借紫，防御、团练、刺史州借绯。候回日依旧服色。其服绯人，任诸州亦借紫，惟军垒则否。

定试衔官为七选

国初，假试官乃以恩泽补授，不理选限。太宗皇帝即位，牧伯皆遣子弟奉方物为贺，悉以试七选，吏部南曹赴调引对，始授以官。自后假试方得齿仕版矣。

置参知政事

太祖皇帝以赵普专权，欲置副贰以防察之，问陶毂以下丞相一等有何官。縠以参知政事、参知机务对。乾德二年四月乙丑,乃以薛居正、吕馀庆为参知政事,不押班,不知印,不升政事堂。曾不思唐朝宰相名色最多,若仆射,若内史,若纳言,若参预朝政,若同二、同三品,其为相则均也;而为同平章事,乃资历之最浅者,自天宝之乱,多以资浅者为之,而此名一定不易矣。縠以儒学见重于太祖,而不考前代典故如此,此官之设,几于宰相之属。其后至道元年四月戊子更制,令升政事堂,知印、押班,一同宰相,仍合班为一。其后为相者渐多,而参政之权渐轻,不得有所可否矣。

一品缀中书班

官制未改之前,凡宰执官自为一班,独出百官之上,虽前宰相以宫师致仕者,皆不得与宰执官齿。乾德元年,太祖因朝会,见太子师侯益等班次在下,乃以闰十二月丙子降诏:"凡一品致仕曾带平章事者,朝会缀中书门下班。"自后礼绝百僚矣。

选 人 给 印 纸

先是,选人不给印纸,遇任满给公凭,到选以考功过,往往于已给之后,时有更易,不足取信。太平兴国二年正月壬申,诏曰:"今后州府录曹、县令、簿、尉,吏部南曹并给印纸历子,外给公凭者罢之。"自此,奔竞巧求者不得以公凭营私更易改给矣。

藩镇属州直隶京师

唐末,藩镇诸州听命帅府,如臣之事君。虽或因朝命除授,而事无巨细,皆取决于帅,与朝廷几于相忘。太平兴国二

年三月,右拾遗李翰极言其弊,太宗皇帝始诏藩镇诸州直隶京
师,长吏自得奏事,而后天下大权尽归人主,潜消藩镇跋扈之
心。今长吏初除替满奏事,自此始也。

常参官衣绯绿

旧制品官服绯、紫者,皆以品格,故选人久次多服绯、紫,
京朝迁转之速者反多服绿。太平兴国六年十一月冬至郊祀赦
文:“令常参官衣绯、绿,二十年,于吏部投状,具履历以闻。”始
以实历。后以应格者少,改用莅事日为始,遂为定制。

革 带 之 制

旧制,中书舍人、谏议大夫权侍郎,并服黑带,佩金鱼。霍
端友为中书舍人,奏事,徽宗皇帝顾其带,问云:“何以无别于
庶官?”端友奏:“非金玉无用红鞓者。”乃诏四品从官改服红
鞓、黑犀带,佩金鱼。今武臣大使臣以上红鞓,不知何所从始
也。国初,士庶所服革带,未有定制,大抵贵者以金,贱者以
银,富者尚侈,贫者尚俭。太平兴国七年正月壬寅,诏三品以
上銙以玉,四品以金,五品、六品银銙金涂,七品以上并未常参
官并内职武官以银。上所特赐,不拘此令。八品、九品以黑
银,今世所谓药点乌银是也。流外官、工、商、士人、庶人以铁
角二色。其金荔枝銙,非三品以上不许服,太宗特新此銙,其
品式无传焉。其后。球文、笏头、御仙又出于太宗特制,以别
贵贱。而荔枝反为御仙之次,虽非从官特赐,皆许服。初品京
官特赐带者,即服紫矣。鞍辔之别,亦始于太宗时。太平兴国
七年正月,诏常参官银装鞍、丝绦,六品以下不得闹装,仍不得
用刺绣金皮饰鞯。未仕者乌漆素鞍。则是一命以上皆可以银

装鞍也。近岁,惟郡太守犹存银装丝绦之制,此外无敢用者。若乌漆,则庶人通用,而鞍皮之巧无所不至,其用素鞍者鲜矣。

臣庶许服紫袍

国初仍唐旧制,有官者服皂袍,无官者白袍,庶人布袍,而紫惟施于朝服,非朝服而用紫者,有禁。然所谓紫者,乃赤紫。今所服紫,谓之黑紫,以为妖,其禁尤严。故太平兴国七年诏曰:"中外官并贡举人或于绯、绿、白袍者,私自以紫于衣服者,禁之。止许白袍或皂袍。"至端拱二年,忽诏士庶皆许服紫,所在不得禁止。而黑紫之禁,则申严于仁宗之时。今虏中之服,乃是国初申严之制。此理所不可晓也。

僚属拜长官

太祖皇帝收藩镇之权,虽大藩府,不敢臣属其下,使之拜伏于庭;而为小官者,亦渐有陵慢其上之意。咸平五年五月壬戌,知开封府寇准极陈其不可,乃诏开封府左右军巡使、京官知司录、诸曹参军、知畿县见知府并庭参设拜。自后诸州选人并拜于庭,故老泉上书亦尝言之。不知此礼废于何时。

进 士 免 解

进士旧无免解之条。咸平二年六月丙戌,诏贡举应三举人并免取解。若三举连中则是九年,三举不连中则有二三十年者,不若限以十八年之为均平也。若四举连中则亦罕有,不为滥矣。

远宦丁忧不解官

国初，士大夫往往久任，亦罕送迎，小官到罢，多芒屦策杖以行，妇女乘驴已为过矣。不幸丁忧解官，多流落不能归。咸平二年三月甲戌，诏川峡、广南、福建路官丁忧不得离任。圣主端居九重而思虑至此，则从宦远方者不至于畏惮而不敢往。祖宗仁厚之泽大抵如此。其后以川峡距京师不甚远，至景德二年三月，复听川峡官丁忧，惟长吏奏裁。

尉司不得置狱

尉职警盗，村乡争斗，惮经州县者多投尉司，尉司因此置狱，拷掠之苦，往往非法。咸平元年十月己丑，有诏申警，悉毁撤之，词诉悉归之县。盖后生初任，未历民事，轻于用刑，县令权轻不能制服，民受其殃。此令一行，至今无敢犯者。

吏铨主事用选人

铨曹吏人奸弊最甚，掌铨者虽聪明过人，皆不能出。真宗朝有以为言者，咸平三年十二月丁未，诏选判司簿尉充吏部流内铨南曹主事。所以重士大夫之选，其视待流外者，霄壤不侔矣。

燕翼诒谋录卷二

定迁秩之制

国初，三岁郊祀，士大夫皆迁秩。真宗即位，孙何力陈其滥，乞罢迁秩之例，仍命有司考其殿最，临轩黜陟，咸平四年四月方颁行。自后士大夫循转颇艰。

礼闱禁怀挟

国初，进士科场尚宽，礼闱与州郡不异。景德二年七月甲戌，礼部贡院言：“举人除书案外，不许将茶厨、蜡烛等入；除官韵外，不得怀挟书策。犯者扶出，殿一举。”其申严诚是也。而元丰贡院之火，死者甚众，则是法不行也。

举人命题

又试场所问本经义疏，不过记出处而已。如吕申公试卷问：“子谓‘子产有君子之道四焉’，所谓四者何也？”答曰：“对‘其行己也恭，其事上也敬，其养民也惠，其使民也义’，谨对。”试卷不誊录，而考官批于界行之上，能记则曰“通”，不记则曰“不”。十问之中四通，则合格矣。其误记者，亦只书曰“不”。而全不能记，答曰“对未审，谨对”。虽已弥封而兼采誉望，犹在观其字画可以占其为人，而士之应举者知勉于小学，亦所以诱人为善也。自誊录之法行，而字画之缪或假手于人者，肆行不忌,人才日益卑下矣。行卷之礼,人自激昂以求当路之知。其无文无行乡间所不齿,亦不敢妄意于科举。使古意尚存,则如章子厚者,岂容其应进士举乎!

进士第一人给金吾前引

旧制,进士首选同唱第,人皆自备钱为鞍马费,而京师游手之民亦自以鞍马候于禁门外。虽号廷魁,与众无以异也。大中祥符八年二月戊申,诏:进士第一人,金吾司差七人导从,两节前引。始与同列特异矣。进士考试差官属之转运使,惟许本路差官。大中祥符八年二月乙卯,诏本路阙人即报邻路差。

纳 粟 补 官

纳粟补官,国初无。天禧元年四月,登州牟平县学究郑河出粟五千六百石赈饥,乞补弟巽。不从。晁迥、李维上言,乞特从之,以劝来者,丰稔即止。诏补三班借职。今承信郎。自后援巽例以请者,皆从之。然州县官不许接坐,止令庭参。熙宁元年八月,诏给将作监主簿、斋郎、助教牒,募民实粟于边。此古人募民实粟塞下遗意也。因记淳熙间,诏以旱故募出粟拯民,二千石补初品官,而龙舒一郡应格者数人,郡以姓名来上,孝宗皇帝疑而不与,仲父轩山先生力谏,以为失信于人,恐自后歉岁无应募者。孝宗亟从之。已而应募者众。

谪官不得荐举

旧制,朝臣、监司因事谪官,多为监当,虽在贬所,犹以前任举官。言者以为无以示贬抑之意。天禧元年五月壬戌,始

制因罪监当,不得举官充知县,朝臣不得举本州幕职官。前朝
贬谪虽重,叙用亦骤,未闻其黜免而置之间地也。王安石一时
私意,贻害无穷,罪不胜诛。国犹为其所误,而况士大夫乎!

增 百 官 俸

国初,士大夫俸入甚微,簿、尉月给三贯五百七十而已,县
令不满十千,而三之二又复折支茶盐酒等所,人能几何?所幸
物价甚廉,粗给妻孥,未至冻馁,然艰窘甚矣。景德三年五月
丙辰,诏:"赤畿知县,已令择人,俸给宜优。自今两赤县,月支
见钱二十五千,米麦共七斛。畿县七千户以上,朝官,二十千、
六斛;京官,二十千、五斛。五千户以上,朝官,二十千、五斛;
京官,十八千、四斛。三千户以上,朝官,十八千;京官,十五
千、米麦四斛。三千户以下,京官,钱十二千、米麦三斛。"是时
已为特异之恩。至四年九月壬申,诏曰:"并建庶官,以厘庶
务,宜少丰于请给,以各励乎廉隅。自今文武官月请折支,并
给见钱六分,外任给四分。"而惠均覃四海矣。

贡 士 得 赎 罪

旧制,士人与编氓等。大中祥符五年二月,诏贡举人曾预
省试,公罪听收赎,而所赎止于公罪徒。其后私罪杖亦许赎
论。

复 置 封 驳 司

唐朝职掌,因五季之乱,遂至错乱,或废不举。给事中掌
封驳,不可一日无。皇朝淳化四年,太宗皇帝推考废职始于唐
末,乃命魏庠、柴成务同知给事中。未几,隶银台通进司为封

驳司。真宗咸平四年七月，吏部侍郎、知封驳司陈恕乞铸印，命取门下印用之，因改其名为门下封驳司。

摄太祝不许同正员

国初，五品以上任子有陈乞摄太祝者，虽班初品选人下，然不一二年，经营巧求，即同正员。是与侍从奏补无以异也。至道二年四月乙未，太宗皇帝深惩其弊，乃诏五品以上任子悉同学究出身，不许摄太祝。自后京选判然，巧求者无所容其奸。

伎术官不得拟常参官

应伎术官不得与士大夫齿，贱之也。至道二年正月，申严其禁，虽见任京朝，遇庆泽只加勋阶，不得拟常参官。此与书学、画学、算学、律学并列，于文武两学者异矣。

三班任广南免短使

王师初下广南，北人畏瘴疠，无敢往者，虽武臣亦惮之。后有武臣自广南替回，陈乞免短使者，铨部以闻。大中祥符八年七月辛亥，始诏三班使臣任广南差遣，替回并免短使，遂以为制。

金 银 价 钱

祖宗立国之初，崇尚俭素，金银为服用者鲜，士大夫罕以侈靡相胜。故公卿以清节为高，而金银之价甚贱。至东封西祀，天书降，天神现，而侈费寖广，公卿士大夫是则是效，而金银之价亦从而增。故大中祥符八年十一月乙巳，真宗皇帝览三司奏乏银支用,问辅臣曰:"咸平中银两八百,金两五千,今何增踊如此?"然不知是时其价若干也。盖上以为重,则下竞趋之。求之者多,则价不得不踊。咸平距祥符十数年间,世变已如此,况承平日久,侈费益甚,沿袭至于宣、政之间乎?是宜价日增而未已也。

沿江榷货务

国初,沿江置务收茶,名曰榷货务,给卖客旅如盐货然,人不以为便。淳化四年二月癸亥,诏废沿江八处,应茶商并许于出茶处市之。未几,有司恐课额有亏,复请于上。六月戊戌,诏复旧制。六飞南渡后,官不能运致茶货,而榷货务只卖茶引矣。

考课院更名

皇朝吏铨不曰尚书吏部,而曰考课院,其上著京朝官、幕职、州县官以别之。淳化四年二月丙戌,诏改考课京朝官院为审官院,考课幕职、州县官院为考课院,而总谓之流内铨云。

置登闻检鼓院

唐有理匦使,五代以来无闻。太宗皇帝淳化三年五月辛亥,诏置理检司,以钱若水领之。其后改曰登闻院,又置鼓于禁门外,以达下情,名曰鼓司。真宗景德四年五月戊申,诏改鼓司为登闻鼓院,登闻院为检院。应上书人并诣鼓院,如本院不行,则诣检院,以朝官判之。判院之名始于此。

置审刑院于禁中

大理寺奏案,刑部审覆,奏而行之。太宗皇帝虑刑部、大理寺吏舞文巧诋,特置审刑院于禁中,以李昌龄为之,中覆,下丞相必又以闻,始论决。淳化二年八月己卯诏行之。谨重人命如此。自官制改,并归刑部,不复有中覆矣。

复百官次对

唐百官入阁有待制次对官。德宗兴元中,日令常参官三两人奏事。后唐天成中,废待制次对官,五日一次内殿百官转对,长兴二年停。晋天福七年复。汉乾祐二年,陶穀奏罢之。淳化二年十一月丙申,太宗皇帝再复。旧制,诏百官次对,每日两次。

淳化贡举人数

诸州贡士,国初未有限制,来者日增。淳化三年正月丙午,太宗命诸道贡举人悉入对崇政殿,凡万七千三百人。时承平未久也,不知其后极盛之时,其数又几倍也。

严禁蒲博

世有恶少无赖之人,肆凶不逞,小则赌博,大则屠牛马、销铜钱,公行不忌。其输钱无以偿,则为穿窬;若党类颇多,则为劫盗纵火,行奸杀人。不防其微,必为大患。淳化二年闰二月己丑,诏:“相聚蒲博,开柜坊屠牛马驴狗以食,私销铜钱为器用,并令开封府严戒坊市捕之,犯者定行处斩,引匿不以闻与同罪。”所以塞祸乱之源,驱斯民纳之善也。其后刑名寖轻,而法不足以惩奸，犯之者众。尝怪近世士大夫莅官，视此三者为不急之务，知而不问者十常七八，因诉到官有不为受理者。是开盗贼之门也，毋乃不思之甚乎！

许封本生父母

皇朝以孝治天下，笃厚人伦。子之出继他位者，得封赠其本生父母，此前所未闻也。李昉为宰相，上言："臣叔父超，故任工部郎中、集贤殿学士；叔母谢氏，故陈留郡君：是臣本生父母。臣不报罔极之恩，为名教罪人。今郊祀覃恩，望与追荣。"太宗皇帝嘉之，淳化四年二月乙丑，诏赠超为太子太师，谢氏郑国太夫人。然此犹因昉有请而从之也。至真宗天禧元年八月辛未，诏文武升朝官，父不在，无嫡母、继母者，许叙封本生父母。则四海之内，均沾宠惠，虽于古礼违悖，亦忠厚之至也。

为 出 母 服

士大夫之家，不幸出妻，为之子者，非其亲生，犹可不服；苟其所亲生，而视之恝然，则非人类矣。张永德父颖，先娶马氏，生永德，为颖所出。永德知邓州，于州廨作二堂，左继母刘氏居之，右马氏居之，不敢以出母加于继母。永德事二母如一人，无间言。时大臣母妻皆得入谒，刘氏存日，马不敢同入禁中。刘氏卒，马始得入谒。太宗劳问嘉叹，封莒国太夫人。此可为人子事出母之法。仁宗景祐三年九月，集贤校理郭稹乞为嫁母服，诏两制、御史、太常寺、礼院议。诏自今并许解官申心丧。

褒前贤后

前代名贤之后累圣褒表最显著者,有四人:一曰狄梁公仁杰,二曰张曲江公九龄,三曰段太尉秀实,四曰郭汾阳王子仪。真宗景德三年正月丙戌,张公九世孙元吉诣阙,献明皇墨迹并张公写真告身,诏以为韶州文学。大中祥符四年八月丙辰,以段公孙亮为三班借职。仁宗天圣六年七月,张公九世孙锡,又以公告身并明皇批答来献,补试国子四门助教。庆历三年三月壬辰,诏以狄公孙华州明法狄国宾为本州助教。四年正月丙戌,以郭公裔孙元亨为永兴军助教。元丰五年四月,复以段公八世孙文酉为陇州助教,复其家。国家非靳一命于先贤也,谨惜名器,虽贤者犹尔,况褒用之乎!

禁侈靡

咸平、景德以后,粉饰太平,服用寝侈。不惟士大夫之家崇尚不已,市井闾里以华靡相胜,议者病之。大中祥符元年二月,诏:"金箔,金银线,贴金、销金、间金、蹙金线,装贴什器土木玩之物,并行禁断。非命妇不得以金为首饰。许人纠告,并以违制论。寺观饰塑像者,赍金银并工价,就文思院换易。"四年六月,又诏:"宫院、苑囿等,止用丹白装饰,不得用五彩。皇亲士庶之家,亦不得用春幡胜。除宣赐外,许用绫绢,不得用罗。诸般花用通草,不得用缣帛。"八年三月庚子,又诏:自中宫以下,衣服并不得以金为饰,应销金、贴金、缕金、间金、戗金、圈金、解金、剔金、拈金、陷金、明金、泥金、榜金、背金、影金、阑金、盘金、织金金线,皆不许造。然上之所好,终不可得而绝也。仁宗继统,以俭朴躬行,于庆历二年五月戊辰,申严其禁,上自宫掖,悉皆屏绝;臣庶之家,犯者必置于法。然议者犹有憾,以为有未至焉。自是而后,此意泯矣。

升应天府为南京

真宗皇帝东封西祀,思显先烈,大中祥符七年正月乙卯,诏升应天府为南京。建行宫,正殿以归德为名,以圣祖殿为鸿庆宫,奉太祖、太宗像,侍立于圣祖之旁。其后遂开高宗皇帝中兴之祥,殆非偶然者矣。

杀欺罔僧

僧徒奸狡,虽人主之前,敢为欺罔。江东有僧诣阙,乞修天台国清寺,且言如寺成,愿焚身以报。太宗从之,命中使卫绍钦督役,戒之曰:了事了来。绍钦即与俱往,不日告成。绍钦积薪如山,驱使入火,僧哀鸣,乞回阙下,面谢皇帝,而后自焚。绍钦怒,以叉叉入烈焰。僧宛转悲号而绝。归奏太宗曰:"臣已了事。"太宗颔之。苟非就焚,太宗必以欺罔戮之于市矣。

禁民庶宫观寄褐

黄冠之教,始于汉张陵,故皆有妻孥,虽居宫观,而嫁娶生子,与俗人不异。奉其教而诵经,则曰道士;不奉其教不诵经,惟假其冠服,则曰寄褐,皆游惰无所业者,亦有凶岁无所给食,假寄褐之名,挈家以入者,大抵主首之亲故也。太祖皇帝深疾之。开宝五年闰二月戊午,诏曰:"末俗窃服冠裳,号为寄褐,杂居宫观者,一切禁断。道士不得畜养妻孥,已有家者,遣出外居止。今后不许私度,须本师、知观同诣长吏陈牒,给公凭,违者捕系抵罪。"自是,宫观不许停著妇女,亦无寄食者矣。而黄冠之兄弟父子孙侄犹依凭以居,不肯去也,名曰亲属。大中祥符二年二月庚子,真宗皇帝诏道士不得以亲属住宫观,犯者严惩之。自后,始与僧同其禁约矣。

国　忌　行　香

国忌行香,本非旧制。真宗皇帝大中祥符二年九月丁亥,诏曰:"宣祖昭武皇帝、昭宪皇后,自今忌前一日不坐,群臣进名奉慰,寺观行香,禁屠,废务。著于令。"自后太祖、太宗忌,亦援此例,累朝因之。今惟存行香而已,进名奉慰久已不有,亦不禁屠。双忌则休务,单忌亦不废务矣。

扬 州 彰 武 殿

太祖征李重进,还,以御营建寺,所御之榻存焉。后僧徒共建一殿,申严崇奉,名彰武殿,且请降御容,使民庶瞻仰。真宗皇帝命翰林画工图写严卫而往,仍赐供具。景德二年八月癸巳,命中使前往奉安,遇朔望,州郡率官僚朝礼。六飞南渡,荡为煨烬。后虽建殿,不复奏请御容,姑存遗迹而已。

兰 亭 天 章 寺

太宗皇帝命内侍裴愈与山阴县令李易直访王羲之兰亭旧迹。其流杯修禊处在越州,僧子谦因请建寺于旧地以藏御札。至道二年二月壬辰,诏从子谦之请,赐寺名"天章",仍以御书赐之。

东京相国寺

东京相国寺,乃瓦市也。僧房散处,而中庭两庑可容万人,凡商旅交易,皆萃其中;四方趋京师以货物求售转售他物者,必由于此。太宗皇帝至道二年,命重建三门,为楼其上,甚雄。宸墨亲填书金字额,曰"大相国寺",五月壬寅赐之。

尼不得于僧寺受戒

僧寺戒坛,尼受戒混淆其中,因以为奸。太祖皇帝尤恶之。开宝五年二月丁丑,诏曰:"僧尼无间,实紊教法。应尼合度者,只许于本寺起坛受戒,令尼大德主之。如违,重置其罪。许人告。"则是尼受戒不须入戒坛,各就其本寺也。近世僧戒堂中,公然招诱新尼受戒,其不至者,反诬以违法;尼亦不知法令本以禁僧也,亦信以为然。官司宜申明禁止之。

万寿观金银像

万寿观,本玉清昭应宫也。宫为火所焚,惟长生崇寿殿存。殿有三像:圣祖、真宗,各用金五千两余,昊天玉皇上帝,用银五千余两。仁宗天圣七年,诏玉清昭应宫更不复修,以殿为万寿观。盖明肃太后尚有修营之意,宰臣犹带使领。至是始去之,示不复修营也。

册宝法物用涂金

真宗皇帝朝,盛礼缛仪屡举,费金最多,金价因此顿长,人以为病。仁宗明道二年正月癸未,诏册宝法物凡用金者,并改用银,而以金涂之。自此,十省其九,至今惟宝用金,余皆金涂也。

燕翼诒谋录卷三

无为军灾异祥瑞

太宗皇帝以海内混一,四方无虞,乃于江南置太平军,江北置无为军,取太平无为之义。太平后改为州。无为之建,在淳化四年十二月戊戌,至大中祥符二年,建军方十有六年,灾异变怪忽发。八月中,有青蛇,长数丈,出郡治;十六日,风雨,林木、城门、营垒尽坏,压死千余人,夜三鼓方止。九月乙亥,奏至,真宗皇帝亟命中使张景宣驰驿恤视,民坏屋者无出来年夏租,压死者家赐米一斛,无主及贫乏者官收瘗之;令长史就宫观精虔设醮为民祈福。是时,方尚祥瑞,宰相甚怒,加谴郡守,真宗不从。其后,守臣惩艾,于五年三月壬午奏甘露降桐树。七年七月庚寅,奏圣祖殿丛竹内获毛屦二,以为圣祖降。九年四月,奏瑞气覆巢湖,画图来上。皆奉承上意也。洎至皇祐三年,仁宗皇帝在位三十年矣,六月丁亥,守臣茹孝标奏城内小山生芝三百五十本,悉以上进,改名其山曰"紫芝山"。蕞尔一培塿,不应一时所产若是之多也,上怒曰:"朕以丰年为瑞,贤臣为宝,草木虫鱼之异,乌足尚哉!茹孝标与免罪,戒州县自今无得以闻。"大哉王言,足以警臣子之进谀者矣!

凤凰麒麟见瑞

《虞书》载:"箫韶九成,凤凰来仪。"三代以后无传焉,惟汉宣帝时尝见,史不载其形状如何。真宗景德元年五月七日午时,白州有凤凰三,自南入城,众禽周绕,至万岁寺前,栖高木上,身如龙,长九尺,高五尺,其文五色,冠如金盏,至申时飞向北去,遂不复见。州画图来上。是时,天下承平日久,可谓治世,宜其览德辉而下也。若麟,惟先圣识之。汉武获一角兽,当时以为麟,太史公不以为然也。太平兴国九年十月癸巳,岚州献兽一,角似鹿无班,角端有肉,性驯善。诏群臣参验,徐铉、滕中正、王佑等上奏曰:"麟也。"宰相宋琪等贺。

设 法 卖 酒

官榷酒酤,其来久矣。太宗皇帝深恐病民,淳化五年三月戊申,诏曰:"天下酒榷,先遣使者监管,宜募民掌之。减常课之十二,使其易办,吏勿复预。"盖民自鬻则取利轻,吉凶聚集,人易得酒,则有为生之乐,官无讥察警捕之劳,而课额一定,无敢违欠,公私两便。然所入无赢余,官吏所不便也。新法既行,悉归于公,上散青苗钱于设厅,而置酒肆于谯门,民持钱而出者,诱之使饮,十费其二三矣。又恐其不顾也,则命娼女坐肆作乐以蛊惑之。小民无知,夺竞斗殴,官不能禁,则又差兵官列枷杖以弹压之,名曰"设法卖酒"。此"设法"之名所由始也。太宗之爱民,宁损上以益下。新法惟剥下奉上,而且诱民为恶,陷民于罪,岂为民父母之意乎?今官卖酒用妓乐如故,无复弹压之制,而"设法"之名不改,州县间无一肯厘正之者,何耶?

岁 限 度 僧 数

江南李主侫佛,度人为僧不可数计。太祖既下江南,重行沙汰，其数尚多。太宗乃为之禁，至道元年六月己丑，诏江南、两浙、福建等处诸州，僧三百人岁度一人，尼百人岁度一人。自昔岁度僧道惟试经，且因寺之大小立额，如进士应举然，虽奸猾多窜身其中，而庸蠢之甚者无所容。自朝廷立价鬻度牒，而仆厮下流皆得为之，不胜其滥矣。

州长吏亲决徒罪

州长吏不亲监决，中唐以来为然，遇引断，皆牙校监决于门外。太宗恤刑，虑有冤滥，至道元年六月己亥，诏诸州长吏，凡决徒罪，并须亲临。因太常博士王柷有请也。今州郡杖罪，悉委职薄官，而徒罪必自监决，帅府则以徒罪委通判。圣朝谨严于用刑，盖以人命为重也。

丧葬不得用僧道

丧家命僧道诵经，设斋作醮作佛事，曰资冥福也。出葬用以导引，此何义耶？至于铙钹，乃胡乐也，胡俗燕乐则击之，而可用于丧枢乎？世俗无知，至用鼓吹作乐，又何忍也！开宝三年十月甲午，诏开封府禁止士庶之家，丧葬不得用僧道威仪前引。太平兴国六年，又禁送葬不得用乐，庶人不得用方相魌头。今犯此禁者，所在皆是也。祖宗于移风易俗留意如此，惜乎州县间不能举行之也。

铁钱权铜钱

江南李唐旧用铁钱，盖因韩熙载建议，以铁钱六权铜钱四，然铜钱之价相去甚远，不可强也。江南末年，铁钱十仅直铜钱一。江南平，民间不肯行用，转运使樊若水请废之。太平兴国二年二月,诏官收民间铁钱,铸为农器,以给江北流民之归附者,于是江南铁钱尽矣。然川蜀、陕西用之如故。川蜀每铁钱一贯重二十五斤,铜钱一当十三,小民熔为器用,卖钱二千,于是官钱皆为小民盗销,不可禁止。大中祥符七年,知益州凌策请改铸,每贯重十二斤,铜钱一当十,民间无钚销之利,不复为矣。庆历初,知商州皮仲容议采洛南红崖、虢州青水铜,置阜民、朱阳二监铸大钱,一可当小钱三。以之当十,民间趋利,盗铸不已。至八年,张方平、宋祁议以为当更,乃诏改铜钱当十。先是,庆历元年十一月,诏江、饶、池三州铸铁钱一百万贯,助陕西经费,所积尤多,钱重民苦之。至是并罢铸铁钱,其患方息。

锁应不合格

旧制,命官锁厅应举,先于所属选官考试所业,方听取解至礼部。程文纰缪勒停,不合格者赎铜,永不得应举。中格,庭对,唱第日仍降甲。盖期待任子者甚厚,非比寒士也,虽欲假手,其可得乎?故当时由此涂出者,皆为文人。仁宗欲开诱进之路,天圣四年六月辛未,诏免举所业,下第人免责罚,仍许再应举。景祐元年,复诏锁厅人不合格除其罪,以试者尚少而申明之也。然自是任子心无所惮,虽实无才能者,亦求试矣。

罢张灯

国朝故事,三元张灯。太祖乾德五年正月甲辰,诏曰:"上元张灯,旧止三夜。今朝廷无事,区宇乂安。方当年谷之丰登,宜纵士民之行乐。其令开封府更放十七、十八两夜灯。"后遂为例。太宗淳化元年六月丙午,诏罢中元、下元张灯。官虽废之，而私家犹有私自张灯者。余曩仕山阳，中元、下元酒务张灯卖酒，岂北方遗俗犹有存者耶？

七夕改用七日

北俗，遇月三、七日不食酒肉，盖重道教之故，而七夕改用六日。太平兴国三年七月乙酉，诏曰："七夕佳辰，近代多用六日。宜以七日为七夕，颁行天下。"盖方其改用六日之时，始于朝廷，故厘正之，自朝廷始。

二月献羔开冰

《月令》开冰献羔在仲春之月。五季之乱，讹舛至用四月。淳化三年三月己未，诏改正之。

朝辞宣旨戒饬

祖宗留意民事，丁宁戒饬，虽州县小官未尝少息。太平兴国八年三月丁未，诏应京朝官受任于外，并州县、幕职官朝辞，并于阁门宣旨戒饬，以其词著之坐右。不知此制废于何时。苟州县小官亦蒙皇恩宠绥，决知自重，思所以称上意，不敢自暴自弃矣。惜无能举行之者也。

外官给告浣濯

承平时，阙多员少，士大夫注拟必求须次者以自便。盖王事鞅掌，久劳于外，乍还乡里，展扫坟墓，聚会亲族，料理生产作业，势使之然。甚而违年，绳以三尺，不能禁也。淳化二年正月己丑，诏京朝官厘务于外者，受诏后给假一月浣濯，所在州府以赴上日闻，违者有罪。其后进士既多，任子亦众，故东坡进策有"一官三人共之"之说,以为居者一人,去者一人,而伺之者又一人。莅官之日少,闲居之日长,而士大夫至于冒法,况今一官而五六人共之耶!

州县官秩满试法

雍熙三年九月癸未,诏知州、通判、幕职、州县官秩满至京师,于法书内试问,如全不知者,量加殿罚,所以关防检察癃老、昏缪、疾病之人也。今知州到阙,必须奏事,通判而下不复举行,殊失祖宗谨重州县、勤恤民瘼之意,岂非不才者多恶其害己而不欲举行之乎?

大 观 八 宝

汉天子印符曰玺,后世因其名不改。国初,御前之印,书诏之印,天子合同之印,其名不正。雍熙三年十月丙午,并改为"宝",别铸用之。皇祐五年,仁宗以奉宸库有美玉,广尺,厚半之,命制为"镇国神宝",宰臣庞籍篆文,刘沆书牌。哲宗元符元年,咸阳民段义献玉玺,云:"绍圣三年,河南乡修造家舍掘得之。"色绿如蓝,文曰"受命于天,既寿永昌",其背螭纽五盘。诏蔡京等议之,咸以为真秦玺也。诏仍旧为传国玺。徽宗大观元年,诏求美玉,制八宝以易六玺。十一月壬戌,诏曰:"永惟受命之符,宜有一代之制,而尚循秦旧六玺之用。自天申命,地不爱宝,获全玉于异域,得妙工于编氓。八宝既成,敻无前比,可以来年正月朔日御大庆殿恭受八宝。"是举恩数特厚。政和七年九月辛巳,又制"定命宝","范围天地,幽赞神明,保合太和,万寿无疆"为文,广九寸,号九宝。二圣北狩,宝沦异域,高宗皇帝复制八宝,循大观旧规也。

仁宗诞日赐包子

大中祥符八年二月丁酉,值仁宗皇帝诞生之日,真宗皇帝喜甚,宰臣以下称贺,宫中出包子以赐臣下,其中皆金珠也。是年,仁宗方就学,天生圣人,得于梦兆,方五岁,圣质已异常人,故均福臣下者特异。

蠲 纳 绵 出 剩

真宗时,开封府泊京畿县受纳绵,多取出剩。讫事,悉掊其余,均赐官吏,而官吏无厌,愈更多取,岁增不已。景德三年六月壬辰,诏悉蠲之,官吏所赐以官钱给其直。

有荫人不得为吏

国初,吏人皆士大夫子弟不能自立者,忍耻为之,犯罪许用荫赎,吏有所恃,敢于为奸。天圣七年三月乙丑,三司吏毌士安犯罪,用祖令孙荫,诏特决之;仍诏今后吏人犯罪,并不用荫。又诏吏人投募,责状在身无荫赎,方听人役。苟吏可用荫,则是仕宦不如为吏也,诱不肖子弟为恶,莫此为甚!禁之诚急务,不可缓也。

关 升 次 序

旧制,京朝官实历知县三任入同判,同判实历三任入知州。天圣六年七月己亥,诏自今任内有五人同罪,奏举减一任。同判后改为通判,至今因之。各以两任四考关升。

审视差知州军

审官院定差知州、军，并以资历，不容超越。资历当得，不容不与。天圣七年九月辛巳，诏审官院定差，并申中书，引上审视，若懦庸老疾不任事者罢之。今都堂审察，其遗意也。

奏荐以服属

国初，奏荐之制甚宽，不拘服属远近。天圣四年，始诏臣僚奏荐子弟须言服纪，不许奏无服之亲，冒奏者不以赦原。其后，又以服属之亲疏为奏官之高下，可谓良法。

进奉人等第推恩

乾兴元年，仁宗皇帝登宝位，八月，令学士院试诸州进奉贺登位人：曾举进士，试大理评事；曾举诸科，试秘书省正字；余试校书郎；不愿试人，太庙斋郎：凡四等。试大理评事，元丰为假承事郎，今为通仕郎，出官从事郎。试秘书省正字，元丰为假承奉郎，今为登仕郎，出官迪功郎。太庙斋郎，元丰未改，今为将仕郎，出官亦迪功郎。其后例补将仕郎，惟宰执得登仕郎。

资善堂

大中祥符八年，仁宗封寿春郡王，以张士逊、崔遵度为友，讲学之所为资善堂。此资善之名所由始也。自后，元良就学所皆曰资善。

主家不得黥奴仆

五代诸侯跋扈,枉法杀人,主家得自杀其奴仆。太祖建国,首禁臣下不得专杀。至建隆三年三月己巳降诏,郡国断大辟,录案朱书格律断词、收禁月日、官典姓名以闻,取旨行之。自后,生杀之权出于上矣。然主家犹擅黥奴仆之面,以快其忿毒。真宗咸平六年五月,复诏士庶之家,奴仆有犯,不得黥面。盖重于戕人肌肤也。祖宗谨重用刑,苟可以施忠厚者,无所不用其至。如诏太岁三元圣节不决死罪,则淳化二年三月也;令众人自五月一日至八月一日免,则天圣四年四月辛未诏也。列圣相承,莫敢不遵。此所以祈天永命欤!

公使库不得私用

祖宗旧制,州郡公使库钱酒,专馈士大夫入京往来与之官、罢任旅费。所馈之厚薄,随其官品之高下、妻孥之多寡。此损有余补不足、周急不继富之意也。其讲睦邻之好,不过以酒相遗,彼此交易,复还公帑。苟私用之,则有刑矣。治平元年,知凤翔府陈希亮自首,曾以邻州公使酒私用,贬太常少卿,分司西京,乃申严其禁:公使酒相遗,不得私用,并入公帑。其后祖无择坐以公使酒三百小瓶遗亲,故自直学士摘授散官安置,况他物乎? 故先世所历州郡,得邻郡酒,皆归之公帑,换易答之,一瓶不敢自饮也。

皇子不得为师傅

师、傅、保辅佐人主,其名甚重,非道尊德重不可以居也。师,导之教训;傅,傅其德义;保,保其身体。如周、召、毕公之于成王,可以当是名矣。汉之张禹、孔光,辱莫甚焉,邓禹其庶几乎?后世以为阶官而序进之,失其本旨矣。若皇子加官而冠以师、傅、保之称,此何义也?子虽贤,而可为父之师、傅、保乎?况有年方孩幼即加是官者,尤悖理矣!故英宗治平二年,御史中丞贾黯力陈其非,四月丙午,诏止加三公,太尉、司徒、司空是也。自此名正言顺,人无得而议。宣、政以后,至以师、傅、保加之宦竖,其悖理尤甚矣!

京朝官须入知县

选人改京朝官,惮于作县,多历闲慢,比折知县资序。熙宁十年二月戊子,诏选人磨勘改京朝官,须入知县,虽不拘常制,不得举辟。近世此禁寖弛,凡改官人,有出身任教授,无出身任签判,二考满,则赴部注破格通判矣。孝宗皇帝申严旧制,仍以三年为任,考第未足,或有过犯,不得注通判。至今遵行之。

加妇服舅姑丧

《礼经》女子出适,以父母三年之丧折而为二,舅姑、父母皆为期丧。太宗孝明皇后居昭宪太后之丧,齐衰三年。故乾德二年判大理寺尹拙、少卿薛允中等奏:"三年之内,几筵尚存,夫居苦块之中,妇被绮罗之饰,夫妇齐体,哀乐不同,乞令舅姑之丧,妇从其夫,齐斩三年,于义为称。"十二月丁酉朔,诏从之。遂为定制。

燕翼诒谋录卷四

改江南官服色

江南初下,李后主朝京师,其群臣随才任使,公卿将相多为小官,惟任州县官者仍旧。至于服色,例令服绿,不问官品高下,以示别于中国也。太宗淳化元年正月戊寅赦文:"应诸路伪授官,先赐绯人止令服绿,今并许仍旧;其先衣紫人任常参官亦许仍旧。"遂得与王朝官齿矣。

报母仇免死

杨万顷杀张审素,审素二子瑝、琇为父复仇杀万顷,张九龄欲活之,李林甫必欲杀之,而二子竟伏大刑。盖九龄君子,喜人为善;林甫小人,嫉人为善;好恶不同故也。苟其父罪当死,子不当报仇;父死不以罪或非出上命,而为人所挤陷以死,可不报乎!审素之仇所当报也。太宗雍熙三年七月癸未,京兆府鄠县民甄婆儿,报母仇杀人,诏决杖遣之。惜乎瑝、琇之不遇圣时明主也!

报叔父母恩封赠

欧阳修少孤,其叔父教之学。既贵,乞以一官回赠以报其德。诏从之,乃自员外郎赠郎中。后世以为美谈。不知又有先于修者:王曾为参知政事,改葬叔太子中舍宗元、叔母严氏,自言幼孤,叔父母育之,诏赠宗元工部员外郎、严氏怀仁县太君。

驸马不得升行

李遵勖,本名勖,崇矩之孙,继昌之子,真宗朝尚长公主,御笔增为遵勖,升为崇矩之子,继昌之弟。自此为例,实乱人伦。治平四年二月,神宗皇帝手诏,述英宗治命,应公主出降,其夫不得升同父行。盖英宗久欲厘正,以病未果出命,故神宗以遗命行,可谓善述人之事矣。

禁　越　诉

士大夫治小民之狱者,纵小民妄诉,虽虚妄灼然,亦不及坐,甚而听其蓦越,几于搂揽生事矣。曾不思善良之民,畏官府如虎狼,甘受屈抑,不敢理雪;而奸猾之民,以恐胁把持为生,与吏囊橐,视官府如私家,肆行不忌,士大夫堕其计中,为其所困,殊不自觉,良可叹也。太祖皇帝乾德二年正月乙巳,诏应论诉人不得蓦越陈状,违者科罪。开基创业之初,首念及此,虑为善良害也。真宗咸平元年七月,诏所诉虚妄、好持人短长为乡里害者,再犯,徒;三犯,杖讫械送军头引见司。苟能举而行之,庶几妄诉者息矣。

卑幼期丧免妨试

旧制,期丧百日内妨试,尊卑长幼同。士人病之,多入京冒哀就同文试,洎中选被人论诉,不免坐罪。天禧四年二月壬申,翰林学士承旨晁迥上言:"诸州士人以期制妨试,奔凑京毂,请自今卑幼期服不妨取解。"诏从之。自后冒哀求试者寡矣。大凡人家尊长期丧,多年高者;卑幼期丧,多年幼者。免避卑幼,则妨试亦鲜。

创 大 宗 正 司

国初,宗室尚少,隶宗正寺。仁宗景祐三年,以宗室众多,特置大宗正司,以皇兄宁江军节度使允让知大宗正事。仍诏自今于祖宗后各择一人为之,尚贤而不以齿,纠正违失。凡宗室奏陈,先委详酌而后闻,不得专达。其后又以宗室出居外州,于西京置西外宗正司,南京置南外宗正司矣。

州 县 立 义 仓

今州县义仓米,始于仁宗时。始,集贤校理王琪尝于景祐中陈请,乞每正税二斗,别输一升,领于转运使,遇水旱赈给。有司会议,不同而止。庆历元年九月,琪申前议,上特诏行之。至新法行,又增作每一斗收一升,然水旱赈给,所赖为多。行之日久,官吏视为公家之物,遇赈给,靳惜特甚,殊失元立法之意。

增 置 台 谏

仁宗重台谏之选。景祐元年四月癸丑,诏御史台置殿中侍御史、监察御史里行;又诏举三丞以上尝历知县人除御史里行。二年除御史,又二年除三司开封判官。自清要而历繁剧,选任既重,一时号称得人。明道元年七月辛卯,又以谏官无治所,乃以门下省充谏院,而别创门下省于右掖门之西。盖朝臣皆有入局之所,独谏院无之故也。

祖 宗 配 天

真宗欲以太宗配天于南郊,而太祖之配不可改,乃奉太宗并配。仁宗郊天,又益以真宗,则是以三帝配一上帝矣。嘉祐七年,因杨畋力谏,乃定以太宗配之。今南郊又以祖宗并配矣。

堂吏不得为知州

祖宗重堂后官,更用士人,其叙迁至员外郎者,与外任。其后多不愿出,惟求子孙恩泽,遂以为例。仁宗嘉祐八年,中书奏:"今后愿留人,虽许供职,其诸房提点并须择才,候职事修举方补。如不职,与堂除知州。"盖犹以士流之故优之也。新法既行,增置宰属,而士流不复为堂后官,因是胲削。旧制,堂后官外任止于通判,不得为知州。先是,皇祐三年四月,诏堂后官无得佩鱼,若士人选用而至提点五房,方许佩鱼,以示别也。今虽非士人选用,皆佩之矣。

衍 圣 公 袭 封

先圣后嗣,自先圣封文宣王,而袭爵者称文宣公。文宣,谥号也。谥号非子孙所可袭。仁宗至和二年三月,用太常博士祖无择议,改为衍圣公,盖取袭封之义。

妇 人 冠 梳

旧制,妇人冠以漆纱为之,而加以饰,金银珠翠,采色装花,初无定制。仁宗时,宫中以白角改造冠并梳,冠之长至三尺,有等肩者,梳至一尺。议者以为妖,仁宗亦恶其侈。皇祐元年十月，诏禁中外不得以角为冠梳，冠广不得过一尺，长不得过四寸，梳长不得过四寸。终仁宗之世，无敢犯者。其后侈靡之风盛行，冠不特白角，又易以鱼魫；梳不特白角，又易以象牙、玳瑁矣！

驸马都尉迁官

国朝武臣，正任十年一迁官。熙宁八年，特诏驸马都尉七年一迁官，仍著于令，非独示优，亦所以杜其非理干请也。元丰六年二月癸未，诏吏部七年磨勘，更不取旨。

置西京国子监

仁宗景祐元年四月癸酉，诏以河南府学为西京国子监，置分司官。其后南京、北京皆援为之。崇宁四年秋七月丙午朔，诏罢三京国子监官，各置司业一员，视京具体而微矣。

褒　封　先　贤

皇朝追褒先贤，皆有所因。仁宗景祐元年九月，诏封扁鹊为神应侯，以上疾愈，医者许希有请也。徽宗崇宁元年二月，封孔鲤泗水侯、孔伋沂水侯，崇先圣之嗣也。六月，封伯夷清惠侯、叔齐仁惠侯，重节义之风也。宣和元年五月甲申，封列御寇冲虚观妙真君、庄周微妙元通真君，尚虚无之教也。然仁宗因医者之请，姑勉从之。伯鱼、子思之封，以配享从例封也。伯夷、叔齐逊千乘之国，岂求身后虚名？庄、列物外人，何羡真君之号？不必封可也。

皮　场　庙

京师试于礼部者,皆祷于二相庙。二相者,子游、子夏也。子游为武城宰,子夏聘列国,不知何以得相之名也。今行都试礼部者,皆祷于皮场庙。皮场,即皮剥所也。建中靖国元年六月,传闻皮场土地主疡疾之不治者,诏封为灵贶侯。今庙在万寿宫之晨华馆,馆与贡院为邻,不知士人之祷始于何时,馆因何而置庙也。

宫　观　优　老

王安石创宫观,以处新法之异议者,非泛施士大夫也。其后,朝臣以罪出者,多差宫观。其初出令也,则曰优老。元丰元年二月辛亥,诏年六十听注差宫观,以三十月为任,无得过两任。其后不拘此令矣。

创　检　正　检　详

元丰初,诏检正官、检详官各四员为额,亦同都事、录事、承旨分房掌管,其品秩尚卑。政和更制,品秩甚高,各置一员通掌诸房,权任甚重。而所以擢用者不同;或出于人主亲擢,则宰执反惮之,所请不敢不从;出于宰臣进拟,则人主反疑之,因是品位不进。近世目宰属枢属官为旋窝,人不以为乐;其人主亲擢,则又跳出旋窝之号,颇恃以自矜矣。

枢密使罢不草制

枢密使拜罢,与宰臣恩数等。皇祐五年,高若讷为枢密使,罢政之时,仁宗恶其奸邪,特令舍人草词罢以示贬黜。其后，皆以前宰臣为之，皆带平章事，罢政宣麻如故；而自执政拜使者，罢政不复宣麻，踵若讷故事也。

淮南转运使

淮南转运使，旧有二员，皆在楚州。明道元年七月甲戌，诏徙一员于庐州。南渡以后，废江淮发运使，而治楚州者移治真州，治庐州者移治舒州。其后，又自舒州移治无为军矣。

改假版官

太庙斋郎，后改为假将仕郎。政和六年十一月，诏：假版官行于衰乱之世，不可循用，改假承事郎为通仕郎，假承奉承务郎为登仕郎，改旧通仕郎为从政郎，旧登仕郎为修职郎，假将仕郎去假字。见任合改人并带假人，但改正称呼，更不给告敕。

增置贴职

旧贴职，止于直秘阁、直龙图阁、右文殿修撰三等。政和六年九月，手诏：天下人才富盛，趋事赴功者众，不足以待多士。可增置直徽猷阁、直显谟阁、直宝文阁、直天章阁、秘阁修撰、集英殿修撰，凡九等。中兴以后，又增敷文、焕章、华文、宝谟、宝章五等矣。等级既多，迁转亦易，非旧比也。

改判院官名

今判部、判寺、判院、判监之称，乃官制未改以前实称。今加于实称之上，可谓重叠。昔有判刑部、判礼部、判兵部、判工部、惟户、吏二部无之，盖以流内铨、三司使易其名矣。官名既

正,又加以判,甚无谓也。其他寺监亦然。至于登闻检鼓院、
进奏院,旧称判。政和五年,言者谓官制之改,称判者悉除去,
惟大宗政司以官尊者称判,其次为知,若六院不可复言判也。
遂诏悉改为监。

改集贤修撰为右文

今之右文殿修撰,旧为集贤殿修撰。政和六年四月,奉御
笔:集贤殿旧无此名,秘书省殿以右文殿为名,可改为右文殿
修撰。

改宣德郎为宣教

今之宣教郎,即昔之宣德郎。政和四年九月,诏宣德郎与
宣德门名相犯,可改为宣教郎,见任人不别给告,但改称呼。

端明述古殿学士

政和四年八月,诏改端明殿学士为延康殿学士,改枢密直
学士为述古殿学士,恩数品秩并依旧。中兴以后,端明复旧,
而述古与枢密直皆废矣。

武臣改阶官

大夫之称亚于卿,而郎官上应列宿,文臣以为阶官宜也。
况其来自古,初非创意立名,故神宗正官名,远考古制,以大
夫、郎易职事,旧称为寄禄官。若武臣横行、正副使之称,与承
制、崇班、供奉、侍禁、奉职、借职、差使、借差,非名之不正也,
政和乃悉易以大夫、郎之称,此岂被坚执锐、驰骤弓马者之所
宜称乎? 横行以十二阶易十二阶犹之可也,正副使各十九阶

并以八阶易之,无乃轻亵名器之甚乎! 昔之超转,犹作九资,则是副使四十五年可转不过四资,是减四十五年为十六年矣。祖宗多为武臣等级,责其边功,非有奇功殊勋,无因超越,故文臣正郎、员外各止于三转,而武臣正使、副使必各九转。圣君宏模,一旦坏于建议之臣,使良法美意扫地无遗。最甚者,称谓不顾义理所在。若文武官名一依元丰之制,则人无得而议矣。

权 侍 郎 迁 除

绍圣二年三月,监察御史常安民言:"乞考祖宗用人之制,修立权侍郎迁进法。"诏三省议之。章惇因奏:"乞自起居郎、舍人、侍御史带修撰除者,满三年取旨;自七寺卿、国子祭酒、太常少卿、秘书少监、直龙图阁除者,满二年取旨;除修撰与外任职事修举者,再留二年取旨;除正与外任除待制,即才能为众所推,绩效显著,朝廷特拔擢者,不拘此令。"诏从之。且天子侍从之臣,非有才能绩效而可冒居之乎? 信如其言,殆如铨部注拟常调计资历岁月者之为也。是时虽出此令,卒莫能行。章惇之意,盖欲假此令以扼异己之人,而不次超越者则曰人主特拔擢也。岂不愚哉!

殿 试 更 革

庆历二年,富弼乞罢殿试,止令诗书礼部奏名,次第唱名。盖以廷试惟用诗赋,士子多侥幸故也。王尧臣、梁适皆状元及第,以为讥己。正月辛巳,方从弼之请;癸未,遽从尧臣、适之请,复旧制。

功臣立戟置家庙

庆历元年十一月,郊祀赦文:"功臣不限品数,赐私门立戟。文武臣僚许立家庙。已赐门戟,给官地修建。"此循唐制也。故有兄弟同居而各置门以列戟者。想是时必有立戟之人,特近代此制不举,无能举旧事以言者,若家庙则终不能行。至皇祐二年十二月甲申朔,复颁三品以上家庙之制,从宋庠之请也。然一时议者欲令立庙之子孙袭其封爵,世降一等,自国公而至封男凡五世,而封爵之卑者仅一二世。或又疑袭封公爵,惟三恪、先圣之后有之,此制一行,数世之后必多;又子孙或初命卑官,不应袭公侯之爵。议终不决,竟尼不行,是不详考前代之制也。君子惜之。

禁臣僚陈乞科名

国朝自真宗时法令寖宽,臣僚或以恩泽及所转官为子孙乞赐科名,则召试而授之;或乞亲属升陟注超越差遣,自小官即为通判、知州;其降官、降差遣,亦援此陈乞叙复;大抵皆公卿大臣牵于人情而不可拒者,积日累月,不可数计。庆历四年正月丙戌,诏并禁止,不得陈乞。

敕 书 楼

今县邑门楼,皆曰敕书楼。淳化二年六月癸未,诏曰:"近降制敕,决遣颇多。或有厘革刑名,申明制度,多所散失,无以讲求,论报逾期,有伤和气。自今州府监县应所受诏敕,并藏敕书楼,咸著于籍,受代批书、印纸、历子,违者论罪。"则是敕书楼州县皆有之也。今州郡不闻有敕书楼矣。

四夷述职图

唐有《王会图》,皇朝亦有《四夷述职图》。大中祥符八年九月,直史馆张复上言:"乞纂朝贡诸国衣冠,画其形状,录其风俗,以备史官广记。"从之。是时外夷来朝者,惟有高丽、西夏、注辇、占城、三佛齐、蒙国、达靼、女真而已,不若唐之盛也。

进奏吏补官

国初,进奏官循五季旧例,假官至御史大夫。诸国既平,天下一统,诸州各置进奏官,专达京师,多至百数,混于皂隶,不复齿于衣冠之列。真宗大中祥符二年三月戊辰,诏诸州进奏官十年以上,补三班奉职。每遇郊祀,叙补五人。迄今为例。

种放别墅

种放有别墅,在终南山,聚徒讲学,性嗜酒,种秫自酿,林泉之景颇为幽胜。真宗闻之,欲幸其家而不果。咸平六年,遣使画图以进。六月己未,召辅臣观于龙图阁,再三褒美。放父翊尝为吏部令史,出官为长安簿。放幼好学,长以古道自任,奉母隐居于终南山之豹林谷,自称退士,作《退士说》数千字。又号云溪醉叟。太宗朝,屡召不起。张齐贤荐其节行可厉风俗,真宗复遣中使召之,起为左司谏、谏议大夫、给事中。力请还山。从祀东封,拜工部侍郎。终身不娶。既卒,朝廷录其侄世雍为同学究出身。

禁士大夫避讳

唐人重于避讳。国初,此风尚在。刘温叟以父名岳,终身

不听乐,部曲避监临家讳尤甚。太宗雍熙二年六月辛丑,诏:
"内外臣僚,三代名讳止可行于己。州县长吏,不得出家讳。
新授官职有家讳者,除三省、御史台五品、文班四品、武班三品
以上,许准敕上言,馀不在改请之限。"然法令明载,官称犯高
曾祖父讳,冒居者有罪,则是与此诏相反也。岂非此诏既行之
后,人无廉耻,习以成风,故又从而禁之耶?

诉水旱立限日

民间诉水旱,旧无限制,或秋而诉夏旱,或冬而诉秋旱。
往往于收割之后,欺罔官吏,无从核实,拒之则不可,听之则难
信。故太宗淳化二年正月丁酉,诏荆湖、江淮、二浙、四川、岭
南管内州县诉水旱,夏以四月三十日,秋以八月三十日为限。
自此遂为定制。

严奏辟之令

国初,州郡官属皆长吏自行奏辟。姓名未闻于朝,已先莅
职,洎至命下,则已莅月日皆为考任,大抵皆其宗族亲戚也。
太宗雍熙四年八月乙未,诏曰:"诸处奏荐,多是亲党。既伤公
道,徒启幸门。今后如有员阙处,当以状闻。"自后奏辟不敢私
于亲戚,或犯此令者,人得而指摘之,稍知所畏忌矣。

乘驿给银牌

唐制,乘驿者给银牌。五代庶事草创,但枢密院给牒。太
平兴国三年,李飞雄伪作牒,乘驿谋反,禽捕伏诛。六月戊午,
诏复旧制,应乘驿者并给银牌。中兴以后,此制不复讲矣。

燕翼诒谋录卷五

禁服黑紫

仁宗时,有染工自南方来,以山矾叶烧灰,染紫以为黝献之,宦者泊诸王无不爱之,乃用为朝袍。乍见者皆骇观,士大夫虽慕之,不敢为也,而妇女有以为衫襦者。言者亟论之,以为奇邪之服,寝不可长。至和七年十月己丑,诏严为之禁,犯者罪之。中兴以后,驻跸南方,贵贱皆衣黝紫,反以赤紫为御爱紫,亦无敢以为衫袍者,独妇人以为衫襦尔。服紫始末,已见前卷。

初立别头试

真宗时,试进士初用糊名法,以革容私之弊。张士逊以监察御史为巡铺官,因白主司有亲戚在进士,明日当引试,愿出以避嫌。主司不听,士逊乃自言引去。真宗是之,遂诏:自今举人与试官有亲嫌者,移试别头。别试所自此始,且以御史为巡铺,决无容私矣。易以宦官,不知始于何年也。

武举更革

唐设武举,以选将帅。五代以来,皆以军卒为将,此制久废。天圣七年,以西边用兵,将帅乏人,复置武举。至皇祐元年,边事寝息,遂废此科。治平元年九月丁卯,复置,迄于今不

废。淳熙甲辰距治平，百二十载矣。仲父轩山公知贡举，武举
林嵑、陶天麟等来拜谢，仲父问之曰："朝廷设此科以择将帅，
而公等不从军，何也？"答以不堪笞棰之辱。仲父因奏孝宗皇
帝，乞更旧制，申饬三衙、沿江军帅待以士礼。至淳熙十四年，
事始施行，进士皆愿从军。至绍熙庚戌，仲父以知枢密院兼参
知政事唱进士第，复奏光宗皇帝，命武举进士从军，不许军帅
笞辱，大罪按奏，小罪罚俸。此令一出，皆愿从军，而军中无所
容之。乃自三衙立同正员之额，以至江上诸军，每举以二十四
员为额，七年为任。第一名同正将，第二名、第三名同副将，第
四名以下同准备将，而第二十五名以下只注巡尉。自后，军帅
亦仰承朝廷优恤之意，待遇之礼与统领官等，或令其兼同统领
职事，遇出战多令守寨，必自愿亲行阵者始听之。并军中自统
制以下，多是假摄，或以准备将而权统制者，每于文移、公牒、
书札、榜子削其本职，为写权职而正，遇东班便自居通判之上，
唯知凶暴陵驾士大夫，一闻钲鼓之声，则惴惴战栗。士大夫信
其伪衔，不复与较。故以守阙进勇副尉为统制者，往往而是。
若于武举中选愿亲行阵者，使久于其任而序进之，必趋事赴功
矣。

吏　部　阙　榜

　　部吏卖阙之弊，自昔有之。皇祐中，赵及判流内铨，始置
阙亭。凡有州郡申到阙，即时榜出，以防卖阙，立法非不善也。
然部吏每遇申到，匿而不告。今州郡寄居，有丁忧事故数年不
申到者，亦有申部数年而部中不曾改正榜示者，吏人公然评
价，长贰、郎官为小官时皆尝由之，亦不暇问。太宗皇帝曰：幸
门如鼠穴，不可塞也。岂不信哉！

定宦官员额

国初，宦者不过数十人。真宗时渐众，盖以遇郊恩，任子皆十数岁小儿，积累至多故也。皇祐五年闰七月戊戌，言者以为久弊当革，乃诏：自供奉官至行门，以百八十员为额，遇阙额方许奏补。至元祐二年二月，又诏：自供奉官至黄门，以百人为额。然流弊之久，终不能革，至宣、政间，动以千数矣。

中外官二年为任

仁宗朝，言者以士大夫不安职守，惟务奔竞，乞申严戒励。庆历八年五月丁卯，诏中外官满二年方许差替，其三年、三十月为任者仍旧。此诚良法也。中兴以来，职事官犹计资考，故有须次一两政者，至于三丞以上，至郎官卿监有三四年不迁者，故人无苟且之心。近年，满年不迁则为人指目，居其位亦恐惧求去，是不谙祖宗典故尔。

廷试不许上请

旧制，御试诗赋论，士人未免上请于殿陛之下，出题官临轩答之，往复纷纭，殊失尊严之体。景祐元年三月丙子，诏进士题具书史所出，御药院印给之，士人不许上请。自后，进士各伏其位，不敢复至殿庭。

臣僚赐谥

国朝待遇士大夫甚厚，皆前代所无。天圣五年，诏臣僚薨卒，当赐谥而本家不陈乞者，令有司举行。又兄弟同在朝者，令连状封赠。此推恩泉壤、泽及幽冥也。

优恤士大夫

九年十二月癸丑,诏流内铨,选人父母年八十以上,权听注近官。此教人以孝,且厚风俗也。康定元年六月壬子,诏臣僚之官罢任,所过山险去处,差军士防送,无过送迎人之半。此闵其道路羁旅,恐不得其所也。仁宗施恩于臣下者如此,可谓仁矣。先是,咸平六年,真宗诏命官迁谪岭南亡殁者,并许归葬,官给缗钱,如亲属年幼,差牙校部送至其家。盖其人虽犯罪,而其死则可闵,威以惩其罪,恩以恤其死。施于死者犹尔,况生者乎?施于有罪者犹尔,况无罪者乎?仁宗可谓能宏家法矣。

宗室廪给

宗室年五岁,则官为廪给,此祖宗旧法也。皇祐二年,判太宗正事允让请自三岁禀给。仁宗以太过,三月甲辰,诏宗室三岁以上官为给食。今又复以五岁为限矣。

西京国子监

西京学校,旧为河南府学。景祐元年,诏改为西京国子监,以为优贤之所。

亲民官监商税

商税之任,今付之初官小使臣或流外校尉、副尉,州郡县令亦鄙贱之。曾不思客旅往来,乡民入市,动遭竭泽,又复营私,掩为己有,害民有甚焉者。真宗景德二年三月癸未,诏商税三万贯以上,选亲民官监给,通判添支,所以重讥征之寄。

近时理亲民资序为监当者,未之闻也,往往以为浼己不肯亵就矣。然朝廷以场务之寄,责之长贰、县令,知监当之难于其人也。故康定元年六月壬子,诏:"天下州县课利场务,十分亏五厘以下,知、通、县令罚俸一月;一分以下,两月;二分降差遣。增二分,升陟差遣。"赏罚不及于监当,有深旨矣。

越州裘氏义门旌表

大中祥符四年十二月己未,越州言会稽县民裘承询同居十九世,家无异爨,诏旌表其门闾。屈指今二百三十六年矣,其号义门如故也。余尝至其村,故听事犹在,族人虽异居,同在一村中,世推一人为长,有事取决,则坐于听事。有竹篦,亦世相授矣,族长欲挞有罪者,则用之。岁时会拜,同饮咸在,至今免役,不知十九世而下,今又几世也。余尝思之,裘氏力农,无为士大夫者,所以能久聚而不散。苟有骤贵超显之人,则有非族长所能令者,况贵贱殊涂,炎凉异趣,父兄虽守之,子孙亦将变之,义者将为不义矣。裘氏虽无显者,子孙世守其业,犹为大族,胜于乍盛乍衰者多矣。天之祐裘氏者,岂不厚乎!

词赋依平侧用韵

国初,进士词赋押韵,不拘平仄次序。太平兴国三年九月,始诏进士律赋平仄次第用韵,而考官所出官韵必用四平四仄。词赋自此整齐,读之铿锵可听矣。

司天监转官

司天监官自挈壶正转保章正,灵台郎直长、局丞至冬官正,仅五迁尔。旧制五年一转,或谓较之武臣洎医官则太优,欲增其等级。庆历五年六月乙卯朔,诏自保章正至五官正,十年一迁官。虽循转甚迟,然比承信郎转至武翼郎犹为优矣。

禁以柑遗朝贵

承平时,温州、鼎州、广州皆贡柑子,尚方多不过千,少或百数。其后州郡苞苴权要,负担者络绎,又以易腐,多其数以备拣择,重为人害。天圣六年四月庚戌,诏三州不得以贡余为名饷遗近臣,犯者有罚。然终不能禁也。今惟温有岁贡岁馈,鼎、广不复有之矣。

改伴饭指挥使名

五季日寻干戈,其于军卒,尤先激励。凡军头,非有战功,皆号伴饭指挥使。皇朝一统,边境无虞,伴饭者众,乃诏以处有罪者。凡为此职,人皆望而知其犯罪也。大中祥符二年二月,诏改军头伴饭指挥使为散指挥使。然自此人不复以为耻,而激励之权微矣。

并水路发运使

皇朝初下江南,置水路、陆路发运二使,运江南之粟以赡京师。其后,以陆路不便,悉从水路。雍熙四年四月己亥,诏合水路、陆路发运为一路,以王继昇掌之,董俨为同掌。自此迄于宣和不改。

进 士 期 集 所

国初,进士期集,以甲次高下率钱刊小录、事游燕。或富而名次卑,所出无几;或贫而名次高,至于假丐。熙宁六年三月庚申,诏赐进士及第钱三千缗,诸科七百缗,为期集费。一时歆艳,以为盛事。次举熙宁九年三月戊寅,练亨甫奏罢期集钱,止赐钱造小录,及第五百千,诸科二百千,而游燕之费复率钱为之。至元祐三年三月甲戌,诏复增进士钱百万、酒五百壶为期集费。相仍至今,定为千七百缗。而局中凡所率钱,皆以小录为名,而同年得与燕集者无几。又为职事者日叨饮食,所得小录、题名纸札装潢皆精致,不费一金。其不与职事者,出钱而所得绝不佳,不沾杯勺,无乃太不均乎!

东南驻扎十三将

　　元丰四年二月乙卯,诏东南团练诸军为十三将。盖太祖皇帝初下江南,虑人心未一,分禁旅以戍之,岁月寝久,与州郡之兵无别故也。淮东第一,淮西第二,浙西第三,浙东第四,江东第五,江西第六,湖北第七,湖南第八,全邵永第九,准备广州应援,福建第十,广东第十一,桂州今静江府。第十二,邕州第十三。廪给特厚,与禁卫比。若江上诸军,乃诸郡兵额,因勤王入援,失其土地,故以驻扎名之。其廪给与将兵不同,况州郡之兵乎?

出卖僧道度牒

　　僧道度牒,每岁试补刊印板,用纸摹印。新法既行,献议者立价出卖,每牒一纸,为价百三十千,然犹岁立为定额,不得过数。熙宁元年七月,始出卖于民间,初岁不过三四千人。至元丰六年,限以万数,而夔州转运司增价至三百千,以次减为百九十千。建中靖国元年,增至二百二十千。大观四年,岁卖三万余纸,新旧积压,民间折价至九十千。朝廷病其滥,住卖

三年,仍追在京民间者毁抹,诸路民间闻之,一时争圻价急售,
至二十千一纸,而富家停榻,渐增至百余贯。有司以闻,遂诏
已降度牒,量增价直,别给公据,以俟书填。六年,又诏改用绫
纸,依将仕郎、校尉例。宣和七年,以天下僧道逾百万数,遂诏
住给五年。继更兵火,废格不行。南渡以后,再立新法,度牒
自六十千增至百千。淳熙初,增至三百千,又增为五百千,又
增为七百千。然朝廷谨重爱惜,不轻出卖,往往持钱入行都,
多方经营而后得之。后又著为停榻之令,许容人增百千兴贩,
又增作八百千。近岁给降转多,州郡至减价以求售矣。

放官司房钱

至和元年二月乙未,因大雨雪,诏天下长吏详酌公私房
钱,与放三日,非遇大雨雪,不许蠲放,仍每岁不得过三次。是
时天下承平百余年矣,仁宗皇帝凝神穆清,而念虑及于细微,
真圣主也。

太学辟雍

国初,凡事草创,学校教养未甚加意。皇祐三年七月壬
子,诏太学生旧制二百人,如不足,止百人为限。其简如此。
元丰二年十二月乙巳,神宗始命毕仲衍、蔡京、范镗、张璪详
定,于太学创八十斋,三十人为额,通计二千四百人。内上舍
生百人,内舍生三百人,外舍生二千人。崇宁元年,徽宗创立
辟雍增生徒共三千八百人。内上舍生二百人,内舍生六百人,
教养于太学;外舍生三千人,教养于辟雍。废太学自讼斋,太
学之不率教者,移之辟雍。以祭酒总治两学,辟雍别置司业、
丞各一人,博士十人,正、录各五人,分为百斋,讲堂凡四所。

其后王黼反蔡京之政,奏废之,而辟雍之士,太学无所容矣。

诸 路 帅 臣

　　自江南既平,两浙、福建纳土之后,诸州直隶京师,无复藩府。惟河北、河东、陕西以捍御西北二虏,帅臣之权特重,其他诸路,责任监司按察而已。嘉祐四年五月丁巳,始诏杨、庐、江宁、洪、潭、越、福七路兼本路军马钤辖,各置禁军驻泊三指挥,越、福二指挥,以威果为额,每指挥四百人,各路兵马都监二员,越、福一员。其后二广经略、京东西路安抚、江东西路安抚,皆因事令守臣兼领而加以钤辖之名,以至两浙、四川皆以调发之故,后又改钤辖为总管,而四川至今仍旧名。开端于嘉祐之时,而定制于中兴之后。然帅臣大抵权轻,当缓急之时,罕能成功;承平无事,惟事教阅而已。矧自勤王诸将分为驻扎,州郡之额阙不复补,名存实亡。然人存政举,苟择人而用之,仍委以久任,庶几缓急有所恃也。

殿试士人不黜落

　　旧制,殿试皆有黜落,临时取旨,或三人取一,或二人取一,或三人取二,故有累经省试取中、屡摈弃于殿试者。故张元以积忿降元昊,大为中国之患,朝廷始囚其家属,未几复纵之。于是群臣建议,归咎于殿试黜落。嘉祐二年三月辛巳,诏进士与殿试者皆不黜落,迄今不改。是一叛逆之贼子,为天下后世士子无穷之利也!

选 人 改 官

　　通判举人改官与太守同,自提举常平使者列于监司,诸路顿增员数。熙宁元年十二月,始诏通判不得举人改京官。元丰初,诏改官人五日引一甲,一甲三人,岁以百四十人为额。至元祐元年四月,罢诸路提举常平,再命通判岁终举改官一人,或县令一人间举。十二月以改官员多,吏部侍郎孙觉请岁以百人为额,从之。绍圣三年,吏部乞以每甲五人,引见不拘数,则是岁有三百余员也。中兴以来,改官人数绝少,岁不过数十人,虽令选人举官,逐员放散,数亦不增。至绍熙初,号为顿增,亦仅三十余。庆元以后,岁有溢额,盖孤寒路绝,得举官五员俱足,而不得者多不破白,势使然也。

进 纳 人 改 官

纳粟补官,始以拯饥,后以募民实粟于边。自王安石开边,国用不足,而致粟于边颇艰,应募者寡。元祐二年八月,诏进纳人许其改官,历四任十考,增举主二员、职司二、常员五,自此人乐于应募。此法虽明,未闻有改秩者,或谓中兴以后有一人官至太守,忘其姓名。

举 县 令

旧制,监司、太守举京官有定数,县令初不限员数。皇祐二年五月庚午,京西提点刑狱张易举十六人县令,乃诏河北、陕西漕举十二员、宪六员,河东、京东西、淮南漕十员、宪五员,两浙、江东西、福建、湖南北、广东西、益、利、梓路漕宪各四员,夔路漕四员、宪二员,六路制置发运使、副六员,开封府诸州军各一员。然立法之初,举县令,有出身三考,无出身四考,有举主二人移注近县令,任满无赃私,升幕职,再任知县,再任满引对改京官。则是受举之后,历知县两任六考改官。此天圣七年闰二月甲辰诏书也。至熙宁四年,诏再任知县县令人,须有安抚、转运、提刑、知州、通判奏举五员,方许再任,内有职司二人者亦听。此乃就任改官也。政和间,又以州县增官员,复增举员。中兴以来,一循前例,然亦时有增损。

特恩转官不隔磨勘

旧制,特迁官者,其理磨勘并自受告日为始,故有垂当磨勘,忽拜特恩,前功俱废。熙宁六年八月丙申,诏文武臣僚特迁官者,不隔磨勘,施恩甚均,人蒙实惠。至今仍之。

入 递 发 书

景祐三年五月,诏中外臣僚许以家书附递。明告中外,下进奏院依应施行。盖臣子远宦,孰无坟墓宗族亲戚之念?其能专人驰书,必达官贵人而后可。此制一颁,则小官下位受赐者多。今所在士大夫私书多入递者,循旧制也。

经义词赋两科

国朝因唐制取士,只用词赋,其解释诸经者,名曰"明经",不得与进士齿。王安石罢去词赋,惟以经义取士。元祐元年十一月,立经义、词赋两科,用侍御史刘挚之言也。

致 仕 推 恩

国初,致仕以旌表士大夫之恬退者,非如后世已死伪为之也。真宗时,主客郎中谢泌言:致仕官如清名为众所推,粗有劳效,方可听其纳禄。咸平五年五月丙戌,诏年七十退者,许致仕;如因疾或历任有赃犯者,不在此限。大中祥符九年正月,诏乞致仕者,审官院具历任有无赃犯检勘,吏部申上取旨。
仁宗天圣四年,始诏郎中以上致仕,与一子官。明道元年二月
甲子,又诏员外郎以上致仕者,录其子为秘书省校书郎,三丞
以上为太庙斋郎。二年正月庚寅,又诏三丞以上致仕,无子,
听官嫡孙若弟侄一人,降一等。凡此者,皆以利诱之也。景祐
三年六月甲戌,侍御史司马池上言:文武官年七十,令自陈致
仕,依旧敕与一子官,如分司给全俸,违者御史台纠察,特令致
仕,更不与子官及全俸。诏榜朝堂。皇祐三年二月戊子,又诏
文武官年老无子孙,奏期亲一人。至和元年十二月庚子,又诏
文武官年七十以上未致仕,更不考课迁官,有功于国,有惠于
民,勿拘。嘉祐三年十二月辛未,又诏年七十,居官犯事未致
仕,更不推恩子孙。凡此者,皆以法绳之也。庆历二年六月壬
申朔,御史中丞贾昌朝上言,臣僚年七十筋力衰者,优与改官
致仕。诏从之。此以赏劝之也。况法初行,须受命之后陈乞
恩泽,病者尚不许,岂容已死伪为? 其后又限以受命后身故者
方许陈乞恩泽,后又但以陈乞后身故者放行,而诈伪者公行不
忌矣。今士大夫解官持服,批书丁忧月日,或与其父致仕月日
自相抵牾,有司未尝诘也。至徽宗朝,始放行员外致仕恩泽。
政和二年,张克公乞依武官副使非降黜中身亡者,听荫补。从
之。详考前后诏令,肇端于真宗之朝,而详密于仁宗之朝,待
之甚厚,防之甚严,责之甚备。然上劳圣训丁宁,至于六七而
不已,亦可见风俗之日趋于薄,而士大夫能守知足之戒者鲜
矣。

置　朝　集　院

真宗以朝官注拟于堂,贫者留滞逆旅,无以为资,乃置朝

集院于朱雀门外。此咸平四年四月癸丑诏也。院既成，诏升朝官以上到阙，并馆于院中，官给公券，出入则乘马，开封府差兵士随直，惟可至庙堂省部铨曹官厅而已，虽欲出入市廛，不可得也。故升朝官以上造朝，则先匿于亲戚故旧之家，俟所干置悉备，方敢报阁门放见。盖阁门即日关报朝集院，开封府人马即至，迎入院中，虽不可出入，而同院中士大夫日夕游从，情如兄弟。或商榷文字，或彼此询问风土，或因而结交，互相推荐，其况味与栖栖逆旅者大不侔矣。景祐二年十月辛亥，诏复增置，以士大夫之来者日多故也。

京官不得拟知州通判

国初，擢用人才不问资序，有初补京官便除知州，或差通判，既不知仕涂之艰苦，小官往往遭其慢视；又且未历民事，不谙民间疾苦。淳化四年十月庚午，苏易简上言：初任京官，未历州县，不得拟知州、通判。诏从之。然惟施之常调尔，若人主特除，则又不在此例。吕公弼年十九，以水部员外郎即知庐州，正如易简所论，不以改制而止也。

墨 庄 漫 录

［宋］张邦基　撰

丁如明　　校点

校 点 说 明

《墨庄漫录》十卷,宋张邦基撰。邦基字子贤,淮海(今江苏高邮)人。从《墨庄漫录》考知,邦基约生活于南北宋之交,少年时曾在湖南居住,宣和中道出颖昌,建炎后居扬州,足迹至今河南、江苏、浙江、江西一带。其他生平不详。性善藏书,题所寓曰"墨庄",《墨庄漫录》的得名由此。

书中多记杂事,朝章国典、名人遗闻,论书、论文房四宝、掌故逸事,而尤留意于诗文词的评论及记载,较多地保存了一些重要的文学史资料,可供后人研究。除此之外,书中也有相当数量的志怪传奇篇章,多为释道仙佛故事,但作者本人并不信佛,曾有专条辩说。此外,书中还提供了一些当时小说作者的资料及小说版本情况,如魏泰作《碧云騢》事、王铚作《龙城录》事、《穆天子传》的版本流传情况等,向为治小说史者所珍视。

《墨庄漫录》宋代书目未见著录,《百川书志》小说家类著录为五卷。今传《稗海》本及《四库全书本》均为十卷。此次整理即以四部丛刊收《稗海》本为底本,遇有讹脱,则径以《四库全书》本校补,概不出校,以副"笔记小说大观"体例云。

目　录

墨庄漫录卷之一

仆以闻见虑其忘也,书藏其箧。归耕山间,遇力罢释耒耕垄上,与老农憩谈,非敢示诸好事也。其间是非毁誉,均无庸心焉。仆性喜藏书,随所寓榜曰"墨庄",故题其首曰《墨庄漫录》。淮海张邦基子贤云。

范蜀公乞致仕,章四上,未允。第五章言臣所怀有可去者二:谓言青苗不见听,一可去;荐苏轼、孔文仲不见用,二可去。章既上,遂得请。

张宣徽安道守成都,眷籍娟陈凤仪。后数年,王懿敏仲仪出守蜀,安道祝仲仪,致书与之。仲仪至郡,呼凤仪曰:"张尚书顷与汝留情乎?"凤仪泣下。仲仪曰:"亦尝遗尺牍,今且存否?"曰:"迨今蓄之。"仲仪云:"尚书有信至汝,可尽索旧帖,吾欲观之,不可隐也。"遂悉取呈,韬于锦囊甚密。仲仪谓曰:"尚书以刚劲立朝,少与多仇。汝毋以此黩公。"乃取书付凤仪,并囊尽焚之。后语安道,张甚感之。王、张姻家也。

东坡在杭州,一日游西湖,坐孤山竹阁,前临湖亭上。时二客皆有服,预焉。久之,湖心有一彩舟渐近亭前,靓妆数人。中有一人尤丽,方鼓筝,年且三十馀,风韵娴雅,绰有态度。二客竞目送之。曲未终,翩然而逝。公戏作长短句云:"凤凰山下雨初晴。水风清,晚霞明。一朵芙蓉,开过尚盈盈。何处飞来双白鹭,如有意,慕娉婷。　　忽闻江上弄哀筝。苦含情,遣谁听。烟敛云收,依约是湘灵。欲待曲终寻问取,人不见,数峰青。"

毗陵一士人姓常,为《蟹》诗云:"水清讵免双螯黑,秋老难逃一背红。"盖讥朱勔父子。

范纯仁尧夫丞相薨,礼官谥曰"忠宣"。考功邓忠臣议曰:"每思捐身而开策,常愿休兵而息民。只知扶危而济倾,宁恤跋前而疐后。"又曰:"谗言乱国,而明蔡确之无罪;奸党投石,而谓大防之可原。当众人莫敢言之时,在偏州无所用之地,义形正色,愤激至诚。非特救当世正人端士之织罗,直欲戒后世乱臣贼子之迷国。徇公忘己,为国惜贤。"又曰:"父母之国,有时而去;股肱之义,于是或亏。放之江湖,忽如草芥。纫兰泽畔,更甚屈原之忠;占鹏坐隅,已分贾生之死。"又曰:"侧席南望,而快浮云之蔽;趣节东归,而咏零雨之濛。"又曰:"法座想见其风采,诏书相望于道涂。"云云。时论皆以为允当。崇宁初,追夺元谥,并定谥覆官并罚铜。二年六月,言者再论,忠臣得宫祠。

东坡作《儋耳山》诗云:"突兀隘空虚,他山总不如。君看道旁石,尽是补天馀。"叔党云:"石当作者,传写之误。一字不工,遂使全篇俱病。"

王荆公书清劲峭拔,飘飘不凡,世谓之横风疾雨。黄鲁直谓学王濛,米元章谓学杨凝式;以余观之,乃天然如此。

武帝建安二十年冬十月,始置名号,至五大夫与旧列侯关内侯凡六等,以赏军功。名号侯爵十八级,铜印龟纽墨绶;五大夫十五级,铜印环纽亦墨绶,皆不食租。此印决曹氏物也。表舅唐恕端仲见之,亦以予言为然,乃赋诗云:"关中金印岂秦关,想见风流汉已还。大缬似书谯县石,兰亭宁数会稽山。空余此日归囊橐,曾是当年杂珮环。万户况将取如斗,此章何足系腰间。"后范左辖谦叔在方城,以书求借,舅氏不与也。前阙。

崇宁初,既立党籍,臣僚论元祐史官云:初,大臣挟其私忿,济以邪说,力引憸浮与其厚善布列史职。或毁诋先烈,或凿空造语以厚诬,若范祖禹、黄庭坚、张耒、秦观是也;或隐没盛德而不录,若曾肇是也;或含糊取容而不敢言,若陆佃是也:皆再谪降。时旧史已尽改矣。

王巩定国为太常博士,常从术士作轨革,画一堂庑,庭中有明珠一枚,旁置棋局。未几为御史朱光庭所抨,得补外。

东坡在海外,琼州士人姜公弼来从学。坡题其扇云:"沧海何曾断地脉,白袍或作朱崖。端合破天荒。"公弼求足之。坡云:"候汝登科,当为汝足。"后入广,被贡至京师。时坡已薨,乃谒黄门于许下,子由乃为足之云:"生长芸间已异芳,风流稷下古诸姜。适从琼管鱼龙窟,秀出羊城翰墨场。沧海何曾断地脉,白袍端合破天荒。锦衣他日千人看,始信东坡眼目长。"

国朝宗室例除环卫,裕陵始以非祖免补外官。继有登科者,然未有为侍从者。宣和五年,始除子崧徽猷阁待制,继而子淔亦除。八年,又除子栎,宗室为从官,自伯山始,然皆外任,未有任禁从者。绍兴三年,始除子昼侍郎。皆子字也,然其他字号未有也。十八年,始除不弃侍郎,不字任禁从,自德夫始。

"香泛钓筒萍雨夜,绿摇花坞柳风春"。舒亶信道诗也。信道清才,而诗刻削有如此者。又有云:"空外水光风动月,暗中花气雪藏梅。"又云:"宿雨阁云千嶂碧,野花弄日一村香。"又云:"万壑水澄知月白,千林霜重见松高。"皆警句也。

韩驹子苍诗云:"倦鹊绕枝翻冻影,征鸿摩月堕孤音。"诚佳句也,但太工矣。

浮休居士张芸叟久经迁责,既还,怏怏不平。尝内集,分题赋诗。其女得《蜡烛》,有云:"莫讶泪频滴,都缘心未灰。"浮休有惭色,自是无复躁进意。司马朴之室,浮休之女也。有诗在鄜延路上一寺中,一联云:"满目烟含芳草绿,倚栏露泣海棠红。"或云便是咏烛者。

绍圣初,逐元祐党人,禁中疏出,当责人姓名及广南州郡,以水土美恶系罪之轻重而贬窜焉。执政聚议,至刘安世器之时,蒋之奇颖叔云:"刘某平昔人推命极好。"章惇子厚以笔于昭州上点之云:"刘某命好,且去昭州试命一回。"

杜子美《玄都坛歌》云:"子规夜啼山竹裂,王母昼下云旗翻。"说者多不晓王母,或以为瑶池之金母也。中官陈彦和言:顷在宣和间掌禽苑,四方所贡珍禽不可殚举。蜀中贡一种鸟,状如燕,色绀翠,尾甚多而长。飞则尾开颤袅如两旗,名曰王母。则子美所言,乃此禽也。盖遐方异种,人罕识者。"子规夜啼山竹裂",言其声清越如竹裂也。

鄱阳胡咏之朝散,生平好道。元符初,尝于信州弋阳县见一道人,青巾葛衣,神气特异。因揖而延之对饮。道人指取大白,满引无算,曰:"君有从军之行,去否?"胡悚然曰:"当去。"盖是时欲就熙河帅姚雄之辟也。道人曰:"西陲方用师,好去。"索纸书诗曰:"济世应须不世才,调羹重见用盐梅。种成白璧人何处,熟了黄粱梦未回。相府旧开延士阁,武夷新筑望仙台。青鸡唱彻函关晓,好卷游帏归去来。"授咏曰:"为我以此寄章相公。"且曰:"章相公好个人,又错了路迳也。"咏叩其说,但云未可立谈。咏问其姓名,亦不肯言,曰:"吾早晚亦游边,可以复相见。"夜艾,咏曰:"先生可就此寝。"曰:"吾归邸中,只在河下。"乃拂衣去。明日,遣人往诸邸寻问,皆云未尝有道人。因告县令,遍邑物色,竟无曾见者。咏至京师,见王副车诜,具告以此。欲持诗谒子厚,诜曰:"慎不可。上方以边事倚办相公,丞相得此,必坚请去。上必疑怪,诘其所以然,君且得罪。"咏以为然,径趋姚幕,从取青唐。暨还阙,则子厚已去矣。他日子厚北归,闻有此诗,就咏求之。其真本已为驸车夺有,乃録寄之。子厚见诗叹曰:"使吾早得此诗,去位久矣,岂复有今日之事乎?"方咏之在边日,尝至秦州天庆观,闻说吕先生在此月馀,近日方去矣。问何以知其为吕,道士云:"道人去时,适道众皆赴邻郡醮。道人顾小童曰:'吾且去,借笔书壁,候师归示之。'小童辞以观新修,师戒勿令题涴。乃曰:'烦贮火殿炉,吾欲礼三清而去。'既而行殿后,砌下有石池,水甚清泚。乃以爪画殿壁留诗云:'石池清水是吾心,漫被桃花倒影沉。一到邦山空阙内,消闲尘累七弦琴。'后题回字。众惊叹,以为必吕翁也。"壁甚高,其字非手可能及。邦山,即秦山也。咏思弋阳所遇,有游边之约,岂非即斯人欤。此说予闻江元一太初云。

宿州灵壁县张氏兰皋园一石甚奇,所谓小蓬莱也。苏子瞻爱之,题其上云:"东坡居士醉中观此,洒然而醒。"子瞻之意,盖取李德裕平泉庄有醒醉石,醉则踞之乃醒也。蒋颖叔过见之,复题云:"荆溪居士暑中观此,爽然而凉。"吴右司师礼安中为宿守,题其后云:"紫溪翁大暑醉中读二题,一笑而去。"张氏皆刻之。其石后归禁中。

姑苏士人家有玉蟾蜍一枚,皤腹中空,每焚香置炉边,烟尽归腹中,久之冉冉复自蟾口喷出。亦异物也。

退之诗:"风能折黄耇,露亦染梨腮。"鲁直本亦作"风棱露液"。又《与兴元宴集》诗云:"庄漫华墨间。"墨当作黑。华梁黑水惟梁州；兴元，梁州也。

吴安中少年时为堠子诗云："行客往来浑望我，我于行客本无心。"喜为人书之。

李商隐《锦瑟》诗云："庄周晓梦迷蝴蝶，望帝春心托杜鹃。沧海月明珠有泪，蓝田日暖玉生烟。"人多不晓，《刘贡父诗话》云：锦瑟，令狐绹家青衣。亦莫能考。《瑟谱》有适、怨、清、和四曲名。四句盖形容四曲耳。

唐子西尝见桃李盛开，而梅尚存数枝，因作诗。时张无尽天觉被召，乃以诗投之云："桃花能红李能白，春来何处无颜色。不应尚存一枝梅，可是东君苦留客。向来开处当严冬，桃李未在交游中。只今已是丈人行，勿与少年争春风。"无尽大加称赏。

延安夫人苏氏，丞相子容妹，曾子宣内也，有词行于世。或以为东坡女弟适柳子玉者所作，非也。

崇宁三年，邦基伯父文简公宾老，自翰苑拜左丞，而伯父倪老后除内相。宣和八年，文粹中自翰苑拜右丞，而其季虚中除内相。皆兄弟相代于北扉，亦盛事也。

广陵先生逢原尝为《暑热思风》诗云："力卷雨来无岁旱，尽驱云去放天高。"客有传示王介甫，叹曰："有致君泽民之志，惜乎不振也。"

逢原一日与王平甫数人登蒋山，相与赋诗。而逢原先成，举数联。平甫未屈，至闻"仰跻苍厓颠，下视白日徂；夜半身在高，若骑箕尾居"，乃叹曰："此天上语，非我曹所及。"遂阁笔。

襄阳有一曹掾，不为郡将所礼，屡窘几殆。一日，掾被召，以诗上郡将而别之，有云："已觉目光在牛角，未信鞭长及马腹。"郡将虽喜赏而愈衔之。

蔡元度鲁公在位，锡赍无穷，而用度亦广。京师感慈寺修浮图，题三千缗。时有吴炼师者，丹阳人，辟谷修养，馆于西园庵中。后有隙地，吴劝令莳麦。既获，颇厌狼藉。公见之，题诗于庵曰："塔缘便舍三千贯，月俸无逾一万缗。却向西园课小麦，老来颠倒见愁人。"

胡师文元质侍郎利州，一日昼寝书室，蹶然而兴，呼吏问曰："适有人投讼牒，自称吴伴姑。"吏曰无有。斯须复梦如初，既觉，复呼吏曰："倅厅庖舍在何所，其户牖何向？"吏具白之。即命驾至彼，率倅同观，指一隅命锸发之。不数尺得一妇人尸，倒植水中，衣履犹未败。盖前倅子舍之婢，因捶死瘗于此，人莫知之。因命具棺衾，荐以佛事。复梦妇人云："今免倒形，以就安宅，且将诉于阴府矣。"感激而去。高邮人徐伯通与直时为馆客，亲见此事。

杜甫诗："东阁观梅动诗兴，还如何逊在扬州。"多不详逊在扬州之说。以本传考之：但言逊天监中为尚书水部郎，南平王引为宾客，掌书记室。荐之武帝，与吴均俱进幸。后稍失意，帝曰："吴均不均，何逊不逊。"逊卒于庐陵王记室，亦不言在扬州也。及观逊有《梅花》诗，见于《艺文类聚》、《初学记》云："兔园标节物，惊时最是梅。御霜当路发，映雪拟寒开。枝横却月观，花绕凌风台。朝洒长门泣，夕注临邛杯。应知早凋落，故逐上春来。"余后见别本，逊，东海剡人，举本州秀才。射策为当时之冠，历官奉朝请。时南平王殿下为中权将军扬州刺史，望高右戚，实曰贤主，拥彗公庭，爱客接士。东阁一开，竞收杨、马；左席皆启，争趋邹、枚。君以词艺早闻，故深亲礼，引为水部，行参军事，仍掌文记室云云。乃知逊尝在扬州也。盖本传但言南平引为记室，略去扬州尔。然东晋、宋、齐、梁、

陈,皆以建业为扬州,则逊之所在扬州,乃建业耳,非今之广陵
也。隋以后始以广陵名州。

　　润州苏氏家书画甚多。书之绝异者有太宗《赐易简御
书》、宋玉《大言赋》、《并名真戒酒批答》、钟繇《贺吴灭关羽上
文帝表》、王右军《答会稽内史王述书》、《雪晴寄山阴张侯帖》、
献之《秋风词》、梁萧子云《节班固汉史》、唐褚遂良模本《兰
亭》、李太白《天马歌》、贺知章《醉中吟》、张长史《书逸人壁》、
颜鲁公《进文殊碑赞》、李阳冰篆《新泉铭》、永禅师《真草千
文》、齐己题赠,并皆真迹。名画则顾凯之《雪霁图》、《望五老
峰图》、北齐《舞鹤图》、阎立本《醉士图》、吴道子《六甲神》、薛
稷《戏鹤》、陈闳《蕃马》、韩幹《御马》、戴嵩《牛图》、王维《卧披
图》、边鸾雀竹、李将军晓景屏风、李成山水、徐熙草虫、黄荃墨
竹、居宁翎毛、董羽龙水、刘道士鬼神、刁处士竹石、钟隐乳兔。
物之尤异者有明皇赐苏小许公四代相玉印、赞皇父子石研、石
兔、竹拂、连理拄杖、陈后主宫娃七宝束带、雷公斧、珊瑚笔架、
玉连环,皆希世之宝。后皆散逸,或有归御府者,今不知流落
何处。

　　荆公退居金陵,蒋山学佛者俗姓吴,日供洒扫,山下田家
子也。一日风堕挂壁旧乌巾,吴举之复置于壁。公适见之,谓
曰:"乞汝归遗父。"数日,公问幞头安在,吴曰:"父村老,无用,
货于市中,尝卖得钱三百千供父,感相公之赐也。"公叹息之。
因呼一仆同吴以元价往赎,且戒苟以转售,即不须访索。果以
弊恶犹存,乃赎以归。公命取小刀,自于巾脚刮磨,粲然黄金
也,盖禁中所赐者。乃复遗吴。吴后潦倒,竟不能祝发,以竹
工居真州。政和丙申年,予尝令造竹器,亲说如此。时已年六
十馀,贫窭之甚,亦命也。

吕温卿为浙漕，既起钱济明狱，又发廖明略事，二人皆废斥。复欲网罗参寥，未有以中之。会有僧与参寥有隙，言参寥度牒冒名。盖参寥本名昙潜，因子瞻改曰道潜。温卿索牒验之，信然。竟坐刑之归俗，编管兖州。未几，温卿亦为孙杰鼎臣发其赃滥系狱。人以为菑人者，人必反菑之。

孔雀毛著龙脑则相缀，禁中以翠尾作帚，每幸诸阁，掷龙脑以辟秽，过则以翠尾扫之皆聚，无有遗者。亦若磁石引针，琥珀拾芥，物类相感也。

中表钱滔子全，穆父之孙，蒙仲之子。三岁丧父，自少刻苦能立，好学有节操。何桌榜登科，即丁母艰，及第十余年，未尝到官。试中学官，除济南府教授。车驾驻跸扬州，有荐权国子博士者，始入局参谒长贰。方茶，疾作仆地，舆归，一夕而殂，竟无一日之禄，惜哉！命薄如此，可为奔求躁图之戒。

世传宗室中昔有昏谬，俗呼为泼撒太尉。一日坐宫门，见钉校者，亟呼之，命仆取弊履，令工以革护其首。工笑曰："非我技也。"公乃误曰："我谬也，误呼汝矣。适欲唤一锢漏俗呼骨路。者耳。"闻者大笑之。

王黼将明盛时，搜求四方瑰奇之物，以充玩好。有人以桃核半枚来献，中容米三四斗，其间题咏之字满矣。李之仪端叔题云："观此桃，则退之所谓'华山十丈莲'信有之矣。"今不知存否也。予尝观《洽闻记》云：吐谷浑桃如大石瓮，岂非此桃也耶？

墨庄漫录卷之二

蔡絛约之《西清诗话》云："人之好恶,固自不同。杜子美在蜀作《闷》诗乃云：'卷帘惟白水,隐几亦青山。'若使予居此,应从王逸少语,吾当卒以乐死,岂复更有闷乎？"予以谓此时约之未契此语耳。人方忧愁亡聊,虽清歌妙舞满前,无适而非闷。子美居西川,一饭未尝亡君,其忧在王室,而又生理不具,与死为邻,其闷甚矣。故对青山青山闷,对白水白水闷,平时可爱乐之物,皆寓之为闷也。约之处富贵,所欠二物耳。其后窜斥,经历崎岖险阻,必悟此诗之为工也。

东坡赠黄照道人诗云："面脸照人元自赤,眉毛覆眼见来乌。"《王立之诗话》云："元自、见来,皆俚语也。"杜子美诗云："镵石藤稍元自落,倚天松骨见来枯。"坡句法此。而谓之俚语,立之未之思耳。

建炎改元冬,予闲居扬州里庐,因阅《太平广记》。每过予兄子章家夜集,谈记中异事,以供笑语。时子章馆客天长解养直刚中,因言顷闻一异事云：元符末年,渭州潘原县民方耕田,有民自地间涌出,耕者见之惊悍,弃犁而走,则斥逐击之不得走。执耕者及县,县吏遇之,辄殴县吏,吏皆散走。见县令马敦古,又殴令,令亦走。俄而仆于庭,奄然一土偶人也。视之,则岁所尝奉土牛傍所谓勾芒神者。于是共异出之。未几,复有至者,亦事皆同,日十数至,不能御。官吏皇恐,令不敢复视事。居若干日,有物人类蓬首,黑而矬肥,降令舍,莫知其所从来。令罔测。乃曰："尔无庸恐,我为尔尽食芒儿矣,尔恭事我。"乃泛洒厅事之东室居之。凡十余人,其长者自称天神,其次曰王褒、李贵,其余有姓名;有妇人二,曰云英、月英。日谨伺候,供亿其饮食。尝阖户自窦中出入,有所须召,则其长者呼王褒、李贵。而令为置吏门外为传呼,事之甚严。自是土怪不至,民亦以其无他。用止怪,颇安焉,令尤德之。久之,提点刑狱程棠行县,问令所以。室中遽呼曰:"王褒为我传语提刑:适赠诗不省已得乎?"置吏以告。棠起立曰:"某适至此,已晚不敢见也。所赐诗者实未得。"吏去复至曰:"诗在提刑汗衫上。"祖视之,果然。乃不敢复语,相与遽起。先是,渭州都巡检侯恩老矣,其为人刚方不挠,好面折人,一州号为木强。自闻见怪,独心常易之。方棠巡按时,恩如州界,方奉迎,从至县,恩以职事从在县衙,独据胡床,坐厅事旁。俄有物自东隅来阶下,两手扳阶基,首与阶平,徐过恩坐。恩徒手搏得之,号掣不放,触其体若冰石,有力能反曳人。恩素有力,一手捽其领,掾左手著胡床从之,卒不放。至所谓怪室者,两足入户内,引恩手戛户颊,久乃放之。一县大惊,令尤恐,失举止,往来语曰:"都巡检败我事矣。"棠亦愈皇恐徘徊。夜中不闻有声,棠乃归宿于县驿。明旦,棠盛服至上谒,令洒扫设香案以俟,恩亦戎服待事。谒入不出,日高,稍稍摩户视,阒其无人。室中凝尘尺余,亦不见有人迹。令犹愕曰:"竟为都巡所误,祸至若何?"恩曰:"某以为除害,已去之矣,何祸为?"棠乃从令及恩共入视之,厅壁间得细书一行云:"侯公正直,予等谨退。"自后怪遂两绝。侯公者,开封人,字泽之。有子名传,为天长巡检,常为人言此曰:"某是时侍亲渭上,目所见也。"传又曰:"今天长尉贾坛时亦侍其父在焉。"解生闻此事于巡检,后贾尉亦能言之，又得程棠、王褒、李贵之姓名，不疑尚有缺者，皆幼不记也。异哉，异哉。

杜子美《秦州》诗云："马骄珠汗落，胡舞白题斜。"题或作蹄，莫晓白题之语。《南史》：宋武帝时，有西北远边有滑国遣使入贡，莫知所出，裴子野云："汉颍阴侯胡白题将一人。服虔注曰：'白题，胡名也。'又汉定远侯击虏入滑，此其后乎？"人服其博识。予常疑之。盖白题其胡下马拾之，始悟白题乃胡人为毡笠也。子美所谓"胡舞白题斜"，胡人多为旋舞，笠之斜似乎谓此也。

周昕大夫居邓州，父中散卒数十年矣。一夕，昕妻梦中散如平生，谓曰："我且为羊，今在某氏屠肆，五更即死，当速见赎，乌头者即我也。"觉而语昕，以为梦中语，勿信也。斯须复梦于昕。时以四更鼓，亟遣仆推门以至屠家，且问有乌头羊否。屠伯云："适有一头。"仆曰："幸勿杀，周宅欲售为厌胜之用。"乃倍直牵归。视昕有喜色，遂养之。每昕自外归，径趋怀中，得食已。如是者数年，羊乃死。

王定国寄诗于东坡，答书云："新诗篇篇皆奇，老拙此回真不及矣。穷人之具，辄欲交割与公。"魏道辅见而笑曰："定国亦难作交代，只是且权摄耳。"

仁宗尝问孝肃包公拯历代编户多少之数，公悉考以对：以谓三代虽盛，其户莫得而详。前汉元始二年人户千二百二十三万三千。后汉光武兵革之后，户四百二十七万六百三十；永寿三年，增至一千六十七万九百六十。三国鼎峙，版籍岁减，才百四十余万。晋武帝平吴之后，户二百四十五万九千八百。南北朝少者不盈百万，多者不过三倍，隋文帝大业二年，户八百九十万七千五百三十六。唐初，户不满二百万；高宗永徽元年,增至三百八十万;明皇天宝十三年,只及九百六万九千一百五十四;自安史之乱,乾元已后仅满一百二万;武宗会昌中增至四百九十五万五千一百五十一。降及五代,四方窃据,大约各有数十万。太祖建隆之初,有户九十六万七千三百五十三;开宝九年;渐加至三百九万五百四户;太宗至道二年,增至四百五十一万四千二百五十七;真宗天禧五年,又增至八百六十七万七千六百七十七。陛下御宇以来,天圣七年,户一千一十六万二千六百八十九;庆历二年,增至一千三十万七千六百四十;八年,又增至一千九十万四千四百三十四。拯以谓自三代以降,跨唐越汉,未有若今之盛者。拯又言蚩蚩之生聚蕃息衰耗,一出于时政之所关陶化,明主知其然也。必薄赋敛,宽力役,救荒歉,三者不失,然后幼有所养,老有所终,此乃陛下日慎一日,以致其盛,遂与之休养,则可封之俗,不只二帝之盛矣。宣和乙巳十二月四日,夜读公奏录节出。呜呼,盛德之语哉。

梓州织八丈阔幅绢献宫禁,前世织工所不能为也。

茄根并枝暴干,烧作灰为香煤,甚奇,能养火延夕。

予尝自制鼻观香,有一种萧洒风度,非闺帏间恼人破禅气味也。其法用水沉香一两屑之,取槟榔液渍之,过一日滤其液,降真香半两,以建茶斗品二钱七作浆,渍一日,以湿竹纸五七重包之,火煨少时,丁香一钱鲜极新者,不见火玄参二钱,鲜去尘埃密熁令香,真茅山黄连香一钱,白檀香三钱,麝半钱,婆律一钱,焰硝一字,俱为细末,浓煎皂角胶和作饼子,密器收之,烧暗极熳火。

题跋最为难事,惟东坡、山谷题徐熙画菜云:"士大夫不可不知此味,不可使斯民有此色。"

唐来鹏有《观忤会夫人》诗云："回眸绿水波初起，合掌白莲花未开。"嘉祐中，有王永年者，娶宗女，求举于窦卞、杨绘，得监金耀门书库。永年尝置酒延卞、绘，出其妻间坐。妻以左右手掬酒以饮，卞、绘谓之"白玉莲花盏"，可谓善体物者也，然意亦取鹏之诗云。

江南李后主，常于黄罗扇上书以赐宫人庆奴云："风情渐老见春羞，到处消魂感旧游。多谢长条似相识，强垂烟态拂人头。"想见其风流也。扇至今传在贵人家。

洛中花工，宣和中以药壅培于白牡丹如玉千叶一百五玉楼春等根下，次年花作浅碧色，号欧家碧。岁贡禁府，价在姚黄上。尝赐近臣，外廷所未识也。

方亚夫几仲兴化军人，五至省闱皆不捷。尝梦廷试而无试卷，甚恶之。晚以八行举，诏免廷试，贾安宅榜唱名排入第一甲，以通直郎终。

崇宁中，初兴书画学，米芾元章方为太常博士，奉诏以黄庭小楷作《千文》以献，继以所藏法书名画来，上赐白金十八笏。是时禁中萃前代笔迹，号"宣和御览"，宸翰序之，诏丞相蔡京跋尾，芾亦被旨预观。已而出知无为军，复召为书学博士，便殿赐对，询逮移晷。因上其子友仁《楚山清晓图》。既退，赐御书画扇各二，遂除春官外郎，人以为荣。十八笏盖戏之耳。

宣和癸卯，平江朱勔采石太湖鼋山，得一石长四丈有奇，广得其半，玲珑嵌空，窍穴千百，非雕刻所能成也，并郡宅后池光亭台上白公桧，世传白乐天手植也。创造二大舟，费八千缗以献。时常、润间河渠浅涩，重载不前，乃先绘图以闻。宸翰赐石名"神运昭功敷庆万年之峰"，时人莫不目击。余时初至吴中,亦获一观,是秋方至京师,置于艮岳。

田衍、魏泰居襄阳,郡人畏其吻,谣曰:"襄阳二害,田衍、魏泰。"未几,李豸方叔亦来郡居,襄人憎之曰:"近日多磨,又添一豸。"

都尉王诜为王定国画《烟江叠嶂图》,东坡作诗所谓"江上愁心千叠山"者。定国死,其子由以画货与高邮富人茅生,以献章献,或云禁中。

喻陟明仲,睦州人,持节数部,政绩蔼著。雅善散隶,尤妙长笛,每行按至山水佳处,马上临风,快作数弄,殊风流萧散也。常有马上吹笛诗云,云云,寄张芸叟。和寄云:"越客思归黯不平,闲持长笛写秦声。羡君气海如斯壮,博我词锋孰敢争。江上梅花开又落,陇头流水咽还惊。岂知不寐鳏鱼眼,独坐山堂对月明。"又手帖云:"舜民已三请外,若得西道一局,再记旧德,便冀扫榻,更需洗水晶杯也。"水晶杯,明仲珍惜物,非佳客不出,故芸叟戏云。

寿春村农晚耕于野,每见青雀五枚翔集桑上,毛羽绀翠,天明即见,心颇异之。一日,偶拈石击之,正中其一□陨地,视之乃青铜雀,已折矣。因于其下斸之,不数尺得铜香炉,盖上一雀二足□而阙其一矣。后为方会给事家所得,工制简朴,亦无他异。

魏泰道辅自号临汉隐君,著《东轩杂录》、《续录》、《订误》、《诗话》等书。又有一书,讥评巨公伟人阙失,目曰《碧云骢》。取庄献明肃太后垂帘时,西域贡名马,颈有旋毛,文如碧云,以是不得入御闲之意。嫁其名曰都官员外郎梅尧臣撰。实非圣俞所著,乃泰作也。

襄邑义塘村出一种瓜,大者如拳,破之色如黛。味甘如蜜，余瓜莫及。顷岁贡之，以其子莳他处，即变而稍大，味亦减矣。

康节邵先生尧夫在洛中尝与司马温公论《易》数，推园中牡丹云："某日某时当毁。"是日温公命数客以观。日向午，花方秾盛，客颇疑之。斯须，两马相踶，绝衔断辔，自外突入，驰骤栏上，花果毁焉。尝言天下不可传此者司马君实、章子厚尔。而君实不肯学，子厚不可学也。临终焚其书不传，只以《皇极经世》行于世。

唐暨潜亨质，肃公犹子，余母之舅也。早退隐居襄阳，著《春秋政典》，以周官定臧否。邹志完为序。娶陈氏，蜀人，令德纯茂，尤工文章。大观中，先君为郡学官，代还时，以诗送别余母。一云："念别每惊魂，流年多病身。惟我延陵子，情真意更亲。分携无泪尽，望远起愁新。老眼将何暖，音书不厌频。"二云："雪意乱江云，江梅渐放春。雁归人去后，愁与岁华新。荣路君方振，园居我岂贫。惟余忧我念，相忆莫沾巾。"

宣和间，宫中重异香，广南笃耨、龙涎、亚悉、金颜、雪香、褐香、软香之类。笃耨有黑白二种，黑者每贡数十斤，白者止三斤，以瓟壶盛之，香性熏渍，破之可烧，号瓟香。白者每两价值八十千，黑者三十千。外廷得之，以为珍异也。又贡异物圆如龙眼实，色若绿葡萄，号猫儿眼睛。能息火，燃炭方炽，投之即灭。又云能解蛊毒之药。前世所纪异物多矣，未闻此种也。

荔枝皮不可烧，其香引尸虫。

瑞香花其香清婉，在余花上，窠株少见大者。襄阳唐表舅家一株，面阔一丈二三尺，婆娑如盖，下可坐胡床。赵岍季西知襄阳欲取之，竟不与也。兵火之后，不复存焉。岂归阆苑耶？李居仁大夫尝言：舒州山中深岩间，附石生一株，高二三丈,下可坐上客,不可移也。今浙中以丁香本接者,芬芳极短,不如天生者其香沤郁清烈也。不十年即瘦悴就稿矣。

顾临子敦为翰苑,每言赵广汉尹京有治声,使我为之不难,当出其上。子瞻戏曰:"君作尹须改姓。"顾曰:"何姓?"曰:"姓茅,唤作茅广汉。"

禹馀粮石,形似多怪,砐礌百出,或正类虾蟆,中空藏白粉,去其粉,可贮水作研滴。出鼎州祇阇山者多此类,他亦有之,然不及也。长老祖秀昙颖说。

黄鲁直谓荀中令喜焚香,故名缩砂汤曰荀令汤。朱云喜直言切谏,苦口逆耳,故名三棱汤曰朱云汤。

任梦臣任四川路提点刑狱,以廉节称,卧病不起,家四壁立。二女贤甚,赵清献公守成都,率僚属以俸助之。二女辞不受,力拒之云:"岂敢以此污先君之清德?"赵倅成伯笃意勉之,遂纳于公宇之东庑。既行,以元物若干榜于门壁,付之守御吏,无毫发所损。二女洁如此。文章议论,士夫所不逮也。后数年,清献皆以子侄妻之。

苏颂子容丞相,博学无所不通。熙宁十年,为大辽生辰国信使。在虏中适遇冬至,时本朝历先北朝一日,北朝历后一日。北人问公孰是,公曰:"历家算术小异,迟速不同,谓如亥时,节气当交,则犹是今夕;若逾数刻,即属子时,为明日矣。历家布筹容有迟速,或先或后,故有一日之异,然各从本朝之历可也。"虏人深以为善,遂各以其日为节庆贺。使还,奏之,上喜曰:"朕思之,此最难处,卿之所对,极中事理。"

近时传一书曰《龙城录》,云柳子厚所作。非也,乃王铚性之伪为之。其梅花鬼事,盖迁就东坡诗"月黑林间逢缟袂"及"月落参横"之句耳。又作《云仙散录》,尤为怪诞,殊误后之学者。又有李歜注杜甫诗及注东坡诗事,皆王性之一手,殊可骇笑,有识者当自知之。

黄寔师是弟宰方叔,坐上书讥讪事,下御史。时相欲置极典,中丞卢航彦济乞降元书看详。时禁中已焚其书,有旨令宰执台谏析其言,有云:"蔡京奸邪,用之误国,童贯阉官,只可洒扫宫廷,不宜预庙谋密筹。"删去谤讪之语,遂得宽贷。时相犹忿欲置决,彦济复争之,乃流海岛。后数年,定武帅梁子美奏边事云:"某事乞依黄寔知本州日申明。"徽宗忽顾左右曰:"寔有弟,今在何处?"近臣奏先因上书得罪流海岛,即日内批与量移。后遇赦放还,获终于家。

张稚圭元老,荆公客也,为江东漕,摄金陵府事。严酷鲜恕,喜与方士游。门下尝数客,一日行郡圃,老卒项系念珠。公曰:"汝诵经乎?"卒曰:"数息尔。"公异之,呼至室内,问其所得,论养生吐纳内丹,皆造精微。又曰:"运使平生殊错用心,酷虐用刑,非所以为子孙福,延方士皆非有道之士,此曹特觊公贿耳。"公曰:"能传我乎?"卒曰:"正欲授公,然须今夜半潜至某室当以传。"公初亦难之,不得已许焉。既归,与鱼轩刘议之。刘曰:"不可。公以严毅,人素苦之,夜中独出,事有不测,奈何?"太夫人微闻之,潜锁其寝室,竟不得出。黎明视事,衙校报守圃卒是夜四更趺坐而化。公大怅惋,数月,感疾遂卒。

舒信道谪居四明,几二十年,独以诗为乐。尝得句云:"春禽得意千般语,涧草无名百种香。"自喜之,既而曰:"此联可入笺注,不可以示人。"遂改去不用之。

东坡先生知扬州,一夕,梦在山林间,忽见一虎来噬,公方惊怖,有一紫袍黄冠以袖障公,叱虎使去。明日有道士投谒曰:"昨夜不惊畏否?"公曰:"鼠子乃敢尔!本欲杖汝脊,吾岂不知子夜术耶？”道士骇惶而退。

予友人相访，指案间《荆公日录》曰：“仆不喜阅此书。”予问其说。客曰：“凡称上曰某事如何，则言予曰不然；凡称某事予则曰如何，则言上曰极是。此尤可笑也。”

濠州州宅含桃阁下，因斸土得一石匣，始疑中藏金玉，开之得巨编数帙，乃陈留郑向所述《五代开皇纪》三十卷。乾兴元年，向以尚书屯田员外郎为郡守，瘗此书于阁下。中有铭曰：“自朱矫命，终紫游位，二十四年，一十三帝，兴亡行事，鱼贯珠缀，瘗藏于斯，如地之利。”此书亦行于世。

山谷先生作《苏李画枯木道士赋》云：“惧夫子之独立，而矢来无乡；乃作女萝施于木末，婆娑成阴，与世宴息。”而尝以矢来无乡问人，少有能说者。后因观《韩非子》有云：“矢来有乡，乡，方也，有从来之方。则积铁以备一乡；谓聚铁于身以备一处，即甲之不全者。矢来无乡，则为铁室以尽备之。谓甲之全者，自首至足，无不有铁，故曰铁室。备之则体无伤，故彼以尽备之不伤，此以尽敌之无奸也。”言君亦当尽备于臣，皆所防疑，则奸绝也。山谷用事深远，此点化格也，不知者岂知其工云。

王逢原作《假山诗》云：“鲸牙鲲鬣相摩揳，巨灵戏撮天凹突。旧山风老狂云根，重湖冻脱秋波骨。我来谓怪非得真，醉揭碧海瞰蛟窟。不然禹鼎魑魅形，神颠鬼胁相撑揬。”夏倪均父为予言此诗奇险，不蹈袭前人，韩退之所谓“惟陈言之是去”者，非笔力豪放不能为也。

范致虚谦叔与蔡元长相迕，久处闲散。宣和初，自唐州方城召还，提举宝箓宫。未几执政。时元长以五日一造朝，居西第，乃与谦叔释憾。一日，觞于西园，主礼勤渥。元长作诗见意云：“一日趋朝四日闲，荒园薄酒愿交欢。三峰崛起无平地，二派争流有激湍。极目榛芜惟野蔓,忘忧鱼鸟自波澜。满船载得圭璋重,更掬珠玑洗眼看。"三峰二派虽皆园中景,盖有激而云。时罢政未久,王黼、灵素、师成辈方盛也。

　　扬州蜀冈上大明寺平山堂前,欧阳文忠公手植柳一株,谓之"欧公柳"。公词所谓"手种堂前杨柳,别来几度春风"者。薛嗣昌作守,相对亦种一株,自榜曰"薛公柳",人莫不嗤之。嗣昌既去,为人伐之,不度德有如此者。

　　汉宫香方,郑康成注:沉水香二十四铢,著石蜜复汤鬻,铜铁辈皆病香。以指尝试,能饮甲则已。南海贾胡贵一种香木末,如蜜房,色泽正黄可减甲。以寒水炭四焙之,青木香十二之一,可酌损之。鸡舌香以其子匀以其母,青木香用二钱。合捣如糜,沉水得鬻蜜,烟黄而气郁。投初鬻蜜中,媒使相悦,阆以黄垩蜜隙垎不津地甕之。一月中许出之,投龙脑六铢,麝损半,一炉注如芡子,薰郁郁略闻百步中人也。今太官加蜜鬻红螺如麝,外家效之以殊胜。此方魏泰道辅强记面疏以示洪炎玉父,意其失古语。其后相国寺庭中买得《古叶子书杂抄》,有此法,改正十馀字。又一贵人家见一编,号《古妆台记》,数字甚妙。予恐失之,因附于此。

　　予在扬州,一日,独游石塔寺,访一高僧,坐小室中。僧于骨董袋中取香如芡许炷之,觉香韵不凡,与诸香异,似道家婴香,而清烈过之。僧笑曰:"此魏公香也。"韩魏公喜焚此香,乃传其法:用黑角沉半两,郁金香一钱一字,麸炒丁香一分,上等蜡茶一分,碾细,分作两处,麝香当门子一字,右先点一半,茶澄取清汁,研麝渍之,次屑三物入之,以余茶和半盏许,令众香蒸过,入磁器有油者,地窖窖一月。

　　荆公病革甚,吴夫人令蔡元度诣茅山谒刘混康问状。刘曰:"公之病不可为已。适见道士数十人往迎公,前二人执幡,

幡面有字若金书然，左曰'中函法性'，右曰'外习尘纷'。"元度
自言如此。或者又云荆公临薨，颇有阴谴怪异之事，与此不
同，未知孰是。

世传吕公得道之士，唐僖宗时进士，能作诗，传者仅百首，
往往卖墨世间。毗陵士人姓邵，忘其名，善谈《易》。众请讲于
佛舍，至《小畜》，有墨者，青巾布衣，褰帏直入。邵恶之，掩卷
而问曰："何来？"曰："卖墨耳。适闻讲《易》至《小畜》，其说非
是。"邵惊，遽揖之坐。墨者脱履置案上，取墨一丸曰："此墨价
十千。"一坐皆笑。墨者纳履，取砚涤之，试墨置日影中，贮墨
而出曰："抵暮复来，当知十千非贵也。"邵且笑且骇。少顷，视
砚墨之所濡，彻底为黄金，与日影相耀。邵惋恨不已。必吕公
也。

广陵牛氏家堂燕方育雏，而雌为猫所毙，雄唧唧久之，翻
然而逝。少选一雌偕来，共哺其子。明日有雏坠地，至晚群雏
毕死。取视之，满吭皆卷耳实，盖为雌所毒也。嗟乎，禽鸟嫉
其前雏一至于此，而终不悟，悲夫！

墨庄漫录卷之三

明州士人陈生，失其名，不知何年间赴举京师。家贫，治行后时，乃于定海求附大贾之舟，欲航海至通州而西焉。时同行十余舟。一日，正在大洋，忽遇暴风，巨浪如山，舟失措。俄视前后舟覆溺相继也，独相寄之舟，人力健捷，张篷随风而去，欲葬鱼腹者屡矣。凡东行数日风方止，恍然迷津，不知涯涘，盖非常日所经行也。俄闻钟声舂容，指顾之际，见山川甚迩，乃急趋焉，果得浦溆，遂维碇近岸。陈生惊悸稍定，乃登岸，前有径路，因跬步而前。左右皆佳木荟蔚，珍禽鸣弄。行十里许，见一精舍，金碧明焕，榜曰"天宫之院"。遂瞻礼而入。长廊幽闲，寂无欢哗。堂上一老人据床而坐，庞眉鹤发，神观清臞，方若讲说。环侍左右皆白袍乌巾，约三百馀人，见客皆惊，问其行止。告以飘风之事。恻然悯之，授馆于一室，悬锦帐，乃馔客焉。器皿皆金玉，食饮精洁，蔬茹皆药苗，极甘美而不识名。老人自言我辈皆中原人，自唐末巢寇之乱，避地至此，不知今几甲子也。中原天子今谁氏，尚都长安否。陈生为言自李唐之后，更五代，凡五十余年，天下泰定。今皇帝赵氏，国号宋，都于汴，海内承平，兵革不用，如唐虞之世也。老人首肯叹嗟之，又命二弟子相与游处。因问二人此何所也，老人为谁，曰："我辈号处士，非神仙，皆人也。老人唐丞相裴休也。弟子凡三等，每等一百人，皆授学于先生者。"复引登山观览，崎岖而上，至于峻极，有一亭，榜曰"笑秦"，意以秦始皇遣徐福求三山神药为可笑也。二人遥指一峰，突兀干霄，峰顶积雪皓白，曰："此蓬莱岛也。山脚有蛟龙蟠绕，故异物畏之，莫可犯干也。"陈生留彼久之，一日西望，浩然有归思，口未言也。老人者微笑曰："尔乃怀家耶？尔以夙契，得践此地，岂易得也？而乃俗缘未尽，此别无复再来矣。然尔既得至此，吾当助尔舟楫，一至蓬莱，登览胜境而后去。"遂使具舟，俟已至山下。时夜已暝，晓见日轮晃曜，傍山而出。波声先腾沸，汹涌澎湃，声若雷霆，赤光勃郁，洞贯太虚。顷之天明，见重楼复阁，翚飞云外，迨非人力之所为。但不见有人居之，唯瑞雾葱茏而已。同来处士云："近世常有人迹至此，群仙厌之，故超然远引鸿濛之外矣。唯吕洞宾一岁两来，卧听松风耳。"乃复至老人所，陈生求归甚力。老人曰："当送尔归。"山中生人参甚大，多如人形，陈生欲乞数本，老人曰："此物为鬼神所护惜，持归经涉海洋，恐贻祸也。山中良金美玉，皆至宝也，任尔取之。"老人再三教告，皆修心养性为善远恶之事，仍云："世人慎勿卧而语言，为害甚大。"又云："《楞严经》乃诸佛心地之本，当循习之。"陈生再拜而辞。复令人导之登一舟，转盼之久，已至明州海次矣。时元祐间也。比至里门，则妻子已死矣。皇皇无所之，方悔其归，复欲求往，不可得也，遂为人言之。后病而狂，未几而死，惜哉！予在四明，见郡人有能言此事者。又闻舒信道常记之甚详，求其本不获，乃以所闻书之。

　　睦寇方腊未起之前一年，歙州生麟即死。后十日，州人叶世宁梦乘麟而登山，山东北有洞，乃舍麟而登入。二武士执而问之，世宁以实对，且言幸得放还，当有重报。一武士笑曰："误矣，吾即歙州某桥南停纸朱庆也，与子不熟，颇识其面。此洞有三堂四室，试令子观之。"遂引而前。中堂垂帘，曰："此堂

待陈公。"文帐堆壅,吏不敢登。左堂帘卷其半,庆曰:"天符已
差罗浮天王居此,诸司往迓矣。"既升有牌,牌有三字,世宁惟
记一"定"字。右堂无帘,上有衣紫袍曳杖而行,吏数十辈随
之。二武士止世宁立。世宁熟视,即尚书彭公汝砺也。遽出
拜之,公劳之曰:"近到饶州否?"曰:"去岁到饶州,公无恙,公
何以至此?"公曰:"吾位高,不当治狱,以吾最知本末,故受命
至此。汝何能来也?"世宁骤对乘洞前石马而来。公曰:"兽今
安在?"二武士趋出曰:"介兽误取去。"公曰:"杖之百。"朱庆者
唯而出。一武士领世宁欲去,世宁曰:"愿一观四室,不敢泄于
人。"公逡巡首肯。一吏持钥而下,引世宁往。开东室,有十余
人露首愁坐,竹器数十,封钥甚固,旁有金带十余条。持钥者
复开一室,架大木于两楹之间,有官者九人,亦露顶蹲踞其上,
见人皆泣下。持钥者未尝少亿。世宁请入他室,持钥者曰:
"西有贵臣、阉人及前唐、后唐未具狱囚,法严,不可辄近。"言
未既,忽有声如雷震。见巨蛇自屋东垂首而下,火舌电目,口
鼻气出如烟。世宁惧而走,持钥者曰:"东将入西室矣。此类
甚多,岂可近耶?"世宁因问何以至是,曰:"吁,吾姓严,前唐宦
者。亲见当时中官势盛,士人知有中官,不知有朝廷。吾私窃
笑而薄之。有能言中官太盛者,吾必起嗟叹。尝闻近代亦然,
业力所招也。"世宁不尽记,大略如此。复往谢彭公,则堂已虚
矣。世宁不敢问,心动求出。持钥者复曰:"吾在此司无过,即
世后凡三领江淮要职;此事了,则吾为地下主者矣。汝到人
间,为吾诵《金光明经》,具疏烧与严直事,吾能报汝。"世宁拜
辞,独与武士出洞。见朱庆骑麟自山顶来,下而揖世宁,抚麟
乃石也。庆曰:"山高不可陟,遵河甚径。烦语庆家人:蕲黄间
卜居甚善,乡中当大乱。庆亦自以梦报,得子言,当信而不疑

也。"一武士曰:"《金光明经》亦望垂赐,得免追取之劳,幸矣。"
世宁曰:"仍为公等设醮及水陆。"二人以手加额。世宁曰:"此
洞何名?"庆曰:"洞名金源,司名某,凡四字。"世宁不晓而问
之,忽失足坠河而寤,汗浃背,病暗三日而愈。其后歙人稍稍
闻之。

宣和改元,扬州学吏严清昼寝。梦人叩门呼之,清一手掣
帽以趋,见植牌于康庄,清不暇读。斯须入一门,兵卫森然,吏
引造庭,鞠躬曰:"严清至。"清战汗,伏不能拜。自上掷一巨
板,纵横万钉,布如棋局,斜倚于阶,传呼令上。一人衮冕而
坐,紫衣侍左,朱衣侍右。清窃视之:衮冕者乃前太守刘尚书
极也,朱衣者两浙运副刘何也。尚书问清茶盐法更张否,对
曰:"清学吏耳,茶盐法所不知。"又问学法更张否,对曰:"仍
旧,但近日兴建道学。"遂命朱衣取簿,令清自阅其姓名。每叶
大书一人姓名、乡里,其下有细书与功与过,中有识者。中一
叶乃清姓名,细书极少。尚书曰:"后十旬汝当来此。"又命紫
衣导清过西壁,以手排之,壁间见众罪人杂老幼男女,或血污
其衣,带系其颈,悲哀愁苦,幽咽堕泪,可畏可怜。紫衣复导清
出。尚书曰:"汝当治此狱,俟取某人及淮南盐香提举黄敦
信。"清逡巡摄衣,循板而下。吏以手招清使出。清过旧路,仰
视其牌,书曰"辨正司"。既寤,言其事于教官钱粗良仲。时黄
敦信一路气焰赫然,未几,盛怒间暴得疾,一夕而卒。清后卧
病果死。扬人多知之,予数询乡人,乃得其详。

秦少游侍儿朝华,姓边氏,京师人也。元祐癸酉岁纳之,
尝为诗云:"天风吹月入栏杆,乌鹊无声子夜闲。织女明星来
枕上,了知身不在人间。"时朝华年十九也。后三年,少游欲修
真断世缘,遂遣朝华归父母。家贫,以金帛而嫁之。朝华临别

泣不已。少游作诗云：“月雾茫茫晓柝悲，玉人挥手断肠时。不须重向灯前泣，百岁终当一别离。”朝华既去二十余日，使其父来云：“不愿嫁，却乞归。”少游怜而复取归。明年，少游出倅钱唐，至淮上，因与道友论议，叹光景之遄。归谓华曰：“汝不去，吾不得修真矣。”亟使人走京师，呼其父来，遣朝华随去，复作诗云：“玉人前去却重来，此度分携更不回。肠断龟山离别处，夕阳孤塔自崔嵬。”时绍圣元年五月十一日。少游尝手书记此事，未几遂窜南荒去。

欧阳文忠公与韩子华、吴长文、王禹玉同直玉堂，尝约五十八岁即致仕，子华书于柱上。其后过限七年，方践前志，作诗寄子华曰：“俗谚云：也卖弄得到里。其诗曰：人事从来无处定，世途多故践言难。谁知颍水闲居士，十顷西湖一钓竿。”

刘贡父诗话云：文士用事误错，虽为缺失，然不害其美。杜甫诗云：“功曹无复汉萧何。”按《光武纪》：帝谓邓禹曰：“何以不掾功曹。”又曹参尝为功曹。云鄐侯非也。贡父之意，直以少陵误耳。然《前汉》高纪云：单父人吕父善沛令，辟仇从之客，因家焉。沛中豪杰吏闻令有重客，皆往贺。萧何为主吏主进，令诸大夫曰：“进不满千钱，坐之堂下。”云云。注：孟康曰：主吏，功曹也。然则少陵用此非误也，第贡父偶思之未至耳。

嘉州《凌云寺大像记》，韦皋文，张绰书，其碑甚丰，字画雄伟。顷于潘义荣处见之。

阆州州治大厅梁间有一函书，前后人莫敢取视者。有一太守之子必欲开之，人劝之不从。竟取之，乃三国蜀时断一大辟案文耳。复置旧所，未几守遂死。

河南县尉司印，前后相传不敢开匣，开必境内有盗起，但以一水朱记用代，待移新旧官交易，但易匣之封耳。商州州治

厅角有一刻成压角石兔，以碧纱笼护之，吏辈献纸钱者堆积
焉，人不敢正视，吏辈辄视者必遭刑。□□□□□□□□□□
□□□□□□□□□积甚惮之，云夜即相驰逐于圃中。
三事皆闻之耿宗醇彦纯云。

　　徐州有营妓马盼者，甚慧丽。东坡守徐日，甚喜之。盼能
学公书，得其仿佛。公尝书《黄楼赋》未毕，盼窃效公书"山川
开合"四字。公见之大笑，略为润色，不复易之。今碑中四字，
盼之书也。

　　崔鶠德符颍昌阳翟人。元祐中，毕渐榜登科，不汲汲于仕
宦。宣和中，监西京洛南稻田务。时中官容佐掌宫钥于洛，郡
僚事之，惟恐不及，惟德符不肯见之，容极衔之。德符一日送
客于会节园，时梅花已残，与客饮梅下。已而容奏陈以会节园
为景华御苑，德符初不知也。明年暮春，复骑瘠马，从老兵径
入园中，梅下哦诗曰："去年白玉花，结子深林间。小憩借清
影，低鬟啄微酸。故人不复见，春事今已阑。绕树寻履迹，空
余土花斑。"徘徊而去。次日，容见地有马迹，问园吏，吏以崔
对。容怒其轻己，遂劾奏鶠径入御苑，以此罪废累年。靖康
初，起为左正言，未几卒，赠直龙图阁，归葬郏城，诗文甚高。

　　东坡为翰苑，元祐三年，供端午贴子，有云："上林珍木暗
池台，蜀产吴苞万里来。不独盘中见卢橘，时于粽里得杨梅。"
每疑"粽里杨梅"之句，《玉台新咏》徐君蒨《共内人夜坐守岁
诗》："酒中喜桃子，粽里觅杨梅。"今人未见以杨梅为粽，徐公
乃守岁诗，杨梅夏熟，岁暮安有此果，岂昔人以干实为之耶？
东坡以角黍为午日之馔，故借言之耳。

　　无锡惠山泉水久留不败，政和甲午岁，赵霆始贡水于上
方，月进百樽。先是，以十二樽为水式泥印置泉亭中，每贡发，

以之为则。靖康丙午罢贡，至是开之，水味不变，与他水异也。寺僧法皞言之。

北京压沙寺梨谓之御园，其栽接之故，先植棠梨木与枣木相近，以鹅梨条接于棠梨木上，候始生枝条；又于枣木大枝上凿一窍，度接活梨条于其中，不一二年即生合，乃斫去枣之上枝，又断棠梨下干根脉，即梨条已接于枣本矣。结实所以甘而美者以此。顷又见北人云：以胡桃条接于柳本，易活而速实。

章圣时炼丹一炉，在翰林司金丹阁，日供炭五秤，至熙宁元年犹养火不绝。刘羕延仲之父被旨裁减百司，此一项在经费之数，有旨罢之，其丹作铁色，诏藏天章阁。张忠定公安道居南都，炼丹一炉，养火数十年，丹成不敢服。时张刍圣民守南都，羸瘠殊甚，闻有此丹，坚求饵之。安道云：“不敢吝也，但此丹服火之久，不有大功，必有大毒，不可遽服。”圣民求之甚力。乃以一粒如粟大以与之，且戒宜韬藏，慎勿轻饵。圣民得之即吞焉，不数日便血不止，五脏皆糜溃而下，竟死云。二事闻之刘延仲。

宣和间，有旨苏轼追复职名。时卫仲达达可当行词，因戏之云：“达可宜刻意为此词，盖须茨黄耳。”闻者莫不大笑。

许道宁京兆人，少亦业儒，性颇跌宕不羁。画山水法李成，独造其妙，可与营丘抗衡。亦工传神，每见人寝陋者，必戏写貌于酒肆，识者皆笑之，为其人殴击之，碎衣败面而竟不悛。后游太华，见其峰峦岜崒，始有意于山水，清润高秀，秋纤得法，不愧前人矣。杜祁公帅长安，道宁恃其技犯公，公怒捕之。道宁惧，欲窜避。或谓道宁曰：“杜公严毅，汝乃干犯，汝将何之？虽走夷狄，必获汝矣。”时种师谊守环州，道宁乃往投谊。杜公闻之笑曰：“道宁真善自为谋者。”乃贻书种公，俾善遇之。

在环岁余乃归。环学从祀弟子,乃道宁所作笔也。予舅吴顺图有道宁画终南积雪图八幅,真绝品也。亡于兵火,惜哉!长安凉榭大屏面亦道宁所作,殊奇伟也。

晁无咎谪玉山,过徐州时,陈无己废居里中。无咎置酒,出小姬娉娉舞《梁州》。无己作《减字木兰花》长短句云:"娉娉袅袅,芍药稍头红样小。舞袖低回,心到郎边客已知。　金樽玉酒,劝我花前千万寿。莫莫休休,白发簪花我自羞。"无咎叹曰:"人疑宋开府铁石心肠,及为《梅花赋》,清艳殆不类其为人。无己清通,虽铁石心肠不至于开府,而此词已过于《梅花赋》矣。"

元祐六年七夕日,东坡时知扬州,与发运使晁端彦、吴倅晁无咎,大明寺汲塔院西廊井与下院蜀井二水,校其高下,以塔院水为胜。

玫瑰油出北虏,其色莹白,其香芬馥,不可名状,用为试香,法用众香煎炼。北人贵重之,每报聘,礼物中只一合,奉使者例获一小罂。其法秘不传也。宣和间,周武仲宪之使虏过磁州时,叶著宣远为守,祝周云:"回日愿以此油分饷。"既反命,以油赠之。叶云:"今不须矣。近禁中厚赂虏使,遂得其法,煎成赐近臣,色香胜北来者。妇翁蔡京新寄数合,且云:公还朝必有取者,今反献一合。周亦不受也。北人方物不过一合,贵惜如此,而贵近之家,赠遗若此之多,足知其侈靡之甚也。

蔡肇天启久官京师,日有薮泽之思,常于尺素作平冈老木,极有清思。因授李伯时,令于余地加远水归雁,作扁舟以载天启,及题小诗曰:"鸿雁归时水拍天,平冈老木尚寒烟。付君余地安渔艇,乞我寒江听雨眠。"伯时懒不能竟。他日王渔之彦舟取去，以示宗子令戬，即取笔点染如诗中意。天启见之，爱其佳。后天启泛舟宿横塘遇雨，闭篷而卧，夜分不寝，闻归雁声，因复为诗云："平野风烟入梦思，殷勤作画更题诗。扁舟卧听横塘雨，恰遇江南归雁时。"此画后入贵家，予尝见之，渺然有江湖之思。

晁无咎作《庆州使宅记》，黄鲁直云："大为佳作。"苏明允作《成都府张公安道画像记》，鲁直读之云："司马子长复出也。"王逢原作《过唐论》，介甫云："可方贾谊《过秦论》不及，而驰骋过之。"

裴铏《传奇》载，成都古仙人吴彩鸾善书小字，尝书《唐韵》鬻之。今蜀中导江迎祥院经藏，世称藏中《佛本行经》六十卷，乃彩鸾所书，亦异物也。今世间所传《唐韵》犹有□旋风叶，字画清劲，人家往往有之。

建炎庚戌二月二十五日，虏兵陷平江府。两浙宣抚使周望移军退保昆山县，泊舟马鞍山下湖边。吏方用印，忽有风旋转入舟，印与文移尽卷堕水。相视骇愕，使水工探之不获。望惧北兵之来袭也，欲亟走屯惠通镇，为失印所挠，留吏求之。吏祷于马鞍山神曰静济侯者，曰："苟不获，且将得罪，必焚庙而行。"县宰亦惧，乃作堰捍水，以踏车涸之。畚插如云，凿数尺始得之，已沦于泥中矣。

顷有一士人，每于班列中好与秘阁诸公交语，好事者戏目之为馆职里行。

李廌方叔《祭东坡文》有云："皇天后土，鉴平生忠义之心；名山大川，还千古英灵之气。"

兵部郎中莫卞居场屋日，因赴浙漕，梦人就旅邸报姓莫人作状元，卞出迎之，乃云名俦，非卞也。时卞已投卷，是举登科,明年得子,因名俌。后二十四年俌作大魁,卞对贺客言之。

朱勔丧父,作黄箓醮请茅山道士陈亦夷字彦真拜章,回得报应,但见金甲神人扶剑叱云:"朱勔父子罪恶贯盈,上天不赦,汝焉得为拜章?"彦真不敢言于勔,私为亲密者道。不逾三年勔败。

李去伪绍圣初知通州静海县,至夜即入一室判冥,外人皆闻讯问枷锁声,因目为李见鬼。去替密迩,会集同官,出二子拜县尉陈噩,噩不敢当。乃云:"去伪老矣,不及见公之贵。若长子俌,虽自成立,不能远大;次子僖,异日与公有恩契,当令今日先识面耳。"众皆罔测。政和初,噩为司勋郎官,主铨试文,僖中乙授西京偃师簿。又三年为噩婿,果符恩契之言。噩终徽猷阁待制,僖终朝请大夫,俌登科,未及禄而卒。

崇宁间平江府天平山白云寺有数僧行山间,得蕈一丛,共煮食之。至夜发吐,内三人急取鸳鸯草生啖,遂愈,其二人不啖者,吐至死。鸳鸯草藤蔓而生,黄白花对开,傍水依山,处处有之。治痈疽肿毒尤妙,或服或傅皆可。盖沈存中良方所载金银花又曰老翁须者,《本草》名忍冬。

山谷诗云:"争名朝市鱼千里。"予问诸学士"鱼千里",多云:此《齐民要术》载范蠡种鱼事,法池中作九墩。然初无"千里"字,心颇疑之。后因读《关尹子》云:以盆为沼,以石为岛,鱼环游之,不知其几千万里不穷也。乃知前辈用事如此该博,字皆有来处。

班行李质,人材魁岸磊落甚伟,徽庙朝欲求一人相称者为对,竟无七俪。当时同列目为察隼子。京师俚语谓无对者为察隼。建炎三年,擢权殿帅。

苏黄门子由薨于许下,王巩定国作挽词三首。其一云:

"忆昔持风宪,防微意独深。一时经国虑,千载爱君心。坤道存终始,乾纲正古今。当时人物尽,惆怅独知音。"注云:元祐中,议册后,宣仁御文德殿发册。公语余密告吕丞相微仲:母后御前殿,兹不可启。微仲明日留身,宣仁诏宫中本殿发册,时人无知者。二云:"已矣东门路,空悲未尽情。交亲逾四纪,忧患共平生。此去音容隔,徒多涕泪横。蜀山千万叠,何处是佳城。"注云:公前年寄书约予至许田曰:"有南齐翠竹满轩,可与定国为十日之饮。"此老年未尽之情也。其三云:"静者宜膺寿,胡为忽梦楹。伤嗟见行路,优典识皇情。徒泣巴山路,终悲蜀道程。弟兄仁达意,千古各垂名。"注云:公与子瞻尝泊巴江,夜雨,相约伴还蜀,竟不果归。今子瞻葬汝,公归眉。王祥有言:归葬,仁也;留葬,达也。右三诗,予在高邮于公之子处见其遗稿,因录之,皆当时事。今公之后邈然,家集不复存,惜其亡也,因附于此。

晏叔原聚书甚多,每有迁徙,其妻厌之,谓叔原有类乞儿般漆碗。叔原戏作诗云:"生计唯兹碗,般擎岂惮劳。造虽从假合,成不自埏陶。阮杓非同调,颜瓢庶共操。朝盛负余米,暮贮藉残糟。幸免墙间乞,终甘泽畔逃。挑宜筇作杖,捧称葛为袍。傥受桑间饷,何堪井上螬。绰然真自许,呼尔未应饕。世久轻原宪,人方逐子敖。愿君同此器,珍重到霜毛。"

墨庄漫录卷之四

　　山谷作《钓亭诗》有云：“影落华亭千尺月，梦通岐下六州王。”上句盖用华亭船子和尚诗云：“千尺丝纶直下垂，一波才动万波随。夜静水寒鱼不食，满船空载月明归。”下句盖用文王梦吕望事。然六州王事见《毛诗·汉广》云：文王之道，被于南国。疏云：言南国则一州也。于时三分天下有其二，故雍、梁、荆、豫、徐、扬之人，咸被其德而从之云云。山谷用事深远，其工如此，可为法也。

　　王禹玉丞相《寄程公辟诗》云：“舞急锦腰迎十八，酒酣玉盏照东西。”乐府《六幺》曲有《花十八》，古有玉东西杯，其对甚新也。

　　陈辅辅之，丹阳人，能诗，荆公深爱之。尝访建康杨骥德逢，留诗壁间云：“北山松粉未飘花，白下风轻麦脚斜。身似旧时王谢燕，一年一度到君家。”荆公见之笑谓曰：“辅之骂君作寻常百姓也。”

　　东京城北有袄呼烟切。庙，袄神本出西域，盖胡神也，与大秦穆护同入中国，俗以火神祠之，京师人畏其威灵，甚重之。其庙祝姓史，名世爽，自云：家世为祝累代矣，藏先世补受之牒凡三：有曰怀恩者，其牒唐咸通三年宣武节度使令狐给，令狐者，丞相绹也。有曰温者，周显德三年端明殿学士权知开封府王所给，王乃朴也。有曰贵者，其牒亦周显德五年枢密使权知开封府王所给，亦朴也。自唐以来，袄神已祀于汴矣，而其祝乃能世继其职，逾二百年，斯亦异矣。今池州郭西英济王祠，乃祀梁昭明太子也。其祝周氏亦自唐开成年掌祠事至今，其子孙今分为八家，悉为祝也。噫，世禄之家，能箕裘其业，奕世而相继者，盖亦甚鲜，曾二祝之不若也。镇江府朱方门之东城上乃有祆神祠，不知何人立也。

本朝玉辂，乃隋朝所造，唐显德中尝修之，凡三到泰山，故张芸叟《郊祀庆成诗》云："大裘依古制，玉辂自隋传。"

范忠宣公尧夫谪居永州，以书寄人云："此中羊面无异北方，每日闭门飧馎饦，不知身之在远也。"

孙觌仲益尚书，四六清新，用事切当。宣和中，与家兄子章同为兵部郎。未几子章出知无为军，仲益继迁言官，自南床亦出知和州。时淮南漕俞䌹以无为岁额上供米后时，委知州取勘无为当职官吏。仲益得檄漫不省也，置而不问，亦不移文。已而米亦办，子章德仲益，以启谢之。仲益答之，有云："苞茅不入，敢加问楚之师；辅车相依，自作全虞之计。"人颇称赏，以为精切也。

许、洛两都轩裳之盛，士大夫之渊薮也。党论之兴，指为许、洛两党。崔鶠德符、陈恬叔易，皆戊戌生，田昼承君、李豸方叔，皆己亥生，并居颍昌阳翟：时号戊己四先生，以为许党之魁也，故诸公皆坐废之久。

杜甫有云"星落黄姑渚，秋辞白帝城"之句，说者但见古诗云："东飞伯劳西飞燕，黄姑织女时相见。"意谓黄姑乃牵牛，然不见其所出，不晓黄姑之说，故杨亿大年《荷花诗》云："舒女清泉满，黄姑别渚通。"刘筠子仪《七夕诗》云："伯劳东矗燕西飞，又报黄姑织女期。"大年和云："天孙已度黄姑渚，阿母还来汉帝家。"皆用此事。予后读纬书，始见引张平子《天象赋》云：

"河鼓集军,以嘈杂喷。"张茂先、李淳风等注云:"河鼓三星在牵牛星北,主军鼓,盖天子三军之象。昔传牵牛织女见此星是也。"故《尔雅》河鼓谓之牵牛。又古诗云:"东飞伯劳西飞燕,黄姑织女时相见。"黄姑即河鼓也,音讹而然。今之学者或谓是列舍牵牛而会织女,故于此析其疑。又张茂先《小家赋》曰:"九坎至牵牛,织女期河鼓。"石炼注云:"河鼓星在牵牛北,天鼓也,主军鼓,主钺铁。"李淳风云:"自昔相传牵牛织女七月七日相见者,乃此星也。"予因此始知黄姑乃河鼓,为牵牛之别名。昔人云开卷有益,信然。

杜甫大历三年春,白帝城放船出瞿塘峡,将适江陵,诗四十韵,其末有云"五云高太甲,六月控抟扶"之句。鲍钦正、邓睿思、范元实及世行所谓王原叔注者,诸家皆不详五云太甲之义。予读唐王勃文集,有《大唐九陇县孔子庙堂铭序》云:"帝车造指,遁七曜于中阶;华盖西临,载五云于太甲。虽使星辰荡越,三元之轨躅可寻;云雨沸腾,六气之经纶有序。然则抚铜浑而观变化,则万象之运不足多矣;握瑶镜而临事业,则万幾之凑不足大矣。"云云。然则五云太甲之义,盖为玄象而言矣,第未见其所出之书,当俟博洽君子请问之。惟《酉阳杂俎》云:王勃每为碑颂,先磨墨数升,引被覆面而卧,忽起一笔书之,人谓之腹稿。燕公尝读《夫子学堂碑》自"帝车"至"太甲"四句悉不解,访之一公。一公言北斗建午,七曜在南方,有是之祥,无为圣人当出。华盖已下卒不可悉。然则五云太甲,一公、燕公不知之,况余人乎?

东北冬月寒甚,夜气塞空如雾,著于林木,凝结如珠玉,旦起视之,真薄雪也,见晛乃消释,因风飘落,齐鲁人谓之雾凇,谚云:"雾凇重雾凇,穷汉置饭瓮。"盖岁穰之兆也。曾子固之齐州，有《冬夜诗》云："香清一榻氍毹暖，月淡千门雾凇寒。"又有《雾凇诗》云："园林初日静无风，雾凇开花处处同。记得集英深殿里，舞人齐插玉笼松。"盖谓是也。东坡在定武送曹仲锡诗亦云："断蓬飞叶落黄沙，只有千林鬖松花。应谓王孙朝上国，珠幢玉节与排衙。"亦谓此也。雾凇音梦送。鬖松皆同音。

东坡自儋耳北归，临行以诗留别黎子云秀才云："我本儋州人，寄生西蜀州。忽然跨海上，譬如事远游。平生生死梦，三者无劣优。知见不再见，欲去且少留。"后批云："新酿甚佳，求一具理，临行写此，以折菜钱。"宣和中，予在京相蓝，见南州一士人携此帖来，粗厚楮纸，行书，涂抹一二字，类颜鲁公祭侄文，甚奇伟也。具理，南荒人瓶罂。

刘安世器之在都下，僧化成见之曰："公在胞胎中当有不测惊危，幼年复有恶疾，几为废人，然卒无恙。"盖器之父航赴官蜀中，时母方娠，遇栈道，天雨新霁，磴滑危甚。忽石陨马蹶，夫人已坠崖下矣。众皆惊泣，无复生望。试使下瞰，厓腹有巨木，葛藟萦结，蟠屈如盖，落叶委藉，夫人安坐于上，呼之即应。乃以衾幭悬縋而上，了无所伤，至官未几而育器之。后十余岁居京师，苦赤目甚恶，睛溢于外，百医莫差。一日，有客云：某有一相识来调官，畜恶目药甚效。昨日来别，云已陛辞，早晚即行。试遣人往求之，时行李已出房，云药诚有之，匆匆忘记在某箧中。初发一箧，药乃在焉，遂得之，令以药傅睛上，软帛缠护，戒七日方开。一傅痛即止，及开，睛以内眸子瞭矣。二事器之自为刘勉中言。

苏阴和尚作《穆护歌》，又地里风水家亦有《穆护歌》，皆以六言为句而用侧韵。黄鲁直云：黔南巴僰间赛神者，皆歌《穆护》，其略云："听唱商人《穆护》，四海五湖曾去。"因问"穆护"之名，父老云：盖木瓠耳，曲木状如瓠，击之以节歌耳。予见淮西村人多作《炙手歌》，以大长竹数尺，剜去中节，独留其底，筑地逢逢若鼓声，男女把臂成围，抚髀而歌，亦以竹筒筑地为节。四方风俗不同，吴人多作《山歌》，声怨咽如悲，闻之使人酸辛。柳子厚云"欸乃一声山水绿"，此又岭外之音，皆此类也。

济南为郡在历山之阴，水泉清泠，凡三十余所，如舜泉、爆流、金线、真珠、洗钵、孝感、玉环之类皆奇。李格非文叔皆为历下水记，叙述甚详，文体有法。曾子固作诗，以爆流为趵突，未知孰是。

发运使淳化四年始建官焉。六路转输于京师者，至六百二十万石。通、泰、楚、海四州煮海之盐，以供六路者三百二十余万石，复运六路之钱以供中都者，常不下五六十万贯。淳化四年，以内殿崇班杨允武恭为都大管勾江南诸州纲船、般运、盐粮、钱帛、茶货。当时殿直蔡崇道、供奉官刘全信同管勾。五年七月，允恭授西京作坊使，逐次添管职事，乃立制置发运使额。至乾兴元年十二月，文武官二员。皇祐元年，施昌言以天章阁待制充使，自后多除两制统六路，年额上供米六百二十万石：内四百八十五万石赴阙，一百三十五万石南京畿送纳。淮南一百五十万石赴阙，二十万石咸平尉氏，五万石大康。江南东路九十九万一千一百石，七十四万五千一百石赴阙，二十四万五千石赴拱州。江南西路一百二十万八千九百石，一百万八千九百石赴阙，二十万石赴南京。湖南六十五万石尽赴阙，湖北三十五万石尽赴阙。两浙一百五十五万石，八十四万五千石赴阙，四十万三千三百五十二石陈留，二十五万一千六百四十八石雍丘。

东坡知徐州，作黄楼，未几黄州安置，为定帅作《松醪赋》，有云："遂从此而入海，渺翻天之云涛。"俄贬惠州，移儋耳，竟入海矣。在京师送人入蜀云："莫欺老病未归身，玉局他年第几人。"比归，果得提举成都玉局观。三事皆谶也。

京师五岳观后凝祥池，有黄色莲花甚奇，他处少见本也。

安惇处厚初谪潭州，过仪真，见客河亭，有一丐者遽前，自言有戏术，愿陈一笑。安心异之，欣然延礼。丐者求一砚，及素笔幅纸香炉，乃取土以唾和，呵之成墨矣。又取土呵之，悉成薰陆，焚之芬馥。乃研墨谓安曰："吾不能书。"命小吏持笔题诗曰："佳人如玉酒如油，醉卧鸳鸯帐里头。咫尺洞庭君不到，长生不死最风流。"处厚读之不晓，自以无嗜欲久矣，岂有"佳人如玉""醉卧鸳鸯"之事乎？且谓"洞庭君不到"，是谓我不可仙矣。遂谢丐者，与酒一壶，一饮而尽，长揖而去。安行将过洞庭之日，被命镌消官资，放归田里，乃悟前诗之异。丐者必异人也，诗中似隐神仙秘诀，人不晓耳。

东坡自常州赴登州，经过扬州石塔寺，长老戒公来别，东坡云："经过草草，恨万一别石塔。"塔起立云："这个是砖浮图耶？"坡云："有缝。"答云："若无缝，何以容得世间蝼蚁？"坡首肯之。元丰八年八月二十七日也。明日，坡又作诗赠之云："竹西失却上方老，石塔还逢惠照师。我亦化身东漵去，姓名莫遣世人知。"

崔公度伯易赴宣州守，江行夜见一舟，相随而行，寂然无声。晚船得港而泊，所见之舟亦正近岸。公疑之，遣人视之，乃空舟也。舟中有血痕，于舟尾得皂绦一条，系文字一纸。取观之，乃顾舟契也，因得其人姓名及牙保之属。至郡，檄巡尉缉捕，尽获其人。盖船主杀顾舟之商，取其物而弃其舟，遂伏于法。岂鬼物衔冤而诉乎?

文潞公丞相出镇西京,奉诏于琼林苑燕饯,从列皆预,赋诗送行。王禹玉时为内相,诗云:"都门秋色满旌旗,祖帐容陪醉御厄。功业迥高嘉祐未,精神如破贝州时。匣中宝剑腾霜锷,海上仙桃压露枝。昨日更闻褒诏下,别刊名姓入周彝。"时以为警绝。曾弦伯容为予言此诗第一句便见体面之大,若非上公大僚,讵敢于都门而张旌旗耶?此余人所不可当也。白居易献裴度丞相诗云:"闻说风情筋力在,只如初破蔡州时。"禹玉用此事也。

镇江府甘露寺在北固山上,江山之胜,烟云显晦,萃于目前。旧有多景楼,尤为登览之最,盖取李赞皇题临江亭诗有"多景悬窗牖"之句,以是命名。楼即临江故基也。裴煜守润日有诗云:"登临每忆卫公诗,多景唯于此处宜。海岸千艘浮若芥,邦人万室布如棋。江山气象回环见,宇宙端倪指点知。禅老莫辞勤候迓,使君官满有归期。"自经兵火,楼今废,近虽稍复营缮,而楼基半已侵削,殊可惜也。

王荆公退居金陵,建宅于半山,盖自城至钟山宝公塔,路之半,因以得名。宅后有谢公墩,乃谢安石居东山之所也。荆公云:"我名公字偶相同,我屋公墩在眼中。公去我来墩属我,不应墩姓尚随公。"其后公舍宅为报宁寺,寺今亦废,未复旧,而墩岿然独存。

宣和二年,睦寇方腊起帮源,浙西震恐,士大夫相与奔窜。关注子东在钱塘,避地携家于无锡之梁溪。明年腊就擒,离散之家,悉还桑梓。子东以贫甚未能归,乃侨寓于毗陵郡崇安寺古相院中。一日,忽梦临水有轩,主人延客,可年五十,仪观甚伟,玄衣而美须髯。揖坐,使两女子以铜杯酌酒,谓子东曰:

"自来歌曲新声,先奏天曹,然后散落人间。他日东南休兵,有乐府曰《太平乐》,汝先听其声。"遂使两女子舞,主人抵掌而为之节。已而恍然而觉,犹能记其五拍。子东因诗记云:"玄衣仙子从双鬟,缓节长歌一解颜。满引铜杯效鲸吸,低回红袖作弓弯。舞留月殿春风冷,乐奏钧天晓梦还。行听新声太平乐,先传五拍到人间。"后四年,子东始归杭州,而先庐已焚于兵火,因寄家菩提寺。复梦前美髯者,腰一长笛,手披书册,举以示子东。纸白如玉,小朱栏界间行,似谱,有其声而无其词。笑谓子东曰:"将有待也。往时在梁溪,曾按《太平乐》,尚能记其声否乎?"子东因为之歌,美髯者援腰间笛,复作一弄。亦能记其声,盖是重头小令。已而遂觉。其后又梦至一处,榜曰"广寒宫",宫门夹两池,水莹净无波,地无纤草,仰视嵬峨,若洞府然。门钥不启,或有告之者曰:"但曳铃索,呼月姊,则门开矣。"子东从其言,试曳铃索,果有膺者。乃引入至堂宇,见二仙子,皆眉目疏秀,端庄靓丽,冠青瑶冠,衣彩霞衣,似锦非锦,似绣非绣。因问引者曰:"此谓谁?"曰:"月姊也。"乃引子东升堂,皆再拜。月姊因问往时梁溪曾令双鬟歌舞传《太平乐》尚能记否,又遣紫髯翁吹新声亦能记否。子东曰:"悉记之。"因为歌之。月姊喜见颜面,复出一纸,书以示子东曰:"亦新词也。"姊歌之,其声宛转似乐府《昆明池》。子东因欲强记之,姊有难色,顾视手中纸,化为碧字,皆灭迹矣。因揖而退,乃觉,时已夜阑矣。独记其一句云:"深诚杳隔无疑。"亦不知为何等语也。前后三梦,后多忘其声,惟紫髯翁笛声尚在。乃倚其声而为之词,名曰《桂华明》。云:"缥缈神清开洞府,遇广寒宫女。问我双鬟梁溪舞,还记得当时否。碧玉词章,教仙女为按歌宫羽。皓月满窗人何处,声永断,瑶台路。"子东尝自为予言之。

王禹玉为翰苑,治平三年二月十五日,召对蕊珠殿。时赐紫花墩令坐,逾数刻方罢。明年,英庙上仙,珪作挽词有云:"曾陪蕊珠殿,独赐紫花墩。"盖谓是也。

"金钗双捧玉纤纤,星宿光芒动满奁。解笑诗人夸博物,只知红果味酸甜。"曾子固《荔枝诗》也。白乐天《荔枝诗》曰:"津液甘酸如醴酪。"杜子美诗云:"红颗甜酸只自知。"故前诗讥二公也。政和初,闽中贡连株者,移植禁中,次年结实,不减土出。道君御制诗云:"玉液乍凝仙掌露,绛纱初脱水晶丸。"盖体物之工矣。时群臣皆应制焉。

高邮禅居寺大殿佛髻珠,一日为盗窃去,往来夜中不得出。僧怪之曰:"汝往来何求?"曰:"欲求门以出。"僧指曰:"此门也。"又复他之,竟不见也。僧诘问,具以窃珠为对,即引盗纳珠,令投哀引咎,乃识涂而去。僧因拉拭佛供,见座下有败经,腐烂狼籍。鼠巢其中,小鼠数枚,尚未能走,或少足,或眇目欠尾者,无耳者,迨无一全形,殊可怪也。

王将明后房曰田令人者,颜貌殊伦,真国色也。靖康改元正月,将明死,田自都携一婢窜至亳州,居逆旅中。郡知之,为拘管数月。其家遣人迎归。蔡元长后房曰武恭人,亦妙丽不凡。元长谪岭表,武在京师,为一使臣姓孙人所蓄,乃携孙窜至南京,亦为郡所拘。七月,开封差人擒之,送入京师。时予适在二郡,皆见之。

钱塘僧净晖子照旷,学琴于僧则完全仲,遂造精妙,得古人之意。宣和间,久居中都,出入贵人之门,尝得一旧琴修治之。磨去旧漆三数重,隐隐若有字痕,重加磨砻,得古篆"霜镛"二字,黄金填之,字画劲妙有法。中官陈彦和以七百千得之，别以马价珠为徽，白玉为轸。修成弹之，清越声压数琴，非雷氏未易臻此也。靖康丁未，辛道宗将赵万叛。九月二十八日，陷镇江府。时彦和在京口，挺身而走，琴遂不携。又宗室士儇立之，时知南外大宗正亦在郡，所服犀带，乃道君解赐渊圣，渊圣解赐士儇者，正透盘龙，亦亡焉。龙屈若飞翔之状，予尝见之。

　　郭熙，河阳温县人，以画得名。其子思后登科，熙喜甚，乃于县庠宣圣殿内图山水窠石四壁，雄伟清润，妙绝一时。自云平生所得，极意于此笔矣。熙能为远景，意趣益新，略不相杂，亦名手也。贵人家收熙一景山水二十四幅，挂高堂上，森然若在林壑间，未易得也。思后为待制，乃重资以收父画，欲晦其迹也。

　　杜子美微意深远，考之可见，如《丹青引赠曹霸诗》也有云："至尊含笑催赐金，圉人太仆皆惆怅。"说者谓帝喜霸之能写真画马也，故催金赐之，而圉人太仆，自叹其无技以蒙恩赉耳。如此说则意短无工，殊不知此画深讥肃宗也。考是诗始云："先帝天马玉花骢，画工如山貌不同，是日牵来赤墀下，迥立阊阖生长风。"帝既见先帝之马，当轸羹墙之念，反含笑而赐金，曾不若圉仆见马能惆怅而怀先帝之。又《寄刘峡州伯华使君》长篇尾句云："江湖多白鸟，天地亦青蝇。"人多指白鸟为鹭，非也。按《月令》，仲秋之月，群鸟养羞。注引《夏小正》曰：九月丹鸟。盖白鸟，说者谓蚊蚋也。又《金楼子》云：齐威公卧于柏寝，白鸟营饥而求饱，公开翠纱之厨而进焉。有知礼者，不食而退；有知足者，隽肉而退；有不知足者，长嘘短吸而食。及其饱者，腹为之溃。盖戒夫贪也。又诗人以青蝇刺谗。然则公诗盖言天下多贪谗之人耳。

泰陵时,蔡元长为学士。故事:供贴子,皇太后、皇帝、皇后阁各有词,诸妃阁同用,四首而已。时昭怀刘太后充贵妃,元长特撰四首以供之,有"三十六宫人第一,玉楼深处梦熊罴。"

荆公退居钟山,常独游山寺。有人拥数卒,按膝据床而坐,骄气满容,慢骂左右,为之辟易。公问为谁,僧云:"押纲张殿侍也。"公即索笔题一诗于扉云:"口衔天宪手持钧,已是龙墀第一人。回首三千大千界,此身犹是一微尘。"

王洙原叔内翰常云:作书册,粘叶为上,久脱烂,苟不逸去,寻其次第,足可抄录,屡得逸书,以此获全。若缝缋岁久断绝,即难次序。初得董氏《繁露》数册,错乱颠倒,伏读岁余,寻绎缀次,方稍完复,乃缝缋之弊也。尝与宋宣献谈之,宋悉令家所录者作粘法。予尝见旧三馆黄本书及白本书,皆作粘叶,上下栏界出于纸叶。后在高邮借孙莘老家书,亦如此法。又见钱穆父所蓄亦如此,多只用白纸作标,硬黄纸作狭签子。盖前辈多用此法。予性喜传书,他日得奇书,不复作缝缋也。

陕州大河南岸有物如铁石状,谓之铁牛,旧有祠宇,唐末封号"顺正庙"。大中祥符四年,真宗祀汾阴,幸其庙,作《铁牛诗》。

泗州普照寺僧伽塔建炎戊申二月二日灾,秀州华亭普照寺亦以是日焚。其塔亦甚雄盛,可亚于泗上也。

西京进花自李迪相国始。

杜子美祭房相国,九月用"茶藕莼卿之奠"。莼生于春,至秋则不可食,不知何谓。而晋张翰亦以秋风动而思菰菜、莼羹、鲈脍,鲈固秋物,而莼不可晓也。

晁文元公迥深明理性,尝作七审,于四威仪中,尝自考校,以代曾子三省之义。道力浅深,自审方知:一、一切妄念能息否,二、一切外缘稍简省否,三、一切触境能不动否,四、一切语言能慎密否,五、一切黑白减分别否,六、梦想之间不颠倒否,七、方寸之间得恬愉否。予读公所作内典诸书,得此若有所省,当书诸座右,以警昏惯。

张芸叟作《凤翔吴生画记》,秦少游作《五百罗汉图记》,皆法韩退之《画记》,俱无愧也。

墨庄漫录卷之五

元丰五年，状元黄裳榜，神庙御集英殿。唱名至第三甲，有暨陶者，主师误呼为暨，_{去声}。三呼之无应者。苏丞相颂，时为吏部侍郎，侍立，上顾颂，颂曰："当呼为居衣切。"果应而出。上曰："卿何以知之？出何书？"颂曰："臣观三国时，吴有暨艳造营府之论，恐其后也。"问陶乡里，乃建州人，上喜曰："果吴人。"褒谕再三。大观三年，状元贾安宅榜，徽庙御集英殿。唱名至第五甲，有甄彻者，中书侍郎林摅彦振唱名，呼甄为诸延切。彻自言姓甄，之人切。摅犹强辨之，近侍皆笑。继而御史有言，摅罢而出。

神庙朝御马有曰玉逍遥者，盖赭白也，尝幸金明池，归乘之。

胡世将成公为中书舍人，兼权给事中，与张焘子公同在后省。一日，胡将上马，忽内逼，乃解衣登厕。张戏之曰："解衣脱冕而行，舍人给事。"取"急"同音。欲寻属对，无有其事。后李弥大似矩当尚书，知平江府，似矩常为宣抚使，赵九龄次张忽云："子公之句，吾有对矣。可对'弃甲曳兵而走，宣抚尚书。'"_{取尚书字同音。}闻者莫不大笑，且以为的对。盖为帅臣常为贼所窘也。

范文正公长子监簿纯佑，自幼警悟，明敏过人。文正公所料事，必先知之，善能出神。公在西边，凡虏情幾事，皆预遥知。盖出神之虏廷得之。故公每制胜，料敌如神者，监簿之力也。因出神为人所惊，自此神观不足，未几而亡，时甚少也。公之族子闾彦之云。

邦基外祖父吴豪字特起，世家临川，其兄仕于唐州而亡，因家江上。治田于黄玉二坡，遂以多资闻，倜傥尚义，潜德不耀。荆公夫人之同祖兄弟也。荆公更新法，心不喜之。将授之官，力辞不愿。自外祖死，伯舅元顺图持门户。顺图萧散风度，雅意翰墨，蓄法书名画甚富，烹茶焚香，吟诗弹琴，而陇亩漫不省也，坐是东皋废弛，岁不暇给，乃委仲舅兑悦图治其隳败。悦图孝友修愿，赒贫乐施，有父风。未几多稼复如曩时，岁收数万斛。公心持己，无丝发之私，输载长兄房，以听出纳。悦图奉太夫人尽子道，待兄弟得怡怡之义。四方亲旧以贫促者，有恤无厌，臧获咸无怨言，乡曲皆得其欢心。宣和辛丑秋得病，至冬不起，视箧中衣无两袭，未尝有一物私蓄也，人始服其廉谨。其京师调发科敷，动以万计，适丁连岁旱歉，悦图忧家勤瘁，郁郁感病。其死数日，侄荩梦悦图云："吾有诗，尔其志之。"及觉，忆其二句云："春风陌上一杯酒，回首家园事若何。"盖悦图虽死犹不忘家也，悲夫。

僧如璧，乃江西进士饶节次子也。少年尝投书于曾子宣论新法非是，不合，乃祝发更名。尤长于诗，尝住数刹，士夫大多与之游，后改字德操。咏梅花一联云："遂教天下无双色，来作人间第一春。"风味亦不浅。又答吕居仁寄诗云："长忆吟时对短檠，诗成重改又鸡鸣。如今老矣无心力，口诵君诗绕竹行。"居仁甚称之。

《玉台新咏》梁沈约休文有《六忆诗》，盖艳词也。其后少有效其体者。王全玉乃作《宫体十忆诗》，李元膺重见之，爱其词意宛转，且曰："读之动人，老狂不能已，聊复效尤。"亦作十绝,谓《忆行》、《忆坐》、《忆饮》、《忆歌》、《忆书》、《忆博》、《忆輋》、《忆笑》、《忆眠》、《忆妆》也。其一曰:"屏帐腰支出洞房,花枝窣地领巾长。裙边遮定双鸳小,只有金莲步步香。"其二云:"椅上藤花阑面平,绣裙斜绰茜罗轻。踏青姊妹频来唤,鸳履贪弓不意行。"其三云:"绿蚁频催未厌多,帕罗香软衬金荷。从教弄酒春衫浣,别有风流上眼波。"其四云:"一串红牙碎玉敲,碧云无力驻晴霄。也知唱到关情处,缓按余声眼色招。"其五云:"纤玉参差象管轻,蜀笺小研〔一作研。〕碧窗明。袖纱密掩嗔郎看,学写鸳鸯字未成。"其六云:"小阁争筹画烛低,锦茵围坐玉相敧。娇羞惯被诸郎戏,袖映春葱出注迟。"其七曰:"漫注横波无语处,轻拢小板欲歌时。千愁万恨关心曲,却使眉尖学别离。"其八云:"从来题目值千金,无事羞多始见心。乍向客前犹掩敛,不知已觉钿窝深。"其九云:"泥娇成困日初长,暂卸轻裙玉簟凉。漠漠帐烟笼玉枕,粉肌生汗自莲香。"其十云:"宫样梳儿金缕犀,钗梁水玉刻蛟螭。眉间要点双心事,不管萧郎只画眉。"其情致殊妍丽,自非风流才思者不能作也。

藏书之富,如宋宣献、毕文简、王原叔、钱穆父、王仲至家及荆南田氏、历阳沈氏,各有书目。谯郡祁氏多书,号"外府太清老氏之藏室",后皆散亡。田、沈二家,不肖子尽鬻之。京都盛时,贵人及贤宗室往往聚书,多者至万卷。兵火之后,焚毁迨尽,间有一二流落人间,亦书史一时之厄也。吴中曾敩彦和、贺铸方回二家书,其子献之朝廷,各命以官,皆经彦和、方回手自雠校,非如田、沈家贪多务得,舛谬讹错也。

平江自朱勔用事,花木之奇异者,尽移供禁御,下至墟墓间珍木,亦遭发凿。山林所余,惟合抱成围,或拥肿樗散者,乃保天年。建炎己酉冬泊庚戌春,宣抚使周望留姑苏。诸将之兵，斧斤日往，樵斫俱尽，栋梁之材，析而为薪，莫敢谁何，诸山皆童矣，亦草木一时之厄耶？

　　吴中鱼市以斗计，一斗为二斤半。《松陵唱和》皮日休《钓侣诗》云："一斗霜鳞换浊醪。"注云："吴中买鱼论斗，酒即称斤。"其来远矣。然酒今已用升，至市交及蔬反论斤，土风不可革也。

　　僧谓酒为般若汤，鲜有知其说者。予偶读《释氏会典》，乃得其说。云有一客僧，长庆中届一寺，呼净人酤酒。寺僧见之，怒其粗暴，夺瓶击柏树，其瓶百碎，其酒凝滞，着树如绿玉，摇之不散。僧曰："某常持《般若经》，须倾此物一杯。"即讽咏浏亮。乃将瓶就树盛之，其酒尽落器中，略无孑遗，奄然流啜，斯须器㲹音庚。酣畅矣。酒之㢊辞，其起此乎。

　　乐全先生张安道薨，东坡时守颍州，于僧寺举挂，参酌古今，用唐人服座主缌麻三月，又别为文往祭其柩。盖感其知遇也。

　　王文公安石为相日，奏事殿中。忽觉偏头痛不可忍，遽奏上请归治疾，裕陵令且在中书偃卧。已而小黄门持一小金杯，药少许，赐之云："左痛即灌右鼻，右即反之，左右俱痛并灌之。"即时痛愈，明日入谢。上曰："禁中自太祖时有此数十方，不传人间，此其一也。"因并赐此方。苏轼自黄州归，过金陵，安石传其方，用之如神，但目赤，少时头痛即愈。法用新萝卜，取自然汁，入生龙脑少许调匀，昂头使人滴入鼻窍。

　　舒信道《败荷诗》云："忍看夜影分残月，别送秋声入晚风。"前辈云："一郡之政观于酒，一家之政观于齑。"盖二物若善，则其他可知矣。

　　处州缙云县簿厅为武尉司，顷有一妇人常现形与人接，妍丽闲婉,有殊色。其来也,异香芬馥,非世间之香。自称曰英华,或曰绿华,前后官此者,多为所惑。建炎中,一武尉与之配合如伉俪,同僚皆预其宴集,慧辨可喜,与尉料理家事。自言我非妖媚,不害于人。尉以郡檄部兵至扬州,时车驾驻跸淮南。英华亦随而行,至扬州南门不肯入,谓尉曰:"天子之所,门有守御之神,我不可入,我从此而逝矣。然君之行,若复差往泗上,祸即至矣。"遂惨别而去。尉至御营,果令所部兵往泗州交割,尉乃行,未几而北兵至,遂不知存亡。独小史得脱而归,英华已先至邑久俟矣。其后有蒋辉远,永嘉人,为邑簿,英华出如平时。其家母妻不安之而归,辉远独在官所,英华时复出现。其来也,香先袭人,辉远不少动心。一日谓辉远曰:"君索居于此,妾欲侍巾栉,可乎?而君介然不蒙盼顾,亦木心石腹之人也。"辉远曰:"汝宜亟反,毋相接也。"因斋戒具章奏,欲诉于天。是夕复至曰:"君毋庸诉我,某无所舍,得一芘身之地,不复出矣。"辉远曰:"汝果尔,吾为汝立祠以祀,如何?"华感激而去,自是不复至,辉远越数日亦忘之。时家有素丝数束,一旦其丝悉穿系于窗牖,连绵不可解,辉远因悟曰:"吾许汝立祠而渝约矣,即为汝谋之。"乃于厅事之偏室,塑像以祠香火。明日,其丝悉已成束,若不经手者,其怪遂绝。予旧闻斯事,后见处州士人所说悉同,意其为草木之妖也。

　　庞寅孙待制一女有容色,适毗陵胡道修,甚雍睦。数年后,道修每夜即有一妇人来同寝,庞或闻其语言,数诘问之,道修笑而不答。一夜,道修先就枕,庞牵幔欲入,其人自帐中出,姿容妍丽,自顾己不若也。庞亦不惧,道修曰:"子见之否?不必怒也,我与尔同往访之。"恍惚与道修同至一处,如王侯第,帘幕华焕,廊庑间悬琉璃灯,光彩夺目。道修与庞方携手而行,上堂有一人自屏后来,乃向帐中所出之人也。道修、庞走从之,相挽而去,已而对饮堂上。庞愤之,亟欲走归,顾门宇悉闭镝。仓皇至一处,见有断垣,乃大呼,逾之而出,恍然而寤,盖梦也。明日,道修曰:"昨宵尔胡不少留,乃怒而遁耶?"自尔无可奈何。时寅孙任发运使,乃具舟楫迎其女并婿至真州就医,召一道士,能使物治病,俾令治之。道士以一木版一钉付庞,戒令伺道修咳声,即以钉钉其版。如其言钉之,道修大叫曰:"是甚道理!"亟来夺之。庞惧为所得,掷版于河中。时寅孙有馆客在后舟见之,即以手招之,其版遂流至船边。馆客取之,拔去其钉,道修大笑,道士怅惋而去,卒不可疗。乃复归毗陵,不复为怪也。一日,道修谓庞曰:"来日有人携一女子来求售,可为我得之,慎勿靳其直而失之也。"明日,果有一老媪携一村女来,寝陋可骇。道修见之喜曰:"是矣。"乃以数千得之。道修自是嬖惑此婢甚欢,而向之人不复至矣。盖是怪依附此婢之体,而道修见之乃向之人耳。庞竟离归。道修与此婢生男女数人,亦无他怪。待制之犹子温孺润甫言,后问之胡氏,信然。

宣和间朱勔应奉进为节度使,子汝贤庆阳军承宣使,汝功静江军承宣使,汝文阁门宣赞舍人,弟勔阁门宣赞舍人,汝翼朝奉大夫直龙图阁,汝舟明州观察使,汝楫华州观察使,汝明荣州刺史,孙绨、绎、约、绚、纬、绶并阁门宣赞舍人,绰、绅并阁门祗候。一时轩裳之盛,未之有也。靖康之初,籍其家并追夺,悉窜岭外。

蔡君谟作福守日,有一书生投诗来谒云:"远入青青叠叠峰,峰前真宰读书宫。半岩冷落高宗雨,一枕凄凉吉甫风。烟锁豹眠闲雾露,井凋凤宿旧梧桐。九龙山下英雄气,尽属君家世胄中。"君谟异之,寻令人伺其所归。至一山下忽不见,四顾无人,唯一社屋尔,意其社神也。

王荆公女适吴丞相之子封长安县君者,能诗。尝见亲族妇女有服者,带白罗系头子者,因戏为诗云:"香罗如雪缕新裁,惹住乌云不放回。还似远山秋水际,夜来吹散一枝梅。"其姑丞相鱼轩李氏侍从徐宥之女也,亦能文,有诗云:"絮如柳陌三春雨,花落梨园一笛风。百尺玉楼帘半卷,夜深人在水晶宫。"皆妇人有才思者,可喜也。

邦基从伯康孙字曼老,时彦榜高科。宰溧阳日,晨有道士来谒,授以药二粒,且以橡栗四十枚付之,戒曰:"此去千日当有大厄,宜封识如法,勿令妾妇见之,庶缓急可为备。"后至扬州,遇母舅钱勰穆父携二侍姬来,偶探药囊而未及取。寻而得疾,取药无有矣。计其时正三年,竟不起云。

宣和戊戌冬,予道由颍昌之汝坟驿,壁间得廖正一明略手题三诗,其一云:"阿怜二十颇有余,秀眉丰颊冰琼肤。无端欲作商人妇,更枉方寻海畔夫。"其二云:"阿梅笄岁得同欢,懊恼情深解梦兰。莺语轻清花里话,柳条弱嫩掌中看。"其三云:"淮源距襄阳,亭候逾十舍。征鞍背绣帏,云雨虚四夜。双艳尽倾城,一姝偏擅价。独怒蕙心轻,误许商人嫁。"初不晓其意。是年至唐州外氏家,因举是诗,邦人任喻义可云:顷年明略与郡之二营妓往来,情好甚笃,其一小字怜怜,其一名梅。时怜怜将为大贾所纳。明略既去,道过汝坟作诗,盖有所感也。怜怜竟随贾去。"方寻海畔夫",用海上有逐臭之夫事讥之也。

禁中旧有鸭脚子四本,俗谓之银杏,大皆合抱。其三在翠芳亭之北,岁收实至数斛,而所托阴隘,无可临赏之所;其一在太清楼之东，得地显敞，可以就赏而未尝著花也。裕陵尝临观而兴叹，以为事有不能适人意者如此。越明年，一枝遂花，而结实至十余，莹大可爱。裕陵大悦，命宴太清楼赏之，分赐禁从有差。迨次年，则不复花矣。中官带御器械石璘者，老于禁掖供奉，常为何正臣去非言之。正臣尝记是事，且谓：凡草木之华实，盖有常性。人主者为起一念，乃能感格穹壤，使阴阳造化之功，为之巧顺曲从，以适其一时之所欲。岂为天子者，凡一言动致穹高之鉴听若影响之速耶？由是观之，为人上者，使有宋景公之言，时发于诚心，则召应岂俟终日哉！正臣所论如此。邦基尝以正臣之子遹子楚见其手书，因复记之。

　　翟三丈公异，少年侍龙图，出守会稽时，尝赋《猩猩毛笔诗》，甚奇妙。何去非次韵和之云："貌妍足巧语，躯恶招歐歈。赋形共人兽，宁脱荆榛居。肉尝登俎鼎，饷馈传甘腴。失计堕醉乡，颠踬无与扶。柔毫傅束缚，航海归仙癯。浴质逸少池，摛藻知章湖。杀身固有用，赋芋从众狙。坐令宣城工，无复夸栗须。宣城出栗鼠须笔。文房甲四宝，万兔惭蒙肤。数管友十年，闭门赋《三都》。之子信豪迈，嗜学每致劬。未冠游胶庠，已推经行儒。蓬山天禄阁，峥嵘凌碧虚。期予早登蹑，同舍校鲁鱼。"公异之诗，恨未见，有《绿毛龟诗》，皆少年所作也。

　　予在四明时，舶局日同官司户王璪粹昭，郡檄往昌国县宝陀山观音洞祷雨，归为予言宝陀山去昌国两潮，山不甚高峻，山下居民百许家，以鱼盐为业，亦有耕稼。有一寺，僧五六十人。佛殿上有频伽鸟二枚，营巢梁栋间，大如鸭颊。毛羽绀翠，其声清越如击玉。每岁生子必引去，不知所之。山有洞，其深罔测，莫得而入。洞中水声如考数百回鼓鼙，语不相闻。其上复有洞穴，日光所射，可见数十步外，菩萨每现像于其中。

粹昭既致州郡之命,因密祷愿有所睹。须臾见栏楯数尺,皆碧玉也,有刻镂之文,为□路如世间宫殿所造者;已而复现纹如珊瑚者亦数尺,去人不远,极昭然也。久之,于深远处见菩萨像,但见下身如腰,而上即晦矣,白衣璎珞,了了可数,但不见其首。寺僧云:顷有见其面者,乃作红赤色,今于山上作塑像,正作此色,乃当时所现者。三韩外国诸山在杳冥间,海舶至此,必有祈祷。寺有钟磬铜物,皆鸡林商贾所施者,多刻彼国之年号,亦有外国人留题颇有文采者。僧云:祷于洞者,所视之相多不同,有见净瓶者、璎络者、善财者、桥梁者,亦有无所睹者。洞前大石下有白玉晶莹,谓之菩萨石。粹昭平生倔强,至是颇信向云。

　　唐人诗行役异乡怀归感叹而意相同者,如贾岛云:“客舍并州已十霜,归心日夜忆咸阳。无端更渡桑乾水,却望并州是故乡。”窦巩云:“风雨荆州二月天,问人初顾峡中船。西南一望云和水,犹道黔南有四千。”柳宗元云:“林邑山联瘴海秋,牂牁水向郡前流。劳君更问龙池地,正北三千到锦州。”李商隐云:“君问归期未有期,巴山夜雨涨秋池。何时共剪西窗烛,却语巴山夜雨时。”皆佳作也。

　　段承务者,医术甚精,贵人奏以不理选受恩泽,居宜兴,非有势力者不能屈致。翟公巽参政居常熟,欲见之,托平江守梁仲谟尚书邀之始来。乃日平江一富人病,求段医。段曰:“此病不过汤剂数服可愈,然非五百千钱为酬不可。”其家始许其半,段拂衣而去,竟从其请。复以五十星为药资,段复求益,增至百星始肯出药。果如其说而差。段载其所获而归,中途夜梦一朱衣曰:“上帝以尔为医而厚取贿赂,殊无济物之心,命杖脊二十。”敕左右牵而鞭之。既寤,犹觉脊痛。令人视之,有捶痕，归家未几而死。

东坡性喜饮，而饮亦不多。在黄州尝以蜜为酿，又作《蜜酒歌》，人罕传其法。每蜜用四斤炼熟，入熟汤相搅，成一斗，入好面曲二两，南方白酒饼子米曲一两半，捣细，生绢袋盛，都置一器中，密封之，大暑中冷下，稍凉温下，天冷即热下，一二日即沸，又数日沸定，酒即清可饮。初全带蜜味，澄之半月，浑是佳酎。方沸时，又炼蜜半斤，冷投之尤妙。予尝试为之，味甜如醇醪，善饮之人，恐非其好也。

苏子由在政府，子瞻为翰苑。有一故人与子由兄弟有旧者，来干子由，求差遣，久而未遂。一日，来见子瞻，且云：“某有望内翰，以一言为助。”公徐曰：“旧闻有人贫甚，无以为生，乃谋伐冢，遂破一墓，见一人裸而坐曰：‘尔不闻汉世杨王孙乎？裸葬以矫世，无物以济汝也。’复凿一冢，用力弥艰。既入，见一王者曰：‘我汉文帝也，遗制：圹中无纳金玉，器皆陶瓦，何以济汝？’复见有二冢相连，乃穿其在左者，久之方透。见一人曰：‘我伯夷也，瘠羸面有饥色，饿于首阳之下，无以应汝之求。’其人叹曰：‘用力之勤，无所获，不若更穿西冢，或冀有得也。’瘠羸者谓曰：‘劝汝别谋于他所。汝视我形骸如此，舍弟叔齐岂能为人也？’”故人大笑而去。

梅挚公仪龙图，景祐初，以殿中丞知昭州，昭号二广烟瘴水土恶弱处。公常为说，其略云：仕亦有瘴，急催暴敛，剥下奉上，此租赋之瘴也；深文以逞，良恶不白，此刑狱之瘴也；侵牟民利，以实私储，此货财之瘴也；盛拣姬妾，以娱声色，此帷簿之瘴也。有一于此，民怨神怒，安者必疢，疢者必殒，虽在辇下，亦不可免，何但远方而已。仕者或不自知，乃归咎于土瘴，不亦谬乎？予读此方，慨然有感，莅仕者当书于座右，亦可为训也。

世谓子瞻诗多用小说中事，而介甫诗则无有也。予谓介甫诗时为之用，比子瞻差少耳。如《酬王贤良松诗》云："世传寿可三松倒，此语难为常人道。"寿倒三松，见裴铏《传奇》。《春日郊步》云："兴尽无人楫迎汝，却随倦鹊归邻春。"楫迎汝，见古乐府王献之《桃叶歌》。《金陵西斋诗》云："黄奴三倒频璃树，小斫红绫斗诗句。"小斫红绫，见《大业拾遗》。《舒州》云："巫祝方说茶不救，只疑天赐雨工闲。"雨工，见《洞庭灵怪传》。

徽庙见研石有纹如眉者，谓之眉子石，东坡常作《眉子石研歌》，极有连蜷弯环可爱者。东海宫声应中有一砚，尉氏孙宗鉴少魏舍人为作铭："襄城愁，京兆妩，北窗散黛，东家翠羽。棱棱笔锋，与此等伍，胡不类子，英气妙语。"又曰："夕锋既去，碧落方暮。澹疏星之微明，横青霞之数缕。想象沉寥，夷犹毫楮。俾子之文，万丈轩翥。"梁冀妻孙寿封襄城君，作《愁眉啼妆诗》云："北窗朝向镜，锦帐复斜紫。娇羞不肯出，犹言妆未成。散黛随眉广，胭脂逐脸生。试将持出众，定得可怜名。"宋玉《好色赋》："东家之子，眉如翠羽。"用斯事也。

杜子美有《忆郑南玭诗》云："郑南伏毒守，潇洒到天心。"殊不晓伏毒守之义。守当作寺，按《华州图经》有伏毒寺，刘禹锡外集有"贞元中侍郎舅氏牧华州时，予再忝科第，前后由华觐诸陪登伏毒岩"，今世行本皆作守，误也。

墨庄漫录卷之六

本朝能书,世推蔡君谟,然得古人玄妙者,当逊米元章,米亦自负如此。尝有《论书》一篇,及《杂书》十篇,皆中翰墨之病。用鸡林纸书赠张太亨嘉甫,盖米老得意书也。今附于此。

《论书》云:历观前贤论书,征引迂远,比况奇巧,如龙跳天门,虎卧凤阙,是何等语? 或遣辞求工,去法愈远,无益学者。故吾所论,要在人人,不为溢辞。吾书小字行书,有如大字,惟家藏真迹跋尾,间或为之,不以与求书者。心既注之,随意落笔,皆得自然,备其古雅。壮岁未能立家,人谓吾书为集古字,盖取诸家长处,总而成之。既老始自成家,人见之不知以何为祖也。江南吴皖、登州王子韶,大隶题榜有古意,吾小儿尹仁大隶题榜与之等。又幼儿尹知代吾名书碑,及手书大字,更无辨。门下许侍郎尤爱其小楷,云每小简可使令嗣书之,谓尹知也。老杜作《薛稷惠普寺诗》云:"郁郁三大字,蛟龙岌相缠。"今有石本,得而视之,乃是勾勒倒收,笔锋画画如蒸饼,普字如人握两拳,伸臂而立,丑怪难状。以是论之,古无真大字明矣。葛洪天台之观飞白为大字之冠,古今第一。欧阳询道林之寺,寒俭无精神。柳公权国清寺大小不相称,费尽筋骨。裴休率意写碑,乃有真趣,不陷丑怪。真字甚易,惟有体势难为,不如画筹匀而势活也。字之八面,惟尚真楷见之,大小各自有分。智永有八面,已少钟法,丁道护、欧、虞始匀,古法亡矣。柳公权师欧,不及远甚,而为丑怪恶札之祖。自柳世始有俗书。唐官告在世,为褚、陆、徐峤之体,殊有不俗者。开元以来,缘明皇字体肥俗,始有徐浩以合时君所好。经生字亦自此肥。开元以前古气,无复有矣。唐人以徐浩比王僧虔,甚失当。徐浩大小一伦,是犹吏楷也。僧虔、萧子云传钟法,与子敬无异,大小各有分,不一伦。徐浩为真卿辟客,书韵自张颠血脉来,教颜大字促令小,小字展令大,非古也。石刻不可学,但自书使人刻之,已非己书也,故必须真迹观之乃得趣。如颜真卿每使家僮刻字,不会主人意,修改波撇,致大失真。惟吉州庐山题名,题讫而去,后人刻之,故皆得其真,无做作凡俗差佳,乃知颜出于褚也。又真迹皆无蚕头燕尾之笔,与《郭知运争坐位》帖,有篆籀气,颜杰思也。柳出欧阳,为恶丑怪札之祖,自此世人始有为俗书,盖缘时君所好。其弟公绰乃不俗于其兄。筋骨之说出于柳。世人但以怒张为筋骨,不知不怒张自有筋骨。凡大字要如小字,小字要如大字,唯褚遂良小字如大字,其后经生祖述,间有造妙者。大字如小字,未之见也。世人多写大字时用力捉笔,字愈无筋骨神气,作圆笔如蒸饼,大可鄙笑。要须如小字,锋势备全,都无刻意做作乃佳。自古及今,余不敏实得之。榜字固已满世,自有识者知之。石曼卿作佛号,都无回互转折之势,小字展令大,大字促令小,是张颠教颜真卿谬论。盖字自有大小相称。且如写太一之殿,作四窠分,岂可将一字肥满一窠,以对殿字乎?盖自有相称大小,不当展促也。予尝书天庆之观,天之二字皆四笔,庆观多画在下,各随其相称写之,挂起气势自带过,皆如大小一般,虽真有飞动之势也。书至隶与大篆,古法大坏矣。篆籀各随字形大小,故百物之状,活动圆健,各各自足。隶乃始有展促之势,而三代法亡矣。

其《杂书》十篇云：欧、虞、褚、柳、颜，皆一笔书也，安排费工，岂能垂世？李邕脱子敬体，乏纤浓。徐浩晚年用力过，更无气骨，不如作郎官时婺州碑也。董孝子不空，皆晚年恶札，全无妍媚。此自有识者知之。沈传师变格，自有超世真轨，徐不及也。御史萧诚书太原题名，唐人无出其右，为司马系南岳真君观碑，极有钟王轨辙，余皆不及矣。智永临集书《千文》，秀润圆劲，八面具备，有真迹自颠沛字起，在唐林夫处，他人收不及也。

半山庄台上故多文公书，今不知存否。文公学杨凝式书，人少知之。予语其故，公大赏其见鉴。

金陵幕山楼台榜乃闳蔚宗二十年前书，想六朝宫殿榜皆如是。智永砚心成臼，乃能到右军；若穿透，始到锺繇也，可不勉之！

一日不书便觉思涩，想古人未尝片时废书也。因思苏之才《桓公至洛帖》，字字用意相钩连，非复便一笔至到底也。若旋安排，即亏活势耳。

字要骨格，肉须裹筋，筋须藏肉贴，乃秀润生。布置稳不俗，险不怪，老不枯，润不肥，变态贵形不贵苦，苦生怒，怒生怪，贵形不贵作，作入画，画入俗，皆字病也。

颜鲁公行字可教，真便入俗品万等。古人书不如此学。吾家多小儿，作草字，大段有意思。

"少成若天性，习惯如自然"，兹古语也。吾梦古衣冠人授以摺纸，书法自此差进，写与他人却不晓。蔡元度见而惊曰："法何太遽异耶？"此公亦具眼人。章子厚以真自名，独称吾行草，欲吾书如排筭子，然真草须有体制，乃佳耳。

薛稷书慧普寺，老杜以谓"蛟龙岌相缠"。今见其本，乃如奈重儿抬蒸饼势，信老杜不能书也。学书须得趣，他好俱忘乃人妙；别为一好萦之，便不工也。

海岳以书学士召对，上问本朝以书名世者凡数人，海岳各以其人对曰："蔡京不得笔，蔡卞得笔而少逸韵，蔡襄勒字，沈辽排字，黄庭坚描字，苏轼画字。"上复问："卿书如何？"对曰："臣书刷字。"

予尝谓米公人物英迈，鉴裁精高，翰墨场中，当推独步。平生所书，遍于天下，石刻中如《青州南阳石桥记》、《鄞县京观记》、《无为军天王记》、《涟水军》数碑，皆远追钟、王，宁独今人所难，唐人亦鲜及也。蔡天启为公墓志云：举止颉颃，不能与世俯仰，故仕数困踬。冠服用唐人规制，所至人聚观之。性好洁，置水其旁，数颒而不帨，未尝与人同器。视其眉宇轩然，进趋襜如，音吐鸿畅，虽不识者亦谓其米元章也。云云。此迨实录云。

《松陵唱和》皮日休《新秋即事》云："酒坊吏到常先见，鹤俸符来每探支。"注云："吴都有鹤料案。"殊未详鹤俸之说。曾文彦和，博学之士也，知滁州，有《次韵赵仲美表弟西斋自遣诗》云："谪守凄凉卧郡斋，夫君失意偶同来。海边故国渺何许，城上新楼空几回。宁羡一囊供鹤料，会看千里跃龙媒。清吟未免萦机虑，只恐飞鸥便见猜。"注云："唐幕府官俸谓之鹤料，今岁敕头所得止此。仲美省试下，故云。"彦和用事必有所据，当更考之。又宋宣献有《送黄秘丞倅苏台》云："鹤料署文移，鳌场收赋笋。"此宣献用皮日休所云吴郡事也。

蔡仍子因之妻，九院王家女也。忽患瘵疾，沉绵数年，既死，已就小敛。时上皇宫中闻之，曰："惜其不早以陷冰丹赐之，今虽已死，试令救之。"因命中使驰赐一粒。时息气已绝，乃强灌之。须臾遂活,数日后而安,但齿皆焦落,后十五年方死。

宋景文公诗曰:"蟹美持螯日,鲂甘抑鲊天。"用杨渊《五湖赋》云:"连瓶抑鲊。"

蔡丞相確持正,常有治命遗训云:"吾没之后,敛以平日闲居之服,棺但足以周衣衾,作圹不得过楚公,葬时制。棺前设一坐,陈瓦器,以衣衾巾履数事及笔砚置左右。自初敛至于祖载襄葬,悉从简质,称吾平生。毋烦公家,毋干恩典,毋受赗遗,毋求人作埋铭神道碑二处,但刻石云'宋清源蔡某墓,'而纪葬之岁月于其旁可矣。夫达人君子,安于性命之际而不忧,穷乎死生之变而不惑,超然自得,与道消息,生以形骸为寓,死奚丘陇之念哉!吾虽鄙薄,亦粗闻大道之方矣,欲效杨王孙与沐德信,则必伤汝曹之意,又干矫俗之称,故命送终聊为中制,将使子孙近者视吾藏足以无憾;远尚及见吾墓道之石,足以伸敬,如是而已。汝曹其遵吾言,慎忽易也。"其字画清劲,高如六朝人书,其言可法也。又有《杂书》一篇云:楚公时少年读书于石梯山精舍,布衣蔬食,志趣超然。其仕虽不达,以清名直气闻士大夫间。陈恭公孙威敏公皆嗟叹公所为,每为公言。颍川陈氏,公惭卿,卿惭长,以德不以位也。在建阳八年,去日不赍一串茶。邑人思公,至今不衰。致仕居贫,以席蔽户,诵咏犹不倦。其清白淳亮,甘贫乐道,汝曹能使人谓真楚公之子孙,则善矣。楚公名黄裳,故任太子右赞善大夫致仕,忠怀公之父也。

文潞公为相日,赴秘书省曝书宴,令堂吏视阁下芸草,乃公往守蜀日,以此草寄植馆中也。因问蠹出何书,一坐默然。苏子容对以鱼豢《典略》,公喜甚,即借以归。

王师取青唐时，大军始集下寨，治作壕堑，凿土遇一圹，得一琉璃瓶，莹彻如新，瓶中有大髑髅，其长盈尺，瓶口仅数寸许，不知从何而入。主帅命复瘗之，斯亦异矣。

近世墨工多名手，自潘谷、陈赡、张谷名振一时之后，又有常山张顺、九华朱觐、嘉禾沈珪、金华潘衡之徒，皆不愧旧人。宣政间，如关珪、关瑱、梅鼎、张滋、田守元、曾知唯，亦有佳者。唐州桐柏山张浩，制作精致，妙法甚奇。舅氏吴顺图，每岁造至百斤，遂压京都之作矣。前日数工所制，好墨者往往韬藏，至今存者尚多。予旧有此癖，收古今数百笏，种种有之。渡江时为人疑箧之重，以为金玉，窃取之，殊可惜也。今尚余一巨挺，极厚重，印曰"河东解子诚"；又一圭印曰"韩伟昇"，胶力皆不乏精采，与新制敌，可与李氏父子甲乙也。士大夫留意词翰者，往往多喜收蓄，唯李格非文叔独不喜之。尝著《破墨癖说》云：客有出墨一函，其制为璧为丸为手握，凡十余种，一一以锦囊。诧曰：昔李廷珪为江南李国主父子作墨，绝世后二十年，乃有李承晏，又二十年有张遇，自是墨无继者矣。自吾大父始得两丸于徐常侍铉，其后吾父为天子作文章书碑铭，法当赐黄金，或天子宠异，则以此易之。余于是以两手当心，捧砚惟谨，不敢议真赝。然余怪用薛安潘谷墨三十余年，皆如吾意，不觉少有不足，不知所谓廷珪墨者，用之当何如也。他日客又出墨，余又请其说甚辨，余曰：嘻，余可以不爱墨矣。且子之言曰：吾墨坚可以割。然余割当以刀，不以墨也。曰：吾墨可以置水中再宿不腐。然吾贮水当以盆罃，不用墨也。客复曰：余说未尽，凡世之墨不过二十年，胶败辄不可用，今吾墨皆百余年不败。余曰：此尤不足贵，余墨当用二三年者，何苦用百年墨哉？客辞穷，曰：吾墨得多色，凡用墨一圭，他墨两圭不迫。余曰:余用墨每一二岁不能尽一圭,往往失去乃易墨,何尝苦少墨也!唯是说刷碑印文书人,乃常常少墨耳。客心欲取胜,曰:吾墨黑。余曰:天下固未有白墨。虽然,使其诚异他墨,犹足尚;乃使取研屏人杂错以他墨书之,使客自辨,客亦不能辨也。因恚曰:天下奇物,要当自有识者。余曰:此正吾之所以难也。夫碔砆之所以不可以为玉,鱼目之所以不可以为珠者,以其用之才异也。今墨之用在书,苟有用于书,与凡墨无异,则亦凡墨而已焉,乌在所宝者?嗟乎,非徒墨也,世之人不考其实用而眩于虚名者多矣,此天下寒弱祸败之所由兆也,吾安可以不辨于墨。文叔词翰之好,乃不喜于墨,此不可晓,故并载之。

近时士大夫学佛者,不行佛之心而行佛之迹者,皆是谈慈悲而行若蜂虿,乃望无上菩提,吾之未信。梁武帝之奉佛,可谓笃矣,至舍身为寺奴,宗庙供面牲;乃筑浮山堰,灌寿春,欲取中原,一夕而杀数万人,其心岂佛也哉!

扬州吕吉甫观文宅,乃晋镇西将军谢仁祖宅也。在唐为法云寺,有双桧存焉,犹当时物也。刘禹锡有诗云:"双桧苍然古貌奇,含烟吐雾郁参差。晚依禅客当金殿,初对将军映画旗。龙象界中成宝盖,鸳鸯瓦上出高枝。长明灯是前朝焰,曾照青青年少时。"吉甫家居时,桧尚依然。李之仪端叔用梦得诗韵云:"故迹悲凉古木奇,相公庭下蔚相差。霜根半露出林虎,画影全舒破贼旗。宝界曾回铺地色,节旄远映插云枝。刘郎风韵知谁敌,儒帅端能表异时。"建炎兵火,树遂亡矣。予后到乡里,访其遗迹,不可得矣。

李端叔云:《乐毅论》,高绅为湖北转运使,道中闻砧声清远,因视之,乃《乐毅论》石刻覆于下也,而已断裂矣。遂载归,完理缉缀,楗以木箱,所可辨者如此。故世之传布,皆止于海字,则其碎而不可缉者,良可惜也。端叔之说如是。予又尝见一本在章申公家,闻今尚存,是唐人临本,不知即高绅所得者否,或别本也。

白乐天作《长恨歌》,元微之作《连昌宫词》,皆纪明皇时事也。予以为微之之作,过白乐天之歌。白止于荒淫之语,终篇无所规正。元之词乃微而显,其荒纵之意皆可考;卒章乃不忘箴讽,为优也。其词有云:"上皇正在望仙楼,太真同凭栏杆立。楼上楼前尽珠翠,炫转荧煌照天地。"又云:"初过寒食一百六,店舍无烟宫树绿。夜半月高弦索鸣,贺老琵琶定场屋。力士传呼觅念奴,念奴潜伴诸郎宿。须臾觅得又连催,特敕街中许然烛。"又云:"飞上九天歌一声,二十五郎吹管逐。逡巡大遍梁州彻,色色龟兹轰录续。李謩擪笛傍宫墙,偷得新翻数般曲。"又云:"平明大驾发行宫,万人鼓舞途路中。百官队仗避岐薛,杨氏诸姨车斗风。明年十月东都破,御路犹存禄山过。"云云。禄山以天宝十四载反于渔阳,陷东京,则幸连山时,乃十三载也。巡幸而诸弟诸姨悉扈从,百司供顿亦扰矣。念奴,名妓也。帝岁幸华清,时巡东洛,有司潜遣随行,以备宣唤。而每为诸王所邀致,方寒食大禁,而中夜宫中张乐不已,声闻于外。遣中官传呼,追觅念奴,特呼然烛于街衢,呼叫于静夜,皆不可以训。既终夕喧乐,黎明,六飞又复西去,王者慎动,当如是乎? 此诗深讥其荒淫无度也。是岁帝年七十一,而太真年三十六矣。然考之本纪,十三载乃无幸洛之事,岂史逸耶? 微之去天宝不远,必不凿空而云也。李謩擪笛字,《玉篇》云:擪,乌协切,指按于笛而云擪,此字之妙也。

世俗以"阿阿""则则"为叹息之声,李端叔云:楚令尹子西将死,家老则立子玉为之后,子玉直则则,于是遂定。昭奚恤过宋,人有馈麑肩者,昭奚恤阿阿以谢。尔后"阿阿""则则"更为叹息声,常疑其自得于此。

李文叔常有《杂书》论左、马、班、范、韩之才云:司马迁之视左丘明,如丽倡黠妇,长歌缓舞,间以谐笑,倾盖立至,亦可喜矣。然而不如绝代之女,方且却铅黛,曳缟纻,施帷幄,裴徊微吟于高堂之上,使淫夫穴隙而见之,虽失气疾归,不食以死,而终不敢意其一启齿而笑也。班固之视马迁,如韩魏之壮马,短鬣大腹,服千钧之重,以策随之,日夜不休,则亦无所不至矣。而曾不如骎衰之马,方且脱骧逸驾,骄嘶顾影,俄而纵辔一骋,千里即至也。范晔之视班固,如勤师劳政,手胝簿版,口倦呼叱,毫举缕诘,自以为工,不可复加,而仅足为治。曾不如武健之吏,不动声色,提一二纲目,群吏为之趋走,而境内晏然也。韩愈之视班固,如千室之邑,百家之聚,有儒生崛起于蓬荜之下,诗书传记,锵锵常欲鸣于齿颊间,忽遇夫奕世公卿,不学无术之子弟,乘高车,从虎士而至,虽顾其左右,偃蹇侮笑,无少敬其主之容,虽鄙恶而体已下之矣。又文叔尝《杂书》论文章之横云:余尝与宋遐叔言《孟子》之言道,如项羽之用兵,直行曲施,逆见错出,皆当大败,而举世莫能当者,何其横也!左丘明之于辞令亦甚横。自汉后千年,唯韩退之之于文,李太白之于诗,亦皆横者。近得眉山《筼筜谷记》、《经藏记》,又今世横文章也。夫其横乃其自得而离俗绝畦径间者,故众人不得不疑,则人之行道文章,政恐人不疑耳。

七言绝句,唐人之作,往往皆妙。顷时王荆公多喜为之,极为清婉,无以加焉。近人亦多佳句,其可喜者不可概举。予每爱俞紫芝秀老《岁杪山中》云:"石乱云深客到稀,鹤和残雪在高枝。小轩日午贪浓睡,门外春风过不知。"舒亶信道《村居》云:"水绕陂田竹绕篱,榆钱落尽槿花稀。夕阳牛背无人卧,带得寒鸦两两归。"崔鶠德符《秋日即事》云:"秋草门前已没靴,更无人过野人家。离离疏竹时闻雨,淡淡轻烟不隔花。"又《黄州道中》云:"莫愁微雨落轻云,十里长亭未垫巾。流水小桥山下路,马头无处不逢春。"刘次庄中叟《桃花》云:"桃花雨过碎红飞,半逐溪流半染泥。何处飞来双燕子,一时衔在画梁西。"僧如璧德操《偶成》云:"松下柴门昼不开,只有蝴蝶双飞来。蜜蜂两脾大如玺,应是山前花又开。"吴可思道《病酒》云:"无聊病酒对残春,帘幕重重更掩门。恶雨斜风花落尽,小楼人下欲黄昏。"又《春霁》云:"南国春光一半归,杏花零落淡胭脂,新晴院宇寒犹在,晓絮欺风不肯飞。"赵士掞才孺《登天清阁》云:"夕阳低尽已西红,百尺楼高万里风。白发年年何处得,只应多在倚栏中。"李慰去言《春晚》云:"花瘦烟羸可奈何,不关渠事鸟声和。无人扫地惊风在,分付轻红上碧莎。"赵鼒之子雍《春日》云:"拂床欹枕昼初长,好梦惊回燕语忙。深竹有花人不见,直应风转得幽香。"曾纡公衮《江樾轩书事》云:"卧听滩声瀄瀄流,冷风凄雨似深秋。江边石上乌柏树,一夜水长到梢头。"胡直孺少汲《春日》云:"风云吹絮柳飞花,睡起钩帘日半斜。四海随人双燕子,相逢处处作生涯。"曾绎仲成《还家途中》云:"疏林残岭起昏鸦,腊尽行人喜近家。江北江南春信早,傍篱穿竹见梅花。"刘无极希颜《漾花池》云:"一池春水绿如苔,水上新红取次开。闲倚东风看鱼乐,动摇花片却惊猜。"王铚性之《山村》云:"家依溪口破残村,身伴渡头零落云。更向空山拾黄叶,姓名那有世人闻。"陈与义去非《秋夜》云:"中庭淡月照三更,白露洗空河汉明。莫遣西风吹叶落,只愁无处着秋声。"如此之类甚多,不愧前人。

东坡作《梅花词》云:"高情已逐晓云空,不与梨花同梦。"注云:"唐王建有《梦看梨花云诗》。"予求王建诗,行世甚少,唯印行本一卷,乃无此篇。后得之于晏元献《类要》中,后又得建全集七卷,乃得全篇。题云《梦看梨花云歌》:"薄薄落落雾不分,梦中唤作梨花云。瑶池水光蓬莱雪,青叶白花相次发。不从地上生枝柯,合在天头绕宫阙。天风微微吹不破,白艳却愁春浣露。玉房彩女齐看来,错认仙山鹤飞过。落英散粉飘满空,梨花颜色同不同。眼穿臂短取不得,取得亦如从梦中。无人为我解此梦,梨花一曲心珍重。"或误传为王昌龄,非也。

《瘗鹤铭》,润州扬子江焦山之足石岩下,惟冬序水退,始可模打。世传以为王逸少书,然其语不类晋人,是可疑也。欧阳永叔以为华阳真逸乃顾况之道号,或是况所作,然亦未敢以为然也。予尝以穷冬至山中,观铭之侧,近复有唐王瓒刻诗一篇,字画差小于《鹤铭》,而笔势八法,乃与《瘗鹤》极相类,意其是瓒所书也。因模一本以归,以示知书者,亦以为然。其题云《冬日与群公泛舟此山》:"江水初不冻,今年寒复迟。众芳且未歇,近腊仍袷衣。载酒适我情,兴来趣渐微。方舟大川上,环酌对落晖。两片青石棱,波际无因依。三山安可到,欲到风引归。沧溟壮观多,心目豁暂时。况得穷日夕,乘槎何所之。谪丹阳功曹掾王瓒。"今此刻亦渐漫漶,尚可读也。有好事者,当试求之,以验予言之或是也。

应劭《汉官仪》曰:"周泽为太常斋,有疾,其妻怜其年老,窥内问之。泽大怒,以为干斋,遂收送诏狱自劾。论者讥其诡激,时谚云:生世不谐为太常妻,一岁三百六十日,三百五十九日斋,一日不斋醉如泥。"予观稗官小说,乃得其说云:南海有虫无骨,名曰泥,在水则活,失水则醉,如一堆泥然。后又读《五国故事》云:伪闽王王延庆为长夜之饮,因醉屡杀大臣,以银叶作杯,柔弱为冬瓜片,名曰醉如泥。酒既盈,不可置杯,唯尽乃已。盖取此义也。

韩维持国诗格甚奇,如《寄范德儒》云:"睥睨峰高回过雁,琵琶宵寂语流莺。"《和兄康公罢相》云:"移病早休丞相笔,坐谈犹着侍臣冠。"《和曾存之》云:"自愧效陶无好语,敢烦凌杜发新章。"皆佳句也,恨世少传者。

曾诚存之,元符间任馆职,尝与同舍诸公饮王诜都尉家。有侍儿辈侍香求诗求字者,以烟浓近侍香为韵。存之得浓字,赋诗云:"俯仰佳人看墨踪,和研亲炷宝熏浓。诗情过笔当千里,妙思凝香欲万重。山盎泄云倾白酒,越罗沾露泡黄封。从来粉黛宜灯烛,妙手凭谁写醉容。"又有《七夕王都尉邀同舍置酒听琵琶诗》云:"宝槛凌云结绮高,小奁争巧暮分曹。春葱细拈龙香拨,秀颈偏明逻逤槽。牛既写形呈粔籹,马军驰酒送蒲萄。泪珠散作人间露,最觉更阑润锦绦。"道山学士尚与贵戚驸车过从宴饮,真太平盛事也,其后禁之。诜元丰中坐与子瞻交结,尝窜均州矣。后复与诸名士游,盖风流好事,不忘于情,宁获谴戾,是可尚也。故事:西京每岁贡牡丹花,例以一百枝,及南库酒赐馆职,韩子苍去国后尝有诗云:"忆将南库官供酒,共赏西京敕赐花。白发思春醒复醉,岂知流落到天涯。"

衢州厅事下旧有土势隆起,筿本丛生,相传云古冢也。旧有碑,其文云:"五百年刺史,为吾守墓。"以此前后相承,皆畏而不敢慢。绍圣元年,齐安孙贲公素为守,问之,左右以是对。公命毁去之,官吏大恐,阖府叩头以谏。公曰:"藉令土中有贤者骨,当以礼法迁之。"乃为文自祭而除之,斸深丈余,了无他异。但有二石峰，长五六尺，坚瘦泔润。又有大木之根，蟠踞其下，群疑遂定。石上有刻云："乾符五年五月三日安于此。押衙徐讽龙山起此石处得二石，刺史季□题。"又刻云："开宝七年，重叠峨嵋山于厅事前，于郡斋文会阁移季公之石，安置于此。刺史慎知礼题。"时公素方修州治南韶光园，重建清冷台，堂成，乃移二石于堂下，名曰双石。嗟乎，慎公移石，去季公之得石凡九十七年；公素之破疑冢出石，去慎公又一百二十一年。物之显晦，抑自有数，第不知峨嵋之废乃冒冢之名自何时也。公素一旦戏笑为之，遂释千百年之惑。张芸叟有诗云："芝兰虽好忌当门，何况庭前恶土墩。畚锸才兴双剑出，狐狸尽去老松蹲。百年守冢真堪笑，一日开轩亦可尊。安得掷从天外去，成都石笋至今存。"公素可谓刚毅正直自信之君子也。

墨庄漫录卷之七

西施,美人也,三尺童子皆知其为越献于吴以亡吴也。《吴越春秋》云:越王使相者得苎萝山鬻薪之女,曰西施、郑旦,饰以罗縠,教以容步,而献于吴。《庄子》曰:西施病心而矉,其里之丑人见而美之,归亦捧心而矉。《孟子》云:西子蒙不洁,则人皆掩鼻而过之。注云:西子,古之好女西施也。毛嫱,亦美人也。《庄子》云:毛嫱、丽姬,人之所美也,鱼见之而深入,鸟见之而高飞。《释音》注司马彪云:毛嫱,古美女,一云越王美姬也。丽姬,晋献公嬖之以为夫人。崔撰本作西施。又《慎子》云:毛嫱、西施,天下之至姣也。按《左氏传》:越之灭吴。在鲁哀公之二十二年,孟子尝见梁惠王、齐宣王,自鲁哀公之二十二年,至魏惠王之元年,一百四年,至齐宣王之元年,一百三十二年,乃魏惠王之二十九年也。《史记·庄子传》云:名周,与梁惠王、齐宣王同时。则庄子与孟盖一时。慎子,名到,与淳于髡、驺、奭之徒,皆战国时人,亦庄、孟一时也。又《史记·表》:晋献公五年伐骊戎,得骊姬。是岁己酉也,至魏惠王之元年三百七年。若以毛嫱为越王美姬,又与骊姬非同时。而崔撰以骊姬为西施,故以为近。故说者谓庄、孟、慎子所言西施,皆越之献吴者。然予读《管子·小称篇》,有云:毛嫱、西施,天下之美人也,盛怒气于面,不能以为可好。《史记·表》:齐威公小白之元年,丙申也。鲁欲与齐公子纠入,后小白,齐距鲁,生致管仲。是岁至越灭吴,计二百一十三年。而管仲之书,已言毛嫱、西施,是二人者皆前古之人矣。岂越之西施,冒古之美人以为名耶?是有两西施矣。而毛嫱亦非越王之美姬明甚。司马彪之注,乃臆说也,当更质于博洽者。

政和间,朝廷求询三代鼎彝器。程唐为陕西提点茶马,李朝孺为陕西转运,遣人于凤翔府破商比干墓,得铜盘,径二尺余,中有款识一十六字。又得玉片四十三枚,其长三寸许,上圆而锐,下阔而方,厚半指,玉色明莹。以盘献之于朝,玉乃留秦州军资库。道君皇帝曰:"前代忠贤之墓,安得发掘?"乃罢朝孺,退出其盘。圣德高明有如此者。不然丘冢之厄,不止此矣。其玉久在秦帑,近年王庶知秦州日,取之而去。祁宽居之尝见之,为予言之。然予又见刘衮延仲言比干墓在卫州西山,去城数十里,有汉唐以来碑刻甚多。墓周回数里,生异木,樛结不可人。而居之言墓在关中,未知何也。真州六合县界有山,四面平直,曰方山。山之左右多古冢墓,予从甥魏惇绍兴十二三年间任天长县尉日,有一监司属官过邑,馆于尉司,出一襆物,云昨过方山得之,出以示惇。皆美玉也。其长三二寸,阔一指许,厚三四分,光润方正。上有小窍,约百余枚,不知为何物也。惇欲乞其一二枚,属官靳而不与,且云:"方山民因耕穿一墓获此。"疑其为玉策。以予考之,此乃两汉以前贵近之墓,所谓珠襦玉匣者,古以敛尸,惟王公则有之耳,盖与比干墓所获正同尔。

川峡间有一种恶草,罗生于野,虽人家庭砌亦有之,如此间之蒿蓬也,土人呼为藙音璠。麻。其枝叶拂人肌肉,即成疮疱,浸淫溃烂,久不能愈。杜子美《除草诗》所谓:"草有害于人,曾何生阻修。其毒甚蜂虿,其多弥道周。"盖谓此也。刘衮延仲至蜀尝见之。

宣和间,蔡宝臣致君收南唐后主书数轴来京师,以献蔡條约之。其一乃王师攻金陵城垂破时,仓皇中作一疏祷于释氏,愿兵退之后,许造佛像若干身,菩萨若干身,斋僧若干万员,建殿宇若干所。其数皆甚多,字画潦草,然皆遒劲可爱,盖危窘急中所书也。又有看经发愿文,自称莲峰居士李煜。又有长短句《临江仙》云:"樱桃结子春归尽,蝶翻金粉双飞。子规啼月小楼西,玉钩罗幕,惆怅卷金泥。　　　门巷寂寥人去后,望残烟草低迷。"而无尾句。刘延仲为补之云:"何时重听玉骢嘶,扑帘飞絮,依约梦回时。"

东坡《四时冬词》云:"真态生香谁画得,玉奴纤手嗅梅花。"每疑玉奴字殊无意味,若以为潘淑妃小字,则当为玉儿,亦非故实。刘延仲尝见东坡手书本,乃作"玉如纤手",方知上下之意相贯,愈觉此联之妙也。

闽广多异花,悉清芬郁烈,而末利花为众花之冠。岭外人或云抹丽,谓能掩众花也,至暮则尤香。今闽人以陶盎种之,转海而来,浙中人家以为嘉玩。然性不耐寒,极难爱护,经霜雪则多死,亦土地之异宜也。颜博文持约谪官岭表,爱而赋诗云:"竹梢脱青锦,榕叶随黄云。岭头暑正烦,见此葶绿君。欲言娇不吐,藏意久未分。最怜月初上,浓香梦中闻。萧然六曲屏,西施带微醺。丛深珊瑚帐,枝转翡翠裙。譬如追风骑,一抹万马群。铜瓶汲清沚,聊复为子勤。愿言少须臾,对此髯参军。"观此诗则花之清淑柔婉风味,不言可知矣。

京口北固山甘露寺旧有二大铁镬,梁天监中铸。东坡游寺诗云"萧翁古铁镬,相对空团团。坡陀受百斛,积雨生微澜。"是也。予往来数见之,然未尝稽考何物,本为何用也。近复游于寺,因熟观之,盖有文可读,云:"天监十八年太岁乙亥十二月丙午朔十日乙卯，皇帝亲造铁镬于解脱仏_{古佛字}。殿前，满漫_{灭一字}。甘泉，种以荷蕖，供养十方一切诸仏。以仏神力，遍至十方，尽虚空界，穷未来际。令地狱苦镬，变为七珍宝池，地狱沸汤，化为八功德水。一切四生，解脱众苦，如莲花在泥，清净无染，同得安乐，到涅槃城。斯镬之用，本在烹鲜，八珍兴染，五味生缠。我皇净照，慈被无边，法喜禅悦，何取_{又漫一字}。檀。爰造斯器，回成胜缘，如含碧水，_{又漫一字}。发经莲，道场供养，永永无边。"其后又云："帅吴虎子近禁道真概怀于佐陈僧圆丞宋_{又漫一字}。令宣令郑休之。"义不可晓，疑当时干造之人耳。又一行云："五十石镬，然形制不能容今之五十石。"盖古之斗斛小也。始知二镬乃当时植莲供养佛之器耳。

李端叔有赠人二小诗，一云："通中玉冷梦偏长，花影笼阶月浸凉。挽断罗巾留不住，觉来犹有去时香。"一云："情随榆荚不胜飘，心似杨花暖欲消。拟借琼林大盈库，约君孤注赌妖娆。"盖有所为也。或云是与当涂杨珠者，博者以胜彩累注数者，至乘败者，唯有畸零不累注数，谓之孤注，故端叔戏云。

韩退之诗云："前计顿乖张，居然见真赝。"《广韵》及《字书》云：赝，五晏切。注：伪物也。东坡《岭外诗》云："茯苓无人采，千岁化虎魄。我岂无长镵，真赝苦难识。"《韩非子》曰：齐伐鲁，索镵鼎，鲁以其赝往。齐曰：雁也。鲁曰：真也。古乃以雁为赝，亦借用也。今人若作真雁，人必笑也。

东坡在黄州，陈慥季常在岐亭，时相往来。季常喜谈养生，自谓吐纳有所得。后季常因病，公以书戏之云：公养生之效有成绩，今又示病弥月，虽使皋陶听之，未易平反。公之养生，正如小子之圆觉，可谓害脚法师鹦鹉禅、五通气球黄门妾也。前辈相与，可谓善谑也。

崇宁二年三月一日，卫州获嘉县民职氏杀猪祭神，而民刘氏猎犬得其弃首骨衔之，狷四日不食。民使其子析之，其左牡齿臼中得肉如拇，谛视之，如来像也。髻有珠如粟，瞑目跏趺，瞳子隐然，庄严毕具，观者万人。晁载之伯宇尝记其事，晁无咎又作赞以称叹之。政和丁酉，予侍亲在真州，时慈受禅师怀深住持资福寺。一日，深老谓先君曰："近赴村落富人家斋，见群犬争衔啮一牛胫骨，甚狂噬，相嗾不已。村人持梃驱逐，亦竟不去。众顿异，因夺而破之，其中血髓已坚凝如玉，自成一菩萨形，衣纹璎珞，相好奇特，虽雕琢有所不及。其家乃取去藏之。此与职氏齿事极相类。佛之慈悲化身，无乎不在，以警于好杀者，俾生信心，哀愍有情。故现希有之异，阐提者得不少悛乎？

翟三丈公巽，宣和末，蔡絛约之用事，外召从官七人。公巽再以琐闼召，力辞之，未至阙，有旨落职宫祠，继而复还待制。公作谢表有云："弹贡禹之冠，诚非本志；夺伯氏之邑，其又何言。"又云："惟一与一夺之命，无有二三；而三仕三已之心，敢怀愠喜。"人多称之。

翟公巽《谢对衣金带鞍马表》云："顾臣非缁衣之宜，敝予又改；以臣从大夫之后，不可徒行。"叶少蕴《谢赐历日表》云："岂特千岁之日，可坐而致；将使百亩之田，勿夺其时。"汪彦章《贺进筑隆兑二州及城寨表》云："我陵我阿，不以山溪之险；有民有社，在吾邦域之中。"皆用经史全语而工者。

优词乐语，前辈以为文章余事，然鲜能得体。王安中履道，政和六年天宁节集英殿宴，作教坊致语，其诵圣德云："盖五帝其臣莫及，自致太平；凡三代受命之符，毕彰殊应。"又云："歌太平既醉之诗，赖一人之有庆；得久视长生之道，参万岁以成纯。"可谓妙语也。至《放小儿队词》云:"戢戢两髦,已对襄城之问;翩翩群舞,却从沂水之归。"《放女童词》云:"奏阆圃之云谣,已瞻天而献祝;曳广寒之霓袖,将偶月以言归。"益更工丽而切当矣。履道之掌内制,可谓称职。凡乐语不必典雅,惟语时近俳乃妙。王履道《天宁节宴小儿致语》云:"五百里采,五百里卫,外并有截之区;八千岁春,八千岁秋,共上无疆之寿。"又《正旦宴小儿致语》云:"君子有酒多且旨,得尽群心;化国之日舒以长,对扬万寿。"孙近叔《诣宣和春宴女童致语》云:"黛耜载耕于帝籍,广十千维耦之疆;青圭往祓于高禖,兆则百斯男之庆。"皆为得体。然未若东坡元祐秋宴,教坊致语云:"南极呈祥,候秋分而老人见;西夷慕义,涉流沙而天马来。"又《春宴致语》云:"稍宽中扆之忧,一均湛露之泽。方将曲蘗群贤而恶旨酒,鼓吹六艺而放郑声。虽白雪阳春,莫致天颜之一笑;而献芹负日,各尽野人之寸心。"则又不可跂及矣。乐语中有俳谐之言一两联,则伶人于进趋诵咏之间,尤觉可观而警绝。如石懋敏若《外州天宁节锡宴》云:"飞碧篆之炉烟,薰为和气;动红鳞之酒面,起作风波。"何安州得之《外州上元》云:"五云缥缈,出危峤于灵鼍;九陌荧煌,下繁星于陆海。暗尘随马,素月流天。如熙熙登春台,举欣欣有喜色。"孙仲益《和州送交代》云:"渭城朝雨,寄别恨于垂杨;南浦春波,眇愁心于碧草。"皆为人所脍炙也。

　　翟公巽知密州,侯蒙元功自中书侍郎罢政归乡,公有启云:"得请真祠,归荣故里。虽老成去国之易,而明哲保身之全。多士叹嗟,饯韩侯之出祖;邦人慰喜,咏季子之来归。"又云:"乘安车而过诸子,未慕昔贤;挥赐金以娱故人,用偿夙志。"公平时四六,多聱牙高古,而此启特平易,诚大手笔也。

后元功于里第筑台曰"高蓝光",既落成,公就台张具为宴,自作致语有云:"公槐避宠,衣绣归家。从方外之赤松,寄高怀于绿野。珍禽绛羽,借鸡树之遗栖;曲沼回塘,分凤池之余润。"《晋世语》云:刘放为中书监,孙资为中书令,共领枢要。侯献、曹肇心内不平,殿中有鸡栖树,二人相谓曰:"此亦久矣,其能复几指放资也。"又《晋书》荀勖守中书监,眦赞朝政,及迁尚书令,勖久在中书,专掌机事,失之甚愠。人有贺者,怒曰:"夺我凤凰池,何贺焉!"故公用"鸡树""凤池",皆中书事,考之方见其切。

　　李昭玘成季,自京西路提刑移东路置司,□□在兖东路,置司在青州,谢上表有云:"去长安之日,虽遥千里之违;望岱宗之云,犹均二州之润。"

　　杜子美《佳人词》云:"合昏尚知时,鸳鸯不独宿。"《本草》:合欢,或曰合昏。陈藏器云:叶至暮即合,故曰合昏,今夜合花是也。又《往在诗》云:"当宁陷玉座,白间剥画虫。"《文选·景福殿赋》云:"皎皎白间,微微列钱。"注:白间,窗也。又《大食刀歌》云:"得君乱丝与君理。"《北史》:齐文宣帝高洋神武第三子,神武尝令诸子各理乱丝,帝独抽刀斩之曰:"乱者须斩。"神武以为然。

　　范忠宣公薨,朝廷赐墓碑之额曰"世济忠直"。时唐彦猷君益知颍昌,为表其居曰"忠直坊"。范公之子正平、正思谓君益曰:"荷公之意,但上之所赐,刻于螭首,揭于墓隧,假宠于公,若施于康庄,以为往来之观,非朝廷之意也。"君益曰:"此州郡之事,于君家无与也。"二公曰:"先祖先人功名闻于远迩,何待此而显。且十室之邑,必有忠信,流俗所尚,识者所耻,异时不独吾家为人嗤诮,公亦宁逃于指议? 故不得不力请也。"

时李端叔官于许下，乃见唐公，且言曰："顷胡文恭宿知苏州时，蒋堂希鲁将致政归。文恭昔为诸生，尝受学于蒋公，乃即其里第表之为'难老坊'。蒋公见之，不乐曰：'此俚俗歊焰，内不足而假之人以为夸者，非所望于故人也，愿即撤去。'文恭谢之。欲如其请，则营缮已毕，乃咨其尝获芝草之瑞，更为灵芝。文恭退而语人曰：'识必因德而后达，蒋之德盖所畏，而其识如此，非吾所及也。'"君益闻端叔之言，遂撤去之。范氏二公闻之，乃谢端叔曰："非公之语，莫遂于心也。"因复笑曰："凡以伎能物货自营，图倍于人，则名曰元本某家；至于假供御供使州土为名，殆与此一类。颜子居陋巷，一箪食，一瓢饮，人不堪其忧，回不改其乐，故与禹稷同道。当时未闻表其巷何坊也。"端叔亦笑之。后复陈此语于君益，君益大笑之。

李资政邦直有《与韩魏公书》云："前书戏问玉梳金箆者侍白发翁，几欲淡死矣。然常山颇多老伶人，吹弹甚熟，日使教此五六人，近者稍便串，异时愿传饮期一醨觥也。"玉梳金箆，盖邦直之侍姬也。人或问命名之意，邦直笑曰："此俗所谓和尚置梳箆也。"又有《与魏公书》云："旧日梳箆固无恙，亦尝增添三两人，更似和尚撮头带子尔。"

元祐中，哲宗旬日一召辅臣于迩英阁，听讲读。时曾肇子开、苏辙子由，自左右史并除中书舍人，入侍讲筵。子由作诗呈同省诸公，悉和之。迩英、延义，皆祖宗所建。讲读之所记注官，赐坐饮茶，将罢赐汤，仍皆免拜，无复外廷之礼。故子开诗云："二阁从容访古今，诸儒葵藿但倾心。君臣相对疑宾主，谁识昭陵用意深。"迩英阁前槐后竹，双槐极高，而柯叶拂地，状如龙蛇，或谓之凤尾槐。子开诗云："凤尾扶疏槐影寒，龙吟萧瑟竹声干。汉皇恭默尊儒学，不似公孙见不冠。"子由诗云：

"铜瓶洒遍不胜寒,雨点匀圆冻未干。回首曈昽朝上日,槐龙对舞覆衣冠。"并谓此也。

宣和中,予客唐州外氏吴家。时兖阳府光化县村人耕穴一冢,得一器,类鼎而有盖。盖及鼎腹皆雷纹,中有虬形,两耳为饕餮,足为蚩尤,制作甚精。一足微蚀损,尚可立也。表舅唐恁端仲数千得之,以与舅氏顺图好古博雅,乃以归之,而强名曰"虬鼎";且作歌以记之,予得熟观焉。予以为古之鼎鬲皆无盖,而足皆圆直,无作兽形者,此乃敦耳。端仲以其腹高如鼎,而敦乃形匾,故名之为鼎耳。其饕餮、蚩尤,与李伯时古器图所画小敦耳足正同,但小敦耳之两兽间,口有饰玉处,古之玉敦多如此也。而此器乃无饰玉之状,状复无款识耳。又按《吕氏春秋》云:周鼎饕餮有首无身,食人未咽,害及其身。此盖周器也。古器多为饕餮、蚩尤者,深戒于贪暴也。两舅皆以予言为然,乃只名曰"虬敦",极宝惜之。时京西漕时道陈闻有此器,讽太守王牲来取之。舅氏秘而不出,后欲自携往京师,并关中侯金印献之上方。未几而俶扰,外氏避地湘潭,平时玩好书画宝玉,悉为贼有,不知此器存亡何所。惜哉!敦,酒器。

天下之事,每患于无公论,徇于一己之好恶,则说必偏;虽以曲词夸语以胜于人,然卒不若公论之使人必信也。砚之美者,无出于端溪之石,而唐询彦猷作《砚录》,乃以青州黑山红丝石为冠;米芾元章则以唐州方城山葛仙公岩石为冠。彦猷则谓红丝石,理黄者其丝红,理红者其丝黄。文之美者,则有旋转其丝凡十余重,次第不乱。资质润美发墨,久为水所浸渍,即有膏液出焉。此石之至灵者,非他石可与较议,故列之于首。元章则谓方城岩石,石理白者,视之如玉,莹如鉴光,而着墨如澄泥,不滑,稍磨之则已下,而不热生泡。发墨生光,如漆如油,岁久不退,常如新成,有君子一德之操,色紫可爱,声平而有韵。此石近出,始见十余枚矣。二公皆于翰墨留意者。然此说恐未为公也。予伯父毅老提学尝官青社,得红丝石砚,虽文彩诚如彦猷之说,但石理麁慢,殊不发墨,特堪为几案之奇玩耳。予外氏居唐州,而方城下邑也。予往来必过仙公山下,地名"新寨"。居民多以石为工,所货之砚,紫、青、白三种石也。亦作鼎斛盂之类。其砚如吴郡嶻村石之易得,一枚不过百钱。惟有一种曰"太阳坑石",乃元章所谓近出者。坑在山顶,其石色如端溪,坚重缜密,作砚极锉墨,不数磨而已盈砚,殊可爱也。盖元章性急,每用磨墨,发艳甚易,故以适意为快也。然多损笔墨,故士人谓之笔墨刽子,可与端州后历石相抗焉,得居上岩下岩二石之上也。予在京西时,择求数年,得一巨璞,琢为玉斗样,不知者以为端溪也。予舅吴兖显图为予铭其背云:"琢云根,陪玄颖,赞斯文,贻久永。无磷缁,坚以璟,之子操,同其炳。"渡江以来之后亡之矣。二公之论当否,究心于文房者必能订评之。

　　黄鲁直有《乞猫诗》云:"秋来鼠辈欺猫死,窥瓮翻盆搅夜眠。闻道狸奴将数子,买鱼穿柳聘衔蝉。"蔡天启乞猫于孙元忠,亦有诗云:"厨廪空虚鼠亦饥,终宵咬啮近秋帷。腐儒生计惟黄卷,乞取衔蝉与护持。"予友李璜德邵以二猫送予,仍以二诗,一云:"家家入雪白于霜,更有欹鞍似闹装。便请炉边叉手坐,从他鼠子自跳梁。"二云:"衔蝉毛色白胜酥,搦絮堆绵亦不如。老病毗邪须减口,从今休叹食无鱼。"

墨庄漫录卷之八

宗室令穰大年善丹青,清润有奇趣。少年读书,以唐王维、李思训、毕宏、韦偃,皆以画得名,乃刻意学之,下笔便有自得。一时贤士大夫喜与之游,皆求其笔,亦颇厌其诛求,慨然叹曰:"怀素有云:无学书,终为人所使。"欲绝笔不为,但名已著,终不得已。又善作小草书,小字如蝇蚊,笔遒而法具,谛观之,目力茫然,皆合羲、献之体,是又所难也。米元章谓大年作画清丽,雪景类王维,汀渚水鸟有江湖意。予在京师时,尝偶得大年所作横卷《归田园》,竹篱茅舍,烟林蔽亏,遥岑远水,咫尺千里,葭芦鸥鹭,宛若江乡。盖大年得意画也。表舅唐端仲题诗云:"闻君新得小山川,画手来从邰雍贤。不学农夫焉用稼,若为王子岂知田。我真坡上躬耕客,亲见人间小隐天。始识何年京样熟,菊篱宁似景龙边。"菊篱景门下景也。后为吴舅顺图取此轴去,今亡于兵火。又有士雷亦妙绘事,尝于钱德舆次权少卿家见所作《寒溪小雪》横卷,翎毛竹木,种种皆奇,可亚大年云。

章友直伯益,以篆得名,召至京师。翰林院篆字待诏数人闻其名,然心未之服,俟其至,俱来见之云:"闻先生之艺久矣,愿见笔法,以为模式。"伯益命粘纸各数张,作二图,即令洗墨濡毫。其一纵横各作十九画,成一棋局,其一作十圆圈,成一射帖。其笔之竁细间架疏密,无毫发之失。诸人见之,大惊叹服,再拜而去。

熙宁五年,杭州民裴氏妾夏沉香澣衣井旁,裴之嫡子戏,误堕井而死。其妻诉于州,必以谓沉香挤之而堕也。州委录参杜子方、司户陈珪、司理戚秉道,三易狱皆同,沉香从杖一百断放。时陈睦任本路提刑,举驳不当,劾三掾皆罢。州委秀州倅张济鞠勘,许其狱具即以才荐,竟论沉香死。故东坡《送三掾诗》云:"杀人无验终不快,此恨终身恐难了。"其后睦还京师,久之未有所授。闻庙师邢生颇从仙人游,能知休咎,乃往见之,叩以来事,邢拒之弗答。而语所亲曰:"其如沉香何?"睦闻之,悚惧汗下,废食者累日。释氏所云冤怼终不免,可不戒哉!

绍圣初元,东坡帅中山,得黑石白脉,如孙知微所画石间奔流,尽水之变;又作白石大盆以盛之,激水其上,名其室曰"雪浪斋"。公自铭有云:"玉井芙蓉丈八盆,伏流飞空漱其根。"时四月二十日也。闻四月三日,乃有英州之命。其后谪惠州,又徙海外,故中山后政以公迁谪,雪浪之名废而不问。元符庚辰五月,公始被北归之命,明年夏,方至吴中。时张芸叟守中山,方葺治雪浪斋,重安盆石,方欲作诗寄公,九月,闻公之薨,乃作哀词,有云:"我守中山,乃公旧国。雪浪萧斋,于焉食宿。俯察履綦,仰看梁木。思贤阅古,皆经贬逐。玉井芙蓉,一切牵复。"云云。其词曰:"石与人俱贬,人亡石尚存。却怜坚重质,不减浪花痕。满酌山中酒,重添丈八盆。公兮不归北,万里一招魂。""思贤"、"阅古",皆中山后圃堂名也。

镇江府兵火之余,有石一株在瓦砾中,势如掀舞,色绀而泽,奇物也。上有刻字云:"有唐上元甲子岁,颍川陈良参叨尹延陵获此石,置西斋之前。铭曰:嵯嵯峨峨,翠苍其多。是禀混元,非因琢磨。置于庭隅,公退常过。宜乎乃身,居高之阿。

后期来者,见兹若何。"其后又有今人刻字云:"皇宋治平丙午岁仲夏晦日,邑令掌文纪于坏垣得之,立于此。"后为都统王候胜所得,移置于所居园中。有一士大夫见而爱之,绐曰:"此本吾家旧物也。先君平昔宝惜之,不意尚存于兹,愿复归我。"王候欲许之,有一将校闻之,谓主帅曰:"不可与之。此石上有上元甲子及皇宋治平之语,恐朝廷闻之来取之,当以此意拒之。"王候用其说遂止。今按唐之上元甲子,德宗之兴元元年也,距今绍兴上元甲子三百六十年矣。坚顽阅世如是之久,信乎金石之寿也。

妇人之缠足,起于近世,前世书传皆无所自。《南史》:齐东昏侯为潘贵妃凿金为莲花以帖地,令妃行其上,曰"此步步生莲华",然亦不言其弓小也。如古乐府、《玉台新咏》,皆六朝词人纤艳之言,类多体状美人容色之殊丽,又言妆饰之华,眉目、唇口、腰肢、手指之类,无一言称缠足者。如唐之杜牧、李白、李商隐之徒,作诗多言闺帏之事,亦无及之者。惟韩偓《香奁集》有《咏屟子诗》云:"六寸肤围光致致。"唐尺短,以今校之,亦自小也,而不言其弓。

饮席刻木为人,而锐其下,置之盘中,左右敧侧,傲傲然如舞状;久之力尽乃倒,视其传筹所至,酬之以杯,谓之劝酒。胡程俱致道尝作诗云:"簿领青州掾,风流曲秀才。长烦拍浮手,持赠合欢杯。屡舞回风急,传筹向羽催。深惭偃师氏,端为破愁来。"或有不作传筹,但倒而指者当饮。

木犀花,江浙多有之,清芬沤郁,余花所不及也。一种色黄深而花大者,香尤烈;一种色白浅而花小者,香短。清晓朔风,香来鼻观,真天芬仙馥也。湖南呼"九里香",江东曰"岩桂",浙人曰"木犀",以木纹理如犀也。然古人殊无题咏,不知旧何名,故张芸叟诗云:"驻马欲寻无路入,问僧曾折不知名。"盖谓是也。王以宁周士《道中闻九里香花诗》云:"不见江梅三百日,声断紫箫愁梦长。何许绿裙红帔客,御风来献返魂香。"近人采花蕊以薰蒸诸香,殊有典刑。山僧以花半开香正浓时,就枝头采撷取之,以女贞树子俗呼冬青者捣裂其汁,微用拌其花,入有碉磁瓶中,以厚纸幂之;至无花时,于密室中取置盘中,其香褭褭中人如秋开时,后入器藏,可留久也。树之干大者,可以旋为盂合茶托种种器用,以淡金漆饰之,殊可佳也。

晁无咎和李秬双头牡丹有云:"二乔新获吴宫怯,双隗初临晋帐羞。月地故应相伴语,风前各是一般愁。"

政和间,汴都平康之盛,而李师师、崔念月二妓,名著一时。晁冲之叔用每会饮,多召侑席。其后十许年再来京师,二人尚在,而声名溢于中国。李生者门第尤峻。叔用追往昔,成二诗以示江子之,其一云:"少年使酒来京华,纵步曾游小小家。看舞《霓裳羽衣曲》,听歌《玉树后庭花》。门侵杨柳垂珠箔,窗对樱桃卷碧纱。坐客半惊随逝水,吾人星散落天涯。"其二云:"春风踏月过章华,青鸟双邀阿母家。系马柳低当户叶,迎人桃出隔墙花。鬟深钗暖云侵脸,臂薄衫寒玉照纱。莫作一生惆怅事,邻州不在海西涯。"靖康中,李生与同辈赵元奴及筑球吹笛袁陶、武震辈例籍其家,李生流落来浙中,士大夫犹邀之以听其歌,然憔悴无复向来之态矣。

韩退之《木居士诗》:"偶然题作木居士,便有无穷祈福人。"盖当时以枯木类人形,因以乞灵也;在今衡州之耒阳县北沿流三十里鳌口寺,至今人祀之。元丰初年旱暵,县令祷之不应,为令析而焚之。主僧道符乃更刻木为形而事之,张芸叟南迁郴州过而见之,题诗于壁云:"波穿火透本无奇,初见潮州刺

史诗。当日老翁终不免,后来居士欲奚为。山中雷雨谁宜主,
水底蛟龙睡不知。若使天年俱自遂,如今已复长孙枝。"予每
愤南方淫祠之多,所至有之,陆龟蒙所谓"有雄而毅黝而硕者,
则曰将军;有温而愿哲而少者,则曰某郎;有媪而尊严者,则曰
姥;有妇而容者,则曰姑",而三吴尤甚。所主之神不一,或曰
太尉,或曰相公,或曰夫人,或曰娘子,村民家有疾病,不服药
剂,惟神是恃。事必先祷之,谓之问神。苟许其请,虽冒险以
触宪纲必为之;傥不诺其请,卒不敢违也。凡祷必许以牲牢祀
谢刲物命,所费不赀。祷而不验,病者已殂,犹偿所许之祭,曰
弗偿其祸必甚。无知之俗,以神之御灾捍患为可,惴惴然不敢
少解也。岂独若是乎?近时士大夫家亦渐习此风。士大夫稍
有识者心知其非,而见女子之易惑,故牵于闺帏之爱,亦遂徇
俗,殊可骇叹。且神聪明正直而一者也,岂有以酒食是嗜?而
窃福以饕餮于愚鲁之民,岂所谓聪明正直者耶?至于岳也,渎
也,古先贤德有功于人,载在祀典,血食一方者,吾敢不钦奉之
乎?所谓郎者,姑者,安能祸福于忠信之士,吾所未信也,世岂
无一狄公为一革之?木居士既为令之所焚矣,彼庸昬者复假
托以惑众,此尤可笑云。

东坡在黄州,而王文甫家东湖,公每乘兴必访之。一日逼
岁除,至其家,见方治桃符,公戏书一联于其上云:"门大要容
千骑入,堂深不觉百男欢。"

欧阳文忠公,本朝第一等人也,其前言往行,见于国史墓
碑及文集诸书中详矣,予复得四事于公之曾孙当世望之云。
尝载于《泷冈阡表》。泷冈阡,盖欧阳氏松楸垅名也,今不传于
世,惜其遗没,因识于此。

一云:公于为政仁恕,多活人性命,曰:"此吾先公之志

也。"尝曰：汉法惟杀人者死，后世死刑多矣，故凡于死，非己杀人者多活之。其为河北转运使，所活二千余人。先是，保州屯兵闭城叛，命田况、李昭亳等讨之不克，卒招降之。既开城，况等推究反者二千余人，投于八井。又其次二千余人不杀，分隶河北诸州。事已完，而富相出为宣抚使，惧其复为患，谋欲密委诸州守将同日悉诛之。计议已定，方作文书，会公奉朝旨权知镇府，与富公相遇于内黄，夜半屏人，以其事告公。公大以为不可，曰："祸莫大于杀降，昨保州叛卒，朝廷已降敕榜，许以不死而招之。八井之戮，已不胜其冤，此二千人者，本以胁从，故得不死，奈何一旦无辜就戮？"争之不能止，因曰："今无朝旨，而公以便宜处置。若诸郡有不达事几者，以公擅杀，不肯从命者，事既参差，则必生事，是欲除害于未萌，而反趣其为乱也。且某至镇，必不从命。"富公不得已遂止。是时小人谮言已入，富、范势力难安。既而富公大阅河北之兵，将卒有所升黜；谮者献言富某擅命专权，自作威福，已收却河北军情，北兵不复知有朝廷矣。于是京师禁军亟因大阅，多所升擢，而富公归至国门，不得入；遂罢枢密，知郓州。向若擅杀二千人，其祸何可测也。然则公之一言，不独活二千人命，亦免富公于大祸也。

　　二云：公于修《唐书》，最后至局，专修纪、志而已，列传则宋尚书祁所修也。朝廷以一书出于两手，体不能一，遂诏公看详列传，令删修为一体。公虽受命，退而叹曰："宋公于我为前辈，且人所见多不同，岂可悉如己意。"于是一无所易。及书成奏，御史白旧例修书，只列书局中官高者一人姓名，云某等奉敕撰，而公官高当书。公曰："宋公于列传亦功深者，为日且久，岂可掩其名而夺其功乎？"于是纪、志书公姓名，列传书宋姓名,此例皆前未有,自公为始也。宋公闻而喜曰:"自古文人不相让,而好相陵掩,此事前所未闻也。"

三云:范公自言学道三十年,所得者平生无怨恶尔。公初以范希文事得罪于吕相,坐党人远贬三峡,流落累年。比吕公罢相,公始被进擢。及后为范公作神道碑言西事,吕公擢用希文,盛称二人之贤能,释私憾而共力于国家。希文子纯仁大以为不然,刻石时辄削去此一节,云:"我父至死未尝解仇。"公亦叹曰:"我亦得罪于吕丞相者,惟其言公所以信于后世也。吾尝闻范公自言平生无怨恶于一人,兼其与吕公解仇书见在范集中,岂有父自言无怨恶于一人,而其子不使解仇于地下,父子之性相远如此?"公知颍州时,吕公著为通判,为人有贤行,而深自晦默,时人未甚知。公后还朝力荐之,由是渐见进用。

四云:陈恭公执中素不喜公,其知陈州时,公自颍移南京,过陈,拒而不见。后公还朝作学士,陈为首相,公遂不造其门。已而陈出知亳州,寻罢使相,换观文,公当草制,自谓必不得好词。及制出,词甚美,至云:"杜门却扫,善避权势而免嫌;处事执心,不为毁誉而更守。"陈大惊,喜曰:"使与我相知深者不能道此,此得我之实也。"手录一本寄门下客李师中曰:"吾恨不早识此人。"

文忠公又有《杂书》一卷,不载于集中,凡九事,今亦附于此。云:秋霖不止,文书颇稀,丛竹萧萧,似听愁滴。顾见案上故纸数幅,信手学书,枢密院东厅。

一云:谢希深尝诵《哭僧诗》云:"烧痕碑入集,海角寺留真。"谓此人作诗不必好句,只求好意。余以谓意好句必好矣。贾岛有哭僧诗云:"写留行道影,焚却坐禅身。"唐人谓烧却活和尚,此句之大病也。近时九僧诗极有好句,然今人家多不传,如"马放降来地,雕盘战后云","春生桂岭外,人在海门西"。今之文士,未必有如此句也。学者勿浪书,事有可记者,他时便为故事。作诗须多诵古今人诗,不独诗尔,其余文字尽然。

二云:汉之文士,善以文言道时事,质而不俚,兹所以为难。往作四六者,多用古人语及广引故事,主衔博而不思,述事不畅。近时文章变体,如苏氏父子以四六述叙,委曲精尽,不减古人。自学者变于为文,殆今三十年,始得斯人,不惟迟久而后获实,恐此后未有能继者耳。自古异人间出,前后参差不相待。余老矣,乃及见之,岂不为幸哉!

三云:"空梁落燕泥",未为警绝,而杨广不与薛道衡解仇于泉下,岂荒烪所趣,止于此耶?"大风起兮云飞扬",信是英雄之语也。若"漠漠水田飞白鹭,阴阴夏木啭黄鹂",终非己有,又何必区区于攘窃哉!

四云:作字要熟,熟则神气完实而有余,于静坐中自是一乐事,然患少暇,岂若以乐处当不足耶?书十年不倦当得名,虚名已得而真气耗矣,万事莫不皆然。有以寓其意,不知身之为劳也;有以乐其心,不知物之为累也。然则自古无不累心之物,而有为物所乐之心。

五云:自苏子美死后,遂觉笔法中绝。近年君谟独步当世,然谦让不肯主盟。往年余尝戏谓君谟学书如溯急流,用尽气力,不离故处。君谟颇笑,以谓能取譬。今思此语已十余年,竟如何哉?

六云:学书费纸,犹胜饮酒费钱。曩时王文康公戒其子弟云:"吾平生不以全幅纸作封皮。"文康太原人,世以晋人喜啬而资谈笑,信有是哉!吾年向老,亦不欲多耗用物,诚未足以有益于人。然衰年志思不壮,于事少能快然,亦其理耳。

七云:萧条澹泊,此难画之意,画者得之,览者未必识也。故飞走迟速,意近之物易见;而闲和严静,趣远之心难形。若乃高下向背,远近重复,此画工之艺尔,非精鉴之事也。不知此论为是否。余非知画者,强为之说,但恐未必然也。然自谓好画者必不能知此也。

八云:介甫尝言夏月昼睡,方枕为佳。问其何理,云:"睡久气蒸枕热,则转一方冷处。"然则真知睡者耶?余谓夜弹琴惟石徽为佳,盖金蚌、瑟瑟之类,皆有光色,灯烛照之则炫耀,非老翁夜视所宜,白石照之无光,于目昏者为便。介甫知睡,真懒者。余知徽,直以老而目暗耳。余家石徽琴得之二十年,昨因患病,手中指拘挛,医者言惟数运动,以导其气之滞,谓惟弹琴为可,亦寻理得十余年已忘诸曲。物理损益相因,固不能穷,至于如此。老庄之徒,多寓物以尽人情,信有以也哉。

九云:唐之诗人类多穷士,孟郊、贾岛之徒,尤能刻琢穷苦之言以自喜。或问二子其穷孰甚,曰:阆仙甚也。何以知之,曰:以其诗见之。郊曰:"种稻耕白水,负薪斫青山。"岛云:"市中有樵山,我舍朝无烟。井底有甘泉,釜中乃空然。"盖孟氏薪水自足,而岛家柴水俱无,诚可笑。然二子名称高于当世。其余林翁处士,用意精到者往往有之。若"鸡声茅店月,人迹板桥霜",则羁孤行旅流离辛苦之态,见于数字之中。至于"野塘春水漫,花坞夕阳迟",则春物融怡之情和畅,又有言不能尽之意,兹亦精意刻琢之所得者耶?往在洛时,尝见谢希深诵曰:"县古槐根出,官清马骨高。"希深曰:清苦之意在言外,而见于言中。又见晏丞相常爱"笙歌归院落,灯火下楼台"。晏公曰:世传寇莱公云:"老觉腰金重,慵便枕玉凉。"以为富贵,此特穷相者耳。能道富贵之盛，则莫如前句，亦与希深所评者类耳。以二公皆有情味而喜为篇咏者，其论如此。

右永叔所书九事，顷在京师贵人家见之。书之字画清劲，多柳诚悬笔法，爱而录之。然其间称"马放降来地"及"春生桂岭外"之句，并论严维"柳塘春水漫"、温庭筠"鸡声茅店月"之工，与夫贾岛哭僧之诮，皆已载于《诗话》中。及晏元献评富贵之句，亦见于《归田录》，但其言或不同，故不敢删削，并录之云。

何遽子楚作《春渚纪闻》云：《关子明易传》、《李卫公对问》皆阮逸著撰。予考之《唐·艺文志》及本朝《崇文总目》，皆无之，子楚之言或然也。又云：《龙城记》乃王铚性之作，《树萱录》刘焘无言作。予谓性之之伪作《龙城记》果不诬，而《树萱录》《唐书·艺文志》小说类自有此名，岂无言所作也？此书所载诸事近于寓言，而诸篇诗句皆佳绝，盖唐人之善诗者为之。如"江声兼小雨，暝色入啼猿"，"藕隐玲珑玉，花藏缥缈容"，"红树醉秋色，碧溪弹夜弦"，"网断蛛犹织，梁空燕不归"，皆警绝非近人所能也。

墨庄漫录卷之九

李淳风论辩真玉云:其色温润,如肥物所染,敲之其声清引,若金磬之余响,绝而复起,残声远沉,徐徐方尽,此真玉也。予顷在唐州,见任布参政之孙谕字义可收一璧,凝滑如脂,无有蚁缺,惟有两粟大赤黯,盖尸沁也;以绵绳挂之,击之其清越之声,余韵悠扬,正如淳风之说,与世所见水苍玉不可同日而语。后闻为一中都一贵人取去,自是不复再见也。

政和丁酉岁,真州郊外一家屠一牛,买肉归者,往往于刲割之际,铮铮有声。视之,于肉脉中皆有舍利也,大小不一,光莹如玉,询之数家皆有之。自尔一村之民,不复食牛。

东坡作长短句《洞仙歌》所谓"冰肌玉骨,自清凉无汗"者,公自叙云:"予幼时见一老人,年九十余,能言孟蜀主时事,云:蜀主尝与花蕊夫人夜起,纳凉于摩诃池上,作《洞仙歌令》。老人能歌之。予今但记其首两句,乃为足之。"近见季公彦季成《诗话》,乃云:杨元素本本事记《洞仙歌》:"冰肌玉骨,自清凉无汗。"钱唐有老尼能诵后主诗首章两句,后人为足其意,以填此词。其说不同。予友陈兴祖德昭云:"顷见一诗话,亦题云李季成作,乃全载孟蜀主一诗:'冰肌玉骨清无汗,水殿风来暗香满。帘间明月独窥人,欹枕钗横云鬓乱。三更庭院悄无声,时见疏星度河汉。屈指西风几时来,只恐流年暗中换。'云东坡少年遇美人,喜《洞仙歌》,又邂逅处景色暗相似,故隐括稍协律以赠之也。予以谓此说近之。"据此乃诗耳,而东坡自叙乃云是《洞仙歌令》，盖公以此叙自晦耳。《洞仙歌》腔出近世，五代及国初，未之有也。

琴、阮，皆乐之雅者也。琴则人多能之，而艺精者亦众，至阮则人罕有造其妙者。中都盛时，有醴泉观道士王庆之颇有此乐，同时有安敏修者，以此艺供奉上前，徽庙顾遇，厚于伦辈。二人者其能相抗，予在京师皆尝听之。庆之则闲雅多则古曲，优逸不迫；敏修则变移宫徵，抑怨取兴，杂以新声，然皆妙手绝艺也。后庆之不知存亡，敏修被虏北去，未几窜而南归。今习阮者，未有能及此二人也。

刘棐仲忱，诗律殊有风致，常赋《咸阳》二绝云："父老壶浆迓义旗，秦亡谁复为秦悲。不曾被虐曾蒙德，十二金人合泪垂。""玉殿珠楼二世中，楚人一炬逐烟空。却缘火是秦人火，只与焚书一样红。"殊类唐人题咏，他诗亦称是。

华亭县有寒穴泉，与无锡惠山泉味相同，并尝之，不觉有异，邑人知者亦少。王荆公尝有诗云："神震洌冰霜，高穴雪与平。空山渟千秋，不出呜咽声。山风吹更寒，山月相与清。北客不到此，如何洗烦酲。"

西京牡丹闻于天下，花盛时，太守作万花会，宴集之所，以花为屏帐；至于梁栋柱栱，悉以竹筒贮水簪花钉挂，举目皆花也。扬州产芍药，其妙者不减于姚黄、魏紫。蔡元长知维扬日，亦效洛阳，亦作万花会。其后岁岁循习而为，人颇病之。元祐七年，东坡来知扬州，正遇花时，吏白旧例，公判罢之，人皆鼓舞欣悦。作书报王定国云："花会检旧案，用花千万朵，吏缘为奸，乃扬州大害，已罢之矣。虽杀风景，免造业也。"公为政之惠利于民，率皆类此，民到于今称之。

《穆天子传》,古书也。杜子美多用其事语,如"天子之马
走千里","王命官属休","曾祝沉豪牛","欺玉大宛儿",凡此
四皆出此书也。曾皈彦和,博学之士,予先君有此书,彦和借
往雠校,乃题其后云:晋中书监令荀公曾知崎所上篆文《穆天
子传》六卷,即太康二年汲冢人准盗发魏襄王墓所传竹书也。
按《束皙传》:竹策书凡七十五篇,内《穆天子传》五篇,言周穆
王游行四海,见帝台西王母。杂书十九篇,周食田法周书论楚
事,周穆王美人盛姬死事。然则《穆天子传》本五篇,公曾等所
上乃有六卷者。今观第六卷多记盛姬事,盖并入杂书中,此一
篇也。书虽残缺,不可尽读,而其所载事物,多故志之所无者。
如《世民》之吟,《黄泽》之谣,《黄竹》之诗,其辞皆雅驯可喜。
又如"虎牢"、"五鹿"之所以名,亦可以博异闻矣。尝考《汉
书·地理志》:京兆有西郑,河南有新郑,汉中有南郑。京兆之
郑,先儒谓之郑,班固曰:周宣王弟威公邑。应劭亦曰:宣王母
弟友所封也。其子与平王东迁,更称新郑。臣瓒曰:周穆王以
下都于西郑,不得以威封。初,威公为司徒,王室作乱,故谋于
史伯,而寄帑与贿于虢会之间。幽王既败,二年而灭会,四年
而灭虢,居于郑父之丘,是以为郑威公,无封京兆之文也。颜
师古曰:穆王以下无西郑之事,瓒说非也。今按此书,自第四
卷而下,卷末皆书天子之入于南郑,盖瓒所谓穆王之所都者是
也。第五卷有祭父自圃郑来谒,盖瓒之所谓郑父之丘者是也。
瓒即校书郎中傅瓒,乃公曾崎所部校《穆天子传》官属也,故因
取此传以注《汉书》。然传称南郑,瓒西郑,所未详其所以异,
岂近世传写之误也。汉中之郑为南郑,不应京兆之郑复称南
郑。其称西郑,乃以圃郑为东耳。西郑穆王出游,反必入焉,
岂非以其所都故耶?设非王都,亦圻内近地也。邦家在畾地

畿内,诸侯当在邦都,其内为县,又其内为都,则西郑之于镐京,殆可为公邑而已,亦不足以为国也。且是时已有圃郑矣,则不必因威公之子从周东迁乃得郑名,然谓之新郑,又果何耶? 虽然,如瓒之说,亦岂全非哉? 今汲冢中竹书,唯此书及《师春》行于世,余如《纪年》、瓒语之类,复已亡逸。

今人家闺房,遇春秋社日,不作组纴,谓之忌作,故周美成《秋蕊香》词:"乳鸭池塘水暖,风紧柳花迎面。午妆粉指印窗眼,曲理长眉翠浅。闻知社日停针线,探新燕。宝钗落枕梦春远,帘影参差满院。"予见张籍《吴楚词》云:"庭前春鸟啄林声,红夹罗襦缝未成。今朝社日停针线,起向朱樱树下行。"乃知唐时已有此忌,循习至今也。

李博,宣和间仕大府卿,因职事陛对,徽宗问曰:"知卿年弥高而色不衰,中外称卿有内丹之术,可具术以进。"博曰:"陛下盛德广渊,睿智日新,学有缉熙于光明。臣虽不学,敢以诚对,谨领圣训,容臣具术以闻。"明日乃进曰:"臣闻内观所以存其心也,外观所以养其气也。存其心,养其气,则真火炉鼎日炎,神水华池日盛矣。长生久视,上下与天地同流,天道运而不积,圣人知而行之。大道甚易知,甚易行,以简,以简易,而天下之理得也。人之所恃以生者气也,气住则神住,神住则形住,形住则长生久视,自此始矣。盖日月运转,寒暑往来,天地所以长久,吹嘘呼吸,吐故纳新,真人所以住世。故丹元子曰:形以神住,神以气集。气,礼之克也;形,神之舍也。气实则成,气虚则欿,气住则生,气耗则灭,此广成子所以保气,而烟萝子所以炼气也。然则一言而尽保炼之妙者,其惟咽纳乎。故曰:一咽二咽,云蒸雨至;三咽四咽,内景克实;七咽九咽,心火下降,肾水上升,水火既济,则内丹成,可以已疾,可以保生,可以延年,可以超升。臣谨删其繁紊,撮其枢要,直书其妙,以著于篇。"上篇曰"进火候",每日子后午前,若于五更初阳盛时尤佳。就坐榻上,面东或南,握固盘足,合目主腰而坐。澄心静虑,内观五藏,仰面合口,鼻中引出清气,气极则生,要而咽之,每一咽缩穀道一缩,再引则再如之,至再至三。若气极不能任,则低头微开口以吹宁出之,勿令耳闻出气之声,如此凡三次,是为进火一周天,俟气调匀然后行水。下篇曰"进水候",行水,鼻中取鼻涕,口中取液,聚为一处,多多益办。俟甘而热,即闭口仰面亚腰,左顾一咽,正中一咽,分三咽而下。内想一直下丹田,每一咽亦缩穀道一缩,如此一遍,是为行水一周天。每进火行水毕,然后下榻,行履自如。"后叙"曰:五行水火为初,人生水火为急。此是极易之要法,上夺天地造化。学道修真之士,初行须觉脐下如火,饮食添进,四肢轻快,是其验也。行而久之,则发白再黑,齿落重生,精神全具,复归婴儿,寒暑不能侵,鬼神不能寇,千二百岁,寿比彭老,渐为真人矣。徽宗见而嘉纳之。梁师成录其说以示人,乃简易之道,第行之者不能悠久耳。或云虞谟君明修养有得,亦祗行此法也。

翰苑岁供禁中立春、端午贴子,前后多矣,率多拟效旧语,故少新意,惟能道宫禁一时之事者为妙。王履道皇帝阁云:"彤霞茜雾绕觚棱,楼雪融银滴半层。别绕拟开延福宴,夹城先试景龙灯。"妃嫔阁云:"玉燕翩翩入鬓云,花风初掠缕金裙。神霄宫里骖鸾侣,来侍长生大帝君。"政和七年所进也。又皇后阁云:"蕊笈琅函受秘文,清虚道合玉晨君。瑶台夜静朝真久,金屋春寒阅箓勤。"妃嫔阁云:"曈昽晓日上金铺,的皪春冰泮玉壶。绣户绿窗尘不到,凝酥点就辋川图。"重和二年所进也。不惟才思清丽,皆纪当时事也。

　　徐遹子闽人，博学尚气，累举不捷，久困场屋。崇宁二年为特奏名魁，时已老矣，赴闻喜，赐宴于璃林苑。归骑过平康狭邪之所，同年所簪花多为群倡所求，惟遹至所寓，花乃独存，因戏题一绝云："白马青衫老得官，璃林宴罢酒肠宽。平康过尽无人问，留得宫花醒后看。"后仕至朝官，知广德军，谢事而归。

　　予四明同僚严明致养正，靖康丙午岁，仕广德军建平尉，任满入城批书，馆于郡之开化寺。一夕，梦一妇丽容服来诉曰："妾四明人也，久寓于此，未有所归，惟君子哀之，为我谋所舍。"意若求葬也。既寤，询诸寺僧，有云政和间，池阳人彭汝云为郡从事，其子妇张氏死，乃殡于城西明教院。其后改院神霄宫，徙其徒入此寺，并移其柩于此。僧辈常有见之者，不以为怪。严颇疑之。未几考课事竟，将返马，时赴郡官会。暨归，夜参半矣，方就枕，复见其人立于帐前，泣诉曰："知君戒行有日，前恳如何？"又云："欲竭奴心，誓殚素志。"严恍惚惊寤，悚悸而起，不能悉记其语。翌日，复询彭氏，则亦托者同也。

　　熙宁十年，京师春旱，上心焦劳，于后苑瑶津亭建道场祈祷，上精诚甚切。一夕，梦一僧，形容甚异，于空中吐云雾以兴雨。及觉，雨遂大注。上大悦，求其像于佛阁中，乃罗汉中第十尊者也。元绛厚之时为参政，作《喜雨诗》，王禹玉和其韵云："紫殿宵祈感圣忧，玉毫曾降梵王州。慈深三界云常聚，法遍诸天雨自流。作弼为霖孤宿望，神僧吐雾应精求。"云云。人多称之。

　　崔伯易，熙宁二年为国子监直讲，尝著《熙宁稽古一法百利论》五卷，逾万言，概以久任为要；上之，召对延和称旨，自此遂擢用，遍历清要矣。予尝求是书于其家，今亦亡矣，惜乎不见于世。以此知古人著述亡逸，不传者多矣。同时又有临川吴孝宗子经尝著三书，一曰《法语》，二曰《先志》，三曰《巷议》，旧尝传于其侄道宗梦协，亦亡于兵火。子经，予母之从叔也，今闻其从孙家尚有本，当复传之。

唐庚子西谪惠州时，自酿酒二种，其醇和者名"养生主"，其稍冽者名"齐物论"。子西诗多新意，不沿袭前人语，如《湖上》云："佳月明作哲，好风圣之清。"《独游》云："乌攫春祠敏，鸢窥野烧痴。"《醉眠》云："山静似太古，日长如小年。"又《芙蓉溪歌》云："人间八月秋风严，芙蓉溪上春酣酣。二南变后鲁叟笔，七国战处邹轲谈。""人间二月春光好，溪上芙蓉迹如扫。周家盛处伯夷枯，汉室隆时贾生老。""小儿造化谁能穷，几回枯桥还芳丛。只因人老不复少，有酒且发衰颜红。"此兴殊新奇也。

臣昔与希真游衡山朱陵洞天，过古兰若基，野客留宿庵下，有闻类狗吠，希真谓此非人境，安得有是。客笑曰："岩腹枸杞，生而酷似，此其音也。"臣忆旧说，黎明拉客欲识其处，未至百步，皆曰彼婆娑出众荣者是，臣与希真将前，客急止曰："此神物也，侧常有蛇虎守护，必待有道之士以归，若等无得辄近。"自是每念之。或入他山中，遇樵苏又访问焉，云往往有见，但若在深绝不可到之地。元丰己未三月，陛下亲策进士集英殿。三馆故事：臣得寓直殿廊。入左银台门少四十步许，御沟之上，有若洞天所望，熟视则枸杞也。其本围尺有咫，左纽而连理。臣亟询卫士高者，对曰："闻天圣前尤盛，此荐出苗耳。"臣益悚然，窃语同舍，或曰：是虽可近而甚秘也。曾减仙山神医岩乎？既而叹曰：下诚有物耶？孕天地阴阳之至和，隐端然不可辄至之神，今乃自幸托宫槐禁柳之列，备一时洒扫之观,是岂浪出而徒然耶?偶臣属昧方士采制饵服之节度,未得相与抃舞欢呼,随万年之觞,一供吾君,亦臣子心愿目想而深可愧恨慊然者。因感而成诗,姑有待焉,云云。予因是知一物生得其地,乃尔悠久,彼南岳之丛,与银台之本,虽远近之有殊,其为深根固蒂,无荴藑之患,则所云云。予方山居小隐,当莳百本以供撷笔,虽未能拟西河女子之寿,亦足丰天随子之七挟也。

王直方立之,父名械,家多侍儿,而小鬟素儿尤妍丽。王尝以蜡梅花送晁无咎,无咎以诗五绝谢之,有云:"芳菲意浅姿容浅,忆得素儿如此梅。"

李豸方叔,尝饮襄阳沈氏家,醉中题侍儿小莹裙带云:"旋剪香罗列地垂,娇红嫩绿写珠玑。花前欲作重重结,系定春光不放归。"后小莹归郭汲使君家,更名艳琼,尚存也。他日访之,乃襄阳士族家,遂嫁之。

洛阳牡丹之品,见于《花谱》,然未若陈州之盛且多也。园户植花如种黍粟,动以顷计。政和壬辰春,予侍亲在郡,时园户牛氏家忽开一枝,色如鹅雏而淡,其面一尺三四寸,高尺许,柔葩重叠,约千百叶。其本姚黄也,而于葩英之端,有金粉一晕缕之;其心紫蕤,亦金粉缕之。牛氏乃以"缕金黄"名之,以籧篨作棚屋围嶂,复张青帝护之。于门首遣人约止游人,人输千钱乃得入观,十日间其家数百千,予亦获见之。郡守闻之,欲剪以进于内府,众园户皆言不可,曰:"此花之变易者,不可为常,他时复来索此品,何应之?"又欲移其根,亦以此为辞乃已。明年,花开果如旧品矣,此亦草木之妖也。

予妹夫王从一太初著《东郊语录》,有云:唐人诗云:"月落乌啼霜满天,江枫渔火对愁眠。姑苏城外寒山寺,夜半钟声到客船。"此张继《枫桥夜泊》之作也。说者谓美则美矣,但三更非撞钟时。按《南史·裴皇后传》载:齐永明中,上数游幸诸苑囿,载宫人从,车置内,深隐不闻端门鼓漏声。置钟于景阳楼上,应五更三鼓,宫人闻钟声,早起妆饰。由是言之,夜半之钟,有自来矣。予以为不然,非用景阳故事也,此盖吴郡之实耳。今平江城中从旧承天寺鸣钟,乃半夜后也,余寺闻承天钟罢,乃相继而鸣,迨今如是,以此知自唐而然。枫桥去城数里,距诸山皆不远,书其实也。承天今更名能仁云。

沈辽睿达以书得名,楷隶皆妙。尝自湖南泛江北归,舟过富池,值大风,波涛骇怒,舟师失措,几溺者屡矣。富池有吴将甘宁庙,往来者必祭焉。睿达遥望其祠,以诚祷之,风果小息,乃得维岸。乃述宁仕吴之奇谋忠节,作赞以扬灵威而答神之休,自作楷法大轴,以留庙中而去。其后乃为过客好事者取之。是夜神梦于郡守使还之,明日,守使人讯其事,果得之,复畀庙令掌之。近闻今亦不存矣。

靖康初,韩子苍知黄州,颇访东坡遗迹,常登赤壁,而赋所谓"栖鹘之危巢"者不复存矣,悼怅作诗而归。又何颉斯举者犹及识东坡,因次韵献子苍云:"儿时宗伯寄吴州,讽诵遗文至白头。二赋人间真吐凤,五年江上不惊鸥。蟹常见水人犹恶,鹘有危栖孰肯留。珍重使君寻往事,西风怅望古城楼。"然黄之赤壁,土人云本赤鼻矶也,故东坡长短句:"故垒西边,人道是、三国周郎赤壁。"则亦是传疑而云也。今岳阳之下,嘉鱼之上,有乌林赤壁,盖公瑾自武昌列舰,风帆便顺,溯流而上,遇战于赤壁之间也。杜牧有《寄岳州李使君诗》云:"乌林芳草远,赤壁健帆开。"则此真败魏军之地也。

酴醾花或作荼蘼,一名木香,有二品:一种花大而棘长条,而紫心者为酴醿；一品花小而繁，小枝而檀心者为木香。题咏者多。常记周无外云：“暖风吹麝入铅华，不肯随春到谢家。半夜粉寒香泣露，也应和月怨梨花。”韩维持国云：“平生为爱此香浓，仰面常迎落架风。每恐春归有遗恨，典刑元在酒杯中。”未若张文潜云：“紫皇宝辂张珠幰，玉女熏笼覆绣衾。万紫千红休巧笑，人间春色在檀心。”又未若黄鲁直云：“汉宫娇额半涂黄，入骨浓薰贾女香。日色渐迟风力细，倚栏偷舞白霓裳。”

墨庄漫录卷之十

　　崔伯易尝有《金华神记》，旧编入《圣宋文选》后集中，今亡此集。近读《曲辕集》复见之，因载之以广所闻云：汴人有吴生者，世为富人，而生以娶宗女得官于三班。嘉祐中，罢任高邮，乃寓其家于治所，而独与兄子赍金缯数百千，南适钱唐。道出晋陵，舣舟于望亭堰下。是夜月明风高，生乃危坐舷上，颓然殊不有寝意。久之，忽有绯衣被发持刃炬自竹林间出者，后引一女子，冠玉凤冠，曳蛟绡文锦之衣，颜色甚丽，而年十八九耳。生见而惊。俄顷至岸侧，回叱绯衣者曰："可去矣，无久留也！"于是灭炬泣拜而去。女子即登舟，面生坐，谓生曰："见向来绯衣者乎？此君之夙仇也，而索君且数十年矣。乃今方得之，第以我故得免，不然，今夕君当死其手。"生闻益惊骇不自安。女子笑曰："君怯耶？"即以金缕衣置肩上，生稍安，乃问曰："若神欤？其鬼耶？"女子曰："我非人亦非鬼，盖金华神也。过去生中尝与君为姻好，窃知将有所不济，故相救尔。今事已，我亦当去君矣。"遂去，不复返顾。生以目送，至于林中不见。将掩关，忽睹女子坐其后，生大惊，女子笑曰："知君怯，故相戏，安有数十年睽索，一得邂逅而遽往者耶？"遂相与入舟中，取酒共饮。其言谐谑，悉如常人，然生诫曰："毋高声，恐兄子之知。"女子曰："我声特君可闻，他人虽厉声亦不能闻也。"生益疑，窃自惧曰：此果神也，固无所惮，倘鬼则必有所畏矣。因出剑镜二物示之，女子曰："此剑镜耳，精与鬼则畏。夫剑阳物而有威者也，鬼阴物而无形者也，以无形而遇有威，是故销铄其妖而不能胜，故鬼畏剑也。镜亦阳明而至明者也，精亦阴物而伪变者也，以伪而当至明，是故暴著其形而不能逃，故精畏镜也。昔《抱朴子》尝言其略，而我知之且久矣，乃欲以相畏乎？"生惧，起谢曰："诚无他意。"至明，起谓生曰："舟楫已有晓色，势不能久留，当与君子诀矣。君后十年游华山日，多置朱粉于路隅梧桐下扬之。虽然，君今不可终此行，恐复不济也。"因索笔题诗一章曰："罗袜香消九九秋，泪痕空对月明流。尘埃不见金华路，满目西风总是愁。"书已辄复流涕，歔欷而去。明日，思其言，遂回棹不复南去。复以其事语人，人或诘其兄子，果亦不知也。

　　曲辕先生又尝作传，记陈明远再生事云：明远，陈氏字也，名公辟，兴化军人，尝举进士。皇祐三年春，过泗州，游普照王寺。时群僧会斋于南院，明远绕浮图，自西厢趋大殿，两庑人甚哗。独老僧敝衣庭下，倚树读青纸书，其文光彩射百许步。明远遽往揖之，僧小举手，就视其书，则金字《金刚经》，系以梁朝传大士之颂者。僧细讽自若，明远从后听之。既久，僧回顾笑谓明远曰："子亦乐此耶？"明远对之稍恭。僧读竟，遂以经授明远曰："江南李氏所施，观子之貌，且当持此。"明远喜，受之归。明旦取映日，则无复光彩，一读之，径藏书笼中。明年，从父官海陵，忽得疾，不可治以死。三日，家人将大敛，觉其体复温，移刻稍苏，又食顷乃能言，其族反惊。明远自言方疾革时，见四卒深目虎喙，持文书，有大印，字莫可辨，共执明远，桎两手，驱西北行，其势甚暴。所经依约皆广野，尘埃射人，不可辄视。渐逼大河，府署严密，门外坐卒数十，悉持梃，内有考掠声。三卒先入，一守明远于大门外，如俟命者。须臾，坐卒尽起擎跪,明远回视,一僧乘虚而行,过门见明远,植杖而立,意若哀悯。明远不觉手梏尽解,熟视其状,即泗州尝遇授经者也,因拜祈之。僧顾卒取文书略视,徐曰:"府君知耶?"才欲入门,而闻府中呼应甚遽。有二人服紫服朱趋出迎之,其侍卫之盛,若世之达官。二人礼僧极恭,僧为语,二人俞喜,旁睨明远,若夙有罪者。僧呼明远前,使自忏悔。俄二人诏吏听还,二人亦谢僧去。后有吏驰出呼明远,则明远季父钊,钊太学进士有闻,亡已三年矣。既见,访明远家事,云:"我当录冤簿三年,才二年尔,非佳职也。尔归持尊胜七俱胝咒,祈以免我,又有故服藏某处,幸焚之遗我。"寄声亲戚如平生。复告明远,言:"世之人冤慎勿复,复之势如索绹焉,若有迨百千生不能解者,故吾此局置吏甚多,而簿书期会,常若不及,神君圣灵,尤深厌此。"言未竟,若有呼之者,因疾驰去。僧引明远游旁两大庑下,见系囚不啻数百,亦有禽兽诸虫,悉能人言,与囚对辨。群吏见僧悉拜。有械囚系以大铁锁,左右文书没其首,口尝嗫嚅出血,卒守之若使自谳,轻重不当又鞭之,其余几坏。明远窃视之,乃其表舅郑生。生为闽吏,喜以法自名,死且十年余。见明远泣下,频以手向僧,且目明远。僧笑,少以杖指之,锁械俱堕,然莫敢起,而口嗫嚅出血未已也。又见坐沙门五六人,前列败坏饮食数十瓮,气色殊恶。僧曰:"此尝弃世中供养,且重使食耳。"僧亦不甚念,复引明远出前大河,上虹桥蜿蜒,望彼岸城府楼观,烟雾出其上,明远请往观焉。僧不许,曰:"子过此无复归矣。"巫随僧趋东南来,井闾人物,差类人世,但天气乖惨,似欲雨时,而涂中所遇,往往皆昔尝所见。危冠大马,出处前后,吏卒替更而迭趋,人指以为名势挟侈快意不屈之士,皆趑趄狼狈,状若为物所迫。甚者咨嗟涕泪,悔怏自掷,意求有以亡匿而不可得。俄及前所过广野,遇溪水涨甚,思始来时则无有也。明远忧不能渡,僧乃执杖端,以末授明远而导之。始涉亦甚浅,中流明远失据将溺,因惊呼而苏。明远之复生也,桎缚之迹,隐然在臂,家人持荤饮饷之,虽数十年辄掩鼻急遣去。瞻视间,僧已在室中,香气异常,亲族斋戒祈见者必暂睹裙衲杖屦而已。僧自是日以先授经义教明远,对其情品说一切世间所有之法,即心是佛,烦恼尘劳,究竟虚妄。其音靓圆若霜钟,在庭户外之人,一历耳欢然自信,终身不能忘其声。每谓明远曰:"吾即诣某寺斋。"既去,食顷后还,又言某氏斋私饮某僧酒,犹不斋耳,他时为之,未免有罪。时多疑以僧伽大师者,明远请焉,僧曰:"僧伽,吾师也。"几一月,明远躯体复壮,僧告去曰:"后十四年,吾待子于祖山。"明远问祖山,曰:"庐阜。"遂去。陈氏后求钛故衣,果得于其处,缁徒咒而火之。明远母素好释氏,悉疏其斋,虽远数百里必使人验之,明远并告以言状,具言有是尔。饮僧家闻之,终身不饮酒。然明远向所忏之罪,今反不复能记,岂昔偶萌之于心,不自引悔,而神道已录以为非耶?抑他生所为,不复自省,而幽冥记人功过,诛赏有时,而宴安人之苟为,得以自将,则跬步之间,不可以为恐惧耶?至和三年八月,明远归莆田,以故人访予,且出所授经,具道其事,欲予记之。予固已怪其人爽辨谦畏,不类向时,其志真若有所得,然未暇从其请也。今年其兄公辅调官京师,特过予,复以为言。予与公辅游十五年矣,今亦称其弟所为,如予尝所怪者。则明远由是而有闻,傥求之益勤,修之益明,守其话言,不为富贵贫贱毁誉之所迁,则其所至也,岂易量哉!因起奋笔,直载始末。明远所述盖多,其间有与佛经外史若世人已传之事略相同者,不复更录。明远父名铸,今为尚书都官

郎中,通判广州。曲辕子记。予观崔公所记,抑亦异矣。彼郑
生者,以法自名而获罪若是。吁,可畏哉! 三尺者轻重不可
逾,而法家流鲜恩寡恕,多论刻。苟容于心,已不逃于阴谴矣;
若能平反明慎,天必以善应之。临政者于淑问详谳,宁可忽
诸?

襄阳天仙寺,在汉江之东津,去城十里许,正殿大壁画大
悲千手眼菩萨像。世传唐武德初,寺尼作殿,求良工图绘。有
夫妇携一女子应命,期尼以扃殿门,七日乃开。至第六日,尼
颇疑之,乃辟户,阒其无人。有二白鸽翻然飞去,视壁间圣像
已成,相好奇特,非世工所能。独其下有二长臂结印手未足,
乃二鸽飞去之应也。郡有画工武生者,独能模传其本。大观
初,有梁宽大夫寓居寺中,心无信向,颇轻慢之。武生云:"菩
萨之面正长一尺。"宽以为诞,必欲自度之。乃升梯,欲以足加
菩萨面,忽梁间有声如雷,宽震悸而坠,损其左手。僧教宽悔
过自忏,后岁余方如旧。兹御侮于像法事者,怒其慢渎耳。

章丞相申公子厚以能书自负,性喜挥翰,虽在政府,暇时
日书数幅。予尝见杂书一卷,凡九事,乃抄之,今因载于此。

一云:东汉魏晋皆以八分题宫殿榜,蔡邕作飞白,是八分
字耳。是以古云飞白,是八分之轻者。卫恒作散隶,是用飞白
笔作隶字也,故又云散隶终飞白。金石刻东汉魏晋皆用八分,
唯小小碑刻之阴,或刻隶字也。许昌群臣劝进与受禅坛碑,皆
八分之妙者。近世有荒唐士人妄谓为隶书,而不知隶书乃今
正书耳。世俗亦往往从而谓之隶书,且相尚学焉,不知彼将以
何等为古八分,又将以今正书为何等耶? 呜呼! 目前浅近之
事,略涉古者,便自可知,何至昏蒙妄惑不可指示之如此耶!
顾欲与其论书学之本,与用笔作字之微妙,旨远而意深者,安

可得哉？盖不翅于钟鼓乐鹥，周公之服被猿狙也，事之类此者多矣。

二云：书者，六艺之一，古人列之于学，以相传授，则学者始习之已久，详知其规矩法度，与所以为书之意矣，精而熟之，不妙且神何待耶？战国秦汉以来，其学犹未绝也，故学者尚有前世之风烈。至于名家，乃多父子祖孙，岂不由师授传习之有素乎？崔、张、钟、杜、卫、索、王、庾诸人是也。会之于繇，真父子也；逸少、子敬，殆将雁行矣。

三云：吾顷见苏浩然兄弟，言其曾祖参政所收古书画，尽付幼子掌之。既薨，诸兄弟以其素所爱不复取，悉以畀之，所与共者十一二而已。其后参政之幼子官洪州，卒于官，因不归，其子幼弱，已而遂绝，书画皆散失不复存。今诸房所共有者，是十一二之粗者尔，然足以多甲士族也，使其在者不知当如何也！须有魏晋名迹矣，惜哉！

四云：宣州笔有名耳，未必佳也。凡笔择毫净，卷心圆，便是工夫。锋之长短尖齐，在临时耳。处处皆能，要自指教，令精意而已，无他奇也。

五云：张侍禁笔甚佳，一管小字笔，写二十万字，尚写得如此，是少比也。卢管使十倍不及，是其手生也。凡习熟之与生疏，岂不相远哉！学者须先晓规矩法度，然后加以精勤，自入能品。能之至极，心悟妙理，心手相应，出乎规矩法度之外，无所适而非妙者，妙之极也。由妙入神，无复踪迹，直如造化之生成，神之至也。然先晓规矩法度，加以精勤，乃至于能，能之不已，至于心悟而自得，乃造于妙；由妙之极，遂至于神，要之不可无师授与精勤耳。凡用笔日益习熟，日有所悟，悟之益深，心手日益神妙矣。力在手中而不在手中，必须用力而不得用力,应须在意而不得在意,此可以神遇而不可以言传也。学佛者悟吾此语,可以撒手到家矣。妙哉妙哉,真至理也。

六云:吾每论学书当作意,使前无古人,凌厉钟、王,直出其上始可,即自立少分;若直尔低头,就其规矩之内,不免为之奴矣。纵复脱洒至妙,犹当在子孙之列耳,不能雁行也,况于抗衡乎?此非苟作大言,乃至妙之理也。禅家有云:见过于师,方堪传授;见与师齐,减师半德。悟此语者,乃能晓吾言矣。夫于师法不传,字学废绝数百年之后,欲兴起之,以继古人之迹,非至强神悟,不能至也。

七云:学书须先极取骨力,骨力克盈有羡,乃渐变化收藏;至于潜伏不露,始为精妙。若直尔暴露,便是柳公权之比张筋努骨,如角觚武夫,不足道也。

八云:杨小漕言其兄官江夏,有道人自称吕亢圭,时时延之学院中。二侄幼小,颇勤待之。或言事,往往有验。一日,忽再三言云:"恶人将至矣,须急避之。"时众人亦不甚留之。暂尔,径渡江表,人但讶其所谓恶人者何也?是夜,忽提刑喻君涉至州,州郡都不知之,乃是乘便风,一日行六七程,径至岸下耳。喻到,则遣人访求吕,不见踪迹,喻乃亲自密问。得与一人往还至熟,呼之至,即岑文秀也。诘其所得,云无有。喻作声色,且将笞之。岑终言无。喻不信,遣熟事吏往搜其家,乃于神堂壁中得所与岑长歌一首,是言内事。岑乃云:"吕实付此诗,云:汝今未晓,异日当为子详说之。"喻乃云:"吕即吕先生也,其名亢圭,是解拆先生二字耳,亦不知其定如何也。"众乃悟所谓"恶人"者指喻耳,是恐其迫逼求之也。

九云:吾今日取君谟墨迹观之,益见其学之精勤,但未得微意尔;亦少骨力,所以格弱而笔嫩也。使其心自得者,何谢唐人？李建中学书宗王法，亦非不精熟，然其俗气特甚，盖其初出于学张从申而已。君谟少年时乃师周越，中始知其非而变之，所以恨弱，然已不意其能变之至此也。吾若少年时便学书，至今必有所至，所以不学者，常立意若未见钟王妙迹，终不妄学，故不学耳。比见之，则已迟晚，故悟学皆迟，今但恐手中少力耳。若手中不乏力，不甚衰疲，更二十年，决至熟妙处。此须常精勤乃可，若不极精勤，亦不能至也。凡学者可以不自勉乎？元祐六年十一月五日，西斋东窗大涤翁书，时小至后一日也。

重和戊戌岁，平江有盘门外大和宫相近耕夫数人穴一冢，初入隧道甚深，其中极宽，如厦屋然，复有数门，扃镉不可开。耕者得古器物及雁足镫之类，以为铜也，欲货之，熟视之乃金，因分争至官。时应安道逢原为郡守，尽令追索元物到官，乃遣郡官数人往闭其穴，观者如堵。其中四壁皆绘画嫔御之属，丹青如新。画手殊奇妙，有一秘色香炉，其中灰炭尚存焉。诸卒争取破之。冢之顶皆画天文玄象，此特初入之室，未见棺椁，意其在重室内也。又得数器而出，乃掩之。后考《图经》云：吴孙破虏坚之墓也。然考之吴志，坚薨葬曲阿，未详此果何人也。

宋次道《春明退朝录》云：王侍郎子融言，天圣中归其乡里青州。时滕给事涉为守，盛冬浓霜，屋瓦皆成百花之状，以纸摹之，其家尚余数幅。政和丙申岁，先君为真州教官，时朝廷颁雅乐，下方州，仪真学中建大乐库屋，积新瓦于地。一夕霜后皆成花纹。极有奇巧者，折枝桃梨，牡丹海棠，寒芦水藻，种种可玩，如善画者所作。詹度安世为太守，讽学中图绘，以瑞为言，欲谀于朝。先君不从，乃已。

俞紫芝秀老,荆公客也,能诗,公极善之。尝有《咏草》一篇云:"满目芊芊野渡头,不知若个解忘忧。细随绿水侵离馆,远带斜阳过别洲。金谷园中荒映月,石头城下碧连秋。行人怅望王孙去,买断金钗十二愁。"为人所称赏。

世画骨观作美人而头颅白骨者,饶德操题其上云:"白骨纤纤巧画眉,髑髅楚楚被罗衣。手持纨扇空相对,笑杀傍观自不知。"

元祐以后,宗室以词章知名者如士暕、士宇、叔益、令畤、虢之,皆有篇什闻于时。然近属环卫中能翰墨尤多,如嗣濮王仲御喜作长短句,尝见十许篇于王之孙□□皆可俪作者,不能尽载,如上元畧睁作《瑶台第一层》云:"嶰管声催,人报道、嫦娥步月来。凤灯鸾炬,寒轻帘箔,光泛楼台。万里正春未老,更帝乡日月蓬莱。从仙杖,看星河银界,锦绣天街。　　欢陪。千官万骑,九霄人在五云堆。赭袍光里,星球宛转,花影徘徊。未央宫漏永,散异香、龙阙崔嵬。翠舆回,奏仙韶歌吹,宝殿樽罍。"每使人歌此曲,则太平熙熙之象,恍然在梦寐间也。

杨纬字文叔,济州任城人,以明经中第,累任州县,皆有能称。后为广州观察推官。元祐二年正月,以疾卒于官,道远丧未还乡。其侄珣,一日晡时,恍然如醉梦中,见其叔骑从甚都,来其家。珣亟拜之,既坐,言语如平时。珣问:"叔今代满耶?"曰:"我今为忠孝节义司判官矣。所主人间忠臣孝子、义夫节妇事也。其职甚高而闲逸,故来别汝也。"人但见珣若与人言语时且拜也。至夜,珣乃省,久而方言曰:"适广州叔来,其言如是。"众方悲骇,知纬死矣。珣曰:"叔临去有紫衣吏曰:府君好范山下石台,可即台立祠以祀之。"后呼工为像,一塑遂肖其容状。州县以纬别无功绩，不敢闻于朝，而乡人岁时但即其墓而祭之。

宋宣献公绶《宫梅诗》云："阆苑春多非世境，层城花早出宫栏。"用梁简文帝《梅花赋》曰"层城之宫，灵苑之中，梅花特早，偏能识春"之语也。

山谷在荆州时，邻居一女子闲静妍美，绰有态度，年方笄也。山谷殊叹惜之，其家盖闾阎细民也。未几嫁同里，而夫亦庸俗贫下，非其偶也。山谷因和荆南太守马瑊中玉《水仙花诗》，有云："淤泥解作白莲藕，粪壤能开黄玉花。可惜国香天不管，随缘流落小民家。"盖有感而作。后数年，此女生二子，其夫鬻于郡人田氏家，憔悴顿挫，无复故态，然犹有余妍，乃以国香名之。

济州士人邓御夫，字从义，隐居不仕，尝作《农历》一百二十卷，言耕织、刍牧、种莳、耘获、养生、备荒之事，较之《齐民要术》尤为详备。济守王子韶尝上其书于朝，今未见传于世，尝访于藏书之家，或有见者。

王禹偁元之，久为从官，而未尝知举，有诗云："三入承明不知举，看人门下放门生。"王岐公珪在翰苑凡十七八年，三为主文，常在试闱戏书考簿后云："黄州才藻旧词臣，几叹门生未有人。自笑晚游金马客，曾参三锁贡闱春。"

龙眠李亮工家藏周昉画美人琴阮图，殊有宫禁富贵气，旁有竹马小儿欲折槛前柳者。亮工官长沙时，黄鲁直谪宜州，过而见之，叹爱弥日，大书一诗于黄素上云："周昉富贵女，衣饰新旧兼。髻重发根急，薄妆无意添。琴阮相与娱，听弦不停手。敷腴竹马郎，跨马要折柳。"其画后归禁中，而诗不见于集也。

汪彦章四六之工,自少年即妙。崇宁三年,霍端友榜琼林苑宴谢颁冰,彦章作谢表有云:"使噬润而吮清,得除烦而涤秽。顺时致养,俯同幽雅之春开;受命知荣,固异卫人之夕饮。"又云:"深防履薄之危,不昧至坚之渐。子孙传诵,记御林金碗之香;生死不忘,动宫井玉壶之洁。"

韩子苍与曾公衮、吴思道戏作冷语,子苍云:"石崖蔽天雪塞空,万仞阴壑号悲风。纤纬不御当玄冬,霜寒坠落冰溪中。斫冰直侵河伯宫,未若冷语清心胸。"公衮云:"万山云雪阴霾空,千林雾霭水摇风。冻河彻底连三冬,嘉平晓猎崤函中。十二律吕相与宫,安得此候疏烦胸。"思道云:"□□□□□□□□□□□□□□□□凛如冬,露下紫微花影中。长哦白雪明光宫,众泉涌此万卷胸。"此格起于晋人之危语也。

汤泉有处甚多,大热而气烈,乃硫黄汤也。唯利州褒禅山相近,地名平疴镇,汤泉温温可探而不作火气,云是朱砂汤也。人传昔有两美人来浴,既去,异香郁郁,累日不散。李端叔过浴池上作诗云:"华清赐浴记当年,偶托荒山结胜缘。未必兴衰异今昔,曾经天女卸金钿。"

晁说之以道作《感事诗》云:"干戈难作墙东客,疾病犹存砚北身。"用避世墙东王君公事,而砚北身乃《汉上题襟集》段成式书云:"杯宴之余,常居砚北。"又云:"长疏砚北,天机素少。"又云:"笔下词文,砚北诸生。"盖言几案面南,人坐砚之北也。

予少年在湘阳,曾弦伯容云:"唐人能造奇语者,无若刘梦得作《连州厅壁记》云:环峰密林,激清储阴,海风殴温,交战不胜,触石转柯,化为凉飔。城压赭冈,踞高负阳,土伯嘘湿,抵坚而散,袭山逼谷,化为鲜云。"盖前人未道者。不独此尔,其他刻峭清丽者,不可概举。学为文者不可不成诵也。

枫 窗 小 牍

[宋]袁褧　撰
　　　袁颐　续
尚　成　校点

校 点 说 明

《枫窗小牍》二卷,《四库全书总目提要》谓"不著撰人名氏。前有明海盐姚士粦序,以书中所载'先三老'一条,证以洪适《隶释·袁良碑》,知其姓袁。又有'少长大梁'及'侨寓临安'语,可知其乡贯"。又说清人查慎行注苏轼《来鹤亭》诗,引为袁褧,"未详何据";"褧实明人,疑慎行误也"。今传此书宝颜秘笈本作"百岁老人袁□撰",稗海本作"百岁寓翁绝笔",不著姓名;唯《唐宋丛书》本作袁褧,可知查注并非无据,但不知《唐宋丛书》本何据耳,今姑从之。

此书记事,从上卷录崇宁间作大髻方额,至下卷言嘉泰二年月食,前后相距近百年。内容多及汴京故事,如艮岳之筑、京城规制、河渠状况、宫阙构建、户口增减等,可与史传相参证。

《枫窗小牍》有宝颜堂秘笈本、《唐宋丛书》本、《四库全书》本、稗海本及《丛书集成》等本。今以《丛书集成》(据宝颜堂本排印)为底本,校以《四库全书》等本。凡有异文,一律择善而从,不出校记。

目　录

序

　　《枫窗小牍》，不著撰人姓名。特检所载先三老一段与《隶释·袁良碑》对质，因知其人袁姓，而牍中"东坡手书"所云彦方者，即其大父赞善公也。但文忠集目只云"与人"而已，至称其父，每曰"家大夫"，不知何官。曾为艮岳萼绿华台作颂，定亦禁近班列。又云曾王大母得封县君，从祖尝倅郑，子曰博士颐，亦是汴中衣簪乔旧。惟此翁若无官而留意当世者，其所记载有大关系。如赵普醮章及玉牒宗室同姓事，则是上果忘其创业，下自信其背盟，知靖康之祸、高嗣之斩所从来矣。惟《名园记》谓普归洛，月余便卒。洛去汴四百五十里，醮章乘风吹堕太远。又如张李《醉醒志清》论家人一卦、卢之翰不谢钱若水，皆足补《宋史》之阙。其他细碎，多杭、汴见闻耳。庚戌春，尝以质之金坛王损庵太史，云此中多史外别闻，而于惠生、王伯弢各称其鹦鹉文佳。余独喜燕丹一叙，最为雄爽简妙。顷见吴伯霖言家亦藏有此本，为条质叹赏第云东坡释相国寺诗，必谪外时书谜壁间，后来解破耳。不然即慧争德祖，捷给不能至此。并识以咨博雅。海盐姚士粦叔祥序。

枫窗小牍卷上

余迫猝渡江，侨寓临安，山中父书手定都为乌有。第日对窗西乌桕，省念旧闻，得数十事录之，以备遗忘。时晚秋萧瑟，喜有丹叶残霞，来射几案。会录成，辄呼酒落之，名曰《枫窗小牍》。

艺祖受命元年秋，三佛齐来贡，时尚不知皇宋受禅也。贡物有通天犀，中有形如龙，檠一盖，其龙形腾上而尾少左向，宛其文即"宋"字也。真主受命，岂偶然哉？艺祖即以此犀为带，每郊庙则系之。

予侨家后圃有一大井，是武肃王外祖家旧物。井上有文，曰："於维此井，渟育坎灵。有萃有郁，实此储英。时有长虹，上贯青冥。是惟王气，宅相先征。爰启霸主，奠妥苍氓。沛膏渐泽，配德东溟。臣罗隐谨颂。"

太祖征李筠，以太宗为大内都点检，都民惊曰："点检作天子矣！"更为一天子地邪，此又人口木简也。

太平兴国中，蜀人张思训制上浑仪。其制与旧仪不同，最为巧捷。起为楼阁数层，高丈余，以木偶为七直人，以直七政，自能撞钟击鼓。又为十二神，各直一时，至其时即自执辰牌循环而出。余大王父赞善公，尝入文明殿漏室中见之。

国初杭、粤、蜀、汉未入版图，总户九十六万七千五百五十三。至开宝末，增至二百五十万八千六十五户。太宗拓定南北，户犹三百五十七万四千二百五十七。此后递增，至徽庙有一千八百七十八万之多。噫，可谓盛矣！及乘舆南渡江淮，以北悉入敌庭，今上主户亦至一千一百七十万五千六百有奇。生息之繁，视宣和已前仅减七百万耳。尚令此敌假气游魂，何也？

太宗命儒臣辑《太平广记》，时徐铉实无编纂。《稽神录》，铉所著也，每欲采撷，不敢自专，辄示宋白，使问李昉，昉曰："徐率更以博信天下，乃不自信，而取信于宋拾遗乎？讵有率更言无稽者，中采无疑也。"于是此录遂得见收。

杨亿作《二京赋》既成，好事者多为传写。有轻薄子书其门曰："孟坚再生，平子出世。《文选》中间，恨无隙地。"杨亦书门答之，曰："赏惜违颜，事等隔世。虽书我门，不争此地。"余谓此齐东之言也，杨公长者，肯相较若尔耶？

道君皇帝改元宣和，人或离合其字，曰："一旦宋亡。"此与萧岿离合后周宣政为"宇文亡日"同。

太常音律官田琼家庭中尝有光怪，掘地得古铎三枚：一黄钟，一中吕，一土死无声。又一玉管，校长于古玉管，盖汉晋间物也。其年遂迁职。

赵韩王疾，夜梦甚恶，使道流上章禳谢。道流请章旨，赵难言之，从枕跃起，索笔自草曰"情关母子，弟及自出于人谋；计协臣民，子贤难违乎天意。乃凭幽祟，逞此强阳。瞰臣气血之衰，肆彼魔呵之厉。倘合帝心，诛既不诬管蔡；幸原臣死，事堪永谢朱均"云云。密封，令勿发，向空焚之。火正燕亟，而此章为大风所掣，吹堕朱雀门，为人所得，传诵于时，竟不起。

淳化三年冬十月，太平兴国寺牡丹红紫盛开，不逾春月。冠盖云拥，僧舍填骈。有老妓题寺壁云："曾趁东风看几巡，冒霜开唤满城人。残脂剩粉怜犹在，欲向弥陀借小春。"此妓遂复车马盈门。

古人称士、农、工、商为"四民"，今有"六民"。真宗初即位，王禹偁上五事，有云"古者井田之法，农即兵也；今执戈之士，不复事农，是'四民'之外，又一民也。自佛教入中国，度人修寺，不耕不蚕，而具衣食，是五民之外，又一民也。"

李文靖贤相也，与张齐贤稍不协，齐贤竟以被酒失仪罢相。时人语曰："李相太醒，张相太醉。"此亦里巷公论也。

汴京闺阁妆抹凡数变。崇宁间少尝记忆作大鬓方额，政宣之际又尚急扎垂肩，宣和已后多梳云尖巧额、鬓撑金凤。小家至为剪纸衬发，膏沐芳香，花靴弓履，穷极金翠。一袜一领，费至千钱。今闻敌中闺饰复尔，如瘦金莲方、莹面丸、遍体香，皆自北传南者。

邢昺以九经及第，郁为儒者。乃倾意钦若，纳身垢污，为士流所薄。尝奉较撰《尔雅疏义》，其后太学生郭盛言："昔人不分老子与韩非，同传郭注、邢疏，无论周公不享其意，即先人得无称冤地下。且郭连逆敦，邢附钦若。《尔雅》近正，今则近邪，盛举九经，乞辞此疏。"时邢自称子才之裔，太学中语曰："景纯有孙，子才无后。"

宣和中有反语云："寇莱公之知人则哲，王子明之将顺其美，包孝肃之饮人以和，王介甫之不言所利。"此皆贤者之过，人皆得而见之者也。

祥符中，天书既降，复有道士赵寿国来上《灵宝大洞人皇经》，稍记其首篇云"尔时玉清虚皇上帝在玉清景灵之宫，忽从自明帘内传下玉音，清越嘹亮，三十三天，一时耳根共感。是诸天众速驾云车龙鸾，填隘天路皆满。诸天既集，面觐虚皇于云陛之下，剑珮玱玲，交暎左右。虚皇曰：'嗟尔诸天，听予涣号:夫天有天皇,地有地皇,人有人皇。天得清皇,地得宁皇,惟此林林众满太苍,下方大乱,予闵是疴。爰召宓羲,遭兹讼灵,下抚方州,二亥后先,命处天门,八方归工,天下太平。今兹嗣皇,实惟圣神。合寿千春,东封泰山,西封金天。威镇幽朔,鬼方血腥"云云,其言诞誉不经,皆若此类。朝廷虽知其妄,亦赐金帛,设朝受之,供奉大内。

吕夷简有总髻交王至清,以屡试不第,隐遁山壑,后以子簿畿县,薄游京师。吕折简召之,不赴。会仁宗诏废郭后,吕实赞之,至清寓书夷简曰:"仆初与坦夫读书山寺,论家人一卦,坦夫独以孔子'反身'二字为此卦入证语。乃今天子第有取于威如之吉,使天下夫妇之主不得终始其义。坦夫独不可以'反身'之说谏之,而将顺至此乎?安在其有证于尼父一言也?仆今知读书与仕宦自是两截事,幸哉!天以布衣终我身也。虽然,坦夫自今永保禄位矣。何者?有所废必有所爱,能从人主所爱处,有勋力焉,亦必不爱爵禄,以爱其人于众人之外也。此一牍也,先为相业唁,复为相位贺,惟坦夫两受之。"夷简大怒,并其子逐焉。

贤士大夫亦有天理抹煞处,如钱惟演之下石寇莱公是也;凶忍大奸亦有天理不泯处,如秦桧之不尽杀鄂国子孙是也。

洪驹父才而傲,每读时辈篇什,大叫云:"使人齿颊皆甘!"其人喜而问之,曰"似何物",驹父曰:"不减树头霜柿。"人每颡面而去。比汴京失守,尼玛哈勾括金银,驹父以奉命行事,日惟觞酌,幸醉中不见此时情状,竟为纲纪自利,峻于搜索,坐贬沙门,亦大冤也。

余少长大梁,豢养于保抱之手。即淮泗之间,近在襟带,未尝眼见身到。比一旦崩乱,将母则弃妻,挈妻则掷女,屈身孤篷之底,乘风渡淮,浊浪掀空,几葬于宝应鱼腹,魂魄尽丧,相顾失色。及至江上,于时海潮上逆,狂涛东泻,渺逆极望,虽腾价买舟,犹与僧尼杂贩共载一船。母妾悲号,至不欲渡,愿投江流。舟发未几,樯为风折,半欹浪中。满船狂叫,人心先覆。幸呼它舟掷缆,得抵润州。此盖生平未遭之危,合门未遘之苦也。后尝问人曰:"江必从此渡乎?必当更有狭处。"其人亦不知答。既而司谏吴表臣上疏,言大江之南,上自荆、鄂,下至常、润,不过十郡之间,其要不过七渡。上流最急者三:荆南之公安、石首,岳之北泽;中流最急者二:鄂之武昌,太平之采石;下流最急者二:建康之宣化,镇江之瓜洲。此七渡,当择官兵守之。其余数十处,或道路迂曲,水陆不便,非大军往来径捷之处。于是始知前问之失也,望洋之喻岂虚也哉!

　　庆历三年三月,吕夷简以司徒归第,夏竦召至国门而罢。诏以贾昌朝参知政事,杜衍为枢密使,富弼为枢密副使。弼固辞,改资政殿学士。乃以范仲淹代弼,又以欧阳修、余靖、蔡襄、王素充谏官。一时朝野欢欣,至酌酒相庆。太学博士石介因作《庆历圣德颂》,其词太激,邪佞切齿。其颂至范仲淹曰:"太后乘势,汤沸火热。汝时小臣,危言嶪嶪。太后一语,仁宗含之。"在中不敢出之口者,所不宜言。其最傲心目者,如"众贤之进,如茅斯拔;大奸之去,如距斯脱"。又曰:"神武不杀,其默如渊;圣人不测,其动如天。"时韩魏公与范文正公适自陕来朝,竦之密姻有令于阃者手录此颂进于二公,且口道竦非为诸君子庆。二公去阃,范拊股谓韩曰:"为此怪鬼辈坏之也。"韩曰:"天下事不可如此,必坏。"孙复闻之亦曰:"石守道祸始于此矣。"

　　汴中呼余杭百事繁庶,地上天宫。及余邸寓山中,深谷枯田，林莽塞日，鱼虾屏断，鲜适莫扑。惟野葱、苦荬、红米作炊，炊汁少许，代脂供饮。不谓地上天官，有此受享也。

国朝妇人封，自执政以上封夫人，尚书以上封淑人，侍郎以上封硕人，太中大夫以上封令人，中散大夫以上封恭人，朝奉大夫以上封宜人，朝奉郎以上封安人，通直郎以上封孺人。然夫人有国郡之异，而武臣一准文阶。其后三公、大将封带王爵者，妾亦受封，特视正妻减阶耳。若郡县君，则先曾王太母亦封县君，政和二年诏除之。

本朝以童子举，如国初贾黄中举，自五代不论。若太宗朝，洛阳郭忠恕通九经，七岁举童子科。淳化二年，赐泰州童子谭孺卿出身。雍熙间，得杨亿年十一，以童子召对，授秘书正字。咸平间，得宋绶。景德间，抚州进士晏殊年十四，大名府进士姜盖年十三。祥符间，又得李淑，又赵焕以童子召封，令从秘阁读书，时年十二。蔡伯希年四岁，诵诗百余篇，召为秘书正字。神宗朝元丰七年，赐饶州童子朱天锡五经出身，年九岁，赐钱五万。又天锡从兄天申年十二，试十经皆通，赐五经出身。绍兴七年，赐处州孝童周智出身。乾道、淳熙间，吕嗣兴、王克勤赐童子出身。先君子以十岁通九经，以不谒丁晋公，摈不以闻，竟不得与诸君子同声治朝也。

寿山艮岳在汴城东北隅，徽宗所筑。初名凤凰山，后改寿山艮岳。周围十余里，其最高一峰九十步，上有介亭，分东西二岭，直接南山。山之东，有尊绿华堂，家大夫尝承命作颂曰："玉皇御天，金母嫁女。雕璧成车，裁瑛作尘。龙驭昆丘，鸟发玄圃。笑月光微，看云色阻。荷露添华，柳烟生妩。九重欢眷，六官逊处。乃构椒房，用当金宇。碌碌宜阶，瑟瑟为户。碧落深沉，青霞墉堵。小臣献颂，庶叶万舞。"书馆、八仙馆、紫

石岩、栖真嶝、览秀轩、龙吟堂。山之南，则寿山两峰并峙，有
雁池、嗷嗷亭。山之西，有药寮、西庄、巢云亭、白龙沜、濯龙
峡、蟠秀、练光、跨云三亭，罗汉岩。又西有万松岭，岭畔有倚
翠楼。上下设两阁。阁下有平地，凿大方沼，沼中作两洲。东
为芦渚浮阳亭，西为梅渚雪浪亭。西流为凤池，西出为雁池，
中分二馆，东曰"流碧"，西曰"环山"，有巢凤阁、三秀堂，东池
后有挥雪亭。复由嶝道上至介亭，亭左有极目亭、萧森亭，右
有丽雪亭。半山北俯景龙江，引江之上流注山涧。西行为漱
琼轩。又行石间为炼丹、凝观、圈山三亭，下视江际，见高阳酒
肆及清澌阁。北岸有胜筠庵、蹑云亭、萧闲阁、飞岑亭，支流别
为山庄，为回溪。又于南山之外，为小山，横亘二里，曰"芙蓉
城"，穷极巧妙。而景龙江外则诸馆舍尤精，山之西北有老君
洞，为供奉道像之所。其地又因瑶华宫火，取其地作大池，名
曲江，中有堂曰"蓬壶"。东尽封丘门而止。西则是天波门桥，
引水直西殆半里，江乃折南，又折北。折南者过阊阖门，为复
道通茂德帝姬宅；折北者四五里属之龙德宫。既成，帝自为
《艮岳记》，以为山在国之艮位，故名艮岳。岳之正门名曰"阳
华"，故亦号"阳华宫"。宣和五年，朱勔于太湖取石，高广数
丈，载以大舟，挽以千夫，凿河断桥，毁堰折牐，数月乃至。会
初得燕山之地，因赐号"敷庆神运石"。石傍植两桧，一夭矫者
名"朝日升龙之桧"，一偃蹇者名"卧云伏龙之桧"，皆玉牌金字
书之。徽宗御题云："拔翠琪树林，双桧植灵囿。上稍蟠木枝，
下拂龙髯茂。撑拿天半分，连卷虹南负。为栋复为梁，夹辅我
皇构。"嗟乎，桧以和议作相，不能恢复中原，已兆于"半分"、
"南负"，而一结更是高庙御名，要皆天定也。岩曰"玉京独秀
太平岩"，峰曰"庆云万态奇峰"。又作绛霄楼，直山北势极高

峻,复出云表。盖工艺之巧,其后群阁兴筑不已。四方花竹奇石,悉萃于斯。珍禽异兽,无不毕集。命市人薛翁豢扰驯狎,驾至迎立鞭扇间,名"万岁山珍禽",命局曰"来仪所"。及金芝产于艮岳万寿峰,只改名"寿岳"。

先三老碑在扶沟石牛庙,役徒墓下,碑横裂为二。上复破泐如圭然,光莹可鉴。少尝从祖父诣碑拜读,至"斩贼公先勇,食邑遗乡六百户"事,考之东汉先人列传,了不可得。后从驾南渡,得欧阳公《集古录》,第释序世次及缺文而已。最后得赵明诚《金石录》,始知公先勇为公孙勇,又不知出自何书。今耄矣,目不能观书,徒悒悒此事未了。忽从宇文学博处,得鄱阳洪景伯碑跋,方知此事在范书《田广明传》。传云:"故城父令公孙勇谋反,衣绣衣,乘驷马车至圉,圉使小史侍之。知其非是,守尉魏不害等共收捕之。上封四人为侯,小史窃言,上问之,对曰:'为侯者得东归否?'上曰:'汝乡名为何?'对曰:'名遗乡。'上曰:'用遗汝矣。'于是赐小史爵关内侯,食邑遗乡六百户。"不觉快跃而起,幞冠堕地,老发蹒蹒,弗暇手握也。家世读书,碑碣尚在,至一千年不知碑上事,愧已,愧已!

余尝见内库书《金楗子》,有李后主手题曰:"梁孝元谓王仲宣昔在荆州,著书数十篇。荆州坏,尽焚其书。今在者一篇,知名之士咸重之。见虎一毛,不知其斑。后西魏破江陵,帝亦尽焚其书,曰:'文武之道,尽今夜矣!'何荆州坏、焚书二语先后一辙也。诗以概之,曰:'牙签万轴裹红绡,王粲书同付火烧。不是祖龙留面目,遗篇那得到今朝。'"书卷皆薛涛纸所抄,惟"今朝"字误作"金朝",徽庙恶之,以笔抹去。后书竟如谶入金也。

丁谓倾意以媚莱公,冀得大拜,然事未可必。生平最尚机祥，每晨占鸣鹊，夜看灯蕊，虽出门归邸，亦必窃听人语，用卜吉兆。时有无赖于庆贫寒不振，计且必死冻饿，谋于一落第老儒。老儒曰："汝欲自振，必易姓名。当大济耳，幸无忘我。"庆拜而听之，老儒遂改于为丁，易名宜禄，使投身于谓。谓大喜收之，门下皆怪问之。谓不答，第曰："吾得此人，大拜必矣。"不旬月，而谓果入相。此人遂以宠冠纪纲，虽大僚节使无弗倚藉关说，不逾年而宜禄家十万矣。老儒亦以引见，竟得教授大郡。至今相传，不解所谓。顷偶读沈约《宋书》，曰："宰相苍头呼为宜禄。"宜复姓丁，愈惬所念，莫谓晋公眼不读书也。

道君皇帝以于阗玉益八宝为九宝，其文云："范围天地，幽赞神明。保合太和，万寿无疆。"王初寮草诏，曰："太极函三运，神功于八索。乾元用九增，宝历于万年。"八索用九，可谓切事，徽庙以银椀盛苏合香赐之。

司马温公保身说云："天下有道，君子扬于王庭，以正小人之罪，而莫敢不服。天下无道，君子括囊不言，以避小人之祸，而犹或不免。倘人生昏乱之世，不在其位，四海横流，而欲以口舌救之，臧否人物，激浊扬清，撩蛇虺之头，践虎狼之尾，以至身被淫刑，祸及朋友，士类歼灭，而国随以亡，不亦悲乎？夫惟郭泰既明且哲以保其身，申屠蟠见机而作不俟终日，卓乎其不可及也！"先君书此以置座右，盖自鉴其生平所遭耳。吴、赵诸公惜不早见及此，遂陷秦氏酷祸，悲哉！

杭州江堤筑自梁开平四年八月，时钱氏始伯，武肃王以候潮、通江二门之外，潮水冲啮，版筑不就，命强弩数百射之，潮水为避，击西陵。遂以竹笼石，植大木圉之，率数岁辄复坏。祥符七年，潮直抵郡城。守臣戚纶、漕臣陈尧佐议累木为岸，实薪土以捍之。或言非便，命发运使李溥按视。十月壬戌，溥请如钱氏旧制，立木积石以捍潮波，从之。其后逾年，堤不成，卒用薪土。天圣四年二月辛酉，侍御史方谨言请修江岸二斗门。庆历六年，漕臣杜杞筑钱塘堤，起官浦至沙陉，以捍风涛。浙江石塘创于钱氏。景祐中，工部郎中张夏为转运使，置捍江兵采石修塘，人为立祠。绍兴二十年，修石堤。二十二年十一月二十五日，吏部尚书林大鼐言潮为吴患，其来已久，捍御之策，见于浙江亭碑。自江流失道，潮兴洲门，怒号激烈，千霆万鼓，民以不宁，宜颛置一司究利病，而后兴工。乾道七年十一月十八日，帅臣沈复修石堤成，增石塘九十四丈。

武肃王还临安，与父老饮，有三节还乡之歌，父老多不解。王乃高揭吴音以歌，曰："你辈见依底欢喜，别是一般滋味子，长在我侬心子里。"至今狂童游女借为奔期问答之歌，呼其宴处为"欢喜地"。

汴京故宫蹑云蔽日，常在梦寐，稍能记忆，条载于此。宫城本五代周旧都，宋因之。建隆三年，广皇城东北隅，命有司画洛阳宫殿，按图修之。周围五里，南三门，中曰"乾元"，东曰"左掖"，西曰"右掖"，东、西面门曰"东华"、"西华"，北一门曰"拱宸"。乾元门内正南门曰"大庆"，东、西横门曰左、右"升龙"。左右北门内各一门，曰左、右"银台"。东华门内一门，曰"左承天"，祥符西华门内一门，曰"右承天"。左承天门内，道北门曰"宣祐"，正南门内正殿曰"大庆"，东、西门曰左、右"太和"，正衙殿曰"文德"，两掖门曰东、西"上阁"，东、西门曰左、右"嘉福"。大庆殿北有紫宸殿，视朝之前殿也。西有垂拱殿，常日视朝之所也。次西有皇仪殿，又次西有集英殿，宴殿也。殿后有需云殿，东有升平楼，宫中观宴之所也。宫后有崇政殿，阅事之所也。殿后有景福殿，殿西有殿，北向，曰"延和便坐殿。"凡殿有门者,皆随殿名。宫中有延庆、安福、观文、清景、庆云、玉京等殿,寿宁堂、延春阁、福宁殿,东、西有门,曰左、右"昭庆"。观文殿西门曰"延真",其东真君殿,曰"积庆"。前建感真阁,又有龙图阁,下有资政、崇和、宣德、述古四殿。天章阁下有群玉、蕊珠二殿,有宝文阁,阁东、西有嘉德、延康二殿,前有景辉门。后苑东门曰"宁阳",苑内有崇圣殿、太清楼,其西又有宣圣、化成、金华、西凉、清心等殿,翔鸾、仪凤二阁,华景、翠芳、瑶津三亭。延福宫有穆清殿,延庆殿北有柔仪殿,崇徽殿北有钦明殿。延福宫北有广圣宫,内有太清、玉清、冲和、集福、会祥五殿,建流杯殿于后苑。又有慈德殿、观稼殿、延曦阁、迓英殿、隆儒阁、慈寿殿、庆寿宫、保慈宫、玉华殿、基春殿、睿思殿、承极殿,崇庆、隆祐二宫,睿成宫、宣和殿、圣瑞宫、显谟阁、玉虚殿、玉华阁、亲蚕宫、燕宁殿、延福宫。政和三年春,作新宫始南向,殿因宫名,曰"延福",次曰"蕊珠"。有亭曰"碧琅玕",其东门曰"晨晖",其西门曰"丽泽"。宫左复列二位,其殿有穆清、成平、会宁、睿谟、凝和、昆玉、群玉。其东阁则有蕙馥、报琼、蟠桃、春锦、叠琼、芬芳、丽玉、寒香、拂云、偃盖、翠葆、铅英、云锦、兰薰、摘金,其西阁有繁英、雪香、披芳、铅华、琼华、文绮、绛萼、秾华、绿绮、瑶碧、清阴、秋香、丛玉、扶玉、绛云。会宁之北,叠石为山。山上有殿曰"翠微",旁为二亭,曰"云岿",曰"层巘"。凝和之次阁曰"明春",其高逾一百一十尺。阁之侧为殿二,曰"玉英",曰"玉润"。其背附城,筑土植杏,名"杏冈"。覆茅为亭,修竹万竿,引流其下。宫之右,为佐二阁,曰"晏春",广十有二丈,舞台四列,山亭三峙。凿圆池为海,跨海为亭,架石梁以升山亭,曰"飞华"。横度之四百尺,有畸纵,数之二百六十有七尺。又流泉为湖,湖中作堤以接亭，堤中作梁以通湖。梁之上，又为茅亭、鹤庄、鹿砦、孔翠诸栅，蹄尾动数千。嘉花名木，类聚区别，幽胜宛若生成。西抵丽泽，不类尘境。其东直景龙门，西抵天波门。宫东、西二横门皆视禁门法，所谓晨晖、丽泽者也。而晨晖门出入最多。其后又跨旧城修筑，号"延福第六"，位跨城之外浚壕，深者水三尺。东景龙门桥，西天波门桥，二桥之下，叠石为固，引舟相通，而桥上人物外自通行不觉也，名曰"景龙江"。其后又辟之，东过景龙门，至封丘门。此特大概耳，其雄胜不能尽也。

余汴城故居近陈州门内蔡河东畔，居后有圃，乔林深竹，映带城隅。中有来鹤亭，王大父时有野鹤来栖，遂驯狎不去。苏子瞻有诗云："鸿渐偏宜丹凤南，冠霞披月羽鬇鬇。酒酣亭上来看舞，有客新名唤作耽。"每诵此诗，未尝不泪满青衫也。

子瞻又有与王大父手墨一纸，云："累日欲上谒，竟未暇辱教。承足疾未平，不胜驰系。足疾惟葳灵仙、牛膝二味为末，蜜丸空心服，必效之药也。但葳灵仙艰得真者，俗医所用，多药本之细者尔。其验以味极苦，而色紫黑，如胡黄连状。且脆而不韧，折之有细尘起。向明示之，断处有黑白晕，俗谓之有鸲鹆眼。此数者备，然后为真。服之有奇验，肿痛拘挛，皆可已，久乃有走及奔马之效。二物当等分，或视脏气虚实，酌饮牛膝，酒及熟水皆可下，独忌茶耳，犯之不复有效。若常服此，即每岁收槐皂荚芽之极嫩者，如造草茶法贮之，以代茗饮，此效屡尝目击。知君疾苦，故详以奉白。元素书已作，稍暇诣见。轼白彦方足下。"王大父有末疾，故以此方见示。此纸尚存箧中，渡江已来，与妻孥共宝者。

徽庙尝乘骢马至太和宫前，忽宣平日所爱小乌。其马至御前，马足不肯进，左右鞭之，益鸣跳，不如调训。时圉人进曰:"此愿封官耳。"上曰:"猴子且官供奉,况使小乌白身邪?"敕赐龙骧将军,然后帖然就辔。

荆公柄国,时有人题相国寺壁云:"终岁荒芜湖浦焦,贫女戴笠落柘条。阿侬去家京洛遥,惊心寇盗来攻剽。"人皆以为夫出妇,忧荒乱也。及荆公罢相,子瞻召还,诸公饮苏寺中,以此诗问之。苏曰:"于'贫女'句可以得其人矣,'终岁',十二月也,十二月为'青'字。'荒芜',田有草也,草田为'苗'字。'湖浦焦',水去也,水旁去为'法'字。'女戴笠'为'安'字。柘落木条剩'石'字。'阿侬'是吴言,合'吴言'为'误'字。'去家京洛'为国寇盗,为贼民。盖言'青苗法,安石误国贼民'也。"

家大夫尝谓曾子固《南齐书序》是一部《十七史序》,不可不熟看。其要处云:所谓良史者,其明必足以周万事之理,道必足以适天下之用,智必足以通难知之意,文必足以发难显之情,然后其任可得而称也。昔者唐虞有神明之性,有微妙之德,使由之者不能知,知之者不能名,其言至约,其体至备。而为之二典者,推而明之,所记者岂独其迹并与其深微之意,而传之无不尽也。至于后世诸史,事迹扰昧,虽有随世以就功名之君,相与合谋之臣,未有得赫然倾动天下之耳目,而一时偷夺悖理之人,亦幸而不暴著于世。岂非所托不得其人故邪?第其中反覆照应处多累句重叠为可惜耳。

汴京河渠凡四:曰蔡河,自陈蔡由西南戴楼门入京城,缭绕向东南陈州门出;曰汴河,自西京洛口分水,从东水门入京城,绕州桥御路水西门出;曰五丈河,表自济郓,自新曹门入,通汴河;曰金水河,自京城西南分京索河,筑堤从汴河上用水槽架过,从西北水门入京城,夹墙遮拥入大内,灌后苑池浦。先是诏析金水河透槽回水入汴,北引洛水入禁中,赐名"天源河”。然舟至即启槽，频妨行舟，乃自城西超宇坊引洛，由咸丰门立堤，凡三千三十步，水遂入禁而槽废。

吴越忠懿王以天成四年八月二十四日四鼓生，以端拱元年八月二十四日四鼓薨，年政六十。是夕大流星坠于正寝之上，光烛满庭。

罗昭谏投身武肃，特加殊遇。复命简书辟之，曰：“仲宣远托娄荆州，都缘乱世；夫子辟为鲁司寇，只为故乡。”以刘为娄，避武肃嫌名也。

余邸寓于钱氏之旧乡，苍山碧树，想见衣锦风烟。因念余昔家京邑，每过南宫城太学左方礼贤宅，未尝不钦仰忠懿之贤。虽乔木垂杨，朱门雕砌，宛若犹在。于时子姓贫寒，至有衣食不周者。尝读《两朝供奉录》，太祖、太宗虽所赐金器六万四千七百余两，银器四千万八千八百余两，玉石器皿一万七千事，宝玉带四十二条，锦绮一千六万六千三百余匹。然忠懿入贡如赭黄犀、龙凤龟鱼、仙人鳌山、宝树等通犀带凡七十余条，皆希世之宝也。玉带二十四，紫金狮子带一，金九万五千余两，银一百一十万二十余两，锦绮二十八万余匹，色绢七十九万七十余匹，金饰玳瑁器一千五百余事，水晶玛瑙玉器凡四千余事，珊瑚十万，三尺五寸，金银饰陶器一千四万余事，金银饰龙凤船舫二百艘，银妆器械七十万事，白龙脑二百余斤。及归国之初，举朝文武阉寺皆有馈遗，盖有国已来，所积一空矣。

旧京工伎固多奇妙，即烹煮槃案，亦复擅名。如王楼梅花包子、曹婆肉饼、薛家羊饭、梅家鹅鸭、曹家从食、徐家瓠羹、郑家油饼、王家乳酪、段家爊物、不逢巴子南食之类，皆声称于时。若南迁湖上，鱼羹宋五嫂、羊肉李七儿、奶房王家、血肚羹宋小巴之类，皆当行不数者。宋五嫂，余家苍头嫂也，每过湖上,时进肆慰谈,亦它乡寒故也,悲夫。

　　比部郎洪湛以王钦若贿卖任懿及第累谪儋州,竟死海外。忽有相识遇洪大庾岭,犹仪卫赫然,若有官者。相识谓是赦还,与执手庆慰,洪曰:"我往捕王钦若耳。"言讫不见,其人愕然。已而钦若病甚,口呼:"洪卿宽我!我以千金累卿,然惠秦己橐百两,不难偿卿九百也。"观此则二百五十金之说,犹当时鞫者嘿为钦若减贯也,然湛冤极矣。

枫窗小牍卷下

名画李成以山水供奉禁中，然以子姓饶资为宫市珠玉大商，不易为人落笔。惟性嗜香药名酒，人亦不知。独相国寺东宋药家最与相善，每往醉必累日，不特楮素挥洒盈满箱箧，即铺门两壁亦为淋漓泼染。识者谓壁画家入神妙，惜在白垩上耳。

思陵神舆就祖道祭，陈设穷极工巧，百官奠哭。纸钱差小，官家不喜。谏官以为俗用纸钱乃释氏使人以过度其亲者，恐非圣主所宜以奉宾天也。今上抵于地曰："邵尧夫何如人，而祭先亦用纸钱，岂生人处世如汝，能日不用一钱否乎？"

岳少保既死狱，籍其家，仅金玉犀带数条，及锁铠、兜鍪、南蛮铜弩、镔刀、弓剑、鞍辔、布绢三千余匹、粟麦五千余斛、钱十余万、书籍数千卷而已。视同时诸将如某某辈莫不宝玩满堂寝、田园占几县、享乐寿考、妻儿满前，祸福顿悬。不意如此天道，亦自有不可知者。

本朝历凡十变：在建隆则曰"应天"，在太平兴国则曰"乾元"，在咸平则曰"仪天"，在天圣曰"崇天"，在治平曰"明天"，在熙宁曰"奉天"，在元祐曰"观天"，在崇宁曰"占天"。未几又改曰"纪元"，在绍兴曰"统元"。

真宗时，贾昌朝撰《国朝时令》。初，景祐中丁度等承诏约唐时令为国朝时令，以备宣读。最后昌朝又参以秦邕、高诱、李林甫诸家月令之说为集。时刘安靖撰《时镜》，所书以四时分十二月各系其事。孙奫撰《备用时令》，见贾昌朝所奏时令见夫绍兴中，虽访得之，非复旧本。乃以景祐历书者日月之合疏列分度，并取一二名数注字音于下，以备阅时之宜焉。

余少从家大夫观金明池水战，见船舫回旋，戈甲照耀，为之目动心骇。比见钱塘水军戈船飞递，迎弄江涛，出没聚散，欻忽如神，令人汗下，以为金门池事故如儿戏耳。至如韩蕲王困敌王天荡，飞轮八楫蹈军桨回江面者，更不知何如也。

熙宁元年十月，诏颁河北诸军教阅法：凡弓分三等，九斗为第一，八斗为第二，七斗为第三；弩分三等，二石七斗为第一，二石四斗为第二，二石一斗为第三。

余始寓京邸，于绍兴二年五月大火，仅挈母妻出避湖上。此时被毁者一万三千余家。及家山中，六年十二月京师复火，更一万余家，人皆以为中兴之始改元"建炎"致此。然周显德五年夏四月辛酉城南火作，延于内城，忠懿王避居都城驿，诘旦且焚镇国仓，王泣祷而灭，计一万九千余家。但临安扑救视汴都为疏，东京每坊三百步有军巡铺，又于高处有望火楼，上有人探望，下屯军百人，及水桶、洒帚、钩锯、斧杈、梯索之类，每遇生发扑救，须臾便灭。

高庙在建康，有大赤鹦鹉自江北来集行在承尘上，口呼万岁，宦者以手承之，鼓翅而下，足有小金牌，有"宣和"二字，因以索架置之，稍不惊怪。比上膳以行在草草无乐，鹦鹉大呼"卜尚乐，起方响"，久之，曰："卜娘子不敬万岁。"盖道君时掌乐宫人以方响引乐者，故犹以旧格相呼。高庙为罢膳，泣下。后此鸟持至临安，忽死。高宗亲为文祭之，云："金距绛裳，何意朱紫？乘轩骇散，缠罗斗死。不远长江，来自汴水。匪饥则附，曰忠自矢。谢迹云端，投身禁里。每呼旧人，以励近侍。

禽言若斯,乌官谁似?云胡委羽,归魂鹑尾。借号有鸟,来朝死雉。渐肯为仪,历仍辉纪。尚飨!"宸翰洒洒,一时大手当为置笔。

真宗皇帝祀汾而还,驾过伊关,亲洒宸翰,为铭勒石,文不加点,群臣皆呼"万岁"。其文曰:"夫结而为山,融而为谷。设险阻于地理,资手距于国都。足以表坤载之无疆,示神州之大壮者也。矧复洪源南导,高岸中分,夏禹浚川,初通关塞。周成相宅,肇建王城,风雨所交,形势斯在。灵葩珍木,接畛而扬芬;盘石槛泉,奔流而激响。宝塔千尺,苍崖万寻。秘等觉之真身,刻大雄之尊像。岂独胜游之是属,故亦景觌之潜符。躬荐两圭,祝汾阴而祈民福;言旋六辔,临雒宅而观土风。既周览于名区,乃刊文于贞石。铭曰:'高阙巍峨,群山迤逦。乃固王域,是通伊水。形胜居多,英灵萃止。螺髻偏摩,雁塔高峙。奠玉河滨,回舆山趾。鸣跸再临,贞珉斯纪。'"

国朝开献书之路,祥符中献书者十九人,赐出身,得书万七百五十四卷。宣和五年三馆参校、荣州助教张颐所进书二百二十三卷,李东一百六十二卷,皆系阙逸,乞加褒赏。颐赐进士出身,东补迪功郎。七年取索到王阐、张宿等家藏书,以三馆秘阁中日比对,所无者凡六百五十八部、二千四百一十七卷。阐补承务郎,宿补迪功郎。

余从祖姑婿陈从易得与太清楼校勘,天圣三年六月,陈以《十代兴亡论》妄加涂窜,同官皆降一职。

崇宁二年五月,秘阁书写成二千八十二部,未写者一千二百十三部,及阙卷二百八十九,立程限缮录。政和七年十一月十四日戊戌,校书郎孙觌奏四库书尚循《崇文》旧目。顷访求遗书,总目之外,凡数百家,几万余卷,请撰次增入总目,合为一卷。诏觊等撰次，名曰《秘书总目》。及汴京不守，悉为金人辇去。车驾渡江，诏搜江、浙、闽、粤载籍，四库至四万四千四百八十六卷，较《崇文》旧目多一万三千八百十七卷。又思陵以万几之暇，御书六经、《论语》、《史记·列传》，刊石立于太学。典籍之盛，无愧先朝。第奇秘阙逸，较前少损，所增多近代编述耳。

余向从汴中得见钱武肃王铁券，其文曰："维乾宁四年，岁次丁巳，八月甲辰朔，四日丁未，皇帝若曰：咨尔镇海镇东等军节度、浙江东西等道观察处置营田招讨等使，兼两浙盐铁制置发运等使，开府仪同三司，检校太尉，兼中书令，持节润、越等州刺史。上柱国，彭城郡王，食邑五千户，实封一百户钱镠：朕闻铭邓隲之勋，言垂汉典；载孔悝之德，事美鲁经。则知褒德策勋，古今一致。顷者董昌僭伪，为昏镜水；狂谋恶迹，渐染齐人。尔能披攘凶渠，荡定江表，忠以卫社稷，惠以福生灵。其机也氛祲清，其化也疲羸泰。拯永粤于涂炭之上，师无私焉；保余杭于金汤之固，政有经矣。志奖王室，绩冠侯藩。溢于旂常，流在丹素。虽钟繇刊五熟之釜，窦宪勒燕然之山，未足显功，抑有异数。是用锡其金板，申以誓词：长河有似带之期，泰华有如拳之日。惟我念功之旨，永将延祚子孙。使卿长袭宠荣，克保富贵。卿恕九死，子孙三死，或犯常刑，有司不得加责。承我信誓，往惟钦哉。宜付史馆，颁于天下。"赍券中使，则焦楚锽也。

欧阳文忠公《樊侯庙灾记》真稿旧存余家，其中改窜数处，如"立军功"三字，稿作曰"起家"，"平生"曰"生平"，"振目"曰"瞋目"，"勇力"曰"威武"，"雄武"曰"英勇"，"生能万人敌，死不能庇一躬"曰"生能瞽喑哑叱咤之主，死不能保束草附土之形","有司"曰"残暴",阙"喑呜叱咤"四字,"无茅"曰"使风驰电击平北咆哮",凡定二十三字,书亦遒劲。时余家从祖倅郑,故得其稿。今竟失去,不得与苏公手书并存,惜哉!

绍兴九年十月二十一日,诏皇太后宫殿名"慈宁"。三十日毕功,群臣上表云:"臣等言德之大者,必尽万物之报以称其礼;孝之至者,必得四表之心以宁其亲。天祚文武之隆,世基任姒之德。仰模太紫,前考异宫,宜昭揭于鸿名,以答扬于流泽。臣中贺。窃以来朝置卫,远存长乐之鸿名;中禁承颜,近著宝慈之茂实。皆以体王居于宸极,据宝执于坤灵。广一人钦爱之风,极万世尊崇之奉。载新令典,允属圣时。伏惟皇帝,达孝通于神明,要道形于德教。绍复大业,对越祖宗在天之灵;抑畏小心,躬蹈帝王高世之行。人与能而乐戴,天复命以中兴。上推履武之祥,丕启生商之庆。方且致天下之养,用寅奉于母仪;成路寝之威,示日严于子道。臣等率吁众志,恳款一词。爰藉合于前章,极崇施于显号。叶情文而并举,焕典册以增华。辇道中通,朝夕燕两宫之奉;珮环入觐,时节奉万年之觞。示垂裕于无疆,益储休于有美。伏请建皇太后宫殿,以'慈宁'为名。"时显仁太后尚羁敌庭,读此真堪为高庙泣下也。

鸡冠花,汴中谓之"洗手花"。中元节则儿童唱卖,以供祖先。今来山中,此花满庭,有高及丈余者。每遥念坟墓,涕泪潸然,乃知杜少陵"感时花溅泪",非虚语也。

顷从临安得见石晋授文穆王玉册,文曰:"惟天福八年岁次癸卯,十月丙午朔,六日辛亥,皇帝若曰:在天成象,拱辰分将相之星;惟帝念功,启土列侯王之国。朕所以法昊穹而光宅,稽典礼以疏封,而况世著大勋,时推令器。探宝符而嗣位,

仗金钺以宣威。羽翼大朝,藩篱东夏。宜列诸侯之上,特隆一
字之封。简自朕心,叶于舆论。咨尔保邦宣化忠正翊戴功臣,
起复镇国大将军、右金吾卫上将军员外置同正员,检校太师兼
中书令,杭州、越州大都督充镇海镇东等军节度,浙江东西等
道管内观察处置兼两浙盐铁制置发运、营田等使,上柱国,吴
越国王食邑一万七千户,实封四千户钱佐,为时之瑞,命世而
生。负经文纬武之才,蕴开物成务之志。英华发外,精义入
神。亚夫继社稷之勋,顾荣擅东南之美。眷言祖考,志奉国
朝。清吴越之土疆,执桓文之弓矢。天资厥德,代有其人。荷
基构以克家,事梯航而述职。殊庸斯在,信史有光。是举彝
章,爰行盛典。土茅符节,方推翼世之资;戴冕辂车,更重荣勋
之礼。斯为异数,允属真王。今遣光禄大夫、检校司徒行太子
宾客、上柱国、太原县开国男、食邑三百户王玹,使副正议大
夫、行尚书吏部郎中、柱国、赐紫金鱼袋赵熙等,持节备礼,册
尔为吴越国王。於戏!周宠元臣,四履锡命;汉封异姓,八国
始王。指河岳以誓功,俾子孙而袭爵。尔纂服旧业,朕考前
文,勿忘必复之言,更广无穷之祚。懋昭前烈,尔惟钦哉。"

　　余家藏《春秋繁露》,中缺两纸,比从藏书家借对,缺纸皆
然。即馆阁订本,亦复尔尔。不知当时校勘,受赏银绢者得无
愧乎?后从相国寺资圣门买得抄本,两纸俱全,此时欢喜,如
得重宝,架囊似为生气。及离乱南来,缺本且不可得矣。

　　东坡《欧公集序》云:"宋兴七十余年,民不知兵,富而教
之,至天圣、景祐极矣。而斯文终有愧于古,士亦因陋守旧,论
卑而气弱。自欧阳子出,天下争自濯磨,以通经学古为高,以
救时行道为贤,以犯颜纳谏为忠。长育成就,至嘉祐末号称多
士,欧阳子之功为多。"刘挚《司马温公文集序》云:"是文也,君

天下者得之，足以鉴兴衰，通治体。公卿大夫得之，足以为忠嘉，尽臣节。士庶人得之，足以检身厉行，为君子之归。以至山颠水涯幽人放客得之，则浩歌流咏，斟酌厌饫，随取随足。"两公之文，真不愧苏、刘序言也。

　　国朝自建隆至靖康，自建炎至乾道，大赦凡一百二十有三，恩洽率土，可谓至矣。尝神宗即位，大赦诏曰："夫赦令国之大恩，所以荡涤瑕秽，纳于自新之地，是以圣王重焉。中外臣僚，多以赦前事捃摭吏民，兴起讼狱，苟有违误，咸不自安。甚非持心近厚之谊，使吾号令不信于天下。其曰诏内外言事，按察司毋得依前举劾，且按取旨，否则科违制之罪。"知谏院司马光上言："切惟御史之职，半以绳按百辟，纠植奸邪之状，固非一日所为。国家素尚宽仁，数下赦令，或一岁之间，至于再三。若赦前之事皆不得言，则其可言者无几矣。万一有奸邪之臣，朝廷不知，误加进用，御史欲言，则违今日之诏；若其不言，则陛下何从知之？臣恐因此言者得以箝口偷安，奸邪得以放心不惧，此乃人臣之至幸，非国家之长利也。请追改前诏，刊去'言事'两字。"帝命光送诏于中书。

　　周显德中，尝诏王朴考正雅乐。朴以为十二律管互吹，难得其真，乃依京房为律准，以九尺之弦十三，依管长断分寸设柱，用七声为均，乐乃和。至景祐元年九月，帝御观文殿，诏取王朴律准观视，御笔篆写"律准"字于其底，复付太常秘藏，本寺模勒刻石于厅事。博士直史馆宋祁为之赞，其词曰："有周有臣，嗣古成器。弦写琯音，柱分律位。俾授攸司，谨传来世。上圣稽古，规庭阅视。嘉御正声，亲铭宝字。奎钩奋芒，河龙献势。乐府增荣，乾华俯贲。用协咸韶，永和天地。"

　　元祐六年七月朔，皇帝既视文德朝，翰林学士拜疏于庭曰："陛下即位,尊有德,亲有道。诏举贤良方正、经明行修、艺文之士,欲以幸教天下,甚惠。夫太学者,教化之原也,且先皇帝初斥三学舍,增弟子至三千员,惟圣上幸照临其宫。"上以问丞相,丞相曰:"学士议是。今岁屡丰贺,海内诚无事,而陛下聪明仁孝,好学出天性,不因是以风动四方,则事尚何可为者。况祖宗之旧章皆在可考,请下有司,讨论以进。"制曰"可"。以岁十月庚午驾自景灵宫,移伏谒孔子祠,入门降辇,步就小次,由东阶以升,奠爵再拜。礼官告礼成,然后退幸太学,诏博士皆升堂,坐诸生两庑下。乃命国子祭酒讲《书》之《无逸》终篇,因而幸武成王庙而过。左丞相实从,于是率诸公赋诗以形容之,在位者皆属和。十二月许至太学,祭酒、司业同其僚属以谋之曰:"此太平希阔盛事也,太学何敢私有,必刻金石以传之天下为称。"且属格非序其本末。格非窃惟成周之隆,其人君起居动作之美,载于诗、声于乐者,多出于左右辅弼之臣。而王之德意志虑,至设官而传道之,不为区区也。今丞相诸公赋诗,与《雅》、《颂》之作无异。祭酒欲传之天下,与道王之德意无异,宜刻石不疑。元祐七年正月丁酉谨序。此李公格非笔也。诸公诗皆七言,以"章庠行王堂"为韵。赋诗诸公为吕公大防、苏公颂、韩公忠彦、苏公辙、冯公京、王公岩叟、范公百禄、梁公焘、刘公奉世、顾公临、李公之纯、孙公升、马公默、范公纯礼、王公钦臣、孔公武仲、陈公轩、吴公安持、丰公稷、赵公挺之、李公师德、李公阶、王公谊、许公彦、孙公谔、蔡公肇、周公知默、傅公楫、宋公彬周、宋公商、吴公师仁、张公敦义、刘公符、陈公祥通、邓公忠臣、李公格非,凡三十六人。

　　东坡谓"食河鲀值得一死"。余过平江姻家,张谏院言南来无它快事,只学得手煮河鲀耳。须臾烹煮,对余方且共食,忽有客见顾,俱起延款。为猫翻盆,犬复佐食,顷之猫犬皆死。幸矣哉,夺两人于猫犬之口也。乃汴中食店以假河鲀饷人,以今念之,亦足半死。

余家所藏《燕丹子》一序甚奇,附载于此:目无秦,技无人,然后可学《燕丹子》。有言不信,有剑不神,不可不读《燕丹子》。从太虚置恩怨,以名教衡意气,便可焚却《燕丹子》。此荆轲事也,有燕丹而后有荆轲也。秦威太赫,燕怨太激,威怨相轧,所为白虹贯日,和歌变徵。我固知其事之不成,倚柱一笑,所谓报太子而成其为荆卿者乎?余本屠夫,不能学,亦不须读。第不忍付之宵烛,而录之以副予家卷轴,惜无作者姓名耳。

靖康已前,汴中家户门神多番样戴虎头盔,而王公之门,至以浑金饰之。识者谓“虎头男子”是“虏”字,金饰更是金人在门也。不三数年,而家户被虏,王公被其酷尤甚。

政和四年,汝蔡有司上言,连山岩石往往采击多变玛瑙,地不爱宝,圣瑞非常,乞下诏封禁,以供御用。时遣中使出采粗以供屏牖妆嵌,而晶莹成形,巧绝天工者,盖充满内府矣。然此亦靖康预征也。山者以譬国家磐石之安,变为玛瑙者,马为南方火,当国家以火德应之。瑙者,恼也,变磐石之安为火德忧恼也。

宣和三年二月,新郑门官夫淘沟,从助产朱婆婆墙外沟底,得一铜器如壶,两旁有环,腹上有线,其色翡翠,间之以绿,其文曰:“绥和元年,供三昌,为汤宜造三十炼铜黄涂壶,容二斗,重十二斤八两。”涂工乳护纹级样。临主守在,亟同守令宝省,第重六斤耳。汉权虽减,不宜如许。权知开封府王革上之内府。

　　花石纲百卉臻集,广中美人蕉大都不能过霜节。惟郑皇后宅中鲜茂倍常,盆盎溢坐,不独过冬,更能作花。此亦后随北驾、美人憔悴之应也。

　　先正有《洛阳名园记》,汴中园囿亦以名胜当时,聊记于此:州南则玉津园,西去一丈,佛园子、王太尉园、景初园。陈州门外园馆最多,著称者奉灵园、灵嬉园。州东宋门外麦家园、虹桥王家园。州北李驸马园。西郑门外下松园、王大宰园、蔡太师园。西水门外养种园。州西北有庶人园,城内有芳林园、同乐园、马季良园。其它不以名著约百十,不能悉记也。

　　王荆公《字说序》云:“文者,奇耦、刚柔杂比以相承,如天地之文,故谓之文。字者始于一二,而生于无穷,如母之字子,故谓之字。其声之抑扬、开塞、合散、出入,其形之衡从、曲直、邪正、上下、内外、左右,皆有义,皆出于自然,非人私知所能为也。”其言甚佳。奈《字说》多出私智,何耶?

　　程泰之《演繁露》云:“唐人婚礼多用百子帐,特贵其名与婚宜,而其制度则非有子孙众多之义。盖其制本出大漠,特穹庐、拂庐之具体而微者耳。棬柳为圈以相连锁,百张百阖,为其圈之多也,故以百子名之,亦非其有百圈也。其弛张既成,大抵如今尖顶圆亭子,而用青毡通冒四隅上下,便于移置耳。”若今禁中大婚百子帐,则以锦绣织成百子儿嬉戏状,非若程说矣。

　　太宗兴国五年,泾州言定县妇人怒夫前妻之子,妇断其喉而杀之。下诏曰:“刑宪之设,盖厚于人伦。孝慈所生,实由乎天性。矧乃嫡继之际,固有爱憎之殊,法贵原心,理难共贯。自今继母杀伤夫前妻之子,及姑杀妇者,并以凡人论。”庆历间,宁州童子年九岁,殴杀人,当弃市。帝以童孺争斗无杀心,止命罚金人死者家。开封民聚童子教之,有因夏楚死者,为其父母所讼。府上具狱,当抵死。宰相以为可矜,帝曰:"情虽可矜,法亦难屈。"命杖脊赦之。九重之上,乃能究极民情如此。

临安有谚语,凡见人不下礼呼曰"强团练"。余不知其所自来。后得之长老,云钱氏有国时,攻常州,执其团练使赵仁泽以归,见王不拜,王怒,命以刀抉其口至耳。丞相元德昭救解云:"此强团练,宥之足以劝忠也。"遂以药附创送归于唐,故至今以为美谚。

皇朝《玉牒》昉于至道,所载自太祖、太宗、秦王以下,子孙凡六百六人,公主附之。书以销金花白罗纸,黄金轴,销金红罗褾带,复墨漆饰金匣,红绵锦裹,金销钥。宗室始本支,次女氏,次始生,次宗妇,次宗女,次宫院,次官爵,次寿考,次赐赉。然秦王以下,太祖本支第云同姓,惟太宗已来称宗室云。

庆元四年九月朔,太史言日食于夜,而草泽言食在昼,验视如草泽言。嘉泰二年日食,五月朔太史以为午正,草泽赵大猷言午初三刻食三分,诏著作张嗣古监视浑仪,秘丞朱钦则等覆验。卒如大猷所言。史官乃抵罪。盖自渡江后历差多矣。

范文正之同寅而失欢于韩魏公,程伊川之儒正而见诮于苏子瞻,丁谓之小人而始荐于王元之,蔡京之奸邪而见取于司马温公,李丞相之拮据于建炎而有不展之讥,韩蕲王之威宣于金敌而有畏懦之议,皆不知其然而然者也。

乾德四年三月,遣僧行勤等一百五十七人访经西域。兴国五年,北天竺僧天息灾与施护,各持梵策来献。及中天竺僧法天有意翻译,乃诏内侍郑守钧于太平兴国寺大殿两度地作译经院,中设译经堂。其东序为润文堂,西序为正义堂。七年六月,院成,召息灾等三人入院,以所赉梵本各译一经。命光禄卿汤悦、兵部郎张洎润色,法进等笔受缀文,慧达苛证义。七月十二日,息灾等各上新译经二卷,诏镂版入藏。自是取禁中梵策藏录半载者译之,每诞圣节五月一日即献新经。八年改译经院为传法院,又置印经院。十月甲申,出新译经五卷示宰相。天禧五年十一月丁丑,以宰臣丁谓、王钦若为译经使。四年十二月丙子,夏竦上《译经音义》七十卷。景祐二年九月,法护惟净以华梵对参,为《天竺字源》七卷。

《册府元龟》凡一千卷,三十一部、千一百四门。门有小序,撰自李维等六人,而雠定于杨亿。其书止采六经、诸史、《国语》、《国策》、《管》、《安》、《孟》、《晏》、《淮南》、《吕览》、《韩诗外传》及《修文御览》、《艺文类聚》、《初学》等书。即如《西京杂记》、《明皇杂录》等,皆摈不采。其编修官供帐饮馔,皆异常等。王钦若以《魏书》、《宋书》有"索虏"、"岛夷"之号欲改去,王文正公谓旧文不可改。又如杜预以长历推甲子多误,皆以误注其下而不改。帝下手诏,凡悖逆之事、不足为训者,删去之。复亲览,摘其舛误,多出手书诘问或召对指示商略,凡八年而成。然开卷皆常目所见,无罕觏异闻,不为艺家所重。

张佛子名庆,京师人也。以淳化元年生。生三岁而父母俱亡,亦无伯仲昆季,遂养于外戚赵氏。洎长,因袭姓赵,亦未知自明。赵氏之邻有郭荣者,世为右军巡院史,赵氏因以庆属焉。郭氏告老,庆遂补郭氏之阙,实祥符三年也。庆之司狱,常以矜慎自持。好洁,狱囚必亲沐之,暑月尤数。每戒其徒曰:"人之丽于法,岂得已哉?我辈以司狱为职,若不知恤,则罪者何所赴诉耶?"饮食、汤药、卧具必加精洁,常为其徒侮之,曰:"若区区为此,乃欲要福乎?"庆亦莫之顾也。好看《法华经》,每有重囚就戮,则为之斋素,诵佛一月乃止。囚有无辜者,欲私释也,取具去乃祝之曰:"若无举我,愿以具赎。若也坐罪,后遇囚得报,必自免。"其囚狱有诖鞫者,庆以至误于画,条令美言以喻之也,不讯考而疑狱常决,狱官往往属意焉。后庆年八十有二,无病而卒。其子亨官三班借职,亨六子,洪左藏库副使,锷、镈、铎元丰五年同登黄裳榜,镐、锐并显荐闻封。阴德有后乃如此。

转运使卢之翰为李继隆诬奏转运乏粮。太宗怒,召中使取之翰等三人首。时丞相吕端不敢言,枢密副使钱若水犯颜力诤,之翰等得免,黜为行军副使。后之翰于都堂见钱,长揖不谢。吕丞相在坐,谓卢曰:"君言枢相更生耶?"卢大言曰:"钱公此举使明主不拒谏,大臣敢直言,律法无枉滥。所当谢者,在彼不在翰也。"吕为忧然。

《太玄》极为本朝儒旧诋议,然司马温公法之以著《潜虚》,邵康节每谓扬雄《太玄》不独知历法,且知历理。

有仇生者,少与富郑公善,后以失欢,游于韩公之门。未几,韩、富不协,迁怒仇,谓背有所短也。及魏公卒,富公至不往吊,且欲甘心于仇。或谓仇须面诣谢,仇曰:"刺骨之根,岂送面可消?但富公正人,韩公君子,短正人于君子之前,能不入于妒妇之条乎?"富公闻之,于是释然。所谓难以情求,可以理谕也。第不吊韩公,至竟为富公身后名累。

余尝见太子玉册用珉玉简六十枚,前后四枚,刻龙填金,贯以金丝,藉以锦褥,盛以漆匣,装以金华,饰以螭首。今请用珉简七十五枚。

西塘集耆旧续闻

〔宋〕陈鹄　撰

郑世刚　校点

校 点 说 明

　　《西塘集耆旧续闻》，又称《耆旧续闻》，十卷，南宋陈鹄撰。鹄，号西塘，河南南阳人。其生平行事无从考见。仅据本书零星记述反映，陈鹄生活在南宋孝宗、宁宗时期。二十岁左右客居浙东，往来于临安、会稽、湖州一带。他"少学诗"，后贡入太学为诸生。淳熙十一年（1184），在"临安郡庠"。绍熙元年（1190）洪迈知绍兴府时，他在会稽"乘间"与之论学。嘉定八年（1215），任职为滁州教授。

　　《耆旧续闻》近四分之一篇幅论述柳宗元、苏轼等唐宋文贤六十余人的诗词作品，虽一鳞半爪，然搜罗旧闻，捃拾典故，不乏有真知灼见者。其辩证东坡《贺新郎》词中"榴花"为妾名一条，论见就自成一说。《乡音是处不同》等条论述，精彩警绝，多为后来学者所援引。所记典章制度、士林习尚亦较有史料价值。

　　此书《宋史·艺文志》不见著录。《汲古阁珍藏秘本书目》著录有《耆旧续闻》，并注曰"旧钞此书，人间绝无"，说明在明末清初流传的是钞本，且数量不多。清乾隆时抄入《四库全书》。现在我们能见到的刊本有：《知不足斋丛书》本及《丛书集成初编》本。据《四库全书简明目录标注》周星诒《附录》说本书"旧钞本俱分二卷"。邵伯炯《续录》也说本书"明清钞本皆二卷"。然《汲古阁珍藏秘本书目》却著录为十卷。现在上海图书馆藏明红格残钞本《耆旧续闻》为六至十卷部分。可见"明清钞本皆二卷"之说无根据。这次校点，以《知不足斋丛书》本为底本,与《四库全书》本和明红格残钞本对校,同时参校《丛书集成》本、《旧小说》节本及《宋史》、《范文正公文集》、《临川先生文集》、《山谷集》、《东坡乐府》等书。又原书无标目,为便于检索,今为各条拟题作为目录。校点中错误之处,谨请读者指正。

目　录

西塘集耆旧续闻卷第一

朱司农载上尝分教黄冈,时东坡谪居黄,未识司农公。客有诵公之诗云:"官闲无一事,蝴蝶飞上阶。"东坡愕然曰:"何人所作?"客以公对。东坡称赏再三,以为深得幽雅之趣。异日,公往见,遂为知己。自此,时获登门。偶一日谒至,典谒已通名,而东坡移时不出。欲留则伺候颇倦,欲去则业已达姓名。如是者久之,东坡始出,愧谢久候之意,且云:"适了些日课,失于探知。"坐定,他语毕,公请曰:"适来先生所谓日课者何?"对云:"钞《汉书》。"公曰:"以先生天才,开卷一览,可终身不忘,何用手钞邪?"东坡曰:"不然,某读《汉书》,至此凡三经手钞矣。初则一段事钞三字为题,次则两字,今则一字。"公离席复请曰:"不知先生所钞之书肯幸教否?"东坡乃命老兵就书几上取一册至,公视之,皆不解其义。东坡云:"足下试举题一字。"公如其言。东坡应声辄诵数百言,无一字差缺,凡数挑皆然。公降叹良久,曰:"先生真谪仙才也!"他日,以语其子新仲曰:"东坡尚如此,中人之性,岂可不勤读书邪!"新仲尝以是诲其子辂。叔旸云。

中书待制公翌新仲尝言:后学读书未博,观人文字,不可轻诋。且如欧阳公与王荆公诗云:"翰林风月三千首,吏部文章二百年。"荆公答云:"他日若能窥孟子,终身安敢望韩公。"欧公笑曰:"介甫错认某意,所用事,乃谢朓为吏部尚书郎,沈约与之书云'二百年来无此作也'。若韩文公,迨今何止二百年邪?"前后名公诗话,至今博洽之士,莫不以欧公之言为信,而荆公之诗为误。不知荆公所用之事,乃见孙樵《上韩退之吏部书》:"二百年来无此文也。"欧公知其一,而不知其二,故介甫尝曰:"欧公坐读书未博耳。"虽然,荆公亦有强辩处。尝有诗云:"黄昏风雨满园林,残菊飘零满地金。"欧公见而戏之曰:"秋英不比春花落,传语诗人仔细吟。"荆公闻之,曰:"永叔独不见《楚词》'夕餐秋菊之落英'邪?"殊不知《楚词》虽有"落英"之语,特寓意"朝""夕"二字,言吞阴阳之精蕊,动以香净自润泽尔。所谓"落英"者,非飘零满地之谓也。夫百卉皆雕落,独菊花枝上枯,虽童孺莫不知之。荆公作事,动辄引经为证,故新法之行,亦取合于《周官》之书,其大概类此尔。

　　待制公十八岁时,尝作乐府云:"流水泠泠,断桥斜路横枝亚。雪花飞下,全胜江南画。白璧青钱,欲买应无价。归来也,风吹平野,一点香随马。"朱希真访司农公不值,于几案间见此词,惊赏不已,遂书于扇而去,初不知何人作也。一日,洪觉范见之,扣其所从得,朱具以告。二人因同往谒司农公问之,公亦愕然。客退,从容询及待制公,公始不敢对,既而以实告。司农公责之曰:"儿曹读书,正当留意经史间,何用作此等语邪!"然其心实喜之,以为此儿他日必以文名于世。今诸家词集及《渔隐丛话》皆以为孙和仲或朱希真所作,非也。正如《咏折叠扇》词云:"宫纱蜂趁梅,宝扇鸾开翅。数折聚清风,一捻生秋意。　摇摇云母轻,袅袅琼枝细。莫解玉连环,怕作飞花坠。"余尝亲见稿本于公家。今《于湖集》乃载此词,盖张安国尝为人题此词于扇故也。大抵公于文不苟作,虽游戏嘲谑,必极其精妙。尝咏五月菊,词云:"玉台金盏对炎光,全似去年香。有意庄严端午,不应忘却重阳。　菖蒲九节,金英满把,同泛瑶觞。旧日东篱陶令，北窗正卧羲皇。"又与秦师垣启：
"鸡鸣函谷，孟尝繇是以出关；雁落上林，属国已闻于归汉。"盖
秦尝留金庭，未几纵还，既而金人复悔，遣骑追之，已无及矣。
公之用事亲切多类此，遂得擢用。

吕伯恭先生尝言往日见苏仁仲提举，坐语移时，因论及
诗。苏言南渡之初，朱新仲寓居严陵。时汪彦章南迁，便道过
新仲，适值清明，朱送行诗云："天气未佳宜且住，风波如此欲
安之。"盖用颜鲁公帖及谢安事，语意浑成，全不觉用事。二十
年欲效此体，用意不到，比作陆仲高挽章，偶然得之，云："残年
但愿长相见，今雨那知更不来。"盖用杜子美诗句"但愿残年饱
吃饭"、"但愿无事常相见"，及《秋述》"常时车马之客，旧雨来，
今雨不来"，亦不觉用事也。恐可庶几焉。乃知待制公之诗，
在当时已为前辈所推重如此。苏训直云。

有问刘元城先生："'吾犹及史之阙文也，有马者借人乘
之，今亡矣夫。'先儒说此多矣，但难得经旨贯串。"元城曰："子
但熟味'及'字与'亡'字，自然意贯。'有马者借人乘之'，便是
史之阙文。夫有马而借人乘，非难底事，而史且载此，必是阙
文。'及'，如及见之谓。圣人在衰周，犹及见此等史，存而不
敢削，亦见忠厚之意。至后人见此语颇无谓，遂从而削去之，
故圣人叹曰'今亡矣夫'，盖叹此句之不存也。故圣人作《春
秋》，于'郭公'、'夏五'皆存之于经者，盖虑后人妄意去取，失
古人忠厚之意，书之所以示训也。"故先生尝言："'直，其正也；
方，其义也。君子敬以直内，义以方外。'当为'正以直内'。
'能悦诸心，能研诸侯之虑。'当为'能研诸虑'。如此类者，五
经中极多，前辈恐倡后生穿凿之端，故不敢著论。若或为之
倡，后生竞生新意，以相夸尚，六经无全书矣，其害多于无人论

说之时。此前辈所以谨重,姑置之不言可也,此正有得于圣人阙文之意。"又问:"汉之四皓,扬子云尝称其美行,子云于高帝世为近,必其事之不可诬者。司马温公作《通鉴》,削而去之,以为高祖不废太子者,但以大臣皆不从,恐身后赵王不能独立,故不为耳,岂山林四叟片言能梐其事哉?若四叟实能制高祖使不废太子,是留侯为子立党以制其父,留侯岂为是哉?此特辩士欲夸大其事,故云。司马迁好奇,多爱而采之,今皆不取。斯言果然否?"元城曰:"此殆有深意。老先生作《通鉴》,欲示后世劝戒之意。正如子夏问'巧笑倩兮,美目盼兮,素以为绚兮',夫子既告之以绘事后素,又发起予之叹。至于删《诗》则削而去之。今《硕人》诗之二章,无'素以为绚兮'一句,盖礼与生俱生,不可后也。子夏疑之曰:'礼后乎?'故夫子许其可与言诗。若此之类,又不可以概论。"曾原伯云。

曾文清公吉甫,三孔出也,少从诸舅游,见元城先生谈论间多及《论语》,其言曰:"'知之为知之,不知为不知,是知也。'真实处便是真知。才以不知为知,必是欺伪底人,如此,则所丧者多矣。故老先生常守一个'诚'字,又言'诚自不妄语中入',盖为是也。"又曰:"'民可使由之,不可使知之',若如此,则大有识义理者,岂可禁之使勿知?殊非人皆可以为尧舜、途人可以为禹之意。盖当熟味'使'字,如孟子言'梓匠轮舆,能与人规矩,不能使人巧'之义。圣人能以理晓人,至于知处,贵乎自得,非口耳可传授,故曰:'人莫不饮食也,鲜能知味也。'"

陆太傅轸,会稽人,神采秀异,好为方外游,七岁犹不能语。一日,乳媪携往后园,俄而吟诗曰:"昔时家住海三山,日月宫中屡往还。无事引他天女笑,谪来为吏在人间。"后仕至兵部郎官,力请老归稽山。宋元宪公、杜祁公一时名胜,皆有送行诗,篇中多及神仙之事,盖公之雅志也。公晚年专意炉鼎,丹将成。偶一日,妻夫人因事怒,击碎其丹,化为双鹤飞去。尝视诸孙中,指农师之弟倚承奉公曰:"此儿有仙风道骨。"

承奉公倚,少无宦情,家人勉其从吏。初为余杭尉,沿檄出邑,道逢一皓鬓翁,遽下拜之。翁趋避,公随其所之。翁知其势不可辞,遂曰:"尊官何以知某为异人?"公曰:"凡人行皆有影,惟公独无,所以知之。"翁曰:"尊官所欲学者何术邪?贫道有黄白之术,当奉传。"曰:"不愿。"又欲授以黄帝房中秘术,皆不愿。翁曰:"然则尊官所欲者何?"曰:"所愿延年益寿神仙之术尔。"翁遂授之以秘诀。同行里许,忽不见。公即弃官,迳归其家,筑草堂三间于家侧,日夜寝处其中。独有一老兵执役,每日濯其冠,弊则更之。老兵不执役,则屏于舍外,常闻其中若有对语者,近听之则寂然。如是者四十余年,虽去家跬步,未尝过而问焉。一日,忽召其子,令洒扫,具朝衣香案。其子怪问其故,公曰:"少顷,有召命至矣。"已而果召公赴阙。公谢恩毕,辞命,复入草堂。其后将终,谓其子曰:"死生如旦昼,勿以为念。"笑坐而逝。先一夕,天庆观羽士梦有神人告之曰:"陆某乃河伯水官,交代急,遣骑迎之。"是夜天大雨,水暴涨,浸没其家三尺许,家人登避,救死不暇,沃及公尸。顷刻水退,异敛,轻如纸,则公为水仙矣。

太傅公尝守会稽,上元夕放灯特盛,士女骈阗,有一士人从贵宦幕外过,见其女乐甚都,注目久之,观者狎至,触坠其幕。贵宦者执其士以闻于府,公呼而责之,曰:"为士不克自检,何邪?"对曰:"观者皆然,竟自脱去,独某居后,所以被辱。"公观其应对不凡,必是佳士,因谓曰:"子能赋此斑竹帘诗,当

释子罪。"盖用斑竹帘为幕也。士子索笔,落纸立就。其诗曰:
"春风慼慼动帘帷,绣户朱门镇日垂。为爱好花成片段,故教
直节有参差。"又曰:"昔年珠泪浥虞姬,今日侯门作妓衣。世
事乘除每如此,荣华到底是危机。"公览诗,大奇之,延为上客。
子逸云。

西塘集耆旧续闻卷第二

陆辰州子逸，左丞农师之孙，太傅公之玄孙也。晚以疾废，卜筑于秀野，越之佳山水也。公放邀其间，不复有荣念。对客，则终日清谈不倦，尤好语及前辈事，细细倾人听。余尝登门，出近作《赠别》长短句以示公，其末句云："莫待柳吹绵，吹绵时杜鹃。"公赏诵久之。是后，从游颇密。公尝谓余曰："曾看东坡《贺新郎》词否？"余对以世所共歌者。公云："东坡此词，人皆知其为佳，但后撷用榴花事，人少知其意。某尝于晁以道家见东坡真迹，晁氏云：东坡有妾名曰朝云、榴花。朝云死于岭外，东坡尝作《西江月》一阕，寓意于梅，所谓'高情已逐晓云空'是也。惟榴花独存，故其词多及之。观'浮花浪蕊都尽，伴君幽独'，可见其意矣。又《南歌子》词云：'紫陌寻春去，红尘拂面来。无人不道看花回。惟见石榴新蕊一枝开。

冰簟堆云髻，金樽滟玉醅。绿阴青子莫相催。留取红巾千点照池台。'意有所属也。"或云赠王晋卿侍儿，未知其然否也？

余谓后辈作词，无非前人已道底句，特善能转换尔。《三山老人语录》云："从来九日用落帽事，东坡独云'破帽多情却恋头'，尤为奇特。"不知东坡用杜子美诗"羞将短发还吹帽，笑倩傍人为整冠"。近日陈子高作《谒金门》云："春满院，飞去飞来双燕。红雨入帘寒不卷，小屏山六扇。"乃《花间集》和凝词："拂水双飞来去燕，曲槛小屏山六扇。"赵德庄词云："波底夕阳红湿。""红湿"二字以为新奇，不知盖用李后主"细雨湿流光"，与《花间集》"一帘疏雨湿春愁"之"湿"。辛幼安词："是他春带愁来,春归何处? 却不解带将愁去。"人皆以为佳,不知赵德庄《鹊桥仙》词云："春愁元是逐春来,却不肯随春归去。"盖德庄又本李汉老《杨花》词"蓦地便和春、带将归去"。大抵后之作者,往往难追前人。盖唐词多艳句,后人好为谑语;唐人词多令曲,后人增为大拍。又况屋下架屋,陈腐冗长,所以全篇难得好语也。公之词传于曲编者,独《瑞鹤仙》"脸霞红印枕"之句。有和李汉老"叫云吹断横玉",词语高妙,惜其不传于世。其词云："黄橙紫蟹映金壶,潋滟新醅浮绿。共赏西楼今夜月,极目云无一粟。挥麈高谈,倚栏长啸,下视鳞鳞屋。轰然何处,瑞龙声喷蕲竹。 何况露白风清,银河澈汉,仿佛如悬瀑。此景古今如有价,岂惜明珠千斛。灏气盈襟,泠风入袖,只欲骑鸿鹄。广寒宫殿,看人颜似冰玉。"观公之词,可以知其风流酝藉矣。

　　鲁直跋东坡道人黄州所作《卜算子》词云："语意高妙,似非吃烟火食人语。"此真知东坡者也。盖"拣尽寒枝不肯栖",取兴鸟择木之意,所以谓之高妙。而《苕溪渔隐丛话》乃云"鸿雁未尝栖宿树枝,惟在田野苇丛间,此亦语病"。当为东坡称屈可也。又古词："水竹旧院落,樱笋新蔬果。"盖唐制,四月十四日,堂厨及百司厨通谓之樱笋厨。此乃夏初,词正用此事。而《丛话》乃云"莺引新雏过",而以樱笋为非。岂知古词首句多是属对,而樱笋事尤切时耶。

　　赵右史家有顾禧景蕃《补注东坡长短句》真迹,云："按唐人词,旧本作'试教弹作忽雷声',盖《乐府杂录》云:'康昆仑尝见一女郎弹琵琶,发声如雷。而文宗内库,有二琵琶,号大忽雷、小忽雷,郑中丞尝弹之。'今本作'辊雷声',而傅幹注亦以

'辊雷'为证,考之传记无有。"又云:"余顷于郑公实处,见东坡亲迹书《卜算子》断句云'寂寞沙汀冷',今本作'枫落吴江冷',词意全不相属也。又《南歌子》云'游人都上十三楼,不羡竹西歌吹古扬州。'十三间楼,在钱塘西湖北上。此词在钱塘作。旧注云汴京旧有十三楼,非也。"

曩见陆辰州,语余以《贺新郎》词用榴花事,乃妾名也。退而书其语,今十年矣,亦未尝深考。近观顾景蕃䌷注,因悟东坡词中用"白团扇"、"瑶台曲",皆侍妾故事。按晋中书令王珉好执白团扇,婢作《白团扇歌》以赠珉。又《唐逸史》:"许浑暴卒复悟,作诗云:'晓入瑶台露气清,坐中惟见许飞琼。尘心未尽俗缘重,千里下山空月明。'复寝,惊起,改第二句,云:'昨日梦到瑶池,飞琼令改之,云不欲世间知有我也。'"按《汉武帝内传》所载,董双成、许飞琼皆西王母侍儿,东坡用此事,乃知陆辰州得榴花之事于晁氏为不妄也。《本事词》载榴花事极鄙俚,诚为妄诞。

徐师川云:"东坡《橄榄》诗云'纷纷青子落红盐',盖北人相传,以为橄榄树高难取,南人用盐擦,则其子自落。今南人取橄榄虽不然,然犹有此语也,东坡遂用其事。正如南海子鱼,出于莆田通应王祠前者味最胜,诗人遂云:'通印子鱼犹带骨',又云'子鱼俎上通三印',盖亦传者之讹也。世只疑'红盐'二字,以为别有故事,不知此即《本草》论盐有数种,北海青,南海赤。橄榄生于南海,故用红盐也。又《太平广记》云:'交河之间,平碛中掘数尺,有末盐红紫,色鲜味甘。'本朝建炎间亦有贡红盐者。'红盐'字雅,宜用之。"

吕紫微居仁云:作文必要悟入处,悟入必自工夫中来,非侥幸可得也。如老苏之于文,鲁直之于诗,盖尽此理。

韩退之文，浑大广远难窥测；柳子厚文，分明见规模次第。学者当先学柳文，后熟读韩文，则工夫自见。

韩退之《答李翱书》、老苏《上欧阳公书》，最见为文养气妙处。

西汉自王褒以下，文字专事词藻，不复简古。而谷永等书杂引经传，无复己见，而古学远矣。此学者所宜深戒。

学文须熟看韩、柳、欧、苏，先见文字体式，然后更考古人用意下句处。

学诗须熟看老杜、苏、黄，亦先见体式，然后遍考他诗，自然工夫度越过人。

学者须做有用文字，不可尽力虚言。有用文字，议论文字是也。议论文字，须以董仲舒、刘向为主。《周礼》及《新序》、《说苑》之类，皆当贯串熟考，则做一日便有一日工夫。

后生学问，且须理会《曲礼》、《少仪》等，学洒扫应对进退之事，及先理会《尔雅》、《训诂》等文字，然后可以语上，下学而上达。

学者当以质直为本。孔子曰："质直而好义。"孟子曰："不直则道不见，我且直之。"放勋曰："康之直之。"孟子曰："以直养而无害。"《楞严经》亦言："三世诸佛，皆以直心成等正觉。因地不直，果招迂曲。"《维摩经》言："直心是菩萨净土。"但观古人为学，只是一个"直"字，学者不可忽也。

学问当以《孝经》、《论语》、《孟子》、《中庸》、《大学》为主，此数书既深晓，然后专治一经，以为一生受用。说受用，已是不是，只要成自己之性而已。

大凡为学，须以见贤为主。孟子言："友一乡之善士，至友天下之善士。"孔子言："事其大夫之贤者，友其士之仁者。"所谓贤者,必须取舍分明,不可二三,《易》所谓"定其交而后求"者是也。既能见贤,须尊贤,若但见而不能尊,则与兽畜之无异。今人于有势者则能屈,而于贤者则不能尊,是未之熟思。韩退之作《师说》,曲中今世人之病。大抵古人以为荣,今人以为耻,于不能尊贤之类是也。

威仪辞令,最是古人所谨。春秋时人,以此定吉凶兴衰。曾子临死,以此等事戒孟敬子。此等事最宜留意,最是君子养成处。

作文不可强为,要须遇事乃作。须是发于既溢之余,流于已足之后,方是极头。所谓"既溢"、"已足"者,必从学问该博中来也。

后生为学必须严定课程,必须数年劳苦,虽道途疾病,亦不可少渝也;若是未能深晓,且须广以文字淹渍,久久之间,自然成熟。

自古以来语文章之妙,广备众体,出奇无穷者,唯东坡一人;极风雅之变,尽比兴之体,包括众作,本以新意者,唯豫章一人;此二者,当永以为法。

老杜歌行,并长韵律诗,切宜留意。

老苏作文,真所谓意尽而言止也,学者亦当细观。

外弟赵承国至诚乐善,同辈殆未见其比。盖其性质甚良,不可以他人语也。若少加雕琢,少下勤苦,便当不愧古人。政和三年四月,相遇于楚州宝应,求余论为学之道甚勤,因录予之闻于先生长者本末告之,随其所问,信笔便书,不复铨次,当更求充之考人印证也。

古人年长而为学者多矣,但看用功多寡耳。近时司马子立,年逾二十,不甚知书,人多以为懦弱。后更激励苦学,不舍昼夜，从伊川、张思叔诸人讲求大义，数年之间，洛中人士翕然称之，向之笑之者，皆出其下，此学之不可以已也。承国既以余言为然，便当有力行之实。"临川羡鱼，不如退而结网"，此真要语也。

东莱此帖，今藏承国之家。承国乃侍讲荥阳公之外孙也。

慈圣光献大渐，上纯孝，欲肆赦。后曰："不须赦天下凶恶，但放了苏轼足矣。"时子瞻对吏也。后又言："昔仁宗策贤良归，喜甚，曰：'吾今日又为子孙得太平宰相两人。'盖轼、辙也，而杀之可乎！"上悟，即有黄州之贬，故苏有《闻太皇太后服药赦诗》及挽词甚哀。

王岉升之，少从东坡学，甚俊敏。东坡既除西掖，乃以古槐简赠岉，曰："此笏曾奉制策入三等，曾召对议事不合而逐，曾对御史诏狱，曾不试除三字，毋轻吾笏。"

宣和间，重华葆真宫曹王南宫也。烧灯盛于都下。癸卯上元，馆职约集，而蔡老携家以来，珠翠阗溢，僮仆杂行，诸名士几遭排斥。已而步过池北，游人纵观，时少蓬韩驹子苍咏小诗曰："玉作芙蓉院院明，博山香度小峥嵘。谁言水北无人到，亦有槃珊勃窣行。"

大观初，上元赐诗曰："午夜笙歌连海峤，春风灯火过湟中。"群臣应制，皆莫能及，独府尹宋乔年诗云："风生闾阖春来早，月到蓬莱夜未中。"乃赵鬻之子雍代作也。雍少学于陈无己。有句法。

陈无己少有誉，曾子固过徐，徐守孙莘老荐无己往见，投贽甚富。子固无一语，无己甚惭。诉于莘老。子固云："且读《史记》数年。"子固自明守亳，无己走泗州间，携文谒之，甚欢，曰："读《史记》有味乎？"故无己于文以子固为师。元祐初，东

坡率莘老、李公择荐之,得徐州教授,徙颍州。东坡出守,无己
但呼二丈,而谓子固南丰先生也。《过六一堂》诗略云:"向来
一瓣香,敬为曾南丰。世虽嫡孙行,名在恶子中。斯人日已
远,千岁幸一逢。吾老不可待,露草湿寒蜚。"盖不以东坡比欧
阳公也。至论诗,即以鲁直为师,谓豫章先生。无己晚得正
字,贫且病,鲁直《荆州南》十诗曰:"闭门觅句陈无己,对客挥
毫秦少游。正字不知温饱未,春风吹泪古藤州。"无己殊不乐,
以"闭门觅句"为歉,又与死者相对为恶。未几,果卒也。

西塘集耆旧续闻卷第三

陈恭公执中当国时,曾鲁公由修起居注除待制、群牧使。恭公弟妇,王冀公孙女,曾出也。岁旦拜恭公,恭公迎谓:"六新妇,曾三除从官,喜否?"王固未尝归外家,辄答曰:"三舅甚荷相公收录,但太夫人不乐,责三舅曰:'汝三人及第,必是全废学,丞相姻家备知之,故除待制也。'"恭公默然。未几,改知制诰。盖恭公不由科举,失于夷考也。女子之警敏,有如此者。

晁无咎闲居济州金乡,茸东皋归去来园,楼观堂亭,位置极萧洒,尽用陶语名目之。自画为大图,书记其上,书尤妙。始无咎请开封解,蔡儋州以魁送;又叶梦得舅也,故比诸人独获安便。尝以长短句曰《摸鱼儿》者寄蔡,蔡赏叹,每自歌,其群从之。道语余:"梦无咎监泗州税,何祥也?"已而吏部调知达州,张无尽改泗州,言者论罢,令赴通州。无咎不乐,舣舟收税亭下,以疾不起,果有数乎?

晁咏之之道,美叔子,奇士也。宏词第一人。负其才,可凌厉要途,以元符封事废。有诗曰:"元年四月朔,日食国有赦。"又有"已失青云空老去"之语。后为西京管库,蔡元度留守稍礼之,以系籍不能荐,忽谓晁曰:"如子之才,何必上书?"之道阁措,徐曰:"只是没处顿文章。"蔡亦大笑。之道年四十余,终朝请郎。

许尚书光凝君谟论本朝内制,惟王岐公《华阳集》最为得体。盖禹玉仕早达,所与唱和,无四品以下官;同朝名臣,非欧阳公与王荆公铭其葬者,往往出禹玉手。高二王,狄武襄碑,尤有史法,而贵气粲然。君谟,岐公婿也。

黄鲁直少有诗名,未入馆时,在叶县、大名、吉州、太和、德平,诗已卓绝。后以史事待罪陈留,偶自编《退听堂诗》,初无意尽去少作。胡直孺少汲,建炎初帅洪州,首为鲁直类诗文为《豫章集》,命洛阳朱敦儒、山房李彤编集,而洪炎玉父专其事。遂以《退听》为断,以前好诗皆不收,而不用吕汲老杜编年为法,前后参错,殊牴牾也。反不如姑胥居世英刊《东坡全集》,殊有叙,又绝少舛谬,极可赏也。庐陵守陈诚虚中,刊欧阳公《居士集》,亦无伦次,盖不知编摩之体耳。

祖宗故事,凡仆射、使相、宣徽使皆判州府。宣和初,余丞相以少保、武威军节度使知福州,有司失之也。靖康初,白丞相请外,特进大观文,时李河内公士美当国,考故事,除判寿春府。建炎四年,吕相及刘少傅光世皆以使相分镇江浙,吕知池州,刘知镇江府,又失之也。吕以使相罢平章事,不加食邑、食实封,亦非故事。

陈述古诸女,亦多有文。有适李氏者,从其夫任晋宁军判官,部使者以小雁屏求诗,李妇自作黄鲁直小楷,题其上二绝云:"蓼淡芦疏曲水通,几双容与对西风。扁舟阻向江乡去,却喜相逢一枕中。""曲屏谁画小潇湘,雁落秋风蓼半黄。云淡雨疏孤屿远,会令清梦绕寒塘。"

林文节子中帅并门,席间与幕府唱和。有徐姓帅属,忘其名,内子能诗,林公每出首唱,徐密写韵归,众方操觚,内子诗已来,必可观也。一日,幕府有醉起舞者,时和林公"藜"字,其诗曰:"幕中舞客呈鸲鹆,帐下牙兵困蒺藜。"又送一属官径除监司，林公押"傺"字，徐妇和曰："华衮自宜还旧物，绣衣先见冠同僚。"监司，故相家也。林公甚赏之。

程文简公就试，梦观音从天乘彩车下降，惊觉，乃类旌旂车辂事，果试《德车结旌赋》。平生五更诵观音菩萨数百遍，晚年亦不废。

蔡絛作《西清诗话》，载江南李后主《临江仙》，云"围城中书，其尾不全"。以余考之，殆不然。余家藏李后主《七佛戒经》及杂书二本，皆作梵叶，中有《临江仙》，涂注数字，未尝不全。其后则书李太白诗数章，似平日学书也。本江南中书舍人王克正家物，后归陈魏公之孙世功君懋，余陈氏婿也。其词云："樱桃落尽春归去，蝶翻轻粉双飞。子规啼月小楼西。玉钩罗幕，惆怅暮烟垂。别巷寂寥人散后，望残烟草低迷。炉香闲袅凤凰儿。空持罗带，回首恨依依。"后有苏子由题云："凄凉怨慕，真亡国之声也。"

喜祐、治平间，韩氏、吕氏人望盛矣。议者谓魏公将老，置辅非韩即吕。故王介甫结韩持国，又因持国以结子华。持国人政府，每言介甫知经术，可大用。神宗初政，即以学士召，又与子华同人爱立。遂用晦叔为中丞。已而不合，虽子华极力弥缝亦不乐。而持国、晦叔，几若世仇。然介甫微时，与曾子固甚欢，曾又荐于欧阳公。既贵，而子固不屈，故外补近二十年，元丰末方召用。又每于上前，力诋子固与苏子瞻，《日录》可考也。

介甫既归钟山，有诗曰："穰侯老擅关中事，常恐诸侯客子来。我亦暮年专一壑，每逢车马便惊猜。"此盖平生之志，非特丘壑间也。赵伯山云。

书评谓羊欣书如婢作夫人，举止羞涩，不堪位置。而世言米芾喜效其体，盖米法欹侧，颇协不堪位置之意。闻薛绍彭尝戏米曰："公效羊欣，而评者以婢比欣，公岂俗所谓重儓者耶。"

世传米芾有洁病，初未详其然。后得芾一帖："朝靴偶为他人所持，心甚恶之，因屡洗，遂损不可穿。"以此得洁之理。靴且屡洗，余可知矣。又芾方择婿，会建康段拂字去尘，芾择之曰："既拂矣，又去尘，真吾婿也。"以女妻之。又一帖云："承借剩员，其人不名，自称曰张大伯。是何老物，辄欲为人父之兄！若为大叔，犹之可也。"此岂以文滑稽者耶。

米芾得能书之名，似无负于海内。芾于真、楷、篆、隶不甚工，惟于行、草，诚入能品。以芾收六朝翰墨，副在笔端，故沈著痛快，如乘骏马，进退裕如，不须鞭勒，无不当人意。然喜效其法者，不过得外貌，高视阔步，气韵轩昂，未究其中本六朝妙处，酝酿风骨，自然超逸也。

本朝承五季之后，无复字画可称。至太宗皇帝，始搜罗法书，备尽求访。当时以李建中字形瘦健，姑得时誉，犹恨绝无秀异。至熙、丰以后，蔡襄、李时雍体制方入格律，不为绝赏。苏、黄、米、薛笔势澜翻，各有趋向。然家鸡野鹄，与草木俱腐者。

徽庙尤喜书，立学养士，惟得杜应稽一人，余皆体仿，了无精气。因念东晋渡江后，犹有王、谢而下朝士，无不能书，以擅一时之誉，彬彬盛哉。至若绍兴以来，杂书、游丝书惟钱塘吴说，篆法惟信州徐兢，亦皆碌碌，可叹其弊也。

本朝自建隆以后，平定僭伪，其间法书名迹，皆归秘府。先帝时又加采访，赏以官联金帛，至遣使询访，颇尽采讨。命蔡京、梁师成、黄冕辈编类真赝，纸书缣素，备成卷帙，皆皂鸾鹊水锦褾褫，白玉珊瑚为轴，秘在内府，用大观、政和印章。其间一印以秦玺书法为宝,后有内府印,标题品次,皆宸翰也。舍此褾轴,悉非珍藏。其次储于外秘。余自渡江,无复钟、王真迹,间有一二,以重赏得之,褾轴字法,亦显然可验。<small>高宗御书赐曹勋。</small>

仁庙将欲封皇女,下崇文院检寻典故。王洙等言:唐制封公主,有以郡国名者,有以美名者。文皇幼女在宫,有晋阳之号。若明皇永穆、常芬、唐昌、太华,皆为美名。乃诏封长女福康公主,次女崇庆公主,盖用明皇故事也。

国朝命妃,未尝行册礼,然故事,须候旨方以诰授之。凡降诰,皆自学士院待诏书词,送都堂,列三省衔,官诰院用印,然后进入。庆历间,加封张贵妃,时宋翰林当制,宣麻毕,宋止就写告,直取官诰院印用之。遽封以进。妃宠方盛,欲行册命之礼,怒掷地不肯受。宋祁落职知许州。乃令丁度撰文,行册礼。宋氏子弟云:元丰末,东坡赴阙,道出南都,见张文定公方平,因谈及内庭文字。张云二宋某文某文甚佳,忘其篇目,惟记一首,是《张贵妃制》。坡至都下,就宋氏借本看,宋氏诸子不肯出,谓东坡滑稽,万一摘数语作诨话,天下传为口实矣。《张贵妃制》,今见本集。

宋子京素有士望,而才高为众所娼,竟不至两地。初,在翰苑时,兄莒公执政,一日对昭陵,天颜不怿,久乃曰:"岂有为人兄而不能诏其弟乎?"莒公知谮者,因答云:"臣弟兄才薄非据,冒荣过分,方俟乞外。"昭陵曰:"甚好,将取文字来。"对毕,同时上章告退。已而莒公守维扬,子京守寿春。凡贵臣出守,朝辞例有颁赐,子京告下,遂入朝辞榜子。宰相吕许公于漏舍呼阁门询之曰:"宋学士甚日朝辞?"阁门云:"已得班。"许公于是愕然曰:"敏哉!"盖欲放谢辞,截其颁赐也。子京辞退,到都堂叙述兄弟久叨至庇，今兹外补扬、寿，相去不远，尽出陶镕之恩。许公曰："更三年后相见。"此语宋氏子弟云。

宋子京知定州日，作十首《听说中山好》，其一云："听说中山好，韩家阅古堂。画图新将相，刻石好文章。"有潜于韩魏公者，魏公于是亦不喜之。

欧阳文忠撰《薛参政墓志》云："明道二年，章献明肃太后欲以天子衮冕见太庙，臣下依违不决，公独争之曰：'太后必若王服见祖宗，若何而拜乎？'太后不能夺，为改他服。"则是太后不以衮冕谒庙。而《宋景文公奏议》乃云："太后晚节，恪于还政，弗及永图。厌内阃之靓闲，乐外朝之焜照，执镇圭，乘大辂，垂十二旒之冕，被十二章之衮，率百官，陈万骑，跪奉币瓒，历见祖宗。古今未闻，典礼不载，此亦一眚之咎，所共知也。"盖是时有旨差赴编修明道参谢宗庙记所检讨校勘，故宋公《奏议》如此。然则《墓志》又不足据。此事正与东坡记欧阳公作《范文正神道碑》相类。碑载章献太后临朝时，仁宗欲率百官朝正太后，范公力争，乃罢。其后，轼先君修《太常因革礼》，求之故府，而朝正案牍具在，本末无谏止之事，而有已行之明验。先君质之于文忠，文忠曰："文正实谏，而卒不从，墓碑误也。当以案牍为正。"余谓文忠于志不苟作，况一时耳目所闻睹，二事岂皆误耶？盖所以书于墓志者，不欲开后世弱人主、强母后之渐，而公文必传于不朽，其为戒深矣。

西塘集耆旧续闻卷第四

阆州有三雅池，《潘遂记闻》云："古有修此池者，得三铜器，状如酒杯，各有二篆，曰伯雅，曰仲雅，曰季雅。或谓刘表二子好酒，尝制三爵，大曰伯雅，受一斗；次曰仲雅，受七升；小曰季雅，受五升。"赵德麟云："恐是盛酒器，非饮器也。"余以问曾存之，存之言："古人躯干大，升合小。"王仲弓《伤寒证治论·汤剂注》云："古方三两当今一两，三升当今一升。"然则存之之言信矣。余按《广韵》"盉"字，注云"酒器"。"盉"、"雅"同音，则"盉"字盖借用，"三雅"乃酒杯也，无可疑者。

过曾大中书室，因论法帖载孙权遣方士取鰡鱼作脍，人皆不解"鰡鱼"，作"图"音读。靖康元年，余以事至合流镇，见人家壁间有唐明皇御注《道德经》："终日行而不离鰡重。""鰡"字偏旁作"畾"，乃悟"鰡"为"鰡"也。然则考古者，不可不博也。《温氏杂志》。

天禧元年八月敕："自今两省、谏舍、宗室将军以上，许乘狨毛暖座，余悉禁止。"仍绝采捕。此乃狨座之始也。

故刑部胡尚书尝云："祖宗时，馆职暑月许开角门，于大庆殿廊纳凉。因石曼卿被酒，扣殿求对，寻有约束，自后不复开矣。"

故事，馆职每洛阳贡花到，例赐百朵，并南库法—有"过"字。酒。此二者，《麟台故事》不载，因并志之。

曾元忠谏议云，先朝郎官兼修日历者，衔上但称"兼著作",无"郎"字。

庆历二年,西方用兵,张安道奏议,乞并枢密院归中书。因除昭文相吕申公兼判枢密院,除集贤相章郇公兼枢密使,而加晏元献同平章事,依旧枢密使。时宋元宪知维扬,王荆公为佥判,代作贺启三首。内昭文一首,宋公别撰,涂抹殆遍,前辈于礼仪语言间谨重如此。宋氏稿副尚存,顷获观之,乃具录焉。荆公启云:"恭审肃被宠灵,参司枢要,伏惟庆慰。窃以安危所系,文武相须,眷注意之殊特,崇仰成之异礼。至若万务通于四海,二柄萃于一门,简在休辰,职縻全德。恭以昭文相公风华博照,天韵雄成,挟旦、奭之谋谟,袭韦、平之系胄。逢辰鼎盛,序爵弥高。清议被民,卓冠一时之杰;丰规振俗,遄跻三代之隆。嗟彼羌豪,警吾边吏;有严天讨,爰整王师。上方深拱以倚平,博谋而取重。畀兹全责,钦若壮猷,舆讼所同,岩瞻惟允。昔馈通函谷,繄沛邑之宗臣;威被匈奴,实汉家之良相。宜今具美,与古兼徽。某夙附末光,雅烦善庇。伏藩城而待罪,隐若自安;占宿邸之移文,趯然滋喜。依归之素,有过等夷。"宋公自作启云:"右某启:近得本州进奏院状报,伏承诞膺明制,兼管鸿枢,伏惟庆慰。恭以昭文仆射相公业总将明,地尊弼直。绸缪三事,敷燮九功。穆馥假以无言,陟大猷于同体。屡还休册,专逊硕肤,列让弥高,群瞻益洽。向属戎亭之警,载繄庙略之勤。唯是本兵,别归谋幄,弥纶虽一,名分或殊。果咨相府之尊,并统机庭之重。特颁圣训,参告治朝。创宥密之判规,宠裁成之政本。协修一德,允赖于汤臣;外抚四夷,更光于汉业。安危所注,左右咸宜。"观元宪之意,谓国朝未有判枢密之院者,以上之注意尤重,故云"创宥密之判规,宠裁成之政本"也。

　　四声分韵,始于沈约。至唐以来,乃以声律取士,则今之律赋是也。凡表、启之类,近代声律尤严,或乖平仄,则谓之"失粘"。然文人出奇,时有不拘此格者。《缄启新范》载《李秀才贺滕学士》一启,全用侧声结句,其辞云:"伏审荣承紫涣,进联闺彦。某被遇有素,起抃惭后。且贤者器业,本不在于文藻;而国之钧轴,实籍此而进用。恭以某官率志雅远,持论忠实,惜舒卷尚曰淹晚。今幸以材而抡擢,必将副之。必知所谓豪俊,骤扬庭选,亻见风节,耸闻天下。某成乐樊圃,系心京毂,伏冀上为宗稷,精治兴寝。"

　　梅圣俞尝云:"古人造语,有纯用平声琢句,天然浑成者,如'枯桑知天风'是也。有纯用侧声作诗,云:'月出断岸口,影照别舸背。且独与妇饮,颇胜俗客对。'"

　　内翰洪公帅会稽日,余尝乘间问曰:"禹穴有二处,其一在禹庙告成观,穴上有窆石是也。其一去禹庙十余里,名曰'阳明洞天',即稽山之麓,有石径丈余,中裂为一罅,阔不盈尺,相传指此为禹穴。图经云:'禹治水投玉简于此穴中。'未知孰是?"公云:"'禹穴'二字,出司马迁书,虽其事不经,必是秦、汉以来相传如此。张晏注《汉书》云:'禹巡狩,至会稽而崩,因葬焉。上有孔穴,民间云禹入此穴。'又不经之尤者。要之,子长谓'上会稽,探禹穴',言极其高深也,'探'者取极深之义。今阳明穴中,投物于中,不知其底止,当以此为禹穴可也,非谓禹葬之地。"又问:"若耶溪,去镜湖二十余里,乃一小涧水,溪旁人烟极萧条,但有云门寺犹存焉。唐人诗中多言'若耶溪畔采莲女',何也?"公曰:"所谓采莲女者,亦指西子而言也。时之盛衰不同,唐之初年,必是胜地。何以知之? 今去耶溪三里许,地颇平旷,世传以为虞世南宅之旧址;杜子美诗云'若耶

溪,云门寺,青鞋布袜从此始。'则为唐之胜地可知矣。"予因
言:"《史记》载秦始皇三十七年,出游过丹阳,至钱塘。临浙
江,水波恶,乃西百二十里,从狭中渡。上会稽,祭大禹,望于
南海,而立石刻颂秦德。所谓狭中者,即今富阳县,绝江而东,
取紫霄宫路是也。江流至此极狭,去步才一二百步,水波委
蛇,始皇正从此渡,取暨阳界至会稽山。今暨阳县外有始皇祠
宇,乃经从之处。徐广注《史记》直指以为在余杭,不知余杭非
江流之所经也。"公深以为然。

郑戬,字天休,知开封府。府吏冯元者,奸巧通结权贵,号
为"立地京兆尹"。戬穷其罪,流于海岛。后移守长安,有表
曰:"听严宸之钟鼓,未卜何辰;植劲柏于雪霜,更观晚节。"上
称诵者数四。代范仲淹为西路招讨,置府于泾州。元昊拥众
临黑山,戬勒兵巡边,趋莲花堡,时天寒风劲,置酒高会,旗帜
绛野,铙鼓聒天,虏众十万不敢动。元昊曰:"已遣使称臣,何
为复用此公护诸将!"观此,则守帅谢表亦可以见其志节也。
范文正公守饶州,谢表云:"此而为郡,陈优优布政之方;必也
立朝,增蹇蹇匪躬之节。"天下叹公至诚许国,终始不渝,不以
进退易其守也。王元之守滁日,谢表云:"诸县丰登,苦无公
事;一家饱暖,全藉君恩。"欧阳公取其语,发为歌咏云:"诸县
丰登少公事,一家饱暖荷君恩。"亦见身在外服,不忘其君之义
也。自祖宗以来,凡外郡谢表未有不报行者。庆元初,权奸用
事,轮对官希旨,乞勿报行,遂以为例矣。

许下士夫云,章子厚当轴,喜骂士人,常对众云:"今时士
人如人家婢子,才出外求食,个个要作行首。"张天觉在旁云:
"如商英者,莫做得一个角妓否?"章笑,久之遂迁职。子厚之
孙章大方云:"不然。天觉好诙谐,先祖丞相曰:'岂有禁从作

是俳语,好拶!'天觉应声云:'某权某职且二年,切告相公拶下"权"字。'丞相笑,未几,乃落'权'字。"

　　子厚为商州推官,时子瞻为凤翔幕佥,因差试官开院,同途小饮山寺。闻报有虎者,二人酒狂,因勒马同往观之。去虎数十步外,马惊不敢前,子瞻云:"马犹如此,著甚来由。"乃转去。子厚独鞭马向前去,曰:"我自有道理。"既近,取铜沙锣于石上擗响,虎即惊窜。归谓子瞻曰:"子定不如我。"异时奸计,已见于此矣。

西塘集耆旧续闻卷第五

古人作文,多为伐山语。盖取诸书句要入之文字中,贵其简严。杜子美诗云:"配极玄都阙。"取"是谓配天之极"也。又尝见宋宣献青词,用"渊宗"二字,取"渊兮似万物之宗"也。此类甚多,而"配极"、"渊宗"二语特妙。《温氏杂志》。

又云:作诗用经语,尤难得峭健。杜子美《端午赐衣》诗:"自天题处湿,当暑著来轻。""自天"、"当暑"皆经语,而用之不觉其弱,此可为省题诗法。至落句云:"意内称长短,终身荷圣情。"其语又妙。余谓近日辛幼安作长短句有用经语者,《水调歌》云:"凡我同盟鸥鹭,今日既盟之后,来往莫相猜。"亦为新奇。

又云:诗有律。子美云:"晚节渐于诗律细。"余少学诗,乡先生云:"'侵凌雪色还萱草,漏泄春光有柳条。''卑枝低结子,接叶暗巢莺。'此细律也。"唐之诗人及本朝名公,未有不用此。洪龟父诗云:"琅玕严佛屋,薜荔上僧垣。"山谷改上句云:"琅玕鸣佛屋。"亦谓于律不合也。余谓陆务观尝学诗于曾文清公,有《赠赵教授》诗云:"忆昔茶山听说诗,亲从夜半得玄机。律令合时方贴妥,工夫深处却平夷。每愁老死无人付,不谓穷荒有此奇。世间有根知多少,未得从君谒老师。"亦以合律为工。"穷荒有此奇",见东坡帖"穷荒有此奇观",用字皆有来处。

前辈曰:为文叙事,要在切当,不必引证以求奇也。唐李石镇荆南日，崔铉为从事，未几，入为司勋员外郎，历翰林学士，不二岁，拜中书侍郎、平章事。而石尚在镇，其贺崔相状曰："宾筵初启，曾陪樽俎之欢；将幕未移，已在陶熔之下。"盖节度巡官李陟词也。其后，崔铉自右仆射镇淮海，杨收以前太常博士从铉为支使，未几，入为侍御史、吏部员外郎，历翰林学士，甫二岁，拜兵部侍郎、平章事，亦未移镇。其贺杨相状曰："前时里巷，初迎避马之威；今日藩垣，已仰问牛之化。"盖崔澹之词也。

四六用经史全语，必须词旨棍贯，若徒积叠以为奇，乃如集句也。杨文公居阳翟时，谢希深与之启云："曳裾其空，上念无君子者；解组弗顾，公其如苍生何！"文公书于扇，曰："此文中虎也。"盖善其用经史语如自己出，特为豪健。张安道为曹修节度使副制云："世载其德，有狐、赵之旧勋；文定厥祥，实姜、任之高姓。"王荆公知制诰，见其稿，深加叹赏，此亦全语最亲切者也。

东坡自海外归，谢表云："七年远谪，不意自全；万里生还，适有天幸。"盖亦用班史之全句而不觉也。

曾元丰为南宫舍人，时相令撰秋宴乐语，因问坐客曰："霜始降而百工休，可对甚语？"久之，坐客云："苦无全句可偶，当劈破用。"曾于是云："始降霜而休百工，正得秋而成万宝。"坐客称善。既而文成，颂圣德一联云："惟天为大，荡荡乎无能名焉；如日之升，皓皓乎不可尚已。"坐客皆击节赏之。

东坡谪黄冈，元丰末，移汝州团练副使，制词云："苏某谪居之久，念咎已深；人才实难，不忍终弃。"坡甚叹服，盖王子发词也。元祐初，坡入掖垣，尚与子发同僚，和子发诗云："清篇带月来霜夜，妙语先春发病颜。"盖为此也。

　　唐制,给事中亦行词,高宗改给事中曰"东台舍人"是也。德宗时,给事中袁高宿直,当撰卢新州为饶州刺史诰,高执以诣宰相,宰相不从,乃命舍人撰之。

　　靖康初,陈莹中赠大谏,词云:"汲黯何为,坐致淮南之惧;魏公若在,必辍辽东之行。"盖谭勉翁词也。其后勉翁赠官,汪彦章为之词云:"虽甄济佯喑,终逃天宝之难;而龚胜已死,不见南阳之兴。"识者美之。吴丞相元中谕燕山父老云:"桑麻千里,皆祖宗涵养之休;忠义百年,系父老训诲之力。"徽庙极称赏之。又宣和末,为徽庙罪己诏云:"重念累圣仁厚之德,涵养天下百年之余;岂无四方忠义之人,来徇国家一日之急?"识者韪之。又谢右揆表云:"上圣中兴,方拥风云之会;下臣孤进,忽叨梦卜之求。"又云:"从唐尧于汾水之阳,骇莫惊于思虑;赞黄帝于涿鹿之野,恨未畅于声威。"词人多美之。元中居仪真时,复职奉祠,谢表云:"流年往矣,渐知蘧瑗之非;此道茫然,未愿漆雕之仕。"人皆传诵。王达可自翰苑出知镇江,吴元中与之诗云:"醉中掷笔金銮殿,睡起鸣笳铁瓮城。"可谓壮语。

　　东坡十岁时,侍老苏侧,诵欧公《谢对衣金带马表》,因令坡拟之,其间有:"匪伊垂之,带有余;非敢后也,马不进。"老苏笑曰:"此子他日当自用。"至元祐中,再召入院为承旨,谢表乃益以两句云:"枯羸之质,匪伊垂之而带有余;敛退之心,非敢后也而马不进。"

　　梅和胜执礼,宣和初为给事中,与时相王黼论事不合,改礼部侍郎,守蕲。复落职,责守滁。王黼罢,复职镇江。靖康初,以翰林学士召,其谢表云:"喜照壁间而见蝎,乍离枫下而闻钟。"盖"照壁喜见蝎",此韩退之诗也。而"离枫下闻钟"事,偶不记。后数年,因阅刘禹锡自武陵例召赴京诗曰:"云雨湘江起卧龙,武陵樵客蹑仙踪。十年楚水枫林下,今夜初闻长乐钟。"盖用此也。和胜,婺之浦江人也。未冠时,家极贫,而亲老无以为养,大雪中,以诗谒邑宰云:"有令可干难闭户,无人堪访懒移舟。"邑令延之,令训其子弟。后蔡嶷榜登科,终于户部尚书,死于靖康之难。庚溪。

温叔皮《杂志》云:舍人行词或有未当,则执政请以稿议改定。杨文公有重名于世,尝因草制,为执政者多所点窜,杨甚不平,因以稿上涂抹处以浓墨傅之,就加为鞋底样,题其榜曰:"世业杨家鞋底。"或问其故?曰:"是他别人脚迹。"当时传以为嗢噱。自后舍人行词遇涂抹者,必相谑云:"又遭鞋底。"

杨文公尝草答契丹书,有"邻壤交欢"之语。进草既入,章圣自注其侧云:"鼠壤、粪壤?"文公遽改为"邻境"。盖当时以改制为常。又即位之次年,赐李继迁姓名,复进封西平王,时宋白、苏易简、张洎在翰林,草诏册皆不称旨。惟宋湜颐上意,必欲推先帝欲封之意,因进词曰:"先帝早深西顾,欲议真封。属轩鼎之俄迁,逮汉坛之未遂。故兹遗命,特付眇躬。尔宜望弓剑以拜恩,守疆垣而效节。"上大喜,不数日,参大政。

仁宗朝,晏元献撰《章懿李皇太后神道碑》破题云:"五岳峥嵘,昆山出玉;四溟浩渺,丽水生金。"盖言诞育圣躬,实系章懿。然仁庙夙以母仪事明肃太后,膺先帝拥幼之托,难为直致。才者虽爱其善比,独仁庙不悦,谓晏曰:"何不直言诞育朕躬,使天下知之?当更别改。"晏曰:"已焚稿于神寝。"上终不悦。逮升祔二后赦文,孙抃承旨当笔,直叙曰:"章懿太后丕拥庆衍,实生眇冲,顾复之恩深,保绥之念重。神御既往,仙游斯邈。嗟夫!为天下之母,育天下之君。不逮乎九重之承颜,不及乎四海之致养。念言一至,追慕增结。"上览之,感泣弥月。

明赐之外,悉以东宫旧玩密赉之。岁余,遂参大政。

景祐初,张唐卿榜赐特恩出身章服等诰词,略云:"青衿就学,白首空归。屡尘乡版之书,不预贤能之选。靡务激昂以自励,止期皓首以见收。"仁宗怒曰:"后世得不贻子孙之羞乎!"御笔抹去。宋郑公庠别进云:"久沦岩穴,夙蕴经纶。莺迁未出于乔林,鹗荐屡先于乡版。纵砮诚希于远到,抟风勉屈于卑飞。"上颇悦。

庆历七年春旱,杨察隐甫草诏。既进,上以罪己之词未至,改云:"乃自去冬,时雪不降,今春大旱,赤地千里。天威震动,以戒朕躬。兹用屈己谢愆,归诚上叩。冀高穹之降监,闵下民之无辜,与其降戾于人,不若移灾于朕。自今避殿减膳,中外实封言事。"《金坡遗事》。

自苏子美监奏邸,旧例,鬻故官縢以赛神,因而宴客。时馆阁诸名公毕集,独李定不预,遂捃摭其事,言于中丞王拱辰。御史刘元瑜迎合时宰之意,兴奏邸之狱,一时英俊斥逐殆尽,有"一网打尽"之语。故梅圣俞有诗云:"一客不得食,覆羹伤众宾。"盖指李定也。自此禁苑阙人。上谓少年轻薄,不足为馆阁重。时宰探上意,乃引彭乘备数。乘,蜀人,少时尝欲赘所业于张忠定公,因门僧文鉴求见。僧先以所赘示公,公览之殆遍,都掷于地。乘大惭而退,其缪可知矣。及在翰林,有边帅乞朝觐,上许候秋凉即途,乘为批答诏云:"当俟肃肃之候,爰堪靡靡之行。"田况知成都,两蜀荒歉,饥民流离,况即发仓赈济,既而上表待罪。乘又当批答云:"才度岩岩之崄,便兴恻恻之情。"人传以为笑。后观赵子崧《中外旧事》云:嘉祐丁酉,李驸马都尉和文之子少师端愿,作"来燕堂",会翰林赵叔平概、欧阳永叔修、王禹玉珪,侍读王原叔洙,舍人韩子华绛。永叔命名,原叔题榜,联句刻之石,可以想见一时人物之盛。盖仁宗末年,文、富二公为相,引用得人如此。

淳熙间,周益公子充,久在禁苑。及除右揆,李巘子山当制,词中有"三毋"之戒。公力辞不拜命。寿皇宣谕,令改之。然制麻已廷告,既而复改,人颇异之。不知祖宗朝改制率以为常,但改之于未宣之前尔。又有中书舍人权直崔敦诗,时谢后自贵妃册后,内廷文字颇多,崔非所长,苦思遂成瘵疾,临卒,有子尚幼,手书一纸,戒其子无学属文,悉取其所为稿焚之。王右司公衮吉老尝语余云。余后读本朝《名臣传》,翰林学士彭乘不训其子文学,参军范宗翰学士责之曰:"王氏之珙、珪、珌、琰,器尽瑶玙;韩氏之综、绛、缜、维,才皆经纬。非荫而得,由学而然。"二事绝相类。今人教子惟恐不能文,二公乃以属文为戒,与窦禹钧、麻希孟之训子异矣。此可以续《金坡遗事》。

西塘集耆旧续闻卷第六

本朝名公四六,多称王元之、杨文公、范文正公、晏元献、夏文庄、二宋、王岐公、王荆公、元厚之、王履道。元之出补外,贺同时在翰林大拜者云:"三神山上,曾陪鹤驾之游;六学士中,犹有渔翁之叹。"又《滁州谢表》云:"诸县丰登,苦无公事;一家饱暖,全赖君恩。"文公以母病不谒告,兄弟径归许下,责授秘书监,分司西京,谢表云:"介推母子,愿归绵上之田;伯夷弟兄,甘受首阳之饿。"后除汝州,言者攻击不已,公又有启云:"已挤沟壑,犹下石而不休;方困蒺藜,尚弯弓而相射。"文正公初随母嫁朱氏,后复姓,谢表云:"志在逃秦,入境遂称于张禄;名非霸越,乘舟乃效于陶朱。"文庄父官河北,契丹犯界,没于王事。后丁母忧,起复,奉使契丹,辞表云:"父没王事,身丁母忧。义不戴天,难下穹庐之拜;礼当枕块,忍闻夷乐之声!"荆公尤工于四六,并见本集。吕吉甫监杭州酒务,时元厚之自侍从出守,每过之,必论文至通夕。他日,吉甫见荆公问:"钱塘往来之冲,有佳士子乎?"吉甫曰:"才士极难得,如元某,好个翰林学士。"公曰:"有甚制作?"吉甫乃于书瓮中出其一编,皆元所为文也。荆公熟味,甚喜。已而元为词臣,多士犹未深知之,及荆公除昭文相,制麻云:"若砺与舟,世莫先于汝作;惟衮及绣,人久伫于公归。"于是众皆叹服。王安中履道,初任大名府元城县簿,吉甫一见奇之,未知其有文也。会熙河奏捷,履道代为贺表云:"方叔壮猷,顾自嗟于老矣;皋陶赓载,尚希赞于康哉。"盖能发其微也。

　　南渡内外制多出汪内翰彦章之手,脍炙人口。同时有孙仲益、韩子苍、程致道、张焘、朱新仲、徐师川、刘无言,后有三洪兄弟。至辛巳岁,容斋草亲征诏曰:"惟天惟祖宗,方共扶于基绪;有民有社稷,敢自佚于宴安。"又曰:"岁星临于吴分,定成沘水之勋;斗士倍于晋师,可决韩原之战。"是时,岁星在楚。檄书曰:"为刘氏左祖,饱闻思汉之忠;傒汤后东征,必慰戴商之望。"汪浮溪《王绚复官制》曰:"圣人之心,如权衡之公,法无私者;君子之过,如日月之食,人皆见之。卫侯醇谨,初岂有于他肠;颜子庶几,尚何忧于贰过。"《赐王绚为从弟投拜金人自劾不允诏》曰:"昔羊舌坐诛,靡连叔向;王敦稔恶,犹赦茂弘。盖古者君臣相与于腹心之间,未尝以兄弟辄投于形迹之地。"《代嘉王谢及第表》:"鹏击天潢之浪,莺迁帝苑之春。昔惭假宠于分茅,今喜成名于拾芥。"知徽州乡郡,《谢封新安郡侯表》:"久客还家,方憩南飞之鹊;通侯授印,忽成左顾之龟。宋人洴澼以得封,望胡及此;汉将银黄而夸里,荣乃过之。"《贺收复杭州表》:"河有防而蚁为之决,稼太盛则螟生其间。唯兹啸聚之徒,盖以承平之久,敢摇蜂虿之毒,盗弄雀苻之兵。折棰一笞,投戈四溃。游戎所向,举江山归指顾之中;帅藩复完,他郡县可谈笑而得。"靖康末,《代群臣劝进表》:"辄慕周勃安刘之计,庶伸程婴存赵之忠。幸率土相从而归启,且诸侯不辍以事周。"又表:"整襄城之驾,而早戒修涂;除高邑之坛,而亟临大宝。方图后效,如成王《小毖》之诗;光复丕基,迈文帝大横之兆。"靖康二年《皇太后手诏》:"历年二百,人不知兵;传序九君,世无失德。虽举族有北辕之衅,而敷天同左祖之心。"又曰:"汉家之厄十世,宜光武之中兴;献公之子九人,唯重耳之尚在。”

周益公久在禁林，词章为一时之冠。《辞免直学士院状》云：“顾仙岭之提鳌，自存大手；矧明庭之仪凤，方集奇才。”《谢内相表》：“视淮南之书，岂但矜夸于下国；听山东之诏，固当裨助于中兴。”《谢衣带鞍马表》：“褐衣褐见，莫陈汉成之便宜；马去马归，敢计塞翁之倚伏。”除大观文，判潭州，以言者夺职罢镇，后复职仍判潭州，到任，谢表云：“谓昔之销印，重违白笔之公言；故今者剖符，庸示清衷之本意。跂类雁门之复，梦成鹿野之真。”又《谢复职表》云：“华阳黑水，裂地而封；旧物青毡，从天而下。”人皆传诵。

郑元枢惠叔知建宁日，因前所荐舒光改秩，后光以贿败，公坐降两秩，谢表云：“视所以，观所由，不加详审；听其言，信其行，竟堕欺诬。迨兹累年，果尔连坐；亦羿有罪，于予何诛。”又云：“敢不励《缁衣》好贤之心，谨推毂下士之礼。期不坠于家世，庶少酬于国恩。”盖用郑家事，尤为亲切。

吕洞宾先生多游人间，丁晋公通判饶州日，洞宾往见之，语公曰：“君状貌颇似李德裕，他日富贵皆如之。”公咸平初与杨文公言其事，今已执政。张洎家居，忽外有一隐士通谒，乃洞宾名姓。洎倒屣迎见之，洞宾自言吕渭之后，四子温、恭、俭、让，让终海州刺史，洞宾系出海州房，所任官唐史不载。索笔八分书七言四韵留与洎，颇言将佐鼎席之意。末句云：“成功当在破瓜年。”俗以破“瓜”字为二八，洎年六十四卒，乃其谶也。滕宗谅守巴陵，回道士上谒，滕口占曰：“华州回道士，来到岳阳城。别我留何处？秋空一剑横。”回大笑而去。吕有诗在人间极多：“三入岳阳人不识，朗吟飞过洞庭湖。”又：“饮海龟儿人不识，烧山符子鬼难看。”又：“一粒粟中藏世界，二升锅内煮山川。"并见杨公《谈苑》。又："卖墨年年到鼎州,无端知府问踪由。家居北斗魁星下,剑挂南窗月角头。"《东坡诗话》云："熙宁元年八月十九日,有道士过沈东老饮酒,用石榴皮写绝句壁上,自称回道人。出门至石桥上,先度桥数十步,不知所在。或曰此吕洞宾也。诗云:'西邻已富忧不足,东老虽贫乐有余。白酒酿来缘好客,黄金散尽为收书。'"此东坡倅钱塘之日。今在石村沈家画壁犹存所画之像,藤蔓交蔽其体,惟面貌独出。余往来苔雪,屡见之。其他如磨铁镜,舞画鹤,设僧供于长沙,隐姓名于谷客,其异迹固多有之。惟渡江以来,近在辛卯岁,尝游毗陵。系青结巾,黄道服、皂绦、草履,手持棕笠,自题曰"知命先生",自呼于市。荆门守胡公俦闻其声颇异,延之问命,先生曰:"公有寿,且得见次,不在清明前五日,即在清明后七日。"至期,忽得报云:"第二政已改受他郡。"七日后,又得报云:"见政有召命。"胡始知其为异人,乃悟"知命"字皆从"口",必是吕洞宾无疑,深恨不款延之。日夜追想其状貌,欲使画工图之,不可得。及至荆门半载,忽一日,公厅肃客,有急足声喏云:"某知州府有书信,今且往某州下书,回途却请回书。"客退开书,通寒暄外无他语,有一轴信,开视,乃是南京石本吕公画像,与在毗陵日所见衣巾状貌无少异,公益叹慕。胡后守滁州,为刻石以志其事。余乙亥岁为滁教,距辛卯岁五十余年矣,以此知先生未尝不游人间,但世人少有仙风道骨,遇之者鲜矣。

华山狂子张元,天圣间坐累终身。尝作《雪》诗云:"七星仗剑搅天池,倒卷银河落地机。战退玉龙三百万,断鳞残甲满天飞。"又《鹰》诗云:"有心待搦月中兔,更向白云头上飞。"其诗怪谲多类此。韩魏公在鄜延日,元以策干公不用,后流落寘

西夏，教元昊为边患。及公抚陕右，书生姚嗣宗献诗云："踏破
贺兰石，扫空西海尘。布衣能办此，可惜作穷鳞。"公曰："此人
若不收拾，又一张元矣。"遂表荐官之。又尝题诗于关中驿舍
云："欲挂衣冠神武门，先寻水竹渭南村。却将旧斩楼兰剑，买
得黄牛教子孙。"东坡见而志之，后闻乃嗣宗诗。又有诗云：
"崆峒山叟笑不语，静听松风饱昼眠。"皆豪语也。

　　施逵字必达，建阳人。少负其才，有诗名。建炎间，早擢
上第，为颍州教官，秩满而归。时范汝为为寇，据建城，执逵而
胁之，令书旗帜，遂陷贼党。朝廷命韩世忠讨之，城破，乃捕逵
付军帐，至临安，送府狱，编隶湖外。离家之日，度此去必无生
还，乃嘱其妻令改适。其妻悲泣，鬻奁具所有以给行囊。及出
狱，赂防送卒使缓其行。买一获自随，所至宿舍，纵其通淫。
行至中途村舍，一夕，多市酒肉，令恣饮，中夜酣卧，手刃二卒
及婢，乃变衣易姓名窜于淮甸滁、黄间。后朝廷图影重赏捕之
甚急，逵乃为僧，行入边界山寺中。主僧见其执役惟谨，亦异
顾之，疑其必非凡夫。一日，以事役其徒众使出，独留逵在，呼
而问曰："朝廷严赏捕亡命之人，若是汝，可以实告我，却为汝
寻一生路脱去。不然，不独汝身被戮，亦累及山门。"逵力讳
拒。僧曰："我观汝面目不是庸人，爱汝故尔。"逵乃感泣下拜，
悉露情悃。僧又恐其疑己，谓曰："我即坐此，汝自往吾卧内取
一箱袄来。"预作一书并白金数两取出赠之，云："可速入彼界，
寻某寺僧某投之。"逵拜谢而去，遂至某寺。岁余，主寺见其能
书翰，甚喜之。逵于暇日，买北庭举业习之，易名宜生。举进
士，廷试《天子日射三十六熊》赋，云："圣天子内敷文德，外扬
武功，云屯一百万骑，日射三十六熊。"遂冠榜首，仕于金国，后
为中书舍人，入翰苑。绍兴庚辰，逆亮谋犯淮，先遣逵为贺正

使，凭狐据慢。朝廷以尚书张焘为馆伴使，每以首丘桑梓之语动之，意气自若。临歧顾张曰："北风甚劲。"张因奏"早为备"。逵少时尝有诗云："久坐乡关梦已迷，归来投宿旧沙溪。一天风雨龙移穴，半夜林峦鸟择栖。卖菜无人求好语，种瓜何地不成畦。男儿未老中原在，寄与鹍鸡莫浪啼。"又《严子陵钓台》诗："悬崖断壑少人踪，只合先生卧此中。汉业已无一抔土，钓台今是几秋风。""同学刘郎已冕旒，未应换与此羊裘。子云到老不晓事，不信人间有许由。"至黄州《吊东坡》诗："文星落处天应泣，此老已知吾道穷。事业漫夸生仲达，功名犹忌死姚崇。"至一寺中，为僧题屏风八景，其《平沙落雁》云："江南江北八九月，葭芦伐尽州渚阔。欲下未下风悠扬，影落寒潭三两行。天涯是处有菰米，如何偏爱来潇湘？"此诗已有异志。又《感春》诗云："感事伤怀谁得知？故园闲日自晖晖。江南地暖先花发，塞北天寒迟雁归。梦里江河依旧是，眼前阡陌似疑非。无愁只有双蝴蝶，解趁残红作阵飞。"又《感钱王战台》诗："层层楼阁捧昭回，元是钱王旧战台。山色不随兴废去，水声长逐古今来。年光似月生还没，世事如花落又开，多少英雄无处问，夕阳行客自徘徊。"此诗是出塞作。又《题将台》诗："梅花摘索未全开，老倦无心上将台。人在江南望江北，征鸿时送客愁来。"此诗奉使本朝时作。又《题壁》云："君子虽穷道不穷，人生自古有飘蓬。文章笔下千堆锦，志气胸中万丈虹。大抵养龙须是海，算来栖凤莫非桐。山东宰相山西将，莫把前功论后功。"逵尝卜葬地，卜者曰："若近里葬，三纪后可出侍从，子孙绵远；近前，一纪年穷困，后方显达，但不归家乡。"逵曰："子孙富贵何预于我邪？"即从前葬。韩蕲王之孙枝尝语余云。后见赵左史再可云：靖康之难，有族人陷于北境。叶伻者，建宁人,仕于南京,亦留金国。逵为其子叶寮执伐,娶赵氏。后和好既成,金还河南地,于是陷金者皆得归江南。寮,今为杂卖场监官,亦能言宜生之事。逵祖坟,今在邵武建宁县施村,土人犹能言其事,墓尚存。

西塘集耆旧续闻卷第七

乡音是处不同,惟京师天朝得其正。陆德明作《释音》,韵切亦多浙音。司马温公论九旗之名,与"旆"相近,缓急何以分别。《小雅·庭燎》诗"言观其旂",《左传》"龙尾伏辰,取虢之旂",然则此"旂"当为"芹"音耳。关中人言清浊之"清",不改"清"字;丹青之"青",则为"萋"音。又以"中"为"蒸","虫"为"尘"。不知"旂"本是"芹"音,亦周人语转,如"青"之言"萋"也。五方言若是者多,闽人以"高"为"歌",荆楚人以"南"为"难"、"荆"为"斤"。文士作歌亦多不悟。真宗朝试《天德清明赋》,有闽士破题云:"天道如何,仰之弥高。"考官闽人,遂中选。《古今诗话》。

荆南进士为雪诗,始用"先"字,后云"十二峰峦旋旋添",以"添"为"天"也。向敏中镇长安,土人不敢卖蒸饼。陈辅之。

余闻英华之事旧矣。岁在庚辰,道出缙云,访其遗迹,得缙云令林毅夫赠《英华诗集》一编。考其年代姓名,乃元丰二年夏五月,县令开封李长卿女也。李有二女,慧性过人,闻诵诗书,皆默记之。姿度不凡,俄染疠疾而逝,殡于邑之仙岩寺三峰阁。李公满罢,因舁以归。宣和庚子,盗起严之青溪,所过焚燎无遗,惟三峰阁独存,主簿以为廨舍。每见女子态貌绰约,彩衣翩跹,啸歌自得。命玉虚羽士奏词,终莫能去。簿遂移于寺之浴堂故址,别创廨宇,遂无所见。代者济南王传庆长兴,与弟传及、内表曹颖偕来,馆曹于厅治之东。未几,曹神气

恍惚,若有所凭。一夕,吏散,庭空月明,曹与女罗觞豆,献酬
欢洽。严更者黎明告于簿,簿惊愕,力扣曹。曹不可隐,具言
有女子每夕扣扃而至,与语皆出尘气象,诘其姓氏,曰:"开封
李长卿女,秀尊其名,英华其字。父任邑令,随侍而至。偶遇
真人,授丹砂,辟谷有年,身轻于羽,蓬莱虽远,一念至则瞬息
间耳。若青城、紫府,桃源、天台,吾游息之所也。仙都洼尊,
特侨寓尔。知子鳏居,故来相慰。"更唱迭和,殆无虚日。时长
至节,传庆休于中堂,空中闻笑语声,王云:"汝非英华邪?"挹
而问焉,与曹之言无少异。自是形迹不秘,去来不时,窗壁题
染,在在可录。王尽室见之,不以为怪。有亲陈观察者,挽之
从军,将就道,英华情不忍释,祖于黄龙之僧舍,与诀口:"妾与
子缘断矣。念寓簿舍日,子尝求我辟谷方,岂靳而不与者?但
子宿缘寡浅,尘业未偿,非仙举之姿,他时当有兵难,妾岂能终
为子保?敬授灵香一瓣,有急请爇以告,当阴有所护,不然,亦
无如之何也。"曹公勇为朔方之行,不意获谴麾下,追惟英华之
言,欲取所遗香爇之,军行无宿火,卒正法。英华诗百余篇,其
警句有《春日述怀》二绝,云:"三月园林丽日长,落花无语送春
忙。柳绵不解相思恨,也逐游蜂过短墙。""园林簇簇日晖晖,
白蝶黄蜂自在飞。公子醉眠芳草岸,风移花片点春衣。"又云:
"醒酒清风摇竹去,催诗小雨过山来。"又:"绿发照波秧正暖,
黄云卧陇梦初成。"非诗人所易到也。其诗无凄凉悲怨之词,
皆艳丽欢愉之语,殆亦鬼中之仙耶?若言曾生之遇,尤异。余
友人曾亨仲,少随表兄陈梦良任岳之嘉鱼尉,秩满,移寓于崔
府君祠下,馆曾于东庑。忽一夕,闻窗外异香扑鼻,微吟云:
"芳心欲割凭谁诉,惟有清风明月知。"次夜复吟,曾穴窗视之,
仿佛有女子过庑下,但见云鬟斜亸,若懒妆之态。是夕忽入,

与之遇,力扣其姓氏不告,强绝之,乃云:"妾本府君之女。"又问其年若干,云:"年当二八时。"又问:"何故懒妆?"云:"对妆慵览镜。"又问:"答我一似吟诗?"云:"拈笔爱题诗。"一日,曾往祠下遍阅,无女子像貌,疑是寓居女,恐事觉,欲绝之。女云:"君若见疑,可同往。"乃引至一大府,有童姬百辈候迎于门。延至中堂,茶汤罢,登望月台,罗列殽馔,酒果甚设,酬劝浃洽。台旁有碑,记其岁月,云"无为子撰"。曾问:"无为子是何人?"云:"即妾也。"酒罢,已五鼓,曾携果核归,醉寝,其子侄至,取其果与之,无异人间者。又尝吟云:"欲择纯良婿,须求才学儿。期君终远大,富贵我皆知。"曾云:"何以知之?"云:"吾父掌人间善恶祸福各有簿,吾尝窃视之。"曾遂扣以前程事,云:"遇鸡年即发。"自此每夕寝处如常,但神情颇瘁,其家疑为妖魅所惑,力扣之,乃以实告。郡有孔法师,符法甚灵,乃密以状告。孔为具牒,令就城隍司投之,且云:"今夜若有影兆,见报。"是夕,府君从窗外长叹而过,有数狱卒押其女随后,女举手指曾,数其负约。翌旦,孔咒符与饮,自此遂不至。八月,郡以祠为漕试院,遂移寓南草市,女子复来。自后往来不可禁,唱和诗词盈轴,其家视以为常,亦不复怪。来春,曾欲试上庠,女泣别曰:"与君相从许久,苦留不住。先动必有灾,前途宜自谨。"曾至黄池镇,一夕,被寇席卷而去,曾狼狈而归。至中都,复丁母艰,始验其言。后累举遇鸡年,皆不验。后馆于赵大资德老之门,至癸酉岁,果请浙漕荐,年几七旬矣。女子之言异哉!余谓妖魅之惑人,未有久而不毙者,独二子所遇,不能为之害。曹果死于兵难;曾虽蹭蹬不第,年逾八秩,以寿终。余淳熙甲辰,初识曾于临安郡庠,一日乘其醉扣之,曾悉以告,尝为作传以纪其事矣。亨仲乃郑鉴自明之内表,尝以其事语于伯恭先生,士夫间亦有闻之者。偶读《李英华集》,某以其事正相类,因并录之。

温叔皮云:三衢柴翼客沪渎,余谒之,因谈兵火以前,湖南一士人过泗州,有解太素脉者,诊之,云:"公来年有官,然有病也。"士子竦然曰:"当得何病?"曰:"有痈疽病。"士留五日,求为处一方。脉者竟不能为之,乃指京师某人者,俾访之。士子到京,来年,果登第。求诊脉于医,医问:"君所嗜何物?"答曰:"物物皆吃。"医曰:"吃果子否?梨正熟,有某梨者,买二百许,每日食毕,恣啖之。"一两旬,复谒医,医问:"啖多少梨?"答云:"二百许。"医曰:"可喜,今君无事矣。然须生疮。"既而三四日间,遍身患大疮,以药调和其内,寻愈。出京过泗州,见向诊脉者,问:"君得官,又安乐,医以何药疗君病?"答云:"某不病,但生疮尔。"医者诘之,乃以食梨事对。脉者呼其子设香案,望京师而拜,曰:"不可谓世间无人。"乃志其方。盖以梨发散其痈疽之气,变作浑身疮尔。士子及太素脉者,忘其姓名,唯记京师医者,是大马刘家。

张文定公年十六发解入京,从汴岸日者问休咎。日者曰:"子来正及时,吾嗜酒,然术甚高。每醉则不能推测,今日偶不饮,当为尽言。"良久,曰:"言之勿怒,子更十年,当以三人及第。又二年当为状元。"文定大怒曰:"三人及第,岂再魁乎!"拂衣而去。是岁下第。后十年,始以茂才异等除校书郎,知昆山县,三人恩例也。又二年,再举贤良方正,除将作监丞,通判睦州,状元恩例也。文定公孙婿曾统云。同上。

郑燕公居中达夫,开封人。少游上庠,登舍选。职学事,每休沐,常与郑绅游,绅尝为省直官,官罢,贫不事生产,公每给之。一日,同至相国寺,有日者榜卦肆,一卦万钱,公如其数扣之。日者云:"此命大贵,与蔡太师相类。"究其详,则拾起卦子,不复言矣。行数步许,语郑曰:"汝试令看。"郑笑曰:"我有万钱,即登旗亭痛饮,决不与此曹。"公云:"吾为偿金。"强之往。日者曰:"吾每日只推算一命,要看时,可预录下,来日见访。"二人如期而往,日者默然良久,云:"怪咤!这五行又与孟太尉相类。"公颇不乐而去。盖公少年驰声学校,意气方盛,得日者言益喜,试以郑验其术,何从解贵。然心怀觊望,又语郑曰:"吾二人更各以五千令覆算。"日者不纳。谕以覆看前二命,乃受,曰:"二命皆大贵。先看者,将来与蔡太师同官。后看者却先发,大抵相去不远。"公复问:"何时当贵?"日者曰:"若见雪纷纷下时,却来相谢。"公戏郑曰:"术者道我贵,吾今已升舍,若登甲科,贵亦不难。谓汝贵时,恐无此理。"郑徐答曰:"我亦有少贪缘,但不欲言。"公力诘之,乃曰:"某自丧偶后,有息女甫七岁,无人鞠养,将与中贵为养女,闻尝进入内,性极慧黠,颇得宠遇。恐异时因此进身未可期。某以私告,切勿语人。"公闻之,沾沾自喜,且欲验日者之言,与郑剧饮而归。后复与郑同行,忽遇雪下。公笑曰:"日者言雪下时汝当贵。"郑曰:"今得一杯暖寒足矣,望岂及此?"公因留外馆,流连逾日。忽有快行屡至学,寻问颇急,学臧辈不知公寓处,及归,乃以告。公亦惊讶,未知何事。语未竟,复至,喜曰:"幸得见学士。慈德宫郑押班欲寻其父,遍问莫有知其家者,闻常与学士相过。"公曰:"少顷须至。但贫甚,吾每赒之,更宽两日,为办些衣服方可去。"时公新婚,衾具甚厚,有银盂在侧,持以予之,曰:"谩为酒资,可以此意覆知押班。"快行得之殊过望,悉以其语达,押班甚德之。及郑入见,具言居贫,每藉公赒恤,谊过手足。郑自此有居第,庖供日丰,与公往还,情好愈笃。及徽庙登极，慈德太后以押班赐上，封贤妃。未几，为贵妃，恩宠日盛，六宫无出其右。政和元年册后，以绅为乐平郡王。公初擢第，任真定教官。绍圣初，为太学博士。上即位，迁大宗正丞。崇宁间，自礼部郎召试中书舍人，除知枢密，以后故也。政和三年，再知院。六年，拜少保太宰、兼门下侍郎。蔡儋州再入，正与之同相。日者之言异哉。葛文安公与公之孙为僚婿，尝语余云。

文安公又言："某自上元丞满罢，除浙东机幕待次。有相士赵襄衣者，谓某曰：'公面有忧色，主服。然便得见任，不待终，更召为学官，历清要，不出国门至宰相。'月余，果丧偶。又数月，报代者事故。到官逾年，刘侍郎孝唯楄前特荐，除太学博士。及为给舍时，赵来见，某令看两府谁先入相，时赵雄为枢密，相士所言皆不验。岂其术偶中，亦有时而差邪。'余后读范蜀公《蒙求》，云张邓公尝谓范公曰："某举进士时，与寇莱公游相国寺，诣一卜肆，卜者曰：'二人皆宰相也。'既出，遇张齐贤、王随，复往卜之。卜者大惊曰：'一日之内而有四人宰相。'四人相顾而笑以退。因是卜者消声，不复有人问之，卒穷饿以死。"其后四人皆如其言。邓公欲为之作传，因循未能。时公已致仕，犹能道其姓名，今余又忘之。

绍兴初，日者韩操、曹谷，皆奇术也。汤丞相进之、史丞相二公微时，尝往扣之。一日，调官中都，复同往。韩偶修屋，无延坐处，其家给云："出去。"韩瞽者，闻其声而诧之，亟呼曰："二相公来，岂可不留坐！"后皆如其言。又刘枢密珙父、吕检详仲发同访之，时二公已京秩为干官，韩云："二命皆改秩。"又指刘后当至枢使，吕为卿监。后刘果为枢密，但非使尔。吕为检详，直显谟阁，终朝议大夫，亦卿监资序。又余同里前辈林金判元祖,省试已迫期,病甚,肩舆往扣之。韩云:"今年当第,临试前一日自愈。"是岁果第。余幼年犹及见之,与余言及。曹谷与韩齐名,晚年术多差。曹,丹阳人,有士人初荐,问省试得失,曹不许,云:"须至免举年方登第。"果下省。至免举,复扣之,曹又不许。士子曰:"公向年许我免举登第,何相反邪?"曹曰:"若果是曹谷相许,但以往日之言为据。是时命运通利,所言无不中。今时运不如昔,故亦有时而差尔。"后果第,然则日者之术验否,亦系时运,不专在术邪?

西塘集耆旧续闻卷第八

　　王钦若乡荐赴阙，张仆射齐贤时为江南漕，以书荐于钱希白易。钱时以才名独步馆阁，适延一术士以考休咎，不容通谒。王局蹙门下，厉声诟阍人，术者遥闻之，谓钱曰："不知何人耶？若声形相称，世无此贵者，但恐形不副声尔。愿延之，使某获见。"希白召之。冀公单微远人，神貌竦瘦，复赘于颈，举止山野，希白蔑视之。术者悚然，侧目谛视。既退，术者稽颡兴叹曰："人中之贵，有此十全者！"钱戏曰："都堂便有此等宰相乎？"术者正色曰："公何言欤！且宰相何时而无，此君不作则已，若作，则天下富盛，而君臣相得，至死有庆而无吊。不完者，但无子而已。"钱戏曰："他日当陶铸吾辈乎？"术者曰："恐不在他日，即日可得，愿公毋忽。"后希白方为翰林学士，冀公已真拜。

　　马尚书亮使淮南，时吕许公为布衣，侍其父罢江外县令，亦至淮甸，上书求见。马公一阅，知其必贵，遂以女妻之。马公知江宁时，陈执中以光禄寺丞经过，马谓曰："寺丞他日必至真宰相。"令其诸子出拜，"愿以老夫之故，他日得预陶铸之末。"曾致尧谏议一日在李侍郎虚己坐上，见晏元献公。公，李之婿也，时方奉礼郎，曾熟视之，曰："他日甚贵，但老夫不及见子为相也。"

　　黄朝美云：风鉴一事，乃昔人甄识人物、拔擢贤才之所急，非市井卜相之流用以贾鬻取贷者。前世郭林宗、裴行俭又考器识以言臧否，余亦粗知大概，尝与富文忠论之。文忠曰："观子之论，多取丰厚，若是，屠儿、饣它师皆贵矣。"余复思之，大凡相之所先，全在神气与心术，更或丰厚，其福十全。

　　唐人以格律自拘，唯白居易敢易其音于语中。如"照地骐音"估"。麟袍"，"雪摆胡音"鹘"。腾衫"，"栏干三百六十音"谌"。桥。"晏殊尝评之曰："诗人乘俊语，当如此用字。"故晏公与郑侠诗云："春风不是长来客，主张去声。繁华能几时。"然杜诗如此用字亦多，"将军只数汉嫖姚"，《汉书》音漂鹞，而杜作平声之类。李嘉祐诗云："门临苍茫经年闭，身逐嫖姚几日归。"又张祐诗："洛水暮天横苍莽，邙山落日露崔嵬。"东坡诗："峥嵘依绝壁，苍茫瞰奔流。""苍茫"二字，古人用之，皆是平声，而此作仄声。又《石鼻城诗》："独穿暗月朦胧里，愁渡奔河苍茫间。"亦作仄声。鲁直亦多如此用字。

　　沈存中《笔谈》云："治平初，杭州南新县今新城。民家析柿木，中有'上天大国'四字，予亲见之，书法类颜真卿，极有笔力。其木剖偶当'天'字中分，而'天'字不破，上下两画并一脚，皆旁挺出半指许，如木中之节。以两木合之，如合契焉。"是时正中原全盛之时，安知有驻跸临安之事，此正符中兴渡江之兆。偏方之地，谓之"大国"，而"天"字不破，乃中兴再纂绍鸿图之谶也，莫非前定。存中但记其字体之异，岂知有后日之事邪。

　　江南保大中浚秦淮，得石志，案其刻有"大宋乾德四年"凡六字，他皆磨灭不可识。令诸儒参验，乃辅公祏反江东时年号。太祖受命号宋，改元乾德，江左始衰，岂非威灵将及，而符谶先著邪？又《刘贡父诗话》云："太祖欲改元，须古来所未有者。宰相以'乾德'为请，且言前代所无。三年正月平蜀，有宫

人入掖庭者,太祖因阅其镜,奁背有'乾德四年',大惊曰:'安
得四年所制乎?'宰相不能对。陶穀、窦仪奏对曰:'蜀少主曾
有此号。'太祖叹曰:'作宰相须是读书人。'"然二公又不知辅
公祐已有此号矣。

庆历七年,贝州卒王则叛,参政文彦博请行,仁宗忻然遣
之,且曰:"'贝'字加'文'为'败',卿擒贼必矣。"逾月,以捷报
闻,诏拜平章事,改"贝"为"恩"。此与真宗幸澶渊,院尉宋捷
迎驾,上喜,以为必破虏,其先兆相类。

凤皇穴在南恩州北甘山,壁立千仞,有瀑水淙下,猿狖不
能至。凤皇巢其上,彼人呼为凤凰山。所食亦虫鱼,遇大风
雨,或飘坠其雏,小者犹如鹤,而足差短,南人或取其觜,谓之
凤皇杯。古书凤凰生于丹穴,即南方也。盖此禽独出于尘寰
之外,能远罗弋,其智能远害,逢时而出也。本朝常集清远合
欢树。

腊茶出于福建,草茶盛于两浙。两浙之品,日铸为上。自
景祐已后,洪之双井白芽渐盛。近岁制作尤精,囊红纱不过一
二两,以常茶十数斤养之,用避暑湿之气,其品远出日铸上。
鲁直与陈季常帖云:"双井前所选,乃家园第一。如所论不可
解,窃意似南方士人观国尔。昔有南方一士人,初入都,见县
巷燕支铺群婢,即叹息以为燕赵之绝色;及其游界南北,真见
妖丽之姝,遂复寻常尔。岂曩时所见长鹰爪者,初至县巷者
乎? 今谩寄数两大爪,然其味乃不甚良也。"自山谷品题之后,
双井之名益著,东坡虽欲臣双井,其可得哉?

东坡云:"唐人煎茶用姜,故薛能诗云:'盐损添常戒,姜宜
著更夸。'据此,则又有用盐者矣。近世有用此二物者,必大笑
之。然茶之中等者,用姜煎,信佳也。盐则不可。"东坡之说如

此，不知今吴门、毗陵、京口煎点茶用盐，其来已久，却不曾有用姜者。风土嗜好，各有不同。

范文正公《茶》诗云："黄金碾畔绿尘飞，碧玉瓯中翠涛起。"蔡君谟谓公曰："今茶绝品者甚白，翠绿乃下者尔。"欲改为"玉尘飞"、"素涛起"。君谟之说固然。然今自头纲贡茶之外，次纲者味亦不甚良，不若正焙茶之真者，已带微绿为佳。近日士夫多重安国茶，以此遗朝贵，而夸茶不为重矣。唐李泌《茶》诗"旋沫翻成碧玉池"，亦以碧色为贵。今诸郡产茶去处，上品者亦多碧色，又不可以概论。

前辈谓伊川尝见秦少游词"天还知道，和天也瘦"之句，乃曰："高高在上，岂可以此渎上帝！"又见晏叔原词"梦魂惯得无拘检，一作"束"。又踏杨花过谢桥"，乃曰："此鬼语也。"盖少游乃本李长吉"天若有情天亦老"之意，过于媟渎。少游竟死于贬所，叔原寿亦不永，虽曰有数，亦口舌劝淫之过。

管宁泛海几覆舟，自言平生一朝科头，三晨晏起，其过在此。今人有愧于冥冥之中者，其过何止"科头"、"晏起"而已哉？东坡云："司马温公有言，'吾无过人者，但平生所为，未尝有不可对人言者尔。'"《晁氏客语》云："怕人知事莫萌心。"此与苏子由云"但置一卷历子，日有所为皆书之"相类。

后唐明宗公卿大僚，皆唐室旧儒。其时进士赘见前辈，各以所业，止投一卷至两卷，但于诗赋歌篇古调之中，取其最精者投之。行两卷，号曰"双行"，谓之多矣。故桑魏公维翰只行五首赋，李相愚只行五首诗，便取大名，以至大位，岂必以多为贵哉？裴说补阙只行五言十九首，至来秋复行旧卷，人有讥之者，乃云："只此十九首苦吟，尚未有见知，何暇别卷哉！"余谓国初尚有唐人之风。赵叔灵，清献之祖也，初举进士，主司先题其警句于贡院壁上,遂擢第。有诗集数十篇,闲雅清淡,不作晚唐体,自成一家。清献漕成都日,宋祁公镇益都,为序其诗。

西塘集耆旧续闻卷第九

夏文庄举制科,对策罢,方出殿门,遇杨徽之,见其年少,遽邀与语,曰:"老夫他则不知,唯喜吟咏。愿丐贤良一篇,以卜他日之志。"公欣然援笔曰:"殿上衮衣明日月,砚中旗影动龙蛇。纵横礼乐三千字,独对丹墀日未斜。"杨公叹服,曰:"真宰相器也。"此《青箱杂记》所载。又《东轩笔录》与此少异,云公举制科对策,廷下有老宦者前揖曰:"吾阅人多矣,视贤良他日必贵,求一诗以志今日之事。"因以吴绫手巾展前,公乘兴题曰:"帘内衮衣明黼黻,殿中旗斾杂龙蛇。纵横落笔三千字,独对丹墀日未斜。"然不若前诗用字之工。所谓宦者以吴绫手巾求诗,想必有此。至今殿试唱名,宦者例求三名诗,但句语少有工者,诗亦不足重矣。

祖宗朝,一时翰苑诸公唱和,有《上李舍人》诗:"西掖深沈大帝居,紫微西省掌泥书。天关启钥趋朝后,侍史焚香起草初。"又:"黄扉陪汉相,彩笔代尧言。"又《和人见贺》:"分班晓入翔鸾阁,直阁旁联浴凤池。彩笔间批五色诏,好风时动万年枝。"又:"太□西入凤池边,□阁凌云为起烟。彩笔时批尺一诏,直庐深在九重天。"又《内直》诗:"紫泥初熟诏书成,红药翻阶昼影清。屋瓦生烟宫漏永,时闻幽鸟自呼名。"李昉《燕会》诗:"衣惹御香拖瑞锦,笔宣皇泽洒春霖。"贾黄中:"青纶辉映轻前古,丹地深严隔世尘。"钱若水:"日上花梢帘卷后,柳遮铃索雨晴初。"杨徽之:"诏出紫泥封去润,朝回莲烛赐来香。"皆灿然有贵气。

王元之尝作《三黜赋》以见志，后知制诰，忤时相，出知黄州。苏易简榜下放孙何等进士三百余人，奏曰："禹偁禁林宿儒，累为迁客，臣欲令榜下诸生送于郊。"奏可之。禹偁作诗谢曰："缀行相送我何荣，老鹤乘轩愧谷莺。三入承明不知举，看人门下放诸生。"时交亲循时好恶，不敢私近，独窦元宾执手泣于阁门，公后以诗谢之，曰："惟有南宫窦员外，为余垂泪阁门前。"权德舆不由科第，知贡举三年，门下诸公继为公相，以元之之才不得知贡举，抑命也夫！

前辈论藏书画者多取空名，偶传为钟、王、顾、陆之笔，见者争售，此所谓"耳鉴"。又有观画以手摸之，相传以谓素隐指者为佳画。此又在耳鉴之下，谓之"揣骨听声"。画之妙当以神会，不可以形器求也。此固善于评画者。然余观近代酷收古帖者，无如米元章；识画者，无如唐彦猷。元章广收六朝笔帖，可谓精于书矣，然亦多赝本。东坡跋米所收书云："画地为饼未必似，要令痴儿出馋水。"山谷和云："百家传本略相似，如月行天见诸水。"又云"拙者窃钩辄折趾"，盖讥之也。杨次翁守丹阳，元章过郡留数日。元章好易他人书画，次翁作羹以饭之，曰："今日为君作河豚。"其实他鱼。元章疑而不食，次翁笑曰："公可无疑，此赝本尔。"因以讥之。唐彦猷博学好古，忽一客携黄筌《梨花卧鹊》，于花中敛羽合目，其态逼真。彦猷畜书画最多，取蜀之赵昌、唐之崔彝数名画较之，俱不及。题曰"锦江钓叟笔"，绢色晦淡，酷类唐缣。其弟彦范揭图角绢视之，大笑曰："黄筌唐末人，此乃本朝和买绢印，后人矫为之。"遂还其人。以此观之，真赝岂易辨邪？世之溺于书画者，虽不失为雅好，然亦一癖尔。欧阳公有《牡丹图》，一猫卧其下，人皆莫知。

一日，有客见之，曰："此必午时牡丹也。猫眼至午，精细而长，至晚，则大而圆。"此亦善于鉴画者。

　　欧阳公《石月屏序》云："张景山在虢州时，命治石桥小版，一石中有月形，石色紫而月白，中有树森森然，其文黑，而枝叶老劲，虽世之工于画者不能为，盖奇物也。景山因谪，留以遗予，因令善画工模写以为图，并书以遗苏子美。其月满，西旁微有不满处，正如十三四时。其树横生，一枝外出。皆其实如此，不敢增损，贵可信也。"子美、圣俞皆有诗。余尝于赤岸陈文惠裔孙忠懿家，出示余此屏，自言文忠公所藏之本。其月、树、枝、叶，与公之序无少异，但其图与石屏微不类尔，岂公所谓"世之工于画者不能为"乎？忠懿且求余跋语，余谓：欧公方夸此石："自云每到月满时，石在暗室光出檐。"圣俞则曰："曾无纤毫光，未若灯照席。徒为顽璞一片圆，温润又不如圭璧。"何贬此石之甚邪！虽然，此屏不幸而遇圣俞，亦幸而有圣俞，则此屏可以长宝，而不为好事者夺。岂愿复有欧阳公者，出而见之乎？

　　容斋先生语余云："唐金城冯贽编《云仙散录》，不著出处，皆为伪撰，初无此事。予偶得此本，退而读之，有张曲江语人曰：'学者常想胸次吞云梦，笔头涌若耶溪。量既并包，文亦浩瀚。'殊不知若耶在会稽云门寺前，特一涧水耳，何得言'涌'耶？以此知其伪明矣。观贽自叙之文，乃是近代人文格，亦非唐人之文也。"世有伪作《东坡注杜诗》，内有《遭田父泥饮》篇"欲起时被肘"云："孔文举就里人饮，夜深而归，家人责其迟，曰：'欲命驾，数被肘。'工部造诗要妙，胸中无国子监书者，不可读其书。"此大疏脱处，不知国子监能有几书，亦何尝有此书邪？余谓"笔头涌若耶溪水"与"胸中无国子监书"，可谓的对。

后以语容斋,遂共发一笑。

伪注《赠王中允维》末句云:"穷愁应有作,试诵《白头吟》。"旧注虞卿著《白头吟》,以人情乐新而厌旧,义自明白。伪注乃云:"张跋欲娶妾,其妻曰:'子试诵《白头吟》,妾当听之。'跋惭而止。此妇人女子善警戒者也。"是以《白头吟》为文君事,有何干涉?往往特引史传所有之事及东坡已载于笔录者,饰伪乱真,其言又皆鄙缪。近日有刊《东莱家塾诗武库》,如引伪注"苦吟诗瘦"、"翠屏晚对"、"眼前无俗物"、"短发不胜簪"、"日月不相饶"、"独立万端忧"等事,伪作东坡注,不知此何传记邪?世俗浅识辈,又引其注为故事用,岂不误后学哉!所谓《诗武库》者,又伪指为东莱之书。余后观周少隐《竹溪录》云,东坡煮猪肉诗有"火候足"之句,乃引《云仙录》"火候足"之语以为证。然此亦常语,何必用事?乃知少隐亦误以此书为真,后来引用者亦不足怪。

梅词《汉宫春》,人皆以为李汉老作,非也。乃晁叔用赠王逐客之作。王甫为翰林,权直内宿,有宫娥新得幸,仲甫应制赋词云:"黄金殿里,烛影双龙戏。劝得官家真个醉,进酒犹呼万岁。　锦袍舞彻凉州,君恩与整搔头。一夜御前宣唤,六宫多少人愁。"翌旦,宣仁太后闻之,语宰相曰:"岂有馆阁儒臣应制作狎词耶?"既而弹章罢。然馆中同僚相约祖饯,及期,无一至者,独叔用一人而已。因作梅词赠别云:"无情燕子,怕春寒、轻失花期。"正谓此尔。又云:"问玉堂何似,茅舍疏篱。"指翰苑之玉堂。《苕溪丛话》却引唐人诗"白玉堂前一树梅,今朝忽见数枝开",谓人间之玉堂,盖未知此作也。又"伤心故人去后,零落清诗",今之歌者,类云"冷落",不知用杜子美《酬高适》诗:"自从蜀中人日作,不意清诗久零落。"盖"零"字与"泠"

字同音,人但见"泠"字去一点为"冷"字,遂云"冷落",不知出此耳。王仲父,字明之,自号为"逐客",有《冠卿集》行于世。_{陆务观云。}

余尝见《本事曲·鱼游春水》词云:因开汴河,得一碑石刻此词,以为唐人所作云。"嫩草初抽碧玉簪,绿杨轻拂黄金毯",盖用唐人诗"杨柳黄金毯,梧桐碧玉枝"。今人不知出处,乃改作"黄金蕊"或"黄金缕"。又如周美成《西河》词"赏心东畔淮水",今作"伤心"。如此之类甚多。

景德中,夏英公初授馆职,时方早秋,上夕宴后庭,酒酣,遽命中使诣公索新词。公问上在甚处,云:"在拱宸殿按舞。"公即抒思,立进《喜迁莺》,曰:"霞散绮,月沈钩,帘卷未央楼。夜深河汉截天流,宫殿锁清秋。　　瑶阶曙,金茎露,凤髓香和云雾。三千珠翠拥宸游,水殿按《凉州》。"上大悦。

熙宁中,高丽遣使入贡,且求王平甫学士京师题咏。有旨令权知开封府元厚之内翰钞录以赐。厚之自诣平甫求新著,平甫以诗戏之曰:"谁使诗仙来凤沼?欲传贾客过鸡林。"

王建《宫词》百首,多言唐禁中事,皆史传小说所不载者,往往见于诗。如"内中数日无呼唤,撷得滕王蛱蝶图。"滕王元婴,高帝子,新、旧《唐书》皆不著其所能,惟《名画录》略言其善画,不云其工蛱蝶也。唐世一艺之善,如公孙大娘舞剑器、曹刚琵琶、米嘉荣歌,皆见唐贤诗句,遂知名于当世。其时山林田亩潜德隐行君子,不闻于世者多矣,而贱工末技得所附托,乃垂于不朽,盖各有幸不幸也。

晏元献公文章擅天下,尤喜为诗,而多称引后进,一时名士往往出其门。圣俞平生所作诗多矣,然公独称其两联,云"寒鱼犹著底,白鹭已飞前",又"絮暖蜇鱼繁,豉添莼菜紫"。

魏泰尝于圣俞处见公自书手简,再三称赏此二联,疑而问之,圣俞曰:"此非我之极致,岂公偶自得意于其间乎。"乃知诗人好恶去取,不可强同也。

元献尝问曾明仲云:"刘禹锡诗有'瀼西春水縠纹生',此'生'字作何意?"明仲曰:"作生发之'生'。"晏曰:"非也,作生熟之'生',语乃健。"《宋景文笔记》。

赵龙图师民,名重当世,而文章之外,诗思尤精。如"麦天晨气润,槐夏午阴清",又"晓莺林外千声啭,芳草阶前一尺长",前辈名流所未到也。

西塘集耆旧续闻卷第十

东坡论柳子厚诗在渊明下,韦苏州上。退之豪放奇险则过之,而温丽清深则不及也。所贵于枯淡者,谓其外枯而中膏,似淡而实美,渊明、子厚之类是也。若中边皆枯淡,亦何足道。譬如食蜜,中边皆甜。人食五味,知其甘苦者,皆是;能分别其中边者,百无一也。周少隐云:诗人多喜效渊明体者,非不多,但使渊明愧其雄丽耳。韦苏州诗云:"霜露悴百草,时菊独妍华。物性有如此,寒暑其奈何。掇英泛浊醪,日夕会田家。尽醉茅檐下,一生岂在多。"非惟语似,而意亦大似。故东坡论柳子厚诗晚年极似陶渊明,知诗病者也。诗之用事,当以故为新,以俗为雅,好奇务新,乃诗之病。子厚南迁后诗:"秋气集南涧,独游亭午时。"清深纡余,大率类此。故谓子厚诗在渊明下,苏州上。山谷书柳子厚诗数篇与王观复,欲知子厚如此学渊明,乃能近之耳。如白乐天自云效渊明数十篇,终不近也。

沈存中云:"馆阁每夜轮校官一人直宿,如有故不宿,则虚其夜,谓之'豁宿'。故事,豁宿不得过四,遇豁宿,历名下书'肠肚不安,免宿'。故馆阁宿历,相传谓之'害肚历'。"余为太学诸生,请假出宿,前廊置一簿,书云"感风",则"害肚历"可对"感风簿"。

余弱冠客会稽,游许氏园,见壁间有陆放翁题词,云:"红酥手,黄縢酒,满城春色宫墙柳。东风恶,欢情薄。一怀愁绪,几年离索。错!错!错! 春如旧,人空瘦,泪痕红浥鲛绡透。

桃花落，闲池阁。山盟虽在，锦书难托。莫！莫！莫！"笔势飘逸，书于沈氏园，辛未三月题。放翁先室内琴瑟甚和，然不当母夫人意，因出之。夫妇之情，实不忍离。后适南班士名某，家有园馆之胜。务观一日至园中，去妇闻之，遣遗黄封酒果馔，通殷勤。公感其情，为赋此词。其妇见而和之，有"世情薄，人情恶"之句，惜不得其全阕。未几，怏怏而卒，闻者为之怆然。此园后更许氏。淳熙间，其壁犹存，好事者以竹木来护之，今不复有矣。公官南昌日，代还，有赠别词云："雨断西山晚照明，悄无人、幽梦自惊。说道去多时也，到如今、真个是行。　　远山已是无心画，小楼空、斜掩绣屏。你嚎早收心呵，趁刘郎、双鬓未星。"又闲居三山日，方务德帅绍兴，携妓访之。公有词云："三山山下闲居士，巾履萧然，小醉闲眠，风引飞花落钓船。"二词并不载于集。南渡初，南班宗子寓居会稽为近属，士家最盛，园亭甲于浙东，一时坐客皆骚人墨客，陆子逸实预焉。士有侍姬盼盼者，色艺殊绝，公每属意焉。一日宴客，偶睡，不预捧觞之列，陆因问之，士即呼至，其枕痕犹在脸，公为赋《瑞鹤仙》，有"脸霞红印枕"之句，一时盛传之，逮今为雅唱。后盼盼亦归陆氏。二陆兄弟，俱有时名，子逸词胜，而诗不及其弟。

秦埙以状元及第，李文肃公邴贺秦相："一经教子，素钦丞相之贤；累月笞儿，敢起邻翁之羡。"秦甚喜。浮溪贺启："三年而奉诏策，固南宫进士之所同；一举而首儒科，乃东阁郎君之未有。虽迫于典故，姑令王勃以居前；而结此眷知，行见鲁公之拜后。"或以为讥刺，用是得谤。文肃贺除太师启云："推赤心于腹中，君既同于光武；有大勋于天下，相自比于姬公。"秦以为讥己，答云："君既同于光武，仰归美报上之诚；相自比于姬公，其敢犯贪天之戒？"文肃得之，不能不恐，然亦终不加害也。

　　徐渊子贺谢相深甫二子登科启云："三槐正位，人瞻衮绣之荣；双桂联芳　天发阶庭之秀。出则告辰猷于虎拜稽手之际，入则训义方于鲤趋过庭之时。沧海珠胎，发为朝采；蓝田玉种，积有夜光。"又云："虽官爵乃公家之自有，而世科岂人力之能为。"谢以为讥己，亦不乐之。

　　本朝状元多同岁，但数问术者无从晓之尔。徐爽、梁固，皆生于乙酉。王曾、张师德，皆生于戊寅。吕溱、杨寘，皆生于甲寅。贾黯、郑獬，皆生于壬戌。彭汝砺、许安世，皆生于辛巳。陈尧佐、王整，皆生于庚午。

　　翰林王公洙，修撰钱公延年，俱以丁酉八月丑时生。王十九日，钱二十日。钱以嘉祐二年六月卒，时王公已病。或谓王公起于寒素，早岁蹇剥，庶可以免灾。侍郎掌公曰："钱虽少年荣进，晚节滞留；王虽早岁奇蹇，晚节迁擢。长短比折，祸福适均。"王公竟不起。王端明素、卢太尉政，俱以丁未八月二十四日辰时生，而王出于贵胄，卢起于军伍；王卒于边藩，卢薨于殿帅。事皆略同，亦可怪也。但卢之寿考有过于王，得非以少年微贱耶？《青箱杂记》。

　　刘贡父、王介同为考试官，因忿争，介以恶语侵敩，敩不与较，遂皆赎金。中丞吕公著意不乐敩，以为议罪太轻，遂夺主判。敩谢表曰："弸弩射市，薄命难逃；飘瓦在前，忮心不校。"又曰："在矢人之术，惟恐不伤；而田主之牛，夺之已甚。"然《左传》"蹊人之田，而夺之牛"，本无"主"字。语又俗。"惟恐不伤"是全句，"已甚"字外来。盖云"在伤人之矢，惟恐不深；而蹊田之牛，夺之已甚"，方停匀。贡父工于四六者，岂不知？盖出于一时之愤气，不暇精思尔。熙宁初，张扶侍郎以二府初成，以诗贺王介甫，公和曰："功谢萧规惭汉第，恩从隗始说燕台。"陆农师曰:"萧规曹随,高帝论功,萧何第一。而请从隗始,初无'恩'字。"公笑曰:"韩退之斗鸡联句,'感恩隗始',若无据,岂当对'功'字?"观此,则二公之文章,优劣可知矣。

唐刘邺,特赐进士第,韦岫贺之曰:"三十浮名,每科皆有;九重知己,旷代所无。"

进士褚载投贽于苏威侍郎,有数字犯讳,谢启曰:"曹兴之图画虽精,终惭误点;殷浩之兢持太过,翻达空函。"

《国史补》云:"元和之后,文章学奇于韩愈,学涩于樊宗师;歌行则学矫激于孟郊,学浅于白居易,学淫靡于元稹,俱名'元和体'。大抵天宝之风尚党,大历之风尚浮,贞元之风尚荡,元和之风尚怪也。"

鲁直书王元之《竹楼记》后:"或传云王荆公称《竹楼记》胜欧阳公《醉翁亭记》。或曰此非荆公之言也。某谓出此言未失。荆公评文章常先体制而后论文之工拙。盖尝观子瞻《醉白堂记》,戏曰:'文词虽极工,然不是《醉白堂记》,乃是韩白优劣论耳。'以此考之,优《竹楼》而劣《醉翁记》,是荆言无疑也。"

东坡云:"永叔作《醉翁亭记》,其辞玩易,盖戏云耳,又不自以为奇特也。而妄庸者乃作永叔语,云'平生为此文最得意',又云'吾不能为退之《画记》,退之亦不能为吾《醉翁亭记》'。"此又大妄也。陈后山云:"退之作记,记其事尔。今之记,乃论也。"少游谓《醉翁亭记》亦用赋体。余谓文忠公此记之作,语意新奇,一时脍炙人口,莫不传诵。盖用杜牧《阿房赋》体,游戏于文者也。但以记其名醉为号耳。富文忠公尝寄公诗,云:"滁州太守文章公,谪官来此称醉翁。醉翁醉道不醉酒,陶然岂有迁客容。公年四十号翁早,有德亦与耆年同。"又云:"意古直出茫昧始,气豪一吐闾阖风。"盖谓公寓意于此,故以为"出茫昧始",前此未有此作也。不然,公岂不知记体耶。观二公之论,则优《竹楼》而劣《醉翁亭记》必非荆公之言也。

刘昌言,太宗时为起居郎,善捭阖以迎主意。未几,以谏议知密院。一旦,上眷忽解,曰:"刘某奏对,皆操南音,朕理会一字不得。"虽是君臣隆替有限,亦是捭阖之术穷矣。

王嗣宗,太祖时以魁甲登第,多历外郡,晚方入朝。真宗时,为副枢,以老辞位,真宗遽止之。嗣宗曰:"臣力不任矣,但恨天眼迟开二十年。"

蔡忠怀公持正为某州司理日,韩康公宣抚陕右河东,道出其境,太守具宴,委蔡撰乐语口号,一联云:"文价早归唐吏部,将坛今拜汉淮阴。"康公极喜,请相见。观其人物高爽,议论不凡,谓群将曰:"蔡司理非池中物。"因相与荐之改秩,已而荐与弟持国。时持国知开封府,初置八厢,乃辟为都厢。暇日相见,颇加礼接,后已举为府曹。持国既入翰苑,刘彦尹京,趋上幕府阶墀,持正独否,刘大怒,奏闻得旨取勘。持正不答,乞移棘寺,乃供状云:"京朝官著令无阶墀,盖太宗、真宗为牧时讲此礼。今辇毂之下,比肩事主,虽故事不可用,而开封府尚仍旧例,未当。"大理卿求对,特袖蔡所供呈奏。裕陵喜曰:"蔡确知典故,何得作幕府? 可除馆职。"到馆,复进《百官图》,识者云:"此生看看待作宰相。"久之果然。故元祐新州之贬,程颢有忧色,盖忧其已甚也。

熙宁六年,有司言:"日当食四月朔。"上为彻膳避殿。一夕微雨,明日不见日食。是日,有皇子之庆,百官入贺。蔡持正为枢副,献诗前四句曰:"昨日薰风入舜韶,君王未御正衙朝。阳辉已得前星助,阴沴潜随夜雨消。"其叙四月一日避殿,皇子庆诞,云阴,不见日食,四句尽之,当时无能过之者。

四朝闻见录

[宋]叶绍翁　撰
尚　成　　校点

校 点 说 明

《四朝闻见录》五卷,南宋叶绍翁撰。绍翁字嗣宗,号靖逸,龙泉(今属浙江)人,祖籍浦城(今属福建)。《宋史》无传,《四库全书总目》据《闻见录》载其曾与真德秀私校徐凤殿试卷事,谓绍翁"似亦尝为朝官,然其所居何职则不详"。

记录宋室南渡后的历朝事迹,除李心传的《建炎以来系年要录》和《朝野杂记》可补史乘之缺外,当数此书最称详备。不仅记事时限由李氏二书的仅止高宗一朝,扩展至高宗、孝宗、光宗、宁宗四朝,而且五卷记事凡二百零九条,每条各自标题,其中尤以卷四记宁宗受禅、庆元党禁、韩侂胄由幸至诛最为详尽,为史传所采。而书中对南宋四朝典章制度、名物轶事的记载,也多为史家和研究者所重视。

至其成书时值理学盛行,虽宗朱熹之学却持论平正,又为人所称。然所记事颇涉琐碎,至被后人列入小说家类,也是事实。不过,这并不影响它成为研究南宋历史重要参考资料的价值。

今以《四库全书》本为底本,以《知不足斋丛书》等本参校,断句标点。凡遇明显错讹或异文,则择善径改,不出校记。

目　录

四朝闻见录卷一　甲集

恭孝仪王大节

　　恭孝仪王讳伸湜。王之生也，有紫光照室。及视，则肉块。以刃剖块，遂得婴儿。先两月，母梦文殊而孕动。二帝北狩，六军欲推王而立之，仗剑以却黄袍，晓其徒曰："自有真主。"其徒犹未退，则以所仗剑自断其发。其徒又未退，则欲自仗剑以死。六军与王约，以逾月而真主不出，则王当即大位。王阳许而阴实款其期。未几高宗即位于应天，王间关度南，上屡嘉叹。王祭濮园，尝自赞其容曰："熙宁六载，岁在癸丑，月当孟夏，二十有九，余乃始生，濮祖之后。性比山麋，貌同野叟。随圆就方，似无为有。惟忠惟孝，不污不苟。皓月清风，良朋益友。湛然灵台，确乎不朽。""不污不苟"，盖自叙其推戴事也。尝游天竺，有"山禽忽惊起，冲落半岩花"之句。葬西湖显明寺。子孙视诸邸最为蕃衍，盖恭孝之报云。

潘阆不与先贤祠

　　潘阆居钱塘，今太学前有潘阆巷。俗呼为潘郎。阆工唐风，归自富春，有"渔浦风波恶，钱塘灯火微"之句，识者称之。唯落魄不检，为秦王记室参军，王坐捕阆急甚。阆自髡其发，易缁衣，持磬出南薰门。上怒既急，有为阆说上者曰："阆不南走粤，则北走辽。惟上招安之。"上旋悟。时阆已再入京，敕授四门助教。阎以老懒不朝谒为辞，自封还敕命。时文法疏简犹若此。未几论者谓阎终秦党，语多怨望，编置信上。至信上，酌道旁圣泉，题诗柱上曰："炎天□□热如焚，恰恨都无一点云。不得此泉□□□，几乎渴杀老参军。"犹称记室旧衔也。先是卢多逊与潘善，故有四门之命。多逊谮赵普不行，普相，多逊罢，故阎终不免。嘉定间临安守建先贤堂于西湖，欲祀阎于列，有风不宜预者，遂黜阎。事见《祠记》。进德行而退文艺，先节义而后功名。

东莱南轩书说

考亭先生尝观《书说》，语门人曰："伯恭东莱字。直是说得《书》好，但《周诰》中有解说不通处只须阙疑，熹亦不敢强解，伯恭却一向解去，故微有尖巧之病也。是伯恭天资高处，却是太高，所以不肯阙疑。"又谓"南轩《酒诰》一段解天降命、天降威处，诚千百年儒者所不及"。今备载南轩之说："酒之为物，本以奉祭祀、供宾客，此即天之降命也。而人以酒之故，至于失德丧身，即天之降威也。释氏本恶天降威者，乃并与天之降命者去之；吾儒则不然，去其降威者而已。降威者去而天之降命者自在，如饮食而至于暴殄天物，释氏恶之而必欲食蔬茹；吾儒则不至于暴殄而已。衣服而至于穷极奢侈，释氏恶之，必欲衣坏色之衣；吾儒则去其奢侈而已。至于恶淫慝而绝夫妇，吾儒则去其淫慝而已。释氏本恶人欲，并与天理之公者而去之；吾儒去人欲，所谓天理者昭然矣。譬如水焉，释氏恶其泥沙之浊而窒之以土，不知土既窒则无水可饮矣；吾儒不然，澄其泥沙而水之澄清者可酌。儒、释之分也。"

考亭解《中庸》

考亭解《中庸》"天命之谓性,率性之谓道,修道之谓教"曰:"命犹令也,性即理也。天以阴阳五行化生万物,气以成形而理亦赋焉,犹命令也。于是人物之生,因各得其所赋之理,以为健顺五常之德,所谓性也。率,循也;道,犹路也。人物各循其性之自然,则其日用事物之间,莫不各有当行之路,是则所谓道也。修,品节之也。性道虽同而气禀或异,故不能无过不及之差。圣人因人物之当行者而品节之,以为法于天下,则谓之教,若礼乐刑政之属是也。盖人之所以为人,道之所以为道,圣人之所以为教,原其所自,无一不本于天而备于我矣。"真文忠公德秀观考亭之解,以为"生我者太极也,成我者先生也,谓考亭。吾其敢忘先生乎"!考亭之门人刘黻字季文,号静春,与文忠为友而辈行过之,乃大不取其师之说。其自为论,则曰:"维天之命,於穆不已;惟人受天地之中以生,故谓之性,而贵于物焉。《汤诰》曰:'维皇上帝,降衷于下民,若有恒性。'吾夫子曰:'天地之性人为贵。'是则人之性,岂物之所得而拟哉? 或疑万物通谓之性,奚独人? 愚曰:是固然矣。然此既曰性,则有气质矣,又安可合人物而言,以自汩乱其本原也? 凡混人物而为一者,必非识性者也。今皆不取。至如孟子道性善,亦只为人而已。"文忠公与静春辩,各主其说。或当燕饮旅酬之顷,静春必与公辩极而争起。公引觞命静春曰:"某窃笑汉儒聚讼,吾侪岂可又为后世所笑? 姑各行所学而已。"刘犹力持其说不已,著为《就正录》云:"昔子思作《中庸》,篇端有曰:'天命之谓性,率性之谓道。'是专言乎人而不杂乎物也,其发明性命、开悟天下后世至矣。而或者必曰此两句兼人物而言,嗟夫,言似也而差也! 尝考古先圣贤凡言性命,有兼人物而言者,有专以人言而不杂乎物者。《易》之《乾彖》曰'各正性命',《乐记》亦曰'则性不同矣',是乃兼人物而言。然既曰各有不同,则人物之分亦自昭昭。假如'天命之谓性,率性之谓道'或兼人物而言,则犬之性犹牛之性,牛之性犹人之性,当如告子之见。告子,孟子之高弟。彼其杞柳、湍水之喻,食色无不善无善之说,纵横缪戾,固无足取。至于生之谓性,孟子辩焉而未详,得无近是而犹有可取者耶?"善乎朱文公辟之曰:"告子徒知知觉运动之蠢然者,人与物同;而不知仁义礼智之粹然者,人与物异。"此其一言破千古之惑,我文公真有大功于性善如此。文忠已不及登文公之门,闻而知之者也,其读《中庸》默与文公合。静春见而知者,乃终不以先生之说《中庸》为是,何欤? 予尝闻陆象山门人彭不记名。谓予曰:"告子不是孟子弟子,弟子俱姓名之。告子独称子者,亦是与孟子同时著书之人。"象山于告子之说,亦未尝深非之,而或有省处。象山之学杂乎禅,考亭谓陆子静满腔子都是禅,盖以此。然告子决非孟子门人,尝风静春去"高弟"二字。

慈湖疑《大学》

考亭先生解《大学·诚意章》曰:"意者,心之所发也。实其心之所发,欲一于善而无自欺也。一有私欲实乎其中,而为善去恶或有未实,则心为所累,虽欲勉强以正之,亦不可得。故正心者必诚其意。"慈湖杨氏读《论语》有毋意之说,以为夫子本欲毋意,而《大学》乃欲诚意,深疑《大学》出于子思子之自为,非夫子之本旨。此朱、陆之学所以分也。然夫子之传,子思之论,考亭先生之解,是已于意上添一"诚"字,是正虑意之为心累也。杨氏应接门人，著撰碑志俱欲去意，其虑意之为心累者，无异于夫子、子思、考亭先生，而欲尽去意则不可。心不可无，则意不容去。故考亭先生谓"意者，心之所发；实其心之所发，欲一于善而已"。既曰诚意矣，则与《论语》之毋意者相为发明，又何疑于《大学》之书也？故考亭先生以陆学都是禅。头领既差；而陆氏则谓考亭先生失之支离。鹅湖之会，考亭有诗，其略云："旧学商量加邃密，新知培养转深沉。"陆复斋云："留情传注翻荆棘，着意精微转陆沉。"象山云："易简工夫终久大，支离事业转浮沉。"盖二氏之学可见矣。慈湖第进士，主富阳簿，象山陆氏犹以举子上南宫，舟泊富阳。杨宿闻其名，至舟次迎之，留厅舍。晨起，揖象山而出，摄治邑事。象山其有自信处否，学者曰："只是信几个'子曰'。"象山徐语之曰："汉儒几个杜撰'子曰'，足下信得过否？"学者不能对，却问象山曰："先生所信者，信个什么？"象山曰："九渊只是信此心。"骊塘谓予曰："那学子应得也自好，只是象山又高一着。此老极是机辩，然亦禅也。"慈湖又改周子《太极图》为画，以为周子之说详。简之说《易》，其意盖不取无极之说，以为道始于太极而已，亦源流于象山云。

赐燕涤爵

　　赐酒群臣，无涤爵之文。孝宗锡燕内朝，丞相王淮涕流于酒，已则复缩涕入鼻观。吴公琚兄弟亦预燕，上见其饮酒辄有难色，微扣左右知其故，后有诏涤爵。涤爵自淮始。

大臣祝衣见百官

　　大臣见百官，主宾皆用朝服。时暑伏甚，丞相淮体弱不能胜,闷至绝。上亟诏医疾,有间,复有诏许百官以衤夹衣见丞相,自淮始。

庆 元 六 君 子

赵忠定横遭谪,去国之日天为雨血。京城人以盆盎贮之,殷殷然。太学诸生上封事,扣丽正甚急,侂胄欲斩其为首者,宁皇只从听读。当时同衔上者六人,世号为"六君子",曰周端朝,曰张道,曰徐范,曰蒋传、林仲麟、杨宏中。皆并出,惟周受祸略备。初自廷尉听读衢州,已次半道,有旨再赴廷尉,周始自分必死。后至不能嗣,韩亦惨矣。时宪圣在上,韩犹不敢杀士,故欲以计杀之。周竟不死,复听读永州,杜门教授生徒。后以韩诛放还,复籍于学,为南宫第一人,自外入为国子录。以女妻富阳令李氏子,亲迎之夕有老兵持诸生刺以入,周曰:"正用此时来见我,为我传语:来日相见于崇化堂矣。"诸生不肯退,曰:"我为国录身上事来,有书在此。"书入,乃备述李为史氏云云,"恐他时先生馆职骎骎,天下以为出于李氏"。周愕甚,入则已奏乐行酒。周亟起,告女以故。女以疾遽冀展日定情,李氏子惘然登车去。富阳令大怒,诉于台,因劾周去。复入为太学博士。自文忠公去国,时犹有楼公昉、危公桢、萧公燧咨、陈公虑、洁斋袁公燮、慈湖杨公简,相与直言于朝,俱以次引去。周由进士不十年至从列。庚辰京城灾,论事者众,周语予曰:"子可以披腹呈琅玕矣。"予戏对之曰:"先生在,绍翁何敢言?"

卫 魁 廷 对

卫公泾字清叔,吴门石浦人。先五世俱第进士,至公为廷唱第一人。策中力陈添差赘员之弊,上敕授添差州佥幕,公即入札庙堂,以为"身自言而自为可乎"? 有旨待诏于金幕正关。公已赴越任,间会亲友玩牡丹,谓"第一花人尚贵之,吾亦宜自贵重可也"。先是廷唱一人任金幕垂满,必通书宰相为谢,然后遇次榜廷唱颁召命,以某日降旨入修门。公以通书宰相非是,唯任其迟速可也。时王淮当国,殊不以通书为讶,虽已降召命,而不与降人国门引见指挥。公翱翔于江上六合塔下,几三月不得见。适郑公侨以吏郎召,与公遇塔下,郑寒暄毕,即问曰:"清叔何为在此?"公语之故。郑引见毕,即直诣都省,则面诘丞相。丞相情见词屈,曰:"某几乎忘了。"翌日降旨,趣公见。公俱既史相诛韩,旋用故智,又欲去史。史为景宪太子旧学,太子知其谋于内,遂以告史。御史中丞章良能弹公。良能,公所厚也,疏入犹未报,章用台吏语缄副疏以示公。公车至太庙下得章所缄语,谓使曰:"传语中丞,我今即出北关矣。"史以公宿望不敢贬置,唯俟以大阉,不复君矣。钱召文象祖以史故,于广座中及公云:"初谓卫清叔一世人望,身为大臣,顾售韩侂胄螺钿縠器。"然则公之罪亦微矣。其客于有成尝授经于公,初于犹为士时公已罢政,提举洞霄宫,遗于以书,外缄题"书拜上省元",下唯具衔,至幅内则称拜覆不备,题曰"省元学士先生",盖得前辈体。又客曰迁斋楼公昉,往往代公笺启。又客曰辅汉卿,尝陪公闲话,亦及道学。又客曰王大受,迹颇疏于三客,亦未尝游公之燕阁。良能既逐公去,因及其四客。于后位至司业,楼位宗簿,封事轮对有直身声。辅尝从考亭先生游,晚以弁服终。王以忤攻魁楼公,故得罪,后谪邵武终焉。有《易斋诗》,水心先生为之序,称许过于"四灵"。卫公垂殁,乞勿田淀湖一疏,真体国大臣也。

布　衣　入　馆

震泽王蘋少师事龟山,高宗宿闻其名,又以诸郎官刀荐,驾幸吴门,起召赐对,以布衣赐进士出身、正字中秘。制曰:"朕于一时人才,苟得其名,自稍有自见,往往至屡试,而治不加进。于是从而求所未试者,至于岩穴之士,庶几有称意焉。尔学有师承,亲闻道要。蕴椟既久,声实自彰。行谊克修,溢于朕听。延见访问,辞约而指深。师友渊源,朕所嘉尚。赐之高第,职是校雠。岂特为儒者一时之荣,盖将使国人皆有所矜式。勉行而志,毋负师言。"上意盖谓龟山也。王既入馆,犹子谊年方十四岁,于书塾拈纸作御批,曰:"可斩秦桧以谢天下。"为仆所持,索千金,王之父不能从。族子谓之曰:"予金则返批,批返而后别议仆罪,千金可返也。"其父亦不能从,仆遂持以告有司。有司惧桧耳目,不敢隐,驿闻于朝。诏赴廷尉,狱具,伏罪当诛。桧阅其牍,审知年十四,翌日言之上。上赦其幼,编置象台。能诗文,聚徒贬所。桧死得归,治生产有绪。蘋本将阶大用,以犹子故,旋以他事为言者所列,坐废于家云。

光　尧　幸　径　山

光尧幸径山,憩于万木之阴,顾问僧曰:"木何者为王?"僧对"大者为王",光尧曰:"直者为王。"有杉小而直,因封之。光尧为龙君注香,有五色蜥蜴出于塑像下,从光尧左肩直下,遂登右肩,还圣体者数,又抉而朝亦数四,光尧注视久之。蜥蜴复循宪圣圣体之半,拱而不数。时贵妃张氏亦缀宪圣,觇蜥蜴旋绕。僧至,讽经喉之,宪圣亦祝曰:"菩萨如何不登贵妃身?"蜥蜴终不肯,竟入塑像下。妃惭沮,不复有私利。径山有二

事;东坡宿斋扉,夜有叩门者云"放天灯人归",则天灯之伪不
待辩。蜥蜴亦僧徒以缶贮殿中,施利者至,则嗾蜥蜴旋绕。天
灯之事,僧徒本为利;既为利,则必嗾蜥蜴登妃身,彼视君后妾
为何事。龙山间移天目,以础下小石窍往来。又有龙君借地
之说,至不敢声钟鼓事,疑其徒附会,故不书。

宪 圣 拥 立

宪圣既拥立光皇,光皇以疾不能丧,宪圣至自临为奠。攻
媿楼公草《立嘉王诏》云:"虽丧纪自行于宫中,然礼文难示于
天下。"盖攻媿之词,宪圣之意也,天下称之。先是吴琚奏东朝
云:"某人传道圣语'敢不控竭',窃观今日事体,莫如早决大
策,以安人心。垂帘之事,止可行之浃旬,久则不可。愿圣意
察之。"宪圣曰:"是吾心也。"翌日并召嘉王暨吴兴入,宪大恸
不能声,先谕吴兴曰:"外议皆曰尔立,我思量万事当从长。嘉
王,长也,且教他做。他做了你却做,自有祖宗例。"吴兴色变,
拜而出。嘉王闻命,惊惶欲走,宪圣已令知阁门事韩侂胄掖
持,使不得出。嘉王连称"告大妈妈,宪圣。臣做不得,做不
得"。宪圣命侂胄:"取黄袍来,我自与他着。"王遂掣侂胄肘环
殿柱。宪圣叱王立侍,因责王以"我见你公公,又见你大爹爹,
见你爷,又今却见你。"言讫,泣数行。侂胄从旁力以天命为
劝,王知宪圣意坚且怒,遂以黄袍匜拜不知数,口中犹微道"做
不得"。侂胄遂掖王出宫,百官班宣谕宿内前诸军以嘉王嗣皇
帝已即位,且草贺,欢声如雷,人心始安。先是皇太子即位于
内,则市人排旧邸以入,争持所遗,谓之"扫阁",故必先为之
备。时吴兴为备,独嘉王已治任判福州,绝不为备,故市人席
卷而去。王既即位,翌日侂胄侍上诣光皇问起居。光皇疾,有

间,问"是谁",侂胄对曰:"嗣皇帝。"光宗瞠目视之,曰:"吾儿
耶?"又问侂胄曰:"尔谓谁?"对曰:"知阁门事臣韩侂胄。"光宗
遂转圣躬面内。时惟传国玺犹在上侧,坚不可取。侂胄以白
慈懿,慈懿曰:"既是我儿子做了,我自取付之。"即光宗卧内拿
玺。宁皇之立,宪圣之大造也。三十六年清静之治,宪圣之大
明也,琚亦有助焉。文忠真公跋琚奏稿于忠宣堂云:"观少保
吴公密奏遗稿,其尽忠王室,可以对越天地而无愧,叹仰久之。
丙子夏至富沙真德秀书。"侂胄阴忌琚,以宪圣故,故不攻行忠
定、德谦事。赏花命酒,每极欢间,剧语吴曰:"肯为成都行
乎?"吴对以更万里远亦不辞。韩笑谓曰:"只恐太母不肯放兄
远去。"然犹偏帅,判荆、襄、鄂,再判金陵,终于外云。韩诛,赵
氏讼冤于朝,公之子钢亦以公密奏稿进。时相疑吴为韩氏至
姻,故伸赵而不录吴云。

光皇命驾北内

布衣谢岳甫,闽士也。当光宗久缺问安,群臣苦谏,至比
上为夏、商末造,上益不悦。岳甫伏阙奏书,谓:"父子至亲,天
理固在。自有感悟开明之日,何事群臣苦谏?徒以快近习离
间之意。但太上春秋已高,太上之爱陛下者,如陛下之爱嘉
王。万一太上万岁之后,陛下何以见天下?"书奏,上为动,降
旨翌日过宫。当是之时,岳甫名震于京,同姓宰相有欲俟上已
驾即荐以代己者。止斋陈氏傅良时为中书舍人,于百官班中
颙俟上出。上已出御屏,慈懿挽上入,曰:"天色冷,官家且进
一杯酒却上辇。"百僚暨侍卫俱失色。傅良引上裾,请毋入,已
至御屏后,慈懿叱之曰:"这里甚去处,你秀才们要斫了驴头!"
傅良遂大恸于殿下。慈懿遣人问之,曰:"此何理也?"傅良对

以"子谏父而不听,则号泣而随之"。后益怒。傅良去,谢遂报
罢。先是岳甫常上书孝宗请恢复,不报。谢娶孙氏,孙已死,
谢发其线箧,乃谢所上书副本也。谢尝以副本纳要路,不知孙
氏何自致之。谢益感怆。闽士林自知观过与谢同游于京学,
以诗一绝为纪其事,末二句云:"汉皇未下复仇诏,奈此匹夫匹
妇何!"林已赋诗,同舍莫有能继者。林号为名儒,仕至史馆校
勘、粮料院,终于官。

止 斋 陈 氏

止斋陈氏傅良字君举,永嘉人。早以《春秋》应举,俱门人
蔡幼学行之游太学,以蔡治《春秋》浸出己右,遂用词赋取科
第。词赋与进士诗为中兴冠,然工巧特甚,稍失《三元衡鉴》正
体,故今举子词赋之失,自陈始也。奏疏洞达其忠,经义敷畅
厥旨,尤长于《春秋》、《周礼》。考亭视为畏友,尝谓门人曰:
"以伯恭、君举、陈同父合做一个,方才是好。"犹不及水心先
生。盖水心辈行不侔,而学业未能如晚年之大成,故考亭先生
特谓其强记博闻,未见其便止。考亭先生见其止也,当与三子
并称,而且有所优劣矣。考亭先生晚注《毛诗》,尽去序文,以
彤管为淫奔之具,以城阙为偷期之所。止斋得其说而病之,谓
"以千七百年女史之彤管与三代之学校,以为淫奔之具、偷期
之所,私窃有所未安"。独藏其说,不与考亭先生辩。考亭微
知其然,尝移书求其诗说。止斋答以"公近与陆子静斗辩无
极,又与陈同父争论王霸矣,且某未尝注《诗》,所以说《诗》者
不过与门人为举子讲义,今皆毁弃之矣"。盖不欲佐陆、陈之
辩也。今止斋《诗传》方行于世云。建安袁氏申儒为公门人,
序其《传》末:"止斋实为宁皇旧学,上尝思之,语韩侂胄曰:'陈

某今何在？却是好人。'侂胄对上曰：'台谏曾论其心术不正，恐不是好人。'上曰：'心术不正，便不是好人耶！'遂不复召用。"止斋立朝大节俱无愧于师友，至光皇以疾缺北宫礼，其谏净有古风烈。嘉王之立，止斋以旧学亦有赞策功。厄于韩氏，遂不果大拜云。

宏而不博博而不宏

真文忠公、留公元刚字茂潜，俱以宏博应选。时李公大异校其卷，于文忠卷首批云"宏而不博"，于留卷首批云"博而不宏"，申都台取旨。时陈自强居庙堂，因文忠妻父善相，识文忠为远器，力赞韩氏二人俱置异等。是岁毛君自知为进士第一人，对策中及"朝廷设宏博以取士，今谓之'宏而不博'、'博而不宏'，非所以示天下，然犹置异等，何也"。至文忠立朝，时御史发其廷对日力从臾恢复事，且其父阅卷，遂驳置五甲，勒授监当，后庙堂授以江东干幕。终文忠之立朝，言者论之不已，后终不得起。南岳刘君克庄潜夫以诗悼其亡云："至尊殿上主文衡，岂料台中有异评。后二十年才入幕，隔三四榜尽登瀛。白头亲病终天诀，丹穴雏方隔岁生。莫怪才人多困顿，只缘命不到公卿。"毛策力主恢复，故刘寓微词云。刘诗"登瀛"之句，谓袁蒙斋也。毛流泊以死，真公卒为名卿。留以使酒任气，为言者屡以闻，然该敏贯洽，近代相门弟子未有也。文忠初甚与之契，中年对客语留，则愀然不悦。先是永嘉刘锡祖父掩据羲之墨池且百年，后世为仆所发，公断其庐，得池于刘卧内，刘氏遂衰。其临政操断皆类是，故谤者亦不恕。尝得方岩王公简复士人周仪甫书云："纳去茂潜书，虽仪甫不待老夫之祝。茂潜永嘉之政，若干将、莫邪新发于铏，切不可干之以私。"又云：

"近来墨池事最伟。"

胡 纮 李 沐

　　初纮试宰，还谒忠定。同时见者，忠定同郡人某，亦赵氏。赵知忠定不事修饰，故易敝巾、垢衫、败屦以见，且能昌诵忠定大廷对策。忠定于稠人中首称之语，且恨同姓同郡而曾未之识。次至纮进，自叙科第尝阶上游，冀里列，忠定愀然曰："若庙堂尽以前名用士，则或非前名与不由科第者，何由进？"神色不接。纮未谒忠定，尝迂道谒考亭先生于武夷精舍，先生待学子惟脱粟饭，至茄熟，则用姜醯浸三四枚共食。胡之至，考亭先生遇礼不能殊。胡不悦，退而语人曰："此非人情，只鸡樽酒，山中未为乏也。"道出衢、从太守觅舟，客次偶与水心先生遇，时犹未第。纮气势凌忽，若宿与之不合者，厉声问先生曰："高姓何里？"先生应之曰："永嘉叶适。"纮又诘之曰："足下何干至此？"先生对曰："亲病求医。"纮笑以手自摇紫窄带，叹曰："此所谓亲病在床，入山采药。"先生怃然，莫知其所以见讶者。会太守素稔先生名，遂命典谒语胡小俟，先请叶学士。即水心。胡尤不平，沐为名臣李公士颖子。李公闲居龟溪，去都最近。沐以大臣子试二令，适从忠定谒告为亲寿，会上亦当遣中使赐药茗，忠定欲荣沐，谕以就持归以谢赐。沐对以"遣使，旧礼也，恐不可以沐人子之荣而废遣使"。忠定不乐，颇以语侵沐。韩侂胄欲图忠定，而莫有助之者，谋之于某官。某语侂胄曰："公留某则可图赵。"韩遂于上前力留之，后竟拜相。某官既为韩留，则力荐纮沐。沐遂诬忠定为不轨。纮代击考亭先生，诬以欧阳公被谤事，又斥其辄废校舍为宅，论水心先生所著《进策君德论》以为无君。纮文逼柳柳州，沐诗文洒脱，著《易》颇

契奥旨,其初未必尽出于媚韩也。其积忿嫉者已久,临大议,
顷不能平心耳。巩粟齐丰亦以舍选前列,谒丞相京镗,自叙其
事。京对巩者,无异于忠定对纮。巩,贤者也,尝叹京言之是,
未尝怨尤,惜其不得纮位。近时凌次英以甲科四人偓蹇半世,
始得掌故都司,聂善之面戒之云:"翌日君谢丞相,但须逊谢垂
晚得禄,切不可一字及科第。"居今之世为士大夫者,亦不可不
知此。

制科词赋三经宏博

本朝廷对取士,用赋而不示其所自出。省试命题亦然。真宗
以"厄言日出"试士于廷,孙何等不究厥旨,赋莫能就,遂昧死
攀殿陛而上,请所出与大意。真皇不以为罪,揭示所出及大
意,谓"厄,润也"。是岁何为状头。其后诸生上请有司揭示,
皆始于此。王安石以三经取士,遂罢词赋,廷对始用策。先是
叶祖洽梦神人许之为状头,惟指廷下竹一束,谓之曰:"用此则
为状元。"叶不解其意,及用策取士,叶果为首。竹一束,乃策,
又梦中神为设狗肉片为状字。定数如此。叶因乡人黄裳劝神宗讲,
知上意深喜《孟子》,尝以语叶? 故叶对策始终援《孟子》以为
说。先是荆国王安石尝赋诗《试闱中》云:"当时赐帛倡优等,
今日抡才将相中。"盖已嫉词赋之弊。后因苏子由策专攻上
身,安石比之谷永,又因孔常用策力诋新法,安石遂有罢制科
之意。哲宗策士,因语近臣曰:"进士试策,文理有过于制科
者。"大臣皆熙宁党,遂力主罢制科议。制科词赋既罢,而士之
所习者皆三经。所谓"三经"者,又非圣人之意,惟用安石之说
以增广之,各有套括。于是士皆不知故典,亦不能应制诰、骈
丽选。蔡京患之,又不欲更熙宁之制,于是始设词学科,试以

制、表，取其能骈俪；试以铭、序，取其记故典。自南渡以后始复词赋，孝宗始复制策，而词学亦不废。

词　　学

　　洪氏遵试《克敌弓铭》，未知所出。有老兵持砚水，密谓洪曰："即神臂弓也。"凡制度、轻重、长短，无不语洪。有司以为神。洪独不记太祖即位之三年作神臂弓以威天下，何耶？宁皇试宏博之士于类试所，时徐凤少监与今宗簿刘澹然俱试，徐访知主司有欲出《唐历八变序》者，合用一行禅师《山河两界历》以为据。时鲍明法华字瀚之为廷评，明于历学，且朝廷方用以修历。鲍为刘里人，徐谓刘曰："君盍访鲍借《两界历》吾二人共之。"刘唯唯。翌日访鲍，得《两界历》，具知其详，不复与徐共。及试已迫，徐自访鲍借历，鲍语徐曰："只有一草本，从周刘字。持数日矣。"及试之日，果出《历序》，刘甚得意，自以为即神臂弓比。徐于序末但略云："亦有一行《两界历》，以非正史所载，故不书。"时秘书陈璧阅卷，陈素不习词学，阅刘卷方以独用《山河历》事为疑，又阅徐卷谓"非正史所载"，批刘卷首云："六篇精博，文气亦作者，但不必用《山河》《两界》事，似失之赘。"是岁刘、徐俱黜。其后徐又试，六篇俱精诣。《代嗣王谢赐玉带表》用《礼记》"孚尹"二字，以"尹"为平声。凡用经释音，当以首释为证；用史释音，当以末释为证。徐用第二音，故主司疑其平侧失律。然徐非失粘，但用于隔联上一句四字内，亦何伤于音律？主司过矣，公论屈之。余尝访真文忠公，席间偶叩以今岁词学有几人，文忠答以"试者二十人，皆曾来相访。昨某闲教人誊得贡院草卷本出来，内一卷佳甚，且是纯莹。此人如何不来见某？且如《谢赐金水滴砚尺》破题便用

'品'字，如此之类，某在试闱考校必是圈出。盖不特此，自是六篇纯莹，天下固有人才"。予谓文忠曰："莫是徐子仪_{徐字。}卷?"文忠曰："文字相似，恐子仪未到这般纯莹处。"揭示，则徐卷也。徐试《三家星经序》备记甘公、巫咸、石申夫岁星顺逆与今红黄黑所圈，主司惊异，已置异等，而末篇赘用《周礼》巫_音_{筮。}咸为证，遂申都台付国子监看详。徐、真本共习此科，且同砚席，文忠已中异等，为玉堂寓直，徐三试有司始中。文忠立朝，徐犹为亲奉祠，反为冷官。真出漕江东，徐始得掌故。徐后亦寓直玉堂，官至列监，迟速皆命也。徐奉祖母，孝称于乡，惜乎不及文忠之荣亲云。

武　林　山

　　予尝考《晋书·地理志》，钱塘县有武林山。《旧图》云在县西十五里，山高九十二丈，周回一十二里，又名曰灵隐。钱塘令刘道真《钱塘记》、太子文学陆羽《灵隐记》、夏竦《灵隐寺舍田记》、翰林学士胡宿《武林寺记》，皆云武林山即灵隐山。《旧图经》云："虎林山，钱塘县旧治之北半里，今钱塘门里太一宫道院高士堂后土阜是也。"《新图经》云："或云钱塘门里太一宫道院后虎林山，一名武林山，然典籍无所考据。"予尝窃笑《旧图经》既云"有武林山，又名灵隐"矣，又云"钱塘门里有虎林山"，则是武林自为一山，虎林又为一山；城里是虎林，城外是武林。著为《图经》者，未尝知武林避唐讳也。又云西湖其源出于武林山，则正合攻媿"武林山出武林水"矣，不应今城中太一宫有泉通西湖也。《旧图经》皆近之，但以不考避唐讳，未免疑武林、虎林为二山矣。详见于下卷。_{其事无关于世，故似不必}_{辩。盖太一为圣驾款谒之所，以此资备顾问者。}

高宗幸太学

　　绍兴十四年三月乙巳，高宗祇谒先圣，止辇大成殿门外，降登步趋，执爵奠拜，视貌像翼钦慕。复幸太学，御崇化堂，颁示手诏，示乐育详延之诚意，命国子司业臣阅讲《周易·泰卦》，赐群臣诸生坐听讲说，上首肯者再。复迁玉趾，俯临养正、持志二斋，顾瞻生徒肄业之所，徘徊久之。上之幸斋也，本幸养正斋。养正斋与持志斋相邻，斋生正幸恩典，遂力邀驾幸持志，上怜其意而幸之。自后未幸学之先，上欲幸斋，必预敕斋名，擗截唯谨，恐其复邀驾觊恩也。

中和堂御制诗

　　中和堂在郡治。建炎三年四月壬戌，高宗幸焉。御制所为诗云："六龙转淮海，万骑临吴津。王者本无外，驾言苏远民。瞻彼草木秀，感此疮痍新。登堂望稽山，怀哉夏禹勤。神功既盛大，后世蒙深仁。愿同越句践，焦思先吾身。艰难务遵养，圣贤有屈伸。高风动君子，属意种蠡臣。"堂北又有清风亭，御书其楹云："斯堂特伟之观，无愧上都。薰风来南，我意虽快，愿与庶人共之。"后因改为伟观。圣意驻跸，决于此诗。

请斩乔相

　　文忠真公奉使北庭，道梗不得进，止于盱眙。奉币反命，力陈奏疏，谓敌既据吾汴，则币可以绝。朝绅三学主真议甚多，史相未知所决。乔公行简为淮西漕，上书庙堂云云，谓"蒙古渐兴，其势已足以亡金。金，昔吾之仇也，今吾之蔽也。古人唇亡齿寒之辙可覆，宜姑与币，使得拒敌"。史相以为行简之为虑甚深,欲予币犹未遣,太学诸生黄自然、黄洪、周大同、家槚、徐士龙等,同伏丽正门,请斩行简以谢天下。

三　　文　　忠

欧阳子谥文忠,京丞相镗以善事韩,亦谥文忠。后以公论,谓不宜以谥欧阳者谥镗,初谥文穆。无名子作诗曰:"一在庐陵一豫章,文忠文穆两相望。大家飞上梧桐树,自有旁人说短长。"真文忠初谥也,谥议未上,有疑其太过者,欲以王梅溪之谥谥公。公之子志道以"政府祭公文,皆谓公无愧于欧阳,未尝比予父以梅溪也",政府无复辩,用初谥云。镗后以论者并文穆去之。

天　　子　　谳

永康之俗,固号耳笔,而亦数十年必有大狱。龙川陈亮既以书御孝宗,为大臣所沮,报罢居里,落魄醉酒,与邑之狂士甲命妓饮于萧寺,目妓为妃。旁有客曰乙,欲陷陈罪,则谓甲曰:"既册妃矣,孰为相?"甲谓乙曰:"陈亮为左。"乙又谓甲曰:"何以处我?"曰:"尔为右。吾用二相,大事其济矣。"乙遂请甲位于僧之高座。二相奏事讫,降阶拜甲,甲穆然端委而受。妃遂捧觞歌《降黄龙》为寿。妃与二相俱已次"万岁",盖戏也。先是亮试南宫,何澹校其文而黜之,亮不能平,遍语朝之故旧,曰:"亮老矣,反为是小子所辱!"澹闻而衔亮,未有间。时澹已为刑部侍郎,乙探知其事,遂不复告之县若州,亟走刑部上首状。澹即缴状以奏,事下廷尉。廷尉,刑部属也,笞亮无全肤,诬服为不轨。案具,闻于孝宗,上固知为亮,又尝阴遣左右往永康,廉知其事。大臣奏入取旨,上曰:"秀才醉了胡说乱道,

何罪之有？"以御笔画其牍于地。亮与甲俱掉臂出狱。居无
几，亮又以家僮杀人于境外，适被杀者尝辱亮父，其家以为亮
实以威力用僮。有司笞榜，僮气绝复苏者屡矣，不服。仇家置
亮父于州圄，又嘱中执法论亮情，重下廷尉。时王丞相淮知上
欲活亮，以亮款所供尝讼僮于县而杖之矣。仇家以此尤亮之
素计，持之愈急，王亦不能决。稼轩辛公与相婿素善，亮将就
逮，亟走书告辛。辛公北客也，故不以在亡为解，援之甚至，亮
遂得不死。时考亭先生、水心先生、止斋陈氏俱与亮交，莫有
救亮迹。亮与辛书，有"君举吾兄，正则吾弟，竟成空言"云。
骊塘危公尝语予曰："罗枢密点自西府归里，有里人从容扣罗
公曰：'吾有疑于公者，蓄而不敢白者有年。公今容某白其疑，
可乎？'罗公曰：'言之何伤？'其人曰：'以某观公，平生未尝妄
行一步。公为从官时，天夜大雪，某醉归见公以铁拄杖拨雪，
戴温公帽，丁屐微有声，吾醉不敢与公揖。后有苍奴佩箧，苍
奴亦吾所识，为公奴。吾固醉，以为误认公，则不可。'公笑曰：
'子之言与所见，是未尝醉也。陈同父亮字。狱事急，吾未尝识
之，怜其才援之吏手，箧内皆白金也。同父死矣，吾故因子问
而发之。'"

华　子　西

　　华岳字子西，右庠诸生，以武策擢第。为人轻财好侠，未
第时以言语为韩氏所贬，置建宁圄土中。投启建守傅公伯诚，
公怜之，命出入毋系。又以诋触李守伯珍，名大昇。复置圄。
有诗自号《翠微南征集》。韩诛，华放还，复籍于学，因擢第为
殿前司官属。华郁然不得志，有动摇大臣意。史命殿前卒围
其屋，逮岳，犹呼岳至庭下，曰："我与尔有何怨尤，而欲相谋？"

岳但对未尝有是。史命拽之赴京兆狱,狱具,坐议大臣当死。史持牍奏宁皇。上知岳名,欲活之。丞相进而告上曰:"是欲杀臣者。"上曰:"教他去海南走一遭便了。"初以斩罪定刑,史对上曰:"如此,则与减一等。"上不悟,以为减死一等,故可其奏。岳竟杖死于东市。岳倜傥似陈亮,惜乎不善用也。狱事稍涉袁公蒙斋,史不问。

刘 三 杰 扶 陛

刘三杰,衢人也,与韩氏有故。用为太守,朝辞宁宗,刘有疣疾,伛偻扶陛槛以下。上目之震怒,手自批出:"刘三杰无君,可议远窜。"韩为上前救解,竟免所居郡,斥三秩云。

请 斩 秦 桧

胡忠简公铨以枢掾"请诛秦桧以谢天下,请竿王伦之首以谢桧,斩臣以谢陛下",奏稿本。高宗震怒,以为讦特,欲正典刑。谏者以陈东启上,上怒为霁,遂贬胡儋耳。胡之州里竟传公已诛死,独有一卜者谓公命当阶政府,必不死。又揭榜通衢,以验他日,人皆目为狂生。先是敌入中原,朝廷议割四镇不决,敌骑奄至,钦宗亟引从臣入内问计,伦遂窜名缀从臣直前,乞上早戒严。上惊问曰:"尔谓谁?"伦对上以"臣乃咸平宰相王旦孙。"上知为旦孙,故置不问。忠肃刘公珙以其材荐之高宗,故用以奉使。铨疾其从敌人贬号之议,故请斩之,非疾和议也。胡公南归,孝宗嘉叹,置之经筵,欲大用之,惜其已老。公封事未达北庭,间者募以千金,及敌得副本,为之动色,益知本朝之有人,由是和议坚矣。

请斩赵忠定

忠定去国，药局赵师㟧上书宁皇，请斩忠定以谢天下，盖欲媚韩也。忠定之事既白，后溪刘左史光祖适帅荆、襄，辟公之子崇模为机幕。刘公未知师㟧事，先辟其弟某。崇模与危公桢为同年，嘱危草笺以谢刘公云云，"今闻其弟之当来，欲使为寮而并处。念交游之仇不同国，而况天伦？无羞恶之心则非人，是乖风教。故胜母之里不可入，迫人之驿不可居。岂容同堂合席之至欢，乃有操戈入室之遗类？纵罪不相及，然水中之蟹且将避之；倘机或未忘，则海上之鸥不当下矣。窃谓父子之间，宁间于存殁；宾主之际，则在于从违。且昔辱甄收，本见齿忠臣之后；若今惟苟合，是玷名恶子之中。得士如斯，在公焉用？"刘公得崇模笺，愕置几上，即草檄勒回师㟧弟。请斩忠定，师㟧也，其弟固不预，崇模义不得与之同游。《颜氏家训》述卢氏事，子弟固能累父兄，父兄亦能累子弟云。

九里松用金字

或问予曰："今九里松一字门扁，吴说所书也，字何以用金？"予谓之曰："高宗圣驾幸天竺，由九里松以入，顾瞻有扁，翌日取入，欲自为御书黼黻湖山，命笔研书数十番，叹息曰：'无以易说所书也！'止命匠就以金填其字，复揭之于一字门云。"

寿星寺寒碧轩诗

东坡既赋"寒碧"之句，吴氏说能草圣，行书尤妙，尝书坡句于寺之粲壁。高宗命使诏僧借入宫中，留玩者数日，复命还赐本寺。说字画遇际圣君如此。

夏执中扁榜

今南山慈云岭下地名方家峪,有刘婕妤寺。后赠贤妃。泉自凤山而下,注为方池,味甚甘美。上揭"凤凰泉"三字,乃于湖张紫薇孝祥所书。夏执中为后兄,俗呼为"夏国舅",偶至寺中,谓于湖所书未工,遂以己俸刊所自书三字易之。孝宗已尝幸寺中,识孝祥所书矣,心实敬之。及再驾幸,见于湖之扁已去,所易者乃执中所书。上不复他语,但诏左右以斧劈为薪。幸寺僧藏于湖字故在,诏止用孝祥书。今复揭执中字。

三　省

嘉定重修都台既成,旨许士民入视,凡三日。骊塘危公桢时为秘书,约予俱入。既出,则问客曰:"凡厅治皆南面,惟都台则宰相坐东面,参枢皆西面,此何典也?"坐客有言太宗尝为中书令,既已庙坐,后人遂不敢专席者;又谓三省旧在内中,不敢上拟南面者;又谓宰相庙坐则参枢不宜列坐者。危公以其无据,出于臆说,而不大释然。予年最卑,公视予曰:"贤良独不言乎?"予谢其问而对曰:"熙宁官制既改,三省长官皆视事南向,余官遂从两列,恐当以此为据。"危公谓予曰:"子得之矣。"

南屏兴教磨崖　又有小南屏山与南屏轩。

今南屏山兴教寺磨崖《家人卦》、《中庸》、《大学》篇,司马温公书,《新图经》不载。钱塘自五季以来,无干戈之祸,其民富丽,多淫靡之尚。其于齐家之道或缺焉,故司马书此以助风教,非偶然书之也。今南屏遂为焚槊之场,莫有登山摩挲苔石者。

天 竺 观 音

孝宗即位之初,出内府宝玉三品置于天竺寺观音道场。明年御制赞曰:"猗欤大士,本自圆通。示有言说,为世之宗。明照无二,等观以慈。随感即应,妙不可思。"上之博通内典如此。

易安斋梅岩亭

光尧亲祀南郊,时绍兴二十五年也。御书于郊坛易安斋之梅亭云"谒欵泰坛"。因过易安斋,爱其去城不远,岩石幽邃,得天成自然之趣,为赋《梅岩》云:"怪石苍苔映翠霞,梅梢疏瘦正横斜。得因祀事来寻胜,试探春风第一花。"孝宗时在潜邸,恭和圣作云:"秀色环亭拥霁霞,修□今上嫌讳。冰艳数枝斜。东君欲奉天颜喜,故遣融和放早花。"此真古今所未见,岩石何其幸欤!光尧尝问主僧曰:"此梅唤作甚梅?"主僧对曰:"青蒂梅。"又问曰:"梅边有藤,唤作甚藤?"对曰:"万岁藤。"称旨,赐僧阶。上尝拂石而坐,至今谓之"御坐石"。

五 丈 观 音

观音高五丈,本日本国僧转智所雕,盖建隆元年秋也。转智不御烟火,止食芹蓼;不衣丝绵,尝服纸衣,号"纸衣和尚"。高宗偕宪圣尝幸观音所,宪圣归,即制金缕衣以赐之,及挂体,仅至其半。宪圣遂遣使相其体,再制衣以赐。

柳洲五龙王庙

出涌金门入柳洲,上有龙王祠。开禧中,帅臣赵师𥶥重塑五王像,旒冕珪服毕具。其中三像,一模韩侂胄像,二模陈自强像,三模师𥶥像。时韩、陈犹在,台臣攻师𥶥,唯于疏中及师𥶥自貌其像,不敢斥韩、陈云。至今犹存,未有易之者。过此皆不识三人者,恐未必以予言为信而易之。然师𥶥论疏可考也。

张 司 封 庙

庙号昭贶,即景祐中尚书兵部郎张公夏也。或作"兵部史",碑又作"太常",祀典作"工部员外",俗呼"司封"。夏字伯起,景祐中出为两浙转运使。杭州江岸率用薪土,潮水冲击,不过三岁辄坏。夏令作石堤一十二里,以防江潮之害。既成,州人感夏之功,庆历中庙于堤上。嘉祐□年十月,赠太常少卿。政和二年八月,封宁江侯,改封安济公,并赐今额。绍熙十四年增"灵感"字,绍兴三十年增"顺济"字。予以本末考之,初无神怪之事。今临安相传以伯起治潮三年,莫得其要领,不胜恢愤,尽抱所书牍自赴于江,上诉于帝,后寓于梦,继是修江者方得其说,堤成而潮亦退,盖真野人语也。江之所恃者堤,安有伯起不知以石代薪土之便,功未及成,效匹夫沟渎之为? 此身不存而凭虚忽之梦以告来者,万一不用其梦,患当何如? 是尚得生名之智、殁谓之神乎? 沿江十二里,要是上至六和塔,下至东青门,正贶所筑堤。今顾诿之钱王,则尤缪矣。

忠 勇 庙

庙在九里松,故步军司前军统制张玘绍兴三十二年从张子盖解海州围,玶用命战没,奉旨赠清远军承宣使,仍于本寨门首建庙,赐号“忠勇”。乾道元年,步帅戚方所建。

忠清庙制词

显仁太后龙辂将渡会稽,上圣孝出于天性,预恐风涛为孽,遥于宫中默祷忠清庙。及篙御既戒,浪平如席,上命词臣行制词以封之,曰:“追惟文母,将祔裕陵。閟殿告成,容车将发。奈以大江之阻,具形群辟之忧;既竭予诚,亟孚神听。某王一节甚伟,千古如存。帖然风涛,既赖幽冥之相;焕乎天宠,用昭崇极之恩。尚绥于四方之民,以绵尔百世之祀,可特封忠壮英烈威显王。”盖于旧号四字上加“忠壮”二字。

径 山 大 慧

大慧名妙喜。张公九成字子韶,自为士时已耽释学,尝与妙喜往来,然不过为世外交。张公自以直言忤秦桧,桧既窜斥张公,廉知其素所往来者,所善独妙喜,遂杖妙喜背,刺为卒于南海。妙喜色未尝动。后桧死,孝宗果放还,复居径山。有劝之去其墨者,妙喜笑拒不答。孝宗怜而敬之,宠眷尤厚,赐金钵、袈裟,舆前用青盖,赐号“大慧”。言者列其宠遇太过。高宗既御北内,得以游幸山间,以妙喜故,赐吴郡田万亩。驾幸越二年,始建龙游阁。

宏　　词

嘉定间未尝诏罢词学,有司望风承意太过,每遇群试,必摘其微疵,仅从申省,予载之详矣。水心先生著为《进卷外稿》,其论宏词曰:“宏词之兴,其最贵者四六之文。然其文最为陋而无用。士大夫以对偶亲切、用事精的相夸,至有以一联之工而遂擅终身之官爵者。此风炽而不可遏七八十年矣,前后居卿相显人、祖父子孙相望于要地者,率词科之人也。既已为词科,则其人已自绝于道德性命之本统,以为天下之所能者尽于区区之曲艺,则其患又不止于举朝廷高爵厚禄以予之而已。盖进士等科,其法犹有可议而损益之,至宏词,则直罢之而已矣。"先生《外稿》盖草于淳熙自姑苏入都之时,是书流传则盛于嘉定间。虽先生本无意于嫉视词科,亦异于望风承意者,然适值其时,若有所为。文忠真公亦素不喜先生之文,盖得于里人张彦青之说,以先生之文失之支离。文忠得先生《习学记言》观之,谓"此非记言,乃放言也,岂有激欤"?水心先生之文,精诣处有韩、柳所不及,可谓集本朝文之大成者矣。文忠四六,近世所未见,如史相服阕,加官制词云:"素冠栾栾,方毕三年之制;赤舄几几,爰新百揆之瞻。"又谓史相云:"陈平之智有余,萧相之功第一。"戒词云:"天难谌斯,当毋忘惟几惟康之戒;民亦劳止,其共图既富既庶之功。"《抚谕江西寇曲赦诏》,其中一、二联云:"自有乾坤至于今日,未闻盗贼可以全躯。"又曰:"弄潢池之兵,谅非尔志;焚昆冈之玉,亦岂予心。"又行永阳郡王制词云:"若时懿属,可恨彝章,其登公朝位棘之尊,仍疏王社苴茅之贵。"盖文忠既入札庙堂,谓二恩恐不得而兼,故致微词云。

文忠答赵履常

　　文忠真公尝与赵公汝谈相晤,赵公启文忠曰:"当思所以谋当路者,毋徒议之而已。"文忠答以"公为宗国,固当思所以谋。如某不过朝廷一议论之臣尔"。赵公自失。予以谓此亦文忠本心。嘉定初,文忠语予曰:"他年某极力只做得田君贶人物,若范文正公,则非所敢望矣。至中年而后,则又以文正自任。"先是嘉定初与予论理学,则曰:"某与兄言,只是论得个皮肤,如刘静春却论到骨髓。俟某得山林静坐十年,然后却与兄论骨髓。"其后公闲居十年,而朝夕常反覆议论者,独有静春乃大不合。岂公之学力,已异于嘉定之初耶?

徐竹隐草皇子制

宁皇立皇子洵,时上春秋犹盛。竹隐徐似道行制词内二句云:"爰建神明之胄,以观天地之心。"真学士也,其意味悠长矣。

昆命于元龟

宁皇嘉定初拜右相制麻,翰林权直陈晦偶用"昆命于元龟"事。时倪文节公思帅福闽,即束装奏疏,谓"哀帝拜董贤为大司马,有'允执其中'之词,当时父老流涕,谓汉帝将禅位大司马。"宁宗得思疏甚骇,宣示右相。右相拜表,以为"臣一时恭听王言,不暇指摘,乞下思疏以示晦"。晦翌日除御史,遂上章遍举本朝自赵普而下,凡拜相麻词用元龟事至六七,且谓"臣尝学词科于思,思非不记,此特出于一旦私愤,遂忘故典。以藩臣而议王制,不惩无以示后"。文节遂不复敢再辩,免所居官。陈与真文忠最厚,盖辩明故典,颇质于文忠云。

考　亭

考亭先生《赋武夷大隐屏》诗云:"瓮牖前头大隐屏,晚来相对静仪形。浮云一任闲舒卷,万古青山只么青。"五峰胡氏

得其诗而诵之，谓南轩张敬夫曰："佳则佳矣，惜其有体而无
用。"遂自为诗以遗考亭先生，曰："幽人偏爱青山好，为是青山
青不老。山中出云雨太虚，一洗尘埃青更好。"胡公铨以诗荐
先生于孝宗，召除武学博士，先生不拜。盖先生之意，以谓胡
公特知其诗而已。门人以"考亭"号先生，世少知其然者。亭
为陈氏所造，本以置其父之樏，葬毕因以为祀茔之所，题曰"考
亭"。其后亭归于先生，以"考亭"于己无所预，遂因陈姓易名
曰"聚星"，参取《汉史》、《世说》陈元方事，事为一段，段为一
图，揭之于亭。而门人称"考亭"之号已久，终不能遽易。故今
称先生皆以晦庵、晦翁，而"考亭"之称亦并行云。先是先生本
字元晦，后自以为元者乾，四德之首也，惧不足当，自易为仲
晦。然天下称元晦已久，至今未有称仲晦者。文忠真公字景
元，攻媿从容问公曰："何以谓之景元？"公对以"慕元德秀，故
曰景元"。攻媿曰："误矣"。取《毛诗》"高山仰止，景行行止"
注文以示公，曰："景，明也。诗人以明行对高山，则景不可以
训慕。"遂为公易曰"希元"，然天下亦称"景元"者已久，至今亦
未有称为"希元"者。文中子弟绩字无功，子曰："神人无功，非
尔所及也。"终身名之。考亭先生不敢以"元"为字，盖本于此。

洪　景　卢

　　洪忠宣公以苏武节为秦桧所忌，孝宗怜之。其子迈以宏
博中选，历官清显。孝宗有意大用，廉知其子弟不能遵父兄之
教，恐居政府则非所以示天下，故特迟之。洪公每劝上早谕庄
文，上为首肯。间因左右物色洪公子政饮娼楼，上亟命快行宣
谕洪公云："也请学士时洪为知制诰。教子。"快行言讫，无他诏。
洪惊愕莫知其端，但对使唯唯奉诏，退而研其子所如往，方悟

上旨,遂抗章谢罪求去。归番阳,与兄丞相适酬唱觞咏于林壑甚适。偶得史氏琼花,种之别墅,名曰"琼野",楼曰"琼楼",圃曰"琼圃"。史氏欲祈公异姓恩泽,不从。史氏遂讦公以"琼瑶者,天子之所居,非臣子所宜称。"公不为动,则伏阙进词,诣台诉事,因为言者所列。文人稍欲吟咏题品,而人即毁之,至不复迁政府,亦命矣。

赵忠定抡才

忠定季子崇实间因与予商榷骈俪,以为"此最不可忽,先公居政府,间以此观人,至尺牍小简亦然,盖不特骈俪。或谓先公曰:'或出于他人之手,则难于知人矣。'先公:'不然,彼能倩人做好文字,其人亦不碌碌矣。'此先公抡才报国之一端也。"崇实为相家贤胄,游京幕为元僚,有隽声,而诚实出于天性,真称其名。惜乎天不假年云。

太学诸生置绫纸

郑昭先为台臣,倏当言事月,谓之月课。昭先纯谨人也,不敢妄有指议,奏疏谓京辇下勿用青盖,惟大臣用以引车,旨从之。太学诸生以为既不有青盖,则用皂绢为短檐伞,如都下买冰水担上所用,人已共嗤笑。逻者犹以为首犯禁倏,用绳系持盖仆,并盖赴京兆。时程覃实尹京,遂杖持盖仆。翌日诸生群起伏光范,诉京兆。时相戒阍者或受谒,诸生至诣阙诉覃。覃亦白堂及台自辩,诸生攻之愈急,至作为《覃传》云:"程覃字会元,一字不识,湖徽人也。""湖徽"者,覃本徽出,寓居于湖。俗谚以中无所有而敢于强聒谓之"胡挥"。时相以为"前京兆赵师𢇲既因榢橙斋生罢去,亦诸生所诉也,既罢一京兆矣,其

可再乎？且挞仆与挞生徒孰重孰轻？诸生得无太恣横！"坚持
其议，不以诸生章白上。诸生计既屈，遂治任尽出太学置绫卷
于崇化堂，皆望阙遥拜而去。云散雾裂，学为之空。观者惊
恻，以为百年所未尝有。会永阳郡王杨次山本右庠经武诸生，
偶遣馈旧同舍，介者寂无所睹，复持以归，白王以两学俱空。
王遣二子往廉其事，具得实，因慈明启于上。上即御批令学官
宣谕诸生亟就斋，免覃所居官，仍为农卿，诸生奉诏唯谨。先
是时相恶其动以扫学要朝廷，遂诵言"诸郡庠生有职事者，或
白首不敢望太学一饭，此极可念。若诸生纳绫卷而去，当以诸
郡庠职事补其阙。"生徒闻其说而止。史相虽以计定诸生，未
必真出于此。以予观诸郡庠，极有遗才。三岁大比，当令州郡
荐其绝出者于太学云。覃于宦业无显过，盖善人也。皂盖一
事合申庙堂，当来台臣只乞禁青盖，今诸生用短檐皂伞，未知
合与不合，更乞朝廷明降指挥以凭遵守。若朝廷有旨亦不许
用皂盖，而诸生犹故用之，则宜移文司成议诸生罪，为善于处
置矣。时即有轻薄子故为一绝落韵诗云："冠盖如云自古传，
易青为皂且从权。中原多少黄罗伞，何不多多出赏钱。"

心之精神是谓圣

　　慈湖杨公简参象山学犹未大悟，忽读《孔丛子》，至"心之
精神是谓圣"一句，豁然顿解。自此酬酢门人、叙述碑记、讲说
经义，未尝舍心以立说。慈湖尝为馆职，同列率多讥玩之，亦
有见其诚实而不忍欺之者。

郑节使酒过

　　臣寮论列郑节使兴裔使酒尚气，政事卤莽。光宗谕言者

曰:"台谏之职固在风闻,然亦须得其仿佛。兴裔戚里,朕向在东宫屡与之同侍内宴,涓酒不能受,闻酒气辄呕,安在其为使酒也? 言者惭惧而退,随有旨予外。

史 越 王 表

越王自草表,中自序云:"逡巡岁月,七十有三。"而未得所对。有客以今余大参父不记名。能四六为荐者,越王召见,试以表中语,俾为属对。余应声曰:"此甚易。以'补报乾坤,万分无一'为对足矣。"越王大加赏识。今《四六语》中载越王表语而不及余,非越王不没人善之意也。或云与吕申公遗表同。

杨 和 王 相 字

杨王沂中闲居微行,遇相字者。相者以笔与札进,杨王拒之,但以所执拄杖大书地作一画。相者作而再拜曰:"阁下何为微行至此? 宜自爱重。"杨愕而诘其所以。则又拜曰:"土上作一画,乃王字也,公为王者无疑。"杨笑,遽用先所进纸批缗钱五百万,仍用常所押字命相者翌日诣司帑者徵取。相者翌日持王批自言于司帑云:"王授吾券,徵钱五百万。"司帑老于事王者,持券熟视久之,曰:"尔何人? 乃敢作我王赝押来脱钱! 吾当执汝诣有司。"相者初谓司帑者调弄之,至久色不变,相者始具言本末,且以为"真王所书,且吾安敢伪?"司帑坚谓"我主押字,我岂不认得",相者至声屈,冀动王听。王居渠渠然,声不达。王之司谒与司帑同列者,醵金五十缗与相者。相者持金大怃,痛骂司帑者而去。王间因金押支用历,既金押,司帑者乘间白曰:"恩王前日曾批押予相字者钱五百万,有之乎?"王曰:"是,是。这人是神相,汝已支与他了?"司帑进曰:

"某以非恩王押字拒之,众人打合五十千与之去矣。"王惊曰:"汝何故?"司帑曰:"不可。他今日说是王者,来日又胡说增添,则王之谤厚矣。且恩王已开社矣,何所复用相?"王起而抚其背,曰:"尔说得是,说得是,说得是!"就以予相者钱五百万旌之。

朱赵谥法 忠定遗集其家欲以"庆元丞相集"为目,以庆元不一相,故未定。

本朝士大夫以忠节致死者,俱与谥法有"愍"字。赵忠定当谥"愍",其家子弟自列于朝,谓"愍"之一字实不忍闻,遂易谥"定"字。考亭先生太常初谥"文正",考功刘公弥正覆谥,谓先生当继唐韩文公,又尝著《韩文考异》一书,宜特谥曰"文",且谓"本朝前杨亿,后王安石,虽谥曰'文',文乎?岂是之谓乎?"旨从之。自后议诸贤谥,自周元公以下,俱用一字矣,如程正公、吕成公之类。

四朝闻见录卷二 乙集

高 宗 驻 跸

高宗六飞未知所驻,尝幸楚,幸吴,幸越,俱不契圣虑。暨观钱塘表里江湖之胜,则叹曰:"吾舍此何适!"时吕公颐浩提师于外,以书御帝曰:"敌人专以圣躬为言,今驻跸钱塘,足以避其锋、伐其谋。"近名公谓士大夫溺于湖山歌舞之娱,皆秦桧之罪。桧之罪在于诛名将,窜善类,从臾贬号,遣逐北人;若奠都之计,盖决于帝而赞成于颐浩也。或谓徽宗尝寤钱王而诞高宗,盖因定都从而附会云。

武 林

武林本曰虎林,唐避帝讳,故曰武林,如以"玄虎"为"玄武"之类。山自天目而来,为灵隐后山,顿伏至仪王墓后,若虎昂首,额下石隐隐有斧凿痕。故老相传以为太祖,又以为徽宗用望气者之言凿去虎额,又谓高宗尝占梦为虎所惊,因凿焉,未知孰是。今竹宫有小山曰武林,道士作亭其上,环以花竹,盖因一小土阜为之,非武林也。道士易如刚间因攻媿楼公斋宿,丐诗以咏其亭。诗中用事最为精博,曰:"武林山出武林水,灵隐后山毋乃是。此山亦复用此名,细考其来真有以。"盖灵隐之山,即武林之山;冷泉之水,即武林之水。谓"此山亦复用此名",则竹宫培塿之土,非武林明矣。老笔殊使人畏也。

末章乃谓钱氏凿井,建缁黄庐以厌王气,疑此山为武林余脉,是又收拾人情之论,当以前章为正云。

武 林

考亭先生得友人蔡元定,字季通,号西山。而后大明天地之数,精诣钟律之学,又讳之以阴阳风水之书。先生信用蔡说,上书建议,乞以武林山为孝宗皇堂,且谓会稽之穴浅粗而不利,愿博访草泽以决大议。其后言者谓先生阴授元定,元定亦因是得谪云。辨正在丁集"党议"。

钱 塘

龙川陈氏亮字同甫,天下士也。尝圜视钱塘,喟然而叹曰:"城可灌尔。"盖以城中地势下于西湖也。亮奏书孝宗,谓"吴蜀,天地之偏气也;钱塘,又吴之一隅也。一隅之地,本不足以容万乘,镇压且五千年,山川之气,发泄而无余。故谷粟、桑麻、丝枲之利,岁耗于一岁,禽兽、鱼鳖、草木之生,日微于一日,而上下不以为异。"力请孝宗移都建邺,且建行宫于武昌,以用荆、襄,以制中原。上韪其议,使宰臣王淮召至都省问下手处。陈与考亭游,王素不喜考亭,故并陈而嫉之。陈至都省,不肯尽言,度尽言亦未必尽复于上。翌日上问以亮所欲言者,王对上曰:"秀才说话耳。"上方鄙远俗儒,遂不复召见。时两学犹用秦桧禁,不许上书言事。陈尝游太学,故特弃去,用乡举名伏丽正门下。王又短之,以为欺君。故迁都之议,为世迁笑。至于今日,亮得以迁笑议己者于地下矣。

洛　学

淳熙间,考亭以行部劾台守唐氏,上将置唐于理。王与唐为姻,乃以唐自辩疏与考亭章俱取旨,未知其孰是。王但微笑,上固问之,乃以"朱程学,唐苏学"为对,上笑而缓唐罪。时上方崇厉苏氏,未遑表章程氏也,故王探上之意以为解。考亭上书力辩以谓,至以臣得于师友之学以中伤,不报,故终王之居相位,屡召不拜。考亭之子在,趋媚时好,遂阶法从,视其父忤淮者异矣。予尝与闽士同舟,相与叹息在之弗绍,且谓在尽根尽骨卖了武夷山。闽士谓予曰:"子之乡橐,只是卖了一座武夷山;我之乡橐,却卖了三座山。""三座山"盖指三山,"乡橐"谓梁成大也。程源为伊川嫡孙,无恗殊甚,尝籴米于临安新门之草桥,后有教之以干当路者。著为《道学正统图》,自考亭之后剿入当路姓名,遂特授初品,因除二令,又以轮对改合入官,迁寺监丞。伊川、考亭扫地矣。诸学子孙惟吕氏未坠,成公犹子康年甲戌廷对,真文忠欲置之状头。同列以其言中书之务未清,恐触时政,文忠固争不从,遂自甲置乙。文忠尝出其副示予,相与叹息。公辍俸,命书市刻之。

吴　云　壑

四明高氏似孙号疎寮,由校中秘书授徽倅。道出金陵,投留守吴公踞号云壑,字居父。以诗,曰:"四朝渥遇鬓徽丝,多少恩荣世少知。长乐花深春侍宴,重华香暖夕论诗。黄金籝满无心爱,古锦囊归有字奇。一笑难陪珠履客,看临古帖对梅枝。"公之客曰储用、项安世、周师稷、刘翰、王辉、王明清,晚得王大受,辍子侄官授之。凡游从皆极一时之彦。公无他嗜好,居近

城与东楼平,光皇为书扁以赐,不名其名而名其官。楼下设维
摩榻,尤爱古梅,日临钟、王帖以为课,非其所心交,足迹不至。
此高氏独知其详,故落句及之,亦精于所闻矣。公所居,予旧
游也,自厅事侧梯东楼,楼下以半植镇安旄节,半为燕坐处。
楼相直有亭,仅着宾主四人,因城叠石曰"南麓"。麓后高数
级,登汲于瓮,泄之以管,淙淙环珮声入方池。池方四五尺,画
≡于扁。自麓之后,登城为啸台。下有堂依城南,榜曰"诗书
台",有级可下。又自台入洞门,依雉堞有平地可坛,圜植碧
桃,有石可棋与坐。自西行,有迳亭曰"物表",亦光皇赐扁,面
直吴山。又曲折旁转,入荼蘼洞,茅顶而圆,内揭以镜,曰"定
庵",与僧智彬语达摩学则至。大抵地仅寻尺,而藤蔓联络,花
竹映带,乌啼鹤唳,寂如山林。公野服尘斧,大绿蒲履,徜徉其
间,望之者疑为仙云。公为宪圣犹子.以词翰被遇孝宗。宪圣
殿洛花盛开,必召诸子侄入侍。孝宗万几之暇,即命中使召公
论诗作字而罢,故疎寮额联及之。时琚已为直学,赵欲待以真学士,吴
亦不难之。宪圣既御帘政,赵公汝愚为相,欲公出入通宫禁庙堂
之意。公冀重体貌,求慈福宫使,又求提举中秘书,赵公俱难
之。赵旋物色韩侂胄,宪圣表孙也。侂胄奉赵命惟谨,虽一秩
不以请。赵公喜其奔走小忠,不知堕其计,反浸疎公。侂胄知
上之信用王德谦也,阳与之为义兄弟,相得欢甚。一日谓德谦
曰:"哥哥有大勋劳,宜建节钺。"王曰:"我阉官也,有此例乎?
弟弟勿误我!"侂胄曰:"已奏之上,行且宣麻矣。"王唯唯,以为
疑。何澹时为中丞,侂胄密谕之曰:"德谦苦要节钺,上重违
之,已草制,宣中丞宜卷班以出。"翌日廷播,何悉如所教,继即
合台疏德谦罪,乞行窜殛。德谦犹持侂胄以泣曰:"弟弟误
我。"侂胄徐谓曰:"哥放心,略出北关数里,便有诏追,只俟罢

了何中丞耳。"德谦犹信其说，拜而嘱之，竟死贬所。何遂迁政府，侂胄盖尝许之也。德谦既逐，自此内批侂胄皆自为之矣。谏大夫李沐诬赵不轨，韩实嗾之。李初未知所决，谋之倪公思，公曰："莫若并赵、韩俱论之。"李为韩侄婿，故特论赵。贬赵制词乃傅伯寿所草，韩亦先啗之以美官。词曰："屈牦与广利妄议，武帝戮之于事闻之初；林甫辅明皇不忠，肃宗诛之于论定之后。是皆宗室之为相，卒蹈遣诃而置刑。"盖窃东坡惧吕惠卿故智也。赵听制，手持象简不知轻重云。制中又有"谋动干戈而未已"与"外欲生事外裔而开边境之衅"，盖秦桧欲胁君固宠金人，又藉之以坚和好，盟书所载，不许以无罪去首相，故诬以兵云。赵偕犹子崇龢赴贬，自辞家，在途垂殁，悔不用吴。盖吴旧交者，石湖范公、三山凌公、止斋陈公，惜名畏义出于天性，必不出于侂胄所为。赵公舍宫使提省之职，亦岂无以处吴者。予闻吴氏之说犹未之悉，及会馀干赵氏于真西山粤岩书院，西山之子娶赵氏，赵氏之说皆与吴合，其家至今犹追悔前事。呜呼，天将成忠定之名耶？予得疎寮真迹，至今藏之。时吴公已为开府，而疎寮诗卷首称之曰"仪同"。予编官制无此，又恐其考古必有据，及遇其子历，乃知其曾祖讳开。以祖讳而改官称，可乎？惧此诗他时流落，或者以高氏为信。

赵　忠　定

先是考亭先生尝劝忠定既已用韩，当厚礼陈谢之，意欲忠定俟以节钺，居之国门外。忠定犹豫未决而祸作。先生对门人曰："韩，吾乡乳母也，宜早陈谢之。"建俗用乳母乳其子，初不为券，儿去乳即以首饰金帛厚遣之，故谓之陈谢。韩后闻其说，笑建俗而心肯焉，故祸公者差轻。嘉定初号为更化，先生

之子在,乃谓公尝草数千言攻韩之恶,疏未上,门人蔡元定持
著以入,卜得遁卦,力止先生勿上。同时杨公诚斋之子长孺,
谓其父因韩用兵,忧愤殊甚,遗书数千言,至以稿上。杨公既
致为臣而归,虽不言事可,诚有所论,何为中辍?非二父之志
也。元定盖先生友,亦非门人云。

吴　云　壑

宪圣既御帘政,则戒公曰:"垂帘非我志也,不比大哥在
时。谓孝宗。汝辈自此少出入,庶免干预内廷之谤。"其严待家
人如此,谓之以"圣",宜哉。

又

孝宗笃眷公,情均兄弟。自论诗、作字、击球之外,未尝访
以外事,咨以国政,问以人才,公亦未尝对上及之也。君臣之
间两得之。

高宗御书石经

高宗御书六经,尝以赐国子监及石本于诸州庠。上亲御
翰墨,稍倦,即命宪圣续书,至今皆莫能及。

光　皇　御　制

孝宗崇宪圣母弟之恩,故称琚兄弟皆以位曰"哥"。至光
宗体孝宗之意,故称琚兄弟曰"舅"。琚尤圣眷,后苑安榴盛
开,光皇以广团扇自题圣作二句,曰:"细叠轻绡色倍酞,晚霞
犹在绿阴中。"命琚足之。公再拜,援笔即书,曰:"春归百卉今
无几,独立清微殿阁风。"上称叹者久之。宪圣于二王中独导

孝宗以光皇为储位,故公落句有独立之咏,寄意深矣。团扇犹藏其家,又有石刻,火后俱不存云。

三　王　得

三王得不知何许人,亦无姓名。带杭音,额角有刺字,意拣罢军员也。头蓬面垢,或数日不食,莫迹其止宿。包道成尝与之共衾,谓其体壮热如伤寒,道成汗而异衾。人即之,或咄咄秽骂,至以瓦砾诟群儿。予尝呼之,但正目以视,邈无所言。光宗始开王社,位为第三,孝宗储副之位未知孰授。一日三王得于道中前邀王车,卫者拽之,王问谓谁,但连称"三王得,三王得",王悟其兆,纵使去。既即大位,命入中禁赐命,不拜而出。道遇与之钱者,亦无所谢云。

清 湖 陈 仙

今所请仙,盖小陈也。光皇为储副日久,遣黄门召其父以入,上著白绢汗衫,系小红绦,见陈入避之。徐遣召陈黄门设香案,金屈卮酒,金楪贮生果三钉,炷香焚所问状。仙遂降于箕,书光皇以某年某月日即大位。黄门持以入,出则就以酒劳陈,且赠金帛遣出,戒以归勿语。后果如所定。光皇又遣使召陈,陈以近日仙不降为辞,恐蹈罔上之罪。不期年,光宗得疾,盖陈已前知于仙矣。陈兄弟能致仙,有奇验,类皆如此,特不灵于予。他事不系于国,故不书。

乌　髭　药

光皇春秋已富,又自东宫尹天府入侍重华,从容启上曰:"有赠臣以乌髭药者,臣未敢用。"上语光皇曰:"正欲示老成于天下,何以此为?"盖重华方奉德寿,重惜两宫之费,故至德寿登遐而后即授光皇以大位。其脱屣万乘,盖有待也。

光 拙 庵

孝宗晚慕达摩学,尝召问住静慈僧光曰:"佛入山修道六年,所成何事?"光奏云:"臣将谓陛下忘却。"颇称旨。光意盖以孝宗即佛,又焉用问。禅门葛藤亦有可笑者。东坡尝谓"其徒善设坑阱以陷人,当其欲设,即先与他塞了"。此语最得其要。陆象山兄弟早亦与光老游,故考亭先生谓象山满肚皮是禅。陆将以删定面对,为王信所格而去,使遇孝宗,必起见晚之叹。

万 年 国 清

孝宗喜占对。宋之瑞面对,上问以所居,之瑞对曰:"臣家于天台。"上又曰:"闻彼多名山胜刹,孰为之冠?"之瑞对曰:"唯是万年、国清。"上大嘉叹,之瑞遂阶两制云。三衢毛泽民以荐者面对徽宗,上问以所居江郎山高可几许,民姑大言曰"五十尺",上质何以验之,毛对曰:"臣日斜视景。"上喜其捷。

皇 甫 真 人

皇甫真人号为有道,善风鉴。高宗间因大雪中召入,以手提其所衣缯絮至数袭,谓皇甫曰:"先生亦怕冷耶?"皇甫从容对曰:"臣闻顺天者昌。"时逆亮谋南寇,故皇甫以对,上大悦。后又自出山来见,上叩其所以来,则曰:"做媒来。臣为陛下寻个好孙媳妇。"上问谓谁,则以慈懿皇后大将之子生于营中,生之日有黑凤仪于营前大黑石上。人谓凤,实鹙鸧,石则元王。

慈懿小字凤娘,盖本于此。后既为太子妃,至诉太子左右于
高、孝两宫,高宗不怿,谓宪圣曰:"终是将种,吾为皇甫所误。"
孝宗屡训妃"宜法大妈妈_{即宪圣}。螽斯之行,汝只管与太子争,
吾宁废汝。"上欲惧之,未尝真欲废之也,因惊愤,疑其说出于
宪圣。会光宗即位,大恶近习,忽手批付内侍省,取其尤黠者
首级。_{或谓即陈源}。其党亟奔诉于重华,急有教曰"吾儿息怒",
光皇虽即奉旨,而词色加怒,意欲他日尽诛此曹。由是宦者相
惧,而谋所以间三宫者。光皇适感心疾,久缺定省,重华忧之,
得草泽良药为一大丸,疾可立愈。欲宣赐,恐为后所沮,俟光
皇问安,即面授之。宦官因间慈懿云:"太上只等官家过宫,便
赐药。"后使觇北宫,果有药,后遂持嘉王立而诉之上,上由此
坚不肯诣太上。先是上之未疾也,尝独幸聚景,两制俱扈从,
惟吴琚待制以疾在告。上将进酒于荼蘼花下,言者飞章交至,
谓太上每出幸外苑,必恭请光尧。上方怒言者,遂以重华亦有
不曾恭请光尧之时以语从臣。适太上命黄门持玉卮暨宣劝以
赐,会上怒未息,以手颤误触卮于地。黄门归奏,遂隐言者之
事,但云"官家才见太上传宣,即大怒碎卮矣。"每太上游幸,上
必进劝,会太上奉宪圣幸东园阅市而上偶不记,太上左右阴扬
鸡数十,故使捉之不获,乃相与大呼曰:"今日捉鸡不著。"盖临
安以俟人饮食为"捉鸡",故以此激太上怒。太上阳若不闻,而
玉色微变。自上以疾不诣北宫,至孝宗大渐,终弗克执丧,与
宪圣垂殁而莫有尝药,皆后为宦官所误云。

孝宗召周益公

　　孝宗圣性简俭,虽古帝王未有也。周必大时直宿禁林,夜
召周以入,谓必大曰:"多时不与卿说话。"赐必大坐。上耳语

黄门，黄门出，则奉金缶贮酒，泻入金屈卮，玉小楪贮枣，用金绿青窑器承以玳瑁托中子，浸羊胲丝，清可鉴。酒仅一再行，上曰："未及款曲。"必大归语其家，叹上之简俭。翌日遂拜政地云。

孝宗恢复

上每侍光尧，必力陈恢复大计以取旨。光尧至曰："大哥，俟老者百岁后，尔却议之。"上自此不复敢言。光尧每以张浚误大计为辞，谓上"毋信其虚名，浚专把国家名器钱物做人情。浚有一册子，才遇士大夫来见，必问其爵里书之，若心许其他日荐用者。又熔金碗饮兵将官，即以予之。不知官职是谁的，金碗是谁的。"或者谓必有近习谮浚于太上云。

秦桧王继先

台臣有论列二人者，上曰："桧，国之司命；继先，朕之司命。"自此言者遂沮。

杨沂中穴西湖

言者疏奏沂中擅灌西湖水入私第，上徐晓言者曰："朕南渡之初，金人退而群盗起，朕重困赤子，遂用议者羁縻之策，刻印尽封群盗，大者郡王，小亦节制。朕所自有者，惟浙数郡。计犹豫未决，会诸将尽平群盗，朕已发愿除地土之外，凡府库金帛，俱置不问。沂中故有余力以给泉池。若以诸将平盗之功，虽尽以西湖赐之，曾不为过。沂中此事，唯卿容之。"言者皇恐而退。

普　　安

上有所闻于张说,以质于秦桧。桧至,固要上以所言之人,上仓卒不敢以说语桧,度其无如普安郡王何,漫以语桧。桧衔之,未有间,会普安丁本生戚,遂嗾言者请上令普安解官持服。或云说所言乃建康盗事。

楮　　券

孝宗方造券以便民用,金华陈天祐时为侍从,力抗疏以为不及五十年,必大坏极敝而不可收拾。水心叶先生进策,亦谓不数年间将交抶空券而无所售。时上意士论,犹未信其然,至于今日验矣。先是每券以八百券,至石首时则价又踊,愚民至指乘舆以造券不多为苦。又有太守自蜀来,对以“道间目击,楮踊为患”,上皆笑而不以为罪云。

宪圣不妒忌之行

初不以色幸,自渡南以来,以至为天下母,率多遇鱼贯以进,即以疾辞。思陵念其勤劳之久,每欲正六宫之位,而属以太后远在沙漠,不敢举行。上尝语宪圣曰:“极知汝相同劳苦,反与后进者齿,朕甚有愧。俟姐姐归,谓太后。尔其选已。”宪圣再拜,对曰:“大姐姐远处北方,臣妾缺于定省。每遇天日清美,侍上宴集,才一思之,肚里泪下。臣妾诚梦不到此。”上为泣下数行,愈以后为贤。暨太后既旋銮驭,以向尝与宪圣均为徽宗左右,徽宗遂以宪圣赐高宗,太后恐宪圣记其微时事,故无援立意。上侍太后,拜而有请曰:“德妃吴氏服劳滋久,外廷之议谓其宜主中馈,更合取自姐姐旨。”太后阳语上云“这事由在尔",而阴实不欲。上遂批付外廷曰"朕奉太后之命"云云,"德妃吴氏"云云,"可立为后",后遂开拥佑三朝之功云。

光 皇 策 士

　　周南吴中人,游太学有时名,然颇任侠。与水心先生善,晚号为善类。南尝与郑湜游,湜有奏疏未报,南尝见之。会廷对,策中微讽上以未报郑之意。有司已第南为第一,光皇读其策,顾谓大臣曰:"湜之疏入才六日尔,南何自知之?"遂就南卷首批云:"郑湜无削藁爱君之忠,周南显非山林恬退之士,可降为第一甲十五人。"水心先生为周述墓,则以周南廷对策《论皇极人才》数百言冠之志首。盖周自为教官至给札中秘书,皆未尝见之行事,故水心特叙所对策以表之。近时真文忠公撰徐玉堂凤墓碣,亦详述其给札时言山东事,盖祖水心文法也。先是吴中号为"何襄衣"者,颇能道人祸福,至闻于上。上屡遣使问之,皆有异,遂召之至,亲洒宸翰,扁"通神庵"。州郡以上所赐,迎拜奔走。南居里中见而疾之,对策中谓"云汉昭回,至施之闾阎乞丐之小夫"。光皇恶其奸,故因湜疏以发之。葛丞相邲时在位,南疑其赞上,泌之去,南有力焉。光皇以违豫缺定省礼,南亦以此讽诸公云。

又

　　龙川陈亮奏书阜陵,几至大用,厄于卿相,流泊有年。光皇赐对,问以礼乐刑政之要,亮举君道、师道以为对。时诸贤以光皇久阙问安,更进迭见,亮独于末篇有"岂在一月四朝为礼"之说,光皇以为善处父子之间,故亲擢为第一。及发卷,首得亮,上大喜曰:"天下英才,为朕所得!"命词臣行亮制曰:"往赞侯藩，姑循近比；朕之待尔，岂止是哉！"盖有意于大用也。
亮谢阜陵表云："昔者论天下大计之小臣，亦尝劝圣人隐忧之
良会，一时排摈，十五载之多奇；末路遭逢，四百人之自见。共
幸奋身于今日，独知回首于当年。"末联云："设科取士，虽旧贯
之相仍；陈力复仇，亦大义之难昧。"阜陵称奖。水心先生序龙
川之文乃谓："同父使不以进士第一人及第，则诚狼疾人矣。"
龙川狱事盖为父也，天意佑之，而诸公竞全活，水心先生不当
以是冠篇首。龙川虽不为进士第一人，其所上阜陵三书，讵可
泯乎？或谓水心先生微时，盖亦顿挫流滞，故因龙川之序而自
道尔。水心，进士第二人也，骊塘危公稹尝以龙川书气振对策
气索，盖是要做状元也。水心本为第一人，阜陵觉其策发有
"圣君行弊政，庸君行善政"之说，上微笑曰："既是圣君，行弊
政耶？既是庸君，行善政耶？"有司遂以为亚。

佑圣观

　　古篆无"佑"，"佑"即"右"，赐佑圣扁篆者为"右"。羽流固
争，以为观中无人，何以自立？至诉之礼部，旨从之，非篆古
也。识者谓既从"佑"字，则不当用篆。观为孝宗潜邸，先是有
神三见于云端，孝宗为之拜跪。既即大位，赐邸为观，盖龙潜
初志也。真圣殿潜邸正寝也，寝旁规小室，若今小学，有"富贵
必从勤苦得，男儿须读五车书"二句刻于石，盖宸翰也。上自
训庄文读书之地，故书此以励之。

庄文致疾

　　士固号为"草茅"，谓其能言天下事而无所忌，非懵不识礼
义之谓也。陈丞相俊卿，阜陵相也，国忌引百官班诣原庙，是

日适值补试士子入贡院,陈相多智,班退即命从者由旁径以归。贡院路原庙所出也,庄文之归,正与群试者会,试者横截庄文车不得前,执金吾杖呵止之,群士遂即而折其杖,围车发喊雷动。庄文惊愕,得疾薨,上甚痛之。岁当大比,有姓黄士人率其徒诣阙乞试,同文馆不报。黄以其徒伏德寿宫门祈哀太上,觊宣谕孝宗。德寿以闲人不管闲事却其奏,黄遂与其徒向宫门大恸,且所服白纻袍也。孝宗震怒,敕有司杖黄背,黥隶海岛。黄因窜入高丽国,主用为相。后以使事至阙,见于孝宗,暨其主倦政,遂授以国云。

宁 皇 二 屏

宁皇命二小黄门,常背二小屏前导,随其所至,即面之。屏书戒曰:"少饮酒怕吐,少食生冷怕痛。"析二事为二屏,以白楮糊,缘以青楮。所幸后苑,有苦进上酒及劝上以生冷者,指二屏以示之,故每饮不过三爵。宫中动却呵卫,黄衣至不之避。自以补革舄、浣绸衣为便。左右至以语激上,则应以"毋作聪明乱旧章。"盖旧学于永嘉陈氏傅良,尝导上以此,故终身不忘。大臣进拟,不过画可,谓之"请批依"。龙颜隆准,相者谓"真老龙形"。

陆 放 翁

陆游字务观,山阴人,名游,字当从观,平声。至今谓观。去声。盖母氏梦秦少游而生公,故以秦名为字而字其名云,曰公慕少游者也。其祖名佃,字农师,新学行,有《诗说》传于世,大率祖半山,后以新法浸异。公绍熙间以为浙漕镇厅第一,有司竟首秦熺,置公于末。及南宫一人,又以秦桧所讽见黜,盖

疾其喜论恢复。绍兴末始赐第。学诗于茶山曾文清公，其后
冰寒于水云。尝从索岩张公游，具知西北事。天资慷慨，喜任
侠，常以踞鞍草檄自任，且好结中原豪杰以灭敌。自商贾、仙
释、诗人、剑客，无不遍交游。宦剑南，作为歌诗，皆寄意恢复。
书肆流传，或得之以御孝宗。上乙其处而黜之，旋除删定官。
_{赐第时德薄。}或疑其交游非类，为论者所斥。上怜其才，旋即复
用。未内禅，一日上手批以出，陆游除礼部郎。上之除目，自
公而止，其得上眷如此。公早求退，往来若耶、云门，留宾款
洽，以觞咏自娱。官已阶中大夫，遂致其仕，誓不复出。韩侂
胄固欲其出，落致仕，除次对，公勉为之出。韩喜陆附己，至出
所爱四夫人擘阮琴起舞，索公为词，有"飞锦裀红绉"之语。又
命公酌青衣泉，旁有唐开成道士题名，韩求陆记，记极精古，且
以坐客皆不能尽一瓢，惟游尽勺，且谓挂冠复出，不惟有愧于
斯泉，且有愧于开成道士云。先是慈福赐韩以南园，韩求记于
公。公记云："天下知公之功而不知公之志，知上之倚公而不
知公之自处。公之自处与上之倚公，本不相侔。"盖寓微词也。
又云："游老谢事山阴泽中，公以手书来，曰'子为我作《南园
记》'，岂取其无谀言，无侈辞，足以导公之志欤？"公已赐丙第，
人谓公探孝宗恢复之志，故作为歌诗，以恢复自期。至公之
终，犹留诗以示其家云："王师克复中原日，家祭毋忘告老翁。"
则公之志，方暴白于易箦之时矣。又有郑械者尝第进士，自作
《南园记》并砻石以献，韩以陆《记》为重，仆郑石瘗之地。后韩
败，郑竟免。莆阳陈谠文人也，输灵璧以寿韩，至刻金字于石，
称之曰"我王"。又有某人以锡字分题，如锡寿、锡福之类，为
诗以献。韩败，有为陈瘗石于地者，会搜地窖，铿然有声，则陈
石也，遂为言者所弹。陈《留题吴山三茅观梅亭》诗，有"竹密

不知云欲雨,山高尽见水朝宗”之句,继是犹未有能和者。翰墨本于颜、蔡,世以不得其字为憾,独附韩一节为可恨。官职自有定命,特诸人自信不过尔。

熊　子　复

　　熊克字子复,建宁人。早岁尝与谢明伯东上礼闱,道出衢之江郎庙,遂与谢憩于庙下客邸。神号知进士科给事,谢邀熊同宿庙宫谒梦,子复曰:“克倦矣,明伯自诣可也。”谢盥手濯足毕,服紫窄,持瓣香以入宿。翌朝就邸,熊迎谢,笑语之曰:“定梦见做状元也。”谢正色谓熊曰:“却与子复得佳梦。”熊又笑谓之曰:“梦亦分惠耶?”谢曰:“不则剧。”熊试扣之,则谓初入一朱门,仰视金扁,则右文之殿。自东庑入,与主人揖,则子复也。子复揖而入,其位有扁在,楣书曰“校书郎”。扁悬风中摇摇然,壁堵饰犹湿。与熊笑语甚欢,酌谢酒至五爵,谢语熊曰:“此处儒流清选也,子复自此升矣。”熊与叙旧极款。茗毕,即送谢出右文,则犹目谢。熊信其说,亦颇自负。后熊与谢累上南宫不利,熊后收科岁,谢再试南廊,不入等。熊调铨阙,遣仆就邸,偶与中秘书对,熊恐已应梦,赋诗以自解。暨调余姚尉,史越王尝为是官,适以旧学召入相,道出余姚,熊携行卷诣王舟上谒,王读其文而器之。会上赐曲宴,语王以两制艰其选,王遂亟以熊荐,旋进所投行卷。上即召克诣都省,旋给札中秘,序转校书郎。时明伯甫授文学,部胥语以法须京朝官保识。谢熟思良久,语仆曰:“熊校书,吾故人也。”遂扣熊官舍,会熊直未下,往来廊庑间。熊尝与谢通家,内子自厅事后窥见谢,亟令小史传语谢新恩:“校书偶入局,孺人不得相见。校书曾说谢新恩来,可使人随至秘书省,要说话。”谢至秘书所,与熊酬酢，与前梦无毫发差。熊已不记江郎事，谢遂与熊，相与太息。因问扁壁，熊对以"校书久不除官，以位贮炭。某叨冒恩除，甫悬扁饰壁。"谢赴省时犹未识中秘书。越王识熊于百寮邸，至以应诏，熊竟至法从。谢憔悴以老，神之戏谢，亦剧矣。熊不与谢入俱谒梦，定力过人矣。山谷谓鬼神百般弄人，信哉！

越 王 陪 位

　　祖宗盛时，故相或居辇下，时召入问事，间遇朝会则立旧班之下。国有大议亦得可否，郊禋则陪，无所嫌也。阜陵庆上皇八袠，参用故典，召故相陈福国、史越王陪位。陈力以疾辞，史闻命，绝江祠。既竣事，以史旧学，曲为勉留。时相疑其迫已，风言者去之。陈闻史入，谓客曰："史直翁只好莫去。"陈之多智，此其一也。史间于燕居太息语子弟曰："吾与陈福公并相，朝廷施行稍合公论，则人皆相与曰'此陈丞相所为'；稍咈公论，则曰'史某所为'，吾命召谤，昔为布衣，术者云尔。"

高 宗 知 命

　　高宗自能推步星命，或臣下不能始终仰副圣眷，则曰"吾奴仆宫星陷故也"。

宪 圣 拥 立

　　宪圣既赞高宗立普安，遂定大统之寄。高宗登遐，宪圣独处北宫，春秋浸高，孝宗以不得日侍定省为歉。及内禅光皇，实宪圣所命，孝宗遂得日侍长乐，极天下之养，尽人子之欢。宫去东园最近，旬浃间即恭请宪圣临幸。属芙蓉临池秀发，遂

白宪圣,请登龙舟,撤去栏幕,卧看尤佳。宪圣欣然从之。先
是高宗经始东园,盖恐频幸湖山,重为国费,故园去宫门百步
而遥,落成之顷,俱宪圣驾幸。有一门迳通小东园,多柏,上与
宪圣相视而泣,连称"相似,相似"。时幸园中,独不至此。左
右疑与故京宫苑有适似者,故重为之感伤。

攻 媿 楼 公

攻媿楼公天性豁达,与物无忤。初尝与韩侂胄善,独因草
制以天下公论不予韩,故宁罢去。韩心敬之,亦不以憾也。攻
媿久废,韩亦迫于公论,欲起而用之,风公之亲戚,谕公之子
弟,但求寒暄一纸书,即召矣。亲戚具道韩意于公之子弟,从
容以白,公欣然命具纸札。子弟又以白,公曰:"已具矣。"公引
纸大书《颜氏家训》子弟累父兄事,子弟自此不复敢言通韩书
矣。

翁 中 丞

中丞名彦国,建之崇安人。二帝北狩,伪楚邦昌借帝。邦
昌欲迎康王,计犹豫未决,公自乡郡受提兵勤王,道中得邦昌
书。其外书书示翁,其书中有"忍死权就大事"之词。翁密视,
遂答邦昌书,大称邦昌以"太宰阁下",其略曰:"愕视封题,不
敢拆视,幸先为道路所发。今相公谓有其迹而无其事,不可
也。谓有其事而无其志,不可也。且谓迎延福宫之文,虽微示
人以意,安知不为新都之渐,力请贬去借号,早迎康王。不然,
勒兵十万,见公于端闱,不得施东阁之恭矣。"邦昌惧外兵浸
入,遂决迎康王策,府库皆称"臣邦昌谨封"。公为李丞相纲姻
亚,李之用公,本以才选,李既罢政,浮溪汪氏行制词丑诋李

公,目为"群小之宗",至行翁制,亦谓"汝本茶山驵侩之徒。"先是翁已六世收科,非驵侩也。茶山,翁所居百里而遥。浮溪汪氏本为秦桧所知,李公得政,不甚荐用汪,汪疑翁为李所荐,故极力消之。建炎兵事悾偬,石林叶公梦得留守金陵,已创经总制额。翁适承其后,又奉密旨大兴行阙之费,故未免调度繁扰。水心先生《进卷外藁》议公推剥,盖未知此。其子进士翁谦之尝诣朝乞禁公史,当路未能从,不知秀岩李氏修四朝正史,笔削曾及翁否?翁葬所名祥雉窠。又百年而孙孟煜补上庠生,游边得官,死于定海之讼。次孟桂登辛丑第,又次孟寅尝首临安乡书。

张　于　湖

高宗酷嗜翰墨。于湖张氏孝祥廷对之顷,宿酲犹未解,濡毫答圣问,立就万言,未尝加点。上讶一卷纸高轴大,试取阅之。读其卷首,大加称奖,而又字画遒劲,卓然颜鲁。上疑其为谪仙,亲擢首选。胪唱赋诗上尤隽永。张正谢毕,遂谒秦桧。桧语之云:"上不惟喜状元策,又且喜状元诗与字,可谓'三绝'。"又扣以诗何所本,字何所法?张正色以对:"本杜诗,法颜字。"桧笑曰:"天下好事,君家都占尽。"盖嫉之也。张廷对时,天下犹未尽许之。务能参问前儒,汲扬后学,词翰愈工。天性倜傥,轻财好施,勇于好义,为政平易,民咸思之。唯嗜酒好色,不修细行。高宗尝问以"人言卿赃滥",孝祥拱笏再拜,以对曰:"臣诚不敢欺君:臣滥诚有之;'赃'之一字,不敢奉诏。"上笑而置之。人以为诚非欺君者。真文忠尝语余曰:"于湖生平虽跌宕,至于大纲大节处,直是不放过。"张,乌江人,寓居芜湖,捐己田百亩,汇而为池,圈种芙蕖、杨柳,鹭鸥出没,烟

雨变态,扁堂曰"归去来"。芜湖未有第进士者,阴阳者流谓必
于湖水与县治接,而后英才出。张方欲凿而通之,则已殁矣。
尝舟过洞庭,月照龙堆,金沙荡射,公得意命酒,唱歌所自制
词,呼群吏而酧之,曰"亦人子也",其坦率皆类此。尝慕东坡,
每作为诗文必问门人,曰:"比东坡何如?"门人以"过东坡"称
之。虽失太过,然亦天下奇男子也。惜其资禀太高,浸淫诗
酒,既与南轩考亭先生为辈行友,而不能与之相与琢磨,以上
续伊、洛之统。而今世好神怪者,以公为紫府仙,惜夫!

真文忠居玉堂

　　慈明太后兄次山,除少保、永宁郡王。文忠与许公奕给事
甚相好,共谓恩典太重,欲予其一则捐其一,许遂封还制书。
文忠以官卑且摄职玉堂,但具札白之庙堂。时相不以文忠札
缴进,而许之奏已入。慈明震怒,遂斥许,而文忠独留。或惜
文忠不用富文忠居玉堂故事。

又

　　公当制除吴璘少师致仕,赠永安郡王。公以孟忠厚,乃隆
佑亲弟,又号勋旧;吴为宪圣犹子,恐难用孟例,亦用札申庙
堂。时相嫌其由中旨以出,遂以札缴入。从之,祗命草致仕
制,末篇二句云:"今其往矣,宁不盡然。"先以制示攻媿楼公,
公称善,但以笔易"往"字为"归","盡"字为"惓"。文忠亲出示
予云:"吴盖致仕也,不应用'往'与'盡'字,前辈一字不苟如
此。"攻媿尝问文忠:"近看谁四六以益?"公对攻媿曰:"渠只会
说大话,如'奄有万方,君临兆姓'尔。"盖王言只当作"多方庶
姓",与臣下表语不同。

甲戌进士

袁蒙斋甫，甲戌进士第一人也。文忠实阅其卷于殿闱，出则以前三人副卷示予，而乱其次第，没其姓名。余读其一，谓文忠曰："此卷虽尽用老师宿儒遗论，必是一作者。"公未答。予又读其一，以国论国事为说，国事谓庙堂之用事者，国论谓议论于朝廷者，其意以国论为空言，以国事为实用，欲任国事者必参国论，持国论者必体国事。文忠问如何，予对以"理无两是，似不如前卷；然其说出于调停，恐是状元也。"文忠起而抚予背曰："说得着，说得着！"盖先卷乃李公晦方子所对，而后卷即蒙斋也。文忠欲置李首选，而同列谓李之策不如袁策之合时宜。又欲置吕永年甲科，亦不果。同年进士徐清叟亦几中首选，亦以议中书之务未清，又用艺祖问赵普天下何物最大，普对以惟道理最大事，有司亦疑其稍涉时政，仅置第四。徐既为御史，弹袁文亦及其策，并与其父絜斋燮学于象山者为异端，谓不宜置经帷。

函 韩 首

韩侂胄欲遣使议和而难其人，欲用吴门王大受。大受谓敌事以首谋为言，通军前书宜勿用平章衔，以丞相代之，谓陈自强。敌问首谋，则答以今已避位。盖至计也。韩疑其建明渐广，不能从。用荐者言，召萧山县丞方信孺假检详出使。信孺途间具知敌欲先遣使于我，此其力已困，与敌反复论辨，凡称谓、岁币、土地一如旧。敌多为术以困方，然欲遂和，不敢杀也。方恐我急于卖和，别遣使命，过有所许，诳敌以"归报所索可否，而后复来"，敌许而津之。韩惧方迟留，果议别遣使。方归语韩,韩欲再遣,方谓韩曰:"信孺既为朝廷万里行矣,初盖不惮死。今具得敌要领,即再往,亦决不死。惟少迟信孺行,敌必遣使来报且议。平章听愚计。"韩疑其重于再往,遂用大受里人王梢以代方。梢诣敌庭,惟贬号、割地不从其说。及再往,韩已诛,凡函韩首与易弟为侄、增币重宝,皆从之。故敌遣谕成使来。先是有旨百官诣朝堂集议韩首事,枢密章良能建议,以为奸凶已毙之首,又何足惜。时王忠简公介抗议,以韩首固不足惜,而国体为可惜。章以语侵公,公奋起曰:"今日敌要韩首,固不足惜。明日敌要吾辈首,亦不足惜耶?"会文节倪公思亦谓:"一俀胄臭头颅,何必诸公争?"王议遂不胜。章径呼省吏伸黄纸,揭于象魏曰:"今据礼部侍郎倪思议到,奸凶已毙之首,又何足惜!"遂竟函韩首送敌。谍者谓敌既受韩首,谥之曰"忠缪侯"。方之在敌中也,伪元帅责我失信,擅起兵端。方折之曰:"尔失信,故我失信。"敌曰:"我何为失信?"方徐谓曰:"我之用兵,在某月;尔之诱逆曦,在某月。以月日先后计之,是尔先诱我叛臣也。"敌服其探伺精的类如此,故语塞。伪元帅颇能诗,索方联句。敌以失蜀调方曰:"仪、秦虽舌辨,陇、蜀已唇亡。"方即应之曰:"天已分南北,时难比晋唐。"伪元帅又谓方曰:"前诗非剧,尔国有州军几? 今一掷失五十四州,吾为尔国危矣。"方声色弗挠,对以"御命在此,固未知失蜀本末,大元帅间谍素明,犹未知我之所以立国乎? 象犀珠玉之富,俱出于二广。江东、西则茶桑之陆海也,淮东、西则铜鍱之薮泽也,浙西十四郡耳,苏湖熟,天下足,元帅之所知也。而况生齿日繁,增垦者众,苇萧岁辟,圩围浸广,虽不熟,亦足以支数年矣。浙东鱼盐之富,海藏山积,食之虽众,生之无穷。闽自为东南一大都会,其支郡有六,又且兼浙江淮之所入。故吾国之余波常及于大国者，以其力之有余也。彼蜀之为蜀，号为州五十四，其财赋擅吾国者百不十一，然而仅足以为五十四州军民之用。一有菜色，或转馈焉。白石、饶风之捷，必不为他人有者，凡以为民而已。"伪元帅嘉其辩而怜之，故有"仪、秦"之许方，敌要吾以贬号、割地，方是以有"晋、唐"之对。方之未见知于朝也，庐陵布衣刘过亦任侠能辩，时留昆山妻舍。韩颇闻其名，谕钱参众祖风昆山令以礼羁縻刘，勿使去。令轻于奉行，遂亲持圆状见刘，目之以奉使，别设供帐精舍以俟之。刘素号挥喝，喜不胜情，竭奁资以结誉。后朝廷既用方、王，令小官也，不复敢扣钱。刘宾客尽落，竟郁郁以死。

胡桃文鹁鸽色炭

予方修宣和沉脑烛事，适读王竹西侍郎奏札，又知当时御炉炭样，方广皆有尺寸，炭纹必如胡桃文，鹁鸽色。王公讳刚中，号竹西，字居正。尝守婺州，适当漕司封降色样，奏之上曰："臣向者备官行朝，目睹陛下宫室卑陋，乘舆服御之物一切苟简，虽异时达官大姓之家，有过于今日者。陛下悼国步之艰，犹有谦抑不遑之色。此必有司之过举，谅非陛下之本心。臣辄将所降炭样封送有司收掌，更不行下属县科买而闻之旁郡，盖不胜其扰矣。"

王竹西驳论黄潜善汪伯彦

陈东、欧阳澈先赠朝奉郎、秘阁修撰。当建炎初政论事，指摘上躬，贬议大臣，盖宣政以来所未有也。大臣恶其讦己，阴用上手批，置二子法。予尝得东将临刑家信手迹，时犹在神霄宫，墨行整整，区处家事皆有条理。自知顷即受戮，略无惨戚战栗之状,盖东汉人物也。上大悔悟,赠东谏议、澈延阁,赐田以旌其后,且下诏自责。时大臣盖黄潜善、汪伯彦,潜善已先死,伯彦犹在。竹西王公代言西掖,会上追赠东、澈,遂因极论二人"不学无术,耻过遂非,使人主蒙拒谏之谤,朝廷污杀士之名,此而不诛,何以为政?若潜善魂魄有知,犹思延颈就戮;而伯彦躯干固在,不识何施面目。"伯彦遂落职,潜善永不追复。王遂草赠东、澈词及伯彦落职制,其略曰:"古之人愿为良臣,不愿为忠臣。"用出处。云云,"惟尔东尔澈,其殆有意为忠臣乎?虽然,尔不失为忠,而天下后世顾谓朕何如主也?八年于兹,一食三叹,通阶美职,岂足为恩?以塞予哀,以彰予过。使天下后世,考古之饰非拒谏之主,殆不如是。"伯彦制曰:"朕痛念建炎之初政,实亏从谏之令名。俯仰八年,痯痯永叹。比下责躬之诏,敢为归咎之文。而论者谓汝专宥密之司,实任仰成之寄。汝言汝听,汝弼汝从。宜思广朕之聪明,何恤庶人之议政。使人主蒙拒谏之谤,而朝廷污杀士之名,仰视君亲,何施面目?朕览人言而惕若,抚往事以何追。罪固在于朕躬,谊难宽于尔责。"盖东、澈书颛攻黄、汪,为黄、汪者正当上震怒未解,宜叩头请免二子。上傥不从,以去为期,则二子必不至东市矣。当时谏臣亦有不容不与黄汪分其责者,王公本以三舍法为大比第二人,公应举时已罢词赋,故士不服习骈丽。崇、观虽设词学,所以救罢词赋之失,而公已不复业此,故力辞玉堂表云:"臣幼值朝廷以王氏父子议学取士,汨没心术,耗敝精神。晚而知悔,始从师友,妄意穷经。其于雕镌绲缀之文,未尝经意,惟自惜国朝外制初无定体,故臣得值。以陛下得意志广著之训词,求之近俗,固已非是;若夫内制之谨严,不容率意而有作。"帖黄又申述司马公词制诰事,窃慕其不欺君之谊。

上嘉叹，诏从之。嘉定中未尝诏罢科目，凡以宏博应选者，有司承意，不敢以名闻。尝用余嵘为中书舍人，余素不习此，余表侄应子和镛尝试曾学有司，亦仅与申省文，得典诰体。时为安吉宰，安吉去行都三日可达，余之草制，皆取之安吉。省吏趣请词头，余之左右必晓之曰："安吉人未回。"余不习此，宜如王公力辞可也。然能取之安吉，亦善矣。陈正甫讳贵谊，以词学中等。尝考潘子高词卷，六篇俱精博，惟《集贤院记》偶不用李林甫注《六典》书目事，陈以此为疑而黜之，然心服其文。当其寓直玉堂，凡常行词，皆属潘拟藁。潘性至密，惟予知之。陈索潘文，晷刻不差，且差皂衣立门以俟。陈每馈潘酒富甚，尝与余共酌于粮料院之云根云。

吕成公编文鉴

东莱吕成公祖谦集《皇朝文鉴》既成，孝宗锡名《文鉴》，除公直秘阁，即赐御府金帛。成公谢表云："既叨中秘清切之除，复拜御府便蕃之赐。"陈骙时为中书舍人，执奏以为此特编类之劳，恐赏太厚。上不悦陈。成公遂力辞帖职，上不从。《文鉴》之成，考亭先生见之，谓公去取未善，如得潘某人诗数篇已置选中，后有语公以潘佳处甚多，恐不止如所选，公遂并去之。

洪景卢编唐绝句

孝宗从容清燕，洪公迈侍，上语以"宫中无事，则编唐人绝句以自娱，今已得六百余首。"公对曰："以臣记忆，恐不止此。"上问以有几，公以五千首对。上大惊曰："若是多耶，烦卿为朕编集。"洪归，搜阅凡逾年，仅得什之一二。至于稗官小说、神仙怪诡、妇人女子之诗，皆括而凑之，乃以进御。上固知不迨所对数,然亦嘉其敏赡,亦转秩赐金帛。

秦小相黄葛衫

秦桧权倾天下,然颇谨小嫌,故思陵眷之。虽桧死,犹不释。小相熺尝衣黄葛衫侍桧侧,桧目之曰:"换了来。"熺未逾,复易黄葛,桧瞪视之曰:"可换白葛。"熺固请,以为"葛黄乃贵贱所通用",桧曰:"我与尔却不可用。"盖以色之逼上。

秦夫人淮青鱼

宪圣召桧夫人入禁中赐宴,进淮青鱼。宪圣顾问夫人:"曾食此否?"夫人对以"食此已久。又鱼视此更大且多,容臣妾翌日供进。"夫人归,亟以语桧,桧之曰:"夫人不晓事。"翌日,遂易糟鲔鱼大者数十枚以进。宪圣笑曰:"我便道是无许多青鱼,夫人误尔。"

高宗好丝桐

高宗自康邸已属意丝桐,时有僧曰辉,曰仙,尝召入以是被知。上既南巡吴会,二僧亦自京师来,欲见上,未有间。会上幸天竺,二僧遂随其徒迎驾起居。上感昔,至挥涕记之。还宫即命黄门召入,黄门对以"此须令习仪",上曰:"朕旧所识,纵疏野何害? 僧徒固宜疏野。"黄门复奏,以为入夕非宣召僧徒之时。上曰:"此即是。"翌朝,召二僧入,道京师事与度南崎岖,上甚悲且喜,由是宣召无时。二僧冀规灵隐疏地斲庵以老,其徒不能从。上至遣使谕灵隐僧,僧犹豫未奉命。上降黄帜,任二僧所欲为界。灵隐僧惧而纵二僧自营,今额为"天申圆觉寺"。上既倦勤,退处北宫,间乘小藤团龙肩舆憩其庐。

重华脱屣万乘，亦修思陵故事，有御制二诗，其徒摹云章于壁石云。

黄振以琴被遇

琴师黄震，后易名振，以琴召入。思陵悦其音，命待诏御前，日给以黄金一两。后黄教子，乃以他艺人。语以"尔子不足进于琴耶？"黄喟然叹曰："几年几世，又遇这一个官家！"黄死，遂绝弦云。

倪文昌请以谏议大夫入阁

嘉定初，倪公思以礼部侍郎上疏，乞以谏议大夫随宰相班奏事，上手答甚宠，且许之。时相疑其为伪，归咎奏邸报吏妄撰圣旨，杖背而黥之。时山东归附者众，荆、襄帅臣列强弩射之使还。慈湖杨公简手疏其事以白上，谓此非仁术，且失中原心，以少缗钱赂银台通进司吏缴进，上至以杨公疏宣谕。时相以"容臣契勘"复于上，遂止札下。契勘银台不应受余官奏，惟从官可也，仍用治邸吏法治台吏。盖旧典独许从官缴奏自银台入，时银台盖已不复用典，虽从官亦纳札庙堂。真文忠已居玉堂，终以官非正从，当制有所可否，亦止入札乞敷奏。杨公急于发上之聪明，故不暇用典也。

去左右二字

韩南涧元吉虽袭门荫，而学问远过于进士。孝宗谓"两制之选，能者为之。顾何择于进士、任子？"尝除韩权中书舍人，旋以称职为真，自以门荫力辞，然耻于右之一字，微讽台臣请进士去左，任子去右，上从之，至今著令云。时有士人朱游颇任侠多记,间因谒入语韩云:"中书误了:以任子位中书,顾不荣于进士乎? 削左右字,则混然无别矣。"韩愕而悔其事云。

宣 政 宫 烛

予既修王竹西封还宫中降炭样如胡桃文、鹁鸽色,盖宣、政事,建炎、绍兴犹袭用未改,竹西力陈请罢去。宣、政其盛时,宫中以河阳花蜡烛无香为恨,遂加龙涎、沉脑屑灌蜡烛,陈列两行数百枝,焰明而香溢,钧天之所无也。建炎、绍兴久不进此,惟太后旋銮沙漠,复值称寿,上极天下之养,故用宣、政故事,然仅列十数炬。太后阳若不闻,上至,奉卮白太后以"烛颇惬圣意否?"太后谓上曰:"尔爹爹每夜尝设数百枝,诸人阁分亦然。"上因太后起更衣,微谓宪圣曰:"如何比得爹爹富贵?"

柔 福 帝 姬

柔福帝姬先自金间道奔归,自言于上,上泣而具记其事,遂命高士俊尚主。一时宠渥,莫之前比。盖徽宗仅有一女之存,上待之故不忍薄也。太后归自北方,持高宗袂泣未已,遽曰:"哥被番人笑说,错买了颜子帝姬。柔福死已久,生与吾共卧起,吾视其殁,且置骨。"上以太母之命,置姬于理。狱具,诛之东市。或谓太后与柔福俱处北方,恐其讦己之故,文之以伪,上奉母命,则固不得与之辩也。然柔福自闻太后将还銮驭,即已告病。尝以尼师自随,或谓此尼曾事真帝姬,故备知畴昔帝姬俱上在宫中事。伪帝姬引见之顷,呼上小字,尼师之教也。京师颜家巷粿器物不坚实,故至今谓之"颜子生活"。

技 术 不 遇

　　思陵时百工技艺咸精其能，故挟技者率多遇，而亦有命焉。吴郡王益尝以相士荐于上，上以王故召见。见上则曰："陛下尧眉舜目，禹背汤肩。"上即驾兴曰："到处齐将来。"王又为李世英进圭墨，每一圭墨重十两。上曰："怎么大，如何把？"王偶致棋客，关西人，精悍短小。王试命与国手敌，俱出其右。王因侍上弈言之，翌日宣唤。国手夜以大白浮之，出处子，极妍靓。曰："此吾女也，我今用妻尔。但来日于御前饶我第一局，吾第二局却又饶尔。我与尔永为翁婿，都在御前。不信吾说，吾岂以女轻许人？"国手实未尝有女，女盖教坊妓也。关西朴而性直，翌日上诏与国手弈，上与王视第一局，关西阳逊国手。上拂衣起，命王且酌酒，曰："终是外道人，如何敌得国手？"关西才出，知为所卖，郁闷不食而死。

刘 锜 边 报

　　高宗得刘锜奏逆亮将戒日渡江，上以为忧。刘贵妃适侍，进曰："刘锜妄传边事，教官家烦恼。"上正色责妃曰："尔妇人女子，如何晓得，必有教尔欺我者！"斥妃出，不复召，今葬西湖之曲。宪圣尝从上航海，倏敌骑数十辈掩至，欲拿御舟。后徐发弓矢，其一应弦而倒，余悉引去。高宗重于视师之役，后苦谏，必往，至跪奏曰："若臣妾裹尺五皂纱，必须一往。"妃不逮圣后矣。

陆 石 室

　　陆凝之字永仲，号石室，余杭人。丰神隽拔，论议倜傥，尤好为诗。少年以计偕入汴郡,法从见之,疑其为仙。邀陆杂坐,命相者某道人视之。道人于郡从官中指陆曰:"这官人只是秀才。"诸公因扣以科第,则曰:"且还山修读。"陆不意。道人临别,揖赠以粒丹,曰:"缓急幸用之。"陆亦异其人,置丹襦带中。果报罢,垂翅南归,舟循汴,风急浪怒,舟不能胜,亟抽带中丹投舟外,风浪始帖息。陆举手谢天,幸不葬鱼腹。汴上有呼其姓名者,则道人也。丹粒宛然已在道人掌中,曰:"吾丹欲济子之身,非济舟用也。"陆方从道人再觅丹,汴流急,不得语,陆惘然而已。归用其说,隐于大涤洞天之石室,人因室名以称之。居逾岁,又有一道人访陆,形貌不类畴昔,以绅缠双髻,绅垂背,绅上绘八卦,手持惜气,揖陆曰:"贫道今夜宿山中,分秀才半榻,可否?"陆难之,道人又曰:"可借一凳,宿于石门之外竹林中否?"陆欣然予凳。既得凳,即视云汉仰卧,唱歌韵,惜气间作《步虚》声,音节宛转,响应山谷,林鹤为之旋舞。陆寝自若也。迨晓,道人持凳谢陆,长揖而别。陆回首,道人登室前天柱峰,如飞,顷已在霄汉。陆抚膺,懊悔未已。顷又有纱巾白绉袍道人问:"大条道人宿此,今安在?"陆语以"早已去",道人曰:"君不识钟离公也?"或谓后至者即洞仙,陆犹不悟。光尧退处北宫,思大涤双径之胜,先幸大涤,道流清宫以俟,时宪圣亦侍。羽流结亭起居光尧于驾,上诏以"今是闲人,不须这礼数"。道流进天目木洞霄茶,光尧与宪圣意甚适,宣赐其徒金帛有差。进主观者,问以"山中颇有能诗客否"? 观师素怜陆,亟以陆对,进陆行卷。太上读数首,太息曰:"布衣入翰林可也,归当语大哥。"^{孝宗。}宪圣从旁赞曰:"太上只好休。既是山林隐士,必不要人知,他要官职做甚? 看引得大哥定要他出山,却是苦他。"太上深以为然,遂不以语孝宗。凡陆所四遇道人，或以谓神仙，固不可测。而一日之顷，不遇三宫，亦命矣夫？陆竟终于石室云。

开　禧　兵　端

　　韩侂胄亟欲兴师北伐，先因生辰使张嗣古_{时为左史}。假尚书入敌中，因伺虚实。张即韩之甥也，使事告还，引见未毕，韩已使人候之。引见毕，不容张归，即邀第，亟问张以敌事。张曰："以某计之，敌未可伐。幸太师勿轻信人言。"韩默然，风国信所奏嗣古诣北廷几乎坠笏，免所居官。韩败，张未尝以语人也。韩后又遣李壁因使事往伺，壁归，力以"敌中赤地千里，斗米万钱，与鞑为仇，且有内变"。韩大喜，壁遂以是居政府。予尝观巽岩李公焘题名金山云："眉山李焘携子垕、塾、壁、塈来。"可谓名父子矣，惜其仲子未熟《颜氏家训》尔。

四朝闻见录卷三　丙集

褒　赠　伊　川

绍兴元年九月二日,敕通直郎程颐:"朕惟周衰,圣人之道不得其传,世之学者违道以趋利,舍己以为人,其欲闻仁义道德之说,孰从而听之? 亦孰从而求之? 间有老师大儒不事章句,不习训传,能自得于正心诚意之妙,则曲学阿世者又从而排陷之,卒使流离颠沛,无所为而死,其祸贼于斯文者,亦甚矣。尔潜心大业,无待而兴者也,方退居洛师,则子弟从之者孝弟忠信,及进侍讲帷,则拂心逆指,务引其君以当道。由其外以察其内,以其所已为逆所未为,则高明自得之学可信而不疑。而浮伪之徒,自知学问文采不足以表见于世,乃窃借其名以为自售。外示恬默,中实躁竞;外示质鲁,中实奸猾。遂使士闻见而疾之,是重不幸焉尔。朕锡以赞书,宠以延阁,以震耀褒表之者,深明上之所予在此,而不在彼也。尚其灵明,知享此哉,可特赠直龙图阁。"先是,工部侍郎韩肖胄尝密启上,追褒元祐诸臣,乃有是诏。《中兴本末》作八月,《家传赠告》作九月。赠典当是八月,至九月诰下尔。是月癸未,秦桧相矣。绍翁窃考当时程俱、休遹为中书舍人,当草制词,然其词皆度越常法。嘉定十七年四月圣旨:"伊川程颐绍明道学,为世儒宗;虽屡褒崇而世禄弗及,未足以称崇奖儒先之意。令尚书省访求其后,特与录用。"当路知其孙源居池州,故有是命。尚书省旋据池州所

申"故侍讲程颐直下两位子孙具到。宗支图内程观之长,年七
十四。其次源,年三十九。程源系伊川颐嫡长孙,合议指挥。"
四月五日奉旨:"观之特与补不理选限登仕郎,仍差充池州州
学宾,令本州于上供钱内月支钱二十贯、米二石,俾奉祭祀。
源令起部铨量。"得旨,源补迪功郎,自是铨中,除二令监丞矣。
初源实往来于都云。元祐初起伊川诰词云:"敕乡贡进士程
颐:孔子曰'举逸民,天下之民归心焉',吾思起草茅岩穴,以粉
泽太平,而大臣以尔好学笃行荐于朝,愿得试用。故加以爵
命,起尔为洛人矜式,此故事也。盛名之下,尚谨处哉!"嘉定
庚辰,徐公侨为江东仓,跋前后二制词曰:"右伊川先生'举逸
民'追赠之诰词也。昔先生居洛,以道自任,元祐初始应诏,未
几以间去。中兴首明党议,而先生下世矣。先生之孙源,将以
二词镌诸石,先生之道虽不行于时,此抑以见我朝崇儒重道之
意。二月朔东阳徐某谨书。"绍翁窃疑元祐诸人荐伊川先生者
甚力,至谓其有"经天纬地之才,尊主庇民之术",至是以通直
郎判西京国子监,<small>按官职,其实教授</small>。制词何其寂寥简短若是?
盖中书舍人王震所草,王非知伊川者也。绍翁又详庆元丞相
赵公汝愚去国,侂胄始颛政,欲以党去天下之正人,必诋以"伪
学",虽刘德秀从臾为是说,然"伪"之一字,已见于绍兴制词
矣。先是孔文仲、刘挚、顾临,亦尝以"伪"诋先生云。

虎　　符

　　虎符半在禁中,半在殿岩。开禧间慈明阴赞宁皇诛韩侂
胄,出御批三:其一以授钱象祖、卫泾、史弥远,其一以授张镃,
又其一以授李孝纯。二批俱未发,独象祖亟授殿岩夏震。震
初闻欲诛韩,有难色,及视御批,则曰:"君命也,震当效死!"翌

日,震遣其帐下郑发、王斌,邀韩车于六部桥,径出玉津园夹墙,用铁鞭中韩阴乃死。韩襄软缠,故难中。地名磨刀坑。镃始预史议诛韩,史以韩为大臣,且近戚,未有以处。张谓史曰:"杀之足矣。"史退而谓钱、卫曰:"镃,真将种也!"心固忌之。至是镃赉伐自言,史昌言于朝:"臣子当为之事,何为言功?"遂讽言者贬镃于雪,自是不复有言诛韩之功者矣。御批云:"已降御笔付三省,韩侂胄已与在外宫观,日下出国门,仰殿前司差兵士三十人防护,不许疏失。"后有虎符印盖牙章也,文曰"如律令",本汉制云。震以御笔建为巨阁,刻之乐石,命其属为之记。初者御笔皆侂胄矫为,及是皆慈明所书。发、斌排韩车,语以"有御笔押平章出国门",韩仓忙曰:"御笔我所为也。"行至玉津,许郑发以节度使,郑不从,又曰:"我当出北关门,韩见湖第于州。如何出后潮门?"又曰:"我何罪?"又语发以"何得无礼大臣"?郑叱以国贼而鞭之,归报震,震直趋省中。时钱象祖、陈自强犹在省,震至,钱不觉起而问之,曰:"了事否?"震曰:"已了事。"象祖始诵言韩已诛,陈作而再拜钱,且辞象祖,乞以同寅故,保全末路,象祖许之。后卫泾又以同谋诛韩忌史,史故黜泾,事在乙集。镃后以旨放还,因史变柏法,又欲谋史,故贬置象台。先是,有告御批之谋于韩者,韩答以当以死报国。又告之者甚苦,告者即周均。侂胄始与自强谋。自强荐林行可为谏议大夫,欲于诛韩日上殿,一网扫尽象祖以下出国中,韩居中应之。幸韩不得入内,若韩用私人小车径从和宁门入,斌、发必不觉,则谋韩者齑粉矣。然诛韩之计甚疏,王大受、赵汝谈皆预始谋,至书所欲施行之事于掌记,幸不败尔,败则慈明、景宪殆哉。时宁皇闻韩出玉津,亟用笺批殿司"前往追回韩太师",慈明持笺泣,且对上以"他要废我与儿子",又

"已杀两国百万生灵,若欲追回他,我请先死"。宁皇抆泪而止,慈明遂笺云。

逆曦伪服印

开禧逆曦既诛,伪内史安公丙函其首与伪服、宫号来,上以首付棘寺,伪服与印付临安府军资库。时吴钢为倅,吏胥未以入库,急持来视,绍翁亦因以识其物。袍借黄,领拟赭;袍借赭,领拟黄。宫号用黄绢折角为四,文曰"出入殿门"。敌授以印,铸用今文曰"蜀王之印",仅如今文思院给降式。曦自铸涂金印,文云"蜀国制敕之印"。

万 弩 营

绍兴末,孝宗命张浚置御前万弩营于镇江。癸未戍泗州,甲申与敌斗,皆有功。水心《钱表臣墓志》。

来 子 仪

来子仪与周洪道实布衣交,洪道既为枢使,子仪入都访洪道。洪道馆于嘉会门外表忠观,洪道欲因间荐之于上,特奏假。大臣出门访亲旧必奏。上问以何为,洪道奏上以访子仪。上首肯,不复问子仪谓谁。与子仪置酒极欢,道故旧外,示以近诗。子仪尽卷,则笑曰:"周枢使诗也,非周洪道诗也。"洪道问所以然,子仪曰:"昔徐师川少年工诗,晚位枢府,诗浸不逮于昔。人以为向来自是徐师川诗,后来自是徐枢密诗。"洪道笑而容之。

朱希真

希真有词名,以隐德著。思陵必欲见之,累诏始至。上面授以鸿胪卿,希真下殿拜讫,亟请致其仕,上改容而许之。

宁皇进药

宁皇每命上医止进一药,戒以不用分作三四帖。盖医家初无的见,以众药尝试人之疾,宁王知其然。王大受之父克明号名医,遇病虽数证,亦只下一药,曰:"此病之本也,本除而病去矣。"王克明事出水心为墓铭。

秦桧待北使

绍兴,金国使持盟书要玉辂以载,百官朝服迎于丽正。桧使人谕以玉辂非祀天不用,且非可载书。辂虽不用,北使心欲百官迎拜,桧许之。翌日,命省吏杂以绯紫,迎拜于丽正,班如仪。北使造庭,又讶百官以立班上,既受书毕,百官呵殿缀北使以出。北使见向之绯紫诸吏犹立于门,始悟秦计。又敌人至庭,必欲上兴躬下殿受书,左右相顾,莫敢孰何。时王汴在班内,起而语敌曰:"尔是有书无书?"敌遂出书示之,汴夺书而进。敌计屈,归其国,以生事被诛云。绍翁据勾龙如渊《退朝录》绍兴八年十二月二十七日己卯,上召王伦入,责以取书事。既晚,伦见北使于馆,以二策动之,北使皇恐,遂许明日上。诏宰执就馆见北使,受书纳入,人情始安。或曰秦桧未有以处,给事中楼炤举谅阴三年之说以语桧,桧悟,于是上不出,而桧摄冢宰即馆受书以归,敌始知朝廷有人。绍翁尝疑省吏及夺书一节得于所闻,未敢遽载。如渊之论有据甚明,若就馆授书,则省吏与夺书之说,真齐东云。

真文忠公谥议

绍翁甲戌载真文忠谥事,后以呈示紫薇程公许,公惠绍翁
以尺牍,曰:"《闻见录》二帙并沐示教,记载详博,事得实而词
旨微婉。他日足以备史官补放失,非细故也。靖逸抱才,蓄学
含章,退处著书,以待来世,当于古人中求之。《闻见录》所记
西山谥议一段,是时公许待罪奉常,为博士,所订'文忠'二字,
实参考公论与长官同寮商订累日,而后敢落笔。间有一二公
以为太过,然予此谥者,上下无异词,故议下考功覆议,亦以为
当。当时却不闻其家子弟与政府辩论一节,架阁公即西山嗣,名
志道。后入朝亦未尝一访。但建安诸贤及尝登西山之门者,颇
相称当,尚俟稍间搜索,副墨录以求教。"绍翁适感奇疾,不及
从公求副墨,公已去守袁州。紫薇程公尝历两制,世号为沧洲
先生。

悼赵忠定诗

庆元初,韩侂胄既逐赵忠定,太学诸生敖陶孙赋诗于三
元楼云:"左手旋乾右转坤,如何群小恣流言。又曰"群小相煽动
谣言"。狼胡无地居姬旦,鱼腹终天吊屈原。一死固知公所欠,
孤忠幸有史长存。九原若遇韩忠献,休说如今有末孙。"又曰
"休说渠家末世孙"。陶孙方书于楼之木壁,酒一再行,壁已不复
存。陶孙知诗必已为韩所廉,则捕者必至,急更行酒者衣,持
暖酒其下。捕者与交臂,问以"敖上舍在否"? 敖对以"若问太
学秀才耶? 饮方酣"。陶孙亟亡命,归走闽。捕者入闽,逮之
入都。至都,以书祈哀于韩,谓诗非己作。韩笑而命有司复其

贯,敖陶孙旋中乙丑第,由此得诗名,《江湖集》中诗最多。予尝以其卷示杜忠可,杜谓典实,其诗率多效陆务观用事,终不肯效唐风。初识南岳刘克庄,得其诗卷,曰:"所欠典实尔。"南岳集中诗率用事,盖取其说。后得南岳刻诗于士人陈宗之,喜而语宗之曰:"且喜潜夫克庄字。已成正觉。"陶孙字器之,号癯翁,福唐人。

鹁鸽诗

东南之俗以养鹁鸽为乐,群数十百,望之如锦。灰褐色为下,纯黑者为贵,内侍蓄之尤甚。粟之既,则寓金铃于腰,飞而扬空,风力铃振,铿如云间之珮。或起从凤山,绍兴中有赋诗者曰:"铁勒金狨似锦铺,暮收朝放费工夫。争如养取南来雁,沙漠能传二帝书。"

宫鸦

绍兴初,高宗建行阙于凤山,山中林木翁如,鸦以千万。朝则相呼鼓翼以出,啄粟于近郊诸仓;昏则整阵而入,噪鸣聒天。高宗故在汴邸,汴无山,故未尝闻此,至则大骇。又以二酉之逼,圣思逸不悦,命内臣张去为领修内司诸儿聚弹射而驱之临平赤岸间,盖去阙十有五六里。未几,鸦复如初。弹者伎穷,宫中亦习以为常。唐人诗多用宫鸦,盖唐宫阙依山云。

田鸡

杭人嗜田鸡如炙,即蛙也。旧以其能食害稼者有禁,宪圣南渡,以其酷似人形,力赞高宗申严禁止之。今都人习此味不能止,售者至刳冬瓜以实之,置诸食蛙者之门,谓之"送冬瓜"。

黄公度帅闽,以闽号为多进士,未必谙贯宿,戒庖兵市"坐鱼"三斤。庖兵不晓所名,遍问诸生,莫能喻。时林执善为州学录,或语庖人以执善多记,庖人拜而问焉。执善语以可供田鸡三斤,庖人如教纳入,黄公度笑而进庖人曰:"谁教汝?"庖以执善告,黄公遂馆林于宾阁云。执善记博而璟奇,为南宫第一。试《圣人备道全美论》,至今举子诵之。有《林省元文衡事鉴》行于世。骊塘危先生积、弟蟾塘和与之同年,视其手如龙爪而毛,盖林氏之家与庙相直,其母诞执善之夕尝与神遇,终为闽名儒云。惜乎强售人妇以为妾,其夫怨言执善,为有司杖之,抑郁而死,执善其后亦疽死云。吁,士之不可不自爱也久矣!

史越王青词

前载史越王《辞免太傅表》,得之《闻见》,以为出于余公天锡之父。暨储行之孙沐录示,则非辞免表,盖青词云。"反本狐丘,寓诚獭祭,念此阖门之多指,洎于投老之一身"云云,欲用"侵寻岁月,八十有三",未有其对。讷斋冯端方在坐,应曰:"补报乾坤,万分无一。"王称赏久之。《四六话》中亦载,谓其本于古人之联,未知前今所载孰是。吴门友人之子胡□北访余公天锡之弟天任于四明,因举《闻见》所载,余公天任曰:"是也,盖先伯所对。但'岁月'二字非是,其易为'甲子'。"天任与余公天锡为同气,后继其父季云。

司马武子忠节

中原既陷敌,忠义之士欲图其国,挈而南向本朝者甚多。盖祖宗之泽,时犹未泯也。谨按韩太监玉所记云:"初,司马池之后朴,字文秀,借兵部侍郎使金营,金丞相、燕国王完颜宗幹

见而异之，因授以尚书右丞。朴不屈，然犹纵其出入敌中，生
子名通国，字武子，盖本苏武之义。通国有大志，尝结北方之
豪，韩玉举事，皆未得要领。绍兴初，玉挈家以南，授京秩江淮
都督府计议军事，其兄璘犹在敌中，以弟故与通国善。癸未九
月，都督魏公遣张虬、侯泽往大梁问璘，璘因以扇赠玉诗云：
'雝雝鸣雁落江滨，梦里年来相见频。吟尽《楚辞》招不得，夕
阳愁杀倚楼人。'魏公见此诗于甲申岁春，复遣侯泽往大梁讽
通国、璘等，行至亳州，为逻者所获。通国、璘与尝所与交聂山
三百余口同日遇害，是岁三月十六日也。先是金主完颜褒之
皇太子以都元帅留守大梁，乘十六传而至，以是月十一日交
事。泽与通国、璘、山谋率壮士百人，袴伏短兵毕趋留守所庭
劫之。如得留守，则大事可就，时留守左右与通国结盟者三万
余人，而泽败于初十。皇太子得其图籍与券，立焚之，独罪
首事。时魏公开督府于丹阳，盖以右相出使巡边回也，闻之盛
叹云：'某入见上，当白其事而旌之。'会魏公中道罢去，王亦窜
责岭表。"通国之侄孙振自叙其事，曰："昔李翰作《张巡传》而
不为许远立传，韩昌黎叹许远之忠节未能尽白于世，遂叙于巡
传之后，使后之人知远之不屈于贼如此。夫为士而知逆顺之
理，殒其身而全其节，此固人臣分内之事，其无后之人以发扬
之，则忠肝义胆将遂泯没，岂不痛哉？吾祖尚书，靖康间奉使
金敌，辞气激烈，谋略深远，虽不能遏其方张之势，而亦足以起
其畏敬之心。及扈从北狩，不以利动，不以死惧，高宗加谥'忠
洁'，褒崇之典极于一时。继又采择著之国史，吾祖之节无遗
憾矣。若季父武子埋迹异域，一心本朝，起义未成，遽遭屠戮。
后韩太监纪其详，王尚书希吕书其略，虽未能载诸史册，而节
义之名庶几不至磨灭。韩昌黎以张、许二家子弟才智卑下，不

能通知先志为羞;今季父节义未能彰彰于世,振若不能有以永
其传,则是亦张、许二家之子弟也。敬以王、韩二记刊诸琬琰,
以备异时高义君子发其潜德云。"王公希吕为之序曰:"昔予居
乡,有陕右林虎臣者自西而东,至符离家焉。其家邻居数月稍
熟,因询以西事。林因辟人曰:'去年金人倾国犯淮南,吾乡之
豪共千余人倡义而起,有司马通国者主其盟,将为批亢捣虚
计,不幸事未成而几已露,司马氏之家数百指歼焉。俄其徒已
变姓名,携妻子,因得出阙,以至于此。'予因叹曰:忠孝之节,
其萃于司马氏乎? 昔我先正温国文正公迪事四朝,惟忠惟孝,
忠洁公继之,今通国又继之,皆以忠义愤发,效死北庭。事虽
未成,亦可谓是以似之。惜乎时予在敌中,不能为作传,姑记
其略,以俟询访。王希吕记。"绍翁窃谓通国受魏公之间,欲掩
袭大梁以相应,敌知豪杰必出于此,故遣其子乘十六传而来,
亦神矣。通国钦其志,宜息谋可也,为忠义功名所激,顾出于
此,惜夫! 绍翁谨按:韩太监所载谓魏公于甲申岁春见璘诗,
因遣张虬、侯泽,盖隆兴二年也。隆兴元年癸未岁,魏公开督
府,次年甲申兵败,王汴之和议遂成。通国败于三月,魏公罢
于四月,相去一月事尔。浚,少保、保信军节度使、判福州。

张史和战异议

　　自金人渝盟,兵革不得休息,民之创痍日甚。会天子新
立,谓"我家有不共戴天之仇,朕不及身图之,将谁任其责?"乃
奋志于恢复。由是天下之锐于功名者,皆扼腕言用兵矣。史
公浩相时之宜,审天下之势,以为未可,上疏曰:"靖康之祸,孰
不痛心疾首? 悼二帝之蒙尘,六宫之远役,境土未还,园陵未
肃,此诚枕戈待旦、思报大耻之时也! 然陛下初嗣位,不先自

治,安可图远? 矧内乏谋臣,外无名将,士卒既少而练习不精,
而遽动干戈以攻大敌,能保其必胜乎? 苟战而捷,则一举而空
朔庭,岂不快吾所欲? 若其不捷,则重辱社稷,以资外侮,陛下
能安于九重乎? 上皇能安于天下之养乎? 此臣所以食不甘味
而寝不安席也。张浚老臣,岂其念不到此? 而误于幕下轻易
之谋,眩于北人诳顺之语,未遑精思熟虑,决策万全,乃欲尝试
为之,而徼幸其或成。臣窃以为未便。上皇亲睹祸乱,岂无报
敌之志? 当时以张、韩、刘、岳各领兵数十万,皆西北勇士、燕
冀良马,然与之决胜负于五六十载之间,犹不能复尺寸地。今
而欲以李显忠之轻率、邵宏渊之寡谋,而取全胜,岂不难哉!
惟陛下少稽锐志,以为后图,内修政事,外固疆围,上收人才,
下裕民力,乃选良将,练精卒,备器械,积资粮。十年之后,事
力既备,苟有可乘之机,则一征无敌矣。”已而浚以枢密使都督
江淮军马,请上幸建康以成北伐之功,史公曰:“古人不以贼遗
君父,必乘舆临江而后成功,则都督安用? 且陛下远征,而上
皇独留,敌以一骑犯淮,则此城之人骚然奔遁,上皇何以安处
乎?”浚又请以所部二十万人进取山东,史公问:“留屯江淮几
何人也?”曰:“半之。”复与计其守舟、运粮之人,则各二万,曰:
“然则战卒才六万耳,彼岂为是惧耶? 况淄、青、齐、郓等郡虽
尽克复,亦未伤于彼。彼或以重兵犯两淮,荆、襄为之牵制,则
江上之危如累卵矣。都督于是在山东乎,在江上乎?”诘难于
天子,凡五日。史公复劝浚曰:“明公以大仇未复,决意用兵,
此实忠义之心。然不观时审势而遽为之,是徒慕复仇之名耳。
诚欲建立功业,宜假以数年,先为不可胜以待敌之可胜,乃上
计也。明公四十年名望,如此一旦失利,明公当何如哉!”浚
曰:“丞相之言是也。虽然,浚老矣。”史公曰:“晋灭吴,杜征南

之力也。而当时归功于羊太傅，以规模出于祜也。明公能先立规模，使后人藉是有成，则亦明公之功也，何必身为之？"浚默然，乃见上曰："史浩之意已不可夺，惟陛下英断。"于是不由三省、枢密院而命将出师矣。其年五月，师渡淮。史公曰："国之大事在戎。予以宰相兼枢密使而不获与闻，将焉用相？"遂力请罢归。归未及家，师败于符离，卒十有三万，一夕而溃死者不可胜数。资粮甲兵，捐弃殆尽。天子哀痛，下诏罪己，左相以议论诡随待罪，而都督以师徒挠败自劾矣。

宁皇登位

　　前载宪圣策立宁皇事，虽黄屋初非尧心，而天下皆谓宜立。光皇当励精之初，薛公圭投北宫丽正书，言颇切至，盖孝宗之意初主沂邸，光皇亦属意焉。书略曰："庶之乱嫡，自宫闱始。夫庶之乱嫡，则支之乱本之渐也；而支之乱本，则异姓之乱同姓之渐也；异姓之乱同姓，则又夷狄乱中国之渐也。"又曰："陛下践祚，今既五年，皇子嫡长，已逾弱冠。玉册之命未布，而青宫之席尚虚。"又曰："陛下不即天下之安，而冒天下非常之危；不守天下之常，而覆天下不测之变。采之游言，殊有惊悸；采之国论，曾无建明。"又曰："祖父互疑，天地几变；子孙猜防，上下解体。支嫡交忌，臣民异心。臣始闻之，未敢遽信，今既日久，不容无惑。道路之言，喧传百端，中外之心，忧疑万状。燕公闻之，宁无怀贰，乘舆闻之，莫或改容；藩邸闻之，未免忧祸。此何等事也，而俾见于世？此何等议也，而俾闻于时？陛下谓孝宗。盍亦自思其何以得此议？固宜自尽吾为祖为父之道也。上光宗。盍亦自思其何以得此议？固宜自尽吾为子为父之道也。"又曰："陛下曾知有窃议之人乎？否也。问

之左右,问之在朝,盖有君也,不敢言矣;问之主上,盖有父也,
不敢言矣;问之太子,盖有祖矣,仍有父也,尤不敢言矣。为臣
之言不通于君,为子之言不通于父,为孙之言不通于祖,而微
臣僭言之,死有余地矣。如蒙圣恩特垂天听,君臣之情通,自
臣言始;父子之情通,自臣言始;祖孙之情通,自臣言始。臣虽
身首异处,而忠孝获书于史册,虽瞑目于地下,将有辞以对越
先朝十御皇帝在天之灵矣。”盖绍熙五年甲寅岁所上也。嘉熙
壬寅,公圭之里人陈贵明为跋其书云:“懒庵赵蹈中载宁庙之
立,实出于水心先生之建议。虽然水心之议特出于一时之危
疑,蹈中所载宁庙登极之诏,迟下数月,襄州之乱作矣,特以诏
至而止。呜呼,孰知有献策于承平无事者哉!”初光宗疾不能
丧,襄阳士人陈应详阴连北方邓州叛党,亦杀守臣张定叟,用
缟素代皇帝为太上执丧,且举襄以顺北。适宁皇登极之诏甫
三日而至,陈遂变色寝谋,旋为其党所诉。定叟临阅场,问之
曰:“朝廷负尔耶? 太守负尔耶?”各命将士射之。先志其箭,
中其肝者有某赏,中其心者有某赏,中其体若肢者有某赏。发
陈之箧,惟缟巾数千云。先是赵蹈中具载水心赞嘉邸之语数
十百,亲笔其颠末,绍翁未之见也。薛君,永嘉士人,子梦桂尝
以其书藁示绍翁。当时陈议者恐不止一薛,然曲突徙薪之不
赏,自昔然矣。

叶洪斥侂胄

　　洪字子大,为绍翁乡人,且年少负才不羁。庆元间,疾侂
胄而未有间,洪馆于韩氏,即侂胄族子,盖呆儿也。以后戚预
内宴,洪代为之书,径入于御,其最切至处云:“侂胄弄权不已,
必至弄兵。”宁宗以示侂胄,迹所为书则洪也,除名仕籍,编置

邑管者十六年。嘉定初,尽复其官,并理编置年以为实历佥书邑管事。洪旋终于任。

景灵行香

百官赴景灵行香,僧道分为两序,用其威仪咒语。初,僧徒欲立道流右,且曰僧而后道,至交讼久之。秦桧批其牍云:"景灵、太乙,实崇奉道教之所,道流宜居上。"至今定为制云。绍翁以为在天之灵必不顾歆于异教,且市井髡簪之庸人宜皆斥去。近者淳祐进书例用僧道铙鼓前导,朝廷有旨勿用,盖得之矣。惜未施于原庙。

王　医

王继先以医术际遇高宗。当高宗拟谒郊宫,仅先期二日,有瘤隐于顶,将不胜其冠冕。上忧甚,诏草泽,继先应诏而至。既视上,则笑曰:"无贻圣虑,来日愈矣。"既用药,瘤自顶移于肩,随即消若未尝有,上遂郊见天地。上尝以泻疾召继先,继先至则奏曰:"臣喝甚,乞先宣赐瓜而后静心诊御。"上急诏太官赐瓜。继先先食之既,上觉其食瓜甘美,则问继先:"朕可食此乎?"继先曰:"臣死罪,索瓜固将以启陛下食此也。"诏进瓜,上食之甚适。泻亦随止。左右惊,上疑,问继先曰:"此何方也?"继先曰:"上所患中暑,故泻,瓜亦能消暑尔。"大率皆类此。其后久虚东宫,台臣论继先进药无效,安置福州,因家焉。王泾亦颇宗继先,术亦有奇验,然用药多孟浪。高宗居北宫,苦脾疾,泾误用泻药,竟至大渐。孝宗欲僇之市朝,宪圣以为恐自此医者不敢进药,止命天府杖其背,黥海山。泾先怀金箔以入,既杖,则以傅疮,若未尝受杖者。后放还,居天街,犹揭榜于门曰"四朝御诊王防御"。有轻薄子以小楮帖其旁,云"本家兼施泻药"。王惭甚。宁皇患痢,召曾医不记名。入视,曾诊御毕,方奏病证,未有所处。慈明立御榻后,有旨呼"曾防御,官家吃得感应丸否?"曾连称"吃得,吃得"。慈明又谕以"须是多把与官家吃",曾承教旨对以"须进二百丸"。宁皇进药如数,泻旋定;又进二百丸,遂止。曾时坐韩党被遣,上遂于其元降秩上更增三秩。宁皇不豫滋久,谓左右曰:"惟曾某知我性。"急召入,诊讫,呜咽不胜。上曰:"想是脉儿不好也?"曾出,自诊其脉,谓家曰:"我脉亦不好。"先宁皇一夕而逝。米南宫五世孙巨秀亦善医,尝诊史相脉,语未发,史谓之曰:"可服红丸子否?"米对以"正欲用此",亦即愈。史病手足不能举,朝谒遂废,中书要务运之帷榻。米谓必得天地丹而后可,丹头偶失去,历年莫可访寻,史病甚,召米于常州。至北关,登舟买饭,偶见有售拳石于肆者,颇异,米即而玩之,即天地丹头也。问售者:"尔何自至此?"曰:"去年有人家一妳子持以售。"米因问厥值,售者漫索钱万。米以三千酬值持归,调剂以供史。史疑而未尝,有闻者亦病痿,试服即能坐起;又以起步司田帅之疾,史始信而饵,身即轻,遂内引。及史疾再殆,天地丹已尽,遂薨于赐第。

高　士

孝宗圣性超诣,靡所弗究厥旨,尤精内景。时诏山林修养者入都,置之高士寮,人因称之曰"某高士"。皇甫高士,予既载其出入矣。又有谢高士,以从臣荐,讲《易》于宫中,孝宗问以老庄之学,谢对以"人主当以君国子民为心,若老庄之学,其侔之者欤"?易如刚最后洒扫高士堂,亦称高士,去其徒无甚异,唯善于趋谒,以故史越王、尤锡山、杨诚斋、陆三山颇与之游。陆公尝因斋宿竹宫,因叩其庐。有二苍童对弈,微闻松风间有琴丝棋弈声,陆公心羡,以为是何异神仙之居。叩二苍童,愿见高士,童答以高士已出,去某御药处。中贵人也。陆公叹息曰:“高士亦见御耶?”笑而出。宫本中贵人提举,易所见者提举也,陆公未知之尔。然高士见本宫提举,亦非所以为高士矣,宜发陆公之笑也。宁皇圣性多可,其徒率因左右乞先生号,天庆陈道士、三茅张道士,俱不由给舍得先生号。陈书于状谒史相,史不悦,叱典谒改天庆观主衔,始命入。因谓陈工于修创,若先生号,岂可辄当?因谓三茅亦然。遂于群从官前及此,以如刚尝与越王诸公游奏之,上赐通妙葆真先生,敕由给舍下。先是史于赐第斋醮罢,戏命如刚升高席,如浮屠问对说葛藤。如刚乏辩,举道士姚公邃代己说法。姚从容就席,有僧作礼,而问曰:“伺候于公卿之门,奔走于形势之途,足将进而趦趄,口将言而嗫嚅,如何谓之‘岩隐’。”姚自号为岩隐。姚即对曰:“若以色见我,以音声求我,是人行邪道,不能见岩隐。”僧屈伏,姚掷拂下座,史大加器赏。如刚后悔不自升席。史眷如刚浸异于姚,如刚谮姚于史不行,盖嘉定间事也。

萧 照 画

孤山冷堂,西湖奇绝处也。堂规模壮丽,下植梅数百株,以备游幸。堂成,中有素壁四堵,几三丈。高宗翌日命圣驾,有中贵人相语曰:“官家所至,壁乃素耶?宜绘壁。”亟命御前萧照往绘山水。照受命,即乞上方酒四斗,昏出孤山。每一鼓,即饮一斗;尽一斗,则一堵已成画。若此者四,画成萧亦醉。圣驾至,则周行四壁间,为之叹赏。知为照画,赐以金帛。

萧画无他长，惟能使玩者精神如在名山胜水间，不知其为画尔。

慈　明

慈明太后越人也，善通经史，能小王书。母张夫人以乐部被宪圣幸，后以病归李氏，死葬西湖小麦岭下，地名放马场。宪圣常因乐部不协，顾左右曰："我记得张家，今安在？"左右对曰："已死矣，有女颇聪慧。"宪圣念张氏，故召后入，时年十一二。尝置宪圣侧，宫中谓之"则剧孩儿"。及既长，宁皇侍燕长乐，目后有异，而重于自请。宪圣知其意，遂燕宁皇而赐之，曰："做好看待，他日有福。"宪圣精于五行。由此遂正六宫之位。慈明所以报宪者无所不至，阁子内揭帖图则吴氏之宗枝也，居则指姓名以问左右，曰："这个有差遣也未？"每遣景献谕时相，凡除授必先吴氏而后其家。先是后葬其母于群宫人冢，阅岁浸久，至不知兄弟信。追备六宫礼，始遣迎次侄、今永宁郡王于衢，或谓后父即兄也。葬张夫人处，盖天造地设，非人力所及。山自南高峰为冈阜，至夫人垅忽踊去，若龙昂首为岭。春阳发达，夫人坟有物若钟乳结成甓，渊泉环绕，源出百里。其家克知诗礼，福禄未艾也。宪圣父为宣靖王，先殡于金陵，暨宪圣备妃册，始敕葬天竺石人岭下。山自严陵来，为戴青岭，复蟠折百余，形若展袖，为葬王处。茔上有屋如堂，盖垂帘后父旧制也。山接武林，汇为冷泉，大江、西湖横前，水口俱有奇峰截秀，宜其启拥佑听政之祥云。宣靖王即今以为京师珠子吴员外是也，以蠙珠为业，累赀数百万。王，长者也，间行闾巷，周知贫乏者，每实金与交钞于橐，挟苍头奴，遇夜以出，虽家人莫知也。王从橐探金钞，则率家人罗拜，谓天所赐。王行之且三十年，迨苍头奴长，亦号"小员外"，为王置白金器于肆，以气与售金者争，至呼以"乞儿"。售者不能平，遂持而问之曰："我如何是乞儿？"苍头曰："尔某年某月日不得吴员外金与钞，你如何不做乞儿？"其人亟释苍头，翌日率家人置礼拜谢王，王阳为"未尝有此"以谢之。王知隐德已泄，久则以他故逐奴去。王尝有兴造，有神立于百步外，王遥问曰："尔何神也？"曰："吾太岁也。君兴造实犯予，故避于百步之外，由君有阴德也。"王笃生宪圣，宜哉！事异，不书于后传。

节　度

太祖罢节度，立权发遣与权知之类，故士大夫作郡，皆自称曰"假守"，谓非真节度也。今节度亦非真名存尔，在权尚书上，正尚书下。铸印畀节之外，给半俸，视尚书则有宣麻之异与节堂使臣而已。宣麻外，若皇子则上必降敕，谕本军官吏、军民、僧道、父老。如高宗敕常德府官吏、军民、僧道、耆老曰："朕以为国宗英，相予郊祀。克同寅而竣事，爰易镇以增畲。眷惟常德之邦，邈在重湖之北。载更斋钺，已锡言纶。凡尔军民，迄夫吏士，耸闻成命，谅溢欢心。"此则绍兴三十六年高宗皇帝皇子普安郡王为本军节度使敕也。军民、僧道拜敕旋讫，用紫绫背册列官属姓名并图经，以礼状申缴本官。非皇子亦用此。若经从本镇，则太守必橐鞬道左，尉拥篲前导，官吏、军民、僧道、耆老迓于郊外，往往去本镇甚远，无复讲此。惟杨节使沂中坟墓在凤口。沂中实为昭庆军节度，今安吉州。间因上冢，知守臣而下欲用此礼，遂命从者迓出间道以避之。绍翁窃考本朝所以重节钺而不以轻授者，以使相故也。故相以礼而去，才畀节度使判某郡，而所谓节使俸给复减半，而其位又在正尚书之下,则除授之际正不必宣麻锁院。以宰相为之,故宣锁,后循用不改。惟宰相去国判郡除使相者不妨带宣,若他官特授者正不必尔。况参预而下,等为大臣,俱用制除,而视权尚书者反得宣锁,此皆制度因循合合厘正者。节钺轻授,甚至致仕亦有封驳者,有正授而中司卷班以出者,有缴真俸者,是以视权尚书为重也。余除权尚书、正尚书,设或未当,则封驳者绝少,未尝有争之如此力者,是可讶也。且正尚书一间即为政府,节度自细转检校三少、太尉至于开府,尚有三四转。且正尚书有不旬月致阶两地者,为节度至开府,或十年才一转。况任子京秩与小使臣之不同,阔略于正尚书,纤悉于节度使,愚实未解。绍兴十六年四月辛未,张澄以端明殿学士除庆远军节度使,众皆荣之,俗谓之"文极换武"。或节钺除仪同三司,则谓之"武极换文"。端明已视正尚书,节钺反居正尚书之下,俗以为荣,何也?

注 脚 端 明

嘉定李大性伯和以吏部尚书除端明殿学士,今俗谓"无注脚"。若有注脚,则降旨云"某人除端明殿学士,恩例并同执政"。危公积尝居著庭,倩绍翁草札送之,因命书史写"判府端明相公"。危以笔涂去二字,谓"此岂可轻以称谓"?吴公铸以保康军节度提举万寿观,薛知院极称之曰"节使观使",史相弥远却称曰"观使节使相公"。二公世官,必各有据。

秃 头 防 御

军功内官虽授防团,若未去阶官,谓上有左武大夫之类。但视遥郡。惟近邸不带阶官,非有功特转不许去阶官,俗谓之"秃头防御"。使去横榜用圆状，视从臣矣。

贤　　良

　　绍兴二年三月，资政殿大学士王绹表："臣昨任提举万寿观兼侍读，正月二十四日奏事殿中，乞以臣父、故宣德郎、赠太子太保、先臣发，元祐中应贤良方正能直言极谏科目，所进策论十卷，凡五十篇，候装裱毕日，依臣见进故事例，诣通进司投进。"面奉圣旨，依奏。绹旋得请提举洞霄宫，缴进其父所为五十篇之文，表略曰："惟元祐之纪元，复制科而取士。维时司马光之客，有若刘安世之贤，见所为书，举以应诏。因知己之迁谪，并荐士而弃捐，事与志违，言随名寝。"盖是安世既贬，发因不得召。东坡尝得其词业，致书谓"虑深词达，非浅陋所及"，又曰"秦少游未第，王贤良久困场屋是也"。《挥麈录》载："张咸，汉州人，应制科，初出蜀，过夔州，郡将知名士也，一见遇之甚厚，因问曰：'四科优劣之差，见于何书？'张无以对。守曰：'载《孟子》注中。'因阅示之，且曰：'不可不牢拢之也。'张道中漫思索，著论成篇。至阁试，六题以此为首。主文钱穆父览而异之，为过阁第一。"咸即浚父也，二贤良可谓有子矣。绍翁窃考《挥麈》所载，参以本朝六题之制，必先经题注疏而后子史，以《孟子》注为首殆恐不然。曾慥序李贤良高庙讳。字泰伯诗云："尝试六题，已通其五，惟四科优劣之差不记所出，曰'吾于书无所不读，惟平生不喜《孟子》，故不之读，是必出《孟子》，'拂袖而出，人皆服其博。"泰伯自序其文曰："举茂才罢归，其明年庆历癸未秋科所著文"云云，则是张公咸与泰伯同试于庆历壬午，张遂中选，李遂报罢。区区科目，亦有幸不幸焉。以《挥麈录》考之，则黜泰伯者，钱穆父也。南康祖无择叙泰伯之文曰:"天子举茂才异等,得召第一。既而试于有司,有司黜之。
呜呼,岂有司之过耶,其泰伯之命耶?"无择叙其文,未尝有不
读《孟子》之说。门人陈次翁为撰墓铭,亦曰:"曾充茂才,有
《富国》、《安民》、《强兵》三策,《易》、《礼》二论,合五十首,天下
传诵。及退居,为《周礼致太平论》并序五十首,其敌天命。又
有《潜书》、《庆历民言》、《寄范富孙公四书》、《长江赋》。初未
尝及不读《孟子》之说,惟公《盱江集》中有《常语》、《非孟子》,
其文浅陋,且非序者所载,疑附会不读《孟子》之说者为之剿
入,非泰伯之文明甚。"绍翁谨按:《登科记》庆历二年壬午岁八
月,固尝召试才识兼茂科,时阁下六题,其一曰《左氏义崇君
父》,二曰《孝何以在德上下》,其三曰《王吉贡禹得失孰优》,其
四曰《经正庶民兴》,其五曰《有常德立武事》,其六曰《序卦杂
卦何以终不同》。初无四科优劣一题,不知曾惇序泰伯之诗,
何为凿空立为此题? 当时六题中,唯《经正庶民兴》出《孟子》,
此儿童之所知,泰伯纵不喜《孟子》,不应父生师教以来即不许
读《孟子》,且非《孟子》注之比。绍翁窃考本朝有司命题,不过
六经本注与正义中出,或不出正义,未闻出子史注疏者。曾
惇、《挥麈》恐决无所据。是岁庆历二年壬午,中选者乃殿中丞
钱明逸,实入第四等。而魏公之父咸实中选于绍圣元年,时为
剑南节度推官,则绍圣又与庆历不同。本朝前后阁试,未尝有
四科优劣之题。惜乎绍圣六题独缺不载,参合《登科记》、《挥
麈录》之说,则泰伯所试乃《经正庶民兴》出《孟子》正文,实试
于庆历二年壬午八月。咸试四科优劣之差,实试于绍圣元年
九月,同试者右通直郎吴俦、福州布衣陈旸。是岁上以进士策
有过于制科者,遂罢试。山台赵汝读常容况问绍翁以四科优
劣之题,即答之以见于《挥麈》所载,实出于《孟子》大人天民之

第二注末一句云。汝读即阅《孟子》得之,因叹"自父兄以来,
寻此题不见。今乃得之于子",因归而著此,以祛后人之惑。
犹有三则续刻。

第　一　则

自绍兴二年复置此科,士无应令者。至乾道七年十一月,
始取贤良方正能直言极谏科一人,则眉山李垕也。自孝宗即
位十年,制科诏凡一再下,时科目久废,士皆不能为此学。乾
道八年正月,翰林汪公以垕应诏,取其五十篇之文献之于上。
上屡对近臣称奖,谓宜置之优等,以徕多士。巽岩李公焘,其
父也,寻摄右史,直前奏事,上面谕尤宠。有司拘守令,持之久
不下,迄用乾德、咸平、景德典故,亟令召试中书。垕尝一辞不
获。盖以东南士人,忌之者众。九年夏四月,汪公出守平江,右丞相
陈公出守福唐。五月,巽岩请补外,七月,得荆湖节。垕以状
自列,乞侍亲养,待命于外。上曰:"今秋八月,令中书引试。"
时荐者汪公与王召大臣已去国,垕惧为当路所嫉,故恳辞。再
三年,遂听其侍亲以行。十年始召试中书,六论命题已稍异盛
时之制:一曰《人主有必治之道》,二曰《汤法三圣》,三曰《人者
天地之心》,四曰《律历更相治》,五曰《三家言经得失》,六曰
《扬雄张衡孰优》,六论合格,宰执持文卷以奏御,玉色欢动,
曰:"继今其必有应书者矣。"上曰:"垕五题皆精记所出,虽《汤
法三圣》不记所出,而能举上下文数百字,可谓难矣。"盖本朝
六题四通,即谓之合格,垕亦既通其五矣。宰执又同辞而进
曰:"垕之弟塾,亦为此学。"上曰:"盛事,盛事!"会召塾试,有
司抉《魏相传》内"尧舜汤禹"四字以笼之,塾不能记,因赐帛报
罢。轻薄子至作谑词,其略云:"六论不知出处,写得乌梅几

个。圣恩广大如天,也赐束帛归去。"世俗遂谓无真贤良,由是
窃名应科者亦得以售其伪。且谓东坡犹不记六题出《管子》,
子由同试,直以笔管敲试案方悟。此又齐东之语,与谓李泰伯
不记四科之题大略相似。按东坡所试题一曰《王者不治外
夷》,二曰《信礼义以成德》,三曰《刘恺丁鸿孰贤》,四曰《礼以
养人为本》,五曰《既醉备五福》,六曰《形势莫如德》,五题俱精
贯,惟《形势莫如德》东坡误认,以为出于《诸侯王表》。子由知
其出于《吴起传》,而特不记其出于传赞之束句。俗谓子由不
记《信礼义以成德》出《论语》"樊迟请学稼"下注,东坡因老兵
斟铜蟾溢砚,坡恚曰:"小人哉!"子由遂悟。虽六题有此,然其
说亦不经,与所传《管子》事一也。《刑赏忠厚之至》盖省试论,
非制科题云。

第　二　则

《愧郯录》载大中祥符六年,言者谓汉举贤良多因灾变,今
受瑞登封不当复置此科,遂罢之。故天圣七年,复置此科。咸
平四年四月,诏学士两省御史五品以上、尚书省诸司四品以
下、内外京朝官幕职州县及草泽,各举贤良方正能直言极谏一
人,已帖职者不举。是年八月,乃试贤良方正能直言极谏科。
至景德二年,复置六科:一曰贤良方正能直言极谏,二曰博通
坟典达于教化,三曰才识兼茂明于体用,四曰武足安边,五曰
洞明韬略运筹决胜,六曰军谋宏远才任边寄。委中书试论,六
首合格者亲试,是谓六科。盖前此止设贤良一科,今复唐六
科。《愧郯》惜未精考,以为初不见罢科之日,而有复科之诏,
此乃复唐六科之诏故也。六题既命试,至制策则恕矣。《愧
郯》又疑林陶学士院不合格,以为前无此一试,不知乾德二年

令吏部试策一道,已有旧比。今但不试吏部,试于学士院耳。

第 三 则

　　巽岩李公焘《制科题目序》:"阁试六题,论不出于经史正文,非制科本意也。盖将傲天下士以其所不知,先博习强记之余功,后直言极谏之要务,抑亦重惜其事而艰难其选,使贤良方正望而去者欤?然而士终不以此故而少挫其进取之锋,问之愈深,则对之愈密,历数世未尝有败绩失据之过。士真多能哉?斯执事优容之也。迨熙宁中,陈彦古始不识题,有司准试不考,而制科随罢。君子谓彦古不达时变,宜其出也。先是孔文仲以直言极谏忤宰相意,驳高第,斥小官,彼佼佼焉,思纵其淫心以残害典则,厌是科之不便于己也,欲亟去之而不果遂。亟去之而不果遂,则姑置焉,名存而实亡矣。凡所谓贤良方正者,尚肯复从其游耶?彦古区区昧于一来,是必不敢高论切议也。殆揣摩当世,求合取容耳。传注义疏之纤微,且不及知,矧惟国家之大体,渠能有所发明哉?而执事者犹恶其名,决坏之然后止,彦古之黜宜也。而使天下遂无得以贤良方正能直言极谏举者,独何心欤?至于元祐,仅复旋废,其得失之迹,又可见矣。今天子明诏三下而士莫应,岂非犹惩于彦古故耶?盖古所谓贤良方正者,能直言极谏而已,今则为博习强记也,直言极谏则置而不问,殆恶闻而讳听之。逐其末而弃其本,乃至此甚乎?此士所以莫应也。余勇不自制,妄有意于古人直言极谏之益,而性最疏放,勉从事于博习强记,终不近也。恐其幸而得从晁、董、公孙之后,曾是弗察,而猥承彦古之羞。乘此暇日,取五十余家之文书,掇其可以发论者数十百题,具如别录。间窃颠倒句读、窜伏首尾,乃类世之覆物谜言,虽若不

可知,而要终不可欺。戏与朋友共占射之,贤于博弈云尔,实
非制科之意也。"绍翁窃详巽岩李公之序,谓熙宁中陈彦古始
不识题,有司准式不考而制科随罢;先是孔文仲以直言极谏忤
宰相意,驳高第,斥小官,其说有当考者。熙宁三年九月,试制
科二人:贤良方正能直言极谏科,太常博士王□,才识兼茂明
于体用科,太庙斋郎张绘。皆成都人。时贤良方正台州司户参
军孔文仲对策,入第三等,诏以所对意尚流俗,毁薄时政,不足
收录,以惑天下观听,令流内铨,告示还任。是岁御试罢诗赋
用策。七年以进士试策,即与制举无异。时政得失已许人上
封事,遂罢制科。此后彦古何缘又复召试,且特为彦古一人不
通阁题而罢此科?本朝阁试六题俱载《登科记》,所缺者,惟绍
圣元年所出题尔。不知彦古所不通者何题,李公何不明载?
文仲不失一台州司户,亦无官可斥也。

高宗六飞航海

　　《挥麈》第三录第一卷,载高宗六飞航海事:有宣教郎知余
姚县李颖士者,募乡兵数千,列其旗帜以捍拒之。敌既不知其
地势,不测兵之多寡,为之小却,傍徨不敢进者一昼夜,由是大
驾得以自定海登舟航海。事平,颖士迁两官,擢通判州事。颖
士字茂实,福州人,登进士第,绍兴中为刑部郎中。绍翁谨按:
《挥麈》所载李某事迹皆当,盖绍翁本生祖也。本生祖其先为
光州固始人,徙居建之浦城,非福州也。秀岩李公心传《朝野
金载》以真公德秀尝以《书》义魁乡举,真公业词赋,亦尝为魁。
著述斯难矣,不知秀岩曾刊定否?

韦　居　士

绍兴初,时宰有荐韦居士于高宗者,高宗谕之曰:"当今谁知有元祐人如韦许者?又尝赒急之,岂可以常人比哉!"命之以官。韦名许,字深道,世为芜湖人。从姑溪居士李之仪学,不事科举。筑室于溪上,榜曰"独乐",藏书数千卷。适黄鲁直兄弟、苏伯固父子来寓邑中,相与游从。许旧字邦任,鲁直易之以深道,而为之字说。元祐诸公之贬逐,士大夫畏祸,虽素所亲亦不敢相闻。有道江上者,公独留连之,极力赒急,不顾其他,士大夫以此多之。了斋陈忠肃公为作堂记,且为颂赠别。政和中,都邑以名开于朝,一时当路如建康帅卢襄给事、宣城守张叔夜、枢密李密大尚书,合词以荐,属朝廷多事,命不果下。至是宰臣又荐之云。韦虽拜官而邑人犹称居士者,盖了斋尝称之曰"湖阴居士",此载于《芜湖图经》。《图经》盖韩果卿所撰,曰绍孙尝以居士墓铭示韩云。朱文公之门人,贬逐正人,贫无以为路费,居士率致白金以邀诸路。然则韦之赒急,又不特元祐诸贤。绍翁谨按:绍兴元年至七月,宰相范宗尹。范罢,而后左相吕顺浩,又相秦桧。至二年八月,秦罢,然后朱胜非再相。《图经》谓绍兴初,时宰有荐韦于上者,恐非宗尹、桧,是必朱与吕耳。

九　里　松　字

绍翁乙集载吴说所书九里松字详矣,后阅《挥麈后录》六卷载吴传朋说知信州,朝辞上殿,高宗云:"朕有一事,每以自歉。卿书九里松牌甚佳,向来朕亦尝书之,终不逮卿,当复以卿书揭之。"说顿首称谢。是日有旨物色说书,犹藏天竺僧帑,遂复揭之松门。传朋自云如此，但至今九里松字尚填以金，过者皆见，则绍翁乙集所载似是，而传朋不以语《挥麈》，何也？以绍翁考之，盖不特此。按《续稽古录》绍兴二年六月，颁黄庭坚《戒石铭》于郡县，亦用金书。圣人不没人之善如此。

王　正　道

甲集载胡公铨请斩桧事，因及王公伦，未暇详也。《挥麈余录》载王正道伦死于金。谓金人欲用为留守，不从，杀之。绍翁按：前后金使，于洪公皓、司马公朴，金皆尝以要职强之，皆不屈，然亦未尝杀之，甚至纵其出入。伦以不屈，顾被祸如此。以《王氏家传庙记》攻媿楼公文。与《挥麈》所载绝异，盖伦拘留北庭，密约宇文虚中劫敌反其地而南。谋泄，为敌所害。自是待遇本朝使者，如严寇盗矣。

张　通　古

《朝野佥载》：绍兴八年，北使张通古以行台侍郎来聘。稍工诗，其还也，归正燕人周襟与通古有旧，乞襟送至境上，通古赠诗为别云云。绍翁窃谓彼法至严，为之使者岂敢乞归正人至境？又云秦桧尝示之以胡公铨封事，一览即皆诵，此《佥载》之过听也。绍翁尝考记载，胡公封事一出，敌中购以千金得之，通古能成诵久矣，何待诵于桧乎？且桧为大臣，何为与行人相授以胡公封事？此皆当订正，而后以备史氏之阙。

史文惠荐士　张、史异论，已见前篇。

淳熙五年三月，史文惠浩既再相，急于进贤如初。朱文公熹、吕公祖谦、张公栻、曾氏逢辈，皆荐召之。朱公熹不仕几三十年，累徵不就，于是文惠勉以君臣之义，即拜诏。惟张公栻不至，盖以文惠与其父魏公浚淳熙初议不合也。君子立朝，议多不合，张公何慊而不至？盖犹泥于本朝避嫌之制云。

孝宗御制赐吴益

孝宗以太母故，加眷吴郡王益。益，太母弟也，秋气向清，圣意怡怿，至于手书御札一联云："称此一天风月好，橘香酒熟待君来。"命近珰持益。益入对，顿首称谢。上曰："聊复当折简耳。"

闽人讹传兆域

《愧郯录》六卷载闽人讹传皇祖兆域，可谓背治。至今闽人妄中起妄，谓朱信罪至拔舌。绍翁尝疑本朝宽厚，必无是刑，且朱信为本朝推本兆域，其事虽缪，其心不可谓之不忠。神宗故怜之，若非元丰具有"赦后勿论"指挥，则闽人之妄未易破也。讹传兆域在福州俱胘院灵石山，《愧郯》误以为碎石山。

天上台星

开禧用兵，邓友龙、程松为宣抚、宣谕使，板授其属，谓之"宣干"。时政府惟有陈自强居相位，民谣谓之"天上台星少，人间宣干多"。或谓皇甫斌治于岳之城南，群优所萃也，其属谣焉，又谓之"城南宣干多"。又云"宣威郡不问，宣威，即斌也。恢复竟如何"？后有以节制今山讨李全者，其属猥众，又有易前二句云"塞上将军少，城南节干多"。《却扫编》载旧制诸路监司属官曰"勾当公事"，建炎初避高宗嫌名易为"干办"。时军兴，属公数倍平时，有题于传舍云："北去将军少，南来干办多。"盖始此。曹武惠以平江南功归,诣阁门自称曰:"勾当江南公事回",今世借授白帖,辄自称"某干管"云。

洞　仙　歌

绍兴间有题《洞仙歌》于垂虹者,不系其姓名,龙蛇飞动,真若不烟火食者。时皆喧传,以为洞宾所为书。浸达于高宗,天颜辗然而笑曰:"是福州秀才云尔。"左右请圣谕所以然,上曰:"以其用韵盖闽音云。"其词曰:"飞梁压水,虹影澄清晓。橘里渔村半烟草。今来古往,物是人非,天地里,惟有江山不老。　雨巾风帽,四海谁知我?一剑横空几番过。按玉龙、嘶未断,月冷波寒,归去也、林屋洞天无所。认云屏烟障,是吾庐,任满地苍苔,年年不扫。"久而知为闽士林外所为,圣见异矣。盖林以巨舟仰书桥梁,水天渺然,旁无来迹,故人益神之。

方　奉　使

乙集载莆阳方信孺出使事详矣,今又得之杨开国圭。圭尝典方始属,能言其与伪元帅辩难者甚至。方见元帅,元帅叱问之,曰:"前日何故称兵?今日何故求和?"词色俱厉。公从容对以"前日主上兴兵复仇,为社稷也;今日屈己求和,为生民也。二者皆是也。"元帅笑而不复诘。开国乃文忠真公之外舅,尝对真叹息云:"我辈更吃五十年饭,时圭年五十。也不会如此应对。"开禧间,文忠为学官,圭以三省枢密院酒官充书云。

草　头　古

嘉定间禁止青盖事,盖起于邹昭先无以塞月课,前录载其事。太学诸生与京兆辩,时相持之不下。薛惠之极、胡仲方榘,皆史所任也,诸生伏阙言事,以民谣谓胡、薛为"草头古,天下苦",象其姓也。谓"虐我生民,莫匪尔极",象其名也。薛不安其位,力乞去。时相谓曰:"弥远明日行,则尚书今日去。"薛不能不留。自侂胄得柄,事皆不隶之都司,初议于苏师旦,后议之史邦卿,而都司失职。自时相用事,始专任都司。都司权居台谏上,既未免以身任怨,故蒙天下之谤。时聂善之亦时相,所任大抵以袁洁斋、真西山、楼旸叔、萧禹平、危逢吉、陈师虑辈,皆秀才之空言。善之帅蜀,道从金陵,逢吉之弟和为江东帅属,迎劳之于驿邸。聂因语之曰:"令兄也只是秀才议论。"应祥不乐,竟不饯之,衔之终身。善之,士人也。胡、薛以儒家子习于文法云。

二　　元

朱文公熹字元晦,中年自悔,以为元为四德之长,愧不足以称是,遂易曰仲晦。真文忠公名德秀,字景元,楼宣献公尝从容叩之以字义,真答以"慕元德秀之为人,故曰景元"。楼公取《诗》注"景行行止"处示之,则景之义为明,谓"高山仰止"对"明行行止"也。真遽易为希元。盖"景元"乃"明元",无谓也。二公州里则同,而文公又真公所闻而知之之师,且谥又同一字,而字义之误,又皆能自知其非而易之。然当时至今但称二公曰元晦、景元,而未当称之曰仲晦、希元,盖其习称已久,而不能以遽易也。文忠始于举子,命字之义非得于师友,故始字曰实夫。后乡曲有轻薄子曰:"只恐秀而不实。"故易曰景元。若文公则不然,其师友曰籍溪,曰延平,顾不能救其字之误也,而必俟公之自悔,其亦异于王通矣。通之弟曰绩,字无功。通曰:"神人无功,非尔所及也。"故终身名之。

单 夔 知 夔 州

单夔以家贫祈郡,孝宗圣听高远,知其所志,从中大书御札云:"单夔知夔州。"后竟不赴,易守建宁。钱象祖尝献珠搭当于韩侂胄,迨其致仕,词臣草诏,进封珍国公。二事略相似也。

宁 皇 御 舟

张巨济字宏图,福清人。嘉泰间上书宁宗,以"慈懿攒陵今在湖曲,若陛下游幸,则未免张乐,此岂履霜露之义"? 宁皇感悟其言,旋转一秋,由此湖山遂无清跸之声,非特俭德云。御鹢至沉于波臣,黄洪诗云:"龙舟大半没西湖,便是光皇节俭图。三十六年安静里,棹歌一曲在康衢。"

两朝玉带之祥

徽宗亲解玉带以授康邸,遂基火德中兴之祥,事载国史诸书,此不复载。至高宗以常德为孝宗潜藩,尤有足纪者。先是常德有玉带渠在城内,本名永泰渠,端拱初或以水由坤入于城府最利,且避陵名,更名秀水。守臣龚颖篆秀水斗门以表之。熙宁元年,有异人号海蟾翁刘易者,寓天庆观,谓所善魏道士曰:"此水,郡之玉带,当有佩是者应之。"未几,孝宗启社。又流虹绕电之地,实曰秀州,亦秀水之谶云。

张公九成玉带

张公九成自为士时,尝遇至人许以官爵,见玉带则止。后张为抡魁,又天下相望所属,人谓至人之说且验。会公与客共观王钦若以计取上方解赐玉带事,则抚掌大恚曰:"奸臣! 奸臣!"声渐微而公逝矣。嘉定间,宁皇赐史弥远、赵师揆、杨次山等以玉带,唯弥远上所解赐,他皆于内府。朝之仕者与四方之门生故吏,泛然启贺。赐带与赵、杨等混然无别,虽弥远未尝留意俪语,因览众启毕,独取一启内"解赐"二字曰:"此却知弥远是上解赐。"此启绍翁为人代作。

四朝闻见录卷四 丁集

宁 皇 即 位

宁宗皇帝,光宗第二子,母曰李皇后。乾道四年十月二十日生于宫,以其日为瑞庆节。五年十一月除右千牛卫大将军。淳熙五年十月封英国公,十二年三月进平阳郡王,十六年三月封嘉王。绍熙五年七月五日奉太皇太后圣旨,就重华宫即皇帝位。年二十七。宪圣既拥立光皇,光皇以疾不能丧,宪圣至自为临奠。先是吴琚奏东朝云:"某人传道圣语'敢不控竭',窃观今日事体莫如早决大策,以安人心。垂帘之事止可行之浃旬,久则不可。愿圣意察之。"宪圣曰:"是吾心也。"翌日并召嘉王暨吴兴入,宪圣大恸不能声,先谕吴兴曰:"外议皆谓立尔,我思量万事当从长。嘉王长也,且教他做。他做了你却做,自有祖宗例。"吴兴色变,拜而出。嘉王闻命,惊惶欲走。宪圣已令知阁门事韩侂胄掖持,使不得出。嘉王连称:"告大妈妈,宪圣。臣做不得,做不得。"宪圣命侂胄"取黄袍来,我自与他着"。王遂掣侂胄肘环殿柱。宪圣叱王立侍,因责王以"我见尔公公,又见尔大爹爹,见尔爷,今又却见尔"。言讫,泣数行下。侂胄从旁力以天命劝,王知宪圣意坚且怒,遂衣黄袍,亟拜不知数,口中犹微道"做不得"。侂胄遂掖王出,唤百官班,宣谕宿内前诸军以嘉王嗣皇帝已即位,且草贺。欢声如雷,人心始安。先是皇子即位于内,则市人排邸以入,争持所遗,谓之"扫阁",故必先为之备。时吴兴为备，独嘉王已治任判福州，绝不为备，故市人席卷而去。王既即位，翌日侂胄侍上诣光皇问起居，光皇疾，有间，问"是谁"，侂胄对曰："嗣皇帝。"光宗瞪目视之，曰："吾儿耶？"又问侂胄曰："尔为谁？"对曰："知阁门事臣韩侂胄。"光宗遂转圣躬面内。时惟传国玺犹在上侧，坚不可取，侂胄以白慈懿，慈懿曰："既是我儿子做了，我自取付之。"即光宗卧内擘玺。宁皇之立，琚亦有助焉。文忠真公跋琚奏藁于忠宣堂云："观少保吴公密奏遗藁，其尽忠王室，可以对越天地而无愧，叹仰久之。丙子夏至富沙真德秀书。"光皇疾不能丧，襄阳士人陈应祥阴连北方邓州叛党，欲杀守臣张定叟，用缟素代皇帝为太上执丧，且举哀以顺北。适宁皇登极之诏甫三日而至，陈遂变色寝谋，旋为其党所诉。定叟临阅场问之，曰："朝廷负尔耶？太守负尔耶？"各命将士射之。先志其箭，中其肝者，有某赏；中其心者，有某赏；中其体若肢者，有某赏。发陈之箧，惟缟巾数千云。先是赵蹈中具载水心赞嘉邸之语数十百，亲笔其颠末，绍翁未之见也。

庆　元　丞　相

嘉定初，赵忠定赐谥曰"忠愍"。大臣死非其罪，故以"愍"易名。其家上疏自列，以为子孙所不忍闻，改"愍"为"定，"公为侂胄所挤，至贬所服脑。然没其实矣。家集欲以"庆元丞相"为名，又以庆元亦有他相，故但曰《赵忠定集》。其家又列于朝，乞毁龚颐正《续稽古录》。又以其录传播四裔已久，乞特削其官，刊定正史。朝廷皆从之。颐正，布衣也，名家子，家于和州，号称博洽。阜陵朝尝进《元符元祐本末》等书，上嘉叹，俾阶主簿。庆元间颐正为太社令，尝续司马文正公《稽古录》，后又循至著

廷修史,纂进宁皇登位事,与其《录》相表里。颐正载忠定事于
《录》,则曰:"知阁门事韩侂胄入奏太皇太后,得旨以谕赵汝愚
等:来早太皇太后就梓宫前垂帘,引执政入班于几筵殿下。太
常寺先引汝愚等赴梓宫烧香毕,次赴太皇太后帘前起居奏事,
奉太皇太后圣旨:'皇帝以疾未能执丧,曾有御笔自欲退闲,皇
子嘉王可即皇帝位'云云。皇子嘉王即皇帝位,于是赵汝愚、
余端礼、陈骙等率百官如仪。"据颐正载于《录》者如此,初未尝
毁忠定也。疑载于正史必有异辞。又详忠定子弟雪父冤、乞
刊定之词云颐正修史,以忠定有"只立赵家一块肉便了"之词,
又有"白龙之梦",以此诋忠定。绍翁惜不及拜览国史,恐前后
史臣削去已久。绍翁前所载宪圣册立宁皇事,与颐正所载略
不少同。颐正外臣也,不知当时宫闱事,当以绍翁得之吴氏者
为详可信。嘉定时,颐正已死。先是绍翁未敢以吴氏之说为
信,尝于西山书院会赵氏子弟,其说相符。赵氏以丞相女孙妻
西山之子云。

考　　异

　　先是,赵公汝愚喻殿帅郭杲,以兵三百至延禧殿门祈请国
玺,欲自都省迎置于德寿宫。杲入,索玺于内珰羊驷、刘庆祖,
二珰相语:"若玺入杲,以他授,则大事去矣。况丞相云有'赵
家肉即可做',此是主张吴兴,则玺尤不可轻授。"二珰遂设计,
谕杲以祥曦殿门非殿前宜入,宜俟于门下。先付玺,函封甚
密,授于杲,杲奉函于都省。二珰径以玺从间道驰诣德寿宫宪
圣殿。先是宪圣已召嘉王入德寿宫殿内,汝愚不知所奉者玺
函耳,遂至宫门欲上玺。宪圣谕以"玺已置善所,嘉王已即
位",汝愚等皇恐称贺,宪圣遂专拥立之功。绍翁窃详前说,与

吴、赵二氏既异，虽龚颐正《稽古录》志在诋赵，亦不及是。当阙所疑，以备史氏采择云。

考　异

副都知杨舜卿领兵。

考　异

和州布衣龚敦颐者，元祐党人原之孙也，尝著《符祐本末》、《党籍列传》等书数百卷。淳熙末，洪景卢领史院奏官之后，避光宗名，改颐正。朝廷以其有史学，嘉泰元年七月赐出身，除实录院检讨官，盖付以史事。未几而颐正卒。出李心传《朝野记》。前载颐正事，出袁公说友跋颐正《录》。

考　异

绍兴五年六月，宰臣留正等入奏，乞早正嘉王储位，以安人心，以建万世无穷之基。甲寅，留正等两具奏，乞立嘉王为皇太子。是晚，出御批：“朕历事岁久，念欲退闲。”壬戌，正复乞去，出国门。癸亥，知阁门事韩侂胄入奏太皇太后，得旨以谕汝愚等来早太皇太后就梓宫前垂帘，引执政入班于几筵殿下。太常寺先引汝愚等赴梓宫前烧香毕，次赴太皇太后帘前起居奏事，奉太皇太后圣旨：“皇帝以疾至今未能执丧，曾有御笔欲自退闲，皇子嘉王可即皇帝位，尊皇帝为太上皇帝，皇后为太上皇后。”诏曰：“朕承列圣之洪图，受寿皇之内禅，抚有四海，于今六年。夫何菲凉，属忿和豫，遽罹祸变，弥剧哀摧。虽丧纪自行于宫中，而礼文难示于天下。矧国事之重，久已倦勤；荷祖后之慈，曲加矜体。皇子嘉王，仁孝之德，中外所推；

居恒小心，未尝违礼，嗣膺大宝，兹谓得人。朕退安燕颐，遂释
重负。何止循宅忧之志，抑将绵传祚之休。皇子嘉王可即皇
帝位，朕移御泰安宫。播告远迩，咸使闻知。尚赖忠良，共思
翼赞。"是诏盖宪圣命楼公钥所草，内云"虽丧纪自行于宫中，
而礼文难示于天下"，天下称之。是日皇子嘉王即皇帝位，于
是赵汝愚、余端礼、陈骙等率百官起居如仪。《续稽古》。先是甲
寅六月丁未，宰执札子奏："皇子嘉王，仁孝夙成，学问日进，宜
早正储位，以安人心。"癸丑，再入札子，御批云："甚好。"乙卯，
再拟指挥进入，乞付学士院。是晚批出八字，乃上所云也。留
丞相得之始懼。丙辰，再拟入，御批："可。只今施行。"己未，
宰执再奏，乞面奉处分。晚，付出封题稍异，丞相不启封，付之
内降房。七月庚申朔，汝愚趣启封，丞相视牍尾色忧，密为去
计。辛酉，朝临仆于地。是日工部尚书赵彦逾见汝愚白事，汝
愚微及与子意，彦逾大喜。汝愚乃俾彦逾驰告殿前都指挥使
郭杲，许诺，议遂决。壬戌大祥，以五更入奏致其仕，易肩舆出
城去。汝愚意欲躬诣太母，而难其人。知阁门事韩侂胄，太母
女弟之子也，与温人蔡必胜同在阁门。必胜因其里人左司郎
官徐谊、吏部员外郎叶适言于汝愚，遂令侂胄以内禅事附慈福
宫内侍张宗尹入奏。太母素简严无他语，令谕汝愚耐烦而已。
癸亥，侂胄再往，与重华宫内侍关礼遇，礼问知其谋，入白太
母，言与泪俱。太母蹙额久之，曰："事顺则可。"礼遂简侂胄以
"来梓宫前垂帘，引执政"。日过午，汝愚乃以谕同列，关礼又
使所亲阁门宣赞舍人传密旨，制黄袍。时上在嘉邸，殊不知，
方以疾告。汝愚简宫寮彭龟年云："禫祭重事，王不可不入。"
甲子，禫祭。杲与步帅阎仲先分兵卫南北面，太母垂帘，命关
礼引王先入，次执政奏事。太母曰："皇帝已有成命，相公当奏

行。"汝愚出所拟太皇太后圣旨云:"皇帝以疾至今未能执丧,曾有亲笔自欲退闲,皇子嘉王可即皇帝位。尊皇帝为太上皇帝,皇后为太上皇后。"太母览毕,云"甚好"。太母劝上即位,上固辞,且顾汝愚曰:"某无罪,恐负不孝之名。"群臣力请,遂即皇帝位于东楹之素幄,次行禫祭礼,人心始定。先是京口诸军讹言汹汹,襄阳士人陈应祥亦谋为变,举事前一日登极赦书至,遂败。朱熹尝谓上"前日未尝有求位之志,今日未尝忘思亲之怀,盖行权而不失其正"云。庆元元年夏四月,始用校书郎李璧奏,命正缴御札八字付史馆。

考　异

　　甲集载吴琚赞策事,文忠真公德秀为跋其密奏遗藁矣,其奏盖拟进于太上,乞太上宣布于外云:"予与皇帝之情初无疑间,比以过宫稍希,臣僚劝请,反涉形迹。殊不知三宫声问络绎,岂在一月四朝方为尽礼?今天气向暑,过宫常礼宜免。如欲相见,当自招皇帝矣。乞誉降付留正等。"此绍翁亲目于琚之子钢,后又再索之于钢之子。近阅水心先生叶公适题王大受《拙斋诗藁》则曰:"绍熙四年,光宗疾不能谒重华,谏者倾朝,谤者盈市。宪圣后兄子琚最贤,大受因琚奏孝宗:'陛下惟一子,不审处利害,恣国人腾口,取名于家,计大不便。且群臣以父子礼故诤不敢止,陛下何不出手诏云皇帝体不安,朕所深知,卿且勿言,须秋凉,朕自择日与皇帝相见也?'孝宗喜其策,会宴驾,不果用。"适以为"余实亲见",不知二藁何为略不相似。大受往来诸公间,自以为预诛韩功。至是,钢白其先志于朝,大受必欲钢以如适所载其父藁,实大受所风,钢犹豫未上,会攻媿楼公钥愤其前与族兄镛有间,且毁其文,力言之于史

相,期以必窜大受。又嗣秀王师揆言于朝:"王大受一布衣,凡
国之大议,须要讨分。"史遂命京兆去大受袍笏,编置邵武。钢
遂以藁上,而削大受姓名。事有已见甲乙集者,今复详具。

庆　元　党

　　嘉定改元,真文忠公以太学博士轮对,奏札曰:"庆元以
来,柄臣专制,立为名字以沮天下之善者有二:曰好异,曰好
名。士大夫志于爵禄,靡然从之,以慷慨敢言为卖直,以清修
自好为不情。流弊之极,至于北伐举朝趋和,而争之者不数
人。今既更化,当先破党同之习。"六年春二月,除起居舍人。
夏五月,直前奏事,略曰:"自权奸擅政,十有四年。始也朱熹、
彭龟年以抗论逐,吕祖俭、周端朝以上书斥。其后吕祖泰之
贬,则近臣已不敢言。又其后也,盗平章之名,起边陲之衅,求
如一祖泰者,不可得矣。"文忠此疏不特为韩也。先是绍熙五
年六月庚寅,朱文公熹除宝文阁待制,与州郡差遣,己亥,除知
江陵府。初,宁皇之立,赵忠定公不用吴琚,事已载乙集。琚,慈福
亲侄。乃召韩侂胄慈福表侄。而嘱之。韩本不得通慈福宫籍,乃
介内侍关礼入白慈福,至涕泣固请。慈福召韩入,遣谕忠定,
其议始定。韩自以为有定册之功,欲去忠定而未果。文公自
长沙召入,闻之即惕然以为忧,因免牍寓微意。及进对,指陈
再三,又约吏部侍郎彭公龟年白发其奸。彭护赐使以出,韩益
得志。时忠定方议召知名之士,海内引领,以观新政,而事已
多出于韩氏。文公既言于上,又数以手书遣其徒白忠定,欲处
韩以节钺,赐第于北关之外,以谢其勤,渐以礼疏之。忠定不
能用,文公自长沙行至衢州,以书招其门人聘君蔡元定。元定
不至,复书无他语,但劝其早归。文公未去,顷韩讽伶优以木

刻公像，为峨冠大袖，于上前戏笑，以荧惑上听。公犹留身讲
筵，乞再施行前奏，则予郡之批已径从中出。然韩犹以公当世
重望，美其职名，而优以大藩。公既去国，彭公方护使归，因
奏："陛下近日逐得朱熹太暴，臣亦欲陛下亟去侂胄。"未几，彭
亦以直批予郡。庆元元年，韩欲并逐忠定，诬以不轨，因以尽
陈天下之不附己者，名以伪学。而太府寺丞吕祖俭以争论忠
定，贬韶州，而弟祖泰至黜而窜。初，词臣傅伯寿尝从公于武
夷，当公恳辞待制，草制词云云，"逮兹屡岁，始复有陈前受之
是，今受之非，谁能无惑？大逊如慢，小逊如伪，夫岂其然？顾
尔务徇于名高，在我讵轻于爵取，俾解禁严之直，复居论著之
联"云云。"噫，厌承明，夸侍从，既违持橐之班，归乡里，授生
徒，往究专门之学。"遂授修撰之命。公尝用郊恩奏其子京官，
故傅有"屡岁始陈"之诮。二年冬十月癸酉，褫职罢祠，台臣击
伪学，至榜朝堂。未几，张贵谟指论《太极图说》之非，而沈继
祖以追论伊川程正公为察官。某书所载为胡纮。今以文公年谱考之，
盖纮草而沈用之。而胡纮草公疏未上，会以迁去职，遂以授继祖，
故有是命。庆元三年丁巳春二月癸丑省札：蔡本作"二年十月"。
"臣窃见朝奉大夫、秘阁修撰、提举鸿庆宫朱熹资本回邪，加以
忮忍，初事豪侠，务为武断。自知圣世此术难售，寻变所习，剽
张载、程颐之余论，寓以吃菜事魔之妖术，以簧鼓后进，张浮驾
诞，私立品题，收召四方无行义之徒以益其党伍，相与餐粗食
淡，衣褒带博，或会徒于广信鹅湖之寺，或呈身于长沙敬简之
堂，潜形匿影，如鬼如蜮。士大夫之沽名嗜利、觊其为助者，从
而誉之荐之。根株既固，肘腋既成，遂以匹夫窃人主之柄，而
用之于私室。飞书奏疏，所至响答，小者得利，大者得名。不
惟其徒咸遂所欲，而熹亦富贵矣。臣窃观熹有大罪六，而他恶

又不与焉。人子之于亲，当极甘旨之奉，熹也不天，惟母存焉，建宁米白甲于闽中，熹不以此供其母，而乃日籴仓米以食之。其母不堪，每以语人。尝赴乡邻之招，归谓熹曰：'彼亦人家也，有此好饭。'闻者怜之。昔茅容杀鸡食母而与客蔬饭，今熹欲餐粗钓名不恤其母之不堪，无乃太戾乎？熹之不孝其亲，大罪一也。熹于孝宗之朝累被召命，偃蹇不行，及监司郡守，或有招至，则趣驾以往。说者谓召命不至，盖将辞小而要大；命驾趣行，盖图朝至而夕馈。其乡有士人连其姓者赆书痛责之，熹无以对。其后除郎，则又不肯入部供职，托足疾以要君，又见于侍郎林栗之章。熹之不敬于君，大罪二也。孝宗大行，□国之论，礼合从葬于会稽。熹乃以私意倡为异论，首入奏礼，乞召江西、福建草泽，别图改卜。其意盖欲藉此以官其素所厚善之人，附会赵汝愚改卜他处之说，不顾祖宗之礼典，不恤国家之利害。向非陛下圣明，朝论坚决，几误大事。熹之不忠于国，大罪三也。昨者汝愚秉政，谋为不轨，欲藉熹虚名以招致奸党，持腹心羽翼骤升经筵，躐取次对。熹既用法从恩例封赠其父母，奏荐其子弟，换易其章服矣，乃忽上章力为辞免，岂有以职名而受恩数而却辞职名？玩侮朝廷，莫此为甚。此而可忍，孰不可忍？熹之大罪四也。汝愚既死，朝野交庆，熹乃率其徒百余人哭之于野。熹虽怀卵翼之私议，盍顾朝廷之大议？而乃犹为死党，不畏人言。至和储用之诗，有'除是人间别有天'之句，乃《武夷九曲》诗，非和储也。人间岂容别有天耶？其言意何止怨望而已！熹之大罪五也。熹既信蔡元定之说，谓建阳县学风水有侯王之地，熹欲得之。储用逢迎其意，以县学不可为私家之有，于是以护国寺为县学，恐是政和以县学为护国寺。以为熹异日可得之地。遂于农月伐山凿石，曹牵伍拽，取捷为

路。所过骚动,破坏田亩,运而致之于县下。方且移夫子于释
迦之殿,设机造械,用大木巨缆绞缚圣像,撼摇通衢嚣市之内,
而手足堕坏,观者惊叹。邑人以夫子为万世仁义礼乐之宗主,
忽遭对移之罚,而又重以折肱伤股之患,其又害于风教大矣,
熹之大罪六也。以至欲报汝愚援引之恩,则为其子崇宪执柯
娶刘珙之女,而奄有其身后巨万之财。又诱尼姑二人以为宠
妾,每之官则与之偕行,谓其能修身,可乎?冢妇不夫而自孕,
诸子盗牛而宰杀,谓其能齐家,可乎?知南康军,则妄配数人
而复与之改正;帅长沙,则匿藏赦书而断徒刑者甚多;守漳州,
则搜古书而妄行经界,千里骚动,莫不被害;为浙东提举,则多
发朝廷赈济钱粮,尽与其徒而不及百姓,谓其能治民,可乎?
又如据范染祖业之山以广其居,而反加罪于其身,发掘崇安弓
手父母之坟以葬其母,而不恤其暴露,谓之恕以及人,可乎?
男女婚嫁,必择富民,以利其奁聘之多;开门授徒,必引富室子
弟,以责其束修之厚。四方馈赂,鼎来踵至,一岁之间而动以
万计,谓之廉以律己,可乎?夫廉也,恕也,修身也,齐家也,治
民也,皆熹平日窃取《中庸》、《大学》之书以欺惑斯世者也。今
其言如彼,其行乃如此,岂不为大奸大憝也耶!昔少正卯言伪
而辩,行僻而坚,夫子相鲁七日而诛之。夫子,圣人之不得位
者也,犹能亟去之,而况陛下居德政之位,操可杀之势,而熹有
少正卯之罪,其可不亟诛之乎?臣愚欲望圣慈特赐睿断,将朱
熹褫职罢祠,以为欺君罔世、污行盗名者之戒。仍前储用镌撰
官,永不得与亲民差遣。其蔡元定乞行下建宁府追送别州编
管。庶几奸人知惧,王道复明。天下学者,自此以孔孟为师,
而金人小夫不敢假托凭藉,横行于清明之时,诚非小补。"公遂
拜表称谢曰:"罪多擢发,分甘两观之诛;量极包荒,姑示片言

之贬。迨复寻于白简,始知丽于丹书,负镂阁论撰之名,辍真
祠香火之奉。兹为轻典,永赖洪休,捧戴奚胜,感藏曷谕!中
谢。伏念臣草茅贱品、江海孤生,蚤值明时,已误三朝之睿奖;
晚逢兴运,复叨上圣之深知。召自藩维,擢参经幄,略无可纪,
足称所蒙。既远去于朝行,即永归于农亩。然犹界之秩禄,使
庇身于卜祝之间;置在清流,容厕迹于图书之府。所宜恭恪,
或逭悔尤,乃不谨于彝章,遂自投于宪网。果烦台劾,尽发阴
私,上渎宸严,下骇闻听。凡厥大遭大诃之日,已皆不忠不孝
之科。至于众恶之交归,亦乃群情之共弃。而臣瞆眊,初罔闻
知,及此省循,甫深疑惧。岂谓乾坤之造,特回日月之光。略
首从之常规既俾,但书于薄罚;稽眚终之明训傥许,卒遂于余
生。是宜哀涕之易零,惟觉大恩之难报。此盖伏遇皇帝陛下
尧仁广覆,舜哲周知,谓表正于万邦,已极忠、邪之判;则曲全于
一物,未昭黜陟之公。遂使顽蒙获逃窜殛,臣敢不涵濡圣泽,
刻厉愚衷?虽补过修身,无及桑榆之景;然在家忧国,未忘葵
藿之心。"初台臣劾公,仅见省札,而掖垣见不敢草谪词云。以
蔡、李所著二年谱考之,二年十月中书舍人阙官,三年丁巳春
则高文虎实权中书舍人,三月真除,继是则范公仲艺、陈公宗
召常制。以年谱之所载二年三年不同,续当有考。初,元定前
以锡山尤公衮、诚斋杨公万里所荐,杜门著书,隐居不仕。台
臣以元定与公游最久,谓公欲荐草泽易阜陵之卜,诬以为公易
置建阳乡校基规为葬地,故疏云云。元定谪道州羁管时,建阳
令储公用字行之,亦以劾罢,为其从公命也。公复郑公景实栗
书云:"储宰一日与邑中定议,而某亦预焉,其人谓元定。则初
不及知,而其地亦不堪以葬。他时经由,当自知之。"又答储书
云:"闲中读书,奉亲足以自乐;外物之来,圣贤所能必,况吾

人乎？但新学一旦措手而委之庸毙，数日前已迁像设，令人愤叹不已。"庆元六年，公终于正寝。郡守俌伯以党禁不以闻于朝，犹遣人以赙至，其家辞焉。时故旧莫敢致哀，陆公游仅以文祭，有云："捐百身起九原之思，倾长河注东海之泪，路修齿耄，神往形留。公没不忘，庶其歆飨！"仅此六句，词有所避而意亦至矣。元定先公三年殁，以柩归葬，公以文恸之。其词曰："伤闻亡友西山元定号。先生羁旅之榇，远自春陵来归故里，谨以家馔只鸡斗酒酹于柩前。呜呼，哀哉！"略无他词。及其葬也，以病不能会，遣其子以文祭之，曰："季通而至此耶，精诣之识，卓绝之才，不可屈之志，不可得而见矣！天之生是人耶，果何为耶？西山之巅，君择而居；西山之足，又卜而藏。而我于君之生，未及造其庐以遂半山之约；及其葬也，又不能扶拽病躯，以视君之此真宅而永诀以终天也。并游之好，同志之乐，已矣！"陆公之祭文公，文公之祭蔡君，俱不敢以一字诵其屈，盖当时权势熏灼，诸贤至不敢出声吐气，以目相视而已。官牒书与士子家状，俱以不系伪学为保任。公《与田子真帖》云："同某颇居前列。"姓名已载李秀岩《朝野记》，兹不复述。又公《与饶廷老书》云："道学二字，标榜不亲切，又不曾经官审验，多容伪滥，近蒙易以伪学，又责保任虚实，于是真膺始判矣。"嘉泰二年壬戌，除华文阁待制，与一子恩泽。郡不以公殁闻于朝，故有生前之命。于是党祸始平，而不知其所自。盖吴公琚与储公行之、项平甫游甚密，王大受又为水心先生门人，而吴又尝见止斋陈公执弟子礼。陈集有《回吴直阁书》。初，徐谊以忠被谴，徙南安，势汹汹未已，大受谋为薄谊罪者。一日，侂胄女归宁，忽致谊书。侂胄发函黯然，即移袁州。方议再移，会使臣蔡涟妄言牵引谊，众为惧，大受调护从容，竟得移袁州，寻归故郡矣。于是胡纮、刘德秀等多架造险语，且欲株陷良人，人人惶恐不自保。大受又请琚白太后，请外廷毋更论往事，大受力居六七，水心先生题《拙斋藁》。然事关宫闱，联畹戚，至秘，虽韩氏亦不知。吴公琚与大受所发，固非当时外廷与武夷弟子之所知。微水心先生发明之，则后之作史者安考？韩已渐疑琚阴援道学，至语其兄有“二哥吴与韩为中表，其位为兄。只管引许多秀才上门”，吴由次对，遂乞郡以出。韩一日因赏花之会，戏谓琚曰：“二哥肯为侂胄入蜀，为万里之行否？”琚对以“更万里，琚亦不辞”，韩笑谓曰：“慈福岂容二哥远去？前言相戏尔。”琚亦以他郡去。琚谥议云：“待制西清，陈义慷慨，无所回隐。至于诚心乐善，惓惓于当世之君子，而深识远虑，疾私忿之害公，恶偏论之失平，有关于天下国家之大者，士大夫往往愧之。”呜呼，若此者，世岂能尽知公哉！琚薨时，韩犹未败，故谥议微及其事云。此太常之云尔，考功张嗣古是之，云：“深识远虑，惓惓于当世之君子，故有非学士大夫之所及者。”嗣古为韩甥，略不趋附。其使虏一节，已载前录。又有谯公令宪者，偶阅朱文公《论语》，以韩邀会介者促迫之登车，偶不省《论语》在袖中，至韩所欲揖，而《论语》堕地，韩为一笑。其后，令宪以江东部使劾公之子在，亦曰“臣尝读其父书”。当文公之向用也，其门人附之者众；及党议之兴，士之清修者深入山林以避祸，而贪荣畏罪者至易衣巾、携妓女于湖山都市之间以自别。虽文公之门人故交，尝过其门凛不敢入。乙卯岁，丽水吴君棣独蹑跻入武夷授《四书》，每日为课，文公多所与可。公大书“思齐”二字以励之，吴因以自名其斋云。文公之去国，寓西湖灵芝寺，送者渐少。惟平江木川李君杞独从容叩请，得穷理之学，有《紫阳传授》行于世。嘉泰之间，公为之类者已幡然而起。至嘉定间，偶出于一时之游从，或未尝为公之所知者，其迹相望于朝，俗谓"当路卖药"。临安售绵率非真，每用药屑以重之，故云。夫诵师说而失其本真，虽孔氏之门不能免，而其不出而仕者，仅颜、曾二三子。利禄之移人，虽贤者不能忘。当文公武夷绩溪之时，与其师友们弟子析义理之精微，穷性命之隐奥，视风乎舞雩之乐，殆将过之。出而龃龉，于仕坎壈，其身几陷入于深文。虽祸福决非公之所计，而士君子之出处，斯亦难矣。惟圣人备道全美，信夫！文忠犹及文公之时，时党禁，莫之敢见。文忠已中乙科，以妇翁杨公圭勉之同谒乡守傅伯寿，尽傅宏之业，未几中选，故不及门云。惜哉！

考　异

　　刘德秀仲洪为桂阳教官，考校长沙回，至衡山，遇湖南抚干曾搏节夫_{南丰人}。亦自零陵考校回。曾，晦翁上足而刘之素厚善者也，同宿旅邸，相得欢甚。刘谓曾曰："仓司下半年文字，闻君已觅之，信否？"曰："不然。搏平生不就人求荐。"刘再三叩之，曾甚言所守端确，未尝屈节于人。刘曰："然则某欲得之，可乎？"曰："君自取之，何与吾事？"刘至衡阳以告仓属，仓属曰："长官已许曾节夫矣。"刘曰："昨遇之于途，而曰未尝觅文字于人。"仓属曰："不然。曾书可覆也。"取以示之，则词极卑敬，无非乞怜之语。刘叹息而去，曰："此其所以为道学也欤！"及刘为大理司直，会治山陵于绍兴，朝议或欲他徙。丞相刘公正会朝士议于其第，刘亦往焉。是早至相府，则太常少卿詹体仁元善、国子司业叶适正则先至矣。詹、叶亦晦翁之徒，而刘之同年也。二人方并席交谈，攘臂笑语，刘至，颜色顿异。刘即揖之，叙寒温，叶犹道即日等数语，至詹则长揖而已。揖罢,二人离席默坐,凛然不可犯。刘知二人之不吾顾也,亦移席别坐。须臾,留相出,詹、叶相顾,厉声而起,曰:"宜力主张绍兴非其地也!"乃升阶力辩其非地,留相疑之曰:"孰能决此?"二人曰:"此有蔡元定者深于郭氏之学,识见议论无不精到,可决也。"刘知二人之意在蔡季通,则独立阶隅,默不发一语。留相忽顾之曰:"君意如何?"刘揖而进曰:"不问不敢对,小子何敢自隐?某少历宦途,奔走东南湖、湘、闽、广、江、浙之间,历览尽矣。山水之秀,无如越地,盖甲于天下者也,宅梓宫为甚宜。且迁易山陵,大事也,况国步多艰,经费百出,何以堪此?"公慨然曰:"君言是也。"诸公复白赵汝愚第议之。至客次,二人忽视刘曰:"年丈何必尔耶?"刘对曰:"愚见如此,非敢异也。"既而刘辩之如初,易地之议遂格。刘因自念曰:"变色而离席,彼自为道学,而以吾为不知臭味也,虽同年如不识矣。至枢府而呼年丈,未尝不知也。矜己以傲人,彼自负所学矣,而求私援故旧,则虽迁易梓宫不恤也。假山林以行其私意,何其忍为也!曰曾,曰詹,曰叶,皆以道学自名,而其行事若此。皆伪徒也,谓之伪学何疑?"未几,刘迁御史,于是悉劾朱氏之学者而尽逐之,伪学之名自此始。刘之帅长沙也,亲为昺言甚详,所记其颠末如此。节夫亦尝登葵轩之门,既而与王宣子辩其事,连上三书,言颇峻急,王帅以为悖而按去之。其去也,先生遗之诗,有曰:"如何幕中辩,翻作暗投疑?"又曰:"反躬端复味,当复有余师。"昺字明远,姓乐氏,湘中人。愚谓考亭先生建阜陵之议,本为社稷宗庙万年之计,天地鬼神实鉴临之,顾岂私于一蔡氏?蔡氏曩以孝宗之召犹不至,亦既罢场屋而甘岩穴。文公尝招之衢而不至,但曰"先生宜早归。"前后名公巨儒所以有考于蔡氏者,至公也,一乐昺其可异耶?《朝野杂记》亦为

"阜陵之议,或云晦翁之意似属蔡季通也",夫或之者,疑之也。秉史笔者其可为疑似之论耶? 自文公以来,建之乡贵率少荐乡曲特起之彦,宁非惩此乎?

文 公 谥 议

初谥文公,太常博士章徕议曰:"三才定位,非道无与立也。儒者之学,所以讲明是道,正人事之纲常,而参天地之化育。故世之治乱,常视道之隆污。若饥者之食必以谷粟,寒者之衣必以桑麻,不可易也。自周衰,正学不明,道术分裂,急功利者昧本原,其流为申、韩;尚清虚者忘实用,其弊为庄、老。孔、孟生乎其时,躬复是道,既与其徒辩问讲究,又著而为书,使后世有传焉。然辙环天下,诋毁困厄,至老不遇,而获伸于后世,盖真伪之相夺,固不容以口舌胜。而枉己直人者,又圣贤之所不为也。百年之后,爱憎泯而是非定,则毁誉息而公议行矣。至汉之扬雄,隋之王通,唐之韩愈,学孔、孟者也,其出处通塞,大抵皆然。故待制侍讲朱公自少有志斯道,既仕而志愈笃,累辞召请祠,益得以涵养所学。其后辞不获命,亦屡尝列位于朝,分符持节于外,而类多龃龉不合。主上龙飞,擢侍经筵,力排权臣而逐去,寻以论者诋伪学夺职,而公亦继以下世矣。权臣既诛,圣化日新,乃还旧职,特命赐谥。以公之学,曾不究用于平生,而仅昭白于身后,岂非儒者之道固不能以苟合,而亦不可以终泯? 盖异世而同符也。谨按谥法,道德博闻曰'文',廉方公正曰'忠',惟公躬履纯诚,潜心学问,近承伊、洛,远接洙、泗。自格物致知,闲邪存诚,以为践履之实,用功于不睹不闻之际,加省于日用常行之间。及行著而习察,德新而理明,然后发圣贤蕴奥之旨,斥清谈功利之偏。训释诸经,平实坦明，使后学有所依据。居乡则信于朋友，而以讲切为功；居官则信于吏民，而以教化为务，非'道德博闻'之谓乎？惟公以难进易退之节，存忧国爱君之诚。为郡太守，则勤恤民隐，如恐伤之，奏减横赋，修举荒政，为民有请，不避烦渎，必使实惠下究。任部使者，则纠发下吏，不挠权势，虽忤时相，必得其职乃止。至于立朝，则从容奏对，极言无隐，剀切论疏，发于至诚。方权臣初得志，窃弄威福，知其渐不可长，祸弗顾也，非'廉方公正'之谓乎？彼词章制作兼备众体，雄深雅健，追并古作，亦可以为文矣，而未足以为'道德博闻'之文也。彼尽心献纳，随事规谏，或抗直以扬名，或削藁而归美，亦可以为忠矣，而未必皆'廉方公正'之忠也。曰'文'与'忠'，惟公足以当之而无愧。合是二者以定公行，传之天下与来世，庶乎久而益信。谨议。"

覆　谥

　　考功郎官刘弥正议曰："谥，古也；覆谥，非古也。谥法：'谥生于行者也。'苟当于行，一字足矣，奚复哉！故侍讲朱公没，于爵未得谥，上以公道德可谥，下有司议所以谥，谨献议曰：'六经，圣人载道之文也。孔子没，独子思、孟轲氏述遗言以传世，斯文以是未坠。汉诸儒于经，始采缀以资文墨，郑司农、王辅嗣又老死训诂，谓圣人之心，直在句读而已。至隋、唐间河汾讲学，已不造圣贤关域，最后韩愈氏出，或谓其文近道耳，盖孔氏之道，赖子思、孟轲氏而明。子思、孟轲之死，此道几熄，及本朝而又明。濂溪、横渠、二程子发其微，程氏之徒阐其光，至公而圣道灿然矣。公持心甚严，不萌一毫非正之念。其于书，拾六籍则诸子曲说不得干其思；其于道，不敢深索也，恐人于幽,不敢泛求也,恐汨其统。读书初贯穿百氏,终也蔽;以圣人之格言,自近而入微,由博而归约。原心于杪忽,析理于锱铢,采众说之精而遗其粗,集诸儒之粹而去其驳。曰纯矣哉,孟氏以来可概见矣。公中科第,时犹少也,薄游径隐,闭户潜思,朝廷每以好官召,莫能屈。不得已而出,惟恐去之不早。晚出经筵,不能五十日,而闲居者四十余年。山林之日长,讲学之功深也。平居与其徒磨切讲贯,皆道德性命之言,忠敬孝爱之事。由公之学者,必行己庄于人信。居则安贫而乐道,仕则尊君而爱民;重名节而爱出处,合于古而悖于时。好若此者,真公之学者也。呜呼,师友道丧,人各自长。公力扶圣绪,本末闳阔,而弄笔墨小技者以为迂;瘤于山泽,与世无竞,而汨没朝市者以为矫;自童至耄,动以礼法,而跅弛捐绳墨者姗笑以为诞。世常以是病孔孟矣,公何恨焉! 初,太常议以"文忠"谥公,按公在朝之日无几,正主庇民之学郁而不施,而著书立言之功大畅于后,合"文"与"忠"谥公,似是而非也。有功于斯文,简矣而实也。本朝欧、苏不得谥"文",而得之者乃杨大年、王介甫。介甫经学不得为醇,其事业亦有可恨;大年政复文士耳。文乎,文乎,岂是之谓乎! 世评韩愈为文人,非也,《原道》曰"轲之死不得其传",斯言也,程子取之。公晚为《韩文考异》一书,岂其心亦有合与? 请以韩子之谥谥公。谨议。'"上从,覆谥公曰"文"。嘉定元年戊辰冬十月,诏赐谥与道表恩泽,特谥曰"文"。

庆元二年戒饬场屋付叶翥以下御笔

　　"朕既萃天下秀彦试于春官,期得器量伟厚、议论平正之士,副异时公卿大夫之选。属婴哀疾,不能亲策于庭。惟赖卿辈协意悉心,精加衡鉴,网罗实才,毋使浮夸轻躁者冒吾名器。
汝嘉,故兹诏示,想宜知悉。"盖为谅阴不能亲策,事体至重,故
加戒饬。自此袭以为例,虽当亲策,亦加戒饬云。

科举为党议发策

自制科明数之问既罢,制科有明数,有暗数。李心传载亦未详。绍
兴尝复而未盛,上之发策,下之对策,皆出于虚文。故士之知
书日益少,而宏词遂得以擅该洽之誉,甚至明经者不习故典,
词赋者不谙传注,有司既奉上旨,遂发为问目云。孔子作六经
而王道备,汉儒传六经而师说兴。自武帝劝学,置博士弟子员
而传业者浸盛,一经说至数万言,众至千余人。班固赞《儒林
传》谓"网罗遗失,兼而存之,是在其中。"以经说之多,若取是
而去其缪妄,经意自明,何必并存之乎?汉兴,言《易》者本田
何,言《书》者始伏生。考之《艺文志》列施、孟、梁丘、欧阳及大
小夏侯《章句》之篇数,而田何、伏生不著其名氏,岂以何无《易
传》而伏生口以传授,承学者已广,故不必著见于志耶?孟喜
主赵宾之说,释箕子谓"万物方荄兹",何以为明《易》?有守小
夏侯说,文增师法,其言最多。说曰若稽古至三万言,其果有
益于经乎?《诗》有鲁、齐、韩三家,独申公以训故为教,不著解
说,辕固、韩婴皆谓之传,咸非其本义。史氏谓鲁最为近之,说
《诗》盖不在多言矣。善为颂者不通经,不害为礼官,能记其铿
锵鼓舞,而不能言其义,亦典乐。迨夫曹褒之在东都制定礼乐
次序,其事为五百十篇。肃宗乃以众论不一,议《礼》之家名为
聚讼,遂寝不行。郑康成注《仪礼》等记,书有驳有难,通人颇
讥其繁。是岂通其经、言其义者适所以为病?武帝尊《公羊》,
宣帝兴《穀梁》,一时诸儒并论,或从《公羊》,或从《穀梁》。《左

氏》最后出，刘歆移书太常，欲以求助，乃反得讪。然则《公》、《穀》之立，《左氏》之难兴，岂时君各有好尚，或诸儒党同伐异，遂有去取之殊云云。发策词赋之士如此，然犹可以臆对，盖赋题出天子，大采朝日已为不恕，盖无复类书之可寻。故策问微恕，意欲使词赋者稍知传注之学，及首篇问目云。博物洽闻，儒者所尚已。防风专车之巨骨，肃慎氏楛矢之方，非圣人孰能辨之？对神雀五采之来集，有以鹥鸶在岐周为证者；问建章千门之制度，有以能画地成图应答如流者。然则博物君子，何世无其人乎？故西都著作之庭，必聚见闻殚洽之彦。贞元取士之目，兼设博通《坟》、《典》之科，此有国所赖以崇饰文治，其在是欤云云。今日韦布之士以科目应诏者，类多溺于虚诞之习，初无根柢之学，试历考前代所谓博洽之儒有见于世者，与诸君共评之。汉高以马上得天下，一时共成帝业者，皆武力功臣，而能安刘氏，乃在于厚重少文之人。是岂在上者未知崇儒，而博洽之士未之闻乎？及武帝之世，详延文学，儒者以百数，班史所称博物洽闻、通达古今，不过数人而已。是时制度多阙，诸儒议封禅之事，及得精于诵读者，其制始定，而固独以儒雅称之。岂雅为博洽之异名乎？东都之儒，有注《周易》、《尚书》、《毛诗》、《仪礼》、《论语》、《孝经》及《毛诗》诸驳，见称洽熟，有撰欧阳、大小夏侯《尚书》古今同异，齐、鲁、韩《诗》与毛氏异同，并《周官解故》行于世者，范晔不敢列于《儒林》，岂其博通经学，非以才艺自著欤？专门名家不同而然欤？唐贞观开文学馆召名儒十八人与论天下事，开元相望文学尤盛，有以功业显显著见者未易枚举。其间能辨古铜器知为阮咸初作，请《左氏春秋》之疑，能言三家七穆之不差，亦可谓博古矣。然考其人，或以类礼而作五难，或仅能论胡乐之乱雅，他无建明。

岂所学不充所用耶？在唐之前，又有博学多通号为"武库"者，能处军国之要计无遗矣，其智识为如何？见谓书淫，坚守其志，不从辟召，而乃无意斯世，又果何所见耶？唐史臣品藻诸儒书，专于记习，他无大事业，则次为《儒学篇》，乃举天下一之于仁义归于儒，为宰辅所当为者，则今日欲得实才，必当出于博洽者，其止于诵习而已乎？抑为经史学乎？至第三问目，犹问左氏述虞人之箴，与兰台漆书之经，与《金鉴》序于贞观，《连屏》作于元和，《大训》《帝范》《衡宸》《君臣》《刑政箴》《太医》等箴，固已兼制科宏词于问目，宜多士之不能涉笔也。中是选者，前二名莫子能、邹应乾，莫已有官，易居邹下。子纯该洽之士，真足备制科宏词之选已。是岁主司自鸑以下，曰倪思、刘德秀，策问指安刘氏者乃重厚少文之人，盖阴誉侂胄云。先是台臣击伪学榜朝堂，未几，张贵谟指论《太极图说》之非，鸑、思、德秀在省闱论文弊，复言伪学之魁以匹夫窃人主之柄，鼓动天下，故文风未能丕变，乞将《语录》之类并行除毁。是科取士稍涉义理者，悉见黜落。叶、刘俱附韩，策问非文节所为也，文节与韩、赵皆无所附。鸑为长，当出首篇，士愕莫知对。子纯以小纸帖所出于柱间，士皆感之。是时举子不事记诵，专习于空虚之谈。若射策中，至有"心心有主，喙喙争鸣"之语，转相模写，世之识者固已患之。特适值党议之兴，而士之遭黜者往往以为朝廷不取义理之文，得以藉口矣。当时场屋媚时好者至攻排程氏，斥其名于策云。

嘉　泰　制　词

　　庆元党论之兴，中书舍人陈傅良追削家居。嘉泰会赦，复官予祠，制词曰："日者宗相当国，凶愎自用，论者指为大奸似矣。盍亦考其所以然,盖亦妄庸人耳。何物小子,敢名元恶?
而一时大夫士逐臭附炎,几有二王、刘、李之号,朕甚悯之。"其
词盖皆顺时好,指赵忠定汝愚为愧耶。

四朝闻见录卷五　戊集

岳侯追封

"人主无私,予夺一归万世之公;天下有公,是非岂待百年而定?眷言名将,宿号荩臣,虽勋业不没于生前,而誉望益彰于身后。缅怀英概,申畀愍章,故追复少保、武胜军节度使、武昌郡开国公,食邑六千户、食实封二千四百户,赠太师、谥武穆。岳飞蕴盖世之才,负冠军之勇,方略如霍嫖姚而志灭匈奴,意气如祖豫州而誓清冀朔。屡执讯而献馘,亦运筹而策勋。外慑威灵,内殚谟画。属时讲好,将归马华山之阳;尔犹奋威,欲抚剑伊吾之北。遂致樊蝇之集,遽成市虎之疑。虽怀子仪贯日之忠,曾无其福;卒堕林甫偃月之计,孰拯其冤?迨国论之初明,果邦诬之自辨。中兴之主,思念不忘;重华之君,追褒特厚。肆渺躬而在御,想风烈以如存。是用颁我丝纶,褖之王爵,锡熊途之故壤,超敬德之旧封。盖将慰九原之心,亦以作三军之气。於戏,修车备器,适当闲暇之时;显忠遂良,罔间幽明之际。尚惟泉壤,歆此宠光,可特封鄂王,余如故。"嘉定四年六月二十日,中书舍人李大异行。盖韩氏兴师恢复,故首封鄂王以为张本,而制中故有"作三军之气"与"修车备器"之词。

考　异

此制乃《金陀粹编》第二十七卷所载。《金陀粹编》乃王孙珂所载，决不致误。而纪闻者以李公大异为颜械，其误甚矣。嘉泰间，岳侯之死仅八十年，故有"天下有公，是非岂待百年而定"之语，谓必待百年而定，何也？盖纪闻者治赋若如所载，仅一无用原韵起句耳。恐史官误采其说，故详载云。

遗　事

开禧初降诏兴师，李公壁草起句云："天道好还，盖中国有必伸之理；人心助顺，虽匹夫无不报之仇。"累词殆将数百。予侍叔父贡士泳自浦城行至都之玉津园前，售摹诏而读之。叔父曰："以中国而对匹夫，气弱矣，其能胜乎？"已而兵果大败。敌因亦有伪诏诋韩侂胄云："蠢尔残昏巨逆辄鼓兵端，首开边隙。败三朝七十年之盟好，驱两国百万众之生灵。彼既逆谋，此宜师动。尚期决战，同享升平。"

毕　再　遇

再遇，临安西溪人，淳熙间以勇名于军。精悍短健，盖骁将也。开禧兵罢不支，再遇奋于行伍，年已六十，披发戴兜鍪铁鬼面，被金楮钱，建旗曰"毕将军"。敌骑望其旗已，相顾愕视。再遇乘之，出入阵中，万死莫敌。盖先是敌中有毕将军庙甚灵异，其后浸以不灵，其形又绝肖，且登其号于旗，敌兵以为本国之神。湖海贼作，再遇为淮东招抚使，建治于扬州，虽杀戮过当，而贼亦旋定。尝延客高会，取贼肝胃烹而荐酒。又擒其魁，用火尺烙其背，为棋笛琴丝之类。再遇不善书，其弟□颇能书，尝为其赞画于内。朝命再遇释印入觐，留都亭驿。其弟尝污其宠妾，因酒大悖再遇。再遇不能忍，，以铁尺杀之，具奏闻于上待罪，且谓其弟非同产，盖义兄弟。有旨放罪。未几,台臣以其被召乃以军容入国,且及其手残同气,有旨徙之雪川。继而又论其在淮为招抚日多縻金钱以馈过客,追十六万缗寓于雪之军帑。再遇以田券折纳于有司,仅得十万。守臣杨长孺怜之,为代纳六万云。其详见季常簿著《谥议》。

周　　虎

虎,平江人,今有武状元坊,则其家也。黄公由以进士第一人旌其坊为"状元",故用"武"字以别之。虎倜傥有大将器,身兼文武,能赋诗,工大字。开禧间守和州,敌骑蔽野,居民官军无以为食,城欲下者屡矣。其母夫人自拔首饰奁具,巡城堞,遍犒军,使尽力一战。命虎同士卒甘苦,与之俱攻围以出战。士卒感其诚意,遂以血战,敌骑几歼。上守城功归于母,朝命封以"和国",赐冠帔云。虎之居吴也,言者以为韩党,坐安置信州。虎既贫,不能将母以往。未几,谪所闻讣号恸,誓不复仕。放还,杜门托躄疾,屡召不起。虽旧所部候之,亦坚不与接,但唶于庭而去。

田俊迈 事略见前集。

俊迈当开禧北伐,七日之间攻破宿州,下灵璧、虹县,先锋甚锐。郭杲兵败,乞和于敌。敌曰:"我不要别物,但要俊迈。"杲缚俊迈往。其子讼父冤,杲坐是斩于丹阳市。赐俊迈谥,官其二子,赐宅一区。

开禧施行韩侂胄御批黄榜

开禧二年十一月三日圣旨:"韩侂胄久任国柄,粗罄勤劳,使南北生灵枉罹凶害,以至敌人专以首谋为言。不令退避,无以继好息民,可罢平章军国事,与宫观。陈自强专务阿谀,不恤国事,可罢右丞相,日下出国门。"前一日,钱象祖、卫泾、李壁以御批付殿前夏震,震至日遣其将郑发截韩于六部桥,至玉津园,遂以铁鞭击死之矣。诛韩本末,已载丙集。韩诛后三日,皇子、威武军节度使、开府仪同三司荣王臣询札奏:"辄沥危衷,仰干天听。臣切伏自念至愚不肖,获共子职,仰戴天地父母覆育之恩,夙夜以思,未知报称万分之一。今日之事,有系国家安危大计,势甚可虑者,不敢不亟陈于君父之前:臣伏见韩侂胄久任国柄,粗罄勤劳,第以轻信妄为,擅起兵端,蹂践沿边郡邑,室庐焚毁,衣食破荡,父子、夫妇离散不能相保,兵连祸结,蠹耗国用,疲困民力,生灵无辜殒于锋镝之下,不可胜计。死者冤痛,生者愁苦,海内之民无不切齿忿嫉,归咎于侂胄,盖其权势足以钳天下之口而不敢言。臣而不言,死有余罪。况今敌情叵测,专以首谋为言,若不令其退避,使之循省误国之愆,必致上危宗社,重累君父,臣此身亦何所容。是敢冒昧奏陈,欲望圣慈特发睿断,罢侂胄平章军国事,与在外宫观,日下出国门。安边继好,保邦息民,实在此举。宗社幸甚,天下幸甚!所有陈自强,专意阿附,备位无补,欲望并赐罢黜。如臣言可采,乞速付三省施行。干冒天威,臣无任。"十一月三日,三省同奉圣旨并依。

罢韩侂胄麻制

"门下:朕图回机政,委用柄臣。远至迩安,所赖经邦之益;力小任重,难逃误国之辜。揆以群情,奋由独断,爰诞扬于免册,容敷告于泊朝。太师、平章军国事、平原郡王韩侂胄,夙以勋门浸登显路,久周旋于轩陛,适际会于风云。服劳王家,意前人之是似；预闻国政，殆故事之所无。位极王公，职兼文武，宜思靡盬之义，用答非常之恩。而乃植党擅权，邀功生事，不择人而轻信，不量己而妄为，败累世之欢盟，致两国之交恶，三军暴骨，万姓伤心。列圣有好生之德，尔则专于嗜杀；朕躬有悔过之实，尔则务为饰非。公事诞谩，曾非顾忌，遂至敌人之未觇，专以首谋而为言。临机果见理明，既无半策；得君专行政久，徒积众愬。倘令尚处以庙堂，何以遂安于社稷？欲存本体，姑界真祠，庶少慰于多方，以一新于庶政。於戏，威福惟辟，朕方亲总于大权；明哲保身，尔尚自图于终吉。往其祗若，兹谓优容，可罢平章军国事，依前太师、永兴军节度使、平原郡王，特授醴泉观使，在外任便居住，食邑实封如故。"罢自强制云："以道事君，所冀赞襄之益；朋奸罔上，乃辜委寄之隆。殊咈岩瞻，宜从策免，特进右丞相兼枢密使、国公陈某起云云。沉厚之略，亟用是宜；岂期胡广无蹇谔之风，优礼何补？粤从言路，进秉国钧，不思洗心之忠，徒附炙手之势。以庸庸为上策，以唯唯为善谋。贿赂公行，廉耻俱丧。钟鸣漏尽，而行且弗止；鼎折𫗧覆，而任何以胜？暨权臣轻启于衅端，与邻境顿乖于和好。内郡竭于粮饷，边城疲于干戈。谁无忧时之思，独为保位之计。拟而言，议而动，悉付括囊；危不持，颠不扶，殆成挠栋。尚不亟从于退黜，必将愈积于罪愆。爰解军枢，俾奉香火，犹以股肱之旧，务全体貌之存。於戏，乞骸骨以避贤，已昧满盈之戒；归田里而思过，无忘循省之诚。往服宽恩，益祗明训，可罢右丞、枢密使，依旧秦国公、醴泉观使，在外任便居住。"自强自出国门，每朝必朝服焚香，自云"从天乞一线之命。"行至浦，其族人陈正和为宰迎劳于郊，自强太息曰："贤侄，贤侄，大丈夫切不可受人大恩！"雪涕而出。自强本太学诸生，尝居韩氏馆，实训侂胄。宪圣女弟魏夫人，实侂胄母，见其举止凝重，交游不妄，尝器重之，谓侂胄曰："他日得志必用之。"陈登科，为光泽丞，其年已六十矣。主簿张彦清登科最早，而其年方盛，尝玩侮之。杨开国圭彦清之友也，尝访彦清，因以谢自强。每敬陈，不敢狎，因私语陈曰："子姑自重，以相法论之，不十年为宰相矣。"自强以为彦清讽圭玩己，而又以圭平日无狎语，姑信之。及自强为丞，去官调阙，知韩已得柄，漫往候之。刺入，侂胄约以来日从官来见。当是时，自强不测其意，明日又漫往。侂胄于群从官中前设褥，拜自强云："许多时先生在何处？"翌日，从官即交章特荐入台，不期年遂拜相云。<small>圭事已载前录。</small>自朝廷以岳侯赐第为太学，有善司听者闻鼓声，谓学中永无火灾，亦不出宰相。久之，自强破谶而相，自是以诸生致宰相者相望矣。阴阳拘忌之说，可信乎？彦清亦往候，自强怜其选调，欲荐之韩。其子语之曰："爷不记光泽之事乎？"真文忠铭彦清墓，谓其不趋附自强，此殆过也。文忠中宏博，由南剑判官召入为国录，寓于圭之酒官舍，即今之清风坊。彦清实于是年见自强，予所亲目云。

臣寮雷孝友上言

"臣闻《书》曰：'惟辟作福，惟辟作威，惟辟玉食。臣无有作福作威；臣之有作福作威，害于其家，凶于其国，人用侧颇辟，民用僭忒。'释之者曰：'君臣之分，贵贱有常。正当一统，权不可分。作福作威，谓秉国之权，勇略震主者也。人用侧颇僻，民用僭忒，谓在位小臣，见彼大臣威福由己，由此之故，皆附下罔上，亦有因此而僭差。'夫箕子告武王以《洪范》，陈天地之大法，而独于此谆谆其严，凛乎其不可犯，真足以垂戒万世。

且以作福作威而害家凶国，祸已如彼，而况征伐自天子出，圣有明训，人臣而可专之以贻祸天下哉？臣仰惟陛下，天资仁孝，身履恭俭，率礼守法，畏天爱民，未尝有一过举。以韩侂胄获联肺腑，久事禁密，见其言时小心畏谨，故每事询访，觊有俾补。侂胄所宜仰戴恩遇，勉自抑畏，密勿弥缝，图报万一；而习于膏粱，不学无术，任重力小，轻躁自用。陛下少加假借，侈然骄肆，窃弄威福，恐人有欲议己者，乃首借台谏以钳制上下。除授之际名为密启，实出私己，而奸险之徒，亦乐为之鹰犬。台谏之官使诚出于天下之公选，人主之亲擢，论议章奏允协人心，听之可也。今专植私党，任用匪人，凡有所言，无不阴授风指；而每告陛下，必谓台谏公论，不可不听。自是威福日甚，无复忌惮。稍有异己，必加摈斥，以专权擅朝，干分败常。自知其无所容，乃巧图兵柄，以为固本之策。撰造间谍，轻绝和好，遽起兵端。逆曦之任殿岩，侂胄交通狎昵，踪迹诡秘，人已窃议。当孝宗在位之日，以吴氏世掌兵权，圣虑高远，吴挺之生逆曦，年甫弱冠，因其来觐，留之禁卫，以系人心。及挺之死，至易以他将。逆曦在光宗朝，亦不过假守边郡。侂胄既荐为殿岩，又纳赂以纵其归，复任西帅，付以全蜀，识者盖已寒心。果挟强敌以畔，人尤不能无疑于侂胄，而侂胄亦何辞以自解？藉曰无他，而虎兕出柙，咎将谁归？以至皇甫兵之败于唐州，李汝翼败于符离，商荣败于东海，郭倪败于仪真，郭倪之抱头鼠窜，仅以身免。将不素择，兵不素练，轻举妄动，自取困衄，殆理势之必然，而所以致此者，抑有由也。苏师旦起于笔吏之贱，侂胄奔走之旧，荐进宠用，不三四年，骎骎通显。凡武臣之建节，非近属懿戚，元勋宿将，不以轻畀，举而授之奴隶。昔秦桧居相位垂二十载，不为不专，假宠使令，如贾玙、丁稷不过武功大夫，未尝处以朝廷职任，而师旦为御带，为知阁门，为枢密都丞至秉旄钺，此秦桧之所不敢为而侂胄敢为之。师旦何知？习利忘耻，固其常态。既为侂胄所亲信，遂招权纳贿，其门如市。自三衙以至江上诸帅，皆立定价，多至数十万缗，少亦不下十万，致败。侂胄不得已，稍从黜责。诸将往往退有后言，谓吾债帅而责以战将，途路籍籍，传笑境外，遂益有轻视之心。师旦旋以败露，削籍投荒，虽加之罪而心实不服，扬言于人，谓诸将贿赂，非所独得，盖指侂胄而言。然则师旦之罪，非专于伸国宪，亦侂胄籍之以自文尔。抑侂胄之专擅，尤有大可罪者。臣闻国家有大兴作，谋及卿士，谋及庶人，《礼》曰：‘天子将出征，类乎上帝。宜乎社，造乎祢，祃于所征之地。受命于祖，受成于学。’岂非兵凶器，战危事，故谨重如此。侂胄之举事，上不取裁于君父，下不询谋于缙绅，至于陛下侍从近臣有不得与闻，同列不能尽知者。甚至密谕诸将出师之日，潜假御笔以行之，外廷曾不及见。已破泗州之后，曲为之说，以罔圣听，始谕词臣降诏。迨沿边连以败报，悉皆蒙蔽，而谕夫诸将第以捷闻，人情汹惧，几不自保。幸祖宗德泽在人，逆曦授首，敌亦以粮乏而自遁。然而三边兵民毙死于锋镝，困于转输，沦于疠疫，室庐焚荡，田业荒芜，遗骸蔽地，哭声震野。斯民何辜，而致此极？至于强虏频年金刷，皆吾中原赤子，彼惟重其族类，而虐用吾民。光化之战，至驱金军又俘系老弱几数千人，填塞濠堑，以度军马。河南之地十室九空，而两淮四十余年生聚遂成丘墟。是南北数百万生灵之命，皆侂胄一人杀之也。皇天后土，能鉴陛下之心，虽敌人亦知其非出于陛下之意。是以督府每遣小使使敌帅，书问往复，必以首谋奸臣为言。使侂胄本无邪谋，只以轻信误国，至此亦当审察事势，束身请罪,退就贬削,犹有辞于天下。乃偃蹇居位,靡间唯容,遇边报稍稀,辄为大言。每执己见,则曰'有以国毙',闻者缩首。夫国者,太祖、太宗、高宗之国,而纵侂胄毙之,可乎?方倚腹心以为台谏,文饰奸言,谓之'一人定国论',以禁异议,怙终不悛,殆将罔测。夫侂胄本以庸暗无知养成奸恶,得罪天地,得罪祖宗,得罪举国兵民,纳侮异域,孩提孺子口皆能言,心无不怨,而劫于积威,曾无一人敢为陛下言者。赖陛下觉悟出自英断,特降御笔处分,且蒙圣恩,不以臣疏远无似,出长宪府。臣虽见具辞免,而已入台供职,亟举其专权误国之大者言之,其他罪恶擢发不足以数,未暇枚举。如陈自强者,昏老庸谬,本无寸长可取,徒以尝假馆于侂胄,由州县小官数年间汲引拔擢,以致陛下过听,用为次相,阿附充位,不恤国事,不遵圣训。中书机务唯唯听命,一无可否。侂胄曰'兵当用',自强亦曰'当用';侂胄曰'事可行',自强亦曰'可行'。每对客言:'自强受恩深,只得从顺。'然则从之者与?自强之罪,亦不可胜诛矣。若其贪黩无艺,政以贿成,鄙猥之状,言之几污口舌,臣亦未暇悉论。伏望陛下详览臣奏,将侂胄、自强重赐贬窜,以答天人之愿,以释兵民之愤,以彰有国之典,以慰死者之冤。使敌国闻之,必谅陛下本心;使将士闻之,必为陛下戮力;忠义闻之,必为陛下奋发而起。宗社幸甚,天下幸甚!取进止。"贴黄:"臣切惟太皇盛德节俭,帑藏储积甚丰。侧闻尝有遗旨,除供治园陵用度外,以助陛下军国之费。有内臣王镕者,实主其事,盗窃既多,潜以奉侂胄。又与李奭、杨荣显、毛居实、李大谦等瓜分之。下至侂胄奴隶周筠、凌文彦、陈琮,亦皆盗取。当边事未宁、用度极繁之时,岂应臣下因太后之丧遂以为利?且有违慈训。伏乞睿旨,令所属拘回,以俟处分,实为允当。

其李奭等并究,见情犯轻重坐罪,伏乞睿照。"又小贴子:"照得苏思旦因受结托,荐用庸谬,以致败衄,上误国事,虽已窜责,未正典刑。刀笔贱吏原其误之故,死有余责,乞赐处分。苏师旦既逐之后,堂吏史达祖、耿柽、董如璧三名随即用事,言无不幸,公受贿赂,共为妩利。伏乞睿断,将三名送大理寺根究,依法施行,实快士论。伏候敕旨。"十一月十五日,三省同奉旨依。韩侂胄责授和州团练使,送郴州安置。陈自强追三官,送永州居住。内苏师旦特决脊杖二十,配回昌化军牢城收管,月具存亡。申王镕等令临安府究见情犯。申三省枢密院所合拘回钱物,并委本府施行。史达祖、耿柽、董如辟并送大理寺根究。

臣 寮 上 言

"臣闻《书》载舜之事曰:'流共工于幽州,放骧兜于崇山,窜三苗于三危,殛鲧于羽山。四罪而天下咸服。'当舜之时,可谓至治,而流放窜殛之刑行焉。盖天讨有罪,有不容恕也。恭惟陛下光绍丕基,寅畏天命,宽仁恭俭之德,度越百王。凡在臣工,宜思尽忠以辅成治道。而韩侂胄夤缘肺腑,窃弄大权;蒙蔽圣明,擅作威福;首引群枉,分布要途;排沮忠臣,陷之大戮;贼害万类,斥逐无余。凡陛下亲信之臣,有不便于侂胄,则外挟言路以罔宸听。私意既行,凶焰日炽;出入禁旅,恣为奸欺;侵盗货财,遍满私室;交通赂道,奔走四方;凿山为园,下瞰宗庙;穷奢极侈,僭拟宫闱。十年之间,罪恶盈积。侂胄虑祸之及,思固其业,乃复设为计谋,窃据平章军国事。此乃祖宗所以待元老大臣,侂胄何人,乃以自处?安坐廊庙,紊乱纪纲。又于此时轻开边衅,上不禀于陛下,旁不谋之在廷。盛夏出师,挑患召衅,使沿边赤子骨肉流离,肝脑涂地,死于非命者不知几万人也。昵比吴曦,利其厚赂,畀以节钺,授之西兵。又使程松与之共事,取轻纳侮,启其奸心。自非宗社之灵,忠义兴起,则全蜀之地,岂不重贻陛下之忧?侂胄罪状申明,人怨神怒,而犹专愎自用,殊无悛心。以国事快己私,视民命如草芥。原其用意,欲以何为?昔之所谓四凶,其罪复有大于此者乎?陈自强昏昧阘茸,本无寸长,徒以侂胄私人骤加汲引,拔自选调,置之清华。曾未数年,蹴登宰辅。兵衅既开,边鄙不宁,复以自强兼领枢密,幸其徇己,倚为腹心。而自强凭藉其威,不知顾忌。日暮途远,贪得无厌;援引朋邪,浊乱班列;呼吸群小,纳赂卖官;请托公行,赃罪狼籍。讪笑讥骂,万口一词。社鼠城狐,盖未有甚于此者也。仰惟陛下奋发英断,斥此二奸。成命初传,都人相庆,而犹畀以祠禄,未惬舆情。臣愚欲望圣明将韩侂胄明正典刑,以谢天下。仍将陈自强削夺官爵,窜之远方。则舜之除四凶事复见今日,可以壮国势,可以正人心,可以开忠直之门,可以弭窥觎之患。海内幸甚!所有录黄,臣未敢书行,谨录奏闻,伏候敕旨。"十一月六日,三省枢密院同奉圣旨并依。韩侂胄送英德府安置,陈自强责武泰军节度副使依旧永州居住。

又臣寮上言

"臣至愚极陋,初乏寸长,陛下过听,擢任言责。臣辞不获命,黾勉就职,自量无以补报隆天厚地之恩,惟遇事尽言,始为无负尔。臣今早立班恭听麻制,窃见太师韩侂胄罢平章军国事,特追陈自强罢右丞相,奸人去国,公道开明,天下幸甚,社稷幸甚!然二人之罪重于丘山,罚未伤其毫毛,虽曰朝廷故存体貌之礼，而罪大罚轻，公论咈然。臣职在言责，既有所闻，岂容缄默？请详为陛下陈之：侂胄始以肺腑夤缘，置身阁职，典司兵赞之事，不过若此而已。宁皇帝以父传子，国朝之家法，陛下贤圣仁孝，亲承大统，加以慈福太皇太后重华之命，天命所归，人心所向，臣子何功之有？侂胄乃以预闻内禅为功，窃取大权。自是以后，无复顾忌，童奴滥授以节钺，嬖妾窜藉于宫庭。创造亭馆，震惊太庙之山；宴乐笑语，彻闻神御之所。齿及路马，礼所当诛；简慢宗庙，罪宜万死。其始也，朝廷施设，悉令禀命。其后托以台谏大臣之荐，尽取军国之权，决之于己。且如御前军牌，祖宗专隶内侍省，而多自其私家发遣。至于调发人马、军期，并不奏知，此岂'征伐自天子出'之义？台谏侍从，惟意是用，不恤公议。亲党姻娅，躐取美官，不问流品。名器僭滥，动违成法。窃弄威柄，妄开边隙。兵端一起，南北生灵，强者殒于锋刃，弱者填于沟壑。流离冻饿，骨肉离散。荆、襄、两淮之地暴尸盈野，号啼震天。军需百端，科敛州县，海内骚然。迹其罪状，人怨神怒，覆载之所不容，国人皆曰可杀。而况陛下即位以来，以恭俭守位，以仁厚保民，无声色玩好之娱，无燕游土木之费。凡可以裕民生、厚邦本者，无所不用其至。不惟人知之，天亦知之；不惟中国知之，夷狄亦知之。自军兴以来，人情汹汹，物议沸腾。而侂胄钳制中外，罔使陛下闻知。甚至宦官宫妾，亦其私人，莫敢为陛下言者。至如西蜀吴氏世掌重兵，顷缘吴挺之死，朝廷取其兵柄，改畀他将，此为得策甚矣。侂胄与曦结为死党，假之节钺，复授以全蜀兵权。曦之叛逆，罪将谁归？使曦不死，侂胄未可知也。人皆谓侂胄心无有极，数年之间位极三公，列爵为王。外则专制东西二府之权，内则窥伺宫禁之严，奸心逆节，具有显状。纵使侂胄身膏斧钺，犹有余罪，况边衅未解，朝廷倘不明正典刑，则何以昭国法，何以示敌人，何以谢天下？今诚取侂胄肆诸市朝，戮一人而千万人获安其生。况比者小使之遣，敌使尝以侂胄首谋为言，是敌人亦知兵事之兴，非出于陛下之意也。使诛侂胄而敌不退听，则我直而彼曲、我壮而彼老，自然人心振起，天意昭回。以此示敌，何敌不服？以此感人，何人不奋！臣尚虑议者谓国朝家法仁厚，大臣有罪，止于窜斥，未尝诛戮。臣窃谓侂胄非大臣比也，祖宗之法，位至平章军国者皆东班也。元勋世臣而后有此，未有如侂胄一介武弁，自环卫而知阁，自知阁而径为平章太师者。若此则破坏祖宗成法自侂胄始，乃乱法之奸臣，非朝廷之大臣也。侂胄既有非常之罪，当伏非常之诛，讵可以常典论哉！又窃见右丞相陈自强素行污浊，志益贪鄙，徒以贫贱私交，自一县丞超迁越授，径登宰辅。不思图报陛下之恩，惟侂胄之意是徇。侂胄始虽怙权，犹奉内祠，凡所施设，尚关庙堂；自强巧为柔佞，上表力请平章军国。侂胄骄心，乃贪荣而冒处；自强狡计，因藉庇以营私。驱虎狼为之前导，而狐狸舞于其后，自强之为已深矣！姑以大者言之：用兵一事，举国以为不可；而自强曲为附和，力援私党，占据言路，以胁制天下之公议。至若纵容子弟、交通关节、饕餮无厌，皆臣所未暇言。独其奸憸附丽、黩乱国经，较其罪恶与侂胄相去无几。臣愚，欲望陛下奋发威断，将侂胄显行诛戮，以正元恶之罪。其自强，亦乞追责远窜，以为为臣不忠、朋奸误国者之戒。谨录奏闻，伏候敕旨。"贴黄："照得韩侂胄久专国柄，将朝廷府库视同私帑，公肆窃取，莫敢谁何。见今边鄙军费方殷，欲乞睿断，将侂胄应干家财产业尽行籍没，拘入封桩库，专备边廷之用，仍不许诸处妄有支动。伏候敕旨。"十一月六日，三省同奉圣旨:"韩侂胄除名,送吉阳军安置。陈自强改送韶州安置。余依议。"

给舍缴驳论疏

臣寮上言:"臣闻人臣之罪,莫大于植党擅权,又莫大于称兵首乱。有一于此,法不容诛。况乎兼有二罪,又稔众恶,其在明时,岂宜容贷?臣伏念韩侂胄夤缘攀附,浸极显荣,背负国恩,缔结亲党,凶愎自用,钳结人言。凡除擢要官、选用兵帅,皆取决厮役苏师旦之口。交通贿赂,动以千万。祖宗法令,肆为纷更。军政、财计、田制、盐法关国体之大者,率情变易,朝令暮改,人无适从。自知积失人心,中外交怨,乃为始祸之计,蓄无君之心。谋动干戈,图危社稷。横开边隙,丧失师徒。征行者有战斗暴露之虞,转输者有流徙死亡之苦。荆、襄、两淮生齿百万,罹其凶害,远近州县科敛频仍,虽深山穷谷之民,皆不安其生业。至如吴曦之叛、郭倪之败,皆侂胄容养激成。所致用邓友龙之徒,丧师辱国,罪状显著,曲为掩覆,止从轻典,俱置善地。原其用心,实不可测。天下之人,切齿扼腕,恨不食其肉。如陈自强者,昏缪无耻,但知侂胄荐进之私恩,阴拱固位,听其所为,噤不出一语。如用兵之谋,不惟不能沮止,乃从而附和,曲意逢迎,贻害生民,恬不知恤。其他背公营私、贪鄙猥琐之状,虽小夫贱隶,亦所窃笑。仰惟陛下至明独断,虽行罢斥,尚亦优容,而侂胄等罪恶贯盈,公论未快。臣误蒙亲擢,置之封驳,祗命之初,不敢隐默。欲望圣慈特发英断,将侂胄明正典刑,自强远加贬窜,以慰天下之心,以正国家之法。所有录黄未敢书读,谨录奏闻,伏候敕旨。"

尚 书 省 榜

臣寮上言："臣学问荒疏,器能浅薄,际遇陛下厉精图化之初,首蒙拔擢,俾职风宪。臣不自量度,愿勉竭绵力,仰助陛下振举纪纲,一新观听。臣连日拜疏奏论韩侂胄、陈自强罪恶,已蒙睿旨施行。然二凶同恶相济,专务蔽明,一旦威断震发,天日清明,中外欣快,咸愿亟见二凶罪状。欲望圣慈宣谕执政,检会今来台谏给舍章疏及已施行次第,特降敕榜晓示,以慰人心,以昭国宪。不胜幸甚!取进止。"十一月六日,三省同奉圣旨并依。

因韩党诏谕中外百官

开禧三年十一月内有旨："韩侂胄怙权擅朝,残民误国,已行罢斥。缘其专政之久,中外缙绅泊于将帅,凡才望勋绩之臣,应为丞相之用者,彼乃指国名器,权为私恩。朕方丕示至公,惟贤能是急,咨尔有位,其各悉心尽忠,毋或不安,益修厥职,以副朕意。故兹札示,宜体至怀。"是月又降诏:"朕德不明,信任非人。韩侂胄怀奸擅朝,威福自己,劫制上下,首开兵端,以致两国生灵肝脑涂地。兴言及此,痛切于衷。剗复长恶闶俊,负国弥甚,疏忌忠谠,废公徇私。气焰所加,道路以目。今边戍未解,怨毒孔滋。凡百缙绅泊于将士,当念前日过举,皆侂胄欺罔专恣,非朕本心。今既罢逐,一正权纲,各思勉旃,为国宣力,饬兵谨备,以图休息。称朕此意焉。"

考　　异

韩诛死于玉津已三日,宁皇犹未知其误国也。史公弥远阴金书讽台谏给舍，为此当时之议，以为既曰以御批付夏震诛之矣，自当显言之。殊未知宁皇动法祖宗，每对左右以为台谏者，公论之自出，心尝畏之。侂胄欲尽攻道学，故探上意，嗾台谏以一网去之，史盖因其术而用之，天下未为非者，以韩之所以施善类者而反之云尔。

庆元嘉泰开禧年间事
侂胄师旦周筠等本末

　　初苏师旦本平江书吏，韩氏为副戎籍之于厅，韩用事，师旦实为腹心。韩为知阁门事，犹在韩侧立侍。迨冒节钺，韩则曰："皆使相也。"始乃与之均席。由是海内趋朝之士，欲造其门而不得见。苏林，子由之孙也，师旦以微贱附之为族，林遂以兄事之，尝以窘乏求金于韩。韩不知其受诸将贿动以亿万，每辄俸金与之，谓其出于真诚。及江上诸将致败，而丘公崇为督视，兼知败将之赂师旦尺牍往来俱存，因作书以遗韩。韩故大怒，遂窜师旦于海上。嘉定初，下所编郡取师旦首级，郡守召至客次，师旦以韩念己，必复召用。已而赴市，则曰："太师亦如是忍耶！"盖不知韩诛矣。初，侂胄欲师旦为节度使，密谕词臣使草制。时秘书监陈岘兼直学士院，语人曰："节钺以待将臣之功高者，师旦何人，可辱斯授？以此见命，吾有去而已。"未几，中贵人有以特旨躐迁遥郡者，公复论之。中贵人者，侂胄之所主也。御史探权臣意，遂假驳死狱事，劾公以免。公铭文曰："或问公与熙宁三舍人之事孰难？曰：'李定之除，公朝显行之令也；师旦之命，权臣密谕之指也。方熙宁初，王安石虽用事，然诏令犹付之有司，故三舍人得以职争之，其为力也易至。侂胄有所欲为，则阴使人谕以意指，一有违忤，则假他罪逐之，不使得以守职言事去也。故在公拒之为难。'"先是岘召试学士院日，对策言帝王号令不可轻出，倘不经三省施行，从中径下，外示独断，内启幸门，祸患将伏于中而不自知。时侂胄以居中用事，假御笔以窃朝权，故岘及之。岘持身谨密，权臣无得而窥其间，且宁皇以公为先朝宏博第一选，故迁至中书。然在禁掖不能一月也。岘知泉州，未上，韩诛，召除兵部侍郎兼学士院，赐诏，其略曰："众翼怒飞，仪凤之翔何远；洪流奔注，砥柱之立不移。"盖嘉其义命于权势翕赫之日。制词真文忠所草，铭文亦文忠所为也。德寿宫门路桂植阑入，凡持盖肩负者皆由夹墙以入。有舆薪数十人阑入，司垣者呵之止之，曰："周总管柴。"呵者默而听之。周从行从均亦亚于师旦。自庆元以来政出于韩，而师旦之门如市。宰相已为具官，左右不复预事，曹吏号为冷局。自赵忠定为相之时，人从侂胄觅官者，韩犹答以当白之庙堂。自京镗居相位，而韩犹答以当与丞相议之。自陈自强相，韩对客有请，直曰"当为敷奏"而已。师旦既逐，韩为平章。事无决，专倚省吏史邦卿奉行文字，拟帖撰旨，俱出其手。权炙缙绅，侍从简札，至用申呈。时有李其姓者，尝与史游，于史几间大书云："危哉邦卿，侍从申呈。"未几致黩云。时又有李士谨者，亦用申呈。有乞兼职者，其词甚哀，后果由兼职阶相位。士谨家居白洋池田家桥侧，相传莫知名桥所自，芰荷渺然，鸥鹭杂集，号"小水晶宫"，其实近在北关门之内。开禧朝廷以赐田俊迈之子，盖已有兆之于其先矣。

韩势败笑鉴

富贵固有不可恃者，而况保之？为城社者谓足以自固，则尤可笑也。尝偕京倅吴公铜入天竺,闻侂胄功德寺之胜,甲于诸刹,相与游焉。主僧道号翠岩,法名湛,揖吴而入。茗毕,极口谈前日为某人求金者几许,予亦心恶其山林衲子,满口言钱。吴为见任通守,欲遍游其山,湛谢以老足近病,只命知事相陪。其金碧光耀,真天帝释之所居。又南园,乃慈福所赐韩者,穿幽极深,凡三日而后遍。而掌园者金其姓,皆武爵之近上者。听其满口皆称曰"师"、"王",师谓太师,王谓郡王。韩居太室三茅之旁,扫石坛以煅大丹,命余道人候火,人不得而见之,外疑其为仙。迨韩既败,湛者崎岖由寺后越石人岭以遁,几坠崖,挺身渡江如飞,盖未尝病足。而掌园之人闭园门者三日夜,人不敢遗以水火,饥饿乞怜之声,达于邻曲,得旨始出,妻儿大恸而去。余道人者携丹铅从三茅山巅奔越以下,亦坠崖几死。又于群婢放逐之时,韩门眷至有三数辈皆称为妾某人父母者,盖其宛转而入皆为父母。官中遂命愿认为父母者,听除首饰衣服之外,不许以奁载出,金钗至满头,衣服至著数袭。市人利其物,而因可以转贸其身,故相竞相逐,愿为之父母。至有引群妾之裾必欲其同归者,亦足笑也,亦足为鉴云。韩尝招新安程有徽点校《通鉴》于石岩间,程经岁不与人接,虽朝士无知者。本以进士第,久于选调,亦未尝从韩祈官,尝欲授以掌故,程不愿也。韩败,程拂袖归,人方知而怜之,不谓韩党也。丙寅冬,又同吴倅复游韩寺,则佛像已移他所,而金碧木石俱空。登其母魏国夫人冢,傍有芦束,浅土半露,问之,乃韩之尸,其首已送之虏也。

阅古南园

　　前所载臣寮论侂胄"凿山为园,下瞰宗庙;穷奢极侈,僭拟

宫闱"，又云"创造亭馆，惊震太庙之山；宴乐笑语，彻闻神御之
所。齿及路马，礼所当诛；简慢宗庙，罪宜万死"，盖自宁寿观
梅亭而至太室之后山，皆观中地也。韩侂胄擅朝，旧居于太庙
侧，遂奄观之山而有之，为阅古堂，为阅古泉，旧名青衣，有青衣童
见泉上，故以名。为流觞曲水。泉自青衣下注于地，十有二折，旁
砌以玛瑙。泉流而下，潴于阅古堂，浑涵数亩，亏桃坡十有二
级。夜燕则殿岩用红灯数百，出于桃坡之后以烛之。其云岩
之最奇者曰"云岫"，韩命程有徽校《通鉴》于中。侂胄居之既
久，岁累月积，剔奇抉胜。洗石而云根出，刜土而泉脉见。危
峰隐石，浅湾曲沼，窈窕渟深，疑为洞天福地之居，不类其为园
亭也。因在天衢咫尺，有旨尽给还宁寿，命复为禁地云。又慈
福以南园赐侂胄，有香山十样锦之胜，有奇石为石洞，洞有亭，
顶画以文锦。香山本蜀守所献，高至五丈，于沙蚀涛激之余，
玲珑壁立，在凌风阁下，皆记所不准载。予已略具记于前集，
近闻并《阅古记》不登于作记者之集，又碑已仆，惧后人无复考
其详，今并载二记云。《阅古泉记》云："太师、平原王韩公府之
西，缭山而上，五步一磴，十步一壑。崖如伏鼋，径如惊蛇。大
石礧礧，或如地踊以立，或如空翔而下，或翩如将奋，或森如欲
抟。名花硕果更出互见，寿藤怪蔓罗络蒙密。地多桂竹，秋而
华敷，夏而萚解，至者应接不暇。及左顾而右盼，则呀然而江
横陈，豁然而湖自献。天造地设，非人力所能为者。其尤胜绝
之地曰阅古泉，在溜玉亭之西，缭以翠蓊，覆以美荫。又以其
东向，故浴海之日、既望之月，泉辄先得之。袤三尺，深不知其
几也。霖雨不溢，久旱不涸。其甘饴蜜，其寒冰雪，泓止明清，
可鉴发须。至游尘堕叶，常若有神物呵护屏除者，朝暮雨旸，
无时不镜如也。泉上有小亭，亭中置瓢，可饮可濯，尤于烹茗

酿酒为宜,他名泉俱莫逮。公常与客相羊泉上,酌以饮客。游年已老,独尽一瓢。公顾而喜曰:‘君为我记此泉,使后世知吾辈之游,亦一胜事也。’游按泉之石壁有唐开成五年道士诸葛鉴元八分书题名,盖此泉泾伏弗耀者几四百年,公乃复发之。而阅古尝先忠献王以名堂者,则泉可谓遇矣。游起于告老之后,视道士为有愧,其视泉尤有愧也。幸旦暮得复归故山,幅巾短褐,从公一酌此泉,而行尚能赋之。嘉泰三年四月乙巳山阴陆游记。”《南园记》云:“庆元三年二月丙午,慈福有旨,以别园赐今少师、平原郡王韩公,其地实武林之东麓,而西湖之水汇于其下。天造地设,极湖山之美。公既受命,乃以禄锡之余,葺为南园。因其自然,辅以雅趣。方公之始至也,前瞻却视,左顾右盼,而规模定;因高就下,通窒去蔽,而物奇列。奇葩美木,争效于前;清泉秀石,若顾若揖。于是飞观杰阁、虚堂广厦,上足以陈俎豆,下足以奉金石者,莫不毕备,升而高明,显敞如脱尘垢;入而窈窕,邃深疑于无穷。既成,悉取先侍中、魏忠献王之诗句而名之。堂最大者曰‘许闲’,上为亲御翰墨以榜其颜。其射厅曰‘和容’,其台曰‘寒碧’,其门曰‘藏春’,其阁曰‘凌风’,其积石为山曰‘西湖洞天’。其潴水蓺稻,为囷为场,为牧羊牛。畜鹰鹫之地曰‘归耕之庄’,其他因其实而命之名。堂之名则曰‘夹芳’,曰‘豁望’,曰‘解霞’,曰‘矜春’,曰‘岁寒’,曰‘忘机’,曰‘照香’,曰‘堆锦’,曰‘清芬’,曰‘红香’。亭之名,则曰‘远尘’,曰‘幽翠’,曰‘多稼’。自绍兴以来,王公将相之园林相望,莫能及南园之仿佛者。然公之志,岂在于登临游观之美哉?始曰‘许闲’,终曰‘归耕’,是公之志也。公之为此名,皆取于忠献王之诗,则公之志,忠献之志也。与忠献同时,功名富贵略相埒者,岂无其人?今百四五十年,其后往往寂寥无闻,而韩氏子孙,功足以铭彝鼎、被弦歌者,独相踵也。迄至于公,勤劳王家,勋在社稷,复如忠献之盛,而又谦恭抑畏,拳拳于忠献之志,不忘如此。公之子孙,又将视公之志而不敢忘,则韩氏之昌,将与宋无极,虽周之齐、鲁,尚何加焉?或曰:'上方倚公,如济大川之舟。公虽欲遂其退,其可得乎?'是不然。上之倚公,公之自处,本自不侔。惟有此志,然后足以当上之倚,而齐忠献之名。天下知上之倚公,而不知公之自处;知公之勋业,而不知公之志,此南园之所以不可无述。游老病谢事,居山阴泽中,公以手书曰:'子为我作《南园记》。'游窃伏思公之门,才杰所萃也,而顾以属游者,岂谓其愚且老,又已挂冠而去,则庶几其无谀辞、无侈言而足以道公之志欤?此游所以承公之命而不获辞也。中大夫直文华阁致仕赐紫金鱼袋陆游谨记。"镇安平节度使、开府仪同三司、判建康军府事、充江南东路安抚使兼行营留守吴琚谨书,并篆额。额真大书《南园记》三字,非篆也。不用螭首,绘以芝鹤云。

南园记考异

武林即今灵隐寺山。南园之山,自静慈而分脉,相去灵隐有南北之间。麓者山之趾,以南园为灵隐山之趾,恐不其然。惟攻媿楼公赋武林之山甚明,园中有亭曰"晚节香",植菊二百种,亦取其祖诗句,《记》中不及云。

四　夫　人

侂胄所幸妾,同甘苦者为三夫人,号"满头花"。新进者曰四夫人,至通宫籍,慈明尝召入貌,赐坐以示优宠。四夫人者,即与慈明偶席,盖娭也,慈明心衔之。迨韩为郑发所刺,诸婢皆遣还其父母,慈明特旨令京尹杖四夫人而遣之。

满潮都是贼

韩用事岁久,人不能平,又所引用率多非类,天下大计不复白之上。有市井小人以片纸摹印乌贼出没于潮,一钱一本以售。儿童且诵言云:"满潮都是贼,满潮都是贼。"京尹廉而杖之。又有卖浆者敲其盏,以唤人曰:"冷底吃一盏,冷底吃一盏。"冷谓寒,盏谓斩也,亦遭杖。不三月,而韩为郑发所刺,及籍其家,得所收真圣语,末一句云"遭他罗网祸非轻",又一句云"远窜遐荒始得平。"韩尝怪其言。韩外有陈自强,内有周均,启韩有图之者,韩犹以"一死报国"为辞。周苦谏,韩遂与自强谋,用林行可为谏议大夫,刘藻为察官,一网尽谋韩之人。仅隔日,未发而钱、李、史三公亦有所闻,命夏震速下手。事已载前集。震遂命郑发刺韩,震复刊御批于杰阁以记之。史恶之,旋以疽发于背而死于殿司。

逆曦归蜀

逆曦既用,赂苏师旦,遂举全蜀以授之。其在殿岩也,常命工图画上乘舆、卤簿,卷轴甚详。人问曰:"太尉何用此?"曦绐之曰:"把归去,教孩儿男女看了消灾灭罪。"及出北关,遂焚香拜天于鹄首,云"且得脱身归去",其反状已萌于此矣。惟吴公琚尝目曦以必反。何公澹既因韩致政府,亦以为不可遣,忤韩,出知福州。

伶优戏语

韩侂胄用兵既败,为之须鬓俱白,困闷莫知所为。伶优因上赐侂胄宴，设樊迟、樊哙，旁有一人曰樊恼，又设一人揖问：
"迟，谁与你取名？"对以"夫子所取"，则拜之曰："是圣门之高
弟也。"又揖问哙曰："尔谁名汝？"对曰："汉高祖所命。"则拜
曰："真汉家之名将也。"又揖恼云："谁名汝？"对以"樊恼自
取。"又因郭倪，郭杲致，因赐宴以生菱进于桌。上命二人移
桌，忽生菱堕地尽碎。其一人云："苦，苦，苦，坏了许多生灵，
只因移果桌！"

侂胄助边

开禧兵端既启，国用浸亏。侂胄上表，自谓家藏先朝锡予
金器六千两上之。宁皇优诏奖谕，仍允其请。天下皆笑韩之
欺君。

韩墩梨

姑苏地名韩墩，产梨为天下冠。比之诸梨，其香异焉，中
都谓之"韩墩梨"。后因光皇御讳，改谓"韩村梨"。至侂胄专
国，馈之者不敢谓"韩村"，直曰"韩梨"。因此皆谓"韩梨"矣，
非侂胄意也。吴中平田有培娄，皆曰"墩"，后避讳，皆曰"坡"。
而避村名犹甚于庙讳，菁村至改曰菁山，谢村至改曰谢溪。盖
中都人以外人为村，故讳之。流传浸失，图谋易讹，故因韩事
及之。

黄胖诗

韩以春日燕族人于西湖，用土为偶，名曰"黄胖"，以绵系
其首，累至数十人。游人以为土宜。韩售之以悦诸婢，令族党
仙胄赋之云云，"一朝线断他人手，骨肉皆为陌上尘。"侂胄大

不悦。仙胄家于会稽，以佗胄故，有官不仕。韩败，竟保其族云。

刘淮题韩氏第

刘淮见之，建阳人。赋诗虽为韩而发，其实嘉定用事者良剂也。"宝莲山下韩家府，郁郁沉沉深几许。主人飞头去边土，缘户空墙叹风雨。九世卿家一朝覆，太师宜诛魏公辱。后来不悟有前车，突兀眼中观此屋。"

西湖放生池记

高文虎字炳如，号为博洽名儒。疾程文浮诞，其为小司成，专以藏头策问试士，问目必曰有某人某事者。士不能应，但以"也"字对"者"，士之愤高也久矣。会京尹赵师𥪝奏请尽以西湖为祝圣池禁捕鱼者，作亭池上甚伟，穿碑略摩云。高实为记，其文有曰："鸟兽鱼鳖，咸若商历以兴。"既以镂之石，石本流传，殆不可淹，改"商"为"夏"，隐然犹有刊迹。无名子作为词以谑之云："高文虎称伶俐，万苦千辛做个《放生亭记》。从头没一句说作朝廷，—作"官家"。尽把师𥪝—作"太保"。归美。这老子忒无耻，不知润笔能几。夏王说不是商王，只怕伏生是你。"—作"夏王事却作商王，那禽兽鱼鳖是你。"然无名子之嘲，胡可深信？今详载其记于后云。盖"商"字特笔误，而或者乘间而诋之尔。记曰："皇帝践祚之五年，乾坤清夷，瀛宇宁谧，施仁沾泽，损赋薄刑，所以养民本，迓天休，德至渥也。而又励精图政，综贤经能，功亮绩熙，大小咸举，乃晓驻跸，实惟钱唐，命尹神皋，聿严厥选。权尚书工部侍郎臣师𥪝，以材学献力，宣声一时。昨拜大农，兼治天府。凡厥董寮劭农，振兵束吏，至于

簿书期会、金谷䯲箭,以及郊兵之供、宫庭之人,百司庶府之
须,纪纲规目,肃肃具叙。兹表治行,擢登从班。其在四年十
月七日,师羼尝奏曰:‘臣仰稽圣代,袭唐旧因,即杭西湖为放
生池者,天禧中太子太保、判杭州王钦若之请也。西湖利害难
弛者五,放生之旧,盖居其一者,元祐中龙图阁学士、知杭州苏
轼之议也。绍兴明诏,适广至恩,化育所覃,器弋有禁。淳熙
庆寿,申饬渊谟,蕃殖既昌,福应攸侈。方当奉三宫之康福,绵
万世之本支,所宜日长月滋,益多福祉。顾今穹碑混于草莽,
条禁隳于奸豪,甚非奉宽大、勤首善也。谋以诞圣之期、同致
华封之祝,在严戒令,务谨隄防,御囿宫林,禁当并饬,富强挟
贵,在所必行,庶迪帝心,用蕃国本。’制曰‘可’。于是相攸度
址,近接城闉,左涵右通,作亭五楹。前有台榭,揭名‘德生’,
以侈上赐。又作三楹,俯纳湖浸,祝经纵鳞所临也。又作亭三
楹,内俪山祉,旧刻新铭所峙也。植以华表,垂之嘉名,奉询画
者,钱塘尉扈武也。亭成之日,都人聚观,和气欢声,盘礴无
际。祝皇之寿,与天并崇;祝皇之基,与地同久。推而达之天
下,盖自兹始。猗欤盛哉!臣切惟宋受天命,列圣重光,一以
宽仁,守为家法。兵不轻用,刑不妄施,雨露所涵,舟车所至,
渗漉亭育,润泽丰美,况于万物乎!然鸟兽鱼鳖,咸若夏历以
兴,以及鸟兽昆虫,周家以盛有天下者,发政施仁,未有不本诸
此。师羼诚能推广旨意,形于告猷,迄俾流恩,与宋无极。
《诗》云:‘天保定尔,以莫不兴。如山如阜,如冈如陵。如川之
方,至以莫不增。’维时有之。臣既书其事,复系以铭曰:‘天赐
宋命,世世以仁。宋媚于天,武文圣神。维天曰生,皇矣昊旻。
我其受之,代天牧人。刑不滥施,兵不妄陈。㪯尸天府,永保
乂民。皇帝圣明,膺图阐珍。曰宋家法,仁厚如春。惟曰图

回,是宪是遵。慈薰惠洽,广莫渊沦。埶尸天府,告猷有臣。谓昔有池,西湖之津。罗罭所窥,防禁弗申。广上之德,封奏谆谆。师睾稽首,惟恭惟寅。勒石湖址,作亭湖滨。露囊金鉴,率时缙绅。与厥耆老,戾止辚辚。鸢飞鱼跃,整翰膏鳞。天育海涵,赘取蕃莱。凡百都人,奸宄化醇。钦上之惠,捐罟弃缗。仁民之心,爱物是均。民物一致,天人之因。人颂皇帝,德冠群伦。奉承三宫,八千岁椿。子孙绳绳,子孙振振。'"倘不备考此记,则后人必以无名子之言为信矣。

犬吠村庄

韩侂胄尝会从官于南园,京尹赵师睾预焉。师睾因挞右庠士,二学诸生群起伏阙,诣光范诉师睾。时史相当国,不欲轻易京尹,施行稍缓。诸生郑斗祥辈遂撰为师睾尝学犬吠于南园之村庄,又舞斋郎以悦侂胄之四夫人,以是为诗,以挤师睾于台谏。虽师睾固附韩者也,亦岂至是?李秀岩心传不谙东南事,非其所目击,乃载其事于《朝野杂记》,诸生犬吠斋郎之诗特详焉。后之作史者当考。或谓有穿狗窦而入见韩者,亦非。

考　异

韩败籍其家。卧内青绸帐后以用兵,用罗木自围其寝,防刺也。惟所爱四夫人位最侈,臣寮所谓"僭拟宫闱"者是也。籍其奏草,至"陛下"二字必提空唯谨。或以为韩意叵测者,非也。忠献之族得以全者,惟侂胄无是尔。喻吴曦书稿曰:"侂胄排群议,以节使能世其忠。今公此举,侂胄何面目以见上与士大夫?是非节使负侂胄,乃侂胄负上与天下之士大夫也。

书至日,即宜舍逆从顺,反邪归正,闭三关以绝敌,上伪玺于公朝。侂胄为奏之上,封节使以真王,如此犹可以慰天下士大夫之望,而侂胄庶几其有面目以见上与天下之士大夫矣。"

李季章使敌诗

李季章壁,巽岩尚书之仲子,盖贤良公垕之弟。开禧初,韩欲兴兵未有间,既遣张公嗣古出使觇敌。嗣古使还,大拂韩旨,因复遣壁。壁还,与张异辞,阶是迁政府,后又预诛韩之谋。壁使敌诗云:"天连海岱压中州,暖翠浮岚夜不收。如此山河落人手,西风残照懒回头。"前二句不知其指何地,既曰"暖翠浮岚夜不收",又曰"西风残照懒回头",意亦略相违,恐传者之误也。季章所居,亦似号石林。诸公赋诗甚多,惟王大受仲可有诗绝出,记句云:"君不见牛奇章与李卫公,二人平生不相容。门前冠盖互呷轧,惟有爱石心则同。"

庆元开禧杂事　淮民浆枣

绍兴和议既坚,淮民咸知生聚之乐,桑麦大稔。福建号为乐区,负戴而之者谓之"反淮南"。或士民一至其地,其淮民遇夏则先以浆馈之,入秋剥枣则蒸以置诸门,任南人食之,不取价。或遇父老烹牲于社,即命同坐,有留锡者即诮何为留,坚却不受。自开禧兵变,淮民稍徙入于浙于闽,至闭肆窖饭以俟之。既归而语故老,南人游淮者不复有壶浆、剥枣之供矣。

浦城乡校芝草之瑞

庆元间,予为儿时,父兄常携入乡校,观大成殿第二第三级有芝二本甚异,状如今赤角葺,大而重复,色而加紫,旁缘以金。其一生于第三级正中，差大；一生于第二级之侧，差小。盖缘金微有缺处，阴阳者流以为旧校与僧寺相直，且背溪山之秀，致乡士累举不利于南省，遂迁而与山相面，山形如月，而溪实朝其下。是岁芝遂产于殿墀，而文忠真公遂登乙科，文忠宏博，而其妇翁开国杨臣亦同年第。文忠官至腰金，与妇翁所中科级略同，杨公亦至佩金。此未足道，而二公所植立，与芝亦相似，造物有以启之矣。

台 臣 用 谣 言

浙西有大臣许某者，以国恤亲丧奏乐，又所居颇侵学宫，为仇家飞谣于台臣曰："笙歌拥出画堂来，音离。国恤亲丧总不知。府第更侵夫子庙，无君无父亦无师。"竟以是登于劾章。虽得于风闻，而许为大臣亦未必有是。然人言可畏，为君子者亦盍谨诸。

好 女 儿 花

金凤花如凤味飞舞，每种各具一色，聚开则五色成花，自夏至秋尤盛，谓之"金凤花"。中都习，宫闱媟语谓"凤儿花"。慈懿之生，有鹙鹭仪于黑民已载前录。名曰凤娘，迨正坤极，六宫避旧称，曰"好女儿花"，今在犹然。

秘 书 曲 水 砚

王大受号易斋，楼镛号月湖，俱知名士也。王以吴琚三郊为异姓恩补官，楼以科第进。楼为越钱清之煎盐，以大受非他士比，至辍俸售青布袍以衣盐亭煎灶，迓之越于常。大受忽见迓者入，则惊曰："此必科亭户。"为之具法谓赃，亟置迓夫于仁

和县圃。遂以家奴携一箧自随,径绝浙江,坐于盐官之南向,
鞭亭户而讯之。楼在屏后曰:"王大受,尔以口舌得官,敢尔
耶?"遂至申仓司。仓即章公燮,燮不直大受,犹未有以废之。
大受与韩侂胄婿顾熹善,阴讽台臣平楼,至返其已举五削。时
郑捐为熹属,亦白其事于燮,燮犹不能平。大受诣台持谏官
书,或谓程公出,又申以顾熹之书,燮怒且书,道:"尔足矣,何
胁我以再三耶!"掷其书,叱大受,命典谒者掭大受下墀。大受
以为士可死不可辱,欲委官而去之。郑以好语调停之,章榜客
次:"王煎盐,自今不许相见。"然为镛者,未有以白于韩也。偶
有僧洪老得小曲水砚于越山墓礜间,乃献之殉乳母葬物也。
记文末一句云:"庶七百年后,知为余之乳母也。"僧亟以白攻
媿。攻媿证据其事,洪因入都以献韩。韩知其为攻媿游,曰:
"近无恙否? 久不得攻媿书。"洪因及镛事,韩大怒以责熹。台
臣视风旨,遂逐大受,尽反楼五削。曲水小砚,韩以上进,诏付
秘书省,其字多用《兰亭序》。华亭名家子朱日新自号文,为
《爻赘集》著为辨,刊以示人,条析缕数,与攻媿力辩其不然,盖
疑其中有乳母好释、老之词。释之一字,特出于弥天释道安之
句,自晋宋以来,未有合释、老二字为一者。且尽剪《兰亭序》
中字与之合者以辩其诬,且云:"安知其砚出于七百年之后?"
攻媿不欲与之深辨云。今欲摹者,必白监长而后启缄。秘府
燕后,不知砚犹存否?

清 波 杂 志

[宋]周煇 撰
秦 克 校点

校 点 说 明

《清波杂志》十二卷,宋周煇撰。周煇,字昭礼,泰州(今属江苏)人。南宋前期在世,一生不仕,往来南北间,晚年定居在杭州,"居清波门,日往来湖山间,把酒赋诗,悠然自得其乐"(龚颐正《清波杂志》跋)。《清波杂志》就是他在这时写成的,以"寓居中都清波门之南,故因以名其集"(张贵谟《清波杂志》序)。书前自序署年绍熙壬子,即宋光宗绍熙三年(1192)。

周煇在卷首识语中云:"煇早侍先生长者,与聆前言往行,有可传者。岁晚遗忘,十不二三,暇日因笔之。"这是他撰写此书的宗旨,也说出了此书的特点所在。周煇的父亲周邦,字德友,号松峦,一生在各地任幕职,颇有文才,又留心掌故,著有《松峦杂志》二十卷和《政和大理入贡录》一卷(均佚)。周煇深受父亲影响,"家藏故书几万卷,平时父子自相师友,其学问源委盖不同如此"(张贵谟《清波杂志序》)。因此,这部作于周煇晚年的笔记,确如张贵谟序所称"纪前言往行及耳目所接,虽寻常细事,多有益风教,及可补野史所阙遗者",具有较高的史料价值。

《清波杂志》现存宋刊本、明商濬《稗海》本、清鲍廷博《知不足斋丛书》本和《四库全书》本等。今人刘永翔有《清波杂志校注》,最称精审。此次整理,以《四部丛刊》影印常熟瞿氏铁琴铜剑楼藏宋刊本为底本,并参校他本,凡底本有讹误者径行改正,不出校记。底本目录中有目无文者,如卷三"优伶"一目予以删除;底本有文而无目或文目不符者,则一仍其旧,以存原貌。正文中原无标题,为便阅读检索,特据目录所载补入。

目　　录

序

　　余故人周昭礼，嗜学攻于文，当世名公卿多折节下之。余与昭礼定交，今不翅二十年矣，每一别再见，喜其论议益该洽，文益工。今老矣，而志益壮。一日，示余以所撰《清波杂志》十有二卷，纪前言往行及耳目所接，虽寻常细事，多有益风教，及可补野史所阙遗者。盖昭礼家藏故书几万卷，平时父子自相师友，其学问源委盖不同如此。今寓居中都清波门之南，故因以名其集云。

　　绍熙癸丑春，古括张贵谟序。

清波杂志卷一

　　炜早侍先生长者,与聆前言往行,有可传者。岁晚遗忘,十不二三,暇日因笔之。非曰著述,长夏无所用心,贤于博弈云尔。时居都下清波门,目为《清波杂志》。绍熙壬子六月,淮海周炜识。

潜　邸　瑞　应

　　高宗由康邸使虏庭,开大元帅府于相州,继登宝位,再造王室。一时霸府攀附,自汪丞相伯彦而次。建炎初,诏省记事迹,成书来上,付之史馆。其间所纪符瑞,如冰泮复凝,红光如火,云覆华盖,其类不一。独诸路文书申帅府,或曰康王,或曰靖王。有解拆"靖康"二字,乃"立十二月而立康王",祥契昭灼如此。时识者谓本朝无亲王将兵在外故事,忽付大元帅之柄于皇弟,盖本天意云。

裨　将　善　相

　　高宗初被命渡河,随军一裨将某善人伦,密语同列曰:"大王神观甚佳,此行必成大事。舍人、观察亦保终吉。但资政气貌甚恶,祸只在旦夕。"资政,谓王云也,时以资政殿学士辅行,行至磁州,果被害于应王庙。中书舍人耿延禧、观察使高世则,时皆参谋议于幕府。

颍　川　郡　王

神宗初出阁,封颍川郡王。既即位,升颍州为节镇。久之,觉其非,遂以许州为颍昌府,人比之"坊州生杜若"吏部侍郎张舜民尔。尝考神宗嘉祐九年授忠武军节度使,封淮阳郡王,治平元年封颍王,三年立为皇太子,初不曾封颍川郡王。政和间,工部侍郎刘嗣明奏:"恭惟神宗皇帝自忠武军节度使、颍王登大位,其忠武军止缘遥领节制,已升为颍昌府,有颍川系受封兴王之地,伏望崇建府号。"遂以颍州为颍川府,依旧顺昌军额,悉符前说。

普　安　院

五代时,有僧某卓庵道边,艺蔬丐钱。一日昼寝,梦一金色黄龙,食所艺莴苣数畦。僧寤,惊且曰:"必有异人至。"已而见一伟丈夫,于所梦之所取莴苣食之。僧视其状貌凛然,遂摄衣延之,馈食甚勤。顷刻告去,僧嘱之曰:"富贵无相忘。"因以所梦告之,且曰:"公他日得志,愿为老僧只于此地建一大寺。"伟丈夫乃艺祖也。既即位,求其僧,尚存。遂命建寺,赐名"普安",都人称为"道者院"。则寿皇圣帝王封之名,已兆于此。

新　兴　吴　安

高宗自相州提兵渡河,初程宿顿,问地名,以新兴店对。幕府进言:"大王治兵讨贼,行绍大统,而初宿新兴,天意若曰:'宋室中兴,其命维新。'且以太平兴国中宋捷之语为证。绍兴辛巳,视师江上,至无锡,幸惠山酌泉。泉上有汲桶,桶间书"吴安"二字。吴安,阍隶姓名也。侍卫者偶见之,皆喜谓吴地可安,或云亦尝达于圣听。顷得此说于惠山主僧法皡。普安等名虽不同,其为佳谶则一也。

思 陵 俭 德

高宗践阼之初,躬行俭德,风动四方。一日,语宰执曰:"朕性不喜与妇人久处,早晚食只面饭、炊饼、煎肉而已。食罢,多在殿旁小阁垂帘独坐。设一白木卓,置笔砚,并无长物。"又尝诏有司毁弃螺填倚卓等物,谓螺填淫巧之物,不可留。仍举:"向自相州渡大河,荒野中寒甚,烧柴,借半破瓷盂,温汤瀹饭,茅檐下与汪伯彦同食。今不敢忘。"绍兴间,复纡奎画以记损斋,损之又损,终始如一,宜乎去华崇实,还淳返朴,开中兴而济斯民也。

建 康 行 宫

绍兴二年,修建康府行宫,以图进呈。被旨:"可只如州治修盖。一殿之费,虽未为过,而廊庑亦当相称,则土木之侈,伤财害民,何所不至。象箸之渐,不可不戒。"由是制度简俭,不雕不斫,得夏禹卑宫室之意。

娄寅亮请立嗣

朱弁,新安人。建炎戊申岁,副王伦使虏被留,馆于云中。绍兴壬子岁,王先得还。至绍兴癸亥,约和已定,朱方南归。尝著《曲洧旧闻》,云:"仁宗时最先言皇嗣者,明州鄞县尉,不记其姓名。阅岁久之,又经此丧乱,史家亦不复载,为可惜。"辉绍兴间,得娄寅亮奏札曰:"先正有言:'太祖舍其子而立弟,此天下之大公也。周王薨,章圣选宗室子育之宫中,此天下之

大虑也。'仁宗皇帝感悟其说,诏英宗入继大统,文子文孙,宜
君宜王,遭罹变故,不断如带。今有天下者,独陛下一人而已。
恭惟陛下,克己忧勤,备尝艰险,春秋鼎盛,自当'则百斯男'。
属者椒寝未繁,前星不耀,孤立无助,有识寒心。天其或者深
戒陛下,追念祖宗公心长虑之所及乎?崇宁以来,谀臣进说,
独推濮王子孙以为近属,馀皆谓之同姓,致使昌陵之后,寂寥
无闻,奔进蓝缕,仅同民庶。臣恐祀丰于昵,仰违天鉴,艺祖在
上,莫肯顾歆。此二圣所以未有回銮之期,黠虏所以未有悔祸
之意,元元未有息肩之时也。欲望陛下于子行中,遴选太祖诸
孙有贤德者,视秩亲王,使牧九州,以待皇嗣之生,退处藩服;
更加广选宣祖、太宗之裔,材武可称之人,升为南班,以备环
列。庶几上副在天之灵,下系人心之望。臣本书生,叨擢科
第,白首选调,垂二十年,今将告归,不敢终嘿。位卑言高,罪
当万死,惟陛下裁赦。"娄,初不知其出处,近闻乃温州人,字陟
明,擢政和二年进士乙科,曾任察官。属乡邦大浸,父子皆没
于水。或云论事之疏,不止于此。

赦 书 二 本

高宗即位于南京,肆赦文有两本,首尾皆同。如"道君发
德音而罪己,退辞履位之尊;乾龙以震长而继天,首正误国之
罪。悉捐金币,分割膏腴。思爱惜于两朝,忍轻加于一矢。生
灵受赐,夷夏闻风。要质贤王,既驱车而北渡;连结异域,复拥
众以南侵。慨溪壑之无厌,昧蜂虿之有毒。廷臣乏策,虏使诡
和。款貔虎以退师,致金汤之失险。肆令狼子,荐食都畿"等
语,与今所传本异,盖时有忌器之嫌也。皆太常少卿滕康行。
滕后签书枢密院,南京人。

祖 宗 家 法

哲宗御迩英阁,召宰执暨讲读官讲《礼记》、读《宝训》。顾临读至:"汉武帝籍提封为上林苑。仁宗曰:'山泽之利,当与众共之,何用此也!'丁度对曰:'臣事陛下二十年,每奉德音,未始不本于忧勤,此盖祖宗家法尔。'"读毕,宰臣吕大防等进曰:"祖宗家法甚多。自三代以后,唯本朝百三十年中外无事,盖由祖宗所立家法最善。臣请举其略:自古人主事母后,朝见有时,如汉武帝五日一朝长乐宫。祖宗以来,事母后皆朝夕见,此事亲之法也。前代大长公主用臣妾之礼,本朝必先致恭,仁宗以侄事姑之礼见献穆大长公主,此事长之法也。"上曰:"今宫中见行家人礼。"大防等曰:"前代宫闱多不肃,宫人或与廷臣相见,唐人阁图有昭容位。本朝宫禁严密,内外整肃,此治内之法也。□□□□□□□□□□□□□□□□□□□□□□□□□□□□□□□□□□前代宫室多尚华侈。本朝宫殿止用赤白,此尚俭之法也。前代人君虽在宫禁,出舆入辇。祖宗皆步自内庭,出御后殿,岂乏人力哉?亦欲涉历广庭,稍冒寒暑尔,此勤身之法也。前代人主在禁中,冠服苟简。祖宗以来,燕居必以礼。窃闻陛下昨礼毕,具礼服谢太皇太后,此尚礼之法也。前代多深于用刑,大者诛戮,小者远窜。唯本朝用法最轻,臣下有罪,止于能黜,此宽仁之法也。至于虚己纳谏,不好畋猎,不尚玩好,不用玉器,饮食不贵异味,御厨止用羊肉,此皆祖宗家法所以致太平者。陛下不须远法前代,但尽行家法,足以为天下。"上甚然之。列圣家法之盛,大臣启迪之忠,皆可书而诵也。

元 祐 大 昏

　　元祐大昏,吕正献公当国,执议不用乐。宣仁云:"寻常人
家娶个新妇,尚点几个乐人,如何官家却不得用?"钦圣云:"更
休与他懑宰执理会,但自安排着!"遂令教坊、钧容伏宣德门
里。皇后乘翟车甫入,两部阑门众乐具举。久之,伶官辇出赏
物,语人曰:"不可似得这个科第相公,却不教用!"《实录》具书
纳后典礼,但言婚礼不贺,不及用乐一节。王彦霖《系年录》载
六礼特详,亦不书此。

册 后 典 礼

　　宰臣吕大防等言:"昨奉圣旨宣谕:'皇帝纳后有期,已令
入内内侍省检举施行者。'伏以涂山启夏,渭浃兴周。予娶度
土之辰,亲迎造舟之地。若稽盛典,适契亨期。将开前寝之
模,宜谨曲台之议。恭惟皇帝陛下,天锡仁孝,日新光明。躬
亲万几,虽禀东朝之训;表帅九御,尚虚中壶之尊。伊欲迓于
家邦,必先正其服位。太皇太后殿下,念宗祏之奉,笃风教之
先。历询庆门,咨求淑媛。将协定祥之兆,当陈备物之严。嘉
命惟行,体二仪之判合,旧章可举,在六礼之亲成。自纳采至
于告期,繇命使讫乎上礼,车服有等,币贽有常。古今相沿,方
册具载。臣等不胜大愿,伏望诞颁明诏,豫敕奉常,考沿革于
前王,参节文于通礼,制为成式,付在有司。衮冕毂圭,益重谨
昏之义;金根骐马,悉全象物之宜。足以彰有命之自天,知得
贤之配圣。善承亿载,流化万方。凡在怀生,率同大庆。"太皇
亦降答诏。前辈谓元祐纳后礼制,视天圣、景祐,讨论特为详
备。天祐皇家,母仪得昭慈之贤。其后拨乱返正,翊戴中兴之

主,功参十乱,兹谨具著焉。

配　　享

　　国朝配享功臣于太庙横街南,东西相向设位。太祖室:赵普、曹彬。太宗室:薛居正、石熙载。真宗室:李沆、王旦、李继隆。仁宗室:王曾、吕夷简。英宗室:韩琦、曾公亮。神宗室:富弼、曹玮。哲宗室:司马光。徽宗室:韩忠彦。高宗室:吕颐浩、赵鼎、韩世忠、张俊。视祖宗文武臣各用二人侑食,盖中兴将相勋烈之盛,不得而遗也。

金　宝　牌

　　天圣初元,内出圣祖神化金宝牌,令景灵宫分于在京宫观寺院及外州名山圣迹之处。牌长三尺许,厚寸余,文十二,曰"玉清昭应宫成天尊万寿金宝"。背文五,曰"永镇福地敕"。其周郭隐应虬龙花葩之状,精彩焕耀。封以绛囊,盛以漆匣。或云用王居正药金所制。凡不经兵革州郡,皆宝藏之。烨尝见于上饶天庆观,盖留龙虎山。

印　　文

　　顷见唐人官告,印文细如丝发。本朝印文粗厚。漫渤迟速虽系官府事之繁简,旧传唯三司、开封为省府,事最繁剧,所用印岁一易。今学士院印乃景德年铸,在京百司所用无如此久者。

赴　调　期　限

　　旧制:凡罢官,三月不赴部选集者有罚。烨见者旧云:承平时,州县多阙官。得替还乡,未及息肩,已竭蹶入京,授见次即趣赴上。一季、半年,已为远阙。到国门即入朝集院,支俸,差剩员、破官马,事事安便,与今异矣。

掌　书　诏

政、宣间,掌朝廷书诏者,朝士常十数人。主文盟者,集众长而成篇。靖康垂帘告天下手书,出太常少卿汪藻笔。绍兴间,婉容刘氏进位贵妃,亦特命监察御史王纶草制。或云:时宰与王同里,欲其沾赐金,故临期特界权内制。

用　兵　利　害

苏东坡言:少时与父并弟同读富韩公《使北语录》,至于说大辽国主云:“用兵则士马物故,国家受其害;爵赏日加,人臣享其利。故凡北朝之臣劝用兵者,乃自为计,非为北朝计也。”三人皆叹其言明白,切中事机。老苏谓二子曰:“古人有此意否?”坡对曰:“严安亦有此意,但不明白。”老苏笑以为然。辉观《三国志·顾雍传》:孙权时,沿边诸将各欲立功自效,多陈便宜,有所掩袭。权以访雍,雍曰:“兵法戒于小利,此等所陈,欲邀功名而为其身,非为国也。”又读《通鉴》:唐武德五年,突厥犯边,郑元璹诣颉利,说之曰:“唐与突厥,风俗不同,突厥虽得唐地,不能居也。今虏掠所得,皆入国人,于可汗何有?不如旋师,复修和好,可无跋涉之劳,坐受金币,又皆入可汗府库,孰与弃昆仲积年之欢,而结子孙无穷之怨乎?”颉利悦,引兵还。开元六年,吐蕃求和,忠王友皇甫惟明求奏事,从容言和亲之利,明皇未然。惟明力言边境有事,则将吏得以因缘盗匿官物、妄述功状以取勋爵,此皆奸臣之利,非国家之福。乃许其和。盖皆祖述严安之言也。后东坡载其说于《郑公神道碑》之首。张文定公当仁庙时，论人臣劝用兵，亦有"事成身蒙其利，不成则陛下任其患"之语。

改　　秩

选人改秩，今当员多阙少时，须次动六七年，成六考无玷阙，方幸寸进，戛戛乎难哉！近制：改京官岁有定额，且减荐数。有凭藉者亦不待求而得之。每患艰得职司，若止许用职司一员，庶俾孤寒均得应格。昔有胡宗英者该磨勘，引见日，仁宗惊其年少，举官逾三倍。阅其家状：父宿，见任翰林学士。乃叹曰："寒畯安得不沉滞！"遂降旨，止与循资。熙宁间，一选人以贵援得京削十三纸。引见日，神宗云："有举状一十三纸者，是甚人？"特与改次等官。于是权势耸然。幕职、州县官以荐改京官者，其数如格，则移刑寺问。举者无罪故，乃得磨勘，而注籍以待引见。至引见，又移问如初。有罪故而不足于数者，辄罢去。考功郎赵㞦请勿再移问，从之。仁人之言也。㞦乃清献公之子。

庆　寿　推　恩

国家庆寿典礼，千古未闻锡类施泽下逮士庶，妇人、高年亦加版授，诚不世之恩也。然增加年甲，伪冒寖出，向来台臣固已论列，而严保任之制。近见一文士作《温阳老人对》，切中此弊。其辞曰："温阳之山有老人，行年一百二十矣。淳熙登号之三年，朝廷举行旷世之典，有采樵者进而问之曰：'今天子朝太上皇德寿宫，奉玉卮上千万岁寿，肆大号，加恩区内，无问于已仕未仕之父母，第其年之如诏者而授之官。叟何为而弗与?'老人对曰:'吾未及其年。'樵者曰:'叟年逾期颐,若为而未及?'对曰:'天有二日,人有二年:有富贵之年,有贫贱之年。富贵之年舒以长,贫贱之年促以短。吾自幼至老,未尝识富贵之事。身不具毛褐,不知冰绡雾縠之为丽服也;口不厌藜藿,不知熊蹯豹胎之为珍羞也;目不睹靡曼之色,而蓬头衃脣之与居;耳不听丝竹之音,而笑歌牧啸之为乐。今吾虽阅一百二十二年之寒暑,而不离贫贱,若以二当一,则吾之年始六十有一,与诏不相应,是以为未及,又何敢冒其官?'曰:'今之世有年未及,益其数,求以应诏者,朝廷亦官之,何也?'对曰:'彼富贵者也,吾固言之矣,是所谓以一而当二者也。其学宁越之徒欤?吾侪小人,不政求其比。'樵者笑而退。"辉既得其说,窃惟主上孝奉三宫,十年一讲盛礼,鸿恩锡类,方兴未艾。在位者其思有以革之,庶几名器增重,不致冒滥,人得以为荣。

清波杂志卷二

蔡童罪恶

建炎元年五月一日,高宗即位敕书:"应蔡京、童贯、王黼、朱勔、李彦、梁师成、谭稹及其子孙,皆误国害民之人,见流窜者更不收叙。"二日降手诏:"宣仁圣烈皇后,保佑哲宗,有安社稷大功。奸臣怀私,诬蔑圣德,著在国史,以欺后世。可令国史院别差官摭实刊修,播告天下。其蔡卞、邢恕、蔡懋三省取旨行遣,仍不得用建炎元年五月一日敕。"议者谓中兴新政,孰先于此,抑推原祸乱之自云。

王黼身任伐燕

王黼一日在相国寺行香,见蔡京以太师、鲁国公揭榜,小立其下,深有羡慕之色。亲厚者乘间叩之,黼曰:"无他,不谓元长有许大官职!"其人因言:"太宰若能承当一大事,元长官职不难致。"黼识其意,乃身任伐燕之责,后亦致位太傅、楚国公。且许服紫花袍,增益驺导,并张青罗盖,涂金从物,略与亲王等,宠遇埒于京。及夫事变,适开封尹聂山有宿怨,遣武吏追蹑,戕于雍丘辅固村,民家取其首以献,以遇盗闻。议者惜不与童贯辈明正典刑,顾乃回枉如此。同时蔡攸、儵亦赐死。儵闻命曰:"误国如此,死有余辜,又何憾焉。"乃饮药。而攸犹与不能决,左右授以绳,攸乃自缢而死。或以靖康刑戮为疑,识者云："祖宗特不诛大臣尔，若首祸贼党，罪恶显著，在天之灵当亦不赦也。"

右府太尉

五十年前，有通右府书，称"枢密太尉"。盖旧制：文臣为枢密使，皆带检校太尉。东坡《贺文潞公正位兵府书》，亦有"太尉"之称。官称随时改易，不可一概论。元丰前，枢密院奏荐子弟，皆补班行。

凉　伞

京城士庶，旧通用青凉伞。大中祥符五年，唯许亲王用之，余并禁止。六年，始许中书、枢密院依旧用伞出入。近时臣寮建议士庶用皂伞者，不闻施行。政和间，亦诏非品官之家，不许乘暖轿。武臣任主兵差遣、缘边安抚官走马承受，并不得乘轿，亦绍圣之制。

修书谬无赏

蒲宗孟左丞，因奏书请官属赏，神宗曰："所修书谬，无赏。"宗孟又引例，仪鸾司等当赐帛，上以小故未答。右丞王安礼进曰："修书谬，仪鸾司恐不预。"上为之笑，赐帛乃得请。率然一言，而当于理。

疑　狱

诸疑狱当奏而不奏，科罪如法；不当奏辄奏者，勿坐。此法既行，全活多矣。元丰诏大理兼鞫狱事，多上所付。大理卿韩晋卿独持平核实，无所观望，人以不冤。神宗知其材，凡狱难明,及事系权贵者,悉以委晋卿。天下大辟请谳,执政或以为烦,将劾不应谳者。晋卿曰:"听断求生,朝廷之心也。今谳而获戾,谳不至矣。"议者或引唐覆奏令,欲天下庶狱悉从奏决。晋卿曰:"法在天下而可疑可矜者上请,此祖宗制。日今四海万里,一欲械系待朝命,恐罪人之死于狱,多于伏辜者。"朝廷皆从之。韩,密州安丘人。

沙门岛罪人

旧制:沙门岛黥卒溢额,取一人投于海。殊失朝廷宽贷之意。乞后溢额,选年深至配所不作过者移本州。神宗深然之,著为定制。乃马默知登州日建明也。

应天下疑狱,并具本末,奏取敕裁。此说既行,凡有奏疑,未尝不免。迨元丰八年,诏:"自今天下州军,勘到强盗,情理无可悯、刑名无疑虑,辄敢奏闻者,并令刑部举驳,重行朝典,不得用例破条。"正与前说相反。

马子约阴德

马子约之父知登州,乞以流海岛溢额之卒移本州牢城,以广好生之德。从之。马梦有告之者:"尔本无子,且无寿,上帝以尔请贷罪人,赐一子,且益寿"云。

扁　榜

旧立扁榜,必系以亭堂齐阁之名,今或略去。尝见黄冈所刻《东坡墨迹》,一帖云:"新居在大江上,风云百变,足娱老人。有一书斋名'思无邪斋'。"若欲省文,去下一"斋"字,何不可者。盖亦随时所尚尔。

绍兴置衫帽

自昔人士皆著帽,后取便于戎服。绍兴丙子,魏敏肃道弼
贰大政,一日造朝,预备衫帽,朝退,服以入堂,盖已得请矣。
一时骤更衣制,力或未办,乃权宜以凉衫为礼,习以为常。乾
道间,王曰严内相申请,谓环一堂而围座,色皆浅素,极可憎,
乞仍存紫衫。至今四十年不改。前此,仕族子弟未受官者皆
衣白,今非跨马及吊慰不敢用。

凉　　衫

士大夫于马上披凉衫,妇女步通衢,以方幅紫罗障蔽半
身。俗谓之"盖头",盖唐帷帽之制也。笼饼、蒸饼之属,食必
去皮,皆为北地风埃设。旧见说汴都细车,前列数人持水罐
子,旋洒路过车,以免埃墌蓬勃。江南阶衢皆甃以砖,与北方
不样。

表 章 用 字

客有言表章所用字,有合回互处。若"危"、"乱"、"倾"、
"覆"之类;通朝士书,如"罪出"、"忧去",甚至以"申谢"为"叙
谢"。亦以为过。及见元祐一小说,言苏明允作《权书》,欧阳
公大奇之,为改书中所用"崩"、"乱"十余字,奏于朝。哲宗尝
书郑谷《雪诗》于扇,"乱飘僧舍茶烟湿",改"乱飘"为"轻飘"。

诸 公 前 身

房次律为永禅师,白乐天海宁山;本朝陈文惠南庵,欧阳
公神清洞,韩魏公紫府真人,富韩公昆仑真人,苏东坡戒和尚,

王平甫灵芝宫。近时所传尤众,第欲印证今古名辈皆自仙佛中去来。然其说类得于梦寐渺茫中,恐止可为篇什装点之助。

东 坡 八 赋

东坡在海外语其子过曰:"我决不为海外人,近日颇觉有还中州气象。"乃涤砚焚香,写平生所作八赋,当不脱误一字以卜之。写毕,大喜曰:"吾归无疑矣!"后数日,廉州之命至。八赋墨迹,初归梁师成,后入禁中。辉在建康,于老尼处得东坡元祐间绫帕子上所书《薄命佳人诗》,末两句全用草圣,笔势尤超逸。尼时年八十余矣。又于吕公经甫少卿家见所书《伤春词》,虞部文甫,少卿父也。二墨迹屡经兵火而尚存,诚宜珍秘。吕乃申公之后。

重 湖 诗

绍兴辛酉,辉随侍之鄱阳。至南隶汤澜、左蠡,失舟,老幼仅以身免。小泊沙际,俟易舟。信步至山椒一寺,轩名重湖。梁间一木牌,老僧指似是乃苏内翰留题。登榻观之,即"八月渡重湖,兼条万象疏。秋风片帆急,暮霭一山孤。许国心犹在,康时术已虚。岷峨千万里,投老得归无"诗也。欲漫,尚可读。僧云以所处深险,人迹不到,故留至今。然律诗而用两韵,叩于能诗者,曰:诗格不一。如李诚之《送唐子方》亦两押"山"、"难"字韵,政不必拘也。而坡《歧亭诗》凡二十六句,而押六韵。或云无此格,韩退之有《杂诗》一篇二十六句,押六韵。

小　孤　祠

辉平生四泛大江，备尝艰险，共载生死，系于沉浮之间。每过龙祠，薰炉沥觞唯谨。无屋宇，但植一竿，亦致冥币于中流。至小孤山，谒庙，见幡脚及花瓶中小青蛇盘结，举首蜿蜒者甚众，祝者云神今日在庙歆享而然。归舟，夜梦入庙如仪，且口占祝文。既觉，但记"浩若川流，傥不葬于鱼腹；赫然庙貌，尚可荐于豚蹄"一联耳。

妇　女　夹　拜

男子施敬于妇女，男一拜，妇答两拜，名曰"夹拜"，古礼也。今则不然。古之男女皆跪，诗曰："长跪问故夫。"或问妇跪如何，尝闻海上之国，僧尼妇人皆作男子拜，拜尚不以为异，则跪宜有之。

狄　武　襄　像

向在建康，于邻人狄似处，见其五世祖武襄公收侬智高时所带铜面具及所佩牌，上刻真武像。世言武襄乃真武神也。又出使相判陈州告身，皆五色金花绫纸十七张，晕锦褾袋，犀轴、紫丝网皆备。后于友人欧阳俊处，得其远祖文忠公自初进擢至赠谥纶告，一无遗者，可谓故物，不愧郑公之笏。两家其能终保存耶？

青　沙　烂

武襄赴陈州，不怿，语所亲曰："青此行必死。"问其然，曰："陈州出一梨子，号'青沙烂'。今去本州，青必烂死。"一时虽笑之，未几果卒。初实戏谈，适会其死耳。似云初无此说，好事者为之。或云当时狄为都人指目，故为是无稽之言以为笑端。判陈州，竟因疑似。熙宁改元，青子谘入对，上问青征南有遗书否，乃上《平蛮记》及"归仁铺战阵"二图。上乃自为文，遣使即其第祭之。其文具载《实录》。

书　画

信安孟王仁仲，酷嗜法书名画，且能别真赝。帅建康日，知先人素从后湖苏养直征君游，托移书求仇池故砚。苏答云："抄掠之余，所存百骸九窍耳。平生长物，岂复一毫，况仇池之尤物乎？公殆索我于昔之隐几者也。"孟见之，笑曰："只是不肯见界尔。"后数年，黄山谷甥洪仲本，托先人以一画致于孟，乃枯桥上一鹰，实山房李公择尚书故物，补破处，龙眠笔题作"钟隐"。米元章《画史》云李后主号钟山隐居，疑后主笔也。而《名画录》自有钟隐，南唐人，未知孰是。或谓古画必有对，后闻并归于孟氏。钟隐，天台人，隐于钟山，遂为姓名。李方叔为赵德麟品德隅斋画，备书其艺之妙。

优　伶

韩魏公领四路招讨，驻延安。忽夜有携匕首至卧内者，乃夏人所遣也。公语之："汝取我首去。"其人曰："不忍，得谏议金带足矣。"明日，公不治此事。俄有守陴者以元带来纳，留之。或曰："初不治此事为得体，卒受其带，则堕奸人计中矣。"公叹非所及。元丰间，亦有守边者一夕失城门锁，亦不究治，但亟令易而大之。继有得元锁来归者，乃曰："初不失也。"使持往合关键，蹉跌不相入。较以纳带，似得之。岂大贤千虑，未免一失乎？延安刺客，乃张元所遣。元本华阴布衣，使气自负，尝再以诗干魏公，公不纳，遂投西夏而用事。迨王师失律于好水川，元题诗于界上僧寺云："夏竦何曾耸，韩琦未是奇。满川龙虎舆，犹自说兵机！"其不逊如此。熊子复著《九朝通略》，于康定元年书："华州进士张源逃入元昊界，诏赐其家钱米以反间之。"却用此"源"字。

神　御　殿

嘉祐中，修睦亲宅神御殿，欧阳文忠公言："祖宗庙貌，非人臣私家所宜有。"罢之。宣和间，朱勔在苏州，即私室建神御殿，奉御容其中，监司、郡邑吏，每朔望皆拜庭下。熙宁间，宗室鲁王等亦建神御于本宫。议臣谓："诸侯不得祖天子，公庙不设于私家。今宗室有祖宗神御，非所以明尊卑、崇正统也。宜一切废罢。"从之。近属王宫，尚有法禁；小臣私室，岂应得为！

蔡京东明谶

徽宗召天下道术之士，海陵徐神翁亦至。神翁好写字与人，多验。蔡京得"东明"二字，皆谓东明乃向日之方，可卜富贵未艾。后京贬死潭州城南五里外东明寺，比之六贼，独免诛戮。或谓以其当轴时，建居养、安济、漏泽，贫有养，病有医，死有葬，阴德及物所致。其然乎？当是时，有司观望，奉行失当，于居养、安济，皆给衣被器用，专雇乳母及女使之类，资给过厚，常平所入，殆不能支，致侵扰行户。宣和初，复诏裁立中制，未几遂废。

青　布　条

　　京之卒,适潭守乃其仇,数日不得殓,随行使臣辈藳葬于漏泽园,人谓得其报。此说止见于《靖康祸胎记》。宣和间,京师染色,有名"太师青"者,迨京之殓,无棺木,乃以青布条裹尸,兹其谶也。

蔡京二事 <small>母养　铸钱样</small>

　　京在相位,偶在告未出。有某氏,先在两家各生一子。后二子入从,争欲迎母归养,未知适从。事至朝廷,执政无所处,持以白京。京曰:"此亦何难,第问其母愿归何处。"一言遂决。又一岁,户部欠郊费若干,长、贰堂白,京唯唯。期逼,申言之,答以"徐之"。旋闻下文思院铸钱样,亦叵测。时富商大贾在京识事者,惩屡变盐法之害,亟以所蓄筭请钞旁。不数日,府库沛然。

玉　盏　玉　卮

　　徽宗尝出玉盏、玉卮,以示辅臣,曰:"欲用此于大宴,恐人以为太华。"京曰:"臣昔使虏,见有玉盘盏,皆石晋时物。指以示臣,谓南朝无此。今用之上寿,于理毋嫌。"

　　徽宗曰:"先帝作一小台,财数尺,上封者甚众,朕甚嘉之。此器已就久矣,惧人言复兴。"京曰:"事苟当于理,人言不足恤也。陛下当享天下之养,区区玉器,何足道哉!"其不能纳忠,大率如此。

呼子为公

京怀奸固位，屡被逐而不去。王黼切忌之，百方欲其去，乃取旨遣童贯偕其子攸往取表。京以攸被诏同至，乃置酒留贯，攸亦预焉。京以事出不意，一时失措，酒行，自陈曰："京衰老宜去，而不忍遽乞身者，以上恩未报，此二公所知也。"时左右闻京并呼其子为"公"，莫不窃笑。欲去宰辅取表，自京始。尝考晁错更汉令，诸侯喧哗。错父闻之，从颍川来，谓错曰："上初即位，公为政用事，侵削诸侯，疏人骨肉，口语多怨公，何谓也？"错曰："固也。不如此，天子不尊，宗庙不安。"父曰："刘氏安矣，晁氏危，吾去公归矣！"凡三呼其子为公，史笔书之，亦以表其失言。

失认旗

蔡攸副童贯出师北伐，有"少保节度使"与"宣抚副使"二认旗从于后。次日，执旗兵逃去，二旗亦失之。识者知为不祥。既行，徽宗语其父京曰："攸辞日，奏功成后，要问朕觅念四、五都知，其英气如此。"京但谢以"小子无状"。二人乃上宠嫔，念四者，阎婕妤也。

表忠碑

京得东坡《表忠观碑》，读至"天目之山，苕水出焉"，谓坐客曰："是甚言语？"初不知"某之山某水出焉"，郦元《水经》格也。王荆公得《表忠观碑》，顾坐客曰："似何人之文？"自又曰："似司马迁。"自又曰："似迁何等文？"自又曰："《汉兴诸侯王年表》也。"邵溥公济云：迁死，亡景帝、武帝二纪、礼、乐等书、三王世家,乃元成间褚先生补作,非迁之书也。

王荆公日录

王荆公《日录》八十卷,毗陵张氏有全帙,顷曾借观。凡旧德大臣不附己者,皆遭诋毁;论法度有不便于民者,皆归于上;可以垂耀后世者,悉己有之。尽出其婿蔡卞诬罔。其详具载陈了斋莹中《四明尊尧集》。陈亦自谓:"岂敢以私意断其是非,更在后之君子审辩而已。"故《神宗实录》后亦多采《日录》中语增修。章子厚为息女择配,久而未谐。蔡因曰:"相公择婿如此其艰,岂不男女失时乎?"子厚曰:"待寻一个似蔡郎者。"蔡甚惭。王、蔡造端矫诬,虽历千百年,众论籍籍如新,矧同时之人,宜乎议之不置。孰谓盖棺事始定耶?前说辉得于叔祖元仲。叔祖视政、宣诸名公为辈行,李丞相伯纪欲以谏官荐,不就。平生所著诗篇,艻林向伯恭为之序。

赐进士及第期集钱

熙宁五年,诏赐新及第进士钱三千缗,诸科七百缗,为期集费。进士诸科旧用甲次高下率钱,贫者或称贷于人,过于浮费,至是始赐之,后以为例。

清波杂志卷三

景 阳 台

烨居建康,春时偕一二邻曲,至内后景阳台,台之下一尼庵少憩。见若琉璃色一瓦桱,径二尺许,厚三四寸,中空,用以阁盆盎。叩之,铿然有声。尼云:近垦地得之,乃李后主用此引后湖水入宫中。虽瓦砾微物,亦有时而显晦。又至白下门外齐安院,主僧曰:近治地得一玉杯,已碎;银一铤,上刻"永定公主为志公和尚净发之资,一样十铤"。"行人问宫殿,耕者得珠玑",诚不吾欺。

金 陵 风 物

张文潜《杂书》有云:"余自金陵月堂谒蒋帝祠,初出北门,始辨色。行平野中,时暮春,人家桃李未谢,西望城壁壕水,或绝或流,多鸡鹁、白鹭,迤逦近山,风物夭秀,如行锦绣图画中。旧读荆公诗,多称蒋山景物,信不诬。"白公少客杭州,自言欲得守杭,卒如其言。予亦云与东坡跋"秦太虚夜航西湖,至普明院,舍舟从参寥并湖而行,出雷峰,度南屏,濯足于惠因涧,入灵石坞,得支径,上风篁岭,憩于龙井,始至寿星院谒辨才"一段奇事,景趣略相似,皆可以画,但恐画不就尔。烨虽未尝夜游南、北山,如金陵郊野,春游良不疏。想像文潜所历,如在目前。足不至者二十余年,特未知今复何似。

钟 山 唱 和

辉忆年及冠从父执陈彦育序游钟山,陈题三、四诗于八功德水庵之壁:"寒骑瘦马度山腰,目断青溪第一桥。尽是帝王陵墓处,野风荒草瞑萧萧。""十年尘土暗衣巾,乱走江乡一病身。西第将军成底事,北朝开府是何人?"止记其二。陈,句金人,素与先人厚善。先人尝次其韵:"雄压吴头控楚腰,千峰环拱冶城桥。黄旗紫盖旋归汉,古刹凄凉尚号萧。""北岳经行匪滥巾,相陪来现隐沦身。春萝秋桂还吾辈,白浪红尘付若人。"皆书于壁。二十年后再过之,皆不存矣。郡后化蝶之地鹿苑院,土人名为萧帝寺,寺之殿宇,犹是梁时建立者。

上 元 古 迹

建康,六朝故都。叶石林少蕴居留日,尝命诸邑官能文者搜访古迹制图经。时石橘林敏若子迈主上元簿,考最详,多以王荆公诗引证,号《上元古迹》。辉先得其书,后史志道侍郎修《建康志》,宛转借去。志成,为助良多。

新 林 名

石林至新林,因江宁尉林恪谒于道旁,忽叩新林之名,林即对乃王坦之倒执手板见桓温之地。大喜曰:"不图同僚中得一文士!"未几,以《左传》托其点抹,其见赏识如此。方欲荐用而林卒。林,开封人,绍兴戊午魁特奏名。

建 康 府 治

建康创建府治,石林委府僚伻图,再三不叶意。一旦杖策自往相视,四顾指画,遂定仪门外列六位以处倅贰职官。迨六蜚临幸,以设厅为三省,便厅为枢密院,六位为六部,次及百司,皆有攸处。其他政事精明,彼民至今能道之。石林为从祖姑之夫,烨幼及识其风度,伟人也。

避 暑 录

石林为蔡京客,故《避暑录》所书政、宣间事,尊京曰"鲁公",凡及蔡氏,每委曲回互,而于元祐斥司马温公名,何也?建炎、绍兴初,仕宦者供家状,有"不系蔡京、王黼等亲党"一项。"今日江湖从学者,人人讳道是门生",石林其矫一时之弊耶?

朔 北 气 候

绝江渡淮,过河越白沟,风声气俗顿异,寒暄亦不齐。烨淳熙丙申从使节出疆,回辕当三月中下旬,一路红尘涨天,热不可耐,若江南五、六月气候。往还经从汴都,顾瞻宗庙宫室,"不悟朝阳殿,遂作单于宫",不独兴叹于往古。以中原复中原,规恢洪业,信自有时节。烨老矣,其及见诸侯东都之会耶?

士 大 夫 好 尚

士大夫欲永保富贵,动有禁忌,尤讳言死,独溺于声色,一切无所顾避。闻人家姬侍有惠丽者,伺其主翁属纩之际,已设计贿牙侩,俟其放出以售之。虽俗有热孝之嫌,不恤也。又佩玉以尸沁为贵,酬价增数倍,墟墓之物,反为生人宝玩。是皆不可以理诘。

朝 士 去 国

四十年前,朝士遭论,径放谢辞,苍黄出关,亲厚者亦不敢相闻。迨更化之后,稍革此风,犹未敢舒肆。叔祖縣三院御史贰春官,未几罢斥。时王公元枢德言任小司空,趋局即请早出假,同列叩之,昌言答曰:"纶今日欲送周为高。"为高,叔祖字也。从列尾而至者一二耳。近时去国者,冠盖祖饯,从容理装,风俗归厚,于治世岂小补哉!括苍管诠平仲,监奏邸,坐事免官。秦丞相手封银一笏以助其归,恃此方敢留一二日。盖秦早授馆于其家,故特致此礼。

日 者 谈 休 咎

政、宣间,除擢侍从以上,皆先命日者推步其五行休咎,然后出命。故一时术者,谓士大夫穷达在我可否之间。朝士例许于通衢下马从医卜,因是此辈益得以凭依。今谈天者既出入贵人门第,揣摩时事以售其说,偶尔符合,遂名奇中。卜以决疑,卦影乃验于日后,反致人疑。死生、祸福、贵贱,各有定分,彼焉能测造化之妙!晁文元平生不喜术数之说,每谓:"自然之分,天命也;乐天不忧,知命也;推理安常,委命也。何必逆计未然哉!"

林 灵 素

宣和崇尚道教,黄冠出入禁闼,号"金门羽客",气焰赫然,林灵素为之宗主。道官自金坛郎至太虚大夫,班秩与庭臣同。灵素初除金门羽客、通真达灵元妙先生,视中大夫。后驯擢至太中大夫、冲和殿侍晨,视两府。道官同文官,编入杂压,仍每

遇郊恩，封赠父母。一日盛暑，亭午，上在水殿，热甚，诏灵素
作法祈雨。久之，奏云："四渎，上帝皆命封闭，唯黄河一路可
通，但不能及外。"诏亟致之。俄震雷大霆，霆皆浊流，俄顷即
止。中使自外入，言内门外赫日自若。徽宗益神之。宣和
末，死于温州。未死间，先自籍平日锡赉物，寄之郡帑，且为治
命，殓以容身之棺，棺中止置所赐万岁藤柱杖，封窆甚固。建
炎初，唯下温州籍其货而已。后数年，有内侍洗手刘太尉之
侄，避地至长沙，于酒肆见一驼袭丈夫，负壁而坐，熟视，乃灵
素也。刘叩："先生何为至此？"灵素曰："吾亡命尔。向不早为
此，身首异处矣。"倏失所在。灵素狡狯，幸震一时。及势衰事
变，复以谲诈遁去，异哉！后葬永嘉黄土山，先命见石龟方下
棺，开穴深数丈，果得之。

王俊乂问道

当灵素盛时，一日，有诏两学之士问道于其座下，且遣亲
近中贵监莅。灵素既升座，首诏太学博士王俊乂，久而不出。
既出，乃昌言："昔吾先圣与老聃同德比义，相为师友，岂有抠
衣礼黄冠者哉！"闻者骇然，各逡巡而罢。王，海陵人，历宰掾，
分符而终。近万元享典乡郡，虽载姓名于《图经·人物志》，偶
遗此一节。

王仔昔

时又有王仔昔者，初馆于蔡京第。属大旱，徽宗焦心祷
雨，每遣中使持一幅素纸，求仔昔书，皆为祷雨也。一日中使
再持纸至，仔昔忽书一小符，仍札其左云："焚符，汤沃而洗
之。"中使大惧，不肯受，曰："上祷雨，今得此，大谬矣。"仔昔怒

曰:"第持去!"上得之骇异,盖上默祷为宠嫔赤目者,因一沃而愈。诏封通妙先生。后以语言不逊,杀之。

生　菜

绍兴丁巳岁,车驾巡幸建康回跸,时先人主丹徒簿,排办新丰镇顿,物皆备。御舟过,止宣索生菜两篮,非所办者。官吏仓卒供进,幸免阙事。前顿传报,生菜遂为珍品。物有时而贵,世事奚不然。

吴　长　吉

吴悆,字长吉,临川人,后徙建康,早从王荆公学。谭熙、丰间旧事,亹亹不倦。与秦丞相有砚席旧,晁共道居留日,俾乡人举其孝廉。孝者,当兵火扰攘之际,供母养无缺;廉者,虽在穷约,人或赒之,有所不受。虽曰乡论素与,亦未免有所迎合。继以礼津置,赴行在所,馆于太学。未几托疾告归,初无恩数。尔后八行、孝廉之举,寂无闻焉。

琼　花

琼花,海内无二本,唐人谓"玉蕊花",乃比其色。许慎《说文》,琼乃赤玉,与花色不类。辉家海陵,海陵昔隶维扬,亦视为乡里。自幼游戏无双亭,未见甚奇异处。不识者或认为"聚八仙",特以名品素高尔。后土祠前后地土膏腴,尤宜芍药。岁新日茂,及春开,敷腴盛大,纤丽富艳,遂与洛阳牡丹并驱角胜。孔毅父尝谱三十有三种,续之者才十余种。夫岂能备,固宜有所增益。钱思公尹洛,一日,幕客旅见于双桂楼下,见小屏细书九十余种,皆牡丹名也。洛花久汗腥膻,扬花在今日尤当贵重。

金 带 围

红药而黄腰,号"金带围",初无种,有时而出,则城中当有宰相。韩魏公为守,一出四枝,公自当其一,选客具乐以赏之。时王岐公为倅,王荆公为属,皆在席,缺其一,莫有当之者。会报过客陈太博入门,亟召之,乃秀公也。酒半折花,歌以插之。四公后皆为首相。后山陈师道云。辉尝询于扬之故老,皆云初不识所谓"金带围"者,岂花与人物亦相为荣悴乎?

钱 塘 旧 景

辉祖居钱唐后洋街,第宅毁于陈通之乱,今韩蕲王府,其地也。尝见故老言:昔岁风物,与今不同,四隅皆空迥,人迹不到。宝莲山、吴山、万松岭,林木茂密,何尝有人居。城中僧寺甚多,楼殿相望,出涌金门,望九里松,极目更无障碍。自六蜚驻跸,日益繁盛,湖上屋宇连接,不减城中。"一色楼台三十里,不知何处觅孤山?"近人诗也。或云为此诗者黄姓,失其名,亦尝作《万俟丞相挽诗》,有"地下若逢秦相国,也应不说到沅湘"之句。

庐 山

天下名山福地,类因行役穷日力,且为"姑俟回程来观"之语所误,竟失一往,贻终身之恨者多矣。辉顷随侍,自番阳顺流东归,至南康阻风,留一日。乘兴游庐山,饭于归宗,旋至万杉,杉阴夹道蔽日。抵罗汉,观大鼓。未至栖贤数里,先闻三峡喷薄激射之声,动心骇目。凡山南佳处,领略粗遍。尔后一再经从,皆不暇访陈迹,至今清梦犹在岩壑间。尝有一编纪游,今亡。

挽 诗

昭慈圣献上宾,庭臣进挽歌辞,莫不纪垂箔事。一诗云"饮马驱骄虏,飞龙纪建炎。艰危三改岁,仓卒两垂帘"云云,乃中书舍人林遹词也,一时传诵。挽诗自古皆五言,至嘉祐末方有为七言者。

东 坡 祠

乾道末,晁强伯子健至毗陵,祠苏东坡于学宫。其叔少尹子止为之记,其间言坡之葬也,少公铭其墓,皆非实录。其甚者,以赏罚不明罪元祐,以改法免役怀元丰,指温公才智不足,而谓公斥逐出其遗意。称蔡确谤讟可赦,而谓公进用由其选擢。章惇之贼害忠良,而云公与之友善;林希之诬诋善类,而云公尝汲引之。子止所书如此。少公之语,志文在,可考也。其然,不其然乎?祠宇成,中置坡塑像,又遍求从壮至老及自海外归仪刑,绘于两庑。晁文元后子健为景迂生以道之嫡孙。祠堂碑后为人磨去。

东坡自海外归毗陵,病暑,著小冠,披半臂坐船中,夹运河千万人随观之。坡顾坐客曰:"莫看杀我否?"则素知彼民爱慕,坡亦眷眷此地而不忘。强伯尸而祝之之意出此。

坡 入 荆 溪

东坡初入荆溪,有"乐死"之语,盖喜其风土也。继抱疾稍革,径山老惟琳来问候,坡曰:"万里岭海不死,而归宿田里,有

不起之忧,非命也邪? 然死生亦细故尔。"后二日,将属纩,闻
根先离。琳叩耳大声曰:"端明勿忘西方!"曰:"西方不无,但
个里着力不得。"语毕而终。归老素志,竟堕渺茫,一丘一壑,
天实啬之。淳熙己酉,周益公罢相回江右,小泊荆溪,因董氏
出《楚颂帖》,乃考坡自元丰七年以后经从此地月日本末为详,
刻石具在。《楚颂》,乃坡欲种橘名亭而不遂者也。

乳　羊

英州碧落洞乳羊,饮钟乳洞水,体白如乳,遇闰方见,然不
常有也。通、泰盐地,麋食艾,生茸入药,故人极力捕猎,以邀
善价。士大夫求恣嗜欲,有养巨鹿,日刺其血,和酒以饮,其残
物命如此。尝闻宣和间,艮岳豢鹿数百千头,其大如驴。虏围
城中,尽杀以啖卫士,茸、角皆弃之。

茶　盐　表

族叔茂振以正字权外制日,秦丞相俾代作《进茶盐法表》。
继闻秦自有所改定,迨付出,所改者"不有成宪,将何靖民"八
字耳。或叩本语云:"不逮也。"后自同知枢密院责秘书少监,
分司居筠州。逾年放还,宗族劳其归,因言苏黄门亦以少蓬分
司居于筠州,云不独尔,所寓之屋亦黄门旧宅。既葬二十八
年,内翰洪公景卢方志其墓。当在枢府日,洪为编修官。

立　皇　子　诏

族叔在翰苑,一日召至中书,受旨作《建立皇子诏》,曰:
"朕荷天右序,承列圣之丕业,思所以垂裕于后,夙夜不敢康
宁。永惟本支之重,强固王室,亲亲尚贤,厥有古义。普安郡

王,寿皇旧名。艺祖皇帝七世孙也。自幼鞠于宫闱,嶷然不群,聪哲端重,阅义有立,亢于宗藩。历年滋多,厥德用茂。望实之懿,中外所闻。朕将考礼正名,昭示天下。立爱之道,始于家邦,自古帝王,以此明人伦而厚风俗也。稽考前宪,非朕敢私。"上读之称善,又令制字以赐,未几遂柄用。洪具著此文于志中,仍首载当时使事,且云效坡公所作富碑之体。

宏 词 取 人

族叔初试宏博,以所业投汤岐公。时季元衡南寿待制亦投文字,汤尝师之,初许其夺魁。一日谓季曰:"近有一周某至,先生当处其下。"既奏名,季果次焉。

七 夫 人

蔡卞之妻七夫人,颇知书,能诗词。蔡每有国事,先谋之于床第,然后宣之于庙堂。时执政相语曰:"吾辈每日奉行者,皆其咳唾之余也。"蔡拜右相,家宴张乐,伶人扬言曰:"右丞今日大拜,都是夫人裙带。"讥其官职与妻而致,中外传以为笑。烨在金陵,见老先生言,荆公尝谓:"元度为千载人物,卓有宰辅之器,不因某归以女凭藉而然。"其后蔡唯知报妇翁之知,不知掩妇翁之失,致使得罪天下后世,其于报也何有!

行 脚 僧

七夫人者,一日于看楼见一僧顶笠自楼下过,问左右:"笠甚重,内有何物?"告以行脚僧生生之具皆在焉。因叹曰:"都是北珠、金箔,能有多少!"亟使人追之,意欲厚施。其僧不顾而去,异夫巡门持钵者。

觞客欢洽

合堂同席以觞客,客非其人,则四座欢不洽,而饮易醉,返以应接为苦。《选》诗:"从军有苦乐,但问所从谁。"或欲易"从军"为"饮酒"。饮酒欲欢,无由自醉,得劝则沉湎,劝尤在乎劝侑辞逊之间。五十年前,宴客止一劝;今则巡杯止三,劝则无筭,颠仆者相属,不但沉湎而已。亦见风俗随时奢俭之不侔,然一席欢洽,全在致劝辞受之际。若杯行到手不留残,气固豪矣,于留连光景,似欠从容。是皆少年态度,老去夫何能为。

清波杂志卷四

借　　书

"借书一欤，还书一欤"，后讹为"痴"，殊失忠厚气象。书非天降地出，必因人得之，得而秘之，自示不广，人亦岂肯以未见者相假。唐杜暹家书，末自题云："清俸买来手自校，子孙读之知圣道，鬻及借人为不孝。"鬻为不孝，可也；借为不孝，过矣。然烨手抄书，前后遗失亦多，未免往来于怀。因读唐子西庚《失茶具说》，释然不复芥蒂。其说曰："吾家失茶具，戒妇勿求。妇曰：'何也?'吾应之曰：'彼窃者，必其所好也。心之所好，则思得之，惧吾靳之不予也而窃之，则斯人也，得其所好矣。得其所好则宝之，惧其泄而秘之，惧其坏而安置之，则是物也，得其所托矣。人得其所好，物得其所托，复何言哉!'妇曰：'嘻，是乌得不贫!'"烨亦云。

藏　　书

聚而必散，物理之常。父兄藏书，惟恐子弟不读；读无所成，犹胜腐烂箧笥，旋致蠹鱼之变。陈亚少卿藏书千卷、名画一千余轴，晚年复得华亭双鹤，及怪石异花，作诗戒其后曰："满室图书杂典坟，华亭仙客岱云根。他年若不和根卖，便是吾家好子孙。"亚死，悉归他人。

造请疏数

造请不避寒暑，诚可讥诮。若下位事上官，朝造夕谒，其可不循等威之分。若初非隶属，但恃雅素，趋趄日进，怀漫刺俯首樊知客辈，固多不自爱重者。"宁使讶其不来，莫使厌其不去"，是为知言。

逐　　客

放臣逐客，一旦弃置远外，其忧悲憔悴之叹，发于诗什，特为酸楚，极有不能自遣者。滕子京守巴陵，修岳阳楼，或赞其落成，答以"落甚成，只待凭栏大恸数场"！闵己伤志，固君子所不免，亦岂至是哉！张芸叟元丰间从高遵裕辟，环庆出师失律，且为转运使李察讦其诗语，谪监郴州酒。舟行，以二小词题岳阳楼："木叶下君山，空水漫漫。十分斟酒敛芳颜。不是渭城西去客，休唱《阳关》。　醉袖抚危栏，天淡云闲。何人此路得生还？回首夕阳红尽处，应是长安。""楼上久踟蹰，地远身孤。拟将憔悴吊三闾。自是长安日下影，流落江湖。　烂醉且消除，不醉何如？又看暝色满平芜。试问寒沙新到雁，应有来书。"亦岂无去国流离之思，殊觉婉而不伤也。

张芸叟迁谪

芸叟迁流远适，历时三，涉水六，过州十有五。自汴抵郴，所至留连。南京孙莘老、扬州孔周翰、泗州蒋颖叔、江宁王介甫、黄州苏子瞻、衡州刘贡父，皆相遇焉。说诗揽胜，无复行役之劳。未离江宁日，因送人入京，及同士子数辈饮饯，游清凉寺。抵暮回，属营妓数人同舟，宛转趣赏心亭。未至，闻亭上有散乐声。逼而询之,乃府公诇妓籍疏索,俾申劾之。既见共载,野服披猖,但一笑而止。今日放臣逐客,容如是乎?一段胜概,宜入画图。府公,陈和叔也。

碧 云 騢

"碧云騢者,厩马也。庄宪太后临朝,初以赐荆王。王恶其旋毛,太后知之,曰:'旋毛能害人耶? 吾不信。'留以备上闲,为御马第一。以其吻肉色碧如霞片,故云。世以旋毛为丑,此以旋毛为贵。虽贵矣,病可去乎?"梅圣俞不得志于诸公间,乃借此名著书一卷,诋讥庆历巨公。后叶石林于《避暑录》尝办乃襄阳魏泰所著,嫁之圣俞。其略谓万有一不至,犹当为贤者讳。盖亦未免置疑。邵公济,康节孙也,亦引圣俞闻范文正公讣诗云:"一出屡更郡,人皆望酒壶。俗情难可学,奏记向来无。贫贱尝甘分,崇高不解谀。虽然门馆隔,泣与众人殊。"谓为郡以酒悦人,乐奏记纳谀。岂所以论文正者,以是又疑真出于圣俞也。辉旧得《碔砆录》一编,亦若《碧云騢》,专暴人之短。为人借去不归。

能 容 于 物

王荆公初见晏元献,元献熟视无他语,但云:"能容于物,物亦容矣。"荆公唯唯,退而思之:"此语其有所出,或自为之言?"后识者谓荆公平日所短正在于此,何元献逆知其然耶?

从 官 荐 自 代

先人性坦夷,遇事即发,无一毫顾避。亲戚有初除从官来见,首询:"荐何人自代?"答以张安国。先人曰:"不易荐拔寒素,状元及第,荣进素定,何待荐也!"退而先人复言:"且如择婿,但取寒士,度其后必贵,方名为知人;若捐高赀,榜下窬状元,何难之有!"

四六翦裁

四六应用,所贵翦裁。或属笔于人,有未然,则当通情商确。建康王元枢初以中书舍人权直学士院,除试工部侍郎,仍直院,落"权"字,辞免奏札第及起曹,议者疑焉。托一故人草谢表,内一联云:"百工之事,兰省遽冒于真除;一札之书,花砖复遵于故步。"王改作散句:"兰省遽接于英游,花砖不失于故步。"翦裁固善,然"花砖"宜贴"故步",上句或谓似稍偏枯。

唐子西复官表

顷年,番江初刊成《唐子西集》,时寓公曲肱熊叔雅来见先人,偶案间置此书,顾烨曰:"曾看否?第九卷第一篇《惠州谢复官表》,首云:'始以为梦,既而果然。'语简而意足,可法也。"退而先人诲烨曰:"前辈观书,不苟简类如此。虽一览亦记篇目,后生岂可不勉!"

焦　坑　茶

先人尝从张晋彦觅茶,张答以二小诗:"内家新赐密云龙,只到调元六七公。赖有家山供小草,犹堪诗老荐春风。""仇池诗中识焦坑,风味官焙可抗衡。钻余权辛亦及我,十辈遣前公试烹!"时总得偶病,此诗俾其子代书,后误刊在《于湖集》中。焦坑产庾岭下,味苦硬,久方回甘。"浮石已乾霜后水,焦坑新试雨前茶",坡南迁回,至章贡显圣寺诗也。后屡得之,初非精品,特彼人自以为重。"包里钻权幸",亦岂能望建溪之胜。

密　云　龙

　　辉出疆时,见三节人,或携建茶,沿涂备用。而虏中非绝品不顾,盖榷场客贩全集,且能品第精粗。中下者彼既不售,乃赍以归。夷狄尚尔,矧中国士大夫好事,宜乎珍尚鉴别,每相夸诩,唯恐汲泉不活,泼乳不多,啜尝而乏诗情也。自熙宁后,始贵密云龙,每岁头纲修贡,奉宗庙及供玉食外,赍及臣下无几。戚里贵近,丐赐尤繁。宣仁一日慨叹曰:"令建州今后不得造密云龙,受他人煎炒不得也! 出来道我要密云龙,不要团茶。拣好茶吃了,生得甚意智!"此语既传播于缙绅间,由是密云龙之名益著。淳熙间,亲党许仲启官麻沙,得《北苑修贡录》,序以刊行。其间载岁贡十有二纲,凡三等,四十有一名。第一纲曰"龙焙贡新",止五十余夸,贵重如此,独遗所谓密云龙。岂以"贡新"易其名,或别为一种,又居密云龙之上耶? 叶石林云:"熙宁中,贾青为福建转运使,取小团之精者为密云龙,以二十饼为斤,而双袋谓之'双角',大小团袋皆绯,通以为赐,密云龙独用黄"云。

拆　洗　惠　山　泉

　　辉家惠山,泉石皆为几案物。亲旧东来,数闻松竹平安信,且时致陆子泉,茗碗殊不落莫。然顷岁亦可致于汴都,但未免瓶盎气,用细沙淋过,则如新汲时,号"拆洗惠山泉"。天台山竹沥水,断竹梢屈而取之盈罂,若杂以他水则亟败。苏才翁与蔡君谟辟茶,蔡茶精,用惠山泉;苏茶少劣,用竹沥水煎,遂能取胜。此说见江邻几所著《嘉祐杂志》。果尔,今喜击拂者曾无一语及之,何也?双井因山谷而重,苏魏公尝云:"平生荐举不知几何人,唯孟安序朝奉,分宁人,岁以双井一斤为饷。"盖公不纳包苴,顾独受此,其亦珍之耶?

馆伴应对

待之以礼,答之以简,与宾客言,或许是为得体。吕正献公以翰林学士馆伴北使,虏颇桀黠,语屡及朝廷政事。公摘契丹隐密询之曰:"北朝尝试进士,出《圣心独悟赋》,赋无出处,何也?"虏使愕然语塞。专对之次,虽曰合成修好,唯恐失其欢心;若彼稍乖恭顺,亦宜有以折其萌,俾知有人焉。于交邻遇客,初无忤也。

汴都旧事

祖母太夫人,慈圣之后,暇日与子孙谭京都旧事:政、宣间,以戚里数,值诞皇子,入内称贺。盛饰群立于露台,人各许携一从婢。起居毕,自殿陛上撒包子,及成束金钗金银,俾众婢争夺。或共得彩端,即裂为二。俯拾次,多遗钗珥之属,殿上观之为笑乐。有惠捷者重负而归,亦有徒手无一物者。时盛暑,以一镀金钱于御廊得水一杯。其锡赉殊不多,破费随尽。因叹南渡后不复见此盛事。曹氏分南、北宅;祖母,北宅也,为武惠燕王五世孙。

萧注人伦

萧注,字岩夫,临江新喻人。熙宁中,上殿奏对罢,上问:"今臣僚中孰贵?"曰:"文彦博。"又问其次,曰:"韩琦。"又问:"王安石如何?"注曰:"牛形人,任重而道远。"一说裕陵问:"文彦博跛履,韩琦嘶声,何为皆贵?"注曰:"若不跛履与嘶声,陛下不得而臣。"又问:"朕如何?"注曰:"龙凤之姿,天日之表,臣无得而言。"又问:"卿如何?"注曰:"陛下以为贵则贵矣,以为贱则贱矣。"注累任边要,以知人自许。上曰:"闻卿有袁、许之学。"因问韩绛、王安石、冯京,注曰:"安石牛耳虎头,视物如射,意行直前,敢当天下大事。然不如绛得和气多,惟和气能养万物。京得五行之秀,远之若可爱,近之若廉隅。"见本传。

修图经详略

近时州郡皆修图志,志之详略,系夫编摩者用力之精粗。扬州为淮甸一都会,自唐已名繁盛。向有王观通叟,考古验今,撷事千余条,效《汴都》以为赋。今馆中及扬州有本。辉每谓建康六朝故都,又为代邸兴王之地,亦应揄扬以亚《雅》、《颂》。虽闻江宁尉崔礼者尝有此作,而文不足起其事,后未有继之者。辉尝言于故人王锡老,深以为然,且有此意。未几,锡老去为潭州之土。

雁　燕

世谓雁为孤,而不曰双;燕曰双,而不曰孤。以雁属乎阳,燕丽乎阴;阳数奇,阴数耦故也。然常言"雁序"、"雁行",盖亦有时而不孤。燕虽有"于飞"之语,古今赋咏,何尝必及于双。曰孤曰双,岂止以奇耦言之耶!

两学人物

承平时,两学作成之盛,不但英才辈出,为国之华;群居燕处,虽一时谑浪之语,人皆喜闻而乐道之。尝见前辈说数事:

元祐间,敏求斋有治《春秋》陈生与宋门一倡狎。一日,会饮于曹门,因用《春秋》之文题于壁曰:"春正月,会吴姬于宋。夏四月,复会于曹。"有继其文戏之曰:"秋饥,冬大雪,公薨。"其意以谓财匮当有饥寒之厄也。此固知非典语,亦切中后生泆游迷而不返之病。

章 持 及 第

绍圣丁丑,章持魁南省,时有诗:"何处难忘酒?南宫放榜时。有才如杜牧,无势似章持。不取通经士,先收执政儿。此时无一盏,何以展愁眉?"绍兴间,秦伯旸魁多士,汪彦章启贺其父,以"南宫进士"对"东阁郎君",尚疑为讥己,其敢显斥如前之诗乎?韩持国维宝元间偕兄弟应进士举,预南省奏名。而下第士子有"韩家四子连名"之嘲,盖以其父忠宪公见在政路也。时殿试尚黜落,有司因故黜之。公后遂不复试,而兄弟皆再登第。故潞公荐公,谓南省曾预高荐。继历内外制,知贡举,至登门下省,不更赐出身。初亦召试玉堂,不就。公之五世孙元吉尚书,特书此于《桐阴旧话》甚详。贵游子弟,当考其素业,不应例待以膏粱。唐李德裕初不繇科甲显。

赐 监 生 酒

元丰间,驾往国子监,出起居,有旨:人赐酒二升。诸斋往往置以益之,曰:"奉圣旨得饮。"遂自肆,致有乘醉登楼击鼓者。因是遇赐酒即拘卖,以钱均给。以是知自昔国学有酒禁也。

倭　国

　　辉顷在泰州,偶倭国一舟飘泛在境上,一行凡三、二十人,至郡馆穀之。或询其风俗,所答不可解。旁有译者,乃明州人,言其国人遇疾无医药,第裸病人就水滨杓水通身浇淋,面四方呼其神请祷,即愈。妇女悉被发,遇中州人至,择端丽者以荐寝,名“度种”。他所云,译亦不能晓。后朝旨令津置至明州,趁便风以归。

茶　器

　　长沙匠者造茶器极精致,工直之厚,等所用白金之数。士夫家多有之,置几案间,但知以侈靡相夸,初不常用也。司马温公偕范蜀公游嵩山,各携茶往。温公以纸为贴,蜀公盛以小黑合。温公见之,惊曰:“景仁乃有茶器!”蜀公闻其言,遂留合与寺僧。茶宜锡,窃意若以锡为合,适用而不侈;贴以纸,则茶味易损。岂亦出杂以消风散意,欲矫时弊耶?《邵氏闻见录》云:温公尝同范景仁登嵩顶,由轘辕道至龙门,涉伊水,至香山,憩石楼,临八节滩,凡所经从,多有诗什,自作序,曰《游山录》。携茶游山,当是此时。

吕申公茶罗

　　张芸叟云:吕申公名知人,故多得于下僚。家有茶罗子,一金饰,一银,一棕榈。方接客,索银罗子,常客也;金罗子,禁近也;棕榈,则公辅必矣。家人常挨排于屏间以候之。申公,温公同时人,而待客茗饮之器顾饰以金银分等差,益知温公俭德,世无其比。

史 传 是 非

史传褒贬，成是败非，其来有素。人之行，孰先于孝悌。项羽欲烹太公，汉高祖发"分羹"之言，其于孝也何有？唐太宗以藩王夺长嫡，推刃同气，其于悌也何有？脱使项羽、建成有分羹、推刃之恶，史册何以书之？特高祖、太宗，功胜于德耳。

辟 置 幕 属

建、绍兵兴日，帅臣许辟置幕属。既素为知己，其于婉画，裨助惟多。今惟四川制帅如故事，他皆命于朝，宾主邈不通情，殆与郡县官等。阃寄兵谋，无从咨访；川泳云飞，岂复有相得之乐！缓急利害，既不相及，相忘于江湖，宜也。太原名"小朝廷"，盖以得客之多。范文正公亦有言："幕府辟客，须可为己师者乃辟之；虽朋友亦不可辟。盖为我敬之为师，则心怀尊奉，每事取法，庶于我有益耳。"庞庄敏守郓、守并，皆辟司马温公为通判。罗致大贤佽助，一时皆然。

修 锁

韩魏公门人有击关夜出者，阍吏不得辂，诘旦以锁损诉于公。公曰："锁不堪用，付市买修来！"滕达道为范文正公客，公镇南阳，每宴客，达道必出追妓。文正虽不乐，终不禁也。时谓非二公之贤，岂容不拘小廉曲谨之士。前哲宽厚类如此，是亦报杜书记平安之义。

宫 人 斜

唐内人墓谓之宫人斜，宫人斜见宋次道《春明退朝录》。四时遣使祭之。"唯应四仲祭,使者暂悲嗟"。令狐楚诗也。"荒凉城南奉先寺,后宫美人官葬此。角楼相望高起坟,草间柏下多石人。秩卑埋骨不作冢,青石浮屠当丘垅。家家坟上作享亭,朱门相向无人声。树头土枭作人语,月黑风悲鬼摇树。宫中养女作子孙,年年犊车来做主。废后园陵官道侧,家破无人扫陵域。官家岁给半千钱,街头买饼作寒食"。此元丰中张文潜《留题奉先寺》诗。煇季女葬临安北山僧舍,四五年来,每值春时往视,寺之两庑,皆内人殡宫。徘回次,未尝不长哦此诗也。煇复得历阳所刊唐《张文昌乐府》,《北邙山篇》云:"洛阳北门北邙道,丧车辚辚入秋草。车前齐唱《薤露歌》,高坟新起白峨峨。朝朝暮暮人送葬,洛阳城中人更多。千金立碑高百尺,终作人间柱下石。陇头松柏半无主,地下白骨多于土。寒食家家送纸钱,鸱鸢作窠巢上树。人居朝市未解愁,请君暂向北邙游。"古今名胜,赋咏孰工,览者当自得之。

独　活　石　脾

王右军帖云:"独活无风则摇,有风不动;石脾入水则干,出水则湿。"出水则湿可见,入水则干何自知之?近年《夷坚戊志》序,其略云:叶晦叔闻于刘季高:有估客航海,不觉入巨鱼腹中,未能死,遇其开口吸水时,适木工在,乃取斧斫斫鱼。鱼觉痛,跃身入大洋,举船人及鱼皆死。或戏难之曰:"一舟皆死,何人谈此事于世乎?"颇类前说。

清波杂志卷五

陈　东

陈东,字少旸,太学生。所上封事主李伯纪丞相,力诋汪、黄,建炎元年,死于应天府。被逮之际,作遗书寄其家,区处后事甚悉。死生之变亦大矣,神识殊不乱。其帖今在其外孙括苍潘景夔家。顷年,许右丞翰为作哀辞,具著本末。少旸初不识李丞相,李念伯仁因我而死,祀之家庙。同时上书被行遣者欧阳彻,抚州人。高宗临朝,尝曰:"朕即位听用非人,至今痛恨之。虽已各赠承事郎,与有服亲迪功郎一名,犹未足称朕悔往之意,可各赠朝奉郎、秘阁修撰,更与恩泽二名,拨赐官田十顷。"建炎三年,又诏:"张悫,古之遗直;陈东,忠谏而死。二人皆葬镇江府界,可令本郡致祭。"呜呼,哀恤之典至矣!少旸死之后,其家但仰给赐田。彻字德明,靖康初房犯阙,请质二子二女而使穹庐,御亲王以归,不报。死时年三十三。又有进士徐晖,乞借官入房奉亲王归,诏假晖通直郎往使,亦卒无闻。

兰　亭　序

《兰亭序》"丝竹管弦",或病其说;而欧阳公记真州东园"泛以画舫之舟",南丰曾子固亦以为疑。

文　体 二

"司马迁文章所以奇者,能以少为多,以多为少。唯唐陆宣公得迁文体。"苏子容魏公云。

"为文之体,意不贵异而贵新,事不贵僻而贵当,语不贵古而贵淳,事不贵怪而贵奇。"宋元献公序云。

夕阳楼

中山府有夕阳楼,辉出疆日,骑马自楼下过。在城之隅,规制甚小。然郑州亦有夕阳楼。临安、颍州、汉州皆有西湖;建康有赏心亭,扬州亦有赏心亭。名虽同而显晦异。尝记小词:"夕阳楼上望长安,凭栏干。"或改为"凭栏干,望长安",谓中山夕阳楼也。沈存中云:"章华台、乾溪,亦有数处。"

重刻醉翁亭记

淮西宪臣霍汉英奏:欲乞应天下苏轼所撰碑刻,并一例除毁。诏从之。时崇宁三年也。明年臣僚论列:司农卿王诏,元祐中知滁州,谄事奸臣苏轼,求轼书欧阳修所撰《醉翁亭记》,重刻于石,仍多取墨本,为之赆遗,费用公使钱。诏坐罪。汉英遗臭万世,臣僚亦应同科。政和间,潭州倅毕渐亦请碎元祐中诸路所刊碑。从之。

大观东库

大观东库物,有入而无出,只端砚有三千余枚。张滋墨,世谓胜李庭珪,亦无虑十万斤。

蜂　　儿

蔡京库中,点检蜂儿见在数目,得三十七秤;黄雀鲊自地积至栋者满三楹,他物称是。童贯既败,籍没家资,得剂成理中圆几千斤。"胡椒铢两多,安用八百斛?"今古所纪一律。

徐　东　湖

东湖徐师川俯绍兴初繇谏垣迁翰苑,赞幾命。烨乾道丁亥在上饶,从公季子珪游,因叩家集,云诗已板行,他无存者。久而得奏议于残编断简中,猥并错乱,不可读,乃为整缀成十卷,附以杂文一卷,写以归之。公视山谷为外家,晚年欲自立名世,客有赞见,盛称渊源所自,公读之不乐,答以小启曰:"涪翁之妙天下,君其问诸水滨;斯道之大域中,我独知之濠上。"及观序《修水集》"造车合辙"之语,则知持此论旧矣。

二　道　人

东坡南迁,度岭,次于林麓间,遇二道人,见坡即深入不出。坡谓押送使臣:"此中有异人,可同访之。"既入,见茅屋数间,二道人在焉,意象甚潇洒。顾使臣:"此何人?"对以苏学士。道人曰:"得非子瞻乎?"使臣曰:"学士始以文章得,终以文章失。"道人相视而笑,曰:"文章岂解能荣辱,富贵从来有盛衰。"坡曰:"何处山林间无有道之士乎!"烨顷得诗话一编,目曰《汉皋》。王季羔端朝尝借去,亲为是正,亦言不知何人作。前说,《汉皋》所书也。一小说云:汉皋,张姓,不得其名。

海 棠 诗

东坡在黄冈,每用官奴侑觞。群姬持纸乞歌词,不违其意而予之。有李琦者独未蒙赐,一日有请,坡乘醉书"东坡五载黄州住,何事无言赠李琦",后句未续,移时乃以"却似城南杜工部,海棠虽好不吟诗"足之,奖饰乃出诸人右。其人自此声价增重,殆类子美诗中黄四娘。

朔 庭 苦 寒

使虏者,冬月耳白即冻堕,急以衣袖摩之令热,以手犀即触破。烨出疆时,以二月旦过淮,虽办绵裘之属,俱置不用。亦尝用纱为眼衣障尘,反致闭闷,亦除去。然马上望太行山,犹有积雪。同涂官属有至黄龙者,云燕山以北苦寒,耳冻宜然。凡冻欲死者,未可即与热物,待其少定,渐渐苏醒,盖恐冷热相激。

秀 水 闲 居 录

雪川朱鲁公丞相,著《秀水闲居录》,一编之内,于南渡诸公行事,贬驳殆无全人。其公论耶,私意耶? 必有能辨之者。

名 贤 辈 行

自昔名贤,严于辈行,尤笃通家之好。子弟见父执必拜,或立受,或答半礼,呼以排行,或称小字。书问以从表兄叔自处。尝记秦楚材内翰守宣城,一族叔见于公厅稠人中,叙至次,乃举小字以审之。今则拜礼施于显宦,则有佞贵之嫌,为父执者,亦恐凭藉而为我累,通家之契替矣。

劣　　丈

王元之之子嘉祐，为馆职，平时若愚呆，独寇莱公知之，喜与之语。一旦，问嘉祐曰："外人谓劣丈云何?"嘉祐曰："外人皆云丈人且夕入相。"莱公曰："于吾子意何如?"嘉祐曰："以愚观之，丈人不若未为相为善，相则誉望损矣。"自称为"劣丈"，未之前闻。

家　　塾

典家塾难，其人严则利于子弟而不能久，狎则利于己而负其父兄之托。顷一巨公招客训子，积日业不进，踧踖欲退。巨公觉之，置酒，泛引自昔名流后嗣类不振，且曰："名者，古今美器，造物者深吝之，前人取之多，后人岂应复得!"士人解悟，其进遂安。张无垢子韶云："某见人家子弟醇谨及俊敏者，爱之不啻如常人之爱宝，唯恐其埋没及伤损之，必欲使之在尊贵之所。故教人家子弟，不敢萌一点欺心，其鄙下刻薄，亦为劝戒太息而感诱之。此平生所乐为者。今教子弟，乃以主人厚薄为隆杀，亦可笑矣!"浑然忠厚之气，可敬而仰之。

发蒙师

或谓童稚发蒙之师，不必妙选。然先入者为之主，亦岂宜腐腐。世谓《初学记》为"终身记"，盖亦此意。

渡金山

韩蕲王在镇江，一日抵晚，令帐前提辖王权至金山，仍戒不得用船渡。恳给浮环，偕一卒至西津，遂浮以渡。登岸，寺

僧叵测，疑为鬼物。诘得其详。以手加额，因指适所历处，皆
鼋鼍窟穴。曰："官既不死，他日必贵。"权后果建节。

军 中 饮

蕲王每与军官饮，用巨觥无筭，不设果肴。王权一日窃怀
一萝卜，蕲王见之，大怒曰："小子如此口馋！"俾趋前，以手按
其额，痛不可忍，随成痕肿，既乃复与之饮。二说得于权之子
处智。

荐 二 帅

张循王罢兵柄就第，一日，秦丞相召相见，言："有少事烦
郡王，建康、镇江军皆阙主帅，请荐其人。"唯唯而退。越旬申
言之，张辞以居闲之久，旧部曲不相闻，未有可荐者。秦曰：
"教郡王荐翰林学士，则难；荐将帅，职也。"张逼不得已，以刘
宝、王权名上。二人皆旧隶韩王军。

幸 第

绍兴驾幸循王第，过午尚从容，循王再三趣巨铛辈乞驾早
归内，皆莫测所以。他日，有叩之者，答曰："臣下岂不愿万乘
款留私第为荣，但幸秦太师府时，未晡即登辇。"闻者叹服识虑
高远。二说得于循王之侄子安。

随 侍 子 弟

子弟随侍父兄显宦，不患人事不熟，议论不高，见闻不广，
其如居移气、养移体何。一但从仕，要当痛锄虚骄之气。昔之
照壁后訾相人物、指摘仪度，见其或被上官诋诃、进退失措者，

莫不群笑，声闻于外，及今趑趄客次，庭揖而升，回视照壁后窃
窥者，即前日之我也。

丹砂变雉

李才元大临，元祐间知汝州，时辰州贡丹砂，道叶县，遗其
二箧，乃化为二雉，斗山谷间。耕者获之。人疑其盗，县械送
州。才元识其异，讯得实，始免耕者。砂能变化，可谓异矣。
夫识其异，其谁嗣之？

茶　山　诗

"似病元非病，求闲方得闲。残僧六七辈，败屋两三间。
野外无供给，城中断往还。同行木上座，相与住茶山。"乃曾吉
甫侍郎诗。茶山，上饶名刹也。辉在上饶三四年，日从寓士
游，遍历溪山奇胜。廖明略、徐师川、吕居仁、郑顾道、曾宏甫
诸公，风流未远，邦人类能道之。辉尝欲衷集赋咏为一编，目
为《玉溪唱酬》，以侈一时人物之盛，因循不克成。

封　　妾

"白屋同愁，已失凤鸣之侣；朱门自乐，难容乌合之人。"唐
郑光镇河中，宣宗欲封其妾为郡夫人，上表辞焉，书记田绚之
辞也。宣宗大喜，曰："谁教阿舅作此好文？"左右以绚对，便欲
以翰林召之，以不繇进士，遂止。今士大夫肆情昵爱，恨无自
以致其上僭，肯辞朝命乎？顷年见长上说元符间章子厚作相，
宗室宗景请再娶，乃以嬖妾出之于外，而托言仕族女。事闻，重
黜之。得不有愧于郑光乎？

定　　器

　　辉出疆时，见房中所用定器，色莹净可爱。近年所用，乃宿、泗近处所出，非真也。饶州景德镇，陶器所自出，于大观间窑变，色红如朱砂，谓荧惑躔度临照而然。物反常为妖，窑户亟碎之。时有玉牒防御使仲楫，年八十余，居于饶，得数种，出以相示，云：比之定州红瓷器，色尤鲜明。越上秘色器，钱氏有国日供奉之物，不得臣下用，故曰“秘色”。又尝见北客言：耀州黄浦镇烧瓷，名耀器，白者为上，河朔用以分茶。出窑一有破碎，即弃于河，一夕化为泥。又汝窑，宫中禁烧，内有玛瑙末为油，唯供御拣退，方许出卖，近尤艰得。

辛　巳　扰　攘

　　绍兴辛巳冬，胡马饮淮，辉在建康城中。南北既交兵，捷音日驰，后生辈喜跃，独老成人有忧色，言顷岁扰攘，三镇失守，何尝不日报捷于外路。一日，传房酋有来日早炊玉麟堂之语，闻者震骇。且日见俘获系路，气象不佳。未晡，坊巷皆执兵捍卫，如是者一月。未几，遂有“鸣镝”之变，为夷狄戒，天意也。孔常甫武仲云：石氏时，胡王死，其母囚，后又助北汉拒周，诸部力谏，而房主强之，燕王述轧因众心弑房主而自立。干纪妄动，其报如此。与完颜亮之事同。

李宝海道立功

　　李宝海道与房人战，见其舟皆以油缣为帆，舒张如锦绣，未须臾，喷涛怒浪，卷聚一隅。此以火箭环射之，箭之所及，烟焰随发。既败，走捷以闻。遣使锡赍甚渥，赏功建节，御书“忠勇李宝”四字于金缠干旗上以宠之。

修 敬 祠 堂

方务德侍郎,受知于张全真参政。后每经毗陵,必至报恩院张之祠堂祭奠,修门生之敬,祝文具在。洪庆善尝入梁企道阁学幕府,后守番阳,企道夫人尚在,岁时亦以大状称“门生”以展贺。士夫并为美谈。张文节知白在桑赞幕下,桑识其必贵。祥符中,文节为京西漕,桑已死,葬济州,奏乞每遇寒食至桑墓拜扫。诏可之。狄武襄青受范忠献之知,每至范氏,必拜于家庙,入拜夫人甚恭,以郎君之礼事其子弟。狄乃武将能知义不忘恩,可书也。先人云:前辈闻知己讣音,必设位以哭。东坡诗:“白酒真到齐,红裙已放郑。”谓有香泉一壶,为乐全先生服,不作乐。后汉董翊举孝廉,为须昌令,闻举将丧,解官归。唐杜审言为崔融所奖引,融死,杜为融服缌麻。裴任与郑馀庆友善,任卒,郑为行服,见孔常父《杂记》。

寿 酒

洪守番江日,先人为郡幕,时祖母留乡里,洪每值正、至,必以书送寿酒,外题“状上太夫人”,凡僚属有亲者皆然。先人既以书谢,翌日再展状谢。此等礼数,度前哲常行之,特今为创见。

贯 休 罗 汉

向见苏后湖之子扶携古画罗汉十有六入关,出以相示,且云:“家世珍藏,殆百余年。大父昔在庐山下,一日,闻山谷先生在山中,亟携画谒之,求题尊者名号。时死心禅师住归宗,一见笑曰:'夜来梦十六僧求挂搭。'命洒扫新浴室陈焉。死心倡之,山谷书之。"扶又言:家有码磁盂,用以日饭一尊者,一失具饭,太夫人夜必梦求斋。其灵异如此。尝与友生葛庆长力赞其藏去,以俟识者。后闻归京尹赵渭师矣。继闻赵复有所献。庆长恐此画不再觌也,乃约韩体作《罗汉画记》。辉在上饶玉山,见贯休所画十六罗汉像,世传有三本,独此为真。辉不识画,未敢为然。贯休初画古罗汉止十五尊,或以为问,乃以己貌足之。

清 晓 图

米元晖善画,能以古为今,盖妙于薰染缣素。先人在丹徒,米尝以自画《寒林》见予,为好事者袖去。先人复得于元晖少年所作《楚山清晓图》,尝上于御府,今犹可想像为之,病懒,未暇也。

牧 牛 影

元晖尤工临写。在涟水时,客鬻戴松《牛图》,元晖借留数日,以模本易之,而不能辨。后客持图乞还真本,元晖怪而问之曰:"尔何以别之?"客曰:"牛目中有牧童影,此则无也。"江南徐谔得画牛,昼啮草栏外,夜则归卧栏中。持以献后主煜,煜献阙下。太宗示群臣,俱无知之者。惟僧赞宁曰:"南倭海水或减,则滩碛微露,倭人拾方诸蚌,腊中有余泪数滴,得之和色著物,则昼隐而夜显。沃焦山时或风烧飘击,忽有石落海岸,得之滴水磨色,染物则昼显而夜晦。"牧童影岂亦类此而秘其说?

王右军帖

老米酷嗜书画，尝从人借古画自临搨，搨竟，并与真赝本归之，俾其自择而莫辨也。巧偷豪夺，故所得为多。东坡《二王帖跋》云："锦囊玉轴来无趾，粲然夺真疑圣智。"因借以讥之。旧传老米在仪真，于中贵人舟中见王右军帖，求以他画易之，未允。老米因大呼，据舷欲赴水，其人大惊，亟畀之。好奇喜异，虽性命有所不计，人皆传以为笑。

唾　砚

曾祖殿撰，与元章交契无间，凡有书画，随其好即与之。一日，元章言："得一砚，非世间物，殆天地秘藏，待我而识之。"答曰："公虽名博识，所得之物真赝居半，特善夸耳。得见乎？"元章起，取于笥。曾祖亦随起，索巾涤手者再，若欲敬观状，元章顾而喜。砚出，曾祖称赏不已，且云："诚为尤物，未知发墨如何？"命取水，水未至，亟以唾点磨研。元章变色而言曰："公何先恭而后倨？砚污矣，不可用，为公赠。"初但以其好洁，欲资戏笑，继归之，竟不纳。陈通乱后，偕古大悲、雷琴莫知所在。米老尝有题跋云："侍讲仁熟携顾、陆真迹、保大琴会于米老庵。"即此画，并《女孝经》是也。曾祖字仁熟，时守京口。唾砚事，吴虎臣《漫录》误书为东坡。

世　德　碑

曾祖视王荆公为中表，既干撰上世墓志数种，托元章书之，凡书三本，择一以入石，号《周氏世德碑》，置于杭州西湖上，文并书名"二绝"。绍兴初，某人尹京，欲磨治改刻他文。

偶族叔祖元仲与之素厚,争之力,责以大义。尹曰:"初不知是公家物。"叔祖曰:"脱非某家物,介甫之文,元章之字,可毁乎?"尹谢焉。不然,危不免金石之厄。今在南山满觉院,客打碑而卖者无虚日。

清波杂志卷六

不书温成碑

仁宗御制《元舅陇西郡王碑》文,诏蔡襄书之。其后命学士撰《温成皇后碑》文,复诏以书,辞不奉诏,曰:"此待诏职也。"蔡京政和间以师臣之重撰《明节皇后墓铭》并记,书与题盖皆出于己而不知辞。近方见其墨迹于士友处,云得于鬻书者。时历七八十年尚存,许久无采取者,岂憎人憎及储胥耶?

榷 酤

榷酤创始于汉,至今赖以佐国用。群饮者唯恐其饮不多而课不羡也,为民之蠹,大戾于古。今祭祀、宴飨、馈遗,非酒不行。田亩种秫,三之一供酿财面糵,犹不充用。州县刑狱,与夫淫乱杀伤,皆因酒而致。甚至设法集妓女以诱其来,尤为害教。龟山杨中立虽有是说,徒兴叹焉,曾无策以革其弊。

经 总 制 钱

创比较酒务及收头子、牙契等钱,号"经制钱",以助军费,宣和末陈亨伯起请也。后至绍兴五年,仿此亦收"总制钱"。初,陈经制两浙、江东,属杭州。陈通乱后,州县一切调度,悉资移用。乃增添糟酒及牙契等费充经制移用钱,至今行之。陈后知中山府,死于兵。《陈亨伯传》书收"总制钱"自翁彦国始,熊子复所著《通略》辩其误。

元祐诸公日记

元祐诸公皆有日记,凡榻前奏对语,及朝廷政事、所历官簿、一时人材贤否,书之惟详。向于吕申公之后大虬家得曾文肃子宣日记数巨帙,虽私家交际及婴孩疾病、治疗医药,纤悉毋遗。时属淮上用兵,扰扰不暇录,归之。后未见有此书。

北 郊 斋 宫

绍圣北郊斋宫告成,卜日乘舆出观。宰执奏:"臣等愿预一观。"翊日从驾幸北郊,仪卫兵仗如金明。凌晨微风霾,即开霁。进食,召两府、亲王入受福殿。既升殿,上由东朵殿步过东西庑,行自西朵殿还御座,宰臣以下从行。降殿召赐茶,又赐香药、小团茶,卫士以下皆赐花。晚召宰执、从官赐茶于明禋殿,退,升辇还内。北郊斋宫即会圣园为之,殿门与殿皆曰明禋,明禋之后乃受福殿。受福殿凡九间,东、西两朵殿各三间,又两挟屋三间。旁各有两阁:东曰司衣,曰司饰;西曰司寝,曰司仗。后有坤珍殿,嫔御在焉。坤珍后又有水殿、池沼、园囿,皆臣寮所不到也。其西又有观谷殿,曰登成。后又有更衣殿,有便门连斋宫后。一日,宰执奏事,因言北郊特恩宣召,获与荣观。上笑曰:"殿宇亦别无华饰。"上又云:"外议谓使了多少金薄也!"故事:郊宫无屋,旋施幄帟,风雨不除。上命缮营。章惇以为斋宫金碧相照,非所以事天地也。上曰:"三岁一郊,次舍费缣帛三十余万,又倍之,易以屋宇,所省多矣。且斋明以事天地,而为浮侈,朕岂不知之!宫近在城外,耳目所接,何尝有此!"于是临幸,引惇遍视,上曰:"有金碧之饰乎?"

惇惭谢。

卖卦陈 二说

　　徽宗在潜邸,密使人持诞生年月,俾术人陈彦论之。彦一见,问:"谁使若来?"再三诘之,乃告以实。彦曰:"覆大王:彦只今闭铺,六十日内望富贵。"后以随龙官至节钺,其验如此。都人目曰"卖卦陈"。时又见郭天信者,亦以术显。靖康之祸,其有以炎正中否之兆告上者乎?时识者皆知必致夷虏乱华,不谓如是之速,如是之酷!

　　一说:端邸闻相国寺陈彦明数学,谈禄命如神,令人持生年密问之,彦乃屏人告以"大横"之兆,且云事应在两月后,至期果验。初欲官以京秩,继乃补西班,积官至节钺。政和全盛时,或云彦尝以运数中微密告于上,徽宗为作石记,埋宣和殿下。又云彦亦有兄为辟雍士。前后二说不同,乃并书之。

上 元 二 诗

　　东坡《上元诗》:"前年侍玉辇,端门万枝灯。璧月挂罘罳,珠星照觚棱。去年中山府,老病亦宵兴。牙旗穿夜市,铁马响春冰。今年江海上,云房寄山僧。亦复举膏火,松间见层层。散策桄榔林,林疏月鬅髿。使君置酒罢,箫鼓转松陵。狂生来索酒,一举辄数升。浩歌出门去,我亦归蓍腾。"王初寮履道《象州上元诗》:"二年白玉堂,挥翰供帖子。风生起草台,墨照澄心纸。三年文昌省,拜赐近天咫。红蓼衅御盘,金幡袅宫蕊。晚为日南客,环堵隐乌几。朝来闻击鼓,土牛出城市。幽怀不自闲,欲逐春事起。安得五亩园,种蔬引江水。"二篇之诗,先后而作,何语意切类如此。辉在番江,于初寮孙稷处得公自监大名仓洎被遇登两地、建节帅燕遗文未板行者,如《睿谟殿曲宴》及《赏橘》律诗各百韵,铺张太平盛事,皆在焉。亦尝见《立春》诗墨迹于洪成季尚书家。

初寮曲宴百韵

初寮进《曲宴诗》,序云:"臣比蒙圣恩,召赴禁殿曲宴。其日,垂拱奏事,退俟于睿谟外次,花巾丝履,进自东序,促武再拜,升即坐席。女乐数千陈于殿廷南端,袍带鲜泽,行缀严整。酒行歌起,音节清亮,乐作舞入,声度闲美,俱出于禁坊法部之右。于时腊雪新霁,风日研暖,已作春意。御榻之前有宝槛,植千叶桃花,陛下指示群臣曰:'杪冬隆寒,花已盛开。'于是皆顿首曰:'陛下神圣,能回造化,草木实被生成之赐,乃先时呈瑞,以悦圣情。'日既中昃,甫毕初筵,有旨许登景龙楼,由穆清庑外阁道以升。东望艮岳,松竹苍然;南视琳宫,云烟绚烂。其北则清江长桥,宛若物外。都人百万,遨乐楼下,欢声四起,尤足以见太平丰盛之象,群臣颂叹久之。既夕,复诏观灯于穆清,遂侍宴于平成,万炬层出,弥望不极,如星挂空,而光彩动摇于云海涛波之上。户牖、屏柱、茶床、燎炉,皆五色琉璃,缀以夜光火齐,照耀璀璨,纵观环绕,则又睹合宫萧台,崇楼杰阁,森罗布濩。群臣心目震骇,莫有能测其机械制作之妙。已而陪从天步,至会宁殿,琼铺珠箔,合沓炳焕,其所陈则虞_{御名音同}夏鼎,商盘纪甗,龙文甍首,云雷科斗,真若邃古三代之物。陛下既御黼坐,亲取宝器,酌酒临劝,命宫嫔奏细乐于前,玉食嘉果,南珍海错,手自分赐。载色载笑,雍容无间。群臣饮德,莫不沾醉。夜分乃散,归路观者如堵。他日称谢,陛下申谕一二辅臣,俾作诗以纪,而臣安中预焉。臣猥以凡材,蒙陛下亲擢，备位政府，曾未阅月，有此非常之遇。形容颂述，虽无诏音，犹当自效。惟是钧天帝所，昔人梦寐或有形开而悟，想象莫及；而臣今者身历邃严，目击奇胜，顾尝以文字误被圣奖，且面命之，其荣至矣。"后尚有二十余字，常词也。书之以见国家闲暇，湛露惠慈之盛。《赏橘》之序亦若是焉。曾端伯得于李汉老之子，《曲宴诗》乃其父所作；刘季高云乃王履道也。曾亦疑焉。以此序考之，何疑之有！

符　离　府　库

隆兴改元夏，符离之役，王师入城，点府库，有金一千二百两，银二万两，绢一万二千匹，钱二万五千贯，米、豆共六万余石，布袋十七万条。见《符离记》。

外　国　章　表

外国表章类不应律令，必先经有司点视，方许进御。宝元间，遣屯田员外郎刘涣奉使唃厮啰，番中不识称朝廷，但言"赵家天子"及"东君"、"赵家阿舅"，盖吐蕃与唐通姻，故称"阿舅"，至今不改。政和间，从于阗求大玉，表至，示译者，方为答诏。其表有云："日出东方、赫赫大光、照见西方五百里国、五百国内条贯主黑汗王，表上日出东方、赫赫大光、照见四天下、四天下条贯主阿舅大官家：你前时要者玉，自家甚是用心，只为难得似你底尺寸，自家已令人两河寻访，才得似你底，便奉上也。"元丰四年，于阗国上表称"于阗国偻儸大福力量知文法黑汗王，书与东方日出处大世界田地主汉家阿舅大官家"云云，如此等语言，恐藩服自有格式。

玛　瑙

政和三、四年间，府畿汝、蔡之间所出玛瑙，尚方因多作宝带、器玩之属。至宣和以后，御府所藏往往变而为石，成白骨色，悉为弃物，民间有得之者。竟莫测所以，特纪异尔。

不 除 太 常 卿

绍兴间，张扶少持繇右正言除太常卿。翌日，宰执奏太常卿班高，故事不除，改国子祭酒。时祭酒虚位亦久，前驺接呼，赴监供职。学前居民惊惧，曰："官来捕私酒！"传以为笑。元丰改官制，谏议大夫换太中大夫，前呵曰："太中来！"都人骇避曰："大虫来！"则知前已有此说。

养 生 修 身

"神虑淡则血气和，嗜欲胜则疾疹作。"唐处士张皋云。是为养生之要。范忠宣公亲族间子弟有请教于公者，公曰："惟俭可以助廉，惟恕可以成德。"是笃修身之要。皆可铭于坐右。

辉僦居毗陵，屋后临河，地无尺许，俾仆治篱，方埋柱去浮土，见成贯小钱，止露四镮于外，仆亟手之，仅得十三，余随缩入地。仆复运锄，了无一物。信知无妄之财，不容辄取。十三钱置于佛室，寻失所在。昔洛中第宅求售，评直外复索掘屋钱，盖其下多有宿藏。张文孝右丞买宅，既偿其贾，复随所索与之。迨入宅，掘地得一石匣，刻镂甚工巧，中有黄金数百两，正酬售屋之直。

大理伪贡

曾祖侍绍圣经筵，至政和五年，以右文殿修撰知桂州。时归明人观察使黄璘措置广西边事，招徕大理国进奉，朝廷疑之，下本路帅臣究实。曾祖抗章言伪冒，忤蔡京意，乃落职宫祠。宣和改元，事白，黄璘得罪。御笔："周禾旁立里。首言其伪，责命改正，与理元断月日。"绍兴三年，宰执进呈广西宣谕明橐奏大理国进奉及卖马事，高宗曰："远方异域，何由得实，彼云进奉，实利于贾贩。进奉可勿许，令卖马可也。"宰臣奏："异时广西奏大理人贡事可为鉴，当日言者深指其妄，黄璘以是获罪。"盖谓是也。当亦载于《国史》。

送邹道乡

右正言邹公浩因言事贬谪，蔡卞奏乞治浩亲旧送别之罪。哲宗不从，三次坚请，乃置狱。谏议龚公夬云："周某与方天若私论邹浩事，某以为难。天若非之，遂以语蔡京，京遽以闻，由是某等得罪。自尔，附会之人肆为攻讦，立起奸狱，多斥善士，天下冤之。皆京与天若为之也。盖某与京始善而终睽，故京私欲报之。"龚之谏疏，大略如此。以是知曾祖忤京，大理事特其一耳。故当京、卞用事日，一斥不复，而终外补云。

御炉炭

南渡后，有司降样下外郡，置御炉炭胡桃纹、鹁鸪色者若干斤。知婺州王居正论奏，高宗曰："朕平居，衣服饮食且不择美恶，隆冬附火，止取温暖，岂问炭之纹色也！"诏罢之。宣和间，宗室围炉次索炭，既至，诃斥左右云："炭色红，今黑，非是!"盖常供熟火也。以此类推之,岂识世事艰难。

江 岸

钱唐边江土恶不能堤,钱氏以薪为之,水至即溃。皇祐中,工部郎中张夏出使,置捍江兵五指挥,专采石增修,众赖以安。邦人为之立祠,朝廷嘉其功,封宁江侯。有功于民则祀之,吴儿奉尝,其有替乎?

竹 笼 石

又一说:以竹笼石,丁晋公主之;易以薪土,陈文惠公之议。丁黜其说。徙公他官,而笼石为堤,岁功不成,民力大困。卒用公议,堤乃立。文惠在滑州,亦尝筑长堤以御决河,人德之,号"陈公堤"。

丙午年入吴蜀

辉尝过庭,闻祖父奉直得于陆农卿左丞:欧阳文忠公有一记事册子,亲题:"丙午年不入蜀则入吴。"后见洪成季文宪公之孙,言文宪尝问邵泽民:"康节知数,公所闻如何?"曰:"无他语,临终但云:丁未岁子孙可入蜀。"然建炎初吴地亦不免被兵,独西蜀全盛,迄今为东南屏蔽,益信斯言。康节先天之数,世可希万一耶?

舅 姑

《春秋传》曰:"秦晋二国继世通婚,所娶之女非舅即姑,故曰舅姑。"《白虎通》曰:"尊之如父,非父,舅也,恭之如母,非母,姑也。"广川王去疾幸姬陶望卿歌曰:"背尊章,嫖以忍。"

"尊章,犹言舅姑也。"见《前汉书》。

郎　潜

"郎潜"出张平子《思玄赋》:"尉厖眉而郎潜兮,逮三叶而遇武。"绍兴间,某自郎迁卿,久次,以启投秦丞相,有"郎久潜于省闼,卿尚少于朝班"之句,秦虽极称赏,竟不克入从。

贫富受赐

"贫人、富人并为客,受赐于主人,富人不惭,贫人常愧者,富人有以效之,贫人无以复也。"以此论之,自昔交际之礼,亦贵夫往返。见王充《论衡》。

苏林交情凶终

林文节子中,以启贺东坡入翰苑曰:"父子以文章名世,盖渊、云、司马之才;兄弟以方正决科,迈晁、董、公孙之学。"其褒美如此。后草坡责惠州告词云:"敕具位轼:元丰间,有司奏轼罪恶甚众,论法当死,先皇帝赦而不诛,于轼恩德厚矣。朕初即位,政出权臣,引轼兄弟以为己助。自谓得计,罔有悛心,忘国大恩,敢肆怨诽。若讥朕过失,何所不容;乃代予言,诬诋圣考。乖父子之恩,害君臣之义。在于行路,犹不戴天;顾视士民,复何面目! 以至交通阉寺,矜诧幸恩,市井不为,搢绅共耻。尚屈彝典,止从降黜。今言者谓某指斥宗庙,罪大罚轻,国有常刑,朕非可赦。宥尔万死,窜之远方。虽轼辩足以饰非,言足以惑众,自绝君亲,又将奚憝? 保尔余息,毋重后愆。可责授宁远军节度副使,惠州安置。"极于丑诋如此。坡初擢右史,白宰相,谓林同在馆,年且长,除不当先,林乃继除记注。

后又为杭州交承,有三帖论开湖赈荒,浙东仓司石刻在焉。

遗 留 物

显仁上仙,遣使告哀北虏,并致遗留礼物:金器二千两,银器二万两,银丝合十面,各实以玻璃、玉器、香药,青红拈金锦二百匹,玉笛二管,玉觱篥二管,玉箫一攒,象牙拍板一串,象牙笙一攒,缕金琵琶一副,缕金龟筒嵇琴一副,象牙二十株。时宗枢持节以往,次燕之二日,中贵人至馆,密饷金澜酒二尊,银鱼、牛鱼各一盘,尊、盘皆金宝器,并令留之。伴使致词竦贺,馆人以手加额上,谓前此未有,为特礼也。

虏 庭 玉 钱

宣和五年,既从金人乞盟之请,明年,遣秘书省校书郎卫肤敏假给事中往贺虏酋生辰,竣事而旋。常赆外,别赠使介各一玉钱,虏主即宴坐起,离席躬奉之。左右传观,皆惊愕太息。钱之制如今之大者,其文皆蕃书,不可识,不知为何,礼重如此。时虏已萌寒盟,开兵端,岂虞我或觇其国,故外示厚礼,俾叵测欤? 钱今藏卫氏。

审 察

监司、郡守,岁荐所部吏关升磨勘,朝廷视为常式,第付铨曹施行,初不加省。间有特荐者,未即召对,及有升擢,则降审察之命。所谓审察者,审其人才,察其行谊。施于其职,可也;若山林隐遁之士,当路或以名闻,其肯冒昧而来,待人进退乎? 绍兴三年,徐东湖以遗逸荐苏后湖,诏俾赴中书审察,苏力辞,乃得请。苏既辞审察之命,乃降以礼遣赴行在引见上殿指挥,卒辞之。

正 身 出 头

后湖公隐居求志，高蹈一世，绍兴初屡征不起，仆辈见使者沓至，窃相语曰："官中须要秀才正身出头。"

冷　　茶

强渊明帅长安，来辞蔡京，京曰："公至彼且吃冷茶。"盖谓长安籍妓步武小，行迟，所度茶必冷也。初不晓所以，后叩习彼风物者方知之。又文勋除福建漕，陛对，翌日，上问辅臣："记得有艺?"盖记其工篆学也。章申国对云："会舞旋。"上遽云："如此岂可使一路!"遂罢。"冷茶"、"舞旋"，皆非国论所宜及。顷得一小说，书王黼奉敕撰《明节和文贵妃墓志》云："妃齿莹洁如水晶，缘常饵绛丹而然。"又云："六宫称之曰'韵'。盖时以妇人有标致者为'韵'。"辉曾以此说叩于宣和故老，答曰："虽当时语言文字间或失持择，恐不应直致是亵黩。然'韵'字盖亦有说:宣和间，衣着曰'韵缬'，果实曰'韵梅'，词曲曰'韵令'，乃梁师成为郓邸倡为此谶。时赵野春帖子亦有'复道密通蕃衍宅，诸王谁似郓王贤'，亦迎合之意也。"

阙 亡 投 刺

正、至交贺，多不亲往。有一士令人持马衔，每至一门撼数声，而留刺字以表到。有知其诬者，出视之，仆云："适已脱笼矣。"吕荥阳公言："送门状习以成风，既劳于作伪，且疏拙露见为可笑。"司马温公自在台阁时不送门状，曰："不诚之事，不可为也。""脱笼"亦为京都虚诈闪赚之谚语。

禁 苑 花 竹

宣和间,钧天乐部焦德者,以谐谑被遇,时借以讽谏。一日,从幸禁苑,指花竹草木以询其名。德曰:"皆芭蕉也。"上诘之,乃曰:"禁苑花竹,皆取于四方,在涂之远,巴至上林,则已焦矣。"上大笑。亦犹"锹、浇、焦、烧"四字之戏:掘以锹,水以浇,既而焦,焦而烧也。其后毁艮岳,任百姓取花木以充薪,亦其谶也。

东 西 园

蔡京罢政,赐邻地以为西园,毁民屋数百间。一日,京在园中,顾焦德曰:"西园与东园景致如何?"德曰:"太师公相,东园嘉木繁阴,望之如云,西园人民起离,泪下如雨。可谓'东园如云,西园如雨'也。"语闻,抵罪。或云:一伶人何敢面诋公相之非,特同辈以飞语嫁其祸云。

遇 郊 任 子

正郎初遇郊,止得荫子,不及他亲,法也。元祐中,黄鲁直应任子,特请于朝,舍子而先侄,后遂为例。东坡荐黄自代之词:"瑰琦之文,妙绝当世;孝友之行,追配古人。"今士夫当郊,该荫补而累奏其子者有之。

清波杂志卷七

生 日 押 赐

王荆公当国,值生日,差其子雱押送礼物。雱言:"例有书送物,阁门缴,申枢密院取旨,出札子许收,乃下榜子谢恩。缘父子同财,理无馈遗,取旨谢恩,一皆作伪。窃恐君臣父子之际,为礼不宜如此。乞自今应差子孙弟侄押赐,并不用此例。"从之。至当之论,后皆遵行。顷见老先生言:此出荆公意,奏检亦公笔,特假雱名尔。雱字元泽。大观元年诏:"赐使相以上生日器币,故事止差亲戚,殊失宠遇大臣之意。自今取旨差官。"

洮 河 开 边

元泽年十三,得秦州卒言洮、河事,叹曰:"此可抚而有也。使夏人得之,则吾敌强而边受患博矣。"其后王韶开熙河,盖取诸此,靖康沧海横流之变,萌于熙宁开边。书生轻锐谈兵,贻天下后世祸患,可胜慨哉!

丈 人

《蜀先主传》载汉献帝舅车骑将军董承之语,裴松之注:"按:汉灵帝母董太后之侄,于献帝为丈人。盖古无丈人之名,故谓之舅也。"后呼丈人为"外舅",其本此乎? 然《汉·匈奴传》书且鞭单于云："汉天子，我丈人行。"若曰此语止为尊老言，非专指妻之父则可；若谓古无丈人之名，后学窃有疑焉。泰山亦有丈人峰，故俗于妇翁有"泰山"之呼。

生而富贵

生而富贵，穷奢极欲，无功无德而享官爵，又求长寿，当如贫贱者何？若又使之永年，为造物者无乃太不均乎？履富贵者，其可不思持之以德！

汴河遗物

靖康乱后，汴河中多得珍宝，有获金燎炉者。以尚方物，人间不敢留，复归官府。扬州仓卒南渡，扬子江中遗弃物尤多。后镇江渔户于西津沙际，有得一囊北珠者。太平兴国中，郑州修东岳庙，穿土得玉杵臼以献，亦五代乱离时之物。金玉没于地中，盖亦有时而复出。

恩科议姻

朴樕翁《陶朱集》载："闽人韩南老就恩科，有来议亲者，韩以一绝示之：'读尽文书一百担，老来方得一青衫。媒人却问余年纪，四十年前三十三！'"朴樕，单父人，尝宦于政、宣间。或云陈君向也。

曹武惠下江南

曹武惠彬下江南，副帅欲屠城，曹力止之，曰："此已降，不可杀。"曹后梦一神人告之曰："汝能全江南一城人，帝命赐汝城中人为汝子孙。"故其后繁盛，今虽湮微，犹应出两府。曹泳景游尝语此，两府其自期耶？烨家远祖，国初知江州，属曹翰屠城之初，遗骸遍野。乃对庐山作万人冢，仍自为记。德既及于枯骨，或谓后嗣当有阴报。有相先墓者，言亦当出神仙。高叔祖讳恪字执礼，第四十五，治《易》甚精，早魁乡荐，一旦舍去。传道于徐神翁，自称赤局先生，灵异不可具述。乡人敬之。但曰周先生，家绘其像。神翁书赞云："周四十五，衣破不补；土木形骸，神气可取。"宣和诏，不起，锡守静处士之号。群从记其事迹甚详，兹不具载。虏犯淮甸，亦知守静名，不犯其室。建炎末，尸解去。其隶仲大亦得道，有一皮箧无底，取钱常不竭。后随先生羽化。

阳 关 数 条

阳关，去长安一万里，汉将杨兴败走出此关，因以为名。长安城东，出南头名霸城门，俗以其色青，名曰青门。见《三辅黄图》。范睢曰："秦北有甘泉宫。谓其下有甘泉水。"见《战国策》。邯郸属磁州。邯，山名；郸，尽也，言邯山至此而尽。以城郭字皆从邑，故作"郸"。见《寰宇记》。金城郡，一曰筑城得金，一曰取其坚固，一曰以郡在京之西，金，西方之行。望都，谓登尧山见都。酒泉，谓泉如酒。并见《地里志》。此数条，皆因人有问，检示之，非特出也。

交 印 避 忌

正、五、九，仕宦者不交印，俗忌牢不可破，初不知为藩镇开府，犒劳将佐，宰杀物命设。恐伤物命固然，何独此三月？岂以浮屠氏谓此九十日为斋素月耶？不经之甚。御笔除擢，无非日下供职，何尝问日辰利不利。或曰：历日上所书黄道，假也;君命到门,真黄道也。

常　平

常平备凶荒,立法甚严,而米斛有以陈易新之条,州郡恃以借兑。先人任信幕,后守不偿前欠,一旦漏底,官吏并送邻州勘鞠。先人亦坐失于催促拨还,科公罪笞,不理遗阙。二十年后,因同时坐累,该改秩,为铨曹留难索案。至朝廷时,宗衮益国公参大政,从容见语:"近见先丈常平伏辩,既不曾金书,何亦被鞠?"辉因言州郡刑狱冤滥,有司以被朝命,虽知不曾着字,盖亦行三问,岂容不承?罪及无辜,大率类此。退而思之,先人尚无恙,或陷深文,固可雪理于今日矣。自昔初除执政,例荐所知三两人。建康王元枢初得政,首以先人名闻,乃自临安管库除江东漕司干官。见次一任,屡更使长,皆欲发文字,力辞之。竟终于选调。

四路墨宝

辉尝于郑旸叔𥳑家得荆、襄及川、蜀四路金石刻,目为"五路墨宝"。郑既录碑之全文,刓泐者缺焉,且附己说。欧阳《集古》考究未备者,间有辨正。类为数巨帙,考证良备,悉上秘府。其副因借留数月归之。第录其目并其说,前后亦得其汉刻十数种。旋为亲党沈虞卿取去。郑乃同州死事骧之子,绍兴间尝历四川监司。其子忱德云:在蜀日,李公仁甫久相从,于墨宝订正有助焉。且出数小纸细书,皆李订正之语。前汉碑固多,晋碑亦绝少,盖晋制三品方许立碑。

秦 汉 碑 刻

曾大父喜蓄古刻,承平时盖亦易致,士大夫不甚秘惜。兵火后,散失一无遗者。刘季高侍郎尝语先人:顷年蒙嘉其好古,辄赠其多,皆秦、汉间物,在今日为艰得。语次亦尝询其名件,岁久复忘之。

没 字 碑

绍兴九年,虏归我河南地。商贾往来,携长安秦汉间碑刻,求售于士大夫,多得善价。故人王锡老,东平人,贫甚,节口腹之奉而事此。一日,语共游:"近得一碑甚奇。"及出示,顾无一字可辨,王独称赏不已。客曰:"此何代碑?"王不能答。客曰:"某知之,是名'没字碑',宜乎公好尚之笃也!"一笑而散。

玛 瑙 盘

唐裴行俭破外国,得玛瑙盘,广三尺,出以示将士,为军吏捧盘升阶,跌而碎之。叩头流血请罪,行俭笑曰:"尔非故为,何罪?"国朝韩魏公得二玉杯、玉盘,觞客次,籍以锦,置于案,为执事者触案,碎于地。非但一时略不变色,竟无追惜之意。与夫吕文靖俾小姬擎宝器入书室,故戒及门若足踬而仆,试诸子度量。古今之事,若合符节。

坡 教 作 文

东坡教诸子作文,或辞多而意寡,或虚字多实字少,皆批谕之。又有问作文之法,坡云:"譬如城市间种种物有之,欲致而为我用,有一物焉,曰钱。得钱,则物皆为我用。作文先有意,则经史皆为我用。"大抵论文以意为主。今视坡集诚然。

石　林　三　戒

叶少蕴云:"某五十后不生子,六十后不盖屋,七十后不作官。"然晚年以子舍之多,不免犯六十之戒,屋成而公死矣。二事得于洪庆善。

吉阳风土恶弱

从叔其乂守吉阳,到官,书报:"此行再涉鲸波,去死一间。抵郡,止茅茨散处数十家,境内止三百八户,无市井。每遇五七日,一区黎洞贸易,顷刻即散,僚属一二,皆土著摄官,不可与语。左右使令辈,莫非贷命黥卒,治稍严,则为变不测。地炎热,上元已衣纱。果实多不知名,瓜大如斗瓶。但有名香异花,此外色色无之。东坡言昌化不类人境,以吉阳视之,犹为内郡,不但饮食不具、药石无有也。"又书云:"一日出郊,见横巨木于地,上有穴,覆以板,泥封甚固。叩从者,不肯言,再三诘之,方言:前政某殁于此,属无周身之具,用此殓殡。或扣:有巨木,何无板? 答以素无锯匠。"后知因此感动,得疾丐归。行至琼管,竟殂。三女继亡,诸丧皆寄湖广不得归。备书之,为行险远宦者之戒。《南海录》言:南人送死者无棺椁之具,稻熟时理米,凿大木若小舟以为臼,土人名"舂塘"。死者多敛于舂塘中以葬。士夫落南,不幸而死,曾不得六尺之棺以敛手足形骸,诚重不幸也!

曹 王 母

　　唐太宗立皇子明为曹王，母杨氏，巢剌王妃也，有宠于上。文德皇后崩，欲立为后。魏郑公谏曰："陛下方比德唐、虞，奈何以辰嬴为累？"虽从谏而止，迹可掩乎？不能正之于始，其后高宗之于武后，明皇之于杨妃，顾传家法，不以为恶。若郑公之敢谏，孰能继之？

唐 帝 像

　　舅氏张必用，家藏唐诸帝全身小像，乃蜀中名笔。巾裹红袍，年祀悠远而色不渝。独明皇像别为一帧，幅巾跨马，左右侍卫单寡，有崎岖涂路之状，题云《幸蜀图》。然僖宗亦尝幸蜀，未知孰是。蔡絛《铁围山记》，书徽宗尝以小李将军《唐明皇幸蜀图》一横轴赐阁下，臣下观者窃谓非佳兆。世所传，其摹本欤？

卧 榻 缕 金

　　天圣七年，诏士庶僧道不得以朱漆床榻。至宣和间，蔡行家虽卧榻亦用滴粉销金为饰，赵忠简公亲见之。其奢俭不同如此。

葛 公 坐 亡

　　先人任江东漕幕，与葛公谦问为代，文康公孙也，魁然重厚古君子。宦情世故，皆应以无心，文采外深契禅悦。后倅毗陵，遇烨以通家子弟。一日，见语："人生腊月三十夜，要当了了，方见平生着力处。"始意如平时举葛藤尔。别数年，公守临川，一日，属微疾，忽索笔书偈曰："大洋海里打鼓，须弥山上闻钟;业镜忽然扑破,翻身透出虚空。"召僚吏示之曰:"生之有死,如昼之有夜;无足怪者。若以道论,安得生死;若作生死,会则去道远矣。"语毕,端坐而逝。笔势遒劲,其家版行。超脱如此。东坡论陶渊明云:"出妙语于广息之余,岂涉生死之流哉!"炜于葛亦云。葛名郯。

僧 谭 祸 福

丙午、己亥、壬戌、乙巳,炜命之八字也。顷遇一老僧谈五行,见语:"若非乙巳,不至今日;若无壬戌,不致竟老穷薄。退神用事,多失机会。然福不成福,祸不成祸,所得者寿数差永。"淳熙戊申,居都下。除夕,有二辈伪传亲知言至门,出见觉非,忽言奉圣旨追对公事。时以永嘉林氏争分,方兴制狱,初不持文引,乃随以往。中无所慊,神色泰然如常。至府治门外,坐于一室。后知为总辖房。已见灯,二辈后知为府皂。询扣年甲、乡贯、来历,往返者五六。乃云不敢久留,再三推谢,送出门。盖悟其非也。一时叵测。既归,议诉于府尹赵子和。尹云制院谬误,所谓总辖使臣者,亦宛转致恳,谓已科决元所遣之吏。盖本逮永嘉周和泰,"错认颜摽作鲁公"也。亲旧见晓,既京尹护失,孰信其枉?后两日,制狱事亦已。复自念,与传记所书入冥误追放还境界无异,特幽明殊涂尔。平生横逆,莫此为甚。当是时,庙堂禁从,有知己闻之,第骇愕而已。己酉终岁,灾屯无所不有,特未溘然,又留残喘。至今事定,却有风声鹤唳之警。虽云气数实使然,益信老僧"祸不成祸"之说,且为官府追逮不审之戒。

大 暑 去 酷 吏

尝闻范鲁公_质暑中所执扇,偶书"大暑去酷吏,清风来故人"两句于其上。或见之,言曰:"世之酷吏、冤狱,何止如大暑也! 公他日当深究此弊。"公后见周祖,首建议律条繁广,轻重无据,吏得以因缘为奸。周祖特诏详定,是为《刑统》。州县司刑宪者,若人人以鲁公存心,尚何酷吏、冤狱之为惧!

僧 道 数

道士一万人,僧二十万人,乃绍兴二十七年礼部见注籍之数。时未放行度牒,迨今三十余年,其复有所损益欤? 绍兴间,福建大刹有申所属,谓积下度僧钱若干,乞备申举以献助,乞量给度牒三两道。盖尝试也。时议者谓宜依所请,第令具戒腊最深者三五辈以闻,并与师号,以伐其谋。淳熙间,执政进呈江州置驻泊军,因依赵雄奏:昨已准宣谕卖度牒非佳事,今湖广总领所岁有给降度牒定数,不知绍兴年间不曾给降,亦自足用。岂绍兴间未有江州军耶? 雄奏:今契勘江州军,自绍兴三十年创置,以万人为额,度牒初未行也。上曰:"待以示三省,朕不欲给降度牒,当渐革之。"张孝祥建议:自恭人至孺人,邑号分等第立价,许贵家妇女及妾投名书填,则数百千万不日可办。于以佐国用,较以度牒,生齿不削,户口不耗,仍不为民之蠹。虽曰得策,终以鬻爵以诱妇人,名器轻假,而不果行。

钱 谱

辉家旧藏《历代钱谱》十卷,乃绍圣间李孝美所著,盖唐人顾烜、张台先有纂说,孝美重修也。周、秦后钱之品样,具著于帙,是特见于形似尔。亲党洪子予,收古泉币数十百种,自虞、夏以降,一无遗者。每出示坐客,道所以然,皆有依据。大抵古钱轮郭皆重厚,叩之有声。虽王莽小钱,名径六分、重一铢,然亦不致轻薄。岂上古鼓铸但求精致,初不计铜齐耶?洪死,尝叩其子,云:"悉举入棺矣。"或言其家虑为势力者攘取,故为之辞。

顺 天 得 一

元丰间,庞懋贤元英为主客郎,尝著《文昌杂录》,内一条,以不知"得一顺天钱"铸于何代为言。书成后,又言:"近得于朝士王仪家有《钱氏钱谱》,乃史思明所铸,初以'得一'非长祚之兆,乃改'顺天'。"辉于洪氏见二钱,文皆汉隶,径寸四分,以一当"开元通宝"之百,而李谱复云:"思明销洛佛铜所铸,贼平无所用,复以铸佛。今所余,伊、洛间甚多。"视钱之谱为详。以是知诚有益于未闻,好事者当哀诸家所谱,更考近世圜法沿革,萃为一帙,板行于世,不亦善乎!

王 言 有 疑

尝得一告词云:"朕眷礼勋臣,既极异姓王之贵;疏恩私室,并侈如夫人之荣。以尔修态横生,芳洁和适,会膺无恤之贵,终隆络秀之家。爰锡命书,靡拘常典。用肇封于大郡,俾正位于小君。往服宠光,益循柔履。"绍兴间,权外制某人行。"如夫人"及"修态横生",或者于王言有疑。时勋臣嫡室尚在,"正位小君"之语亦有疑。

宰 辅 年 甲

国朝宰相文潞公丙午生,元祐元年平章事,未有踵其后者;范丞相己卯生,建炎四年平章事,未有处其先者。

名 公 下 世

自昔名公下世,太学生必相率至佛宫荐悼。王荆公薨,太学录朱朝伟作荐文,以公好佛,其间多用佛语。东坡讣至京师,黄定及李豸皆有疏文。门人张耒时知颍州,闻坡卒,出己俸于荐福禅寺修供,以致师尊之哀。乃遭论列,责授房州别驾,黄州安置。虽名窜责,馨香多矣。山谷在南康落星寺,一日凭栏,忽传坡亡,痛惜久之。已而顾寺僧,拈几上香合在手,曰:"此香匜子,自此却属老夫矣。"岂名素相轧而然,或传之过?

使 高 丽

宣和奉使高丽,诏路允迪、傅墨卿为使介,其属徐兢,仿元丰中王云所撰《鸡林志》为《高丽图经》,考稽详备,物图其形,事为其说,盖徐素善丹青也。宣和末,先人在历阳,虽得见其图,但能抄其文,略其绘画。乾道间刊于江阴郡斋者,即家间所传之本。图亡而经存,盖兵火后徐氏亦失元本。《鸡林志》四十卷,并载国信所行遣案牍,颇伤冗长。时刘逵、吴拭并命而往,是行盖俾面谕高丽国王颙云:"女真人寻常入贡本朝,路由高丽。如他日彼来修贡,可与同来。"颙云:"明年本国入贡时,彼国必有人同入京也。"海上结约,兹为祸胎。

刘莘老诗

刘莘老丞相工诗,送安厚卿二人使高丽云:"杳杳三韩国,煌煌二使星。海神无暴横,天子有威灵。"时以为绝唱,后四句不传。

杀鼋

熙宁中,侍禁孙勉,监澶州堤,见一鼋自黄河顺流而下,射杀之,继而暴卒。入冥为鼋诉,当偿命。殿上主者乃韩魏公,勉实故吏,乃再三求哀。公教乞检房簿,既至阴府,如所教,以尚有寿十五年,遂放还。《韩魏公别录》所书,其略如此。《魏公家传》则云:右侍禁孙勉,监元城埽,埽多垫陷,费工料。勉询知有巨鼋穴其下,乃伺出射杀之。数日,勉方昼卧,为吏追去:"有鼋诉,当往证之。"既至一宫阙,守卫甚严,吏云:"紫府真人宫也。"勉仰视,真人乃韩魏公也,亟俯伏诉。公微劳之曰:"汝当往阴府证事乎?"勉述杀鼋事,公取黄诰示之,谓曰:"鼋不与人同,彼害汝埽,杀之,汝职也。"遣之使去,出门遂寤。事既播扬,神皇谓辅臣曰:"闻说韩琦为真人事否?"皆曰:"未之闻也。"上具道所以,咨嗟久之。二说不同,当以《家传》为正。又一说:政和间,方士王老志语公之子吏部侍郎粹彦曰:"紫府真人乃阴官之贵,未为天仙。"又云:"公亦尝为十华真人下侍者。"粹彦曰:"然。"

清波杂志卷八

中 兴 颂

　　浯溪《中兴颂碑》,自唐至今,题咏实繁。零陵近虽刊行,止会粹已入石者,曾未暇广搜而博访也。赵明诚待制妻易安李夫人,尝和张文潜长篇二,以妇人而厕众作,非深有思致者能之乎?"五十年功如电扫,华清花柳咸阳草。五坊供奉斗鸡儿,酒肉堆中不知老。胡兵忽自天上来,逆胡亦是奸雄才。勤政楼前走胡马,珠翠踏尽香尘埃。何为出战辄披靡?传置荔枝多马死,尧功舜德本如天,安用区区纪文字!著碑铭德真陋哉!乃令神鬼磨山崖。子仪光弼不自猜,天心悔祸人心开。夏、商有鉴当深戒,简策汗青今具在。君不见当时张说最多机,虽生已被姚崇卖!""君不见惊人废兴传天宝,《中兴碑》上今生草!不知负国有奸雄,但说成功尊国老。谁令妃子天上来,號秦韩国皆天才。花桑羯鼓玉方响,春风不敢生尘埃。姓名谁复知安史,健儿猛将安眠死。去天尺五抱瓮峰,峰头凿出开元字。时移势去真可哀,奸人心丑深如崖。西蜀万里尚能反,南内一闭何时开?可怜孝德如天大,反使将军称好在。呜呼!奴辈乃不能道辅国用事张后尊,乃能念春荠长安作斤卖!"顷见易安族人言:明诚在建康日,易安每值天大雪,即顶笠披蓑,循城远览以寻诗,得句必邀其夫赓和,明诚每苦之也。辉尝欲裒今昔名人所赋《庐山高》、《明妃曲》、《中兴颂》,用精

纸为轴,丐工字画者随意各书一篇,后志姓字岁月,常常披展,
为醒心明目之玩,竟未克成。是极易办,人必乐从,特坐因循
耳。易安父文叔,元祐馆职。

板 本 讹 舛

印板文字,讹舛为常。盖校书如扫尘,旋扫旋生。葛常之
侍郎著《韵语阳秋》,评诗一条云:"沈存中云:退之《城南联句》
'竹影金锁碎'者,日光也,恨句中无'日'字尔。余谓不然。杜
子美云:'老身倦马河堤永,踏尽黄榆绿槐影。'亦何必用'日'
字,作诗正要如此。"葛之说云尔。辉考此诗,乃东坡《召还至
都门先寄子由》首云:"老身倦马河堤永,踏尽黄槐绿榆影。"终
篇皆为子由设,当是误书"子瞻"为"子美"耳。此犹可以意会,
若麻沙本之差舛,误后学多矣。

芝 山 诗

刘季孙初以左班殿直监饶州酒,题小诗于治所壁间"呢喃
燕子语梁间,底事惊回梦里闲? 说与旁人应不解,杖藜携酒看
芝山。"时王荆公任本路宪,按行见之,大加称赏,遂檄权本州
教授。后叶石林特著于诗话中。芝山乃饶州近城僧寺,后池
阳刻本乃改"芝山"为"前山",一字不审,乃失全篇之意。抑见
自昔右列,亦可承师儒之乏。

垂 肩 冠

皇祐初,诏妇人所服冠,高毋得过七寸,广毋得逾一尺,梳
毋得逾尺,以角为之。先是,宫中尚白角冠,人争效之,号"内
样冠",名曰"垂肩"、"等肩",至有长三尺者,登车檐皆侧首而

入，梳长亦逾尺。议者以为服妖，乃禁止之。辉自提孩，见妇女装束数岁即一变，况乎数十百年前，样制自应不同。如高冠长梳，犹及见之。当时名"大梳裹"，非盛礼不用。若施于今日，未必不夸为新奇，但非时所尚而不售。大抵前辈治器物、盖屋宇，皆务高大，后渐从狭小，首饰亦然。

富 春 坊

成都富春坊，群倡所聚。一夕遗火，犁明有钉一牌，大书绝句诗于其上："夜来烧了富春坊，可是天公忒四行？只恐夜深花睡去，高烧银烛照红妆。"乃伊、洛名德之后，号道山公子者所作。又有小词一编，皆艳语。辉尝得其一启，乃代其弟上周彦约侍郎，其略云："惟曾祖受三天子聘贤之礼数，在先朝为九老人受道之师承。继巢、由之高踪，辞夔、龙之盛举。惟君子之泽未斩，而圣人之道必传。"文采典重如此，岂可以一时谐谑之迹而加訾议。晏叔原著乐府，黄山谷为序，而其父客韩宫师玉汝曰："愿郎君捐有余之才，崇未至之德。"前哲训迪后进，拳拳如此，为后进者得不服膺而书绅！贺方回、柳耆卿为文甚多，皆不传于世，独以乐章脍炙人口。大抵作文，岂可不谨！

邮 亭 曲

陶尚书縠奉使江南，恃才凌忽，议论间殆应接不暇。有善谋者，选籍中艳丽，诈为驿卒孀女，布裙荆钗，日拥篲于庭。縠一见喜之，久而与之狎，赠以长短句。一日，国主开宴，立妓于前，歌所赠"邮亭一夜眠"之词，縠大惭沮，满引致醉，顿失前日简倨之容。归朝，坐此抵罪。文潞公帅成都，有飞语至朝廷，遣御史何郯因谒告俾伺察之。潞公亦为之动，遍询幕客，孰与御史密者。得张俞字少愚者，使迎于汉州，且携营妓名王宫花者往，伪作家姬，舞以佐酒。御史醉中取其领巾，题诗云："按彻《梁州》更《六么》，西台御史惜妖娆。从今改作'王宫柳'，舞尽春风万万条。"至成都，此妓出迎，遂不复措手而归。二事切相类。一说王宫花一名杨台柳，诗首句云"蜀国佳人号细腰"。何字圣从，亦蜀人也。

慧 林 老

大观二年诏：大相国寺慧林禅院长老元正坐化，并无衣钵，阙葬送之用。赐绢三百匹、钱三百贯，赐寂照之塔，仍间度一僧。浮屠示寂，寸丝不挂，亦安用尔许缣帛！时方崇道教，诏道流叙位在僧之上。元正何人，而膺此优典？

高 山 仰 止

顷岁，儿女合卺之夕，婿登高座，赋诗催妆为常礼，后皆略去。京师贵游纳婿，类设次通衢，先观人物。岳母忽笑曰："我女如菩萨，却嫁个麻胡子！"谓其多髯也。殆索诗，乃大书曰："一双两好古来无，好女从来无好夫。却扇卷帘明点烛，待交菩萨看麻胡！"一座传观烘堂，盖婿亦不凡也。尝得其姓名，今失记。

西 园 会

辉居建康，春晚赴张德共会于西园，呼数辈为侑。酒酣，忽有传府命呼其人。时张安国开府方两日。其人既去，求自解之说。众谓但以实告，况社中二客不至，必留铃斋。翌旦询之，如所料。初，歌者既去，坐客骆适正即席赋诗云："花随春尽觅无痕，尚续余欢索侑尊。一曲未终人已去，西园灯火欲黄昏。"烨尝赓和，不记也。迨今一世，西园宾主无一在者，独烨苍颜华发，羁寓西湖上，"旧事无人可共论"，为之一叹。

食　料　羊

淳化宰相张公齐贤，布衣时尝春游嵩岳，醉卧巨石上。梦人驱群羊于前，曰："此张相公食料羊也。"既贵，每食数斤，犹未厌饫，健啖世无比者。此与唐赞皇李德裕梦人谓平生合享万羊之兆符合。以是知贵人鼎养丰厚，冥冥中自有定数。贫儒岂可不安藜藿之分！

唐　诗　选

王荆公与宋次道同为三司判官，时次道出其家藏唐诗百余编，托荆公选其佳者。荆公乃金出，俾吏抄录。吏每遇长篇字多，倦于笔力，随手削去。荆公醇德，不疑其欺也。今世所传本，乃群牧吏所删者。欧阳公《归田录》未出而序先传，神宗宣取，公时致仕居颍，以其间纪述有未欲广者，因尽删去。又患其文太少，则杂以戏笑不急之事。元本未尝出。《庐陵集》所载，上下才两卷，乃进本也。

宋　诗　选

近时曾公端伯亦编《皇宋百家诗选》，去取任一己之见，虽非捃摭诋诃，其间或未厌众论。且于欧公、荆公、东坡诗皆不载，虽曰用《唐诗选》韩、杜、李不与编故事，其亦大名之下，不容有所铨择耶？吕居仁图江西宗派，凡二十五人。议者谓陈无己为诗高古，使其不死，未甘为宗派。若徐师川，则固不平列在行间。韩子苍曰："我自学古人。"夏均父亦耻居下列。一时品第，尚尔纷纷，矧随好恶笔削篇章，示己鉴裁之明，岂免议论！曾帅江陵日，叔祖为参议官，亲见亟欲《诗选》成，仅得数篇，即撰小序以刊行。旋悟疏略，欲删去而不及。吴虎臣《漫录》书居仁作图时，均父没已六年，耻在下列为非。辉亦见前辈云：东莱自言宗派本无铨次，后人妄谓有所高下，且悔少作。是皆党东莱者创此说以盖时论，非本语也。

水　　晶

京畿转运司奏，收到太和山水晶大小四千余块，邕州等处产金宝，共收到金二千四十六两，数内采到生大黄金，不经烹炼者；汝州产码瑙二万五千斤，一块重二十一斤五两。并宣付史馆。时政和四年也。又潭州益阳县莲荷场掘得金四块，总计一千七百八两。方崇饰祥瑞之际，地不爱宝，阐珍以表极治，其盛如此。

四　先　生

郑穆，字闳中，闽士所尊四先生，郑其一也。元祐初，为国子祭酒，久而请老，太学诸生数千人状诣司业，又诣丞相府请留，不报。以待制奉祠，将行，公卿大夫多以诗赠之，三学之士皆为诗，且出祖汴东门外。三献酒，再拜堂下，辞诀而去，观者叹息。辉幼从合肥王公助学，王与郑中表亲，有一编曰《归荣》，乃送行诗也，后未见此本。

老 人 发 肤

人少则发黑，老则发白，久则黄；人少则肤白，老则肤黑，久则黵，若有垢然。发黄而肤为垢，故曰"黄耇"，见王充《论衡》。而今《韵略》“耇”字下亦注：“老人面若垢为耇。”

龙骧将军

崇宁三年，驾幸金明池，乘乌马还内，道路安平，赐名龙骧将军。艮岳一石，高四十尺，名神运昭功。宣和五年，朱勔自平江府造巨舰载太湖大石一块至京，以千人舁进。勔被赏建节，石封盘固侯。

姚解元

方务德侍郎帅绍兴，赴召，士人姚某以书投诚，其略曰：“某流落江湖二十年，兄弟异立，未能成家。重以场屋蹉跌，遂失身于倡馆马慧。岁月滋久，根深蒂结，生育男女，于义有不可负者。兼渠孑然一身，无所依倚，处性不能自立。万一有叛此盟，终身废弃，存亡或未可保。不于侍郎还朝之日得遂脱身从良，他日必困此门户中，不唯无以释儿女之恨，而某亦从此销缩。区区欲望矜怜，使鱼鸢之属川泳云飞，侍郎之德大矣。敢不下拜！”方书其后云：“姚某解元，文词英丽，早以俊称。杯酒留连，遂致于忘反。露由衷之恳，不愧多言；遂成家之名，何爱一妓！韩公之于戎昱，既徇所求；奇章之望牧之，更宜自爱！”能从其请，可见宽厚之德，且引事切当。韩滉镇润州，戎昱典属郡，昵一妓。或言于韩，韩取。戎不敢留，临别作小词曰：“好在春风湖上亭，柳丝藤蔓系人情。黄鹂久住浑相恋，欲别频啼三两声。”韩闻即归之。盖用此事。

知和叔

从叔知和，随侍官九江，尝以诗见吕东莱居仁。后以书请教,答云:"庐阜咫尺,读书少休,必到山中,所与游者谁也? 古人观名山大川,以广其志思而成其德,方谓善游。太史公之文,百氏所宗,亦其所历山川有以增发之也。惜其所用止在文字间,若使志于远者、大者,虽近逐游、夏可也。"又为作《求诸己斋》诗,见集中。知和尝尉吴江,作《垂虹诗话》,语辉未有序。辉言:若以所得东莱帖冠于首,何用他求? 从之。复著《垂虹赋》,为人称赏,盖得少小师尊前辈之力。惜年未及中,病废而卒。

宣　和　骑　射

政和五年四月,燕辅臣于宣和殿。先御崇政殿,阅子弟五百余人驰射,挽强精锐,毕事赐坐,出宫人列于殿下,鸣鼓击柝,跃马飞射,翦柳枝、射绣球、击丸,据鞍开神臂弓,妙绝无伦。卫士皆有愧色。上曰:"虽非妇事,然女子能之,则天下岂无可教!"臣京等进曰:"士能挽强,女能骑射。安不忘危,天下幸甚!"见《从游宣和殿记》。

郡　守　画　像

近世州郡,类以名贤昔尝临莅,绘像以章遗爱。数十百年后,何缘得其容貌之真,但画衣冠,题爵位、姓名耳。东坡《送周正孺知东川诗》,落句云:"为君扫棠阴,画像或相踵。"盖蜀中太守,无不画像者。项王显道守吴门日,孙仲益居毗陵,以尝牧是邦,遣骑求其传神,并复齐云楼旧观。孙谢之,有"尝读《国史》,钱惟演作《枢密直学士题名记》,黜寇莱公为'逆准'不书,时有蔡齐斥其妄。如觌无状,公乃肯收之"之语。此绍兴间事也。钱惟演作《枢密直学士题名记》,附丽丁谓,辄去寇准姓氏,云“逆准”,公尝言于仁宗曰:“寇准社稷之臣,忠义闻于天下,岂可为奸党所诬哉!”遂令磨去。见公行状。

范忠宣麦舟

范文正公在睢阳,遣尧夫到姑苏般麦五百斛。尧夫时尚少,既还,舟次丹阳,见石曼卿,问:“寄此久如?”曼卿曰:“两月矣。三丧在浅土,欲葬之而北归,无可与谋者。”尧夫以所载麦舟付之,单骑兼程,取捷径而归。到家拜起,侍立良久。文正曰:“东吴见故旧乎?”曰:“曼卿为三丧未举,方留滞丹阳,时无郭元振,莫可告者。”文正曰:“何不以麦舟与之?”尧夫曰:“已付之矣。”“大梦行当觉,百年特未满。遑哀已逝人,长眠寄孤馆。念我同年生,意长日月短。盐车困骐骥,烈火废圭瓒。后生有奇骨,出语已精悍。萧然野鹤姿,谁复识中散?有生寓大块,死者谁不窾!嗟君独久客,不识黄土暖。推衣助孝子,一溉滋汤旱。谁能脱左骖,大事不可缓!”此诗东坡为李宪仲作。宪仲之子廌,坡得梁吉老十缣百丝,举以赙之。度是诗出,当多有助之者。又作《章默》诗,意益深,辞益哀。今之人亲丧未举,岂免求哀于时;若假是名因以为利,或广求以侈其葬,恐失脱骖之本意也。

六一堂

欧阳文忠公父郑公,任绵州推官日,生文忠。后有谢固者,居是官,于治所之左葺一堂,号“六一”。唐子西赋长篇,有“即彼生处所,馆之与周旋”之句。或云司马温公父待制公,守浮光日生温公,故名,取烨耀之义。自昔功施于民则祀之,矧巨公盛德,功在社稷,百世宗仰者乎!或云郡旧有香火之奉,今守土者得不侈大祠宇,以永其传。若第以名势所临,在仕者献谀取媚,如绍兴间黄州为时相建瑞庆堂是也。谢固一为谭望,子西自有两说。

茶 图 诗

先人三弟,季字德绍,与辉同庚同月,辉先十三日。自幼从竹林游,德性敏而静,中年后文笔加进。尝题《玉川碾茶图》绝句云:"独抱遗经舌本干,笑呼赤脚碾龙团。但知两腋清风起,未识捧瓯春笋寒。"颇有唐人风制。死已十年,遗稿失于收拾,但宗族间传得一二。

台 谏 上 殿

旧说台谏当上殿,未有题目,五更不寐,平生亲旧,一一上心。盖唯亲旧可得其详,庶免风闻之误。是虽戏语,尝亲见之。绍兴间,某任言责,欲论一人,未得出处不叶公议与之齐者。偶一乡人来访,私谓得其人矣。叙契阔,接殷勤,甚欢。其人大喜过望,意汲引可必也。越两日,章疏上,乃同前欲论者降旨即日押出国门。"宁逢恶宾,莫逢故人。"又云:"故人相逢,不吉则凶。"

清波杂志卷九

洞 府 投 简

　　天下名山洞府:河阳府平阳洞,台州赤城山玉京洞,江宁府华阳洞,舒州灊山司真洞,杭州大涤洞,鼎州桃源洞,常州张公洞,南康军庐山咏真洞,建州武夷山升真洞,南岳朱陵洞,江州马当山上水府,太平州中水府,润州金山下水府,杭州钱唐江水府,河阳济渎北海水府,凤翔府圣湫仙游潭,河中府百丈泓龙潭,杭州天目山龙潭,华州车湘潭。初,朝廷以每岁投龙简,而洞府多在僻远处,其赍送祭醮之具,颇以为扰。天圣间,下道录院,定岁投龙简几二十处,余皆罢之。烨四十年前,于马当龙祠廊庑下见一碑,刻投龙处所,视此数颇有增益。碑阴载祭享牲牢、香币、乐节为详,乃元丰间江州建立者。再过之,则亡。

无 垢 语 录

　　张无垢贬南安,凡十有四年,寓处僧舍,未尝出门户。其一话一言,举足为法,警悟后学宏矣。其甥于恕裒集《语录》十二卷,既已刊行,其间《论语绝句》,读者疑焉。盖公自有《语解》,亦何假此发明奥义?尝叩公门人郎晔,晔云:"此非公之文也,《语录》亦有附会者。"

富郑公封驳

唐制:唯给事得封还诏书。富郑公知制诰日,刘从愿妻遂国夫人,王蒙正女也,既夺封罢朝谒,久之复其国封,公乃缴还词头,其命遂寝。中书舍人缴词头,盖自郑公始。熊克所著《九朝通略》,书富弼缴还遂国之封,《实录》本传不载,止见于苏辙《龙川别志》。

封押遗奏

事有碍于理,亦恐所传或致讹舛。富郑公薨,司马温公、范忠宣来吊哭。公之子绍庭泣曰:"先公有自封押章疏一通,殆遗表也。"二公曰:"当不启封以闻。"既曰遗表,自有常式,恐难以元封押进御。封可也,押可乎? 东坡作公神道碑,止云:"手封遗表,使其子上之,世莫知所以言者。""袖中谏草朝天去",欧阳公固尝议之。

仕宦知止

"禄岂须多,防满则退;年不待暮,有疾便辞。"仕者若守此戒,则不殆不辱,可全始终进退之节。顷见洪庆善书此语于座屏,然晚有南荒之谪,盖亦昧于勇退。士大夫能明哲保身,以全终始者寡矣。

嫁女娶妇

"嫁女须胜吾家者,娶妇须不若吾家者。"或问其故,曰:"嫁胜吾家,则女之事人必钦必戒;娶妇不若吾家,则妇事舅姑必执妇道。"安定胡翼之云。辉见老先生言安定为此说必有谓。岂其男女昏嫁,用此说皆得所归而然欤?

不 受 盘 餐

　　石守道为举子时，寓学于南都，其固穷苦学，世无比者。交游间尝以盘餐遗之，石谢曰："甘脆者，亦介之愿也；但日飨之则可，若止得一餐，则明日何以继乎？朝飨膏粱，暮厌粗粝，人之常情也，所以不敢当。"归之。贫乐箪瓢，贤矣哉！尝闻富郑公辞疾归第，以俸券还府，府受之。程伊川正叔曰："受之固无足议，还者亦未为得也。留之无请，可也。"或曰："馈食，美意也。受而不食，可也；却之，近名也。"

群 游 嵩 山 二说

　　欧阳公为西京留守推官，事钱思公。一日，群游嵩山，取颍阳路归。暮抵龙门，雪作。登石楼，望都城次，忽烟霭中有车马渡伊水者。既至，乃思公遣厨传、歌妓，且致俾从容胜赏毋遽归之意。思公既贬汉东，王文康公晦叔为代。一日，讶幕客多游，责曰："君等自比寇莱公何如？莱公尚坐奢纵取祸！"众不敢对。欧公取手板起立曰："以某论之，莱公之祸，不在杯酒，在老不知退尔。"四座伟之。是时，文康年已高，为之动。故欧公六十五即休致，门生或有言："公德望为朝廷倚重，且未及年，岂容遽去？"公答曰："某平生名节，为后生描画尽，唯有早退以全晚节，岂可更被驱逐乎？"以是知公未老告归，盖以文康公为戒，且践畴昔之言也。或云欧公游颍阳，见山中石壁上丹书"神清洞"，即此时也。时尚书祠部员外郎、直集贤院、通判河南府谢希深绛与欧阳诸公皆以王事从嵩山之游，谢有二书抵梅圣俞，历叙登览之胜，梅答以长篇，时明道元年九月也。

　　一小说名《默记》，内一条云：尹师鲁性高而褊，在洛中与

欧、梅诸公同游嵩山。师鲁曰："游山须是带得胡饼炉来，方是
游山。"诸公咸谓："游山贵真率，岂有此理!"诸公群起而攻之。
师鲁知前言之谬，而不能胜诸公，遂引手扼吭，诸公争救之，乃
免。辉见前辈云："一时失言，有所不免；若曰愧而扼吭，无是
理也。"著《默记》者亦不当书此。

侍 儿 小 名

　　洪驹父集《侍儿小名》三卷，王性之续一卷，好事者复益所
未备。虽曰择之不精，采摭未尽，亦足为尊俎谐谑之助。士大
夫昵裙裾之乐，顾侍巾栉辈得之惟艰，或得一焉，不问色艺如
何，虽资至凡下，必极美称，名浮于实，类有可笑者。岂故矜
炫，特偿平日妄想，不足则夸尔。或谓"若把西湖比西子，澹妆
浓抹总相宜"，"总宜"之名为佳，特恐无敢承当者。性之之子明清
云："先公与洪玉父共成此编，非驹父之所续也。"意此语当得其实，辉传本误矣。

关 永 坚

　　赵忠简公秉政日，使臣关永坚亦西人，趋承云久，乃丐官
淮上。贫不办行，欲货息女。公怜之，随给所须。永坚乞纳
女，公却之。请力，不得已，姑留之。后永坚解秩还，公一见，
语之："尔女无恙。"永坚谓宿逋未偿，公笑不答，且助资送费，
嘱求良配，遂归监平江梅里镇宗室汝霖。女言："虽累年日侍
丞相巾栉，及嫁尚处子也。"汝霖与知泗州王伯路厚，语其详。
王云："前辈于此等优为之，特今之人为难能。"司马温公、曾鲁
公各有自似此一事传于世，文多不载。

花　信　风

　　江南自初春至首夏,有二十四番风信。梅花风最先,楝花风居后。烨少小时,尝从同舍金华潘元质和人《春词》,有"卷帘试约东君问,花信风来第几番"之句。潘曰:"宫词体也,语太弱则流入轻浮。"又尝和人《蜡梅词》,有"生怕冻损蜂房,胆瓶汤浸,且与温存着",规警如前。朋友琢磨之益,老不敢忘。潘墓木拱矣。

野　　艇

　　山谷云:"野艇恰受两三人",别本作"航"。"航"是大舟,当以"艇"为正。今所谓航船者,俗名轻舠,如"航湖"、"航海",亦为常谈。张景阳《七命》载在《文选》,有"泛三翼,泛中汜"之句,所谓三翼,皆巨战船,非轻舟也。

郴　州　词

　　秦少游发郴州,反顾有所属,其词曰:"雾失楼台,月迷津渡。桃源望断无寻处。可堪孤馆闭春寒,杜鹃声里斜阳暮。驿寄梅花,鱼传尺素,砌成此恨无重数。郴江幸自绕郴山,为谁流下潇湘去?"山谷云:"语意极似刘梦得楚、蜀间语。""泪湿阑干花著露,愁到眉峰碧聚。阑干,泪脸也,见《邯侯家传》。"愁到眉峰碧聚",乃张泌《思越人词》:"黛眉愁聚春碧。"此恨平分取,更无言语空相觑。断雨残云无意绪,寂寞朝朝暮暮。今夜山深处,断魂分付潮回去。"毛泽民元祐间罢杭州法曹,至富阳所作《赠别》也。因是受知东坡。语尽而意不尽,意尽而情不尽,何酷似少游也! 乾道间,舅氏张仁仲宰武康,烨往,见留三日,遍览东堂之胜。盖泽民尝宰是邑，于彼老士人家见《别语》墨迹。

善 博 日 胜

苏东坡云："如人善博，日胜日负。"王荆公改作"日胜日贫"。坡之孙符云：元本乃"日胜日贫"。吕正献尤不喜人博，有"胜则伤仁，败则伤俭"之语。

毁 通 鉴

了斋陈莹中为太学博士。薛昂、林自之徒为正、录，皆蔡卞之党也，竞尊王荆公而挤排元祐，禁戒士人不得习元祐学术。卞方议毁《资治通鉴》板，陈闻之，因策士题特引序文，以明神宗有训。于是林自骇异，而谓陈曰："此岂神宗亲制耶？"陈曰："谁言其非也？"自又曰："亦神宗少年之文耳。"陈曰："圣人之学，得于天性，有始有卒。岂有少长之异乎？"自辞屈愧叹，遽以告卞。卞乃密令学中敞高阁，不复敢议毁矣。毁《通鉴》非细事也，诸公未有纪之者，止著于《了斋遗事》中。国子监旧有安定胡翼之祠，绍圣初自为博士，闻于朝，彻去。

猫 食

客言：苏伯昌初筮长安狱掾，令买鱼饲猫，乃供猪衬肠。诘之，云："此间例以此为猫食。"乃一笑，留以充庖。同寮从而遂日买猫食。盖西北品味，止以羊为贵。

莫 安 排

诏赐楚州孝子徐积绢三十匹，米三十石。积从胡瑗学，一见，异待之。尝延食中堂，二女子侍立。将退，积问曰："门人或问见侍女否，何以答之？"瑗曰："莫安排。"积闻此言省悟，所学顿进。此段不但见于诸公纪闻，亦载在《哲宗实录》，乃元丰八年事也。岂警后学，要妙在"莫安排"三字，故史臣从而书焉。徐字仲车。

仲车杂著

仲车《杂著》数十条，临川、山阳板行。其一云："'陈力就列，不能者止'，近世拜官，徒为饰词，已足耻矣。而朝廷又为之法曰：'至某官乃得辞免。'是教人为伪也。其两府有除拜，未受命，必先押入，其名已不正。盖贤者以礼进，以义退，既可押入，必可押出。"此固然矣，但立法有素，岂易顿革。柄臣为国具瞻，既膺大拜，不应偃然即当其任，故三辞、再辞；次及从官、台谏，一辞而已。此岂由衷，特拘以法。其不应辞者，岂官微任轻，进不系时之重而然欤？两府初除，固已受命，特未受告耳。凡降旨日下供职者，皆未受告也。

说食经

食无精粝，饥皆适口。故善处贫者，有"晚餐当肉"之语。辉家与宗室通婚姻，常赴其招。家家类留意庖馔，非特调笔应律令，且三字"烂、热、少"。烂则易于咀嚼，热则不失香味，少则俾不属餍而饫后品。辉顷出疆，自过淮，见市肆所售羊边甚大，小者亦度重五六十斤，盖河北羊之胡头，有及百斤者。驿顿早晚供羊甚腆，既苦生硬，且杂以芜荑酱，臭不可近。若用前二说制以饷客，岂不快屠门之嚼哉！王荆公解"美"字从羊、从大，谓羊之大者方美；而东坡亦有"剪毛胡羊大如马，谁记鹿角腥盘筵"之句；山谷《简何斯举治具待客》亦谓"软烂则宜老人，丰洁则称佳客"。今日蔬食，起权舆之叹，说食经而偶及此。

行　记

辉自四十以后，凡有行役，虽数日程，道路倥偬之际，亦有日记。以先人晚苦重听，如幹蛊次叙、旅泊淹速、亲旧安否，书之特详，用代缕缕之问。记向年货田句金不遂，取涂三茅，得新刊山图而归。濡滞良久，殊失倚门之望。因思昔渊才久出，其家日望其归，归止携一布囊，人谓其间必珍货也。后数日会亲戚，启囊，乃欧阳公《新修五代史》藁数帙，李庭珪墨一笏而已。辉用此书于日记后，先人为之一笑。自隆兴癸未至绍熙辛亥恰一世，伏书泫然。

投 献 取 知

《王立之诗话》书：张宗古自堂后官守登州，祈雪获应，一判官以诗为贺。宗古曰："玩我。"欲缴进，为人劝止。先人任饶幕，与邵武黄坚叟为代。一日，郡宴鄱江楼，黄作《木兰花词》上别乘，有"监郡风流欢洽"之语，亦贻怒缴申，郡牒问"风流欢洽"实迹，黄历考古今风流欢洽出处，辩答甚苦。尝取吏案以观而得其详。要知投献本求人知，又当视其人如何，庶不返致按剑。特未知宗古所谓"玩我"何说，其亦"锦衾烂兮"之类乎？

池　鱼

张无尽尝作一表云："鲁酒薄而邯郸围，城门火而池鱼祸。"上句出《庄子》，下句不知所出，以意推之，当是城门失火，以池水救之,池竭而鱼死也。《广韵》"池"字韵注云:"池,水沼也。古有姓池名仲鱼者,城门失火烧死。谚曰:'城门失水,殃及池鱼。'"白乐天诗有"火发城头鱼水里,救火竭池鱼失水"。初不主姓名之说。然《广韵》所载,当有所据。

代　王　言

词头代王言,赏功罚罪,若雷风鼓舞天下,要当采公论载于训词,以昭示惩劝。某除某官,若其人非素所与者,必微寓诋诮于一二字中。审其人不应此除,曷不循缴还之制?顾假命令以快我之好恶,其可乎?

彭　门　会

晁无咎贬玉山也,过彭门。而陈履常废居里中,无咎出小鬟舞《梁州》以佐酒。履常作小阕《木兰花》云:"娉娉袅袅,芍药梢头红样小。舞袖低垂,心到郎边客已知。金尊玉酒,劝我花前千万寿。莫莫休休,白发簪花我自羞!"无咎云:"疑宋开府铁心石肠,及为《梅花赋》,清便艳发,殆不类其为人。履常清通,虽铁心石肠不至于开府,而此词清便艳发,过于《梅花赋》矣。"

下　水　船　词

元丰己未,明略、无咎同登科。明略所游田氏,姝丽也。一日,明略邀无咎晨过田氏。田氏遽起,对鉴理发,且盼且语,草草妆掠,以与客对。无咎以明略故,有意而莫传也,因为《下水船》一阕:"上客骊驹至,鹦唤银屏睡起。困倚妆台,盈盈正解螺髻。凤钗坠,缭绕金盘玉指。巫山一段云委。　　半窥鉴,向我横秋水。斜领花交镜里,淡拂铅华,匆匆自整罗绮。
剑眉翠,虽有悄悄密意,空作江边解珮。"顷在上饶,得此说于
晁族。无咎跋云:"大观庚寅四月十三日,伯比、季良、无咎集
国东之逆旅,话此四事。季良云可书也。"伯比、季良当是群
从。风流酝藉,寓诸乐府。虽曰纤丽,不妨游戏于杯酒间。余
一说,乃陈袭为钱唐妓周子文作四诗词,洪内相已载在《夷坚
庚志》,语皆合。余一未详。

军　帅　起　复

　　军帅丁忧,诏起复,迨服阕,犹以"起复"二字入衔。或晓
之,答曰:"自抛了娘子,却加得此官,二年未曾迁转。"又一辈
衔内必带"宜差"二字,有俾除去,乃云:"元被受差札上带下
来,怎敢擅除!"一添差酒官不厘务,坚要供职,人亦语之:"在
法只合闲坐请料钱。"其人言:"朝廷令某不离务,趁办课利,岂
敢闲坐请他料钱!"三者可补《笑林》之遗。

御　府　折　食　钱

　　旧制:御厨折食钱凡十一等。第一等,旧折八十余千,绍
兴初减半;余递减有差。至第十一等,旧折三十千,亦损其半。
然尚宫内人赴景灵宫酌献,却系临安府依格馔造。食味每分
白肉胡饼、汤肉粉杂饤、炊作、炒肉、煮菜羹饭、软肉,所破料止
羊肉十三两,面五两,绿豆粉二两,米五合,薪炭之属准此。其
俭如此。或云乃承平旧制,虽御厨末等折食则例,亦不致是之
窘也。

论 帝 姬

　　建炎初，臣僚论帝姬，或者谓非姓氏之"姬"，乃姬侍之"姬"，此尤不可，岂有至尊之女而下称姬侍乎？若以谓避忌，政和间"主"字乃主簿、主书之"主"，非国主、家主之"主"也。先是主字一切除去，民间有无主之说。又言：姬者，饥也，亦用度不足之谶。乃诏改正。乃政和二年，蔡京三人相时，建请改公主为帝姬，郡主为宗姬，县主为族姬。议者谓周姬犹齐姜、宋子也，是使国女改从周姓，故靖康初悉罢之。

清波杂志卷十

吏 文 弊 幸

中表张元友谓,理减年赏于浙东盐司,吏以赂不满欲,实封奏状,外封贴黄,以"谓"为"渭"。亟往易之。度其中必不误书,特以此一字见邀。昔州郡按酒官酝造违律,不任沽卖,吏受贿,于"任"字上加一点,遂免责罚。岂刻木辈心传此术,以资弊幸。唐史亦载有书"渍"为"清"者,以是知添改偏傍,有自来矣。

不 置 田 宅

王晋公祐不置田宅,曰:"子孙当各念自立,何必田宅? 置之,徒使争财为不义耳。"尝以百口保符彦卿无异志,乃植三槐于第中便座,谓其子必有任公台者。文正公,其子也。较以田宅所得,孰为少多? 非文正之贤,其能成乃父之志。

春 帖 子

"翰林书待诏请春词,以立春日剪贴于禁中门帐。《皇帝阁》六篇,其一曰:'漠然天造与时新,根著浮流一气均。万物不须雕琢巧,正如恭己布深仁。'《皇后阁》五篇,其一曰:'春衣不用蕙兰薰,领缘无烦刺绣文。曾在蚕宫亲织就,方知缕缕尽辛勤。'《夫人阁》四篇,其一曰:'圣主终朝勤万几,燕居专事养希夷。千门永昼春岑寂，不用车前插柳枝。'"春、端帖子，不特咏景物为观美，欧阳文忠公尝寓规讽其间，苏东坡亦然。司马温公自著《日录》，特书此四诗，盖为玉堂之楷式。自政、宣以后，第形容太平盛事，语言工丽以相夸，殆若唐人宫词耳。近时杨诚斋廷秀诗，有"玉堂着句转春风，诸老从前亦寓忠。谁为君王供帖子，丁宁绮语不须工"之句，是亦此意。顷得《玉堂集》，分为八帙。或云李汉老所编者，亦有《皇太子府春、端帖子》。

唃厮啰

康定二年，刘涣奉使入西羌，招纳唃厮啰族部。蕃法，唯僧人所过不被拘留，资给饮食。涣乃落发僧衣以行。李复圭云耳。辉得《刘氏西行录》，乃涣所纪，往返系日以书，甚悉，且多篇咏。虽所至必与蕃僧接，且赖其乡导。既仗使节，辟官属、计事宜、结恩信、称诏锡赉茶彩，悉用汉官威仪。范蜀公《东斋记》、王圣涂《渑水燕谈》皆及涣出使事，俱不言祝发。涣字仲章，保塞人。天圣中以奉礼郎上书请彻帘还政，后为右正言，又随孔道辅论废后事，以工部尚书致仕，元丰元年卒。

为文三易

"沈隐侯曰：'古儒士为文，当从三易：易见事，一也；易识事，二也；易读诵，三也。'邢子才曰：'沈侯文章，用事不使人觉，若胸臆语。'深以此服之。杜工部作诗，类多故实，不似用事者。是皆得作者之奥。樊宗师为文奥涩不可读，亦自名家。才不逮宗师者，固不可效其体。刘勰《文心雕龙》论之至矣。"向传《景文笔录》，复得一编名《摘粹》，四十八事，如辨碑刻及字音三四条,皆互出。前所论文见于《摘粹》。为文奥涩,公谓才不逮者不可效其体,以是知公所修《唐书》,后学其可妄议。

三　经　义

章子厚在相位,一日,国子长、贰堂白:"《三经义》已镂板放行,王荆公《字说》亦合放行,合取相公钧旨。"子厚曰:"某所不晓,此事请白右丞。"右丞,蔡元度也。

捍　海　堰

熬波之利,特盛于淮东,海陵复居其最。绍兴间,岁支盐三十余万席,为钱六七百万缗,于以佐国用,其利博矣。自增置真州一仓,遂稍损旧数。捍海置堰,肇自李唐。国朝范文正公稍移其址,叠石外固,厥后刬缺不常,随即补治。淳熙改元,复圮于潮汐。时待制张公子正守郡,益加板筑,不计工费,唯取坚实。官资不足,阴以私帑益之,迄今是赖。侍御史李粹伯处全记其成。辉是年适在乡里,乃得其实。盐席、钱缗之数见《吴陵志》。

东　坡　僦　宅

东坡云:昔僦宅于眉,一日,二婢熨帛,足陷于地。视之,深数尺,有大瓮,覆以乌木板。先夫人亟命以土塞之。人谓其下有宿藏物欲出也。其后坡居于岐,欲发地求藏丹,崇德君曰:"使先姑在,必不发也。"乃止。唐李景逊为浙西观察使,母郑早寡,家贫子幼,居东都。因古墙坏,得钱盈船。郑乃炷香祝之曰:"吾闻无劳而获者,身之灾也。天必以先君余庆矜其贫而赐之,则愿诸孤它日学问有成,乃其志也。此不敢取。"命淹而筑之。二事实相似，非智识贤明岂能及此？然郑爱幼子景庄，每被黜于场屋，母辄挞景逊。景逊终以朝廷取士自有公道，不肯私嘱主司。以是论之，郑母似有损于贤明。

张思齐诗

无锡乡士张公尚，字思齐，三舍时为名进士，蹭蹬至绍兴戊辰，始预特奏名试。待廷对间，梦人语之："官人往和州请衣。"既觉，叵测。有解之：和州请衣，必是食禄之地。张自念脱或侥幸，亦未应衣赐。及唱名，在末等，补和州助教。始悟衣者医也，为助教设。人劝纳敕为后图，张曰："神告之矣。"乃拜命。因赋四十字以自况："老未脱场屋，搜才无寸长。九重虽射策，一命不为郎。尚喜衫仍绿，仍怜牒是黄。活人何不可，政自有良方！"竟不沾禄而卒。平日诗文皆脍炙人口，求诸乡人而未获。先人所著《松峦志》亦著此事，首句云："不信儒冠误，蹉跎鬓已苍。"若夫梦兆，则辉近方得之，故今重出，不特补志之遗，抑亦正诗之误。

不事佛果

吴长文不喜释氏，父卒，不召僧营佛果，闾巷常与父往还者，各赠二缣。韩魏公谓事亲之际为尤难。建安刘同知居留建康，薨于官，遗戒不事梵呗，其家恪遵治命。兴化陈丞相当属纩之际，亦以手笔示其子，谓追修无益于逝者。岂二公自信平生践履，必可升济，初不假荐助冥福，抑矫世俗溺信浮屠氏之说欤？长文名奎，尝参机政于熙宁。

县　尉

古治百里之邑,令捔其俗,尉督其奸。故令曰"明府",尉曰"少府"。唐之名臣,繇尉超迁驯至公卿者,不可以数计。虽陆贽、牛僧孺、裴度、颜真卿、李绛,皆此涂出。今铨法以处试吏者,腰弓捻箭,从事鞍马,巡警阡陌,饯迎贵宦,敛板揖于路左,类以粗官目之。"判司簿尉不可说,未免棰楚尘埃间",不特兴叹于昌黎公。

雪　醅

酝法言人人殊,故色香味亦不等,醇厚、清劲,复系人之嗜好。泰州雪醅著名,惟旧盖用州治客次井蟹黄水,蟹黄不堪他用,止可供酿。绍兴间,有呼匠辈至都下,用西湖水酿成,颇不逮。有诘之者,云蟹黄水重,西湖水轻,尝绞以权衡得之。烨向还乡郡,饮所谓雪醅,亦未见超胜。岂秫米日损、水泉日增而致然耶?抑酝法久失其传?大抵今号兵厨,皆有此弊,不但泰之雪醅也。

论蛇虺

韩魏公妻弟崔公孺,持论甚正,公喜与之语。偶泛及差除,公孺忽曰:"豺狼、虎豹、蛇虺,天乃屏置于山林深僻之地者,盖恐为人之害也。今监司、郡守,一失选抡,置在要路,其为民害,得不甚于豺狼、虎豹、蛇虺乎?"公默然。凡今庙堂进拟符节次,得不鉴公孺之论而益精其选。

路 岩 报 应

唐路岩为相，密奏：“应臣下有罪赐死，皆令使者剔取结喉三寸以进，验其实。”至是赐岩死，乃自罹其酷。行刑之处，乃杨收死所，盖收为岩所陷者。

春　　　州

本朝卢公多逊贬朱崖，李符知开封府，言于赵韩王曰：“朱崖虽在海外，而水土无他恶，贬者多生全。春州在内地而近，至者必毙。望追改前命，亦外示宽贷，乃置于必死之地。”赵颔之。月余，符坐事贬宣州行军司马，上怒未已，令再贬岭外。赵具述其事，即以符知春州。到郡月余而卒。天道好还，其速如是。吏传不载，似此不一，姑举二者以为世戒。

客 舍 留 题

邮亭客舍，当午炊暮宿，弛担小留次，观壁间题字，或得亲旧姓字，写涂路艰辛之状，篇什有可采者。其笔画柔弱，语言哀怨，皆好事者戏为妇人女子之作。顷于常山道上得一诗：“迢递投前店，飕飗守破窗。一灯明复暗，顾影不成双。”后书“女郎张惠卿”。迨回程，和已满壁。衢、信间驿名彡溪，谓其水作三道来，作“彡”字形。鲍娘有诗云：“溪驿旧名彡，烟光满翠岚。须知今夜好，宿处是江南。”后蒋颖叔和之云：“尽日行荒径，全家出瘴岚。鲍娘诗句好，今夜宿江南。”颖叔岂固欲和妇人女子之诗，特北归读此句，有当于心，戏次其韵以志喜耳。辉顷随侍赴官上饶，舟行至钓台，敬谒祠下，诗板留题，莫知其数。刘武僖自柯山赴召，亦记岁月于仰高亭上，末云“侍儿意真代书"。后有人题云："一入侯门海样深,谩留名字恼行人。夜来仿佛高唐梦,犹恐行云意未真。"

待 遇 僚 属

近年上官遇僚属日益简倨,纵有从厚者,皆以失体之名归之。顷黄徽猷崇书为漕江东,尝对客言："公厅上论职事,或未免厉辞色;若杯酒间,讵可无和气以相接? 晚会彻俎,有应循廊者,岂有竟夕相陪,笑语从容,昏夜使其偕执侍者仆仆疾趋者乎? 当悉俾就席次登车。"且云："是亦前辈故事也。"后得一小说:韩黄门持国典藩,觞客,早食则凛然谭经史节义及政事设施;晚集则命妓劝饮,尽欢而罢。虽簿尉小官,悉令登车上马而去。黄所及前辈故事,其谓是耶。

黄 巢 姬 妾

唐中和四年,时溥献黄巢及家人首并姬妾,僖宗御大元楼受之。宣问姬妾："汝曹皆勋贵子女,世受国恩,何为从贼?"其居首者对曰："狂贼凶逆,国家以百万之众,失守宗祧,播迁巴蜀。今陛下以不能拒贼责一女子,置公卿将帅于何地乎?"僖宗不复问,皆戮于市。人争与之酒,其余俱悲恸昏醉,居首者独不饮不泣,至于就刑,神色肃然。刘更生传《列女》八篇,俱著姓氏,唐史《列女传》亦然,而独遗此。若非司马温公特书于《通鉴》中,则视死如归、应对不屈之节,卒泯泯而不传。惜不得其姓氏。

王 绪 军 法

时又有大将王绪,令军中无得以老弱自随,犯者斩。王潮兄弟独扶其母,绪责之曰:"军皆有法,未有无法之军。汝违吾令而不诛,是无法也。"三子曰:"人皆有母,未有无母之人。将军奈何使人弃其母!"绪怒,命斩其母。三子曰:"潮等事母如事将军,既杀其母,请先母死。"将士皆为之请,乃舍之,亦以其辞正也。或免或不免,系于一时。未几,绪为潮所擒。

柳 氏 家 诫

唐柳氏自公绰以来,世以孝悌礼法为士大夫所宗。玭常戒其子弟曰:"凡门地高,可畏,不可恃也。立身行己,一事有失,则得罪重于他人,无以见先人于地下,此其所以可畏也。门高则骄心易生,族盛则为人所嫉,懿行实才,人未之信,小有疵颣,众皆指之,此其所以不可恃也。"故膏粱子弟,学宜加勤,行宜加俭,仅得比众人耳。古今家诫,深切著明,孰逾于此!盖有镂板以晓于世者,所谓子弟千百中曷有一二顾省者,听之藐藐,则皆是也。姑识此以示儿辈。

宅 凶

"人凶非宅凶",古有是语。然空闲之庐,久无人迹,亦有可疑者。顷俄数椽茇舍于无锡,其屋虽多变怪,初不以为异。一夕,忽火发于庖屋,烟垒而焰不起,亟升以扑灭,于茅茨下得尺许通红炭。翌旦再视其处,了无烧痕。盖此旧为神祠,初不知也。遂迁他所。后其屋卒归煨烬。俄居去留固轻,若创建第宅,趣于落成,岁月方隅,或犯所禁,且不忖分量唯务壮丽,不旋踵自速其衅者多矣。"为宰相府颇隘,为奉礼、太祝之居则有余",先哲所见乃如此。

曾鲁公更名

绍兴初,先人为丹徒簿。曾鲁公丞相时簿领金坛,为僚意好甚笃。后曾待浙西帅干阙,权嘉禾新膆税,复相邂逅。一日,语先人:"连夕梦有俾更名,云名更方贵。"曾元名偶有所避,改后名,盖三十年前已形于梦兆矣。自此参大政,再登宰席,一时僚旧无在者,深有推挽意。而先人故倦游,但欲庙令以俟老。平生往返书尺,束如牛腰,散失殆尽,独余许祠禄一帖。曾素善饮,每醉则命彻俎拭案。语客曰:"请卓子吃一服感应元。"复各举一大白方散。辉幼即接侍,风味高胜,晋宋间人也。

虏程迂回

至和三年,刘原父敞使契丹,檀州守李翰劳其行役。刘云:"跋涉不辞,但山路迂曲,自过长兴,却西北行,六程到柳河,方稍南行。"意甚不快。又云:"闻有直路,自松亭关往中京,才十余程,自柳河才二百余里。"翰笑曰:"尽如所示。"乃初踏逐修馆舍已定,至今迂曲。后范中济子奇出使,虏道使者由迂路以示广远。范诘之曰:"抵云中有直道,旬日可至,何乃出此耶?"虏情得,嘿然。缘二公素精地理学,故毋得而欺。辉出疆,过白沟,日行六七十里若百余里,穷日力方到。或问:"今日之程行远?"答曰:"此中宿食顿,地里远近初不定。"盖亦取夫馆舍之便。

赐 章 服

嘉祐敕,敕服绿荃事十五年改绯。光禄卿王端建议:"公卿子弟褦襶得官，未尝从事，而锡命与年劳者等，何以示劝？请以莅事日为始。"遂著为令，时以为当。推此类而言，亦有合举行者。

黎　洞　白　巾

　　广南黎洞，非亲丧亦顶白巾，妇人以白布巾缠头。家有祀事，即以青叶标门禁往来。人皆文身，男女同浴。故曰："冒白乡风旧，标青社酒酣。文身老及幼，川浴女同男。"近有族人自海外归，询之，曰："然。"

梅　　苑

　　绍兴庚辰，在江东得蜀人黄大舆《梅苑》四百余阕，辉续以百余阕。复谓昔人谱竹及牡丹、芍药之属，皆有成咏，何独于梅阙之？乃采掇晋、宋暨国朝骚人才士凡为梅赋者，第而录之，成三十卷。谋于东州王锡老："词以苑名矣，诗以史目，可乎？"王曰："近时安定王德麟诗云：'自古无人作花史，官梅须向纪中书。'盖已命之矣。"辉复考少陵诗史，专赋梅才二篇，因他泛及者固多。取专赋，略泛及，则所得甚鲜；若并取之，又有疑焉。叩于汝阴李逭年，李曰："诗史犹国史也，《春秋》之法，褒贬于一字，则少陵一联一语及梅，正《春秋》法也。如'巡檐索笑'、'满枝断肠'、'健步移远梅'之句，至今宗之以为故事，其可遄遗？非少陵，则取专赋可也。"后在上饶，《梅苑》为汤平甫借去。汤时以寓客假居王显道侍郎宅，不戒于火，厦屋百间一夕煨烬，尚何有于《梅苑》哉！《梅史》随亦散佚，虽尝补亡，而非元本。岁当花开时，未尝不哦其诗，歌其曲，神交扬州法曹、西湖处士，怀旧编而诉遗恨焉。

祸延过客

群赴郡宴,甲年少,勇于见色,甫就席,乙以服辞,乃命彻乐。劝酬次,甲尤乙曰:"败一席之欢,尔也。真所谓'不自殒灭,祸延过客'也!"宾主为之烘堂。五十年前,服亲丧,终制不飨客,人亦不敢招致。亲旧欲相款,必就寺观具素馔,仍不置酒。时谓当然,不以为异。

烽　　火

沿江烽火台,每日平安,即于发更时举火一把;每夜平安,即于次日平明举烟一把。缓急、盗贼,不拘时候,日则举烟,夜则举火,各三把。绍兴初,江东安抚大使李光所请。辉生长江南,足不涉极边,初未识所谓烽火者。但读陆务观放翁记《游梁观塞上传烽》诗:"月黑望愈明,雨急灭复见。初疑云罅星,又似山际电。"亦可想像得仿佛云。

清波杂志卷十一

郊 坛 瑞 应

"龙图阁直学士、提举醴泉观、兼侍读、编修《国朝会要》、详定《九域图志》、编类御笔、礼制局详议官蔡攸奏:臣伏奉圣恩,差冬祀大礼升辂执绥。十一月五日,陛下御玉辂,自太庙出南薰门,至玉津园,伏蒙宣谕臣曰:'玉津园东楼殿重复,是何处?'臣奏以城外无楼殿,恐是斋宫。陛下曰:'此去斋宫尚远,可回顾。'见云间楼台殿阁,隐隐数重。既而审视,其楼殿去地数十丈,即知非斋宫。俄顷,陛下又谓臣曰:'见人物否?'臣即见有道流、童子,持幢幡节盖,相继而出云间。人渐众,约千余人,皆长丈余。有辂车舆辇,多青色,驾者不类马,状若龙虎。及辇后有执大枝花数十相继,云间日色穿透,所见分明,衣服眉目,历历可识。人皆戴冠,或有类今道士冠而稍大者,或若童子状,皆衣青、紫、黄、绿、红,或淡黄、杏黄、浅碧,望之衣上或有绘绣。或秉简,或持羽扇,前后仪卫益众,约数千许人。回旋于东方稍南,人物异常,旌旗飞翻飘转,所持幢节高数丈,非人世所睹。移刻,或见或隐,又顷乃隐不见。此盖陛下恪祗祀事,追述三代,作新礼器,上体天道,秉执元圭,斋服盛明,严恭寅畏,天意感昭,神明降格,示现如此。伏望宣付史馆,播告天下。"太师蔡京等奏乞率百僚,称庆明庭。奉御笔依奏。继降诏曰:"朕嗣承丕基,夙夜祗若,惟道是宪,惟上帝是

承。涓选休辰，恭修祀事，备物尽志，咸秩无文。荷帝博临，如
在其上。旌旗辇辂、冠服仪仗见于云际，万众咸睹。惟天人之
感通，有形声之相接。灵承对越，敢不祗钦！可以其日为天应
节，用端命于上帝，以昭答于神休。咨尔万邦，其体至意！"时
政和三年也。辉自省事，即见丈人行谈此事，颇略，兹得其详，
因书以示欲知者。先人云，所书亦有润色，在当时已多有议之
者。岂亦出神道设教乎。

太　素　脉

　　辉尝见父友许志康室论太素脉，谓可卜人之休咎。因及
治平中京师医僧智缘为王荆公诊脉，言当有子登科甲之喜。
时王禹玉在坐，深不然之。明年，雱果登第。缘自矜语验，诣
公乞文以为宠。公为书曰："妙应大师智缘，诊父之脉，而知其
子有成名之喜。翰林王承旨疑古无此，缘曰：'昔秦医和诊晋
侯之脉，知其良臣将死。夫良臣之命，尚于晋侯脉息见之；因
父知子，又何怪乎？'"所书大略如此。许云："此非荆公之文，
特其徒假公重名矜炫，以售其术尔。"智缘尝从王韶经理洮河边事，亦
尝召对诊御脉，命以官，不就。

　　徽宗尝命米芾以两韵诗草书御屏，次韵乃押"中"字，行笔
自上至下，其直如线。上称赏曰："名下无虚士。"芾即取所用
砚入怀，墨汁淋漓，奏曰："砚经臣下用，不敢复进御，臣敢拜
赐。"又一日，米回人书，亲旧有密于窗隙窥其写至"芾再拜"，
即放笔于案，整襟端下两拜。

为 学 三 多

　　为学三多，士皆知其说。孙公莘老请益于欧阳公，公曰：
"此无他，唯勤读书而多为之自工。世人患作文字少，又懒读
书，每一书出，必求过人，如此少有至者。疵病不必待人指摘，
多作自见之。"孙书于座右。

郑顾道除夕诗

　　郑顾道侍郎居上饶，享高寿，辉不及识也。尝见其《除夕》
小诗亲笔："可是今年老也无？儿孙次第饮屠苏。一门骨肉知
多少，日出高时到老夫。"胡德辉《苍梧志》云：或问酴酥事于鲍钦止，鲍
曰："平屋谓之酴酥，若今幕次之类，往往取其少长均平之义。"

东 坡 亲 书

　　番江寓客赵叔简编修，宣和故家。家藏东坡亲书历数纸，
盖坡为郡日，当直司日生公事，必著于历，当晚勾消。唯其事
无停滞，故居多暇日，可从诗酒之适。"欲将公事湖中了，见说
官闲事亦无"，乃秦少章所投坡诗，盖状其实。

常 　 产

　　辉顷侍钜公，语及常产，公云："人生不可无田，有则仕宦
出处自如，可以行志；不仕则仰事俯育，粗了伏腊，不致丧失气
节。有田方为福，盖福字从田、从衣。"虽得此说，三十年竟无
尺土归耕，老而衣食不足。福基浅薄，不亦宜乎！

缴 私 书

舒亶知谏院,言:"中书检正张商英与臣手简,并以其婿王汋之所业示臣。商英官居宰属,而臣职在言路,事涉干请,不敢隐默。其商英手简二纸并汋之所业一册,今缴进。"诏商英落馆阁校勘,监江宁酒。初,舒为县尉,坐手杀人停废。无尽为御史,言其才可用,乃得改官。至是乃尔,士论恶之。同时吕吉甫,亦缴王荆公私书。弯弓成俗,亦何足多怪。

府 治 回 禄

元祐间,宝文阁直学士、中大夫李文纯知开封府,廨宇遗火,降左中散大夫。近岁临安府治偶失所戒,守臣自列,贬秩,免所居官。其亦用此故事耶。

蟾 芝

政和二年,待制李谠进蟾芝,上曰:"蟾,动物也,安得生芝！闻大相国寺市中多有鬻此者,为玩物耳。谠从臣,何敢附会如此！"命以盆水渍之,一夕而解,竹钉故楮皆见。于是责谠以罔上,安置焉。又己亥冬,祀南郊,方登坛,乐作,使人推数小车,载火出于远林。左右争献言为异,指点哄然。大司乐田为押登坛歌,坛上大呼曰:"田为先见！"而上亦不责也。时所谓祥瑞,亦有类此者。而蔡絛尚有"山产码磃水晶,地布醴泉芝草",夸大其父相业。父子之罪通天,亦何辱书。

乐 语

蔡忠怀持正,初任邠州理掾,属韩康公宣抚陕西,喜其所撰乐语全用韩氏事，荐之。康公弟持国尹开封，辟主左厢公事。后尹刘公^庠责蔡庭参，蔡曰："此礼起于藩镇辟除掾属。辇毂之下，比肩事主，虽有故事，亦不可用。"刘不能屈。神宗闻而嘉之，刘乃补外。忠怀为小官，所守如此。今州县吏见长官，典谒以例告，违背礼制者多矣。^{说：神宗既嘉确之不屈，他日台}官阙，执政奏除官，上曰："只用不肯阶墀见开封尹者。"遂除确监察御史。

善　能　出　身

绍兴十一年，程克俊进呈，乞以贡院所考合格宗室善能，特令附正奏名殿试，以示劝奖。从之。高宗曰："天族之贵，溺于燕安，往往自陷非法。若以邦典绳之，则非所以示叙睦之恩；置而不问，又无以立国家之法。唯择其好学从善者，稍加崇厉，以风厉其余，是亦教化之术也。"宗室取应赐出身自此始。善能居无锡惠山，与辉居为邻，其后三、四任州县，以选调终。

台　　　评

苏丞相子容，因台评去位。时左司谏虞策言："苏颂罢相，臣备言职，朝廷进退宰相，宜有论列。而臣窃自念颂于元丰年曾荐举臣，在臣之心，诚恐近薄，有犯风谊，以此不敢入文字。臣之尸职，无所逃诛"云云。议者谓奏疏自列，略无隐情，当是时风俗忠厚顾如此。《夷坚庚志》书谢诚甫^{祖信}任南床日，论赵忠简公不遗余力，而谢为赵之上客。岂逼于言责，不暇顾私恩，所见与虞异矣。

书 札 过 情

大父有手札药方，乃用旧门状纸为策襏。见元祐间虽僧道谒刺，亦大书"谨祗候起居某官，伏听处分"，或云"谨状"，官称略不过呼。绍兴初，士大夫犹有以手状通名，止用小竹纸亲书，往还多以书简，莫非亲笔。小官于上位亦然。自行札子，礼虽至矣，情则反疏。司马温公尝言："与贵官书简，有采纸数过三，皆不谨。"又云："居处随用所出纸札，未尝他求。"所书止一二幅，世多石本，可见也。欧阳公《与梅圣俞书》亦有"日夕匆匆，非答书简、写门刺，未尝亲笔砚"之语。

九 僧 诗

欧阳文忠公《诗话》："国朝浮图，以诗名世者九人，故时有集号《九僧诗》。今不复传矣。余少时闻人多称其一曰惠崇，余八人忘其名。"辉昔传《九僧诗》：剑南希昼、金华保暹、南越文兆、天台行肇、沃州简长、青城惟凤、江东宇昭、峨眉怀古，并淮南惠崇，其名也。九僧诗极不多，有景德五年直史馆张亢所著序，引如崇《到长安》"人游曲江少，草入未央深"之句，皆不载，以是疑为节本。崇非但能诗，画亦有名，世谓惠崇小景者是也。"画史纷纷何足数，惠崇晚出吾最许"，荆公诗云耳。

属 笔

数十年前，僚属有能文者，监司、郡守委作笺记，遇有所嘱，必亲作简致叩。教官被公牒撰应用文字，亦亲署名封达。近时此礼俱废，但书司作承受传导公牒，则若常程行移，至有"牒请照会，不请有违"之语。上官体貌益崇，学士大夫浸失自重。此其一也。绍兴间，先人官镇江时，录参王敏功告殂，帅守李茂嘉宝文，率僚属往其廨哭之。近年岂复有此气象。

昭 达 纵 龟

舍弟昭达，淳熙壬寅丞长洲。沿檄往海盐，回程次吴江，见岸旁渔舟取龟板，用钺刀剜其肉，最为残酷。小人牟利，忍于物命，不恤也。询之，一枚才直一二钱。恻然动心，以一千得大小五百六十余枚，贮于竹篓，度去渔舟差远，以数枚置于版。舟行，旋取旋放，盖恐仆隶辈用力抛掷，或堕沮洳中，反伤其生。半日方竟事。到家，其妇唐迎谓曰："昨梦甲士数百人入门，云荷官人见宥，各声喏而去，殊不可晓。"初不知曾纵龟也。告以故，相与叹息。自尔，凡遇鳞介鲜活者，常取以善价，俾相忘于江湖，迄今毋怠。

道 昌 相

无锡乡僧道昌，蚤岁周游诸方，在庐山云居，因与人斗殴，损左目。值同袍授以相术，久乃得出蓝之誉。旋至都下，出入贵人之门，语多奇中。族叔枢密官正字，昌一日语之："旦夕当权法从。"时当国者深忌先传除目，力止之，且云："勿为我累。"又言最下馆职，无摄禁近之理。昌执益坚，且刻只在今日。方付一笑间，兼权中书舍人命下。叔祖侍郎婺倅满秩造朝，未暇干堂，且归嘉禾。忽得召命，叵测。入国门，昌曰："通判必任言责。"亦痛诋其妄。来日入对，方知为副端汤致远荐。对毕，还寓舍，昌先在焉，理前语曰："党或不然，则相书不可用也。"语未既，报除察官。先人罢饶幕，有以救局荐者。议已定，拘亲嫌，改乞江东干官。往叩昌，昌曰："必无成，后三四年方得之。"札子上,而所主执政报罢。后三年,竟得江东漕干。有孙愿者,赴部乞磨勘,已放散矣。昌曰:"以目下气色观之,非但改官参差,且恐折本。"孙大怒,欲治之。伺引见间,部吏有所邀,不从。乃摘曾过房,后归宗,在法合追所授恩泽。有为道地者,与补初等官。继从孙道夫少从之辟,竟失志而卒。前三说皆亲见之,孙又先人交承也。昌后莫知所往。

瑞 鹤 仙

"樱桃抄乳酪。正雨厌肥梅,风忺吹箨。咸瞻格天阁。见十眉环侍,争鸣弦索。茶瓯试瀹。更良夜、沉沉细酌。问问生、此日为谁?曾向玉皇、案前持橐。　　龟鹤。从他祝寿,未比当年,阴功堪托。天应不错,教公议,细评泊。自和戎以来,谋国多少,萧曹卫霍。奈胡儿自若,唯守绍兴旧约。"闽士朱耆寿,字国箕,为秦伯和侍郎寿。朱久游上庠,博洽能文,一时诸公皆知之。以累举得官,监临安赤山酒。年八十余而终。

郑 侠 封 事　二说

监安上门光州司理参军郑侠,上疏言:"去年大蝗,秋冬亢旱,今春不雨,麦苗干枯,黍粟麻豆,皆不及种。五谷踊贵,民情忧惶,十九惧死,逃移南北,困苦道涂。方春斩伐,竭泽而渔。大营官钱,小营升米。草木鱼鳖,亦莫生遂。夷狄轻肆,敢侮军国,皆由中外之臣,辅佐陛下不以道,以至于此。臣愿陛下开仓廪、赈贫乏,有司掊敛不道之政,一切罢去。庶几早召和气,上应天心,以延天下苍生垂死之命。君臣际会,贵乎知心。以臣之愚,深知陛下爱养民庶如赤子,故自即位以来,一有利民便物之事,无不毅然主张行之。陛下之心,亦愿人人

寿富,而中外之臣,略不推明陛下此心,乃恣其叨惛,剺割生
民,侵肌及骨,使之困苦而不聊生。夫陛下所存如彼,群臣所
为如此,台谏之臣,默默具位而不敢言事,至于规避百为,不敢
居是职事。凡百执事,又皆贪猥近利,使怀道抱职之士皆不欲
与之言,不识时然耶,陛下有以使之然耶? 臣又见南征西伐,
皆以其胜捷之势、山川之形为图而来;无一人以天下忧苦,货
妻卖女,父子不保,迁移逃走,困踬于蓝缕,拆屋伐桑,争货于
市,输官籴粟,遑遑不给之状为图而献。臣谨以安上门日所
见,绘为一图,百不及一,已可咨嗟涕泣,而况于千万里之外
哉! 谨随状呈奏。如陛下观臣之图,行臣之言,自今以往,至
于十日不雨,乞斩臣于宣德门外,以正欺君谩天之罪。如少有
所济,亦乞正臣越分言事之刑。”初不得即达,乃作边檄,夜传
入禁中。时永洛失律,上方西顾,檄至不敢遏,秉烛启封,见图
画饥民累累然,莫测,继知为谏疏,乃诏郑侠勒停,编管汀州。
视当时诸公所上封事,虽最切直,或谓凡人论天下利害,所贵
即悟主意罢行之;若语言太讦,使人主有不能堪,而自取谴斥,
亦何补于事! 汉元帝欲御楼船,薛广德谏从桥,曰:“陛下不听
臣,臣自刎,以血污车轮,陛下不得入庙矣!”元帝不悦。先驱
张猛进曰:“乘船危,就桥安。圣主不乘危。”元帝曰:“晓人不
当如是耶?”以是知谏有取于讽也。侠字介夫,福州人。书既
上,或谓中有主之者,故兴诏狱。侠改徙英州,辞连冯京、王尧
臣、丁讽等。亦及责王安国,除毁,放归田里。皆繇吕惠卿与
安国兄有隙,故入其罪。熙宁十年手诏:“英州编管人郑侠,元
犯无上不道,情至悖逆,贷与之生,已为大惠,可永不量移。”以
有司用赦,应量移鄂州故也。于是刑房官吏皆被责罚。

　　又一说,上览侠书,遂诏学士承旨韩维、知开封府孙永体

量免行钱,三司使曾布体量市易,又发常平仓及放商税,而青苗、免役亦权罢,催。凡一十八事。继下诏曰:"朕于致治,政失厥中,自冬迄春,愆阳为沴。四海之内,被灾者广。意朕之听纳不得于理欤?狱讼非其情,赋敛失其节,忠谋谠言郁于上闻,而阿谀壅蔽以成其私者众欤?中外臣僚,直言阙政。"诏文,维所草也。初,司马光自判西京留台以归,绝口不论时事。至是,读诏泣下,乃复陈六事:一,青苗;二,免役;三,市易;四,边事;五,保甲;六,水利云。

清波杂志卷十二

上 饶 古 冢

先人罢信幕，暂寓法曹廨房，室间忽地陷尺许，微露棺和，亟迁避他宇。扣于州之耆旧，皆言下乃古冢，素多影响。向有法曹黄姓者，具牲酒，自占数语祭之。方图择高爽地以改卜，是夕梦一伟丈夫来致谢，且云："陵谷变迁何常，业久处此，望相安存。"辉因思自谢惠连祭冥漠君之后，多仿其体。曾文昭子开亦有《瘗瓦棺文》，上饶寓公尹少稷谏议常称高妙可配东坡《徐州祭枯骨》之作："元祐七年正月，南京浚南湖，得瓦棺五，长者才三尺余，阔不逾尺，厚不及寸。瓦有从文，初若坚致，触之皆坏。留守曾肇既往视之，命迁瘗于湖之东南若干步高阜之地，祭以酒果。按《礼》：有虞氏瓦棺，夏后氏堲周，商人棺椁，周人墙置翣。周人以商人之棺椁葬长殇，以夏后之堲周葬中殇、下殇，以有虞氏之瓦棺葬无服之殇。此棺其葬殇者欤？乃吊之曰："虞耶夏耶？商、周之人耶？势耶富耶？抑贱而贫耶？生于何乡几晦朔，瘗于此地几春秋耶？夭寿归于共尽，老聃、彭祖与子其均耶？瓦为藏而水为宅，岂不复子之真耶？改卜高原，既深且固，于子为戚，抑为欣耶？有知也耶？无知也耶？尚有知也，其肯舍故而从新耶？"亦载在《曲阜集》。

朱　墨　本

淳化五年,翰林学士,张洎献重修《太祖纪》一卷,以朱墨杂书,凡躬承圣问,及史官采摭事,即以朱别之。神宗正史,类因诋诬而非实录,厥后删改,亦有朱墨本传于世,其用淳化故事欤?

司　马　田　宅

邵康节居洛阳,宅契,司马温公户名;园契,富郑公户名;庄契,王郎中户名。若使今人为之,得不贻寄户免科调之讥乎?或谓田宅乃三公所予者,特未知王之名,当亦是元祐间人。

职　名　三　等

贴职初止有集贤殿修撰、直龙图阁、秘阁三等耳,政和间,诏谓天下人才富盛,赴功趋事者众,官职寡少,不足褒延多士,乃增置集英、右文、秘阁修撰三等,龙图至秘阁凡六等,仍入杂压。自昔直秘阁,例过称龙图,盖直阁之名,旧才有二,集英即集贤也。

饲　饥　虎

端拱二年,河南府言:前郓州刺史穆彦璋,以爱子死,不愿生,挺身入山林饲饿虎。异哉! 丧明尤天,古虽有之,此则世未尝有也。见《太宗实录》。

张 守 性

顷年，朝廷遣使投龙于茅山燕洞，石门自开，广二尺余，得古铜钱百余，及金、银环各一。按《茅山记》：梁普通中，晋陵女子钱妙真，年十九，辞亲学道，诵《黄庭》七言。积四十年道成，佩白练入洞，洞门自启。至是再开。炜母舅张守性，弃从事郎为黄冠，受业茅山崇禧观，师号寻真见素。时山中有高道刘蓑衣，喜其朴茂，常留在左右，因有所得。一向佯狂，尝导炜游燕洞，且俾穷探。以其语素不伦，谢之。仍说：近入至里，见仙人对弈，以新莲相啖。方徘徊次，忽念恐知宫相寻，不觉身从后户出。知宫，其师也。后十余年，以度牒寄其姊家，飘荡至今，不知踪迹。先人以其终日浪走，若有所营，因即其师号，戏易曰"寻魂见鬼"，亲旧传以为笑。是乃五十年前事，一时人凋零殆尽，独炜知之，并识于此。

胆 水 胆 土

信州铅山，胆水自山下注，势若瀑布，用以浸铜，铸冶是赖。虽干溢系夫旱潦，大抵盛于春夏，微于秋冬。古传一人至水滨，遗匙钥，翌旦得之，已成铜矣。近年水流断续，浸铜颇费日力。凡古坑，有水处曰胆水，无水处曰胆土。胆水浸铜，工省利多；胆土煎铜，工费利薄。水有尽，土无穷。今上林三官，提封九路，检踏无遗，胆水、胆土，其亦兼收其利。

张 怀 素

张怀素，舒州人，自号落魄野人。崇宁元年入京师，至大观元年事败，牵引士类，一时以轻重定罪者甚众。吕吉甫、蔡元度亦因是责降。蔡尝语陈莹中："怀素道术通神,虽蜚禽走兽能呼遣之。"至言："孔子诛少正卯,彼尝谏以为太早。汉、楚成皋相持,彼屡登高观战。不知其几岁,殆非世间人也。"自古方士,怪诞固多有之,未有如此大言者。士大夫何信之笃、惑之深耶?后又有妇人虞,号仙姑,年八十余,有少女色,能行大洞法。徽宗一日诏虞诣蔡京,京饭之。虞见一大猫,拊其背语京曰:"识此否?乃章惇也。"京即诋其怪而无理。翌日,京对,上曰:"已见虞姑邪?猫儿事极可骇。"《熙宁实录》亦载赐蔡州尼惠普号广慈昭觉大师。惠普有妖术,朝士多问以祸福,富郑公亦惑其说。

火　葬

浙右水乡风俗:人死,虽富有力者,不办蕞尔之土以安厝,亦致焚如。僧寺利有所得,凿方尺之池,积潦蹄之水,以浸枯骨。男女骸骼,淆杂无辨。旋即填塞不能容,深夜乃取出,畚贮散弃荒野外。人家不悟,逢节序仍裹饭设奠于池边,实为酸楚,而官府初无禁约也。范忠宣公帅太原,河东地狭,民惜地不葬其亲,公俾僚属收无主烬骨,别男女,异穴以葬;又檄诸郡效此,不以数万计。仍自作记,凡数百言,曲折致意,规变薄俗。时元祐六年也。淳熙间,臣僚亦尝建议:柩寄僧寺岁久无主者,官为掩瘗。行之不力,今柩寄僧寺者固自若也。

牂　牁

至道元年,西南牂牁诸蛮贡方物。牂牁在宜州之西,累世不朝贡,至是始通。上问其吏宠光进地里风俗,译代对曰:"去宜州陆行四十五日,土宜五谷,人多食粳稻,持木弩于林木间射麋鹿。每三二百户为一州，州有长。杀人者不死，以其家财为赎。王居有城郭，官府无壁垒，止短垣而已。”因遣令作本国歌舞，一人捧瓢笙而吹，如蚊蚋声。须臾，数十辈连袂宛转，以足顿地为节。上笑令罢。牂柯使十数辈，从者百余人，皆蓬发鬃面，状如猿猱。使者衣虎皮毡裘，以虎尾加于首为上饰，他悉类此。辉顷从使节出疆，抵燕，与渤海使先后入见。当少须，于次际见其过前，服饰诡异，殆不可名状。皆忍笑不禁，虽虏人在傍，亦失声而笑。是诚可笑也。

行虫飞虫

元丰六年冬祀，中书舍人朱服导驾，既进辇，忘设展褥。遽取未至，上觉之，乃指顾问他事。少选褥至，乃登辇，以故官吏无被罪者。又一日，群臣方奏事垂拱殿见御衣有虫自襟沿至御巾，上既拂之至地，视之乃行虫，其虫善入人耳。上亟曰：“此飞虫也。”盖虑治及执侍者。圣德宽大如此。

拦滩网

江上取鱼，用拦滩网，日可俯拾。滨江人家得鱼，留数日，俟稍败方烹。或谓：“何不击鲜？”云：“鲜则必腥。”海上有逐臭之夫，于此益信。兹谓神奇化臭腐。又见故老言：承平时，淮甸虾米用席裹入京，色皆枯黑，无味，以便溺浸一宿，水洗去，则红润如新。又岁久佩香，以虎子覆一夕，芬馥仍旧。兹谓臭腐化神奇。或云无是理，答曰：“药物中秋石何自而出？”

王荆公墓

王荆公墓在建康蒋山东三里，与其子雱分昭穆而葬。绍圣初，复用元丰旧人，起吕吉甫知金陵，时待制孙君孚责知归州，经从，吕燕待之，礼甚厚。一日，因报谒于清凉寺，问孙："曾上荆公坟否?"盖当时士大夫道金陵，未有不上荆公坟者。五十年前，彼之士子，节序亦有往致奠者，时之风俗如此。曾子开亦有《上荆公墓》诗，见《曲阜集》。

虏改沃州

虏改吾赵州为沃州，盖取以水沃火之义。识者谓沃字从"夭"、"水"，则著国姓，中兴之谶益章章云。建炎初，从臣连南夫奏札言：女真号国曰金，而本朝以火德王；金见火即销，终不能为国家患。向者黄河埽决，几至汴京，都人欲导水入汴。谣语云："天水归汴，复见太平。"于此益可见遗民思汉之心。

两学记

政和三年，温陵吕荣义著《两学杂记》，凡七十二条，所书皆太学、辟雍事也。内一条：侯彭老，长沙人。建中靖国以太学生上书得罪，诏归本贯。缀小词别同舍："十二封章，三千里路。当年走遍东西府。时人莫讶出都忙，官家送我归乡去。三诏出山，一言悟主。古人料得皆虚语。太平朝野总多欢，江湖幸有宽闲处。"虽曰小挫，而意气安闲如此。辉顷得于故老：此词既传，斋各厚赆其行。亦传入禁中，即降旨令改正，属同获谴者不一，乃格。后繇乡贡，竟登甲科。绍兴十三年，再兴太学，荣义尚在，累举得光州助教。乃摭旧记，益未备，为八十一条，更名《上庠录》投进。而唱和诗《影妻椅妾》(盖以影为妻，故以椅为妾)四篇疑后来附入者。《上庠录》尝奏御，理不应亵。迨今五十余年，庠均之士，未闻祖是编纪事实以广贤关嘉话者,似为缺典。

范 文 正 复 姓

范文正复元姓,用陶朱、张禄事,世皆传诵。大中祥符五年,浔阳陶岳作《五代史补》百余条,盖补王元之内相《五代史阙文》未备者。其书梁事,中有郑准,性谅直,长于笺奏。成汭镇荆南,辟为推官。汭尝杀人亡命,改姓郭氏,既贵,令准草表,乞归本姓,其略曰:"臣门非冠盖,家本军戎。亲朋之内,盱睢为人报怨;昆弟之间,点染无处求生。背故国以狐疑,望邻封而鼠窜。名非伯越,乘舟难效于陶朱;志切投秦,入境遂称于张禄。"如此,则前已有此联,特文正公拈出,尤为切当云。

聚 香 鼎

毗陵士大夫有仕成都者,九日药市,见一铜鼎,已破缺,旁一人赞取之。既得,叩何所用,曰:"归以数炉炷香环此鼎,香皆聚于中。"试之果然,乃名"聚香鼎"。初不知何代物而致此异。

船 舫 立 名

顷年,西湖上好事者所置船舫,随大小皆立嘉名。如"泛星槎"、"凌风舸"、"雪蓬"、"烟艇",扁额不一,夷犹闲旷,可想一时风致。今贵游家有湖船,不患制名不益新奇,然红尘胶扰,一岁间能得几回领略烟波? 但闲泊浦屿,资长年三老闭窗户以适昼眠耳。园亭亦然。

互送不归己

邻郡岁时以酒相馈问,有所不免。孙公之翰典州日,独命别储以备官用,一不归于己。绍兴间,周彦约侍郎为江东漕,诸司所饷不欲却,乃留公库,迨移官,悉分遗官属,仍以缗钱买书,以惠学者。自孙公之后,朝廷即立法,近制亦屡申严,终以互送各利于己,不能革也。

响　字

李公受虚己为天圣从官,喜为诗,与同年曾致尧倡酬。曾谓曰:"子之诗虽工,而音韵犹哑尔。"李初未悟,后得沈休文所谓"前有浮声,后有切响",遂精于格律。辉在建康,识北客杜师颜,尝言少陵《丽人行》"坐中八姨真贵人",数目中"八"字最响。觅句下字,当以此类求之。杜早从陈子高学,此说盖得于陈云。

惠民局

神宗朝创置卖药所,初止一所,崇宁二年增为五局,又增和剂二局,第以都城东西南北壁卖药所为名,议者谓失元创药局惠民之意。岁得息钱四十万以助户部经费。今行在所置局,岁课虽视昔有损,意岂在夫羡赢,其于拯民瘼、施实惠,亦云博矣。

四川茶马

绍兴四年,复置茶马司,买到四尺五寸以上堪披带马,每一千匹与转一官。旧有主管茶马、同提举茶马、都大提举茶马三等，今并废，止留其一。高宗留意马政，因韩世忠献一骏马，诏：“朕无用此，卿可自留，以备出入。”世忠曰：“今和议已定，岂复有战阵事？”上曰：“不然。虏虽讲和，战守之备，何可少弛？朕方复置茶马司，若更得西马数万匹，分拨诸将，乘此闲暇，广武备以戒不虞。和议岂足深恃乎？”后又诏：“吴璘军以川陕茶博马价珠及红发之类，艰难之际，战马为急。”又曰：“以茶博易珠玉、红发、毛段之物，悉痛朕心。”议者谓一西马至江浙数千里远，在涂除倒毙外，及至饲养调习，久之可充披带用者能有几？不知费县官几许财用。若夫官吏论赏增秩，抑末耳。

山　阴　图

　　辉顷于池阳一士大夫处见纸上横卷《山阴图》，乃叶石林家本。人物止三寸许，已再三临写，神韵尚尔不凡，况龙眠真笔邪！前有序、赞各八句，词翰皆出石林。石林文集世不见其全，此赞尚虑散逸，矧墨妙之雅玩乎！当时尝录其文，恐好奇之士虽不见画，而欲想像高胜，今乃著于是：“龙眠李伯时画许玄度、王逸少、谢安石、支道林四人像，作《山阴图》。玄度超然万物之表，见于眉睫。逸少藏手袖间，徐行若有所观。安石肤腴秀泽，著屐，返首与道林语。道林羸然出其后，引手出相酬酢。皆得其意。俯仰步趋之间，笔墨简远，妙绝一时。碧林道人梵隆，少规模伯时，为余临写，真伪殆不辨。更三十年，世当不知有两伯时也。”此序也。赞曰：“扬眉轩然，意轶万里。亦将焉往？而竟斯止。日远游者，以是为游。疾走息阴，彼将安休？”其二：“翰墨之娱，以写万变。不偿一姥，笑戢山扇。袖手纵观，我行故迟。岂以怀祖，乐此逶迤？”其三：“韫玉于山，炜然不枯。我观此容,非山泽儒。却顾何为? 东山之陟。如何淮沚,乃折此屐?"其四:"一世所驱,颠倒衣裳。是身何依? 独委支郎。从容三人,亦蹑其后。人所无言,聊一举手。"后又见一本,摹益失真,第书四赞而亡其序。

鹤 林 玉 露

[宋]罗大经　撰
穆　公　　校点

校 点 说 明

《鹤林玉露》十八卷,一作十六卷,宋罗大经撰。大经字景纶,庐陵(今江西吉水)人。约生于宁宗庆元初年,嘉定十五年(1222)乡试中举,理宗宝庆二年(1226)登进士第,历任容州(今广西容县)法曹掾、抚州(今江西抚州市)军事推官等,后因事被劾罢官。在悠闲的山居生活中度过余生。

据作者书前自序,称其闲居时"日与客清谈鹤林之下",久之令人记下成编,用杜甫诗"爽气金天豁,清谈玉露繁"而名之。书中或考证经史,或记述时事。《四库全书简明目录》称其体例在诗话、语录、小说之间,宗旨在文士、道学、山人之间,大抵详于议论而略于考证。书中议论多能有感而发,因时而论,所记事实也能补史之未备。前人对此已多有美誉。至明代叶廷秀则专从书中辑出诗话四十条而成《诗谭续集》。另书中若干人物逸事亦颇具小说价值,常为后世小说、戏曲所采用。

本书版本分十八卷和十六卷两种系统。十八卷本分甲、乙、丙三编,十六卷本不分编。据考证,十八卷本较十六卷本多出四十条,较为接近罗书原貌,而十六卷本当是十八卷本散乱之后的重编。此次校点,以涵芬楼《宋人小说》丛书所整理的日本宽文二年翻刻明万历十八卷本为底本,校以《稗海》等书。凡底本有误者,据校本改正。底本原作天、地、人三编,然据书中所记,当为甲、乙、丙三编,故予以改正。

目　录

红友　韩平原客　咏鸥　老瓦盆　去妇词　杨太真　迁
谪量移　隐上山山　批答援引　物畏其天　诗用助语
存问逐客　野服　而已失官　函首诗　前褒后贬　春风
花草　旌忠庄　三将　彤庭分帛　血山　吾心如秤　韩
范用兵　天佑忠贤　齐人归女乐　张魏公讨苗刘　赠头
陀诗

陈子衿传　以学为诗　活处观理　祝寿　至人　桃锦柳
绵　村主鸡犬　谢昭雪表　末世风俗　五百弓　白羊先
生　东坡文　叔世官吏　宰辅久任　安乐直钱多　借助
夷狄　东坡书画　糕字　博浪沙　诗人胸次　牒　奸钱
肴若劫寨　无字　朱文公帖　毕再遇　诗犯古人　徐孺
子　玄真子图　责将帅

养兵　天棘　家乘　中兴十策　不死　月下传杯诗　题
贫乐图　竹　雍公荐士　诗兴　荆公议论　诗祸　功成
不受赏　四老安刘　安子文自赞　钓台诗　来苏渡　一
钱斩吏　冯三元　西山生祠　庐陵苗盐　文章邪正　云
日对　佛本于老庄　猫捕鼠　转丸鸣镝

启运宫望祭殿　就斋诗　大臣赐家庙　古妇人　碑铭
戒更革　潘默成　诸葛武侯　縠核对答　初筮谒郡　柔
福帝姬　鬶祠庙　蕲黄二守　俭约　断决　臣谄主愚
针熨道人　檀弓脱句　女戒　二老相访　汉二献　风香
示俭　识字　万卷百车　汤武　景不训仰　始皇袁绍
一联八意

兄弟偈　乌石阿多　收事之智　雨晴诗　善师　子家羁

甲 编 自 序

　　余闲居无营,日与客清谈鹤林之下,或欣然会心,或慨然兴怀,辄令童子笔之。久而成编,因曰《鹤林玉露》,盖"清谈玉露蕃",杜少陵之句云尔。时宋淳祐戊申正月望日,庐陵罗大经景纶。

鹤林玉露甲编卷一

解经不为烦辞

孟子释《公刘》之诗曰："故居者有积仓,行者有裹囊也,然后可以爰方启行。"释《烝民》之诗曰："故有物必有则,民之秉彝也。故好是懿德。"只添三两字,意义粲然。《六经》古注亦皆简洁,不为烦辞。朱文公每病近世解经者推测太广,议论太多,曰："说得虽好,圣人从初却元不曾有此意。虽以吕成公之《书解》,亦但言其热闹而已。"盖不满之辞也。后来文公作《易、诗传》,其辞极简。

手写九经

唐张参为国子司业,手写九经,每言读书不如写书。高宗以万乘之尊、万机之繁,乃亦亲洒宸翰,遍写九经。云章烂然,终始如一,自古帝王所未有也。又尝御书《汉光武纪》,赐执政徐俯,曰："卿劝朕读《光武纪》,朕思读十遍,不如写一遍。今以赐卿。"圣学之勤如此。

倒　　句

《史记》张仪论韩地险恶曰："民之食太抵饭菽藿羹。"此倒句也。昌黎文"春与猿吟兮秋鹤与飞","淮之水舒舒,楚山直丛丛",亦此类。

如 字 训 而

《春秋》:"星陨如雨。"释者曰:"如,而也。"欧阳公《集古录》载《后汉郭先生碑》云:"其长也,宽舒如好施,是以宗族归怀。"东坡得古镜,背有铭云:"汉有善铜,出白杨,取为镜,清如明。"皆训"如"为"而"也。

汴 州 诗

昌黎《汴州诗》云:"母从子走者为谁?大夫夫人留后儿。昨日乘车骑大马,坐者起趋乘者下。庙堂不肯用干戈,呜呼奈汝母子何。"为汴州之乱,留后陆长源遭杀作也。方董晋帅汴,昌黎在幕中。晋专行姑息,知军骄难制,变在旦夕。且死,遗戒丧车速发。及长源代之,绳以严急,军果乱,官属多死之。昌黎随晋丧已去汴,获免。夫长源固失矣,晋不能酌宽猛之中,潜消事变,乃以姑息偷免其身,使相激相形,产后来之祸;又不能先以一语忠告长源,乌得无罪?昌黎在幕中,盖亦与有责矣。此诗末句似有愧于中,而为自解之辞。

丑 父 纪 信

《左氏传》:鞍之战,逢丑父御齐侯,逢丑父为右。齐师败绩,丑父与公易位,为晋韩厥所及,丑父使公下,如华泉取饮而逃。韩厥献丑父,郤献子将戮之。呼曰:"自今无有代其君任患者,有一于此,将为戮乎!"郤子曰:"人不难以死免其君,我戮之不祥,赦之以劝事君者。"此与纪信诈乘汉王之车,以免高祖者何异?晋宥丑父,而楚焚纪信,项氏之不长也,宜哉!

因谗赐金

张魏公贬零陵,有书数箧自随,谗者谓其中皆与蜀士往来谋据西蜀之书。高宗命遣人尽录以来,临轩发视,乃皆书册;虽有尺牍,率皆忧国爱君之语。此外,唯葛裘布衾类,多垢敝。上恻然曰:"张浚一贫如此哉!"乃遣使驰赐金三百两。秦桧令宣言于外,谓赐浚死。门生、从者闻之,垂泣告公。公曰:"浚罪固当死。若果如所传,朝服拜命,就戮谢国家可也,何以泣为!"问使者为谁,曰:"殿帅杨存中之子也。"公曰:"吾生矣。存中,吾故部曲,朝廷诚欲诛浚,必不遣其子来。"已而使者拜于马前,乃获赐金之命。公之在秦也,开幕延贤,铸铜为印,形迹似稍专,故有以来谗者之口。然反因此得以自明,又赖赐金以自活,天果不佑忠贤乎?

世短意多

《古诗》云:"人生不满百,常怀千岁忧。"而渊明以五字尽之,曰"世短意常多"是也。东坡云:"意长日月促。"则倒转陶句尔。

兹为年

《吕氏春秋》云:"今兹美禾,来兹美麦。"注云:"兹,年也。"《公羊传》云:"诸侯有疾曰负兹。"注云:"兹,新生草也。"一年草生一番,故以兹为年。《古诗》云:"为乐当及时,何能待来兹?"《左氏传》"五稔",杜诗"十暑岷山葛",皆此意。

落　　帽

．桓温雄猛盖一时,宾僚相从燕赏,岂应有失礼于前者? 孟嘉落帽,恐如祢正平袒裼挝嫚侮曹瞒之意。陶渊明,嘉之甥也,为嘉作传,称其在朝仗正顺,门无杂宾。则嘉亦一时之望,乃肯从温,何也? 温尝从容谓曰:“人不可无势,我乃能驾驭卿。”亦颇有相靳之意。辛幼安《九日》词云:“谁与老兵供一笑,落帽参军华发。莫倚忘怀,西风也,解点检尊前客。凄凉今古,眼中三两飞蝶。”意谓嘉不当从温,故西风落其帽以贬之,若免冠然。

四　　胜

周瑜赤壁,谢安淝水,寇莱公澶渊,陈鲁公采石,四胜大略相似。杜牧云:“东风不与周郎便,铜雀春深锁二乔。”意亦著矣。谢安围棋别墅,真是矫情镇物,喜出望外,宜其折屐。澶渊之役,毕士安有相公交取鹘仑官家之说,高琼有好唤宰相来吟两首诗之说,则当时策略,亦自可见。“天发一矢胡无酋”,荆公句意与杜牧同。采石之师,若非逆亮暴急嗜杀,自激三军之变,亦未驱攘。是时,亮虽遭戕,虏师北归,纪律肃然,无一人叛亡,此岂易胜之师乎? 朱文公曰:“谢安之于桓温,陈鲁公之于完颜亮,幸而捱得他死尔。”要之,吴、晋乃天幸,宋朝真天助也。

兵　　粟

张仪云:“兵不如者,勿与挑战;粟不如者,勿与持久。”二语用兵者所当知。

守　城

守城必劫寨。刘信叔守顺昌,以数千人摧兀术数十万众,是劫寨之力也。守城不劫寨,是守死尔。

三 事 相 类

楚公子微服过宋,门者难之。其仆操箠而骂曰:"隶也不力!"门者出之。晋王廞之败,沙门昙永匿其幼子华,使提衣囊自随。津逻疑之,永诃曰:"奴子何不速行!"捶之数十,由是得免。宇文泰与侯景战河上,马逸坠地,李穆见之,以策扶泰背,曰:"笼东军士,汝曹主何在,而尚留此!"追者不疑其为贵人,与之马,与俱还。三事相类。若郭子仪杀羊而裴谞劾之,李愬进兵而温造弹之,亦此意也。

范 石 湖 使 北

淳熙中,范至能北使,孝宗令口奏金主,谓河南乃宋朝陵寝所在,愿反侵地。至能奏曰:"兹事至重,合与宰相商量,臣乞以圣意谕之,议定乃行。"上首肯。既而宰相力以为未可,而圣意坚不回。至能遂自为一书,述圣语。至虏庭,纳之袖中。既跪进国书,伏地不起。时金主乃葛王也,性宽慈,传宣问使人何故不起,至能徐出袖中书,奏曰:"臣来时,大宋皇帝别有圣旨,难载国书,令臣口奏。臣今谨以书述,乞赐圣览。"书既上,殿上观者皆失色。至能犹伏地。再传宣曰:"书词已见,使人可就馆。"至能再拜而退。虏中群臣咸不平,议羁留使人,而虏主不可。至能将回,又奏曰:"口奏之事,乞于国书中明报,仍先宣示,庶使臣不堕欺罔之罪。"虏主许之,报书云:"口奏之说，殊骇观听，事须审处，邦乃孚休。"既还，上甚嘉其不辱命，由是超擢，以至大用。至能在燕京会同馆，守吏微言有羁留之议，乃赋诗曰："万里孤臣致命秋，此身何止一沤浮。提携汉节同生死，休问羝羊解乳不。"

常　调　官

范文正公云："常调官好做，家常饭好吃。"余谓人能甘于吃家常饭，然后甘于做常调官。

天　　象

郑注召对浴堂门，彗长三尺；韩琦赐第集英殿，云见五色。君子、小人之进，天象昭昭如此。

官　省　钱

《五代史》：汉王章为三司使，征利剥下。缗钱出入，元以八十为陌，章每出钱，陌必减其三。至今七十七为官省钱者，自章始。然今官府于七十七之中，又除头子钱五文有奇，则愈削于章矣。

民　　兵

唐初，萧铣据荆襄，败于李靖，诸郡皆降，而所召援兵至者犹十万人。李煜据江南，其亡也，亦有援兵十数万。本朝靖康之祸，勤王之师至者绝少，纵有之，率皆望风奔溃，不敢向贼发一矢。盖五代以前，兵寓于农，素习战斗，一呼即集。本朝兵费最多，兵力最弱，皆缘官自养兵。绍熙中，张魏公在川陕，奏以王庶帅兴元，制置利、夔两路军士。于兴、洋、金、蓬、开、达诸州,令县选强壮,两丁取一,五丁取二,户与免物力钱二百五十千。五十人为一队,置队长。以知县为军正,尉为军副。月阅于县,春秋阅于郡。不半月,有兵二十万。乾道初,宿亳之役,禁旅多出征,江上之备空虚,陈福公首献民兵之策。及登庸,亟欲推行,会罢相,遂格。然两淮已用其法,而荆、襄尤有成规。开禧用兵,禁旅多败,而两淮山水寨万弩手率有功,特为官军所嫉,无以慰其心、尽其力耳。丙寅,虏大举南牧,围安、襄以撼荆、鄂。宣司檄召诸处兵,与湖北义勇俱往救。诸郡兵不待见敌而溃,所过钞略,甚于戎寇;独义勇随其帅进退,不敢有秋毫犯,盖顾其室家门户故也。张宣公帅荆州,与朱文公书云:“郭杲尝献缓急保江之策,某折之曰:‘刘信叔、刘共父皆尝有此论,真谬计也。纵贼入肝脾里,何以为国?上付公以北门,当尽力报国,要军要粮,此间当应副,事苟不济,守臣仗节而死尔。’郭闻之悚然。某之所恃者,有义勇二万六千人也。”

文　　鉴

　　孝宗命吕成公铨择国朝文章,成公尽翻三馆之储,逾年成编,赐名《文鉴》。周益公承制撰序云:“建隆、雍熙之际,其文伟;咸平、景德之际,其文博;天圣、明道之词古;熙宁、元祐之词达。虽体制互兴,源流间出,而气全理正,其归则同。”成公为此书,朱文公、张宣公殊不以为然,谓伯恭无意思承当,此事便好截下,因以发明人主之学。昔温公作《资治通鉴》,可谓有补治道,识者尚惜其枉费一生精力,况《文鉴》乎?

辛　幼　安　词

　　辛幼安《晚春词》云:“更能消几番风雨,匆匆春又归去。

惜花长恨花开早,何况乱红无数。春且住。见说道,天涯芳草
迷归路。怨春不语。算只有殷勤,画檐蛛网,尽日惹飞絮。
长门事,准拟佳期又误。娥眉曾有人妒。千金纵买相如赋,脉
脉此情谁诉? 君莫舞。君不见,玉环飞燕皆尘土。闲愁最苦。
休去倚危阑,斜阳正在,烟柳断肠处。"词意殊怨。"斜阳"、"烟
柳"之句,其与"未须愁日暮,天际乍轻阴"者异矣。使在汉、唐
时,宁不贾种豆种桃之祸哉! 愚闻寿皇见此词,颇不悦,然终
不加罪,可谓至德也已。其《题江西造口》词云:"郁孤台下清
江水,中间多少行人泪。西北是长安,可怜无数山。　青山
遮不住,毕竟东流去。江晚正愁予,山深闻鹧鸪。"盖南渡之
初,虏人追隆祐太后御舟至造口,不及而还。幼安自此起兴。
"闻鹧鸪"之句,谓恢复之事行不得也。又《寄丘宗卿》词云:
"千古江山,英雄无觅,孙仲谋处。舞榭歌台,风流总被,雨打
风吹去。斜阳草树,寻常巷陌,人道寄奴曾住。想当年,金戈
铁马,气吞万里如虎。　元嘉草草,封狼居胥,赢得仓皇北
顾。四十三年,望中灯火,犹记扬州路。可堪回首,佛狸祠下,
一片神鸦社鼓。凭谁问,廉颇老矣,尚能饭不?"此词集中不
载,尤隽壮可喜。朱文公云:"辛幼安、陈同甫,若朝廷赏罚明,
此等人皆可用。"

大　　人

　　古今称"大人",其义不一。《左氏传》:子服昭子曰:"夫必
多有是说,而后及其大人。"《孟子》曰:"有大人之事,有小人之
事。"此以位言也,所谓王公大人是也。《孟子》曰:"养其大者
为大人。"昌黎《王适墓志》曰:"翁大人不疑。"此以德望言也,
所谓大人君子是也。若《易》之"利见大人",则兼德位而言之。

今人自称其父曰"大人"，然疏受对疏广曰："从大人议。"则叔父亦可称"人人"。范滂将就诛，与母诀曰："大人割不忍之爱。"则母亦可称"大人"。

利　市

俗语称"利市"，亦有所祖。《左氏传》：郑人盟商人之辞曰："尔无我叛，我无强贾，尔有利市宝贿，我勿与知。"

诚斋谒紫岩

杨诚斋为零陵丞，以弟子礼谒张魏公。时公以迁谪故，杜门谢客。南轩为之介绍，数月乃得见。因跪请教，公曰："元符贵人，腰金纡紫者何限，惟邹至完、陈莹中姓名与日月争光。"诚斋得此语，终身厉清直之操。晚年退休，怅然曰："吾平生志在批鳞请剑，以忠鲠南迁，幸遇时平主圣。老矣，不获遂所愿矣！"立朝时，论议挺挺，如乞用张浚配享，言朱熹不当与唐仲友同罢，论储君监国，皆天下大事。孝宗尝曰："杨万里直不中律。"光宗亦曰："杨万里也有性气。"故其自赞云："禹曰也有性气，舜云直不中律。自有二圣玉音，不用千秋史笔。"

前辈勤学

胡澹庵见杨龟山，龟山举两肘示之，曰："吾此肘不离案三十年，然后于道有进。"张无垢谪横浦，寓城西宝界寺。其寝室有短窗，每日昧爽，辄执书立窗下，就明而读，如是者十四年。洎北归，窗下石上双趺之迹隐然，至今犹存。前辈为学勤苦如此。然龟山盖少年事，无垢乃晚年，尤难也。

仕宦归故乡

欧阳公居永丰县之沙溪，其考崇公葬焉，所谓泷冈阡是也。厥后奉母郑夫人之丧归合葬，载青州石镌阡表。石绿色，高丈余，光可鉴，阡近沙山太守庙。襄事祷于庙，祝板犹存，曰："大事有日，阴云屡兴，假以三日之晴，则拜神之赐，其敢忘报。"执政得立功德寺，公素排佛教，雅不欲立寺。崇公讳观，又不可立观，乃立"青阳宫"。然公自葬郑夫人之后，不复归故乡，其作《吉州学记》云："幸余他日，因得归荣故乡。将见吉之士，皆道德明秀，而可为公卿。问于其俗，而婚丧饮食，皆中礼节。入于其里，而长幼相孝慈于其家；行于其郊，而少者扶其羸老，壮者代其负荷于道路。然后乐学之道成，而得时从先生耆老，席于众宾之后，听乡乐之歌，饮献酬之酒，而以诗颂天子太平之功。周览学舍，思咏李侯之遗爱，不亦美哉！"虽有此言，而迄不践。乐颍昌山水，作《思颍》诗，退休竟卜居焉。前辈议其无回首敝庐、息间乔木之意。近时周益公归休，尹直卿以诗贺之云："六一先生薄吉州，归田去作颍昌游。我公不向螺江住，羞杀青原白鹭洲。"

铁拄杖

寿皇在宫中，常携一漆拄杖，宦官、宫妾莫能睨视。尝游后苑，偶忘携焉，特命小黄门取之。二人竭力曳以来，盖精铁也。上方有意中原，故阴自习劳苦如此。

苏黄遗文

东坡赞文与可梅竹石云："梅寒而秀，竹瘦而寿，石丑而文，是为三益之友。"席子择遭丧，山谷怜其贫，纠合同志者助之，其辞云："富者不仁，理难共语；仁者不富，势难独成。百足之虫，至死不僵，以扶之者众也。愿与诸君同力振之。"二帖余皆见其真迹，坡、谷集所不载。

池　　鸥

太学蕴道斋有小池，忽一鸥飞来，容与甚久。一同舍生题诗云："朝来池上有斯事，火急报教同舍知：昨夜雨余春水满，白鸥飞下立多时。"读者赏其酝藉。

鹤林玉露甲编卷二

大承气汤

周益公参大政,朱文公与刘子澄书云:"如今是大承气证,渠却下四君子汤,虽不为害,恐无益于病尔。"呜呼!以乾、淳之盛,文公犹恨当国者不用大承气汤,况下于乾、淳者乎?然历考往圣,如孔子相鲁,而下大承气汤,固是对证;大舜继尧,亦不免下大承气汤。信矣,文公之为名言也。益公初在后省,龙大渊、曾觌除阁门,格其制不下,奉祠而去,十年不用,天下高之。后入直翰林,觌以使事还,除节钺,人谓公必不草制,而公竟草之。其词云:"八统驭民,敬故在尊贤之上。"宜其不敢用大承气汤也。

鲁隐公摄

欧阳子曰:"隐公非摄也。使隐果摄,则《春秋》不称公;《春秋》称公,则隐公非摄无疑也。"此论未然。《春秋》虽不书隐公居摄,而于两书仲子之事,自隐然可见。夫母以子贵,世俗之情也。使桓不将立,则仲子特一生公子之妾耳,周王何为而归其赗?鲁国何为而考其官?今也归赗而不嫌渎乱之讥,考官而加严事之礼,徒以桓之将为君也。桓将为君,则隐之摄著矣。或曰:隐摄则何以称"公"?东坡曰:"周公摄而克复子者也,故不称'王';隐公摄而不克复子者也,故称'公'。史有

谥，国有庙，《春秋》独得不称‘公’乎？"此论亦未然。周公之摄
也，诰命之际曰"周公曰"、"王若曰"，曷尝自称"王"乎？窃意
鲁史旧文，必著隐公摄位之实，去摄而书公，乃仲尼之特笔，一
以著隐之不当逊，一以著桓之不当立，二者皆非也。欧公论隐
公、赵盾许止事，皆未明《春秋》之旨。《春秋》之所以为《春秋》
者，正当微显阐幽，若但直书其事，则夫人能之矣，何为游、夏
不能措一辞哉！

奸　富

本富为上，末富次之，奸富为下。今之富者，大抵皆奸富
也；而务本之农，皆为仆妾于奸富之家矣。呜呼，悲夫！

货　色

一顾倾城，再顾倾国，色也；大者倾城，下者倾乡，富也。
货色之不祥如此哉。

孙　吴

《吴子》之正，《孙子》之奇，兵法尽在是矣。《吴子》似《论
语》，《孙子》似《孟子》。

子弟为干官

朱文公《与庆国卓夫人书》云："五哥岳庙，闻尊意欲为五
哥经营干官差遣，某切以为不可。人家子弟多因此坏却心性，
盖其生长富贵，本不知艰难，一旦仕宦，便为此官，逐司只有使
长一人可相拘辖，又多宽厚长者，不欲以法度见绳。上无职事
了办之责，下无吏民窥伺之忧。而州县守令，势反出己下，可

以陵轹。故后生子弟为此官者，无不傲慢纵恣，触事懵然。愚意以为可且为营一稍在人下职事，吃人打骂差遣，乃所以成就之。若必欲与求干官，乃是置之有过之地，误其终身。"前辈爱人以德，至于如此！卓夫人乃少傅刘公子羽之妃，枢密共父之母，五哥即平甫，朱与刘盖姻娅。初，文公之父韦斋疾革，手自为书，以家事属少傅。韦斋殁，文公年十四，少傅为筑室于其里，俾奉母居焉。少傅手书与白水刘致中云："于绯溪得屋五间，器用完备。又于七仓前得地，可以树，有圃可蔬，有池可鱼。朱家人口不多，可以居。"文公视卓夫人犹母云。

筹　子

《五代史》：汉王章不喜文士，常语人曰："此辈与一把筹子，未知颠倒，何益于国！"筹子，本俗语，欧公据其言书之，殊有古意。温公《通鉴》改作"授之握筹，不知纵横"，不如欧《史》矣。

农圃渔樵

农圃家风，渔樵乐事，唐人绝句模写精矣。余摘十首题壁间，每菜羹豆饭饱后，啜苦茗一杯，偃卧松窗竹榻间，令儿童吟诵数过，自谓胜如吹竹弹丝。今记于此：韩偓云："闻说经旬不启关，药窗谁伴醉开颜。夜来雪压前村竹，剩看溪南几尺山。"又云："万里清江万里天，一村桑柘一村烟。渔翁醉著无人唤，过午醒来雪满船。"长孙佐辅云："独访山家歇还涉，茅屋斜连隔松叶。主人闻语未开门，绕篱野菜飞黄蝶。"薛能云："邵平瓜地接吾庐，谷雨干时偶自锄。昨日春风欺不在，就床吹落读残书。"韦庄云："南邻酒熟爱相招，蘸甲倾来绿满瓢。一醉不知三日事，任他童稚作渔樵。"杜荀鹤云："山雨溪风卷钓丝，瓦瓯篷底独斟时。醉来睡著无人唤，流下前滩也不知。"陆龟蒙云："雨后沙虚古岸崩，渔梁携入乱云层。归时月落汀洲暗，认得山妻结网灯。"郑谷云："白头波上白头翁，家逐船移浦浦风。一尺鲈鱼新钓得，儿孙吹火荻花中。"李商隐云："城郭休过识者稀，哀猿啼处有柴扉。沧江白石渔樵路，薄暮归来雨湿衣。"张演云："鹅湖山下稻粱肥，豚栅鸡栖对掩扉。桑柘影斜秋社散，家家扶得醉人归。"

柳　诗

唐人柳诗云："水边杨柳绿烟丝，立马烦君折一枝。惟有春风最相惜，殷勤更向手中吹。"朱文公每喜诵之，取其兴也。

进　青　鱼

宋文帝时，司徒义康颛总朝权，西方馈遗，皆以上品荐义康，而以次品供御。上尝冬月啖柑，叹其形味并劣，义康曰："今年柑殊有佳者。"遣人还东府取柑，大供御者三寸。上寖不能平，义康旋以罪废。唐代宗谓李泌曰："路嗣恭献琉璃盘九寸，乃以径尺者遗元载，须其至议之。"赖泌一言，嗣恭免罪，而元载竟诛。吕许公不肯多进淮白鱼，盖惩此也。秦桧之夫人常入禁中，显仁太后言："近日子鱼大者绝少。"夫人对曰："妾家有之，当以百尾进。"归告桧，桧咎其失言，与其馆客谋，进青鱼百尾。显仁拊掌笑曰："我道这婆子村，果然！"盖青鱼似子鱼而非，特差大耳。观此，贼桧之奸可见。

郎 当 曲

魏鹤山《天宝遗事》诗云："红锦绷盛河北贼,紫金盏酌寿王妃。弄成晚岁郎当曲,正是三郎快活时。"俗所谓"快活三郎"者,即明皇也。小说载:明皇自蜀还京,以驼马载珍玩自随。明皇闻驼马所带铃声,谓黄幡绰曰:"铃声颇似人言语。"幡绰对曰:"似言'三郎郎当、三郎郎当'也。"明皇愧且笑。

刘 锜 赠 官 制

逆亮窥江,刘锜已病,亦同扞御。未几,亮歼,锜亦殂,特赠太尉。周益公行词云:"岑彭殒而公孙亡,诸葛死而仲达走。虽成功有命,皆莫究于生前,而遗烈在人,可徐观于身后。"读者服其的切。益公常举似谓杨伯子曰:"起头两句,须要下四字议论承贴,四六特拘对耳,其立意措词贵于浑融有味,与散文同。"

庐 州 之 变

绍兴中,刘光世在淮西,军无纪律。张魏公为都督,奏罢之,命参谋吕祉往庐州节制。光世颇得军心,祉,儒者,不知变,绳束顿严,诸军忿怨。统制郦琼率众缚祉,渡淮归刘豫。魏公方宴僚佐,报忽至,满座失色。公色不变,徐曰:"此有说,第恐虏觉耳。"因乐饮至夜分,乃为蜡书,遣死士持遗琼,言:"事可成,成之;不可,速全军以归。"虏得书,疑琼,分隶其众,困苦之,边赖以安。南轩言:"符离之役,诸军皆溃,唯存帐下千人。某终夕彷徨,而先公方熟寝,鼻息如雷。先公心法,如何可学?"

无 极 太 极

游诚之,南轩高弟,常言:"《易》有太极,而周子加以无极,何也? 试即吾心验之,方其寂然无思,万善未发,是无极也。虽云未发,而此心昭然,灵源不昧,是太极也。"闻者服其简明。其诗亦可爱,如"春风未肯催桃李,留得疏篱浅淡香","平生意思春风里,信手题诗不用工","闲处漫游当世事,静中方识古人心",皆有味。

薛 客

齐封田婴于薛,号靖郭君,专齐之权。常欲城薛,客谓曰:"君不闻海大鱼乎? 网不能止,钩不能牵,荡而失水,则蝼蚁制焉。今齐亦君之水也。君长有齐,奚以薛为? 苟有失齐,虽隆薛之城至于天,庸足恃乎?"乃不果城。董卓积金帛于郿坞,曰:"事成,雄据天下;事不成,守此坞足矣。"人之智愚相远乃如此。

能 言 鹦 鹉

上蔡先生云:"透得名利关,方是小歇处。今之士大夫何足道,真能言之鹦鹉也。"朱文公曰:"今时秀才,教他说廉,直是会说廉;教他说义,直是会说义;及到做来,只是不廉不义。"此即"能言鹦鹉"也。夫下以言语为学,上以言语为治,世道之所以日降也,而或者见能言之鹦鹉,乃指为凤凰、鸳鸯,惟恐其不在灵囿间,不亦异乎?

贺　雪　表

黄伯庸代宰相贺雪表云:"招来众彦,无昼卧洛阳之人;激励三军,有夜入蔡州之志。"词意壮切,真宰相事也。李公甫表云:"汉使啮毡,未必得匈奴之要领;楚军挟纩,惟当坚祈父之爪牙。"语虽巧,颇牵强。

汉　宫　诗

唐李商隐《汉宫》诗云:"青雀西飞竟未回,君王犹在集灵台。侍臣最有相如渴,不赐金茎露一杯。"讥武帝求仙也。言青雀杳然不回,神仙无可致之理必矣。而君王未悟,犹徘徊台上,庶几见之,且胡不以一物验其真妄乎? 金盘盛露,和以玉屑,服之可以长生,此方士之说也。今侍臣相如正苦消渴,何不以一杯赐之。若服之而愈,则方士之说犹可信也;不然,则其妄明矣。二十八字之间,委蛇曲折,含不尽之意。

夜　　绩

《汉·食货志》云:"冬,民既入,妇人相从夜绩,女工一月得四十五日。"注谓每日又得半夜,为四十五日也。然则农之宵尔索绹,儒之短檠夜诵,岂可少哉? 胡澹庵书遗从子维宁曰:"古之君子,学欲其日益,善欲其日加,德欲其日起,身欲其日省,体欲其日强,行欲其日见,心欲其日休,道欲其日章,以为未也。"又曰:"日知其所亡,见其所不见,一日不使其穷俯焉。其爱日如是,足矣。犹以为未也,必时习焉,无一时不习也;必时敏焉;无一时不敏也;必时术焉,无一时不术也;必时中焉,无一时不中也。其竞时如是,可以已矣。犹以为未也,则曰:夜者,日之余也,吾必继晷焉,灯必亲,薪必然,膏必焚,烛必秉,蜡必濡,萤必照,月必带,雪必映,尤必隙,明必借,暗则记。呜呼! 如此,极矣。然而君子人曰:终夜不寝,必如孔子;鸡鸣而起,必如大舜;坐以待旦,必如周公。然则何时而已耶? 范宁曰:'君子之为学也,没身而已矣。'"

狐裘障泥

晏子一狐裘三十年,长孙道生一熊皮障泥数十年,盖贵而能俭。若渊明"十年著一冠",则言其贫也。

心　脉

敖器之善察脉,常言:"心脉要细、紧、洪。备此三者,大贵大贤也。"赵季仁举以谓余曰:"此非论脉,乃是论学。"余曰:"小心翼翼,细也;务时敏,紧也;有容乃大,洪也。"季仁曰:"正是如此。"

吾翁若翁

汉高祖谓项羽曰:"吾翁即若翁。"此语理意甚长。《左氏传》:齐败于鞍,晋人欲以萧同叔子为质,齐人曰:"萧同叔子者非他,寡君之母也。若以匹敌,则亦晋君之母也。"《孟子》曰:"杀人之父者,人亦杀其父。然则非自杀之,一间耳。"高祖之语与此暗合。史谓不修文学而性明达,此类是也。项羽迄不杀太公,有感于斯言矣。乃知鸷猛之人,胸中未尝无天理,特在于有以发之耳。

吕惠卿表

"九金聚粹，共图魑魅之形；孤剑埋光，尚负斗牛之气。"此吕惠卿表也。邪人指正人为邪如此，人主于何而辨之？

世事翻覆

卫青少服役平阳公主家，后为大将军，贵显震天下。公主仳离择配，左右以为无如大将军，公主曰："此我家马前奴也，不可。"已而遍择群臣，贵显无逾大将军者，迄归大将军。丁晋公起甲第，钜丽无比。军卒杨杲宗躬负土之役，劳苦万状。后杲宗以外戚起家，晋公得罪贬海上，朝廷以其第赐杲宗，居之三十年。世事翻覆，何所不有。杨诚斋诗云："君不见河阳花，今如泥土昔如霞。又不见武昌柳，春作金丝秋作帚。人生马耳射东风，柳色桃花却长久。秦时东陵千户侯，华虫被体腰苍琅。汉初沛邑刀笔吏，折腰如磬头抢地。萧相厥初谒邵平，中廷百拜百不应。邵平后来谒萧相，故侯一拜一惆怅。万事反覆何所无，二子岂是大丈夫！穷通流坎皆偶尔，抟扶未必贤抢揄。华胥别是一天地，醉乡何尝有生死。侬欲与君归去来，千愁万恨付一杯。"

二 苏

朱文公云："二苏以精深敏妙之文，煽倾危变幻之习。"又云："早拾苏张之绪余，晚醉佛老之糟粕。"余谓此文公二十八字弹文也。自程、苏相攻，其徒各右其师。孝宗最重大苏之文，御制序赞，特赠太师，学者翕然诵读，所谓"人传元祐之学，家有眉山之书"，盖纪实也。文公每与其徒言：苏氏之学，坏人心术，学校尤宜禁绝。编《楚辞后语》，坡公诸赋皆不取，惟收《胡麻赋》，以其文类《橘颂》。编《名臣言行录》，于坡公议论所取甚少。

了翁孙女

陈了翁日与家人会食，男女各为一席。食已，必举一话头，令家人答。一日，问曰："并坐不横肱，何也？"其孙女方七岁，答曰："恐妨同坐者。"

达 贤 录

魏鹤山云："某尝以吕文穆《夹袋册》、韩忠献《甲乙丙丁集》、吕正献《掌记》、曾宣靖《雌黄公议》、司马公《荐士编》、陈密《学章藁》、范文献《手记》、近世虞忠肃《翘材馆录》之类，粹为一编，名《达贤录》，亦使士大夫识得行己用世规模，须是推诚心，布公道，集谋虑，广忠益，不惟资人辅己，济一旦之用。往往居德养才，流风所被，薰习演迤，逮乎数世，乃是先知先觉职分当然。"鹤山此论，可谓任重道远。然荐士非难，识士为难。卞和之识玉，九方皋之识马，此岂有法之可传哉！若识鉴未至，徒以偏驳锢滞之意见，称量摸索，其不为王荆公者几希。荆公尝曰："当今可望者，惟吕惠卿一人。"又曰："章子厚才极高，但为流俗所毁耳。"呜呼！《翘材》之所延，《夹袋》之所载，使尽如荆公之选抡，则是蛇虺之渊、虎狼之薮也，其流毒可胜道哉！故量足以容君子，识足以辨小人，可以为大臣矣。

大 算 数

有日者谒黄直卿，云善算星数，知人祸福。直卿曰："吾亦有个大算数,《书》曰:'惠迪吉,从逆凶。作善,降之百祥;作不善,降之百殃。'《大学》曰:'言悖而出者,亦悖而入;货悖而入者,亦悖而出。'此个数,亘古今不差,岂不优于子之算数乎?"

论　菜

真西山论菜云:"百姓不可一日有此色,士大夫不可一日不知此味。"余谓百姓之有此色,正缘士大夫不知此味。若自一命以上至于公卿,皆得咬菜根之人,则当必知其职分之所在矣,百姓何愁无饭吃。

晚　学

高适五十始为诗,为少陵所推。老苏三十始读书,为欧公所许。功深力到,无早晚也。圣贤之学亦然。东坡诗云:"贫家净扫地,贫女巧梳头。下士晚闻道,聊以拙自修。"朱文公每借此句作话头,接引穷乡晚学之士。

九　日　诗

徐渊子《九日》诗云:"衰容不似秋容好,坐上谁怜老孟嘉?牢裹乌纱莫吹却,免教白发见黄花。"时一朝士和云:"呼儿为我整乌纱,不是无心学孟嘉。要摘金英满头插,明朝还是过时花。"二诗兴致皆佳,未易优劣。

好　人　好　事

豫章旅邸,有题十二字云:"愿天常生善人,愿人常做好事。"邹景孟表而出之,以为奇语。吾乡前辈彭执中云:"住世一日,则做一日好人;居官一日,则做一日好事。"亦名言也。

盗贼脱身

　　自古盗贼如黄巢、侬智高，败绩之后，皆能脱身自免。巢髡发为僧，题诗自赞，有"铁衣著尽著僧衣"之句；智高败后，惟金龙衣在，或谓入海，或谓奔大理国。淳熙间，江湖茶商相挺为盗，推荆南茶驵赖文政为首。文政多智，年已六十，不从，曰："天子无失德，天下无他衅，将以何为？"群凶不听，以刃胁之，黾勉而从。文政知事必不集，阴求貌类己者一人，曰刘四，以煎油糍为业，使执役左右。辛幼安为江西宪，亲提死士与之角。困屈请降，文政先与渠魁数人来见，约日束兵。既退，谓其徒曰："辛提刑瞻视不常，必将杀我。"欲遁去，其徒不可。则曰："宁断吾首以降，死先后不过数日耳。"其徒又不忍，乃斩刘四之首，使伪为己首以出，而文政竟遁去。官军迄不知其首级之伪也。

制 词 失 体

　　嘉定间，加史丞相实封，制云："天欲治，舍我谁也，负孟轲济世之才；民不被，若己推之，挺伊尹佐王之略。"用经句而帖妥，然过谀失体。勋德如韩魏公，荆公草加官制，不过曰："保兹天子，进无浮实之名；正是国人，退有顾言之行。"或谓荆公素不满于魏公，故无甚褒之词，非也，王言之体当然耳。

鹤林玉露甲编卷三

庆 元 侍 讲

庆元初,赵子直当国,召朱文公为侍讲,文公欣然而至,积诚感悟,且编次讲义以进。宁宗喜,令点句以来,他日请问,上曰:"宫中常读之,大要在求放心耳。"公因益推明其说,曰:"陛下既知学问之要,愿勉强而力行之。"退谓其徒曰:"上可与为善,若常得贤者辅导,天下有望矣。"然是时韩侂胄自谓有夹日之功,已居中用事。公因进对面谏,又约吏部侍郎彭子寿请对,面发其奸;且以书白赵丞相,云"当以厚赏酬其劳,勿使干预朝政"。侂胄于是谋逐公。忽一日,御批云:"朕闵卿耆老,当此隆冬,难立讲,已除卿宫观。"内侍王德谦径遣付下,宰相执奏,台谏给舍争留,皆不从。时子寿出护使客,回则公已去矣,即上章攻侂胄,云:"昔元符间,向宗良兄弟止缘交通宾客,漏泄机密,陈瓘抗章劾之,谓'自古戚里侵权,便为衰世之象;外家干政,即是亡国之本。亦如州县之政,只要权出守令,若子弟亲戚交通关节,则奸人鼓舞,良民怨咨'。如瓘此言,不可不察。今侂胄所为,不止如宗良,而朝无陈瓘,莫能出力排之。在太上皇朝,始用姜特立,大臣尚能逐之使去;后用袁佐,谏官尚能论之使惧。不意陛下初政清明,有臣如此,乃无一人敢出一语,则其声势可知矣。"上甚嘉纳,谓宰相曰:"侂胄是朕亲戚,龟年是朕旧学,极是难处。"宰相进两留之说,且谓龟年性刚,乞宣谕留之。上曰:"此人质直,兼是随龙旧僚,四人两人罢,一人忧去,只有龟年有事肯来说。如此区处甚好。"其晚忽降省札,直批彭龟年予郡,宰相亦不知也,自是众君子皆逐矣。上始初虽为佞胥所误,然三十一年敬仁勤俭如一日。天文示变,斋心露祷;禁中酒器,以锡代银。上元夜尝荧烛清坐,小黄门奏曰:"官家何不开燕?"上愀然曰:"尔何知!外间百姓无饭吃,朕饮酒何安?"尝幸聚景园,晚归,都人观者争入门,蹂践有死者。上闻之深悔,自是不复出。文公格心之效,终不可泯。陈正甫草保安赦文云:"朕寅畏以保邦,严恭而事帝。虽不明不敏,有惭四海望治之心;然无怠无荒,未始纵一毫从己之欲。"真能写出宁宗心事。天下诵之。

生　成　吹　嘘

杜陵诗云:"桑麻深雨露,燕雀半生成。"后山诗云:"辍耕扶日月,起废极吹嘘。"或谓虚实不类。殊不知"生"为"造","成"为"化","吹"为"阴","嘘"为"阳",气势力量,与"日月"字正相配也。

齐　秦　客

观李斯《逐客》之书,则秦固以客兴;观齐人《松柏》之歌,则齐人又以客亡。客何所不有哉?在吾所择耳。子思、孟轲、荀卿、子顺,亦当时之客也,如时君之不用何?用之,则秦之客又何足道!

畏　说

先君竹谷老人,早登庆元诸老之门,晚年以其所自得者著

《畏说》一篇，其词曰："大凡人心不可不知所畏，畏心之存亡，善恶之所由分，君子小人之所由判也。是以古之君子，内则畏父母、畏尊长，《诗》云'岂敢爱之，畏我父母'，又曰'岂敢爱之，畏我诸兄'是也。外则畏师友，古语云'凛乎若严师之在侧'，逸《诗》曰'岂不欲往，畏我友朋'是也。仰则畏天，俯则畏人，《诗》曰'胡不相畏，不畏于天'，又曰'岂敢爱之，畏人之多言'是也。夫惟心有所畏，故非礼不敢为，非义不敢动。一念有愧，则心为之震悼；一事有差，则颜为之忸怩。战兢自持，日寡其过，而不自知其入于君子之域矣。苟惟内不畏父母、尊长之严，外不畏朋侪、师友之议，仰不畏天，俯不畏人，猖狂妄行，恣其所欲，吾惧其不日而为小人之归也。由是而之，习以成性，居官则不畏三尺，任职则不畏简书，攫金则不畏市人。吁！士而至此，不可以为士矣，仲尼所谓小人之无忌惮者矣。夫人之所以必畏乎彼者，非为彼计也，盖将以防吾心之纵，而自律乎吾身也。是故以天子之尊，且有所畏，《诗》曰'我其夙夜，畏天之威'，《书》曰'成王畏相'，孰谓士大夫而可不知所畏乎！以圣贤之聪明，且有所畏，《鲁论》曰：'君子有三畏：畏天命、畏大人、畏圣人之言。'孰谓学者而可不知所畏乎！然则畏之时义大矣哉！余每以此自警，且以效切磋于朋友云。"先君此说出，一时流辈潜心理学者咸以为不可易。余同年欧阳景颜跋云："造道必有门，伊、洛先觉，以持敬为造道之门，至矣，尽矣。盖敬，德之聚也。此心才敬，万理森列；此身才敬，四体端固。繇勉强至成熟，此心此身敛然法度中，可以为人矣。然世之作伪假真者，往往窃持敬之名，盖不肖之实，内虽荏，而色若厉焉；行无防检，而步趋若安徐焉。识者病之，至有效前辈打破敬字以为讪侮者，又有以高视阔步，幅巾大袖，而乞加惩绝者。一世杰立之士，欲哀救之而志不能遂。近世叶水心作《敬亭后记》，至不以张思叔之言为然，谓敬为学者之终事，仆深疑焉。近因校文至澧阳，谒竹谷罗先生，以所著《畏说》见教，仆醒然若有所悟。呜呼！畏即敬也。使人知畏父母，畏尊长，畏天命，畏师友，畏公论，一如先生所言，欲不敬，得乎？每事有所持循而畏，则其敬也，莫非体察在己实事，见面盎背，临渊履冰，以伪自盖者，能之乎？高视阔步，幅巾大袖，假声音笑貌以为敬，求之于父母、兄长、师友之间，多可憾焉，人其以敬许之乎！盖先生以实而求敬，故其敬不可伪；世人以虚而求敬，故其敬或可假。是说也，羽翼吾道，其功岂浅浅哉！至此，则敬不可伪为，而攻持敬者当自思矣。"

劝 行 乐 表

绍熙甲寅，太学诸生拟《劝行乐表》云："周公欺我，愿焚《酒诰》于通衢；孔子空言，请束《孝经》于高阁。"以劝为讽，字字有来历。

秀 州 刺 客

苗、刘之乱，张魏公在秀州，议举勤王之师。一夕独坐，从者皆寝，忽一人持刃立烛后。公知为刺客，徐问曰："岂非苗傅、刘正彦遣汝来杀我乎？"曰："然。"公曰："若是，则取吾首以去可也。"曰："我亦知书，宁肯为贼用？况公忠义如此，岂忍加害！恐公防闲不严，有继至者，故来相告尔。"公问："欲金帛乎？"笑曰："杀公何患无财！""然则留事我乎？"曰："我有老母在河北，未可留也。"问其姓名，俯而不答，摄衣跃而登屋，屋瓦无声。仴方月明，去如飞。明日，公命取死囚斩之，曰："夜来获奸细。"公后尝于河北物色之，不可得。此又贤于钼麑矣。孰为世间无奇男子乎？殆是唐剑客之流也。

南 轩 六 诗

　　张宣公《题南城》云："坡头望西山，秋意已如许。云影度江来，霏霏半空雨。"《东渚》云："团团凌风桂，宛在水之东。月色穿林影，却下碧波中。"《丽泽》云："长哦《伐木》诗，伫立以望子。日暮飞鸟归，门前长春水。"《濯清》云："芙蓉岂不好，濯濯清涟漪。采去不盈把，惆怅暮忘饥。"《西屿》云："系舟西岸边，幅巾自来去。岛屿花木深，蝉鸣不知处。"《采菱舟》云："散策下亭舸，水清鱼可数。却上采菱舟，乘风过南浦。"六诗闲淡简远，德人之言也。

族 谱 引

　　陶渊明《赠长沙公族祖》云："同源分派，人易世疏。慨然寤叹，念兹厥初。"老苏《族谱引》云："服始于衰，而至于缌，而至于无服。无服则亲尽，亲尽则情尽。情尽则喜不庆、忧不吊。喜不庆、忧不吊，则涂人也。吾所与相视如涂人者，其初兄弟也。兄弟其初，一人之身也。悲夫！"正渊明诗意。诗字少意多，尤可涵泳。

幸 不 幸

　　胡澹庵乞斩秦桧得贬，卢溪先生王廷珪，字民瞻，以诗送之曰："痴儿不了公家事，男子要为天下奇。"亦贬辰阳。太府寺丞陈刚中，字彦柔，以启贺之云："屈膝请和，知庙堂御侮之无策；张胆论事，喜枢庭经远之有人。身为南海之行，名若泰山之重。"又云:"谁能屈大丈夫之志,宁忍为小朝廷之谋! 知无不言,愿请尚方之剑;不遇故去,聊乘下泽之车。"亦贬安远宰。卢溪晚年,孝宗召赴阙,除直秘阁,一子扶掖上殿,亦予官,寿逾九十。寺丞竟死安远,无子,其妻削发为尼。幸不幸之不同如此。吉州吉水县江滨有石材庙,隆祐太后避虏,御舟泊庙下。一夕,梦神告曰:"速行,虏至矣。"太后惊寤,即命发舟指章贡。虏果蹑其后,追至造口,不及而还。事定,特封庙神刚应侯。寺丞南行,题诗庙柱云:"疏爵新刚应,论功旧石材。能形文母梦,还讶佞人来。"《左氏传》"佞人来矣",正谓逐客。事见《六一集》。海市为谁出,衡云岂自开? 乞灵如见告,逐客几时回。"卒不如其愿,悲夫!

德 行 科

杨诚斋初欲习宏词科,南轩曰:"此何足惜,盍相与趋圣门德行科乎?"诚斋大悟,不复习,作《千虑策》,论词科可罢,曰:"孟献子有友五人,孟子已忘其三。周室去班爵之籍,孟子已不能道其详,孟子亦安能中今之词科哉!"晚年作诗示儿云:"素王开国道无臣,一榜春风放十人。莫羡榜头年十八,旧春过了有新春。"

记 梦 诗

昌黎《记梦》诗末句云:"我宁屈曲自世间,安能从汝巢神山!"朱文公定"宁"字作"能"字,谓神仙亦且护短凭愚,则与凡人意态不殊矣。我若能屈曲谄媚,自在世间可也,安用巢神仙以从汝哉! 正柳下惠"枉道而事人,何必去父母之邦"之意。只一字之差,意味天渊复别。

忍　　事

张耳、陈馀,魏之名士。秦闻此两人名,购求张耳千金,陈馀五百金。二人变名姓之陈,为里监门。里吏尝笞馀,馀欲起,耳蹑之,使受笞。吏去,耳引馀之桑下,数之曰:"始吾与公言何如? 今见小辱而欲死一吏乎?"耳之见,过馀远矣。馀卒败死泜水上,而耳事汉,富贵寿考,福流子孙,非偶然也。大智大勇,必能忍小耻小忿。彼其云蒸龙变,欲有所会,岂与琐琐者校乎! 东坡论子房,颖滨论刘、项,专说一"忍"字。张公艺九世同居,亦只是得此一字之力。杜牧之云:"包羞忍耻是男儿。"

五 教 三 纲

舜命契敷五教,孟子以为君臣、父子、夫妇、兄弟、朋友是也。《左氏传》:晏子曰:"君令臣共,父慈子孝,兄爱弟敬,夫和妻柔,姑慈妇听。"去"朋友"而言"妇姑"。又曰:"君令而不违,臣共而不贰,父慈而教,子孝而箴,兄爱而友,弟敬而顺,夫和而义,妻柔而正,姑慈而从,妇听而婉。"五者之中,唯兄弟、妇姑专主于和顺,至于君,虽得以令臣,不可违于理而妄作。臣虽所以共君,而不可贰于道而曲从。父慈其子,必教以义方。子孝其父,必箴其阙失。夫以和倡妇,尤当制之以义。妻以柔从夫,尤当自守以正。盖三者乃三纲也,所系尤重。故于睦雍敬爱之中,必有检方规正之道,庶几各尽其分,而三纲立矣。

二　罪　人

国家一统之业,其合而遂裂者,王安石之罪也。其裂而不复合者,秦桧之罪也。渡江以前,王安石之说浸渍士大夫之肺肠,不可得而洗涤。渡江以后,秦桧之说沦浃士大夫之骨髓,不可得而针砭。

利　害

朝廷一有计较利害之心,便非王道;士大夫一有计较利害之心,便非儒学。绍兴间,张登为尤溪宰。视事之日,请邑之耆老人士相见,首问"天"字以何字对,皆曰"地";又问"日"字以何字对,皆曰"月";又问"利"字以何字对,皆曰"害"。张曰:"误矣!人只知以'利'对'害',便只管要寻利去;人人寻利,其间多少事!'利'字只当以'义'字对。"因详言"义"、"利"之辩,一揖而退。

物　无　小

豺能杀虎.鼠可害象。一夫足以胜禹,三户可以亡秦。

范　睢　蔡　泽

范睢、蔡泽皆辨士,太史公以之连传。然睢倾危,泽明坦。睢幽险诡秘,危人骨肉,全是小人意态。泽方入关,便宣言欲代睢。至其所以告睢者,皆消息盈虚之正理,睢必俟泽反覆以祸福晓之,乃肯释位。泽为秦相,数月即告老,为客卿以终。进退雍容,过睢远甚。虽然后之君子固权吝宠,如狡兔之专窟,如猩猩之嗜酒,老死而不知止,受祸而不之觉者,是又在范睢下矣。

江月句

孟浩然诗曰:"江清月近人。"杜陵云:"江月去人只数尺。"子美视浩然为前辈,岂祖述而敷衍之耶? 浩然之句浑涵,子美之句精工。

建茶

陆羽《茶经》,裴汶《茶述》,皆不载建品。唐末,然后北苑出焉。我朝开宝间,始命造龙团,以别庶品。厥后丁晋公漕闽,乃载之《茶录》。蔡忠惠又造小龙团以进。东坡诗云:"武夷溪边粟粒芽,前丁后蔡相笼加。吾君所乏岂此物,致养口体何陋耶!"茶之为物,涤昏雪滞,于务学勤政未必无助。其与进荔枝、桃花者不同,然充类至义,则亦宦官、宫妾之爱君也。忠惠直道高名,与范、欧相亚,而进茶一事乃侪晋公。君子之举措,可不谨哉!

救荒

皇祐间,吴中大饥。范文正公领浙西,乃纵民竞渡,与僚佐日出燕湖上,谕诸寺以荒岁价廉,可大兴土木。于是诸寺工作鼎新。又新仓廒吏舍,日役千夫。监司劾奏杭州不恤荒政,游宴兴作,伤财劳民。公乃条奏所以如此,正欲发有余之财,以惠贫者,使工技佣力之人皆得仰食于公私,不至转徙填壑。荒政之施,莫此为大。是岁,惟杭饥而不害。近时莆阳一寺,规建大塔,工费巨万。或告侍郎陈正仲曰:"当此荒岁,寺僧剥敛民财,兴无益之土木。公为此邦之望,盍白郡禁止之。"正仲笑曰:"子过矣! 建塔之役,寺僧能自为之乎? 莫非佣此邦之人为之也。敛之于富厚之家，散之于贫窭之辈，是小民藉此以得食，而赢得一塔耳。当此荒岁，惟恐僧之不为塔也，子乃欲禁之乎？"

苏　白

东坡希慕乐天，其诗曰："应是香山老居士，世缘终浅道根深。"然乐天酝藉，东坡超迈，正自不同。魏鹤山诗云："滠浦猿啼杜宇悲，琵琶弹泪送人归。谁言苏白能相似，试看风帆赤壁矶。"此论得之矣。

于　宝

杨诚斋在馆中，与同舍谈及晋于宝，一吏进曰："乃干宝，非于也。"问何以知之，吏取韵书以呈，"干"字下注云："晋用干宝。"诚斋大喜曰："汝乃吾一字之师。"

帷　帐

绍兴省试《高祖能用三杰赋》。一卷文甚奇，而第四韵押"运筹帷帐"，考官以《汉书》乃"帷幄"，非"帐"字，不敢取。出院，以语周益公，公曰："有司误也。《史记》正是'帷帐'，《汉书》乃作'幄'。"

字　义

寿皇问王季海曰："'聋'字何以从'龙'、'耳'？"对曰："《山海经》云：'龙听以角，不以耳。'"荆公解"蔗"字，不得其义。一日行圃，见畦丁莳蔗横瘗之，曰："他时节节皆生。"公悟曰："蔗，草之庶生者也。"字义固有可得而解者，如一而大谓之

"天",是诚妙矣。然不可强通者甚多。世传东坡问荆公:"何以谓之'波'?"曰:"水之皮。"坡曰:"然则滑者,水之骨也?"荆公《字说》成,以为可亚《六经》,作诗云:"鼎湖龙去字书存,开辟神机有圣孙。湖海老臣无四目,漫将糟粕污修门。正名百物自轩辕,野老何知强讨论。但可与人漫酱瓿,岂能令鬼哭黄昏。"盖苍颉四目,其制字成,天雨粟,鬼夜哭。"漫瓿"之句,言知者少也。

前 辈 志 节

胡忠简公为举子时,值建炎之乱,团结丁壮,以保乡井。隆祐太后幸章贡,虏兵追至,庐陵太守杨渊弃城走。公所居曰芗城,距城四十里,乃自领民兵入城固守。市井恶少乘间欲攘乱,斩数人乃定。张榜责杨渊弃城之罪,募人收捕。渊惧,自归隆祐。隆祐赦之,降敕书谕胡铨。事定,新太守来,疑公有他志,不敢入城。公笑曰:"吾保乡井耳,岂有他哉!"即散遣民兵,徒步归芗城。杨忠襄公少处郡庠,足不涉茶坊酒肆。同舍欲坏其守,拉之出饮,托言朋友家,实娼馆也。公初不疑,酒数行,娼艳妆而出。公愕然,疾趋而归,解其衣冠焚之,流涕自责。人徒见忠简以一编修官乞斩秦桧,甘心流窜,忠襄以金陵一倅唾骂兀术,视死如归,岂知其自为布衣时,所立已卓然矣。

诗 勉 邑 宰

王梅溪守泉,会邑宰,勉以诗云:"九重天子爱民深,令尹宜怀恻隐心。今日黄堂一杯酒,使君端为庶民斟。"邑宰皆感动。真西山帅长沙,宴十二邑宰于湘江亭,作诗曰:"从来官吏与斯民,本是同胞一体亲。既以脂膏供尔禄,须知痛痒切吾身。此邦素号唐朝古，我辈当如汉吏循。今日湘亭一杯酒，便烦散作十分春。"盖祖述梅溪而敷衍之。

常　平

惠民之法，莫善于常平。司马温公云："此三代圣人之法，非李悝、耿寿昌所能为也。"陈止斋曰："《周礼》以年之上下出敛法。盖年下则出，恐谷贵伤民也；年上则敛，恐谷贱伤农也。即常平之法矣。"《孟子》曰："狗彘食人食而不知检，涂有饿莩而不知发。""检"字一本作"敛"，盖狗彘食人食，粒米狼戾之岁也，法当敛之；涂有饿莩，凶岁也，法当发之。由此而言，三代之时，无常平之名，而有常平之政，特废于衰周耳，真非耿、李所能耳。

简　易

郭仲晦谓刘信叔曰："处事当以简易，何则？简以制繁，易以制难，便不费力。乾坤之大，所以使万物由其宰制者，不过此二字，况于人乎！"仲晦此论，可谓洞见天地万物之理。且以用兵言之，韩信多多益办，只是一"简"字；狄武襄夜半破昆仑关，只是一"易"字。

大　乾　梦

廖德明，字子晦，朱文公高弟也。少时谒梦大乾，梦怀刺候谒庙庑下，谒者索刺，出诸袖，视其题字云"宣教郎廖某"，遂觉。后登第，改秩，以宣教郎宰闽。请迓者及门，思前梦，恐官止此，不欲行。亲朋交相勉，乃质之文公。公曰："待徐思之。"一夕，忽叩门曰："得之矣。"因指案上物曰："人与器物不同，如笔止能为笔,不能为砚;剑止能为剑,不能为琴;故其成毁久速,有一定不易之数。惟人则不然,虚灵知觉,万理兼该,固有朝为跖而暮为舜者。故其吉凶祸福亦随之而变,难以一定言。今子赴官,但当充广德性,力行好事,前梦不足芥蒂。"子晦拜而受教。后把麾持节,官至正郎。

鹤林玉露甲编卷四

词　　科

嘉定间，当国者惮真西山刚正，遂谓词科人每挟文章科目以轻朝廷，自后，词科不取人。虽以徐子仪之文，亦以巫咸一字之误而出之，由是无复习者。内外制，唯稍能四六者即入选。殊不知制诰诏令贵于典重温雅、深厚恻怛，与寻常四六不同。今以寻常四六手为之，往往褒称过实，或似启事谀词，雕刻求工，又如宾筵乐语，失王言之体矣。胡卫、卢祖皋在翰苑，草明堂赦文云"江淮尽扫于胡尘"，太学诸生嘲之曰："胡尘已被江淮扫，却道江淮尽扫于。"又曰："传语胡卢两学士，不如依样画胡卢。"端平初，患代言乏人，乃略更其制，出题明注出何书，仍许上请，中选者堂除教官。然名实既轻，习者亦少。昔孝宗朝，议者欲科举取士，以论策共为一场，制诏表章为一场。上欣然欲行之，而周益公等不主其说，遂不果行。余谓若行此法，则举子无不习王言者。习者既多，自有精工者出于其间，他时选拔而用之，何患丝纶之不雅正乎！

透　　脱

杨诚斋丞零陵日，有《春日》绝句云："梅子流酸软齿牙，芭蕉分绿上窗纱。日长睡起无情思，闲看儿童捉柳花。"张紫岩见之曰："廷秀胸襟透脱矣。"

对　　垒

与敌对垒，必分兵以扰之，设诈以疑之。扰之，则其力不给；疑之，则其心不安。力不给则败，心不安则遁。

李　　勣

李勣临终谓其弟德曰："吾子孙若有志气不伦、交游非类者，必先挝杀之，而后以闻。"其言严厉如此。《酉阳杂俎》载：勣孙敬业，年十许岁，勇悍异甚。勣心患之，伺其入林猎兽，纵火焚林。敬业见火至，剐所乘马，入其腹中。火过，浴血而出，迄不能害。临终之戒，为敬业发也。厥后则天之祸，敬业起兵，所谓"一抔之土未干，六尺之孤何在"者，名义固正，亦狂率矣，卒歼其宗。然武氏之立，大臣力争之，以勣家事一语而定。唐之子孙，半为血肉，歼宗之祸，非天报耶？

买　砚　诗

徐渊子诗云："倅余拟办买山钱，却买端州古砚砖。依旧被渠驱使在，买山之事定何年？"刘改之贺其直院启云："以载鹤之船载书，人觇之清标如此；移买山之钱买砚，平生之雅好可知。"渊子词清雅，余尤爱其《夜泊庐山》词云："风紧浪淘生，蛟吼鼍鸣，家人睡着怕人惊。只有一翁扪虱坐，依约三更。　　雪又打残灯，欲暗还明。有谁知我此时情？独对梅花倾一盏，还又诗成。"

孤 雁 独 鹤

杜陵诗云："孤雁不饮啄，飞鸣声念群。谁怜一片影，相失万重云。望断似犹见，哀多如更闻。野鸦无意绪，鸣噪自纷纷。"又云："独鹤归何晚，昏鸦已满林。"似兴君子寡而小人多；君子凄凉零落，小人噂沓喧竞。其形容精矣。

朱 文 公 词

世传《满江红》词云："胶扰劳生，待足后何时是足？据见定随家丰俭，便堪龟缩。得意浓时休进步，须知世事多翻覆。漫教人白了少年头，徒碌碌。　　谁不爱，黄金屋；谁不羡，千钟禄。奈五行不是、这般题目。枉费心神空计较，儿孙自有儿孙福。也不须采药访神仙，惟寡欲。"以为朱文公所作。余读而疑之，以为此特安分无求者之辞耳，决非文公口中语。后官于容南，节推翁谔为余言：其所居与文公邻，尝举此词问公。公曰：非某作也，乃一僧作，其僧亦自号"晦庵"云。又《水调歌头》云："富贵有余乐，贫贱不堪忧。那知天路幽险，倚伏互相酬。请看东门黄犬，更听华亭清唳，千古恨难收。何似鸱夷子，散发弄扁舟。　　鸱夷子，成霸业，有余谋。收身千乘卿相，归把钓鱼钩。春昼五湖烟浪，秋夜一天云月，此外尽悠悠。永弃人间事，吾道付沧洲。"此词乃文公作，然特敷衍隐括李、杜之诗耳。

邓 友 龙 使 虏

嘉泰中，邓友龙使虏，有赂驿吏夜半求见者，具言虏为鞑之所困，饥馑连年，民不聊生，王师若来，势如拉朽。友龙大喜，厚赂遣之。归告韩侂胄，且上倡兵之书，北伐之议遂决。其后王师失利，侂胄诛，友龙窜。或疑夜半求见之人，诳诞误我。然观金虏《南迁录》，其言皆不诬。此必中原义士，不忘国家涵濡之泽,幸虏之乱,潜告我使。惜乎,将相非人,无谋浪战,竟孤其望,是可叹也。

诚斋退休

杨诚斋自秘书监将漕江东,年未七十,退休南溪之上,老屋一区,仅庇风雨。长须赤脚,才三四尺。徐灵晖赠公诗云:"清得门如水,贫唯带有金。"盖纪实也。聪明强健,享清闲之福,十有六年。宁皇初元,与朱文公同召。文公出,公独不起。文公与公书云:"更能不以乐天知命之乐,而忘与人同忧之忧,毋过于优游,毋决于遁思,则区区者犹有望于斯世也。"然公高蹈之志,已不可回矣。尝自赞云:"江风索我吟,山月唤我饮。醉到落花前,天地为衾枕。"又云:"青白不形眼底,雌黄不出口中。只有一罪不赦,唐突明月清风。"

绍兴内禅

绍兴甲寅,寿皇不豫,光宗以疾不能过宫,然犹日临内朝。宰相率百官固请,不从。尝降出一草茅书,言建储事,宰相袖进取旨,上变色曰:"储不豫建,建即代矣。朕第欲卿知其妄耳。"越数日,宰执再以请,御批有"历事岁久,念欲废闲"之语。寿皇升遐,上不能丧,群臣相率攀上衣裾,泣曰:"寿皇死也,陛下合上辇一出。"随至福宁殿,不退。上亦泣曰:"此非卿等行处也。"急还内,裤绒为裂。时中外讹言汹汹,或言某将辄奔赴,或言某辈私聚哭。朝士有潜遁者,近幸富人,竞匿重器,都人皇皇。赵忠定在西府,密谋内禅,念莫可达意于寿圣者。韩侂胄,寿圣甥也,乃令阁门蔡必胜潜告之。侂胄遂因知省关礼白寿圣。议始定,忠定令工部尚书赵彦逾戒殿帅郭杲,敕宿卫起居舍人彭龟年告嘉邸备进发。七月甲寅，禫祭，寿圣引宰执至帘下，谕曰：“皇帝疾，至今未能执丧，自欲退闲，此御笔也。嘉王可即皇帝位于重华宫，躬行丧礼。”嘉王却避再三，侂胄、必胜扶抱登御榻，流涕被面。命泰安宫提举杨舜卿往南内请八宝，初犹靳予，舜卿传奏云：“官家儿子做了。”乃得宝出。事定，侂胄意望节钺，忠定不与，知阁刘弼乘间言曰：“此事侂胄颇有功，亦合分些官职与他。”忠定曰：“渠亦有何大功！”弼语侂胄，侂胄未信，谒忠定以探其意，忠定岸然不交一谈。侂胄退而叹曰：“刘知阁不吾欺。”于是邪心始萌，谋逐忠定矣。

竹 夫 人 制

李公甫谒真西山，丐词科文字，西山留之小饮书房，指竹夫人为题曰：“蕲春县君祝氏，可封卫国夫人。”公甫援笔立成，末联云：“於戏！保抱携持，朕不忘两夜之寝；展转反侧，尔尚形四方之风。”西山击节。盖八字用《诗》《书》全语，皆妇人事；而“形四方之风”，又见竹夫人玲珑之意。其中颂德云：“常居大厦之间，多为凉德之助。剖心析肝，陈数条之风刺；自顶至踵，无一节之瑕疵。”

骂 尸 虫 文

柳子厚文章精丽，而心术不掩焉，故理意多舛驳。余尝书其《骂尸虫文》后云：“尸虫伏人骸窍间，徂伺隐愿，上谒之帝，意求饮食，人以是多罹咎谪，柳子憎而骂之。余谓尸虫未果有也，果有之，疑帝借以为耳目，未可骂也。世之人唯不知有尸虫，世之人而知有尸虫，则岂特摩牙奋距、昂昂然以凶毒自名者削迹于世哉！色厉内荏，声善实狠，若共、兜、少正卯辈，当亦少衰矣。故余谓尸虫之有裨于世教甚大，帝之福、善、祸、淫有藉于尸虫甚切。帝之饮以饮食也，初非赏谗；尸虫之哓哓上诉也，亦非以谗故。仁人君子谓宜彰尸虫之功于天下，俾警焉可矣。骂者何也？且柳子何畏乎尸虫？谨修而身，宅而心，七情所动，不违其则，虽有尸虫，将焉攸诉？彼若鼓其谗颊，咀毒衔锋，谓巢由污，龙逢、比干佞，谓周、孔不仁，则帝之聪明，将怒殛之矣，奚听信以降割于我民！设或循其首以至踵，未能无面热汗下，徒憎其不为己隐，申之以骂焉，余恐只益其诉帝之说而已。

举刘郡守

张宣公帅江陵，道经澧，澧之士子十数辈执文书郊迎。公喜见须眉，就马上长揖，索其文观之，乃举刘郡守政绩。公掷其文于地，曰："诸公之来，某意其相与讲切义理之是非，启告闾阎之利病，有以见教。今乃不然，是特被十只冷馒头使耳！"跃马径去。澧守上谒，亦不容见。

制置用武臣

嘉定间，山东忠义李全跋扈日甚。朝廷择人帅山阳，见大夫无可使，遂用许国。国，武人也，特换文资，除大府卿以重其行。国至山阳，偃然自大，受全庭参，全军忿怒，囚而杀之。幕客杜子埜，诗人也，亦死焉。初，国之换文资，乔寿朋以书抵史丞相曰："祖宗朝制置使多用名将。绍兴间，不独张、韩、刘、岳尝为之，杨沂中、吴玠、吴珙、刘锜、王璨、成闵、李显中诸人亦为之。不特制置使可为，枢密、处置、宣抚等使亦可为也，岂必尽文臣哉！至于文臣任边事，固有反以观察使授之者，如韩忠献、范文正、陈尧咨是也。今若就加本等之官，以重制帅之选，初无不可，乃使之处非其地，遽易以清班，彼必修饰边幅，强自标置，求以称此。人心固未易服，恐反使人有轻视不平之心。此不可不虑也。"庙堂不能从，未几，果败。李全自此遂叛。尝曰："吾不患兵不精，唯患财不赡。"有士人教之以依朝廷样式造楮券，全从之，所造不胜计，持过江南市物，人莫能辨。其用顿饶，而江南之楮益贱，上下共以全为忧。辛卯上元夜，酒酣，自提兵攻维扬，忽陷于城外淖中而死。

男　子　妇　人　拜

朱文公云："古者男子拜，两膝齐屈，如今之道拜。"杜子春注《周礼》"奇拜"，以为先屈一膝，如今之雅拜，即今拜也。古者妇女以肃拜为正，谓两膝齐跪，手至地，而头不下也，拜手亦然。南北朝有乐府诗，说妇人曰："伸腰再拜跪，问客今安否？"伸腰亦是头不下也。周宣帝令命妇相见皆跪，如男子之仪。不知妇人膝不跪地，而变为而今之拜者，起于何时。程泰之以为始于武后，不知是否。余观王建《宫词》云："射生宫女尽红妆，请得新弓各自张。临上马时齐赐酒，男儿跪拜谢君王。"则唐时妇女拜不跪可证矣。

马　　　谡

诸葛孔明征蛮，马谡曰："攻心为上，攻城为下；心战为上，兵战为下。"其论高矣。街亭之败，用秦穆宥孟明故事可也。蜀势日倾，蜀才日少，而乃流涕斩谡，过矣。夫法立必诛，而不权以古人八议之仁，此申、韩之所为也。前辈谓子房之学出于黄、老，孔明之学出于申、韩，信矣。近世张魏公之斩曲端、赵哲，乃效孔明所为，尤非也。

唐 子 西 诗

唐子西立朝，赋《梅花》诗云："桃花能红李能白，春深无处无颜色。不应尚有数枝梅，可是东君苦留客？""向来开处是严冬，桃李未在交游中。只今已是丈人行，勿与年少争春风。"执政者恶其自尊，一斥不复。后以党祸谪罗浮，作诗云："说与门前白鹭群，也须从此断知闻。诸公有意除钩党，甲乙推求恐到君。"殊有意味。又云："鹤归辽海悲人世，猿入巴山叫月明。唯有蛊沙今好在，往来休傍水边行。"《抱朴子》云：周穆王南征，一军皆化；君子化为猿鹤，小人化为蛊沙。诗意言君子或死或贬，唯小人得志，深畏其含沙射影也。

清 廉

士大夫若爱一文，不直一文。陈简斋诗云："从来有名士，不用无名钱。"杨伯子尝为予言："士大夫清廉，便是七分人了。盖公忠仁明，皆自此生。"伯子，诚斋冢嗣，号东山先生，清节高文，趾美克肖。其帅番禺，将受代，有俸钱七十缗，尽以代下户输租。有诗云："两年枉了鬓霜华，照管南人没一些。七百万钱都不要，脂膏留放小民家。"又《别石门》诗云："石门得得泊归舟，江水依依别故侯。拟把片香投赠汝，这回欲带忘来休。"盖晋吴隐之守五羊，不市南物，归舟有香一片，举而投诸石门江中，用此事也。其帅三山，不请供给钱，以忤豪贵，劾去。作诗贻先君云："与世长多忤，持身转觉孤。夤缘新齿舌，收拾老头颅。我已呵泷吏，君谁诵《子虚》。同归灯火读，家里石渠书。"时先君与之同入闽故也。陈肤仲作《玉壶冰》、《朱丝弦》

二诗送之。林自知《送行》诗云:“公来无琴鹤,公去有芒鞋。”又一幕官诗云:“从渠腰下有金带,何处山中无莱羹?”真西山入对,主上问当今廉吏,西山既以赵政夫为对。翌日,又奏曰:“臣昨所举廉吏未尽,如崔与之之出蜀,唯载归腥之图籍;杨长孺之守闽,靡侵公帑之毫厘,皆当今之廉吏也。”

西 湖 长

东坡守杭、守颍,皆有西湖,故《颍川谢表》云:“入参两禁,每玷北扉之荣;出典二州,辄为西湖之长。”秦少章诗云:“十里薰风菡萏初,我公所至有西湖。欲将公事湖中了,见说官闲事亦无。”后谪惠州,亦有西湖。杨诚斋诗云:“三处西湖一色秋,钱塘汝颍及罗浮。东坡元是西湖长,不到罗浮便得休。”

春 秋 书 国 灭

胡文定《春秋传》作于渡江之初。其论国灭也,曰:“《春秋》灭人之国,其罪则一。而见灭之君,其例有三:以归者,既无死难之节,又无克复之志,贪生畏死,甘就执辱,其罪为重,许斯、顿牂之类是也;出奔者,虽不死于社稷,有兴复之望焉,托于诸侯,犹得寓礼,其罪为轻,弦子、温子之类是也;若夫国灭死于其位,是得正而毙焉者矣,于礼为合,于时为不幸,若江、黄二国是也。”其旨严矣,如刘禅、愍、怀,皆《春秋》之罪人也。近时鞑虏入蔡,残金之主守绪,乃能聚薪自焚,义不受辱,庶几于江、黄。

陆 放 翁

陆务观,农师之孙,有诗名。寿皇尝谓周益公曰:“今世诗人,亦有如李太白者乎?"益公因荐务观,由是擢用,赐出身为南宫舍人。尝从范石湖辟入蜀,故其诗号《剑南集》,多豪丽语,言征伐恢复事。其《题侠客图》云:"赵魏胡尘十丈黄,遗民膏血饱豺狼。功名不遣斯人了,无奈和戎白面郎。"寿皇读之,为之太息。台评劾之,其恃酒颓放,因自号"放翁"。作词云:"桥如虹,水如空,一叶飘然烟雨中,天教称放翁。"晚年为韩平原作《南园记》,除从官。杨诚斋寄诗云:"君居东浙我江西,镜里新添几缕丝。花落六回疏信息,月明千里两相思。不应李杜翻鲸海,更羡夔龙集凤池。道是樊川轻薄杀,犹将万户比千诗。"盖切磋之也。然《南园记》唯勉以忠献之事业,无谀辞。晚年和平粹美,有中原承平时气象,朱文公喜称之。

席　　地

古人席地而坐,登席则去履袜。《左氏传》:褚师声子袜而登席,卫侯怒其无礼。如笾簋笾豆,高不逾尺,便于取食。今世夫子庙塑像,巍然高坐,而祭器乃陈于地,殊觉未安。朱文公云:"先君尝过郑国列子庙,见其塑像以石为席,而坐于地,先圣像设亦宜仿此。"

蝶　粉　蜂　黄

杨东山言:《道藏经》云:蝶交则粉退,蜂交则黄退。周美成词云"蝶粉蜂黄浑退了",正用此也。而说者以为宫妆,且以"退"为"褪",误矣。余因叹曰:"区区小词,读书不博者尚不得其旨;况古人之文章,而可臆见妄解乎!"

戒　色

唐司空图诗云："昨日流莺今日蝉，起来又是夕阳天。六龙飞辔长相窘，更忍乘危自着鞭。"戒好色自戕者也。杨诚斋善谑，尝谓好色者曰："阎罗王未曾相唤，子乃自求押到，何也？"即此诗之意。

小官对移

廖子晦为小官，遭长官以非理对移，殊不能堪。朱文公以书晓之云："吾人所学，正要此处呈验，已展不缩，已进不退，只得硬脊梁与他廝捱，看如何？自家决定不肯开口告他，若到任满，便作对移，批书离任，则他许多威风都无使处矣，岂不快哉！此间有吴伯起者，不曾讲学，后闻陆子静说话，自谓有所得。及作令，被对移他邑主簿，却不肯行，百方求免。某尝笑之，以为何至如此。若对移作指使，即逐日执杖子，去知府厅前唱喏；若对移作押录，即逐日抱文书，去知县厅前呈覆。便做耆长壮丁，亦不妨与他去做，况主簿乎？"文公之意，盖谓心无愧怍，则无入而不自得；心无贪恋，则无往而不自安。此不在于临事遇变之时，而在于平居讲学之际。讲之素精，见之素定，真知夫进退、得丧、死生、祸福之不足以累吾心，则虽鼎镬刀锯，视之如寝饭之安矣，况于一升黜予夺之间者哉！韩昌黎云："夫儒者之于患难，苟非其自取之，其拒而不受于怀也，若筑河堤而障屋霤；其容而消之也，若水之于海冰之于夏日；其玩而忘之以文辞也，若奏金石以破蟋蟀之鸣、虫飞之声，况一不缺于考功盛山一出入息之间哉！"此最善形容处。

试 进 士 见 烛

唐人诗云:"三条烛尽钟初动,九转丹成鼎未开。明月渐低人扰扰,不知谁是谪仙才?"此唐试进士见烛之验也。白乐天奏状云:"礼部试进士例许用书册,兼得通宵。"盖亦不禁怀挟矣。

鹤林玉露甲编卷五

相字音厢

白乐天诗云："为问长安月,谁教不相离?""相"字下自注云："思移切。"乃知今俗作"厢"字者,非也。

格天阁

秦桧少游太学,博记工文,善干鄙事,同舍号为"秦长脚"。每出游饮,必委之办集。既登第,及中词科,靖康初,为御史中丞。金人陷京师,议立张邦昌,桧陈议状,大略谓："赵氏传绪百七十年,号令一统,绵地万里;子孙蕃衍,布在四海;德泽深长,百姓归心。只缘奸臣误国,遂至丧师失守,岂可以一城而决废立哉! 若必欲舍赵氏而立邦昌,则京师之民可服,而天下之民不可服;京师之宗子可灭,而天下之宗子不可灭。望稽古揆今,复君之位,以安天下。"虏虽不从,心嘉其忠,与之俱归。桧天资狡险,始陈此议,特激于一朝之谅。既至虏廷,情态遂变,谄事挞辣,倾心为之用。兀术用事,侵扰江淮,韩世忠邀之于黄天荡,几为我擒。一夕凿河,始得遁去。再寇西蜀,又为吴玠败之于和尚原,至自髡其须发而遁。知南军日强,惧不能当,乃阴与桧约,纵之南归,使主和议。桧至行都,绐言杀虏之监己者,奔舟得脱。见高宗,首进"南自南,北自北"之说。时上颇厌兵,入其言。会诸将稍恣肆,各以其姓为军号,曰"张家军"、"韩家军"，桧乘间密奏，以为诸军但知有将军，不知有天子，跋扈有萌，不可不虑。上为之动，遂决意和戎，而桧专执国命矣。方虏之以七事邀我也，有毋易首相之说，正为桧设。洪忠宣自虏回，戏谓桧曰："挞辣郎君致意。"桧大恨之。厥后金人徙汴，其臣张师颜者作《南迁录》，载孙大鼎疏，备言遣桧间我，以就和好。于是桧之奸贼不臣，其迹始彰彰矣。方其在相位也，建一德格天之阁，有朝士贺以启云："我闻在昔，惟伊尹格于皇天；民到于今，微管仲吾其左衽。"桧大喜，超擢之。又有选人投诗云："多少儒生新及第，高烧银烛照蛾眉。格天阁上三更雨，犹诵《车攻》复古诗。"桧益喜，即与改秩。盖其胸中有慊，故特喜此谀语，以为掩覆之计，真猾夏之贼也。余观唐则天追贬隋臣杨素诏曰："朕上嘉贤佐，下恶贼臣，尝欲从容于万机之暇，褒贬于千载之外。矧年代未远，耳目尚存者乎！"夫杨素异代之奸臣，则天一女主尚知恶而贬之。矧如桧者，密奉虏谋，协君误国，罪大恶极，上通于天，其可赦乎！开禧用兵，虽尝追削，嘉定和戎，旋即牵复，是可叹也！

易 六 卦

洪容斋云："《易》乾坤之下，六卦皆有坎，此圣人防患备险之意也。"余谓：屯、蒙，未出险者也；讼、师，方履险者也，戒之宜矣。若夫需者，燕乐之象；比者，亲附之象，乃亦有险焉。盖斧斤鸩毒，每在于衽席杯觞之间；而诩诩笑语，未必非关弓下石者也。于此二卦，其戒尤不可不严焉。

放 鱼 诗

王荆公新法烦苛，毒流寰宇。晚岁归钟山，作《放鱼》诗云："物我皆畏苦，舍之宁啖菇。"其与梁武帝穷兵嗜杀而以面代牺牲者何殊？余尝有诗云："错认苍姬六典书，中原从此变萧疏。幅巾投老钟山日，辛苦区区活数鱼。"

杜悰范文正

　　唐宣宗遗诏立夔王，而中尉王宗贯等迎郓王立之，是为懿宗。上尝出宦官请郓王监国奏，令宣徽使杨公庆持示宰相杜悰曰："当时宰相无名者，皆以反法处之。"悰谓公庆及两枢密曰："主上新践阼，当以仁爱为先，岂得遽赞成杀宰相事！若习与性成，则中尉、枢密岂得不自忧乎？"公庆色沮而去，帝怒亦释。庆历中，劫盗张海过高邮，知军晁仲约令百姓敛金帛牛酒劳之。海悦，径去，不为暴。事闻，富郑公欲诛仲约，范文正不可，富公愠曰："方今患法不举，欲举法而多方沮之，何以整众？"范公曰："祖宗以来，未尝轻杀臣下，此盛德事，奈何欲轻坏之？他日主上手滑，吾辈亦未敢自保也。"富公不以为然。其后自河北还朝，不许入国门，不测朝廷意，终夜彷徨不能寐。思范公语，绕床叹曰："范六丈，圣人也！"文正之言与杜悰略同，皆至言也。李斯劝胡亥以烦刑，而身具五刑以死，为人臣者，可以监矣。建炎维扬之祸，谏官袁植乞诛黄潜善等九人，高宗不可，曰："朕方责己，岂可归罪股肱？"宰相吕颐浩曰："本朝辅弼大臣，纵有大罪，止从贬窜，故盛德足以祈天永命。植发此言，亏陛下好生之德。"乃出植知池州。大哉，高宗之德！至哉，颐浩之论！当时若从植言，潜善等固死有余罪，然此门既开，厥后秦桧专国，必借此藉口以锄善类，其产祸宁有极乎！

诗 咏 蟋 蟀

张文潜云:"《诗》三百篇,虽云妇人女子、小夫贱隶所为,要之,非深于文章者不能作。如'七月在野'以下,皆不道破,至'十月入我床下',方言是蟋蟀,非深于文章者能之乎? 然是诗乃周公作,其超妙宜矣。荆公绝句云:'昏黑投林晓更惊,背人相唤百般鸣。柴门长闭春风暖,事外还能见鸟情。'盖祖此法。"

人 事 天 命

王景文云:"有心于避祸,不若无心于任运。"斯言固达矣,然必自反无愧,自尽无憾,乃可安之于命。伊川曰:"人之于患难,只有一个处置,尽人谋之后,却须泰然处之。"东坡曰:"知命者必尽人事,然后理足而无憾。物之有成必有坏,譬如人之有生必有死,而国之有兴必有亡也。虽知其然,而君子之养身也,凡可以久生而缓死者,无不用;其治国也,凡可以存存而救亡者,无不为。至于不可奈何而后已,此之谓知命。"

涪 陵 樵 夫

伊川谪涪,渡江,风浪大作,舟中之人皆失色。伊川正襟端坐,神色泰然。既及岸,有樵夫问曰:"公是达后如此? 是舍后如此?"伊川登岸,欲与之言,已去,不可追矣。余谓:惟达故舍,惟舍故达;达是智,舍是勇。夫子曰:"朝闻道夕死可矣。"使未闻道,必有贪生怖死之心,安能夕死而可哉! 可者,委顺而无贪怖之心也。"朝闻道"是达,"夕死可矣"是舍;达须是平时做工夫,舍则临事自然如此。

胡 忠 简 碑

周益公作《胡忠简神道碑》云："武王一戎衣而天下定，义士犹或非之，孔子奚取焉，为万世计也。"盖忠简力诋和议，乞斩秦桧，而绍兴终于和戎，故以忠简比夷齐，以高宗比武王，可谓回护得体。

秦　　誓

康节邵子云："夫子定《书》，以《秦誓》缀《周》、《鲁》之后，知周之必为秦也。"前辈颇不然其说。余尝思之，亦自有理。盖说者皆谓取穆公悔过一念，故特录其书。然作誓之后，彭衙、令狐、汾曲之师，贪忿愈甚，乌在其为真悔过！夫子奚取焉？况二百余年，千八百国之诸侯，岂无一君之贤、一言之几于道，奚独于西戎之君有取哉？盖当是时，周已不可为，而列国又皆不自振，惟秦骎骎始大。夫子知周之亡也，诸侯必折而入于秦，故定《书》之末，特收此篇，以微见其意。或曰：圣贤言理不言数，若尔，则夫子亦言数乎？曰：此非数也，势也。夫子尝曰："如有用我者，吾其为东周乎？""乎"者，疑词也，谓吾道若获用，则西周之美可寻，不止乎东周而遂已也。此正欲以理而回其势也。及历聘无逢，自卫反鲁，则道不获行，而势之所趋有不可挽者矣，安得不悯然寓意于定《书》之末乎！考秦之强，实自穆公始，秦以割地毙列国，非特战国时为，然在春秋时已然矣。《左氏传》曰："赂秦伯以河外列城五。"又曰："秦始征晋河东，置官司马。"此皆薪不尽、火不灭之兆也。周亡而秦兴，已粲然在目中矣，孰谓夫子而不知乎！且非特定《书》为然也，其删《诗》亦然。十五国风，莫非中国之诗也，吴、楚流而入于夷狄，则削而不录。秦与吴、楚等也，独存其诗。今观列国之风，大抵流荡昏淫，有日趋于亡之势，惟秦始有车马礼乐，其诗奋厉猛起，已有招八州、毕六王之气象，夫子存而不删，岂无意乎？

荆公见濂溪

王荆公少年，不可一世士，独怀刺候濂溪，三及门而三辞焉。荆公恚曰："吾独不可自求之《六经》乎！"乃不复见。余谓濂溪知荆公自信太笃，自处太高，故欲少摧其锐，而不料其不可回也。然再辞可矣，三则已甚。使荆公得从濂溪，沐浴于光风霁月之中，以消释其偏蔽，则他日得君行道，必无新法之烦苛，必不斥众君子为流俗，而社稷苍生将有赖焉。呜呼，岂非天哉！

吕秦牛晋

秦虎视山东，蚕食六国，不知六国未灭，而秦先灭矣。何也？始皇乃吕不韦之子，则是嬴氏为吕氏所灭也。司马氏欺人孤寡，而夺之位，不知魏灭未几，而晋亦灭矣。何也？元帝乃牛金之子，则是司马氏为牛氏所灭也。《春秋》书莒氏灭鄫，义正如此。胡致堂欲用《春秋》法，于《始皇纪》便明书吕氏，《元帝纪》便书明牛氏，以从其实。

景公颜子

景公千驷，不及夷、齐；颜子一瓢，乃同禹、稷。孔、孟垂教，深切著明，而后世利欲之私，至于包括天地，蔽遮日月。太史公曰："天下攘攘，皆为利往；天下嘻嘻，皆为利来。"吁！可哀也哉。

诛　罪

舜诛四，周公诛二，赵广汉诛一原褚而颍川服，尹翁归诛一许仲孙而东海服。赵、尹固不足道，而所以用刑者，则舜与周公之术也。彼渭水尽赤，血流波道者，独何为哉？

学　仕

学不必博，要之有用；仕不必达，要之无愧。学而无用，涂车刍灵也；仕而有愧，鹤轩虎冠也。

宝　臣

楚不以白珩为宝，而观射父之作训辞，左氏倚相之道训典，乃楚之至宝也。齐不以径寸之珠为宝，而檀子之守南城，盼子之守高唐，黔夫之守徐州，种首之备盗贼，乃齐之至宝也。故忠贤才识之士，谓之宝臣。若无宝而不知求，得宝而不之识，有宝而不知重，弃荆玉而喜燕石，贱周璞而藏郑鼠，国之不亡者幸也。

饥　寒

杨诚斋云："人皆以饥寒为患，不知所患者正在于不饥不寒尔。"此语殊有味。乞食于野人，晋重耳之所以霸；燎衣破灶而啜豆粥，汉光武之所以兴。况下此者，其可不知饥寒味哉！

无垢廷对

张子韶对策，至晡未毕，貂珰促之。子韶曰："未也，方谈及公等。"故其策曰:"阉寺闻名,国之不祥也。尧、舜阉寺不闻于典谟,三王阉寺不闻于誓诰。竖刁闻于齐而齐乱,伊戾闻于宋而宋危。"

浦　鸥

杜陵《咏鸥》云:"江浦寒鸥戏,无他亦自饶。却思翻玉羽,随意点春苗。雪暗还须落,风生一任飘。几群沧海上,清影日萧萧。"言浦鸥闲戏,使无他事,亦自饶美,奈何不免口腹之累。故闲戏未足,已思翻玉羽而点春苗,为谋食之计,虽风雪凌厉,有所不暇顾。末言海鸥之旷逸,清影翛然,不为泥淖所点染,非浦鸥所能及。以兴士当高举远引,归洁其身如海鸥,不当逐逐于声利之场,以自取贱辱若浦鸥也。

苏　后　湖

苏养直之父伯固,从东坡游,"我梦扁舟浮震泽"之词,为伯固作也。养直"属玉双飞水满塘"之句,亦见赏于坡,称为吾家养直作此诗,时年甚少,而格律已老苍如此。绍兴间,与徐师川同召,师川赴,养直辞。师川造朝,便道过养直,留饮甚欢。二公平日对弈,徐高于苏。是日,养直拈一子,笑视师川曰:"今日须还老夫下此一着。"师川有愧色。游诚之跋养直墨迹云:"后湖胸中本无轩冕,是以风神笔墨皆自萧散,非慕名隐居者比也。士生斯世,苟无功利及人,区区奔走,老死尘埃,不如学苏养直。"

偻　儸

《五代史》:汉刘铢恶史弘肇、杨邠,于是李业谮二人于帝而杀之。铢喜,谓业曰:"君可谓偻㑖儿矣。"偻㑖,俗言狡猾也。欧史闲书俗语,甚奇。

释 豉

韵书释"豉"云:"配盐幽菽。"四字甚工。

读 书

北魏主珪问博士李先曰:"天下何物最益人神智?"先曰:"莫若书。"王荆公诗曰:"物变有万殊,心思才一曲。读书谓已多,抚事知不足。"言非读书不足以应事也。然新法之害,岂不读书之过哉。其过正在于读书也。夫书不可不读,尤贵于善读。方荆公与诸君子争新法也,作色于政事堂曰:"安石不能读书,贤辈乃能读书耶!"夫着一能读书之心,横于胸中,则锢滞有我,其心已与古人天渊悬隔矣,何自而得其活法妙用哉?吕东莱解《尚书》云:"《书》者,尧、舜、禹、汤、文、武、周公之精神心术尽寓其中,观《书》者不求其心之所在,夫何益!然欲求古人之心,必先求吾心,乃可见古人之心。"此论最好,真读书之法也。当时赵清献公之折荆公曰:"皋、夔、稷、契,有何书可读?"此亦忿激求胜之辞,未足以服荆公。夫自文籍既生以来,便有书。皋、夔之前,《三坟》亦书也;伏羲所画之卦,亦书也;太公所称黄帝、颛帝之丹书,亦书也;《孟子》所称放勋曰,亦书也;岂得谓无书哉? 特皋、夔、稷、契之所以读书者,当必与荆公不同耳。当时答荆公之辞,只当曰:"公若锢于有我之私,不能虚心观理,稽众从人,是乃不能读书也。"呜呼! 荆公往矣,后之君子,穷而讲道明理,达而抚世酬物,谨无着一能读书之心,横在胸中也哉!

松　石

秦朝松封大夫,陈朝石封三品。李诚之《咏松》云:"半依岩岫倚云端,独立亭亭耐岁寒。一事颇为清节累,秦时曾作大夫官。"荆公《三品石》云:"草没苔侵弃道周,误恩三品竟何酬?国亡今日顽无耻,似为当年不与谋。"夫松石无知之物,一为二朝名宠所点染,犹不免万世之包弹,矧士大夫其于进退辞受之际,可苟乎哉!

取　守

吴孙秀曰:"讨逆弱冠以一校尉创业,今后主举江南而弃之。"唐李翱曰:"神尧以一旅取天下,后世子孙不能以天下取河北。"忠臣志士之叹,古今一也。

鸥　雁

吾郡陈国材诗曰:"红日晚天三四雁,碧波春水一双鸥。"周益公、杨诚斋盛称之。

石 牛 洞 诗

荆公《题舒州山谷寺石牛洞泉穴》云:"水泠泠而北出,山靡靡以旁围,欲穷源而不得,竟怅望以空归。"晁无咎编《续楚词》,谓此诗具六艺群书之余味,故与其经学典策之文俱传。朱文公编《楚词后语》,亦收此篇。

扈　载

五代时,扈载有文名,尝游相国寺;见庭竹可爱,作《碧鲜赋》题壁间。周世宗命小黄门录进,览之称善。王朴尤重之,荐之宰相李穀。穀曰:"非不知其才,然薄命恐不能胜。"朴曰:"公为宰相,以进贤退不肖为职,何言命耶?"乃拜知制诰,为学士。居岁余,果卒。余谓穀言陋矣,不幸而中。若朴者,真宰相之言也。近时周益公长身瘦面,状若野鹤,在翰苑多年。寿皇一日燕居,叹曰:"好一个宰相,但恐福薄耳。"盖疑其相也。一老珰在傍徐奏曰:"官家所叹,岂非周必大乎?"上曰:"尔何知?"曰:"臣见所画司马光像,亦如必大清臞。"上为之一笑。未几,遂登庸,为太平宰相,与闻揖逊之盛。出镇长沙,退休享清闲之福十有余年。

神　形　影

陶渊明《神释形影》诗曰:"大钧无私力,万理自森著。人为三才中,岂不以我故。"我,神自谓也。人与天地并立而为三才,以此心之神也;若块然血肉,岂足以并天地哉!末云:"纵浪大化中,不喜亦不惧,应尽便须尽,无复独多虑。"乃是不以死生祸福动其心,泰然委顺养神之道也。渊明可谓知道之士矣。

李　方　叔

元祐中,东坡知贡举,李方叔就试。将锁院,坡缄封一简,令叔党持与方叔。值方叔出,其仆受简,置几上。有顷,章子厚二子曰持、曰援者来,取简窃观,乃"扬雄优于刘向论"一篇。二章惊喜,携之以去。方叔归,求简不得,知为二章所窃,怅惋不敢言。已而果出此题,二章皆模仿坡作,方叔几于阁笔。及折号,坡意魁必方叔也,乃章援;第十名文意与魁相似,乃章持。坡失色。二十名间，一卷颇奇，坡谓同列曰："此必李方叔。"视之，乃葛敏修。时山谷亦预校文，曰："可贺内翰得人，此乃仆宰太和时，一学子相从者也。"而方叔竟下第。坡出院，闻其故，大叹恨，作诗送其归，所谓"平生漫说古战场，过眼终迷日五色"者是也。其母叹曰："苏学士知贡举，而汝不成名，复何望哉！"抑郁而卒。余谓坡拳拳于方叔如此，真盛德事。然卒不能增益其命之所无，反使二章得窃之以发身。而子厚小人，将以坡为有私有党，而无以大服其心，岂不重可惜哉！

韩 柳 欧 苏

韩、柳文多相似。韩有《平淮碑》，柳有《平淮雅》；韩有《进学解》，柳有《起废答》；韩有《送穷文》，柳有《乞巧文》；韩有《与李翊论文书》，柳有《与韦中立论文书》；韩有《张中丞传叙》，柳有《段太尉逸事》。至若韩之《原道》、《佛骨疏》、《毛颖传》，则柳有所不能为；柳之《封建论》、《梓人传》、《晋问》，则韩有所不能作。韩如美玉，柳如精金；韩如静女，柳如名姝；韩如德骥，柳如天马。欧似韩，苏似柳。欧公在汉东，于破筐中得韩文数册，读之始悟作文法。东坡虽迁海外，亦惟以陶、柳二集自随。各有所悟入，各有所酷嗜也。然韩、柳犹用奇字、重字，欧、苏唯用平常轻虚字，而妙丽古雅，自不可及，此又韩、柳所无也。

使 虏 辞 乐

光尧之丧，金虏来吊祭，京仲远以检正假礼部尚书为报谢使，虏锡燕汴京，仲远与郊劳使康元弼言，请免燕，不许。请撤乐，如告哀遗留使，亦不许。至期，虏促入席，传呼不绝。仲远曰：“若不撤乐，有死而已，不敢即席。”元弼等知不可夺，乃传言曰：“请先拜酒果之赐，徐议撤乐。”仲远方率其属拜受。北典签者连呼曰：“北朝燕南使，敢不即席！”声甚厉，仲远趋退复位，甲士露刃闭门，仲远命左右叱曰：“南使执礼，何物卒徒，乃敢无礼！”排闼而出。元弼等以闻其主。仲远留馆俟命，赋诗曰：“鼎湖龙驭去无踪，三遣行人意则同。凶礼强更为吉礼，夷风终未变华风。设令耳与笙镛末，只愿身糜鼎镬中。已办淹留期得请，不辞筑馆汴江东。”越七日，竟获免乐之命。既还，孝宗劳之曰：“卿能执礼，为朕增气，何以赏卿？”对曰：“虏畏陛下威德，非畏臣也。正使臣死于虏，亦常分也，敢觊赏乎！”上喜，谓宰相曰：“京镗，今之毛遂也。”除权侍郎，以至大用。

贺 和 戎 表

嘉定和戎，湖南帅曹彦约贺表云：“过也更也，何伤日月之明；赦之宥之，式彰天地之大。”一时传诵。吾郡罗蓬伯之词也。

士 卒 畏 爱

士卒畏将者胜畏敌者败，爱将者胜爱身者败。畏将则不畏敌，畏敌则不畏将。爱将则不爱身，爱身则不爱将。畏将在将之威，爱将在将之恩。有李光弼斩张用济之威，则三军股栗矣，何患其不畏将？有吴起吮士疽之恩，则赴死如归矣，何患其不爱将？虽然，戮一不用命，诛一不循律，则威振矣，不必数数然也。至若抚循之恩，则终始有所不可废。《东山》之诗，昵昵儿女语,此周之所以长。潼关之败,唐几亡矣,而仆射如父兄,识者以是占中兴焉。谋帅择将者,则何以哉?

鹤林玉露甲编卷六

玉 山 词 章

汪圣锡代言温雅，朱文公推许之，有《玉山词章》。如《赐四川宣抚虞允文辞召命不允诏》云："惟汝一德，既咨裴度而往厘；于今三年，复念周公之久外。"《赐知绍兴府史浩乞宫观养亲不允诏》云："尹兹东夏，非徒昼锦之荣；循彼南陔，盖便晨羞之养。"《赐陈俊卿辞左相不允诏》云："应事几之纠纷，大车以载；阅世俗之变化，直道而行。民具尔瞻，已公论之胥庆；帝赉予弼，岂宠章之敢私。"《赐虞允文辞右相不允诏》云："以梦营求，孰若验事功之已试；以言寤合，孰若察志节之所安。"《赐大将成闵复节钺诏》云："不以一眚掩大德，既当念功；安得壮士守四方，岂若求旧。"《除郭振节度使制》云："不显亦世，尚继汾阳之休；无竞维人，孰云充国之老。"皆可喜也。

作 文 迟 速

李太白一斗百篇，援笔立成；杜子美改罢长吟，一字不苟。二公盖亦互相讥嘲。太白赠子美云："借问因何太瘦生，只为从前作诗苦。""苦"之一辞，讥其困琱镌也。子美寄太白云："何时一樽酒，重与细论文。""细"之一字，讥其欠缜密也。昌黎志孟东野云："刿目钪心，刃迎缕解，钩章棘句，掏擢胃肾。"言其得之艰难。赠崔立之云："朝为百赋犹郁怒，暮作千诗转道紧。摇毫掷简自不供，顷刻青红浮海蜃。"言其得之容易。
余谓文章要在理意深长，辞语明粹，足以传世觉后，岂但夸多
斗速于一时哉！山谷云："闭门觅句陈无己，对客挥毫秦少
游。"世传无己每有诗兴，拥被卧床，呻吟累日，乃能成章。少
游则杯觞流行，篇咏错出，略不经意。然少游特流连光景之
词，而无己意高词古，直欲追踪《骚》《雅》，正自不可同年语也。

象 郡 送 行 诗

吾郡胡季昭，宝庆初元为大理评事，应诏上书言济邸事，
窜象郡。建人翁定送行诗云："应诏书闻便远行，庐陵不独诧
邦衡。寸心只恐孤天地，百口何期累弟兄。世态浮云多变换，
公朝初日盍清明。危言在国为元气，君子从来岂愿名！"盱江
杜来诗云："庐陵一小郡，百岁两胡公。论事虽小异，处心应略
同。有书莫焚稿，无根岂伤弓。病愧不远别，写诗霜月中。"太
学生胡炎诗云："一封朝奏大明宫，嘘起庐陵古直风。言路从
来天样阔，蛮荒谁使径旁通。朝中竞送长沙傅，岭表争迎小澹
翁。学馆诸生空饱饭，临分忧国意何穷。"先公竹谷老人诗云：
"好读床头《易》一篇，盈虚消息总天然。峥嵘齿颊皆冰雪，肯
怕南方有瘴烟。""频寄书回洗我愁，莫言无雁到南州。长相思
外加餐饭，计取承君旧话头。"季昭之兄子建、弟国宾皆博学能
文，怀奇负气。兄弟友爱最隆，不蓄私财，有无尽费于朋友，得
罪之日，囊无一钱，子建挈家归，卖文以活。国宾奋然徒步，从
其兄于贬所。国宾先没，季昭继之。端平更化，诏许归葬，赠
朝奉郎，官其一子。洪舜俞草赠官制词云："朕访落伊始，首下
诏求谠直，盖与谏鼓谤木同意。以直言求人，而以直言罪之，
岂朕心哉！尔风裁峭洁，志概激壮，繇尉廷平，上书公车，言人

之所难言。方嘉贯日之忠，已坠偃月之计。问涂胥口，访事泷头，曾无几微见于颜面，何气节之烈也！仁祖能全介于远谪之余，孝祖能拔铨于投荒之后。抚今怀往，魂不可招，潦雾坠鸢，悲悔何及。陟阶员外，仍官厥子。用旌折槛之直，且识投杼之过。尔虽死，可不朽矣。”

廉　贾

《史·货殖传》曰：“贪贾三之，廉贾五之。”夫贪贾所得，宜多而反少；廉贾所得，宜少而反多。何也？廉贾知取予，贪贾知取而不知予也。夫以予为取，则其获利也大。富商豪贾，若恶贩夫贩妇之分其利，而靳靳自守，则亦无大利之获矣。巨贾吕不韦见秦子异人质于赵，曰：“此奇货可居。”遂不吝千金，为之经营于秦，异人卒有秦国，而不韦为相。此其事固不足道，而其以予为取，则亦商贾之雄也。汉高帝捐四万斤金与陈平，不问其出入；裂数千里地封韩、彭，无爱惜心，遂能灭项氏，有天下。刘晏造船，合费五百缗者，给千缗，使吏胥、工匠皆有赢余，由是舟船坚好，漕运无亏，足以佐唐之中兴。是皆得廉贾之术者也。东坡曰：“天下之事成于大度之士，而败于寒陋之小人。”

容南迁客

高登字彦先，漳浦名儒，志节高亮。少游太学，值靖康之乱，与陈东上书，陈六贼之罪，且言金虏不可和状。绍兴间，对策鲠直，有司拟降文学，高宗不可，调静江府古县令。时秦桧当国，桧父尝宰是邑，帅胡舜陟欲立祠逢迎，彦先毅然不从。舜陟欲以危法中之，逮系讯掠，迄无罪状可指。校文潮阳，出

"则将焉用彼相赋","直言不闻深可畏论",策问水灾。桧闻之大怒,谓其阴附赵鼎,削籍流容州,死焉。桧没,诸贤遭诬陷者皆昭雪,彦先以远人下士,无为言者。乾道间,梁克家始为之请;傅伯寿、朱文公守漳,又连为之请,皆格不下。余为容法曹掾,容士犹能言其风猷,传其文墨。偶摄校官,遂为立祠于学宫。同时有吴元美者,三山文士,作《夏二子赋》,讥切秦桧。其家立潜光亭、商隐堂,其怨家摘以告桧曰:"亭号潜光,盖有心于党李;堂名商隐,本无意于事秦。"李,谓泰发也。亦削籍流容州,死焉,因并祠之。彦先有《修学门庭》传于世,元美有《游勾漏洞天记》,载《容州志》。

宰 相 罢

陈应求尝告孝宗曰:"近时宰相罢去,则所用之人,不问贤否,一切屏弃。此钩党之渐,非国家之福。"赵温叔为相,多引蜀士。及罢相,有为飞语以撼蜀士者,王季海言:"一宰相去,所用者皆去,此唐季党祸之胎也,岂圣世所宜有哉!"蜀士乃安。二公之论善矣,然此为平时宰相善罢者言也,若权奸之去,则正当洗肠涤胃。若借温太真之事,为小人开一线之路,借范尧夫之言,为君子忧后来之祸,则失之矣。

紫 败 素

《战国策》:苏代曰:"齐,紫败素也,而贾十倍。"言外美而中腐,如以败素染紫也,与蜡鞭之说正相似。

王 梅 溪

王龟龄年四十七魁天下,以书报其弟梦龄、昌龄曰:"今日唱名，蒙恩赐进士及第，惜二亲不见，痛不可言，嫂及闻诗、闻礼，可以此示之。"诗、礼，其二子也。于十数字之间，上念二亲，而不以科名为喜，专报二弟，而不以妻子为先，孝友之意皆在焉。为御史，首弹史丞相浩，乞专用张浚。上为出浩帅绍兴，龟龄又上疏，言舜去四凶，未闻使之为十二牧。与胡邦衡并为左右史，相得最欢。奏补先弟而后子。尝赋《不欺》诗云："室明室暗两奚疑，方寸常存不可欺。莫问天高鬼神恶，要须先畏自家知。"其自吏部侍郎出帅夔门也，有临安录事参军祝怀，抗疏银台，谓："王十朋忠义謇谔，借令不容于朝，亦合置之近藩，缓急呼来，无仓卒乏使之忧，今遣往万里外，非计之得也。"虽不报，时论韪之。

太 子 参 决

孝宗之末，诏皇太子参决庶务。杨诚斋时为宫僚，上书太子曰："民无二主，国无二君。今陛下在上，而又置参决，是国有二君也。自古未有国贰而不危者，盖国有贰，则天下向背之心生；向背之心生，则彼此之党立；彼此之党立，则谗间之言启；谗间之言启，则父子之隙开。开者不可复合，隙者不可复全。昔赵武灵王命其子何听朝，而从傍观之，魏大武命其子晃监国，而自将于外，间隙一开，四父子皆及于祸。唐太宗使太子承乾监国，旋以罪废。国朝天禧亦尝行之，若非寇准、王曾，几生大变。盖君父在上，而太子监国，此古人不幸之事，非令典也。"当时诸公皆甚其言。至绍熙甲寅，始服其先见。

师 友 制 服

胡澹庵为清节先生制师之服，张魏公为张无垢制友之服。

斩 桧 书

胡澹庵上书乞斩秦桧,金虏闻之,以千金求其书。三日得之,君臣失色曰:"南朝有人。"盖足以破其阴遣桧归之谋也。乾道初,虏使来,犹问胡铨今安在。张魏公曰:"秦太师专柄二十年,只成就得一胡邦衡。"

简 斋 诗

自陈、黄之后,诗人无逾陈简斋。其诗繇简古而发秾纤。值靖康之乱,崎岖流落,感时恨别,颇有一饭不忘君之意。如"南风又落宫南木,老雁孤鸣汉北洲","乾坤万事集双鬓,臣子一谪今五年","天翻地覆伤春色,齿豁头童祝圣时","近得会稽消息不? 稍传荆渚路歧宽","东南鬼火成何事,终藉胡锋作争臣","龙沙此日西风冷,谁折黄花寿两宫",皆可味也。

伯夷传赤壁赋

太史公《伯夷传》、苏东坡《赤壁赋》,文章绝唱也。其机轴略同。《伯夷传》以"求仁得仁,又何怨"之语设问,谓夫子称其不怨,而《采薇》之诗犹若未免于怨,何也? 盖天道无亲,常与善人,而达观古今,操行不轨者多富乐,公正发愤者每遇祸,是以不免于怨也。虽然,富贵何足求,节操为可尚,其重在此,则其轻在彼。况君子疾没世而名不称,伯夷、颜子得夫子而名益彰,则所得亦已多矣,又何怨之有?《赤壁赋》因客吹箫而有怨慕之声,似此漫问,谓举酒相属,凌万顷之茫然,可谓至乐,而箫声乃若哀怨,何也? 盖此乃周郎破曹公之地,以曹公之雄豪,亦终归于安在? 况吾与子寄蜉蝣于天地,哀吾生之须臾,宜其托遗响而悲怨也。虽然，自其变者而观之，虽天地曾不能以一瞬；自其不变者而观之，则物与我皆无尽也，又何必羡长江而哀吾生哉！矧江风山月，用之无尽，此天下之至乐。于是洗盏更酌，而向之感慨风休冰释矣。东坡步骤太史公者也。

留　后　门

　　绍兴壬子冬，刘豫入寇，赵元镇当国，请高宗亲征。行次姑苏，喻子才谓元镇曰：“相公此举，有万全之策乎？亦赌彩一掷也？”元镇曰：“利钝亦安能必？事成则幸，不成则死之尔。”子才曰：“今若直前，万一蹉跌，退将安托？要须留后门，则庶几进退有据。”元镇曰：“诚有之，则甚善，计将安出？”子才曰：“张枢密在福唐，若除闽、浙、江、淮宣抚使，则命到之日，便有官府军旅钱谷。彼之来路，即我之后门也。”元镇大以为然，于是魏公复用。余谓銮辂亲征，事大体重，固宜进退有据。若论兵法，则置之死地而后生矣，岂预留后六门哉？留后门，则士不死战矣。项羽救赵，既渡，沉船破甑，持三日粮，示士必死无还心，故能破秦。

十　铭

　　光宗即位，谢艮斋为文昌，进《十铭》，云“业成而难，其败或易。兢兢保之，常恐失坠。道甚简易，在尊所闻。帝王之学，匪艺匪文。畏天之威，主德为最。水旱雷风，天之仁爱。存心公正，治之所起。毫厘之私，患及千里。妄赏不劝，妄罚不畏。赏罚大权，以妄为忌。贪吏虐民，戒石莫听。奖廉以激，捷于号令。民之疾苦，幽远难知。日访日问，犹恐或遗。财在天下，理之以义。未闻刻敛，其罪在吏。乱之所生，非止夷狄。奸回谀说,尤害于国。自治十全,乃可理外。重乃驭轻,轻动为戒。"辞简理明,时人以比李卫公《丹扆箴》。又作《劝农》,诗云:"莫人州衙与县衙,劝君勤理旧生涯。池塘多放聊添税,田地深耕足养家。教子教孙须教义,栽桑栽柘胜栽花。闲非闲是都休管,渴饮清泉困饮茶。"又云:"仕宦之人,南州北县。商贾之人,天涯海岸。争如农夫,六亲对面。夏绢新衣,秋米白饭。鹅鸭成群,猪羊满圈。官税早输,逍遥散诞。似此之人,直几千万。"词旨平易,足以谕俗。然其言农夫之乐,想乾淳间有之,今则甚于聂夷中之诗矣,宁复有此气象哉!

诗　用　字

作诗要健字撑拄,要活字斡旋。"红入桃花嫩,青归柳叶新","弟子贫原宪,诸生老伏虔","入"与"归"字、"贫"与"老"字,乃撑拄也。"生理何颜面,忧端且岁时","名岂文章著,官应老病休","何"与"且"字,"岂"与"应"字,乃斡旋也。撑拄如屋之有柱,斡旋如车之有轴,文亦然。诗以字,文以句。

付　与　天　地

荆公诗云:"岂无他忧能老我,付与天地从今始。"朱文公每喜诵之。

读　易　亭

魏鹤山诗云:"远钟入枕报新晴,衾铁衣棱梦不成。起傍梅花读《周易》,一窗明月四檐声。"后贬渠阳,于古梅下立读易亭,作诗云:"向来未识梅生时,绕溪问讯巡檐索。绝怜玉雪倚横参,又爱清黄弄烟日。中年《易》里逢梅生,便向根心见华实。候虫奋地桃李妍,野火烧原葭荚出。方从阳壮争出门,直待阴穷排闷入。随时作计何太痴,争似此君藏用密。"推究精微,前此咏梅者未之及。

漂　　母

韩信未遇时,识之者惟萧何及淮阴漂母尔。何之英杰,固足以识信;漂母一市媪,乃亦识之,异哉!故尝谓子房狙击祖龙,意气过于轻锐,故圮上老人抑之。韩信俯出市胯,意气邻于消沮,故淮阴漂母扬之。一翁一媪,皆异人也。唐子西作《淮阴贤母墓铭》曰:"项王喑呜,范增谋谟。信来不呼,信去不追。坐视信逋,反噬其躬。匹妇区区,而知信乎?吁!"

猴　　马

唐明皇时,教坊舞马百匹,天宝之乱,流落人间。魏博田承嗣得之,初不识也,尝燕宾僚,酒行乐作,马忽起舞,承嗣以为妖,杀之。昭宗养一猴,衣以俳优服,谓之"猴部头"。朱温既篡,引至坐侧,猴忽号掷,自裂其衣,温叱令杀之。呜呼!明皇之马,有愧于昭宗之猴矣。

经　　界

朱文公守漳,将行经界,王子合疑其扰。公答书曰:"经界一事,固知不能无小扰,但以为不若此,则贫民受害无有了时。故忍而为之,庶几一劳永逸耳。若一一顾恤,必待人人情愿而后行之,则无时可行矣。绍兴间,正施行时,人人嗟怨,如在汤火中,但讫事后,田税均齐,田里安静,公私皆享其利。凡事亦要其久远如何耳。少时见所在所立土封,皆为人题作李椿年墓,岂不知人之常情,恶劳喜逸,顾以为利害之实,有不得而避者耳。禹治水,益焚山,周公驱猛兽,岂能不役人徒而坐致成功? 想见当时亦须有不乐者,但有见识人须自见得利害之实,知其劳我者乃所以逸我,自不怨耳。子合议汉事甚熟,曾看高祖初定天下,萧何大治宫室;又从娄敬策徙齐、楚大姓十数万于长安,不知当时是几个土封底工夫,而不闻天下之不安,何也?"文公此论可谓明确。盖自商鞅有成大事者不知于众之说,卒以灭宗。故后之为政者,每畏拂人情,不知人情固不可拂,亦不可徇。唯当论理之是非,事之当否尔。商之迁亳,周之迁洛,何尝不拂人情? 及其事久论定,然后知拂之者乃所以爱之也。司马相如曰:"世必有非常之人,然后有非常之事;有非常之事,然后有非常之功。夫非常者,固常人之所异也。故曰非常之元,黎民惧焉;及臻厥成,天下晏如也。"亦见得此理。东坡嘉祐间作《思治论》曰:"所谓从众者,非从众多之口也,从其不言而同然者耳。"其说最好。然厥后荆公行新法,公上书争之,乃曰:"为国者未论行事之是非,先观众心之向背。"其说却有病。天下岂有悖理伤道之事,可以众心之所向而姑为之乎! 宜其不足以服荆公,而指为战国纵横之学也。

南轩谏虞丞相

南轩质责虞丞相并甫不当用张说,至以京、黼面斥并甫。并甫曰:"先丞相亦有隐忍就功名处,何相非之深也。"南轩曰:"先公固有隐忍处,何尝用此等狎邪小人?"并甫拱手曰:"某服矣,某服矣。"《语录》中载谏并甫事,无此数语,南轩亲与诚斋言之。

朱文公论诗

胡澹庵上章，荐诗人十人，朱文公与焉。文公不乐，誓不复作诗，迄不能不作也。尝同张宣公游南岳，唱酬至百余篇。忽瞿然曰："吾二人得无荒于诗乎？"杨宋卿以诗集求品题，公答之曰："诗者，志之所之，岂有工拙哉！亦观其志之高下如何耳。是以古之君子，德足以求其志，必出于高明纯一之地，其于诗固不学而能之。至于格律之精粗，用韵、属对、比事、遣词之善否，今以魏、晋以来诸贤之作考之，盖未有用意于其间者，而况于古诗之流乎！近世作者乃始留情于此，故诗有工拙之论，葩藻之词胜，言志之功隐矣。"又曰："古今之诗凡三变。盖自《书传》所载，虞夏以来，及汉、魏，自为一等。自晋、宋间颜、谢以后，下及唐初，自为一等。自沈、宋以后，定著律诗，下及今日，又为一等。然自唐初以前，其为诗者固有高下，而法犹未变。至律诗出，而后诗之与法始皆大变，以至今日，益巧益密，而无复古人之风矣。故尝妄欲抄取经史诸书所载韵语，下及《文选》、汉魏古词，以尽乎郭景纯、陶渊明之所作，自为一编，而附于《三百篇》、《楚辞》之后，以为诗之根本准则。又于其下二等之中，择其近于古者，各为一编，以为之羽翼舆卫。且以李、杜言之，如李之《古风》五十首，杜之《秦蜀纪行》、《遣兴》、《出塞》、《潼关》、《石壕》、《夏日》、《夏夜》诸篇，律诗则如王维、韦应物辈，亦自有萧散之趣，未至如今日之细碎卑冗无余味也。其不合者，则悉去之，不使其接于吾之耳目，而入于吾之胸次。要使方寸之中，无一字世俗言语意态，则其诗不期于高远而自高远矣。"又曰："来喻欲漱六艺之芳润，以求真澹，此诚极至之论。然亦须先识得古今体制，雅俗向背，仍更洗涤得尽肠胃间夙生荤血脂膏，然后此语方有所措。如其未然,窃恐秽浊为主,芳润人不得也。近世诗人,只缘不曾透得此关,而规规于近局,故其所就,皆不满人意,无足深论。"又曰:"作诗须从陶、柳门庭中来乃佳,不如是,无以发萧散冲澹之趣,无由到古人佳处。"又曰:"作诗不学六朝,又不学李、杜,只学那峣溪底,便学得十分好后,把作什么用!"公之论诗,可谓本末兼该矣。公尝题广成子像云:"陈光泽见示此像,偶记李太白诗云:'世道日交丧,浇风变淳源。不求桂树枝,反栖恶木根。所以桃李树,吐花竟不言。大运有兴没,群动若飞奔。归来广成子,去入无穷门。'因写以示之。今人舍命作诗,开口便说李、杜。以此观之,何曾梦见他脚板耶?"又言:"余平生爱王摩诘诗云:'漆园非傲吏,自缺经世具。偶寄一微官,婆娑数株树。'以为不可及,而举以语人,领解者少。"观此,则公之所取,概可见矣。公尝举似所作绝句示学者云:"半亩方塘一鉴开,天光云影共徘徊。问渠那得清如许,为有源头活水来。"盖借物以明道也。又尝诵其诗示学者云:"孤灯耿寒焰,照此一窗幽。卧听檐前雨,浪浪殊未休。"曰:"此虽眼前语,然非心源澄静者不能道。"观此,则公之所作,又可概见矣。

税　沙　田

孝宗时,近习梁俊彦请税两淮沙田,以助军饷。上大喜,付外施行。叶子昂为相,奏曰:"沙田者,乃江滨出没之地,水激于东,则沙涨于西;水激于西,则沙复涨于东。百姓随沙涨之东西而田焉,是未可以为常也。且辛巳兵兴,两淮之田租并复,至今未征,况沙田乎?"上大悟,即诏罢之。子昂退至中书,令人逮俊彦至,叱责之曰:"汝言利求进,万一淮民怨咨,为国生事，虽斩汝万段，岂足塞责！"俊彦皇汗免冠谢，久乃释之。子昂此举，颇有申屠嘉困辱邓通，韩魏公以头子勾任守忠之遗意。大率近习畏宰相，则为盛世；宰相畏近习，则为衰世。

乙 编 自 序

　　或曰:子记事述言,类以己意,惧贾僭妄之讥奈何? 余曰:
"樵夫谈王,童子知国,余乌乎僭? 若以为妄,则疑以传疑,《春
秋》许之。"时宋淳祐辛亥四月,庐陵罗大经景纶。

鹤林玉露乙编卷一

高宗配享

高庙配享,洪容斋在翰苑,以吕颐浩、赵鼎、韩世忠、张俊四人为请。盖文武各用两人出于孝宗圣意也,遂令侍从议。时宇文子英等十一人以为宜如明诏,而识者多谓吕元直不厌人望,张魏公不应独遗。杨诚斋时为秘书少监,上书争之,以欺、专、私三罪斥容斋,且言魏公有社稷大功五:建复辟之勋,一也;发储嗣之议,二也;诛范琼以正朝纲,三也;用吴玠以保全蜀,四也;却刘麟以定江左,五也。于是有旨再令详议。越数日,上忽谕大臣曰:"吕颐浩等配享正合公论,更不须议。洪迈固是轻率,杨万里亦未免浮薄。"于是二人皆求去,容斋守南徐,诚斋守高安,而魏公迄不得配食。诚斋诗云:"出却金宫入梵宫,翠微绿雾染衣浓。三年不识西湖月,一夜初闻南涧钟。藏室蓬山真昨戏,园翁溪友得今从。若非朝士追相送,何处冥鸿更有踪。"又云:"新晴在在野花香,过雨迢迢沙路长。两度立朝今结局,一生行客老还乡。犹嫌数骑传书札,剩喜千峰入肺肠。到得前头上船处,莫将白发照沧浪。"此去国时诗也,可谓无几微见于颜面矣。其冢嗣东山先生伯子跋其《论配享书稿》云:"覆羹真得皂囊书,锦水元来胜石渠。但宝银钩并铁画,何须玉带与金鱼。"盖苗、刘时乱时,矫隆祐诏贬窜魏公。高宗在昇旸宫方啜羹,左右来告,惊惧,羹覆于手,手为之伤。

暨复辟,见魏公,泣数行下,举手示公,痕迹犹存。左次魏和伯子诗云:"銮坡蓬监两封书,道院东西各付渠。乾道圣人无固必,是非付与直哉鱼。"词意亦佳,但当涂乃江东道院,容斋守南徐,非当涂也。

紫窄衫

渡江以来,士大夫始衣紫窄衫,上下如一。绍兴九年,诏公卿将吏毋得以戎服临民,复用冠带。论者以为扰,于是士大夫皆服凉衫。乾道中,李献之上言:"会聚之际,颜色可憎。今陛下上承两宫,宜服紫衫为便。"上从之,盖人情乐简便久矣。昔孝节先生徐仲积事母至孝,一日,竦然自省曰:"吾以襕幞谒贵人,而不以见母,是敬母不如敬贵人也,不可。"乃日具襕幞揖母,人皆笑之。孝节行之终身。近时静春先生刘子澄,朱文公高弟也,守衡阳,日以冠裳莅事。宪使赵民则尝紫衫来见,子澄不脱冠裳见之。民则请免冠裳,子澄端笏肃容曰:"戒石在前,小臣岂敢!"民则皇恐,退具冠裳以见,然由是不相乐。夫襕幞揖母,冠裳临民,常事也,而世俗且笑之。至于紫窄袖衫,乃戎服也,出于兵兴一时权宜,而相承至今不能改,然则古道何时而可复乎?

非　孟

李泰伯著《常语》非孟子,后举茂材,论题出"经正则庶民兴",不知出处,曰:"吾无书不读,此必《孟子》中语也。"掷笔而出。晁说之亦著论非孟子,建炎中,宰相进拟除官,高宗曰:"《孟子》发挥王道,说之何人,乃敢非之!"勒令致仕。郑叔友著《崇正论》,亦非孟子,曰:"轲,忍人也,辨士也,仪、秦之流也。战国纵横捭阖之士，皆发冢之人，而轲能以诗礼者也。"余谓孟子以仪、秦之齿舌，明周、孔之肺肠，的切痛快，苏醒万世，此何可非！泰伯所以非之者，谓其不当劝齐、梁之君以王耳。昔武王伐纣，举世不以为非，而伯夷、叔齐独非之。东莱吕先生曰："武王忧当世之无君者也，伯夷忧万世之无君者也。"余亦谓孟子忧当世之无君者也，泰伯忧万世之无君者也。此其特见卓论，真可与夷、齐同科，至于说之、叔友，拾其遗说而附和之，则过矣。

匹 士 光 国

平原孟尝君养天下客，而未尝得一客；张汤、公孙弘接天下士，而未尝得一士。鲁仲连固不肯与鸡鸣狗盗者伍也，汲长孺固不肯与奴颜婢息者齿也。若得一鲁仲连，则一客可以敌千客；若得一汲长孺，则一士可以埒千士。故山谷诗曰："匹士能光国，三屦不满隅。"

不 交 近 习

不主痈疽、瘠环，所以为孔子；不礼臧仓、王驩，所以为孟子。宋璟不与内侍交语，明皇深加奖叹。杜悰不从监军请选娼女入宫，武宗知其有宰相才。范纯夫为谏官，东邻宦官陈衍园亭在焉，衍每至园中，不敢高声，谓其徒曰："范谏议一言到上前，吾辈不知死所矣。"此其所以为范纯夫也，此其所以为元祐也。王黼为宰相，与宦者梁师成邻居，密开后户往来。徽宗幸黼第，徘徊观览，偶见之，大不乐。此其所以为王黼，此其所以为崇、观、政、宣也。

王定国赵德麟

东坡于世家中得王定国,于宗室中得赵德麟,奖许不容口。定国坐坡累,谪宾州。瘴烟窟里五年,面如红玉,尤为坡所敬服。然其后乃阶梁师成以进,而德麟亦谄事谭稹。绍兴初,德麟主管大宗正司,有旨令易环卫官,宰相吕颐浩奏曰:"令畤读书能文,苏轼尝荐之,似不须易。"高宗曰:"令畤昔事谭稹,为清议所薄。"竟易之。士大夫晚节持身之难如此。余观屈平之《骚经》曰:"兰芷变而不芳兮,荃蕙化而为茅。何昔日之芳草兮,今直为此萧艾也?岂其有他故兮,莫好修之害也!"朱文公释之曰:"世乱俗薄,士无常守,乃小人害之。而以为莫如好修之害者,何哉?盖由君子好修而小人嫉之,使不容于当世,故中材以下,莫不变化而从俗,则是其所以致此者,反无有如好修之为害也。"呜呼!其崇、观、政、宣之时乎,宜二子之改节易行也。

妒　妇　喻

张无垢在越上作幕官,不请供给钱;在馆中进书,不肯转官,人皆以为好名之过。无垢曰:"既请月俸,又受供给,偶然进书,又便受赏,于我心实有不安,此亦本分事,何名之好!贪者往往不曾寻思,此心病也。心有病,人安得知?我知之,当自医。别人既不自知病,反恶人医病,犹妇人妒者,非特妒其夫,又且妒人之夫,其惑甚矣。"无垢此喻甚切。世降俗薄,贪浊成风,反相与嗤笑廉者;谀佞成风,反梏与嗤笑直者;软熟成风,反相与嗤笑刚者;竞进成风,反相与嗤笑恬退者;侈靡成风,反相与嗤笑俭约者;傲诞成风,反相与嗤笑谦默者。贾子云：“莫邪为钝兮，铅刀为铦。”东坡云：“变丹青于玉莹兮，乃反谓子为非智。”风俗至于如此，岂不可哀！

诛　曦　诏

安子文与杨巨源、李好义合谋诛逆曦，矫诏之词曰：“惟干戈省厥躬，朕既昧圣贤之戒；虽犬马识其主，尔乃甘夷虏之臣。邦有常刑，罪在不赦。”词旨明白，乃好义姊夫杨君玉之词也。曦年十许岁时，其父挺尝问其志，曦有不臣之语。其父怒，蹴之炉火中，灼其面，号“吴巴子”云。

古 人 称 字

魏鹤山云：“古人称字者，最不轻。《仪礼》：‘子孙于祖祢皆称字。’孔门诸子多称夫子为仲尼。子思，孙也；孟子，又子思弟子也，亦皆称仲尼。虽今人亦称之，而人不为怪。游、夏之门人皆字其师。汉初唯子房一人得称字，中世有字其诸父、字其诸祖者，近世犹有后学呼退之、儿童诵君实之类。”观鹤山此说，古人盖以称字为至重。今世唯平交乃称字，稍尊稍贵者，便不敢以字称之，与古异矣。鲁哀公诔孔子，亦曰“尼父”，则君亦可以字臣。周益公谓先君曰：“寿皇每称东坡，唯曰子瞻而不名，其钦重如此。”

静　　重

大凡应大变、处大事，须是静定凝重，如周公之“赤舄几几”是也。汉武帝因不移步识霍光，因不转盼识金日磾，亦是窥见他静定凝重处，故逆知其可以托孤寄命。韩魏公之凝立，亦此类也。欧阳公所谓“垂绅正笏，不动声色，而措天下于泰山之安"，形容得最好。然魏公亦只是天资。至如司马公，则加以学力，尤不可及。如更新法，傅钦之、苏子瞻劝其防后患，公起立拱手，仰视厉声曰："天若祚宋，必无此事！"此必有大力量，方能为此言。张宣公云："使某当时应答，不过曰：'苟利社稷，遑恤其他！'只如此说已自好，安能如公之言，更不论一己利害。相其平日所养，故临事发言，能如是中理，虽圣人不过如此说，近于终条理者矣。"

问寝龙楼

绍熙甲寅，光宗以疾不能过宫，吾郡尹德邻初参太学，帝引诗题出"问寝龙楼晓"。德邻诗云："父母人皆有，仪刑自冕旒。问安趋燕寝，拂晓过龙楼。鹤驾严晨卫，鸡人彻夜筹。慈闻天语接，飞栋月华收。万姓齐呼舞，三宫款献酬。小儒忧国切，几白九分头。"学官击节，一时传诵。

自家他家

象山与罗春伯书云："宇宙无际，天地开辟，本只一家。来书乃谓自家屋里人，不亦陋乎！谓之自家，不知孰为他家？古人但问是非邪正，不问自家他家。君子之心，未尝不欲其去非而就是，舍邪而适正。其怙终不悛，则当为夬之上六矣。舜于四凶，孔子于少正卯，亦治其家人耳。"象山此论，可谓浑厚高明。且以我朝言之，自庆历以前，无君子小人之名，所谓本只一家者也，故君子不受祸。自庆历以后，君子小人之名始立，则有自家他家之分矣。故君之受祸，一节深于一节。

冬 至 奏 对

丁常任，毗陵人，淳熙间为郎。冬至日，上殿奏对，玉音曰："晓来云物甚奇，卿曾见否？"常任实不曾见，即对曰："岂惟臣见之，四海万姓皆见之。"孝宗大喜，曰："卿对甚伟。"命除淮漕。

诗 家 喻 愁

诗家有以山喻愁者，杜少陵云"忧端如山来，澒洞不可掇"，赵碬云"夕阳楼上山重叠，未抵春愁一倍多"是也。有以水喻愁者，李颀云"请量东海水，看取浅深愁"，李后主云"问君都有几多愁，恰似一江春水向东流"，秦少游云"落红万点愁如海"是也。贺方回云："试问闲愁知几许，一川烟草，满城风絮，梅子黄时雨。"盖以三者比之愁多也，尤为新奇，兼兴中有比，意味更长。

经 总 钱

宣和中，大盗方腊扰浙中，王师讨之。命陈亨伯以发运使经制东南七路财赋。因建议如卖酒、鬻糟、商税、牙税与夫头子钱、楼店钱，皆少增其数，别历收系，谓之"经制钱"。其后卢宗原颇附益之。至翁彦国为总制使，仿其法，又收赢焉，谓之"总制钱"。靖康之初，尝诏罢之。军兴，议者再请施行，色目寖广，视宣和有加焉。以迄于今，为州县大患。初，亨伯之作俑也，其兄闻之，哭于家庙，谓剥民产，怨祸必及子孙。厥后叶正则作外台，谓必尽去经、总制钱，而后天下乃可为，治平乃可望。然中兴百年，非无圣君贤相，未闻有议及此者，是独何也？

论　语

杜少陵诗云:"小儿学问止《论语》,大儿结束随商贾。"盖以《论语》为儿童之书也。赵普再相,人言普山东人,所读者止《论语》,盖亦少陵之说也。太宗尝以此论问普,普略不隐,对曰:"臣平生所知,诚不出此。昔以其半辅太祖定天下,今欲以其半辅陛下致太平。"普之相业,固未能无愧于《论语》,而其言则天下之至言也。朱文公曰:"某少时读《论语》便知爱,自后求一书似此者,卒无有。"

本　政　书

林勋,贺州人,绍兴中登进士第。尝进《本政书》,欲渐复三代井田之法,大略谓:五尺为步,步百为亩,亩百为顷,顷九为井;井方一里,井十为通,通十为成;成方十里,成十为终,终十为同;同方百里,一同之地,提封万井,实为九万顷。三分去二,为城郭市井、官府道路、山林川泽,与夫硗确不毛之地。定其可耕与为民居者三千四百井,实为三万六百顷。一顷之田,二夫耕之。夫田五十亩,余夫亦如之,总二夫之田,则为百亩。百亩之收,平岁为米五十石;上熟之岁,为米百石。二夫以之养数口之家,盖裕如矣。总八顷之税,为米十有六石,钱三贯二百文,此之谓什一。井复一夫之税,以其人为农正,掌劝督耕耨赋税之事,但收十有五夫之税,总计三千四百井之税,为米五万一千石,为钱一万二千贯,以此为一同之率。一顷之居,其地百亩,十有六夫分之。夫宅五亩,总十有六夫之宅,为地八十亩。余二十亩以为社学场圃,一井之人共之,使之朝夕群居,以教其子弟。然贫富不等,未易均齐,夺有余以补不足,则民骇矣。今宜立之法,使一夫占田五十亩以上者为良农,不足五十亩者为次农,其无田而为闲民,与非工商在官而为游惰末作者,皆为驱之使为隶农。良农一夫以五十亩为正田,以其余为羡田。正田毋敢废业,必躬耕之。其有羡田之家,则无得买田,唯得卖田。至于次农,则无得卖田,而与隶农皆得买羡田,以足一夫之数,而升为良农。凡次农、隶农之未能买田者,皆使之分耕良农之羡田,各如其夫之数,而岁入其租于良农。如其俗之故,非自能买田及业主自收其田,皆毋得迁业。若良农之不愿卖羡田者,宜悉俟其子孙之长而分之,官毋苛夺以贾其怨。少须暇之,自合中制矣。其书大略如此。朱文公、张宣公皆喜其说,谓其有志复古。然今时欲行经界,尚以为难,况均田乎?

元 子 宗 子

横渠《西铭》曰:"大君者,父母之宗子。"其说本于召公。《召诰》曰:"有王虽小,元子哉!"又曰:"皇天上帝,改厥元子。"元子即宗子也。武王誓师之辞曰:"亶聪明,作元后,元后作民父母。"余谓父母之说,不如元子、宗子之说意味深长。盖谓之元子、宗子,则天父地母临之于上,诸弟之颠连无告者责望于下,非特恻然于同胞之爱,且有所严惮而不敢隳其职分矣。

六 和 塔 诗

李彊父为昭文相,尝出六和塔,题诗云:"往来塔下几经秋,每恨无从到上头。今日登临方觉险,不如归去卧林丘。"彊父为相清正,谨守规矩,自奉如寒士,书卷不释手。薨于位,谥文清。

湖　州　生　祠

　　嘉定间,杨伯子为湖州守,弹压豪贵,牧养小民,治声赫然,为三辅冠。郡之士相与肖像祠于学宫,与工部尚书戴少望并祠。伯子意不悦,会除浙东庚节,将行,辞先圣先师礼毕,与教官诸生坐于讲堂,命取所祠画像来,题诗其上,云:“面有忧民色,天知报国心。三年风月少,两鬓雪霜深。更莫留形迹,何曾废古今。不如随我去,相伴老山林。”遂卷藏而行。当时士子有戏和其诗者,末句云:“可怜戴工部,独树不成林。”

黄　陵　庙　诗

　　陆士规布衣,工诗,秦桧喜之。尝挟秦书干临川守,馈遗不满意,升堂嫚骂。官惧,以书白秦自解。秦怒陆甚,陆请见,不出,然犹令其子小相者见之,问其近作。陆诵其《黄陵庙》一绝,云:“东风吹草绿离离,路入黄陵古庙西。帝子不知春又去,乱山无主鹧鸪啼。”小相入诵之,秦吟赏再四,即命请见,待之如初。

杀　人　手　段

　　宗杲论禅云:“譬如人载一车兵器,弄了一件,又取出一件来弄,便不是杀人手段。我则只有寸铁,便可杀人。”朱文公亦喜其说。盖自吾儒言之,若子贡之多闻,弄一车兵器者也;曾子之守约,寸铁杀人者也。

诗　互　体

　　杜少陵诗云:“风含翠篠娟娟净,雨裛红蕖冉冉香。”上句风中有雨，下句雨中有风，谓之互体。杨诚斋诗云："绿光风动麦，白碎日翻池。"亦然上句风中有日，下句日中有风。

陈黄送秦少章

韩文公作《欧阳詹哀词》云："詹，闽人也。父母老矣，舍朝夕之养以来京师。其心将以有得于是，而归为父母荣也。虽其父母之心亦然，詹在侧，虽无离忧，其志不乐也。詹在京师，虽有离忧，其志乐也。"山谷《送秦少章从苏公学》云："斑衣儿啼真自乐，从师学道也不恶。但使新年胜故年，即如常在郎罢前。"后山云："士有从师乐，诸儿却未知。欲行天下独，信有俗间疑。秋入川原秀，风连鼓角悲。目前豚犬类，未必慰亲思。"二诗皆用韩意，而后山之味永。陆象山云："男子生而以桑弧蓬矢射天地四方，示有四方之志，此其父母教之望之第一义也。颜子之家，一箪食，一瓢饮，在人不堪忧之之地，而其子乃从其师周游天下，履宋、卫、陈、蔡之厄而不以为悔。此岂俚俗之人、拘曲之士所能知其义哉！盖诚使此心无所放失，无所陷溺，全天之所予而无伤焉，则千万里之远，无异于亲膝。不然，虽日用三牲之养，犹为不孝也。"象山此说，尤更精透。

住　山　僧

有僧住山，或谋攘之。僧乃挂草鞋一双于方丈前，题诗云："方丈前头挂草鞋，流行坎止任安排。老僧脚底从来阔，未必枯髅就此埋。"余谓士大夫去就亦当如此。杨诚斋立朝时，计料自京还家之裹费，贮以一箧，钥而置之卧所。戒家人不许市一物，恐累归担，日日如促装者。余又闻昔有京尹，忘其名，不携家，唯弊箧一担。每晨起，则撤帐卷席；食毕，则洗钵收箸,以拄杖撑弊篋于厅事之前,常若逆旅人将行者。故击搏豪强,拒绝宦寺,悉无所畏。余曩在太学,尝馆于一贵人之门。一日,命市薪六百券,有卒微哂,谓其徒曰:"朝士今日不知明日事,乃买柴六百贯耶!"余因窃叹:士大夫之见,有不如此卒者多矣!

奏 疏 贵 简

刘平国云:"奏疏不必繁多,为文但取其明白,足以尽事理,感悟人主而已。"此论极好,如《伊训》、《说命》、《无逸》、《立政》所未论,只如诸葛孔明《前》、《后出师表》,何尝费词。近时如张宣公自都机入奏三札,陆象山为删定官轮对五札,皆可法。

闲 居 交 游

自古士之闲居野处者,必有同道同志之士相与往还,故有以自乐。陶渊明《移居》诗云:"昔欲居南村,非为卜其宅。闻多素心人,乐与数晨夕。"又云:"邻曲时来往,抗言谈在昔。奇文共欣赏,疑义相与析。"则南村之邻,岂庸庸之士哉。杜少陵在锦里,亦与南邻朱山人往还,其诗云:"锦里先生乌角巾,园收芋栗未全贫。惯看宾客儿童喜,得食阶除鸟雀驯。秋水才深四五尺,野航恰受两三人。白沙翠竹江村暮,相送柴门月色新。"又云:"相近竹参差,相过人不知。幽花欹满径,野水细通池。归客村非远,残尊席更移。看君多道气,从此数追随。"所谓朱山人者,固亦非常流矣。李太白《寻鲁城北范居士误落苍耳中》诗云:"忽忆范野人,闲园养幽姿。"又云:"还倾四五酌,自咏《猛虎词》。近作十日欢,远为千载期。风流自簸荡,谑浪偏相宜。"想范野人者，固亦可人之流也。

废 心 用 形

　　《列子》曰："仲尼废心而用形。"渊明诗云："形迹凭化往，灵府长独闲。"说得更好。盖其自彭泽赋归之后，洒然悟心为形役之非，故其言如此。果能行此，则静亦静，动亦动，虽过化存神之妙，不外是矣。谓渊明不知道，可乎？

鹤林玉露乙编卷二

红　友

　　常州宜兴县黄土村,东坡南迁北归,常与单秀才步田至其地。地主携酒来饷曰:"此红友也。"坡曰:"此人知有红友,而不知有黄封,可谓快活。"余尝因是言而推之,金貂紫绶诚不如黄帽青蓑,朱毂绣鞍诚不如芒鞋藤杖,醇醪豢牛诚不如白酒黄鸡,玉户金铺诚不如松窗竹屋。无他,其天者全也。

韩平原客

　　韩平原客为南海尉,延一士人作馆客,甚贤而文。既别,音问杳不通。平原当国,常思其人。一日,忽来上谒,盖已改名登第数年矣。一见欢甚,馆遇极厚。尝夜阑酒罢,平原屏左右,促膝问曰:"某谬当国秉,外边议论若何?"其人太息曰:"平章家族危如累卵矣,尚复何言?"平原愕然问故,对曰:"是不难知也。椒殿之立,非出于平章,则椒殿怨矣。皇子之立,非出于平章,则皇子怨矣。贤人君子,自朱熹、彭龟年、赵汝愚而下,斥逐贬死,不可胜数,则士大夫怨矣。边衅既开,三军暴骨,孤儿寡妇之哭声相闻,则三军怨矣。并边之民死于杀掠,内地之民死于科需,则四海万姓皆怨矣。丛是众怨,平章何以当之?"平原默然久之,曰:"何以教我?"其人辞谢再三。固问,乃曰:"仅有一策:主上非心黄屋,若急建青宫,开陈三圣家法,为揖逊之举,则皇子之怨可变而为恩;而椒殿退居德寿,虽怨无能为矣。于是辅佐新君,涣然与海内更始,曩时诸贤,死者赠恤,生者召擢。遣使聘虏,释怨请和,以安边境。优犒诸军,厚恤死士,除苛解娆,尽去军兴无名之赋,使百姓有更生之意。然后选择名儒,逊以相位,乞身告老,为绿野之游,则易危为安,转祸为福,或者其庶几乎!"平原犹豫不能决,欲留其人处以掌故,其人力辞,竟去。未几祸作。

咏　鸥

杜少陵诗云:"鸥行炯自如。"形容甚妙。如《召南》大夫节俭正直,而退食委蛇;彼都人士,行归于周,而从容有常,皆炯自如者也。

老　瓦　盆

杜少陵诗云:"莫笑田家老瓦盆,自从盛酒长儿孙。倾银注玉惊人眼,共醉终同卧竹根。"盖言以瓦盆盛酒,与倾银壶而注玉杯者同一醉也,尚何分别之有? 由是推之,蹇驴布鞯与金鞍骏马同一游也,松床莞席与绣帷玉枕同一寝也。知此,则贫富贵贱可以一视矣。昔有仆嫌其妻之陋者,主翁闻之,召仆至,以银杯、瓦碗各一,酌酒饮之,问曰:"酒佳乎?"对曰:"佳。"银杯者佳乎? 瓦碗者佳乎?"对曰:"皆佳。"主翁曰:"杯有精粗,酒无分别。汝既知此,则无嫌于汝妻之陋矣。"仆悟,遂安其室。少陵诗意正如此。而一本乃改"玉"字作"瓦"字,失之矣。

去　妇　词

　　李太白《去妇词》云:"忆昔初嫁君,小姑才倚床。今日妾辞君,小姑如妾长。回头语小姑,莫嫁如兄夫。"古今以为绝唱。然以佘观之,特忿恨决绝之词耳,岂若《谷风》去妇之词曰"毋逝我梁,毋发我笱",虽遭放弃而犹反顾其家,恋恋不忍乎!乃知《国风》优柔忠厚,信非后世诗人所能仿佛也。古今赋昭君词多矣,唯白乐天云:"汉使却回凭寄语,黄金何日赎蛾眉?君王若问妾颜色,莫道不如宫里时。"前辈以为高出众作之上,亦谓其有恋恋不忘君之意。欧阳公《明妃词》自以为胜太白,而实不及乐天。至于荆公云"汉恩自浅胡自深,人生乐在相知心",则悖理伤道甚矣。杜子美儒冠忍饿,垂翅青冥,残杯冷炙,酸辛万状,不得已而去秦,然其诗曰"尚怜终南山,回首清渭滨",恋君之意蔼然溢于言外。其为千载诗人之冠冕,良有以也。魏鹤山云:"处人伦之变,当以《三百五篇》为正。《考槃》、《小宛》之为臣,《小弁》、《凯风》之为子,《燕燕》、《谷风》之为妇,《终风》之为母,《柏舟》之为宗臣,《何人斯》之为友,皆不遇者也。而责己重以周,待人轻以约,优柔谆切,怨而不怒,忧而不敢疏也。东坡在黄、在惠、在儋,不患不伟,患其伤于太豪,便欠畏威敬怒之意。如'兹游最奇绝,所欠唯一死'之类,词气不甚平。又如《韩文公庙碑》诗云:'作书诋佛讥君王,要观南海窥衡湘。'方作谏书时,亦冀谏行而迹隐,岂是故为诋讦,要为南海之行。盖后世词人多有此意,如'去国一身,高名千古'之类,十有八九若此,不知君臣义重,家国忧深。圣贤去鲁、去齐,不若是悤者,非以一去为难也。"此论精矣。

杨　太　真

　　武惠妃薨，明皇悼念不已，后宫数千无当意者。或言寿王妃杨氏之美，绝世无双。帝见而悦之，乃令妃自以其意乞为女官，号“太真”，更为寿王娶韦昭训女。潜纳太真宫中，宠遇如惠妃，册为贵妃，与卫宣公纳伋之妻无以异。白乐天《长恨歌》云：“杨家有女初长成，养在深闺人未识。天生丽质难自弃，一朝选在君王侧。”为尊者讳也。近时杨诚斋《题武惠妃传》云：“桂折秋风露折兰，千花无朵可天颜。寿王不忍金宫冷，独献君王一玉环。”词虽工，意亦未婉。唯李商隐云：“龙池赐酒敞云屏，羯鼓声高众乐停。夜半宴归宫漏永，薛王沉醉寿王醒。”其词微而显，得风人之体。

迁　谪　量　移

　　士大夫危言峻节，迁谪凄凉，晚岁收用，衰落惩创，刓方为圆者多矣。吕子约谪庐陵量移高安，杨诚斋送行诗云：“不愁不上青霄去，上了青霄莫爱身。”盖祖杜少陵送严郑公云：“公若居台辅，临危莫爱身。”然以之送迁谪流徙之士，则意味尤深长也。

隐　士　出　山

　　晁以道与陈叔易俱隐嵩山，叔易被召出山，以道作诗云：“处士何人为作牙，尽携猿鹤到京华。故山岩壑应惆怅，六六峰前只一家。”籍溪胡原仲除正字，朱文公寄诗云：“先生去上芸香阁，阁老新峨豸角冠。留取幽人卧空谷，一帘风月要人看。”阁老，刘共父父也。二诗相似，然以道后亦出山，时人反以此诗嘲之。文公卷舒以道，难进易退，高节全名，师表百世，乃知终南、少室之流，与有道之士，正不可同年语也。

批 答 援 引

东坡批答吕大防辞免恩命云："卿有盗贼夷狄之虞，仓廪礼乐之叹，阴阳风雨之忧。此三者，诚当今之大计。孟子曰：'责难于君谓之恭。'夫既以责其君，而不以身任之，非仁人也。"盖援其所自言者以勉之。近时真西山批答参政楼钥乞致仕不允云："夫七十致仕，虽著于经，二三大臣，难拘此制。卿昔代言，尝以是却臣邻之请矣，岂今日遂忘斯谊乎？"此又切矣。

物 畏 其 天

颍滨释《庄子》曰："鱼不畏网罟而畏鹈鹕，畏其天也。"物之畏其天，诚有可怪者。余里中一村童，尝见大蛙十数，聚于污池丛棘之下。欲前捕之，熟视，乃一巨蛇蟠棘下，以恣唼群蛙；群蛙凝立待唼，不敢动。又村叟见蜈蚣逐一蛇，行甚急，蜈蚣渐近，蛇不复动，张口以待，蜈蚣竟入其腹。逾时而出，蛇已毙矣。村叟弃蛇于深山中，逾旬往视之，小蜈蚣无数，食其腐肉。盖蜈蚣产卵于蛇腹中也。余又尝见一蜘蛛，逐蜈蚣甚急，蜈蚣逃入篱笆竹中。蜘蛛不复入，但以足跨竹上，摇腹数四而去。伺蜈蚣久不出，剖竹视之，蜈蚣已节节烂断如鲊酱矣。盖蜘蛛摇腹之时，乃洒溺以杀之也。物之畏其天有如此者。夫蛇之恣唼群蛙，自以为莫己敌矣，而不知蜈蚣之能涉其腹也；蜈蚣之毙蛇育子，自以为莫吾御矣，而不知蜘蛛之能醢其躯也。世之人昂昂然以凶毒自多者，可以观矣。且蛙之不能敌蛇，固也。蜈蚣小于蛇矣，而能制蛇；蜘蛛小于蜈蚣矣，而能制蜈蚣。物岂专以小大为强弱哉！

诗 用 助 语

诗用助语，字贵妥帖。如杜少陵云："古人称逝矣，吾道卜终焉。"又云："去矣英雄事，荒哉割据心。"山谷云："且然聊尔耳，得也自知之。"韩子苍云："曲槛以南青嶂合，高堂其上白云深。"皆浑然帖妥。吾郡前辈王才臣云："并舍者谁清可喜，各家之竹翠相交。"曾幼度云："不可以风霜后叶，何伤于月雨余云。"亦佳。

存 问 逐 客

李泰发忤秦桧，贬海上，雷州守王彦恭存问周馈甚至。桧闻之，贬彦恭。辰阳陆升之，泰发侄婿也，告讦泰发家事，得删定官。桧死，彦恭复官，升之贬雷州。胡澹庵谪岭南，士大夫多凌蔑之，否则畏避之。方滋字务德，本亦桧党，待之独有加礼。澹庵深德之。桧死，其党皆逐。务德入京谋一差遣不可得，栖栖旅馆。澹庵偶与王梅溪语及其事，梅溪曰："此君子也。"率馆中诸公访之，且揄扬其美，务德由此遂晋用。由此观之，君子赢得做君子，小人枉了做小人。

野 服

朱文公晚年以野服见客，榜客位云："荥阳吕公尝言京洛致仕官与人相接，皆以闲居野服为礼，而叹外郡之不能然。其旨深矣。某已叨误恩，许致其事，本未敢遽以老夫自居；而比缘久病，艰于动作，遂不免遵用旧京故俗，辄以野服从事。然上衣下裳，大带方履，比之凉衫，自不为简。其所便者，但取束带足以为礼，解带足以燕居，且使穷乡下邑，得以复见祖宗盛时京都旧俗如此之美也。”余尝于赵季仁处见其服，上衣下裳：衣用黄白青皆可，直领，两带结之，缘以皂，如道服，长与膝齐。裳必用黄，中及两旁皆四幅，不相属，头带皆用一色，取黄裳之义也。别以白绢为大带，两旁以青或皂缘之。见侪辈则系带，见卑者则否。谓之野服，又谓之便服。

而已失官

宝庆初元，洪舜俞为考功郎，应诏言事，词旨剀切。真西山谓陈正甫曰：“读洪考功封事，某殊有愧色。”其封事中论台谏失职云：“月课将临，笔不敢下，称量议论之异同，揣摩情分之厚薄，可否未决，吞吐不能。其相率勇往而不顾者，恭请圣驾款谒景灵宫而已。”台臣摘以为言，谓祗见宗庙，此重事也，而洪某乃言“款谒景灵宫而已”，词语嫚易，有轻宗庙之意，遂遭罢黜，仍镌三官。舜俞有诗云：“不得之乎成一事，却因而已失三官。”

函　首　诗

庶人之仇，释《礼记》者谓可尽五世，矧有天下者乎！齐襄复九世之仇，《春秋》大之。我国家之于金虏，盖百世不共戴天之仇也。开禧之举，韩侂胄无谋浪战，固可罪矣。然乃至函其首以乞和，何也？当时太学诸生之诗曰：“晁错既诛终叛汉，於期已入竟亡燕。”此但以利害言耳，盖未尝以名义言也。譬如人家子孙，其祖父为人所杀，其田宅为人所吞，有一狂仆佐之复仇，谋疏计浅，迄不能遂，乃归罪此仆，送之仇人，使之甘心焉,可乎哉?

前　褒　后　贬

　　韩昌黎上大尹李实书云:"愈来京师,于今十五年,所见公卿大臣不可胜数,皆能守官奉职,无过失而已,未见有赤心事上忧国如阁下者。今年以来,不雨者百有余日。种不入土,野无青草,而盗贼不敢起,谷价不敢贵,百坊百二十司、六军二十四县之人,皆若阁下亲临其家。老奸宿赃,销缩摧沮,魂亡魄散,影灭迹绝。非阁下条理镇服,布宣天子威德,其何能及此!"其后作《顺宗实录》乃云:"实谄事李齐运,骤迁至京兆尹,恃宠强愎,不顾邦法。是时大旱,畿甸乏食,实一不以介意,方务聚敛征求,以给进奉。每奏对辄曰:'今年虽旱,而谷甚好。'由是租税皆不免。陵轹公卿,勇于杀害,人不聊生。及谪通州长史,市里欢呼,皆袖瓦砾遮道伺之。"与前书一何反也。岂书乃过情之誉,而史乃纪实之辞耶?然退之古君子,单辞片语必欲传信,宁可妄发!而誉之过情乃至于此,是不可晓也。近时汪彦章投李伯纪启云:"孤忠贯日,正二仪倾侧之中;凛气横秋,挥万骑笑谈之顷。"又云:"士讼公冤,咸举幡而集阙下;帝从民望,令免胄以见国人。"其赞美至矣。及居翰苑,草伯纪谪词,乃云:"朋奸罔上,有虞必去于驩兜;欺世盗名,孔子先诛于正卯。"又云:"专杀尚威,伤列圣好生之德;信谗喜佞,为一时群小之宗。"与前启又何反也。伯纪真君子,而丑诋至此。嘻!其甚矣。当时亦有以此问彦章者,彦章云:"我前启自直一翰林学士,而彼不我用,安得不丑诋之!"是可笑也。退之之于李实,岂亦若是耶?然李实真小人,与伯纪不同。退之失于前之过誉,彦章失于后之过毁。誉犹可过也,毁不可过。

春 风 花 草

杜少陵绝句云："迟日江山丽，春风花草香。泥融飞燕子，沙暖睡鸳鸯。"或谓此与儿童之属对何以异？余曰：不然。上二句见两间莫非生意，下二句见万物莫不适性。于此而涵泳之，体认之，岂不足以感发吾心之真乐乎！大抵古人好诗，在人如何看，在人把做甚么用。如"水流心不竞，云在意俱迟"、"野色更无山隔断，天光直与水相通"、"乐意相关禽对语，生香不断树交花"等句，只把做景物看亦可，把做道理看，其中亦尽有可玩索处。大抵看诗，要胸次玲珑活络。

旌 忠 庄

韩世忠尝议买新淦县官田，高宗闻之，御札特以赐世忠，其词云："卿遇敌必克，克且无扰。闻卿买新淦田为子孙计，今举以赐卿，聊旌卿之忠。"故其庄号"旌忠"。盖当时诸将各以姓为军号，如"张家军"、"岳家军"之类，朝廷颇疑其跋扈。闻其买田，盖以为喜，故特赐之。世忠之买田，亦未必非萧何之意也。"克且无扰"四字，可谓要言，如王全斌辈，非不克，奈扰何？信能行此四字，虽古名将，何以加诸！

三 将

汉惟一赵充国，唐惟一王忠嗣，本朝惟一曹彬，有三代将帅气象。唐人诗云："泽国山河入战图，生民何计乐樵苏。凭君莫话封侯事，一将功成万骨枯。"读之可为酸鼻。

彤庭分帛

杜少陵诗云:"彤庭所分帛,本自寒女出。鞭挞其夫家,聚敛贡城阙。圣人筐篚恩,实欲邦国活。臣如忽至理,君岂弃此物。"即尔俸尔禄,民膏民脂之意也。士大夫诵此,亦可以悚然惧、恻然思矣。余尝见州郡迓新者,设饰甚费,因成诗云:"赤子须摩抚,红尘几送迎。幕张云匼匝,车列鉴鲜明。岂是朘民血,空教适宦情。忍闻分竹者,竭泽自求盈。"

血 山

兖王假山成,请宫僚观之,姚坦熟视曰:"此血山耳。"开宝塔成,田锡上疏曰:"众以为金碧荧煌,臣以为涂膏衅血。"

吾 心 如 秤

诸葛孔明曰:"吾心如秤,不能为人作轻重。"至哉言乎!信能此,则吾心即造化也。杀之而不怨,利之而不庸,己不劳而万物服矣。乃知孔明长啸草庐时,其所讲不在伊、吕下。杜少陵云:"伯仲之间见伊吕,指挥若定失萧曹。"可谓识孔明心事矣。或谓既比之以伊、吕矣,又比之以萧、曹,何也?余曰:不然。下句盖惜其指挥未定而死耳,使其指挥若定,则虽萧、曹且不能当,况司马仲达乎?指挥盖措置经画也,如兵民杂耕,留屯久驻之类。失犹无也,故末句有志决身歼之叹。

韩 范 用 兵

郭仲晦云:用兵以持重为贵。盖知彼知己,先为不可胜以待敌之可胜,此百战百胜之术也。昔韩、范二公在五路,韩公力于战,范公则不然,曰:"吾唯知练兵、选将、积谷、丰财而已。"余观《东轩笔录》载:韩公欲五路进兵以袭平夏,范公不可。韩公遣尹师鲁至庆州,约进兵,范公曰:"我师新败,士卒气沮,但当谨守,以观其变,岂可轻兵深入!"师鲁叹曰:"公于此乃不及韩公。韩公尝云:大凡用兵,当先置胜负于度外。公何区区过慎如此!"范公曰:"大军一动,万命所悬,乃可置于度外乎?"师鲁不能强而还。韩公遂举兵,次好水川。元昊设伏,我师陷没,大将任福死之。韩公遽还,至半途,亡者之父兄妻子数千人,号于马首,持故衣纸钱,招魂而哭曰:"汝昔从招讨出征,今招讨归,而汝死矣;汝之魂识,亦能从招讨以归乎!"哀恸之声震天地。韩公掩泣,驻马不能进。范公闻之,叹曰:"当是时,难置胜负于度外也!"国朝人物,当以范文正为第一,富、韩皆不及。富公欲诛晁仲约,其见亦不逮范公。余尝有诗云:"奋髯要斩高邮守,攘臂甘驱好水军。到得绕床停箸日,始知心服范希文。"

天佑忠贤

刘元城贬梅州,章惇辈必欲杀之。郡有土豪,凶人也,以资得官,往来京师,见章惇,自言能杀元城。惇大喜,即除本路转运判官。其人驱车速还。及境,郡守遣人告元城。元城略处置后事,与客笑谈饮酒以待之。至夜半,忽闻钟声,问之,则其人已呕血死矣。秦桧晚年,尝一夕秉烛独入小阁,治文书至夜半。盖欲尽杀张德远、胡邦衡诸君子凡十一人。区处既定,只俟明早奏行之。四更忽得疾,数日而卒。桧父尝为静江府古县令,守帅胡舜陟欲为桧父立祠于县,以为逢迎计。县令高登,刚正士也,坚不奉命。舜陟大怒,文致其罪,送狱锻炼,备极惨毒，登几不能堪。未数日，舜陟忽殂，登乃获免。近时大理评事胡梦昱以直言贬象郡，过桂林，帅钱宏祖欲害之，未及有所施行，亦暴亡。呜呼！谓天不佑忠贤，可乎？

齐人归女乐

朱文公云："齐人归女乐，说者谓受女乐必怠于政事，故孔子遂行。"然以《史记》观之，又似夫子惧其谗毁而去，如曰"彼妇之口，可以出走"是已。鲁仲连论帝秦之害，亦曰："彼又将使其子女谗妾为诸侯妃，处梁之宫，梁君安得晏然而已乎？"想当时列国多此等事，故夫子不得不星夜急走。余谓齐人但欲盅鲁君之心，君心既盅，则所谓怠于政事、听谗嫉贤之事，自然色色有之。杨诚斋云："人主之治天下，必先正其治之之主，人臣之相其君，必先正其人主之主。而小人敌国之欲倾人之国也，必先败其人主之主而已。"齐人惩于夹谷而谋鲁也，不以齐谋鲁也，以鲁谋鲁也。鲁以女乐罢朝而孔子行，则先败其用孔子之主也，孰为用孔子之主，非鲁君之心乎？

张魏公讨苗刘

苗傅、刘正彦之乱，张魏公在秀州，谋举勤王之师。苗、刘伪诏至，大赦，厚犒诸军。公潜于府库中寻旧诏书，令人驰往十数里外易其诏。既至，令僚属宣诏，但为抚谕之词，略张于谯楼，旋即敛之。大犒诸军，群情赖以不摇。时张俊亦在秀州，公深结之。会韩世忠舟师亦至，公与世忠对哭。因飨俊、世忠将士，呼诸将校至前，抗声问曰："今日之事，孰逆孰顺？"皆对曰："贼逆我顺！"又曰："若浚此举违天悖人，可取浚头归苗傅，不然，一有退缩，悉以军法从事！"众皆感愤。遂勒兵行

次临平，逆党屯拒不得前。世忠等搏战，大破之。傅、正彦遁
入闽，追获斩首。拜公知枢密院事，时年才三十三。

赠 头 陀 诗

杨诚斋《赠抄经头陀》诗云："刺血抄经奈若何，十年依旧
一头陀。袈裟未着言多事，着了袈裟事更多。"今世儒生，竭半
生之精力，以应举觅官。幸而得之，便指为富贵安逸之媒，非
特于学问切己事不知尽心，而书册亦几绝交。如韩昌黎所谓
"墙角君看短檠弃"、陈后山所谓"一登吏部选，笔砚随扫除"者
多矣。是未知着了袈裟之事更多也。余同年李南金登第后，
画师以冠裳写其真，南金题诗云："落魄江湖十二年，布衫阔袖
裹风烟。如今个样新装束，典却清狂卖却颠。"虽一时戏语，然
知绅裳之束缚，非韦布比，而加意检束，亦自有味。

鹤林玉露乙编卷三

陈子衿传

先友李衍进之有隽才，于书无所不读，不幸年逾二十而死。吾党惜之，以比王逢原、邢居实。进之尝以《三百五篇》诗名作《陈子衿传》，其辞曰：陈子衿，《宛丘》《北门》人也。其先居《甫田》，世有《清人》，当汉时，《缁衣》为县令者甚众。及进士设科，《绿衣》登第，累累而有，于《都人士》中为最盛，雍雍如也。《子衿》母名《静女》，封《硕人》，尝《采蘋》《汝坟》。《风雨》暴至，殷《殷其雷》，有《小星》坠于怀，《载驰》而归。《出车》《思齐》，祷于《清庙》，遂生《子衿》，正《十月之交》也。生时《东方未明》，设《庭燎》以举之，《鼓钟》于宫，以飨贺客。《宾之初筵》，《晨风》和畅，瓶列《白华》，槃有《木瓜》，纫《芄兰》，焚《蓼萧》，《绸缪》沾洽。《有客》《既醉》，《击鼓》歌曰："《椒聊》之蕃衍兮，《葛藟》之《绵》绵。《猗嗟》盛哉，其大君门。惊人瑞世，《驺虞》、《麟趾》。"歌阕，主人谢曰："今日之集，薄具《无羊》，幸《南有嘉鱼》，荐俎《式微》，诸君亮之。"客皆《假乐》，至《鸡鸣》乃罢。《硕人》教养《子衿》，欲令三才并通，故试之《泮水》，使学《烈文》，置之《灵台》，使观《云汉》；出之《旄丘》，使知《民劳》。行则《君子阳阳》，《狡童》不得伍；居则《衡门》《闷宫》，《巧言》无从入。《日月》既久，问学《大明》。《硕人》卒，《子衿》哀毁甚，《素冠》庐《墓门》，朝夕《瞻卬》。读《劬劳》之诗，三复哀恸,门人为之废《蓼莪》。于是念《烈祖》之绪,覃思文典,而家窭《无衣》,《丰年》乏食,《葛屦》履霜。门人或为之《伐木》,或为之《采葛》,或为之《采菽》、《采苓》,以供衣食薪烝。尝喟然叹曰:"《噫嘻》! 非《天保》我,其谁《闵予小子》乎?《我将》《时迈》四方,冀昌厥志,必不获遂,则《采薇》首阳,追踪夷、齐耳。"乃《正月》《吉日》,《出其东门》,《载驱》而行,《遵大路》,过《株林》,度《陂泽》。《褰裳》以济《溱洧》,则思子产之乘舆;《狼跋》而登《终南》,则念杜陵之秀句。《信南山》之雾豹,想《崧高》之降神。《瞻彼洛矣》,则慨然有击楫之志;杭彼《河广》,则跃然有焚身之思。过《东山》而想谢、傅之风流,涉《渭阳》而叹西平之勋烈。《访落》帽于龙山,吊《文王》于毕郢。登高怀远,凄然无归,因著《青蝇》赋以讥切当世。乃济《沔水》,逾《韩奕》,复南入《南山》、《节南山》而西,寄食于《公刘》之家。《南山有台》,下墩《大田》,彼《黍离》离,延及《南陔》。《楚茨》《械朴》,《椒木》《兼葭》,蓊密罗结;《黄鸟》《玄鸟》,《绵蛮》差池;《桑扈》《鸳鸯》,飞鸣自适。《葛生》其中,《载芟》载刘,规为《小宛》,以供游观。《破斧》《伐檀》,《大东》方之地,以筑《新台》,植以《桃夭》,樊以《苑柳》,罗以《甘棠》,环以《泉水》。东则《东门之杨》,《东门之枌》,骈翠交青;北则《山有扶苏》,《野有蔓草》,葱蔚可爱。俯视则《隰有苌楚》,《匏有苦叶》,《青青者莪》,《皇皇者华》,纷红骇绿,错布如锦。其《桑中》则桑叶可拮,《采绿》之女,《行露》沾衣;其《下泉》则《鱼藻》交加,《凫鹥》上下,《振鹭》《鸿雁》,或集或翔。又有《渐渐之石》,可以《考槃》。《扬之水》则清流激湍,多《采蘩》之《氓》,《竹竿》垂纶,《鱼丽》于钓。《东门之池》,《葛覃》其上,《茉苢》、《卷耳》、《瓠叶》、《杕杜》之属尤多。其《中谷有蓷》,其《丘中有麻》,其《防

有鹊巢》，其《墙有茨》，其《园有桃》，其《摽有梅》，其《汾沮洳》，
则有《裳裳者华》，与《苕之华》隐映于《行苇》之间。其中野则
《鹿鸣》呦呦，《鹤鸣》革革，终日不绝。其《隰桑》之下，则《棠
棣》《黍苗》，敷荣秀实，《有杕之杜》，幢幢如盖，《匪风》而凉。
《公刘》日与其友《召旻》，旻弟《小旻》、《小弁》及《子衿》，号五
公子，酣饮其中。《子衿》虽羁穷，《公刘》心知其非《烝民》比，
敬爱无致，《采芑》杀《羔羊》，射鸠雉，《泂酌》流泉，所以奉《子
衿》者甚至。顷之《子衿》欲有所适，《公刘》赠以《白驹》，送以
《候人》。《子衿》乃历《东门之墠》，入《旱麓》，过《北山》。山之
神移文招之，《子衿》亦乐其幽邃，往从其招，作歌曰："《北山》
有枢，为吾之居；《北山》有竹，《箨兮》窣窣。山之《卷阿》，《凯
风》何多；山之《崇丘》，《谷风》偹偹。《何草不黄》，阴翳而藏；
《何彼秾矣》，青阳韶美。"朝夕歌之，声满天地。山多鸟兽《草
虫》，有《关雎》、《鸧羽》、《鸤鸠》、《鸥鹎》、《螽斯》、《蜉蝣》、《硕
鼠》之类，杂出其间；其《野有死麕》，其狡《兔爰》爰，其《鹑之奔
奔》，俄而有《鹊巢》其屋，《有狐》出其窦。《子衿》抚然曰："鸟
兽不可与同群。"于是还魏，《陟岵》山适楚。至《江有汜》，得
《柏舟》，济《汉广》，与楚人《巷伯》、《祈父》、《二子乘舟》。二子
知《子衿》抱负不群，谓之曰："《君子行役》，既乏《臣工》，又无
《车舝》，《羔裘》将敝，《颂弁》萧条，《般》《桓》《江汉》，只影无
俦。泛观《生民》，莫不有《十亩之闲》以耕，一《版》之屋以处。
方春之时，《蟏蛸》载见，膏雨将降，《东方之日》《小明》，则《女
曰鸡鸣》，士曰昧旦，或《将仲子》，与《叔于田》，或《伯兮》居守，
或《大叔于田》，襄笠在身，《良耜》在手，长幼暨暨，或馌或耘。
《四月》《六月》，《雨无正》时，引渠灌输，俾苗怒长；《七月》既
秋，《华黍》将收，《大车》以载，《月出》方归。及夫《定之方中》，

农隙多暇,则呼《卢令》,携《兔罝》,挟《角弓》,张《九罭》,施《敝
笱》,以猎以渔。其富者,或驾《驷铁》,乘《四牡》,有车辚辚,
《有驰》驷驷,《车攻》原野,网交《淇澳》,酾风《湛露》,角胜校
获,何其乐也! 至有得时遇主,取相封侯,人赍《彤弓》,出建
《干旄》,被《丝衣》,曳纨绔,《武》夫前呵,莫敢《执竞》,《有女同
车》,有手其姿,窈窕《由仪》,思与《君子偕老》。如《燕燕》之
飞,彼《何人斯》,踵其《常武》,岂子之所难哉! 夫盖世勋名,
《权舆》一念,傅说胥靡,相《殷武》丁,《天作》尚父,《文王有
声》,虽《维天之命》,亦有志竟成。今子幸遭时清平,《下武》右
文,不能《小毖》于心,奋取富贵,而《维清》泉白石以自洁,《终
风》苦露以自隐;不与贤登于朝,而顾与《我行于野》,徒叹《昊
天有成命》之不可易,而不知所欲之必从也。以期于世,不亦
左乎! 藉曰无意斯世,则相鼠有穴,况于人乎! 一区未辩,脱
有《小戎》寇,子将奚归。唯君《简兮》,毋谓我生流坎,由庚甲
之利不利也。"《子衿》曰:"诺哉! 二子行矣,我将思之。"赞曰:
异哉! 《子衿》之为人也。其孔北海、李太白之流乎? 观其抗
志青云之上,睥睨宇宙,犹以为小,而不免为旅人。谚曰:"用
之则为虎,不用则为鼠。"若《子衿》者,岂以用不用异其心哉!

以　学　为　诗

赵昌父云:"古人以学为诗,今人以诗为学。"夫以诗为学,
自唐以来则然,如呕出心肝,掏擢胃肾,此生精力尽于诗者,是
诚弊精神于无用矣。乃若古人,亦何尝以学为诗哉! 今观《国
风》,间出于小夫贱隶、妇人女子之口,未必皆学也,而其言优
柔谆切,忠厚雅正。后之经生学士,虽穷年毕世,未必能措一
辞。正使以后世之学为诗,其胸中之不醇不正,必有不能掩者

矣。虽贪者赋廉诗,仕者赋隐逸诗,亦岂能逃识者之眼哉！如白乐天之诗,旷达闲适,意轻轩冕,孰不信之？然朱文公犹谓"乐天人多说其清高,其实爱官职。诗中及富贵处,皆说得口津津地涎出",可谓能窥见其微矣。嗟夫！乐天之言且不可尽信,况余人乎！杨诚斋云："古人之诗,天也;后世之诗,人焉而已矣。"此论得之。

活 处 观 理

古人观理,每于活处看,故《诗》曰："鸢飞戾天,鱼跃于渊。"夫子曰："逝者如斯夫,不舍昼夜。"又曰："山梁雌雉,时哉时哉！"孟子曰："观水有术,必观其澜。"又曰："源泉混混,不舍昼夜。"明道不除窗前草,欲观其意思与自家一般。又养小鱼,欲观其自得意,皆是于活处看,故曰："观我生,观其生。"又曰："复其见天地之心。"学者能如是观理,胸襟不患不开阔,气象不患不和平。

祝 寿

陆象山在荆门,上元不设醮,但合士民于公厅前,听讲《洪范》"皇极敛时五福"一段,谓此即为民祈福也。今世圣节,令僧升座说法祝圣寿,而郡守以下环坐而听之,殊无义理。程大昌、郑丙在建宁,并不许僧升堂说法。朱文公在临漳,且令随例祝香,不许人问话。余谓若祖象山之法,但请教官升郡庠讲席,讲《诗·天保》一篇,以见归美报上之意,亦自雅驯。

至 人

《庄子》谓"至人入水不濡,入火不热"。如周公遭变,而赤舄几几;孔子厄陈,而弦歌自如,皆至人也。不濡不热,其言心耳,非言其血肉之身也。

桃锦柳绵

杜陵诗云:"不分桃花红胜锦,生憎柳絮白如绵。"初读只似童子属对之语,及细思之,乃送杜侍御入朝,盖锦绵皆有用之物,而桃花、柳絮,乃以区区之颜色而胜之,亦犹小人以巧言令色而胜君子也。侍御,分别邪正之官,故以此告之。观"不分"、"生憎"之语,其刚正嫉邪可见矣。

村庄鸡犬

韩平原作南园于吴山之上,其中有所谓村庄者,竹篱茅舍,宛然田家气象。平原尝游其间,甚喜,曰:"撰得绝似,但欠鸡鸣犬吠耳。"既出庄游他所,忽闻庄中鸡犬声,令人视之,乃府尹所为也。平原大笑,益亲爱之。太学诸生有诗曰:"堪笑明庭鸳鹭,甘作村庄犬鸡。一日冰山失势,汤焐镬煮刀刲。"

谢昭雪表

岳武穆家《谢昭雪表》云:"青编尘乙夜之观,白简悟壬人之潛。"甚工。

末世风俗

王荆公论末世风俗云:"贤者不得行道,不肖者得行无道;贱者不得行礼,贵者得行无礼。"其论精矣。嗟夫!荆公生于本朝极盛之时,犹有此叹,况愈降愈下乎?

五　百　弓

荆公诗云："卧占宽闲五百弓。"盖佛家以四肘为弓，肘一尺八寸，四肘盖七尺二寸，其说出译梵。

白　羊　先　生

绍兴甲寅，孝宗升遐，光宗疾，不能丧，中外人情汹汹。襄阳兵官陈应祥，归正人也。欲乘此为变，结约已定。其间一卒，买卜于市所谓白羊先生者。卜者诘之曰："此卜将何用？观所占，是要杀爷杀娘底事，大不好，莫做却吉。"其人色动。时都统冯湛帐前适有一人在傍知见，遂潜迹之。至一茶肆，与之语，绐以己得罪于湛，倘有所谋，愿预一人之数。卒始不肯言，再三问之，乃以实告，但深以卜不吉为疑。其人曰："若疑其不吉，当与汝同首，可转祸为福。"卒然之，然恐无验，乃引其人诣陈曰："此人都统帐前人也，近偶得罪，可为内应。"陈始不信，再三言之，乃与以白巾一，告以期约。其人与卒急诣湛告变。时张定叟作帅，湛携首状告定叟。时定叟方卧，起与湛密议定，复就寝，徐令具酒肴与客饮，遣数人请陈及其他一二兵官同来，面以首状及白巾诘之。陈辞屈，乃集众于教场杀之。二人及白羊先生皆补官。

东　坡　文

《庄子》之文，以无为有；《战国策》之文，以曲作直。东坡平生熟此二书，故其为文横说竖说，惟意所到，俊辨痛快，无复滞碍。其论刑赏也，曰："当尧之时，皋陶为士。将杀人，皋陶曰'杀之'三，尧曰'宥之'三，故天下畏皋陶执法之坚，而乐尧用刑之宽。"其论武王也,曰:"使当时有良史如董狐者,则南巢之事必以叛书,牧野之事必以弑书。而汤、武,仁人也,必将为法受恶。周公作《无逸》,曰:殷王中宗,及高宗及祖甲,及我周文王,兹四人迪哲,上不及汤,下不及武王,其以是哉!"其论范增也,曰:"增始劝项梁立义帝,诸侯以此服从,中道而弑之,非增意也。夫岂独非其意,将必力争而不听也。不用其言而杀其所立,羽之疑增,自此始矣。"其论战国任侠也,曰:"楚、汉之祸,生民尽矣,豪杰宜无几,而代相陈豨从车千乘。萧、曹为政,莫之禁也。岂惩秦之祸,以为爵禄不能尽縻天下之士,故少宽之,使得或出于此也耶!"凡此类,皆以无为有者也。其论厉法禁也,曰:"商鞅、韩非之刑,非舜之刑,而所以用刑者,则舜之术也。"其论唐太宗征辽也,曰:"唐太宗既平天下,而又岁岁出师,以从事于夷狄。盖晚而不倦,暴露于千里之外,亲击高丽者再焉。凡此者,皆所以争先而处强也。"其论从众也,曰:"宋襄公虽行仁义,失众而亡;田常虽不义,得众而强。是以君子未论行事之是非,先观众心之向背。谢安之用诸桓,未必是,而众之所乐,则国以乂安。庾亮之召苏峻,未必非,而势有不可,则反成危辱。"凡此类,皆以曲作直者也。叶水心云:"苏文架虚行危,纵横倏忽,数百千言,读者皆如其所欲出,推者莫知其所自来,古今议论之杰也。"

叔　世　官　吏

叶水心云:"唐时道州西原蛮掠居民,而诸使调登符牒,乃至二百函,故元结诗以为贼之不如。杜少陵遂有'粲粲元道州,前贤畏后生'之语。盖一经兵乱,不肖之人妄相促迫,草芥其民。贼犹未足以为病,而官吏相与亡其国矣。"至哉言乎!

古今国家之亡，兆之者夷狄盗贼，而成之者不肖之官吏也。且非特兵乱之后，暴驱虐取吾民而已。方其变之始也，不务为弭变之道，乃以幸变之心，施激变之术，张皇其事，夸大其功，借生灵之性命，为富贵之梯媒。甚者假夷狄盗贼以邀胁其君。辗转滋蔓，日甚一日，而国随之矣。

宰辅久任

唐太宗相房玄龄二十三年，用魏征及相十八年，此外惟李林甫、元载最久。国朝魏野赠王文正诗云："太平宰相年年出，君在中书十二秋。"盖以为最久矣。至蔡京、秦桧，乃皆十八九年。近时史卫王独专国秉至二十六年，此古今所无。至晚年得末疾，犹专国秉数年，尤古今所无。故洪舜俞诗云："阴阳眠燮理。"

安乐直钱多

周益公退休，欲以"安乐直钱多"五字题燕居之室，思之累日，未得其对。一士友请以"富贵非吾愿"为对，公欣然用之。

借助夷狄

花门尚留，杜拾遗以为忧；吐蕃既回，陆宣公以为官。

东坡书画

东坡谪儋耳，道经南安，于一寺壁间作丛竹丑石，甚奇。韩平原当国，札下本军取之。守臣亲监临，以纸糊壁，全堵脱而龛之以献。平原大喜，置之阅古堂中，平原败，籍其家，壁入秘书省著作庭。辛卯之火，焚右文殿道山堂，而著作庭幸无恙,壁至今犹存。坡之北归,经过韶州月华寺,值其改建法堂,僧丐坡题梁。坡欣然援笔,右梁题岁月,左梁题云:"天子万年,来作神主。敛时五福,敷锡庶民。地狱天宫,同为净土。有性无性,齐成佛道。"右梁题字,一夕为盗所窃,左梁字尚存。余尝见之,墨色如新。坡归,至常州报恩寺,僧堂新成,以板为壁,坡暇日题写几遍。后党祸作,凡坡之遗墨,所在搜毁。寺僧以厚纸糊壁,涂之以漆,字赖以全。至绍兴中,诏求苏、黄墨迹。时僧死久矣,一老头陀知之,以告郡守。除去漆纸,字画宛然。临本以进,高宗大喜,老头陀得祠曹牒为僧。

糕　字

刘禹锡作《九日》诗,欲用"糕"字,以其不经见,迄不敢用。故宋子京诗云:"刘郎不敢题糕字,虚负诗中一世豪。"然白乐天诗云:"移坐就菊丛,糕酒前罗列。"则固已用之。刘、白倡和之时,不知曾谈及此否?

博　浪　沙

张子房欲为韩报仇,乃捐金募死士,于博浪沙中以铁椎狙击始皇,误中其副车。始皇怒,大索三日不获。未逾年,始皇竟死。自此,陈胜、吴广、田儋、项梁之徒始相寻而起。是褫祖龙之魄,倡群雄之心,皆子房一击之力也,其关系岂小哉!余尝有诗云:"不惜黄金募铁椎,祖龙身在魄先飞。齐田楚项纷纷起,输与先生第一机。"

诗　人　胸　次

李太白云:"刬却君山好,平铺湘水流。"杜子美云:"斫却月中桂,清光应更多。"二公所以为诗人冠冕者,胸襟阔大故也。此皆自然流出,不假安排。

牒

《左氏传》:王子朝之乱,晋命诸侯输周粟,宋乐大心不可,晋士伯折之,乃受牒而归。今世台府移文属郡曰"牒",盖春秋时霸主于列国已用之矣。

奸　钱

今江湖间,俗语谓钱之薄恶者曰"悭钱"。按:贾谊疏云:"今法钱不立,农民释其耒耜,冶熔炊炭,奸钱日多。"俗音讹以"奸"为"悭"尔。

有若劫寨

《左氏传》:吴师在鲁,微虎欲宵攻王舍,择卒三百,有若与焉。叶水心曰:"有若尚劫寨,何况他人?"余谓吴师压鲁,鲁亡无日,有若视父母之邦阽危如此,义气所激,愿与宵攻之列,使诚因是而死,得死所矣,岂不贤于子路之死乎! 水心以为劫寨,过矣。

无　字

《周易》"無"皆作"无"。王述曰:"天屈西北为无。"盖东南为春夏,阳之伸也,故万物敷荣。西北为秋冬,阳之屈也,故万物老死,老死则无矣。此《字说》之有意味者也。

朱 文 公 帖

庐陵士友藏朱文公一小简真迹云："便中承书,知比日侍奉安佳。吾子读书,比复如何,只是专一勤苦,无不成就。第一更切检束操守,不可放逸。亲近师友,莫与不胜己者往来,熏染习熟,坏了人也。景阳想已赴省,季章当只在家,凡百必能尽心苦口,切须承禀,不可有违。谚云:'成人不自在,自在不成人。'此言虽浅,然实切至之论,千万勉之。《大学说》漫纳试读之,不晓处可问季章也。未即相见,千万为门户自爱。"此简盖与其亲戚卑行也,《大全集》所不载。后生晚进,能写一通,置之座侧,朝夕观省,何患不做好人。景阳姓许,名子春;季章姓刘,名黼,皆庐陵醇儒,从文公学。季章后为特奏第一人。

毕 再 遇

开禧用兵,诸将皆败,唯毕再遇数有功。虏常以水柜败我,再遇夜缚藁人数千,衣以甲胄,持旗帜戈矛,俨立成行。昧爽,鸣鼓,虏人惊视,亟放水柜。旋知其非真也,甚沮。乃出兵攻虏,虏大败。又尝引虏与战,且前且却,至于数四。视日已晚,乃以香料煮黑豆布地上,复前搏战,佯为败走。敌乘胜追逐,其马已饥,闻豆香,皆就食,鞭之不前。我师反攻之,敌人马死者不胜计。又尝与虏对垒,度虏兵至者日众,难与争锋。一夕,拔营去,虑虏来相追,乃留旗帜于营,并缚生羊,置其前二足于鼓上,击鼓有声。虏不觉其为空营,复相持竟日。及觉,欲追,则已远矣。近时沅州蛮叛,荆湖制司遣兵讨之。蛮以竹为箭,傅以毒药,略著人肉血濡缕,无不立死。官军畏之,莫敢前，乃祖再遇之智，装束虆人，罗列焜耀。蛮见之，以为官军也，万矢俱发；伺其矢尽，乃出兵攻之，直捣其穴，一战而平。

诗 犯 古 人

近时赵紫芝诗云："一瓶茶外无祗待，同上西楼看晚山。"世以为佳。然杜少陵云："莫嫌野外无供给，乘兴还来看药栏。"即此意也。杜子野诗云："寻常一样窗前月，才有梅花便不同。"世亦以为佳。然唐人诗云："世间何处无风月，才到僧房分外清。"亦此意也。欲道古人所不道，信矣其难矣。紫芝又有诗云："野水多于地，春山半是云。"世尤以为佳。然余读《文苑英华》所载唐诗，两句皆有之，但不作一处耳。唐僧诗云："河分冈势断，春入烧痕青。"有僧嘲其蹈袭云："河分冈势司空曙，春入烧痕刘长卿。不是师兄偷古句，古人诗句犯师兄。"此虽戏言，理实如此。作诗者岂故欲窃古人之语以为己语哉！景意所触，自有偶然而同者。盖自开辟以至于今，只是如此风花雪月，只是如此人情物态。

徐 孺 子

伯夷"不立于恶人之朝，不与恶人言"，可谓离世绝俗矣。然不念旧恶，未尝流于刻薄也。柳下惠视"袒裼裸裎"，"焉能浼我"，可谓和光同尘矣。然不以三公易其介，未尝流于苟贱也。此其所以为百世师欤？东汉徐孺子矫矫特立，诸公荐辟皆不就。然及荐辟者死，炙鸡渍酒，万里赴吊。于清高不混俗之中，有忠厚不忘恩之意。其为东汉人物之冠冕，不亦宜乎！

玄 真 子 图

　　山谷题《玄真子图》词所谓"人间底是无波处，一日风波十二时"者，固已妙矣。张仲宗词云："钓笠披云青嶂晓，橛头细雨春江渺。白鸟飞来风满棹，收纶了，渔翁拍手樵童笑。　　明月太虚同一照，浮家泛宅忘昏晓。醉眼久看朝市闹，烟波老，谁能惹得闲烦恼。"语意尤飘逸。仲宗年逾四十即挂冠，后因作词送胡澹庵贬新州，忤秦桧，亦得罪。其标致如此，宜其能道玄真子心事。

责 将 帅

　　自古夷狄盗贼之祸所以蔓延滋长，日深一日，其终或至于亡国者，皆将帅之臣玩寇以自安，养寇以自固，誉寇以自重也。故杜少陵诗，其于王室播迁之祸，每每深责将帅。如云："将帅蒙恩泽，兵戈有岁年。至今劳圣主，何以报皇天？"又云："登坛名绝假，报主尔何迟？"又云："天地日流血，朝廷谁请缨。"又云："独使至尊忧社稷，诸公何以答升平。"皆是意也。然将帅之不用命，实由于朝廷驾御操纵之无法。古人云：譬如养鹰，饱则扬去。我太祖之御诸将，有守边一二十年而不迁官者，盖谓捍御免侵轶，特仅不失职耳。非有战胜攻取，官固不可妄迁也。至于曹彬之平江南，功亦不细矣，然使相之除，终至吝惜，止于赐钱百万而已。夫太祖岂食言之君，而曹彬亦岂饱则扬去之人哉：英君谊辟远虑微权，众人固不识也。近世以来，将帅守边，仅免侵轶，及至岁终，则论功行赏，屡迁不一迁，不知使其能扫清关河，哭单于於阴山，又将何以赏之？少陵诗云："今日翔麟马，先宜驾鼓车。无劳问河北，诸将觉荣华。"言虽翔麟之马，亦必先使之驾鼓车，由贱而后可以致贵。今诸将骤登贵显，如马之未驾鼓车，而遽驾玉辂，安于荣华，志得意满，无复驱攘之志。河北叛乱，决难讨除，无劳问也。又云："杂虏横戈数，功臣甲第高。"亦此意。

鹤林玉露乙编卷四

养 兵

韩魏公曰："养兵虽非古，然亦自有利处。议者但谓不如汉、唐调兵于民，独不见杜甫《石壕吏》一篇，调兵于民，其弊乃如此。后世既收拾强悍无赖者，养之以为兵，良民虽税敛良厚，而终身保骨肉相聚之乐，父子、兄弟、夫妇免生离死别之苦，此岂小事！"魏公此论可谓至当。余观梅圣俞宝元间为叶县宰，诏书令民三丁籍一，立校与长，号弓箭手，以备不虞，田里骚然。圣俞作《田家》诗云："谁道田家乐，春税秋未足。里胥叩我门，日夕苦煎促。盛夏流潦多，白水高于屋。水既害我菽，蝗又养我粟。前月诏书来，生齿复版录。三丁籍一壮，恶使操弓韣。州符令又严，老吏持鞭扑。搜索稚与艾，唯存跛无目。田间敢怨嗟，父子各悲哭。南亩焉可事，买箭卖牛犊。愁气变久雨，铛缶空无粥。盲跛不能耕，死亡在迟速。我闻诚所惭，徒尔叨君禄。却咏归去来，刈薪向深谷。"又《汝坟贫女》云："汝坟贫家女，行哭音凄怆。自言有老父，孤独无丁壮。郡吏来何暴，县官不敢抗。督遣勿稽留，龙钟去持杖。勤勤嘱四邻，幸愿相倚傍。适闻闾里归，问讯疑犹强。果闻寒雨中，僵死壤河上。弱质无以托，横尸无以葬。生女不如男，虽存何以当。拊膺呼苍天，生死将奈向？"观此二诗，与《石壕吏》等篇何以异？当是时，乃太平极盛之时，而一有籍民为兵之令，便觉气象与天宝相似。乃知养兵之制，实万世之仁，而魏公之说不可易也。然魏公既知籍民为兵之害矣，而陕西义勇之制，实出于公。虽司马温公极言其不便，竟不为止，又何与前言相戾也？

天　棘

杜诗云：“江莲摇白羽，天棘梦青丝。”下句殊不可晓。说者曰：天棘，柳也。或曰：天门冬也。梦，当作“弄”。既无考据，意亦短浅。潭浚明尝为余言：此出佛书。终南长老人定，梦天帝赐以青棘之香。盖言江莲之香，如所梦天棘之香耳。此诗为僧齐己赋，故引此事。余甚喜其说，然终未知果出何经。近阅叶石林《过庭录》，亦言此句出佛书，则浚明之言宜可信。

家　乘

山谷晚年作日录，题曰《家乘》，取《孟子》晋之《乘》之义。谪死宜州。永州有唐生者从之游，为之经纪后事，收拾遗文。独所谓《家乘》者，仓忙间为人窃去，寻访了不可得。后百余年，史卫王当国，乃有得之以献者，卫王甚珍之。后黄伯庸帅蜀，以其为双井之族，乃以赆其行。

中 兴 十 策

建炎中，大驾驻维扬，康伯可上《中兴十策》：“一请皇帝设坛，与群臣、六军缟素戎服，以必两宫之归。二请移跸关中，治兵积粟，号召两河，为雪耻计，东南不足立事。三请略去常制，为马上治。用汉故事，选天下英俊，日侍左右，讲求天下利病，通达外情。四请河北未陷州郡，朝廷不复置吏，诏土人自相推择，各保乡社。以两军屯要害，为声援。滑州置留府，通接号令。五请删内侍、百司、州县冗员，文书务简实，以省财便事。六请大赦，与民更始。前事一切不问，不限文武，不次登用，以收人心。七请北人避胡挈郡邑南来以从吾君者，其首领皆豪杰，当待之以将帅，不可指为盗贼。八请增损保甲之法，团结山东、京东西、两淮之民，以备不虞。九请讲求汉、唐漕运江淮道涂置使，以馈关中。十请许天下直言便宜，州郡即日缴奏，置籍亲览，以广豪杰进用之路。”时宰相汪、黄辈不能听用，而伯可名声由是益著。余观其策，正大的确，虽李伯纪、赵元镇亦何以远过！然厥后秦桧当国，伯可乃附会求进，擢为台郎。值慈宁归养，两宫燕乐，伯可专应制为歌词，谀艳粉饰，于是声名扫地，而世但以比柳耆卿辈矣。桧死，伯可亦贬五羊。

不　　死

　　《楞严经》：“佛告波斯匿王，汝年十三时，见恒河水与今无异，是汝皮肉虽皱，见精不皱，以明身有老少，而见精常存。身有死生，而本性常在也。”晁文元尝问隐者刘海蟾以不死之道，海蟾笑曰：“人何尝死？而君乃畏之求生乎？所可死者，形尔。不与形俱灭者，固常在也。”此理本常理，但异端说得黏皮着骨。如《易》曰：“精气为物，游魂为变。”孟子曰：“所过者化，所存者神。”伊川曰：“尧舜几千年，其心至今在。”横渠曰：“物物故能过化，性性故能存神。”又曰：“存吾顺事，没吾宁也。”说得多少混融。

月下传杯诗

杨诚斋《月下传杯》诗云："老夫渴急月更急，酒落杯中月先入。领取青天并入来，和月和天都蘸湿。天既爱酒自古传，月不解饮真浪言。举杯将月一口吞，举头见月犹在天。老夫大笑问客道：月是一团还两团？酒入诗肠风火发，月入诗肠冰雪泼。一杯未尽诗已成，诵诗向天天亦惊。焉知万古一骸骨，酌酒更吞一团月。"余年十许岁时，侍家君竹谷老人谒诚斋，亲闻诚斋诵此诗，且曰："老夫此作，自谓仿佛李太白。"

题贫乐图

徐思叔《题贫乐图》诗首句云："乃翁画灰教儿书，娇儿赤骭玉雪肤。厥妻曝日补破襦，弊筐何有金十奴？"杨伯子和云："三间破屋一床书，锦心绣口冰肌肤。自纫枯叶作裤襦，此君便是长须奴。"王才臣和云："大儿阻饥颇废书，小儿忍寒粟生肤。妇纵有裈无一襦，不敢缘此相庸奴。"三诗皆佳，而后出者尤奇。

竹

松柏之贯四时，傲雪霜，皆自拱把以至合抱。惟竹生长于旬日之间，而干霄入云，其挺特坚贞，乃与松柏等，此草木灵异之尤者也。白乐天、东坡、颍滨与近时刘子翚论竹甚详，皆未及此。杜陵诗云："平生憩息地，必种数竿竹。"梅圣俞云："买山须买泉，种树须种竹。"信哉。

雍 公 荐 士

虞雍公初除枢密，偶至陈丞相应求阁子内，见杨诚斋《千虑策》，读一篇，叹曰："东南乃有此人物！某初除合荐两人，当以此人为首。"应求导诚斋谒雍公，一见握手如旧。诚斋曰："相公且仔细，秀才子口头言语，岂可便信？"雍公大笑，卒援之登朝。诚斋尝言：士大夫穷达，初不必容心。某平生不能开口求荐。然荐之改秩者，张魏公也。荐之立朝者，虞雍公也。二公皆蜀人，皆非有平生雅故。雍公有《翘馆录》，载当世人物甚详。

诗 兴

诗莫尚乎兴，圣人言语亦有专是兴者。如"逝者如斯夫，不舍昼夜"，"山梁雌雉，时哉时哉"，无非兴也，特不曾檃括协韵尔。盖兴者，因物感触，言在于此，而意寄于彼，玩味乃可识，非若赋比之直言其事也。故兴多兼比赋，比赋不兼兴，古诗皆然。今姑以杜陵诗言之，《发潭州》云："岸花飞送客，樯燕语留人。"盖因飞花语燕，伤人情之薄，言送客留人，止有燕与花耳。此赋也，亦兴也。若"感时花溅泪，恨别鸟惊心"，则赋而非兴矣。《堂成》云："暂止飞乌将数子，频来语燕定新巢。"盖因乌飞燕语，而喜己之携雏卜居，其乐与之相似。此比也，亦兴也。若"鸿雁影来联塞上，鹡鸰飞急到沙头"，则比而非兴矣。

荆 公 议 论

荆公诗云："谋臣本自系安危，贱妾何能作祸基。但愿君王诛宰嚭，不愁宫里有西施。"夫妲己者，飞廉、恶来之所寄也。褒姒者，枭子、膳夫之所寄也。太真者，林甫、国忠之所寄也。

女宠蛊君心,而后俭壬阶之以进,依之以安。大臣格君之事,必以远声色为第一义。而谓"不愁宫里有西施",何哉?范蠡霸越之后,脱屣富贵,扁舟五湖,可谓一尘不染矣,然犹挟西施以行。蠡非悦其色也,盖惧其复以蛊吴者而蛊越,则越不可保矣,于是挟之以行,以绝越之祸基。是蠡虽去越,未尝忘越也。曾谓荆公之见而不及蠡乎?惟管仲之告齐桓公,以竖刁、易牙、开方为不可用,而谓声色为不害霸,与荆公之论略同。其论商鞅曰:"今人未可非商鞅,商鞅能令政必行。"夫二帝三王之政何尝不行,奚独有取于鞅哉?东坡曰:"商鞅、韩非之刑,非舜之刑,而所以用刑者,则舜之术也。"此说犹回护,不如荆公之直截无忌惮。其咏昭君曰:"汉恩自浅胡自深,人生乐在相知心。"推此言也,苟心不相知,臣可以叛其君,妻可以弃其夫乎?其视白乐天"黄金何日赎娥眉"之句,真天渊悬绝也。其论冯道曰:"屈己利人,有诸佛菩萨之行。"唐质肃折之曰:"道事十主,更四姓,安得谓之纯臣?"荆公乃曰:"伊尹五就汤,五就桀,亦可谓之非纯臣乎?"其强辨如此。又曰:"有伊尹之志,则放其君可也。有周公之志,则诛其兄可也。有周后妃之志,则求贤审官可也。"似此议论,岂特执拗而已,真悖理伤道也!荀卿立"性恶"之论、"法后王"之论,李斯得其说,遂以亡秦。今荆公议论过于荀卿,身试其说,天下既受其毒矣。章、蔡祖其说而推演之,加以凶险,安得不产靖康之祸乎!荆公论韩信曰:"贫贱侵陵富贵骄,功名无复在刍荛。将军北面师降虏,此事人间久寂寥。"论曹参曰:"束发山河百战功,白头富贵亦成空。华堂不着新歌舞,却要区区一老翁。"二诗意却甚正。然其当国也,偏执己见,凡诸君子之论,一切指为流俗,曾不如韩信之师李左车、曹参之师盖公,又何也?

诗　祸

　　杨子幼以"南山种豆"之句杀其身,此诗祸之始也。至于"空梁落燕泥"之句,"庭草无人随意绿"之句,非有所讥刺,徒以雕斫工巧,为暴君所忌嫉,至贾奇祸,则诗真可畏哉!贾至谪岳州,严武谪巴州,杜少陵寄诗云:"贾笔论《孤愤》,严君赋几篇。定知深意苦,莫使众人传。贝锦无停织,朱丝有断弦。浦鸥防碎首,霜鹘不空拳。"盖深戒之也。刘禹锡种桃之句,不过感叹之词耳,非甚有所讥刺也,然亦不免于迁谪。近世蔡持正,数其罪恶,虽两观之诛,亦不为过,乃以《车盖亭》绝句谓为讥刺,贬新州。夫小人摘抉君子之诗文以为罪,无怪也,君子岂可亦摘抉小人之诗文以为罪乎?东坡文章妙绝古今,而其病在于好讥刺。文与可戒以诗云:"北客若来休问事,西湖虽好莫吟诗。"盖深恐其贾祸也。乌台之勘,赤壁之贬,卒于不免。观其《狱中》诗云:"梦绕云山心似鹿,魂飞汤火命如鸡。"亦可哀矣。然才出狱,便赋诗云:"却对酒杯疑是梦,试拈诗笔已如神。"略无惩艾之意,何也?晚年自朱崖量移合浦,郭公父寄诗云:"君恩浩荡似阳春,海外移来住海滨。莫向沙边弄明月,夜深无数采珠人。"其意亦深矣。渡江以来,诗祸殆绝,唯宝、绍间,《中兴江湖集》出,刘潜夫诗云:"不是朱三能跋扈,只缘郑五欠经纶。"又云:"东风谬掌花权柄,却忌孤高不主张。"敖器之诗云:"梧桐秋雨何王府,杨柳春风彼相桥。"曾景建诗云:"九十日春晴景少,一千年事乱时多。"当国者见而恶之,并行贬斥。景建,布衣也,临川人,竟谪舂陵,死焉。其往舂陵也,作诗曰:"杖策行行访楚囚,也胜流落峤南州。鬓丝半是吴蚕吐,襟血全因蜀鸟流。径窄不妨随茧栗,路长那更听钩辀。

家山千里云千叠，十口生离两地愁。"

功成不受赏

自古豪杰之士立业建功，定变弭难，大抵以无所为而为之者为高。三代人物，固不待言。下此如范蠡霸越而扁舟五湖；鲁仲连下聊城而辞千金之谢，却帝秦而逃上爵之封；张子房颠嬴蹶项，而飘然从赤松子游，皆足以高出秦、汉人物之上。左太冲诗云："功成不受赏，长揖归田庐。"李太白诗云："事了拂衣去，深藏身与名。"而世降俗末，乃有激变稔祸，欺君误国，杀人害物，以希功赏者，是诚何心哉？是诚何心哉？

四老安刘

汉高帝晚岁，欲易太子，盖以吕后鸷悍，惠帝仁柔，为宗社远虑，初非溺于戚姬之爱，而为是邪谋也。苏老泉谓帝之以太尉属周勃，及病中欲斩樊哙，皆是知有吕氏之祸，可谓识帝之心者矣。子房，智人也，乃引四皓为羽翼，使帝涕泣悲歌而止。帝之泣，岂为儿女子而泣耶？厥后赵王以鸩亡，惠帝以忧死，向非吕后先殂，平、勃交欢，则刘氏无噍类，而火德灰矣。杜牧之所谓"四老安刘是灭刘"者，诚哉是言也！夫立子以长，固万世之定法，然亦有不容拘者。泰伯逊而周以兴，建成立而唐几危，一得一失，盖可监也。夫子善齐桓首止之盟，而美泰伯为至德。盖善齐桓者，明万世之常经也；美泰伯者，示万世之通谊也。

安子文自赞

安子文与杨巨源、李好义合谋诛逆曦，旋杀巨源而专其功。久之，朝廷疑其跋扈，俾帅长沙。子文尽室出蜀，尝自赞云："面目皱瘦，行步蓦苴。人言托住半周天，我道一场真戏耍。今日到湖南，又成一话靶。"在长沙，计利析秋毫，设厅前豢豕成群，粪秽浪籍，肥腯则烹而卖之。罢镇，梱载归蜀。厥后杨九鼎在蜀，以刻剥致诸军之怨，军士莫简倡乱，杀九鼎，剖其腹，实以金银，曰："使其贪腹饱饫。"时子文家居，散财结士，生擒莫简，剖心以祭九鼎，再平蜀难。

钓　台　诗

　　余三十年前于钓台壁间尘埃漫漶中得一诗云："生涯千顷水云宽，舒卷乾坤一钓竿。梦里偶然伸只脚，渠知天子是何官。"不知何人作也，句意颇佳。近时戴式之诗云："万事无心一钓竿，三公不换此江山。当时误识刘文叔，惹起虚名满世间。"句虽甚爽，意实未然。今考史籍：光武，儒者也，素号谨厚，观诸母之言可见矣。子陵意气豪迈，实人中龙，故有"狂奴"之称。方其相友于隐约之中，伤王室之陵夷，叹海宇之横溃，知光武为帝胄之英，名义甚正，所以激发其志气，而导之以除凶剪逆，吹火德于既灰者，当必有成谋矣。异时披图兴叹，岸帻迎笑，雄姿英发，视向时谨敕之文叔，如二人焉，子陵实阴有功于其间。天下既定，从容访帝，共榻之卧，足加帝腹，情义如此。子陵岂以匹夫自嫌，而帝亦岂以万乘自居哉！当是之时，而欲使之俯首为三公，宜其不屑就也。史臣不察，乃以之与周党同称。夫周党特一隐士耳，岂若子陵友真主于潜龙之日，而琢磨讲贯，隐然有功于中兴之业者哉！余尝题钓台云："平生谨敕刘文叔，却与狂奴意气投。激发潜龙云雨志，了知功跨邓元侯。""讲磨潜佐汉中兴，岂是空标处士名。堪笑史臣无卓识，却将周党与同称。"

来　苏　渡

修水深山间有小溪，其渡曰"来苏"。盖子由贬高安监酒时，东坡来访之，经过此渡，乡人以为荣，故名以"来苏"。呜呼！当时小人媒糵摧挫，欲置之死地，而其所经过之地，溪翁野叟亦以为光华，人心是非之公，其不可泯如此！所谓"石压笋斜出"者是也。

一　钱　斩　吏

张乖崖为崇阳令，一吏自库中出，视其鬓傍巾下有一钱，诘之，乃库中钱也。乖崖命杖之，吏勃然曰："一钱何足道，乃杖我耶？尔能杖我，不能斩我也！"乖崖援笔判曰："一日一钱，千日一千。绳锯木断，水滴石穿。"自仗剑，下阶斩其首，申台府自劾。崇阳人至今传之。盖自五代以来，军卒凌将帅，胥吏凌长官，余风至此时犹未尽除。乖崖此举，非为一钱而设，其意深矣，其事伟矣。

冯　三　元

冯京字当世，鄂州咸宁人。其父商也，壮岁无子。将如京师，其妻授以白金数笏，曰："君未有子，可以此为买妾之资。"及至京师，买一妾，立券偿钱矣。问妾所自来，涕泣不肯言，固问之，乃言其父有官，因纲运欠折，鬻妾以为赔偿之计。遂恻然不忍犯，遣还其父，不索其钱。及归，妻问买妾安在，具告以故。妻曰："君用心如此，何患无子！"居数月，妻有娠，将诞，里中人皆梦鼓吹喧阗迎状元，京乃生。家贫甚，读书于灊山僧舍。僧有犬，京与共学者烹食之。僧诉之县，县令命作《偷狗赋》，援笔立成，警联云："团饭引来，喜掉续貂之尾；索绳牵去，惊回顾兔之头。"令击节，释之，延之上座。明年，遂作三元。有诗号《潆山集》，皆其未遇时所作，如"琴弹夜月龙魂冷，剑击秋风鬼胆粗"，"吟气老怀长剑古，醉胸横得太行宽"，"尘埃掉臂离长陌，琴酒和云入旧山"，"丰年足酒容身易，世路无媒着脚难"，皆不凡。

西 山 生 祠

真西山帅长沙，郡人为立生祠。一夕，有大书一诗于壁间者，其辞云："举世知公不爱名，湘人苦欲置丹青。西天又出一活佛，南极添成两寿星。几百年方钟间气，八千春愿祝修龄。不须更作生祠记，四海苍生口是铭。"

庐 陵 苗 盐

庐陵苗斛，元额三十六万。承平时，民户纳苗一斛，官支与盐二斗五升，盖优之也。龙泉、太和两县，去郡差远，添支一升。渡江以来，非惟官不支盐，反勒民户纳盐。由是输苗一斛者，并盐为一斛二斗五升，而两县亦皆增纳一升。今世和买官，不支钱而白取，已为可怪。若盐者，乃以其予民之数，而为取民之数，抑又甚矣。然前后牧守，不知几人，曾无一人恻然动心，为之敷奏蠲阁者，是可叹也。

文 章 邪 正

东山先生杨伯子尝为余言："某昔为宗正丞，真西山以直院兼玉牒宫，尝至某位中，见案上有近时人诗文一编。西山一见，掷之曰：‘宗丞何用看此！’某悚然问故，西山曰：‘此人大非端士，笔头虽写得数句，行所谓本心不正，脉理皆邪，读之将恐染神乱志，非徒无益。’某佩服其言，再三谢之。因言近世如夏英公、丁晋公、王岐公、吕惠卿、林子中、蔡持正辈，亦非无文章，然而君子不道者，皆以是也。”

云　日　对

叶石林云：“杜工部诗对偶至严，而《送杨六判官》云：‘子云清自守，今日起为官。’独不相对切意，‘今日’字当是‘令尹’字传写之讹耳。”余谓不然。此联之工，正为假“云”对“日”。两句一意，乃诗家活法，若作“令尹”字，则索然无神，夫人能道之矣。且送杨姓人，故用子云为切题，岂应又泛然用一令尹耶？如“次第寻书札，呼儿检赠篇”之句，亦是假以“第”对“儿”，诗家此类甚多。

佛本于老庄

道家之教宗老庄，其后乃有神仙形解飞升之说，方士炼丹葆形之术。然《老子》云：“吾有大患，为吾有身；吾既无身，而有何患？”《庄子》云：“予恶乎知悦生之非惑耶？予恶乎知恶死之非弱丧而不知归者邪？丽之姬，艾封人之子也。晋国之始得之也，涕泣沾襟，及其至于王所，与王同匡床，食刍豢，而后悔其泣也。予恶乎知夫死者不悔其始之蕲生乎？”又髑髅谓庄子曰：“子欲闻死之说乎？死无君于上，无臣于下，亦无四时之事，从然以天地为春秋，虽南面王，乐不能过也。”庄子不信曰：“吾使司命复生子形，为子骨肉肌肤，反子父母妻子，闾里知识，子欲之乎？”髑髅深矉蹙额曰：“吾安能弃南面王乐，而复为人间之劳乎?"是老庄之意,以身为赘,以生为苦,以死为乐也。今神仙方士乃欲长生不死,正与老庄之说背而驰矣。佛家所谓"生灭灭已,寂灭为乐",乃老庄之本意也。故老庄与佛,元不为二。欧阳公云:"道家乃贪生之论,佛家乃畏死之论。"此盖未尝深考二家之要旨者也。老庄何尝贪生? 瞿昙何尝畏死? 贪生畏死之说,仅足以排方士而已。韩文公、欧阳公皆不曾深看佛书,故但能攻其皮毛。唯朱文公早年洞究释氏之旨,故其言曰:"佛说尽出老庄,今道家有老庄书不看,尽为释氏窃而用之,却去仿效释氏作经教之属。如《清净》、《消灾》、《度人》等经,模拟可笑,而《北斗经》尤鄙俚。譬如巨室弟子,所有珍宝悉为人盗去,却去收人家破瓮破釜。"此论窥见其阃奥矣。然非特文公之言为然,唐傅奕曰:"佛入中国,嬉儿幼夫模象庄老以文饰之。"则固已知其出于庄老矣。

猫　捕　鼠

　　唐武后断王后萧妃之手足,置于酒瓮中,曰:"使此二婢骨醉。"萧妃临死曰:"愿武为鼠吾为猫,生生世世扼其喉。"亦可悲矣。今俗闻相传谓猫为天子妃者,盖本此也。予自读唐史此段,每见猫得鼠,未尝不为之称快。人心之公愤,有千万年而不可磨灭者。尝有诗云:"陋室偏遭黠鼠欺,狸奴虽小策勋奇。扼喉莫讶无遗力,应记当年骨醉时。"

转　丸　鸣　镝

　　杨东山云:"凡处事须是心如转丸,手如鸣镝。"

鹤林玉露乙编卷五

启运宫望祭殿

福州启运宫在开元寺,有七祖艺祖至哲宗。御容塑像,乃西京陵寝之旧,南渡之初,迎奉于此。时金兵俶扰,仓忙之间,载以篮舆七乘,至今犹存。别造朱辇七乘,列于殿庑。专差中官一员主香火,谓之"直殿"。节序,朝廷遣快行家赍送香烛,帅守与直殿同致祭。每位用朱盘列食十数品,酒三献云。临安净慈寺后有望祭殿,每岁寒食,朝廷差官一员,望祭西京诸陵。差升朝官读祝版,其词云:"历正仲春,感载濡于雨露;心驰西洛,怅遐阻于山川。恭惟某祖某宗,灵鉴在天,圣谟传后。后曰徽音。秩上陵之典礼,徒切望思;蕝寓祭之权宜,愈深怆慕。"其礼用盘食,茶汤,三献酒。余观柳子厚云:"每遇寒食,田野道路,士女遍满。皂隶庸丐,皆得上父母丘墓,马医夏畦之鬼,无不受子孙追养者。"今以万乘之主,乃不获遂此志,至于寓祭,此前古之所未有也。端平初,金虏既灭,朝廷亦尝遣使修朝陵之礼。荆、襄以兵五千护之,未至西京,谍报敌骑且至,兵不敢进。使者潜偕数骑星驰而往,行礼而还。其诸陵之无恙与否,皆不可究诘也。

就斋诗

吾郡罗椿字永年,诚斋高弟也。清贫入骨,一介不取,颇有李方叔、谢无逸风味。累年举于礼部，竟不第。自号"就斋"。尝访诚斋于毗陵，诚斋作诗送之归曰："梅花香边蹋雪来，杏花影里带春回。明朝解缆还千里，今日看花更一杯。谁遣文章太惊俗，何缘场屋不遗才？南溪鸥鹭如相问，为报春吟费麝煤。"庆元初，诚斋与朱文公同召，诚斋力辞。永年寄诗云："不愁风月只忧时，发为君王寸寸丝。司马要为元祐起，西枢政坐寿皇知。苦辞君命惊凡子，清对梅花更与谁？梦绕师门三稽首，起敲冰砚诉相思。"诚斋击节。又《送永丰汪令》诗云："锦缆梅花浦，江南作县归。新来荐鹗牍，惊动衮龙衣。岁晚情难别，心亲事却违。恐君天上去，扶病出烟霏。"颇有少陵意态。他如"露湿看花脚，莺啼欲晓山"、"春消千嶂雪，清逼五湖秋"等句，皆佳。

大 臣 赐 家 庙

本朝大臣赐家庙者：文彦博、蔡京、郑居中、邓洵武、余深、侯蒙、薛昂、白时中、童贯、秦桧、杨存中、吴玠、虞允文、史弥远，凡十四人。

古 妇 人

《国风》云："岂无膏沐，谁适为容。"又云："予发曲局，薄言归沐。"盖古之妇人，夫不在家则不为容饰也。其远嫌防微，至于如此。杜陵《新昏别》云："自嗟贫家女，久致罗襦裳。罗襦不复施，对君洗红妆。"尤可悲矣。《国风》之后，唯杜陵不可及者，此类是也。

碑　　铭

古人立碑，庙以系牲，墓以下棺。厥后乃刻岁月，或识事始末，盖亦因而文之耳。若《汤盘铭》、《太公丹书》所载诸铭，亦因所用器物著辞以自警，未尝为徒文也。后世特立石以纪事述言，而谓之碑铭，与古异矣。杜元凯铭功于二石，一置岘山之上，一沉汉水之中。韩退之谓张愉曰："丐我一片石，载二妃庙事，且令后世知有子名。"后世好名之弊，至于如此。

戒　更　革

赵韩王为相，置二大瓮于坐屏后。凡有人投利害文字，皆置其中，满即焚之于通衢。李文靖公曰："沉居重位，实无补万分，唯中外所陈利害，一切报罢之，惟此少以报国尔。朝廷防制，纤悉备具，或徇所陈请，施行一事，即所伤多矣。"陆象山云："往时充员救局，浮食是惭。惟是四方奏请，廷臣面对，有所建置更革，多下看详。其或书生贵游，不谙民事，轻于献计，不知一旦施行，片纸之出，兆姓蒙害。每与同官悉意论驳，朝廷清明，常得寝罢。编摩之事，稽考之勤，顾何足以当大官之膳，或庶几者，仅此可以偿万一耳。"凡此皆至论。夫子曰："仍旧贯，何必改作？"古人曰：利不什，不变法。甚言更革建置之不可轻也。或曰：若是，则将坐视天下之弊，而不之救欤？余曰：不然。革弊以存法，可也；因弊而变法，不可也。不守法则弊生，非法之足以生弊也。若韩、范之建明于庆历者，革弊以存法也；荆公之施行于熙宁者，因弊而变法也。一得一失，盖可睹矣。或曰：荆公有志于二帝三王之法度，岂可厚诽乎？余曰：有志于二帝三王，当自格君心始，不当自变法度始。有尧舜之君,则有尧舜之治;有禹汤之君,则有禹汤之治,法度云乎哉!否则,王莽之井田,房琯之车战,适足以贻千古之诮耳。朱文公云:"浙间学者,推尊《史记》,谓《夏纪赞》用行夏之时事,《商纪赞》用乘殷之辂事,至《高祖纪赞》则曰:朝以十月,黄屋左纛。讥其不用夏时商辂也。迁之意诚恐是如此,但若使高祖真能行夏时、乘商辂,亦只是汉高祖,终不可谓之禹汤。"

潘　默　成

潘良贵字子贱,自少有气节。崇观间为馆职,不肯游蔡京父子间。使淮南,不肯与中官同燕席。靖康召对,力论时宰何㮚、唐恪误国。未几,言皆验。建炎初,召为右司谏,首论乱臣逆党,当用重法以正邦典,壮国威,且及当时用事者奸邪之状,大为汪、黄所忌。书奏三日,左迁而去,复召为右史。从臣向子諲奏事,高宗因与论笔法,言久不辍。子贱举笏近前,厉声曰:"向子諲以无益之言,久渎圣听!"叱之使下,左右皆胆落,由是又去国。晚年力量尤凝定,秦桧势正炎炎,冷处一角,笑傲泉石。作《三戒说》,深以在得之规,痛自警励。秦虽令人致语,亦不答。自少至老,出入三朝,而前后在官不过八百六十余日。所居仅蔽风雨,郭外无尺寸之田。经界法行,独以丘墓之寄,输帛数尺而已。有《磨镜帖》行于世,言读书者将以治心养性,如用药以磨镜也。若积药镜上而不加磨治,未必不反为镜累,张禹、孔光是已。其大意如此,世以为名言。子贱自号默成居士。

诸　葛　武　侯

伊尹,禄之以天下,不顾也;系马千驷,弗受也。天下信之久矣，故事汤、事桀，废辟复辟，不惟天下不以为疑，而桀与太甲亦无一毫疑忌之心。东坡论之曰："办天下之大事者，有天下之大节者也。立天下之大节者，狭天下者也。夫以天下之大，而不足以动其心，则天下之大节有不足立，而大事有不足办者矣。"此论甚当。后世唯诸葛武侯有伊尹风味。其草庐三顾而后起，与耕莘聘币，已略相类。观其告后主曰："臣成都有桑八百株，薄田十五顷，子弟衣食，自有余饶。臣身在外，别无调度，不别治生，以长尺寸。若死之日，不使库有余帛，廪有余粟，以负陛下。"观此言，则其视富贵为何等物！故先主临终谓之曰："嗣子可辅，辅之；如其不然，君可自取。"非先主照见孔明肝胆，其肯发此言！虽然先主、孔明鱼水相得，发此言无难也，此言之发，后主与左右固皆闻之矣。后主非明君也，左右非无谗慝也，孔明所谓诸有作奸犯科者，宜付外廷论刑，所以绳束左右者，非不甚严也。而当时曾无一人敢兴单辞之谤，后主倚信亦卒无纤芥之疑，何哉？只缘平时心事暴白，足以取信上下故也。自三代而后，可谓绝无而仅有矣。后之君子，争一阶半级，虽杀人亦为之。自少至老，贪荣嗜利如飞蛾之赴烛，蜗牛之升壁，青蝇之逐臭，而曰"我能立大节、办大事"，其谁能信之！

殽 核 对 答

杨东山尝为余言："昔周益公、洪容斋尝侍寿皇宴。因谈肴核，上问容斋：'卿乡里何所产？'容斋番阳人也，对曰：'沙地马蹄鳖，雪天牛尾狸。'又问益公。公庐陵人也，对曰：'金柑玉版笋，银杏水精葱。'上吟赏。又问一侍从，忘其名，浙人也，对曰：'螺头新妇臂，龟脚老婆牙。'四者皆海鲜也。上为之一笑。

某尝陋三公之对。昔某帅五羊时,漕仓市舶三使者,皆闽浙人,酒边各盛言其乡里果核鱼虾之美。渠问某乡里何所产,某笑曰:'他无所产,但产一欧阳子耳。'三公笑且惭。"

初 筮 谒 郡

杨东山言:"某初筮为永州零陵主簿,太守赵谥字安卿,丞相元镇子也。初参之时,客将传言,待众官退却请主簿。客退,赵具冠裳,端坐堂上。凡再请,某不动,三请,某解其意,遂庭趋一揖,上阶禀叙,逐一还他礼数。既毕,立问何日交割,禀以欲就某日。答曰:'可一面交割。'一揖径入,更不与言延坐。某退,而抑郁几成疾。以书白诚斋,欲弃官而归。诚斋报曰:'此乃教诲吾子也,他日得力处当在此。'某意犹未平,后涉历稍深,方知此公善教人,尚有前辈典刑。"朱文公曰:"人家子弟初出仕宦,须是讨吃人打骂底差遣,方是有益。"亦此意。

柔 福 帝 姬

汉昭帝时,夏阳男子成方遂居湖,有故太子舍人谓之曰:"子貌甚似卫太子。"方遂利其言,乃乘黄犊车诣北阙,自称卫太子。公卿以下,莫敢发言。隽不疑后至,叱吏收缚,竟得其奸。靖康之乱,柔福帝姬随北狩。建炎四年,有女子诣阙,称为柔福,自虏中潜归。诏遣老宫人视之,其貌良是。问以宫禁旧事,略能言仿佛,但以足长大疑之。女子颦蹙曰:"金人驱迫如牛羊,跣足行万里,宁复故态哉?"上恻然,不疑其诈,即诏入宫,授福国长公主,下降高世荣。汪龙溪行制词云:"彭城方急,鲁元尝困于面驰;江左既兴,益寿宜充于禁脔。"资妆一万八千缗。绍兴十二年,显仁太后回銮,言柔福死于虏中久矣,始知其诈。执付诏狱，乃一女巫也。尝遇一宫婢，谓之曰："子貌甚类柔福。"因告以宫禁事，教之为诈。遂伏诛。前后请给锡赉计四十七万九千缗。古今事未尝无对，成方遂遇隽不疑，故其诈不行。此女巫若非显仁之归，富贵终身矣。

鬻 祠 庙

　　荆公行新法，鬻坊场河渡，司农又请并祠庙鬻之。官既得钱，听民为贾区，庙中秽杂喧践，无所不至。张安道知南京，上疏言："宋王业所基也，而以火德王。阏伯封于商丘，以主大火，微子为宋始封，此二祠者，独不可免于鬻乎？"神考览之震怒，批曰："慢神辱国，无甚于斯！"于是天下祠庙皆得免鬻。近时豫章尝于孺子亭卖酒，刘潜夫题诗云："孺子亭前插酒旗，游人那解荐江蓠。白鸥欲下还飞起，曾见当年解榻时。"帅闻之，亟令住卖。嘉定间，临安西湖上三贤堂亦卖酒，太学士人题诗云："和靖东坡白乐天，几年秋菊荐寒泉。如今往事都休问，且为官司趁酒钱。"府尹闻之，亦愧而止。

蕲黄二守

　　嘉定辛卯三月，金人围黄州，诏冯樾援蕲、黄。樾迁延不进，黄州守何大节字中立，召僚佐告之曰："城危矣，而救不至，诸君多有亲老，且非守土之臣，可以死，可以无死。"乃各予以差出之檄，使为去计。自取郡印佩之，誓以死守。一夕，與兵忽奔告曰："城陷矣！"拥之登车，才出门，虏兵已纷集，大节竟自沉于江。未一月，又陷蕲州。守李诚之字茂钦，手杀其妻子奴婢，然后自杀，官属多死之。朝廷褒赠诚之，且为立庙。而《宁宗帝纪》书"大节弃城遁"。二人皆出太学。刘潜夫诗云：

"淮堧便合营双庙，太学今方出二儒。"又云："世俗今犹疑许远，君王元未识真卿。"盖为中立解嘲。然等死耳，茂钦果决，是以全节；中立迟懦，是以败名。忠臣义士，可以鉴矣。

俭　约

李若谷为长社令，日悬百钱于壁，用尽即止。东坡谪齐安，日用不过百五十。每月朔，取钱四千五百，断为三十块，挂屋梁上，平旦用画叉挑取一块，即藏去。又以竹筒贮用不尽者，以待宾客，云："此贾耘老法也。"又与李公择书云："口腹之欲，何穷之有。每加节俭，亦是惜福延寿之道。"张无垢云："余平生贫困，处之亦自有法。每日用度不过数十钱，亦自足，至今不易也。"有客自耒阳来，言郑亨仲日以数十钱悬壁间，椒桂葱姜皆约以一二钱，曰："吾平生贫苦，晚年登第，稍觉快意，便成奇祸。今学张子韶法，要见旧时齑盐风味甚长久也。"仇泰然守四明，与一幕官极相得。一日，问及公家日用多少，对以"十口之家，日用一千"。泰然曰："何用许多钱？"曰："早具少肉，晚菜羹。"泰然惊曰："某为太守，居常不敢食肉，只是吃菜；公为小官，乃敢食肉，定非廉士。"自尔见疏。余尝谓节俭之益非止一端，大凡贪淫之过，未有不生于奢侈者，俭则不贪不淫，是可以养德也。人之受用自有剂量，省啬淡薄，有久长之理，是可以养寿也。醉醲饱鲜，昏人神志，若疏食菜羹，则肠胃清虚，无滓无秽，是可以养神也。奢则妄取苟求，志气卑辱，一从俭约，则于人无求，于己无愧，是可以养气也。故老氏以为一宝。

断　决

吴请成于越，勾践欲许之，范蠡不可；楚求和于汉，高帝欲许之，张良不可。此霸王成否之机也，二子亦明决矣哉。故曰：需者事之贼。又曰：当断不断，反受其乱。

臣谄主愚

桓玄窜位，登御床，地忽陷，群臣失色。殷仲文曰：“良由圣德深厚，地不能载。”玄大悦。南燕汝水不冰，燕王超恶之，李超曰：“良由逼带京城，近日月也。”燕王亦大悦。下谄上愚，可发一笑。

针熨道人

朱文公有足疾，尝有道人为施针熨之术，旋觉轻安。公大喜，厚谢之，且赠以诗云：“几载相扶藉瘦筇，一针还觉有奇功。出门放杖儿童笑，不是从前勃窣翁。”道人得诗，径去。未数日，足疾大作，甚于未针时。亟令人寻逐道人，已莫知其所往矣。公叹息曰：“某非欲罪之，但欲追索其诗，恐其持此误他人尔。”

檀弓脱句

《礼记·檀弓》：子贡曰：“泰山其颓，则吾将安仰？梁木其坏，哲人其萎，则吾将安仿？”吾郡刘尚书美中家有古本《礼记》，“梁木其坏”之下有“则吾将安仗”五字。

女　戒

朱文公尝病《女戒》鄙浅，欲别集古语成一书。立篇目曰《正静》，曰《卑弱》，曰《孝爱》，曰《和睦》，曰《俭质》，曰《宽惠》，曰《讲学》。且言如杜诗云："嗟汝未嫁女，秉心郁忡忡。防身动如律，竭力机杼中。"凡此等句便可入《正静》，他皆仿此。尝以书属静春先生刘子澄纂辑，迄不能成。公盖欲以配小学书也。

二　老　相　访

庆元间，周益公以宰相退休，杨诚斋以秘书监退休，实为吾邦二大老。益公尝访诚斋于南溪之上，留诗云："杨监全胜贺监家，赐湖岂比赐书华。诚斋二字，光宗御书。回环自辟三三径，诚斋东园有三三径，其诗云："三径初开自蒋卿，再开三径是渊明。诚斋奄有三三径，一径花开一径行。"顷刻能开七七花。门外有田供伏腊，望中无处不烟霞。却惭下客非摩诘，无画无诗只谩夸。"诚斋和云："相国来临处士家，山间草木也光华。高轩行李能过李，小队寻花到浣花。留赠新诗光夺月，端令老子气成霞。未论藏去传贻厥，拈向田夫野老夸。"好事者绘以为图，诚斋题云："平叔曾过魏秀才，何如老子致元台。苍松白石青苔径，也不传呼宰相来。"用魏野诗翻案也。厥后诚斋冢嗣东山先生伯子，端平初累辞召命，以集英殿修撰致仕家居，年八十。云巢曾无疑，益公门人也，年尤高，尝携茶袖诗访伯子，其诗云："褰衣不待履霜回，到得如今亦乐哉。泓颍有时供戏剧，轩裳无用任尘埃。眉头犹自怀千恨，兴到何如酒一杯。知道华山方睡觉，打门聊伴茗奴来。"伯子和云：

"雪舟不肯半涂回，直到荒林意盛哉。篱菊苞时披宿雾，木犀香里绝纤埃。锦心绣口垂金薤，月露天浆贮玉杯。八十仙翁能许健，片云得得出巢来。"其风味庶几可亚前二老云。无疑博学工文，尤精考订，有《本朝新旧官制考》行于世。以隐逸召为秘阁校勘，吾党之士多劝其毋出，而无疑竟出。先君竹谷老人送以诗云："泰华山人上赤墀，上嗟安在见何迟。老于尚父投竿日，少似辕生对策时。怨鹤惊猿辞旧隐，鞭鸾笞凤总新知。早陈经国平边策，归领云巢旧住持。"无疑立朝逾年，除大社令，未及有所开陈，奉祠而归，年九十乃终。

汉二献

周益公云："汉二献皆好书，而其传国皆最远。士大夫家，其可使读书种子衰息乎？

风香

杜陵诗云："色难臭腐食风香。"色难臭腐，用仙家王方平事。独"食风香"三字，解者不注所出。余观佛书云：凡诸所齅风与香等。意杜陵用此。

示俭

宋高祖留葛灯笼、麻蝇拂于阴室，唐太宗留柞木梳、黑角篦于寝宫，以此示后，后世犹奢。

识字

西汉诸儒，扬子云独称识字。韩文公云："凡为文者，宜略识字。"则识字岂易乎哉？晁景迂晚年日课识十五字。杨诚斋云："无事好看韵书。"

万卷百车

唐李渤问归宗禅师曰："须弥纳芥子，仆即不疑。芥子藏须弥，恐无是理。"归宗曰："人言学士读万卷书，是否？"渤曰："然。"归宗曰："是心如椰子大，万卷书从何处着？"荆公诗云："巫医之所知，瞽史之所业，载车必百两，独以方寸摄。"即归宗之意。余谓一心具一太极，前辈谓鹏抟鸒运，不足计其高深；日升月沉，不足计其广狭。万卷、百车，又何足道！

汤 武

汤、武应天顺人之举，实出于伊尹、太公。汤五遣伊尹适夏，意亦可见。伊尹既丑有夏，遂相汤伐桀，《诗》曰："实维阿衡，实左右商王。"不言汤用伊尹也。《书》之誓有以地言者，《甘誓》是也；有以人言者，《汤誓》是也；有以国言者，《秦誓》是也。《泰誓》，《左传》、《孟子》皆谓之《太誓》，古字"泰"、"太"通。前辈谓伐商之谋，实本于太公，故以名誓。《诗》曰："维师尚父，时维鹰扬。凉彼武王，肆伐大商。"不言武王用太公也。汤、武非富天下之志，于此可见。虽然，夫子则不以是而恕汤、武也。序《书》之词曰汤胜夏，曰武王胜殷杀受，未尝分其罪于伊尹、太公。此与《春秋》书许世子止赵盾同一笔也。东坡《海外论》可谓深识周、孔之心矣。余尝疑商之取夏，周之取商，一也。汤崩而太甲不明，甚于成王之幼冲矣。然夏人帖然，未尝萌蠢动之心。及武王既丧，商人不靖，观

《鸱鸮》、《小毖》之诗，悲哀急迫，岌岌然若不可以一朝居，何也？汤放桀于南巢，盖亦听其自屏于一方而终耳，未至如以黄钺斩纣之甚也。故夏人之痛，不如商人。夫以怀王之死，楚人尚且悲愤不已，有"楚虽三户，亡秦必楚"之语，况六百年仁恩之所渗洒者哉！当是时，若非以周公之圣，消息弥缝于其间，则周之复为商也决矣。且汤既胜夏，犹有惭德，栗栗危惧，若将陨于深渊。至于武王，则全无此等意思矣。由是论之，汤、武亦岂可并言哉！朱文公云："成汤圣敬日跻，与盘铭数语，犹有细密工夫，至武王，往往并不见其切己事。"

景 不 训 仰

《诗》曰："高山仰止，景行行止。"景，明也。谓所行之光明也。世俗有"景仰"、"景慕"之语，遂失其义。妄以"景"训"仰"，多取前贤名姓，加"景"字于上以为字，如景周、景颜之类，失之矣。前史王景略、近世范景仁，何尝以景为仰哉？真西山旧字景元，后悟其非，乃改为希元云。

始 皇 袁 绍

始皇为楚所败，尚能谢王翦；袁绍为魏所败，乃至杀田丰。欲不亡，得乎？

一 联 八 意

杜陵诗云："万里悲秋常作客，百年多病独登台。"盖万里，地之远也。秋，时之惨凄也。作客，羁旅也。常作客，久旅也。

百年,齿暮也。多病,衰疾也。台高,迥处也。独登,台无亲朋也。十四字之间含八意,而对偶又精确。

鹤林玉露乙编卷六

兄 弟 偈

法昭禅师偈云:"同气连枝各自荣,些些言语莫伤情。一回相见一回老,能得几时为弟兄。"词意蔼然,足以启人友于之爱。然余尝谓人伦有五,而兄弟相处之日最长。君臣之遇合,朋友之会聚,久速固难必也。父之生子,妻之配夫,其早者皆以二十岁为率。惟兄弟或一二年,或四三年,相继而生,自竹马游戏,以至骀背鹤发,其相与周旋,多者至七八十年之久。若恩意浃洽,猜间不生,其乐岂有涯哉!近时有周益公以太傅退休,其兄乘成先生以将作监丞退休,年皆八十,诗酒相娱者终其身。章泉赵昌甫兄弟亦俱隐玉山之下,苍颜华发,相从于泉石之间,皆年近九十,真人间至乐之事,亦人间希有之事也。

乌 石 题 名

严州乌石寺在高山之上,有岳武穆飞、张循王俊、刘太尉光世题名。刘不能书,令侍儿意真代书。姜尧章题诗云:"诸老凋零极可哀,尚留名姓压崔嵬。刘郎可是疏文墨,几点燕支涴绿苔。"

临 事 之 智

大凡临事无大小,皆贵乎智。智者何?随机应变,足以弭患济事者是也。张乖崖守蜀，兵火之余，人怀反侧。一日，大阅方出，军众忽嵩呼，乖崖亦下马，随众东北望三呼，揽辔复行，众不敢欢。真宗不豫，李文定公以宰相宿内祈禳。时太子尚幼，八大王元俨者颇有威名，问疾留禁中，累日不出，执政患之。偶翰林司以金盂贮熟水过，问之，曰："王所需也。"文定取案上墨笔搅水中，尽黑。王见之大骇，意其为毒也，即上马去。文潞公知成都，大雪，会客帐下。卒有谇语，共拆井亭，烧以御寒，军将以闻。公徐曰："今夜诚寒，亭弊矣，正欲改造，更有一亭，可尽拆为薪。"乐饮如常。明日乃究问先拆亭者，杖而流之。前辈如此类甚多，皆所谓智也。小而文潞公幼年之浮球，司马公幼年之击瓮，亦皆于仓卒之中有变通之术。世传赵从善尹临安，宦寺欲窘之。一日，内索朱红卓子三百只，限一日办。从善命于市中取茶卓一样三百只，糊以清江纸，用朱漆涂之，咄嗟而成。两宫幸聚景园回，索火炬三千枝，限以时刻。从善命于娼家取竹帘束之，顷刻而办。辛幼安在长沙，欲于后圃建楼赏中秋，时已八月初旬矣，吏白："他皆可办，唯瓦难办。"幼安命于市上每家以钱一百赁檐前瓦二十片，限两月以瓦收钱，于是瓦不可胜用。嘉熙间，江西峒丁反，吉州万安宰黄炳鸠兵守备。一日五更，探报寇且至，炳亟遣巡尉领兵迎敌。众皆曰："枵腹奈何？"炳曰："第速行，饭即至矣。"炳乃率吏辈携竹筥、木桶，沿市民之门曰："知县买饭。"时人家晨炊方熟，皆有热饭、熟水，厚酬其直，负之以行。于是士卒皆饱餐，一战破寇。由此论功，擢守临川，兼庾节。

雨　晴　诗

杜陵诗云："雨晴山不改，晴罢峡如新。"言或雨或晴，山之体本无改变,然既雨初晴,则山之精神焕然乃如新焉。朱文公寄《籍溪胡原仲》诗云:"瓮牖前头翠作屏,晚来相对静仪刑。浮云一任闲舒卷,万古青山只么青。"胡五峰见之,以为有体而无用,乃赓之曰:"幽人偏爱青山好,为是青山青不老。山中云出雨乾坤,洗出一番青更好。"文公用杜上句意,五峰用杜下句意,然杜只是写物,二公则以喻道。

善　师

善师者不陈,善陈者不战。琴以不鼓为妙,棋以不着为高。

子　家　羁

子家羁不欲昭公与季氏立异,子家羁岂党季氏者乎?陈平、周勃不与吕氏立异,平、勃岂党吕氏者乎?狄仁杰不与武氏立异,仁杰岂党武氏者乎?处事变者,须识此意。虽然夫子三都之堕,王陵庭争之语,骆宾王举兵之檄,亦不可少也。声大义者,张胆而明目;定大策者,潜虑而密谋。

中　兴　赋　联

绍兴间,黄公度榜第三人陈名上字系光宗庙讳。修,福州人。解试"四海想中兴之美赋",第五韵隔对云:"葱岭金堤,不日复广轮之土;泰山玉牒,何时清封禅之尘。"时诸郡试卷多经御览,高宗亲书此联于幅纸,黏之殿壁。及唱名,玉音云:"卿便是陈修?"吟诵此联,凄然出涕。问:"卿年几何?"对曰:"臣年七十三。"问:"卿有几子?"对曰:"臣尚未娶。"乃诏出内人施氏嫁之,年三十,资奁甚厚。时人戏为之语曰:"新人若问郎年几,五十年前二十三。"其年第五人方翥,兴化人。解试"中兴日月可冀赋",一联云:"伫观僚属,复光司隶之仪;忍死须臾,咸泣山东之泪。"亦经御览,亲笔录记。唱名日,特命加一资。上恢复初志,随寓发见,感愤如此,而卒于不遂。秦桧之罪,可胜诛乎!

晏 先

淳熙间,庐陵有恶少子曰晏先,以杀人减等流岭南。行有日,逢其党二人于市,晏目之曰:"盍免我乎?"二人不应而去。行数日,送徒者节其饮食,有害之之意。一夕,止旅舍,二人者忽来,为酒馔飨晏及送徒者,尽夕歌呼,至晓偕行。过荒林间,二人以白金一笏掷于地,抽刃言曰:"晏,吾兄弟也。汝能释使逃,请以此金为谢;不然,不能俱生矣!"送徒者欣然破械纵去,为疑冢道傍而反。越三十年,晏自淮驾巨舰来归,资货巨万。访二人,皆死矣,妻子方贫,不能自活。晏哭祭其墓,尽哀,厚遗其妻子乃去。郑毅夫《过朱亥墓》诗云:"高论唐虞儒者事,卖君负国岂胜言。凭君莫笑金椎陋,却是屠沽解报恩。"谅哉!

老 马

《韩子》:"管仲、隰朋从桓公伐孤竹,春往而冬反,迷惑失道。管仲曰:'老马之智可用也。'乃放老马而随之,遂得道焉。"杜陵诗云:"古来存老马,不必取长途。"用此事也。东坡代滕达道疏云:"自念旧臣,譬之老马,虽筋力已衰,不堪致远,而经涉险阻,粗识道路。"又用杜诗意。

师 子 骢

　　唐太宗末年，谶家明言女主昌，又明言为武氏，又明言其人已在宫中，乃以疑似杀李君羡，过矣。则天当时特一宫嫔，诚无可疑之迹，然史载太宗有骏马曰"师子骢"，极猛悍，太宗亲控驭之，不能驯。则天时侍侧，曰："惟妾能制之。"太宗问其术，对曰："妾有三物：始则捶以铁鞭；不服，则击以铁挝；又不服，则以匕首断其喉尔。"由此观之，其英烈猛厉之气亦自发露，特太宗不之觉耳。则天后来驾驭群臣，专用此术。

无 思 无 为

　　袁和叔云："非木非石，无思无为。"杨敬仲深爱其语，故铭其墓曰："和叔之觉，人所未知。非木非石，无思无为。"盖以为造极之语也。然余观苏颍滨《论语解》云："火必有光，心必有思。圣人无思，非无思也。外无物，内无我，物我既尽，心全而不乱。物至而知可否，可者作，不可者止。因其自然，而吾未尝思，未尝为，此所谓无思无为也。如使顽然不动，与木石为偶，而谓之无思无为，则亦何以通天下之故哉！"此说即和叔之说也，岂敬仲未之见耶？禅家去昏散病，绝断常坑，盖昏与断，则如木如石矣；散与常，则妄思妄为矣。又云："贵真空，不贵顽空，盖顽空则顽然无知之空，木石是也。若真空，则犹之天焉，湛然寂然，元无一物。然四时自尔行，百物自尔生，粲为日星，瀚为云雾，沛为雨露，轰为雷霆，皆自虚空生，而所谓湛然寂然者，自若也。"颍滨深味禅说，故其论亦此意。

养 鸡 养 虎

内缮己性,当如纪渻之养鸡;外顺物性,当如颜阖之养虎。

了 死 生

渊明诗云:"既来孰不去,人理固有终。居常待其尽,曲肱岂伤冲。"此修身俟死之意也,可谓了死生矣。谢溪堂诗云:"渊明从远公,了此一大事。"余谓渊明性资高迈,岂待从远公而后了?况其言曰:"得知千载外,上赖古人书。"又曰:"羲农去我久,举世少复真。汲汲鲁中叟,弥缝使其淳。"则其于六经、孔孟之书,固已探其微矣,于了死生乎何有?

晚 唐 诗 人

晚唐诗绮靡乏风骨,或者薄之,且因王维、储光羲辈,而并薄其人。然气节之士亦往往出于其间。昭宗末年,朱温篡形已成。韩偓在翰林,苏检数为经营入相,偓怒曰:"公不能有所为,今朝夕不济,乃欲以此相污耶!"昭宗欲相偓,偓辞,而荐赵崇。崔胤怒,使温潜而逐之。昭宗与之泣别,偓泣曰:"臣得远贬及死乃幸,不忍见篡弑之辱也。"司空图初为礼部员外郎,弃官隐居王官谷,累征不起。柳灿以诏书征之,图惧,诣洛阳入见,佯为衰野,坠笏失仪。乃下诏以为傲代钓名,放还山。罗隐乾符中举进士十上不第,黄巢乱,归依钱镠。及朱温篡,诏至,痛哭劝镠举义,镠不能从。温闻其名,以谏议大夫招之,不就,事镠终于著作佐郎。若三子者,又可以晚唐诗人薄之乎?

诗　叠　字

诗有一句叠三字者,如吴融《秋树》诗云"一声南雁已先红,摵摵凄凄叶叶同"是也。有一句连三字者,如刘驾云"树树树梢啼晓莺,夜夜夜深闻子规"是也。有两句连三字者,如白乐天云"新诗三十轴,轴轴金玉声"是也。有三联叠字者,如古诗云"青青河畔草,郁郁园中柳。盈盈楼上女,皎皎当窗牖。娥娥红粉妆,纤纤出素手"是也。有七联叠字者,昌黎《南山》诗云"延延离又属,夬夬叛还遭。喁喁鱼闯萍,落落月经宿。闿闿树墙垣,巘巘架库厩。参参削剑戟,焕焕衔莹琇。敷敷花披萼,阖阖屋摧霤。悠悠舒而安,兀兀狂以狃。超超出犹奔,蠢蠢骇不懋"是也。近时李易安词云:"寻寻觅觅,冷冷清清,凄凄惨惨戚戚。"起头连叠七字,以一妇人,乃能创意出奇如此。

应　世　守　己

无可无不可,应世法也;有为有不为,守己法也。

韩　璜　廉　按

绍兴中,王铁帅番禺,有狼藉声。朝廷除司谏韩璜为广东提刑,令往廉按。宪治在韶阳,韩才建台,即行部诣番禺。王忧甚,寝食俱废。有妾故钱塘倡也,问:"主公何忧?"王告之故。妾曰:"不足忧也。璜即韩九,字叔夏,旧游妾家,最好欢。须其来,强邀之饮,妾当有以败其守。"已而韩至,王郊迎,不见,入城乃见,岸上不交一谈。次日报谒,王宿治具于别馆。茶罢,邀游郡圃,不许;固请,乃可。至别馆,水陆毕陈,伎乐大作,韩踧踖不安。王麾去伎乐,阴命诸娼淡妆,诈作姬侍,迎入后堂剧饮。酒半,妾于帘内歌韩昔日所赠之词,韩闻之心动,狂不自制,曰:"汝乃在此耶!"即欲见之。妾隔帘故邀其满引,至再至三,终不肯出,韩心益急。妾曰:"司谏曩在妾家,最善舞,今日能为妾舞一曲,即当出也。"韩醉甚,不知所以,即索舞衫,涂抹粉墨,踉跄而起,忽跌于地。王亟命索轿,诸娼扶掖而登,归船昏然酣寝。五更酒醒,觉衣衫拘绊,索烛览镜,羞愧无以自容。即解舟还台,不敢复有所问。此声流播,旋遭弹劾,王迄善罢。夫子曰:"枨也欲,焉得刚?"韩璜之谓矣。

伯夷太公

太公之鹰扬,伯夷之叩马,道并行而不相悖也。太公处东海之滨,进而以功业济世;伯夷处北海之滨,退而以名节励世。二老者,天下之大老也。故各为世间办一大事,可谓无负文王之所养矣。使伯夷出而任太公之事,则太公亦必退而为伯夷之事,所谓易地则皆然。切意二老受文王之养,平居暇日,同堂合席,念王室之如毁,固欲起而救乱,思冠冕之毁裂,又恐因而阶乱,故水火相济,盐梅相成,各以一事自任。如三仁之自献自靖,或杀身以全节,或归周以全祀,或佯狂以全道,均不失本心之德而已矣,岂故相矛盾哉!观伯夷之谏,太公扶而去之曰义士,意可见矣。

擒虎寻龙

绍兴乙卯,以旱祷雨。谏议大夫赵霈上言:"自来祈祷,断屠止禁猪羊,今后请并禁鹅鸭。"时胡致堂在西掖,见之笑曰:"可谓鹅鸭谏议矣。闻房中有龙虎大王,请以鹅鸭谏议当之。"

嘉定中,察院罗相上言,越州多虎,乞行下措置,多方捕杀。正言张次贤上言:"八盘岭乃禁中来龙,乞禁人行。"太学诸生遂有罗擒虎、张寻龙之对。

自　警　诗

胡澹庵十年贬海外,北归之日,饮于湘潭胡氏园,题诗云:"君恩许归此一醉,傍有梨颊生微涡。"谓侍妓黎倩也。厥后朱文公见之,题绝句云:"十年浮海一身轻,归对黎涡却有情。世上无如人欲险,几人到此误平生。"《文公全集》载此诗,但题曰"自警"云。余观《东坡志林》载张元忠之说曰:苏子卿啮雪啖毡,蹋血出背,可谓了死生之际矣,然不免与胡妇生子,而况洞房绮绣之下乎?乃知此事未易消除。文公之论澹庵,亦犹张元忠之论苏子卿也。近时刘叔友论刘、项曰:项王有吞岳渎意气,咸阳三月火,骸骨乱如麻,哭声惨怛天日,而眉容不敛,是必铁作心肝者。然当垓下诀别之际,宝区血庙,了不经意,惟眷眷一妇人,悲歌怅饮,情不自禁。高帝非天人欤?能决意于太公、吕后,而不能决意于戚夫人。杯羹可分,则笑嫚自若;羽翼已成,则欷歔不止。乃知尤物移人,虽大智大勇不能免。由是言之,"世上无如人欲险",信哉!

虞　宾

尧不以天下与丹朱而与舜,世皆谓圣人至公无我,知爱天下而不知爱其子。余谓帝尧此举固所以爱天下也,尤所以爱丹朱也。异时云行雨施,万国咸宁,虞宾在位,同其福庆,则安家而厚苍生,两得之矣。若使其以傲虐之资,轻居臣民之上,则毒痡四海,不有南巢之放,必有牧野之诛,尚得为爱之乎?

曾子曰：“君子爱人以德。”庞德公曰：“吾遗子孙以安。”尧舜之于子，亦不过爱之以德，遗之以安耳。故爱子者，人之常情也，尧舜岂外人之常情以为异哉？故其书曰“典”。

信 美 楼 记

项平甫作《信美楼记》云：“王仲宣之言曰：‘虽信美非吾土兮，曾何足以少留。’自仲宣至今千有余年，文士一词，曰‘此思归之曲也’，曾未有考其文而论其心者。盖仲宣，汉贵公孙也。少依王室，世受国恩。虽遁身南夏，而系志西周。彼以为抚清、漳、曲、沮之流，不若灞、浐、泾、渭之遄清也；览昭丘、陶牧之胜，不若终、嶓、吴、华之亟平也。冀道路之一开，忧日月之逾迈，故戛然以是为不可久留。盖士之出处不齐久矣。充仲宣之赋，当与子美《岳阳楼》五言、太白《凤凰台》长句同帙而共编，不当与张翰思吴之叹、班超玉门之书、马援浪泊西里之念杂然为一议状也。”平甫此论，得仲宣之心矣。仲宣不依曹、黄、二袁而依刘表，意亦可见。故仲宣之忠于汉，陶渊明之忠于晋，罗昭谏之忠于唐，皆诗人文士之识大义有气节者。楼乃胡仲方为荆南抚干时所建，杨诚斋题诗云：“大资孙子大参孙，磊隗胸中万卷横。楼上已堆千古恨，晚潮更作断肠声。”“古有仲宣今仲方，二楼分贮一秋江。散怀幸有杯中物，莫下南窗下北窗。”亦平甫之意也。

朱 温 母 兄

朱温父诚，以五经教授乡里，号朱五经。温为节度使，其母王氏犹佣食萧县刘崇家。始迎以归，温举觞为寿，启曰：“朱五经平生读书，不登一第，有子为节度使，无忝于先人矣。”母恻然良久,曰:"汝能至此,可谓英特,然行义未必如先人也。"贤哉此媪,深哉此言。其于朱五经之学,必概尝有闻矣。温篡位之日,与宗戚饮博。酒酣,其兄全昱忽投琼击盆中迸散,睨曰:"朱三,尔砀山一百姓,从黄巢为盗,天子用汝为四镇节度使,于汝何负? 而灭唐家三百年社稷! 吾行见汝赤其族矣,何以博为?"全昱此言,亦甚贤也。然则温之父贤,母又贤,兄又贤,独温凶德耳。荀卿谓人性恶,其然,岂其然乎?

诗 文 反 句

　　杜诗有反言之者,如云"久判野鹤如双鬓",若正言之,当云"双鬓如野鹤"也。又云"黄鹄高于五尺童,化为白凫似老翁",若正言之,当云"五尺童时似黄鹄,化为老翁似白凫"也。他如"红豆啄残鹦鹉粒,碧梧栖老凤凰枝"亦然。《左氏传》曰"室于怒,市于色",曾南丰曰"室于议,涂于叹",皆如此类。

丙 编 自 序

　　余为临川郡从事逾年,考举粗足,侍御史叶大有忽劾余罢官。临汝书院堂长黄景亮曰:"鹤林纵未通金闺之籍,殆将增《玉露》之编乎?"余谢不敢当也。还山数月,丙编遂成。时宋淳祐壬子,庐陵罗大经景纶。

鹤林玉露丙编卷一

真 正 英 雄

朱文公告陈同父曰:"真正大英雄人,却从战战兢兢、临深履薄处做将出来。若是气血粗豪,却一点使不着也。"此论于同父,可谓顶门上一针矣。余观大禹不矜不伐,愚夫愚妇皆谓一能胜予,而凿龙门,排伊阙,明德美功,被于万世。周公不骄不吝,劳谦下士,而东征三年,赤舄几几,履谗历变,卒安周室。孔子恂恂于乡党,在宗庙朝廷,似不能言者,而却莱夷,堕三都,诛少正卯,便有一变至道气象。此皆所谓真正大英雄也。后世之士,残忍克核、能聚敛、能杀戮者,则谓之有才;闹邻骂坐、无忌惮、无顾藉者,则谓之有气;计利就便、善掉阖、善倾覆者,则谓之有智。一旦临利害得丧、死生祸福之际,鲜有不颠沛错乱、震惧陨越而失其守者,况望其立大节,弭大变,撑住乾坤,昭洗日月乎! 此无他,任其气禀之偏,安其识见之陋,骄恣傲诞,不知有所谓战战兢兢、临深履薄之工夫故也。

大 悲 阁 记

东坡《大悲阁记》云:"观世音由闻而觉。始于闻,而能无所闻。始于无所闻,而能无所不闻。能无所闻,虽无身可也。能无所不闻,虽千万亿身可也。而况于手与目乎! 虽然,非无身无以举千万亿身之众,非千万亿身无以示无身之至。"又云:

"吾将使世人左手运斤而右手执削,目数飞鸿而耳节鸣鼓,首肯旁人而足识梯级,虽有智者,有所不暇矣,而况千手异执而千目各视乎？及吾宴坐,寂然心念凝默,湛然如大明镜,人鬼鸟兽,杂陈乎吾前。色声香味,交通乎吾体。心虽不起,而物无不接,必有道耶？千手之出,千目之运,虽未可得见,而理则具矣。彼佛菩萨亦然。虽一身不成二佛,而一佛能遍河沙诸国,非有他也,触而不乱,至而能应,理有必至,而何独疑于大悲乎？"东坡之论明畅。大概千手千眼,以理言,非以形言也。昔有僧折臂作偈云："大悲千眼并千手,大丈夫儿谁不有。老僧今日折一支,尚存九百九十九。"《庄子》："鲁有兀者叔山无趾,踵见仲尼。仲尼曰：'子不谨,前既犯患若是矣。虽今来,何及矣！'无趾曰：'吾惟不知务而轻用吾身,吾是以亡足。今吾来也,犹有尊足者存,吾是以务全之也。'"尊足,即此性也,僧偈正此意。佛本于老庄,于此尤信。孝宗皇帝喜球马,偶伤一目。金人遣贺生辰使来,以千手眼白玉观音为寿,盖寓相谑之意。上命迎入径山,邀使者同往。及寺门,住持僧说偈云："一手动时千手动,一眼观时千眼观。幸自太平无一事,何须做得许多般。"使者闻之惭。太史公所谓谈言微中,亦足以解纷,信矣。余尝即吾儒之说推之,人主以一身立乎巍巍之上,以一心运乎茫茫之中,不出户而知天下,不下堂而理四海。前旒蔽明,若无见也,而无所不见；高拱穆清,若无为也,而无所不为。自九族睦、百工时,极而至于兆民安,万物育,四夷来,天地两间,裁成参赞,无一欠缺,非千手千眼乎！

十里荷花

孙何帅钱塘,柳耆卿作《望江潮》词赠之,云："东南形胜,三吴都会,钱塘自古繁华。烟柳画桥,风帘翠幕,参差十万人家。云树绕堤沙,怒涛卷霜雪,天堑无涯。市列珠玑,户盈罗绮,竞豪奢。　　重湖叠𪩘清佳。有三秋桂子,十里荷花。羌管弄晴,菱歌泛夜,嬉嬉钓叟莲娃。千骑拥高牙,乘醉听箫鼓,吟赏烟霞。异日图将好景,归去凤池夸。"此词流播,金主亮闻歌,欣然有慕于"三秋桂子,十里荷花",遂起投鞭渡江之志。近时谢处厚诗云:"谁把杭州曲子讴?荷花十里桂三秋。那知卉木无情物,牵动长江万里愁。"余谓此词虽牵动长江之愁,然卒为金主送死之媒,未足恨也。至于荷艳桂香,妆点湖山之清丽,使士夫流连于歌舞嬉游之乐,遂忘中原,是则深可恨耳。因和其诗云:"杀胡快剑是清讴,牛渚依然一片秋。却恨荷花留玉辇,竟忘烟柳汴宫愁。"盖靖康之乱,有题诗于旧京宫墙云:"依依烟柳拂宫墙,宫殿无人春昼长。"

落　　英

《楚辞》云:"餐秋菊之落英。"释者云:落,始也。如《诗》访落之"落",谓初英也。古人言语多如此,故以乱为治,以臭为香,以扰为驯,以慊为足,以特为匹,以原为再,以落为萌。

方　朔　窃　酒

岳阳有酒香山,相传古有仙酒,饮者不死。汉武帝得之,东方朔窃饮焉。帝怒,欲诛之,方朔曰:"陛下杀臣,臣亦不死。臣死,酒亦不验。"遂得免。方朔数语,圆转简明,意其窃饮以发此论,盖风武帝之求长生也。

高 宗 眷 紫 岩

高宗尝问张魏公："卿儿想甚长成？"魏公对曰："臣子栻年十四，脱然可与语圣人之道。"及隆兴初，张魏公督师，南轩以内机入奏，引见于德寿宫。首问魏公起居饮食状，又问："卿几岁？"对曰："臣年三十一。"又问："卿母安否？"对曰："久失所恃。"上愀然久之，曰："朕记卿父再娶时，以无继嗣，曾来商量。卿父曾奏，欲令卿来见，今次方得见卿。朕与卿父义则君臣，情同骨肉，卿行奏来，有香茶与卿父为信。"乌乎！君臣相与，其恩意乃至是哉！或者乃谓高宗晚年追悼明受，不满于魏公，至有"宁失天下，不用张浚"之言，殆不然也。

病 楠 诗

杜陵《病楠》诗曰："犹含栋梁具，无复霄汉志。良工古昔少，识者出涕泪。"伤贤者之老病而不获用也。又曰："种榆水中央，成长何容易。截承金露盘，袅袅不自畏。"言少不更事之人无所涵养，而骤膺拔擢，以当重任，力绵才腐，凛凛危亡，而曾不知畏也。又《舟中上水遣怀》诗云："篙工密逞巧，气若酣杯酒。歌讴互激烈，回斡明授受。善知应触类，各藉颖脱手。古来经济才，何事独罕有？"盖叹舟人操舟尚有妙手，而整顿乾坤独未见妙手也。方天宝间，杜陵少壮之时，虽乱离瘼矣，而人才尚多，故《洗兵马行》曰："成王功大心转小，郭相谋深古来少。司徒清鉴悬明镜，尚书气与秋天杳。二三豪俊为时出，整顿乾坤济时了。"又云："张公一生江海客，身长九尺须眉苍。征起适遇风云会，扶颠始知筹策良。"盖幸其所以支撑世变者，尚有人也。及杜陵晚岁，《八哀》之诗既作，则一时豪杰或老或死，而后来者未有其人。此病楠、种榆之叹，舟师妙手之叹，意益婉而词益哀。呜呼！此唐室所以终不振乎！本朝元丰间，洛阳诸老为耆英会，图形赋诗，一时夸为盛事。而识者悲之曰：此皆仁宗所养之君子，至是而皆老矣。升降消长之会，过此甚可畏也。时林行己曰："天将祚其国，必祚其国之君子。观其君子之众多如林，则知其国之盛；观其君子之落落如晨星，则知其国之衰；观其君子之康宁福泽、如山如海，则知其为太平之象；观其君子之摧折顿挫如湍舟、如霜木，则知其为衰乱之时。"又曰："天将使建中为崇宁，则不使范忠宣复相于初元；天将使宣和为靖康，则不使刘、陈二忠肃愁遗于数岁。"皆至论也。

遮 莫

诗家用"遮莫"字，盖今俗语所谓"尽教"者是也。故杜陵诗云"已拚野鹤如双鬓，遮莫邻鸡下五更"，言鬓如野鹤，已拚老矣。尽教邻鸡下五更，日月逾迈，不复惜也。而乃有用为禁止之辞者，误矣。

花

洛阳人谓牡丹为花，成都人谓海棠为花，尊贵之也。亦如称欧阳公、司马公之类，不复指其名字称号。然必其品格超绝，始可当此；不然，则进而"君"、"公"，退而"尔"、"汝"者多矣。

蘧 伯 玉

卫灵公与夫人夜坐，闻车声辚辚，至阙而止，过阙复有声。

公问夫人曰:"知此为谁?"夫人曰:"此蘧伯玉也"。公曰:"何以知之?"夫人曰:"妾闻礼,下公门,式路马,所以广敬也。夫忠臣与孝子,不为昭昭信节,不为冥冥惰行。蘧伯玉,卫之贤大夫也,仁而有智,敬于事上,此其人必不以暗昧废礼,是以知之。"公使人视之,果伯玉也。《中庸》曰:"君子之所不可及者,其唯人之所不见乎!"伯玉可谓真君子矣。细考《论语》,夫子所与友者,仅见伯玉一人。使人于夫子,而夫子问其起居,则金石交情,可以略见。伯玉之躬行纯一如此,宜夫子乐与之交也。夫人即南子也。南子有淫行,然观其所言醇粹正大,有后世老师宿儒之所不能道者。且知伯玉之贤,而又知伯玉之所以贤,何其明也。乃知以卫灵之无道,南子之淫泆,奚而不丧者,非止仲叔圉、祝鮀、王孙贾辈之功而已。又知夫子之所以见南子者,盖以见识议论如此,倘能改行,或者尚可辅卫灵公以有为。子路不说,是未知夫子之心也。然南子知贤者不为冥冥惰行,而卒不能回光内照,改其淫泆。灵公因南子之言,固宜识伯玉之为忠臣矣,然卒不授之以政。信乎,知善非难,行善为难;知贤非难,用贤为难也。

三　溪　诗　词

有良家女流落可叹者,余同年李南金赠以词曰:"流落今如许。我亦三生杜牧,为秋娘著句。先自多愁多感慨,更值江南春暮。君看取,落花飞絮。也有吹来穿绣幌,有因风飘堕随尘土。　　人世事,总无据。佳人命薄君休诉。若说与,英雄心事,一生更苦。且尽尊前今日意,休记绿窗眉妩。但春到,儿家庭户。幽恨一帘烟月晓,恐明年,雁亦无寻处。浑欲倩,莺留住。"此词凄婉顿挫,不减古作者。《南史》:齐范缜谓竟陵王子良曰："人生如树花同发，随风而散，或拂帘幌坠茵席之上，或关篱墙落粪溷之中。坠茵席者，殿下是也；落粪溷者，下官是也。"此词前阕盖祖此说。南金自号三溪冰雪翁，尤工于诗，有《江头吟》云："儿时盛气高于山，不信壮士有饥寒。如今一杯零落酒，风雨蚀尽征袍单。侧立昆奴面铁色，楚客不言未吹笛。关山有月无人声，自是江头渚花发。渚花春少未得妍，凝立青山围水天。杜鹃故态不识事，尽情叫入青枫烟。壮士未握边头槊，旄头如月几时落。如今世界不爱贤，看取青峰白云角。乌乎一歌兮歌已怨，壶中无酒可续咽。"盖模拟少陵之作，词旨清婉可爱。

槟　榔

　　岭南人以榔槟代茶，且谓可以御瘴。余始至不能食，久之，亦能稍稍。居岁余，则不可一日无此君矣。故尝谓槟榔之功有四：一曰醒能使之醉。盖每食之，则醺然颊赤，若饮酒然。东坡所谓"红潮登颊醉槟榔"者是也。二曰醉能使之醒。盖酒后嚼之，则宽气下疾，余醒顿解。三曰饥能使之饱。盖饥而食之，则充然气盛，若有饱意。四曰饱能使之饥。盖食后食之，则饮食消化，不至停积。尝举似于西堂先生范旂叟。曰："子可谓'槟榔举主'矣。然子知其功，未知其德：槟榔赋性疏通而不泄气，禀味严正而有余甘。有是德，故有是功也。"

曲　端

　　曲端在陕西，甚有威望。张魏公宣抚，首擢用之。金人万户娄室与撒离曷等寇邠州，端击败之。至白店原，又大败之。撒离曷乘高望师，惧而号哭，金人因目之为"啼哭郎君"。后以端恃功骄恣,废不用。又惧其得士心,竟杀之。自端之死,众心稍离。金再入,战于富平,我师诈张端旆以惧敌。娄室知端已死,拊掌笑曰:"何绐我也!"于是尽锐力攻,我师败绩,自是陕西非我有矣。淳熙间,议高庙配享,洪景卢举此为魏公罪,迄不得侑食。昔孔明斩马谡,已为失计。魏公袭其事,几于自坏万里长城。至于诈张端旆,尤为拙谋,徒足以召敌人之笑,沮我师之气耳。端亦知书,尝作诗云:"破碎山河不足论,几时重到渭南村。"昔人诗:"欲挂衣冠神武门,先寻水竹渭南村",此事也。

识　真　少

市璞宝燕石,煮簧食蝘蜓,识者少也。

放　心

孟子言求放心,而康节邵子曰:"心要能放。"二者天渊悬绝。盖放心者,心自放也;心放者,吾能放也。放心者,如鸡豚出于埘栅,不求则不得;心放者,如鹰隼翔于云霄,而绦镟固在吾手也。众人之心易放,圣贤之心能放。易放者流荡,能放者开阔。流荡者,失其本心;开阔者,全其本心。

山　谷　八　字

余家藏山谷八大字云:"作德日休,为善最乐。"摘经史语,混然天成,可置座右。

谷　菹　禽　兽

《周礼注》:六谷:稌、黍、稷、粱、麦、苽。六清:水、浆、醴、醶、醢、酏。七菹：韭、菁、茆、葵、芹、菭、笋。六兽：麋、鹿、熊、麕、野豕、兔。养者为畜，野者为兽。六禽：雁、鹑、鷃、鸩、鸠、鸽。五药：草、木、虫、石、谷。

象　山　棋

陆象山少年时，常坐临安市肆观棋，如是者累日。棋工曰：“官人日日来看，必是高手，愿求教一局。”象山曰：“未也。”三日后却来，乃买棋局一副，归而悬之室中。卧而仰视之者两日，忽悟曰：“此《河图》数也。”遂往与棋工对，棋工连负二局，乃起谢曰：“某是临安第一手棋，凡来著者，皆饶一先。今官人之棋反饶得某一先，天下无敌手矣。”象山笑而去。其聪明过人如此。其子弟每喜令其著棋，尝与包敏道书云：“制子初时与春弟颇不能及，今年反出春弟之上，近旬日棋又甚进，春弟又少不逮矣。凡此，皆在其精神之盛衰耳。”

汉　文　帝　葬

汉文帝以七月己亥崩，乙巳葬，才七日耳。与婆人之家敛手足形还葬者何以异？景帝必不忍以天下俭其亲，此殆文帝之顾命也。虽未合中道，见亦卓矣。文帝此等见解，皆自黄老中来。

临　终　不　乱

欧阳公问一僧曰：“古之高僧，有去来翛然者，何今世之鲜也？”僧曰：“古人念念在定慧，临终安得而乱？今人念念在散乱，临终安得而定？”公深然之。此说却是正理，如吾儒易篑结缨之类，皆是平日讲贯得明，操守得定，涵养得熟，视生死如昼

夜,故能如此不乱。静春先生刘子澄,朱文公高弟也。病革,
周益公往拊之曰:"子澄澄其虑。"静春开目微视曰:"无虑何
澄?"言讫而逝。

笼　鸟　水　萍

或问:杜陵诗云:"日月笼中鸟,乾坤水上萍。"何也? 余
曰:此自叹之词耳。盖拘束以度日月,若鸟在笼中,漂泛于乾
坤间,若萍浮水上。本是形容凄凉之意,乃翻作壮丽之语。东
坡《雪》诗:"冻合玉楼寒起粟,光摇银海眩生花。"亦此类。

文　　章

文章一小技,于道未为尊,此论后世之文也。文者,贯道
之器,此论古人之文也。天以云汉星斗为文,地以山川草木为
文,要皆一元之气所发露,古人之文似之。巧女之刺绣,虽精
妙绚烂,才可人目,初无补于实用,后世之文似之。

尹　少　稷

尹穑字少稷,博学工文,杜门读书,不汲汲于仕进。诸公
荐之,与陆务观同赐出身。少稷言行有法,又通世务,时论翕
然归重。尝论减年赏典,当与实历对使。孝宗用其说,至今行
之。后乃附丽汤思退,力排张魏公,以是除谏议,公论始薄之。
厥后贬岭南累年,蒙恩北归。周益公素与之善,便道来访。谓
益公曰:"某三十年闭户读书,养得少名望,思之不审,所得于
彼者几何? 而破坏扫地,虽悔何及!"怅然者久之。益公每举
以为士大夫之戒。

陈 汤 论

张文潜作《陈汤论》,末云:"昔有韩患秦之无厌也,下令曰:'有能得秦王者,寡人与之国。'大夫皆谏曰:'赏不可以若是其重也。'韩王笑曰:'得秦王而寡人与之国,是赏有再乎?且得秦王矣,寡人其忧无国哉?'"一本云:"昔者魏国患河,其边之臣起徙而决之赵。魏王大喜,赏其臣以十县。其相谏曰:'守边而徙河,犯官也。从而赏之,王之臣无守职者矣。'魏王笑曰:'子忧过矣,有功于魏者,有比于徙河者乎?魏无二河,则徙河之赏无再也。'"二事皆切,而徙河之事尤胜。盖徙河犯官,有矫制之意。

飞 吟 亭 诗

世传吕洞宾,唐进士也。诣京师应举,遇钟离翁于岳阳,授以仙诀,遂不复之京师。今岳阳飞吟亭是其处也。近时有题绝句于亭上云:"觅官千里赴神京,钟老相传盖便倾。未必无心唐事业,金丹一粒误先生。"余酷爱其旨趣,盖夫子告沮溺之意也。

西 为 尊

四方以西为尊。王者之庙,太祖坐西,所谓正太祖东向之位是也。三昭则坐北面南,故谓之昭。昭,明也,向南面之明也。三穆则坐南面北,故谓之穆。穆,幽也。向北面之幽也。今朝廷之上,群臣皆自东阶而升,不敢升自西阶,非特嫌。若宾主敌体,亦以西为尊也。班孟坚《西都赋》曰:"左城右平。"左,东也,东则为城。若世所谓涩道,乃群臣所由登降之阶也。

右,西也,西则为平,而不为城也。凡宾主之席,主东而宾西,亦所以尊宾也;非谓东尊于西,而使宾次主也。故礼客降一等,则就主人之阶。盖客不敢自西阶为宾主礼,欲自东阶随主人而升也。主人辞,客乃复位。盖主人不许,客然后自西阶升也。

唐 再 幸 蜀

唐狄昌诗云:"马嵬烟柳正依依,重见銮舆幸蜀归。泉下阿蛮应有语,这回休更罪杨妃。"杜陵诗云:"朝廷虽无幽王祸,得不哀痛尘再蒙。"盖幽王以褒姒而致犬戎之祸,明皇以妃子而致禄山之变,正相似也。今无妃子之孽矣,而銮舆乃再蒙尘,何哉? 此必胎变稔祸,必有出于女宠之外者矣,是不可不哀痛而悔艾也。诗意与狄昌同。而其恻怛规戒,涵蓄不露,则大有径庭矣。

勤 有 三 益

自大舜称禹,不过"勤俭"两字,况下于禹者,可以不勤不俭乎? 余于《乙编》尝论俭有四益。勤亦有三益。盖民生在勤,勤则不匮。一夫不耕,必受其饥;一妇不蚕,必受其寒。是勤可以免饥寒也。农民昼则力作,夜则颓然甘寝,故非心淫念,无从而生。晋公父文伯之母曰:"瘠土之民,莫不向义,劳也。"渊明诗曰:"田家岂不苦,弗获辞此难。四体诚乃疲,而无异患干。"是勤可以远淫辟也。户枢不蠹,流水不腐,周公论三宗文王之寿,必归之《无逸》。吕成公释之曰:"主静则悠远博厚,自强则坚实精明,操存则血气循轨而不乱,收敛则精神内守而不浮。"是勤可以致寿考也。

黄　绵　袄

何斯举云：壬寅正月，雨雪连旬。忽雨开霁，闾里翁媪相呼贺曰："黄绵袄子出矣！"因作歌以纪之。此名甚新，但所以作歌未甚惬人意。乃更为补作一绝句云："范叔绨袍暖一身，大裘只盖洛阳人。九州四海黄绵袄，谁似天公赐予均。"白乐天诗云："安得大裘长万丈，与君都盖洛阳人。"

堂　　食

渡江初，吕元直为相，堂厨每厅日食四千，至秦会之当国，每食折四十余千。执政有差，于是始不会食。胡明仲侍郎曰："虽欲伴食，不可得矣。"

鹤林玉露丙编卷二

论事任事

叶水心曰:"国初宰相权重,台谏侍从,莫敢议己。至韩琦、范仲淹,始空贤者而争之,天下议论相因而起,朝廷不能主令而势始轻。虽贤否邪正不同,要为以下攻上,为名节地可也,而未知为国家计也。然韩、范既以此取胜,及其自得用,台谏侍从方袭其迹,朝廷每立一事,则是非锋起,哗然不安。昔郑子孔为载书,诸司门子弗顺,将杀之,子产止之。人请为之焚书,子孔不可。子产以为众怒难犯,专欲难成,迄焚而后定。然及子产自为相,却不知此,直云礼义不愆,何恤人言。盖韩、范之所以攻人者,卒其所以受攻而无以处此,是以虽有志而无成也。至如欧阳修,先为谏官,后为侍从,尤好立论。士之有言者皆依以为重,遂以成俗。及濮园议起,未知是非所在,而倾国之人回戈向之。平日盛美,一朝赎损,善人君子,化为仇敌。然则欧阳氏之所以攻之者,亦其所以受攻而不自知也。"水心之论如此。余谓国初相权之重,自艺祖鼎铛有耳之说始。赵韩王定混一之谋于风雪凌厉之中,销跋扈之谋于杯觞流行之际,真社稷臣矣。雷德骧何人,乃敢议之,宜艺祖之震怒也。乃若持盈守成之时,则权不可以不重,亦不可以过重。东坡所谓奸臣之始,以台谏折之而有余,及其既成,以干戈取之而不足,则台谏侍从之敢言,乃国势之所恃以重也,岂反因此而势

轻哉？水心之说，乃张方平之遗论也。方平之论，前辈固已深
辟之矣。范公当国不久，韩公当国时，最被司马温公激恼；然
韩公包容听受，无几微见于颜面。常朝一不押班，王陶至便指
为跋扈，而公亦无愠色。盖已为侍从台谏，则能攻宰相之失；
已为宰相，则能受侍从台谏之攻。此正无意无我、人己一视之
道，实贤人君子之盛德，亦国家之美事也。岂有己则能攻人，
而人则不欲其攻己哉！谚云："吃拳何似打拳时。"此言虽鄙，
实为至论。惟欧阳公为谏官侍从时，最号敢言。及为执政，主
濮园称亲之议，诸君子哗然起而攻之，而欧阳公乃不能受人之
攻，执之愈坚，辩之愈激，此则欧公之过也。公自著《濮议》两
篇，其间有曰："一时台谏谓因言得罪，犹足取美名，是时圣德
恭俭，举动无差。两府大臣亦各无大过，未有事可以去者，惟
濮议未定，乃曰此好题目，所谓奇货不可失也，于是相与力
言。"欧公此论却欠反思。若如此，则前此己为谏官侍从时，每
事争辩，岂亦是贪美名、求奇货、寻好题目耶！余尝作《濮议》
诗云："濮园议起沸乌台，传语欧公莫怨猜。须记上坡持橐日，
也曾寻探好题来。"

告　　命

　　告命自九品而上，角轴二等，以大小别之，此其卑也。染
牙以为经，凡五等，升朝历数而上也，而穗草为尊。锦幖其端，
凡四等，而细球之锦配穗草。告身皆制绫为之。玳瑁轴素绘
二等，而绘为尊。告身五彩，而又有紫丝法锦囊其外。其小异
者，锦之红绿耳。犀轴亦二等，藻绘虽同，而大小有别，三品通
用也。丝囊如玳瑁，而幖锦又不同，告身亦如之，而加以金缕，
此人臣一品之极也。宫掖之严，帝姬之亲，大略七等。镌犀为

轴,雕玉以为龙,告身五彩丝囊,幖首纯红,而绘如雕玉者最高,以近君也。犀轴丝囊为最高,而绘皆云凤者次之,玳轴者又次之。绘事如玳瑁,而告纸损其三者又次之。自此而下,三等皆紫丝法锦,虽有差次,始寖卑矣。宰相亲王赠封,视紫丝高者。执政赠封,视次者。其上四等,明有尊,不敢迩也。丝囊之制,以小铃十系之。按式名曰"岉锗",黄金、涂金、白金三等。外庭之系,惟白金耳。侍从庶僚所封,视其官。蕃官祠宇所封,从其秩。合而陈之,二十有八等,品位愈高则物采愈华。此游默斋所记宋朝之制也,甚详明。

方 士 传

范晔作《东汉史》,为方士立传,如左慈之事,妖怪特甚,君子所不道,而乃大书特书之,何其陋也。曹子建《辨道论》曰:"世有方士,吾王悉所招致。甘陵有甘始,庐江有左慈,阳城有郤俭,善辟谷,悉号数百岁。所以集之魏国者,诚恐此人挟奸宄以欺众,行妖恶以惑民。岂复欲观神仙于瀛洲,求安期于边海,释金辂而顾云舆,弃文骥而求飞龙哉?"子建此论,其识过范晔远矣。汉武帝刻意求仙,至以爱女妻方士,可谓颠倒之极。末年乃忽悔悟,曰:"世岂有仙者?节食服药,差可少病耳。"此论却甚确。近时刘潜夫诗云:"但闻方士腾空去,不见童男入海回。无药能令炎帝在,有人曾哭老聃来。"

三 足 记

卢景亮言:"足食足兵而人才足用,则天下不难理矣。"著论曰《三足记》。

不 谈 风 月

　　范旂叟为广西宪,会僚属小酌,曰:"今日之集,非特不谈风月,亦且不论文章,只说政疵民病。"众皆唯唯。余从容曰:"若谈夫子、孟轲之文章以浇光风霁月之胸次,则民吾同胞,物吾同与也。痒痾疾痛,举切吾身,施之有政,当有本末先后,而民病庶乎有瘳矣。"旂叟甚喜,不以为忤。旂叟号西堂先生,开明练达,遇事如破竹。性刚介,有不可,必达其意而后止。在广西岁余,丐祠归养亲。发奏牍之日,即出台治,寓僧舍,不请俸给钱。将漕湖南,总所专人来索钱,在庭咆哮无礼,命杖而黜之。既毕,上章自劾,乞归田里,总所迄不敢害。朝廷为颁召命,然竟卒于湖南。其将卒也,请僚属入卧内,命吏取案牍来,据榻判结数事。既毕,又曰:"某县有母诉其子者,此关系风教,不可不施行。"命取来,又判讫。略言及身后事,与僚属揖别,须臾已逝矣。其精爽不乱如此。有《对越集》百卷行于世,皆其历任判断之语也。近年门生、故吏合辞请于朝,特谥清敏。余初任为容南法掾,才数月,偶留帅幕。旂叟忽袖中出职状一纸畀余,余辞以未书一考,不当受。旂叟曰:"固也,子亦漫收之。若书一考,而某未以罪去,则可以放散;不然,亦聊见某具一只眼耳。"又曰:"非特不必以诗文相惠,明日亦不必到客位。"因言近日来谀风可羞,长官招僚属一杯,其初招也,则有所谓谢请;其既毕也,又有所谓谢会。一杯之酒,两至客位,行之者不以为耻,此何等风俗耶!小官不足责,推其原,皆由长官无见识,妄自尊大,遂成此风。此虽小事,然摧坏小官气节,关系却大。

蟹胥

《周礼》:"庖人共祭祀之好羞。"郑康成注云:好羞,谓四时所谓膳食。若荆州之鳀鱼、扬州之蟹胥。陆德明音释云:蟹,酱也。山谷诗云:"蟹胥与竹萌,乃不羡羊腔。"

用　兵

或曰:用兵之法,杀人如刈草,使钱如使水。余曰:军无赏,士不往;军无财,士不来。使钱如使水可也,乃若杀人如刈草,则非至论。夫军事固以严济,然礼乐慈爱,战所蓄也。所以不得已而诛不用命者,盖一有逗挠乱行,则三军暴骨矣。诛一人,所以全千万人,岂以多杀为能,以嗜杀为贵哉!若如所言,则赵充国、王忠嗣、曹彬反不若白起辈矣。

文　章　有　体

杨东山尝谓余曰:"文章各有体,欧阳公所以为一代文章冠冕者,固以其温纯雅正,蔼然为仁人之言,粹然为治世之音,然亦以其事事合体故也。如作诗,便几及李、杜。作碑铭记序,便不减韩退之。作《五代史记》,便与司马子长并驾。作四六,便一洗昆体,圆活有理致。作《诗本义》,便能发明毛、郑之所未到。作奏议,便庶几陆宣公。虽游戏作小词,亦无愧唐人《花间集》。盖得文章之全者也。其次莫如东坡,然其诗如武库矛戟,已不无利钝。且未尝作史,藉令作史,其渊然之光,苍然之色,亦未必能及欧公也。曾子固之古雅,苏老泉之雄健,固亦文章之杰,然皆不能作诗。山谷诗骚妙天下,而散文颇觉琐碎局促。渡江以来,汪、孙、洪、周四六皆工,然皆不能作诗,其碑铭等文亦只是词科程文手段,终乏古意。近时真景元亦然,但长于作奏疏。魏华甫奏疏亦佳,至作碑记,虽雄丽典实,大概似一篇好策耳。"又云:"欧公文非特事事合体,且是和平深厚,得文章正气。盖读他人好文章如吃饭,八珍虽美而易厌。至于饭,一日不可无,一生吃不厌。盖八珍乃奇味,饭乃正味也。"

辛　卯　火

绍定辛卯临安之火,比辛酉之火加五分之三,虽太庙亦不免,而史丞相府独全。洪舜俞诗云:"殿前将军猛如虎,救得汾阳令公府。祖宗神灵飞上天,可怜九庙成焦土。"时殿帅乃冯榵也,人言籍籍,迄今不免责。

蕲　王　夫　人

韩蕲王之夫人,京口娼也。尝五更入府,伺候贺朔。忽于庙柱下见一虎蹲卧,鼻息齁齁然,惊骇亟走出,不敢言。已而人至者众,往复视之,乃一卒也。因蹴之,起问其姓名,为韩世忠。心异之,密告其母,谓此卒定非凡人。乃邀至其家,具酒食,卜夜尽欢,深相结纳,资以金帛,约为夫妇。蕲王后立殊功,为中兴名将,遂封两国夫人。蕲王尝邀兀术于黄天荡,几成擒矣。一夕,凿河遁去。夫人奏疏言世忠失机纵敌,乞加罪责,举朝为之动色。其明智英伟如此。

少　陵　可　杀

乾道间,林谦之为司业,与正字彭仲举游天竺。小饮论诗,谈到少陵妙处,仲举微醉,忽大呼曰:"杜少陵可杀!"有俗子在邻壁,闻之遍告人曰:"有一怪事:林司业与彭正字在天竺谋杀人。"或问:所谋杀者为谁? 曰:"杜少陵也,不知是何处人。"闻者绝倒,喧传缙绅间。余谓此言亦不足怪,若曹操之于杨德祖,隋炀之于薛道衡,盖真杀之矣。

姜 白 石

姜尧章学诗于萧千岩,琢句精工。有诗云:"夜暗归云绕桠牙,江涵星影雁团沙。行人怅望苏台柳,曾与吴王扫落花。"杨诚斋喜诵之。尝以诗《送江东集归诚斋》云:"翰墨场中老斫轮,真能一笔扫千军。年年花月无虚日,处处江山怕见君。箭在的中非尔力,风行水上自成文。先生只可三千首,回施江东日暮云。"诚斋大称赏,谓其冢嗣伯子曰:"吾与汝弗如姜尧章也。"报之以诗云:"尤萧范陆四诗翁,此后谁当第一功? 新拜南湖为上将,更差白石作先锋。可怜公等皆痴绝,不见词人到老穷? 谢遣管城侬已晚,酒泉端欲乞疏封。"南湖,谓张功父也,尧章自号"白石道人"。潘德久赠诗云:"世间官职似樗蒲,采到枯松亦大夫。白石道人新拜号,断无缴驳任称呼。"时黄岩老亦号白石,亦学诗于千岩,诗亦工,时人号"双白石"云。

玉 山 知 举

淳熙中,王季海为相,奏起汪玉山为大宗伯知贡举,且以书速其来。玉山将就道,有一布衣之友,平生极相得,屡黜于礼部,心甚念之,乃以书约其胥会于富阳一萧寺。与之对榻,夜分密语之曰:"某此行,或者典贡举,当特相牢笼。省试程文《易》义冒子中,可用三古字,以此为验。"其人感喜。玉山既知举,搜《易》卷中,果有冒子内用三古字者,遂竟批上,置之前列。及拆号，乃非其友人也，私窃怪之。数日，友人来见，玉山怒责之曰："此必足下轻名重利，售之他人，何相负乃如此！"友人指天誓日曰："某以暴疾几死，不能就试，何敢漏泄于他人？"玉山终不释然。未几，以古字得者来谒，玉山因问之曰："老兄头场冒子中用三古字，何也？"其人泯默久之，对曰："兹事甚怪，先生既问，不敢不以实对：某之来就试也，假宿于富阳某寺中，与寺僧闲步庑下，见室中一棺，尘埃漫漶。僧曰：'此一官员女也，殡于此十年矣，杳无骨肉来问，又不敢自葬之。'因相与默然。是夕，梦一女子行庑下，谓某曰：'官人赴省试，妾有一语相告：此去头场冒子中可用三古字，必登高科。但幸勿相忘，使妾朽骨早得入土。'既觉，甚怪之。遂用前言，果叨前列，近已往寺中葬其女矣。"玉山惊叹。此事冯此山可久为余言，虽近于语怪，然亦不可不传，足以祛人二蔽：一则功名富贵信有定分。有则鬼神相之，无则虽典贡举者欲相牢笼，至于场屋亦不能入，此岂人之智巧所能为乎？一则人发一念、出一言，虽昏夜暗室，人所不知，而鬼神已知之矣。彼欲自欺于冥冥之中，而曰莫予云觏者，又惑之甚者也。

御史八字

隆兴初，张真父自殿中侍御史除起居郎，孝宗玉音云："张震知无不言，言皆当理。"令载之训词。大哉王言！真台谏之金科玉条也。

老卒回易

张循王之兄保，尝怨循王不相援引。循王曰："今以钱十万缗、卒五千付兄，要使钱与人流转不息，兄能之乎？"保默然久之，曰："不能。"循王曰："宜弟之不敢轻相援引也。"王尝春日游后圃，见一老卒卧日中，王蹴之曰："何慵眠如是！"卒起声喏，对曰："无事可做，只得慵眠。"王曰："汝会做甚事？"对曰："诸事薄晓，如回易之类，亦粗能之。"王曰："汝能回易，吾以万缗付汝，何如？"对曰："不足为也。"王曰："付汝五万。"对曰："亦不足为也。"王曰："汝需几何？"对曰："不能百万，亦五十万乃可耳。"王壮之，予五十万，恣其所为。其人乃造巨舰，极其华丽；市美女能歌舞音乐者百余人；广收绫锦奇玩、珍羞佳果及黄白之器；募紫衣吏轩昂闲雅若书司、客将者十数辈，卒徒百人。乐饮逾月，忽飘然浮海去，逾岁而归。珠犀香药之外，且得骏马，获利几十倍。时诸将皆缺马，惟循王得此马，军容独壮。大喜，问其何以致此，曰："到海外诸国，称大宋回易使，谒戎王，馈以绫锦奇玩。为具招其贵近，珍羞毕陈，女乐迭奏。其君臣大悦，以名马易美女，且为治舟载马，以犀珠香药易绫锦等物，馈遗甚厚，是以获利如此。"王咨嗟褒赏，赐予优厚。问能再往乎，对曰："此戏幻也，再往则败矣，愿仍为退卒老园中。"呜呼！观循王之兄与浮海之卒，其智愚相去奚翅三十里哉！彼卒者，颓然甘寝苔阶花影之下，而其胸中之智，圆转恢奇乃如此。则等而上之，若伊、吕、管、葛者，世亦岂尽无也哉！特莫能识其人，无繇试其蕴耳。以一弊衣老卒，循王慨然捐五十万缗畀之，不问其出入，此其意度之恢弘，固亦足以使之从容展布，以尽其能矣。勾践以四封之内外付种、蠡，汉高皇捐黄金四十万斤于陈平，由此其推也，盖不知其人而轻任之，与知其人而不能专任，皆不足以有功。观其一往之后，辞不复再，又几于知进退存亡者，异哉！

罚却倚子

百官殿门侍班幕次，台谏皆设倚，余官则各以交床自随。周益公自殿院除起居郎，徐淳立戏曰："罚却倚子矣。"

诸侯藩镇

春秋之时，天王之使交驰于列国，而列国之君如京师者绝少。夫子谨而书之，固以正列国之罪，而端本澄源之意，其致责于天王者尤深矣。唐之藩镇，犹春秋之诸侯也。杜陵诗云："诸侯春不贡，使者日相望。"盖与《春秋》同一笔。

无官御史

太学古语云："有发头陀寺，无官御史台。"言其清苦而鲠亮也。嘉定间，余在太学，闻长上同舍言：乾淳间，斋舍质素，饮器止陶瓦，栋宇无设饰。近时诸斋，亭榭帘幕，竞为靡丽，每一会饮，黄白错落，非头陀寺比矣。国有大事，鲠论间发，言侍从之所不敢言，攻台谏之所不敢攻，由昔迄今，伟节相望。近世以来，非无直言，或阳为矫激，或阴有附丽，亦未能纯然如古之真御史矣。余谓必甘清苦如老头陀，乃能摅鲠亮如真御史。

邵蔡数学

濂溪、明道、伊川、横渠之讲道盛矣，因数明理，复有一邵康节出焉。晦庵、南轩、东莱、象山讲道盛矣，因数明理，复有一蔡西山出焉。昔孔、孟教人，言理不言数。然天地之间，有理必有数，二者未尝相离。《河图》、《洛书》，与"危微精一"之语并传。邵、蔡二子盖将发诸子之所未言，而使理与数粲然于天地之间也,其功亦不细。近年以来,八君子之学,固人传其训,家有其书,而邵、蔡之学则几于无传矣。

松　竹　句

杜陵诗云:"新松恨不长千尺,恶竹应须斩万竿。"言君子之孤难扶植,小人之多难驱除也。呜呼!世道至于如此,亦可哀矣。

诸　葛　成　何　事

唐薛能诗云:"山屐经过满径踪,隔溪遥见夕阳春。当时诸葛成何事,只合终身作卧龙。"王荆公晚年喜诵之。然能之论非也。孔明之出,虽不能扫清中原,吹火德之灰,然伸讨贼之义,尽托孤之责,以教万世之为人臣者,安得谓之成何事哉!荆公诵此,盖以自喻。然孔明开诚心,布公道,集谋虑,广忠益,其存心无愧伊、吕,"出师未捷身先死",此天也!荆公刚愎自任,新法烦苛,毒流四海,不忍君子之见排,甘引小人以求助,卒为其所挤陷,此岂天也哉!自古隐士出山,第一个是伊尹,第二个是傅说,第三个是太公,第四个是严陵,第五个是孔明,第六个是李泌,皆为世间做得些事。虽以四皓之出,或者犹议其安刘是灭刘,况如樊英辈者乎!

忧　乐

吾辈学道,须是打叠教心下快活。古曰无闷,曰不愠,曰乐则生矣,曰乐莫大焉。夫子有曲肱饮水之乐,颜子有陋巷箪瓢之乐,曾点有浴沂咏归之乐,曾参有履穿肘见、歌若金石之乐,周、程有爱莲观草、弄月吟风、望花随柳之乐。学道而至于乐,方能真有所得。大概于世间一切声色嗜好洗得净,一切荣辱得失看得破,然后快活意思方自此生。或曰:君子有终身之忧。又曰:忧以天下。又曰:莫知我忧。又曰:先天下之忧而忧。此义又是如何? 曰:圣贤忧、乐二字,并行不悖,故魏鹤山诗云:"须知陋巷忧中乐,又识耕莘乐处忧。"古之诗人有识见者如陶彭泽、杜少陵,亦皆有忧乐,如采菊东篱、挥杯劝影,乐矣,而有平陆成江之忧;步屧春风、泥饮田父,乐矣,而有眉攒万国之忧。盖惟贤者而后有真忧,亦惟贤者而后有真乐。乐不以忧而废,忧亦不以乐而忘。

大 字 成 犬

宝庆初,当国者欲攻去真西山、魏鹤山,朝士莫有任责,梁成大独欣然愿当之。遂除察院,击搏无遗力。当时太学诸生曰:大字傍宜添一点,曰"梁成犬"。余谓犬之猜猜,不过吠非其主耳,是有功于主也。今不肖之台谏,受权贵之指呼,纳豪富之贿赂,内则翦天子之羽翼,外则夺百姓之父母,是有害于主也,吾意犬亦羞与为伍矣。

鹤林玉露丙编卷三

圣贤豪杰

朱文公云："豪杰而不圣贤者有矣，未有圣贤而不豪杰者也。"陆象山深以其言为确论。如周公兼夷狄，驱猛兽，灭国者五十，孔子却莱人，堕三都，诛少正卯，是甚手段，非大豪杰乎！其次如诸葛孔明，议论见识，力量规模，亦直豪杰。惟房次律声誉隆洽，一出便败事，然至今儒者之论，皆称其贤。如此，则是天下有不豪杰之圣贤矣。端平间，真西山参大政，未及有所建置而薨。魏鹤山督师，亦未及有设施而罢。临安优人装，一儒生，手持一鹤，别一儒生与之邂逅。问其姓名，曰："姓钟名庸。"问所持何物，曰："大鹤也。"因倾盖欢然，呼酒对饮。其人大嚼洪吸，酒肉靡有孑遗，忽颠仆于地，群数人曳之不动。一人乃批其颊大骂曰："说甚《中庸》、《大学》，吃了许多酒食，一动也动不得！"遂一笑而罢。或谓有使其为此以姗侮君子者，京尹乃悉黥其人。余谓优人之姗侮君子，诚可罪也。西山、鹤山之抱负，诚未可厚诬也。然吾儒于此，亦不可以不戒。刘平国尝言："若将真景元与余景瞻并用，必有可观。"余尝疑其说。西山负一世之望，岂必待余景瞻而后可以有为乎？世传洪舜俞在蜀，尝谓崔菊坡曰："先生丰于德而啬于才，他日不宜独当重任。"菊坡深然之，故晚年力辞宰辅。此说余尤疑之，若分才德为两事，则是天下果有不豪杰之圣贤矣。

婺 州 鹰 巢

婺州州治,古木之上有鹰巢,一卒探取其子。郡守王梦龙方据案视事,鹰忽飞下,攫一卒之巾以去。已而知其非探巢之卒也,衔巾来还,乃径攫探巢者之巾而去。太守推问其故,杖此卒而逐之。禽兽之灵识如此。其攫探巢者之巾,固已异矣;于误攫他卒之巾复衔来还,尤为奇异。世之人举动差谬,文过遂非,不肯认错者多矣,夫子所谓可以人而不如鸟乎?

茶 瓶 汤 候

余同年李南金云:"《茶经》以鱼目涌泉连珠为煮水之节。然近世瀹茶,鲜以鼎镬;用瓶煮水,难以候视,则当以声辨一沸二沸三沸之节。又陆氏之法,以未就茶镬,故以第二沸为合量而下,未若以今汤就茶瓯瀹之,则当用背二涉三之际为合量。"乃为声辨之诗云:"砌虫唧唧万蝉催,忽有千车捆载来。听得松风并涧水,急呼缥色绿瓷杯。"其论固已精矣。然瀹茶之法,汤欲嫩而不欲老,盖汤嫩则茶味甘,老则过苦矣。若声如松风涧水而遽瀹之,岂不过于老而苦哉!惟移瓶去火,少待其沸止而瀹之,然后汤适中而茶味甘。此南金之所未讲者也。因补以一诗云:"松风桧雨到来初,急引铜瓶离竹炉。待得声闻俱寂后,一瓯春雪胜醍醐。"

吾 无 隐 乎 尔

黄龙寺晦堂老子尝问山谷以"吾无隐乎尔"之义,山谷诠释再三,晦堂终不然其说。时暑退凉生,秋香满院。晦堂因问曰:"闻木犀香乎?"山谷曰:"闻。"晦堂曰:"吾无隐乎尔。"山谷乃服。晦堂此等处诚实脱洒,亦只是曾点见解,却无颜子工夫,此儒佛所以不同。

蝗

蝗才飞下即交合,数日,产子如麦门冬之状,日以长大。又数日,其中出如小黑蚁者八十一枚,即钻入地中。《诗》注谓螽斯一产八十一子者,即蝗之类也。其子入地,至来年禾秀时乃出,旋生翅羽。若腊雪凝冻,则入地愈深,或不能出。俗传雪深一尺,则蝗入地一丈。东坡《雪》诗云"遗蝗入地应千尺"是也。蝗灾每见于大兵之后,或云乃战死之士冤魂所化。虽未必然,但余曩在湖北,见捕蝗者虽群呼聚喊,蝗不为动。至鸣击金鼓,则耸然而听,若成行列。则谓为杀伤沴气之所化,理或然也。

曹 操 冢

漳河上有七十二冢,相传云曹操疑冢也,北人岁增封之。范石湖奉使过之,有诗云:"一棺何用冢如林,谁复如公负此心。岁岁蕃葺为封土,世间随事有知音。"四句是两个好议论,意足而理明,绝句之妙也。

半 两 钱

今世有一样古钱,其文曰"半两",无轮郭,医方中用以为药。考之《史记》,乃汉文帝时钱也。当时吴濞、邓通皆得自铸钱,独多流传,至今不绝。其轻重适中,与今钱略相似。视五铢货泉,又先一二百年矣。五铢货钱比今钱却稍轻。

观　山　水

赵季仁谓余曰:"某平生有三愿:一愿识尽世间好人,二愿读尽世间好书,三愿看尽世间好山水。"余曰:"尽则安能,但身到处莫放过耳。"季仁因言朱文公每经行处,闻有佳山水,虽迂途数十里,必往游焉。携樽酒,一古银杯,大几容半升,时引一杯。登览竟日,未尝厌倦。又尝欲以木作《华夷图》,刻山水凹凸之势,合木八片为之,以雌雄笋相入,可以折,度一人之力足以负之,每出则以自随。后竟未能成。余因言夫子亦嗜山水,如"知者乐水,仁者乐山",固自可见;如"子在川上",与夫"登东山而小鲁,登泰山而小天下",尤可见。大抵登山临水,足以触发道机,开豁心志,为益不少。季仁曰:"观山水亦如读书,随其见趣之高下。"

占　　雨

范石湖诗云:"朝霞不出门,暮霞行千里。今晨日未出,晓氛散如绮。心疑雨再作,眼转云四起。我岂知天道,吴侬谚云尔。古来占潦沱,说者类恢诡。飞云走群羊,停云浴三豨。月当天毕宿,风自少女起。烂石烧成香,汗础润如洗。逐妇鸠能拙,穴居狸有智。蜉蝣强知时,蜥蜴与闻计。垤鸣东山鹳,堂审南柯蚁。或加阴石鞭,或议阳门闭。或云逢庚变,或自换甲始。刑鹅与象龙,聚讼非一理。不如老农谚,影响捷于鬼。哦诗敢夸博,聊用醒午睡。"此诗援引占雨事甚详可喜。谚有云:"日出早,雨淋脑;日出晏,晒杀雁。"又云:"月如悬弓,少雨多风;月如仰瓦,不求自下。"二说尚遗,何也? 余欲增补二句云:"日占出海时,月验仰瓦体。"

建　炎　登　极

靖康之乱，元祐皇后手诏曰："汉家之厄十世，宜光武之中兴；献公之子九人，唯重耳之独在。"事词的切，读之感动，盖中兴之一助也。建炎登极之诏曰："叠叠万机，难以一日而旷位；皇皇四海，讵可三月而无君。"又曰："圣人何以加孝，朕每怀问寝之思；天子必有所尊，朕欲救在原之急。嗟我文武之列，若时忠义之家。不食而哭秦庭，士当勇于报国；左袒而为刘氏，人咸乐于爱君。期一德而一心，伫立功而立事。同僚两官之复，终图万世之安。"其词明白，亦占地步。昔唐明皇幸蜀，肃宗即位灵武。元次山作颂，谓自古有盛德大业，必见于歌颂。若今歌颂大业，非老于文学，其谁宜为？去盛德而止言大业，固以肃宗即位为非矣。伊川谓非禄山叛，乃肃宗叛也。山谷云："抚军监国太子事，胡乃趣取大物为。"此皆至论。今二圣蒙尘远狩无还期，高宗不得已而即位，今又出于元祐皇后之命，与唐肃宗天渊不同，似亦可以无说。然胡致堂万言书首论此事，谓："建炎以来，有举措大失人心之事，今欲收复人心而图存，则既往之失不可不追，不可不改。一昨陛下以亲王介弟，受渊圣皇帝之命，出帅河北。二帝既迁，则当纠合义师，北向迎请。而遽膺翊戴，亟居尊位。遥上徽号，建立太子。不复归觐宫阙，展省陵寝。斩戮直臣，以杜言路。南巡淮海，偷安岁月。此举措失人心之最大者也。今须一反前失，亟下诏曰：'继绍大统，出于臣庶之谄而不悟其非；巡狩东南，出于侥幸之心而不虞其祸。今义不戴天，志思雪耻。父兄旅泊，陵庙荒残。罪乃在予，无所逃责。'以此号召四海，耸动人心，不敢爱身，决意讲武。然后选将训兵，戎衣临军，天下忠义之士必云合而影从。凡所欲为,孰不如志?”致堂此论明白正大,惜其说之不行也。然唐肃宗即位,何尝有一人敢言其非? 今致堂能言之,而高宗能受之,已为盛德事矣。中兴以来,致堂、澹庵二书关系最大。

江 西 诗 文

江西自欧阳子以古文起于庐陵,遂为一代冠冕,后来者莫能与之抗。其次莫如曾子固、王介甫,皆出欧门,亦皆江西人。老苏所谓执事之文,非孟子之文,而欧阳子之文也。朱文公谓江西文章如欧阳永叔、王介甫、曾子固做得如此好,亦知其皓皓不可尚已。至于诗,则山谷倡之,自为一家,并不蹈古人町畦。象山云:“豫章之诗,包含欲无外,搜抉欲无秘,体制通古今,思致极幽眇,贯穿驰骋,工夫精到;虽未极古之源委,而其植立不凡,斯亦宇宙之奇诡也。开辟以来,能自表见于世若此者,如优钵昙华,时一现耳。”杨东山尝谓余云:“丈夫自有冲天志,莫向如来行处行。”岂惟制行,作文亦然。如欧公之文、山谷之诗,皆所谓“不向如来行处行”者也。

以 俗 为 雅

杨诚斋云:“诗固有以俗为雅,然亦须经前辈熔化,乃可因承。如李之‘耐可’、杜之‘遮莫’、唐人‘里许’、‘若个’之类是也。唐人寒食诗不敢用‘饧’字,重九诗不敢用‘糕’字,半山老人不敢作梅花诗。彼固未敢轻引里母田父,而坐之平王之子、卫侯之妻之侧也。”余观杜陵诗,亦有全篇用常俗语者,然不害其为超妙。如云:“一夜水高二尺强,数日不可更禁当。南市津头有船卖,无钱即买系篱傍”,又云“江上被花恼不彻,无处告诉只颠狂。走觅南邻爱酒伴，经旬出饮独空床"，又云"夜来醉归冲虎过，昏黑家中已眠卧。傍见北斗向江低，仰看明星当空大。庭前把烛嗔两炬，峡口惊猿闻一个。白头老罢舞复歌，杖藜不寐谁能那"是也。杨诚斋多效此体，亦自痛快可喜。

浸　假

禅家有观白骨法，谓静坐澄虑，存想自身血肉腐坏，唯存白骨，与吾相离，自一尺以至寻丈，要见形神，元不相属，则自然超脱矣。余观《庄子》：子舆有疾，子祀往问之。曲偻发背，颐隐于齐，肩高于顶，句赘指天，阴阳之气有沴，其心间而无事，跰䠊而鉴于井。曰："嗟乎！夫造物者，将以予为此拘拘也。"子祀曰："汝恶之乎？"曰："亡。予何恶？浸假而化予之左臂以为鸡，予因此求时夜；浸假而化予之右臂以为弹，予因以求鸮炙；浸假而化予之尻以为轮，以神为马，予因而乘之，岂更驾哉！"浸，渐也；假，借也。盖积渐假借，化此身为异物，则神与形离，超然无所往而不可矣，又何疾又何病于拘拘哉！视白骨之法，盖本于此。佛法出于老庄，于此尤信。

伊　尹　墓

伊尹墓在空桑北一里，相传墓傍生棘皆直如矢。范石湖使北过之，有诗云："三尺黄垆直棘边，此心终古享皇天。《汲书》猥述流传妄，剖击嗟无咎单篇。"盖《汲冢书》妄载伊尹谋篡，为太甲所杀也。事见杜元凯《左氏传后叙》。

乐 天 对 酒 诗

古诗多矣，夫子独取《三百篇》，存劝戒也。吾辈所作诗亦须有劝戒之意,庶几不为徒作。彼有绘画雕刻,无益劝戒者,固为枉费精力矣。乃若吟赏物华,流连光景,过于求适,几于诲淫教偷,则又不可之甚者矣。白乐天《对酒》诗曰:"蜗牛角上争何事?石火光中寄此身。随富随贫且欢喜,不开口笑是痴人。"又曰:"百岁无多时壮健,一春能几日晴明?相逢且莫推辞醉,听唱《阳关》第四声。"又曰:"昨日低眉问疾来,今朝收泪吊人回。眼前见例君看取,且遣琵琶送一杯。"自诗家言之,可谓流丽旷达,词旨俱美矣。然读之者将必起其颓惰废放之意,而汲汲于取快乐、惜流光,则人之职分与夫古之所谓三不朽者,将何时而可为哉!且如《唐风·蟋蟀》之诗,盖劝晋僖公以自虞乐也,然才曰"今我不乐,日月其除",即曰"无已太康,职思其居"。吕成公释之曰:"凡人之情,解其拘者,或失于纵;广其俭者,或流于奢,故疾未已而新疾复生者多矣。"信矣,《唐风》之忧深思远也!乐天之见,岂及是乎?本朝士大夫多慕乐天,东坡尤甚。近时叶石林谓:"乐天与杨虞卿为姻家,而不累于虞卿;与元稹、牛僧孺相厚善,而不党于元稹、僧孺;为裴晋公之所爱重,而不因晋公以进;李文饶素不相乐,而不为文饶所深害。推其所由,惟不汲汲于进而志在于退,是以能安于去就爱憎之际,每裕然而有余也。"此论固已得之,然乐天非是不爱富贵者,特畏祸之心甚于爱富贵耳。其诗中于官职声色事极其形容,殊不能掩其眷恋之意。其平生所善者,元稹、刘禹锡辈亦皆逐逐声利之徒,至一闻李文饶之败,便作诗畅快之,岂非冤亲未忘,心有偏党乎?慕乐天者,爱而知其疵,可也。

拙　　句

作诗必以巧进,以拙成。故作字惟拙笔最难,作诗惟拙句最难。至于拙，则浑然天全，工巧不足言矣。古人拙句，曾经拈出，如"池塘生春草"，"枫落吴江冷"，"澄江静如练"，"空梁落燕泥"，"清晖能娱人，游子澹忘归"，"大江流日夜，客心悲未央"，"明月入高楼，流光正徘徊"，"采菊东篱下，悠然见南山"，如此等类，固已多矣。以杜陵言之，如"两边山木合，终日子规啼"，"野人时独往，云木晓相参"，"喜无多屋宇，幸不碍云山"，"在家长早起，忧国愿年丰"，"若无青嶂月，愁杀白头人"，"百年浑得醉，一月不梳头"，"一径野花落，孤村春水生"，此五言之拙者也。"春水船如天上坐，老年花似雾中看"，"迁转五州防御使，起居八座太夫人"，"竹叶于人既无分，菊花从此不须开"，"莫思身外无穷事，且尽生前有限杯"，"雷声忽送千峰雨，花气浑如百和香"，"秋水才添四五尺，野航恰受两三人"，"酒债寻常行处有，人生七十古来稀"，此七言之拙者也。他难殚举，可以类推。杜陵云"用拙存吾道"，夫拙之所在，道之所存也，诗文独外是乎？

容 斋 奉 使

绍兴辛巳，亮既授首，葛王篡位，使来修好，洪景卢往报之。入境，与其接伴约用敌国礼，伴许诺。故沿路表章，皆用在京旧式。未几，乃尽却回，使依近例易之。景卢不可。于是扃驿门，绝供馈，使人不得食者一日。又令馆伴者来言，顷尝从忠宣公学，阳吐情实，令勿固执，恐无好事，须通一线路乃佳。景卢等俱留，不得已，易表章授之，供馈乃如礼。景卢素有风疾，头常微掉，时人为之语曰："一日之饥禁不得，苏武当时十九秋。传与天朝洪奉使，好掉头时不掉头。"

九 为 究

数穷于九。九者，究也。至十则又为一矣。此蔡西山之说。

静 坐

伊川每见学者能静坐，便叹其善学。余谓静坐亦未可尽信，固有外若静而中未免胶扰者，正所谓坐驰也。尝闻南岳昔有住山僧，每夜必秉烛造檀林，众生打坐者数百人，或拈竹篦痛棰之，或袖中出饼果置其前，盖有以窥其中之静不静，而为是惩劝也。彼异端也，尚能洞察其徒心术之隐微，而提撕警策之，吾儒职教者有愧矣。

落 梅 诗

近时胡仲方《落梅》诗云："自孤花底三更月，却怨楼头一笛风。"亦有思致。自古才德之士方其少也，不使得以展布，及其飘零衰老，乃拳拳叹息之，亦已晚矣。烛之武曰："臣之少也，尚不如人；今老矣，无能为也。"亦寓此意。唐人诗曰："朝廷欲论封禅事，须及相如未病时。"杜陵《病楠》诗意亦如此。陈后山挽司马公曰："政虽随日化，身已要人扶。"益可悲矣。

受 禅 赦 文

孝宗受禅赦文云："凡今者发政施仁之日，皆得之问安视膳之余。"天下诵之，洪景严笔也。

文　繁　简　有　当

洪容斋曰：文贵于达而已，繁与简各有当也。《礼记·檀弓》：“石骀仲卒，有庶子六人，卜所以为后者，曰：‘沐浴佩玉则兆。’五人者，皆沐浴佩玉。石祁子曰：‘孰有执亲之丧，而沐浴佩玉者乎？’不沐浴佩玉。石祁子兆，卫人以龟为有知也。”盖连用四“沐浴佩玉”字，使今之为文者必曰：“沐浴佩玉则兆，五人者如之，石祁子独不可，曰：‘孰有执亲之丧而若此者乎？’”似亦足以当其事、省其词，然古意衰矣。又云：《史记·卫青传》：“校尉李朔、校尉赵不虞、校尉公孙戎奴，各三从大将军，以千三百户封朔为涉轵侯，以千三百户封不虞为随成侯，以千三百户封戎奴为从平侯。”至班固作《汉书》，乃省其词曰：“校尉李朔、赵不虞、公孙戎奴，各三从大将军，封朔为涉轵侯，不虞为随成侯，戎奴为从平侯。”比《史记》五十八字中省二十三字，然终不若《史记》朴赡可喜。余谓诗亦有如此者，古《采莲曲》云：“鱼戏荷叶东，鱼戏荷叶西。”杜子美《杜鹃行》：“西川有杜鹃，东川无杜鹃，涪南无杜鹃，云安有杜鹃。”若以省文之法论之，似可裁减，然只如此说，亦为朴赡有古意。

古　人　无　忌　讳

谥者，死后易名者也。而《左传》卫侯赐北宫喜谥曰“贞子”，赐析朱鉏谥曰“成子”，盖生前预赐之也，曾不以为不祥。今人不达，畏死畏祸，百种忌讳。古人皆不然，只看《檀弓》季武子成寝，杜氏之葬在西阶之下，许之合葬，又许之哭。伯高死于卫，孔子以为由，“赐也，见我”，遂哭诸赐氏，命子贡为之主，来者拜之。子夏丧明，曾子曰“朋友丧明则哭”。遂往哭，子夏亦哭。曾子与客立于门侧,其徒趋而出曰:"吾父死,将出哭于巷。"曾子曰:"反哭于尔次。"因北面而吊焉。季武子寝疾,蛴固不说齐衰而入见曰:"士唯公门说齐衰。"武子曰:"善哉!"盖未始如今人之多忌讳也。

玉　牒

《玉牒》修书,始于大中祥符,至于政、宣而极备。考定世次枝分派别而归于本统者,为《仙源积庆图》。推其所自出至于子孙而列其名位者,为《宗藩庆系录》。具其官爵、功罪、生死及若男若女者,为《类纪》。同姓之亲而序其五服之戚疏者,为《属籍》。编年以纪帝系,而载其历数及朝廷政令之因革者,为《玉牒》。

奉 使 见 留

苏武在匈奴十九年,魏于什门在燕二十一年,近时洪忠宣在金亦几二十年。

四　虫

冰蚕不知寒,火鼠不知热,蓼虫不知苦,蜣螂不知臭。

诸 贤 气 象

濂溪、明道似颜子,伊川、横渠似孟子,南轩似颜子,晦庵似孟子。

心　思

《书》曰"思曰睿","睿作圣"。《扬子》曰:"神心惚恍,经纬

万方。"《孔丛子》曰:"心之精神是谓圣。"《管子》曰:"思之思
之,又重思之,思之而不通,鬼神将通之,非鬼神之力也,精诚
之极也。"邵子曰:"天向一中分造化,人从心上起经纶。"或曰:
《易》言"何思何虑",何也? 曰:始于思,终于无思;非不思也,
不待思也。此不识不知而顺帝则,从心所欲而不逾矩,庖丁之
解牛,轮扁之斫轮,痀偻之承蜩,岂更待于思乎?

谢　肉　牒

　　周益公家藏欧阳公家书一幅,纸斜封,乃冷寿光牒。其词
云:"具位某。猪肉一斤,右伏蒙颁赐,领外无任感激,谨具牒
谢。谨牒。年月日。具位某牒。"盖改牒为状,自元丰始,日趋
于诶矣。且前辈交际,其馈止于如此,未尝过于丰侈也。

鹤林玉露丙编卷四

蔡攸辞酒

蔡攸尝赐饮禁中，徽宗频以巨觥宣劝之。攸恳辞不任杯杓，将至颠踣。上曰："就令灌死，亦不至失一司马光也。"由是言之，则上之尊光而薄攸至矣。然光已死，不免削夺，而攸迄被眷宠，是可叹也。

酒有和劲

唐子西在惠州，名酒之和者曰"养生主"，劲者曰"齐物论"。杨诚斋退休，名酒之和者曰"金盘露"，劲者曰"椒花雨"，尝曰："余爱椒花雨甚于金盘露。"意盖有为也。余尝谓与其一于和劲，孰若和劲两忘。顷在太学时，同舍以思堂春合润州北府兵厨，以庆远堂合严州潇洒泉，饮之甚佳。余曰：不刚不柔，可以观德矣；非宽非猛，可以观政矣。厥后官于容南，太守王元邃以白酒之和者，红酒之劲者，手自剂量，合而为一，杀以白灰一刀圭，风韵顿奇。索余作诗，余为长句云："小槽真珠太森严，兵厨王友专甘醇。两家风味欠商略，偏刚偏柔俱可怜。使君袖有转物手，鸬鹚杓中平等分。更凭石髓媒妁之，混融并作一家春。季良不用笑伯高，张竦何必讥陈遵。时中便是尼父圣，孤竹柳下成一人。平虽有智难独任，勃也未尝嫌少文。黄龙丙魏要兼用，姚宋相济成开元。试将此酒反观我，胸中问学当日新。更将此酒达观国，宇宙皆可归经纶。书生触处便饶舌，以一贯万如斫轮。使君闻此却绝倒，罚以太白眠金尊。"

物 产 不 常

《书》曰："若作和羹，尔惟盐梅。"《诗》曰："摽有梅，其实七兮。"又曰："终南何有？有条有梅。"毛氏曰：梅，枏也。陆玑曰：似杏而实酸。盖但取其实与材而已，未尝及其花也。至六朝时，乃略有咏之者，及唐而吟咏滋多。至本朝，则诗与歌词连篇累牍，推为群芳之首，至恨《离骚》集众香草而不应遗梅。余观《三百五篇》，如桃、李、芍药、棠棣、兰之类，无不歌咏。如梅之清香玉色，迥出桃李之上，岂独取其材与实而遗其花哉！或者古之梅花其色香之奇未必如后世，亦未可知也。盖天地之气，腾降变易，不常其所，而物亦随之。故或昔有而今无，或昔无而今有，或昔庸凡而今瑰异，或昔瑰异而今庸凡，要皆难以一定言。且如古人之祭，炳萧酌郁鬯，取其香也，而今之萧与郁金何尝有香？盖《离骚》已指萧艾为恶草矣。又如牡丹，自唐以前未有闻，至武后时，樵夫探山乃得之。国色天香，高掩群花。于是舒元舆为之赋，李太白为之诗，固已奇矣。至本朝，紫黄丹白，标目尤盛。至于近时，则翻腾百种，愈出愈奇。又如荔支，明皇时所谓"一骑红尘妃子笑"者，谓泸戎产也，故杜子美有"忆向泸戎摘荔枝"之句。是时闽品绝未有闻，至今则闽品奇妙香味皆可仆视泸戎。蔡君谟作谱，为品已多，而自后奇名异品，又有出于君谟所谱之外者。他如木犀、山矾、素馨、茉莉，其香之清婉，皆不出兰芷下，而自唐以前，墨客椠人曾未有一语及之者，何也？游成之曰："一气埏埴，孰测端倪，乌知古所无者，今不新出，而昔常见者，后不变灭哉！人生须臾,即以耳目之常者,拘议造物,亦已陋矣。"余闻秦中不产竹,昔年山崩,其下乃皆巨竹头。由是言之,古固产竹矣。晋葛洪欲问丹砂,求为勾漏令。勾漏县隶容州,余尝为法曹,亲至其地求所谓丹砂者,颗粒不可得,岂非昔有而今无哉!盖非特物然也,巴邛、闽峤夙号荒陋,而汉唐以来渐产人才,至本朝益盛。古称:山西出将,山东出相。又曰:汝颍多奇士,燕赵多佳人。其说拘矣。

以 德 报 怨

或曰:以德报怨何如?子曰:"何以报德?以直报怨,以德报德。"佛经载:释迦佛在山中修行,歌利王入山猎兽,问佛兽何在,佛不忍伤生,不应。歌利王怒,截落佛左手;又问,不应,又截落右手。佛是时即发愿曰:"我若成佛,先度此人,无令枉害众生。"其后成佛,即先度之。十大弟子中,陈憍如尊者是也。余谓释迦佛好一个阔大肚肠,好一个慈愍心性,人能将此段公案降伏其心,则省得冤冤相报,沙界众生悉成佛矣,何至干戈斧钺如林而起哉!然以儒教论之,是乃以德报怨,非以直报怨也。夫以德报怨,可论慈悲广大,孤高卓绝,过人万万矣。然夫子不取者,谓其不可通行于世也。吾儒之道,必欲其可通行,故曰中庸,又曰近人情。

中 兴 讲 和

绍兴辛巳,金主亮南侵,高宗下诏亲征。其词云:"惟天惟祖宗,既共扶于基运;有民有社稷,敢自逸于燕安。"又云:"岁星临于吴分,定成淝水之勋;斗士倍于晋师,可决韩原之胜。"洪容斋笔也。车驾次平江,亮授首,遂班师。次年壬午内禅,孝宗即位。锐意规恢,起张魏公督师。南轩以内机入奏,引见德寿宫,时卢仲贤使金回,高宗问:"曾见仲贤否?"对曰:"臣已见之。"又问:"卿父谓如何,莫便议和否?"对曰:"臣尝谓金人必衰败,国家必隆兴。"上曰:"何如?"对曰:"太上皇帝仁孝之德,上格于天,又传位圣子,虽古唐虞无以过,而金人不道,篡夺相仍,无复君臣父子,不知天心祐国家乎?祐金人乎?臣有以知其然也。"上曰:"极是。今日金人诚衰乎?"对曰:"自亮送死之后,士马物故甚众,诸国背叛,人心怨离,金诚衰矣。"上曰:"自亮死,非特金人衰弱,吾国亦未免力弱。但仲贤等既回,何以应之?"对曰:"臣父职在边隅,战守是谨,此事看庙堂如何议。但愿审处而徐应之,无贻后悔。"上曰:"只是说与卿父,今日国家须更量度民力国力,早收拾取。闻契丹与金相攻,若契丹事成,他日自可收卞庄子刺虎之功;若金未有乱,且务恤民治军,待时而动可见。"高宗惩于变故,意不欲战,且闻金人议欲尊我为兄,故颇喜之。孝宗初年,规恢之志甚锐,而卒不得逞者,非特当时谋臣猛将凋丧略尽,财屈兵弱未可展布,亦以德寿圣志主于安静,不忍违也。厥后蓄积稍羡,又尝有意用兵,祭酒芮国器奏曰:"陛下只是被数文腥钱使作,何不试打算了得几番犒赏。"上曰:"朕未知计也,待打算报卿。"后打算只了得十三番犒赏,于是用兵之意又寝。乃知南北分合,自有定数,虽英明之主不能强也。

志士死饥寒

元次山避水于高原,馐粮不继,遂饿而死。陈后山为馆职,当侍祠郊丘,非重裘不能御寒,后山止有其一。其内子与赵挺之之内亲姊妹也,乃为赵假一裘以衣之。后山问所从来,内以实告。后山曰："汝岂不知我不著他衣裳耶！"却去之，止衣一裘，竟感寒疾而死。呜呼！二子可谓"志士不忘在沟壑"者矣。充二子之才识德望，曳丝乘车，食养贤之鼎，其谁曰不宜？然志节清亮，宁甘于饿死冻死，而不肯少枉其道，少失其身，此所以皓皓乎不可尚也。陆龟蒙《杞菊赋》曰："我岂不知屠沽儿有酒食耶？"亦略有二子风味。扬子云曰："古者高饿显，下禄隐。"杨诚斋曰："李杜饥寒能几日，却教富贵不论年。"

释儒罪人

《楞严经》曰："将此深心奉尘刹，是则名为报佛恩。"由是言之，今之释子大半是释迦佛之罪人。文中子曰："通也，受夫子罔极之恩。"《孟子》曰："不失其身而能事其亲者，吾闻之矣。失其身而能事其亲者，吾未之闻也。"由是言之，今儒者大半是吾夫子之罪人。

气 之 先 见

岁将饿，小民餐必倍多。俗谚谓之作荒，此天地之气先馁也。开禧兵兴之先，江西草木秋冬生花，有山矾而生栀子花，桃树而生李实者，村落铁谷生金花或神佛像，此天地之气先乱也。冯此山为余言，谓其家尊厚斋之说。

山 静 日 长

唐子西诗云："山静似太古，日长如小年。"余家深山之中，每春夏之交，苍藓盈阶，落花满径，门无剥啄，松影参差，禽声上下。午睡初足，旋汲山泉，拾松枝，煮苦茗啜之。随意读《周易》、《国风》、《左氏传》、《离骚》、太史公书及陶、杜诗，韩、苏文数篇。从容步山径,抚松竹,与麇犊共偃息于长林丰草间。坐弄流泉,漱齿濯足。既归竹窗下,则山妻稚子作笋蕨,供麦饭,欣然一饱。弄笔窗间,随大小作数十字,展所藏法帖、墨迹、画卷纵观之。兴到则吟小诗,或草《玉露》一两段。再烹苦茗一杯,出步溪边,邂逅园翁溪友,问桑麻,说粳稻,量晴校雨,探节数时,相与剧谈一饷。归而倚杖柴门之下,则夕阳在山,紫绿万状,变幻顷刻,恍可人目。牛背笛声,两两来归,而月印前溪矣。味子西此句,可谓妙绝。然此句妙矣,识其妙者尽少。彼牵黄臂苍、驰猎于声利之场者,但见衮衮马头尘,匆匆驹隙影耳,乌知此句之妙哉!人能真知此妙,则东坡所谓"无事此静坐,一日是两日。若活七十年,便是百四十",所得不已多乎?

日 本 国 僧

予少年时,于钟陵邂逅日本国一僧,名安觉,自言离其国已十年,欲尽记一部藏经乃归。念诵甚苦,不舍昼夜,每有遗忘,则叩头佛前,祈佛阴相。是时已记藏经一半矣。夷狄之人,异教之徒,其立志坚苦不退转至于如此。朱文公云:"今世学者,读书寻行数墨,备礼应数,六经、《语》、《孟》,不曾全记得三五板,如此而望有成,亦已难矣。"其视此僧,殆有愧色。僧言其国称其国王曰"天人国王",安抚曰"牧队",通判曰"在国司",秀才曰"殿罗罢",僧曰"黄榜",砚曰"松苏利必",笔曰"分直",墨曰"苏弥",头曰"加是罗",手曰"提",眼曰"媚",口曰"窟底",耳曰"弭弭",面曰"皮部",心曰"乜儿",脚曰"又儿",雨曰"下米",风曰"客安之",盐曰"洗和",酒曰"沙嬉"。

杜陵论孔明

　　史言蜀诸贤凋丧,孔明身当军国之务,罚二十以上皆亲之,以劳瘁致毙。此真儿童之论也。夫孔明不死,则汉业可复,礼乐可兴。孔明死,则为五胡乱华,为六朝幅裂,其所关系大矣。中营陨星之变,天意盖可知矣,岂因罚二十以上自亲之而致毙乎?且孔明死时,年才五十四,初非癃老不任劳苦之时。况以孔明之明达,岂不能量事之小大,身之劳逸,而顾弊精神于琐琐,以自殒其躯乎?此决无之理也。杜少陵知之,故曰:"伯仲之间见伊吕,指麾若定失萧曹。福移汉祚难恢复,志决身歼军务劳。"言孔明之死,乃汉运已移,汉祚已终,大数不可支持耳。志决身歼,岂因军务之劳乎?盖不然史臣之说也。

龙　洲　诗　联

　　龙洲刘改之诗云:"退一步行安乐法,道三个好喜欢缘。"真西山喜诵之。或曰:退一步行,可也。至于道三个好,乃随俗徇情耳,何足言乎?余曰:古人直道而行。理之所在,蓦直行将去,仕止久速,莫不皆然,乌有所谓退一步者?自后世贪荣竞进,争一阶半级,至于杀人,于是始以退一步行为安乐法矣。古人是则曰是,非则曰非,明白正直,曾何回护?自后世恶直好佞,以直言贾祸者,比比皆是,于是始以道三个好为喜欢缘矣,此处衰世之法也。盖万事称好,不特司马德操为然,而吾夫子固有危行言孙之说矣。好尽言以翘人之过,此国武子所以见杀也,可不戒哉!

圆　　觉

裴休《圆觉经》序云:"终日圆觉,而未尝圆觉者,凡夫也。欲证圆觉,而未极圆觉者,菩萨也。具足圆觉,而住持圆觉者,如来也。"盖言凡夫日用饮食而不知,菩萨也精思勉行而未至,如来备道全美而无亏耳。近时禅家又作一转语曰:"终日圆觉,而未尝圆觉者,岂凡夫哉! 正是如来境界也。"此意又高。盖此有二意:文王不识不知顺帝则,夫子从心所欲不逾矩,此一意也。文王望道而未之见,夫子丘未能一,又一意也。盖必如是,然后周万有而不劳,历万变而不息,儒者之事也。佛者之教,其等级次第皆与吾儒同,特其端异耳,故曰异端。

淳　熙　盛　事

孝宗御宇,高宗在德寿,光宗在青宫,宁宗在平阳邸,四世本支之盛,亘古未有。杨诚斋时为宫僚,贺光宗诞辰诗云:"祖尧父舜真千载,禹子汤孙更一家。"读者服其精切。又云:"天意分明昌火德,诞辰三世总丁年。"盖高宗生于丁亥,孝宗生于丁未,光宗生于丁卯也。丁年字出李陵书,借用亦佳。

张　子　房

张子房盖侠士之知义、策士之知幾者,要非儒也。故早年颇似荆轲,晚岁颇似鲁仲连。得老氏不敢为天下先之术,不代大匠斫,故不伤手,善于打乖。荆公诗云:"汉业存亡俯仰中,留侯于此每从容。固陵始议韩彭地,复道方谋雍齿封。"盖因机乘时,与之斡旋,未尝自我发端,故消弭事变,全不费力。朱文公云:"子房只是占便宜,不肯自犯手做。如为韩报秦,撺掇高祖入关;及项羽杀韩王成,又使高祖平项羽。两次报仇,皆不自做。后来定太子事,他亦自处闲地,又只教四老人出来做。后来诛僇功臣时,更讨他不着。邵康节之学,亦与子房相似。康节本是要出来有为之人,又不肯深犯手做。凡事直待可做处,方试为之,才觉难,便拽身退。如《击壤集》中以道观道等语,是物各付物之意,盖自家都不犯手,又凡事只到半中央便止,如'春花切勿看离披'是也。"

东　　西

世之言仙者曰蓬莱,言佛者曰天竺。蓬莱,东也;天竺,西也。《抱朴子》曰:自齐州至日出之所,号曰"太平地"。而佛经亦谓西方为"极乐世界"。太平、极乐,独称于东西,何也? 自古战争惟曰南北,而罕曰东西。惟汉高皇与项羽、宇文泰与高欢是东西相距,然不过一二十年耳。

诚　斋　夫　人

杨诚斋夫人罗氏,年七十余,每寒月黎明即起,诣厨躬作粥一釜,遍享奴婢,然后使之服役。其子东山先生启曰:"天寒何自苦如此?"夫人曰:"奴婢亦人子也。清晨寒冷,须使其腹中略有火气,乃堪服役耳。"东山曰:"夫人老,且贱事,何倒行而逆施乎?"夫人怒曰:"我自乐此,不知寒也。汝为此言,必不能如吾矣!"东山守吴兴,夫人尝于郡圃种苎,躬纺绩以为衣,时年盖八十余矣。东山月俸,分以奉母。夫人忽小疾,既愈,出所积券,曰:"此长物也,自吾积此,意不乐,果致疾。今宜悉以谢医,则吾无事矣。"平居首饰止于银,衣止于绸绢。生四子三女,悉自乳,曰:"饥人之子,以哺吾子,是诚何心哉?"诚斋父子视金玉如粪土。诚斋将漕江东,有俸给仅万缗,留库中,弃之而归。东山帅五羊,以俸钱七千缗代下户输租。其家采椽土阶,如田舍翁,三世无增饰。东山病且死,无衣衾,适广西帅赵季仁馈缣绢数端。东山曰:"此贤者之赐也,衾材无忧矣。"史良叔守庐陵,官满来访。入其门,升其堂,目之所见,无非可敬可仰、可师可法者,所得多矣,因命画工图之而去。诚斋、东山清介绝俗,固皆得之天资,而妇道母仪所助亦已多矣。《左传》:文伯之母老而犹绩,文伯曰:"以歜之家而主犹绩乎?"其母叹曰:"鲁其亡乎! 使童子备官而未之闻也。居,吾语汝! 民劳则思,思则善心生;逸则淫,淫则恶心生。沃土之民不才,淫也;瘠土之民莫不向义,劳也。是故王后亲织玄纮,公侯之夫人加以纮綖,卿之内子为大带,命妇成祭服,列士之妻加之以朝服,自庶士以下皆衣其夫。社而赋事,烝而献功,男女效绩,愆则有辟,古之制也。吾冀而朝夕修曰:'必无废先人。'尔今曰:'胡不自安。'以是承君之官,予惧穆伯之绝嗣也。"因是观诚斋夫人,乃知古今未尝无烈女,未尝无贤母。

鹤林玉露丙编卷五

读　　书

　　自文籍既生，学者固不可不读书。子路有何必读书之说，夫子斥之。至于学《诗》、学《易》、学《礼》，与夫"志在《春秋》，行在《孝经》"之说，拳拳为其子及门人言之，晚而归鲁，删定系作，其功至贤于尧舜。则后之欲学圣人者，舍书则何以哉！然是时词章之名未立，科举之法未行，士之读书者，上则取之以抚世酬物，又次则取之以博识多闻，下至苏秦之刺股读书，专为揣摩游说之计，固已陋矣。然亦视书为有用之具，固未有人耳出口，如后世之读者也。盖至于今，士非尧、舜、文王、周、孔不谈，非《语》、《孟》、《中庸》、《大学》不观，言必称周、程、张、朱，学必曰"致知格物"，此自三代而后所未有也，可谓盛矣。然豪杰之士不出，礼义之俗不成，士风日陋于一日，人才岁衰于一岁，而学校之所讲，逢掖之所谈，几有若屠儿之礼佛，娼家之读礼者，是可叹也。昔子贡问子石子不学《诗》乎，子石子曰："吾暇乎哉！父母求吾孝，兄弟求吾弟，朋友求吾信，吾暇乎哉！"子贡曰："请投吾《诗》，以学于子。"公明宣学于曾子，三年不读书。曾子曰："宣子居参之门，三年不学，何也？"对曰："安敢不学？宣见夫子居亲庭，叱咤之声未尝至于犬马，宣说之，学而未能。宣见夫子之应宾客，恭俭而不懈惰，宣说之，学而未能。宣见夫子之居朝廷，临下而不毁伤，宣说之，学而未能。宣安敢不学而居夫子之门乎?"若子石子、公明宣之说,今之学者诚不可以不知也。

芴吕臣

楚芴吕臣奉己而不在民,于是晋文无复忧色。呜呼!自三代衰,民不见先王之治,日入于乱,皆上下之间,怀此一念,有以致之,岂独一芴吕臣哉!此无他,古学不讲,不识一个"仁"字而已。本朝大臣,最是范文正公、司马温公见得此个字分明。

苏黄迁谪

苏子瞻谪儋州,以"儋"与"瞻"字相近也。子由谪雷州,以"雷"字下有"田"字也。黄鲁直谪宜州,以"宜"字类"直"字也。此章子厚呆谑之意。当时有术士曰:"儋"字,从立人,子瞻其尚能北归乎!"雷"字,"雨"在"田"上,承天之泽也,子由其未艾乎!"宜"字,乃"直"字,有盖棺之义也,鲁直其不返乎!后子瞻北归,至毗陵而卒。子由退老于颍,十余年乃终。鲁直竟卒于宜。

张林语

山东义士张林告淮阃曰:"土地归本朝,铜钱将安往?"此说尽是。余欲添二句云:"人心归本朝,土地将安往?"

阿　附

光、禹之罪,浮于王氏;六臣之罪,浮于朱温。人人皆王陵,则吕氏不敢动矣;人人皆王章,则王氏不敢动矣。

猫　犬

东坡云："养猫以捕鼠，不可以无鼠而养不捕之猫；畜犬以防奸，不可以无奸而蓄不吠之犬。"余谓不捕犹可也，不捕鼠而捕鸡则甚矣；不吠犹可也，不吠盗而吠主则甚矣。疾视正人，必欲尽击去之，非捕鸡乎？委心权要，使天子孤立，非吠主乎？

南中岩洞

桂林石山怪伟，东南所无。韩退之谓"山如碧玉簪"，柳子厚谓"拔地峭起，林立四野"，黄鲁直谓"平地苍玉忽嶒峨"，近时刘叔治云"环城五里皆奇石，疑是虚无海上山"，皆极其形容。然此特言石山耳，至于暗洞之瑰怪，尤不可具道，相传与九疑相通。范石湖尝游焉，烛尽而反。余尝随桂林伯赵季仁游其间，列炬数百，随以鼓吹，市人从之者以千计。已而入，申而出。入自曾公岩，出于栖霞洞。入若深夜，出乃白昼，恍如隔宿异世，季仁索余赋诗纪之，其略曰："瑰奇恣搜讨，贝阙青瑶房。方隘疑永巷，俄敞如华堂。玉桥巧横溪，琼户正当窗。仙佛肖仿佛，钟鼓铿击撞。赑屃左顾龟，猙狞欲吠厖。丹灶俨亡恙，芝田蔼生香。搏噬千怪聚，绚烂五色光。更无一尘涴，但觉六月凉。玲珑穿数路，屈曲通三湘。神鬼工剜刻，乾坤真混茫。入如夜漆暗，出乃日珠光。隔世疑恍惚，异境难揣量。"然终不能尽形容也。又尝游容州勾漏洞天，四面石山围绕，中平野数里，洞在平地，不烦登陟。外略敞豁，中一暗溪穿入，因乘北流令结小桴，秉烛坐其上，命篙师撑入，诘屈而行。水清无底，两岸石如虎豹猱玃，森然欲搏。行一里许，仰见一大星炯然,细视乃石穿一孔,透天光若星也。溪不可穷乃返。洞对面高厓上,夏间望见荷叶田田,然峻绝不可到。土人云:或见荷花,则岁必大熟。

傅 公 谋 词

宜春傅公谋词云:"草草三间屋,爱竹旋添栽。碧纱窗户,眼前都是翠云堆。一月山翁高卧,连雪水村清冷,木落远山开。唯有平安竹,留得伴寒梅。 家童开门看,有谁来。客来一笑,清话煮茗更传杯。有酒只愁无客,有客又愁无酒,酒熟且徘徊。明日人间事,天自有安排。"此词清甚,末句尤达,可歌也。许及之为分宜宰,公谋作《贺雨》诗云:"狮子关前半篆烟,二龙飞下卓篔泉。银河掣电连霄,雨绿野翻云四月天。便觉春生花一县,会看秋熟米三钱。何时卓鲁登黄阁,都与寰区作有年。"及之击节。公谋尤工作酸文,尝作无遮榜语云:"红旗渡口,凄凉芳草夕阳天;白纸山头,惨淡落花寒食节。"甚工。

冬 狩 行

自古夷狄交侵,中国衰微,必人主真有哀痛之诚,将帅真有愤切之志,然后可以言恢复。杜陵《冬狩行》曰:"草间狐兔尽何益,天子不在咸阳宫。"规警将帅也。又曰:"朝廷虽无幽王祸,得不哀痛尘再蒙。"规警人主也。然人主者,本也。人主果有兴衰拨乱之志,其谁敢不从? 故又曰:"乌乎! 得不哀痛尘再蒙。"所以深规警人主也。

举 事 轻 捷

大凡举事轻捷则易成，繁重则难济。春秋时，宋人杀楚使者。楚子闻之，投袂而起，屦及于窒皇，剑及于寝门之外，车及于蒲胥之市，何其轻捷也。澶渊之役，寇准与真宗论亲征。上欲入，准曰："陛下不可入，入则不出矣。"于是高琼在殿下大呼逍遥子，即拥以行，亦何其捷疾。举事须如此，乃能压难成功。此却非仓卒所致，须平时有备有谋，规模定，号令明，然后临事之时，上下始能相应，盖亦不出易简二字而已。东坡云："千钧之牛，制于三尺之童子，弭耳而下之，曾不如狙猿之奋掷于山林。"大抵易简则轻捷，繁难则重滞。

周 文 陆 诗

朱文公于当世之文，独取周益公；于当世之诗，独取陆放翁。盖二公诗文气质浑厚故也。

范 云

人之狂惑失其本心，有大可笑者。《南史》：范云初为陈武帝属官，武帝九锡之命在旦夕，云忽感寒疾，恐不获预庆事，召徐文伯诊视，以实恳之曰："可便得愈乎？"文伯曰："欲便瘥甚易，政恐二年后不复起耳。"云曰："朝闻道夕死犹可，况二年乎？"文伯乃以火烧地，布桃叶设席，置云其上，顷刻汗解，裹以温粉，翌日有瘳。云喜甚，文伯曰："不足喜也。"越二年，果卒。夫老子曰："身与名孰亲？"况于荣贵外物，有道之士，盖视为尘垢秕糠。藉曰所见未超，未能忘情，则亦必有此身，乃可有此荣贵也。今云欲预九锡之庆，乃甘心促寿愈疾以从之，所谓皮之不存,毛将安傅?岂不愚惑之甚哉!且其言曰"朝闻道夕死可矣",夫辅人以篡夺,而分其富贵,是果何道哉?末世之士,不知世间香臭至于如此,亦可哀矣。东坡云:"刘聪闻为须遮国王,则不复畏死。"人之爱富贵有甚于生者。月犯少微,吴中高士求死不得。人之好名,有甘于一死者。此固皆可笑矣,然未若范云可笑之甚也。

置 青 柜

杜成已为相,以为宰相日见宾客,疲神妨务,无益于事,乃不复见客。但设青柜于府门,有欲言利害者投之。越旬日,并柜撤去。有题一联于府门者曰:"杜光范之门,人将望而去矣;撤暗投之柜,我且卷而怀之。"夫题门者,则已薄矣,而成已此举,亦未之思也。

丈 二 殳

《考工记》:殳长寻有四尺。注云:八尺曰寻,殳长丈二。刘潜夫挽左次魏云:"少日一编书,中年丈二殳。"摘用亦佳。

慈 湖 诗

杨慈湖诗云:"山禽说我胸中事,烟柳藏他物外机。"又云:"万里苍茫融妙意,三杯虚白浴天真。"又六言云:"净几横琴晓寒,梅花落在弦间。我欲清吟无句,转烦门外青山。"句意清圆,足觇其所养。

杨存中逐吏

殿帅杨存中有所亲爱吏,平居赐予无算。一旦,无故怒而逐之，吏莫知得罪之由，泣拜辞去。存中曰："无事莫来见我。"吏悟其意，归以厚资俾其子入台中为吏。居无何，御史欲论存中干没军中粪钱十余万。其子闻知，告其父，其父奔告存中。存中即具札奏，言军中有粪钱若干桩管某处，唯朝廷所用。不数日，果以为言，高宗出存中札子示之，御史坐妄言被黜，而存中之眷日隆。存中之逐吏，亦兵法之余智也。然御史可谓不密矣。

渊明咏雪

渊明《雪》诗云："倾耳无希声，在目皓已结。"只十字，而雪之轻虚洁白尽在是矣，后来者莫能加也。

不忘山林

士岂能长守山林，长亲蓑笠，但居市朝轩冕时，要使山林蓑笠之念不忘，乃为胜耳。陶渊明《赴镇军参军》诗曰："望云惭高鸟，临水愧游鱼，真想初在襟，谁谓形迹拘。"似此胸襟，岂为外荣所点染哉！荆公拜相之日，题诗壁间曰："霜松雪竹钟山寺，投老归欤寄此生。"只为他见趣高，故合则留，不合则拂袖便去，更无拘绊。山谷云："佩玉而心若槁木，立朝而意在东山。"亦此意。

不知心

许由不受尧之天下，逃诸逆旅，逆旅人疑其窃皮冠。伯夷、叔齐适周，周使叔旦往见之曰："加富二等，就官一列，血牲而盟之。"二子相视而笑。此虽寓言，然人识见相远，奚啻九牛毛！其不知心者，亦往往类此。

元　　载

元载败时,告狱吏乞快死。狱吏曰:"相公今日不奈何吃些臭。"乃解袜塞其口而卒。余尝有诗曰:"臭袜终须来塞口,枉收八百斛胡椒。"

陆　氏　义　门

陆象山家于抚州金溪,累世义居。一人最长者为家长,一家之事听命焉。逐年选差子弟分任家事,或主田畴,或主租税,或主出纳,或主厨爨,或主宾客。公堂之田,仅足给一岁之食。家人计口打饭,自办蔬肉,不合食。私房婢仆,各自供给,许以米附炊。每清晓,附炊之米交至掌厨爨者,置历交收。饭熟,按历给散。宾至,则掌宾者先见之,然后白家长出见。款以五酌,但随堂饭食,夜则厄酒杯羹,虽久留不厌。每晨兴,家长率众子弟致恭于祖祢祠堂,聚揖于厅,妇女道万福于堂。暮,安置亦如之。子弟有过,家长会众子弟,责而训之。不改,则挞之;终不改,度不可容,则告于官,屏之远方。晨揖,击鼓三叠,子弟一人唱云:"听听听听听听听,劳我以生天理定。若还惰懒必饥寒,莫到饥寒方怨命。虚空自有神明听。"又唱云:"听听听听听听听,衣食生身天付定。酒肉贪多折人寿,经营太甚违天命。定定定定定定定。"又唱云:"听听听听听听听,好将孝弟酬身命。更将勤俭答天心,莫把妄思损真性。定定定定定定定,早猛省。"食后会茶,击磬三声,子弟一人唱云:"凡闻声,须有省,照自心,察前境。若方驰骛速回光,悟得昨非由一顷,昔人五观一时领。"乃梭山之词也。近年朝廷始旌表其门闾,其词曰:"张公忍字,睦九世于唐朝;陈氏义居,专一门于江左。若稽前美,允谓鲜能。抚州青田陆氏,代有名儒,德在谥典。聚其族逾三千指,合而爨将二百年。异时流别籍之私,存学考齐家之道。询于州里,既云十世可知;登之简书,奚止一乡称善。视昔为盛,于今为难。部使转以上闻,仪曹请为褒别。事关风教,须议指挥。"

懒　　妇

懒妇蟋蟀,见崔豹《古今注》。张功父诗云:"自笑吟秋如懒妇。"

梅溪二瑞

王梅溪文学行义,著于乡里,执经从之者常百余人。其所居之巷有大井,一夕,井中如流星者千百,光彩上烛。又一夕,山下有白虹,长亘山,烂然如昼。未几,入太学,遂魁天下,盖文字之祥也。唱名之日,卫士亦皆欢舞,谓为得人。翌日有旨,宫中不得以销金为饰,行其对策之言也。

多景楼诗

前贤咏题,如太白《凤凰台》、崔颢《黄鹤楼》,固已佳矣。未若近时刘改之《题京口多景楼》,尤为奇伟,真古今绝唱也。其词云:"壮观东南二百州,景于多处却多愁。江流千古英雄泪,山掩诸公富贵羞。北府只今唯有酒,中原在望莫登楼。西风战舰成何事,只送年年使客舟。"盖言多景可喜,而乃多愁何也?自古南未有能并北者,是以英雄泪洒长江,抱此遗恨。然推其所由,实当国者偷取富贵,宴安江沱之所致,是可羞也。

晋人言:北府酒可饮,兵可用。今上下习安,玩仇忘寇,北府仅有酒可饮耳,而干戈朽,铁钺钝,士卒脆弱,未闻有可用之兵也。则中原腥膻,决无可洗涤之日,忍复登楼以望之乎!末言"西风战舰",不为进取之图,而送使客之往来,反为奉币事仇之计,则益可悲矣。改之又尝作《塞下曲》十余篇,尤悲壮感慨。尝携以谒陆放翁,放翁击节,赠诗云:"君居古荆州,醉胆天宇小。尚不拜庞公,况肯依刘表。""胸中九渊蛟龙蟠,笔底六月冰雪寒。有时大叫脱乌帻,不怕酒杯如海宽。放翁八十病欲死,相逢尚能刮眼看。李广不生楚汉间,封侯万户宜其难。"

广 右 丁 钱

广右深僻之郡,有所谓丁钱,盖计丁输钱于官,往往数岁之儿即有之。有至死而不与除豁者,甚为民病。故南人之谣曰:"三岁孩儿便识丁,更从阴府役幽魂。"读之可为流涕。范西堂为广西宪,尝力请于朝,乞罢去,虽获从请,然诸郡多借此为岁计,往往名除而实未除也。大概近来州郡赋税失陷,用度月增,其无名之征,未必皆官吏欲以自肥,往往多为补苴支撑之计。朝廷若欲除无名之征以宽民,须是究是一郡盈虚,有以补助之,使岁计不乏,然后实惠乃可及民。不然,亦徒为空言而已。

胡 忠 简 上 书

胡忠简乞斩秦桧之书,既具稿矣,迟疑未上。以示所亲厚,其人畏懦,力止之曰:"公有老母,讵可为此?"以其稿寸裂之。忠简愈疑。有书吏杨其姓者,请间曰:"编修此书,外间已籍籍传诵,庙堂计亦知之矣。今书上亦得罪,不上亦得罪。书上而得罪,其去光华;不上而得罪,其去暧昧。且其祸恐甚于不上也。"忠简大悟,亟缮写投进,乘夜潜诣逆旅,托其所亲厚以老亲妻子。其后□词,犹以誊稿四传为其罪。且曰:"倘有心于为国,自合输忠;惟诡道以取名,故兹惑众。"乃知天下事不可不密,不可不断。此吏真忠简之忠臣,其识见如此,士大夫不如者多矣。

鹤林玉露丙编卷六

光尧福德

绍兴中,孝宗初入宫,宰执赞光尧盛德,真尧、舜用心。上曰:"尧舜之事甚不难。"盖脱蹝之意,先定于此时矣。厥后受禅之议定,宰执称贺,且致恋轩之意。上曰:"朕在位久,失德甚多,更赖卿等掩覆。"大哉言乎!何其谦尊而光也。不知尧禅舜时,有此言否?邵康节诗曰:"五事历将前代数,帝尧而下固无之。"岂知中兴内禅之盛美,虽尧亦不能及也。谓之光尧,信矣。其有光于尧矣。舜、禹受禅之后,其所以事尧、舜者,当必尽道。然要之君臣,而非父子也。文王受武王之养,盖方伯耳。汉高五日一朝太公,太公亦非身有天下者也。惟唐肃宗之于明皇,乃父子帝王。然灵武即位,已几于篡,内外牵制,孝道大亏。山谷之诗曰:"事有至难天幸耳,上皇局蹐还京师。内间张后色可否,外间李父颐指挥。南内凄凉几苟活,高将军去事尤危。"潘邠老之诗曰:"天下宁知再有唐,皇帝紫袍迎上皇。神器仓忙吾取惜,儿不终孝听五郎。父子几何不豺虎,君臣宁能责胡虏!南内凄凉谁得知,人家称节作端午。"至今读者为之凄楚。惟我光尧为天下得人,而孝宗以舜、禹之资,躬曾、闵之行,彩衣焜煌,参侍游遨于湖山之间,赋诗饮酒,承颜适志,以天下养者二十四年,此开辟以来所未有也。杨诚斋《庆寿口号》曰:"长乐宫前望翠华,玉皇来贺太皇家。青天白日仍飞雪，错认东风转柳花。""春色何须羯鼓催，君王元日领春回。牡丹芍药蔷薇朵，都向千官帽上开。""双金狮子四金龙，喷出香云绕殿中。太上垂衣今上拜，百王曾有个家风。""帝捧瑶觞玉座前，彩衣三世祝尧年。天皇八十一万岁，休说《庄》椿两八千。""大父晨兴未出房，君王忍冷立风廊。忽然鸣跸珠帘卷，万岁传声震八荒。""花外班行雾外天，何缘子细望龙颜。小窥玉色真难老，底用臞仙九转丹。""甘露祥风天上来，今回恩数赛前回。都将四海欢声沸，酿作慈皇万寿杯。""尧舜同时已甚都，祖孙四世古今无。谁将写日摹天手，画作《皇王盛事图》。"光尧晚岁尤康强，孝宗尝谓周益公曰："太上极善将摄，终日端坐不倦，全不饮酒。晡时即入寝阁，五更便起。多服疏利药，服牵牛圆至四五十粒。其异禀如此，他人如何及。圣寿登八十一"云。

文 章 性 理

　　凡作文章，须要胸中有万卷书为之根柢，自然雄浑有筋骨，精明有气魄，深醇有意味，可以追古作者。若作诗，只就诗中探撷；作四六，只就四六中斗凑；作古文，只就《史》、《汉》、韩、柳中取其奇字硬语，模拟而为之；如此岂能如《霓裳》一曲，高掩前古哉！王荆公谓今之作文者，如拾奇花之英，掬而玩之，虽芳馨可爱，而根柢蔑如矣。虽然，岂独文哉！近时讲性理者，亦几于舍六经而观语录。甚者将程、朱语录而编之若策括策套，此其于吾身心不知果何益乎！魏鹤山答友人书云："须从诸经字字看过，思所以自得，不可只从前贤言语上作工夫。"又云："要作穷理格物工夫，须将三代以前模规在胸次，若只在汉、晋诸儒脚迹下盘旋，终不济事。"又云："向来多看先儒解说,近思之,不如一一自圣经看来。盖不到地头亲自涉历一番,终是见得不真。又非一一精体实践,则徒为谈辨文采之资耳。来书乃谓只须祖述朱文公诸书,文公诸书,读之久矣,政缘不欲于卖花担上看桃李,须树头枝底方见活精神也。"鹤山此论学者不可不佩服。余尝辑《心学经传》十卷,序发之辞有曰:"学者不求之周、程、张、朱固不可,徒求之周、程、张、朱而不本之六经,是舍祢而宗兄也。不求之六经固不可,徒求之六经而不反之吾心,是买椟而弃珠也。"

花卿歌

杜陵《花卿歌》末云:"人道花卿绝世无,既称绝世无,天子何不唤取守京都。"此诗全篇形容其勇锐有余而忠义不足,故虽可以守京都,而天子终不敢信用之。语意涵蓄不迫切,使人咀嚼而自得之,可以亚《国风》矣。或曰:末句乃恨天子不用之之词。非也。

杜陈诗

范二员外、吴十侍御访杜少陵于草堂,少陵偶出,不及见,谢以诗云:"暂往北邻去,空闻二妙归。幽栖诚简略,衰白已光辉。野外贫家远,村中好客稀。论文或不愧,重肯款柴扉。"陈后山在京师,张文潜、晁无咎为馆职,联骑过之。后山偶出萧寺,二君题壁而去。后山亦谢以诗云:"白社双林去,高轩二妙来。排门冲鸟雀,挥壁带尘埃。不惮升堂费,深愁载酒回。功名付公等,归路在蓬莱。"杜、陈一时之事相类,二诗酝藉风流,亦未易可优劣。

骑 牛 诗

姚镛为吉州判官,以平寇论功,不数年擢守章贡。为人豪隽,喜作诗,自号"雪蓬"。尝令画工肖其像,骑牛于硐谷之间。索郡人赵东野题诗,东野题云:"骑牛无笠又无蓑,断陇横冈到处过。暖日暄风不常有,前村雨暗却如何?"盖规切之也。居无何,忤帅臣,以贪劾之。时端平更化之初,施行特重,贬衡阳,人皆服东野之先见。

得 穷 鬼 力

齐景公有马千驷,死之日,民无德而称焉。伯夷、叔齐饿死首阳之下,民到于今称之。扬子云作《法言》,蜀之富人载钱五十万求书名其间,子云不可。李仲元、郑子真不持钱,子云书之,至今与日月争光。余观韩退之《送穷文》,历述穷鬼之害,至末乃云:"吾立子名,百世不磨。"是到底却得穷鬼力。夷、齐、李、郑,亦所谓得穷鬼力者也。

方 寸 地

俗语云:"但存方寸地,留与子孙耕。"指心而言也。三字虽不见于经传,却亦甚雅。余尝作《方寸地说》,其辞云:或问方寸地何地也? 亦有治地之法否乎? 余曰:伟哉问! 世之人固有无立锥地者,亦有跨都兼邑者,有无贫富相绝也。惟此方寸地人人有之,敛之其细无伦,充之包八荒,备万物,无界限,无方体。甚矣! 其地之灵也。然此地人人有,而治地之力不人人能施,治地之法不人人能知。故芜秽不治者,有此地而不能治。治而不知其法者,虽治此地,亦犹不治此地。是故孔

子、孟轲,治地之农师圃师也;六经、《语》、《孟》,治地之《齐民
要术》也;良知良能、恻隐羞恶、是非辞逊之端,嘉种之诞降者
也;博文约礼,仰观俯察,求辅仁切偲之功,资直谅多闻之益,
培粪灌溉法也;时时习,日日新,暗室屋漏守之密,视听言动察
之精,封植长养法也;忿必惩,欲必窒,惰必警,轻必矫,无稽之
言必不听,便佞之友必不亲,芟薙耘锄法也。优游而厌饫之,
固守而静俟之,不躐等,不陵节,不求闻,不计获,乃宋人之不
揠苗,郭橐驼之善种树也。诚如是,则信善而大化,笃实而辉
光,通神明,赞化育,乃实颖实栗之时,参天溜雨之日也。治地
至此,始可言善治地矣。道家有寸田尺宅之说,养生引年者取
之;里谚有留方寸地与子孙耕之说,种德食报者取之。其言未
为无理,要皆堕于一偏。若从孔、孟治地之法,则仁者必寿,善
者必福,清明之志气如神,厚德之流光寝远。道家、里谚之说,
在其中矣。虽然是地也,嘉种固所素有,恶种亦易以生。嘉种
每难于封殖,恶种常至于蔓延。其或认樲棘为美槚,认稊稗为
良苗,则夭之沃沃,恶种日见其猥大,而嘉种微矣。呜呼噫嘻!
可惧也哉! 然则如之何? 曰:在早辨。

绘　　事

绘雪者不能绘其清,绘月者不能绘其明,绘花者不能绘其
馨,绘泉者不能绘其声,绘人者不能绘其情,然则言语文字,固
不足以尽道也。

除 目 损 道 心

古诗云:"一日看除目,三年损道心。"余谓人患道心不存
耳,道心果存,岂看除目所得损哉? 彼慕膻覷饵之念,洗涤未

净,往往身寄山林,而心存朝市,迹履泉石,而意系轩冕,视山林泉石反若笼槛桎梏,宜其看除目而心为之损也。特所损者,人心耳,岂道心哉！伊州曰:百官万务,金革百万之众,曲肱饮水,乐在其中矣。万变皆在人,其实无一事。朱文公云:艮其背,是止于止;行其庭,是止于动;不获其身,是无与于己;不见其人,是亦不见人。无人无己,但见是此道理,各止其所也,止而至于如此,其谁能动之！昔有僧居深山中,山鬼百计害之,或诱以淫声美色,或眩以珍羞玩好,或惧以奇形异物,或胁以刀锯炮烙,僧皆不为之动,久之乃寂然无有。或问其故,僧曰:"山鬼之伎俩有尽,老僧之不闻不见无尽。"此即所谓不获其身,不见其人者也。心安如是,又岂除目所能损也。

缕 葱 丝

有士夫于京师买一妾,自言是蔡太师府包子厨中人。一日,令其作包子,辞以不能。诘之曰:"既是包子厨中人,何为不能作包子?"对曰:"妾包子厨中缕葱丝者也。"曾无疑乃周益公门下士,有委之作志铭者,无疑援此事以辞曰:"某于公益之门乃包子厨中缕葱丝者也,焉能作包子哉！"

士 修 于 家

全州士人滕处厚贻书魏鹤山云:"汉人谓士修于家而坏于天子之庭。夫能坏于天子之庭者,必其未尝修之于家者也。"可谓至论。然余观柳子厚《河间传》,非不修于家也。及窃视持己者甚美,左右为不善者,己更得适意,鼻息咈然,则虽欲不坏于天子之庭,得乎? 要之不坏于天子之庭,乃特立独行者也。若夫中人,虽修于家,其不坏于天子之庭者,鲜矣。

用 兵 吉 兆

马燧讨李怀光，夜宿一村。问田父："此何村也？"曰："名埋怀村。"燧大喜曰："吾诛怀光必矣！"澶渊之役，亦以宋捷为吉兆。岳飞讨杨么，时么据洞庭，出没不可测。偶获一谍者，问其巢穴，对曰："险阻安可入？惟飞乃能入耳。"飞大笑曰："天遣汝为此言，吾必破其巢穴。"三军大喜，迄平之。盖用兵行师但得吉兆，亦足以壮三军之气。重耳出奔，乞食于野人。野人与之块，此本相戏，而子犯乃曰："天赐也！"却说从吉兆上去。盖以坚从亡者之心。如狐鸣鱼书之类，至诈为吉兆以动众。若老妪赤帝之称，芒砀云气之瑞，昭灼如此，安得使豪杰之不景从乎！

诗 不 拘 韵

杨诚斋云："今之《礼部韵》，乃是限制士子程文不许出韵，因难以见其工耳。至于吟咏情性，当以《国风》、《离骚》为法，又奚《礼部韵》之拘哉！"魏鹤山亦云："除科举之外，闲赋之诗不必一一以韵为较；况今所较者，特《礼部韵》耳。此只是魏晋以来之韵。隋唐以来之法，若据古音，则今'麻'、'马'等韵元无之，'歌'字韵与'之'字韵通，'豪'字韵与'萧'字韵通。言之及此，方是经雅。"

尤 杨 雅 谑

尤梁溪延之，博洽工文，与杨诚斋为金石交。淳熙中，诚斋为秘书监，延之为太常卿，又同为青宫寮采，无日不相从。二公皆善谑。延之尝曰："有一经句，请秘监对。曰：'杨氏为

我。'"诚斋应曰:"尤物移人。"众皆叹其敏确。诚斋戏呼延之
为"蜻蜓",延之戏呼诚斋为"羊"。一日,食羊白肠。延之曰:
"秘监锦心绣肠,亦为人所食乎?"诚斋笑吟曰:"有肠可食何须
恨,犹胜无肠可食人。"盖蜻蜓无肠也。一坐大笑。厥后闲居,
书问往来,延之则曰:"羔儿无恙?"诚斋则曰:"彭越安在?"诚
斋寄诗曰:"文戈却日玉无价,宝气蟠胸金欲流。"亦以蜻蜓戏
之也。延之先卒,诚斋祭文云:"齐歌楚些,万象为挫。瑰伟诡
谲,我倡公和。放浪谐谑,尚友方朔。巧发捷出,公嘲我酢。"

韩　平　原

　　宁宗既受禅,韩平原所望不过节钺。知阁刘弼尝从容告
赵忠定曰:"此事侂胄不能无功,亦须分些官职与他。"忠定不
答。由是渐有邪谋,迄逐众君子。余友赵从道有诗云:"庆元
宰相事纷纷,说着令人暗断魂。好听当时刘弼语,分些官职乞
平原。"余亦作一篇云:"斋坛一钺底须悭,坐见诸贤散似烟。
不使庆元为庆历,也由人事也由天。"

莽　大　夫

　　司马温公、王荆公、曾南丰最推尊扬雄,以为不在孟轲下。
至朱文公作《通鉴纲目》,乃始正其附王莽之罪,书"莽大夫扬
雄死"。莽之行如狗彘,三尺童子知恶之,雄肯附之乎?《剧秦
美新》不过言孙以免祸耳。然既受其爵禄,则是甘为之臣仆
矣,独得辞"莽大夫"之名乎? 文公此笔,与《春秋》争光,麟当
再出也。刘潜夫诗云:"执戟浮沉计未疏,无端著论美新都。
区区所得能多少,枉被人书莽大夫。"余谓名义所在,岂当计所
得之多少! 若以所得之少,枉被恶名为恨,则三公之位,万钟

之禄，所得倘多，可以甘受恶名而为之乎？此诗颇碍理，余不可以不辨。

李　杜

李太白当王室多难、海宇横溃之日，作为歌诗，不过豪侠使气，狂醉于花月之间耳。社稷苍生曾不系其心胸，其视杜少陵之忧国忧民，岂可同年语哉！唐人每以“李杜”并称，韩退之识见高迈，亦惟曰：“李杜文章在，光焰万丈长。”无所优劣也。至本朝诸公，始至推尊少陵。东坡云：“古今诗人多矣，而惟以杜子美为首。岂非以其饥寒流落，而一饭未尝忘君也与？”又曰：“《北征》诗识君臣大体，忠义之气，与秋色争高，可贵也。”朱文公云：“李白见永王璘反，便从臾之，诗人没头脑至于如此。杜子美以稷、契自许，未知做得与否，然子美却高，其救房琯亦正。”

交　情　世　态

汉翟公为廷尉，既罢，门可设雀罗。乃书门曰：“一贵一贱，交情乃见。”唐李适之罢相，作诗曰：“避贤初罢相，乐圣且衔杯。为问门前客，今朝几个来？”盖炎而附，寒而弃，从古然矣。灌夫不负窦婴于摈弃之时，任安不负卫青于衰落之日，徐晦越乡而别临贺，后山出境而见东坡，宜其足以响千载之齿颊也！刘元城之事司马公，当其在朝，书问削迹；及其闲居，亟问无虚月，此又高矣。至于巢谷年逾七十，徒步万里，访二苏于瘴海之上，死而不悔，节士也。

山居上梁文

孙仲益《山居上梁文》云：“老蟾驾月，上千崖紫翠之间；一鸟呼风，啸万木丹青之表。”又云：“衣百结之衲，扪虱自如；拄九节之筇，送鸿而去。”奇语也。

听谗诗

世传《听谗诗》云：“谗言谨莫听，听之祸殃结。君听臣当诛，父听子当决，夫妻听之离，兄弟听之别，朋友听之疏，骨肉听之绝。堂堂八尺躯，莫听三寸舌。舌上有龙泉，杀人不见血。”不知何人作，词意明切，类白乐天。

画　马

唐明皇令韩幹观御府所藏画马，幹曰：“不必观也，陛下厩马万匹，皆臣之师。”李伯时工画马，曹辅为太仆卿，太仆廨舍国马皆在焉，伯时每过之，必终日纵观，至不暇与客语。大概画马者，必先有全马在胸中，若能积精储神，赏其神俊，久久则胸中有全马矣。信意落笔，自然超妙，所谓用意不分乃凝于神者也。山谷诗云：“李侯画骨亦画肉，笔下马生如破竹。”“生”字下得最妙，盖胸中有全马，故由笔端而生，初非想像模画也。东坡《文与可竹记》云：“竹之始生，一寸之萌耳，而节叶具焉。自蜩腹蛇蚹以至于剑拔十寻者，生而有之也。今画者节节而为之，叶叶而累之，岂复有竹乎！故画竹必先得成竹于胸中，执笔熟视，乃见其所欲画者，急起从之，振笔直遂，以追其所见，如兔起鹘落，少纵则逝矣。”坡公善于画竹者也，故其论精确如此。曾云巢无疑工画草虫，年迈愈精。余尝问其有所传乎，无疑笑曰："是岂有法可传哉？某自少时，取草虫笼而观之，穷昼夜不厌。又恐其神之不完也，复就草地之间观之，于是始得其天。方其落笔之际，不知我之为草虫耶，草虫之为我也。此与造化生物之机缄盖无以异，岂有可传之法哉！"

风　水

古人建都邑、立室家，未有不择地者。如《书》所谓达观于新邑，营卜瀍涧之东西；《诗》所谓升虚望楚，降观于桑，度其隰原，观其流泉。盖自三代时已然矣。余行天下，凡通都会府，山水固皆翕聚。至于百家之邑，十室之市，亦必倚山带溪，气象回合。若风气亏疏，山水飞走，则必无人烟之聚。此诚不可不信，不可不择也。乃若葬者，藏也。藏者，欲人之不得见也。古人之所谓卜其宅兆者，乃孝子慈孙之心，谨重亲之遗体，使其他日不为城邑道路沟渠耳。借曰精择，亦不过欲其山水回合，草木茂盛，使亲之遗体得安耳，岂藉此以求子孙富贵乎？郭璞谓本骸乘气，遗体受荫，此说殊不通。夫铜山西崩，灵钟东应，木生于山，栗牙于室，此乃活气相感也。今枯骨朽腐，不知痛痒，积日累月，化为朽壤，荡荡游尘矣，岂能与生者相感，以致祸福乎？此决无之理也。世之人惑璞之说，有贪求吉地未能惬意，至十数年不葬其亲者。有既葬，以为不吉，一掘未已，至掘三掘四者。有因买地致讼，棺未入土而家已萧条者。有兄弟数人惑于各房风水之说，至于骨肉化为仇雠者。凡此数祸，皆璞之书为之也。且人之生也，贫富贵贱，夭寿贤愚，禀性赋分，各自有定，谓之天命，不可改也，岂冢中枯骨所能转移乎？若如璞之说，上帝之命反制于一坏之土矣。杨诚斋素不信风水之说，尝言郭璞精于风水，宜妙选吉地，以福其身，以利其子孙,然璞身不免于刑戮,而子孙卒以衰微,则是其说已不验于其身矣。而后世方且诵其遗书而尊信之,不亦惑乎!今之术者,言坟墓若有席帽山,则子孙必为侍从官,盖以侍从重戴故也。然唐时席帽,乃举子所戴,故有"席帽何时得离身"之句。至本朝都大梁,地势平旷,每风起,则尘沙扑面,故侍从跨马,许重戴以障尘。夫自有宇宙,则有此山,何贱于唐而贵于今耶?近时京丞相仲远,豫章人也,崛起寒微,祖父皆火化无坟墓;每寒食,则野祭而已,是岂因风水而贵哉?

南轩辨梅溪语

南轩以内机入奏,引至东华门。孝宗因论人才,问王十朋如何,对曰:"天下莫不以为正人。"上曰:"当时出去,有少说话待与卿说。十朋向来与史浩书,称古则伊、周,今则阁下是何说话?"对曰:"十朋岂非谓浩当伊、周之任而责之乎?"上曰:"更有一二事,见其有未纯处。"对曰:"十朋天下公论归之,更望陛下照察主张。臣父以为陛下左右岂可无刚明腹心之臣,庶几不至孤立。"上曰:"刚患不中,奈何?"对曰:"人贵夫刚,刚贵夫中。刚或不中,犹胜于柔懦。"上默然。盖史直翁与张魏公议论不同,梅溪则是张而非史者也。故上因直翁之说而有是言。上又尝曰:"难得仗节死义之臣。"南轩对曰:"陛下欲得仗节死义之臣,当于犯颜敢谏中求之。"亦指梅溪而言也。

道 不 远 人

子曰:"道不远人。"孟子曰:"道在迩而求诸远。"有尼《悟道》诗云:"尽日寻春不见春,芒鞋踏遍陇头云。归来笑拈梅花嗅,春在枝头已十分。"亦脱洒可喜。

随 隐 漫 录

[宋]陈世崇　撰

郭明道　　校点

校 点 说 明

《随隐漫录》五卷,宋临川陈世崇撰。世崇字伯仁,号随隐,祖籍抚州崇仁县。父陈郁,字仲文,号藏一,理宗时充东宫讲堂掌书,又充缉熙殿应制,著有《藏一话腴》。世崇十八岁时,随父入宫禁,充东宫讲堂说书,兼两宫撰述。其诗文得度宗赏识,推恩补承信郎,御笔除皇城司检法。因其长短句讥讽权贵贾似道,贾令中书缴其稠迭。遂奉亲归故里,随父住临川。癸酉年,再赴部申述前恩,转承信郎,补阁门寄班。两年后,父卒,从此自放山水间。入元不仕。著《随隐漫录》,效其父,以旧号为书名。或认为世崇入元后已改名随隐,亦可备一说。据周端礼所撰陈随隐《行状》,《随隐漫录》原有十二卷行于世,并有林实所撰序文,但后来流行的明稗海本《随隐漫录》仅剩五卷,又无林实之序,可见已被明人妄加删削。

综观全书内容,多记同时人诗话,而对南宋故事言之尤详。作者曾在内宫,故对宫廷掌故、仪制等知之甚多。书中所记紫宸殿上寿仪、二十四班、直书阁夫人名数、孩儿班服饰、赐太子玉食批、孟享驾出仪、带格三十二、太子问安展书仪诸条,多有史传所未及,具有很高的史料价值。

此外,书中或评析前人诗词,如卷一评析《诗经》或唐人诗句等,确有见地。或记文人遗闻轶事,亦多可采。如卷五陆游纳驿卒女为妾、辛弃疾觞客滕王阁诸条,可补史传之不足。或评论史事,抒发己见,以表现其性淡荣利、入元不仕的情操志趣。如卷一指责那些"朝事梁,暮事晋"的小人,"何益于君国"。卷五指出李斯志在利禄、患得患失,"故不免于大戮,诚可以为贪利禄者之戒"。卷二论汉平帝后、晋愍怀太子妃、李昭仪等不辱自杀数条,秦二世、晋怀帝、愍帝、隋炀帝、唐昭宗被杀及晋王北迁受辱数条,皆假借古事以寓南宋臣降君辱之惨,与所以致败之由。书中还披露了宫廷的奢侈生活,描述了市井以骗局为业的游手,如此等等,对于我们了解宋末社会亦有裨益。

本书的版本有明万历时会稽商濬编刊的《稗海》本(在此之后的稗海本,又有康熙重编补刊本、乾隆修补重订本)、四库全书本。近人夏敬观以上海涵芬楼藏本为底本,校以商濬《稗海》本,较为完善,但仍有若干讹误之处。此次校点,以夏敬观校本为底本,校以稗海本、四库全书文渊阁本,遇有异文,择善而从,不出校记。

目　　录

随隐漫录卷一

令制《春秋赞》云："微显阐幽，三体五例，严乎成言，褒贬一字。"《周礼》云："肇建六典，条章焕明，万世之则，太平之基。"《日新》云："大哉盘铭，日新其德，一盟一思，惟汤是则。"《自警》云："孳孳为善，无怠讲习，心思唐虞，圣道可入。"又曰："私既克，理是从，中则正，公则平，操则存，德日新。"《鉴铭》云："湛然厥中，惟正是守，万丑千妍，于我何有？"《离卦赞》云："日月丽天，德备中正，明以继明，圣而益圣。"《艮》云："兼山曰艮，德在知止。君子体之，思不出位。"《晚望》云："鸥鹭归烟渚，秋江挟晚晴。老渔闲舣艇，坐待月华生。"《赏春》云："珠帘翠幕千门晓，丽日和风万国春。乍雨乍晴虽莫测，无非天地发生仁。"《社日雨》云："风催社日雨霏氛，处处鸡豚乐祀神。见说丰年于此卜，不妨垫湿社翁巾。"《新凉》云："新凉灯火又相亲，遍阅群书不厌勤。缓视微吟真乐处，那知宫漏夜将分。"《授衣》云："从来人事顺天时，九月才更即授衣。可笑索裘临岁晚，履霜犹自未知几。"《桂》云："秋桂庭前霁影凉，万重深翠护深黄。恭迎两殿临清赏，寿斝浓浮月殿香。"《恭和御制赐牟子才韵》云："视草词臣地位高，玉堂深夜许焚膏。文华瑞世呈仪凤，顾问承恩直禁鳌。喜有奇才追宋轼，光膺圣制胜唐绚。重修盛典熙朝事，千古青编记宠褒。"《题诸色扇面》云："履霜知地冻，赏雪念民寒。山岚迷晓月，海浪起晴云。""鹭起莲边晓，鸥栖蓼外凉。西风敧翠盖，晓露浥红裳。""艳红酣霁圃，冷翠媚秋池。声幽梧叶雨，香冷菊花风。院子供新茗，园丁献异花。”“秾华照水澄秋静，冷艳欺风醉露凉。一枝翠叶凝秋色，万粟金英喷古香。”“月筛秾影虚窗静，秋染繁英净几香。千叶喜容迎晓日，万铃紫色映朝霞。日罩柳塘莺语滑，雨收桃岸燕飞忙。”《瞻菉堂帖子》云：“归仁由克己，学道在存心。”“尧舜传心惟以一，禹汤受命本乎中。”《凝华殿》云：“帝德巍巍，温恭允塞。心传精微，惟尧是则。”观《瞻菉》、《凝华》数帖子，必有如文中子窥高祖之心于《大风歌》者，故敬录之。

　　紫宸殿上寿，三十三拜，三舞蹈。初面西立，阁门进班齐牌。上升座，鸣鞭。侍卫起居移班，北面躬身，听赞两拜，起，直身搢笏，三舞蹈，跪左膝，三叩头，出笏就一拜，又两拜，躬身。俟班首奏圣躬万福，再听赞拜，两拜，移班如初。殿中监升殿，诣酒尊所，教坊起居，殿侍进御茶床，又北面躬身，听赞拜，两拜，直身立。上公升殿，注酒，诣御座前，躬进，俯伏致词，并躬身。俟上公降阶复位，听赞拜，两拜，起，躬身。俟枢密宣答，听赞拜，两拜，移班如初。上公升殿，立御座东。乐作，上饮毕，上公受盏，降阶复位，北面躬身，听赞拜，两拜，舞蹈如初。不该赴座官先退，赴座官躬身，听枢密诣折槛东宣答，讫，听赞拜，两拜，升阶立席后。俟进酒，乐作，上饮毕，舍人赞各赐酒，躬身，听赞拜，两拜，起。赞各就坐，立如故，复赞乃坐。酒行，先上公，次百官，搢笏执盏，立席后，躬身饮讫。听赞拜，两拜，复坐。食至，搢笏执碟，出笏。再进酒如上礼。三行，舍人曰“可”，起，立席后。俟上公御座前俯伏跪奏，复位降阶，北面，听赞拜，两拜，舞蹈如初。鸣鞭，卷班。凡正旦朝贺，一十九拜，三舞蹈。初面西立，上升座，阁门起居，班首以下躬身北面，俟舍人宣名讫，听赞拜，两拜，舞蹈如前礼。躬身，俟班首奏圣躬万福，听赞拜，两拜，起，直身立。俟枢密升殿，班首出班，俯伏致词，并躬身。俟班首复位，听赞拜，两拜，舞蹈如初。起，躬身，俟枢密承旨诣折槛东，称"有制"，两拜，起，躬身。俟枢密宣答讫，听赞拜，两拜，舞蹈如初。凡冬至朝贺，一十二拜，一舞蹈。初百官面西立。仪仗以下起居，知阁次之。次读奏，自舍人宣"班首以下起居称贺"，北面躬身，听赞拜，两拜，起，舞蹈如初。起，躬身，俟班首奏"圣躬万福"，听赞拜，两拜，起，直身立。俟枢密升殿，班首致词，宣答如正旦礼。凡朔望起居，九拜，一舞蹈。初读奏，自知阁、御带、行门以下常起居，殿中侍御史大起居，七拜。百官躬身，听舍人宣班首名，北面，听赞拜，两拜，舞蹈如初。不候赞两拜，班首不离位，奏"圣躬万福"，躬身，听赞拜，两拜，起，躬身听赞，各祗候卷班。凡上殿轮对，初面西立，舍人引北面躬身，听赞拜，声绝，两拜，起，躬身听赞。祗候直身立，引稍前两步，再躬身，听赞拜，两拜，起，躬身听赞。祗候面西立，俟三省奏事退，引升殿，立东南角。舍人前奏衔位、姓名、上殿因依，引赴御座左侧身立。搢笏，当殿未出笏入手及横执札子为失仪。如有宣谕，即口奏云："臣官不该殿上拜，容臣奏事毕，下殿谢恩。"奏事毕，依旧路下殿，北面，不候赞两拜，随班。凡谢恩，初面西立，舍人奏姓名，引北面，赞拜，两拜，出殿致词，归位。赞两拜，舞蹈，听赞，祗候退。凡朝辞，面西立，舍人奏姓名，引北面，赞两拜，不出班，奏"圣躬万福"，又赞两拜，出班致词，复位。又赞两拜，赞"好去"。如有赐物，宣"有敕"，即搢笏，舞蹈，三拜。凡赐茶，引北面躬身，奏"圣躬万福"，赞两拜，赞就坐，升殿立席后，再赞乃坐。茶至，搢笏，出笏降阶，赞两拜，赞祗候退。

　　夫子没，历秦、汉、晋、宋、齐、梁、陈、隋，至明皇始封文宣王。神宗欲加尊崇,礼臣定议为"至神元圣帝",而李邦直者独曰:"周室称王,陪臣不当为帝。"于是仅加"元圣"二字。异代尊崇,何预于周?果如所言,则公亦不可封矣。虽万代帝王之师,何假虚名?而邦直之罪,所当笔诛,敢执笔以俟。

夫子之徒三千,一贯之道,独语曾子,而曾子一唯几到列圣处。《大学》十章,为后世帝王治天下之律令、格例、絜矩,即忠恕也。《中庸》一书,弥纶天地,参赞化育,孔子之道益著;而曾、思位在弟子下。度皇即位,首升侑食,举数千载未行之典,为亿万世将来之法,度皇之圣至矣。

西山蔡先生训子曰:"夸之一字,坏人终身。凡念虑言语,才有夸心,即截断却。满招损,谦受益,时乃天道。"曰:"作事皆依本分,屈己饶人,终无悔吝。钱谷与人交,关头上让人些,少生事,一切用柔道理之。若识些道理,不做好人,天地鬼神,亦深恶之。盖不识好恶,如童稚,如醉人,虽有罪可赦。若知而故犯,王法不可免也。"曰:"孝弟忠信,不可须臾离,若有分毫瞒人底心,天地鬼神不恕也。"曰:"祸患中第一莫使性气,中外事一切静柔顺理之。"曰:"为善得祸,乃是为善未熟;为恶得福,乃是为恶未深。人事尽处,方是天理。"曰:"欺世盗名者无后。"吾甚慎之。

延平李先生静坐正心,以验夫喜怒哀乐未发之前,气象为何如,久之,而知天下之大本,真有在乎是也。若夫致虚极,守静笃,不思善,不思恶,老佛亦同此理,但有治世出世体用之不同耳。

豹死留皮,人死留名。朝事梁,暮事晋,遗下《兔园册子》耳。此辈与一把算子,未知颠倒,何益于君国,可谓偻傀儿矣。煮粥饭僧者,都头甚操刺。六一公化俗语为神奇者也。

"萧萧马鸣",静中有动也。"悠悠旆旌",动中有静也,见军整而静也。"昔我往矣,杨柳依依。今我来思,雨雪霏霏",写物态慰人情也。张文潜谓"鸡声茅店月,人迹板桥霜",羁旅穷愁,想之在目;"柳塘春水漫,花坞夕阳迟",春物融洽,人心和畅,言不能尽。张无垢谓"雪消池馆初春后,人倚阑干欲暮时",尽山之情意、物之容态,可入图画。皆仿佛《三百篇》之遗意欤?

杜少陵《赠卫八处士》一篇,久别倏逢,曲尽人情,想而味之,宛然在目。下此则"马上相逢久,人中欲认难。问姓惊初见,称名忆旧容。乍见翻疑梦,相悲各问年",无愧前作。若戴叔伦之"岁月不可问,山川何处来",青出于蓝者也。

唐人诗工于下生字,"走月逆行云"、"芙蓉抱香死"、"笠卸晚峰阴"、"山雨慢琴弦"、"松凉夏健人"、"绿竹助秋声"、"岁月换红颜"、"石磴扫春云"、"画角赴边愁"、"远帆开浦烟"、"疏雨滴梧桐",字字稳帖,不觉其生。

上谥百三十一:神、圣、贤、文、武、成、康、献、懿、元、章、釐、景、宣、明、昭、正、敬、恭、庄、肃、穆、戴、翼、襄、烈、桓、威、勇、毅、克、壮、圉、魏、安、定、简、贞、节、白、匡、质、靖、真、顺、思、考、胥、显、和、玄、高、光、大、英、睿、博、宪、坚、孝、忠、惠、德、仁、智、慎、礼、义、周、敏、信、达、宽、理、凯、清、直、钦、益、良、度、类、基、慈、齐、深、温、让、密、厚、纯、勤、谦、友、祈、广、淑、俭、灵、荣、厉、比、絜、舒、贲、逸、退、讷、偲、述、懋、宜、哲、察、通、仪、经、庇、协、端、休、悦、绰、容、确、恒、熙、洽、绍、世、果,用之君亲焉,用之臣子焉。中谥十四:怀、悼、愍、哀、隐、幽、冲、夷、惧、恩、携、邮、愿、徼,用之闵伤焉,用之无后者焉。下谥六十五:野、夸、噪、伐、荒、炀、戾、刺、虚、荡、墨、愍、亢、干、褊、专、轻、苛、介、暴、虐、愎、悖、凶、慢、忍、毒、恶、残、戾、攘、顽、昏、骄、酗、湎、浇、狃、侈、靡、溺、伪、妄、蠹、谄、诬、诈、谲、讻、诡、奸、邪、慝、蛊、危、圮、懦、挠、覆、败、致、庇、饕、费，用之蛮夷焉，用之小人焉。

太史梁傅昭子妇，尝得家馈牛肉以进，昭曰："食之则犯法，告之则不可，取而埋之。"宰牛之禁，自梁已然。或谓，"牢字从牛"，或谓"牛，土畜也，与土宿同位"。真武为北水神，亦与土同位，故不可食，祸福恐人，岂理也哉！吴恕斋革帅江东时，《戒宰牛》诗曰："中和后五日，袖香谒南台。田夫趁雨耕，欢声沸如雷。老守视尔农，服田亦劳哉。有牛负犁者，俄顷一周回。无牛人代耕，四夫尽力推。四夫力虽疲，不如一牛犁。一牛当四夫，功力大如斯。农以牛为命，爱牛如爱儿。爱儿惟恐伤，杀牛何忍为。老守今奉劝，戒之重戒之。宰牛国有禁，杀牛天所灾。留取黑牡丹，年年待花开。"卢柳南却人送牛肉小简云："昔人亦珍此味，所谓'如享太牢'是也。然一犁春雨，数町秋云，既食其力，又食其肉，可乎？余不忍，敢请改命。"理语读之恻然。

西山真先生点先君集中警句，如"辟户夜通月，掬泉朝饮星"、"暖曝花岩日，晴眠藓石烟"、"地旷日难晓，海宽天欲浮"、"与子才分手，何人更赏心"、"游归云衲破，定起石床温"、"道至无偏党，心何有重轻"、"万事岂容人有意，一春多被雨无晴"、"仰头莫看王侯面，失脚恐为名利人"、"千古留芳惟好句，一时得意总微尘"。《石湖归途》云："人与西风结约来，芙蓉花气扑吟杯。曲塘好处都行遍，带得一身秋色回。"《城东看柳》云："翻暖为寒一信风，画桥南北岸西东。春归杨柳无私意，深浅青黄自不同。"《上林归鸦》云："夕阳鸦背敛残红，万点飞归傍帝宫。应是上林栖宿稳,可曾惊散月明中。"《友人官满》云:"三年官满冰霜洁,一日春回宇宙宽。曾向厅前种杨柳,绿阴留与后人看。"《东园书所见》云:"娉娉游女步东园,曲径相逢一少年。不肯比肩花下过,含羞却立海棠边。"《苦吟》云:"水驿荒寒天正霜,夜深吟苦未成章。闭门不管庭前月,分付梅花自主张。"《苏堤晓望》云:"荷边清露袭人衣,风里明蟾浴晓池。凉影润香吟不得,手攀堤柳立多时。""妾身恨不事英雄,果是英雄安有泪。""初阳烘霁途,繁阴布幽林。山禽互嘲哳,为我流好音。倾耳须臾间,已快清冷心。飞盖何为者,傲睨松之阴。翻然移他枝,馀弄不可寻。"跋曰:"学充而意广,气大而体不偏。用力于先圣之书。"漫塘刘先生曰:"观其文,词赡旨远。为诗深于运思,使人嘉叹不足。"习庵陈先生曰:"仆《庄》、《骚》而奴班马。"止堂黄先生曰:"骚选唐宋,罔不究心。"紫岩潘先生曰:"出入于江西、晚唐之间,而不堕于刻与率者也。"惜端平以后所作,诸老不得见之。吁!

有一货炒栗人,坐亡。无准秉炬云:"平生辟辟剥剥,做尽万千手脚。今朝撒手便行,这回炒得离壳。"随隐拈云:"未敢相许。"

辛巳八月己丑,先君方外友清溪沇禅师坐亡,遗偈云:"六十七年,无法可说。一片云收,澄潭皎月。"随隐拈云:"年本无期,法亦何说?末后倒赃,虚空著楔。咦!若遇波腾岳立时,且道月在什么处。"

随隐漫录卷二

晋侯受玉惰,内史过知其不能长世。赵同献狄俘于周,不敬,刘康公知其必有大咎。晋侯见鲁宣公,不敬,季文子知其不免。郤锜来乞师,将事不敬,孟献子知其"不亡何为。"成子受脤于社,不敬,刘康公知其不反。齐高厚不敬士,庄子知其不免。齐侯、卫侯不敬,叔向知二君之必不免。蔡侯不敬,子产知其将死。伯有不敬,穆叔知其必有大咎。不敬取祸,如响斯答。呜呼!毋不敬,其尧、舜、禹、汤、文、武、周、孔传心之要法欤?

王莽女为平帝后,帝崩,莽不能强之下嫁。汉兵烧未央宫,后曰:"何面目见汉家?"赴火自死。非特莽愧其女,刘歆、孔光之徒亦愧矣。羊琇女惠风为愍怀太子妃,刘曜陷洛阳,以赐其将乔厉,仗剑大骂而死,王夷甫诸人不愧乎?刘禅降魏,见蜀伎不悲,有"此间乐不思蜀"之语。孔明之子瞻、孙尚战死,张飞之孙遵、赵云次子广亦战死。北地王谌哭于昭烈庙,先杀妻子,乃自杀。魏以蜀宫人赐将士,李昭仪不辱自杀。禅不特愧于诸臣子,且愧于妇人矣。

晋灵公不君,患宣子骤谏,使钽麑贼之。麑曰:"贼民之主,不忠。弃君之命,不信。"触槐而死。宋高祖使张伟鸩旧君,伟曰:"鸩君以求生,不如死。"乃于道自饮而卒。子曰:"有杀身以成仁,无求生以害仁。"此之谓也。

《东山》之诗,雨雪、寒燠、仆马、衣裳、室家、婚姻,出于圣人之忠厚恻怛，故能感人也。楚子伐萧，师人多寒，拊而勉之，皆如挟纩，遂传于萧，明日萧溃，亦窥见此意。曹操云："行行日已远，人马同时饥。"虽奸雄善于笼络人心，然得《三百篇》之遗。

卫青少为平阳公主马前奴，后贵显，公主择配无逾青者，卒归之。北齐后宫，一裙之费，至直万匹。周灭其国，后妃以卖烛为业。南唐刘承勋穷奢极侈，蓄妓乐数千，一妓价数十万，教以艺又数十万，服饰称之。归京，乞食冻馁死。军卒杨昊宗为丁晋公筑第，丁贬海上，朝廷以第赐昊宗。刘美善锻金，后贵显，赐上方器，视刻工名，多美所造。呜呼！世事翻覆，往往如此。惟德行文章，照耀今古。彼富贵者，犹蜗蛳醯鸡。岂止空言，徒苦民耳。

阎乐引兵入望夷宫，二世愿得一郡为王，弗许。愿得为万户侯，弗许。愿与妻子为黔首，又弗许。麾其兵进，二世自杀。怀帝为刘聪青衣行酒，愍帝执戟前导，行酒执盖，俱不免遇害。炀帝先杀其子，索鸩，不许。自解练巾授令狐行达，缢杀之。朱全忠杀昭宗，方醉卧，遽起，单衣绕柱走，追而弑之。晋王北迁，自采木实草叶食。冯后阴令左右求毒药，欲与晋王俱自杀，不果。呜呼！君天下，得其道，则富有四海；失其道，求为匹夫而不得，况妻子乎？哀哉！

天子五学：中辟雍，南成均，北上庠，东东序，西瞽宗。学书者就上庠，学舞者就东序，学乐者就成均。天子承师问道，养三老五更，则就辟雍。帝入东学，上亲贵仁。入南学，上齿贵信。入西学，上贤贵德。入北学，上贵尊爵。皆太学也。

《书》称"后稷播时百谷"，《周礼》农贡九谷，《晋志》有八谷，孟子云"树艺五谷"。百谷繁，莫克知。九谷：黍、稷、稻、粱、菰、大小豆、麦、麻。八谷即《诗》之"黍、稷、稻、粱、禾、麻、菽、麦"。独五谷,郑注云:"黍、稷、菽、麦、麻。"赵岐云:"黍、稷、菽、麦、稻。"日用所急,莫如稻,岐说为是。黄帝用黍制律,积六十四黍为圭。准之黍类,苣蓿差小,宜酿酒。杜预谓菽为豆。《唐本草》旧注云:"稷即穄也。"

青溪汪先生初筮长沙,出锡器,归舟有锡熟水器,每对之不乐。妻杨氏曰:"吾偿其直而得之者,庸何伤?"曰:"居官不欲为器皿,奈何以是污我?"杨命投之江中,始无愧色。蔡京当国,汲得知名士附己,以宗子博士召,力辞不就。或潜问其故,曰:"吾异时不欲附奸臣传耳。"吁!士大夫能勤小物,故克此心也,享万钟必以义,不为京屈,特小小者尔。学犬吠村庄者,愧死无地。

"孽臣奸骄",为臊羯奴发也。"奉贼称臣",为陈希烈等发也。"死生堪羞",为新君营救均、埒及六等定罪发也。此元子书万世纲常之法。陈所翁赋子道臣节云:"银旗金甲渡巴西,灵武城楼已万几。一札只闻元帅命,五笺合待使臣归。未闻请表更追表,且看黄衣换紫衣。天性非由人伪减,何缘尚父结张妃。""六等胜如诛独柳,二张纵活亦何颜。太师死后犹书法,水部刑章托颂间。最忆海青投乐器,绝怜甄济隐青山。《中兴碑》下奸臣惧,天道何尝不好还。"溪深毛寒,壁立鬼怖,可不惧哉!

潘紫岩慨慕先隐,集老子以下迄于宣靖可师者,各为小传,曰《幽人景範》。周二十七,附见者四:老聃、尹喜、庄周、列御寇、荣启期、楚狂接舆及妻、长沮、桀溺、荷荼、荷蒉、石门、晨门、颜回、闵损、曾参、原宪、公析哀、漆雕开、仲子及妻、老莱子及妻、公仪休、披裘、闾丘、颜蠋、段干木、黔娄及妻、鬼谷子。

两汉二十七,附见者六:鲁二征士、龚胜、彭城老父、宋胜之、庄遵、李弘、郑璞、戴良、向长、禽庆、王霸及妻、逢萌、庄光、范丹、高凤、台佟、梁鸿、孟光、周燮、黄宪、洪直、韩康、陈留老父、魏柏、徐稺、姜肱及二弟、申屠蟠、郭泰、张奉。魏晋十二,附见者六:管宁、张祎、胡昭、王烈、焦先、皇甫谧及子、方回、孙登、董京、郭文、何琦、孟陋、氾毓、徐苗、翟汤、周邵、汤子庄、陶潜。南朝至五代十九,附见者七:戴逵、刘凝之、沈麟、朱百年、孔颛、鄄野老、寻阳渔父、宗测及宗人尚之、从弟或之、祖炳、明僧绍、阮孝绪、刘许及族兄歊、仲长子光、王通、卫大经、张氲、卢鸿一、张志和、郑邈、王居岩、张令问及弟亢言及子立。宋十八,附见者六:戚同文、宗翼、陈抟、傅霖、杨朴、李渎、魏野及子闲、邢郭、林逋、甄楼真、刘海蟾、张俞、孔旼、高怿、种放、张荛、许勃、潘兴嗣、孙侔、邵雍、成都隐者、张举、刘皋。凡百三十二人。

《汉书》载淮南王安以叛自刑,《神仙传》以为安丹成上升,鸡犬舐鼎亦得仙去。《唐书》纪张果自云:"我生尧丙子。"其貌实年六七十,未几亦卒。《神仙传》谓果生尧丙子,二万八千岁矣。尧即位三十四年,丙子至唐开元初才二千八百余年,鲁鱼亥豕之误明矣。不然,《孟子》载文王之地百里,答齐宣王则曰"文王之囿方七十里",则民居者三十里耳。

会宁郡夫人昭仪王秋儿、顺安俞修容、新兴胡美人、永阳朱梅儿、资阳朱春儿、高安朱夏儿、南平朱端儿、东阳周冬儿、顺政石润儿、高平周赛儿、通化闻润儿、浔阳陈宜儿、胡安化、沈咸宁、黄新平,皆上所幸也。初,东宫以春夏秋冬四夫人直书阁,为最亲。王能属文,为尤亲。虽鹤骨臞貌,但自上即位后,万几之暇,批答画闻,式克钦承,皆出其手。然则王非以色事主,度皇亦悦德者也。

庚申八月,太子请两殿幸本宫清霁亭赏芙蓉、木犀,诏部头陈盼儿捧牙板歌"寻寻觅"一句,上曰:"愁闷之词,非所宜听。"顾太子曰:"可令陈藏一即景撰快活《声声慢》。"先臣再拜承命,五进酒而成。二进酒,数十人已群讴矣。天颜大悦,于本宫官属支赐外,特赐百匹两。词曰:"澄空初霁,暑退银塘,冰壶雁程寥寥。天阙清芬,何事早飘岩壑。花神更裁丽质,涨红波、一夜梳掠。凉影里,算素娥仙队,似曾相约。 闲把两花商略,开时候、羞趁观桃阶药。绿幕黄帘,好顿胆瓶儿著。年年粟金万斛,拒严霜、绵丝团幄。秋富贵,又何妨、与民同乐。"明年四月九日,储皇生辰,令述《宝鼎现》,俾本宫内人群唱为寿,上称得体。词曰:"虞弦清暑,佳气葱郁,非烟非雾。人正在、东闱堂上,分瑞祥辉腾翠渚。奉玉斝,总欢呼称颂,争羡神光葆聚。庆诞节、弥生二佛,接踵瑶池仙母。 最好英慧由天赋,有仁慈宽厚襟宇。每留念、修身忧意,博问谦勤亲保傅。染宝翰、镇规随宸画,心授家传有素。更吟咏、形容雅颂,隐隐赓歌风度。 恩重汉殿传觞,宣付祝、恭承天语。对南薰初试,宫院笙箫竞举。但长愿、际升平世,万载皇基因睹,问寝日,俟鸡鸣舞,拜龙楼深处。"又明年,赐永嘉郡夫人全氏为太子妃。锡宴毕,太子妃回宫,令旨俾立成《绛都春》家宴进酒词,曰:"晴春媚晓。正禁苑乍暖,莺声娇小。柳拂玉阑,花映朱帘韶光早。熙朝多暇舒长昼,庆圣主、新颁飞诏。贻谋恩重,齐家有训,万邦仪表。 偏称宫闱欢笑。酿和气共结,天香缭绕。侍宴回车,诏部将迎金莲照,鸡鸣警戒丁宁了。但管取、咸常同道。东皇先报宜男,已生瑞草。"若此者余百篇。史臣章采称陈藏一长短句以清真之不可,学老坡之可。

东宫应令,含情托讽,所谓曲终奏雅者耶。沉香亭《清平之调》,尚托汗青以传,藏一此词,合太史氏书法,宜牵联得书。

二十四班:行门、长入祗候、殿前指挥、左右班、御龙直、金枪班、银枪班、散员、散指挥、骨朵直、散祗候、散都头、东一至五、西一至二、茶酒新旧四班、招箭班、殿直、弓箭直、弩直、散直、禁卫内殿直、散钧容直、随龙忠佐习驭直。先是,太祖自陈桥驿拥兵入觐,长入祗候班乔、陆二卒长率众拒于南门。乃入自北,解衣折箭誓不杀。咸义不臣,自缢。太祖亲至直舍,叹曰:“忠义孩儿。”赐庙曰“忠义”,易班曰“孩儿”。至今孩儿班,于帽子后垂头帻二条,粉青者为世宗持服,红者贺太祖登极。直舍正门护以黄罗,傍穿小门出入,旌忠也。先臣奉敕撰《二侯加封续纪》,云:“生而忠,舍一身以立大节;殁而神,历百世以显威灵。国家赖若而人扶持,风化赖若而人激励,灾旱赖若而人捍御。朝廷宠之美号,邦人倚之徼福,岂他祠例论哉!长入祗候班乔、陆二侯,忠义见于建隆之初,福祉施于景定之后,雨旸灾患祷辄应。班首小臣陈桂等以状闻,于是忠义威烈之褒,忠烈德义之宠,盖所以广解衣折箭之誓,俾之与国同休者也,宜刻坚珉,以劝万古。皇帝以命臣藏一,臣藏一再拜稽首而献文曰:‘太祖肇造,历数攸归。尔乔尔陆,忠节不移。誓永宥尔,折箭解衣。舍生取义,庙食于兹。后三百载,愈显灵威。捍灾御患,福被髦倪。爰锡徽号,劝忠匪私。服我休命,永佑昌时。’”

偶败箧中,得上每日赐太子玉食批数纸,司膳内人所书也。如酒醋白腰子、三鲜笋炒鹌子、烙润鸠子、燋石首鱼、土步辣羹、海盐蛇鲊、煎三色鲊、煎卧乌、焅湖鱼、糊炒田鸡、鸡人字焙腰子、糊燠鲇鱼、蝤蛑签、麀膊及浮助酒蟹、江姚、青虾辣羹、燕鱼干、燷鲻鱼、酒醋蹄酥片、生豆腐百宜羹、煤子煤白腰子、酒煎羊二牲醋脑子、清汁杂炖胡鱼肚儿辣羹、酒炊淮白鱼之类。呜呼！受天下之奉，必先天下之忧，不然素餐有愧，不特是贵家之暴殄。略举一二，如羊头签止取两翼，土步鱼止取两腮，以蝤蛑为签，为馄饨，为桄瓮，止取两螯，余悉弃之地，谓"非贵人食。"有取之，则曰："若辈真狗子也。"噫！其可一日不知菜味哉。

先君号藏一，盖取坡诗"惟有王城最堪隐，万人如海一身藏"之句，梦窗吴先生文英为度夷则商，犯无射宫，制《玉京谣》云："蝶梦迷清晓，万里无家，岁晓貂裘敞。载取琴书，长安闲看桃李。烂绣锦、人海花场，任客燕、飘零谁计。春风里，香泥九陌，文梁孤垒。   微吟怕有诗声翳。镜慵看、但小楼独倚。金屋千娇，从他鸳暖秋被。蕙帐移、烟雨孤山，待对影、落梅清泚。终不似，江上翠微流水。"

襄樊之围，食子爨骸，权奸方怙权妒贤，沈溺酒色，论功周召，粉饰太平。杨金判有《一剪梅》词云："襄樊四载弄干戈，不见渔歌，不见樵歌。试问如今事若何？金也消磨，谷也消磨。   柘枝不用舞婆娑，丑也能多，恶也能多。朱门日日买朱娥，军事如何，民事如何？"

云间酒淡，有作《行香子》云："浙右华亭，物价廉平。一道会买个三升。打开瓶后，滑辣光馨。教君霎时饮，霎时醉，霎时醒。   听得渊明，说与刘伶，这一瓶约迭三斤。君还不信，把秤来秤，有一斤酒，一斤水，一斤瓶。"呜呼，岂知太羹玄酒之真味哉！

随隐漫录卷三

孟享驾出，则军器库、御酒库、御厨、祇候库、仪鸾司、御药院从物前导，骐骥院马引从，舍人、内外诸司库务官继之。前驱亲从左右各二十一人，控拢亲从三百十四，沿路喝赞舍人二，文武左右各八，都下亲从如其数。阁门宣赞捧驾头于马上，乃太祖即位所坐，香木为之，金饰四足，随其角前小偃织藤冒之。至则迎驾者起居，引驾主首左右各五人，阁门提点、御史台诸房副承直、御椅子、簿书官、阁门祇候、金枪、银枪、招箭、东一至五、西一至二、茶酒等班、环卫、御带、内等子、逍遥子、御辇院官、御燎子、翰林司官、阁门觉察、宣赞二人，殿侍五十二，快行如上数而杀其二。御马数十，院官随之。警跸八人，殿侍执从物者十人，行门往来禁卫内编排三十人，知阁步帅行于中，御龙直执从物者八十人，引驾长八人，祇候左右班各二十人，殿前指挥使如上数各杀其六。亲方围子二百四十人，内殿直、御龙直各二百，崇政殿亲从、内外等子各如上数，内等子十七人，作内围子、主管殿司公事、主管禁卫官押之。烛笼两行，各六十人。快行如初数。行门二十四人。擎辇六十人，中仰天颜盖二，扇二。挟辇殿前指挥使左右各二十四人，内殿直如之。挟辇御药左右各二人，插带内外御带倍上数，带御器械阁下官又倍之，文武亲从又各如前数，筤一扇二。左贤右戚，乘马从驾弹压。宫殿之行门以下：舒脚幞头，大团花罗袍。击鞭编排：小团花罗袍。御龙直、茶酒等班：红地方胜练鹊缬罗衫,各涂金束带。控拢御马左右直:执七宝素红玛瑙鞭各二,擎硃红水地戏珠龙杌子各一,皂纱帽,青地荷莲缬罗衫,涂金束带。文武亲从:贴锦帽,紫宝相花大神衫,铜革带。内外围子:皂纱帽,红地黄白狮子缬罗衫,绯线罗背子,涂金戏狮束带。前引从并姜牙帽,三色缬衫,铜带。亲事官曲脚幞头,簇四金雕袍,涂金带。百官诸司并朝服。阮秀实《仰瞻圣驾》诗云:"紫烟敛翠碧天长,柳荫旌旗午尚霜。一朵彩云擎瑞日,光华尽在舜衣裳。"僧必万云:"轻尘不动马蹄催,警跸声中圣辇来。汉代威仪周礼乐,太平天子拜香回。"若恭谢驾回,于围子内作乐,添教坊东西班各三十六人,丞相以下皆簪花。姜夔云:"六军文武浩如云,花簇头冠样样新。惟有至尊浑不带,尽分春色赐群臣。""万数簪花满御街,圣人先自景灵回。不知后面花多少,但见红云冉冉来。"潘牥云:"辇路安排看驾回,千官花压帽檐垂。君王不辍忧勤念,玉貌还如未插时。"邓克中云:"辇路春风锦绣张,裁红剪绿斗芬芳。黄罗伞底瞻天表,万叠明霞捧太阳。"阮秀实云:"宫花密映帽檐新,误蝶疑蜂逐去尘。自是近臣偏得赐,绣鞍扶上不胜春。"先臣云:"幸骖恭谢睹繁华,马上归来戴御花。老妇稚儿相顾问,也须春色到诗家。"

真德秀草《招安湖南草寇诏》,云:"自有天子至于今日,未闻盗贼得以全躯。弄潢池之兵,谅非尔志;烈昆冈之火,亦岂余心。"上称其得体。姚勉《述敕祭阎妃文》曰:"五云缥缈,谁扣玉扃?"上怒曰:"朕虽不善,未如明皇之甚也。"姑苏守臣进蟹,应制程奎草批答云:"新酒菊天,惟其时矣。"上曰:"茅店酒旗语,岂王言耶?"令陈藏一拟闻。先臣援笔立成,略曰:"内则黄中通理,外则戈甲森然,此卿出将入相,文在中而横行匈奴之象也。"上乃悦。又承旨令述太乙宫明禋祈晴设醮青词,云:"我将我享,爰有事于明堂。载祷载祈,肃致忱于楚帝。"上自改为"上帝"。楚,邦昌逆号也。凡代王言,不可不谨。

秦始皇讳政,改正月为端月。汉宣帝讳荀,改荀卿为孙卿。明帝讳庄,改庄光为严光。司马氏讳昭,改昭君为明妃。晋简文母郑太后讳阿春,改春秋为阳秋。仍之非也。

《礼》曰:"刑不上大夫。"以其近君也。故不廉曰簠簋不节,污秽曰帷薄不修,罢软曰下官不职,尚迁就为之辞。有大罪者,闻命则北面自裁,曰:"子大夫有过,吾不忍加刑焉。"故淫者更绝缨,盗者更赐酒,而甚于耻戮。唐家待士,不用廉耻。姜皎官三品,且有功,犹杖辱之,况簿尉乎?故神器屡摇,盖不养士气于浑沦之中,服其形而不服其心。《孟子》曰:"君之视臣如犬马,则臣视君如寇仇。"此之谓也。

先君会天下诗盟于通都,随隐才十二三,诸先生以孺子学诗可教而教以诗。吴一齐石翁云:"大隐君家小隐君,得名太半忌人闻。秋窗吟共缑山月,晓榻眠分华岳云。莺欲引雏先出谷,马才生骥便离群。新诗却要多拈出,突过郎罢张我军。"杜北山汝能云:"父子名相继,如君又出奇。乾坤钟秀气,湖海诵新诗。放鹤春风远,横琴夜月迟。未应随大隐,闲过圣明时。"刘雷垕彦朝云:"坎止流行只任天,行庐新傍紫薇边。夜窗低过宫花月,晓巷深横御柳烟。五字肯同余子说,一灯亲自乃翁传。虽然不作功名念,却恐功名逼少年。"景定癸亥,特旨以布衣除东宫掌书,吟社贺诗数十,仅记五首。钱春塘舜选云:"吟笔何须管用银,日供撰述圣恩新。只今已脱凡尘去,便作金丹换骨人。""夜泛孤舟载月船,静搜吟料六桥边。诗成上达宸聪了,流落人间到处传。"吕雪屋三余云:"青宫楼观近尧阶,班列屏风间坐开。人羡杜闲生杜甫,天教苏颐继苏瑰。马归禁苑行边柳,鹤伴平山隐处梅。我恨长镵斲黄独,九年无计策衰颓。"柳月硐桂孙云:"镂玉裁冰字字奇,少年亲结九重知。君臣际遇荣千载,父子推敲冠一时。罍进楚兰春奏雅,瓶分陶菊夜联诗。五云楼近开黄道,金紫连班进赤墀。"菊窗俞氏云:"万人海里辟幽扉,欲学深居只布衣。不道内前车马闹,又催父子入宫闱。"丙寅来归江西名胜,又赠诗词,黄梅塘力叙云:"诗在天地间,风清月明处。若为深闭门,而可觅佳句。夫君小元龙,豪气隘区宇。青春发诗材,秀苗长膏雨。流水与行云,吾不见滞住。乘月涤吟毫,玉碗三危露。超诣自透脱,悟在观剑舞。入宫画蛾眉,胡为众女妒。君亦何憾,千载一时遇。向也诗道昌,吟声喧禁籞。应制沉香亭,龙巾曾拭吐。今焉诗道厄,短筇策江路。悲啸《梁甫吟》,侘傺《离骚赋》。浮云时卷舒,睨此知出处。此其随之义,大隐会境趣。天地梅又春,风紧雪飞絮。一笠灞桥驴,吟鞭且临汝。得句从人传,传今亦传古。要知是家传,审言以传甫。传之而又传,衣钵传宗武。"张溪居彝云:"酝藉中涵廊庙姿,诗文都好见宸批。只蒙四字君王宠,虮虱微臣不用题。"周野舟济川《八声甘州》云:"有乾坤清气入诗脾,随龙散神仙。蘸西湖和墨,长空为纸,几度诗圆。消得宫妃捧砚,夜烛照金莲。试问隔屏坐,谁后谁先。　　长是花香柳色,更风清月白,入吟笺天。自霞觞误覆,谪下玉皇边。笑随归山中随隐,且醉捧斗酒写新篇。天应笑、呼来时后,记上襟船。"壬申秋留西湖半载,吴松壑大有《饯行》云:"我昔见君方成童,长吉才华惊巨公。人间科第不屑就,直使声名闻九重。乃翁引上凝华殿,《子虚》不待他人荐。入直承明凡几年,天上奇书尽曾见。翩然归去大江西,二疏父子还相随。故乡分得云水地，却喜不爽渔樵期。春雨骑牛对烟草，何如振衣随龙五云表。秋霜黄独煨地炉，何如驼峰犀筋食天厨。林间食叶抄诗句，何如宫妃捧砚挥毫处。溪边照影著荷衣，何如龙门应制夺锦时。钧天梦断难回顾，浩然合在山中住。金石台前伴白云，六年不踏西湖路。今日重来发长吁，忍看清平破草庐。尽拈书籍向人卖，归买田园供荷锄。乃翁八十齿发落，倚门待儿斜日薄。孤山梅花带不归，却唤扁舟载童鹤。"俯仰之间倏三十稔，吾翁诸老皆赋玉楼，西湖吟社各天一涯。穷达一场春梦，故记之。

带格三十二：三品以上玉，四品以上金，余并金涂银，错班金涂铜。笏头一字，王外执政两府，笏头毬绞，宰执。排方御仙花，正侍郎知阁节使。螺犀，权侍郎。丝头荔枝，正任副使横行。球路，内侍。海捷，幕士辇官。剔梗荔枝，训武郎下。柘枝，快行亲从。太平花，随龙忠佐。碎草，茶酒班。师蛮，人仙，犀牛，宝瓶，行虎，戏童，宝相，胡菱，凤子，野马，双鹿，方胜，云鹤，坐神，并班直。天王，亲事官。行狮，行门。行鹿，御厨教驳。盘凤，翰林司。凹面，教坊。醉仙，御龙直。獐鹿。军头司仪鸾司。

韦忠不就张华之辟，张象不为国忠之谒，何其少也。以柳子厚之才而附叔文，以萧至忠之美而事韦后，何其多也。此张无垢所谓：贪冒之士，如落秽溷污渠中，如何使人敢近；廉正之士，如竹间清风露气，洒洒袭人，观者已觉心目顿快，况处其间哉？

《左传》之山鞠穷、庚癸呼，《列女传》之食猎犬、组羊裘，荀卿之"大"赋，东方朔之蜥蜴，皆隐记也。今何谓之始于杨修，何独以曹娥名耶？

信庵先生开阃维扬时，偶入教场，取芟草二卒所带便袋，题姓名悬梁间。越两月，忽俾缉捕。呼至，亟命释缚，饮以太白。时回易库纳息钱二百袋，一袋万瓶楮也。俾各负一袋，环行三匝。曰："能益乎？"曰："能。"曰："汝等健儿，当力战取富贵。用又袋中钱，小篚仅藏三十二楮，岂不辱国？呼卢百万，大丈夫事也。且各将两袋去用，用尽再来取。"高沙凯还，人困马疲，悦道旁假山，令诸军随意负归。众怒，多弃于半途。馀至，毕秤石轻重，价以银，而弃石于野。其鼓舞驾御，有赏徙木、傲黥布、骂赵将之风。

"手执《黄庭》上石台，竹阴扫月遍苍苔。欲从此处即仙去，玉立清风待鹤来。"赵十洲希彭诗。赵君入仕四十年，虚静恬淡，寂寞无为，除南雄守，不赴。丙寅九日，别亲友理家事，端坐而逝。遗偈曰："六十二年皮袋，放下了无挂碍。青天明月一轮，万古逍遥自在。"与前诗类，达矣。

壬戌秋，储君赐先臣《记颜赞》云："文窥先汉，诗到盛唐。侍余左右，知汝忠良。王城虽大如海，政恐一藏而不得藏也。"甲戌秋《自赞》云："年方九秋开，丹脸映碧眼。习静于心安，味穷百事懒。由中以致和，闻道亦非晚。"噫！十年撰述幸随龙，二圣在天应默眷。

绍定庚寅春，汀寇入谯，赵守窜。殿司裨将胡斌领弱卒二百巷战，矢尽力折，易双铁鞭，所杀尤众。死焉，坐执双鞭，屡日不僵。民赖其力，多获窜免。守臣王野闻于朝，赠武节大夫，赐庙额"忠勇"。刘后村诗云："士各全躯命，惟侯视死轻。张巡须尽怒，先轸面如生。短刃犹枭寇，空拳尚背城。新祠箫鼓盛，人敬此神明。"

四明倪君奭临终赋《夜行船》词云："年少疏狂今已老。筵席散，杂剧打了。生向空来，死从空去，有何喜，有何烦恼。　　　说与无常二鬼道，福亦不作，祸亦不造。地狱阎王，天堂玉帝，看你去那里押到？”

叶靖逸绍翁《赞洞宾像》云：“拈吟髭，剑在前。心中月，天上圆。”《猫图》云：“醉薄荷，扑蝉蛾。主人家，奈鼠何？”

林可山称和靖七世孙，不知和靖不娶已见梅圣俞序中矣。姜石帚嘲之曰：“和靖当年不娶妻，因何七世有孙儿？盖非鹤种并龙种，定是瓜皮搭李皮。”石帚之诗，特甚于郭崇韬、李环之挝，戒之。

杭城外北新桥，某翁枕流居焉。门有蒲萄七架，时旱，翁勤灌溉，独盛。宿架下，以防盗。忽二三鬼出水面，贺得替，曰：“明午方巾白衫，自北而至者是也。”及期，翁株坐以俟，果有方巾白衫者大笑入水，急救之。是夕，鬼诟曰：“吾经数十年刚得替，而汝夺之，吾将杀汝。”取淤泥瓦砾乱掷，翁怅惧而入。又击户。黎明，蒲萄无子遗矣。盖盗诈鬼，舣舟以载也。噫！移此智以迁善，谁能御之？

史相生朝，寺观皆有厚馈，独无准献偈云：“日月两条烛，须弥一炷香。祝公千载寿，地久与天长。”史大喜。随隐拈云：“满口道著。”

云峰德师住抚之广寿，途遇时贵，避不及，有违言，即上堂别众云：“澹然无累水云僧，去住分明叶样轻。十字街头休作梦，五湖依旧一枝藤。”随隐拈云：“札得眼来，白云万里。”

随隐漫录卷四

杨慈湖简《题平江府太伯庙》云："三以天下让，先圣谓至德。简也拜庙下，太息复太息。三辞不难也，太伯无人识。胡为无得称，万象妙无极。"或曰：太伯之神无形体，何故言象又言万？通大道者，匪有匪无，象即无，万即一，一即万，尚不思而可言乎？言即无言。天地内外皆太伯，人皆见之而不识。冯深居去非《赞》云："太伯之远启吴宇也，其周之盛德耶？显哉丕谟，承哉丕烈，维天有成命，匪躬之责，委而去之，川逝河决。孔子不云乎：'可谓至德也已矣。'虞仲隐居，季札守节，其流芳遗烈欤。郡以吴隶，礼逊维则。"

古之大儒，格物以为学，伦类通达，谓之真知。其次，博物以为闻，敏识强记，谓之多知。真知者，德性之知。若颜子闻一知十，子贡告往知来，曾子致知，子夏日知月无忘是也。多知者，见闻之知。若子产汾神之对；绛老疑年，师旷知获侨如之岁；左史倚相能读《三坟》、《五典》、《八索》、《九丘》，不能知《祈招》之诗，而子革能之；祝佗诵载书于苌弘，以长卫侯于盟是也。真知者，优入圣域，回、赐、参、商外，无闻焉。多知者，非命世之英，如子产、游吉、师旷、叔向、子革、椒举、祝佗之外，不能也。后世真知者寂然，多知者唯刘向而已。

春秋妇人有谥。晋之声子、敬嬴，鲁之哀、声、穆诸姜，齐、宋两共姬，此国君夫人之得谥者。穆伯之妻戴姜，此大夫妻之得谥者。郑武姜、秦穆姬、晋怀嬴、卫之宣、庄二姜、宋威、许穆、晋悼，此因国君之谥而名之者。鲁人哀此姜，谓之哀姜，此私谥也。谥以表德，妇人以三从为德，夫之德即其德，故礼从夫谥。是以《舜典》言汭汭厘降之事，则二妃所观之刑可见；《周诰》著文武之烈，则大姒所嗣之音可传也。

传曰：因生赐姓，胙土、命氏，及字、谥、官、邑，六者而已。今推广为十七类：一曰以国为氏。五帝之前，有国者不称国，以名为氏，所谓无怀氏、葛天氏、伏羲氏、燧人氏者也。神农、轩辕虽曰炎帝、黄帝，犹以名为氏。至唐、虞、夏、商、周，而后以国为氏，诸侯亦然，鲁、卫、齐、宋之类是也。支庶称氏，适他国则称国，如宋公子朝，在韩则称宋朝，卫公孙鞅，在秦则称卫鞅。二曰以邑为氏。原以周邑而得氏，申以楚邑而得氏。鲁有沂邑，因沂大夫相鲁，而以沂相为氏。周有甘邑，因甘平公为王卿士，而以甘士为氏。三曰以乡为氏。四曰以亭为氏。封建五等，降国为邑，邑有关内侯、乡侯、亭侯。关内邑者，温、原、苏、毛、甘、樊、祭、尹之类是也。封于乡者以乡氏，封于亭者以亭氏。五曰以地为氏。居傅岩者为傅氏，徙稽山者为稽氏，主东蒙之祀者为东蒙氏，守桥山之冢者则为桥氏。龀氏因龀班食于龀门，颖氏因考叔为颖谷封人。东门襄仲为东门氏，桐门右司为桐门氏。隐于甫里、绮里者为甫里氏、绮里氏。六曰以姓为氏。姓之为氏与地之为氏皆因所居而命也。得赐者为姓，不得赐者为地。居姚墟者赐以姚，居嬴渎者赐以嬴，姬之得赐居于姬水，姜之得赐居于姜水。七曰以字为氏。八曰以名为氏。诸侯之子称公子，公子之子称公孙，公孙之子以王父字为氏。如郑穆公之子曰公子騑，字子驷，其子曰公孙夏，其孙则曰驷带、驷乞。宋威公之子曰公子目夷，字子鱼，其子曰公孙友，其孙曰鱼莒、鱼石。鲁孝公之子曰公子展，其子曰公孙夷伯,其孙曰展无骇、展禽。郑穆公之子曰公子丰,其子曰公孙段,其孙曰丰卷、丰施。天子之子亦然。王子狐之后为狐氏,王子朝之后为朝氏。如公子遂之子曰公孙归父,字子家,其后为子家氏,父字为氏者也。季孙钮,字子弥,其后为公钮氏,父名为氏者也。九曰以次为氏。伯、仲、叔、季之类是也。十曰以族为氏。族近于次者,氏之别也。孟氏、仲氏,别兄弟也。丁氏、癸氏,别先后也。祖氏、祢氏,别上下也。第五氏、第八氏,以同居别也。孔氏子孔氏,旗氏子旗氏,字之别也。轩氏、轩辕氏,熊氏、熊相氏,名之别也。季氏之有季孙氏,仲氏之有仲孙氏,叔氏之有叔孙氏,嫡庶之别也。十一曰以官为氏。太史、太师、司马、司空是也。十二曰以爵为氏。皇、王、公、侯是也。十三曰以谥为氏。庄氏出于楚庄王,康氏出于卫康公。鲁僖公、宣公之后为僖氏、宣氏。文、武、哀、谬皆是也。十四曰以吉德为氏。赵衰,人爱之如冬日,后为冬日赵氏。吉有贤人为老成子,后为老成氏。十五曰以凶德为氏。英布被黥为黥氏,杨感枭首为枭氏。十六曰以事为氏。夏侯氏遭有穷之难,后潜方娠逃出,自窦而生少康,支孙以窦为氏。汉武帝认丞相田千秋乘小车出入省中,后因以车为氏。十七曰以技为氏。巫者之后为巫氏,以至卜氏、匠氏、豢龙、御龙、干将氏者亦莫不然。三代之后,姓氏混矣。

梁冀不顾清河王蒜明德属亲,而立蠡吾侯,以为富贵可长保,然族冀者,桓帝也。郭崇韬知庄宗之嬖刘氏,请立为后,中庄宗之欲,结刘氏之援,为自安之计,至深至厚,然杀崇韬者,刘氏也。故君子守道德之正,而祸福之变岂思虑所能及哉?

高疏寮《骑鸾引》云:"夜骑白鹤出琳阙,千万仙官锵珮玦。云雷贴妥过罡风,左推日丸右扶月。一息瑶池翠水家,阿母迎谒龙驱车。青娥弹丝玉妃酒，折尽蟠桃红玉花。九天丈人来问道，太极之前天不老。丹霞一焄玉虚宫，宝笈绳金容探讨。井君沐浴波五色，洞房光芒上奔日。天上传呼六丁直，星斗离阑碍鸾翼。"钱眘塘《纪梦》云："翠峰嵯峨三十六，寒泉落空响哀玉。鬖花石路势萦纡，玉阑干护修筼绿。雪髯老人负紫瓢，金丝麈尾摇相招。红螺酌酒湛湛碧，坐倚苍石吹洞箫。孤鹤来传天上诏，老人挽余偕一到。飘飘高举凌青冥，直过罡风履黄道。祥光楼阁倚峥嵘，神虎守关森卫兵。双阖朱扉忽微启，中有灵官来远迎。绛衣持斧立丹陛，玉皇手中玉如意。云璈风瑟自宫商，天声清越非人世。帝旁青童传帝宣，文华宫中呼谪仙。谪仙顾余笑且言，子宜亟反来他年。探囊赠我五色笔：'子当宝之慎勿失。'浓香氤氲迷帝所，长揖老人下西庑。身从日上仰头行，俯视斗杓分子午。云气相随步武生，过耳但觉松风鸣。觉来握笔纪佳梦，月明楼鼓挝三更。"毛吾竹《钧天》云："鸢飞鱼跃，凫短鹤长。各适其适，孰尤彼苍。奈何人异于万物，身各乎五常。学关乎经济，志效乎忠良。乃使蜗蚓同槁乎土壤，鸿雁俱逐乎稻粱。精神所著，梦游八荒。浴银河翻月之浪，熏旃檀带露之香。戴芙蓉九华之冠，披云锦五色之裳。骑祥麟兮翳彩凤，攀若木兮拂扶桑，直造乎玉皇香案之傍。白虎守关御剑芒，荧惑执法齿发张。皇夔丘旦列雁行，肃然鸣佩谐宫商。夹张卫霍立两厢，相向盾甲明如霜。千官拜起低复昂，星辉霞彩难为详。一人殿中立宣扬，令臣奏事无恐惶。臣愚幸睹天日光，愿拜短疏神毫芒。读罢帝亲把袖藏，曰汝所奏见未尝。政如药性和温良，一一可以瘳民疮。又如百炼昆吾钢，用之国可无妖祥。惜哉无遇徒心伤，亟宜归世朝君王。君王神圣今禹汤，勤求贤隽食不遑。扶天大象亲提纲，充庭至宝皆琳琅。尚怜空谷遗幽芳,蒲轮鹤诏纷相望。赐汝紫绶黄金章,衮衣赤舄坐庙堂。爕调万化跻时康,凌轹周汉超虞唐。赐主斧钺羽林枪,专征不义诛暴强。火铃霹雳杵金刚,摄伏百怪回澜狂。载命玉女斟霞觞,赐汝天酝九霞浆。一饮尽蜕藜藿肠,令汝身贵家亦昌。不论中国蛮与羌,虫鱼草木皆春阳,天子万寿永无疆。汝乘白云来帝乡,二十八宿与翱翔。臣辞草茅不敢当,逊于樱契暨殳斫。罡风满路,明月在床。"皆不食烟火语,而《钧天》尤富赡云。

魏明帝景初元年,徙长安铜人承露盘,盘折,声闻数十里。重不可致,留于霸城。大发卒铸铜人二,号翁仲,列坐司马门外。抱独先生命先人与钱菊友颖即席以久字韵赋翁仲。菊友云:"武皇骑龙朝帝后,露湿铜仙古苔绣。景初命名翁与仲,无复衣冠仍汉旧。柏圭大剑高嵯峨,不动如山严镇守。岂知屹立司马门,九鼎暗移司马手。变迁陵谷亦何易,洛阳尘埃一回首。因嗟宠辱非可常,世间何者为长久。君不见后来荆棘埋铜驼,坐想失身横陇亩。"先人云:"铜仙擎露秋风表,珍重刘郎千万寿。老瞒攘鼎贻孙谋,因逼此仙俱受垢。仙宁折骨拒非招,耻为奸雄效奔走。污名翁仲俾司门,口不能言心自否。洛阳宫殿一灰飞,天上此标独长久。君不见堂堂冠剑隐藤城,万古六丁驱鬼守。"先生跋云:"绍定壬辰九日,抱独山人徐逸观陈藏一所作翁仲诗,观其命意布辞,灼见魅乡,呼魄指冤,俾受言奖,如在荆棘中流涕而话往事。呜呼!如诗人忠愤之心,随事而见,可胜叹哉。因执笔惘惘而书。"

甲子六月六日昧爽,福宁殿东西向列《圣训》及《读书纪要》各二匣,《凝华集》一匣。太子两拜问安,又两拜云:"臣某职守东闱,恩承南面,近思问学,谨茸韦编。兹盖伏遇爹爹皇帝陛下，圣训尊严，师资妙选，遂令谒见晋彻睿知。臣下情无任瞻天望圣，激切屏营之至。”两拜擂笏舞，三拜开匣，各奉一册以进。两拜云：“纂辑所闻，编摩亦久，惭非博学，幸澈严宸。陛下教育岁深，修为日渐。谨祈锡览，终赐玉成。”两拜，进《凝华集》，云：“自幼习诗，久承亲训，僭编草稿，恭进黉阶。陛下勤于教子，学乃知方。仰冀圣慈，锡之乙览。”两拜，退。本宫圣堂祈祝文云：“愚昧谫才，勉强问学。凤佩君亲之训，垂二十年。问安视膳之顷，凡一语一言之教诏，服膺弗失。会集为编，目曰《圣训》，凡二百卷。卜吉恭进，惟神灵阴相之。”八日付史馆。赐诏云：“朕惟万邦克正，端自元良，百世昭垂，常存典则。爰示宗严之训，以贻燕翼之谋，期续心传，用敷言教。皇太子某天资既淑，学问益充，凡平时丁宁告戒之辞，悉见于躬行践履之际。复加编集，以示鉴观，爰实契于朕心，可永垂于世则。庸加谕旨，不寓至怀。”九日起居毕，致词云：“顷集训言，获遭乙览，登之史馆，奖以温辞。陛下道重传心，恩深教子，敢不益加勉励，庸竭忠勤。”两拜，进诗云：“宠颁御墨十行新，天锡光华被小臣。家学传心当谨守，恩深何以报君亲。”两拜，舞蹈退。祝文云：“昨者告忱，恭进圣训，果蒙默佑，得激宸严。君亲悦怡，宣付史馆。不惟见某平日积习之功，亦我皇上天纵之学，修齐治平之道，藏之石渠，照耀今古。佩服神追，与此编相为长久。尚享。”

理宗《御容自赞》云：“身黄屋兮心太虚，动节度兮静恬愉。肥瘠以天下兮，不移夫厥居。夫孰为广成子兮，吾将问道于千岁之余。”

“独恨太平无一事，江南闲却老尚书。”萧宰易“恨”为“幸”。“云山苍苍，江水泱泱，先生之德，山高水长。”李泰伯易

"德"为"风"。"日斜奏罢长杨赋",半山易为"奏赋长杨罢"。
"白玉堂中曾草诏,水晶宫里近题诗"。韩子苍易为"堂深宫
冷"。晁无咎《试交趾进象表》云:"备法驾之前陈。"周益公易
"陈"为"驱"。古词云:"春归也,只消戴一朵荼蘼。"宇文元质
易"戴"为"更"。皆一字师也。

　　己卯冬,访钦雪岩于仰山相谢上堂云:"千里相寻慰寂寥,
未嫌风雪路迢迢。庐山虽好且休去,更拨寒炉话一宵。"明年
九日,访珍南州于开元上堂云:"从上行,不到处行,取步步登
高。从上说,不到处说,取言言见谛。白酒酿千家,黄花开满
地。噫嘻!陶渊明若知有今此世界,终不执著东篱。"置拂子下
座。又明年,访常竹坞于龟峰上堂云:"一藏一切藏错,随隐随
时隐错。霭霭春云,眼中金屑。直饶并到帝王前,总是一团闲
落索。置拂子顾众云。还见么,这落索,天将以夫子为木铎。"随
隐拈云:"铿金戛玉,则不无三大老同一舌头。虽然多赞,不如
少骂。"

随隐漫录卷五

《春秋》何始于鲁隐公？杜预谓"平王，东周之始王。隐公，让国之贤君。"非也。桓公弑兄，诸国无讨贼者，自平王不能复父仇始，此《春秋》之所以作也，此《春秋》之始于隐公也。孔子作《春秋》而乱臣贼子惧，惟孟子知之。

周公告二公曰："我其弗辟，我无以告我先王。"辟，法也，当置管、蔡于法。辟，避也，居东以避之。辟，君也，我若有无君之心，何以告我先王？三说俱通，必有能辨之者。

齐桓公盟洮、盟牡丘，会咸、会淮，兵车之会四。庄十三年会北杏，十四年会鄄，十五年会鄄，十六年盟幽，二十七年盟幽，会柽，盟贯，会阳谷、首止、宁母、葵丘，衣裳之会十有一。孔子但言九合诸侯，不以兵车。盖北杏始图霸，初会鄄，霸未成，庄十五年再会鄄为始。传曰："复会焉，齐始霸也。"

石骀仲卒，无适子，有庶子六人。卜所以为后者，曰："沐浴佩玉则兆。"五人皆沐浴佩玉。石祈子曰："孰有执亲之丧而沐浴佩玉者乎？"不沐浴佩玉。石祈子兆。齐大饥，黔敖为食于路，以待饿者而食之。有饿者蒙袂辑屦，贸贸然来。黔敖左奉食，右执饮，曰："嗟来食！"扬其目而视之，曰："予惟不食嗟来之食，以至于斯也。"从而谢焉。终不食而死。于此见古人仁孝之理。前一章叠四"沐浴佩玉"字而文不繁，后一章省二"饿者""黔敖"字而文愈简，又见古人叙事之法。

风者，动也。上之化下，如风之鼓动万物也。雅者，正也。

天子齐正万物也。颂者,后王赞美祖宗之功德也。——国之事各不同,皆本于君,故即其教化之美而名以风。《大雅》固皆天子之事,《鹿鸣》嘉宾、《采薇》王政之兴,可以小言,至《文王》、《大明》,美则大矣。《节彼南山》、《正月》诸诗,王政之废,可以小言,至于《板》、《荡》坏,则大矣。况遣戍复古,育材南征,不过指陈一事,至于受命明德,既醉守成,治则大矣。积小雅以成大雅,积风成雅,积雅成颂,故诸侯有风而无雅,天子有雅而无风。平王政令不行,《黍离》十诗,不刺则闵,不闵则思,自降为风。德不文,功不武,则不颂。鲁特列国之风以美之也。

子畏于匡,厄于陈蔡,伐木于宋,削迹于卫。颜子一箪食,一瓢饮,在陋巷,人不堪其忧。自古圣贤犹不免困厄,然处变如处常。平日见得义命透,故用舍行藏,惟我与尔。他弟子不能及。

原宪居贫,子贡连骑结驷过之,谓宪曰:"夫子何病也?"宪曰:"无财谓之贫,道不行谓之病,宪贫也,非病也。"此语政针子贡殖货之膏肓。

秦下逐客之令,李斯在逐中,若不上书乞留,终身布衣。及其见留,致位宰相,父子俱戮,政坐一书之故。盖斯因仓鼠兴感,见逐上书,则其志在利禄也。与赵高谋杀扶苏立二世,恐失利禄也。一有患得患失之心,故不免于大戮,诚可以为贪利禄者之戒。

孔明仕蜀,子瞻、孙尚死于忠义。瑾仕吴,子恪死于诛戮。诞仕魏,死于兵。三诸葛皆丰之后,分仕三国,惟孔明从刘氏,瞻、尚得其死,合乎正。当时龙虎狗之喻甚当。

唐虞尚德,夏尚功,商尚老,周尚亲,秦尚刑名,西汉尚权谋,东汉尚节义,魏尚词华,晋尚清言,周隋尚族望,唐尚制度,宋尚道理纪纲。董贤财物四十三万万，梁冀财物三十余万万，郿坞金三万斤、银九万斤、锦绮宝玩山积，元载胡椒八百斛，他物称是。终不免自杀、剖棺、燃脐、塞袜，果何所得哉？

唐庄宗诏魏王杀蜀王衍一行人，宦人张居翰谓杀降不祥，以诏傅殿柱，揩改"行"为"家"，于是随衍千余人皆获免。汉高祖以李崧第赐宰苏逢吉，并取其西京之田宅。崧子弟有怨言。逢吉诱人告崧与家僮二十人谋反，改二为五，遂族其家。周太祖枭逢吉，适当崧被刑之所。一字活千人，族一家，宜六一公有取于居翰也。

贾生获罪于汉，投文汨罗以吊屈原。皮日休不用于唐，投文沅湘以悼贾谊。贾之见谗，似屈之忠。日休不用，似贾之投闲长沙。泄其忠愤，可悲已。柳宗元恃叔文辈为冰山，设为天对，投文吊湘，有二子之才，无三闾之忠，宁不发屈贾之笑。

绍兴初，有献鼎于行都，上赐白金三千两，赐三茅观。高一尺三寸有咫，两耳旁出，三足与首皆类牛。腹外周纹如篆籀，腹内篆铭曰："维甲午八月丙寅，帝若稽古，肇宋鼎，审厥象，作牛鼎，格于太室，从用享亿万宁神休，惟帝时宝，万世其永赖。"乃宋孝武考建元年八月二日肇作以享太室者。二十九年，常州澄清观，先是，隔湖有物涌出波涛，寺观争取之，莫能得。澄清试以香花迎之，则凌波而上。有唐广德二年九月戊午，河东薛泚之铭，曰："上德愿而铸洪钟，仙圣祐而人天从。霜朝闻而窈窕，月夜听而邕容。莲生花而清净，顶衔绕于盘龙。响上闻于天外，声下彻于九重。庶长空于鬼狱，魔屏迹而潜踪。其象铎，其量勺，不石不播，不作不郁，脐当其腹，杵不临唇，重几百钧。"禁中日伺其鸣为兴，缮节童行专任撞击，毋先时，毋不及。三期，锡以度牒，"声沏九重"之铭始验。观亦有吴道子《火星图》，褚遂良书《阴符经》，然皆出钟鼎下。

　钱唐游手数万，以骗局为业。初愿纳交，或称契家，言乡里族属吻合。稍稔，邀至其家，妻妾罗侍，宝玩充案，屋宇华丽。好饮者，与之沉酗，同席或王府或朝士亲属，或太学生，狎戏喧呼。或诈失钱物，诬之倍偿。好游者，与之放恣衢陌，或入豪家，与有势者共骗之。好货者，或使之旁观，以金玉质镪，遂易瓦砾，访之，则封门矣。或诈败以诱之，少则合谋倾其囊。或窃彼物为证，索镪其家，变化如神。如净慈寺前瞽姬，揣骨听声，知贵贱。忽有虞候一人，荷轿八人，访姬曰："某府娘子令请。"登轿，至清河坊张家匹帛铺前少驻，虞候谓铺中曰："娘子亲买匹帛数十端。"虞候随一卒荷归取镪，七卒列坐铺前，候久不至，二卒促之。又不至，二卒继之。少焉，弃轿皆遁矣。有富者揖一丐曰："幼别尊叔二十年，何以在此？"引归，沐浴更衣，以叔事之，丐者亦因以为然。久之，同买匹帛数十端，曰："叔留此，我归请偿其直。"店翁讶其不来，挟丐者物色之，至其所，则其人往矣。有华衣冠者，买匹帛令仆荷归，授钥开箧取镪，坐铺候久晚不来，店翁随归，入明庆寺，如厕，易僧帽裹僧衣以逃。戴生货药，观者如堵，有青囊腰缠者，虽企足引领，而两手捧护甚至。白衫者拾地芥衔刺其颈，方引手抓，则腰缠失矣。有术士染银为药，先以水银置锅内，杂投此药，水银化烟去，银在其中。或者欲传之，欺以药尽，重需市药，则堕其计矣。殿步军多贷镪出戍，令母氏妻代领衣赐，出库即货以偿债。有少年高价买老妪绢，引令坐茶肆内，曰："候吾母交易。"少焉，复高价买一妪绢，引坐茶肆外，指曰："内吾母也，钱在母处，"取其绢，又入附耳谓内妪曰："外吾母也，钱在母处。"又取其绢出门，莫知所之。呜呼！盗贼奸宄，皋陶明刑则治。晋用士会,盗奔于秦。治之之法,在上不在下。

宋坦斋谓曹东亩曰:"君生永寿,诗学江西。"曰:"兴到何拘江浙,然则四灵不足学欤?"曰:"灵诗如啖玉腴,虽爽不饱。江西诗如百宝头羹,充口适腹。"

陈子长铢守瑞阳,用刑甚峻。西山真公勉以诗曰:"粉省郎官出把麾,故人何以赠箴规。孔门仁恕真心法,汉吏循良乃吏师。听讼莫嫌刀似笔,爱民终见口成碑。玉麟夜语如相问,为说如今两鬓丝。"与谀悦者异矣。

有赋《长相思》词云:"晴也行,雨也行,雨也行时不似晴,天晴终快人。　　名也成,利也成,利也成时不似名,名成天下惊。"有心为名,名亦利也,可警矣。

王晋卿云:"海棠开后,燕子来时,黄昏庭院。"刘招山云:"一般时节两销魂,楼上黄昏,马上黄昏。"赵德麟云:"断送一生憔悴,能消几个黄昏。"

金声玉振,乃景钟也。顶上有玉,扣则金先鸣,玉终之。高九尺,天子亲击以祠上帝。铭曰:"德纯懿兮舜文继,跻寿域兮孰内外,荐上帝兮伟兹器,声气应兮同久视,贻子孙兮弥万世。"

裕斋马枢密判临安府,荣邸解偷山贼,逼令重罪。鞠之,乃拾坟山之坠松者。判云:"松毛落地是草,村人得之是宝,大王稳便,解来即时放了。"

景定辛酉,杭大饥,帅朝服请见荣王,求籴三百万石。王不出,终日坐宾次,必得请,乃退。是岁也,饥不为害。

安晚郑公私居青田府,鹿食民稻,犬噬杀之。府嘱守黥犬主,幕官拟云:"鹿虽带牌,犬不识字,杀某氏之犬,偿郑府之鹿,足矣。"守从之。

浙右富人舍竹园于邻寺。其子贫甚，取其笋，僧执为盗，闻于官。守判云："当初舍园，指望福田。既无福田，还他竹园。"

尝记殿司荐阵亡疏，略云："虎头食肉，彼何人斯。马革裹尸，深负公等。战河南，战河北，毋忘此日之精忠。出山东，出山西，再作明时之将相。"

陆放翁宿驿中，见题壁云："玉阶蟋蟀闹清夜，金井梧桐辞故枝。一枕凄凉眠不得，呼灯起作《感秋诗》。放翁询之，驿卒女也，遂纳为妾。方余半载，夫人逐之，妾赋《卜算子》云："只知眉上愁，不识愁来路。窗外有芭蕉，阵阵黄昏雨。　晓起理残妆，整顿教愁去。不合画春山，依旧留愁住。"

姑苏女子沈清友能诗，如"晚天移棹泊垂虹，闲倚篷窗问钓翁。为底鲈鱼低价卖，年来朝市怕秋风"，得风人之体。《咏渔父》云："起家红蓼岸，传世绿蓑衣。"《咏牧童》云："自便牛背稳，却笑马蹄忙。"得下字之工。

退之《送穷文》自谓怪怪奇奇，《毛颖传》虽稍怪，然笔力已不及。不知者以怪辞为工，叠字为巧，字理舛谬不暇顾，则诿之曰"自我作古"，又饰之曰"周诰殷盘，屈曲聱牙"。其实学力未充，笔下涩滞，仅足以诳聋瞽。老泉先生曰："风行水上涣，非水之文也，非风之文也。二物者非能为文，而不能不为文也。"惟退之得之。

辛稼轩觞客滕王阁，诗人胡时可通谒，阍人辞焉，呵詈愈甚。辛使前，曰："既称诗人，先赋滕王阁，有佳句，则预坐。"即题云："滕王高阁临江渚。"众大笑。再书云："帝子不来春已暮。莺啼红树柳摇风，犹似当年旧歌舞。"乃相与宴而厚赒之。

范希文置酒郊楼，闻哭声，悉撤饮器，赠数丧之未葬者。忠厚可以戒薄俗,稼轩视希文之事,必优为之。

黄桂隐鹏飞以二绝送余游庐山,云:"天下庐山第一奇,西风楚楚送行时。晦庵白鹿书犹在,非是游山只爱诗。""曾从图画识庐山,山好谁知画亦难。画好不如诗好读,就烦诗笔画来看。"其大父官南康,故于图画识庐山,四世祖以直道劲气不偶于时,有《碧溪诗话》行于世。

珏荆叟住灵隐,僧求挂搭不得。一日五鼓久立,方丈忽问云:"何方狗子,甚处猫儿?"僧云:"某甲温州。"叟曰:"温州王小婆布针带得来么?"曰:"有。"曰:"何不出去?"僧于叟胁下槌一拳,叟以竹篦连打不止。僧忽云:"打则任打,祖师西来意,未许你在。"叟曰:"如何是祖师西来意?"答云:"五峰青更青。"叟曰:"便与挂搭。"随隐拈云:"灵隐虽则方便垂慈,争奈这僧尚居门外。"

无准入室问伦断桥云:"近离甚处?"答云:"天台。"问云:"曾见石桥么?"答云:"踏断了也。"问云:"踏断后如何?"答云:"碧潭深万丈,直下取鱼归。"随隐拈云:"蓦尔渔翁轻举棹,无端空谷里传声。"

阎妃以特旨夺灵隐寺菜园,建功德寺,住持冲凝绝退院示众云:"欲去不去被去碍,欲住不住被住碍。浑不碍,十洲三岛鹤乾坤,四海五湖龙世界。"随隐拈云:"长长还有人看方丈也无。"

齐 东 野 语

［宋］周密　撰

黄益元　校点

校 点 说 明

《齐东野语》二十卷,宋周密撰。

周密(1232—1308),字公谨,号草窗、蘋洲、弁阳老人、四水潜夫等,先世济南人,流寓吴兴(今浙江湖州)。宋理宗时,曾为临安府幕属,监和济药局、丰储仓,又为义乌令。宋亡不仕,居杭州,广交游,工诗词,善画。著述甚丰,有诗集《草窗韵语》,词集《蘋洲渔笛谱》、《草窗词》,笔记《齐东野语》、《武林旧事》、《癸辛杂识》、《浩然斋杂谈》、《云烟过眼录》等。又选南宋词人佳作为《绝妙好词》。

《齐东野语》是周密长期留意积累之作。其中最有价值的是有关南宋的史料,如记张浚三战本末、绍熙内禅、诛韩侂胄本末、端平入洛本末、岳武穆逸事等,"皆足以补史传之阙"(《四库全书总目》)。因为这些史料的来源,既有周密曾祖随高宗南渡后历代的书面记录,也有周密本人亲历的随军幕府日记或采访当事老卒的记录,故而可信度极高。书名亦寓"身虽居吴,心未尝一饭不在齐"之意。此外,考正古史古义,杂记朝章国典,上探天文历法,下及草木虫鱼、医方药典、诗文品藻、文物鉴赏、轶事琐闻等,都能广征博引,叙述流畅,颇具知识性和可读性。

本书现存版本有明万历《稗海》本、明毛晋刻《津逮秘书》本、清张海鹏《学津讨原》本、《四库全书》本等;而涵芬楼影印《宋元人说部书》本则为元刻明补本,祖本最早,是现行较为完善的本子,故以兹本为底本,参以他本,加以校点,遇文字歧异,斟酌取舍,择善而从,不出校记。

目　　录

齐东野语叙

余世为齐人,居历山下,或居华不注之阳。五世祖同州府君而上,种学绩文,代有闻人。曾大父扈跸南来,受高皇帝特知,遍历三院,经跻中司。泰、禧之间,大父从属车,外大父掌帝制,朝野之故,耳闻目接,岁编日纪,可信不诬。我先君博极群书,习闻台阁旧事,每对客语,音吐洪畅,缅缅不得休,坐人倾耸敬叹,知为故家文献也。余龆侍膝下,窃剽绪余,已有叙次。尝疑某事与世俗之言殊,某事与国史之论异。他日,过庭质之,先子出曾大父、大父手泽数十大帙示之曰:"某事然也。"又出外大父日录及诸老杂书示之曰:"某事与若祖所记同然也。其世俗之言殊,传讹也;国史之论异,私意也。小子识之。"又曰:"定、哀多微词,有所辟也;牛、李有异议,有所党也。爱憎一衰,论议乃公。国史凡几修,是非凡几易,而吾家乘不可删也。小子识之。"洊遭多故,遗编巨帙,愁皆散亡。老病日至,忽忽漫不省忆为大恨。闲居追念一二于十百,惧复坠逸为先人羞。乃参之史传诸书,博以近闻脞说,务事之实,不计言之野也。异时展余卷者,噱曰:"野哉言乎!子真齐人也。"余对曰:"客知言哉!余故齐,欲不齐不可。虽然,余何言哉?何言,亦言也,无所言也,无所不言,乌乎言?"客大笑,吾因以名其书。历山周密公谨父书。

齐东野语卷一

孝 宗 圣 政

　　阜陵天踪睿圣，英武果断，古今之所鲜俪。圣政彰彰者，备载金匮玉牒之书，尝得以窃窥之矣。其或一时史臣有所避忌，采访遗落，失于纪载者，不一而足。兹以先世见闻，及当时诸公之所记录数事，谨书于此。庶乎"美盛德之形容，备良史之采录"云。帝尝禁诸司官非时会合，以其族谈不修职业故也。李安国为郎官，一日，有荐术士至部中，同省因会集言命。翼日，御批问故，同省窘甚，咸欲饰词自解。安国独曰："以实告，其过小；为欺，其罪大。"因援鲁肃简市饮故事，引咎以闻，同省从之。既而事寝不行，越三日，李遂除吏部侍郎。李处全尝论匠监韩玉，玉乃庙堂客也。凡三疏而玉亦以处全请托私书为言。上既重违台论，且以忌器，遂令玉补外，既而与祠。而玉留北阙，作书投匦，诉匠簿张权谮己。检院不敢纳，遂潜入关，伏阙投之。上就书批云："韩玉曾任卿监，理当靖共，乃敢伏阙，妄有陈诉，鼓惑众听，渐不可长。可送潭州居住。"女真使乌林答天锡到阙，要上降榻问金主起居。赡军酒官丁逢上书乞斩之，即日引对，遂极论前侍御李处全及故谏议大夫单时贪污事。即与改命入官，升擢差遣。旧法：未经任人，不许堂差。时相欲示私恩，则取部阙而堂除之。上知其故，遂令根刷姓名进呈。降旨云："宰执当守法度，以正百官。梁克家违

庶差过员数最多,候服阕日落职;曾怀可降观文殿学士。"丁娄
明之子常任明州倅,以旧学之故,力附曾觌。其后,魏王判明
州,尤昵近之。既而入奏,与之求贴职。上批答云:"朕于吾子
无所爱。第爵禄,天下之公器,不可私也。"未几,台臣论罢之。
程泰之以天官兼经筵,进讲《禹贡》,阙文疑义,疏说甚详,且多
引外国幽奥地理。上颇厌之,宣谕宰执云:"六经断简,阙疑可
也,何必强为之说? 且地理既非亲历,虽圣贤有所不知。朕殊
不晓其说。想其治铨曹亦如此也。"既而补外。庚子九月,上
宣谕宰执云:"已指挥阁门,令今后常朝,宰臣免宣名,他朝会
则否。"且云:"朕记得老苏议论,赞仪之臣,呼名如胥吏,非礼
貌之意也。"上一日与宰执言:"伯圭不甚教子,各使之治生,何
以为清白之传? 且其下尚有三弟,若皆作郡,则近地州郡皆自
家占了,何以用人? 莫若以高爵厚禄,使之就闲可也。"赵丞相
赞曰:"凡好事,古所难者,尽出陛下之意,臣等略无万一可以
补助。"后秀邸诸子弟,悉归班焉。辛丑六月,临安士人以不预
补试,群诣台谏宅陈词。台谏畏其势,以好语谕之。是夜,集
吏部侍郎郑丙之门,诟骂无礼。或疑京尹王宣子怒丙,激使然
也。郑遂徙家避之。次日入奏,待罪乞去。上已密知其故,遂
批出:"郑丙无罪可待。今临安府将为首作闹人重作行遣。"既
而宣子颇回护之,上怒云:"设使郑丙容私,自当讼之朝廷,安
可无礼如此? 若不得为首人,王佐亦当坐罪。"且令宰执宣谕。
宣子越一日奏,勘到作闹士人府学生员丁如植为首,其次许斗
权、罗萧。御批并编管邻州。如植仍杖八十科断。尝秋旱,上
问执政:"祷雨于天地宗庙社稷,合用牲否?"周益公奏:"止用
酒脯、币帛。"上曰:"《云汉》诗云:'靡神不举,靡爱斯牲。'则是
合用牲矣。可更与礼官等考订之。"淳熙九年,明堂大礼,以曾

觌为卤簿使,李彦颖顿递使。习仪之际,曾以李为参预,漫尔逊之居前。李以五使有序,毅然不敢当者久之。在列悉以顾忌,皆不敢有所决择。太常寺礼直官某人者,忽进曰:“参政,宰执也,观瞻所系;开府之逊良是。”径揖李以前。时曾方有盛眷,翌日入诉其事。上默然久之曰:“朕几误矣!”即日批出:“李彦颖改充卤簿使,伯圭充顿递使,礼直官某人,特转一官。”其改过不吝,盖如此云。淳熙中,张说颇用事,为都承旨。一日,奏欲置酒延众侍从。上许之,且曰:“当致酒肴为汝助。”说拜谢。退而约客,客至期毕集,独兵部侍郎陈良祐不至,说殊不平。已而,中使以上樽珍膳至,说为表谢,因附奏:“臣尝奉旨而后敢集客,陈良祐独不至,是违圣意也。”既奏,上忽顾小黄门言:“张说会未散否?”对曰:“彼既取旨召客,当必卜夜。”乃命再赐。说大喜,复附奏:“臣再三速良祐,迄不肯来。”夜漏将止,忽报中批陈良祐除谏议大夫。坐客方尽欢,闻之,怃然而罢。其用人也又如此。上圣孝出于天性。居高宗丧,百日后,尚食进素膳,毁瘠特甚。吴夫人者,潜邸旧人也,屡以过损为言,上坚不从。一日,密谕尚食内侍云:“官家食素多时,甚觉清瘦,汝辈可自作商量。”于是密令苑中,以鸡汁等杂之素馔中以进。上食之觉异,询所以然。内侍恐甚,以实告。上大怒,即欲见之施行。皇太后闻之,亟过宫力解之。乃出吴夫人于外,内侍等罢职有差。

温泉寒火

邵康节曰:“世有温泉,而无寒火。”昭德晁氏解云:“阴能顺阳,而阳不能顺阴也。水为火爨,则沸而熟物;火为水沃,则灭矣。”晋纪瞻举秀才,陆机策之曰:“阴阳不调,则大数不得不否；一气偏废，则万物不能独成。今有温泉，而无寒火，其故何也？”白虎殿诸儒讲论，班固纂为《白虎通》，《五行篇》亦曰：“有温水，无寒火。”然今汤泉，往往有之。如骊山、尉氏、骆谷、汝水、黄山、佛迹、匡庐、闽中等处，皆表表在人耳目。坡诗云：“自怜耳目隘，未测阴阳故。郁攸火山烈，黂沸汤泉注。安能长鱼鳖，仅可焐狐兔？”朱氏晦庵诗云：“谁然丹黄焰，爨此玉池水？”盖或为温泉之下，必有硫黄、矾石故耳。独未见所谓“寒火。”按《西京杂记》载董仲舒曰：“水极阴而有温泉，火至阳而有凉焰。”又《抱朴子》曰：“水主纯冷，而有温谷之汤泉；火体宜炽，而有萧丘之寒焰。”又《刘子·从化篇》曰：“水性宜冷，而有华阳温泉，犹曰泉冷，冷者多也。火性宜热，而有萧丘寒焰，犹曰火热，热者多也。”然则寒火亦有之矣，特以耳目所未及，故以为无耳。

段　干　木

《唐书·宗室世系表叙》云：“李耳，字伯阳，一字聃。其后有李宗，魏封于段，为干木大夫。”按《史记》，聃之子宗，为魏将，封于段干。《抱朴子》亦云：“伯阳有子名宗，仕魏有功，封于段干。”审此，段干乃邑名耳。然《孟子》有段干木，《列子》有段干生，《史记·魏世家》有段干子，《田敬仲世家》有段干朋，《战国策》有段干纶、段干崇、段干越人。意者，因邑以为姓；故“木”与“朋”，“纶”与“崇”、“越人”，皆其名，而“子”与“生”，则男子之通称耳。《风俗通·姓氏注》，以为姓段名干木，恐或失之。盖战国时，自有段规。疑“段”与“段干”自别。若如《唐史》之说，则段干木姓李名宗，为魏将有功，封于段干。若如史迁、葛洪之言，则段干木之贤，魏侯所以师而敬之者，恐别一人耳。姑书其说,以俟博识者订之。

表答用先世语

文正范公《岳阳楼记》有云:"先天下之忧而忧,后天下之乐而乐。"其后东坡行忠宣公辞免批答,径用此语云:"吾闻之乃烈考曰:'君子先天下之忧而忧,后天下之乐而乐。'虽圣人复起,不易斯言。卿将书之绅,铭之盘盂,以为一言而可以终身行之者欤!则今兹爰立之命,乃所以委重投艰而已,又何辞乎?"其后忠宣上遗表,亦用之云:"盖尝先天下之忧,期不负圣人之学。此先臣所以教子,而微臣所以事君。"此又述批答之意,亦前所未见也。

蜜章密章

"密章"二字,见《晋书》山涛等传,然其义殊不能深晓。自唐以来,文士多用之。近世若洪舜俞《行乔行简赠祖母制》亦云:"欲报食饴之德,可稽制蜜之章。""蜜"字皆从"虫"。相传谓赠典既不刻印,而以蜡为之。蜜即蜡,所以谓之"蜜章"。然刘禹锡《为杜司徒谢追赠表》云:"紫书忽降于九重,密印加荣于后夜。"《李国长神道碑》云:"煌煌密章,肃肃终言。"《王崇述神道碑》云:"没代流庆,密章下贲。"宋祁《孙奭谥议》云:"密章加等,昭饰下泉。"又《祭文》云:"恤恩告第,蹄书密章。""密"字乃并从"山",莫知其义为孰是。岂古字可通用乎?或他别有所出也。

三苏不取孔明

老泉《权书·强弱篇》云:"管仲曰:'攻坚则瑕者坚,攻瑕则坚者瑕。’呜呼！不从其瑕而攻之，天下皆强敌也。汉高帝所忧在项籍，而先取九江、取魏、取代、取赵、取齐，然后取籍。秦之忧在六国，蜀最僻、最小，最先取；楚最强，最后取。诸葛孔明一出其兵，乃与魏氏角，其亡宜也。”又论曰：“古之取天下者，常先图所守。诸葛孔明弃荆州取西蜀，吾知其无能为也。”东坡论曰：“取之以仁义，守之以仁义者，周也。取之以诈力，守之以诈力者，秦也。以秦之所以取取之，以周之所以守守之者，汉也。仁义诈力杂用以取天下者，此孔明之所以失也。孔明之所恃以胜者，独以其区区之忠信，有以激天下之心耳。刘表之丧，先主在荆州，孔明欲袭杀其孤，先主不忍也。其后，刘璋以好逆之至蜀，不数月，扼其吭、拊其背而夺之国，此其与曹操异者几希矣！乃治兵振旅，为仁义之师，长驱东向，而欲天下向应，盖亦难矣。”颍滨论曰：“刘备弃荆州而入蜀，则非其地；用诸葛孔明治国之才，而当纷纷之冲，则非其将；不忍忿忿之气以攻人，则是其气不足尚也。”其说盖用陈寿所谓“应变将略，非其所长”之语耳。虽然，孔明岂可少哉！

诗 用 史 论

刘贡父《咏史诗》云：“自古边功缘底事？多因嬖幸欲封侯。不如直与黄金印，惜取沙场万髑髅！”其意盖指当时王韶、李宪辈耳，而其说则出于温公论李广利曰：“武帝欲侯宠姬李氏，而使广利将兵伐宛。其意以为非有功不侯，不欲负高帝之约也。夫军旅大事，国之安危，民之生死系焉。苟为不择贤愚，欲徼幸咫尺之功，藉以为名，而私其所爱，不若无功而侯之为愈也。然则武帝有见于封国，无见于置将，谓之能守先帝之约，臣曰过矣！”盖全用之。然胡明仲论留侯则云：“善乎，子房之能纳说也! 不先事而强聒,不后事而失机。不问则不言,有言则必当其可。故听之易,而用不难也。评者曰:'汉业存亡在俯仰间,而留侯于此每从容焉。诸侯失固陵之期,始分信、越之地;复道见沙中之聚,始言雍齿之侯。'善言子房矣。"此论全用荆公诗:"汉业存亡俯仰中,留侯于此每从容。固陵始议韩、彭地,复道方图雍齿封。"此则史论用诗也。近世刘潜夫诗云:"身属嫖姚性命轻,君看一蚁尚贪生。无因唤取谈兵者,来此桥边听哭声。"而东坡《谏用兵之疏》云:"且夫战胜之后,陛下可得而知者,凯旋捷奏,拜表称贺,赫然耳目之观矣。至于远方之民,肝脑涂于白刃,筋骨绝于馈饷,流离破产,鬻卖男女,薰眼折臂,自经之状,陛下必不得而见也。慈父孝子,孤臣寡妇之哭声,陛下必不得而闻也。"其意亦出此。冯必大诗云:"亭长何曾识帝王? 入关便解约三章。只消一勺清冷水,冷却秦锅百沸汤。"亦用黄公度《汉高祖论》曰:"伤弓之鸟惊曲木,挽万石之弓以射之,宁无所惧;奔渴之牛急浊泥,饮以清冷之水,宁无所喜。项惊天下以弓,而帝饮天下以水。"叶绍翁诗云:"殿号长秋花寂寂,台名思子草茫茫。尚无人世团圞乐,枉认蓬莱作帝乡。"亦出于林少颖《武帝论》云:"武帝好长生不死之术,聚方士于京师,由是祷祠之俗兴,以成巫蛊之祸。阳邑、朱昌二公主俱以此诛,而皇后、太子亦皆不免。其始也,欲求长生不死之术而不可得,徒使败亡之祸横及骨肉,可笑也。"钱舜选诗云:"项羽天资自不仁,那堪亚父作谋臣? 鸿门若遂樽前计,又一商君又一秦。"亦祖陈傅良之论羽云:"羽之戮子婴、弑义帝、斩彭生,坑秦二十万众,亚父独不当试晓之邪? 使楚果亡汉,则羽又一秦,增又一商鞅也。"此类甚多,不暇枚举,岂所谓脱胎者耶?

汉 租 最 轻

　　自井田之法废,赋名日繁,民几不聊生。余尝夷考,在昔独两汉为最轻,非惟后世不可及,虽三代亦所不及焉。自高、惠以来,十五税一。文帝再行赐半租之令,二年、十二年,至十三年,乃尽除而不收。景帝元年,亦尝赐半租,至明年,乃三十而税一,即所谓"半租"耳。盖先是十五税一,则三十合征其二,今乃止税其一,乃所谓"半租"之制也。自是之后,守之不易。故光武诏曰:"顷者,师旅未解,故行什一之税。今粮储差积,其令三十税一,如旧制。"是知三十税一,汉家经常之制也。以武帝南征北伐,东巡西幸,奢靡无度,大司农告竭。当时言利者析秋毫,至于卖爵、更币、算车船、租六畜、告缗、均输、盐铁、榷酤,凡可以佐用者,一孔不遗。独于田租,不敢增益。虽至季世,此意未泯。田有灾害,吏趣其租,于定国以是报罢;用度不足,奏请增赋,翟方进以是受责。重之以灾伤免租,始元二,本始三,建元、元康二,初元元,鸿嘉四。初郡无税,《食货志》。行军劳苦者给复,高二年。陂、湖、园、池假贫民者勿租赋,初元元年。又至于即位免、祥瑞免、行幸免,文帝三。武帝元封元、四、五年,永始四,天汉三,宣帝神爵元,元帝初元四,民资不满三万免。平帝元始二年。而逋租之民,又时贷焉,何与民之多耶?此三代而下,享国所以独久者,盖有以也。

真 西 山

　　真文忠公,建宁府浦城县人,起自白屋。先是,有道人于山间结庵,炼丹将成。忽一日入定,语童子曰:"我去后,或十日、五日即还,谨勿轻动我屋子。"后数日,忽有扣门者,童子语以师出未还。其人曰："我知汝师死久矣！今已为冥司所录，不可归。留之无益，徒臭腐耳。"童子村朴，不悟为魔，遂举而焚之。道者旋归，已无及。绕庵呼号云："我在何处？"如此月余不绝声，乡落为之不安。适有老僧闻其说，厉声答之曰："你说寻'我'，你却是谁？"于是其声乃绝。时真母方娠，忽见道者入室，遂产西山。幼，颖悟绝人。家贫，无从得书，往往假之他人及剽学里儒，为举子业。未几登第，初任为延平郡掾。时倪文节喜奖借后进，且知其才，意欲以词科衣钵传之。每假以私淑之文，辄一二日即归，若手未触者。文节殊不平曰："老夫固不学，然贤者亦何所见，遽不观耶？"西山悚然对曰："先生善诱后学，何敢自弃？其书皆尝窃观，特不敢久留耳。"文节谩扣一二，皆能成诵，文节始大惊喜。于是与之延誉于朝，而继中词科，遂为世儒宗焉。

书史载箕子比干不同

《书·微子篇》曰："父师、少师，殷其弗或乱正四方。"孔注："父师、太师、三公，箕子也。少师、孤卿，比干也。"《史记·殷纪》乃云："纣淫乱不止，微子数谏不听，与太师、少师谋，遂去。比干曰：'为人臣者，不得不以死争。'乃强谏。纣剖比干心，箕子惧，乃佯狂为奴，纣又囚之。殷之太师、少师乃持其祭器奔周。"《周纪》又云："纣杀比干，囚箕子，太师疵、少师强，抱其乐器奔周。"又《宋世家》："微子数谏，纣弗听，欲死之，及去，未能自决，乃问于太师、少师。箕子披发，佯狂为奴。比干谏，纣剖其心。太师、少师乃劝微子去，遂行。"注但云时比干已死，而云少师者似误。盖三处皆以太师、少师，非箕子、比干。独《周纪》明言，太师名疵，少师名强。《汉·古今人物表》，亦有太师疵，少师强，殊与孔注不合。然二子同武帝时人，何以见异而言不同软？及苏子由作《古史》，乃用安国之说，刘道原作《通鉴外纪》，则又从《史记》之言，二公必各有所见故耳。

梓人抡材

梓人抡材，往往截长为短，斫大为小，略无顾惜之意，心每恶之。因观《建隆遗事》，载太祖时，以寝殿梁损，须大木换易。三司奏闻，恐他木不堪，乞以模枋一条截用。模枋者，以人立木之两傍，但可手模，不可得见，其大可知。上批曰："截你爷头，截你娘头，别寻进来。"于是止。嘉祐中，修三司，敕内一项云："敢以大截小、长截短，并以违制论。"即此敕也。大哉王言，岂区区靳一木哉？是亦用人之术耳！元丰中，赵伯山为将作监。太后出金帛，建上清储祥宫，内侍陈衍主其役，请辍将作镇库模枋，截充殿梁。伯山执不与，且援引建隆诏旨，惟大庆、文德殿换梁方许用，乃已。《邵氏闻见录》乃以为晋邸内臣奏请，且文其辞云："破大为小，何若斩汝之头乎？"失其实矣。

林　复

林复，字端阳，括苍人，学问材具，皆有过人者，特险隘忍酷，略不容物。绍兴中，为临安推官。有告监文思院常良孙赃墨事，朝廷下之临安狱，久不得其情。上意谓京尹左右之，尹不自安。复乃挺身白尹，乞任其事。讫就煅炼成罪，当流海外，因寓客舶以往。中途遇盗，无以应其求。盗取常手足钉著两船舷，船开，分其尸为二焉。林竟以劳改官，不数年为郎，出知惠州。时常有姻家当得郡，愤其冤，欲报之，遂力请继其后，林弗知也。既知惠，适有诉林在郡日以鸩杀人，具有其实。御

使徐安国亦按其家，有僭拟等物。于是有旨令大理丞陈朴追
逮，随所至置狱鞫问。及至潮阳，遇诸道间，搜其行李，得朱
椅、黄帷等物，盖林好祠醮所用者，乃就鞫于僧寺中。林知必
不免，愿一见家人诀别。既入室，亟探囊中药，投酒中饮之。
有顷，流血满地，家人号泣。使者入视，则仰药死矣，因具以复
命。然其所服，乃草乌末及他一草药耳。至三日，乃苏，即亡
命入广。其家以空柩归葬。始就逮时，僮仆鸟散，行囊旁午道
中。大姓潘氏者，为收敛归之，了无所失。其家与之音问相闻
者累年，至嘉定末始绝，竟佚其罚云。此陈造周士所记，得之
括医吴嗣英，甚详。《夷坚志》亦为所罔，以为真死，殊可笑也。

汪　端　明

　　汪圣锡应辰端明，本玉山县弓手子。喻樗子材为尉，尝授
诸子学。有兵在侧，言某儿颇知读书，可使侍笔砚。呼视之，
状貌伟然，不类常儿。问："能属对否？"曰："能。"曰："马蹄踏
破青青草。"应声曰："龙爪挐开白白云。"喻大惊异曰："他日必
为伟器。"留授之学，且许妻以子。后从张横浦游，学益进。年
十八，魁天下。天资强敏，记问绝人。其帅福州，吏闻其名，欲
尝之。始谒庙，有妪持牒立道左，命取视之，累千百言，皆枝赘
不根。即好谕曰："事不可行也。"妪呼曰："乞详状。"公笑曰：
"尔谓吾不详耶？"驻车还其牒，诵之，不差一字。吏民以为神，
相戒不敢犯。公以忠言直道，受知寿皇。自蜀还，为天官兼学
士，向柄用矣。近习多不悦之，朝夕伺间。一日，内宿召对，天
颜甚喜，曰："欲与卿款语。"方命坐赐茶，汪奏："臣适有白事。"
上欣然问："何事？"时德寿宫建房廊于市廛，董役者不识事体，
凡门阎辄题德寿宫字，下至委巷厕溷皆然。汪以为非所以示

四方,袖出札子极言之,且谓:"陛下方以天下养,有司无状,亵慢如此。天下后世,将以陛下为薄于奉亲,而使之规规然营间架之利,为圣孝之累不小。"上事德寿谨,汪言颇过激,闻之,变色曰:"朕虽不孝,殆未至是!"汪曰:"臣爱陛下切至,不欲使陛下负此名,故及此。"上终不怪。奏毕,请退,上颔之,不复赐坐。自是眷颇衰。会德寿宫市蜀灯笼锦,诏求之,不获。他日,上诣宫言其故,太上曰:"比已得之。"上问所从来,曰:"汪应辰家物也。"上还,即诏应辰与郡。盖近习揣上意,因事中之。君臣之际,难哉!

张定叟失出

建康溧阳市民同日杀人,皆系狱。狱具,以囚上府,亦同日就道。二囚时相与语,监者不虞也。夕宿邸舍,甲谓乙曰:"吾二人事已至此,死固其分。顾事适同日,计亦有可为者。我有老母,贫不能自活。君到府,第称冤,悉以诿我,我当兼任之。等死耳,幸而脱,君家素温,为我养母终其身,则吾死为不徒死矣。"乙欣然许之。时张定叟构尚书知府事,号称严明。囚既至,皆呼使前问之。及乙,则曰:"某实不杀某人,杀之者亦甲也。"张骇异,使竟其说,曰:"甲已杀某人,既逸出,其家不知为甲所杀也。平日与某有隙,遂以闻于官。已而甲又杀某人,乃就捕。某非不自明,官暗而吏赇,故冤不得直也。"张以问甲,甲对如乙言,立破械纵之。一县大惊。甲既论死,官吏皆坐失入抵罪,而张终不悟。甚哉,狱之难明也!

放翁钟情前室

陆务观初娶唐氏,闳之女也,于其母夫人为姑侄。伉俪相得,而弗获于其姑。既出,而未忍绝之,则为别馆,时时往焉。姑知而掩之,虽先知挈去,然事不得隐,竟绝之,亦人伦之变也。唐后改适同郡宗子士程。尝以春日出游,相遇于禹迹寺南之沈氏园。唐以语赵,遣致酒肴,翁怅然久之,为赋《钗头凤》一词,题园壁间云:"红酥手,黄滕酒,满城春色宫墙柳。东风恶,欢情薄,一怀愁绪,几年离索。错!错!错! 春如旧,人空瘦,泪痕红浥鲛绡透。桃花落,闲池阁,山盟虽在,锦书难托。莫!莫!莫!"实绍兴乙亥岁也。翁居鉴湖之三山,晚岁每入城,必登寺眺望,不能胜情。尝赋二绝云:"梦断香销四十年,沈园柳老不飞绵。此身行作稽山土,犹吊遗踪一怅然。"又云:"城上斜阳画角哀,沈园无复旧池台。伤心桥下春波绿,曾是惊鸿照影来。"盖庆元己未岁也。未久,唐氏死。至绍熙壬子岁,复有诗。序云:"禹迹寺南,有沈氏小园。四十年前,尝题小词一阕壁间。偶复一到,而园已三易主,读之怅然。"诗云:"枫叶初丹槲叶黄,河阳愁鬓怯新霜。林亭感旧空回首,泉路凭谁说断肠?坏壁醉题尘漠漠,断云幽梦事茫茫。年来妄念消除尽,回向薄龛一炷香。"又至开禧乙丑岁暮,夜梦游沈氏园,又两绝句云:"路近城南已怕行,沈家园里更伤情。香穿客袖梅花在,绿蘸寺桥春水生。""城南小陌又逢春,只见梅花不见人。玉骨久成泉下土,墨痕犹锁壁间尘。"沈园后属许氏,又为汪之道宅云。

齐东野语卷二

张魏公三战本末略

富 平 之 战

建炎三年五月，以张浚为川陕宣抚处置使，许便宜黜陟。初，上问大计，浚请身任西事，置司秦州，别遣大臣与韩世忠镇淮东，令吕颐浩扈跸来武昌，从以张俊、刘光世，以相首尾。浚发行在，王彦统八字军从之。浚以御营司提举事务曲端屡挫虏，欲仗其威声，乃承制拜为威武大将军、本司都统制。浚抵秦州置司，节制五路诸帅。四年春，金虏娄室破陕州，李彦仙死之。既而，与其副撒离歇及黑峰等寇邠州，曲端拒之，两战皆捷。至白店原，虏引众来犯，又为端所败。既而虏势复振，献策者多以击虏为便。浚于是欲谋大举，召端问之。端曰："平原广野，贼便于冲突，而我师未习战，须教士数年，然后可以大举。"复谋之吴玠，玠以宜守要害，以待其弊，然后可以徐图。浚曰："吾宁不知此？顾今东南之事方急，不得不为是尔。"浚以端沮大议，意已不平，而王庶与端有龙坊之憾，因谮之曰："端有反心久矣，盍早图之。"浚乃罢端兵柄，迁之秦州狱。其部将张中孚、李彦琪，并诸州羁管。时陕西军民，皆恃端为命；及为庶谮，无罪而贬，军情大不悦。

《西事记》云："张浚之至陕西，易置诸路帅臣，权势震赫。是时五路未破，士马强盛。加以西蜀之富，而贷其赋五年，金银粮帛之运，不绝于道，所在山积。浚为人忠有余而才不足；虽有志，而昧于用人，短于用兵。曲端心常少浚，故夺其兵废之，西人为之失望。"

浚于是决策治兵，移檄河东问罪。兀尤闻变，自京西星驰至陕右，与娄室等会。而浚亦合五路兵四十万、马十一万，会战于耀州。以熙河经略刘锡为都统制，与泾原经略刘锜、秦凤经略孙渥、环庆经略赵哲，各帅所部兵以从。吴玠、郭浩极言房锋方锐，且当各守其地，掎角相援，待其弊乃可乘。浚不从。军行至富平县，吴玠曰："兵以利动。今地势不利，未见其可也。"将战，乃诈立前军都统曲端旗以惧房。娄室曰："闻曲将军已得罪，必绐我也。"遂拥兵骤至，直击环庆军。会赵哲离所部未至，哲军遂惊遁，而诸军悉从之，大溃。陕西为之大震。浚闻军溃，自邠州退保河池县，又退保兴州。遂归罪赵哲，斩之。责刘锡合州安置，陕西兵皆散归本路：吴玠收秦凤余兵，闭大散关；关师古收泾原余兵，保岷、巩；孙渥收泾原余兵于阶、成、凤三州。未几，大散关复不守。浚时止有亲兵千余人，又退保阆州。或建策徙治夔州，刘子羽以为不可。遂檄吴玠、郭浩据和尚原，而房复至，于是下令徙治潼州。军士皆愤，取其榜裂之，乃止。

《西事记》云："张浚之战于富平也，金人初亦畏之。而浚锐于进取，幕下之士多蜀人，南人不练军事，欲亟决胜负于一举，故至于败。遂走兴元，又走阆中。陕西诸郡不残于金人者，亦皆为溃兵所破矣。"

既而张中孚、李彦琪、赵彬，相继降房，遂犯秦州，又犯熙河，又围庆州，于是五路悉陷。浚以三人皆曲端心腹，疑端必知其情，王庶复潜端不已。时西人多上书为端诉冤者，浚益忌其得众心，乃杀之于秦州狱。时人莫不冤之，军情于是愈沮矣。绍兴元年，浚以关、陕失律，上章待罪，朝野无敢言其事者。至四年二月，浚还朝，侍御史辛炳始言浚被命宣抚，轻失五路，坐困四川；用刘子羽辈小人，而无辜杀曲端、赵哲；以至设秘阁以崇儒，拟上方以铸印；及既败之后，被召不肯出蜀等罪。遂罢为资政殿大学士，提举洞霄宫。寻又诏落职，福州居住。

《秀水闲居录》云："魏公出使陕、蜀，便宜除官至节度使、杂学士，权出人主右。竭蜀之财，悉陕之兵，凡三十万余，与虏角，一战尽覆。用其属刘子羽谋，归罪其将赵哲、曲端，并诛之。将士由是怨怨俱叛，浚仅以身免，奔还阆中，关、陕之陷自此始。至今言败绩之大者，必曰富平之役。追还薄谴，俾居福州而已。"

其后，川陕宣抚处置副使王似、卢法原，乃分陕、蜀之地，责守于诸将。自秦、凤至洋州，命吴玠主之，屯和尚原。金、房至巴、达，王彦主之，屯通州。文、龙至威、茂，刘锜主之，屯巴西。洮、岷至阶、成，关师古主之，屯武都。既而师古战败降贼，自此遂失洮、岷之地，独存阶、成而已。

淮西之变

绍兴七年三月，浚奏刘光世在淮西，军无纪律，罢为少师、万寿观使，以其兵隶都督府。命参谋、兵部尚书吕祉往庐州节制，且以王德为都统制，郦琼副之。琼与靳赛，皆故群盗，与王德素不相能。德威声素著，军中号为"王夜叉"。都承旨张宗元深以为不可，谓浚曰："琼等畏德如虎，今乃使临其上，是速其叛也。”浚不以为然。复谋之岳飞曰：“王德，淮西军所服，浚欲以为都统制，而命吕祉为督府参谋领之，如何？”飞曰：“德与琼素不相下，一旦使揠之在上，势所必争。吕尚书虽通才，然书生不习军旅，恐不足以服之。”浚曰：“张宣抚何如？”飞曰：“暴而寡谋，且琼辈素不服。”浚曰：“然则杨沂中耳。”飞曰：“沂中视德等耳，岂能驭之？”浚艴然曰：“浚固知非太尉不可。”飞曰：“都督以正问飞，飞不敢不尽其愚，岂以得兵为念哉？”即日乞解兵柄，持余服。浚讫行之，琼辈惧不敢喘。及德视事教场，诸将执挝用军礼谒拜。琼登而言曰：“寻常伏事太尉不周，今日乞做一床锦被遮盖。”德素犷勇自任，竟不解出一语慰抚之，遂索马去。于是琼辈愈惧，相与连衔上章，乞回避之。张宗元知其事，复语浚曰：“业已尔。今独有终任德，或可以镇，不然，变且生矣。”浚不以为然，遂奏召德还。以张俊为淮西宣抚使，驻盱眙；杨沂中为淮西制置使，刘锜副之，并驻庐州。且命郦琼以所部兵赴行在，意将以夺其军而诛之。宗元听制于文德殿下，语人曰：“是速琼等叛耳。”会祉复密奏罢琼兵柄，书吏朱照漏语于琼，于是叛谋始决。及金字牌飞报，吕方坐厅事，闻有大声如髀箭辟历，自戟门随牌而至，及启视之，乃三使除书也。吕拍案叹曰：“庞涓死此树下。”即时乱作，遂缚吕祉，及中军统制张景、钤辖乔仲福、刘永衡友，前知庐州赵康直、摄知庐州赵不群，以其所部七万人悉叛归刘豫。至淮岸，遂杀祉及康直，释不群使还。浚乃亟遣张宗元使招之，已不及矣。浚遂上章引咎，台臣交章论列。谓“浚轻而寡谋，愚而自用。德不足以服人，而惟恃其权；诚不足以用众，而专任其数。若喜而怒，若怒而喜；虽本无疑贰者，皆使之有疑贰之心。予而阴夺，夺而阴予；虽本无怨望者，皆使之有怨望之意。无事则张威恃势,使上下有暌隔之情;有急则甘言美辞,使将士有轻侮之意。郦琼以此怀疑,以数万众叛去。然浚平日视民如草菅,用财如粪土。竭民膏血而用之军中者,曾何补哉?陛下尚欲观其后效,臣谓浚之才,止如是而已"。时司谏王缙,则以罪在刘光世,参政张守期为力求末减。都官郎官赵令衿则乞留浚,陈公辅则谓不可因将帅而罢宰相,于是罢为观文殿大学士,提举太平观。其后,言者不已,遂诏落职。既而御批"张浚散官,空置岭表"。赵鼎力救解之,改秘书少监,分司西京,且为出言官于外。

《退朝录》曰:"绍兴二十年,浚复上疏论边事。高宗为汤丞相云:'张浚用兵,不独朕知之,天下皆知之,如富平之败,淮西之师,其效可见矣。今复论兵,极为生事。'于是复有永州之命。"

《挥麈录》云:"淮西军叛后,冯楫启上曰:'如张浚者,当再以戎机付之,庶收后效。'高宗正色曰:'朕宁至覆国,不用此人矣。'遂终高宗朝,不复再用。"

符 离 之 师

孝宗隆兴元年正月,以张浚为枢密使,仍都督江淮军马。五弓,兼都督荆、襄。浚既入见,屡奏欲先取山东。时显官名士如王大宝、胡铨、王十朋、汪应辰、陈良翰等,皆魏公门人,交赞其谋。左仆射史浩独不以为然,曰:"宿师于外,守备先虚。然我出兵山东,以牵制川、陕,彼独不能惊动两淮、荆、襄,以解山东之急邪?惟当固守要害,为不可胜之计。必俟两淮无致敌之虑,然后可前。若乃顺诸将之虚勇,收无用之空城,寇去则论赏于朝,寇至则仅保山寨,顾何益乎?"继而主管殿前司公

事李显忠、建康都统制邵宏渊,亦奏乞引兵进取。浩曰:"二将
辄自乞战,岂督府命令有不行邪?"督府准遣李椿以书遗浚子
栻曰:"复仇讨贼,天下之大义也。然必正名定分,养威观衅,
然后可图。今议不出于督府,而出于诸将,则已为舆尸之凶
矣。况藩篱不固,储备不丰,将多而非才,兵弱而未练,节制未
允,议论不定,彼逸我劳,虽或有获,得地不守,未足多也。"武
锋军都统制陈敏曰:"盛夏兴师,恐非其时。兼闻金重兵皆在
大梁,必有严备。万一深入,我客彼主。千里争力,人疲马倦。
劳逸既异,胜负之势先形矣。愿少缓之。"浚皆不听。韩元吉
以长书投浚,言和、战、守三事。略云:"和固下策。然今日之
和,与前日之和异。至于决战,夫岂易言? 今旧兵惫而未苏,
新兵弱而未练,所恃者,一二大将。大将之权谋智略,既不外
见,有前败于尉桥矣,有近衄于顺昌矣,况渡淮而北,千里而攻
人哉! 非韩信、乐毅不可也。若是,则守且有余。然彼复来
攻,何得不战? 战而胜也,江淮可守;战而不胜,江淮固在,其
谁守之? 故愚愿朝廷以和为疑之之策,以守为自强之计,以战
为后日之图。自亮贼之陨,彼尝先遣使于我矣,又一再遗我书
矣,其信其诈,固未可知,而在我亦当以信与诈之间待之。盖
未有夷狄欲息兵,而中国反欲用兵者。"云云。参赞军事唐文
若、陈俊卿,皆以为不若养威观衅,俟万全而后动,亦不从。遂
乞即日降诏幸建康,以成北伐之功。史浩曰:"古人不以贼遗
君父,必俟乘舆临江而后成功,则安用都督哉?"上以问浩,浩
陈三说云:"若下诏亲征,则无故招致虏兵寇边,何以应之? 若
巡边犒师,则德寿去年一出,州县供亿重费之外,朝廷自用缗
钱千四百万,今何以继? 若曰移跸,欲奉德寿以行,则未有行
宫;若陛下自行,万一金有一骑冲突,行都骚动,何以处之?"孝

宗大悟，谓浚曰："都督先往行边，俟有功绪，朕亦不惮一行。"浚怒曰："陛下当以马上成功，岂可怀安以失事机？"及退朝，浩谓浚曰："帝王之兵，当出万全，岂可尝试而图侥幸？主上承二百年基业之托，汉高祖起于亭长败亡之余，乌可比哉？"寻复论辨于殿上，浚曰："中原久陷，今不取，豪杰必起而取之。"浩曰："中原必无豪杰，若有之，何不起而亡金？"浚曰："彼民间无寸铁，不能自起；待我兵至，而为内应。"浩曰："胜、广能以锄耰棘矜亡秦，彼必待我兵至，非豪杰矣。若有豪杰而不能起，则是金犹有法制维持之，未可以遽取也。今不思，将贻后悔。"又上疏力谏曰："靖康之祸，忠臣孝子，孰不痛心疾首，思欲蹀血虏廷，以雪大耻？恭想宸衷，寝膳不忘。然迩安可以服远。若大臣未附，百姓不信，而遽为此举，安保其必胜乎？苟战而捷，则一举而空虏庭，岂不快吾所欲？若其不捷，则重辱社稷，以资外侮，陛下能安于九重乎？上皇能安于天下之养乎？此臣所以食不甘味，而寝不安席也。浚老臣，虑宜及此。而溺于幕下新进之谋，眩于北人诳惑之说，是以有请耳。德寿岂无报复之心？时张、韩、刘、岳，各拥大兵，皆西北战士，燕、蓟良马；然与之角胜负于五六十载之间，犹不能复尺寸之地。今欲以李显忠之轻率，邵宏渊之寡谋，而欲取胜，不亦难哉？惟当练士卒、备器械、固边圉、蓄财赋、宽民力，十年而后用之，则进有辟国复仇之功，退无劳师费财之患，此臣素志天下大计也。"既而督府乏用，欲取之民，浩曰："未施德于民，遽重征之，恐贼未必灭，民贫先自为盗。必欲取民，臣当丐退。"上为给虚告五百道，且以一年岁币银二十五万两添给军费。浩复从容为浚言："兵少而不精，二将不可恃。且今二十万人，留屯江淮者几何？曰十万。复为计其守舟运粮之人，则各二万。则战卒才六万耳。彼其畏是哉！况淄、青、齐、郓等郡，虽尽克复，亦未伤彼。彼或以重兵犯两淮，荆、襄为之牵制，则江上危如累卵矣。都督于是在山东乎？在江上乎？"如此诘难者凡五日。又委曲劝之曰："平日愿执鞭而不可得，幸同事任，而数数议论不同，不惟为社稷生灵计，亦为相公计。明公以大仇未复，决意用兵，此实忠义之心。然不观时势而遽为之，是徒慕复仇之名耳。诚欲建立功业，宜假以数年，先为不可胜之计，以待敌之可胜，乃上计也。明公四十年名望，如此一旦失利，当如何哉？"浚曰："丞相之言是也。虽然，浚老矣。"浩曰："晋灭吴，杜征南之功也，而当时归功于羊太傅，以规模出于祜也。明公能先立规模，使后人藉是有功，是亦明公之功，何必身为之？"浚默然。明日内引，浚奏曰："史浩意不可回也。恐失机会，惟陛下英断。"于是不由三省、密院，径檄诸将出师矣。德寿知之，谓寿皇曰："毋信张浚虚名，将来必误大计。他专把国家名器财物做人情耳。"已而，浩于省中忽得宏渊等遵禀出军状，始知其故。浩语陈康伯曰："吾属俱兼右府，而出兵不得与闻，则焉用彼相哉！"浩遂力请罢归，乃出知绍兴府。临辞，复曰："愿陛下审度事势。若一失之后，恐终不得复望中原矣。"浚至扬州，合江淮兵八万人，实可用者六万，分隶诸将，号二十万。以李显忠为淮东招抚使，出定远；宏渊为副使，出盱眙。浚自渡淮视师。显忠复灵壁县，败萧琦。宏渊至虹县，金拒之；会显忠亦至，遂复虹县。知泗州蒲察徒穆、同知大周仁并降。二将遂乘胜进，克宿州。捷奏，显忠进开府仪同三司、淮南、京畿、京东、河北招讨使，宏渊进检校少保、宁远军节度使、招讨副使。是时，显忠名出宏渊右。时符离府军中，尚有金三千余两，银四万余两，绢一万二千匹，钱五万缗，米、豆共粮六万余石，布袋

十七万条，衣绦、枣、羊、秒各一库，酒三库。乃纵亲信部曲，恣
其搬取。所余者，始以犒军人，三兵共一缗。士卒怨怒曰："得
宿州，赏三百；得南京，须得四百。"既而复出战，悉弃钱沟壑。
由是军情愤啻，人无斗志。浚乃移书，令宏渊听显忠节制。宏
渊不悦。已而复令显忠、宏渊同节制，于是悉无体统矣。孝宗
闻之，手书与浚曰："近日边报，中外鼓舞，十年来无此克捷。
以盛夏人疲，急召李显忠等还师。"未达间，忽报金人副元帅纥
石烈志宁大军且至，遇夜，军马未整，中军统制周宏先率军逃
归。继逃归者，宏渊之子世雄、统制左士渊，二将皆不能制。
于是显忠、宏渊大军并丁夫等十三万众，一夕大溃，器甲资粮，
委弃殆尽。士卒皆奋空拳，掉臂南奔，蹂践饥困而死者，不可
胜计。二将逃窜，莫知所在。浚时在盱眙，去宿尚四百里。传
言金且至，遂亟渡淮入泗州，已而复退维扬。窘惧无策，遂解
所佩鱼，假添差太平州通判张蕴古为朝议大夫，令使金求和。
僚吏力止之，以为不可。乃奏乞致仕，又乞遣使求和。孝宗怒
曰："方败而求和，是何举错？"于是下诏罪己，有云："朕明不足
以见万里之情，智不足以择三军之帅。号令既乖，进退失律。"
又云："素服而哭殽陵之师，敢废穆公之誓；尝胆而雪会稽之
耻，当怀勾践之图。"张浚降特进江淮东西路宣抚使，官属各夺
二官。邵宏渊降五官，又责靖州团练副使，南安军安置。李显
忠责授清远军节度副使，筠州安置，又再责莱州团练使，潭州
安置。弃军诸将，递降贬窜有差。既而置宣抚司，便宜行事。
未几，复以浚都督江淮军马，既而又复入为右仆射，仍领都督。
二年三月，复诏浚淮上视师。浚复谋大举，上不从。四月，召
还。罢江淮都督府，浚亦罢相。及和议将成，浚坚持以为不
可。汤思退乃白上以张蕴古求和事，由是浚议遂绌。既而，金

纥石烈志宁遗书议和，有云："乃者，出师诡道，袭我灵璧、虹县，以十余万，窃取二小邑。主将气盈，率众直抵符离，帅府以应兵进讨。凭仗天威，以全制胜，所杀过当，余众溃去。计其得丧，孰多孰少？若以符离之役，尚为兵少致败，则请空国之众，以迎我师。"云云。是岁八月，浚薨。

《赵鼎传》云："鼎再相，已逾月，或以未有施设为言。鼎谓今日事，如久病虚弱之人，再有所伤，元气必耗，惟当静以镇之。张德远非不欲有所为，其效可见，亦足以戒矣。时议回临安，鼎奏恐回跸之后，中外谓朝廷无恢复之意。上曰：'张浚措置三年，竭民力，耗国用，何尝得尺寸地？此论不足恤也。'"

《刘氏日记》云："孝宗初立，张魏公用事，独付以恢复之任，公当之不辞，朝廷莫敢违。魏公素轻锐，是时皆以必败待之，特不敢言耳。及辟查籥、冯方为属，此二人尤轻锐，朝廷患之，遂以陈俊卿、唐文若参其军事，盖此二人厚重详审故耳。周益公时为中书舍人，文若来别，益公握文若手，使戒魏公不可轻举。后魏公知之，极憾益公。然卒以轻举败事。"

《何氏备史》云："张魏公素轻锐好名，士之稍有虚名者，无不牢笼。挥金如土，视官爵如等闲。士之好功名富贵者，无不趋其门。且其子南轩，以道学倡名，父子为当时宗主。在朝显官，皆其门人，悉自诡为君子。稍有指其非者，则目之为小人。绍兴元年，合关、陕五路兵三十余万，一旦尽覆，朝廷无一人敢言其罪。直至四年，辛炳始言之，亦不过落职，福州居住而已。淮西郦琼之叛，是时公论沸腾，言路不得已，遂疏其罪，既而并逐言者于外。

及符离之败,国家平日所积兵财,扫地无余,反以杀伤相等为辞,行赏转官无虚日。隆兴初年,大政事莫如符离之事,而《实录》、《时政纪》,并无一字及之,公论安在哉?使魏公未死,和议必不成,其祸将有不可胜言者矣。"

《涧上闲谈》云:"近世修史,本之《实录》、《时政纪》等,参之诸家传记、野史及铭志、行状之类。野史各有私好恶,固难尽信;若志状,则全是本家子孙门人掩恶溢美之辞,又不可尽信。与其取志状之虚言,反不若取野史、传记之或可信者耳。且以近修四朝史言之,如《张魏公列传》所书嘉禾刺客,乃是附会杂史张元遣刺韩忠献事。又载遣蜡书疑郦琼之语,亦是《潘远纪闻》岳武穆秦州叛卒事。至云符离军溃,公方鼻息如雷,此是心学。虽亦取《莱公纪事》中意,然方当大军悉溃,亦安在其为心学哉?其说皆浅近易见,乃略不审其是非,登之信史,传之千万世,可乎?"

齐东野语卷三

绍　熙　内　禅

　　绍熙二年辛亥,十一月壬申,光宗初祀圜丘。先是,贵妃黄氏有宠,慈懿李后妒之。至是,上宿斋宫,乘间杀之,以暴卒闻,上不胜骇愤。及行礼,值大风雨,黄坛灯烛尽灭,不成礼而罢。上以为获罪于天,且惮寿皇谴怒,忧惧不宁,遂得心疾,归卧青城殿。寿皇知其事,轻舆径至幄殿,欲慰勉之。直上寝,戒左右使勿言。既寤,小黄门奏寿皇在此,上矍然惊起,下榻叩头请罪。寿皇再三开谕,终不怿。自是喜怒不常,不复视朝矣。至三年二月,疾稍平,诣重华宫起居。四年九月重阳节,以疾不过宫。宰执、侍从、两省百僚及诸生,皆有疏乞过宫。甲申,上将朝重华,百官班立以俟。上已出,至御屏,李后挽上回曰:"天色冷,官家且进一杯酒。"百僚、侍卫皆失色。时陈傅良为中书舍人,遂趋上引裾,请毋再入,随上至御屏后。李后叱之曰:"这里甚去处? 你秀才们要斫了驴头!"傅良遂大恸于殿下。李后遣人问曰:"此是何礼?"傅良对曰:"子谏父不听,则号泣随之。"后益怒,遂传旨:"已降过宫指挥,更不施行。"于是臣僚士庶纷纷之议竞起矣。十月,会庆节,工部尚书赵彦逾等上疏重华,乞会庆圣节,先期谕旨,勿免过宫。寿皇御笔:"朕自秋凉以来,思与皇帝相见。所有卿等奏札,已令进御前矣。"庚申,诏过宫,又不果出。至戊寅,上始朝重华,都人皆大喜。先是，丞相留正以论姜特立，待罪范村，凡一百四十日，至此方召还。五年正月，寿皇始不豫。上以疾，不能问安尝药。臣僚劾内侍陈源、杨舜卿、林亿年，以离间两宫，请罢逐。及寿皇疾甚，留正请上侍疾，挽裾随至福宁殿，泣而出。既而宰执以所请不从，乞出。光宗传旨，令宰执尽出，于是俱至浙江亭待罪。知阁韩侂胄奏请自往宣押入城，于是宰执入，各还第。国史《赵汝愚传》云："孝宗令嗣秀王传意，令宰执复入。"非实。复请过宫，许之。至期，过午，有旨放仗。当是时，诸公引裾恸哭，朝士日相聚于道宫佛寺集议，百司皂隶，造谤讹传，学舍草茅，争相伏阙。刘过改之一书，至有"生灵涂炭，社稷丘墟"之语。且有诗云："从教血染长安市，一枕清风卧钓矶。"扰扰纷纷，无所不至。大抵当时执政无承平诸公识度，不能以上疾状昭示天下，镇静浮言。而缙绅学士，率多卖直钓名之人，遂使上蒙疑负谤，日甚一日。至六月九日戊戌，寿皇崩于重华殿。本宫提举关礼等，诣宰执第，告上大渐。丞相留正、枢密赵汝愚、参政陈骙、同知余端礼，力请过宫，俟至晚，又不果出。先是，孝宗未服药，黄裳等尝请过宫，以笏拦光宗云："寿皇已服药矣，便请陛下升辇。"已而无它。至是，亦以为妄，不复信。十三日，寿皇大殓，车驾不至，无与成服，人情忧惧。留正等遂奏请宪圣代行祭奠之礼，以安人心。往反数四，始得太皇圣旨："皇帝以疾，听就内中成服，太皇太后代行祭奠之礼，宰相百官就重华宫成服。"正等遂成服遵行之。然中外人情汹汹，以祸在旦夕。近习巨室，竞辇金帛藏匿村落。而朝士中如项安世等，遁去者数人。如李祥等，搬家归乡者甚众。侍从至欲相率出城。于是留正等连疏乞立太子，以重国本。二十四日晚，御批云"甚好"。次日，宰执拟立太子指挥进入。御笔批："依付学士院降诏。"是晚，又御批云："历事岁久，念欲退闲。"留正见之惧。以为初止请立太子，今乃有"退闲"之语，何邪？会次日朝临，仆于殿庭伤足，正疑为不祥。先是，正尝从善轨革者问命，有兔伏草、鸡自焚之象。及此，谓所知曰："上卯生，吾酉生，前语验矣。"遂力请罢免，出城俟命。工部尚书赵彦逾，时为山陵按行使，临欲渡江，因别汝愚曰："近事危急如此，知院乃同姓之卿，岂容坐视？当思救之之策可也。"汝愚默然久之，曰："今有何策？事急时，持刀去朝天门，叫几声，自割杀耳。"彦逾曰："与其如此死，不若如是死。"且云："闻上有御笔八字，果否？"汝愚曰："留丞相丁宁莫说。今事争矣！与尚书说亦不妨。"彦逾曰："既有此御笔，何不便立嘉王？"汝愚惊曰："向尝有立储之请，尚恐上怒。此事谁敢担当？且看慈福、寿成两宫之意如何？"彦逾曰："留丞相以足跌求去，天付此一段事业与知院，岂可持疑？禫祭在近，便可举行。"汝愚曰："此是大事，恐未易仓卒，亦须择一好日。"遂取官历检视，适是日甲子吉。彦逾曰："帝王即位，即是好日。兼官历又吉，何疑？事不容缓，宜亟行之，亦顺事也。"因劝与殿帅郭杲同议。汝愚遂遣范仲壬及詹体仁谕意，杲皆不答。汝愚大恐。彦逾曰："某尝有德于杲。"遂驰告之曰："近日外议汹洞，太尉知否？"杲曰："然则奈何？"彦逾遂以内禅事语之，曰："某与赵枢密，第能谋之耳。太尉为国虎臣，此事全在太尉。"杲犹未语，彦逾曰："太尉所虑者，百口之家耳。今某尽诚以告，太尉不答，岂太尉别有谋乎？"杲矍然而起曰："敢不效使令。"遂与区处发军坐甲等事。还报汝愚，议遂定。乃谋可白事于慈福宫者。始拟吴琚。琚，宪圣侄也。琚辞。或云："已白宪圣，不许。"继用吴环，环亦辞。于是令徐谊、叶适因阁门蔡必胜谕意于知阁门事韩侂胄。侂胄母，宪圣女弟也,其妻又宪圣女侄,最为亲近。侂胄慨然曰:"某世受国恩,托在肺腑,愿得效力。"于是往见慈福宫提举张宗尹曰:"事势如此,我辈死无日矣。"宗尹曰:"今当如何?"遂告以内禅事,且云:"须得太皇主张方可。"宗尹遂许为奏知。次日未报,侂胄惧,遂亲往慈福宫。适值宪圣感风不出,侂胄益窘,立殿庑垂涕。重华宫提举关礼适至,邀问之,侂胄不言,因指天为誓,侂胄遂具述其事。礼曰:"即当奏知,少俟可也。"礼入见,垂涕。宪圣问曰:"汝有何苦?"曰:"小臣无事,天下可忧耳。"宪圣蹙额不言。礼曰:"圣人读万卷书,曾见有如此时节,可保无虞否?"宪圣曰:"此岂汝所知?"礼曰:"此事人人知之。丞相已去,所赖二三执政,且夕亦且去矣,中外将谁赖乎?"言与泪俱。宪圣惊曰:"事将奈何?"礼曰:"今宰执令韩侂胄在外,欲奏内禅事。望圣人三思,早定大计。"宪圣不语。久之,曰:"我前日略曾见吴琚说来,若事顺,须是做教好。"且许来早于梓宫前垂帘,引执政面对。礼遂传旨侂胄,侂胄乃复命于汝愚。始往报陈骙、余端礼及郭杲,并步帅阎仲。关礼使其姻党阁门舍人傅昌朝,密制黄袍。先是,嘉王数日谒告。执政谕宫僚彭龟年等曰:"禫祭重事,王不可不入。"七月四日甲子,禫祭。群臣入,王亦入。执政率百僚诣大行前,奏请太皇。顷之,垂帘。有旨令韩侂胄同执政奏事。汝愚等再拜,诣帘前奏曰:"皇帝以疾,至今未能执丧。臣等累上札,乞立皇子嘉王为皇太子,以系人心。皇帝批出'甚好',继又批'历事岁久,念欲退闲'。取太皇太后旨处分。"宪圣曰:"皇帝既有御笔,相公自当奉行。"汝愚等奏曰:"此事甚大,须降一指挥方可。"宪圣曰:"好!好!"汝愚遂袖出所拟指挥以进,曰:"皇帝以疾,未能执丧。曾有御笔,自欲退闲。皇子嘉王,可即皇帝位。尊皇帝为

太上皇帝,皇后为太上皇后。"宪圣览讫曰:"甚好。"汝愚等再
拜奏曰:"凡事全望太皇太后主张。"宪圣首肯,遂乞令都知杨
舜卿提举寿康宫,以任其责。遂召之帘前,面付之。汝愚即几
筵殿前宣布圣旨及诏书讫,关礼、张宗尹扶掖太子入帘。太皇
面谕再三,太子固辞,曰:"恐负不孝之罪。"俯伏涕泣。太皇命
佽胄入帘,授以黄袍,令扶嗣君往即皇帝位。关礼、张宗尹共
掖嗣君至素幄,传太皇圣旨,令汝愚等劝进。汝愚等奏曰:"天
子当以安社稷定国家为孝。今中外人人忧乱,万一变生,置太
上于何地,尚得为孝乎?"众扶上披黄袍,上犹却立,众扶上就
座,汝愚等率百官再拜,皇帝立受。汝愚等遂传宣殿帅郭杲、
阎仲,同韩佽胄一班起居,内侍扶导上诣太皇帝前行谢礼,次
诣梓宫前行禫祭礼。毕,御史台阁门集百官,禁卫立班起居。
翌日,佽胄侍上诣光宗问起居,光宗问:"是谁?"佽胄对曰:"嗣
皇帝?"光宗瞪视曰:"吾儿邪?"先是,汝愚谕殿帅郭杲,以军五
百至祥禧殿前祈请御宝。杲入,索于职掌内侍羊驷、刘庆祖。
二人私议曰:"今外议汹汹如此,万一玺入其手,或以它授,岂
不利害?"于是封识空函授杲。二珰取玺,从间道诣德寿宫,纳
之宪圣。及汝愚开函奉玺之际,宪圣方自内付玺与之。〈四朝
闻见录〉云:"宁宗次日谒光宗,慈懿方自卧内取玺与之。"按御玺重宝,安得即位
后方取?兼玺玉各有职掌,安得置之卧内?恐非实。先是,襄阳归正人陈
应祥等,诱聚亡命,谋以七月望日为寿皇发丧为乱。前一夕登
极赦至,其徒告之而败。汝愚遂奏乞召还留正以辅初政,而御
史张叔椿则劾以弃国之罪,遂迁叔椿为吏部侍郎。正乃复入
拜左相,汝愚为右相。汝愚曰:"同姓之卿,不幸处君臣之变,
敢言功乎?"辞不拜,乃以特进为枢密使。及孝宗将攒,汝愚建
议欲卜山陵,与正异议,遂出正判建康府,汝愚遂拜右相。先

是,汝愚许侂胄以事成日授节钺,彦逾执政。既而推定策恩,汝愚乃谓彦逾曰:"我辈宗臣,不当言功。"仅除郭杲节度使,彦逾为端明殿学士,出为四川制置、知成都府,侂胄迁观察使、枢密都承旨。元系防御使、知阁门事,至是,仅迁一级。于是二人愤曰:"此事皆吾二人之力,汝愚不过蒙成耳。今既自据相位,以专其功,乃置吾辈度外邪!"于是始有逐汝愚之谋矣。汝愚觉之,以朱熹有重名,遂自长沙召入为待制,侍经筵,及收召李祥、杨简、吕祖俭等道学诸君子以自壮。然宫中及一时之议,皆归功于侂胄,自是出入宫掖,居中用事。且嗾伶人刻木为熹等像,峨冠大袖,讲说性理,为戏于禁中。熹与龟年等,屡白汝愚曰:"侂胄怨望殊甚。宜以厚赏酬其劳,处以大藩,出之于外。勿使预政,以防后患。"汝愚不纳,曰:"彼尝自言不爱官职,何患之有?"既而熹进对,面陈侂胄之奸。继而正言黄度欲论之而谋泄,以内批斥去。熹又因进讲极论之,声色颇厉。上怒,遂批出,除熹宫观。汝愚请见,乃以内批袖还上,继而求去,皆不许。于是彭龟年奏:"陛下逐朱熹太暴。"且言:"侂胄窃弄威权,为中外所附,必贻大患。"宁宗欲两罢之,汝愚欲两留之。既而龟年与郡,侂胄势由是益张。会彦逾帅蜀,陛辞日,尽疏当时道学诸贤姓名,指为汝愚之党,而宁宗亦疑之矣。知阁刘弢谓侂胄曰:"赵丞相欲专此大功,日引虚名之士以植党,君岂但不得节钺,将恐不免岭海之祸。"侂胄恐甚。会汝愚欲除刘光祖为侍御史,侂胄知欲击己。而上方令近臣举御史,于是以御笔除大理簿刘德秀为御史,杨大法为殿院。又罢吴猎,以刘三杰代之,于是言路皆韩党矣。先是,汝愚尝云:"梦孝宗授以汤鼎,背负白龙升天。"又沈有开尝在汝愚坐曰:"外间传嘉王出判福州,许国公判明州,三军士庶,已推戴相公矣。"又徐谊语人曰："但得赵家一块肉足矣。"盖指魏王之子,徐国公柄也。
楼钥行辞免批答,有"亲为伯父,固非同姓之卿"之语。太学上
书,乞尊汝愚为伯父。周成子言"郎君不令"。田澹谓"宁宗非
光宗子"。其说非一端。于是右正言李沐首疏其事,劾汝愚以
"同姓居相位,非祖宗典故。方太上圣体不康之时,欲行周公
故事。倚虚声,植私党,以定策自居,专功自恣"等事。遂罢汝
愚相位,出知福州。既而台臣合奏,罢郡与祠。于是祭酒李
祥、博士杨简、府丞吕祖俭等有疏,太学生周端朝等六人共一
书,诉汝愚有大功,不当去位,皆被黜谪。未几,何澹、胡纮疏:
"汝愚唱引伪徒,谋为不轨。乘龙授鼎,假梦为符。"且言"与徐
谊辈造谋,欲卫送太上过越,为绍熙皇帝"等事。遂责汝愚永
州安置,至衡州而卒。朱熹为之注《离骚》以寄意焉。敖陶孙
题诗于阙门,有"一死固知公所欠,孤忠赖有史长存"之句。其
后叶翥、汪义端交论伪学,而刘三杰以伪党为逆党,凡得罪者
五十九人。省部籍记姓名,降诏禁伪学。而直省吏蔡琏,告汝
愚定策时异谋,宾客所言凡七十纸。欲逮彭龟年、曾三聘、徐
谊、沈有开下大理狱,赖范仲艺等力解之乃已。既而侂胄迁太
傅,封平原郡王。自此,十年专政,肇开兵端,身殒国危。在侂
胄固不足责,而当时诸君子驭之亦失其道,有以致之也。

诛韩侂胄本末

嘉泰元年五月,监太平惠民局夏允中,请用文彦博故事,
以侂胄为平章军国重事。侂胄恐,乞致仕,免允中官。二年十
二月,拜侂胄为太师,立贵妃杨氏为皇后。初,恭淑后既崩,椒
房虚位,杨贵妃、曹美人皆有宠。侂胄畏杨权数,以曹柔顺,劝
上立之。上意向杨,侂胄不能夺也。太学生王梦龙,为后兄次

山客，监杂卖场赵汝诡，与王梦龙为外兄弟，知其事。于是以
侂胄之谋告次山，次山以白后，后由是怨之，始有谋侂胄之意
矣。三年，金国盗起，洊饥，惧我乘隙用兵，于是沿边聚粮增
戍，且禁襄阳府榷场。边衅之开，盖自此始。而侂胄久用事，
亦欲立奇功以固位。会邓友龙等廉得北方事以告，而苏师旦
等又从而从臾之。开禧元年四月，以李义为镇江都统，皇甫斌
为江陵都统兼知襄阳。金人以侵掠、增戍、渝盟见责，遂诏内
外诸军密为行计。七月，侂胄为平章军国事，立班丞相上。苏
师旦为安远军节度使，领阁门事。师旦本平江书佐，侂胄顷为
钤辖日，尝以为笔吏，后依韩门。会上登极，窜名藩邸，用随龙
恩得官，骤至贵显。八月，以殿帅郭倪为镇江都统兼知扬州。
二年，以薛叔似为湖北、京西宣抚使，程松为四川宣抚使，吴曦
为副使，邓友龙为两淮宣抚使。十二月，金房使赵之杰、完颜
良弼来贺正旦，倨慢无礼。于是以北伐告于宗庙，下诏出师。
已而，陈孝庆复泗州，又复虹县。许进复新息县。孙成复保信
县。田琳复寿春府。未几，王大节攻蔡州，不克军溃。皇甫斌
败于唐州。秦世辅军乱于城固县。郭倬、李汝翼攻宿州，败
绩，执统制田俊迈以往。李爽攻寿州，败。于是诛窜诸将败事
者，更易诸阃。以邱崈为两淮宣抚使。分诸将三衙江上之兵，
合十六万余人，分守江淮要害。既而吴曦遣其客姚淮源，献关
外四州之地于金人，遂封为蜀王。至此，侂胄始觉为师旦等所
误，遂罢师旦，除名，送韶州安置，仍籍其家财，赐三宣抚司为
犒军费。斩郭倬于镇江，罢程松四川宣抚使。九月，金人陷和
尚原。十月，渡淮，围楚州。十一月，以殿帅郭杲驻真州，以援
两淮。邱崈以签书开督府。既而围襄阳，犯庐、和、真、西和
州、德安府，陷随、濠、阶、成州、信阳、安丰军、大散关。郭倪弃

扬州走。三年正月，邱崈罢，以枢密张岩督师。二月，金人始退师。四川宣抚司、随军转运使安丙及李好义、杨巨源等讨吴曦，斩之，四川平。以杨巨源为四川宣抚使，安丙副之。既而次第复阶、凤、西和州、大散关。四月，遣萧山县丞方信孺奉使，通谢金国。六月，安丙杀杨巨源。八月，信孺回白事，言金人欲割两淮，增岁币、犒军金帛，索回陷没及归正人，又有不敢言者。侂胄再三问之，乃曰："欲太师首级。"侂胄大怒，坐信孺以私觌物，擅作大臣馈虏人，降三官，临江军居住。乃以赵淳为江淮制置使，而用兵之谋复起。再遣监登闻鼓院王柟出使焉。于是杨次山与皇后谋，俾皇子荣王曮入奏，言"侂胄再启兵端，谋危社稷"，上不答。皇后从旁力请再三，欲从罢黜，上亦不答。后惧事泄，于是令次山于朝行中择能任事者。时史弥远为礼部侍郎、资善堂翊善，遂欣然承命。钱参政象祖，尝以谏用兵贬信州，乃先以礼召之。礼部尚书卫泾、著作郎王居安、前右司郎官张镃，皆预其谋。议既定，始以告参政李壁。前一日，弥远夜易服，持文书往来二参第。时外间籍籍有言其事者。一日，侂胄在都堂，忽谓李参曰："闻有人欲变局面，相公知否？"李疑事泄，面发赤，徐答曰："恐无此事。"而王居安在馆中，与同舍大言曰："数日之后，耳目当一新矣。"其不密如此。弥远闻之大惧，然未有杀之之意，遂谋之张镃。镃曰："势不两立，不如杀之。"弥远抚几曰："君真将种也！吾计决矣。"时开禧三年十一月二日，侂胄爱姬三夫人号"满头花"者生辰。张镃素与之通家，至是，移庖侂胄府，酣饮至五鼓。其夕，周筠闻其事，遂以覆帖告变。时侂胄已被酒，视之曰："这汉又来胡说。"于烛上焚之。初三日，将早朝，筠复白其事，侂胄叱之曰："谁敢？谁敢？"遂升车而去。甫至六部桥，忽有声诺于道旁者，问为何人，曰："夏震。"时震以中军统制权殿司公事，选兵三百俟于此。复问："何故？"曰："有旨，太师罢平章事，日下出国门。"曰："有旨，吾何为不知？必伪也。"语未竟，夏挺、郑发、王斌等，以健卒百余人，拥其轿以出，至玉津园夹墙内，挝杀之。是夕之事，弥远称有密旨。钱参政欲奏审，史不许曰："事留，恐泄。"遂行之。是夕，史彷徨立候门首，至晓犹寂然，至欲易衣逃去。而宰执皆在漏舍以俟。既而侂胄前驱至，传呼太师来。钱、李二公疑事泄，皆战栗无人色。俄而寂不闻声，久之，夏震乃至，白二公曰："已了事矣。"钱参政乃探怀中堂帖授陈自强曰："有旨，太师及丞相皆罢。"陈曰："何罪？"钱不答，于是揖二公，遂登车去。是夕，使侂胄不出，则事必泄矣。二参继赴延和殿奏事，遂以韩殂侂胄闻，上愕然不信。及台谏交章论列，三日后，犹未悟其死。盖此夕之谋，悉出于中宫及次山等，宫省事秘，不能详也。遂下诏暴侂胄首开兵端等罪，官籍其家。而夫人张氏、王氏闻变，尽取宝货碎之。其后二人皆坐徒断。夏震为福州观察使、主管殿前司公事。斩苏师旦于韶州。程松宾州，陈自强雷州，郭倪、郭僎皆除名安置，并籍其家。李壁、张岩皆降官居住。毛自知夺伦魁恩，以首论用兵故也。乃拜钱象祖为右相，卫泾、雷孝友并参政，史弥远知枢密事，林大中签书院事，杨次山开府仪同三司，赐玉带。遂以韩殂事，牒报对境三省；以咨目遍遗二宣抚、二制置、十都统，告以上意。谏议大夫叶时，请枭首于两淮，以谢天下，上不许。

时王柟以出使，在金虏帐。一日，金人呼柟问韩太师何如人？柟因盛称其忠贤威略。虏徐以边报示之曰："如汝之言，南朝何故诛之？"柟窘惧不能对。于是无厌之求，难塞之请，皆不敢与较，一切许之，以为脱身之计。及归，乃以金人欲求侂胄函首为辞,而叶时复有枭首之请,于是诏侍从两省台谏集议。先是诸公间亦有此请,上重于施行。至是,林枢密大中、楼吏书钥、倪兵书思,皆以为和议重事,待此而决。奸凶已毙之首,又何足惜?与其亡国,宁若辱国。而倪公主之尤力,且谓在朝有受其恩,欲为之地者。盖朝堂集议之时,独章文庄良能于众中以事关国体,抗词力争。所谓"欲为之地者",指章也。叶清逸《闻见录》云:"良能首建议函首,王介以为不可。"此非事实。于是遣临安府副将尹明,斫佗胄棺,取其首,送江淮制置大使司;且以咨目谕诸路宣抚制置等以函首事。遂命许奕为通谢使。王柟竟函首以往,且增岁币之数。当时识者,殊不谓然。且当时金虏实已衰弱,初非阿骨打、吴乞买之比。丙寅之冬,淮、襄皆受兵,凡守城者,皆不能下。次年,遂不复能出师,其弱可知矣。傥能稍自坚忍,不患不和,且礼秩岁币,皆可以杀。而当路者畏懦,惟恐稍失其意,乃听其恐喝,一切从之。且吾自诛权奸耳,而函首以遗之,则是虏之县鄙也,何国之为?惜哉!且柟,佗胄所遣,今欲议和,当别遣使,亦不当复遣柟也。至有题诗于侍从宅曰:"平生只说楼攻媿,此媿终身不可攻。"又诗曰:"自古和戎有大权,未闻函首可安边。生灵肝脑空涂地,祖父冤仇共戴天。晁错已诛终叛汉,於期未遣尚存燕。庙堂自谓万全策,却恐防胡未必然。"又云:"岁币顿增三百万,和戎又送一於期。无人说与王柟道,莫遣当年寇准知。"此亦可见一时公论也。明年,阁门舍人周登出使过赵州,观所谓石桥者,已具述其事。纪功勒铭,大书深刻桥柱矣。金主尝令引南使观忠缪侯墓,且释云:"忠于为国,缪于为身。"询之,乃韩也。和议既成,乃尽复秦桧官爵,以其尝主和故耳。

余按:绍兴秦桧主和,王伦出使,胡忠简抗疏,请斩桧以谢天下,时皆伟之。开禧侂胄主战,伦之子梜复出使,竟函韩首以请和。是和者当斩,而战者亦不免于死。一是一非,果何如哉? 余尝以意推之,盖高宗间关兵间,察知东南地势、财力与一时人物,未可与争中原,意欲休养生聚,而后为万全之举。在德寿日,寿皇尝陈恢复之计,光尧曰:"大哥,且待老者百年后却议之。"盖可见也。秦桧揣知上意厌兵,力主和议,一时功名之士皆归罪以为主和之失。及孝宗锐意恢复,张魏公主战,异时功名之士靡然从之,独史文惠以为不然。其后符离溃师,虽府库殚竭,士卒物故,而寿皇雄心远虑,无日不在中原。侂胄习闻其说,且值金虏寖微,于是患失之心生,立功之念起矣。殊不知时移事久,人情习故,一旦骚动,怨嗟并起。而茂陵乃守成之君,无意兹事,任情妄动,自取诛僇,宜也。身陨之后,众恶归焉;然其间是非,亦未尽然。若《杂记》所载,赵师𥪡犬吠,乃郑斗所造,以报挞武学生之愤。至如许及之屈膝,费士寅狗窦,亦皆不得志抱私仇者撰造丑诋,所谓僭逆之类,悉无其实。李心传蜀人,去天万里,轻信纪载,疏舛固宜。而一朝信史,乃不择是否而尽取之,何哉? 当泰、禧间,大父为棘卿,外大父为兵侍,直禁林,皆得之耳目所接,俱有家乘、日录可信。用直书之,以告后之秉史笔者。

齐东野语卷四

避　　讳

　　古今避讳之事，杂见诸书。今漫集数条于此，以备考览。盖殷以前，尚质不讳名；至周始讳，然犹不尽讳。如穆王名满，定王时有王孙满之类。至秦始皇讳政，乃呼正月为"征月"，《史记·年表》作"端月"。卢生曰："不敢端言其过。"秦颁端正法度曰"端直"。皆避"政"字。汉高祖讳邦，旧史以"邦"为"国"。惠帝讳盈，《史记》以"万盈数"作"满数"。文帝讳恒，以恒山为"常山"。景帝讳启，《史记》微子启作"微子开"，《汉书》启母石作"开母石"。武帝讳彻，以彻侯为"通侯"，蒯彻为"蒯通"。宣帝讳询，以荀卿为"孙卿"。元帝讳奭，以奭氏为"盛氏"。光武讳秀，以秀才为"茂才"。明帝讳庄，以老、庄为"老、严"，庄助为"严助"，卞庄为"卞严"。殇帝讳隆，以隆虑为"林虑"。安帝父讳庆，以庆氏为"贺氏"。魏武帝讳操，以杜操为"杜度"。蜀后主讳宗，以孟宗为"孟仁"。晋景帝讳师，以师保为"保傅"，京师为"京都"。文帝讳昭，以昭穆为"韶穆"，昭君为"明君"，《三国志》韦昭为"韦耀"。愍帝讳业，以建业为"建康"。康帝讳岳，以邓岳为"邓岱"，山岳为"山岱"。齐太祖讳道成，师道渊但言"师渊"。梁武帝小名阿练，子孙皆呼练为"白绢"。隋文帝父讳忠，凡郎中皆去"中"字，侍中为"侍内"，中书为"内史"，殿中侍御为"殿内侍御"；置侍郎不置"郎中"，置御史大夫不置"中丞",以侍书御史代之,中庐为"次庐"。至唐又避太子讳,亦以中郎为"旅贲郎将",中书舍人为"内舍人"。炀帝讳广,以广乐为"长乐",广陵为"江都"。唐世祖讳丙,故以"景"字代之,如"景科"、"景令"、"景子"之类是也。唐祖讳虎,凡言虎,率改为猛兽,或为"武",如"武贲"、"武林"之类。李延寿作《南北史》,易石虎为"石季龙",韩擒虎为"韩擒"。高祖讳渊,赵文渊为"赵文深","渊"字尽改为"泉"。刘渊为"元海",戴渊为"戴若思"。太宗讳世民,《唐史》凡言世,皆曰"代";民,皆曰"人",如"烝人"、"治人"、"生人"、"富人侯"之类。民部曰"户部"。高宗讳治,凡言治皆曰"理",如"至理之主,不代出者",章怀避当时讳也。陆贽曰:"与理同道罔不兴","胁从罔理"。韩文《策问》:"尧、舜垂衣裳而天下理",又"无为而理者,其舜也欤"。睿宗讳旦,张仁亶改"仁愿"。玄宗讳隆基,太一君"基"、臣"基",并改为"其"字。隆州为"阆中",隆康为"普康",隆龛为"崇龛",隆山郡为"仁寿郡"。代宗讳豫,以豫章为"钟陵",苏预改名"源明",以"薯蓣"为"薯"及"山药"。德宗讳适,改括州为"处州"。宪宗讳纯,淳州改为"栾州",韦纯改名"贯之",之纯改名"处厚",王纯改名"绍",陆淳改名"质",柳淳改名"灌",严纯改名"休复",李行纯改名"行谌",崔纯亮改名"行范",程纯改名"弘",冯纯敏改名"约"。穆宗讳恒,以恒山为"常山"。敬宗讳弘,徐弘敏改名"有功"。郑涵避文宗旧讳,改名"澣"。武宗讳炎,贾炎改名"嵩"。宣宗讳忱,韦谌改名"损",穆谌改名"仁裕"。梁太祖父烈祖名诚,遂改城曰"墙"。晋高祖讳敬塘,析"敬"字为"文"氏、"苟"氏,至汉乃复旧。至本朝避翼祖讳,复析为"文"、为"苟"。本朝高宗讳构。避嫌名者,仍其字更其音者,"句涛"是也;加"金"字,

"鉤光祖"是也;加"丝"字,"绚纺"是也;加草头者,"苟谌"是也;改为"句"字者,"句思"是也;增勾龙者,"如渊"是也;勾龙去上一字者,"大渊"是也。已上,皆臣下避君讳也。

吴太子讳和,以和兴为"嘉兴"。唐高宗太子弘,为武后所鸩,追尊为"孝敬帝",庙曰"义宗",弘文馆改为"昭文",弘农县为"恒农",韦弘机但为"机"。李含光本姓弘,易为"李",曲阿弘氏易为"洪",温彦弘遂以"大雅"字行。晋以毗陵封东海王世子毗,以毗陵为"晋陵"。唐避章怀太子贤讳,改集贤为"崇文馆"之类,皆避太子之讳也。

吕后讳雉,《封禅书》谓"野鸡夜雊"。武后讳曌,音照。以诏书为"制书",鲍照为"鲍昭"。改懿德太子重照为"重润",刘思照为"思昭"。简文郑后讳阿春,以《春秋》为《阳秋》,富春为"富阳",蕲春为"蕲阳"。此避后讳也。

元后父讳禁,以禁中为"省中"。武后父讳华,以华州为"太州"。韦仁约避武后家讳,改名"元忠"。窦怀贞避韦后家讳,而以字行。刘穆之避王后家讳,以"宪祖"字行,后复避桓温母讳,遂称小字"武生"。虞茂避穆后母讳,改名"预"。本朝章献太后父讳通,尝改通直郎为"同直郎",通州为"崇州",通判为"同判",通进司为"承进司",通奉为"中奉",通事舍人为"宣事舍人",至明道间,遂复旧。此则避后家讳也。

钱王镠,以石榴为金樱,改刘氏为"金氏"。杨行密据扬州,州人呼"蜜"为"蜂糖"。赵避石勒讳,以罗勒为"兰香"。高祖父名诚,以武成王为"武明王",武成县为"武义县"。羊祜为荆州,州人呼"户曹"为"辞曹"之类,皆避国主、诸侯讳也。

《诗》、《书》则不讳。若文王讳昌,而箕子陈《洪范》曰:"使羞其行,而邦其昌。"厉王讳胡,而宣王时,《诗》曰:"胡不相畏”，“胡为虺蜴”，“胡然厉矣”。《周礼》有“昌本之俎”，《诗》有“髯发”之咏。《大诰》“弗弃基”，不讳后稷“弃”字。孔子父叔梁纥，而《春秋》书臧孙纥。成王讳诵，而“吉甫作诵”之句，正在其时，是也。

庙中则不讳。《周颂》祀文、武之乐歌，《雝》曰：“克昌厥后”，《噫嘻》曰：“骏发尔私”，是也。

临文则不讳。鲁庄公名同，而《春秋》书“同盟”。襄公名午，而书“陈侯午卒”。僖公名申，书“戊申”。定公名宋，书“宋人”、“宋仲几”。《汉书·纪》，元封诏书有启母石之言。《刑法志》：“建三典以刑邦国”与“万邦作孚”。韦孟诗：“总齐群邦。”皆不避高祖讳。魏太祖名操，而陈思王有“造白”之句。曹志，植之子，奏议云：“干植不强。”三国吴时，有“言功以权成”，盖斥孙权之名。《南史》有“宁逢五虎”及“虎视”之语，则“虎”字亦不尽避。韩文公《潮州上表》云：“朝廷治平日久。”曰：“政治少懈。”曰：“巍巍治功。”曰：“君臣相戒，以致至治。”《举张行素》曰：“文学治行众所推。”亦不避高宗之讳。又《袁州上表》曰：“显荣频烦。”《举韦颛》曰：“显映班序。”柳文《乐曲》曰：“羲和显耀乘清芬。”皆不尽避中宗之讳。韩《贺即位表》曰：“以和万民。”亦不讳“民”字，如此类甚多。胡翼之侍讲迩英日，讲《乾卦》“元、亨、利、贞”，上为动色，徐曰：“临文不讳。”伊川讲“南容三复白圭”，内侍告曰：“容字，上旧名也。”不听。讲毕曰：“昔仁宗时，宫嫔谓正月为初月，饼之蒸者为炊，天下以为非。嫌名、旧名，请勿讳。”

邦国有不讳者。襄王名郑，郑不改封。至于出居其国，使者告于秦、晋曰：“鄙在郑地。”受晋文公朝，而郑伯传。汉和帝名肇，而郡有“京兆”是也。

嫌名则有避有不避者。韩退之《辩讳》:"桓公名白,传有五皓之称;厉王名长,琴有修短之目。不闻谓布帛为'布皓',肾肠为'肾修'。汉武名彻,不闻讳车辙之'辙'。"然《史记·天官书》:"谓之车通",此非讳车辙之"辙"乎?若晋康帝名岳,邓岳改名为'嶽',此则不讳嫌名也。二名不偏讳。唐太宗名世民,在位日,戴胄、唐俭为民部尚书,虞"世"南、李"世"勣皆不避。至高宗时,改民部为"户部"。世南已卒,世勣去"世"字。或云:"卒哭乃讳。"

避讳而易字者。按《东观汉记》云:"惠帝讳盈,之字曰'满';文帝讳恒,之字曰'常';光武讳秀,之字曰'茂'。"云云。盖当时避讳,改为其字。之者,变也。如卦变爻曰之也。本朝真宗讳恒,音"胡登切"。若阙其下画,则为"亘",又犯徽宗旁讳。后遂并"恒"字不用,而易为"常",正用前例也。

淮南王安,避父讳长,故《淮南》书,凡言长悉曰"修"。王羲之父讳正,故每书正月为"初月",或作"一月",余则以"政"字代之。王舒除会稽内史,以祖讳会,以会稽为"邻稽"。司马迁以父讳谈,《史记》中,赵谈为"赵同子",张孟谈为"孟同"。范晔父名泰,《后汉书》,郭泰为"郭太"。李翱祖父名楚今,故为文皆以"今"为"兹"。杜甫父名闲,故杜诗无"闲"字。苏子瞻祖名序,故以序为"叙",或改作"引"。曾鲁公父名会,故避之者,以勘会为"勘当"。蔡京父名准,改平准务为"平货务"。此皆士大夫自避家讳也。《史记·李斯传》言"宦者韩谈",则"谈"字不能尽避。《汉书·爰盎传》有"上益庄"之文,《郑当时传》有"郑庄千里不赍粮"之类。此不能尽避也。

范晔为太子詹事,以父名泰,固辞,朝议不许。唐窦曾授中书舍人,以父名至忠,不受。议者以音同字别,乃就职。韦聿迁秘书郎,以父嫌名,换司议郎。柳公绰迁吏部尚书,以祖讳,换左丞。李涵父名少康,为太子少傅,吕渭劾之。本朝吕希纯,以父名公著,而辞著作郎。富郑公父名言,而不辞右正言。韩亿绛、缜,家讳保枢,皆为枢密而不避。此除官有避不避也。

至若后唐,郭崇韬父名弘,改弘文馆为"崇文馆"。建隆间,慕容彦钊、吴廷祚,皆拜使相,而钊父名章,廷祚父名璋,制麻中为改"同为中书门下平章事"为"二品"。绍兴中,沈守约、汤进之二丞相,父皆名举,于是改提举书局为"提领"。此则朝廷为臣下避家讳也。

元稹以阳城驿与阳道州名同,更之曰"避贤驿",且作诗以记之,白乐天和之云:"荆人爱羊祜,户曹改为词。一字不忍道,况兼姓呼之。"是也。郑诚过郓州浩然亭,谓贤者名不可斥,更名"孟亭"。歙有任昉寺、任昉村,以任所游之地故也。虞藩为刺史日,更为"任公寺"、"任公村"。此则后人避前贤名也。

至有君臣同名者。襄王名郑,卫成公与之同时,亦名郑。卫侯讳恶,其臣有石恶。宋武帝名裕,褚叔度、王敬弘,皆名裕之;谢景仁、张茂度皆名裕。宋明帝名彧,王景文亦名彧。唐玄宗名隆基,刘子玄名知几。

又有父子、祖孙同名者。周康王名钊,生子瑕,是为昭王。宋明帝名彧,其子后废帝亦名昱。魏献文名弘,其子孝文名宏。声虽相近,而字犹异也。若周厉王名胡,而僖王名胡齐。蔡文侯、昭侯,相去五世,皆名申。魏安同父名屈,同之子亦名屈。襄阳有《处士罗君墓志》曰:"君讳靖,父靖,学优不仕。"此尤为可罪也。若桓玄,呼父温曰"清",此不足责。若韩愈,不避"仲卿",又何耶?

朱温之父名诚,以其类"戊"字,司天监上言,请改戊己之
"戊"为"武"字,此全无义理。如扬都士人名审,沈氏与书,名
而不姓,皆谀之者过耳。未如梁谢举闻家讳必哭,近世如赵南
仲亦然,此亦不失为孝。若唐裴德融父讳皋,高锴为礼部侍
郎,典贡举。德融入试,锴曰:"伊父讳皋,而某下就试,与及
第,困一生事。"后除屯田员外郎,与同除一人参右丞卢简。卢
先屈前一人,使驱使官传语曰:"员外是何人下及第?偶有事,
不得奉见。"裴仓遽而去。李贺以父名晋肃,终身不赴进士举,
抑又甚焉。崔殷梦知举,吏部尚书归仁晦托弟仁泽,殷梦唯
唯,至于三四。殷梦敛色端笏曰:"某见进表,让此官矣。"仁晦
始悟己姓,乃殷梦家讳"龟从"故也。后唐天成中,卢文纪为工
部尚书,郎中于邺参,文纪以父名嗣业,与同音,竟不见。邺忧
畏太过,一夕,雉经而死。杨行密父名怃,与"夫"同音,改文散
诸大夫为"大卿",御史大夫为"御史大卿"。至有《兴唐寺锺题
志》云:"金紫光禄大,兼御史大,及银青光禄六。"皆直去"夫"
字,尤为可怪。国朝刘温叟,父名乐,终身不听丝竹,不游嵩
岱。徐绩父名石,平生不用石器,遇石不践,遇桥则令人负之
而过。此皆避讳不近人情者也。

至如唐宪宗时,戎昱有诗名,京兆尹李鸾拟以女嫁之,令
改其姓,昱辞焉。五代有石昂者,读书好学,不求仕进。节度
使符习高其行,召为临淄令。习入朝,监军杨彦朗知留后。昂
以公事上谒,赞者以彦朗家讳石,遂更其姓曰"右昂"。昂趋于
庭,责彦朗曰:"内侍奈何以私害公?昂姓石,非'右'也。"彦朗
大怒,昂即解官去。语其子曰:"吾本不欲仕乱世,果为刑人所
辱。"宣和中,徐申干臣,自讳其名,知常州,一邑宰白事,言"已

三状申府，未施行"。徐怒形于色，责之曰："君为县宰，岂不知长吏名，乃作意相侮。"宰亦好犯上者，即大声曰："今此事'申'府不报，便当'申'监司，否则'申'户部，'申'台，'申'省，'申'来'申'去，直待'身'死即休。"语罢，长揖而退。徐虽怒，然无以罪之。三人者，皆不肯避权贵之讳以自保其姓名。若北齐熊安生者，将通名见徐之才、和士开，二人相对。以之才讳熊，士开讳安，乃称"触触生"，群公哂之。蔡京在相位日，权势甚盛，内外官司公移皆避其名，如"京东"、"京西"并改为"畿左"、"畿右"之类。蔡门下昂避之尤谨，并禁其家人，犯者有笞责。昂尝自误及之，家人以为言，乃举手自击其口。蔡经国闻京闽音，称"京"为"经"，乃奏乞改名"纯臣"。此尤可笑。绍圣间，安惇为从官，章惇为相，安见之，但称"享"而已。近世方巨山名岳。或谤其为南仲丞相幕客，赵父名方，乃改姓为"万"。既而又为邱山甫端明属，邱名岳，于是复改名为"方山"遂止，以为过焉。善乎，胡康侯之论曰："后世不明《春秋》之义，有以讳易人姓者，易人名者。愚者迷礼以为孝；谄者献佞以为忠。忌讳繁，名实乱，而《春秋》之法不行矣。"

方巨山争体统

贾师宪，淳祐己酉岁为湖广总领。时方岳巨山知南康军。一日，总所纲运经从星江，押纲军卒，骄悍绎骚，市民横遭其祸者甚众。巨山大不能堪，遂擒数辈断治之。贾公闻之，移文诘问，且追本军都吏。巨山于是就判公牒云："总领虽大，湖广之尊；南康虽微，江东列郡。当职奉天子命来牧是邦，初非总领之幕客，亦非湖广之属郡。军无纪律，骚动吾民；国有常刑，合从断遣；此守臣职也，于都吏何与焉？牒报。"贾公得牒，不胜

其愤,遂申朝廷,乞行按劾。于是朝廷俾岳易邵武以避之。去
郡日,有士人作大旗,书一诗以送之,曰:"秋厓秋壑两般秋,湖
广、江东事不侔。直到南康论体统,江西自隔两三州。"

曝　日

袁安卧负暄,令儿搔背,曰:"甚快人意。"赵胜负暄风檐,
候樵牧之归。故杜诗云"负暄候樵牧",又云"负暄近墙壁"。
又《西阁曝日》云:"凛冽倦玄冬,负暄嗜飞阁。"又云:"毛发且
自和,肌肤潜沃若。太阳信深仁,衰气欻有托。欹倾烦注眼,
容易收病脚。"乐天《负日》诗云:"杲杲冬日出,照我屋南隅。
负暄闭目坐,和气生肌肤。初似饮醇醪,又如蛰者苏。外融百
骸畅,中适一念无。旷然忘所在,心与虚空俱。"此皆深知负暄
之味者也。冬日可爱,真若可持献者。晁端仁尝得冷疾,无药
可治,惟日中炙背乃愈。周邦彦尝有诗云:"冬曦如村酿,奇温
止须臾。行行正须此,恋恋忽已无。"余尝于南荣作小日阁,名
之曰献日轩。幕以白油绢,通明虚白,盎然终日,四体融畅,不
止须臾而已。适有客戏余曰:"此所谓天下都绵袄者。"相与一
笑。后见何斯举《黄绵袄子歌》,序曰:"正月大雨雪,十日不
已。既晴,邻舍相呼负日,曰:'黄绵袄子出矣。'"乃知古已有
此语。然王立之亦尝名日窗为大裘轩。谢无逸为赋诗曰:"小
人拙生事,三冬卧无帐。忍寒东窗底,坐待朝曦上。徐徐晨光
熙,稍稍血气畅。薰然四体和,恍若醉春酿。此法秘勿传,不
易车百辆。君胡得此法,开轩亦东向。苏公名大裘,意岂在万
丈。但观名轩心,人人如挟纩。"陶隐居《清异录》载开元时,高
太素隐商山,起六逍遥馆,各制一铭。其三曰《冬日初出》,铭
曰:"折胶堕指,梦想负背;金锣腾空,映檐白醉。"楼攻媿尝取

"白醉"二字以名阁,陈进道为赋诗,攻媿次之云:"处世难独醒,时作映檐醉。年少足裘马,安知老夫味?天梳与日帽,且复供酒事。谪居幸三适,得此更惭愧。向来六逍遥,特书见清异。君家老希夷,相求谅同气。曲身成直身,朝寒俄失记。醉中知其天,不饮乃同意。书生暂寄温,难语纯绵丽。"洪驹父亦有《大裘轩》诗。

经　验　方

　　喉闭之疾,极速而烈。前辈传帐带散,惟白矾一味,然或时不尽验。辛丑岁,余侍亲自福建还,沿途多此证,至有阖家十余口,一夕并命者。道路萧然,行旅惴惴。及抵南浦,有老医教以用鸭嘴、胆矾研细,以酽醋调灌,归途恃以无恐,然亦未知其果神也。及先子守临汀日,铃下一老兵素愿谨,忽垂泣请告曰:"老妻苦喉闭,绝水粒者三日,命垂殆矣。"偶药笈有少许,即授之,俾如法用。次日,喜拜庭下云:"药甫下咽,即大吐,去胶痰凡数升,即瘥。"其后凡治数人,莫不立验。然胆矾难有真者,养生之家,不可不预储以备用也。

　　熊胆善辟尘。试之之法:净一器,尘幂其上,投胆一粒许,则凝尘豁然而开。以之治目障翳,极验。每以少许净水略调开,尽去筋膜尘土,入冰脑一二片,或泪痒,则加生姜粉些少,时以铜箸点之,绝奇。赤眼亦可用。余家二老婢,俱以此效。

　　辛酉夏,余足疡发于外廉。初甚微,其后浸淫。涉秋徂冬,不良于行。凡敷糁膏濯之剂,尝试略遍,痛痒杂作,大妨应酬。一日,友人俞和父见过,怪其蹒跚,举以告之。和父笑曰:"吾能三日已此疾。法当先以淡盐水涤疮口,浥干;次用局方驻车丸研极细,加乳香少许,干糁之,无不立效。"遂如其说用之，数日良愈。盖驻车丸本治血痢滞下，而此疮亦由气血凝注所成。医者，意也。古人处方治疾，其出人意表如此。其后莫子山传治痢杜僧丸，亦止是一膏药，用有奇验，亦此意也。

用事切当

淳熙中，孝宗及皇太子朝上皇于德寿宫，置酒赋诗为乐，从臣皆和。周益公诗云："一丁扶火德，三合巩皇基。"盖高宗生于大观丁亥，孝宗生于建炎丁未，光宗生于绍兴丁卯故也。阴阳家以亥、卯、未为"三合"，一时用事，可谓切当。其后杨诚斋为光宗宫僚，时宁宗已在平阳邸，其《贺寿》诗云："祖尧父舜真千载，禹子汤孙更一家。"又云："天意分明昌火德，诞辰三世总丁年。"盖祖益公语也。嘉熙己亥四月，诞皇子，告庙祀文，学士李、刘功府当笔，内用四柱作一联云："亥年巳月，无长蛇封豕之虞；午日丑时，有归马牧牛之喜。"盖时方有蜀扰。其用事可谓中的，然或者则谓失之俳耳。

杨府水渠

杨和王居殿岩日，建第清湖洪福桥，规制甚广。自居其中，旁列诸子舍四，皆极宏丽。落成之日，纵外人游观。一僧善相宅，云："此龟形也，得水则吉，失水则凶。"时和王方被殊眷，从容闻奏，欲引湖水以环其居。思陵首肯曰："朕无不可，第恐外庭有语，宜密速为之。"退即督濠寨兵数百，且多募民夫，夜以继昼。入自五房院，出自惠利井，蜿蜒萦绕，凡数百丈，三昼夜即竣事。未几，台臣果有疏言擅灌湖水人私第，以拟宫禁者。上晓之曰："朕南渡之初，虏人退而群盗起。遂用议者羁縻之策，刻印尽封之。所有者，止淮、浙数郡耳。会诸将尽平群盗,朕因自誓,除土地外,凡府库金帛,俱置不问。故诸将有余力以给泉池园圃之费。若以平盗之功言之,虽尽以西湖赐之,曾不为过。况此役已成,惟卿容之。"言者遂止。既而复建杰阁,藏思陵御札,且揭上赐"风云庆会"四大字于上。盖取大龟昂首下视西湖之象,以成僧说。自此百余年间,无复火灾,人皆神之。至辛巳岁,其家舍阁于佑圣观,识者谓龟失其首,疑为不祥。次年五月,竟毁延燎潭,潭数百楹,不数刻而尽,益验毁阁之祸云。

潘庭坚王实之

庚子辛丑岁,先君子佐闽漕幕时,方壶山大琮为漕,膃轩王迈实之与方为年家,气谊相好。用此,实之留富沙之日多,而壶山资给亦良厚,然亦仅资一时饮博之费耳。籍中有吴宜者,王所狎也。一日,三司燕集,大合乐于公厅。吴方舞遍,实之被酒,直造舞筵,携之径去,旁若无人,一座为之愕然。壶山起谢曰:"此吾狂友王实之也。"时以为奇事。实之,莆人。登甲科,甚有文名,落魄不羁。为正字日,因轮对,及故相擅权。理宗宣谕曰:"姑置卫王之事。"迈即抗声曰:"陛下一则曰卫王,二则曰卫王,何容保之至耶?"上怒不答,径转御屏,曰:"此狂生也。"迈后归乡里,自弥"敕赐狂生"。尝有诗云:"未知死所先期死,自笑狂生老更狂。"又赋《沁园春》曰:"狂如此,更狂狂不已。"押赴琼厓。同时富沙人紫岩潘牥庭坚,亦以豪侠闻,与实之不相下。庭坚初名公筠,后以诏岁乞灵南台神,梦有持方牛首与之,遂易名为"牥"。殿试第三人,跌宕不羁,傲侮一世。为福建帅司机宜文字日,醉骑黄犊,歌《离骚》于市,人以为仙。尝约同社友剧饮于南雪亭梅花下,衣皆白。既而尽去宽衣,脱帽呼啸。酒酣客散,则衣间各浓墨大书一诗于上矣。众皆不能堪。居无何,同社复置酒瀑泉亭。行令曰:"有能以瀑泉灌顶而吟不绝口者,众拜之。"庭坚被酒豪甚,竟脱巾鬡髻,裸立流泉之冲,且高唱"濯缨"之章。众因谬为惊叹,罗拜以为不可及,且举诗禅问答以困之。潘气略不慑,应对如流,然寒气已深入经络间矣。归即卧病而殂。既不得年,又以戏笑作孽,不自贵重,闻者惜之。庭坚才高气劲,读书五行俱下,终身不忘。作文未尝视草,尤长于古乐府。年六、七岁时,尝和人诗云:"竹才生便直,梅到死犹香。"识者已知其不永。其论巴陵一疏,至今人能诵之,以此终身坎壈焉。刘潜夫志其墓云:"公论如元气兮,入人之肝脾。有一时之荣辱兮,有千载之是非。昔在有周兮,观孟津之师。于扣马之谏兮,曰扶而去之。彼八百国之同兮,不能止一士之异。呜呼!此所谓世教兮,所谓民彝。"正谓此也。余少侍先君子,皆尝识之,转眼今五十年矣。

齐东野语卷五

四　皓　名

四皓之名，见于《法言》。《汉书·乐书》多不同，前辈尝辨之。王元之在汝日，以诗寄毕文简曰："未必颈如榰里子，定应头似夏黄公。"文简谓绮里季、夏，当为一人，黄公则别一人也。杜诗云："黄、绮终辞汉。"王逸少有《尚想黄绮帖》。陶诗云："黄、绮之南山。"又云："且当从黄、绮。"《南史》阮孝绪辞梁武之召云："周德虽兴，夷、齐不厌薇蕨；汉道方盛，黄、绮无间山林。"盖各以首一字呼之。于是元之遂改此句，后皆以文简为据。然汉刻四皓神坐，一曰园公，二曰绮里季，三曰夏黄公，四曰甪里先生。按《三辅旧事》云："汉惠帝为四皓作碑。"当时所镌，必无误书，然则元之所用非误也。盖昔人论四皓，或云园、绮，或云绮、夏，亦未必尽举首一字。或渊明自读作"绮里季、夏"，亦不可知。周燮曰："追绮、季之迹。"《世说》曰："绮季，东园公，夏黄公，甪里先生，谓之'四皓'"。姓书有绮里先生，季，其字也。是则为夏黄公，益可信矣。按《风俗通》：楚鬻熊之后为圈。郑穆公之子圈，其后为姓。至秦博士逃难，乃改为园。《陈留风俗记》乃圈称所撰。盖圈公自是秦博士。周庚以尝居园中，故谓之园公。《陈留志》谓圈公名秉，字宣明。《蔡伯喈集》有圈典，魏有圈文生，皆其后也。古字"禄"与"甪"通用，故《乐书》作"绿"。郑康成于《礼书》，"甪"皆作"禄"。《陈留志》

则又作"用"，唐李涪尝辨之矣。然《史记·留侯世家》注云："东园公姓庚，以居园中，因以为号。夏黄公姓崔名广，字少通，齐人，隐居夏里，故号夏黄公。甪里先生，河内人，太伯之后，姓周名术，字元道。京师号曰霸上先生，一曰甪里先生。"此又何邪？又《吴俗纪》云："先生吴人，姓周氏。今太湖中有禄里村、甪头寨，即先生逃秦聘之地。"《韩诗》："虎有爪兮牛有角，虎可搏兮牛可触。"蔡氏注云："角、触，协音也。"淳化中，崔偓全判国子监，有《字学》。太宗问曰："李觉尝言：四皓中一人姓角。或云'用'上加一撇。或云'用'上加一点。果何音？"偓佺曰："臣闻刀下用乃'榷'音，两点下用乃'鹿'音。'用'上一撇一点，俱不成字。"然"甪里"作"角里"，亦非也。后汉有甪善叔，乃读作"觉"音，何邪？

作文自出机杼难

曾子固熙宁间守济州，作北渚亭，盖取杜陵《宴历下亭》诗"东藩驻皂盖，北渚陵清河"之句。至元祐间，晁无咎补之继来为守，则亭已颓毁久矣。补之因重作亭，且为之记。记成，疑其步骤开阖类子固拟《岘台记》，于是易而为赋，且自序云："或请为记，答曰：'赋，可也。'"盖寓述作之初意云。然所序晋、齐攻战，三周华不注之事，虽极雄瞻，而或者乃谓与坡翁《赤壁》所赋孟德、周郎之事略同，补之岂蹈袭者哉！大抵作文欲自出机杼者极难，而古赋为尤难。"惟陈言之务去，戛戛乎其难哉！"虽昌黎亦以为然也。

端 平 入 洛

端平元年甲午，史嵩之子申，开荆湖阃；遂与孟珙合鞑兵

夹攻蔡城,获亡金完颜守绪残骸以归。乃作露布以夸耀一时,
且绘八陵图以献,朝廷遂议遣使修奉八陵。时郑忠定丞相当
国,于是有乘时抚定中原之意。会赵葵南仲,范武仲,全子才
三数公,惑于降人谷用安之说,谓非扼险无以为国,于是守河
据关之议起矣。乃命武仲开阃于光、黄之间,以张声势,而子
才合淮西之兵万余人赴汴。六月十二日离合肥,十八日渡寿
州,二十一日抵蒙城县。县有二城相连,背涡为固。城中空无
所有,仅存伤残之民数十而已。沿途茂草长林,白骨相望,虻
蝇扑面,杳无人踪。二十二日至城父县,县中有未烧者十余
家,官舍两、三处。城池颇高深,旧号“小东京”云。二十四日
入亳州,总领七人出降,城虽土筑,尚坚。单州出戍军六百余
人在内,皆出降。市井残毁,有卖饼者云:“戍兵暴横,亳人怨
之。前日降鞑,今日降宋,皆此军也。”遂以为导,过魏真县、城
邑县、太康县,皆残毁无居人。七月二日,抵东京二十里札寨,
犹有居人遗迹及桑枣园。初五日,整兵入城。行省李伯渊,先
期以文书来降,愿与谷用安、范用吉等结约。至是,乃杀所立
大王崔立,率父老出迎,见兵六、七百人。荆棘遗骸,交午道
路,止存民居千余家,故宫及相国寺佛阁不动而已。黄河南旧
有寸金淀,近为北兵所决,河水淫溢。自寿春至汴,道路水深
有至腰及颈处,行役良苦,幸前无敌兵,所以能进至此。子才
遂驻汴,以俟粮夫之集。而颍川路钤樊辛、路分王安,亦以偏
师下郑州。二十日,赵文仲以淮东之师五万,由泗、宿至汴,与
子才之军会焉。因谓子才曰:“我辈始谋据关守河,今已抵汴
半月,不急趋洛阳、潼关,何待邪?”子才以“粮饷未集”对,文仲
益督趣之,遂檄范用吉提新招义士三千,樊辛提武安军四千,
李先提雄关军二千,文仲亦以胡显提雄关军四千,共一万三千

人。命淮西帅机徐敏子为监军,先令西上,且命杨义以庐州强弩等军一万五千人继之,各给五日粮。诸军以粮少为辞,则谕之以陆续起发。于是敏子领军,以二十一日启行,且令诸军以五日粮为七日食,盖惧饷馈或稽故也。至中牟县,遂遣其客戴应龙回汴趣粮。且与诸将议,遣勇士谕洛,独胡显议为不合。敏子因命显以其所部之半,以扼河阴。二十六日,遣和州宁淮军正将张迪,以二百人潜赴洛阳。至夜,逾城大噪而入,城中寂然无应者。盖北军之戍洛阳者,皆空其城诱我矣。逮晚,始有民庶三百余家登城投降,二十八日,遂入洛城。二十九日,军食已尽,乃采蒿和面作饼而食之。是晚,有溃军失道,奔进而至。云:“杨义一军,为北兵大阵冲散。今北军已据北牢矣。”盖杨义至洛东三十里,方散坐蓐食,忽数百步外,山椒有立黄红伞者。众方骇异,而伏兵突起深蒿中。义仓卒无备,遂致大溃,拥入洛水者甚众,义仅以身免。于是在洛之师,闻而夺气。八月一日,北军已有近城下寨者,且士卒饥甚,遂杀马而食。敏子与诸将议进止,久之无他策,势须回师。遂遣步军两项往劫东西寨,自提大军济洛水而阵。北军冲突,坚勿动。初二日黎明,北军以团牌拥进接战。我军分而为三,并杀四百余人,夺团牌三百余,至午不解,而军士至此四日不食矣。始议突围而东。会范用吉下归顺人楚玶者献策曰:“若投东面,则正值北军大队,无噍类矣。若转南登封山,由均、许走蔡、息,则或可脱虎口耳。”事势既急,遂从之。北军既知我遁,纵兵尾击,死伤者十八九。敏子中流矢,伤右胯几殆,所乘马死焉。徒步间行,道收溃散,得三百余人。结阵而南,经生界团,结寨栅,转斗而前。凡食桑叶者两日,食梨蕨者七日,乃抵浮光。樊显、张迪死焉。敏子前所遣客戴应龙,自汴趣粮赴洛,至半道，逢杨义军溃卒，知洛东丧衄之耗，遂驰而还汴，白南仲、子才。二公相谓曰："事势如此，我辈自往可也。"帅参刘子澄，则以为无益。抵暮，下令促装。翌日昧爽起发，众皆以为援洛，而前旌已出东门，始知为班师焉。是役也，乘亡金丧乱之余，中原俶扰之际，乘几而进，直抵旧京，气势翕合，未为全失。所失在于主帅成功之心太急，入洛之师无援，粮道不继，以致败亡，此殆天意。后世以成败论功名，遂以贪功冒进罪之，恐亦非至公之论也。此事得之当时随军幕府日记，颇为详确。近于忠信尝编《三京本末》，与此互相同异焉。

端平襄州本末

赵忠肃公方，开阃荆、襄日久，军民知其威声。端平甲午冬，朝廷以其子范武仲为荆、湖制置大使，镇襄阳。盖欲其绍世勋，作藩屏也。至郡，则以王旻、樊文彬、李伯渊、黄国弼数人为腹心，朝夕酣狎，了无上下之序。民讼边备，一切废弛。且诸将不能协济，反自相忌嫉。而一时幕府，又袖手坐观成败而已。乙未五月，唐州守杨侁禀议，因言本州统制军马郭胜有异志。盖杨、郭有隙非一日矣。杨之来，郭已疑之。及杨受犒归，赵乃以檄召郭胜，于是郭之反谋始决。六月二日，赵下令以襄阳簿厅置勘院，将以勘郭胜也。先是，赵幕客蒋应符往司唐州，遂泄其谋于郭。初六日，乘杨侁朝拜天贶节，遂闭城，率众射死侁于凉轿中。凡回易钱物之在司者千余万皆掠取之。且下令曰："百姓及忠义军、大军之屯戍在城者，皆不杀。"即密遣人求北援。初七日，反报至襄阳，时制阃诸客，方命妓宴赵楷于城西檀溪。赵忽急召两制机议事，时赵括夫瑞州人，以制干权，章清孙以襄倅权，始知唐州之事已泄。初八日，命忠卫都统江海领兵。初九日，先锋行兵号二万。又命随州守臣全子才节制诸项捕贼军马，摄枣阳军刘子澄策应，赵楷监军。三人者，皆以西师之败镌责。赵欲于此立功，以为复官之地。七月二日，北军至唐州、枣林，全、刘闻之遁去。先又调德安守王旻策援，亦不至，反俱以捷闻。全、王至襄，凡痛饮半月而回。既而探报益急，寇已半渡黄河。而王旻归德安，以黄州克敌军叛即李藏器之军留黄陂上者。德安境，遣人招纳四千八百余人，意欲阻挠淮西制帅杨恢，赵欣然从之。九月十日，闻王旻带所纳叛军来，襄人疑其反覆不常，而末如之何。赵忽令诸门不许出一人一担，而所置缉捕司带行人孙山等察探，变是为非，于是襄人愈侧足矣。二十三日，枣阳告急，赵复不遣援兵。自此，京西诸郡俱叛。十一月一日，北军首领侪盏，至襄阳江北对垒，不战而败。遣李师古持书与赵，赵不启封，焚之。十一日，北哨入南关，即追逐，斩守关赵宁以徇。十九日，北骑至襄阳城下，约六、七千人，下寨于檀溪山。二十日，战于上闸口。余哲军败，丧数千人；再战，胜之。二十一日，北军始退。十二月，北军自峡州回，战于江北樊城。我师少胜，则以大捷闻。自十月初，下令清野，凡襄四境民居竹木无孑遗。至是，物价踊贵，诸将日饮。亡何，用散乐段得仙者佐欢，绕城趺马，殊不介意。二月五日，始遣王旻带克敌军往均州光化军巡逻，逗遛不进，仅至小樊，乃以收复两郡捷闻。是日，朝廷遣镇江都统李虎，号无敌军，偕光州都统王福所部军，至襄策应，而克敌军不能自安矣，赵遂急遣王旻避之。赵出城迓虎，虎传朝廷宣谕之命，赵涕泣谢恩，乃对虎慷慨，共釂十余大觥以归。无敌军即宣言欲剿除克敌，云："不因你瞒番人在此，如何我瞒四千里路来。"十四日，王旻回，赵令戍郢州，旻恃平日媟狎，不从，必欲入城。十六日，下令大宴，犒诸制领。于是克敌愈疑，公出怨言，襄人愈皇皇矣。有以其言密告赵内机检者，赵之侄。宴遂中止。二十日，止宴孪虎、王旻、王福、杨茂、李伯渊、黄国弼、夏全于府治，大醉极欢，达旦而罢。二十一日，克敌军往南门烧纸，盖合谋也。夜二鼓，纵火于市东竹竿巷口，及于诸处纵火发喊，抢入制府辕门，为门内军射杀二人，复至东市劫掠，摌甲露刃，不许救援。至二十二日火方熄。赵帅于南门城上，呼王旻诘问，李虎适在旁，云："好斩。"言未脱口，而旻首已断，身皆分裂矣。赵遂下令，凡背心有红月号者皆斩，克敌军号也。于是刀刃乱下，死者多无辜，然叛军未尽剿也。未时，火复自南门起，凡官民之居，一燕而空。漕使李伯度、教官罗叔度两家避难东城上，亦为叛军焚杀。二十三日，遣李伯渊往江北剿杀叛军，未回，克敌军遂杀其家，因乘乱劫掠民居尤酷。赵帅于是先焚其父威惠庙，遂同李虎、黄国弼、夏全及回回四人，潜出西门，失去制司印。城中久之方觉，遂皆狼狈奔逃而出矣。是日，江北忠卫军亦反。赵至荆州，复遣都统江海戍荆门。有军校获制司印来献，赵补以统领之职。是时叛乱相仍，赵乃严刑以安反侧。于教场后掘地方三丈，深二丈，以石作窗为地牢，上覆以土，下施杻械，悬梯而下以准，遣胡狲主之。大抵襄州之祸，萌于赵武仲之来，成于王旻招纳克敌军，激于李虎无敌军之至。自岳武穆收复，凡一百三十年，生聚繁庶，不减昔日。城池高深，甲于西陲。一旦灰烬，祸至惨也。先是，郡厅相对，有雅歌楼，雄丽特甚。一日，赵方坐衙，忽睹楼中妓女人物杂逦宴饮，赵怒，以为僚属置宴，略不避忌。亟遣人觇之，则楼门扃镭甚严，凝尘满室，识者已疑其不祥。章叔恭时为倅，一夕，坐中堂阅案牍，至夜分，忽若有人自后呼之曰："快去！快去！此地不久也。"心疑之而未深信，越月而乱作。益知祸患有定数，鬼神固已先知矣。此事皆章叔恭得之目击云。

赵氏灵璧石

赵邦永，本姓李，李全将也。赵南仲爱其勇，纳之，改姓赵氏。入洛之师，实为统军。尝过灵璧县，道旁奇石林立，一峰巍然，嵯崒秀润。南仲立马旁睨，抚玩久之。后数年家居，偶有以片石为献者，南仲因诧诸客以昔年符离所见者。邦永时适在旁，闻语即退。才食顷，数百兵舁一石而来，植之庭间，俨然马上所见也。南仲骇以为神，扣所从来，则云："昔年相公注视之际，意谓爱此，随命部下五百卒辇归，而未敢献。适闻所言，始敢以进。"南仲为之一笑。

南园香山

事有一时传讹，而人竞信之者，阅古之败，众恶皆归焉。然其间率多浮诞之语，抑有乘时以丑名恶声，以诋平日所不乐以甘心者，如犬吠村庄等事是也。姑以《四朝闻见录》所载一事言之，谓蜀帅献沈香山，高五丈，立之南园凌风阁下。今庆乐园，即昔之南园也。所谓香山，尚巍然立于阁前，乃枯柈耳，初非沉香也。推此以往，人言未可尽信也如此。余尝戏赋绝句云："旧事凄凉尚可寻，断碑闲卧草深深。凌风阁下槎牙树，当日人疑是水沈。"

李泌钱若水事相类

李泌在衡岳，有僧明瓒号懒残。泌察其非凡，中夜潜往谒之。懒残命坐，拨火中芋以啖之，曰："勿多言，领取十年宰相。"《李泌家传》及《甘泽谣》。钱若水为举子时,见陈希夷于华山。希夷曰:"明日当再来。"若水如期往,见一老僧与希夷拥地炉坐。僧熟视若水久之,不语,以火箸画灰,作"做不得"三字。徐曰:"急流勇退人也。"若水辞去。后为枢密使,年才四十致仕。老僧者,麻衣道者也。《邵氏闻见录》。又若水谒华山陈抟,曰:"目如点漆,黑白分明,当作神仙。"有紫衣老僧曰:"不然。他日但能富贵,急流中勇退人也。"《明道杂志》。又若水谒陈希夷,曰:"子神清气一,可致神仙。"遂招白阁道者决之,乃以为不然。《画墁录》。

又法云佛国禅师惟白,传康节《易》学甚精熟,未尝语人。元符辛巳,郑达夫以大宗丞召佛国,即招达夫饮,并约妙应大师伯华同席。顾妙应曰:"如何?"妙应曰:"决作,决作。"佛国乃语达夫曰:"君异日必为相,直待蔡元长、张天觉颠沛之后,即爰立矣。"已而果然。《鉴堂遗事》。

以上数说,皆同而微异,岂即一事演而为数说乎?大抵近世杂说,率多剿入,不可尽信,故余表而出之。

用　事　偶　同

欧阳公《非非堂记》曰:"是是近乎谄,非非近乎讪;不幸而过,宁讪无谄。"坡翁为刘壮舆作《是是堂》诗云:"闲燕言仁义,是非安可无;非非义之属,是是仁之徒;非非近乎讪,是是近乎谀。"子由《弹吕惠卿章》云:"放麑,违命也,推其仁则可以托国;食子,徇君也,推其忍则至于弑君。"山谷《怀半山老人》诗云:"啜羹不如放麑,乐羊终愧巴西。"其意盖指惠卿也。二公岂相蹈袭者邪?其用事造语,若出一辙,而不以为嫌也。然《韩非子》所载"放麑",乃是"西巴",恐一时偶误耳。

方 蓥

莆田方蓥试南宫，第三场欲出纳卷，有物碍其足，视之，则一卷子，止有前二篇，其文亦通畅，不解何以不终卷而弃于地也。蓥笔端俊甚，以其绪余足成之，并携出中门，投之幕中，一时不暇记其姓名。蓥既中第，亦不复省问。他年，蓥为馆职，偶及试闱异事，因及之。偶有客在坐，同年也，默不一语。翼日，具冠裳造方，自叙本末。言："试日，疾不能支。吾扶拽而出，所谓试卷者，莫记所在，已绝望矣。一旦榜至，乃在选中。恍然疑姓名之偶同，幸未尝与人言。亟入京物色之，良是。借真卷观之，俨然有续成者，竟莫测所以。今日乃知出君之笔。君，吾恩人也。"方笑谢而已。按冯京知举，张芸叟赋《公生明》，重叠用韵，已而为第四名，窃怪主司卤莽。及元祐中，使虏过北门，冯为留守，始修门生敬酒边，冯因言："昔忝知举，秘监赋重叠用韵，以论策佳，辄为改之，擢置高第，颇记忆否？"芸叟方饮，不觉酒杯覆怀，再三愧谢。与此略同。

乔文惠晚景

乔文惠行简，嘉熙之末，自相位拜平章军国重事，年已八帙矣，时皆以富贵长年羡之。而公晚年子孙沦丧，况味尤恶，尝作《上梁文》云："有园有沼，聊为卒岁之游；无子无孙，尽是他人之物。"又《乞归田里表》云："少、壮、老，百年已逾八帙；祖、子、孙，三世仅存一身。"闻者怜之。

赵 伯 美

赵嘉庆，字伯美，素号忠直，然性颇猜忌褊躁，故所至与物多忭。淳祐庚戌，旴江峒寇猖獗，以府丞吴蒙明发知建昌军。至则抚劳剿除，渐致安靖，朝廷奖劳之。未几，以病丐祠，有旨转一官，别与差遣。时伯美在后省，遂缴寝转官之命。既而再乞祠，遂主玉局。而伯美复缴其祠，且谓：“前奏稽迟，是必贼蒙使其兄司农丞革，坐局行赇，遏截御笔之所致。以区区支叠，琐琐下流，辄敢倚同气以置局于辇下，植死党而为阱于国中。乞收回玉局之命，并从尚书省札下吴革，责戒励状。仰今后不得怀奸事上，徇欲欺君。如或不悛，重置典宪。”省札既下，吴农丞辨析状云：“革弟蒙，分符罔功，以病丐祠。增秩改麾，既被缴驳，圣恩宽大，遂畀祠廪。或予或夺，惟上所命。且革滥缀班行，治事有公宇，退食有公廨，何谓置局？何谓行赇？况弟蒙始于请祠，终于得祠，初非干进，何事营求？盖弟蒙之取怒嘉庆者，只缘丁未岁同官京推，以女求婿，屡请不谐，遂成仇隙。求旴江僚属之荐举，则有书；求旴江公库之文籍，则有目。厚貌深情，机阱莫测。况于革，尤为无辜。且所谓‘责励状’者，乃州县警吏民之文。仰惟国家待士以礼，三百年间，未闻有此典故。革粗识事体，安敢辨白？但乞将革罢斥，远迹仇怨，实拜公朝之赐。”有旨吴革知南安军。而伯美复上章辨证，且于缴蔡荣疏内，谓荣与革结为死党，滋长其恶，议欲与之报复。后二年，伯美为湖南宪，牟滦叔清知衡阳。行移之间，微有抵牾。伯美遂上章劾叔清，报可稍稽，复疑为叔清乡相谢渎山方叔所匿，遂再疏按之，且言沈匿之弊。谢相大不能堪，遂于榻前奏陈，将承受苏镛断遣，仍作勘会云：“据湖南提刑赵嘉庆，昨于奏状称，已按知衡州牟滦，久而未下，谓是相府遏奏。寻令临安府追上承受，及通奏进银台司等人根究，俱称即不曾有奏投进。所有牟滦，既是外台已按，虽是未见按章，先合施

行。"奉旨牟滋与祠。随有御笔云："赵嘉庆劾牟滋,初无奏牍,
辄诬大臣以沈匿之事,力肆攻诋。然以在外小臣,乃敢欺罔君
上,诬谤宰臣。且不顾廉耻,行赇赂吏,尚气节者,得如是乎?
国朝典故,凌蔑宰相,罪在不恕。朕不欲已甚,姑镌一秩罢任,
以为翼虚驾伪,亏国体,坏纲纪者之戒。明年,谢罢相,董槐堂
槐继之。嘉庆为大蓬供职,后复有申省状云:"重念嘉庆重遭
诬罔,沮于威势,不容分疏。但诬奏传播万里,而元来按发之
事,未能暴白天下。承受苏镛,久已叛去,忽得其状,具述前相
之子,使其仆任康祖诱胁,打回元奏因依。乃是事未发以前,
牟滋自知在郡酷虐有罪,惧为民诉,先已驰告谢修。修遂令任
康祖诱胁苏镛,遇有嘉庆章奏,预先袖呈相府。先奏实被谢修
分付以水湿打回。第二奏既到,谢修自知败露,却将苏镛送
狱,妄令供析。欲乞敷奏施行,俾元来屈抑,稍得暴白于四
方。"得旨与改正理选月日。是岁冬,察官朱应元劾伯美:"向
者,持节湖南,不理民讼,惟理赃钱。不问虚实之有无,但责郡
吏之代纳。兜揽民讼,交通关节,为郡将所持,遂生怨隙。"遂
用此罢出。

二　苏　议　礼

《礼》:家如聚讼,虽兄弟亦不容苟同。其大者,无如天地
之祭分合一议。自昔诸儒之论,不知其几,今姑撮二苏之议言
之。东坡则据《周颂·昊天有成命·序》云:"郊祀天地也。"以为
此乃合祭天地之明文。颖滨乃据《周礼》为说,谓"冬至祀天于
圆丘,夏至祀地于方泽"。其后朝廷迄从坡说,合祭以至于今
焉。

齐东野语卷六

绍兴御府书画式

思陵妙悟八法，留神古雅。当干戈俶扰之际，访求法书名画，不遗余力。清闲之燕，展玩摹拓不少怠。盖睿好之笃，不惮劳费，故四方争以奉上无虚日。后又于榷场购北方遗失之物，故绍兴内府所藏，不减宣、政。惜乎鉴定诸人如曹勋、宋贶、龙大渊、张俭、郑藻、平协、刘炎、黄冕、魏茂实、任源辈，人品不高，目力苦短。凡经前辈品题者，尽皆拆去。故今御府所藏，多无题识。其源委、授受、岁月、考订，邈不可求，为可恨耳。其装褾裁制，各有尺度，印识标题，具有成式。余偶得其书，稍加考正，具列于后，嘉与好事者共之，庶亦可想像承平文物之盛焉。

上等真迹法书。两汉、三国、二王、六朝、隋、唐君臣墨迹。并系御题金，各书"妙"字。

用克丝作楼台锦褾。　　　青绿簟文锦里。

大姜牙云鸾白绫引首。　　高丽纸赠。

上等白玉碾龙簪顶轴。或碾花。

檀香木杆。　　　　　　　钿匣盛。

上、中、下等唐真迹。内上、中等，并降付米友仁跋。

用红霞云鸾锦褾。　　　　碧鸾绫里。

白鸾绫引首。　　　　　　高丽纸赠。

白玉轴。上等用簪顶,余用平等。檀香木杆。

次等晋、唐真迹。并石刻晋、唐名帖。

用紫鸾鹊锦褾。　　　　　碧鸾绫里。

白鸾绫引首。　　　　　　蠲纸赙。

次等白玉轴。

引首后赙卷缝用御府图书印。

引首上下缝用绍兴印。

钩摹六朝真迹。并系米友仁跋。

用青楼台锦褾。　　　　　碧鸾绫里。

白鸾绫引首。　　　　　　高丽纸赙。

白玉轴。

御府临书六朝、羲、献、唐人法帖,并杂诗赋等。内长篇不用边道,依古厚纸,不揭不背。

用球路锦。　　　　　　　衲锦。

柿红龟背锦。

紫百花龙锦。　　　　　　皂鸾绫褾等。

碧鸾绫里。　　　　　　　白鸾绫引首。

玉轴或玛瑙轴临时取旨。

内赵世元钩摹者亦用衲锦褾。

蠲纸赙。　　　　　　　　玛瑙轴。

并降付庄宗古、郑滋,令依真本纸色及印记对样装造。

　将元拆下旧题跋进呈拣用。

五代、本朝臣下临帖真迹。

用皂鸾绫褾。　　　　　　碧鸾绫里。

白鸾绫引首。　　　　　　夹背蠲纸赙。

玉轴或玛瑙轴。

米芾临晋、唐杂书上等。

　　用紫鸾鹊锦褾。　　　　　　紫驰尼里。

　　楷光纸赙。　　　　　　　　次等簪顶玉轴。

　　引首前后，用内府图书、内殿书记印。或有题跋，于缝
　　　　上用御府图籍印。最后用绍兴印。并降付米友仁亲
　　　　书审定，题于赙卷后。

苏、黄、米芾、薛绍彭、蔡襄等杂诗、赋、书简真迹。

　　用皂鸾绫褾。　　　　　　　白鸾绫引首。

　　夹背蠲纸赙。　　　　　　　象牙轴。

　　用睿思东阁印、内府图记。

米芾书杂文、简牍。

　　用皂鸾绫褾。　　　　　　　碧鸾绫里。

　　白鸾绫引首。　　　　　　　蠲纸赙。

　　象牙轴。

　　用内府书印、绍兴印。

　　并降付米友仁定验，令曹彦明同共编类等第，每十帖作
　　　　一卷。

　　内杂帖作册子。

赵世元钩摹下等诸杂法帖。

　　用皂木锦褾。

　　或牙轴。

　　前引首用机暇清赏印，缝用内府书记印，后用绍兴印。

　　　　仍将原来拆下题跋拣用。

六朝名画横卷。

　　用克丝作楼台锦褾。　　　　青丝篡文绵里。次等用碧鸾
　　绫里。

白大鸾绫引首。　　　　　　高丽纸赗。

上等白玉碾花轴。

六朝名画挂轴。

用皂鸾绫上下褾。　　　　　碧鸾绫引首。

碧鸾绫托褾。全轴。　　　　　檀香轴杆。

上等玉轴。

唐、五代画横卷。皇朝名画同。

用曲水紫锦褾。　　　　　　碧鸾绫里。

白鸾绫引首。　　　　　　　玉轴。

或玛瑙轴。内下等并誊本用皂褾杂色轴。蠲纸赗。

唐、五代、皇朝等名画挂轴，并同六朝装褫，轴头旋取旨。

苏轼、文与可杂画。姚明装造。

用皂大花绫褾。　　　　　　碧花绫里。

黄白绫双引首。　　　　　　乌犀或玛瑙轴。

米芾杂画横轴。

用皂鸾绫褾。　　　　　　　碧鸾绫里。

白鸾绫引首。　　　　　　　白玉轴。

或玛瑙轴。

僧梵隆杂画横轴。陈子常承受。

樗蒲锦褾。　　　　　　　　碧鸾绫里。

白鸾绫引首。　　　　　　　玛瑙轴。

诸画并上用乾卦印，下用希世印，后用绍兴印。

诸画装褫尺寸定式。

大整幅上引首三寸。　　　　下引首二寸。

小全幅上引首二寸七分。

下引首一寸九分。　　　　　经带四分。

上褾除打抧竹外,净一尺六寸五分。

下褾除上轴外,净七寸。

一幅半上引首三寸六分。

下引首二寸六分。　　　　　　　经带八分。

双幅上引首四寸,下引首二寸七分。

上褾除打抧竹外,净一尺六寸八分。

下褾除上轴杆外,净七寸三分。

两幅半上引首四寸二分。

下引首二寸九分。　　　　　　　经带一寸二分。

三幅上引首四寸四分。

下引首三寸一分。　　　　　　　经带一寸三分。

四幅上引首四寸八分。

下引首三寸三分。　　　　　　　经带一寸五分。

横卷褾合长一尺三寸。高者用全幅。

引首阔四寸五分。高者五寸。

应书画面金,并用真古经纸,随书画等第取旨。

应六朝、隋、唐上等法书名画,并御临名帖,本朝名臣帖,
并御书面金。

内中、下品,并降付书房,令装禧书。

应书画横卷、挂轴,并用杂色锦袋复帕,象牙牌子。

应搜访到法书墨迹,降付书房。先令赵世元定验品第进
呈讫,次令庄宗古分拣付曹勋、宋𬩽、张俭、龙大渊、郑
藻、平协、黄冕、魏茂实、任源等覆定验讫,装褫。

应搜访到名画,先降付魏茂实定验,打《千字文》号及定验
印记进呈讫,降付庄宗古分手装背。

应搜访到古画内,有破碎不堪补背者,令书房依元样对本

　　临摹进呈讫,降付庄宗古,依元本染古槌破,用印装造。

　　刘娘子位并马兴祖誊画。

应古画如有宣和御书题名,并行拆下不用。别令曹勋等

　　定验,别行撰名作画目进呈取旨。

碑刻横卷定式

　　定武《兰亭》,阑道高七寸六分。

　　　　每行阔八分,共二十八行。

　　《乐毅论》,阑道高七寸五分。

　　　　每行阔六分,共四十三行。

　　真草《千文》,阑道高七寸二分。

　　　　每行阔八分,共二百行。

　　智永《归田赋》,阑道高七寸二分半。

　　　　每行阔八分,共四十四行。

　　献之《洛神赋》,阑道高八寸三分。

　　　　每行阔六分,共九行。

　　《枯木赋》,阑道高九寸九分。

　　　　每行阔九分,共三十九行。

应古厚纸,不许揭薄。若纸去其半,则损字精神,一如摹

　　本矣。

应古画装褫,不许重洗,恐失人物精神,花木秾艳。亦不

　　许裁剪过多,既失古意,又恐将来不可再背。

应搜访到法书,多系青阑道,绢衬背。唐名士多于阑道前

　　后题跋。令庄宗古裁去上下阑道,拣高格者,随法书进

　　呈,取旨拣用。依绍兴格式装褫。

　　内府装褫分科引式格式

　　粘裁　　摺界　　装背　　染古

　　集文　　定验　　图记

　　按《唐·艺文志·序》，载四库装轴之法，极其瑰致。《六典》载崇文馆有装潢匠五人，即今"背匠"也。本朝秘府谓之装界即此事，盖古今所尚云。

解　颐

　　匡衡好学，精力绝人，诸儒为之语曰："无说《诗》，匡鼎来；匡说《诗》，解人颐。"盖言其善于讲诵，能使人喜而至于解颐也。至今俗谚以人喜过甚者，云"兜不上下颏"，即其意也。本朝盛度，以第二名登第，其父喜甚，颐解而卒。又岐山县樊纪登第，其父亦以喜而颐脱，有声如破瓮。按《医经》云："喜则气缓，能令致脱颐。"信非戏语也。

山陵使故事

　　韩魏公为永昭山陵使，事毕，而英宗不豫，不敢还。至四载，以永厚陵成，复护葬于洛阳。因上疏云："自唐至于五代故事：山陵使事讫，合行求去。"遂以司徒、两镇节钺，判相州。元符间，章子厚为永泰山陵使，有作词戏之云："草草山陵职事，厌厌罢相情怀。"盖谓故事当然也。淳熙间，高宗山陵欲差五使，王季海为首相，殊以为忧。尤延之时为礼官，于是授之以说云："今此乃攒宫耳，不当置五使。"季海遂倡其说曰："祖宗全盛，营陵西洛，乃差五使。今权卜会稽，止当差总护使耳。且岁旱，民力何以堪之？"于是止差伯圭充总护使，洪迈充桥道顿递使。殊不知季海拜高宗朝宰相，本无解罢之嫌，亦一时不深考典故耳。

胡明仲本末

胡致堂寅,字明仲,文定公安国之庶子也。将生,欲不举。文定夫人梦大鱼跃盆水中,急往救之,则已溺将死矣,遂抱以为己子。少桀黠难制,父闭之空阁中,其上有杂木,过数旬,寅尽刻为人形。安国曰:"当思所以移其心。"遂别置书数千卷于其上。年余,悉能成诵,不遗一卷,遂为名儒。及贵显,不复为本生母持服,为右正言章夏所劾,会秦丞相亦恶之,遂谪新州安置。尝于谪所著《读史管见》数十万言,极意讥贬秦氏。如论桑维翰,"虽因耶律德光而相,其意特欲兴晋而已,固无挟虏以自重,劫主以盗权之意,犹足为贤"等语甚多。盖此书有为而作,非徒区区评论也。及《论汉宣帝立皇考庙》曰:"既为伯父母、叔父母之后而父母亡,则当降所生父母,而伯父母、叔父母之称,昭昭然矣。称谓既如此,则三年之丧,宜降其服期,又昭昭然矣。称谓既如此,服丧又如此,则情之主乎内者,隆所当隆,杀所当杀,不敢交夺于幽隐之中,又昭昭然矣。"其《论哀帝议立定陶王后》曰:"故为人后者,不顾私亲,安而行之,犹天性也。当是时而责为人后者,绝私亲之顾,彼反得以旁缘不孝之似而责之。顾私亲者,至以孝自居,不顾者,反陷于罪辟。"云云。其《论晋出帝追封敬儒为宋王》曰:"服而或加或降者,以恩屈于义也。屈所生之恩,以伸所厚之义,则恩轻而义重矣。恩轻而义重,则所生父母,固可名之曰伯父母、叔父母矣。为此论者,是皆欲借此以自解。然持论太过,所谓欲盖而益彰,前辈盖尝评之。故今详著始末于此,固非敢轻议先儒也。若夫定陶立后,敬儒封王,纷纷为是无定者,皆父子私心不能自克,互相为欺,以致此耳。若昭陵立英宗为皇子诏曰:'濮安懿王之子,犹朕之子也。'思陵立寿皇为皇子诏曰:'艺祖皇帝七世孙也。'明白洞达,大哉王言,后世安得而拟议之哉?"

诗　用　事

　　糜先生,吴之老儒也,羿、弈,皆其子侄行。记问该洽《九经》注疏,悉能成诵;场屋之文,未尝誉薾;为时乡师。然垂老连蹇,未尝预贡士籍。时吴中孚_{名惟信号菊潭}。客吴,能诗,善绝句。糜极称之,以为不可及。一日,遇诸涂,扣以近作,吴因朗诵《伤春》绝句云:"白发伤春又一年,闲将心事卜金钱。梨花瘦尽东风懒,商略平生到杜鹃。"糜老至屈膝拜之曰:"子真谪仙人也。老夫每欲效颦,则汉高祖、唐太宗,追逐不少置矣。"盖前辈服善若此。陈简斋尝语人以作诗之要云:"天下书虽不可不读,然慎不可有意于用事。"正谓此也。今人或以用事多为博赡,误矣。

王　魁　传

　　世俗所谓王魁之事殊不经,且不见于传记杂说,疑无此事。《异闻集》虽有之,然集乃唐末陈翰所编,魁乃宋朝人,是必后人剿入耳。按嘉祐中,进士奏名讫,未御试,京师妄传王俊民为状元,不知言之所起,亦不知俊民为何人。及御试,王荆公时为知制诰,与杨乐道共为详定官。旧制:御试举人,设初考官,先定等第,复弥之,以送覆考再定,乃付详定。发初考所等以对覆考如同,即已;不同,则详其程文为定。时荆公以初、覆所定第一人,皆未允当,于行间别取一人为首。杨乐道以为不可。议未决。太常少卿朱从道时为封弥,闻之,谓同舍曰:"二公何用力争?从道十日前已闻王俊民为状元,事必前定,二公徒自苦耳。"既而,二人各以己意进禀,而诏从荆公之请。及发封,乃王俊民也。后又见初虞世所集《养生必用方》,戒人不可妄服金虎碧霞丹,乃详载其说云:"状元王俊民,字康侯,为应天府发解官,得狂疾,于贡院中尝对一石碑呼叫不已;碑石中若有应之者,亦若康侯之奋怒也。病甚不省觉,取书册中交股刀自裁及寸,左右抱持之,遂免。出试院未久,疾势亦已平复。予与康侯有父祖乡曲之旧,又自童稚共笔砚。嘉祐中,同试于省场,传闻可骇,亟自汶挐舟抵彭城。时十月尽矣,康侯亦起居饮食如故,但惝惝不乐。或云:'平生自守如此,乃有此疾。'予亦多方开慰。岁暮,予北归,康侯有诗送予云:'寒窗一夜雪,纷纷来朔风。之子动归兴,轻袂飘如蓬。问子何所之?家在济水东。问子何所学?上庠教化宫。行将携老母,寓居学其中。'云云。予既去,徐医以为有痰,以金虎碧霞丹吐之。或谓心藏有热,劝服治心经诸冷药。积久,为夜中洞泄,气脱内消,饮食不前而死。康侯父知舒州太湖县,遣一道士与弟觉民自舒来,云道士能奏章达上清,及诉问鬼神幽暗中事。道士作醮书符,传道冥中语云:五十年前打杀谢、吴、刘不结案事。康侯丙子生,死才二十七岁,五十年前,岂宿生邪?康侯既死,有妄人托夏噩姓名作《王魁传》,实欲市利于少年狎邪辈,其事皆不然。康侯,莱州掖县人,祖世田舍翁。父名弁,字子仪,诵诗登科,为郓州司理。康侯时十五余岁,三兄弟随侍,与予同在郓学。子仪为开封军巡判官,康侯兄弟入太学,不三年,号成人。子仪待苏州昆山阙,来居汶,康侯兄弟又与予在汶学。子仪谪潭州税,康侯兄弟自潭来贯鄢陵户。康侯登科为第一。省试前,父雪昆山事,自潭移舒州太湖县。康侯是年归舒州省亲;次年,赴徐州任;明年,死于徐;实嘉祐八年五月十二日也。康侯性刚峭不可犯,有志力学,爱身如冰玉,不知猥巷伛人语。不幸为匪人厚诬,弟辈又不为辨明,惧日久无知孝……戒世人服金虎碧霞丹,且以明康侯于泉下。绍圣元年九月,漕河舟中记。"

向氏粥田

　　杨和王最所钟爱者第六女,极贤淑。初事赵汝救,继事向子丰,居于雩,未有所育。王甚念之。一日,向妾得男,杨氏使秘之,以为己出,且亟报王。王喜甚,即请诰命,轻舟往视之。向氏家知王来,良窘,无策以泥其行。时王以保宁、昭庆两镇节钺领殿岩,于湖为本镇。子丰因使人讽郡官往迓之。自郡将以次,皆属橐鞬,谨伺于界首。王初以人不知其来,及是闻官吏郊迎,深恐劳动多事,遂中道而返。因厚以金缯花果以遗其女,且拨吴门良田千亩以为粥米。逮今向氏家有昆山粥米庄云。此事得之向氏子孙。

祥　　瑞

　　世所谓祥瑞者,麟凤、龟龙、驺虞、白雀、醴泉、甘露、朱草、灵芝、连理之木、合颖之禾皆是也。然夷考所出之时,多在危乱之世。今不暇远引古昔,姑以近代显著者言之:王建父子之据蜀也,天复六年,巨人见青城山,凤凰见万岁县,黄龙见嘉阳江,而甘露、白雀、白鹿、龟龙并见于诸州。武成元年,驺虞见武定,嘉禾生广昌,麟见壁州,龙五十见于洵阳水中。永平二年,剑州木连理,文州麟见,黄龙见富义江。三年,麟见永泰,白龙见邛江,驺虞见壁山,有三鹿随之。四年,麟见昌州。通正元年,黄龙见太昌池。瑞物之出,殆无虚岁,而太子元膺以

叛死,大火焚其宫室,兵败于外,政乱于内,终之以身死衍立而
国亡。其为瑞征乃如此耳。至如政和隆盛之际,地不爱宝,所
在奏贡芝草者,动二、三万本。蕲、黄间,至有一铺二十五里之
间,遍野而出。密州山间,至弥满四野,有一本数十叶、众色咸
备者。太守李文仲采及三十万本,作一纲进,即进职,除本道
运使。海、汝诸郡县,山石变为玛瑙,动以千百。伊阳太和山
崩,出水晶几万斤,皆以匣进京师。长沙、益阳山溪,流出生金
数百斤,其间大者一块重四十九斤。其他草木鸟兽之珍,不可
一二数。一时君臣称颂,祥瑞盖无虚月。然越数岁,而遂罹狄
难,邦国丧乱,父子播迁。所谓瑞应,又如此也。善乎先儒之
论曰:"未有丧仁而久者也,未有恃祥而寿者也。"商之王以桑
谷昌,以雉雊大。郑以龙衰,鲁以麟弱。白雉亡汉,黄犀死莽,
恶在其为符也。世有喜言祥瑞之人,观此亦可以少悟矣。

杭学游士聚散

杭学自昔多四方之人。淳祐辛亥,郑丞相清之当国,朝议
以游士多无检束,群居率以私喜怒轩轾人。甚者,以植党挠官
府之政,扣阍揽黜陟之权,或受赂丑诋朝绅,或设局骗胁民庶,
风俗寝坏。遂行下各州,自试于学,仍照旧比分数,以待类申,
将以是岁七月引试为始。会教官林经德对士子上请语微失,
于是大哄肆骂。时赵京尹与蒇委官调停,一时但欲求静,遂许
以三百名内,一半取土著,一半取游士,于是乃息。越数日,宰
执奏事,上面谕曰:"近行诸州各试之法,正欲散游学之士。不
知临安府凭何指挥复放外方之人?"赵尹闻之,恐甚,乃移牒,
俾游士限日出境,其计始穷。乃为檄文,相率而去,云:"天之
将丧斯文,实系兴衰之运。士亦何负于国,遽罹斥逐之辜?静

言思之，良可丑也。慨祖宗之立法，广学校以储材，非惟衍丰
芑以贻后人，盖亦隆汉都而尊上国。肆惟皇上，克广前猷。炳
炳宸奎，厘为四学；戈戈束帛，例及诸生。蒙教育之如天，恨补
报之无地。但思粉骨，何畏触喉。直言安石之奸，共惜元城之
去。实为公议，不利小人。始阴讽其三缄，终尽打于一网。不
任其咎，移过于君；是诚何心，空人之国？郑侨犹谓毁校不可，
而李斯尚知逐客为非，今彼不顾行之，使我何颜居此？厄哉吾
道，告尔同盟：毋见义以不为，宜行己而有耻。苟为温饱，可胜
周粟之羞；相与提携，莫蹈秦坑之祸。斯言既出，明日遂行。"
八月朔，乃相率而出，复作文告先圣曰："斯文将丧，呜呼天乎！
吏议逐客，呜呼人乎！乘桴浮海，呜呼圣乎！遁世无闷，呜呼
士乎！敢告。"又作绝句诗云："塞翁何必恨失马，城火可怜殃
及鱼。－－笑出门天万里，担头犹有斥奸书。"又五言云："郑五
不去国，金陵深惧君。校存知必毁，书在已如焚。自是清流
祸，非干比党分。归欤虽幸矣，恨未效朱云。"又古诗云："上书
如啜卢仝茶，直论国体宁无哗。依然茅苇纵横斜，钟山老柏林
槎牙。呜呼世事如丝麻，食肉者口徒呷哇。鬼蜮空含射影沙，
逐客令下堪吁嗟。识者将谓秦得邪，淳祐寔不知瑞嘉。邪人
刚指正人邪，时有引喙鸣灵鸦。失脚奇祸遭罗罥，尼山草木枯
无华。奄奄山鬼相揄揶，我今束书归天涯，不惜一去惜国家。"
于是京尹待罪，两教官各降一资。而陈显伯、郑雄飞方以公道
自任，且欲收誉士林，乃相继上疏，欲复其旧。而贾似道居淮
阃，至以游士欲渡淮以胁上必从。而理宗以"周粟"、"秦坑"等
语怒未解，深不然之。至开庆己未，吴丞相潜再登揆席，首欲
收士心、复旧法，会去，不果。戴庆炯以参枢轮笔，竟作指挥，
许京庠有籍无分人引试一次，于是渐复云集矣。

齐东野语卷七

鸱夷子见黜

吴江三高亭,祠鸱夷子皮、张季鹰、陆鲁望。而议者以为子皮为吴大仇,法不当祀。前辈有诗云:"可笑吴痴忘越憾,却夸范蠡作三高。"又云:"千年家国无穷恨,只合江边祀子胥。"盖深非之。后有戏作文弹之者云:"匿怨友其人,丘明所耻;非其鬼而祭,圣经是诛。今有窃高人之名,处众恶之所,有识之士,莫不共愤;无知之魂,岂当久居?"又云:"范蠡,越则谋臣,吴为敌国。以利诱太宰嚭,而脱彼勾践;鼓兵却公孙雄,而灭我夫差。既遂厥谋,反疑其主。鄙君如乌喙,累大夫种以伏诛;目己曰鸱夷,载西施子而潜遁。"又云:"如蠡者,变姓名为陶朱,诡踪迹于江海。语其高节则未可,谓之智术则有余。假扁舟五湖之名,居笠泽三高之首。况当此无边胜境之土,岂应著不共戴天之仇。"云云。鸱夷之见黜于吴,宜也;而史越王判绍兴日,作会稽先贤祠,亦复黜之,不得在高士之列。其说云:"或谓鸱夷子皮之决,贺季真之高,而不得名高士,何也?呜呼!予于是岂无意哉?夫贵于士者,进退不失礼义。彼子皮去国之遗言,有人臣所不忍。而季真阿时所好,黄冠东归,又使李林甫辈,祖饯赋诗,予见其辱,未见其荣也。使子皮居严子陵之上,季真置张子同之列,则有不可者。故具述之,觊来者知予之不敢苟,而高士之尤可贵也。"呜呼!子皮既不容于吴,又不齿于越,千古之下,至无容身之地,公论至后世而定,亦可畏哉!是以古之君子,交绝不出恶声,况君臣之际乎?司马公修《通鉴》,而不取屈原《离骚》之事,正此意也。余感其事,故书之,以为异世之戒云。

王 敦 之 诈

王敦初尚武帝女武阳公主。如厕,见漆箱盛干枣,本以塞鼻。王谓厕上亦下果食,遂至尽食。既还,婢擎金藻盆盛水,琉璃碗盛澡豆,因倒著水中而饮之,谓是"干饮"。群婢莫不掩口而笑之。他日,又至石季伦厕。十余婢侍列,皆丽服藻饰。置甲煎粉、沉香汁之属,无不毕备,又与新衣著令出。他客多羞不能如厕,敦独脱故衣,著新衣,神色傲然。群婢相谓曰:"此客必能作贼。"一王敦耳,何前蠢而后倨邪?干枣、澡豆,亦何至误食而不悟?至季伦之厕,则倨傲狠愎之状始不可得而掩矣。则知敦前之误,直诈耳。王荆公误食鱼饵,亦近似之。人之不近人情者,鲜不为大奸大慝,吾于敦,重有感焉。

赠 云 贡 云

陶通明诗云:"山中何所有?岭上多白云。只可自怡悦,不堪持赠君。"云,固非可持赠之物也。坡翁一日还自山中,见云气如群马奔突自山中来,遂以手掇开笼,收于其中。及归,白云盈笼,开而放之,遂作《撵云篇》云:"道逢南山云,欻吸如电过。竟谁使令之,衮衮从空下?"又云:"或飞入吾车,逼仄人肘腋。搏取置笥中,提携反茅舍。开缄仍放之,掣去仍变化。"然则云真可以持赠矣。宣和中,艮岳初成,令近山多造油绢囊,以水湿之,晓张于绝巘危峦之间。既而云尽入,遂括囊以献,名曰"贡云"。每车驾所临,则尽纵之。须臾,溺然充塞,如在千岩万壑间。然则不特可以持赠,又可以贡矣。并资一笑。

出 师 旗 折

贾师宪平章,德祐乙亥正月十六日,亲总大军,督师江上,祃祭于北关外,而大帅之旗,适为风所折,识者骇之,而一时游幕之宾,反傅会为古谶。夷考往昔:若春秋时,晋侯、楚人战于城濮,晋中军风于泽,亡大斾之左旃,晋安帝元兴二年,桓玄篡位于姑熟,百僚陪列,仪卫整肃,而龙旗竿折。成都王颖以陆机督诸将讨长沙王,临戎而牙旗折。赵王伦即帝位,祠太庙,适遇大风,飘折麾盖。王澄为荆州刺史,率众军将赴国难,而飘风折其节柱。齐文宣至邺受魏禅,孝昭上省,旦发领军府,大风暴起,坏所御车幔。哥舒翰守潼关,天子御勤政楼临送,师始东,先驱牙旗触门堕涯,旄竿折。郑注赴凤翔,出都门,旗竿折。宣和间,童贯出师,而牙旗竿折,时蔡攸为之副,自建少保节度使及宣抚副使二大旗于后,竟为执旗卒盗窜而去。端平入洛之师,全子才帅旗亦为风所折,无非亡身败军之征也。按《真人水镜经》云:"凡出军立牙,必令坚完;若折,则将军不利。"盖牙,即旗也。又《玉历通政经》云:"军行,牙竿旗干折者,师不可出,出必败绩。"盖旗者,一军之号令也。安有旗折而为祥者乎?独有武王伐纣,大风折盖。及刘裕击卢循,将战,而所执麾竿折,幡沈于水,众咸惧,裕笑曰:"昔覆舟之役亦如此。胜必矣。"乃大破循军。哥舒曜讨李希烈,帝祖于通化门,是日牙竿折。时以曜父翰昔出师有此而败,甚忧之;而曜竟收汝州,擒周晃。所谓吉者,止此三事,然亦偶耳。

朱 氏 阴 德

朱承逸居雪之城东门,为本州孔目官,乐善好施。尝五鼓趋郡,过骆驼桥,闻桥下哭声甚哀,使仆视之,有男子携妻及小儿在焉。扣所以,云:"负势家钱三百千,计息以数倍。督索无以偿,将并命于此。"朱恻然,遣仆护其归,且自往其家,正见债家悍仆,群坐于门。朱因以好言谕之曰:"汝主以三百千故,将使四人死于水,于汝安乎?幸吾见之耳。汝亟归告若主,彼今既无所偿,逼之何益?当为代还本钱,可亟以元券来。"债家闻之,惭惧听命,即如数取付之。其人感泣,愿终身为奴婢,不听,复以二百千资给之而去。是岁,生孙名服。熙宁中,金榜第二人,仕至中书舍人。次孙肱,亦登第,著名节,即著《南阳活人书》者。服子或,即著《萍洲可谈》者,遂为吾乡名族焉。天之报善,昭昭也如此。

毕 将 军 马

毕再遇,兖州将家也。开禧用兵,诸将多败事,独再遇累有功。金虏认其旗帜即避之。屡迁至镇江都统制、扬州承宣使、骁卫上将军。后以老病致仕,始居于雪。有战马,号黑大虫,骏驵异常,独主翁能御之。再遇既死,其家以铁绠羁之圈中。适遇岳祠迎神,闻金鼓声,意谓赴敌,于是长嘶奋迅,断绠而出。其家虑伤人,命健卒十余,挽之而归。因好言戒之云:"将军已死,汝莫生事累我家。"马耸耳以听,汪然出涕,喑哑长鸣数声而毙。呜呼!人之受恩而忘其主者,曾异类之不若,能不愧乎?

洪　君　畴

近世敢言之士，虽间有之，然能终始一节，明目张胆言人之所难者，绝无而仅有，曰温陵洪公天锡君畴一人而已。方宝祐间，宦寺肆横，簸弄天纲，外阃朝绅，多出门下，庙堂不敢言，台谏长其恶，或饵其利，或畏其威，一时声焰，真足动摇山岳，回天而驻日也。乙卯元正，以公为御史。公来自孤远，时莫知为何如人。首疏以"正心格君"为说，且曰："臣职在宪府，不惟不能奉承大臣风旨，亦不敢奉承陛下风旨。"固已耸动听闻矣。次月，囊封言："古今为天下患者三：宦官也，外戚也，小人也。谨按入内内侍省东头供奉官干办内东门司董宋臣，宦寺之贪黯者也。并缘造寺，豪夺民田，密召倡优，入亵清禁，_{先是，正月内呼营妓数辈入内祗应。}搂揽番商，大开贿赂。不斥宋臣，必为圣德之累。将作监谢堂，外戚之贪黯者也。狠愎之性，善于凌物，攫拿之状，旁若无人。不曰'以备中殿宣索'，则曰'当取教旨豁除'。椒德令芳，天下备颂，不去一堂，必为宫闱之累。集英殿修撰、知庆元府厉文翁，小人之无忌惮者也。神皋流毒，屡玷抨弹，借衣锦威，行攫金术。今又移其剥越者剥鄞矣！然民敢怨而不敢言者，以其依凭邸第耳。不去文翁，必为王邸之累。臣恐社稷之忧，不止累陛下、累宫闱、累王邸而已。乞将宋臣逐出，堂姑予祠，文翁罢黜，臣虽九陨不悔。"疏上两日不报，君畴径出江干待罪。于是中书牟子才存叟、右史李昂英俊明，交章留之，乞行其言。乃令堂自陈乞祠，除职予郡；宋臣自乞解罢，令首尾了日解职；文翁别与州郡差遣。仍命台臣吴燧勉回供职。会立夏日，天雨尘土，奏乞屏绝私邪，休息土木，以弭天灾。又案少监余作宾、后戚谢奕懋。至五月，复疏都知卢允升、门司董宋臣及内司诸吏,怙势作威,夺民田,伐墓木等事。尽言不讳,直捣其奸。疏留中不下,止令尚书省契勘内司争田伐木等事,及罢内司诸吏职事而已。公论为之抑郁。大宗丞赵崇嶓上时相谢方叔惠国书,略云:"窃惟今日阉寺骄恣特甚。宰执不闻正救,台谏不敢谁何。一新人孤立之察官,乃锐意出身攻之,此岂易得哉!侧耳数日,寂无所闻。公议不责备于他人,而责备于光范。不然,仓卒出御笔某人除少卿,亦必无可遏之理也。大丞相不可谓非我责也。丞相得君最深,名位已极。傥言之胜,宗社赖之;言之不胜,则去。去则诸君子必不容不争。是胜亦胜,负亦胜,况未必去邪?"谢君得书有赧色。翌日,果有御笔洪天锡除大理少卿,而公去国矣。太学生池元坚上书数二珰之罪,乞留君畴。且曰:"天锡左迁,岂非罚其不当言宦官之过耶?李衢、朱应元之分察,岂非谕其不复言宦寺之意耶?王坒、程元凤同日超迁,胡大昌、丁大全之并迁台长,岂非赏其不敢言宦官之功耶?陛下喜群臣之默默,愤天锡之哓哓,左迁以逐之,于天锡何损?缄默受赏者,独无愧乎?"既而三学亦皆有书。常丞赵崇洁敏可书略云:"譬如一家之中,强奴悍仆作奸犯罪,为人子者,泣涕而告,父母反逐其子而留其仆。今台臣争之不胜,则诸阉所畏者谁欤?"左史李俊明再有封事,言:"北司洋洋得志,蔑视南衙,将至于不可控制之地矣。"姚宗卿希得暂兼夕郎,遂缴吴燧仪曹之除,谓近者天锡拜疏留中,燧谓天锡曰:"今日之事,留则俱留,去则俱去。"既闻有疏,遂变前言曰:"吾不挈家,不丧女,不惮暑,则可俱去。今当奈何?负天锡,所以负陛下也。"谢集贤一疏自解云:"臣自班行,叨尘相位,一命已上,皆出亲擢。赋性僻介,素不与内侍往还。应干文字,悉由通进司投进。自知洁其身,而袖手旁观之人，往往察臣之所避而趋之。比者天锡又论二珰，恭闻圣训，以为争田伐木皆王楠旧事。臣费尽心力，上则忠告陛下，量作处分；下则弥缝事体，安恤人言。不谓下石之人，撰造言语，鼓弄宦寺，曰：‘天锡攻汝，相君之意也，相君许其弟除朝士而嗾之也。’既诬臣以教天锡攻内侍之事，又诬臣以启陛下迁天锡之说，必欲丑诋臣于不可辨白之地。但臣分量已盈，归老山林，正其时矣。从此为宰相者，必将共宦寺结为一片，天下皆在笼络中矣。惟望陛下早正右席之拜，使臣亟释重负，退延残生，实出保全之赐。”御笔慰之曰：“但安素志，奚足深辨。”越数日，除天锡太常少卿，而君畴已在汶上矣。朱应元既为御史，月课乃首劾李俊明，公论大不平。同舍生作书责之，略曰：“温陵洪公出台，以执事继之者，正谓其平时负肮脏之誉。法筵之初疏，莫不延颈以听，乃及文溪之左蟠，时焕之仓节，岂以其近言二珰颇忤上意，而时焕与洪有瓜葛，亦二珰所恶者邪？信然，则执事之志荒矣。二珰之横，三尺童子，恨不啖之。洪公因众怨，出死力以攻之。貂珰逐台谏，岂人主之本心哉？执事昧于所择，不知所得几何，所失如是之大也。”时方逢臣君锡在馆阁，亦上庙堂书，劝以去就力争，而谢相不能用。公论既不能胜，二孺乃簧潜于上，谓：“内司争田伐木词讼，皆台吏受贿以强察官之判，所以上罔圣德，况台吏之家资极富，若使簿录其家，尽可上裨国计。”于是竟降宣谕指挥，令谏官丁大全追上御史台，点检杨升、金永隆、杨叔茂，牒送临安府根勘，籍没家财，各行黥配，以快其愤焉。初意欲令台胥妄供以污君畴，赖上察其奸而止。大全竟以治吏之功，躐除副端。未几，谢相罢。而二孺犹未大快其意，复厚赂太学率履斋上舍生林自养，裁书投匦，以攻谢相为名，力诋君畴云：“窃见洪天锡之分察，出自陛下亲擢。不能为触鸦豸、为指佞草，专以能攻上身为急务，以剪除上左右以立名，以奉承风旨为大耐官职。棘卿左迁，所以正舍豸问狸之罪。内侍纵曰有过，使得贤宰相以制之，又何患焉？天锡之去，乃翦方叔之羽翼，岂怒其埽除二孺哉！人但见天锡言事而迁他官，则曰：'此劾内侍之过也。'吴燧以改除致缴，则曰：'此天锡之荐主也。'李昂英以月评被论，亦曰：'此天锡之救兵也。'甚而台省之胥，赃盈恶贯，以置典宪，亦曰：'为内侍泄冤也。'贪缪之相，误国殄民，逐之已晚，亦曰：'为内侍翻本也。'一犬吠形，百犬吠声。向者李昂英直前奏札，尝谓天锡为方叔私人矣。游攻内侍，实出方叔指嗾之，而欲挠乱圣心耳。欲乞将方叔亟正典刑，使天下明知宰相台谏之去，出自独断，于内侍初无预焉。"于是学舍鸣鼓攻之，且上书以声自养之罪。复申前庑，备申公堂，乞行重罚。遂从第一等规屏斥，尽除学籍，毁抹续纸备榜监学晓谕，而朝旨亦有听读指挥。虽纷纷若此，曾不伤二孺之毫毛。至庚申岁，吴丞相柄国，始以外祠斥焉。景定辛酉，起君畴为广东计使。甲子八月，以大蓬召，不就。十一月，度宗即位，首除为侍御史兼侍读。明年六月，上封事，力陈公田、关会之弊。七月，改除工部侍郎，兼直学士院，兼侍读，公力辞。旋畀职名帅闽焉。公在闽闻日，尝书桃符云："平生要识琼崖面，到此当坚铁石心。"盖其刚劲之气，未尝一日少沮也。

谢惠国坐亡

谢方叔惠国，自宝祐免相归江西寓第，从容午桥泉石，凡一纪余。咸淳戊辰，朝会庆寿，为子侄亲友所误，萃先帝宸翰为巨帙，曰《宝奎录》，侑以自制丹砂、金器、古琴之类以进。当

国者以为有意媒进，嗾言官后省交攻之，削其封爵，夺其恩数，
且劾其侄常簿章、婿江州倅李钲、客匠簿吕圻，至欲谪之远外，
祸且不测。荆阃吕武忠文德，平时事公谨，书缄往来，必称"恩
府"，而自书为"门下使臣"，至是一力回护，幸而免焉。壬申正
月，公燕居无他，忽报双鹤相继而毙，公喟然叹曰："鹤既仙化，
余亦从此逝矣。"于是区处家事，凡他人负欠文券，一切焚之。
沐浴朝衣，焚香望阙遥拜，次诣家庙祝白，招亲友从容叙别，具
有条理。遂大书偈曰："罢相归来十七年，烧香礼佛学神仙。
今朝双鹤催归去，一念无惭对越天。"瞑目静坐，须臾而逝。遗
表来上，特旨尽复元官，恩数赠恤加厚焉。生死之际，亦近世
诸公之所无也。

洪端明入冥

洪焘仲鲁，忠文公咨夔次子也。嘉熙丁酉，居忧天目山，
素有元章爱石之癖，而山中所产亦秀润，不减太湖、洞庭。村
仆骆老者，专任搜抉之役。会族叔璞假畚舌锄斧，将为筑室
用，骆掌其事，择刓钝数事付之。璞怒其轻己，率其子樞共殴
之，至毙，是岁中元日也。洪公力与维持，泯其事。璞素豪犷，
持一邑短长。邑令王衍，婺安人，恶其所为，廉得之，遂收璞父
子及血属于狱。洪公亦以曾任调停，例追逮，良窘。时王实斋
遂守吴，契家亟往求援。王为宛转赵宪崇挥，改送余杭县狱，
具以"主仆名分，因斗而死"，璞止从夏楚，樞仅编置赎铜而已。
明年戊戌中元，洪公方奏厕，忽睹骆老在厕云："近山雨后出数
石，巉秀可爱，主人幸一观之。"洪仓卒忘其死，往从其行。才
趾步间，觉此身已在檐楹间。稍至一土神庙，便有四力士自庙
中出，挟之空行，其去甚驶。天昏昏如昧爽，足下风涛澎湃声

可恐,意非佳境。反顾骆曰:"既若此,何不告我?"骆曰:"勿恐,略至便可还也。"稍前,一河甚阔,方念无津梁可度,则身已达彼岸。又见数百人掩面趣右而去。自此冥行如深夜。忽曛黑中,一山横前,有窍如月,数百人皆自此入,心方疑异,而身亦度窍矣。到此,足方履地。既前,复有一河,污浊特甚,僧尼道俗汩没其间。至此,方悟为入冥,心甚悲恐。稍前,颇有人居,萧疏殊甚。又前,有宫室轩敞魏耸,四垂帘幕,庭下列绯绿人狱卒甚众,俨如人间大官府,初无所谓阿旁牛头也。右庑绝昏黑,隐隐见荷校棰楚者甚苦。其外小庭中,一黑蟒大与庭等,仰视一灯,悲鸣无度。洪所立左庑,则微明若欲曙时。微闻其傍喃喃若诵经声。洪平日不喜此,方窘惧中,亦慢随其声诵之。庭中人忽起立怒视,而殿上帘尽卷。有绿衣者出,坐东向,绯衣者坐西向,最后金紫人居中。庭下绿衣吏抱文书而上,高唱云:"洪某枉法行财,罪当死。"洪惧甚。不觉身已立庭下,漫答云:"为叔解纷,初非枉法。"金紫人怒曰:"此人间哗词,安得至此?"洪曰:"死不辞。然有三说:璞,叔也。骆,仆也。不忍以仆故置叔于辟,一也。骆无子,妻贫老无以养,使璞资之终其身,二也。且骆妻自谓一经检验,永失人身,意自不欲,非强之和,三也。"金紫人始首肯云:"为叔解纷,初非枉法。此说有理,可供状来。"便有纸笔在前,直书其说以呈。金紫人怒方霁曰:"可与骆氏立后。"且命绿衣导之以回。转盼间,骆之父母皆在焉。途中,因扣绿衣所见大蟒为何物?厉声答云:"此开边喜杀之人也。"稍前,见数十百人持骡马皮而来,又扣之,曰:"此受生回也。"又见狱吏持刀杖,驱百余人自西而来。其中有洪氏族长为僧者曰烨阇黎亦在焉。方疑之,烨忽呼曰:"三十哥仲鲁第行。安得在此?"为所驱卒击其首粉碎,回视之，仍复完矣。因扣绿衣云：“人间何事最善？”绿衣举手加额曰：“善哉问！忠孝为先，继绝次之，戒杀又次之。”又问：“何罪最重？”曰：“开边好杀罪重，豪夺次之。或谓其说尚多。”因问：“金紫者何人？”拱手对曰：“商公飞卿。字翚仲，乾淳间从官。”复扣平生食禄，遂于袖中出大帙示之，己姓名下，其字如蚁，不能尽阅。后注云：“合参知政事。以某年、月、日奸室女某人，某日为某事，降秘阁修撰转运副使。”洪悚然泪下曰：“奈何？”绿衣曰：“但力行好事。”且言：“某亦人间人，任知池州司户，溺死。阴间录其正直，得职于此。”稍前，至大溪，有桥如鱼网，心疑其异，而身已度矣。又前，溪亦大，绿衣推堕之，恍然而寤，则死已三日矣。妻子环立于侧，特以心微暖，口尚动，未就敛耳。后一岁，璞亦入冥，觉身堕铁网中。见邻院僧行昭立庭下，主者诘责曰：“汝为僧，乃专以杀生为事，何邪？”昭曰：“杀生乃屠者黄四，某不过与之庖馔耳。”亟问黄四，无异辞，乃讯二十而去。方窘惧间，忽传呼都天判官决狱，视之，则忠文公也。璞号泣求救，公曰：“汝杀人，何所逃罪，然未应尔也。”恍然身已出网外而苏。后行昭以营桥立积木上败足，呻吟痛楚者三岁而殂，璞亦未几死。后洪公于庚申岁首，以秘撰两浙漕召。忆向所见，心甚恐。后亦无他，官至文昌端明殿学士。晚虽龃龉，然竟享上寿而终，岂非力行好事所致乎？此事洪公常入梓以示人。余向于先子侍旁，亲闻伯鲁尚书言甚详。后会其犹子宪使起畏立，复询颠末，书之。

野　　婆

邕宜以西，南丹诸蛮皆居穷崖绝谷间。有兽名野婆，黄发椎髻，跣足裸形，俨然一媪也。上下山谷如飞猱，自腰已下，有皮累垂盖膝若犊鼻，力敌数壮夫，喜盗人子女。然性多疑畏骂，已盗，必复至失子家窥伺之。其家知为所窃，则积邻里大骂不绝口。往往不胜骂者之众，则挟以还之。其群皆雌，无匹偶。每遇男子，必负去求合。尝为健夫设计挤之大壑中，展转哮吼，胫绝不可起。猺人集众刺杀之，至死以手护腰间不置。剖之，得印方寸，莹若苍玉，字类符篆不可识，非镌非镂，盖自然之文，然亦竟莫知其所宝为何用也。周子功，景定间使大理，取道于此，亲见其所谓印者。此事前所未闻，是知穷荒绝徼，天奇地怪，亦何所不有？未可以见闻所未及，遂以为诞也。《后汉·郡国志》引《博物记》曰：“日南出野女，群行不见夫。其状皛且白，裸袒无衣襦。”得非此乎？《博物记》当是秦汉间古书，张茂先盖取其名而为志也。

王宣子讨贼

　　王佐宣子帅长沙日，茶贼陈丰啸聚数千人，出没旁郡，朝廷命宣子讨之。时冯太尉湛谪居在焉，宣子乃权宜用之。谍知贼巢所在，乘日晡放饭少休时，遣亡命卒三十人，持短兵以前，湛自率百人继其后，径入山寨。丰方抱孙独坐，其徒皆无在者。卒睹官军，错愕不知所为，亟鸣金啸集，已无及矣。于是成擒，余党亦多就捕。宣子乃以湛功闻于朝，于是湛以劳复元官，宣子增秩。辛幼安以词贺之，有云：“三万卷，龙头客，浑未得文章力。把诗书马上，笑驱锋镝。金印明年如斗大，貂蝉元自兜鍪出。”宣子得之，疑为讽己，意颇衔之。殊不知陈后山亦尝用此语送苏尚书知定州云：“枉读平生三万卷，貂蝉当复坐兜鍪。”幼安正用此。然宣子尹京之时，尝有书与执政云：“佐本书生，历官处自有本末，未尝得罪于清议。今乃蒙置诸士大夫所不可为之地,而与数君子接踵而进,除目一传,天下士人视佐为何等类? 终身之累,孰大于此!"是亦宣子之本心耳。

齐东野语卷八

张魏公二事

　　高宗视师金陵,张魏公为守,杨和王领殿前司。有卒夜出,与兵马都监喧竞。卒诉之,公判云:"都监夜巡,职也;禁兵酉点后不许出营,法也。牒宿卫司照条行。"杨不得已斩之。又尝诣学,士有投牒者,视之,则争博也。即判云:"士子争财于学校,教化不明,太守罪也。当职先罚俸半月,牒学照规行。"教官大窘,引去。

罗春伯政事

　　罗点春伯为浙西仓摄平江府。忽有故主讼其逐仆欠钱者,究问虽得实,而仆黠甚,反欲污其主,乃自陈尝与主馈之姬通,既而物色,则无有也。于是遂令仆自供奸状,甚详,因判云:"仆既欠主人之钱,又且污染其婢。事之有无虽未可知,然其自供罪状已明,合从奸罪定断,徒配施行。所有女使,候主人有词日根究。"闻者无不快之。

庸峭

　　魏收有"庸峭难为"之语,人多不知其义。熙宁间,苏子容丞相奉使契丹,道北京。时文潞公为留守,燕款从容,因扣"庸峭"之义。苏公曰:"向闻之宋元宪云:'事见《木经》。'盖梁上小柱名,取其有折势之义耳。"乃就用此事作诗为谢云:"自知伯起难逋峭,不及淳于善滑稽。"而齐、魏间以人有仪矩可喜者,则谓之"庸峭"。《集韵》曰:"庸㢟,屋不平也。庸,奔模反;㢟,同都反。今造屈势有曲折者,谓之'庸峭'云。"二字与前义亦近似。今京师指人之有风指者,亦谓之"波峭"。虽转"庸"为"波",岂亦此义耶?

许　公　言

安定郡王子涛,字仲山,在京师时,其兄子冲喜延道流方士。有许公言者,能以药为黄金。其人皎然玉树,有小炉,高不盈尺。以少药物就掌中调之,纳火中,须臾精金也。谓仲山曰:"如何?"仲山曰:"毕竟只是假。"许愕然,拊其背曰:"善自爱。"越数日,告子冲别,挽留不可。将出门,邀仲山耳语,首言:"君兄且死矣。君手有直纹,未可量,但早年亦艰困,宜顺受之,寿可至六十九。人寿修短,视其操行。上帝所甚恶者贪,所甚靳者寿,人能不犯其所甚恶,未有不得其所靳者。君能不忘吾言,可至七十九。持之益谨,更可至八十九。外此,非吾所知也。"仲山问其行何之,曰:"中原将乱,吾入蜀耳。"未数月,子冲一夕无疾而亡。逾年,金入寇,仲山负其母以南,昼伏宵行,数阽于危,仅行脱。平生守许之戒不渝。晚而袭爵,年八十七乃终。克家端明,乃其曾孙也。

士　子　诉　试

王希吕仲衡知绍兴郡,举进士。有为二试卷,异其名,皆中选。黜者不厌,哗然诉之。王呼其首问曰:"尔生几何年?凡几试矣?"众谓怜其潦倒,则皆以"老于场屋"对。王曰:"曾

中选否?"曰:"正为累试皆不利也。"王忽作色曰:"尔曹累试不
一得,彼一试而两得,尚敢诉耶!"叱而出之。

赵德庄诲后进

赵忠定汝愚初登第,谒赵彦端德庄。德庄故余干令,因家
焉。故与忠定父兄游,语之曰:"谨毋以一魁置胸中。"又曰:
"士大夫多为富贵诱坏。"又曰:"今日于上前得一二语奖谕,明
日于宰相处得一二语褒拂,往往丧其所守者多矣。"忠定拱手
曰:"谨受教。"前辈于后进如此。

朱 墨 史

绍圣中,蔡卞重修《神宗实录》,用朱黄删改。每一卷成,
辄纳之禁中。盖将尽泯其迹,而使新录独行。所谓朱墨本者,
世不可得而复见矣。及梁师成用事,自谓苏氏遗体,颇招延元
祐诸家子孙若范温、秦湛之徒。师成在禁中见其书,为诸人道
之。诸人幸其书之出,因曰:"此亦不可不录也。"师成如其言。
及败没入,有得其书,携以渡江,遂传于世。

苏 大 璋

三山苏大璋顒之,治《易》有声。戊午乡举,梦为第十一
人,数为人言之,以为必如梦告。既试,将揭榜,同经人诉于
郡,谓其自许之确如此,必将与试官有成约,万一果然,乞究治
之。及申号至第十一名,果《易》也。帅携此状入院,遍示考
官,谓:"设如此言,诸公将何以自解? 不若以待补首卷易之。"
众皆以为然。既拆号,则自待补为正解者,大璋也;由正解而
易为待补者,乃投牒之人也。次年,苏遂冠南宫。此与王俊民

事相类。

徐　汉　玉

永嘉徐宣字汉玉，治周成子狱，无所枉，自知必得罪，束担俟命。忽梦神人驱之使去，答曰："吾分宜去，不待驱逐，但未知当往何所？"神曰："汝得严州。"觉，与家人言："梦真妄耳。吾得罪必南迁，安得在畿乎？"已而谪道州，又徙象州。行至来宾县，得《图经》视之，唐严州也。叹曰："吾其不返乎？"果终焉。

韩　慥　奇　卜

绍兴末，有韩慥者，卖卜于临安之三桥，多奇中。庚辰春，曾侍郎仲躬、吕太史伯恭至其肆，则先一人在焉。问其姓，宗子也。次第谈命：首言赵可至郡守，却多贵子，不达者亦卿郎。次及曾，则曰："命甚佳。有家世，有文学，有政事，亦有官职。只欠一事，终身无科第。"次至吕，问："何干至此？"吕曰："赴试。"曰："去年不合发解，今安得省试？"曰："赴词科。"曰："却是词科人，但不在今年词科，别有人矣。后三年，两试皆得之，且不失甲科。"复扣其何所至？沉吟久之曰："名满天下，可惜无福。"已而其言皆验。赵名善待，仕至岳州守。其子汝述为尚书，适、逯、遇皆卿监郎。曾仲躬名逮，吉父文清公之子，能世其家。举进士不第，至从官以没。吕太史，隆兴癸未谅阴榜南宫第七人，又中宏词科，为儒宗。不幸得末疾，甫四十六岁而终。术之神验如此。

以赋罢相

　　阜陵在位,上庠月书前列试卷,时经御览。辛丑大旱,七月私试《闵雨有志乎民赋》,魁刘大誉,第六韵云:"雨旸固自于天,感召岂有所主? 傥燮调得人,则斯可有节;而聚敛无度,则亦能不雨。此或未明闵之何补? 不见商霖未作,相傅说于高宗;汉旱欲苏,烹弘羊于孝武。"未几,赵温叔罢相。

小儿疮痘

　　小儿疮痘,固是危事,然要不可扰之。尝见赵宾旸曰:"或多以酒面等发之,非也;或以消毒饮升麻汤等解之,亦非也。大要在固脏气之外,任其自然耳。惟本事方、捻金散最佳。"又陈剑南刚翁云:"痘疮切不可多服升麻汤,只须以四君子汤加黄芪一味为稳耳。"二说皆有理。然或有变证,则不得不资于药。癸酉岁,儿女皆发痘疮。同僚括苍陈坡,老儒也。因言:"向分教三山日,其孙方三岁。发热七日,疮出而倒靥色黑,唇口冰冷,危证也。遍试诸药皆不效,因乞灵于城隍神,以卜生死。道经一士门,士怪其侵晨仓皇,因遮扣之,遂告以故。士曰:'恰有药可起此疾,奇甚。'因为经营少许,俾服之。移时,即红润如常。后求其方,甚秘惜之。及代归,方以见贶。其法用狗蝇七枚_{狗身上能飞者}。擂细,和醋酒少许调服。蝇夏月极多,易得;冬月,则藏于狗耳中。不可不知也。"既而次女疮后,余毒上攻,遂成内障,目不辨人,极可忧。遍试诸药,半月不验。后得老医一方,用蛇蜕一具,净洗,焙令燥。又天花粉_{即瓜蒌根}。等分细末之,以羊子肝破开,入药在内,麻皮缚定,用米泔水熟煮,切食之,凡旬余而愈。其后程甥亦用此取效,真奇剂也。

曹西士上竿诗

赵南仲以诛李全之功见忌于赵清臣,史揆每左右之,遂留于朝。其后恢复事起,遂分委以边围。赴镇之日,朝绅置酒以饯。适有呈缘竿伎者,曹西士赋诗云:"又被锣声送上竿,这番难似旧时难。劝君着脚须教稳,多少傍人冷眼看。"未几,师果不竞。

昌 化 章 氏

昌化章氏,昆弟二人,皆未有子。其兄先抱育族人一子,未几,其妻得子。其弟言:"兄既有子,盍以所抱子与我?"兄告其妻,妻犹在蓐曰:"不然。未有子而抱之,甫得子而弃之,人其谓我何?且所生那可保也。"弟请不已,嫂曰:"不得已,宁以吾新生与之。"弟初不敢当,嫂卒与之。已而,二子皆成立。长曰翅,字景韩,季曰诩,字景虞。翅之子樵、槢,诩之孙铸、鉴,皆相继登第,遂为名族。孝友睦姻之报如此。妇人有识,尤可尚也。

吴 季 谦 改 秩

吴季谦愈,初为鄂州邑尉,常获劫盗。讯之,则昔年有某郡倅者,江行遇盗,杀之。其妻有色,盗胁之曰:"汝能从我乎?"妻曰:"汝能从我,则我亦从汝,否则杀我。"盗问故,曰:"吾事夫若干年,今至此已矣,无可言者。仅有一儿才数月,吾欲浮之江中,幸而有育之者,庶其有遗种,吾然后从汝无悔。"盗许之,乃以黑漆团合盛此儿,藉以文褓,且置银二片其旁,使随流去。如是十余年。一日，盗至鄂，舣舟。挟其家至某寺设供。至一僧房，皮间黑合在焉，妻一见识之，惊绝几倒。因曰："吾疾作，姑小憩于此，毋挠我。"乘间密问僧："何从得此合？"僧言："某年月日得于水滨，有婴儿及白金在焉。吾收育之，为求乳食。今在此，年长矣。"呼视之，酷肖其父。乃为僧言始末，且言："在某所，能为我闻之有司密捕之，可以为功受赏，吾冤亦释矣。"僧为报尉，一掩获之，遂取其子以归。季谦用是改秩。

作 邑 启 事

龚圣任言，林德崇父，尝为剧县有声。其与监司启有云："鸣琴堂上，将贻不治事之讥；投巫水中，必得擅杀人之罪。"时以为名言。刘潜夫宰建阳，亦有一联云："每嗟民力，至叔世而张弓；欲竭吏能，恐圣门之鸣鼓。"语意尤胜，信乎治邑之难也。

斋不茹荤必变食

《庄子·人间世》云："仲尼曰：'斋，吾语若。'颜回曰：'回之家贫，唯不饮酒不茹荤者数月矣。若此，则可以为斋乎？'曰：'祭祀之斋，非心斋也。'成玄英注曰："荤，辛菜也。"按《说文》："荤，臭菜也。"锴曰："通谓芸、苔、椿、韭、蒜、葱、阿魏之属，气不洁也。"《荀子·哀公篇》："孔子曰：'夫端衣玄裳，绕而乘辂者，志不在于食荤。'"注云："荤菜，葱、韭之属。"《论语》："斋必变食。"《周礼·膳夫》："王斋，日三举。郑注云："斋必变食也。"疏曰："斋必变食，故加牲体至三太牢。牛、羊、豕具为一牢。"胡明仲论梁武曰："祭祀之斋，居必迁坐，不必变服；斋必变食，食为盛馔。一其心志，洁其气体，以与神明交，未尝不饮酒、不茹荤也。"晦庵释"斋必变食"亦取《庄子》,而黄氏亦兼取之。朱又谓"荤是五辛",又曰:"今致斋有酒,非也。"然《礼》中乃有"饮不至醉"之说,何邪?

二李省诗

蜀中类试,相传主司多私意与士人相约为暗号,中朝亦或有之,而蜀以为常。李壁季章、皇季永,同登庚戌科,己酉赴类省试。二公皆以文名一时,而律赋非所长。乡人侯某者以能赋称,因资之以润色。既书卷,不以诗示侯。侯疑其必有谓。将出门,侯故少留,李遂先出,而侯踵其后。至纳卷所,扣吏以二李卷子欲借一观,以小金牌与之。吏取以示,则诗之景联皆曰:"日射红鸾扇,风清白兽樽。"侯即于己卷改用之。既而皆中选。二李谢主司,主司问:"此二句,惟以授于昆仲,何为又以与人?"李恍然不知所以。他日,微有所闻,终身与侯不协。

宗子请给

王介甫为相,裁减宗室恩数,宗子相率诉马前。公谕之曰:"祖宗亲尽,亦须桃迁,何况贤辈。"荆公行一切不恤之政,独于此事,未为不然。熙宁诏裁宗室授官法及恩例,东坡亦以为然,曰:"此实陛下至明至断,所以深计远虑,割爱为民。"其后无戚疏少长,皆仰食县官。西南两宗无赖者,至纵其婢使与闾巷通,生子则认为己子而利其请给,此自古所无之弊例也。

郑安晚前谶

郑丞相清之,在太学十五年,殊困滞无聊。乙亥岁,甫升舍选,而以无名阙,未及奏名,遂仍赴丁丑省试。临期,又避知举袁和叔亲试别头，愈觉不意。及试《青紫明主恩》诗押“明”字，短晷逼暮，思索良艰。漫检韵中，有“颣”字可用，遂用为末句云：“他年蒙渥泽，方玉带围颣。”归，为同舍道之，皆大笑曰：“绿衫尚未能得着，乃思量系玉带乎？”已而中选，攀附骤贵，官至极品，竟此赐，遂成吉谶。以此知世之叨窃富贵，皆非偶然也。

赵金判花字样

赵时杖为平江金幕，其训名不雅。凡书判决杖，吏辈皆用纸贴之，此亦可笑。其押字，作一大口字，而申其下一画。陈子爽恺作守，初到见之，书其侧云：“金判押字大空空，请改之，庶几务实。仍请别押一样来。”闻者无不大笑。正可与李晋仁喏样为对也。

一　府　三　守

放翁《笔记》言：“庆历初，夏竦判永兴军，陈执中、范雍，并为知军。”一府三守，不知职守如何分？既非长贰，文移书牒之类必有程式。官属胥吏，何所禀承？国史不载，莫可考也。然谏官御史不以为非，三公亦不辞。岂在当时，亦便于事邪？今按：竦先以都部署兼经略招讨使，判永兴军。既而执中为同都部署经略使知军，而诏竦判如故。未几，竦屯鄜州，执中屯泾州。盖两人议边事不合，故分任之。未几，又以范雍知军。竦、执中既分出按边，而领府事犹故。于是一府三守，公吏奔趋往来，想不胜其扰，自昔未尝有也。然则史未尝不载，而于事安得为便乎？

六　么　羽　调

《演繁露》云："唐有新翻羽调《绿腰》。白乐天诗集自注云'即六么也。'今世亦有六么,而其曲有高平、仙吕调,又不与羽调相协,不知是唐遗声否?"按今六么中,吕调亦有之,非特高平、仙吕也。《唐·礼乐志》:俗乐二十八调,中吕、高平、仙吕在七羽之数。盖中吕、夹钟,羽也;高平、林钟,羽也;仙吕、夷则,羽也。安得谓之"不与羽调相协"? 盖未之考尔。

香　炬　锦　茵

秦会之当国,四方馈遗日至。方德帅广东,为蜡炬,以众香实其中,遣驶卒持诣相府,厚遗主藏吏,期必达。吏使俟命。一日宴客,吏曰:"烛尽。适广东方经略送烛一掩,未敢启。"乃取而用之。俄而异香满坐,察之,则自烛中出也。亟命藏其余枚,数之,适得四十九。呼驶问故,则曰:"经略专造此烛供献,仅五十条。既成,恐不嘉,试爇其一。不敢以他烛充数。"秦大喜,以为奉己之专也,待方益厚。郑仲为蜀宣抚,格天阁毕工,郑书适至,遗锦地衣一铺。秦命铺阁上,广袤无尺寸差。秦默然不乐。郑竟失志,至于得罪。二公为计同,一以见疑,一以见厚,固有幸不幸,要不若居正之无悔吝也。

登　闻　鼓

《笔谈》言洛京留台有旧案,言国初取索卤簿法仗,报言:"本京卤簿,因清泰间末帝将带逃走,不知所在。"人传以为笑。今登闻鼓院,初供职吏,具须知单状,称:"本院元管鼓一面,在东京宣德门外,被太学生陈东等击碎,不曾搬取前来。"正与此相类,皆可资捧腹也。

义绝合离

莆田有杨氏,讼其子与妇不孝。官为逮问,则妇之翁为人殴死,杨亦预焉。坐狱未竟,而值覃霈,得不坐。然妇仍在杨氏家。有司以大辟既已该宥,不复问其余。小民无知,亦安之不以为怪也。其后,父又讼其子及妇。军判官姚珫以为“虽有仇隙,既仍为妇,则当尽妇礼”,欲并科罪。陈伯玉振孙时以倅摄郡,独谓:“父子天合,夫妇人合。人合者,恩义有亏则已矣。在法,休离皆许还合,而独于义绝不许者,盖谓此类。况两下相杀,又义绝之尤大者乎!初问,杨罪既脱,合勒其妇休离,有司既失之矣。若杨妇尽礼于舅姑,则为反亲事仇,稍有不至,则舅姑反得以不孝罪之矣。当离不离,则是违法。在律,违律为婚。既不成婚。即有相犯,并同凡人。今其妇合比附此条,不合收坐。”时皆服其得法之意焉。按《笔谈》所载,寿州有人杀妻之父母兄弟数口,州司以不道,缘坐其妻子。刑曹驳之曰:“殴妻之父母,即为义绝;况身谋杀,不应复坐。”此与前事正相类。凡泥法而不明于理,不可以言法也。

熊　子　复

熊克字子复,博学有文。王季海守富沙日,漕使开宴,命子复撰乐语,季海读之称善。询司谒者曰:“谁为之?”答曰:“新任某州熊教授也。”自此甚见前席。别后,子复一向官湖湘间,不相闻者几二十年。及改秩作邑满,造朝谒光范。季海时为元枢,询子复曰:“近亦有著述乎?”子复以两编献。一日,后殿奏事毕,阜陵从容曰:“卿见近日有作四六者乎?”时学士院阙官,上不访之赵丞相而访之季海,于是以陆务观等数人对。上云:"朕自知之。今欲得在下僚未知名者尔。"季海遂及子复姓名。上云:"此人有近作可进来。"季海退,以所献缴入。翌日,上谓季海曰:"熊克之文,朕尝观之,可喜。"盖欲置之三馆兼翰苑也。季海奏云:"如此恐太骤,不如且除院辖,徐召试。使克文声著于士大夫间,则人无间言。"阜陵然之,遂除提辖文思院。他日,赵丞相进拟,上曰:"朕自有人。"赵问:"何人?"上曰:"熊克。"又曰:"陛下何以知之?"曰:"朕尝见其文字。"又问:"陛下何从得其文字? 此必有近习为道地者。"上曰:"不然。"季海虽知由己所荐,以上既不言,亦不敢泄。而赵终疑之。未几召试。故时,学士院发策,率先示大略,试者得为之备。赵乃以喻周子充云:"此非佳士也。"克屡造,请求问目,子充不答。及对策殊略,克大以为恨。故在玉堂,每当子充制诏,辄无美辞。后竟出知台州。

郑时中得官

郑时中字复亨,三衢人。在上庠日,多游朝绅间。好大言,尝语同舍曰:"前举遭荐,乃术者曹谷先许,今复来矣。"有好事者闻之曰:"此必谷又许之。"乃与偕走其肆,则郑实未尝先往。曹沉吟久之,频自摇首,推演再三,乃曰:"吾十年前,曾许此命来春必高选,今所见乃不然。虽然,来春定得官,但非登科耳。今秋得举,却不必问。"郑乃曰:"吾家无延赏,来年不郊,非科举何由得官?"谷曰:"某见得如此耳。"既而程泰之大昌与郑同荐,程第而郑不利。时余松茂老为秦会之客,第三人及第。秦与谋代,余因荐郑。秦亦悦其辩,设醴有加。郑无以颂之。尝闻其季父行可名仲熊者,言旧在太学,目击靖康金人欲立张邦昌，秦为中司，特议立赵氏。金酋召赴军前，秦遂遣妻王氏南归。已登舟，王闻变，亟步以往。秦时犹未入北军，因同入肆卖齑面。人已盈坐，主人横一卓沟上使坐，王忧惧不能举筋，秦兼尽之，略无惧色。已，乃同至军前被执。郑因于坐间举此事，谓亲得之行可。秦意正欲暴白此事，而人无知者，闻其言大喜。时行可犹仕州县，即召用之，二年，同为执政。是岁复亨亦得官，其神验如此。

诗 词 祖 述

隆兴间，魏胜战死淮阴，孝宗追惜之。一日，谕近臣曰："人才须用而后见，使魏胜不因边衅，何以见其才？如李广在文帝时，是以不用，使生高帝时，必将大有功矣。"其后放翁赠刘改之曰："李广不生楚汉间，封侯万户宜其难。"盖用阜陵语也。改之大喜，以为善名我。异时，刘潜夫作《沁园曲》云："使李将军遇高皇帝，万户侯何足道哉！"又祖放翁语也。

嘲 觅 荐 举

直斋陈先生云："向为绍兴教官日，有同官初至者，偶问其京削欠几何？答云：'欠一二纸。'数月，闻有举之者。会间，贺其成事，则又曰：'尚欠一、二纸。'又越月，复闻有举者，扣之，则所答如前。"余颇怪之。他日，与王深甫言之，深甫笑曰："是何足怪？子不见临安丐者之乞房钱乎？暮夜，号呼于衢路曰：'吾今夕所欠十几文耳。'有怜之者，如数与之，曰：'汝可以归卧矣。'感谢而退。去之数十步，则其号呼如初焉。子不彼之怪，而此之怪，何哉！"因相与大笑而罢。

齐东野语卷九

形 影 身 心 诗

靖节作形影相赠、《神释》之诗。谓贵贱贤愚，莫不营营惜生。故极陈形影之苦，而以神辨自然，以释其惑。《形赠影》曰："愿君取吾言，得酒莫苟辞。"《影答形》曰："立善有遗爱，胡可不自竭。"形累养而欲饮，影役名而求善，皆惜生之惑也。神乃释之曰："大钧无私力，万理自森著。人为三才中，岂不以我故？"此神自谓也。又曰："日醉或能忘，将非趣龄具。"所以辨养之累。又曰："立善常所忻，谁当与汝誉？"所以解名之役，然亦仅在趣龄与无誉而已。设使为善见知，饮酒得寿，则亦将从之耶？于是又极其释曰："纵浪大化中，不喜亦不惧。应尽便须尽，无事勿多虑。"此乃不以死生祸福动其心，泰然委顺，乃得神之自然，释氏所谓"断常见"者也。坡翁从而反之曰："予知神非形，何复异人天。岂惟三才中，所在靡不然。"又云："委顺忧伤生，忧死生亦迁。纵浪大化中，正为化所缠。应尽便须尽，宁复俟此言。"白乐天因之作《心问身》诗云："心问身云何泰然？严冬暖被日高眠。放君快活知恩否，不早朝来十一年。"《身答心》曰："心是身王身是宫，君今居在我宫中。是君家舍君须爱，何事论恩自说功。"心复答身曰："因我疏慵休罢早，遭君安乐岁时多。世间老苦人何限，不放君闲奈我何。"此则以心为吾身之君，而身乃心之役也。坡翁又从而赋六言曰：

"渊明形神自我,乐天身心于物。而今月下三人,他日当成几佛?"然二公之说虽不同,而皆祖之《列子》力命之论。力谓命曰:"若之功,奚若我哉?"命曰:"汝奚功于物,而欲比朕?"力曰:"寿夭穷达,贵贱贫富,我力之所能也。"命遂历陈彭祖之寿,颜渊之夭,仲尼之困,殷纣之君,季札无爵于君,田恒专有齐国,夷、齐之饿,季氏之富,"若是,汝力之所能,奈何寿彼而夭此,穷圣而达逆,贱贤而贵愚,贫善而富恶耶?"力曰:"若如是言,我固无功于物,而物若此耶? 此则若之所制耶?"命曰:"既谓之命,奈何有制之者? 朕直而推之,曲而任之。自寿自夭,自穷自达,自贵自贱,自富自贫,朕岂能识之哉?"此盖言寿夭穷达、贫富贵贱,虽曰莫非天命,而亦非造物者所能制之,直付之自然耳。此则渊明《神释》所谓"大钧无私力"之论也。其后杨龟山有《读东坡和陶影答形》诗云:"君如烟上火,火尽君乃别。我如镜中像,镜坏我不灭。"盖言影因形而有无,是生灭相。故佛云:"一切有为法,如梦幻泡影。"正言其非实有也,何谓不灭? 此则又堕虚无之论矣。

父 执 之 礼

前辈事父执之礼甚严。汉马伏波有疾,梁松来候之,独拜床下,援不答。松去,诸子问曰:"梁伯孙,帝婿贵重,公卿莫不惮之,大人独不为礼?"援曰:"我乃松之父友也,虽贵,何得失其序乎!"王丹召为太子少傅,大司徒侯霸欲与交友,遣子昱候于道,迎拜车下,丹下答之。昱曰:"家君欲与君结交,何为见拜?"丹曰:"君房有是言,丹未之许也。"然则答拜乃疏之耳。至国朝东都时,此礼犹在。韩魏公留钥北京日,李稷以国子博士为漕,颇慢公。公不与较,待之甚礼。俄,潞公代魏公为留守,未至,扬言云:"李稷之父绚,我门下士也。闻稷敢慢魏公,必以父死失教至此。吾视稷,犹子也。果不悛,将庭训之。"公至北京,李稷谒见,坐客次。久之,着道服出,语之曰:"而父,吾客也,只八拜。"稷不获已,如数拜之。此事或传李稷为许将。熙宁初,吕晦叔诸子谒欧阳公于颍上,疑当拜与否。既见叙,拜。文忠不复辞,受之如受子侄之礼。二子既出,深叹前辈不可及。崇宁间,陆佃农师在政府日,有大卿岑象先嵩起于农师为父执。一日来访,延之堂奥,具冠裳拜之。既而岑作手简来谢云:"前日登门展庆,蒙公敦笃事契,俾纳贵礼。于公有执谦之光,使老者增僭易之过。然大将军有揖客,古人以为美谈。今文昌纲辖有受拜客,顾不美于前人乎。"前辈遇通家子弟,初见请纳拜者,既受之,则设席望其家遥拜其父祖,乃始就坐。盖当时风俗尚厚,虽执政之于庶官亦讲此礼,不以为异也。自南渡以后,则世道日薄矣。然余幼时,犹见亲旧通家初见日,必先拜其家影堂,后请谒。此礼今亦不复见也。

李　全

李全,淄州人,第三,以贩牛马来青州,有北永州牛客张介引至涟水。时金国多盗,道梗难行,财本寖耗,遂投充涟水尉司弓卒。因结群不逞为义兄弟,任侠狂暴,剽掠民财,党与日盛,莫敢谁何,号为"李三统辖"。后复还淄业屠。尝就河洗刷牛马,于游土中蹴得铁枪杆,长七八尺。于是就上打成枪头,重可四十五斤。日习击刺,技日以精,为众推服,因呼为"李铁枪"。遂挟其徒横行淄、青间,出没抄掠。淄、青界内有杨家堡,居民皆杨氏,以穿甲制靴为业。堡主曰杨安儿,有力强勇,一堡所服。亦尝为盗于山东,聚众至数万。有妹曰小姐姐,或云其女，其后称曰姑姑。年可二十，膂力过人，能马上运双刀，所向披靡。全军所过，诸堡皆载牛酒以迎，独杨堡不以为意。全知其事，故攻劫之。安儿亦出民兵对垒，谓全曰："你是好汉，可与我妹挑打一番。若赢时，我妹与你为妻。"全遂与酣战终日，无胜负。全忿且惭。适其处有丛篠，全令二壮士执钩刀，夜伏篠中。翌日再战，全佯北，杨逐之。伏者出，以刀钩止，大呼，全回马挟之以去。安儿乃领众备牛酒，迎归成姻，遂还青州，自是名闻南北。时金人方困于敌，张介又从而招之，授以兵马，衣以红袍，号"红袄军"。嘉定十一年间，金人愈穷蹙，全因南附。乃与石珪、沈铎辈结党以来，知楚州应之纯遂纳之，累战功至副总管。明年，金主珣下诏招之，全复书有云："宁作江淮之鬼，不为金国之臣。"遂以轻兵往潍州，迁其父母兄嫂之骨葬于淮南，以誓不复北向。时山东已为鞑所破，金不能有。全遂下益都，张林出降，遂并献、济、莒、沧、滨、淄、密等凡二府九州四十县，降头目千人，战马千五百匹，中勇军十五万人。闻于朝，遂以全为左武卫大将军、广州观察使、京东忠义军都统制、马步军副总官，特赐银、绢、缗钱等。先是，贾涉知盐城县，以事忤淮漕，方信孺劾之，未报。涉廉知信孺阴遣梁昭祖航海致馈，以结李全，遂遣人捕得之，亟申于朝，方由是罢。涉召入为大理司直。未几，知楚州。时忠义军头目李先拳勇有胆气，且并领石珪、沈铎之军，李全深忌之。至是，极力挤先，涉遂以李先反侧闻于朝。于是召先赴密院审查，甫至都门，殿帅冯树宴之三茅观后小寨，命勇士扑杀之，于是全愈无忌惮矣。先既诛，涟水人情不安，头目裴渊等遂请石珪为帅于盱眙。制司大恐，遂令李全率万人以往。全惮珪，不敢动。制司无策，遂分其军为六。乃呼裴渊赴山阳禀议，责以专擅招珪，令密图之，

以功赎罪。会鞑兵至涟水,珪亦自疑,遂杀渊以归鞑。先是,
权尚书胡榘尝言全狼子野心不可倚仗。及全获捷于曹家庄,
擒金人伪驸马,乃作《濠梁凯歌》以谀之云。春残天气何佳哉,捷书
夜自濠梁来。将军生擒伪驸马,虏兵十万冰山摧。何物轻鸀挑胡羯? 万里烟尘
暗边徼。边臣玩寇不却攘,三月淮壖惊蹀血。庙谟密遣山东兵,李将军者推忠
精。铁枪匹马首破阵,喑呜叱咤风云生。摧杀众妖天与力,虏丑成擒不容逸。失
声走透虏鼓捶,犹截腾骧三百匹。防围健使催赐金,曹家庄畔杀胡林。游魂欲反
定悬胆,将军岂知关塞深。君不见、往日蕲王邀兀术,围合狐跳追不得。夫人明
日拜函封,乞罪将军纵狂逸。岂知李侯心胆麄,捕缚猘子才须臾。金牛走敌猛将
有,沔州斩贼儒生无。宗社威灵一制胜,养锐图全无轻进。会须入汴缚郑王,笳
鼓归来取金印。既而涉以病归,遂以郑损继之。损与涉素不相
成,幕中诸客惧损修怨,乃嗾李全申请,乞差真德秀、陈韡、梁
丙知楚州。于是朝廷遂改损为四川制置,乃以知阁门事许国
用徐本中例换授朝议大夫,再转为太府少卿知楚州。国自是
歉然,惧侪辈轻己。开阃之初,命管军以下皆执朝参之礼。时
全已为保宁军节度使,前阃皆与抗礼。至是,幕府宋恭、苟梦
玉等惧变,遂调停,约全拜于庭下,国答拜于堂上。议已定,及
庭参,国乃傲然坐而受之。全大惭愤,竟还青州。至冬,国大
阅两淮军马,全妻李姑姑者,欲下教场犒军,实求衅耳。幕府
复调停力止。及淮西军回,人仅得交子五贯,乃尽以弓刀售之
李军,而淮西军亦怨矣。未几,全将刘庆福自青来,谋以丁祭
之夕作乱,以谋泄而止。既而制府出榜,以高显为词,指摘北
军;庆福亦大书一榜,揭于其右,语殊不逊。次日,庆福开宴于
万柳亭,游幕诸客及青州倅姚翀在焉。酒行方酣,忽报全至海
州,促庆福北还。时国方纳谒,北军径自南门入,直趋制府。
强勇军方解甲,望见北军,皆弃去,遂排大门而入。帐前亲兵
欲御之,国乃大呼曰:"此辈不过欲多得钱绢耳。"方行喝犒,闻

北军大喊登城,张旗帜,火已四起,飞矢如雨。国额中一箭,径趋避于楚台。北军劫掠府库,焚毁殆尽。国在楚台久之,使令姚珏求和。珏遂缒城而出,以直系书"青州姚通判",以长竿揭之马前,往见李姑姑。李逊谢不能统辖诸军,以致生变。姚遂请收军,李云:"只请制置到此商量,便可定也。"姚亟回报,则国已遁矣。次日,北军得国于三茅道堂,以小竹舆舁至李军。国不能发一语,复送还楚台,以兵环守,国遂死焉。文武官遇害者凡数十人。未几,全乃入吊,行慰奠礼,且上章自劾,朝廷不敢问也。遂进全为少保,而以大理卿徐希稷知楚州。军变之先一日,苟梦玉已知其谋,亟告于国,国不以为然。至是,全得其告变之书,欲杀之,而梦玉已归滁。乃命数十骑邀于路而杀之。制府捐三千缗捕贼,而全亦捐五千缗,无状大率如此。希稷至楚,一意逢迎。全益以骄。既而还青州,或传为金人所擒,或以为已死。刘琸乘时自诡以驱除余党。史丞相入其言,遂召希稷,而以琸为代。琸即以盱眙军马自随,中途所乘马无故而踣,琸怒,遂斩二濠寨官。人疑其非吉征也。琸初至,军声颇振。不数日,措置乖方。南、北军已相疑,适忠义军总管夏全自盱眙领五千人来。先是,全欲杀夏,琸为解免之。至是,琸留以自卫,且资其军以制全。然夏军素骄,时有过劫掠居民,琸乃捕为首数人斩之,犹未戢。乃札忠义都统权司张忠政权副都统,忠政辞不就。杨姑姑知之,遂呼忠政谋所以拒制司之策。忠政曰:"朝廷无负北军。夫人若欲忠政反,惟有死耳。"遂归家,令妻子自经,次焚告敕宝货于庭,然后自尽。制司闻变,遂戒严。命夏全封闭李全、刘全、张林等府库,且出榜令北军限三日出城。是日,诸营搬移自东北门出。夏军坐门首搜检,凡金银妇女多攘取之。余皆疑惧不敢出,制司又从而

驱逐之。有黑旗一对仅百人,乃北军之精锐者,坚不肯出。潜
易衣装,与夏军混杂。南军欲注矢挥刃,则呼曰:"我夏太尉军
也。"南军遂不疑之。至晡,大西门上火忽起;至夜,遂四面纵
火,杀害军民。琸遂命守子城,护府库。凡两日夜,军皆无火
饭,饥困不复用命。夏全知事急,遂挺身入北军。李姑姑遂与
夏剧饮,酒酣,泣曰:"少保今不知存亡,妾愿以身事太尉,府库
人马,皆太尉物也。本一家人,何为自相戕? 若今日剿除李
氏,太尉能自保富贵乎?"夏全惑其说,乃阴与李军合,反戈以
攻南军。琸屡遣人招夏议事,竟不至,乃以十万贯犒军求和。
夏全乃令开一路,以马军二百卫送琸出大西门。星夜南奔,至
宝应,已四鼓矣。从行官属惟余元廙、沈宣子,余悉死焉。夏
军回至淮阴,乃为时青、令晖夹击,尽得所掳财物七巨艘。既
至盱眙,范成、张惠闭门拒之,且就军中杀其母妻,于是夏全乃
轻身北窜。刘琸遂移司于扬之堡寨。朝廷遂改楚为淮安州,
命将作少监姚翀知州事。时李全犹未还,王义深、国安用为权
司。刘庆福与张甫谋就楚之淮河缚大浮桥。或告李姑姑以二
人欲以州献金人,姑姑即遣人请姚翀议事。翀不获已而往,则
大厅已设四果卓,余二客则庆福及甫也。庆福先至,姑姑云:
"哥哥不快,可去问则个。"谓李福也。时福卧于密室,凡迂曲
数四乃至。庆福至榻前云:"哥哥没甚事?"福云:"烦恼得恁
地。"刘觇福榻有剑出稍,心动亟出,福急挥剑中其脑。既而甫
至,于外呼云:"总管没甚事否?"福隐身门左,俟其入,即挥剑,
又仆之。福遂携二首以出,乃大张乐剧饮。姚遂揭榜,以刘、
张欲谋作过,密奉朝旨已行诛戮,乃闻于朝。李福增秩,姑姑
赐金,进封楚国夫人。未几,福复以预借粮券求衅,遂召北军
入城,官民死者甚众,姚翀赖国安用匿之而免。于是朝廷诸阃

各主剿除分屯之说，久之不决。既而盱眙守彭忔乃遣张惠、范成入淮安，说国安令杀李福及李姑姑。未几，李福就戮，而姑姑则易服往海州矣。其后分屯之说已定，而江阃所遣赵瀗夫剿杀之兵适至。北军怒为张、范所卖，欲杀之，二人遂遁去。国安用追至盱眙，彭忔宴之，方大合乐，忽报军变，始知张、范已献盱眙于北矣。彭忔遂为所擒。既而李全至楚，揭榜自称山东、淮南行省，于是尽据淮安、海州、涟水等处。先是，全遣张国明入朝禀议，嫚书至，朝廷未有以处之。会时青亦遣人至，国明遂遣人报全，全遂杀青。国明极言李全无它意，朝廷遂遣赵拱奉两镇节钺印绶以往。而江阃乃遣申生结全帐下谋杀之，事觉，全囚申生，以其事上于朝。盖全时已有叛志矣。会盐城陈遇谋于东海截夺全青州运粮之船，全由是愈怒，遂兴问罪之师。首攻海陵，守臣宋济迎降，遂进围扬州。朝廷始降诏削夺全官爵，住结钱粮，会诸路兵诛讨，然战多不利，内外为之震动。是时全合诸项军马，并驱乡民二十余万，一夕筑长围数十里，围合扬之三城，为必取之计。会元夕，欲示闲暇，于城中张灯大宴，全亦张灯于平山堂中。夜，全乘醉引马步极力薄城，赵范命其弟葵领兵出城迎战，至三鼓，胜负未决。葵先命李虎、丁胜同持兵塞其瓮门。至是，全欲还而门已塞，进退失据，且战且退，遂陷于新塘。由是各散去。次日于沮洳乱尸中，得一红袍而无一手指者，乃全也。先是全投北，尝自断一指，以示不复南归。时绍定四年正月。后三日，北军悉遁。制府露布闻于朝，遂乘胜复泰之盐城。后三月，淮南诸州北军皆空城而去矣。其雏松寿者，乃徐希稷之子。贾涉开阃维扬日，尝使与诸子同学。其后全无子，屡托涉祝之。涉以希稷向与之念，遂命与之，后更名坛云。刘子澄尝著《淮东补史》，纪载甚详。然余所闻于当时诸公，或削书所未有者，因摭其概于此，以补刘氏之阙文云。

王公衮复仇

　　王宣子尚书母，葬山阴狮子坞，为盗所发。时宣子为吏部员外郎，其弟公衮待次乌江尉，居乡物色得之，乃本村无赖嵇泗德者所为。遂闻于官，具服其罪，止从徒断，黥隶他州，公衮不胜悲愤。时犹拘留钤辖司，公衮遂诱守卒饮之以酒，皆大醉，因手断贼首，朝复提之，自归有司。宣子亟以状白堂，纳官以赎弟罪。事下给舍议，时杨椿元老为给事，张孝祥安国兼舍人，书议状曰："复仇，义也。夫仇可复，则天下之人，将交仇而不止，于是圣人为法以制之。当诛也，吾为尔诛之；当刑也，吾为尔刑之。以尔之仇，丽吾之法。于是凡为人子而仇于父母者不敢复，而惟法之听，何也？法行，则复仇之义在焉故也。今夫佐、公衮之母既葬，而暴其骨，是僇尸也。父母之仇，孰大于是？佐、公衮得贼而辄杀之，义也；而莫之敢也，以为有法焉。律曰：'发冢开棺者绞。'二子之母，遗骸散逸于故藏之外，则贼之死无疑矣。贼诚死，则二子之仇亦报。此佐、公衮所以不敢杀之于其始获，而必归之吏也。狱成而吏出之，使贼阳阳出入闾巷与齐民齿。夫父母之仇，不共戴天者也。二子之始不敢杀也，盖不敢以私义故乱法。今狱已成矣，法不当死，二子杀之，罪也；法当死，而吏废法，则地下之辱，沈痛郁结，终莫之伸。为之子者，尚安得自比于人也哉！佐有官守，则公衮之杀是贼，协于义而宜于法者也。《春秋》之义，复仇。公衮起儒生，尪羸如不胜衣。当杀贼时，奴隶皆惊走，贼以死捍，公衮得不死，适耳。且此贼掘冢至十数，尝败而不死。今又败焉，而又不死，则其为恶，必侈于前。公衮之杀之也，岂特直王氏之冤而已哉！椿等谓：公衮复仇之义可嘉，公衮杀掘冢法应死之人为无罪，纳官赎弟佐之请当不许，故纵失刑有司之罚宜如律。"诏："给舍议是。"其后，公衮于乾道间为敕令所删定官。一日，登对。孝宗顾问左右曰："是非手斩发冢盗者乎？"意颇喜之。未几，除左司。公衮为人癯甚。王龟龄尝赠诗有云"貌若尪羸中甚武"者，盖纪实也。

富春子

宝庆间，有孙氏子名守荣，善风角鸟占，其术多验，号"富春子"。薄游雪上，闻谯楼鼓角声，惊曰："且夕且有变，而土人当有典郡者。"适见富公王元春，因贺之曰："且夕乡郡之除，必君也。"王以为诞。越两月，而潘丙作乱，王果以告变之功典郡。自是人始神之。后登史卫王之门，颇为信用。一日，闻鹊噪，史令占之，云："来日晡时，当有宝物至，然非丞相所可用者。今已抵关，必有所碍，而未入耳。"翌日，果李全以玉柱斧为贡，为阍者迟留，质之于府而后纳。史尝得李全书，置之袖间未启也，因扣云："吾袖中书，所言何事？"对曰："假破囊二十万耳。"剥封，果然。史以此深忌之。后以他故，黜至远郡死焉。后未见有得其术者。

王宣子失告命

辇毂之下，政先弹压，然一智不足以胜众奸。王佐宣子虽以文魁天下，而吏才极高，寿皇深喜之。尹临安日，禁戢群盗甚严，都城肃然。既而以治办受赏增秩，告命甫下，置卧内，旦起忽失之。宣子知为所侮，略不见之辞色。他日奏事毕，从容以白上曰："鼠辈恶臣穷其奸，故为是以沮臣尔。"上曰："何以处之?”对曰:“臣若张皇物色,正堕其计中,惟有置之不问。异时从吏部求一公据足矣,今未敢请也。”上称善。

配 盐 幽 菽

昔传江西一士求见杨诚斋,颇以该洽自负。越数日,诚斋简之云:“闻公自江西来配盐幽菽,欲求少许。”士人茫然莫晓,亟往谢曰:“某读书不多,实不知为何物?”诚斋徐检《礼部韵略》“豉”字示之,注云:“配盐幽菽也。”然其义亦未可深晓。《楚辞》曰:“大苦咸酸辛甘行。”说者曰:“大苦,豉也。言取豉汁调以咸酢椒姜饴密,则辛甘之味皆发而行。”然古无豆豉。史《急就篇》乃有“芜夷盐豉”。《史记·货殖传》有“糵曲盐豉千答”。《三辅决录》曰:“前对大夫范仲公,盐豉蒜果共一箪。”盖秦、汉以来始有之。

疽 阴 阳 证

族伯临川推官,平生以体孱气弱,多服乌附、丹砂。晚年疽发背,其大如扇,医者悉归罪于丹石之毒。凡菉粉、羊血解毒之品,莫不遍试,殊不少损。或以后市街老祝医为荐者,祝本疡医,然指下极精。诊脉已,即云:“非敢求异于诸公,然此乃极阴证。在我法中,正当多服伏火朱砂及三建汤,否则非吾所知也。”诸子皆有难色,然其势已殆,姑尝试一二小料。而祝复俾作大剂,顿服三日后,始用膏药敷贴,而丹砂、乌附略不辍口,余半月而疮遂平。凡服三建汤二百五十服,此亦可谓奇工矣。洪景卢所载:时康祖病心痔,用圣惠方治腰痛,鹿茸、附子药服之而差。又福州郭医用茸、附医漏痔疾,皆此类也。盖痈疽皆有阴阳证,要当决于指下。而今世外科往往不善于脉,每以私意揣摩，故多失之。此不可不精察也。

陈　周　士

　　祸福报应之说，多傅会传讹，未可尽信。今有乡曲目击晓然一事，著之于此，以为世戒。陈周士造，直斋侍郎振孙之长子，登第为嘉禾倅，摄郡。一日，宴客于月波楼。有周监酒者勇爵，代庖于此，乃赵与𢡖德渊之隶。是日，适以小舟载客薄游，初不知郡将之在楼也。周士适顾见，周急舣棹趋避。周士令询之，知为周也，怒形于色曰："某不才，望轻，遂为一卒相侮如此。"乃捃摭其数事，作书达之于赵，备言赃滥过恶。时赵守吴，即日遣逮，决脊编置，仍押至嘉禾示众。时方炎暑，周士乃裸而暴之烈日中，疮血臭腐，数日而死。临危叹曰："陈通判屈打杀我，当诉之阴府矣。"时宝祐丙辰季夏也。是岁十二月，周士疽发背而殂。吁，可畏哉！

秀　王　嗣　袭

　　秀安僖王，寿皇本生父也。用濮安懿王故事，以子孙嗣袭。安僖薨，子伯圭嗣，是为崇王，谥宪靖。长孙曰师夔，早卒。师揆嗣，是为澧王。师垂、师嵩皆先卒，师禹嗣，是为和王。师皋又卒。师嵓宝庆元年自知庆元府入嗣，未朝谢而薨，是为永王。师弥以宝庆三年嗣，至宝祐六年，历三十一年而后薨，是为润王。次师贡，先薨。曾孙希字行，亦皆先亡。至景定二年，元孙与泽以浙西仓归班袭嗣，至咸淳七年薨，是为临海郡王。其次与訔先卒。是岁冬，与泽以知全州换授吉州刺史，主奉香火。其间以傍宗入继者，盖十居五六焉。

齐东野语卷十

古今左右之辨

南人尚左,北人尚右。或问孰为是?因考其说于此,与有识者订之。《檀弓》郑氏注云:"丧尚右,右,阴也;吉尚左,左,阳也。"《老子》亦云:"吉事尚左,凶事尚右。"河上公注:"左,生位也;右,阴道也。"《礼·正义》:"案特牲、少牢,吉祭皆载右畔。"《士虞礼》:"凶事载左畔,吉祭载右畔。从地道尊右,凶事载左畔,取其反吉也。"《老子》又曰:"偏将军处左,上将军处右。"河上公注:"卑而居阳,以其不专杀;尊而居左,以其主杀也。"吴世杰《汉书刊误》云:"凶事尚右,孔子有姊之丧之事也。"《礼》:"乘君之乘车,不敢旷左。"注谓:"车上贵左,乘车则贵左,兵车则贵右。乘车,君在左,御者在中。兵车,君在中,御者在左。"《少仪》论乘兵车云:"军尚左。"疏云:"军将尊,尚左。"按《老子》"上将军处右,偏将军处左",非指车同言也。《左传》:"韩厥代御,居中。"杜注:"自非元帅,御皆在中,将在左。"乃知兵车惟君及元帅然后尚右,其余将军亦尚左而已。按古人主当阼,以右为尊而逊客,而己居左,则左非尊位也。后世以左为主位,而贵不敢当,则以左为尊也。如魏无忌迎侯生,而虚车左,何也?地道阴道尚右,故后世之祀,以右为上。今宗庙亦然。人家门符,左神荼,右郁垒。考张平子赋亦云:"守以郁垒,神荼副焉。"《左传》载:"天子所右,寡君亦右之。

天子所左,寡君亦左之。"则以右为助之重且大者。汉"右贤左戚。"他如"左官"、"左迁,"又皆以左为轻。或谓左手足不如右强,故论轻重者,必重右而轻左。汉制尚右,详见班史。

史 记 多 误

班孟坚《汉书》,大抵沿袭《史记》,至于季布、萧何、袁盎、张骞、卫、霍、李广等赞,率因《史记》旧文稍增损之,《张骞赞》,即《史记·大宛传》后。或有全用其语者,前作后述,其体当然。至如《司马相如传赞》,乃固所自为。而《史记》乃全载其语,而作"太史公曰",何邪?又迁在武帝时,雄生汉末,亦安得谓"扬雄以为靡丽之赋,劝百而讽一"哉!诸家注释,皆不及之。又《公孙弘传》,载平帝元始中,诏赐弘子孙爵。徐广注谓"后人写此以续卷后",然则相如之赞,亦后人剿入,而误以为太史公无疑。至若《管仲传》云"后百余年有晏子",《孙武传》云"后百余岁有孙膑",《屈原传》云"后百余年有贾生",皆以其近似,类推之耳。至于《优孟传》云"其后二百余年,秦有优旃",而《淳于髡传》亦云"其后百余年,楚有优孟,"何邪?殊不思优孟在楚庄王时,淳于髡在齐威王时。楚庄乃春秋之世,齐威乃战国之时,谓"前百余年,楚有优孟"可也,今乃错谬若此。且先传髡而后叙孟,其次序晓然。谓之非误,可乎?

文 意 相 类

李德裕《文章论》云:"文章当如千兵万马,风恬雨霁,寂无人声。"黄梦升《题兄子庠之辞》云:"子之文章,电激雷震,雨雹忽止,阒然泯灭。"欧公喜诵之,遂以此语作《祭苏子美文》云:"子之心胸,蟠屈龙蛇,风云变化,雨雹交加,忽然挥斥,霹雳轰车。人有遭之，心惊胆破，震汗如麻。须臾霁止，而四顾山川草木，开发萌芽。子于文章，雄豪放肆，有如此者，吁可怪耶！"东坡《跋姜君弼课策》亦云："云兴天际，欻然车盖，凝眸未瞬，弥漫霳霱。惊雷出火，乔木糜碎，般地爇空，万夫皆废。雷练四坠，日中见沫，移晷而收，野无完块。"张文潜《雨望赋》云："飘风击云，奔旷万里，一蔽率然如百万之卒赴敌骤战兮，车旗崩腾而矢石乱至也。已而余飘既定，盛怒已泄；云逐逐而散归，纵横委乎天末。又如战胜之兵，整旗就队，徐驱而回归兮，杳然惟见夫川平而野阔。"皆同此一机括也。

杨　太　后

　　慈明杨太后养母张夫人善声伎，随夫出蜀，至仪真长芦寺前僦居。主僧善相，适出见之，知其女当贵。因招其父母饭，语之故；且勉之往行都，当有所遇。以"无资"告，僧以二千楮假之，遂如杭。或导之入慈福宫，为乐部头。后方十岁，以为则剧孩儿。宪圣尤爱之，举动无不当后意。有嫉之者，适太皇入浴，侪辈俾服后衣冠为戏，因谮之后。后笑曰："汝辈休惊，他将来会到我地位上在。"其后茂陵每至后所，必目之，后知其意。一日内宴，因以为赐，且曰："看我面，好好看他。"傅伯寿草《立后制》有云："洪惟太母，念我文孙。美其冠于后庭，俾之见于内殿。"盖纪实也。既贵，耻其家微，阴有所遗，而绝不与通。密遣内珰求同宗，遂得右庠生严陵杨次山以为侄。既而宣召入见，次山言与泪俱，且指他事为验，或谓皆后所授也。后初姓某，至是始归姓杨氏焉。次山随即补官，循至节钺郡王云。长芦僧事与章献玉泉事绝相类。

脱靴返棹二图赞

　　牟存叟端明守当涂日,郡圃有脱靴亭,以谪仙采石得名,存叟绘以为图。又以山谷崇宁初守当涂,方九日而罢,盖坐尝作《荆州承天院塔记》,转运判官陈举承执政赵挺之风旨,摘其间数语以为幸灾谤国,除名谪宜州,遂作《返棹》一图以为对。各系以赞,未几流传中都。时相丁大全、内侍董宋臣闻而恶之,遂捃摭其在都日馈遗过客钱酒等物,并指为赃。下所居郡,监逮甚严。自此朝绅结舌,驯至开、庆之祸焉。二赞削稿久矣,余偶得之。《脱靴》云:"锦袍兮乌帻,神清兮气逸。凌轹兮万象,麾斥兮八极。我思古人,伊李太白。孰为使之朝禁林而暮采石也,其天宝之璧幸欤?疏摘词章,浸润宫掖。吾观脱靴之图,未尝不娭小人之情状,而伤君子之疏直。惟公之高躅兮,霍神龙之不可以羁绁。矧富贵如敝屣兮,其得失又何所欣戚也。"《返棹》云:"幅巾兮野服,貌腴兮神肃。孤骞兮风雅,唾视兮爵禄。我思古人,伊黄山谷。曷为使之六年僰道而九日姑孰也,其符、绍之朋党欤?组织寺记,指摘实录。吾观返棹之图,未尝不感君子之流落,而痛小人之报复。惟公之高风兮,渺惊鸿之不可以信宿。矧吾道犹虚舟兮,其去来又何所荣辱也。"予尝谓山谷初以言语掇祸,公又以山谷得罪,是殆有数。然清名照映于二百年间,士之生世,亦何惮而不为君子哉!

轻　容　方　空

　　纱之至轻者,有所谓"轻容",出唐《类苑》云:"轻容,无花薄纱也。"王建《宫词》云:"嫌罗不著爱轻容。"元微之有寄白乐天白轻容,乐天制而为衣。而诗中"容"字乃为流俗妄改为"庸",又作"榕",盖不知其所出。《元丰九域志》"越州岁贡轻容纱五匹"是也。又有所谓"方空"者。《汉·元帝纪》:"罢齐三服官。"注云:"春献冠帻,縰为首服,纨素为冬服,轻绡为夏服,凡三。"师古曰:"縰与纚同音山尔反,即今之方目纱也。"又《后汉》:"建初二年,诏齐相省冰纨、方空縠、吹纶絮。"纨,素也。冰,言色鲜洁如冰。《释名》曰:"縠绖方空者,纱薄如空也。"或曰:"空,孔也。即今之方目纱也,纶如絮而细。吹者,言吹嘘可成此纱也。"荆公诗云"春衫犹未著方空"者是也。二纱名,世少知,故表出之。

范 公 石 湖

文穆范公成大,晚岁卜筑于吴江盘门外十里。盖因阖闾所筑越来溪故城之基,随地势高下而为亭榭。所植多名花,而梅尤多。别筑农圃堂对楞伽山,临石湖,盖太湖之一派,范蠡所从入五湖者也。所谓姑苏前后台,相距亦止半里耳。寿皇尝御书"石湖"二大字以赐之。公作《上梁文》,所谓"吴波万顷,偶维风雨之舟;越戍千年,因筑湖山之观"者是也。又有北山堂、千岩观、天镜阁、寿乐堂,他亭宇尤多。一时名人胜士,篇章赋咏,莫不极铺张之美。乾道壬辰三月上巳,周益公以春官去国,过吴,范公招饮园中。夜分,题名壁间云:"吴台、越垒,距门才十里,而陆沉于荒烟野草者千七百年。紫薇舍人,始创别墅,登临得要,甲于东南。岂鸱夷子成功于此,扁舟去之,天闷绝景,须苗裔之贤者,然后享其乐邪?"为击节,而前后所题尽废焉。

多　蚊

　　吴兴多蚊，每暑夕浴罢，解衣盘礴，则营营群聚，嘈嗷不容少安，心每苦之。坡翁尝曰："湖州多蚊蚋，豹脚尤毒。"且见之诗云："飞蚊猛捷如花鹰。"又云："风定轩窗飞豹脚。"盖湖之豹脚蚊著名久矣。旧传崇王入侍寿皇，圣语云："闻湖州多蚊，果否？"后侍宴，因以小金盒贮豹脚者数十枚进呈。盖不特著名，亦且尘乙览矣。盖蚊乃水虫所化，泽国故应尔。闻京师独马行街无蚊蚋，人以为井市灯火之盛故也。吴兴独江子汇无蚊蚋，旧传马自然尝泊舟于此所致。故钱信《平望蚊》诗云："安得神仙术，试为施康济。使此平望村，如吾江子汇。"然余有小楼在临安军将桥，面临官河，污秽特甚。自暑徂秋，每夕露眠，寂无一蚊。过此仅数百步，则不然矣。此亦物理之不可晓者。渡淮蚊蚋尤盛，高邮露筋庙是也。孙公《谈圃》云："泰州西洋多蚊，使者按行，以艾烟薰之，方少退。有一厅吏醉仆，为蚊所嘈而死。"世传范文正诗云："饱似樱桃重，饥如柳絮轻。但知从此去，不要问前程。"即其地也。闻大河以北，河冰一解，如云如烟。若信、安、沧、景之间，夏月牛马皆涂之以泥，否则必为所毙。按《尔雅》："鷏，蟁母，一名蚊母，相传此鸟能吐蚊。"陈藏器云："其声如人呕吐，每吐辄出蚊一二升。"李肇《唐史补》称："江东有蚊母鸟，亦谓之吐蚊鸟。夏夜则鸣吐蚊于丛苇间，湖州尤甚。"又曰："端新州有鸟，类青鷁而嘴大。常于池塘捕鱼，每一鸣，则蚊群出其口，亦谓之吐蚊鸟，又谓之鷏。然以其羽为扇，却可辟蚊。岭南又有蚊子木，实如枇杷，熟则自裂，蚊尽出而实空。塞北又有蚊母草者，其说亦然。"《淮南子》曰："水蛆为蟆，子分为蟁，兔啮为螚。物之所为，出于不意。弗知者惊,知者不怪。"今孑孓,污水中无足虫也,好自伸屈于水上,见人辄沉。久则蜕而为蚊,盖水虫之所变明矣。东方朔隐语云:"长喙细身,昼亡夜存,嗜肉恶烟,为指掌所扪。"若生草中者,吻尤利,而足有文彩,号为豹脚。又其字或从"昏",志其出时也,又为"闽",以虫之在门中也。《说文》曰:"秦谓之蚋,楚谓之蚊。"《夏小正》云:"丹鸟,萤也。羞白鸟,谓萤以蚊为粮云。"然则育蚊者非一端,固不可专归罪于水也。因萃数说,戏为吾乡解嘲。孑,俱折反。孓,勿二反。

俞侍郎执法

吾乡前辈俞且轩侍郎,善墨戏竹石,盖源流射泽而自成一家,逮今为人宝重。然人知其能画,而不知其为人,因书其概于此。侍郎名澄,字子清,用伯祖阁学俟字居易恩入仕,中刑法科。短小精悍,清谈简约,乐易无涯岸,而居官守正不阿。其为福建检法,陈应澄丞相帅三山,治盗过严,一日,驱数十囚欲投诸海。澄白其长曰:"朝廷有宪部而郡国无宪台,可乎?"力争之,因命阅实。遂为区别戮者、黥者各若干。陈始怒而后喜其有守,悉从之,且荐以京削。为刑部郎日,有乡豪素以侠称,为时所畏。杀人诿罪其奴。狱上,驳之,请自鞫豪,因得其直。光宗壮之,即日除大理少卿,然竟为豪挤去。又常德有舟稍程亮,杀巡检宋正国一家十二口,累岁始获,乃在宁庙登极赦前,吏受其赂,欲出之。澄奏援太祖朝戮范义超故事,以为杀人于异代,既更开国大需,犹所不赦,况亮乎?于是遂正典刑。他可纪者尚多。后权刑部侍郎,以侍制致仕,家居十年乃终,年七十八。"且轩",其自号也。俞氏自退翁起家,七十而纳禄者,至澄凡五人。且皆享高年,有园池、琴书、歌舞之乐,乡曲荣之。后余得竹石二纸于故家，叶如黍米，石亦奇润，自成一家。上题印曰："居易戏作。"盖阁学侯所为也。因知子清戏墨有所自来，此亦人所未知者，因并表而出之。

尹 惟 晓 词

梅津尹涣惟晓未第时，尝薄游苕溪籍中，适有所盼。后十年，自吴来雪，舣舟碧澜，问讯旧游，则久为一宗子所据，已育子，而犹挂名籍中。于是假之郡将，久而始来。颜色瘁毨，不足膏沐，相对若不胜情。梅津为赋《唐多令》云："蘋末转清商，溪声供夕凉。缓传杯，催唤红妆。焕绾乌云新浴罢，裙拂地，水沉香。　　歌短旧情长，重来惊鬓霜。怅绿阴，青子成双。说着前欢俥不采，扬莲子，打鸳鸯。"数百载而下，真可与杜牧之"寻芳较晚"之为偶也。

都 厕

《刘安别传》云："安既上天，坐起不恭。仙伯主者，奏安不敬，应斥。八公为安谢过，乃赦之，谪守都厕三年。"半山诗云："身与仙人守都厕，可能鸡犬得长生？"然则"都厕"者，得非今世俗所谓"都坑"乎？然"厕"字亦有数义。《说文》云："圂、厕也，圊也。"《庄子·庚桑楚篇》："适其偃。"注云："偃，屏厕也。屏厕则以偃溲。"《仪礼·既夕礼》："甸人筑坅坎，隶人涅厕、塞厕。"《万石君传》："建为郎中，每五日归谒亲，切问侍者，取亲中裙厕牏，身自浣洗。"孟康注曰："厕，行清。牏，行中受粪函也。"他如：晋侯食麦，胀如厕，陷而卒。赵襄子如厕，心动，执豫让。高祖如厕，心动，见柏人。金日磾如厕，心动，擒莽何罗。范睢佯死置厕中。李斯如厕见鼠。贾姬如厕逢彘。陶侃如厕见朱有。刘寔、王敦并误入石崇厕。郭璞被发厕上。刘和季厕上置香炉。沈庆之梦卤簿入厕中。崔浩焚经投厕中。钱义厕神。李赤厕鬼。文类甚多，皆为溷厕之厕无疑。而《汲黯传》："大将军青侍中，上踞厕见之。"音训则谓床边为厕。《张敞传》："孝文皇帝居霸陵，北临厕。"服虔注曰："厕，侧临水。"韦昭则曰："高岸狭水为厕。"《张释之传》："从行至霸陵，上居外临厕。"师古注亦曰："岸之边侧也。"因并考著于此云。

敬岩注唐书

王元敬大卿似，强直自遂，不轻许可。尝注《唐书》，自以为人莫能及。括苍老士某者，深于史学，亦尝增注《唐书》，因携以求正焉。王读至建成、元吉之事，遽笑云："建成，储君也，当以'弑'书，岂得谓'杀'？此书殊未然。"遂掷还之。某士者大不平，徐起答之曰："杀兄之字，盖本《孟子》'象日以杀舜为事'，今卿弑兄之字，出于何书？"王仓卒无以为答。是知文字未可以轻訾议也。

黄子由夫人

黄子由尚书夫人胡氏，与可元功尚书之女也。俊敏强记，经史诸书略能成诵。善笔札，时作诗文亦可观。于琴弈写竹等艺尤精，自号惠斋居士，时人比之李易安云。时赵师罴从善知临安府，立放生池碑于湖上，高文虎炳如内翰为之作记，误书"鸟兽鱼鳖，咸若商历以兴"，既以锓石分送朝行，夫人一诵，即知其误。会炳如以藏头策题得罪多士，而从善又以学舍张盖殴人等，尝断其仆。诸士既闻其事，遂作小词讥诋之："作为夏王道不是商王，这鸟兽鱼鳖是你者？"乃胡氏首指其误也。他日，胡氏姐，其婢窃物以逃，捕得之，送临安府。从善衔之，遂鞫其婢，指言主母平日与弈者郑日新通，郑、越人，世号越童。所失物乃主母与之耳。因逮郑系狱黥之。未几，子由以谁簿不修去国。事之有无固不可知，而从善之用心亦薄矣。后十余年，从善死，其子希苍亦死。其妇钱氏茕处，独任一干主家事。有老仆知其私，颇持之。钱氏与干者欲灭其口，遂以他事系官，竟毙于狱，且擅焚之。未几，仆家声其冤于宪台。时林介持宪节方振风采，遂逮钱氏于庭，经营巨援，仅尔获免，而干者遂从黥籍。信人之存心，不可以不近厚，而报复之理，昭昭不容揜也如此。

洪景卢自矜

洪景卢居翰苑日，尝入直，值制诏沓至，自早至晡，凡视二十余草。事竟，小步庭间，见老叟负暄花阴。谁何之？云："京师人也，累世为院吏，今八十余，幼时及识元祐间诸学士，今予孙复为吏，故养老于此。"因言："闻今日文书甚多，学士必大劳神也。"洪喜其言，曰："今日草二十余制，皆已毕事矣。"老者复颂云："学士才思敏捷，真不多见。"洪矜之云："苏学士想亦不过如此速耳。"老者复首肯咨嗟曰："苏学士敏捷亦不过如此，但不曾检阅书册耳。"洪为赧然，自知失言。尝对客自言如此，且云："人不可自矜。是时使有地缝，亦当入矣。"

吴郡王冷泉画赞

庄简吴秦王益，以元舅之尊，德寿特亲爱之，入宫，每用家人礼。宪圣常持盈满之戒，每告之曰："凡有宴召，非得吾旨，不可擅入。"一日，王竹冠练衣，芒鞋筇杖，独携一童，纵行三竺、灵隐山中，濯足冷泉磐石之上。游人望之，俨如神仙，遂为逻者闻奏。次日，德寿以小诗召之曰："趁此一轩风月好，橘香酒熟待君来。"令小珰持赐，王遂亟往。光尧迎见，笑谓曰："夜来冷泉之游，乐乎?"王恍然顿首谢。光尧曰："朕宫中亦有此景，卿欲见之否?"盖垒石觅泉，像飞来香林之胜，架堂其上曰冷泉。中揭一画，乃图庄简野服濯足于石上，且御制一赞云："富贵不骄，戚畹称贤。扫除膏粱，放旷林泉。沧浪濯足，风度萧然。国之元舅，人中神仙。"于是尽醉而罢，因以赐之，亦可谓戚畹之至荣矣。画今藏其曾孙洁家，余尝见之。

绢　　纸

坡翁尝醉中为河阳郑倅书，明日视之，纸乃绢也，遂自题于后云："古者本谓绢纸，近世失之云。"盖古人多以绢为纸，乌丝栏乃织成为卷而书之。所谓茧纸者，亦以茧为纸也。按《蔡伦传》云："用缣帛者，谓之纸。缣贵简重，不便于人，乃用木肤麻皮等。"隋《修文殿御览》载晋人藏书数，有"白绢草书"、"白绢行书"、"白锻绢楷书"之目。又魏太和间，博士张楫上《古今字帖》，其《巾部·辨纸字》云："今世其字从'巾'。盖古之素帛，依旧长短，随事截绢，枚数重叠，即名幡纸，故字从'糸'，此形声也。蔡伦以布捣锉作纸，故字从'巾'，是其声虽同，而'糸'、'巾'则殊也。"卢仝《茶歌》有"白绢斜封三道印"之句，岂以绢书之邪?

谈重薄命

吴兴人谈重元鼎，少领乡荐不第，晚就南廊，更数试，复不入等。章文庄兄弟皆与之同舍。嘉定戊辰，文庄兄弟在朝，谈入京将更试，请曰："二兄何以授我?"乃相与作备对数十付。

已而文庄入为考官，得谈卷，甚喜。所批稍高，编排当在上二等。已而曰："名器不可以故人私之，但使脱助教足矣。"于是稍移向下。既而算计四等，合放若干，而谈之名适在末等之首，竟垂翅而归。一文学之微，造物亦靳之耶？

椰酒菊酒

今人以椰子浆为椰子酒，而不知椰子花可以酿酒。唐殷尧封《寄岭南张明府》诗云："椰花好为酒，谁伴醉如泥？"九日菊酒，以渊明采菊，白衣送酒得名。而不知《西京杂记》所载菊花酒法，以菊花舒时，并采茎叶，杂秫米酿之，至来年九月九日始熟。此皆目前之事，而未有言者，何也？

混成集

《混成集》，修内司所刊本，巨帙百余。古今歌词之谱，靡不备具。只大曲一类凡数百解，他可知矣，然有谱无词者居半。《霓裳》一曲共三十六段。尝闻紫霞翁云，幼日随其祖郡王曲宴禁中，太后令内人歌之，凡用三十人，每番十人，奏音极高妙。翁一日自品象管作数声，真有驻云落木之意，要非人间曲也。又言："无太皇最知音，极喜歌。木笪人者，以歌《杏花天》，木笪遂补教坊都管。"间忆旧事，因书之以遗好事者。盖二曲皆今人所罕知云。

明真王真人

王妙坚者，本兴国军九宫山道姆也。居常以符水咒枣等术行乞村落，碌碌无他异。既而至杭，多游西湖两山中。一日，至西陵桥茶肆少憩，适其邻有陈生隶职御酒库，其妻适见

之,因扣以妇人头胋音赋。不可疏者,还可襄解否?妪曰:"此
特细事。"命市真麻油半斤,烧竹沥投之,且为持咒,俾之沐发。
盖是时恭圣杨后方诛韩,心有所疑,而发胋不解,意有物祟,以
此遍求襄治之术。会陈妻以油进,用之良验,意颇神之,遂召
妙坚入宫,赐予甚厚,日被亲幸。且为创道宇,赐名明真,俾主
之,累封真人。同时有黄冠易如刚者,嗜酒夸诞,薄知其事,欲
以奇动。于是以黄绢方丈帬书大符以进。后大喜,赐予亦渥,
后住太乙东宫。

牙

《诗》曰:"王之爪牙。"故军将皆建旗于前,曰"大牙",凡部
曲受约束,禀进退,悉趋其下。近世重武,通谓刺史治所曰
"牙"。缘是从卒为牙中兵,武吏为牙前将。俚语误转为"衙"。
《珩璜论》云:"突厥畏李靖,徙牙于碛中。"牙者,旗也。《东京
赋》:"竿上以牙饰之,所以自表识也。太守出有门旗,其遗法
也。"后人遂以"牙"为"衙",早晚衙,亦太守出则建旗之义。或
以衙为廨舍,儿子为"衙内"。《唐韵》注:"衙,府也。"亦讹。武
德元年,宇文化及下牙,方敢启状。《释文》:"牙,旗名也,军中
所建。"高保勖病,召衙内指挥使梁延副。"衙内",盖官称耳。
唐谓前殿为"正衙",岂亦以卫仗建旗而名邪?

字　　舞

州郡遇圣节锡宴,率命猥妓数十群舞于庭,作"天下太平"
字,殊为不经。而唐《乐府杂录》云:"舞有字,以舞人亚身于
地,布成字也。"王建《宫词》云:"罗衫叶叶绣重重,金凤银鹅各
一丛。每遇舞头分两向,太平万岁字当中。"则此事由来久矣。

齐东野语卷十一

黄德润先见

黄洽德润事阜陵为台谏，执政未尝有大建明，或讥其循默。淳熙末，上将内禅。一日朝退，留二府赐坐，从容谕及倦勤之意。诸公交赞，公独无语。上顾曰："卿以为何如？"对曰："皇太子圣德，诚克负荷。顾李氏不足母天下，宜留圣虑。"上愕然色变。公徐奏："陛下问臣，臣不敢自默。然臣既出此语，自今不得复觐清光，陛下异日思臣之言，欲复见臣，亦不可得矣。"退即求去甚力，以大资政知潭州。后寿皇在重华宫，每抚几叹曰："悔不用黄洽之言。"或至泪下。

谱牒难考

欧公著族谱，号为精密。其言询生通，自通三世生琮，为吉州刺史，当唐末，黄巢陷州县，率州民捍贼，乡里赖以保全。琮以下谱亡。自琮八世生万，为安福令。公为安福九世孙。以是考之，询在唐初，至黄巢时，几三百年，仅得五世。琮在唐末，至宋仁宗才百四十五年，乃为十六世，恐无是理。后世谱牒散亡，其难考如此。欧阳氏无他族，其源流甚明，尚尔，矧他姓邪？

滕茂实

滕茂实字秀颖，吴人。国史作杭州人。初名裸，登政和第，徽宗改赐今名。靖康初,以太学正兼明堂司令,与路允迪、宋彦通奉使金国,割三镇。太原寻奉密诏,据城不下。金人怒之,囚于云中。渊圣北迁,茂实冠裳迎谒,拜伏号泣,请侍旧主俱行。不从,且诱之曰:"国破主迁,所以留公者,盖将大用。"遂留之雁门。先是,自分必死,遂嘱友人董诜以奉使黄幡裹尸而葬,且大书九篆字云:"宋使者东阳滕茂实墓。"复作诗,自叙云:"茂实奉使无状,不复返父母之邦。所当从其主,以全臣节。或怒而与之死,幸以所杖幡裹其尸,及以所篆九字刊之石,埋之台山寺下,不必封树。盖昔年病中,尝梦游清凉境界,觉而病愈,恐亦前缘。今预作哀辞,几于不达,方之渊明则不可,若苏属国牧羊海上,而五言之作,始敢援此例云。"诗曰:"蓫盐老书生,缪列王都官。索米了无补,从事敢辞难。殊怜复盟好,仗节来榆关。城守久不下,川途望漫漫。俭辈果不惜,一往何当还。牧羊困苏武,假道拘张骞。流离念窘束,坐阅四序迁。同来悉已归,我独留塞垣。形影自相吊,国破家亦残。呼天竟不闻,痛甚伤肺肝。相逢老兄弟,悼叹安得欢?波澜卷大厦,一木难求安。就不违我心,渠不汗我颜。昔燕破齐王,群臣望风奔。王蠋独守节,齐人有甘言。经首自绝脰,感慨今昔闻。未尝食齐禄,徒以老为民。况我禄数世,一死何足论!远或没江海,近或死朝昏。敛我不须衣,裹尸以黄幡。题作宋臣墓,篆字当深刊。我室年尚幼,儿女皆童顽。四海无置锥,飘流倍悲酸。谁当给衣食,使不厄饥寒。岁时一酹我,犹足慰我魂。我魂亦悠悠,异乡寄沉冤。他时风雨夜,草木号空山。"后竟以忧愤成疾殂。北人哀其忠,为之起墓雁门山,岁时致祭焉。所记张浮休之弟确,尝为乌延帅幕,独不庭谒。童贯及徽宗本以五月五日生,以俗忌移之十月十日,皆可以补史阙。后董诜自拔归南,上所为诗,赠直龙

图阁。国史虽有本传，甚略，且无其诗并叙，与此亦少异。余访
之北方记录，得其实焉。

何　宏　中

何宏中字廷远，先世居雁门。父子奇，守武州宣宁尉，殁
王事。宏中，宣和元年武举，廷对第二名，调滑州韦城尉。汴
京被围，独韦城不下。后为河东、河北两路统制。接应副使武
汉英守银冶路，立山寨七十四所。武汉英战死，宏中坚守，以
粮尽被擒。金人怜其忠，授以官。廷远投牒于地曰："我尝以
此物诱人出死力，若辈乃欲以此吓我邪？"囚西京狱。久之，免
为黄冠，自号"通理先生"。起紫微殿，迁徽宗、东华君御容以
事之。所著有《成真》、《通理》二集。正隆四年病殁，临终有诗
云："马革盛尸每恨迟，西山饿死亦何辞？姓名不到中兴历，自
有皇天后土知。"其志亦可哀矣！国史乃失其传焉。

姚　孝　锡

姚孝锡字仲纯，丰县人，登宣和六年第，调代州兵曹。金
人寇雁门，州将惺怯议降，孝锡竟投床大鼾，不与其议。既得
脱去，遂往五台薄移疾不仕，因家焉，时年方三十九。治生积
粟至数万石，遇饥岁，尽出以赈贫乏，乡人德之。所居正据五
台之胜，亭榭数十，花木百亩。中岁，尽以家事付诸子，日与宾
朋放浪山水诗酒间，自号"醉轩"。至八十三乃终，有集号《鸡
肋》。有《谒题滕茂实祠》云："本期苏、郑共扬镳，不意芝兰失
后凋。遗老只今犹涕泪，后生无复识风标。西陉雁度霜前塞，
滹水樵争日暮桥。追想平生英伟魄，凌云一笑岂能招。"七言
如"节物后先南北异，人情冷暖古今同"，"久客交情谊冷暖，衰

年病骨识阴晴","玄晏暮年常抱病,子山终日苦思归","深林
有兽乌先噪,废圃无人泉自流";"食贫岂复甘秦炙,客病空怀
奏楚音";五言如"岸涨鱼吹沫,山空石转雷","谷虚生地籁,境
寂散天香",皆佳句也。

蜀娼词

蜀娼类能文,盖薛涛之遗风也。放翁客自蜀挟一妓归,蓄
之别室,率数日一往。偶以病少疏,妓颇疑之。客作词自解,
妓即韵答之云:"说盟说誓,说情说意,动便春愁满纸。多应念
得脱空经,是那个先生教底?　　不茶不饭,不言不语,一味
供他憔悴。相思已是不曾闲,又那得工夫咒你?"或谤翁尝挟
蜀尼以归,即此妓也。又传一蜀妓述送行词云:"欲寄意,浑无
所有,折尽市桥官柳。看君著上征衫,又相将放船楚江口。
后会不知何日又,是男儿,休要镇长相守。苟富贵无相忘,若
相忘有如此酒。"亦可喜也。

桤　木

杜诗《乞桤木》诗无音,或读作"岂",而韵书亦无此字。集
中又有"桤林碍日吟风叶",郑氏注曰:"五来反。"若然,当作
"㭦"字。余尝见陈体仁端明云:"见前辈读若'欹'韵。"颇以为
疑,后见《剑南诗》有:"著书增木品,搜句觅桤栽。"又荆公诗
云:"濯锦江边木有桤,小园封植仁华滋。"益信"欹"音为然。
桤,惟蜀有之,不才木也;或谓即榕云。

辩　章

《毛诗·采菽》:"平平左右。"《毛氏传》曰:"平平,辩治

也。"《正义》云："《尧典》'平章百姓'，《书传》作'辩章'，则平、辩义通。"《读诗记》引《荀子》云："分不乱于上，能不穷于下，治辩之极也。《诗》云：'平平左右。'"今考书传，不见辩章事。《史记》作"便章"。徐广云："下云'便程'，则训'平'为'便'也。"骃按："《尚书》并作平字。"《索隐》云："古文《尚书》作'平'字。此文盖读平为浦庚切。平即训'辩'，遂为'辩章'。邹诞生本亦同。"汉以伏生书为今文，安国书为古文。《尧典》今古文皆有之，而作"辩章"者，今文也。特未知《诗疏》所授书传为谁作耳？昌黎《袁氏先庙碑》亦云："赞辩章。"

曹　泳

绍兴乙亥十月二十二日，秦桧亡。翼日，曹泳勒停，安置新州。先是，二十一日车驾幸桧第视疾，时已不能言，怀中出一札，乞以熺代辅政，上视之无语。既出，呼干办府问何人为此，则答以曹泳，遂有是命。泳初窜名军中，并缘功赏列得班行。尝监黄岩酒税，秩满到部，注某阙钞上省。桧押敕，顾见泳姓名，问："何处人？"省吏对："此吏部拟注，不知也。"命于侍右书铺物色召见之，熟视曰："公，桧恩家也。"泳恍然不知所答。则又曰："忘之邪？"泳曰："昏忘，实不省于何处遭遇太师？"桧入室，有顷，取小册示泳使观之。首尾不记他事，但有字一行曰："某年月日，某人钱五千，曹泳秀才绢二匹。"盖微时，索游富人家得五千，求益不可，泳时为馆客，探囊中得二缣曰："此吾束修之余也，今举以遗子。"既别，不相闻。虽知桧贵震天下，不渭其即秦秀才也。泳曰："不意太师乃能记忆微贱如此。"桧曰："公真长者。"命其子孙出拜之。俾以上书易文资，骤用之至户部侍郎，知临安府。与谢伋尝有隙，台州之狱，泳有力焉。桧暮年颇有异志，泳实预其密谋。熺本桧妻党王氏子，蠢呆。尝燕亲宾，优者进妓，熺于座中大笑绝倒，桧殊不怿。桧素畏内，妾尝孕，逐之，生子为仙游林氏子，曰一飞，以桧故，仕至侍郎兼给事中。其兄一鸣，弟一鹗，皆位朝列。泳尝劝桧还一飞以补熺处，未果而桧死云。此事闻之谢伋之孙直。《中兴遗史》所载则曹筠也，与此颇有异同，故详载之。

朱汉章本末

绍兴三十二年六月十一日内禅，前一日宰相朱倬罢。倬字汉章，三山人，登宣和第。或谓张浚明橐荐之，非也；其实因刘贵妃以进。妃，北人，流寓闽中，有殊色。中贵人掌神御者图上其貌，久之不省，始归西外之宗家。它日，上见图悦之，命召入，遂有宠。其父懋，后至节度使。倬居乡里识之，夤缘缔交。后为学官，请外，得舒州。将陛辞，刺知上燕闲所观史传，于奏疏中道之，大称旨，留为郎。不数年，为中司，遂至宰相。最恶王十朋，其在台，尝风陈丞相康伯去之。陈以告汪圣锡，汪曰："彼为中司，胡不自击之？"陈曰："畏公议也。"汪曰："彼则畏公议，相公独不畏公议乎？"既而十朋不自安，请外，将予郡，倬又曰："颠人如何作郡？"乃得外大宗丞。公论大喧，然上眷殊厚。辛巳，视师回至平江，洪遵景严为守。时倬与康伯并相，遵以求入为祷，倬唯唯，康伯曰："进退近臣，当由上意，非某所敢知也。"及将内禅，康伯奏："书诏方冗，翰苑独员洪遵在近。"欲召之，倬恶其非出己，即曰："不可。其弟迈新为右史，今复召遵，此苏轼与辙所以变乱元祐也。"上卒召遵副端。张震真父为同列言："上方行尧、舜之事，此人岂可辅初政？不去之，必为天下患。"遂力攻之。上初不听。时竞传覃霈在学生员皆免解，倬子端厚尝肄业，既荫补矣，颇欲并缘在学人例，窜名其间。真父廉得其事，疏中言之。上始怒，遂罢相。景严适当制，有云："为君子邦家之基，曾未闻于成效。有元良天下之本，乃欲冀于畴庸。"时真父疏不付出，内外迄莫知所坐，虽倬亦自疑惧，惴惴累年。汪公帅闽，至郡，方欲谒之，一夕暴下卒。国史本传乃谓高宗有内禅意，倬请徐之，及孝宗即位，谏臣以为言，以忧惧卒。或以为服药而殂，皆不然也。

陆务观得罪

陆务观以史师垣荐，赐第。孝宗一日内宴，史与曾觌皆预焉。酒酣，一内人以帕子从曾乞词。时德寿宫有内人与掌果子者交涉，方付有司治之。觌因谢不敢曰："独不闻德寿宫有公事乎？"遂已。它日，史偶为务观道之，务观以告张焘子宫。张时在政府，异日奏："陛下新嗣服，岂宜与臣下燕狎如此？"上愧问曰："卿得之谁？"曰："臣得之陆游，游得之史浩。"上由是恶游，未几去国。

苏师旦麻

苏师旦将建节，学士颜棫、莫子纯皆莫肯当制。易祓彦章为枢密院检详文字，师旦为都承旨，祓与之昵，欣然愿任责。遂以国子司业兼两制，竟为师旦草麻，极其谀佞。至用前人旧对所为有文事、有武备、无智名、无勇功者，盖以孔子比之，子房不足道也。既宣布，物论哗然，亟擢祓左司谏。诸生为之语曰："阳城毁裴延龄之麻，由谏官而下迁于司业；易祓草苏师旦之制，由司业而上擢于谏官。"既而韩诛，苏得罪，祓遂远贬。

雷变免相

乾道丁亥十一月二日冬至，郊祀有风雷之变，宰相叶颙、魏杞，皆策免。先是，会庆节，金国使在庭时受誓戒矣。议者欲权免上寿，就馆锡宴，庙堂姑息，不能主其议，宴集英如常。天变岂偶然哉！洪迈当制，有曰："理阴阳而遂万物，所嗟论道之非；因灾异而策三公，实负在天之愧。"盖有所风也。

高宗立储

孝宗与恩平郡王璩，同养于宫中。孝宗英睿凤成，秦桧惮之，宪圣后亦主璩。高宗圣意虽有所向，犹未决。尝各赐宫女十人。史丞相浩时为普安府教授，即为王言，上以试王，当谨奉之，王亦以为然。阅数日，果皆召入。恩平十人皆犯之矣；普安者，完璧也。已而皆竟赐焉。上意遂定。

慈懿李后

慈懿李皇后，安阳人，父道本，戚方诸将，故群盗也。后天姿悍妒，既正椒房，稍自恣。始，成肃谢后事高宗及宪懿圣甚谨，至后颇偃蹇。或乘肩舆直至内殿，成肃以为言。后恚曰："我是官家结发夫妻。"盖谓成肃自嫔御册立也。语闻，成肃及寿皇皆大怒，有意废之。史太师已老，尝诏入见北宫，密与之谋，浩以为不可，遂已。宫省事秘，莫得详也。其后益无忌惮。贵妃黄氏有宠，后妒，每欲杀之。绍熙二年，光宗初郊，宿青城斋宫，后乘便，遂置之死地。或以闻，上骇且忿怒，于是遂得心疾。及上不豫，两宫有间言，天下寒心，皆归过于后。后以庆元庚申上仙，权殡赤山。甫毕，雷震山崩，亟复修治之。

道　学

伊、洛之学行于世，至乾道、淳熙间盛矣。其能发明先贤旨意，溯流徂源，论著讲解卓然自为一家者，惟广汉张氏敬夫、东莱吕氏伯恭、新安朱氏元晦而已。朱公尤渊洽精诣。盖以至高之才，至博之学，而一切收敛，归诸义理。其上极于性命天下之妙，而下至于训诂名数之末，未尝举一而废一。盖孔、孟之道，至伊、洛而始得其传。而伊、洛之学，至诸公而始无余蕴。必若是，然后可以言道学也已。此外有横浦张氏子韶、象山陆氏子静，亦皆以其学传授。而张尝参宗杲禅，陆又尝参杲之徒德光，故其学往往流于异端而不自知。程子所谓今之异端，因其高明者也。至于永嘉诸公，则以词章议论驰骋，固已不可同日语。世又有一种浅陋之士，自视无堪以为进取之地，辄亦自附于道学之名。衰衣博带，危坐阔步。或抄节语录以资高谈，或闭眉合眼号为默识。而扣击其所学，则于古今无所闻知；考验其所行，则于义利无所分别。此圣门之大罪人，吾道之大不幸，而遂使小人得以藉口为伪学之目，而君子受玉石俱焚之祸者也。韩侂胄用事，遂逐赵忠定。凡不附己者，指为道学，尽逐之。已而自知道学二字，本非不美，于是更目之为伪学。臣僚之荐举，进士之结保，皆有“如是伪学者，甘伏朝典”之辞。一时嗜利无耻之徒，虽尝附于道学之名者，往往旋易衣冠，强习歌鼓，欲以自别。甚者，邓友龙辈，附会迎合，首启兵衅。而向之得罪于庆元初者，亦皆从而和之，可叹也已。

邓友龙开边

邓友龙，长沙人，尝从张南轩游，自诡道学。既登朝，时论方攻伪学,因讳而晦其事。时外祖章文庄公为学官,喜滑稽。尝以祀事同斋宿,谈谑之际,友龙不能堪,以语及之云云。章戏之曰:"若然,则又是道学矣。"友龙面发赤,大衔之。未几入台,章公由学士院补外。公本谢丞相客也。会友龙为右史,而宇文绍节自右史代之,于是召文庄为宗政少卿,友龙不能平,以嗾绍节。绍节甫供职,未及受告,首论其事,语侵谢,盖亦见厌于韩矣。章命既寝,谢遂去国,而友龙亦出为淮西漕,日久,谋复入。时金人方困于北兵,且其国岁荐饥。于是沿边不逞之徒号为"跳河子"者,时时剽猎事状,陈说利害。友龙得之以为奇货,于是献之于韩。韩用事久,思钓奇立功以自盖,得之大喜。附而和者虽不一,其端实友龙发之也。孔子所以畏鄙夫患得患失者,有以夫!

文庄论安丙矫诏

安丙之诛吴曦也,矫诏自称"宣抚副使",遂径入衔上奏。时章文庄直学士院,因谓:"矫制假命,一时权宜济事可也。事定奏功,便当退用初衔,而遽称所假,是岂复有朝廷乎?今为朝廷计,宜先赦其矫诏之罪,然后赏其斩曦之功,则恩威并用,折冲万里之外矣。"而时相方自以为功,谓此诏非矫,实朝廷密旨,且诒御楼受俘,于是疏不果上。已而受俘之议虽格,而竟以所矫官职授之。其后丙亦自毙,否则又一曦也。

王沈趋张说

张说之为承旨也,朝士多趋之。王质景文、沈瀛子寿,始俱在学校有声,既而俱立朝,物誉亦归之。相与言:"吾侪当以诣说为戒。"众皆闻之,说而壮之。已而,质潜往说所,甫入客

位,而瀛已先在焉,相视愕然。明日喧传,清议鄙之,久皆不安
而去焉。

协韵牵强

诗辞固多协韵,晦庵用吴才老《补音》多通,然亦有太甚
者。古人但随声取协,方言又多不同。至沈约以来,方有四声
之拘耳,然亦正不必牵强也。《离骚》一经,惟"多艰多替"之
句,最为不协。孙莘老、苏子容本云:"古亦应协。"未必然也。
晦庵以"艰"音"巾","替"音"天",虽用才老之说,然恐无此理。
以余观之,若移"长太息以掩涕"一句在"哀生民之多艰"下,则
"涕"与"替"正协,不劳牵强也。

沈君与

吴兴东林沈偕君与,即东老之子也,家饶于财。少游京师
入上庠,好狎游。时蔡奴声价甲于都下,沈欲访之,乃呼一卖
珠人于其门首茶肆中,议价再三不售,撒其珠于屋上,卖珠者
窘甚。君与笑曰:"第随我来,依汝所索还钱。"蔡于帘中窥见,
令取视之,珠也。大惊,惟恐其不来。后数日乃诣之,其家喜
相报曰:"前日撒珠郎君至矣。"接之甚至,自是常往来。一日,携
上樊楼,楼乃京师酒肆之甲,饮徒常千余人。沈遍语在坐,皆
令极量尽欢,至夜,尽为还所直而去,于是豪侈之声满三辅。
既而擢第,尽买国子监书以归。时贾收耘老隐居苕城南横塘
上,沈尝以诗遗之蟹曰:"黄秔稻熟坠西风,肥入江南十月雄。
横跪蹒跚钳齿白,圆脐吸胁斗膏红。蘸须园老香研柚,羹藉庖
丁细擘葱。分寄横塘溪上客,持螯莫放酒杯空。"耘老得之,不
乐曰:"吾未之识,后进轻我。"且闻其不羁,因和韵诋之云:"彭

越孙多伏下风,蜻蜒奴视敢称雄。江湖纵养膏腴紫,鼎镬终烹
爪眼红。嘲称吴儿牙似镀,劈惭湖女手如葱。独怜盘内秋脐
实,不比溪边夏壳空。"君与怒曰:"吾闻贾多与郡将往还预政,
言人短长,曾为人所讼。吾以长上推之,乃鄙我若此。"复用韵
报之云:"虫腹无端苦动风,团雌还却胜尖雄。水寒且弄双钳
利,汤老难逃一背红。液入几家烦海卤,醢成何处污园葱。好
收心躁潜蛇穴,毋使雷惊族类空。"贾晚娶真氏,人谓贾秀才娶
真县君以为笑,沈所指"团雌"为此。贾寻悔之,而戏语已传播
矣。

吴　倜

　　吴倜字公度,吴兴人,试补太学为第一。崇宁五年,群礼
部七千之士而魁之,其名声风采,人莫不求识面而愿交。邃经
学,妙语言,为时闻人。其父伯阳,尝梦若游奕使者立东阶,
问:"秀才在否?"曰:"不在。"遂出门,见旌幡容物,弥望不绝,
曰:"秀才归。"但道天赦曾来,已而捷音至。先以名次高下商
价,自榜尾行间前列以至首选,自百千渐至千缗,乃出其榜。
初自删定敕令所出为宁海推官。时蔡京罢相居城中,意其生
计从容,委买雪川土物无虚月。倜意不平,念吾以文学起身,
而不以儒者见遇,报以实直。京觉之而怒。重和二年,召为九
域图志所编修官。时京以太师鲁公赐第京师,朝朔望。一日,
上问京:"卿曩居杭,识推官吴倜乎?今以大臣荐,欲除官。"对
曰:"识之,其人傲狠无上。"上惊曰:"何以知之?"曰:"吴知陛
下御讳而不肯改,乃以一圈围之。"盖言"倜"字也。上默然不
怿。未几,言者承风旨论罢,自是不复出。及京败,知郓州孙
謩言邑人有草祭之谣,上其事。甚者论其即仓为宅,拆"仓"字

为"人君"二字,谓京有不臣之心。虽若附会,然亦平日好以字画中伤善类之报也。

御宴烟火

穆陵初年,尝于上元日清燕殿排当,恭请恭圣太后。既而烧烟火于庭,有所谓"地老鼠"者,径至大母圣座下。大母为之惊惶,拂衣径起,意颇疑怒,为之罢宴。穆陵恐甚,不自安,遂将排办巨珰陈询尽监系听命。黎明,穆陵至陈朝谢罪,且言内臣排办不谨,取自行遣。恭圣笑曰:"终不成他特地来惊我,想是误耳,可以赦罪。"于是子母如初焉。

朱芮杀龙

吴兴彰南朱教授,失其名。尝江行,舟人急报小龙见,请祷之。朱出视之,小蛇也,以箸夹入沸汤中。蛇跃出,自投于江,却行波面,盼朱再四乃没。有顷,片云霹雳,烟雾蔽舟。既而视之,舟上一窍如钱,朱已毙于舟中矣。又王村芮祭酒烨,初任仁和尉。长河堰有龙王庙,每祭则有小蛇出,或止香炉,或饮于杯,往来者谨事之。堰岁数坏,人以为龙所为。芮疲于修筑之役,一日,焚香设奠,蛇果出炉上。芮端笏数之曰:"有功于民者乃得祀。龙,庙食于此,未尝有功,而岁数坏堰,劳民之力,为罪多矣。无功有罪,于国法当杀。"即举笏击之,应手碎。是夕,宿于近地,疾风甚雨,大木尽拔,土人大恐,而芮处之自若。后卒为名臣,其幸不幸也如此。

齐东野语卷十二

姜尧章自叙 单丙文附

番易有布衣姜夔尧章，出处备见张辑宗瑞所著《白石小传》矣。近得其一书，自述颇详，可与前传相表里云："某早孤不振，幸不坠先人之绪业，少日奔走，凡世之所谓名公巨儒，皆尝受其知矣。内翰梁公于某为乡曲，爱其诗似唐人，谓长短句妙天下。枢使郑公爱其文，使坐上为之，因击节称赏。参政范公以为翰墨人品，皆似晋、宋之雅士。待制杨公以为于文无所不工，甚似陆天随，于是为忘年友。复州萧公，世所谓千岩先生者也，以为四十年作诗，始得此友。待制朱公既爱其文，又爱其深于礼乐。丞相京公不特称其礼乐之书，又爱其骈俪之文。丞相谢公爱其乐书，使次子来谒焉。稼轩辛公，深服其长短句如二卿。孙公从之、胡氏应期、江陵杨公、南州张公、金陵吴公，及吴德夫、项平甫、徐子渊、曾幼度、商翠仲、王晦叔、易彦章之徒，皆当世俊士，不可悉数。或爱其人，或爱其诗，或爱其文，或爱其字，或折节交之。若东州之士则楼公大防、叶公正则，则尤所赏激者。嗟乎！四海之内，知己者不为少矣，而未有能振之于窭困无聊之地者。旧所依倚，惟有张兄平甫，其人甚贤。十年相处，情甚骨肉。而某亦竭诚尽力，忧乐同念。平甫念其困踬场屋，至欲输资以拜爵，某辞谢不愿，又欲割锡山之膏腴以养其山林无用之身。惜乎平甫下世，今惘惘然若

有所失。人生百年有几？宾主如某与平甫者复有几？抚事感
慨，不能为怀。平甫既殁，稚子甚幼，入其门则必为之凄然，终
日独坐，逡巡而归。思欲舍去，则念平甫垂绝之言，何忍言去！
留而不去，则既无主人矣！其能久乎？"云云。同时黄白石景
说之言曰："造物者不欲以富贵浼尧章，使之声名焜耀于无穷，
此意甚厚。"又杨伯子长孺之言曰："先君在朝列时，薄海英才，
云次鳞集，亦不少矣！而布衣中得一人焉，曰姜尧章。"呜呼！
尧章一布衣耳，乃得盛名于天壤间若此，则轩冕钟鼎，真可敝
屣矣！是时又有单炜丙文者，沅陵人，博学能文，得二王笔法，
字画遒劲，合古法度，于考订法书尤精。武举得官，仕至路分，
著声江湖间，名士大夫多与之交，自号定斋居士，于尧章投分
最稔，亦硕士也。尧章诗词已板行，独杂文未之见。余尝于亲
旧间得其手稿数篇，尚思所以广其传焉。

白石禊帖偏旁考

　　尧章考古极精，有《绛帖评》十卷行于世，审订深妙，人服
其赡。又尝于故家见其所书《禊帖偏旁考》亦奇，因识于此，与
好古者共之："永"字无画，发笔处微折转。　　"和"字口下横
笔稍出。　　"年"字悬笔上凑顶。"在"字左反剔。　　"岁"
字有点，在"山"之下，"戈"画之右。　　"事"字脚斜拂不挑。
"流"字内"厶"字处就回笔，不是点。　　"殊"字挑脚带横。
　　"是"字下"疋"音疏。凡三转不断。　　"趣"字波略反卷
向上。　　"欣"字欠右一笔作章草发笔之状，不是捺。
"抱"字已开口。　　"死生亦大矣""亦"字是四点。　　"兴
感""感"字，"戈"边亦直作一笔，不是点。　　"未尝不""不"
字下反挑处有一阙。右法如此甚多，略举其大概。持此法亦

足以观天下之《兰亭》矣。

禊序不入选帖

逸少《禊序》，高妙千古，而不入《选》。或谓"丝竹管弦，天朗气清"，有以累之。不知"丝竹管弦"，不特见《前汉·张禹传》，而《东都赋》亦有"丝竹管弦，烨煜抗五声"之语。然此二字相承，用之久矣。张衡赋："仲冬之月，时和气清。"又晋褚爽《禊赋》亦曰："伊暮春之令月，将解禊于通川；风摇林而自清，气扶岭而自鲜。"况清明为三月节气，朗即明，又何嫌乎？若以笔墨之妙言之，固当居诸帖之首，乃不得列官法帖中，又何哉？岂以其表表得名，自应别出，不可与诸任齿耶？亦前辈选诗不入李、杜之意耳，识者试评之。

淳绍岁币

绍兴岁币，银二十万两、绢二十万匹。红绢十二万匹，匹重十两。淅绢八万匹，匹重九两。枢密院差使臣四员管押银纲，户部差使臣十二员管押绢纲。同左帑库子、秤子，于先一年腊月下旬，至盱眙军岁币库下卸。续差将官一员，部押军兵三百人，防护过淮。交割官正使，例差淮南漕属；副使，本军倅或邻州倅充。例用岁前三日，先赍银百铤、绢五百匹，过淮呈样金人。交币正使，例是南京漕属；副使，诸州同知。于所赍银、绢内，拣白绢六匹、银六锭，三分之，令走马使人，以一分往燕京，一分往汴京漕司呈样，一分留泗州岁币库，以备参照。例用开岁三日长交，通不过两月结局。初交绢十退其九，以金人秤尺无法，又胥吏需索作难之故。数月后所需如欲，方始通融，然亦十退其四、五。自初交至结局，通支金人交币官吏靡费银一千三百徐两、金三十五两、木绵三十六匹、白布六十二匹,酒三百四十石,共折银六百二十两,本色酒二千六百瓶,茶果杂物等并在外,俱系淮东漕司出备。又贴耗银二千四百馀两,每岁例增添银二百馀两,并淮东漕司管认。凡吾正、副使并官吏饭食之类,并淮东漕司应办。下至安泊棚屋厨厕等,皆自盱眙运竹木往彼盖造,彼皆不与焉。盱眙日差倚郭知县部夫过淮搬运银绢,兼应办事务。其拣退者,遇夜复运过淮,归盱眙库交收,其劳人往复如此。且我官吏至淮北岸约二百馀步,始至交币所,皆徒步而往,雨泞,则摄衣躧屐蹑蹀而行,艰苦不可具道也。淳熙十三年,淮南漕司干官权安节为岁币使,其金人正使一毫不取,拣退银绢甚多,逼令携归,安节固拒,金人至遣甲兵逼逐。安节不胜其愤曰:“宁死于此。不得交,誓不回,虽野宿不火食亦无害。”声色俱厉。彼度不能夺,竟如数收受,给公文而归。寿皇知之,喜曰:“安节在彼界能如此,甚可重。若非遇事,何自知之?”遂除监六部门。时通判扬州汪大定,亦同此役,颇著劳绩,亦蒙奖拔焉。若正旦生朝遣使,每次礼物金器一千两、银器一万两、彩段一千匹。绵茸背,紧丝拈金线,青丝绫,楛蒲绫,线子罗。又有脑子、香茶等物,及私觌香茶、药物、果子、币帛、杂物等,复不与焉。若外遣泛使,则其礼物等又皆倍之。又有起发副使土物之费。正使五百贯,银绢各一百两匹。副使四百贯,银绢各一百两匹。又有公使各药等钱,上节银各五十两、绢十匹,中节银绢各十两匹,下节各五两匹。又有朝辞回程宣赐等费。正副使各金二十五两,并腰带笏马。回程茶药各二两,银合及泛赐等物在外。若盱眙等军,在路四处应办南北贺正生辰,常使往回程各八次,赐御筵,每处费钱一万八千五百馀贯,而沿途应办复不预。若北使之来,赐予尤不赀焉。宣和甲辰岁币银二十万两,绢三十万匹,绿矾二十万楼,楛例五百运送交纳。又代输燕京税物丝绵杂物一百万贯,内丝绵并要燕京土产。绍兴壬戌初讲和,岁币银丝绢各二十五万匹两。今每岁各减五万匹两。至兀尤病笃之际,告戒其四行府帅云:"江南累岁供需岁币,竭其财赋,安得不重敛于民?非理扰乱,人心离怨,叛亡必矣。在彼者尚知有此;为我者,当何如哉?"时聘使往来,旁午于道。凡过盱眙,例游第一山,酌玻璃泉,题诗石壁,以记岁月。遂成故事,镌刻题名几满。绍兴癸丑,国信使郑汝谐一诗云:"忍耻包羞事北庭,奚奴得意管逢迎。燕山有石无人勒,却向都梁记姓名。"可谓知言矣。噫!开边之用固无穷,而和戎之费亦不易。余因详书之。

书 籍 之 厄

世间凡物未有聚而不散者,而书为甚。隋牛弘靖请开献书之路,极论废兴,述"五厄"之说,则书之厄也久矣。今姑摭其概言之:梁元帝江陵蓄古今图书十四万卷。隋嘉则殿书三十七万卷。唐惟贞观、开元最盛,两都各聚书四部至七万卷。宋宣和殿、太清楼、龙图阁、御府所储尤盛于前代,今可考者,《崇文总目》四十六类三万六百六十九卷,史馆一万五千馀卷,馀不能具数。南渡以来,复加集录馆阁书目五十二类四万四千四百八十六卷、续目一万四千九百馀卷,是皆藏于官府耳。若士大夫之家所藏,在前世如张华载书三十车,杜兼聚书万卷,韦述蓄书二万卷,邺侯插架三万卷,金楼子聚书八万卷,唐吴竞西斋一万三千四百馀卷。宋承平时,如南都戚氏、历阳沈氏、庐山李氏、九江陈氏、番易吴氏、王文康、李文正、宋宣献、晁以道、刘壮舆,皆号藏书之富。邯郸李淑五十七类二万三千一百八十馀卷,田镐三万卷,昭德晁氏二万四千五百卷,南都王仲至四万三千馀卷,而类书浩博,若《太平御览》之类,复不与焉。次如曾南丰及李氏山房，亦皆一、二万卷，然后靡不厄于兵火者。至若吾乡故家如石林叶氏、贺氏，皆号藏书之多，至十万卷。其后齐斋倪氏、月河莫氏、竹斋沈氏、程氏、贺氏，皆号藏书之富，各不下数万馀卷，亦皆散失无遗。近年惟直斋陈氏书最多，盖尝仕于莆，传录夹漈郑氏、方氏、林氏、吴氏旧书至五万一千一百八十馀卷，且仿《读书志》作《解题》，极其精详，近亦散失。至如秀嵓、东窗、凤山三李，高氏、牟氏皆蜀人，号为史家，所藏僻书尤多，今亦已无馀矣。吾家三世积累，先君子尤酷嗜，至鬻负郭之田以供笔札之用。冥搜极讨，不惮劳费，凡有书四万二千馀卷，及三代以来金石之刻一千五百馀种，庋置书种、志雅二堂，日事校雠，居然籯金之富。余小子遭时多故，不善保藏，善和之书，一旦扫地。因考今昔，有感斯文，为之流涕。因书以识吾过，且以示子孙云。

雷　书

　　神而不可名、变化而不可测者，莫如雷霆。《淮南子》曰："阴阳相薄，感而为雷，激而为电。"故先儒为之说曰："阴气凝聚，阳在内而不得出，则奋击而为雷霆。声，阳也；光，亦阳也。光发而声随之，阳气奋击欲出之势也。"或问："世所得雷斧何物也？"曰："此犹星陨而为石也。本乎天者，气而非形，偶陨于地，则成形矣。"或问："人有不善，为雷震死者，何也？"曰："人作恶有恶气，霹雳乃天地之怒气，是怒气亦恶气也，怒气与恶气相感故尔。"或问："雷之破山、坏屋、折树、杀畜，何也？"曰："此气郁而怒，方尔奋击，偶或值之，则遭震矣。"康节尝问伊川曰："子以雷起于何处？"伊川曰："起于起处。"然则先儒之所言者，非不精详，而余犹有不可晓者焉。大中祥符间，岳州玉真观为火所焚,惟留一柱,有"谢仙火"三字,倒书而刻之。庆历中,有以此字问何仙姑者,云:"谢仙者,雷部中鬼也,掌行火于世间。"后有于道藏经中得谢仙事,验以为神。又吴中慧聚寺大殿二柱,尝因雷震,有大书"绩溪火"三字,馀若符篆不可晓。及近岁德清县新市镇觉海寺佛殿柱,亦为雷震,有字径五寸馀,若汉隶者云:"收利火谢均思通。"又云:"酉异李汋火。"此乃得之目击者。又宜兴善权广教寺殿柱,亦有雷书"骆审火及谢均火"者。华亭县天王寺亦有雷书"高洞扬雅一十六人火令章"凡一十一字,皆倒书。内"令章"二字特奇劲,类唐人书法。然则雷之神,真有谢姓者邪? 近丁亥六月五日,雷震众安桥南酒肆,卓间有雷书"迳尧永"三字。此类甚多,殊不可测。此所以神而不可知乎? 孔子不语怪、力、乱、神,非不语也,盖有未易语者耳。

贾 相 寿 词

贾师宪当国日,卧治湖山,作堂曰半闲,又治圃曰养乐,然名为就养,其实怙权固位,欲罢不能也。每岁八月八日生辰,四方善颂者以数千计。悉俾翘馆誊考,以第甲乙,一时传颂,为之纸贵,然皆谰词呓语耳。偶得首选者数阕,戏书于此。陈合惟善《宝鼎现》词云:"神鳌谁断,几千年再、乾坤初造。算当日、枰棋如许,争一着吾其衽左。谈笑顷,又十年生聚,处处《邠风》葵枣。江如镜,楚氛馀几,猛听甘泉捷报。　　天衣细意从头补,烂山龙、华虫黼藻。宫漏永、千门鱼钥,截断红尘飞不到。街九轨,看千貂避路,庭院五侯深锁。好一部、太平六典,一一周公手做。　　赤舄绣裳,消得道斑烂衣好。尽庞眉鹤发,天上千秋难老。甲子平头才一过,未说汾阳考。看金盘、露滴瑶池,龙尾放班回早。”廖莹中群玉《木兰花慢》云:“请诸君着眼,来看我,福华编。记江上秋风,鲸鬈涨雪,雁徼迷烟。一时几多人物,只我公,只手护山川。争睹阶符瑞象,又扶红日中天。　　因怀,下走奉䡢鞋,磨盾夜无眠。知重开宇宙,活人万万,合寿千千。兔鬈太平世也,要东还赴上是何年。消得清时钟鼓,不妨平地神仙。”陆景思《甘州》云:“满清平世界,庆秋成,看看斗三钱。论从来活国,论功第一,无过丰年。办得闲民一饱,馀事笑谈间。若问平戎策,微妙难传。　　玉帝要留公住,把西湖一曲,分入林园。有茶炉丹灶,更有钓鱼船。觉秋风、未曾吹着,但砌兰、长倚北堂萱。千千岁,上天将相,平地神仙。”奚㵄倬然《齐天乐》云:“金飔吹净人间暑,连朝弄凉新雨。万宝功成,无人解得,秋入天机深处。闲中自数,几心酌乾坤,手斟霜露。护了山河,共看元影在银兔。　　而今神仙正好,向青空觅个,冲澹襟宇。帝念群生,如何便肯,从我乘风归去。夷游洞府,把月杼云机,教他儿女。水逸山明,此情天付与。”从囊《陂塘柳》云:“指庭前、翠云金雨,霏霏香满仙宇。一清透彻浑无底,秋水也无流处。君试数,此样襟怀,顿得乾坤住。闲情半许,听万物氤氲,从来形色,每向静中觑。

　　琪花路。相接西池寿母,年年弦月时序。荷衣菊佩寻常事,分付两山容与。天证取,此老平生,可向青天语。瑶卮缓举,要见我何心,西湖万顷,来去自鸥鹭。”郭应酉居安《声声慢》云:“捷书连昼,甘洒通宵,新来喜沁尧眉。许大担当,人间佛力须弥。年年八月八日,长记他三月三时,平生事,想只和天语,不遣人知。　　一片闲心鹤外,被乾坤系定,虹玉腰围。闾阖云边,西风万籁吹齐。归舟更归何处是,天教家在苏堤。千千岁,比周公,多个彩衣。”且侑以俪语云:“彩衣宰辅,古无一品之曾参；衮服湖山，今有半闲之姬旦。”所谓三月三者，盖颂其庚申蓣草坪之捷，而归舟乃舫斋名也。贾大喜，自仁和宰除官告院。既而语客曰：“此词固佳，然失之太俳，安得有著彩衣周公乎？”

事 圣 茹 素

余家济南历城，曾大父少师遭靖康狄难，一家十六人皆奔窜四出。大父独逃空谷，昼伏宵行。一旦，遇追骑在后，自度不可脱，遂急窜古祠，亟伏佑圣坐下，傍无蔽障，亦不过待尽而已。须臾，北军大索，虽眢井、林莽、栋梁间，极其冥搜，而一坐之下，初不知有人焉。及抵杭，则一家不期而集，不失一人，岂非神所佑乎！逮今吾家世事佑圣甚虔。凡圣降日，斋戒必谨。盖以答神庥诏子孙，非世俗祈福田利益比也。

笏 异

汪伯彦初拜相于维扬，正谢上殿，而笏坠中断，上以他笏赐之，非吉徵也。未几，有南渡之扰。金渊叔参预日，一日，奏事下殿，与台臣刘应弼邂逅。忽所持笏铿然有声，视之，有纹如线，上下如一，若坠于地者，殊不可测。甫退朝，则刘弹章已出。盖降陛相遇之际，正白简初上之时也，可谓异矣。时淳祐甲辰岁也。

三 教 图 赞

理宗朝，有待诏马远画《三教图》。黄面老子则跏趺中坐，犹龙翁俨立于傍，吾夫子乃作礼于前。此盖内珰故令作此，以侮圣人也。一日传旨，俾古心江子远作赞，亦故以此戏之。公即赞之曰："释氏趺坐，老聃傍睨；惟吾夫子，绝倒在地。"遂大称旨。其辞亦可谓微而婉矣。

捕　猿　戒

邓艾征涪陵，见猿母抱子，艾射中之。子为拔箭，取木叶塞创。艾叹息，投弩水中。范蜀公载吉州有捕猿者，杀其母之皮，并其子卖之龙泉萧氏。示以母皮，抱之跳踯号呼而毙。萧氏子为作《孝猿传》。先君向守鄞江，属邑武平素产金丝猿，大者难驯，小者则其母抱持不少置。法当先以药矢毙其母，母既中矢，度不能自免，则以乳汁遍洒林叶间，以饮其子，然后堕地就死。乃取其母皮痛鞭之，其子亟悲鸣而下，束手就获。盖每夕必寝其皮而后安，否则不可育也。噫！此所谓兽状而人心者乎！取之者不仁甚矣。故先子在官日，每严捕弋之禁云。

火　浣　布

东方朔《神异经》所载，南荒之外有火山，昼夜火然。其中有鼠重有百斤，毛长二尺馀，细如丝，可作布。鼠常居火中，时出外，以水逐而沃之方死。取其毛缉织为布，或垢，浣以火，烧之则净。又《十洲记》云："炎州有火林山，山上有火鼠，毛可织为火浣布，有垢，烧即除。"其说不一。魏文帝尝著论，谓世言异物，皆未必真有。至明帝时，有以火浣布至者，于是遂刻此论。是知天壤间何所不有？耳目未接，固未可断以为必无也。昔温陵有海商漏舶，搜其囊中，得火鼠布一匹，遂拘置郡帑。凡太守好事者，必割少许归以为玩。外大父常守郡，亦得尺许。余尝亲见之，色微黄白，颇类木棉，丝缕蒙茸，若蝶纷蜂黄然。每浣以油腻，投之炽火中，移刻，布与火同色。然后取出，则洁白如雪,了无所损,后为人强取以去。或云,石炭有丝,可织为布,亦不畏火,未知果否。

历 差 失 闰

咸淳庚午十一月三十日冬至,后为闰十一月,既已颁历,而浙西安抚司准差遣臧元震,以书白堂,且作《章岁积日图》,力言置闰之误。其说谓历法以章法为重,章岁为重。盖历数起于冬至,卦气起于中孚,而十九年为之一章。一章必置七闰,必第七闰在冬至之前,必章岁至朔同日,此其纲领也。《前汉·律历志》云:"朔旦冬至,是谓章月。"《后汉·志》云:"至朔同日,谓之章月。积分成闰,闰七而尽,其岁十九,名之曰章。"《唐·志》云:"天数终于九,地数终于十,合二终以纪闰馀。"此章法之不可废也如此。今颁降庚午岁历,乃以前十一月三十日为冬至,又以冬至后为闰十一月,殊所未晓。窃谓庚午之闰,与每岁闰月不同;庚午之冬至,与每岁之冬至又不同。盖自淳祐壬子数至咸淳庚午,凡十九年,是为章岁,其十一月是为章月。以十九年七闰推之,则闰月当在冬至之前,不当在冬至之后。以至朔同日论之,则冬至当在十一月初一日,不当在三十。今若以冬至在前十一月三十日,则是章岁至朔不同日矣。若以闰月在冬至后,则是十九年之内,止有六闰,又欠一闰矣。且寻常一章,共计六千八百四十日,于内加七闰月,除小尽,积日六千九百四十日,或六千九百三十九日,止有一日来去。今自淳祐十一年辛亥章岁十一月初一日章月冬至后起算,十九年至咸淳六年庚午章岁十一月初一日,合是冬至,方管六千八百四十日。今算造官以闰月在十一月三十日冬至之后,则此一章,止有六闰,更加六闰除小尽外,实积止有六千九百十二日,比之前后章数岁之数,实欠二十八日;历法之差,莫甚于此。况天正冬至,乃历之始,必自冬至后积三年馀分,而后可以置第一闰。今庚午年章岁丙寅日申初三刻冬至,去第二日丁卯,仅有四个时辰。且未有正日,安得便有馀分?且未有馀分,安得便有闰月?则是后一章发头处,便算不行,其缪可知也。今欲改正庚午历,即有一说,简而易行。盖历法有平朔,有经朔,有定朔也。朔一大一小,此平朔也;两大两小,此经朔也;三大三小,此定朔也;此古人常行之法。今若能行定朔之说而改正之,则当以前十一月大为闰十月小,以闰十一月小为十一月大,则丙寅日冬至即可为十一月初一日,却以闰十一月初一之丁卯为十一月初二日,庶几递趱下一日,直至闰十一月二十九日丁未,却为大尽。如此,则冬至既在十一月初一,则至朔同日矣,闰月既在冬至节前,则十九年七闰矣。此昔人所谓"晦节无定,由时消息;上合履端之始,不得归馀于终",正此谓也。盖自古之历,行之既久,未有不差;既差,未有不改者。汉历五变,而《太初历》最密,《元和历》最差。唐历九变,而《大衍历》最密,《观象历》最缪。本朝开基以后,历凡九改,而莫不善于《纪元历》。中兴以后,历凡七改,而莫善于《统元历》。且后汉元和初历差,亦是十九年不得七闰。虽历已颁,亦改正之,今何惜于改正哉?于是朝廷下之有司,差官偕元震至蓬省与太史局官辨正,而太史之辞穷。朝廷从其说而改正之,因更《会天历》为《承天历》。元震转一官判太史局,邓宗文、谭玉等已下,各降官有差焉。余虽不善章蔀元纪之数,然以杜征南《长历》以考《春秋》之月日,虽甚精密,而其置闰之法则异乎此,窃有疑焉。谓如隐公二年闰十二月,五年、七年亦皆闰十二月,然犹是三岁一闰,五岁再闰。如庄公二十年置闰,其后则二十四年以至二十八年,皆以四岁一闰,无乃失之疏乎?僖公十二年闰,至十七年方闰;二十五年闰,至三十年方闰,率以五岁一闰,何其愈疏乎?如定公八年置闰,其后则十年,以至十二年、十四年,皆以二岁一闰,无乃失之数乎?闵之二年辛酉既闰矣,僖之元年壬戌又闰,僖之七年、八年,哀之十四年、十五年,皆以连岁置闰,何其愈数乎?至于襄之二十七年,一岁之间,顿置两闰,盖曰十一月辰在申,司历过也。于是既觉其缪,故前闰建酉,后闰建戌,以应天正。然前乎此者,二十一年既有闰,二十四年、二十六年又有闰。历年凡六,置闰者三,何缘至此失闰已再,而顿置两闰乎?近则十馀月,远或二十馀年,其疏数殆不可晓。岂别有其术乎?抑不明置闰之法以致此乎?并著于此,以扣识者。

齐东野语卷十三

汉改秦历始置闰

余尝考《春秋》置闰之异于前矣，后阅程氏《考古编》，谓汉初不独袭秦正朔，亦因秦历以十月为岁首，不置闰，当闰之岁，率归馀于终为后九月。《汉·纪》、《表》及《史记》，自高帝至文帝，其书后九月皆同，是未尝推时定闰也。至太初九年，改用夏正，以建寅为岁首，然犹历十四载，至征和二年，始于四月后书闰月，岂史失书耶？抑自此始置闰也。余因其说深疑之，精思其故，颇得其说焉。盖闰月之不书者，亦偶以其时无可书之事耳。正如《春秋经》桓公四年、七年，其所纪事至夏而止，以是年秋、冬无可纪之事也。定公之十四年，至秋而止，亦以是年冬无可纪之事也。鲁史纪事之法，大率如此，其馀闰月亦然。观文公六年，《经》书闰月不告月，《春秋》书闰，方见于此。复以杜预《长历》考之，自隐至哀凡更三十馀闰，至此方书，岂曰前乎此者皆史失书，抑岂曰自此始有闰也。今《汉》纪事，正效《春秋》，如太初元年、三年，天汉元年、三年皆止于秋，太始元年则止于夏，皆以其后无事可纪，故不书耳。然则闰月不书，亦若是乎？盖三岁一闰，五岁再闰，古历法也。若谓自此始置闰，则合自此后三岁、五岁，累累书之。然自征和二年至后元元年，当置闰而不书，自后元二年至昭帝始元元年，乃因事而后书。其后当闰岁，又皆不书，是知不书者，偶无事耳。

然则非史失书，亦非自此置闰也。虽然，此非余臆说也，复证以《史记·历书》，自太初更历以至征和，如太初二年、天汉元年、四年，太始二年皆有闰，则知余言似可信云。

纲 目 误 书

《纲目》一书，朱夫子拟经之作也。然其间不能无误，而学者又从而为之说。盖著书之难，自昔而然。今漫摭数事与同志评之，非敢指摘前辈以为能也。北齐高纬，以六月游南苑，从官暍死者六十人，见《本纪》。《通鉴》书曰："赐死。"赐，乃"暍"之讹耳。《纲目》乃直书曰："杀其从官六十人。"而不言其故，其误甚矣。尹起莘乃为之说曰："此朱子书法所寓。"且引《孟子》杀人以挺与刃与政之说，固善矣，然其实则《通鉴》误之于前，《纲目》承之于后耳。纬荒游无时，不避寒暑，于从官死者尚六十人，则其馀可知矣。据事直书，其罪自见，何必没其实哉！又郭威弑二君，《纲目》于隐帝书"杀"，于湘阴王书"弑"。尹又为之说云："此二君有罪无罪之别也，此书法所寓也。"然均之弑君，隐帝立已数年，湘阴未成乎君，不应书法倒置如此，亦恐误书耳。又隋开皇十七年，诏诸司论属官罪，听律外决杖。《纲目》条下云：萧摩诃子世略在江南作乱，摩诃当从坐。大理少卿赵绰固谏，上命绰退，绰曰："臣奏狱未决，不敢退。"帝乃释之。按《通鉴》，摩诃当从坐，上曰："世略年未二十，亦何能为？以其名将之子为人所逼耳。"因赦摩诃。绰固谏不可。上不能夺，欲绰去而赦之，因命绰退。绰曰："臣奏狱未决，不敢退。"上曰："大理其为朕特舍摩诃也。"因命左右释之。此乃绰欲令摩诃从坐，而帝特赦之耳。《纲目》误矣。又《通鉴》贞观元年，杜淹荐邸怀道云："亲见其谏炀帝幸江都。"

上曰："卿何自不谏？"曰："臣不居重任，知谏不从。"上曰："知不可谏，何为立其朝？卿仕世充尊显，何亦不谏？"曰："臣非不谏，但不从耳。"上曰："世充若拒谏，卿何得免祸？"淹不能对。按此实责其知炀帝之不可谏，而犹立其朝耳。今《纲目》乃于上言世充拒谏，易其语曰："然则何以立于其朝？"失其实矣。又《纲目》开元九年冬十一月，罢诸王都督刺史以后凡四条。按《通鉴》，是年之末十二月幸骊山云云；是岁诸王为都督刺史者悉召还云云。此非十一月事，亦非十二月事也，当依《通鉴》作"是岁"为是。又《纲目》书德宗贞元二年十一月皇后崩，不书氏。按《通鉴》，是年十一月甲午立淑妃王氏为后，至丁酉崩，特四日耳。此承《通鉴》所书，而逸其上文耳。尹又谓唐史妃久疾，帝念之，遂立为后，册讫而崩。必有所寓意者，亦过也。

秦会之收诸将兵柄

　　秦会之既主和，惧诸将不从命，于是诏三大将入觐。一日，至都堂，问以克复之期，曰："上驱驰霜露十馀年，似厌兵矣，今决在何时可了，迟速进退之计当若何？"张、韩对曰："前者提兵直趋某地，请粮若干，率裁量不尽得。而退兵出某所，某人坐视不肯并力，或申请辄不报，常若不能专力。"云云。桧曰："有是乎？诸公今不过欲带行一职事，足以谁何？士大夫者，朝廷不靳也。"岳最后至，意大略同，而语加峻曰："如今文臣不爱钱，武臣不惜命，欲了即了耳。"桧颔之，于是三枢密拜矣。三人累表辞谢，桧与上约，答诏视常时率迟留一二日，凡诸礼例恩赐，各自倍多。桧别下诏，三大屯皆改隶御前矣。始诸将苦斗，积职已为廉车正任，然皆起卒伍，父事大将，常不得举首，或涸其家室。岳师律尤严，将校有犯，大则诛杀，小亦鞭挞痛毒，用能役使深入如意。命既下，诸校新免所隶，可自结和，人人便宽善共命报应。已略定，三人扰扰，未暇问也。稍从容，见桧，始以置衔漏挂兵权为请。桧笑曰："诸君知宣抚制置使乎？此边官尔。诸公今为枢庭官，顾不役属耶？"三人者怅怅而退，始悟失兵柄焉。

张　才　彦

历阳张邵才彦，乃总得居士祁晋彦之兄也。建炎三年，自承奉郎上书赐对，假大宗伯奉使挞览军前，拘留幽燕者凡十五年。及和议成，绍兴十三年，始与洪皓、朱弁俱还。后为敷文阁待制，奉祠累年。乙亥更化，得知池阳，卒。初，总得为小官时，尝为常子正同、胡明仲寅论荐。其后子正死，明仲斥久矣。绍兴二十四年，总得之子安国由乡荐得对集英，考官置第七，秦埙为冠。埙试浙漕、南宫，皆第一。先胪传一夕，进御安国卷，纸既厚，笔墨复精妙，上览之喜甚，擢为首选，实以抑秦。秦不能堪，啮曰："胡寅虽远斥，力犹能使故人子为状元邪！"已而廷唱，上又称其诗，安国诣谢。秦问："学何书？"曰："颜书。"又曰："上爱状元诗，常观谁诗？"曰："杜诗。"秦色庄，笑曰："好底尽为君占却。"先是太母归自北方，将发，得与天族别。渊圣偃卧车前，泣曰："幸语丞相归我，处我一郡足矣。"才彦时亦闻之，痛愤。至是，服中遗相书，谓彼虽欲留渊圣以坚和好，然所贪者金帛，实不难于还，宜亟遣使。因大忤之，悔已莫及。更为好词，上疏颂其靖康乞立赵氏，冀赎失言之罪。上方褒秦和戎之功，才彦遂自秘撰躐进敷文待制，秦愈疑之。才彦居四明，杜门绝交不出，惧祸佯狂。初，出使未还，妻李卒于家已累年。至是妄言吾妻死非命，且指总得为辞。盖是时，实由已病言,或出于狂易;抑知安国得罪,冀以自免。语转上闻,于是逮总得赴大理狱,鞫杀嫂事,囚系甚苦。其年十月,秦死。逼岁,安国叫阍,中批命刑部尚书韩仲通特入棘寺,始得释去。方被逮时,道无锡,梦大士告以无恐,盖预知秦亡。然因是总得亦病狂惑。安国更八郡,有德爱。以当暑送虞雍公饮芜湖舟中,中暑卒。年才三十馀。士论惜之。

韩通立传

旧传焦千之学于欧阳公,一日,造刘贡父,刘问:“《五代史》成邪?”焦对“将脱藁”,刘问:“为韩瞠眼立传乎?”焦默然。刘笑曰:“如此,亦是第二等文字耳。”《唐馀录》者,直集贤院王皞子融所撰,宝元二年上之。时惟有薛居正《五代史》,欧阳书未出也。此书有纪、志、传,又博采诸家之说,效裴松之《三国志注》,附见下方。表韩通于《忠义传》,且冠之以国初褒赠之典,新、旧《史》皆所不及焉。皞乃王沂公曾之弟,后以元昊反,乞以字为名。其后吕伯恭编《文鉴》,制、诏一类,亦以褒赠通制为首,盖祖子融之意也。

老苏族谱记

沧洲先生程公许字季与,眉山人,仕至文昌,寓居雪上,与先子从容谈蜀中旧事,历历可听。其言老泉《族谱·亭记》,言乡俗之薄,起于某人,而不著其姓名者,盖苏与其妻党程氏大不咸,所谓某人者,其妻之兄弟也。老泉有《自尤》诗,述其女事外家,不得志以死,其辞甚哀,则其怨隙不平也久矣。其后东坡兄弟以念母之故,相与释憾。程正辅于坡为表弟,坡之南迁,时宰闻其先世之隙,遂以正辅为本路宪将,使之甘心焉。

而正辅反笃中外之义,相与周旋之者甚至。坡诗往复倡和,中亦可概见矣。正辅上世为县录事,县有杀人者,狱已具,程独疑之,因缓其事,多方物色之,果得真杀人者,而系者遂得释。他日,任满家居,梦神告之曰:"汝有活冤狱之功,当令汝子孙名宦相继,为衣冠盛族。"至其子遂擢第,其后益大,如梦言,然多行不义,德馨弗闻。有名唐者,宣、政间附王、蔡,最贵显。又有名敦厚字子山者,亦知名。邵康节之孙溥公济守眉日,子山与之不咸,廉得其罪状,用匹绢大书。棨盛之,遣介持抵成都帅府治之前逆旅舍,委之而去。逆旅人得之以告帅,萧振德起得之,以为奇货,逮公济赴成都狱,严鞫之。狱吏知其冤,遂教公济一切承之,不然,死无以自明。公济悟,如其教、不复辩。狱上,朝论以为匿名书,法不当受,而制司非得旨,不应擅逮守臣,遂皆罢之。公济虽得弗问,而愤愤不能堪,诉之于天,许黄箓十坛,至其子始偿如数。子山之居极壮丽,一夕大火,不遗寸椽。子山本附秦桧,至右史;后忤意,谪安远县令以死焉。

中 谢 中 贺

今臣僚上表,所称"惟诚惶诚恐",及"诚欢诚喜"、"顿首稽首"者,谓之中谢中贺。自唐以来,其体如此。盖"臣某"以下,亦略叙数语,便入此句,然后敷陈其详。如柳子厚《平淮西贺表》"臣负罪积衅,违尚书笺表,十有四年"云云,"怀印曳绂,有社有人",语意未竟也,其下即云"诚惶诚恐",盖以此一句,结上数语云尔。今人不察,或于首联之后,凑用两短句,言震惕之义,而复接以中谢之语,则遂成重复矣。前辈表章如东坡、荆公,多不失此体。近时周益公为相,《谢复封表》云:"华阳黑水,裂地而封。旧物青毡,从天而下。磨砧之勤未泯,执珪之宠弥加。臣诚惶诚恐。"或以为疑,尝以问公,公答之正如此。

復覆伏三字音义

復、覆、伏三字音义相出入,易于混乱,今各疏于左:"復"有三音,房六切者,"復归"之"復"也,字书训以"往来",是也。《易卦》之"復",《毛诗》"復古復竟",《论语》"言可復也","克己復礼",皆是也。《易注》云:"还。"《语注》:"犹'覆'",与《诗》"为恢復之復",其义一也。扶富切者,"又"之义也,字书训以"又",是也。《书》"復归于亳",《诗》"復会诸侯",《语》"復梦周公","则不復也",及"復见復闻"之类,皆是也。芳六切,与"覆"同音者,"反復"之"復"也。《易·乾象赞》:"反復道也",《释文》:"芳六反,本亦作'覆',是也"。"覆"亦有三音,芳六反者,"反覆"之"覆"也,字书训以"反",是也。《中庸》"倾者覆之",注:"败也。"与《易》"反復道也"之"復",音同义异。敷救切者,"覆帱"之"覆"也,字书训以"盖",是也。扶又切者,"伏"兵也。《左传》"君为三覆以待之",是也。"伏"亦有三音,房六切者,"伏羲"之"伏"也,字书训以"伺"也、"匿"也、"隐"也,是也。"三伏"之"伏",及伏羲,伏生,赤伏符,皆是也。扶富切者,鸟抱卵也。《庄子》"越鸡不能伏鹄卵",及《后汉》"大丈夫当雄飞,安能雌伏"皆是也。《前汉·五行志》"元帝初元中,丞相府史家雌鸡伏子",颜云:"房富反。"用字者,不可以不辨焉。

岳武穆逸事

杜充之驻建康也,岳飞军立硬寨于宜兴,命亲将守之。飞兵出不利,夫人密谕亲将选精锐、具糇粮,潜为策应之备。未几,飞兵还,即入教场呼问之曰:"汝欲何为?"曰:"闻太尉军小不利,故择敢战之士以备策应,此男女孝顺耳。"飞曰:"吾命汝坚守根本,天不能移,地不能动。汝今不待吾令,擅自动摇,是无师律也。"立命责短状,将大惧,祈哀吐实,谓此非某所为,盖夫人亦曾有命耳。飞愈怒,竟斩之。又绍兴和议初成,金以河南归我。判宗正事士㒓,衔命道荆、襄、宛、洛,祗谒巩襄原。道过南邓,岳飞止之曰:"金虏无信,君宜少驻。"㒓以上命有程,辞去。不数舍,烟尘四起,军声嚣然,于是失色南奔。忽遇大军,望之,岳帜也,遂驰就之。飞笑曰:"固谓君勿行,正恐此耳。然已遣董御带、牛观察在前与之交锋矣。兵胜败无常。君王人,且近属,吾当以自己兵卫送君。"行数里,两将捷书至,盖㒓未行前一日出师也。其后飞得罪下狱,㒓极辩其无辜,且以百口保之。非惟感恩,盖亲见其用兵神速故耳。朝臣并论㒓身为宗室,不应交结将帅,因指为飞党,遂罢宗司与祠云。又张魏公之出督也,陛辞之日,与高宗约曰:"臣当先驱清道,望陛下六龙凤驾,约至汴京,作上元。"飞闻之曰:"相公得非睡语乎?"于是魏公憾之终身。

若干如干

"若干"二字,出古礼乡射。《大射》数射算云:"若干纯、若干奇。"若,如也;干,求也。言事本不定,尝如此求之。又《曲礼》:"问天子之年,闻之始服衣若干尺矣。"《前汉·食货志》颜注云:"设数之言也。干如个,谓当如个数也,亦曰如干。"《文选》任彦升《竟陵王状》:"食邑如干户。"注云:"如干户即若干户也。"然又为复姓,后周有若干凤,及右将军若干惠。若,音人者反。《释文》云:"以国为姓。"然则若干又国名也。

祠 山 应 语

余世祀祠山张王，动止必祷，应如蓍龟。姑志奇验数事于此，以彰神休。先子需澄江次，为有力者攘去，再以毗陵等三垒干祀地，逾月不报。先妣时留雪，祷于南关之祠，有"水边消息的非遥"之语，及收杭信，则闻霍山所祈，亦得此签，越日临汀之命下矣。戊辰年，铸子甫五岁，病骨蒸，势殆甚，凡药皆弗效。祷签得《蛊》之"上九"云："蛊有三头，纷纷扰扰，如虫在皿，执一则了。"退谋之医，试投逐虫之剂，凡去蚘蛔二，其色如丹，即日良愈。甲寅春往桐川炷香，得签云："不堪疾病及东床。"云云。是岁外舅捐馆。壬午五月二十八日，杭城金波桥冯氏火作。次日，势益张，虽相去几十里，而人情惶惶不自安。时杨大芳、潘梦得皆同居，相慰劳曰："巫言神语皆吉，勿庸轻动。"余不能决，因卜去就于神，得五十六云："遭人弹劾失官资，火欲相焚盗欲窥。"于是挈家湖滨。是夕四鼓，遂成焦土。

傅伯寿以启擢用

傅伯寿为浙西宪。韩侂胄用事，伯寿首以启赞之曰："澄清方效于范滂，跋扈遽逢于梁冀。人无耻矣，咸依右相之山；我则异欤，独仰韩公之斗。首明趋向，愿出镕陶。"由是擢用至金书枢密院事。韩败，追三官，夺执政恩。

林　外

林外字岂尘，泉南人。词翰潇爽，诙谐不羁，饮酒无算。在上庠，暇日独游西湖幽寂处，得小旗亭，饮焉。外美风姿，角

巾羽氅,飘飘然神仙中人也。豫市虎皮钱箧数枚藏腰间,每出
其一,命酒家保倾倒,使视其数,酬酒直即藏去。酒且尽,复出
一箧,倾倒如初。逮暮,所饮几斗馀,不醉,而箧中钱若循环无
穷者,肆人皆惊异之。将去,索笔题壁间曰:"药炉丹灶旧生
涯,白云深处是吾家。江城恋酒不归去,老却碧桃无限花。"明
日,都下盛传"某家酒肆有神仙至"云。又尝为《垂虹亭》词,所
谓"飞梁遏水者",倒题桥下,人亦传为吕翁作。惟高庙识之
曰:"是必闽人也。不然,何得以'锁'字协'埽'字韵。"已而,知
其果外也。此词已有纪载,兹不复书。南剑黯淡滩,湍险善覆
舟,行人多畏避之。外尝戏题滩傍驿壁曰:"千古传名黯淡滩,
十船过此九船翻。惟有泉南林上舍,我自岸上走,你怎奈何
我?"虽一时戏语,颇亦有味。

甄　云　卿

　　永嘉甄云卿字龙友,少有俊声,词华奇丽。而资性浮躁,
于乡人无不狎侮,木待问蕴之为尤甚。木生朝,为词贺之,末
云:"闻道海坛沙涨也,明年。"盖谚云:"海坛沙涨,温州出相。"
明年者,俗言"且待"也。又尝损益前人酒令曰:"金银铜铁铺,
丝绵绸绢纲,鬼魅魍魉魁。"盖木以癸未魁天下也。甄辩给雄
一时,谑笑皆有馀味。一日登对,上戏问云:"卿安得与龙为
友?"甄仓忙占奏,殊不能佳。及退殿陛,自恨失言曰:"何不云
尧舜在上,臣安得不与夔龙为友?"闻者惜之。竞渡日,着彩衣
立龙首,自歌所作《思远楼前》之词,旁若无人。然于性理解
悟,凡禅衲机锋,皆莫能答。将亡之日,命其子烟汤,且召蕴
之,将嘱以后事。甄居城外,昏暮门阖不得入,其子白之,甄
曰:"然则勿烟以待旦。"既旦,木闻之亟来,甄喜曰:"吾将行,

得君主吾丧,则济矣。"木许诺。乃入浴更衣,与木诀,坐而逝。既复开目曰:"吾儒无此也。"复卧,乃绝。

西林道人

端平间,周文璞、赵师秀数诗人,春日薄游湖山,极饮西林桥酒垆,皆大醉熟睡。忽有鬓眉道人过而睨之,哂曰:"诗仙醉邪?"顾酒家:"善看客,我当将偿酒钱。"索水小盂,以瓢中药少投之,入口略噀,喷之地上,则皆精银也。时游人方盛,皆环视骇叹,忽失道人所在。薄暮,诸公始醒,酒家具道所以,皆怅然自失。其家持银往市,得钱正可酬所直,了无赢馀。明日,喧传都下,酒家图其事于壁,自以为"遇仙酒肆"。好事者竞趋之,遂为湖山旗亭之甲,而诸公亦若有悟云。

崔　　福

崔福,故群盗也,尝为官军所捕。会夜大雪,方与婴儿同榻,儿寒夜啼,不得睡觉。捕者至,因以故衣拥儿口,儿得衣,身暖啼止,遂得逸去。因隶籍军伍,累从陈子华捕贼,积功至刺史、大将军。后从陈往江西,留南昌。既而子华易阃金陵,兼节制淮西,而崔仍留洪。时倅摄郡,一日,倅与郡僚宴滕王阁。崔怒其不见招,憾之。适至府治前,民有立牌诉冤者,崔乃携其人,直至饮所,责以郡官不理民事。嗾诸卒尽碎饮器,官吏皆奔逸窜去,莫敢婴其锋。子华知之,遂檄还建康。会淮西有警,命王鉴出师,鉴请福为援。福不乐为鉴用,托以葬女擅归。鉴怒,遂白其前后过恶,且必正其慢令之罪。会子华亦厌忌之,于是遂从军法,然后声其罪于朝。福勇悍善战有声,其死也,军中惜之。然其跋扈之迹已不可掩,杀身之祸,实有以自取之也。

张义林叔弓

张义,延平人。少负才入太学,有声,为节性斋长,既又为时中斋长。其人眇小而好作为,动以苛礼律诸生,同舍多不平之。莆田林叔弓,亦轻浮之士也,于是以其名字作诗、赋各一首嘲之。其警联云:"身材短小,欠曹交六尺之长;腹内空虚,乏刘义一点之墨。"诗警句云:"中分爻两段,风使十横斜。文上元无分,人前强出些。"曲尽形容之妙,闻者绝倒。又私试《舜辟四门赋》云:"想帝女下嫁,大展亲家之礼;谅商均不肖,几成太子之游。"《天子之堂九尺》云:"假令晏子来朝,莫窥其面;纵使曹交入见,仅露其头。"《颜渊具体而微》赋云:"博我以文,约我以礼,望之俨然;道与之貌,天与之形,眇乎小尔。"亦皆叔弓之所为也。

优　　语

宣和中,童贯用兵燕、蓟,败而窜。一日内宴,教坊进伎为三四婢,首饰皆不同。其一当额为髻,曰蔡太师家人也;其二髻偏坠,曰郑太宰家人也;又一人满头为髻如小儿,曰童大王家人也。问其故,蔡氏者曰:"太师觐清光,此名'朝天髻'。"郑氏者曰:"吾太宰奉祠就第,此'懒梳髻'。"至童氏者曰:"大王方用兵,此'三十六髻'也。"近者己亥岁,史□之为京尹,其弟以参政督兵于淮。一日内宴,伶人衣金紫,而幞头忽脱,乃红巾也。或惊问曰:"贼裹红巾,何为官亦如此?"傍一人答云:"如今做官底,都是如此。"于是褫其衣冠,则有万回佛自怀中坠地。其旁者云:"他虽做贼,且看他哥哥面。"又女官吴知古用事，人皆侧目。内宴日，参军四筵张乐，胥辈请金文书，参军怒曰："我方听觱栗，可少缓。"请至三四，其答如前。胥击其首曰："甚事不被觱栗坏了。"盖是俗呼黄冠为"觱栗"也。王叔知吴门日，名其酒曰"彻底清"。锡宴日，伶人持一樽夸于众曰："此酒名彻底清。"既而开樽，则浊醪也。旁诮之云："汝既为彻底清，却如何如此？"答云："本是彻底清，被钱打得浑了。"此类甚多。而蜀优尤能涉猎古今，援引经史，以佐口吻资笑谈。当史丞相弥远用事，选人改官，多出其门。制阃大宴，有优为衣冠者数辈，皆称为孔门弟子。相与言，吾侪皆选人，遂各言其姓曰"吾为常从事"，"吾为于从政"，"吾为吾将仕"，"吾为路文学"。别有二人出曰："吾宰予也。夫子曰：'于予与改。'可谓侥幸。"其一曰："吾颜回也。夫子曰：'回也不改。'吾为四科之首而不改，汝何为独改？"曰："吾钻故改，汝何不钻？"回曰："吾非不钻，而钻弥坚耳？"曰："汝之不改宜也，何不钻弥远乎？"其离析文义，可谓侮圣言，而巧发微中，有足称言者焉。有袁三者，名尤著。有从官姓袁者，制蜀，颇乏廉声。群优四人，分主酒、色、财、气，各夸张其好尚之乐，而馀者互讥诮之。至袁优，则曰："吾所好者，财也。"因极言财之美利，众亦讥诮之不已。徐以手自指曰："任你讥笑，其如袁丈好此何？"

讥不肖子

有士赴考，其父充役，为贴书勉其子，登第则可免。子方浪游都城，窘无资用，即答曰："大人欲某勉力就试，则宜多给其费，否则至场中定藏行也。"弈者以不露机为"藏行"云。又有士父使从学，月与油烛一千，其子请益，不可。子以书白云：

“所谓焚膏继晷者，非为身计，正为门户计。且异日恩封，庶几及父母耳。有如吝小费，则大人承事，娘子孺人，辽乎邈哉！”闻者绝倒。

齐东野语卷十四

馆 阁 观 画

乙亥岁秋，秘书监丞黄恮汝济，以蓬省旬点，邀余偕行，于是具衣冠望拜右文殿，然后游道山堂。堂故米老书扁，后以理宗御书易之。著作之庭，胡邦衡所书，曰"蓬峦"，曰"群玉堂"。堂屏，坡翁所作竹石，相传淳熙间，南安守某人，乃取之长乐僧寺壁间，去其故土，而背施髹漆，匣以持献曾海野；曾殂后，复献韩相平原；韩诛，簿录送官。左为"汗青轩"，轩后多古桂，两旁环石柱二。小亭曰"蓬莱"，曰"濯缨"，曰"方壶"，曰"含章"，曰"茹芝"，曰"芸香"。射亭曰"绎志"，曰"采良门"。"采良"二字，莫知所出。登浑仪台，观铜浑仪，绍兴间内侍邵谔所为，精致特甚，色泽如银如玉。此器凡二：一留司天台，一留此以备测验。最后步石渠，登秘阁，两旁皆列龛藏先朝会要及御书画，别有朱漆巨匣五十馀，皆古今法书名画也。是日仅阅秋、收、冬、馀四匣。画皆以鸾鹊绫、象轴为饰，有御题者，则加以金花绫。每卷表里，皆有尚书省印，防闲虽甚严，而往往以伪易真，殊不可晓。其佳者有董源画《孔子哭鱼邱子图》，唐模顾恺之《洗经图》，此二图绝高古。李成《重峦寒溜》，孙大古《志公》，展子虔作《伏生》，无名人《三天女》，亦古妙。燕文贵纸画山水小卷极精。土雷小景，符道隐山水，关仝山水，胡瓌马，陈晦柏，文与可古木便面，亦奇。馀悉常品，亦有甚谬者。通阅

一百六十餘卷，绝品不满十焉。暇日想像书之，以为平生清赏
之冠也。

针　砭

古者针砭之妙，真有起死之功。盖脉络之会，汤液所不及
者，中其俞穴，其效如神。方书传记，所载不一。若唐长孙后
怀高宗，将产，数日不能分娩。诏医博士李洞玄候脉，奏云：
"缘子以手执母心，所以不产。"太宗问："当何如？"洞玄曰："留
子母不全，母全子必死。"后曰："留子，帝业永昌。"遂隔腹针
之，透心至手，后崩，太子即诞。后至天阴，手中有瘢。庞安常
视孕妇难产者，亦曰："儿虽已出胞，而手执母肠胃，不复脱
衣。"即扪儿手所在，针其虎口，儿既痛，即缩手而生。及观儿
虎口，果有针痕。近世屠光远亦以此法治番阳酒官之妻。三
人如出一律，其妙如此。盖凡医者，意也。一时从权，有出于
六百四十九穴之外者。《脞说》载李行简外甥女，适葛氏而寡，
次嫁朱训，忽得疾如中风状。山人曹居白视之，曰："此邪疾
也。"乃出针刺其足外踝上二寸许，至一茶久，妇人醒，曰："疾
平矣。"始言每疾作时，梦故夫引行山林中。今早梦如前，而故
夫为棘刺刺足胫间不可脱，惶惧宛转，乘间乃得归。曹笑曰：
"适所刺者，八邪穴也。"此事尤涉神怪。余按《千金翼》有刺百
邪所病十三穴，一曰鬼宫，二曰鬼信，三曰鬼垒，四曰鬼心，五
曰鬼路，六曰鬼枕，七曰鬼床，八曰鬼市，九曰鬼病，十曰鬼堂，
十一曰鬼藏，十二曰鬼臣，十三曰鬼封。然则居白所施正此
耳。今世针法不传，庸医野老，道听涂说，勇于尝试，非惟无益
也。比闻赵信公在维扬制阃日，有老张总管者，北人也，精于
用针，其徒某得其粗焉。一日，信公侍姬苦脾血疾垂殆，时张

老留旁郡，亟呼其徒治之，某曰：“此疾已殆，仅有一穴或可疗。”于是刺足外踝二寸馀，而针为血气所吸留，竟不可出。某仓惶请罪曰：“穴虽中，而针不出，此非吾师不可，请急召之。”于是命流星马宵征，凡一昼夜而老张至，笑曰：“穴良是，但未得吾出针法耳。”遂别于手腕之交刺之，针甫入，而外踝之针跃而出焉。即日疾愈，亦可谓奇矣。然古者，针以石为之。昔金元起欲注《素问》，访王孺以砭石，答曰：“古人以石为针，必不用铁。”《说文》有此“砭”字，许慎云：“以石刺病也。”《东山经》云：“高氏之山多针石。”郭璞云：“可以为砭针。”《春秋》：“美疢不如恶石。”服子慎注云：“石，砭石也。”季世无复佳石，故以针代之耳。又尝闻舅氏章叔恭云：昔倅襄州日，尝获试针铜人，全像以精铜为之，腑脏无一不具。其外俞穴，则错金书穴名于旁，凡背面二器相合，则浑然全身，盖旧都用此以试医者。其法：外涂黄蜡，中实以水，俾医工以分折寸，按穴试针，中穴，则针入而水出；稍差，则针不可入矣。亦奇巧之器也。后赵南仲归之内府，叔恭尝写二图，刻梓以传焉。因并附见于此焉。

巴　陵　本　末

穆陵既正九五之位，皇兄济王竑出封宛陵，辞不就。史丞相同叔以其有逼近之嫌，遂徙寓于雪城之西。宝庆元年乙酉正月八日，含山狂士潘甫与弟壬、丙，率太湖亡命数十人，各以红半袖为号，乘夜逾城而入，至邸索王，声言义举推戴。王闻变，易敝衣，匿水窦中，久而得之。拥至州治，旋往东岳行祠，取龙椅置设厅，以黄袍加之。王号泣不从，胁之以兵，不获已，与之约曰：“汝能勿伤太后、官家否？”众诺。遂发军资库出金帛楮券犒军，命守臣谢周卿率见任及寄居官立班，且揭李全榜于州门,声言史丞相私意援立等罪。且称见率精兵二十万,水陆并进。时㡭耸动,以为山东狡谋。比晓,则执兵者大半皆太湖渔人,巡尉司蛮卒辈多识之,始疑其伪。王乃与郡将谋,帅州兵剿之,其数元不满百也,潘壬竟逸去。后明亮获之楚州河岸。寓公王元春遂以轻舟告变于朝,急调殿司将彭忔赴之。兵至,贼已就诛矣。主兵官苟统领者,坚欲入城,意在乘时劫掠。舟抵南关张王祠下,忽若有方巾白袍人挤之入水,于是亟闻之,朝廷亦以事平,俾班师焉。使非有此,一城必大扰矣。越一日,史相遣其客余天锡来,且颁宣医视疾之旨。时王本无疾,实使之自为之计,遂缢于州治之便室,舁归故第治丧。本州有老徐驻泊云:尝往视疾,至则已死矣。见其已用锦被覆于地,口鼻皆流血,沾渍衣裘。审尔,则非缢死矣。始欲治葬于西山寺,其后遂藁葬西溪焉。初,朝廷得报,谓出山东谋,史揆惧甚。既而事败,李全亦自通于朝,以为初不与闻,疑虑始释。遂下诏贬王为巴陵县公,夫人吴氏赐度牒为女冠,移居绍兴,改湖州为安吉州。王元春以告变功,遂知乡郡。时秀王第十三子师弥,逃难菁山园庙,亦奖其能守园陵,躐等升嗣袭。甚者以潘阆尝从秦王为记室,有同谋之嫌,亦黜其先贤之祀焉。先是,天台宋济中楫为守日,更立诸坊扁,其左题曰:"守臣宋济立。"未几变作,或以为先谶云。其后魏了翁华父、真德秀希元、洪咨夔舜俞、潘枋庭坚,皆相继疏其冤。大理评事庐陵胡梦昱季昭,应诏上书,引晋申生为厉,汉戾太子,及秦王廷美之事,凡万馀言,讦直无忌,遂窜象州。翁定、杜丰、胡炎,皆有诗送之。翁云:"应诏书闻便远行,庐陵不独说邦衡。寸心只恐孤天地,百口何期累弟兄。世态浮云多变换,公朝初日合清明。危言在国为元气,君子从来岂愿名。"杜云:"庐陵一小郡,百岁两胡公。论事虽小异,处心应略同。有书莫焚藁，无恨岂伤弓。病愧不远别，写诗霜月中。"胡云："一封朝奏大明宫，吹起庐陵古直风。言路从来天样阔，蛮烟谁使径旁通。朝中竞送长沙傅，岭表争迎小澹翁。学馆诸生空饱饭，临分忧国意何穷。"竟殁于贬所。端平更化，诏许归葬，官其一子。洪舜俞当制云："朕访落伊始，首下诏求谠言，盖与谏鼓、谤木同意。以直言求人，而以直言罪之，岂朕心哉？尔风裁峻洁，志概激壮，繇廷尉平上书公车，言人之所难言。方嘉贯日之忠，已堕偃月之计。问涂胥口，访事泷头，曾无几微见于面，何气节之烈也。仁祖能起介于远谪之馀，孝祖能拔铨于投荒之后。抚今怀远，魂不可招；潦雾堕鸢，追悔何及。仍官厥子，以旌折槛之直，且识投杼之过，尔虽死不朽矣。"以周成子与谋，鞫之棘寺，不服，大理卿徐宣力辨其非，皆坐贬死。台谏李知孝莫泽，奉承风旨，凡平日睚眦之怒，悉指以从伪，弹劾无虚日，朝野为之侧足。越再岁，忽颁宽恩，或谓史揆尝有所睹而然。辛卯郁攸之变，太室省部悉为煨烬，下诏求言。籍田令徐清叟应诏，略云："人伦睦则天道顺，一或悖其常，则天应之以祸。巴陵有过，罔克继绍，大臣协定大计，挚神器归之陛下。不幸狂寇猝发，陷巴陵于不道，衣服僭拟，死有馀罪。然在彼纵非，而在我者不可不厚。夺爵废祀，暂焉犹可；久而不赦，厥罚甚焉。况曩因巴陵谇误，名在丹书者，比以庆贲，生者叙复，死者归葬。然恩及疏逖，而亲者反薄，臣恐宁宗在天之灵，或谓不然也。盖陛下之与巴陵，俱宁宗皇帝之子。陛下富贵如此，而巴陵僇辱如彼，讵合人父均爱其子之意！近者，京城之火，上延太室，往往缘此。盖以陛下一念之愠，忍加同气，累载积年，犹未消释，有以伤和而召异也。"云云。癸巳六月，御笔命有司改葬，追复王爵，所有命继之事，则

"事关家国,非朕敢私"。丙申岁,正言方大琮奏疏亦云:"古今有不可亡之理。理者何?纲常是也。陛下隐之于心,其有不安者乎?臣在田野间,侧闻宁宗皇帝嘉定选择之时,追记先朝,眷念魏邸,故陛下之立,必自魏来。彼故王退守藩服,变出仓卒,霅川之事,深可痛矣。臣尝记真德秀之疏曰:'前有避匿之迹,后有讨捕之谋。'又记洪咨夔之疏曰:'霅川之变,非济邸之本心;济邸之殁,非陛下之本心。'魏了翁直前之疏,徐清叟火灾之疏,皆可谓得其情矣。胡梦昱一疏,尤为恻怛,贯穿百代之兴亡,指陈天人之感应,读之使人流涕。当是时也,天地祖宗犹有以察陛下之有所制;黄壤沉魄,犹有以亮陛下之不得已。今将十载,天毙老妖,端平改弦,威福自出,此非昭冤雪枉之时乎?臣恭睹六年六月御笔有曰:'胁狂陷逆。'又曰:'复爵茔坟。'而立后一事,则以事系家国,难以轻议。又恭睹二年七月御笔,有曰:'卫王功茂,深欲保全其家。'又曰:'札付宅之兄弟,自今臣僚,无复擅撼。'一则牢关固拒,如待深仇,何其重于继同气之后;一则丁宁覆护,如抚爱子,何其厚于保奸孽之家。合二笔而观,有人心者,以为何如哉?故王之迹,非若秦邸;而秦邸子孙,至今繁盛。今也西溪荒阡,麦饭无主,霜螯孤寄,抑堕缁流。"云云。"臣剽闻故王尝从陛下会朝侍班,同榻共食,情爱备至。使无弥远先人之言,宁不怆念畴昔之故。若故王者,生蒙友爱之义,死乃不蒙继绝之恩乎?臣闻真德秀垂殁,语其家以不能申前言为大恨。又见洪咨夔尝对臣言曰:'上意未回,则天意亦未易回。'今二臣亡矣!独梦昱所谓'冤不散则祸不消',今虽官其一子,未足偿其一门之痛。是不惟故王之冤未散,而梦昱之论亦未明也。群臣泛议,一语及此,摇手吐舌,指为深讳。陛下豁然开悟,特下明诏,正权臣之罪,洗故王之冤,则端平德刑之大者明矣。是必改茔高燥,亟谋绍承,幸伉俪之犹存,庶精爽之有托。若敖之鬼不馁,新城之巫永消,则天心之悔祸有期,人心之厌乱有日,特在陛下一念间耳。宋文帝何如主,犹能还二王之家,正徐傅之戮,而况九京之下,所望于英明之主哉?”云云。丙申明禋,大雷电雨雹,诏求直言。架阁韩祥疏曰:“四海之大,谁无兄弟? 尊为元首,宁忍忘情;宿草荒阡,彼独何辜? 二三臣子劝陛下绍巴陵之后则弗顾,请陛下行徐傅之诛则弗忍,乌知新城冤魄不日夜恻怆,请命上帝乎?”司农丞郑逢辰封章略曰:“妖由人兴,变不虚发。推原其故,陛下拨天怒者,其失有四:一曰天伦未笃,二曰朝纲未振,三曰近习之势寝张,四曰后宫之宠寝盛。何谓天伦未笃? 兄弟,人之大伦也。巴陵之死,幽魂藁葬,败冢荒邱,天阴鬼哭,夜雨血腥,行道之人,见者陨涕。太子申生之死,犹能请命于帝;巴陵亦先帝之子,陛下之兄也。雪川之变,窜身水窦,襟裾沾濡,凶徒迫胁,情实可怜。今乃烝尝乏祀,嫠妇无归,岂不拨天怒邪?”云云。丁酉火灾,三学生员上书,谓火起新房廊,乃故王旧邸之所;火至仙林寺而止,乃故王旧宅之材。皆指为伯有为厉之验。太常丞赵琳疏,亦以《春秋》郑伯有良霄为厉之验。一时朝绅韦布,咸谓故王之冤不伸,致干和气。独府学生李道子立异一书,援唐立武后事,谓此陛下家事,勿恤人言。又有广南额外摄官事邹云一书,尤为可骇。大略谓:“济邸不能一死,受程军、陈登之徒,班廷拜舞于仓猝之际,天日开明,著身无地,夫复何言? 今天下之士,反起兴怜,陛下又从而加惠之,复其爵位,给其帑藏,可谓曲尽其恩。今天下之士,不知大义所在,复以立嗣为言,簧鼓天下之所听。且济邸虽未得罪于天下,而实得罪于《春秋》。济王不道,法所当除。陛下尚轸在原，犹存爵位，借使勉从群议，俾延于世，不可也。矧当世情多阻之时，人心趋乱者众，万一贪夫不靖之徒，有以立楚怀王孙而激乱者，是时置国家于何地？其亦不思之甚矣！以真德秀之贤，犹且昧此，况他人乎？”二人并特旨补将仕郎，权夕郎丁伯桂驳之，乃止。殿院蒋岘伯见谓：“火灾止是失备，更无馀说。”且云：“济邸之于陛下，本非同气之亲，非兄弟而强为兄弟。”又云：“《中庸》达道，始于君臣而次于父子，《大易》二篇，基于父子而成于君臣，而况下于父子者乎？此见君臣之道，独立于天地之间。”又云：“君臣既定，父子不必言，兄弟不当问。”又云：“天不能命，神不能语，巫而诬焉。”于是太武学生刘实甫等二百馀人，相率上书力攻之，岘遂罢言职。至景定甲子岁，度宗践祚之初，监察御史常懋长孺奏：“巴陵之事，岂其本心？真宗能还秦邸之后，以成太宗之心，陛下岂不能为故王续一线之脉哉！”既而御笔云：“济王生前之官，先帝已与追复。尚有未复所赠官，尝曰留以遗后人，即仁皇践祚，赠秦王太师、尚书令之典也。所宜继志，以慰泉壤。可追复太师、保静镇潼军节度使，仍令所属讨论坟茔之制，日下增修，馀照先帝端平元年六月十二日指挥。”又至德祐乙亥，边事倏扰，台臣以此为请。而常长孺入为文昌，一再奏陈，以为：“此亦挽回天意之机。且雪川之事，非其本心，置之死地过矣，不为立后又过矣。匹夫匹妇之冤，犹能召飞霜枯草之灾，况尝备储闱之选乎？且理宗以来，疆土日蹙，灾变日至，毋乃巴陵得请于帝乎？若子产所谓有以归之，斯可矣。欲乞英断，为理祖、度考了此一段未为之事。不然，臣恐申生之请未已也。”遂有旨：太师、保静镇潼军节度使、济王，特封镇王，赐谥“昭肃”。所有坟茔，令临安府两浙漕司相视，更加修缮。仍令封椿安边所拨田一万亩给赐，仍差王应麟前往致祭，盖应麟亦尝有请也。又批令于两班中，择昭穆相当二三岁以下者，指定一员，以奉其祀。呜呼！挽回天意，至此亦晚矣。悲夫！

数　　奇

《李广传》："广数奇，毋令当单于。"注云："奇，不偶也，言广命只不偶也。数，音所角切，奇，居宜切。"宋景文以为江南本《汉书》，"数"乃所具切，"角"字乃"具"字之误耳。然或以为疑。余因考《艺文类聚》、《冯敬通集》"吾数奇命薄"，《唐文粹》徐敬业诗"数奇良可叹"，王维诗"卫青不败由天幸，李广无功缘数奇"，杜诗"数奇谪关塞，道广存箕颖"，罗隐诗"数奇当自愧，时薄欲何干"，坡诗"数奇逢恶岁，计拙集枯梧"，观其偶对，则"数"为"命数"，非"疏数"之"数"，音所具切，明矣。

谏笋谏果

世传涪翁喜苦笋，尝从斌老《乞苦笋》诗云："南园苦笋味胜肉，笼箨称冤莫采录。烦君更致苍玉束，明日风雨吹成竹。"又《和坡翁春菜》诗云："公如端为苦笋归，明日春衫诚可脱。"坡得诗，戏语坐客云："吾固不爱做官，鲁直遂欲以苦笋硬差致仕。"闻者绝倒。尝赋苦笋云："苦而有味，如忠谏之可活国。"放翁又从而奖之云："我见魏徵殊妩媚，约束儿童勿多取。"于是世以"谏笋"目之。殊不知翁尝自跋云："余生长江南，里人喜食苦笋，试取而尝之，气苦不堪于鼻，味苦不可于口，故尝屏之，未始为客一设。及来黔，黔人冬掘苦笋萌于土中，才一寸许，味如蜜蔗，初春则不食，惟樊道人食苦笋。四十馀日出土尺馀，味犹甘苦相半。"以此观之，涪翁所食，乃取其甘，非贵乎苦也。南康简寂观有甜苦笋，周益公诗云："疏食山间茶亦甘，况逢苦笋十分甜。君看齿颊留馀味，端为森森正且严。"此亦取其甜耳。世人慕名忘味，甘心荼苦者，果何谓哉？又记涪翁在戎州日，过蔡次律家，小轩外植馀甘子，乞名于翁，因名之曰"味谏轩"。其后王子予以橄榄送翁，翁赋云："方怀味谏轩中果，忽见金盘橄榄来。想见馀甘有瓜葛，苦中真味晚方回。"然则二物亦可名之为"谏果"也。

姚幹父杂文

姚镕字幹父，号秋圃，合沙老儒也，余幼尝师之。记诵甚精，著述不苟，潦倒馀六旬，仅以晚科主天台黄岩学，期年而殂。余尝得其杂著数篇，议论皆有思致。今散亡之馀，仅存一二，惧复失坠，因录之以著余拳拳之怀。

《喻白蚁文》云："物之不灵，告以话言而弗听，俗所谓对马牛以诵经是已。虽然，群生之类，皆含灵性，皆具天机。百舌能语，白鹭能棋；伯牙弦清而鱼听，海翁机露而鸥疑；害稼之蝗知卓茂，害人之鳄识昌黎。若兹之类，言可喻，理可化，安可例以马牛而待之？况夫蝼蚁至微，微而有知。自国于大槐以来，则有君臣尊卑。南柯一梦，言语与人通，井邑与人同。人但见其往来憧憧，而不知其市声讧讧。固自有大小长幼之序，前呼后唤之响，默传于寂然无哗之中。一种俱白，号曰'地虎'，族类蕃昌，其来自古。赋性至巧，累土为室；有觜至刚，啮木为粮。吾尝窥其窟穴矣，深闺邃阁，千门万户，离宫别馆，复屋修廊。五里短亭，十里长亭，缭绕乎其甬道；五步一楼，十步一阁，玲珑乎其峰房。嗟尔之巧则巧矣，盛则盛矣，然卵生羽化，方孳育而未息；钻椽穴柱，不尽嚼而不已。遂使修廊为之空洞,广厦为之颓圮。夫人营创,亦云难只,上栋下宇,欲维安止。尔乃鸠居之而不恤,蚕食之而无耻,天下其宁有是理? 余备历险阻,拙事生涯,造物者计尺寸而与之地,较锱铢而赋之财。苟作数椽,不择美材,既杉柠之无有,惟桦松之是栽;正尔辈之所慕,逐馨香而俱来。苟能饱尔之口腹,岂不炭炭乎殆哉? 虽然,尔形至微,性具五常:其居亲亲,无闺门同气之斗,近于仁;其行济济,有君子逊畔之风,近于礼;有事则同心协力,不约而竞集,号令信也;未雨则含沙负土,先事而绸缪,智识灵也;其徒羽化,则空穴饯之于外,有同室之义也。既灵性之不泯,宜善言之可施。余之谛创尔所见,余之艰难尔宜知。今与尔画地为界,自东至西十丈有奇,自南至北其数倍蓰,请迁族类以他适,毋入范围而肆窥。苟谆谆而莫听,是对马牛而诵经,其去畜类也几希。以酒酹地,尔其知之。”又效柳河东《三戒》作《三说》,其一曰《福之马嘉鱼》,云:“海有鱼曰马嘉,银肤燕尾,大者视睟儿,肉用火熏之可致远,常渊潜不可捕。春夏乳子,则随潮出波上,渔者用此时帘而取之。帘为疏目,广袤数十寻,两舟引张之,缒以铁,下垂水底。鱼过者,必钻触求进,愈触愈束愈怒,则颊张鬣舒,钩着其目,致不可脱。向使触网而能退却,则悠然逝矣。知进而不知退,用罹烹醢之酷,悲夫!”《江淮之蜂蟹》云:“淮北蜂毒,尾能杀人;江南蟹雄,螯堪敌虎。然取蜂儿者不论斗,而捕蟹者未闻血指也。蜂窟于土或木石,人踪迹得其处,则夜持烈炬临之。蜂空群赴焰,尽殪,然后连房剒取。蟹处蒲苇间,一灯水浒,莫不郭索而来,悉可俯拾。惟知趋炎而不能安其所,其陨也固宜。”《蜀封溪之猩猩》云:“猩猩,人面能言笑,出蜀封溪山,或曰交趾。血以赭罽,色终使不渝。嗜酒喜屐,人以所嗜陈野外而联络之,伏伺其旁。猩猩见之，知为饵己，遂斥詈其人姓名，若祖父姓名，又且相戒毋堕奴辈计中，携俦唾骂而去。去后复顾，因相谓曰：'盍试尝之。'既而染指知味，则冥然忘夙戒，相与沾濡径醉，相喜笑，取屐加足。伏发，往往颠连顿仆，掩群无遗。呜呼！明知而明犯之，其愚又益甚矣。"

继　母　服

何自然，本何伦德显之子，其母姚氏死，即出继何修德扬。后伦再娶周氏。及自然为中司日，周氏死，自然以不逮事，毋审合解官申心丧。下礼官议，以为母无亲继之别，朝廷不以为然，复下给舍台谏议。太学生朱九成等各上台谏书，论其当去。集议既上，虽以为礼有可疑，义当从厚，合听解官。然竟以礼律不载，无所折衷。自然去后数日，书库官方庭坚于《隋书·刘子翊传》：永宁令李公孝，四岁丧母，九岁外继，其后父更别娶，后母至是而亡。河间刘炫以无抚育之恩，议不解任。子翊时为侍御史，驳之曰："传云：'继母如母。'与母同也。"又曰："为人后者，为其父母期。按期者自以本生，非殊亲之与继也。"又曰："亲继既等，心丧不殊。"又曰："如谓继母之来，在子出之后，制有浅深，则出后之人，所后者初亡，后之者始至，此复可以无抚育之恩，而不服重乎？"又曰："苟以母养之恩，始成母子，则恩由彼至，服自己来，则慈母如母，何待父命。"又曰："继母本以名服，岂藉恩之厚薄乎。"又曰："炫敢违礼乖令，侮圣贤法。使出后之子，无情于本生，名义之分，有污于风俗。"事奏，竟从子翊之议。礼官具白于庙堂，议乃定。乃知读书不多，不足以断疑事也。

食 牛 报

　　曾凤朝阳，庐陵人，余尝与之同寮。忽以疾告。数日，余往问之，因云："昔年疾伤寒，旬馀不解。昏睡中，忽觉为牛所吞，境界陡黑，知此身已堕牛腹中。于是矍然曰：'身不足惜，如老母何！'因发誓，自此复见天日，当终身不食太牢。悚然惊寤，流汗如雨，疾遂良愈。持戒已十年矣，昨偶饮乡人家，具牛炙甚美。朋旧交勉之，忍馋不禁，为之破戒，归即得疾。畴昔之夜，梦如往年，恐惧痛悔，以死自誓，今幸汗解矣。"余闻其说异之，且尝见传记小说所载食牛致疾事极众，然未有耳目所接如此者。余家三世不食牛，先妣及余皆禀赋素弱，自少至老多病。然瘟疫一证，非惟不染，虽奴婢辈亦复无之，益信朝阳之说为不诬。因并著之，以为世戒。

齐东野语卷十五

曲壮闵本末

曲端字正甫，镇戎军人，知书善属文，作字奇伟，长于兵略，屡战有声。知延安府时，王庶节制陕西六路军马，遂授端吉州团练使、节制司都统制。端雅不欲属庶，及寇犯陕西，庶召端，则以未受命辞。敌知端、庶不协，并兵寇鄜延。庶督端为援，端以为救鄜延，不如全陕西，乃遣吴玠攻华州。既而延安陷，庶无所归，遂以百骑驰至端军。端以戎服见，问庶延安失守状曰："节制固知爱身，不知为天子爱城乎？"庶曰："吾数令不从，谁其爱身者？"端怒曰："在耀州屡陈军事，不一见听，何也？"乃拘其官属，夺其节制司印。既而以擒史斌功，迁康州防御使、泾原路经略安抚使、知延安府。端不欲往，朝廷疑有叛意，遂以御营提举召，端疑不行。会张浚宣抚川、陕，以端有威声，承制拜端威武大将军、宣州观察使、宣抚司都统制、知渭州，军士欢声如雷。是时端与吴玠皆有重名，陕西人为之语曰："有文有武是曲大，有谋有勇是吴大。"娄室寇邠州日，端屡战皆捷，至白店原，撒离喝乘高望之，惧而号泣，虏人目之为"啼哭郎君"，其为敌所畏如此。既而浚欲大举，未测其意，先使张彬往觇之曰："公常患诸路兵不合，财不足。今宣抚司兵已合，财已足，娄室以孤军深入，我合诸路攻之不难。万一粘罕并兵而来，何以待之？"端曰："不然。兵法先较彼己，今敌可胜,止娄室孤军。然将士轻锐,不减前日,我不过止合五路兵耳,然将士无以大异于前。兼敌之人寇,因粮于我,我常为客,彼常为主。今当反之,按兵据险,时出偏师以扰其耕。彼不得耕,必将取粮于河东,是我为主彼为客。不一二年间,必自困毙,可一举而灭也。万一轻举,后忧方大。”彬以其言复命,浚不悦。金犯环庆,端遣吴玠拒之彭原,战少却,乃劾玠违节制。其秋,兀术窥江淮。浚议出师,会诸将议所从,端力以为不然,须十年乃可。端既与浚异趣,时王庶为宣抚司参谋,与端有宿怨,因谮于浚曰:“端有反心久矣,盍早图之。”浚积前疑,复闻庶言,大怒,竟以彭原事罢其兵柄与祠,再谪海州团练副使,万州安置。是时,陕西军民皆恃端为命,及为庶谮,无罪而贬,军情大不悦。是年,浚大举,军至富平县。将战,乃伪立前军都统制曲端旗以惧之。娄室曰:“闻曲将军已得罪,必绐我也。”遂拥军骤至,军遂大溃。浚心愧其言,而欲慰人望,乃下令以富平之役,泾原军出力最多,既却退之后,先自聚集,皆前帅曲端训练有方,遂叙复左武大夫,兴州居住。绍兴初,又叙营州刺史,与祠,徙阆州。浚亦自兴州移司阆州,欲复用端。玠既憾之,且惧端复起,乃言曰:“曲端再起,必不利于张公。”王庶又从而谮之,以端尝作诗云:“不向关中兴事业,却来江上泛扁舟。”举此以为指斥。浚入其说,且以张中孚、李彦琪、赵彬降虏,疑端知其谋,于是徙端恭州,置狱,命武臣康随为夔路提刑鞫治。康随者,先知怀德军,盗用库金,为端所劾。时武臣提刑废已久,浚特以命随。端既赴逮,知必死,仰天长吁,指其所乘战马铁象云:“天不欲复中原乎? 惜哉!”泣数行下,左右皆泣。初至,狱官不知何人,日盛服候之,如事上官之礼,端甚讶之。一日,其人忽前云:“将军功臣,朝廷所知,决无他虑。若

欲早出,第手书一病状,狱司即以申主,便可凭藉出矣。"端欣
然引笔书之,甫就,狱官遽卷怀而去。是晚,即进械,坐之铁
笼,炽火逼之,殊极惨恶。端渴甚求饮,与之酒,九窍流血而
死,年四十一,时绍兴元年八月三日丁卯申时也。陕西军士,
皆流涕怅恨,多叛去者。浚寻得罪,诏追复端宣州观察使。制
曰:"顷失意于权臣,卒下狱而遭死,恩莫追于三宥,人将赎以
百身。"其后金归河南之日,又诏谥端"壮闵。"制曰:"属委任之
非人,致刑诛之横被,兴言及此,流涕何追。"端为泾原都统日,
有叔为偏将,战败诛之。既乃发丧,祭之以文曰:"呜呼!斩副
将者,泾原统制也;祭叔者,侄曲端也。尚享!"一军畏服。其
纪律极严,魏公尝按视端军,端执挝以军礼见,旁无一人。公
异之,谓欲点视,端以所部五军籍进。公命点其一部,于廷间
开笼纵一鸽以往,而所点之军随至,张为愕然。既而欲尽观,
于是悉纵五鸽,则五军顷刻而集,戈甲焕灿,旗帜精明。魏公
虽奖,而心实忌之。在蜀日,尝有诗云:"破碎江山不足论,何
时重到渭南村。一声长啸东风里,多少人归未断魂。"亦可见
其志也。至今西北故老,尚能言其冤。而《四朝国史》端本传
之论,乃曰:"曲端之死,时论或以为冤,然观其狠愎自用,轻视
其上,纵使得志,终亦难御,况动违节制,夫何功之可言乎?"此
虽史臣委曲为魏公庇,然失其实矣。信如所言,则秦桧之杀岳
飞,亦不为过。或又比之孔明斩马谡,尤无谓也。直笔之难也
久矣,惜哉!

浑天仪地动仪

旧京浑天仪凡四座,每座约用铜二万斤。至道仪在测验
浑仪所,皇祐仪在翰林天文局,熙宁仪在太史局天文院,元祐

仪在合台。南渡后，工部员外郎袁正功尝献木样，诏工部折半制造，计用铜八千四百余斤，后不克成。至绍兴七年，尝自制小样。十四年，令内侍邵谔领其事，其一留太史局司天台，其一留秘书省测验所，皆精铜为之，工致特甚，然比之旧京者，不能及其半也。按浑天仪始于洛下闳，或以为璇玑玉衡之遗法，非也。其后贾逵、张衡、斛兰、李淳风、梁令瓒、僧一行以下皆能之，独有候风地震之器曰地动仪者无传焉。按《汉·张衡传》，此仪以精铜为之，其器圆径八尺，形似酒樽，中有都柱，旁行八道，施关发机。外有八龙，首衔铜丸，每龙作一蟾蜍，仰首张口而承之。机关巧制，皆在樽中。龙必致九州地分，如遇某州分地动，则龙衔之丸，即坠蟾蜍口中，乃铿然有声。司候者占之，则知某地分震动矣。《北史》：信都芳明算术，有巧思，聚浑天欹器、地动铜乌、刻漏、候风诸巧事，令算之，皆无遗策。隋临孝恭，尝著《地动仪经》一卷，今皆传焉。然以理揆之，天文有常度可寻，时刻所至，不差分毫，以浑天测之可也。若地震则出于不测，盖阴阳相薄使然；亦犹人之一身，血气或有顺逆，因而肉瞤目动耳。气之所至则动，气所不至则不动。而此仪置之京都，与地震之所了不相关，气数何由相薄，能使铜龙骧首吐丸也？细寻其理，了不可得，更当访之识者可也。

腹　筒

　　昆山白莲花寺，乃陆鲁望舍宅之所，后有祠堂像设，皆当时物。咸淳中，盛氏子醉游寺中，因仆其像于水，则满腹皆鲁望平生诗文亲稿也。寺僧颂于郡，时太守倪普亦怒之，遂从徒坐，而更塑其像。虽可少雪天随之辱，然无复当时之腹稿矣。雪川南景德寺，为南渡宗子聚居之地。大殿皆椤木为之，经数百年,略不欹倾;俗传以为神匠所为,佛像尤古。咸淳辛未三月,火忽起自佛腹,其中藏经数百卷,多五代及国初时人手写,皆硾碧纸,金银书。间有舍利、珠玉、金银钱之类,多为宗子所得。尝见一仆得金银书《心经》一囊,凡十卷,长仅二寸,卷首各绘佛像,亦颇极精妙。后经笥一旦遂空,亦竟莫知火起之由,岂释氏所谓劫火者乎?

龟溪二女贵

隆国黄夫人,湖州德清县人。初入魏峻叔高家,既出,复归李仁本,媵其女以入荣邸。时嗣王与芮苦无子,一幸而得男,是为度宗。然自处极谦抑,虽骤贵盛,每遇邸第亲戚,至不敢坐。常以奶子自称,人亦以此名之,或者有魏奶子之谤,其实不然也。秦齐国夫人胡氏,亦同邑人,相去才数里。贾涉济川以制置,少日,舟过龟溪,见妇人浣衣者,偶盼之,因至其家。问夫何在,曰:“未归。”语稍洽,调之曰:“肯相从乎?”欣然惟命。及夫还,扣之,亦无难色,遂携以归。既而生似道,未几去,嫁为民妻。似道少长,始奉以归。性极严毅,似道畏之。当景定、咸淳间,屡入禁中,隆国至同寝处,恩宠甚渥,年至八十有三。上方赐秘器及冰脑各五百两,赗银绢四千两匹,命中使护葬,帅漕供费,凡两辍朝,赐谥柔正,又赐功德寺及田六千亩,可谓盛极矣。故一邑产二女贵人,前此所未有也。

算 历 约 法

古有数九九之语,盖自至后起,数至九九,则春已分矣,如至后一百六日为寒食之类也。余尝闻判太史局邓宗文云:“岂特此为然,凡推算皆有约法。”《推闰歌括》云:“欲知来岁闰,先算至之余。更看大小尽,决定不差殊。"谓如来岁合置闰,止以今年冬至后余日为率。且以今年十一月二十二日冬至,则本月尚余八日,则来年之闰,当在八月。或小尽,则止余七日,则当闰七月。若冬至在上旬,则以望日为断,十二日足,则复起一数焉。《推节气歌括》云:"中气与节气,但有半月隔。若要知仔细,两时零五刻。"谓如正月甲子日子时初刻立春,则数至己卯日寅时正一刻,则是雨水节也。《推立春歌括》云:"今岁先知来岁春,但看五日三时辰。"谓如今年甲子日子时立春,则明年合是己巳日卯时立春。若夫刻数,则用前法推之。凡朔、望、大小尽等悉有歌括,惜乎不能尽记。然此亦历家之浅事耳,若夫精微,则非布算乘除不可也。

玉照堂梅品

梅花为天下神奇,而诗人尤所酷好。淳熙岁乙巳,予得曹氏荒圃于南湖之滨,有古梅数十,散漫弗治。爰辍地十亩,移种成列。增取西湖北山别圃江梅,合三百余本,筑堂数间以临之。又挟以两室,东植千叶缃梅,西植红梅各一二十章,前为轩楹如堂之数。花时居宿其中,环洁辉映,夜如对月,因名曰"玉照"。复开涧环绕,小舟往来,未始半月舍去,自是客有游桂隐者,必求观焉。顷太保周益公秉钧卜,予尝造东阁,坐定,首顾予曰:"一棹径穿花十里,满城无此好风光。"人境可见矣!盖予旧诗尾句,众客相与歆艳,于是游玉照者,又必求观焉。值春凝寒,反能留花,过孟月始盛。名人才士,题咏层委,亦可谓不负此花矣。但花艳并秀,非天时清美不宜;又标韵孤特,若三闾大夫、首阳二子,宁槁山泽,终不肯俯首屏气,受世俗渰拂。间有身亲貌悦,而此心落落不相领会;甚至于污亵附近,略不自揆者。花虽眷客，然我辈胸中空洞，几为花呼叫称冤，不特三叹、屡叹、不一叹而足也。因审其性情，思所以为奖护之策，凡数月乃得之。今疏花宜称、憎嫉、荣宠、屈辱四事，总五十八条，揭之堂上，使来者有所警省。且示人徒知梅花之贵，而不能爱敬也。使予与之言，传闻流诵，亦将有愧色云。绍熙甲寅人日约斋居士书。

花宜称凡二十六条

澹阴。　　晓日。　　薄寒。　　细雨。　　轻烟。佳月。　　夕阳。　　微雪。　　晚霞。　　珍禽。　　孤鹤。　　清溪。　　小桥。　　竹边。　　松下。　　明窗。　　疏篱。　　苍厓。　　绿苔。　　铜瓶。　　纸张。　　林间吹笛。　　膝下横琴。　　石枰下棋。　　扫雪煎茶。　　美人淡妆簪戴。

花憎嫉凡十四条

狂风。　　连雨。　　烈日。　　苦寒。　　丑妇。俗子。　　老鸦。　　恶诗。　　谈时事。　　论差除。花径喝道。　　对花张绯幕。　　赏花动鼓板。　　作诗用调羹驿使事。

花荣宠凡六条

主人好事。　　宾客能诗。　　列烛夜赏。　　名笔传神。　　专作亭馆。　　花边歌佳词。

花屈辱凡十二条

俗徒攀折。　　主人悭鄙。　　种富家园内。　　与粗婢命名。　　蟠结作屏。　　赏花命猥妓。　　庸僧窗下种。　　酒食店内插瓶。　　树下有狗屎。　　枝下晒衣裳。　　青纸屏粉画。　　生猥巷秽沟边。

昔义山《杂纂》内,有"杀风景"等语,今梅品实权舆于此。约斋名镃,字功父,循王诸孙,有吏才,能诗,一时所交皆名辈。予尝得其园中亭榭名,及一岁游适之目,名《赏心乐事》者,已载之《武林旧事》矣。今止书其赏牡丹及此二则云。

律　历

沈存中云,近世精于历者,莫若卫朴,虽一行亦不及之。《春秋》日食三十六,诸历通验,密者不过得二十六,惟一行得二十七,朴乃得三十五。朴能不用推算古今日月食,但口诵乘除,不差一算。凡古历算数,令人就耳一读,即能暗诵旁通,纵横诵之。尝令人写历书,写讫,令附耳读之,有差一算者,读至其处,则曰:"此误某字。"其精如此。大乘除皆不下照位,运筹如飞,人眼不能逐。人有故移其一算者,朴自上至下,手循一遍,至移算处,则检正而去。熙宁中,撰《奉元历》,以无候簿,未能尽其数。自言其得六七而已,然已密于他历矣。至姚虞孙乃出新意,用艺祖受命之年,即位之日,元用庚辰,日起己卯,号《纪元历》。于是立朔既差,定腊亦舛,日食亦皆不验,未几遂更焉。宣和间,妄人方士魏汉津唱为黄帝、夏禹以声为律身为度之说,不以黍累,而用帝指。凡中指之中寸三,次指之中寸三,小指之中寸三,合而为九,为黄钟律。又云:"中指之径围为容盛,则度量权衡皆自此出焉。"或难之曰:"上春秋富,手指后或不同,奈何?"复为之说曰:"请指之岁,上适年二十四,得三八之数,是为太蔟、人统,过是,则寸有余,不可用矣。"其敢为欺诞也如此,然终于不可用而止。此事前所未有,于理亦不可诬。小人欺罔取媚,而世主大臣,方甘心受侮而不悟,可发识者一笑也。

张氏十咏图

先世旧藏吴兴张氏《十咏图》一卷，乃张子野图其父维平生诗，有十首也。其一，《太守马太卿会六老于南园》云："贤侯美化行南国，华发欣欣奉宴娱。政绩已闻同水薤，恩辉遂喜及桑榆。休言身外荣名好，但恐人间此会无。他日定知传好事，丹青宁羡《洛中图》。"其二，《庭鹤》云："戢翼盘桓傍小庭，不无清夜梦烟汀。静翘月色一团素，闲啄苔钱数点青。终日稻粱聊自足，满前鸡鹜漫相形。已随秋意归诗笔，更与幽栖上画屏。"其三，《玉蝴蝶花》云："雪朵中间蓓蕾齐，骤闻尤觉绣工迟。品高多说琼花似，曲妙谁将玉笛吹？散舞不休零晚树，团飞无定撼风枝。漆园如有须为梦，若在蓝田种更宜。"其四，《孤帆》云："江心云破处，遥见去帆孤。浪阔疑升汉，风高若泛湖。依微过远屿，仿佛落荒芜。莫问乘舟客，利名同一途。"其五，《宿清江小舍》，破损，仅存一句云："菰叶青青绿荇齐。"其六，《归燕》云："社燕秋归何处乡？群雏齐老稻青黄。犹能时暂栖庭树，渐觉稀疏度苑墙。已任风庭下帘幕，却随烟艇过潇湘。前春认得安巢所，应免差池拣杏梁。"其七，《闻砧》云："遥野空林砧杵声，浅沙栖雁自相鸣。西风送响暝色静，久客感秋愁思生。何处征人移塞帐，即时新月落江城。不知今夜捣衣曲，欲写秋闺多少情？"其八，《宿后陈庄》云："腊冻初开茗水清，烟村远郭漫吟行。滩头斜日凫鹥队，枕上西风鼓角声。一棹寒灯随夜钓，满犁膏雨趁春耕。谁言五福仍须富，九十年余乐太平。"其九，《送丁逊秀才赴举》云："鹏去天池凤翼随，风云高处约先飞。青袍赐宴出关近，带取琼林春色归。"其十，《贫女》云："蒿簪掠鬓布裁衣，水鉴虽明亦懒窥。数亩秋禾满家食,一机官帛几梭丝。物为贵宝天应与,花有秋香春不知。多少年来豪族女,总教时样画蛾眉。"孙觉莘老序之云:"富贵而寿考者,人情之所甚慕;贫贱而夭短者,人情之所甚哀。然有得于此者,必遗于彼。故宁处康强之贫,寿考之贱;不愿多藏而病忧,显荣而夭短也。赠尚书刑部侍郎张公讳维,吴兴人。少年学书,贫不能卒业,去而躬耕以为养。善教其子,至于有成。平居好诗,以吟诗自娱。浮游闾里,上下于溪湖山谷之间,遇物发兴,率然成章。不事雕琢之巧,采绘之华,而雅意自得。倘徉闲肆,往往与异时处士能诗者为辈。盖非无忧于中,无求于世,其言不能若是也。公不出仕,而以子封至正四品,亦可谓贵;不治职,而受禄养以终其身,亦可谓富;行年九十有一,可谓寿考。夫享人情之所甚慕,而违其所哀,无忧无求,而见之吟咏,则其自得而无怨怼之辞,萧然而有沉澹之思,其亦宜哉。公卒十八年,公子尚书都官郎中先亦致仕家居。取公平生所自爱诗十首,写之缣素,号《十咏图》,传示子孙,而以序见属。余既爱侍郎之寿,都官之孝,为之序而不辞。都官字子野,盖其年八十有二云。"此事不详于郡志,而张维之名亦不显,故人少知者。会直斋陈振孙贰卿方修《吴兴志》,讨摭旧事,见之大喜。遂传其图,且详考颠末,为之跋云:"庆历六年,吴兴郡守宴六老于南园,酒酣赋诗,安定胡先生瑗教授湖学,为序其事。六人者,工部侍郎郎简年七十九,司封员外郎范说年八十六,卫尉寺丞张维年九十一,俱致仕。刘馀庆年九十二,周守中年九十五,吴琰年七十二,皆有子弟列爵于朝。刘,殿中丞述之仲父;周,大理丞颂之父;吴,大理丞知几之父也。诗及序刻石园中。园废,石亦不存。其事见《图经》及《安定言行录》。余尝考之,郎简,杭人也,或尝寓于湖。范说,咸平三年进士,同学究出身。周颂,天圣八年进士。刘、吴盛族,述与知几皆有名迹可见,独张维无所考。近周明叔史君得古画三幅,号《十咏图》者,乃维所作诗也。首篇即南园宴集所赋,孙觉莘老序之,其略云云,于是始知维为子野之父也。时熙宁五年,岁在壬子,逆数而上八十二年,子野之生,当在淳化辛卯,其父享年九十有一,正当为守。会六老之年,实庆历丙戌。逆数而上九十一年,则周世宗显德丙辰也。后四年宋兴,自是日趋太平极盛之世,及于熙宁、元丰,再更甲子矣。子野于其间擢儒科,登朊仕,为时闻人。赠其父官四品,仍父子皆耄期,流风雅韵,使人遐想慨慕不能已,可谓吾乡衣冠之盛事矣!世固知有子野而不知有其父也。自庆历丙戌后十八年,子野为《十咏图》,当治平甲辰。又后八年,孙莘老为太守为之作序,当熙宁壬子。又后一百七十七年,当淳祐己酉,其图为好古博雅君子所得。会余方缉《吴兴人物志》,见之如获珙璧,因细考而详录之,庶几不朽于世。其诗亦清丽闲雅,如'滩头斜日凫鹥队,枕上西风鼓角声',又'花有秋香春不知',皆佳句也。子野之墓在卞山多宝寺,今其后影响不存矣。此图之获,岂不幸哉!"本朝有两张先,皆字子野。其一博州人,天圣三年进士,欧阳公为作墓志。其一天圣八年进士,则吾州人也。二人名、姓、字偶皆同,而又适同时,不可不知也。且赋诗云:"平生闻说张三影,《十咏》谁知有乃翁。逢世升平百年久,与龄耆艾一家同。名贤叙述文章好,胜事流传绘素工。遐想盛时生恨晚,恍如身在画图中。"南园故址在今南门内,牟存叟端平所居是也。其地尚为张氏物,先君为经营得之,存叟大喜,亦常赋五绝句,其一云:"买家喜傍水晶宫,正是南园故址中。我欲筑堂名六老,追还庆历太平风。"盖纪实也。余家又偶藏子野诗一帙,名

《安六集》,旧京本也。乡守杨嗣翁见之,因取刻之郡斋。适二事皆出余家,似与子野父子有缘耳。

耿 听 声

耿听声者,兼能嗅衣物以知吉凶贵贱。德寿闻其名,取宫人扇百余,杂以上及中宫所御,令小黄门持扣之。耿嗅至后扇云:"此圣人也,然有阴气。"至上扇,乃呼万岁!上奇之,呼入北宫,又取妃嫔珠冠十数示之。至一冠,奏曰:"此有尸气。"时张贵妃薨,此其故物也。后居候潮门内。夏震微时,尝为殿岩馈酒于耿。耿闻其声,知其必贵,遂以其女妻其子,子复娶其女。时郭棣为殿帅,耿谒之曰:"君部中有三节度使,他日皆为三衙。"扣为何人,则曰:"周虎、彭辂、夏震也。"虎、辂时皆为将官,独震方为帐前佩印官。郭曰:"周、彭地步,或未可知,震安得遽尔乎?"耿曰:"吾所见如此,可必也。"耿因为三人结为义兄弟。一日,耿谓虎曰:"吾数夜闻军中金鼓有杀声,兵将动,君三人皆当由此而显矣。"未几,开禧出师,虎守和州,辂为金州统戎,皆以功受赏。震则以诛韩功,相继获殿岩,虎亦为帅,皆立节度使班,悉如耿之言。

周 陆 小 词

周平园尝出使,过池阳,太守赵富文彦博召饮。籍中有曹聘者,洁白纯静,或病其讷而不顾,公为赋梅以见意云:"踏白江梅,大都玉软酥凝就。雨肥霜逗,痴呆闺房秀。　莫待冬深,雪压风欺后。君知否?却嫌伊瘦,又怕伊僝僽。"酒酣,又出家姬小琼舞以侑欢,公又赋一阕云:"秋夜乘槎,客星容到天孙渚。眼波微注,将谓牵牛渡。　见了还非,重理霓裳舞。

虽无误,几年一遇,莫讶周郎顾。"范石湖尝云:"朝士中姝丽有三杰。"谓韩无咎、晁伯如家姬及小琼也。禁中亦闻之。异时有以此事中伤公者,阜陵亦为一笑。陆放翁在蜀日,有所盼,尝赋诗云:"碧玉当年未破瓜,学成歌舞人侯家。如今憔悴蓬窗底,飞上青天妒落花。"出蜀后,每怀旧游,多见之赋咏,有云:"金鞭朱弹忆春游,万里桥东罨画楼。梦倩晓风吹不断,书凭春雁寄无由。镜中颜鬓今如此,席上宾朋好在不?箧有吴笺三百个,拟将细字写春愁。"又云:"裘马清狂锦水滨,最繁华地作闲人。金壶投箭消长日,翠袖传杯领好春。幽鸟语随歌处拍,落花铺作舞时茵。悠然自适君知否,身与浮名孰重轻?"又以此诗檃括,作《风入松》云:"十年裘马锦江滨,酒隐红尘。黄金选胜莺花海,倚疏狂,驱使青春。吹笛鱼龙尽出,题诗风月俱新。　　自怜华发满纱巾,犹是官身。凤楼常记当年语,问浮名,何似身亲。欲寄吴笺说与,这回真个闲人。"前辈风流雅韵,犹可想见也。

齐东野语卷十六

三高亭记改本

三高亭，天下绝景也；石湖老仙一记，亦天下奇笔也。余尝见当时手稿，揩摩抉剔，如洗玉浣锦，信前辈作文不惮于改如此。因详书于此，与同志评之。记云："乾道三年二月，吴江县新作三高祠成。三高者：越上将军姓范氏，是为鸱夷子皮；晋大司马东曹掾姓张氏，是为江东步兵；唐赠右补阙姓陆氏，是为甫里先生。三君者不并世，而鸱夷子皮又尝一用人之国，名大功显而去之。季鹰、鲁望，萧然臞儒。使有为于当年，其所成就，固不可渝度。要皆得道见微，脱屣天刑，清风峻节，相望于松江、太湖之上，故天下同高之。而吴江之邑人，独私得奉烝尝以夸于四方，若曰吾东家邱云尔。邑大夫赵伯虚勤劳其邑，百废具举，以故祠为陋，将改作。于是归老之士乡老王份，献其地雪滩，左具区，右笠泽，号称胜绝。乃筑堂于其上，告迁于像而奠焉。又属石湖郡人范成大为之辞识。噫！传曰：不有君子，其能国乎？今乃自放寂寞之滨，掉头而弗顾，人又从而以为高，岂盛际之所愿哉！后之人高三君之风，而迹尚论其所以去，为世道计者，可以惧思过半矣。至于豪杰之士，或肆志乎轩冕，尸祝而社稷莫之能说。宴安流连，卒悔于后者，亦将有感于斯堂，而某何足以述之？然独尝怪屈平既渊潜以从彭咸，而桂丛之赋，犹召隐士，淮南小山犹为作《隐士》之赋。疑若幽隐处林

薄,不死而仙;况如三君蝉蜕溷浊,得全于天者。尝试倚楹而
望,水光浮空,云日下上,风帆烟艇,飘忽晦明。意必往来其
间,某何足以见之,故效援小山故事作歌三章以招焉。遂从而
歌曰:'若有人兮扁舟,忧乱五湖兮远游,众芳媚兮高丘,独君
兮不可留。长风积兮波浪白,吹泽国。荡摇空明兮南北一色。
浪波稽天兮南北一色。镜万里荡空碧兮鞭鱼龙,列星剡剡兮一下
其孤蓬,渺顾怀兮斯路,与凉月兮入沧浦。君之旆兮猎猎,红梁千丈
兮可以舣楫。伐东流兮怅云海,悠悠我思兮君无远迈。战争蜗角兮昨梦一
笑,水云得意兮垂虹可以舣棹。仙之人兮寿无涯,乐哉垂虹兮
去复来。'载歌曰:'若有人兮横大江,秋风起兮归故乡。鸿冥
飞兮白鸥舞,吴波鳞鳞兮在下。嗟人胡为兮天地四方,乐莫乐
兮美无度兮吾之土。脍修鲈兮雪飞,登菰蒓兮芼之。水仙滨兮
胥命,君可望兮不可追。驱疾霆兮骊奔云,宛一息兮江之滨。颓倒景
兮挥碧,寥娱宴息兮江之皋。菜蕨堂兮庇杜若,一杯之酒兮我
为君酹。'又歌曰:'若有一人兮北江之渚,披雪而晞兮颊烟雨。
绿蔬兮莎棘,岁婉晚兮何以续君食。价五鼎兮腥腐,羞三石泉
兮终古。鸟乌飞兮择君屋,归来故墟兮苍烟疏木。擢芰泽兮径秋荷,漭洞庭兮
一波。访故人兮安在? 千秋风露兮归来故墟,月明无人兮苍石与
语。牛宫洳兮生蒲荷,潮西东兮下田一波。访南泾兮邻曲,山
川良是兮丘垅。多稼石田九畹兮今其刈,聊春容兮兹里。'"不
见初草,何以知后作之功? 观前辈著述,而探其用意改定,思
过半矣。攻媿有《读三高祠记诗》曰:"三高之风天与高,三高
之灵或可招。小山之后无此作,具区笠泽空寥寥。几从垂虹
荡双桨,寓目沧波独怊怅。笔端不倒三峡流,欲遶招之恐长
往。前身陶朱今董狐,襟袍磊落吞江湖。瑰词三章妙天下,大
书深刻江之隅。我来诵诗凛生气,若有人兮在江水。扁舟独

钓脍鲈鱼，茶灶笔床归甫里。先生固是邱壑人，只今方迫功与名。谢公掩鼻恐未免，便看林薮生风云。他年事业满彝鼎，乞身归来坐佳境。不嫌俗士三斗尘，容我渔蓑理烟艇。"时范公方为吏部郎也。

<h2 style="text-align:center">昆命元龟辨证本末</h2>

嘉定初元，史忠献弥远拜右丞相，相麻，翰林权直陈晦之笔也。有"昆命元龟，使宅百揆"之语。时倪文节思知福州，即具申朝省，谓"昆命元龟"，此乃舜、禹揖逊授受之语，见于《大禹谟》，非僻书也。据《汉书》，《董贤为大司马册文》云"允执其中"，萧咸谓此乃尧禅舜之文，非三公故事。今"昆命元龟"，与"允执其中"之词何以异？若圣上初无是意，不知词臣何从而援引此言？受此麻者，岂得安然而不自明乎？给舍台谏，又岂得不辨白此事乎？窃见曩之词臣，以"圣之清"、"圣之和"褒誉韩侂胄，以"有文事"、"有武备"褒誉苏师旦，然亦未敢用人臣不当用之语。昔欧阳修论韩琦、富弼、范仲淹立党事，在为河北转运使时，故敢援此为比，乞行贴麻。史相得之甚骇，遂拜表缴奏，且谓当时惟知恭听王言，所有制词，会合取会词臣，合与不合贴麻。时陈晦已除侍御史，遂具奏之。其词内云："兹方艰于论相，顾无异于象贤。'昆命元龟，使宅百揆'，此盖演述陛下卜相之意甚明，而思乃以为人臣不当用之语。臣观《尚书》所称'师锡帝曰虞舜'与'乃言厎可绩'者，其上下文显是揖逊授受之语；而孙近《行赵鼎制》云'寔由师锡之公'，蒋芾《行洪适制》云'用符师锡之公'。陈诚之《行沈该制》云'言皆可绩，金曰汝谐'，从《大禹谟》之文：'惟口出好兴戎，朕言不再。禹曰：枚卜功臣，惟吉之从。帝曰：禹！官占惟先蔽志，昆命元

龟，朕志先定，询谋佥同，鬼神其依，龟筮协从，卜不习吉。禹拜稽首固辞，帝曰：毋！惟汝谐。'今以本朝宰相制词考之，《吕夷简制》曰：'或营求方获，或枚卜乃从。'《富弼制》曰：'遂膺枚卜，实契具瞻。'《王钦若制》曰：'庙堂虚位，龟筮协谋。'《曾公亮制》曰：'拂龟而见祥，端戾而定制；稽用师言之锡，进居台路之元。'《陈执中制》曰：'考嘉绩而惟茂，质枚卜以佥同。'《赵鼎制》曰：'龟弗克违，既验询谋之协。'《陈伯康制》曰：'询于佥言，蔽自朕志。'无非用《大禹谟》此一段中语，此类甚多，不敢尽举。唐人作《韦见素相制》曰：'尔惟不矜，朕志先定。'此两全句，皆用禹事。本朝苏轼草《赐范纯仁诏》亦曰：'蔽自朕志。'《赐文彦博诏》亦曰：'朕命不再。'至于历试诸艰，盖尧、舜事。轼于吕大防、胡宗愈诏，屡用'历试'二字，然臣不敢援此为例，恐未是'命龟'的证。国初，赵普拜相，制曰：'询于元龟，历选群后。'又有甚的切者，唐元和中，裴度拜相，制曰：'人具尔瞻，天方赍予，昆命元龟，爰立作相。'云云。古人举事无大小，未尝不命龟，如《洪范》、《周礼》、《左传》，皆可考也。今思乃以董贤册文'允执其中'为比，以圣上同之汉哀云云。凡臣所陈，事理甚明，所有已降相麻，即不合贴改。"继得旨："陈晦援证明白，无罪可待；倪思轻侮朝廷，肆言诬罔，可特降两官。"其后文节作辨析一状甚详，又专作一书曰《昆命元龟说》，备载始末。然一时公论，多以文节出位而言，近于忿激。而陈之论辨虽详，终不若不用之为佳也。此事叶靖逸虽载之《闻见录》，略甚。今因详书本末云。

诗道否泰

诗道否泰，亦各有时。政和中，大臣有不能诗者，因建言，诗为元祐学术，不可行。时李彦章为中丞，承望风旨，遂上章论渊明、李、杜而下皆贬之，因诋黄、张、晁、秦等，请为科禁。何清源至修入令式，诸士庶习诗赋者杖一百。闻喜例赐诗，自何文缜后，遂易为诏书训戒。是岁冬，初雪，太上皇喜甚。吴居厚首作诗三篇以献，谓之“口号”，上和赐之。自是圣作时出，讫不能禁，而陈简斋遂以《墨梅》诗擢置馆阁焉。宝庆间，李知孝为言官，与曾极景建有隙，每欲寻衅以报之。适极有春诗云：“九十日春晴景少，百千年事乱时多。”刊之《江湖集》中；因复改刘子翚《汴京纪事》一联为极诗云：“秋雨梧桐皇子宅，春风杨柳相公桥。”初，刘诗云：“夜月池台王傅宅，春风杨柳太师桥。”今所改句，以为指巴陵及史丞相。及刘潜夫《黄巢战场》诗云：“未必朱三能跋扈，都缘郑五欠经纶。”遂皆指为谤讪，押归听读。同时被累者，如敖陶孙、周文璞、赵师秀，及刊诗陈起，皆不得免焉。于是江湖以诗为讳者两年。其后史卫王之子宅之，婿赵汝梅，颇喜谈诗，引致黄简、黄中、吴仲孚诸人。洎赵崇龢进《明堂礼成》诗二十韵，于是诗道复昌矣。

贾岛佛

　　唐李洞字子江，苦吟有声。慕贾浪仙之诗，遂铸其像事之，诵贾岛佛不绝口，时以为异。五代孙晟初名凤，又名忌，好学，尤长于诗。为道士，居庐山简寂宫。尝画贾岛像置屋壁，晨夕事之，人以为妖。盖酸咸之嗜，固有异世而同者。长江簿何以得此于人哉！凡人著书立言，正不必求合于一时，后世有扬子云，将自知之。

菊　花　新　曲　破

　　思陵朝，掖庭有菊夫人者，善歌舞，妙音律，为仙韶院之冠，宫中号为"菊部头"。然颇以不获际幸为恨，即称疾告归。宦者陈源以厚礼聘归，蓄于西湖之适安园。一日，德寿按《梁州曲舞》，屡不称旨。提举官关礼知上意不乐，因从容奏曰："此事非菊部头不可。"上遂令宣唤，于是再入掖禁，陈遂憾恨成疾。有某士者，颇知其事，演而为曲，名之曰《菊花新》以献之。陈大喜，酬以田宅金帛甚厚，其谱则教坊都管王公谨所作也。陈每闻歌，辄泪下不胜情，未几物故。园后归重华宫，改名小隐园。孝宗朝，拨赐张贵妃，为永宁崇福寺云。

潘　陈　同　母

　　陈了翁之父尚书，与潘良贵义荣之父，情好甚密。潘一日谓陈曰："吾二人官职、年齿，种种相似。独有一事不如公，甚以为恨。"陈问之，潘曰："公有三子，我乃无之。"陈曰："吾有一婢已生子矣，当以奉借。它日生子即见还。"即而遣至，即了翁之母也。未几生良贵，后其母遂往来两家焉。一母生二名儒，亦前所未有。事见罗春伯《闻见录》。

省　状　元　同　郡

　　抡魁、省元同郡，自昔以为盛事。熙宁癸丑，省元邵刚、状元余中皆毗陵人。淳熙丁未，省元汤琦、状元王容皆长沙人。绍熙癸丑，省元徐邦宪、状元陈亮皆婺州人。绍熙庚戌，省元钱易直、状元余复皆三山人。宝庆丙戌，省元赵时睹、状元王会龙皆天台人。绍定己丑，省元陈松龙、状元黄朴皆福人。至淳祐甲辰，省元徐霖、状元留梦炎，皆三衢人。一时士林歆羡，以为希阔之事。时外舅杨彦瞻以工部郎守衢，遂大书"状元坊"以表其闾，既以为未足，则又揭"双元坊"以夸大之，乡曲以为至荣。二公不欲其成，各以书为谢且辞焉。彦瞻答之，略云：尝闻前辈之言曰，吾乡昔有及第奉常而归，旗者、鼓者、馈者、迓者、往来而观者，阗路骈陌如堵墙。既而闺门贺焉，宗族贺焉，姻者、友者、客者交贺焉。至于仇者，亦茹耻羞愧而贺且谢焉。独邻居一室，扃锔远引，若避寇然。余因怪而问之，愀然曰："所贵乎衣锦之荣者，谓其得时行道也，将有以庇吾乡里也。今也，或窃一名、得一官，即起朝富暮贵之想。名愈高，官愈穹，而用心愈缪。武断者有之，兼并者有之，庇奸慝持州县者有之。是一身之荣，一害之增也。其居日以广，邻居日以蹙。吾将入山林深密之地以避之，是可吊，何以贺为？"吾闻而异其言，因默识而谨书之。凡交游间，必道此语相训切，而非心相知者，不道也。执事于不肖，可谓心相知，而不以告，罪也。且今日此扁之揭，所以独异于寻常者，盖仆之望于执事者亦异焉。人于此时，每以谀献，仆乃独以忠告，非求异于人也，所冀进执事之德，成执事之器也。执事不以仆之言为然则已，若以为然，则是扁之揭，可以无愧矣。前之不贺者，必将先众人而贺矣。今冠南宫者，执事友也，幸亦以是语之。二公得书，为之悚然。其后徐以道学名，留以功业显，或者此书有以启发之乎？

金　刚　钻

玉人攻玉，必以邢河之沙，其镌镂之具，必用所谓金刚钻者。形如鼠粪，色青黑如铁如石。相传产西域诸国，或谓出回纥国。往往得之河北沙碛间鹙鸟海东青所遗粪中,然竟莫知为何物也。盖天下至坚者莫如玉,古者,惟锟铻刀可以切之。今此物功用乃与锟铻均,其坚可知矣。贞观中,有婆罗门言得佛齿,所击无坚物。时傅奕方卧病,谓其子曰:"是非佛齿。吾闻金刚石至坚,物不能敌,惟羚羊角能破,汝可往击之。"果应手而碎。是知此物,自昔亦罕知者矣。

多藏之戒

王黼盛时,库中黄雀鲊自地积至栋,凡满二楹。蔡京对客,令点检蜂儿见在数目,得三十七秤。童贯既败,籍其家,得剂成理中丸几千斤,传纪载之,以为谈柄。近者,官籍贾似道第果子库,糖霜凡数百瓮。官吏以为不可久留,难载帐目,遂辇弃湖中。军卒辈或乘时窃出,则他物称是可想矣。胡椒八百斛,领军鞋一屋,不足多也。

理度议谥

理宗未祔,议谥,朝堂或拟曰"景",曰"淳",曰"成",曰"允",最后曰"礼"。议既定矣,或谓与亡金伪谥同,且古有妇人号"礼宗"者,遂拟曰"理"。盖以圣性崇尚理学,而天下道理最大,于是人无间言。而不知"理"字析文取义,乃四十一年王者之象,可谓请谥于天矣。度宗初议谥,或拟"纯"字,则谓有屯之象;或拟"实"字,则宗实乃英宗旧名;或拟"正"字,则有一止之嫌,后遂定为"端文明武景孝皇帝"。先是,皇姊周汉国长公主在先朝已谥端孝,今与庙号上下字暗合,岂偶然哉。理宗生母全夫人谥慈宪,殊不知伪齐刘豫母亦谥慈宪,当时考不及此,何耶?

谢　太　后

　　寿和谢太后方选进时,史卫王夜梦谢鲁王深甫衣金紫求见,致祷再三,以孙女为托,及明,则谢后至。是岁,天台郡元夕,有鹊巢灯山间,众颇惊异。识者以为鹊巢乃后妃之祥,是岁谢果正中宫之位。咸淳间,福邸凉堂初成,有鹊巢于前庑,宾客交庆,至有形之歌诗者。殊不知野鸟入室,不祥莫甚,安得与前事为比云?

北　令　邦

　　《渑水燕谈》载契丹国产大鼠曰"毗狸",形类大鼠而足短极肥。其国以为殊味,穴地取之,以供国王之膳。自公相以下,皆不得尝。常以羊乳饲之。顷北使尝携至京,烹以进御。本朝使其国者,亦皆得食之。盖极珍重之也。浮休《使辽录》亦谓有令邦者,以其肉一脔,置之食物之鼎,则立糜烂,是以爱重。陆氏《旧闻》云:"状类大鼠,极肥腯,甚畏日,为隙光所射,辄死。"《续挥犀》载刁约使契丹,戏为诗云:"押燕移离毕,看房贺跋支。饯行三匹裂,密赐十毗狸。"如鼠而大,穴居食果谷,味若狖而脆,契丹以为珍膳。数说皆微有异同,要之即此一物,亦竹豚、獾狸之类耳。近世乃不闻有此,扣之北客,亦多不知,何耶?

降　仙

　　降仙之事,人多疑为持箕者狡狯以愚旁观,或宿构诗文托为仙语,其实不然,不过能致鬼之能文者耳。余外家诸舅,喜为此戏,往往所降多名士,诗亦粗可读,至于书体文势,亦各近似其人。一日，元惢舅诸姬，戏以纨扇求诗，遂各题小词于上，仍寓姬之名于内，行草间有可观者。绍兴斜桥客邸有请紫姑者，命橹为题，诗云："寒岩雪压松枝折，斑斑剥尽青虬血。运斤巧匠斫削成，剑脊半开鱼尾裂。五湖仙子多奇致，欲驾神舟探仙穴。碧云不动晓山横，数声摇落江天月。"湖学甲子岁科举后，士友有请仙问得失者，赋词云："凄凉天气，凄凉院宇，凄凉时候。孤鸿叫斜月，寒灯伴残漏。　　落尽梧桐秋影瘦，鉴古画眉难就。重阳又近也，对黄花依旧。"此人竟失举。淳祐间，有降仙于杭泮者，或以鬼议之，大书一诗云："眼前青白谁知我？口里雌黄一任君。纵使挟山可超海，也须覆雨更番云。"或以功名为问，答曰："朝经暮史无间日，北履南鞭知几年。践履未能求实地，荣枯何必问青天。"报其相讥也。又董无益尝记女仙三绝句云："柳条金懒不胜鸦，青粉墙边道韫家。燕子未来春寂寞，小窗和雨梦梨花。""松影侵坛琳观静，桃花流水石桥寒。东风吹过双蝴蝶，人倚危楼第几阑？""屈曲阑干月半规，藕花香澹水漪漪，分明一夜文姬梦，只有青团扇子知。"亦可喜也。友人姚天泽亦善此。时先君需清湘次，因至外塾观子弟捧箕。忽大书曰："诗赠周邦君，云：'谢公楼上春光好，五马行春人未老。郁孤台上墨未干，手捧诏书入黄道。'"先子为一笑，然莫知为何等语也。未几，易守临汀，首披郡志，则旧有谢公楼，所谓"谢公楼上好美酒，三百清铜买一斗"者，与前语适符。然郁孤台以后语，竟亦不验。又宋庆之寓永嘉时，遇诏岁，乡士从之结课者颇众。适逢七夕，学徒醵饮，有僧法辨者在焉。辨善五星，每以八煞为说，时人号为"辨八煞"。酒边一士致仙扣试事，忽箕动，大书"文章伯降"，宋怪之，漫云："姑置此。且求一七夕新词如何？"复请韵，宋指辨云:"以八煞为韵。"意欲困之也。忽运箕如飞,大书《鹊桥仙》一阕云:"鸾舆初驾,牛车齐发,隐隐鹊桥咿轧。尤云殢雨正欢浓,但只怕来朝初八。　　霞垂彩幔,月明银烛,馥郁香喷金鸭。年年此际一相逢,未审是甚时结煞。"亦警敏可喜。又闻李和父云:"向尝于贵家观降仙,扣其姓名,不答。忽作薛稷体大书一诗云:'猩袍玉带落边尘,几见东风作好春。因过江南省宗庙,眼前谁是旧京人?'捧箕者皆悚然惊散,知为渊圣在天之灵。"真否固未可知,然每读为之凄然。

文 庄 公 滑 稽

外大父文庄章公,自少好雅洁,性滑稽;居一室必汛埽巧饰,陈列琴书。亲朋或讥其龌龊无远志。一日,大书素屏云:"陈蕃不事一室,而欲埽除天下,吾知其无能为矣!"识者知其不凡。后入太学为集正,尝置酒,揭馔单于炉亭,品目多异。其间有大鹄卵者最奇,其大如瓜,片切饾饤大盘中。众皆骇愕,不知何物。好事者穷诘之;其法乃以凫弹数十,黄白各聚一器。先以黄入羊胞蒸熟,次复入大猪胞,以白实之,再蒸而成。尝迎驾于鹤桥,戏以书句为隐语云:"仰观天文,俯察地理,吾尝终日不食,终夜不寝,以思无益,不如学也。"众皆莫测,公笑云:"乃此桥华表柱木鹤尔。"其他善戏多类此。其后居两制,登政第,有《嘉林集》百卷。间作小词,极有思致。先妣能口诵数阕,《小重山》云:"柳暗花明春事深,小阑红,芍药已抽簪。雨余风软碎鸣禽,迟迟日,犹带一分阴。　　把酒莫沉吟,身闲无个事,且登临。旧游何处不堪寻,无寻处、惟有少年心。"今家集已不复存,而外家凋谢殆尽。暇日追忆书之,以寄余《凯风》、"寒泉"之思云。

腹腴

余读杜诗"偏劝腹腴愧少年",喜其知味。坡诗亦云:"更洗河豚烹腹腴。"黄诗亦云:"故园渔友脍腹腴。"又云:"飞雪堆盘脍腹腴。"按《礼记·少仪》云:"羞濡鱼者进尾,冬右腴。"注云:"腴,腹下也。"《周礼》疏:"燕人脍鱼方寸,切其腴以啖所贵。引以证肫,肫亦腹腴。"《前汉》:"九州膏腴。"师古注云:"腹下肥白曰腴。"

睡

"花竹幽窗午梦长,此中与世暂相忘。华山处士如容见,不觅仙方觅睡方。"然则睡亦有方邪?希夷之说,不过谓举世以为息魂离神不动耳。《遗教经》乃有"烦恼毒蛇,睡在汝心。睡蛇既出,乃可安眠"之语。近世西山蔡季通有睡诀云:"睡侧而屈,觉正而伸,早晚以时。先睡心,后睡眼。"晦庵以为此古今未发之妙。然"睡心"、"睡眼"之语,本出《千金方》,季通特引此说,晦庵偶未之记耳。

性所不喜

人各有好恶,于书亦然。前辈如杜子美不喜陶诗,欧阳公不喜杜诗,苏明允不喜扬子,坡翁不喜《史记》。王充作《刺孟》,冯休著《删孟》,司马公作《疑孟》,李泰伯作《非孟》,晁以道作《诋孟》,黄次伋作《评孟》;若酸、咸嗜好,亦各自有所喜。非若今人之胸中无真识,随时好恶,逐人步趋而然者。且以孟、扬、马迁、陶、杜异世,遇诸名公,尚有所不合。今乃欲以区区之文,以求识赏于当世不具耳目之人,难矣哉!后世子云之论,真名言也。

黄　门

世有男子虽娶妇而终身无嗣育者,谓之天阉,世俗则命之曰黄门。晋海西公尝有此疾,北齐李庶生而天阉。按《黄帝针经》曰:"有具伤于阴,阴气绝而不起,阴不能用,然其须不去,宦者之独去,何也? 愿闻其故。岐伯曰:'宦者去其宗筋,伤其冲脉,血泻不复,皮肤内结,唇口不荣,故须不生。'黄帝曰:'有其天官者,未尝被伤,不脱于血,然其须不生,何耶?'岐伯曰:'此天之所不足,其任冲不盛,宗筋不成,有气无血,唇口不荣,故须不生。'"又《大般若经》载五种黄门云:"梵言扇㮂音丑背切。半释迦,唐言黄门。其类有五:一曰半释迦,总名也,有男根,用而不生子。二曰伊利沙半释迦,此云妒,谓见他行欲即发,不见即无,亦具男根,而不生子。三曰扇㮂半释迦,谓本来男根不满,亦不能生子。四曰博叉半释迦,谓半月能男,半月不能男。五曰留拿半释迦,此云割,谓被割刑者。此五种黄门,名为人中恶趣受身处。"然《周礼·奄人》郑氏注云:"奄,真气藏者,谓之宦人。"是皆真气不足之所致耳。

马塍艺花

马塍艺花如艺粟,橐驼之技名天下。非时之品,真足以侔造化、通仙灵。凡花之早放者,名曰堂花或作塘。其法以纸饰密室,凿地作坎,缠竹置花其上,粪土以牛溲硫黄,尽培溉之法。然后置沸汤于坎中,少候,汤气薰蒸,则扇之以微风,盎然盛春融淑之气,经宿则花放矣。若牡丹、梅、桃之类无不然,独桂花则反是。盖桂必凉而后放,法当置之石洞岩窦间暑气不到处。鼓以凉风,养以清气,竟日乃开。此虽揠而助长,然必适其寒温之性,而后能臻其妙耳。余向留东西马塍甚久,亲闻老圃之言如此。因有感曰:草木之生,欲遂其性耳。封植矫揉,非时敷荣,人方诧赏之不暇,噫!是岂草木之性哉!

齐东野语卷十七

杨凝式僧净端

杨凝式居洛日，将出游，仆请所之，杨曰："宜东游广爱寺。"仆曰："不若西游石壁寺。"凝式曰："姑游广爱。"仆又以石壁为请，凝式曰："姑游石壁。"闻者为之抚掌。吴山僧净端，道解深妙，所谓端师子者，章申公极爱之。乞食四方，登舟，旋问何风，风所向即从之，所至人皆乐施。盖杨出无心，而端出委顺，迹不同而意则同也。

奇　对

对偶小技，然亦非易事也。前辈所载已多，今择所未书而可喜者数联于此，为多闻之一助。　　《羲经》六子，艮、巽、坎、兑、震、离；《周礼》一书，天、地、春、秋、冬、夏。　　龟从、筮从、卿士从、庶民从；人相、我相、众生相、寿者相。　　善待问者如撞钟，小应小，大应大；措天下者犹置器，安则安，危则危。　　《左氏》、《公羊》、《穀梁》，《春秋》三传；卦爻、系辞、象象，大《易》一经。　　五刑之属三千，《大过》、《小过》；一门之聚百指，《家人》、《同人》。　　知我《春秋》，罪我《春秋》，谁誉谁毁，待以国士，报以国士，为己为人。　　迅雷风烈，烈风雷雨；绝地天通，通天地人。　　纪信、韩信，假帝假王；仲尼、牟尼、大圣大觉。　　蝉以翼鸣，不喑若自其口出；龙将角听，谓

其不足于耳欤。　　司马相如、蔺相如，果相如否？长孙无
忌、费无忌，能无忌乎？　　人有七情，喜、怒、哀、惧、爱、恶、
欲；经存六艺，《诗》、《书》、《礼》、《乐》、《易》、《春秋》。　　九
州既别，冀、兖、青、徐、扬、荆、豫、雍、梁；一道相传，尧、舜、禹、
汤、文、武、周、孔、孟。　　《正月》、《六月》、《七月》、《十月之
交》；《北风》、《晨风》、《凯风》"终风且暗"。　　孟轲好学，师
孔子之孙子思；文后兴仁，由太王以至王季。　　张良借箸前
筹，恨不食食其之肉；陈平刻木为女，果能冒冒顿之围。
下七十二之齐城，凭三寸舌；退一百万之秦寇，用八千兵。
柴也愚，参也鲁，师也辟，颜氏其庶几乎？夷之清，尹之任，惠
之和，孔子集大成也。　　妙法、法因、因果寺，金轮金刚；钱塘
寺名。中和、和丰、丰乐楼，银杓银瓮。钱塘酒楼。　　夫子、天
尊、大士，头上不同；宫妃、宦寺、官人，腰间各别。　　邹孟
子、吴孟子、寺人孟子，一男一女，一不男不女；周宣王、齐宣
王、司马宣王，一君一臣，一不君不臣。　　调羹止渴，梅全文
武之才；学舞贪眠，柳尽悲欢之态。　　方丈四方方四丈，南、
北、东、西；试场三试试三场，经、赋、论、策。　　朝登箕子之
峰，危如累卵；夜宿丈人之馆，安若泰山。　　观音大士，妙
音、梵音、海潮音；诸相如来，人相、我相、众生相。　　龙飞策
士，状元龙，省元龙；度宗龙飞榜，陈文龙为廷魁，胡跃龙为省元。虎怅
得人，殿帅虎，步帅虎。时范文虎为殿帅，孙虎臣为步帅。

笙　炭

　　赵元父祖母齐郡夫人徐氏，幼随其母入吴郡王家，又及
入平原邠王家，尝谈两家侈盛之事，历历可听。其后翠堂七
楹，全以石青为饰，故得名。专为诸姬教习声伎之所，一时伶

官乐师,皆梨园国工也。吹、弹、舞、拍,各有总之者,号为部头。每遇节序生辰,则旬日外依月律按试,名曰"小排当",虽中禁教坊所无也。只笙一部,已是二十余人。自十月旦至二月终,日给焙笙炭五十斤,用锦熏笼藉笙于上,复以四和香熏之。盖笙簧必用高丽铜为之,靘以绿蜡,簧暖则字正而声清越,故必用焙而后可。陆天随诗云:"妾思冷如簧,时时望君暖。"乐府亦有"簧暖笙清"之语,举此一事,余可想见也。'靘'字,韵书:"千定切,音请。"注:"靘,青果色也。"盖藏果者,必以铜青故耳。

徐谓礼相术

徐谓礼尝涉猎袁、李之书,自夸阅人贵贱多奇中。与贾师宪丞相为姻联,贾时年少,荒于饮博,其生母胡夫人苦之。因扣徐曰:"儿子跌宕若此,以君相法言之,何如?"徐曰:"夫人勿多忧,异日必可作小郡太守。"母喜而记其言。他日,贾居相位,徐以亲故求进,久之不遂。贾母为言之,贾不获已,答曰:"徐亲骨相寒薄,止可作小郡太守耳。"遂以上饶郡与之,以终其身,盖深衔前言也。然师宪少年日常驰马出游湖山,小憩栖霞岭下。忽有布裘道者瞪视曰:"官人可自爱重,将来功名不在韩魏公下。"贾意其见侮,不顾而去。既而醉博平康,至于破面。他日复遇道者,顿足惊叹曰:"可惜!可惜!天堂已破,必不能令终矣。"其后悉验。

咸淳三事

咸淳癸酉夏,边遽日闻,既而襄州失守,朝野震动。荆阃李庭芝祥父乞贾平章用张魏公、赵忠简故事,建督于京,贾则请亲行边。疏凡屡上，朝绅学士上书者无虚日，或欲留行，或赞开督。其后遂置机速房，专行密院急切之事。且大开言路，以集众思，于是言事献策者益纷纷然。汉嘉布衣杨安宇者，狂生也，自谓知兵，献言于朝，遂送机速房看详。都司许自书拟本房，知其狂妄，遂侮笑之。安宇不胜其愤，遂上书痛诋自书短，且谓其操乡音秽谈，一时传以为笑。会奉口有米局之变，京尹吴益区处失当，于是左史李珏自经筵直前论之，吴遂斥出。时好事者为之语曰："左史直前论大尹，草茅上疏诋都司。"时方诏岁，贾公欲优学舍以邀誉，乃以校尉告身、钱帛等俾京庠拟试。时黄文昌方自江阃入为京尹，益增赏格，虽末缀犹获数百千，于是群四方之士试者纷然。时襄、郢已失，江、淮日以遽告，有无名子作诗，揭之试所云："鼙鼓惊天动地来，九州赤子哭哀哀。庙堂不问平戎策，多把金钱媚秀才。"逻之，竟不得其人而止。

龚孟锈策问

癸酉岁，庆元秋试，两浙运干官临川龚孟锈为考官。龚道出慈溪，忽梦有人以杯酒饮之，且作"四"字于掌中。晓起，便觉目视眡眡。及入院发策，第一道中误以一祖十三宗为十四宗。于是士子大哄，径排试官房舍，悉遭棰辱，至有负笈而逃者，龚偶得一兵负去而免。刘制使良贵亲至院外抚谕，遂权宜以策题第二道为首篇，续撰其三，久之始定。于是好事者作隔联云："龚运干出题疏脱，以十三宗作十四宗；刘制使下院调停，用第二道为第一道。"龚后为计使所劾。明年秋，度宗宾天，于是"十四宗"之语遂验。

景定行公田

景定三年壬戌,贾师宪丞相欲行富国强兵之策。是时刘良贵为都漕尹天府,吴势卿饷淮东,入为浙漕,遂交赞公田之事。欲先行之浙右,候有端绪,则诸路仿行之。于是殿院陈尧道、正言曹孝庆等合奏,谓限田之法自昔有之。买官户逾限之田,严归并飞走之弊。回买官田,可得一千万亩,则每岁六七百万之入,其于军饷沛然有余。可免和籴,可以饷军,可以住造楮币,可平物价,可安富室。一事行而五利兴,实为无穷之利。御笔批依,而买田之事起矣。时势卿已死,良贵独任提领之职,以太府丞陈尝为简阅官以副之。且乞内批下都省,严立赏罚,究归并之弊。然上意终出勉强,内批云:"永免和籴,无如买逾限之田为良法。然东作方兴,权俟秋成,续议施行。"则上意盖可见矣。贾相愤然以去就争之,于是再降圣旨云:"买田永免和籴,自是良法美意,要当始于浙西,庶他路视为则也。所在利病,各有不同;行移难于一律,可令三省照此施行。"既而贾相内引,入札力言其便。御笔遵依,转札侍从、台谏、给舍、左右司、三省,奉行惟谨焉。贾相遂先以自己浙西万亩为官田表倡,嗣荣王继之,浙西师机赵孟奎亦申省自陈投卖。自是朝野卷舌,嗫不敢发一语。独礼书夕郎徐经孙一疏,力陈买田之害,言多剀切,竟不付外。遂四乞休致,而寂无和之者。先是,议以官品逾限田外回买立说,此犹有抑强嫉富之意。既而转为派买之说,除二百亩已下免行派买外,余悉各买三分之一;及其后也,虽百亩之家亦不免焉。立价以租一石者偿十八界四十楮,不及石者,价随以减。买数少者,则全支楮券,稍多则银券各半,又多则副以度牒,至多则加以登仕、将仕、校尉、承信、承节、安人、孺人告身。准直以登仕三千楮,将仕千楮,许赴漕试;校尉万楮,承信万五千,承节二万,则理为进纳;安人四千,孺人二千,此则几于白没矣。遂檄府丞陈尝往湖、秀,将作丞廖邦杰往常、润,任督催之职。六郡则又有专官:平江则知郡包恢,抚参成公策。嘉兴则知郡潘墀,抚干李补,寓公焦焕炎。安吉则知郡谢奕焘,寓公赵与訔,抚干王唐珪,临安察判马元演。常州则知郡洪穟,运属刘子耕。镇江则知郡章垌,漕司准遣郑梦熊。江阴则知军杨珏,准遣谢司户黄伸。并俟竣事,各转一官。选人减一,前守臣并以主管公田系衔。既而提领刘佐司劾罢嘉兴宰段浚、宜兴宰叶哲佐以不即奉行之罪。又按长洲宰何九龄追毁告身,永不收叙。以不合出给官由令田主包纳,失田业相维之初意。至五月,乃命江阴、平江隶浙西宪司,安吉、嘉兴隶两浙漕司,常州、镇江隶总所。每岁秋租,输之官仓,特与减饶二分,或水旱,则别议收数。遂立四分司:王大吕,平江;方梦玉,嘉兴;董楷,安吉;黄震,镇江、常州、江阴三郡。初以选人为之,任满理为须人。州、县、乡、都,则分差庄官以富饶者充应,两年一替。每乡创官庄一所,每租一石,明减二斗,不许多收斛面。约束虽严详,而民之受害亦不少。其间毗陵、澄江,一时迎合,止欲买数之多。凡六斗、七斗者,皆作一石。及收租之际,元额有亏,则取足于田主,以为无穷之害。或内有硗瘠及租佃顽恶之处,又从而责换于田主,其害尤惨。时中书刘震孙与京尹魏克愚湖边倡和词语,偶犯时忌,则随命劾去之。甲子秋,彗见,求言。公卿、大夫、士庶始得以伸田里愁叹不平于上,然至此业已成矣。贾相遂力辨人言,乞辞相位。御笔答云:"言事易,任事难,自古然也。使公田之策不可行,则卿建议之始,朕已沮之矣。惟其上可以免朝廷造楮币之费,下可以免浙右和籴之扰,公私兼济,所以命卿决意举行之。今业已成矣,一岁之军饷,皆仰给于此。若遽因人言而罢之,虽可以快一时之异议,其如国计何? 如军饷何? 卿既任事,亦当任怨。礼义不愆,何恤人言? 卿宜安心奉职,毋孤朕倚毗之意。”自此公论颇沮,而刘良贵以人言藉藉,遂陈括田之劳,乞从罢免。不允。至咸淳戊辰正月,遂罢庄官,改为召佃。或一二千,或数百亩,召人承佃,自耕自种,自运自纳,止令分司任责拘催。凡承佃之家,复以二分优之。且以既罢庄官,则分司恐难任责,平江增差催督官三员,安吉、嘉兴各一员,常州二员,镇江、江阴共一员,从各分司奏辟。时提领官编修黄梦炎也。既而常、润分司刘子澄力陈毗陵向来多买虚数之弊,遂下提领所,径将常州公租拨隶淮东总领所催纳。殊不知朝廷既不可催,总所又可催乎? 当是时,人不敢言而敢怨。南康江天锡以入奏而罢言职,教授谢枋得以发策而遭贬斥,大社令杜渊、太常簿陆逵、国子簿谢章,皆于论对及之,或逐去,或补外。至乙亥春,贾既去国,北军已抵昇、润,察院季可奏乞罢公田之籍,以收农心。谓“此事苛扰,民皆破家荡产,怨入骨髓。若尽还原主,免索原钱而除其籍,庶使浙西之人,永绝公田之苦”。然而仅放欠租,季遂再奏,始有旨云:“公田之创,非理宗之本意。稔恶召怨,最为民苦,截日住罢。其田尽给付原佃主,仰率租户、义兵,会合防拓。”其后勘会,谓招兵非便。且其田当还业主,于种户初无相干。秋成在迩,饷军方急,合且收租一年。其还田指挥,候秋成后集议施行。有旨将平江、嘉兴、安吉公田,照指挥蠲放,却从朝廷照净催米数回籴。其钱一半给佃主,一半给种户,以溥实惠,然则业主竟无与矣。只业主、佃主之分,当时用事者亦不能晓,况大于此者？然边遽日急，是时仍收公租；还田之事，竟不及行，鸣呼悲哉！昔隋凿汴渠，以召民怨，乃为宋漕运之利。今宋夺民田以失人心，乃为大元饷军之利。古今害民兴利之事，于此亦可鉴矣，於戏悲哉！

景 定 彗 星

景定五年甲子七月初二日甲戌，御笔作初三日乙亥，彗见东方柳宿，光芒烜赫，昭示天变。太史占云："彗出柳度，为兵丧，为旱，为乱，为夷狄，为大臣贬。"乾象占云："彗，妖星也。所出形状各异，其殃一也。"彗，木类，除旧布新之象，主兵疫之灾。一曰埽星，小者数寸，长或竟天，兵起，大水，除旧布新。按彗本无光，借日为光。夕见则东指，晨见则西指，皆随日光芒所及则为灾。丁丑，避殿减膳，下诏责己，求直言，大赦天下。御史朱貔孙，正言朱应元，察官程元岳、饶应龙合台奏章，乞消弭挽回，皆常谈也。己卯，贾丞相似道，杨参政栋，叶同知梦鼎，姚金书希得奏事。上曰："彗出于柳，彰朕不德，夙夜疚心，惟切危惧。"宰臣奏："陛下勤于求治，有年于兹，庸有阙失。今谪见于天，实臣等辅政无状所致，上贻圣忧。臣见具疏乞罢免，庶可以上弭天灾。"上曰："正当相与讲求阙失，上回天意。"庚辰，贾右相第一疏乞罢免，以塞灾咎，五疏皆不允。班行应诏言事者，秘书郎文及肩首言公田之事云："君德极珪璋之粹，而玷君德者，莫大于公田，东南民力竭矣。公田创行，将以足军储，救楮弊，蠲和籴也。奉行太过，限田之名，一变而为并户，又变而为换田。耕夫失业以流离，田主无辜而拘系，此彗妖之所以示变也。"大府丞杨巽，殿讲赵景纬，吏部侍郎留梦炎，礼部侍郎直院马廷鸾，皆应诏上封事。给事礼书牟子才疏,援引汉、唐以至本朝彗变灾异,极其详赡。起居郎太子侍读李伯玉,则援三说云:"咸平,彗出室北,吕端有兵谋不精之言,今日当严边备。熙宁中,彗出东井,富弼、张方平,皆言新法不便,今日当先罢浙西换田局。崇宁彗出西方,则诏除党籍,且复左降人官。今开、庆误国之人,罪恶滔天,有一时风闻劾逐者,则乞斟酌宽贷施行,以昭圣主宽仁之量。"又云:"今言路既开,中外大小之臣,必将空臆毕陈。惟陛下明圣,大臣忠亮,有以容受,不以为罪,天下幸甚。"浙漕主管文字吕抚有上化地书,秘监高斯得奉祠于雪,有应诏疏,大概以为:"非朝廷大失人心,何以致天怒如此之烈?庚申、辛酉之间,大小之臣,追勒迁放无虚月,忠厚之泽几尽矣。士大夫以仕进为业,今使刻薄小人,吹毛求疵,动触新制。公田肆扰,陛下知其非计,有待秋成举行之旨;而督促者,悍然不顾也。市舶尽利而蕃夷怨,盐榷太密而商旅怨。群臣附下罔上,虚美溢誉。人怨天怨,不至于彗星不止也。且灾异策免三公,视为常事。丙申雷变,陛下一日黜二相,今彗见之与雷发相去,何翅十百千万哉?"王端明爚奉祠里居,亦有疏,言:"戚畹嬖幸,遍居畿辅;借应奉之名,肆诛剥之虐;监司不敢谁何,台谏不敢论列。民不胜苦,起而弄兵,三衢之寇是也。公田之行,本欲免和籴。和籴数少,而人已相安;公田数多,而人为创见,千弊万蠹,田里骚然。天笔载颁,一则曰业已成,一则曰当任怨。且求言之诏甫颁,而拒言之令已出,皇天监临,可厚诬哉?"自是三学京庠投匦上书者日至。太学生吴绮、许求之等书有云:"雷霆,天怒也,骤击而旋收。日蚀,天怒也,俄晦而随明。暴风飘雨,天怒也,而不能以终日。今彗之示变,已逾旬浃月。陛下恐惧修省,靡所不至,而天怒犹未回,非陛下不知省悟也,抑误陛下者,未有所思也。"且并及市舶、公田之害云。又有陈梦斗、陈绍中等书,沈震孙、范钥、李极等书,宗庠则有胡标与周必橚等书。立礼斋生谢禹则独为一书,大抵皆及公田、市榷等事。又有武学生杜士贤等书,谓:"都司之职,操垄断之权,以专使之遣,夺番商之利。百姓皆与蹙頞庙堂,歌颂太平。人不可欺,天可欺乎?今之秉钧轴者,前日之功固伟矣,今日之过未尽掩,阃外之事固优矣,阃内之责未尽塞。以戎虏待庶民不可也,以军政律士类不可也,以肥家之法经国不可也,盍亦退自省悟,以回天变乎?"又京庠唐隶、杨坦等一书,谓:"大臣德不足以居功名之高,量不足以展经纶之大,率意纷更,殊骇观听。七司条例,悉从更变,世胄延赏,巧摘瑕疵。薪苇拓藏,香椒积压,与商贾争微利。强买民田,贻祸浙右,自今天下无稔岁,浙路无富家矣。夹袋不收拾人才,而遍储贱妓之姓名;化地不斡旋陶冶,而务行非僻之方术。纵不肖之呆弟,以卿月而醉风月于花衢;笼博弈之旧徒,以秋壑而压溪壑之渊薮。踏青泛绿,不思闾巷之萧条;醉酿饱鲜,遑恤物价之腾踊。刘良贵,贱丈夫也,乃深倚之以扬鹰犬之威;董宋臣,巨奸宄也,乃优纵之以出虎兕之柙。人心怨怒,致此彗妖。谁秉国钧,盍执其咎?方且抗章诬上,文过饰非,借端拱祸败不应之说以力解,乱而至此,怨而至此。上干天怒,彗星埽之未已,天火又从而灾之。其尚可扬扬入政事堂耶?"一时诸书,独此与京庠萧规者言之太讦。于是左司刘良贵申省,力辨公田任事之谤,且乞敷奏令公卿士庶条具救楮、免籴、罢公田之策,且作勘会,免公田逃亡米三万余石。贾相遂入奏云:"近者应诏所言,公论交责,若驾虚辞报私憾等语,是非自不可掩。独类部法买公田,同然一辞,以为犯大不韪,详叙颠末以闻。欲望圣慈于臣所类部法,

则下之吏部长式,详加参定。或有出己意削旧典之实,则申明
而删除之。于臣所买公田,则乞下之公卿大夫,更行博议。必
得足军饷、免和籴、住造楮之策,则采录而施行之。臣当委心
以听,奉身以退,徐请谴责,以戒为臣之缪于国者。"遂有旨宣
谕检院官,星变求言:"照典故只及中外大小臣僚,见之诏书可
考。近来诸学士人,不体旧规,以前廊为首,乃有怀私意动摇
大臣者。不知祖宗三百年间,曾有士人上书而去宰相者乎?
今后切宜详审,然后投进。"检院朱浚备坐,宣谕旨挥申国子监
司成吴坚翁,合委胄丞徐宗斗,会学前廊转谕诸生;而前廊回
申,以为上书以前廊为首,此出于丙辰方大献之私意,以为钳
制之法,非盛时所宜用也。纷纷之议,直至八月之末,彗光稍
杀,应诏者方稍止。丁未,宰执拜表,恭请皇帝御正殿复常膳,
三表而后从。九月,以京学士人萧规、唐隶、叶李、吕宙之、姚
必得、陈子美、钱焴、赵从龙、胡友开等,不合谤讪生事,送临安
府追捕勘证,议罪施行各有差,自是中外结舌焉。孟冬,朝飨
如常时。十月乙丑,忽闻圣躬不豫,降诏求医。丁卯,遗诏升
遐。而金银关子之令乘时颁行,换易十七界楮券。物价自此
腾涌,民生自此憔悴矣。彗变首尾凡四月,妖祸之应,如响斯
答,孰谓天道高远乎?

琼　花

　　扬州后土祠琼花,天下无二本,绝类聚八仙,色微黄而有
香。仁宗庆历中,尝分植禁苑,明年辄枯,遂复载还祠中,敷荣
如故。淳熙中,寿皇亦尝移植南内。逾年,憔悴无花,仍送还
之。其后,宦者陈源命园丁取孙枝移接聚八仙根上遂活,然其
香色则大减矣,杭之褚家塘琼花园是也。今后土之花已薪,而

人间所有者,特当时接本仿佛似之耳。

嚼　虱

余负日茅檐,分渔樵半席。时见山翁野媪,扪身得虱则致之口中,若将甘心焉,意甚恶之。然揆之于古,亦有说焉。应侯谓秦王曰:"得宛,临流阳夏,断河内,临东阳邯郸,犹口中虱。"王莽校尉韩威曰:"以新室之威,而吞胡虏,无异口中蚤虱。"陈思王著论亦曰:"得虱者,莫不糜之齿牙,为害身也。"三人者,皆当时贵人,其言乃尔,则野老嚼虱,盖亦自有典故,可发一笑。

姓　名　相　戏

前辈有以姓名为戏者,如"陈亚有心"、"蔡襄无口"之类甚多。刘攽尝戏王觌云:"公何故见卖?"王答曰:"卖公直甚分文。"近杨平舟栋以枢掾出守莆田,刘克庄潜夫,弟希仁,俱以史官里居。郡集,寓公王曜轩迈戏之云:"大编修,小编修,同赴编修之会。"后村云:"欲属对不难,不可见怒。"王愿闻之,乃云:"前通判,后通判,但闻通判之名。"盖王凡五得倅而不上云。王又尝调后村云:"十兄,二十年前何其壮,二十年后何其不壮。"刘应之曰"二画,二十年前何其遇,二十年后何其不遇。"此善谑也。

朱唐交奏本末

朱晦庵按唐仲友事,或云吕伯恭尝与仲友同书会,有隙,朱主吕故抑唐,是不然也。盖唐平时恃才轻晦庵,而陈同父颇为朱所进,与唐每不相下。同父游台,尝狎籍妓,嘱唐为脱籍,

许之。偶郡集,唐语妓云:"汝果欲从陈官人邪?"妓谢,唐云:
"汝须能忍饥受冻乃可。"妓闻,大恚。自是陈至妓家,无复前
之奉承矣。陈知为唐所卖,亟往见朱。朱问:"近日小唐云
何?"答曰:"唐谓公尚不识字,如何作监司?"朱衔之,遂以部内
有冤狱,乞再巡按。既至台,适唐出迎少稽,朱益以陈言为信,
立索郡印,付以次官,乃摭唐罪具奏,而唐亦作奏驰上。时唐
乡相王淮当轴,既进呈,上问王,王奏:"此秀才争闲气耳。"遂
两平其事。详见周平园、王季海日记。而朱门诸贤所著《年
谱》、《道统录》,乃以季海右唐而并斥之,非公论也。其说闻之
陈伯玉式卿,盖亲得之婺之诸吕云。

齐东野语卷十八

昼　寝

"饱食缓行初睡觉，一瓯新茗侍儿煎。脱巾斜倚绳床坐，风送水声来枕边。"丁崖州诗也。"细书妨老读，长簟惬昏眠。取簟且一息，抛书还少年。"半山翁诗也。"相对蒲团睡味长，主人与客两相忘。须臾客去主人觉，一半西窗无夕阳。"放翁诗也。"读书已觉眉棱重，就枕方欣骨节和。睡起不知天早晚，西窗残日已无多。"吴僧有规诗也。"老读文书兴易阑，须知养病不如闲。竹床瓦枕虚堂上，卧看江南雨后山。"吕荥阳诗也。"纸屏瓦枕竹方床，手倦抛书午梦长。睡起莞然成独笑，数声渔笛在沧浪。"蔡持正诗也。余习懒成癖，每遇暑昼，必须偃息。客有嘲孝先者，必哦此以自解。然每苦枕热，展转数四。后见前辈言：荆公嗜睡，夏月常用方枕。或问何意，公云："睡气蒸枕热，则转一方冷处。"此非真知睡味，未易语此也。杜牧有睡癖，夏侯隐号睡仙，其亦知此乎？虽然，宰予昼寝，夫子有"朽木粪土"之语。尝见侯白所注《论语》，谓"昼"字当作"画"字，盖夫子恶其画寝之侈，是以有"朽木粪墙"之语。然侯白，隋人，善滑稽，尝著《启颜录》，意必戏语也。及观昌黎《语解》，亦云"昼寝"当作"画寝"，字之误也。宰予，四科十哲，安得有昼寝之责，假或偃息，亦未至深诛。若然，则吾知免矣。

宜 兴 梅 冢

嘉熙间，近属有宰宜兴者，县斋之前，红梅一树，极美丽华粲，交阴半亩。花时，命客饮其下。一夕，酒散月明，独步花影，忽见红裳女子，轻妙绰约，瞥然过前，蹑之数十步而隐。自此恍然若有所遇，或酣歌晤言，或痴坐竟日，其家忧之。有老卒颇知其事，乘间白曰："昔闻某知县之女有殊色，及笄，未适而殂。其家远在湖湘，因藁葬于此，树梅以识之。畴昔之夜所见者，岂此乎?"遂命发之。其棺正蟠络老梅根下，两樯微蚀，一窍如钱，若蛇鼠出入者。启而视之，颜貌如玉。妆饰衣衾，略不少损，真国色也。赵见，为之惘然心醉。舁至密室，加以茵藉，而四体亦和柔，非寻常僵尸之比，于是每夕与之接焉。既而气息惙然，瘦弱不可治文书。其家乃乘间穴壁取焚之，令遂属疾而殂，亦云异哉。尝见小说中所载寺僧盗妇人尸，置夹壁中私之。后其家知状，讼于官。每疑无此理，今此乃得之亲旧目击，始知其说不妄。然《通鉴》所载，赤眉发吕后陵，污辱其尸有致死者，盖自昔固有此异矣。

莫 子 及 泛 海

吴兴莫汲子及，始受世泽为铨试魁，既而解试、省试、廷对，皆居前列，一时名声籍甚。后为学官，以语言获罪，南迁石龙。地并海，子及素负迈往之气，暇日具大舟，招一时宾友之豪，泛海以自快。将至北洋，海之尤大处也，舟人畏不敢进。子及大怒，胁之以剑，不得已从之。及至其处，四顾无际。须臾，风起浪涌，舟掀簸如桔槔。见三鱼，皆长十余丈，浮弄日光。其一若大鲇状，其二状类尤异，众皆战栗不能出语。子及命大白连酌,赋诗数绝,略无惧意,兴尽乃返。其一绝云:"一帆点破碧落界,八面展尽虚无天。柂楼长啸海波阔,今夕何夕吾其仙。"

薰风联句

唐文宗诗曰:"人皆苦炎热,我爱夏日长。"柳公权续云:"薰风自南来,殿阁生微凉。"或者惜其不能因诗以讽,虽坡翁亦以为有美而无箴,故为续之云:"一为居所移,苦乐永相忘。愿言均此施,清阴分四方。"余谓柳句正所以讽也。盖薰风之来,惟殿阁穆清高爽之地始知其凉。而征夫耕叟,方奔驰作劳,低垂喘汗于黄尘赤日之中,虽有此风,安知所谓凉哉? 此与宋玉对楚王曰"此谓大王之风耳,庶人安得而共之者"同意。

汉唐二祖少恩

汉高祖与项羽战于彭城,大败,势甚急,蹴鲁元公主、惠帝弃之。夏侯婴为收载行,高祖怒,欲杀婴者十余。借使高祖一时事急,不能存二子而弃之,他人能为收载,岂不幸甚。方当德之,何至怒而欲斩之乎? 唐高祖起兵汾晋时,建成、元吉、楚哀王智云,皆留河东护家。隋购之急,建成、元吉能间道赴太原,而智云以幼不能逃,为吏所诛。亦岂不能少缓须臾,以须其至,而后起兵哉? 二祖皆创业之君,而于父子之义,其薄若此。岂图大事者,不暇顾其家乎? 彼唐祖者,直堕世民之计,犹可恕也;若汉祖则杯羹之事,尚忍施之乃翁,何有于儿女哉?

史记无燕昭筑台事

王文公诗云:"功谢萧规惭汉第,恩从隗使诧燕台。"然《史记》止云:"为隗改筑宫而师事之。"初无"台"字。李白诗有"何人为筑黄金台"之语,吴虎臣《漫录》,以此为据。按《新序》、《通鉴》亦皆云"筑宫",不言"台"也。然李白屡惯用黄金台事,如"谁人更埽黄金台","燕昭延郭隗,遂筑黄金台","埽洒黄金台,招邀广平客","如登黄金台,遥谒紫霞仙","侍笔黄金台,传觞青玉案"。杜甫亦有"杨梅结义黄金台","黄金台贮贤俊多"。柳子厚亦云:"燕有黄金台,远致望诸君。"《白氏六帖》有:"燕昭王置千金于台上,以延天下士,谓之黄金台。"此语唐人相承用者甚多,不特本于白也。又按《唐文粹》,有皇甫松《登郭隗台》诗。又梁任昉《述异记》:"燕昭为郭隗筑台,今在幽州燕王故城中。土人呼贤士台,亦为招贤台。"然则必有所谓台矣。后汉孔文举《论盛孝章书》曰:"昭筑台以延郭隗。"然皆无"黄金"字。宋鲍照《放歌行》云:"岂伊白屋赐,将起黄金台。"然则黄金台之名,始见于此。李善注引王隐《晋书》:"段匹磾讨石勒,屯故燕太子丹黄金台。"又引《上谷郡图经》曰:"黄金台在易水东南十八里,昭王置千金台上,以延天下士。"且燕台多以为昭王,而王隐以为燕丹,何也?余后见《水经注》云:"固安县有黄金台,耆旧言昭王礼贤,广延方士,故修建下都,馆之南陲。燕昭创于前,子丹踵于后。"云云。以此知王隐以为燕丹者,盖如此也。

孟子三宿出昼

　　高邮有老儒黄彦和谓:"孟子去齐,三宿而出昼。读如'昼夜'之'昼',非也。《史记·田单传》载:'燕初入齐,闻昼邑之人王蠋贤。'刘熙注云:'齐西南近邑,音获。'故孟子三宿而出,时人以为濡滞也。"此说甚新而有据。然予观《说苑》,则以为盖邑人王蠋。且齐有盖大夫王驩，《公孙丑》下。而陈仲子兄食采于盖，其入万钟，《滕文公》下。则齐亦自有盖邑，又与昼邑不同矣。《通鉴》"昼"音，司马康释音胡卦切，亦曰西南近邑，复不音"获"，何耶？

方大猷献屋

杨驸马赐第清湖，巨珰董宋臣领营建之事，遂拓四旁民居以广之。其间最逼近者，莫如太学生方大猷之居。珰意其必雄据，未易与语。一日，具礼物往访之。方延入坐，珰未敢有请，方遽云："今日内辖相访，得非以小屋近墙，欲得之否？"珰愕不复对，方徐曰："内辖意谓某太学生，必将梗化，所以先蒙见及，某便当首献作倡。"就案即书契与之。珰以成契奏知，穆陵大喜，视其直数倍酬之。方作表谢，有云："普天之下，莫非王土；一毫以上，悉出君恩。"上《毛诗》，下东坡《谢表》，并全句。自此擢第登朝，皆由此径而梯焉。

长　生　酒

穆陵晚年苦足弱。一日经筵，宣谕贾师宪曰："闻卿有长生酒甚好，朕可饮否？"贾退，遂修制具方并进，亦不过用川乌、牛膝等数味耳。内辖李忠辅适在旁，奏曰："药性凉燥未可知，容臣先尝，然后取旨进御。"嫉之者转闻于贾，贾深衔之，而未有以发也。先是，北关刘都仓，家富无嗣，尝立二子。刘先死，长者欲逐其后立子，于是托其所亲检详所吏刘炳百万缗，介谢堂节使，转求圣旨下天府逐之，至是已涉数岁，贾始知之，时咸淳初年也。遂嗾其出子，以为李忠辅伪作圣旨，讼之于官，词虽不及谢，而谢甚窘惧，于是以实诉之于贾，贾笑曰："节度无虑。"越日，则忠辅追毁迁谪之命下，以实非其罪也，盖师宪借此以报其尝药之忿耳。

开运靖康之祸

靖康之祸，大率与开运之事同。一时纪载杂书极多，而最无忌惮者，莫若所谓《南烬纪闻》。其说谓出帝之事，欧公本之王淑之私史。淑本小吏，其家为出帝所杀，遁入契丹。泊出帝黄龙之迁，淑时为契丹诸司，于是文移郡县，故致其饥寒，以逞宿怨，且述其幽辱之事，书名《幽懿录》，比之周幽、卫懿。然考之五代新旧史，初无是说，安知非托子虚以欺世哉？其妄可见矣。《南烬》言二帝初迁安肃军，又迁云州，又迁西江州，又迁五国城，去燕凡三千八百余里，去黄龙府二千一百里，其地乃李陵战败之所。后又迁西均从州，乃契丹之移州。今以当时他书考之，其地里远近，皆大缪不经，其妄亦可知。且谓此书乃阿计替手录所申金国之文，后得之金国贵人者。又云："阿计替，本河北棣州民，陷虏。自东都失守，金人即使之随二帝入燕，又使同至五国城，故首尾备知其详。"及考其所载，则无非二帝胸臆不可言之事，不知阿计替何从知之。且金虏之情多疑，所至必易主者守之，亦安肯使南人终始追随乎？且阿计替于二帝初无一日之恩，何苦毅然历险阻、犯嫌疑，极力保护而不舍去？且二帝方在危亡哀痛之秋，何暇父子赋诗为乐，阿计替又何暇笔之书乎？此其缪妄，固不待考而后见也。意者，为此书之人，必宣、政间不得志小人，造为凌辱猥嫚之事而甘心焉。此禽兽之所不忍为，尚忍言之哉？余惧夫好奇之士，不求端本而轻信其言，故书以祛后世之惑云。

近 世 名 医

近世江西有善医号严三点者,以三指点间知六脉之受病,世以为奇,以此得名。余按诊脉之法,必均调自己之息,而后可以候他人之息。凡四十五动为一息,或过或不及,皆为病脉。故有二败、三迟、四平、六数、七极、八脱、九死之法。然则察脉固不可以仓卒得之,而况三点指之间哉?此余未敢以为然者也。或谓其别有观形察色之术,姑假此以神其术,初不在脉也。绍兴间,王继先号"王医师",驰名一时。继而得罪,押往福州居住。族叔祖宫教,时赴长沙倅,素识其人,适邂逅旅舍,小酌以慰劳之,因求察脉。王忽愀然曰:"某受知既久,不敢不告。脉证颇异,所谓脉病人不病者,其应当在十日之内,宜亟反辕,尚可及也。"因泣以别。时宫教康强无疾,疑其为妄,然素信其术,于是即日回辕。仅至家数日而殂,亦可谓异矣。又尝闻陈体仁端明云:"绍熙间,有医邢氏,精艺绝异。时韩平原知阁门事,将出使,俾之诊脉,曰:'和平无可言。所可忧者,夫人耳。知阁回靮日,恐未必可相见也。'韩妻本无疾,怪其妄诞不伦,然私忧之。洎出疆甫数月,而其妻果殂。又朱丞相胜非子妇偶小疾,命视之,邢曰:'小疾耳,不药亦愈。然自是不宜孕,孕必死。'其家以为狂言。后一岁,朱妇得男,其家方有抱孙之喜,未弥月而妇疾作。急遣召之,坚不肯来,曰:'去岁已尝言之,势无可疗之理。'越宿而妇果殂。"余谓古今名医多矣,未有察夫脉而知妻死,未孕而知产亡者,呜呼!神矣哉!

前 辈 知 人

前辈名公钜人,往往有知人之明。如马尚书亮之于吕许公、陈恭公,曾谏议致尧之于晏元献,吕许公之于文潞公,夏英公之于庞颖公,皆自布衣小官时,即许以元宰之贵,盖不可一二数。初非有袁、李之术,特眼力高、阅人多故尔。史传所载,以为名谈。近世如史忠献弥远、赵忠肃方亦未易及。忠献当国日,待族党加严,犹子嵩之子申,初官枣阳户曹,方需远次,适乡里有佃客邂逅致死者,官府连逮急甚,欲求援于忠献,而莫能自通,遂夤缘转闻,因得一见。留饭终席,不敢发一语。忽问:"何不赴枣阳阙?"以"尚需次"对,忠献曰:"可亟行,当作书与退翁矣。"陈赅时为京西阃。子申拜谢,因及前事,公曰:"吾已知之,第之官勿虑也。"公平昔严毅少言,遂谢而退。少间,公元姬林夫人因扣之,公曰:"勿轻此子,异日当据我榻也。"其后信然。又赵葵南仲通判庐州日,翟朝宗方守郡,公素不乐之,遂干堂易合入阙。俟呼召于宾庑候见者数十人,皆谢去,独召两都司及赵延入小阁会食。且出两金盒,贮龙涎、冰脑,俾坐客随意爇之。次至赵,即举二合尽投炽炭中,香雾如云,左右皆失色。公亟索饮送客,命大程官俾赵听命客次,人皆危之。既而出札知滁州,填见阙命之任,而信公平生功业,实肇于此焉。又赵忠肃开京西阃日,郑忠定丞相清之初任夷陵教官,首诣台参。郑素癯瘁,若不胜衣,赵一见即异恃之。延入中堂,出三子,俾执师弟子礼,局蹐不自安。旁观怪之。即日免衙参等礼以行,复命诸子饯之前途,且各出《云萍录》书之而去。他日,忠肃问诸郎曰:"郑教如何?"长公答曰:"清固清矣,恐寒薄耳。"公笑曰:"非尔所知。纵寒薄,不失为太平宰相。"后忠肃疾革,诸子侍侧,顾其长嶷曰:"汝读书可喜,然不过监司太守。"次语其仲范曰:"汝须开阃,终无结果。三哥葵甚有福,但不可作宰相耳。"时帐前提举官赵胜,素与都统制扈再兴之子不协，泣而言曰："万一相公不讳，赵胜必死于扈再兴之手，告相公保全。"时京西施漕上饶人，名未详偶在旁，公笑谓施曰："赵胜会做殿帅，扈再兴安能杀之？"其后，所言无一不验。

赵信国辞相

淳祐甲辰，杜清献范薨，游清献似拜右揆，赵葵南仲枢使、陈铧子华参政，皆一时宿望。明年四月，游相以大观文奉内祠侍读。既而赵公出督江淮、荆、襄、湖北军马，陈公以知院帅长沙，遂再相。郑忠定清之，王伯大、吴潜，并为金枢。乙巳，赵公兼江东帅、知建康、留钥，赵希垔以礼书督府参赞兼江漕，淮帅丘山甫岳仍兼参谋，且颁御笔云："赵葵兼资文武，协辅国家，领使洪枢，视师戒道，权不可不专。申檄处置，贵合时宜，一应军行调度，并听便宜施行。所有恩数，视仪宰路。"公既威名夙著，边陲晏然。中间屡乞结局，不允。明年，遣随军转运舒泽民滋，入白庙堂，许令带职入觐。公力辞召命，且云："更当支吾一冬，来春解严，容归田里。"朝廷许之。明年，北军大入，因复留行府，措置战守焉。中书陆德舆载之转对疏，以为"去岁泗州大捷，彼方丧胆落魄。今春淮水涨溢，欲来不可。涉冬而春，边镇宁谧。近者骇言寇至，张大其说，或云到仪真之境者，止五六十骑耳。"赵公闻之，大不能堪。封章屡上，力辨此谤。且云："今年北军之入，系四大头项：一曰察罕河西人，二曰大纳，三曰黑点，四曰别出古并魋。号四万，实三万余；马，人各三匹，约九万匹。惟恐有劳圣虑，前后具奏，一则曰宽圣虑，二则曰宽忧顾。臣领舟师往来应敌，未尝有一语张大。今观陆德舆奏疏，实骇所闻。伏乞委德舆亲至维扬，审是虚实。臣当躬率骑士，护送入城，便见真妄。"于是朝廷以载之之言为过，遂为调停，寝其事焉。未几，工部尚书徐清叟进故事，亦讥其辟属之滥。赵公愈不自安。是岁闰二月，郑忠定拜太师，赵公拜右相，所有督府，日下结局。遂差右司陈梦斗宣赴都堂治事，而陈辞以此貂珰之职不行，遂改差御药谢昌祖往焉。夕郎赵以夫复有不肯书牍之意，事虽不行，而公之归兴不可遏矣。屡腾免牍，且引其父忠肃遗言"不许入相"之说以告，且云："宁得罪以过岭，难违训以入朝。"御笔不允，降宣趣行。时陆载之方居翰苑，以嫌不草诏，遂改命卢壮父武子为之。时赵公各通从官书，谓元科降簿内尚余新楮四百余万，银绢度牒并不支动，且言决不可来之意。当时从官作宰相书，例有"先生"之称，至是皆去之。独赵汝腾茂实尚书答书云："大丞相高风立懦，力疏辞荣。昔司马公固逊密府，近崔清献苦却宰席，书之史册，并公而三，甚盛休。而其微意亦可见也。公归计既决，遂申朝庭，于三月二十四日散遣将士，取道归伏田里。所有新除恩命，决不敢祗受。既而与告复召，然公终不来矣。至明年三月，御笔："赵葵恳辞相位，终始弗渝，使命趣召，亦既屡矣。奏陈确论，殆逾一期。朕眷倚虽切，不能强其从也。姑畀内祠，以便咨访。可除观文殿大学士、醴泉观察使兼侍读。"后以疾丐外祠甚力，遂以特进判长沙，凡五辞，得请奉祠，径归溧阳里第焉。盖一时搢绅，方以文学科名相高，其视军旅金谷等，为俗吏粗官。公能知几勇退，不激不污，可谓善保功名者矣。

琴繁声为郑卫

往时，余客紫霞翁之门。翁知音妙天下，而琴尤精诣。自制曲数百解，皆平淡清越，灏然太古之遗音也。复考正古曲百余，而异时官谱诸曲，多黜削无余，曰："此皆繁声，所谓郑卫之

音也。"余不善此,颇疑其言为太过。后读《东汉书》:"宋弘荐
桓谭,光武令鼓琴,爱其繁声,弘曰:'荐谭者,望能忠正导主。
而令朝廷耽悦郑声,臣之罪也。'"是盖以繁声为郑声矣。又
《唐国史补》,于頔令客弹琴,其嫂知音,曰:"三分中,一分筝
声,二分琵琶,全无琴韵。"则新繁皆非古也。始知紫霞翁之说
为信然。翁往矣!回思著唐衣,坐紫霞楼,调手制闲素琴第一,
作新制《琼林》、《玉树》二曲,供客以玻璃瓶洛花,饮客以玉缸
春酒,翁家酿名。笑语竟夕不休,犹昨日事;而人琴俱亡,冢上之
木已拱矣。悲哉!

章 氏 玉 杯

嘉泰间,文庄章公以右史直禁林。时宇文绍节挺臣为司
谏,指公为谢深甫子肃丞相之党,出知温陵。既而公入为言
官,遍历三院,为中执法。时挺臣以京湖宣抚使知江陵府,人
觐,除端明学士,径跻宥府。而挺臣怀前日之疑,次且不敢拜。
文庄识其意,乃抗疏言:"公论出一时之见,岂敢以报私憾?乞
趣绍节就职。"未几,公亦登政地,相得甚欢。一日宴聚,公出
所藏玉杯侑酒,色如截虹,真于阗产也,坐客皆夸赏之。挺臣
忽旁睨微笑曰:"异哉!先肃愍公虚中使金日,尝于燕山获玉
盘,径七寸余,莹洁无纤瑕,或以为宣和殿故物,平日未尝示
人。今观此,色泽殊近似之。"于是坐客咸愿快睹,趣使取之。
既至,则玉色制作无毫发异,真合璧也。盖元为一物,中分为
二耳。众客惊诧,以为干、铘之合不足多也。公因举杯以赠挺
臣,而挺臣复欲以盘奉公,相与逊让者久之,不决。时李璧季
章在坐,起曰:"以盘足杯者,于事为顺。金书不得辞也。"公遂
谢而藏之,以他物为报。余髫侍二亲,常于元达舅氏膝下闻此

事,惜不一见之。其后闻为有力者负之而去,莫知所终。

二　张　援　襄

　　襄、樊自咸淳丁卯被围以来,生兵日增。既筑鹿门之后,水陆之防日密。又筑白河、虎头及鬼关于中,以梗出入之道。自是孤城困守者凡四五岁,往往扼关隘不克进,皆束手视为弃物。所幸城中有宿储可坚忍,然所乏盐、薪、布帛为急。时张汉英守樊城,募善泅者,置蜡书髻中,藏积草下,浮水而出。谓鹿门既筑,势须自荆、郢进援。既至隘口,守者见积草颇多,钩致欲为焚爇用,遂为所获,于是郢、邓之道复绝矣。既而荆阃移屯旧郢州,而诸帅重兵皆驻新郢及均州河口以扼要津。又重赏募死士,得三千人,皆襄、郢、西山民兵之骁悍善战者。求将久之,得民兵部官张顺、张贵军中号张贵为"矮张",所谓"大张都统"、"小张都统"者,其智勇素为诸军所服。先于均州上流名中水峪立硬寨,造水哨,轻舟百艘,每艘三十人,盐一袋,布二百。且令之曰:"此行有死而已。或非本心,亟去,毋败吾事。"人人感激思奋。是岁五月,汉水方生,于二十二日,稍进团山下。越二日,又进高头港口结方阵。各船置火枪、火炮、炽炭、巨斧、劲弩。夜漏下三刻,起矴出江,以红灯为号。贵先登,顺为殿,乘风破浪,径犯重围。至磨洪滩以上,敌舟布满江面,无罅可入。鼓勇乘锐,凡断铁絙、攒杙数百,屯兵虽众,尽皆披靡避其锋。转战一日二十余里,二十五日黎明,乃抵襄城。城中久绝援,闻救至,人人踊跃,气百倍。及收军点视,则独失张顺,军中为之短气。越数日,有浮尸逆流而上。被介胄,执弓矢,直抵浮梁,视之,顺也。身中四枪六箭,怒气勃勃如生,军中惊以为神,结冢敛葬,立庙祀之。然自此围益密,水道连锁数十里,以大木下撒星桩,虽鱼鳖不得度矣。外势既蹙,贵乃募壮士至夏节使军求援,得二人,能伏水中数日不食,使持书以出。至桩若栅,则腰锯断之。径达夏军,得报而还。许以军五千驻龙尾洲,以助夹击。刻日既定,贵提所部军点视登舟,失帐前亲随一人,乃宿来有过遭挞者。贵惊叹曰:"吾事泄矣!然急出,或未及知耳。"乃乘夜鼓噪,冲突断绲,破围前进,众皆辟易。既度险要之地,时夜半天黑,至小新城,敌方觉,遂以兵数万邀击之。贵又为无底船百余艘,中立旗帜,各立军士于两舷以诱之,敌皆竞跃以入,溺死者万余,亦昔人未出之奇也。至钩林滩,将近龙尾洲,远望军船栉栉,旗帜纷纭。贵军皆喜跃,举流星火以示之。军船见火,皆前相迎,逮势近欲合,则来舟北军也。盖夏军前二日,以风雨惊疑,退屯三十里矣。北军盖得逃卒之报,遂据洲上,以逸待劳。至是,既不为备,杀伤殆尽。贵身被数十创,力不支,遂为生得,至死不屈,此是岁十一月七日夜也。北军以四降卒舆尸至襄,以示援绝,且谕之降。吕帅文焕尽斩四卒,以贵附葬顺冢,为立双庙,尸而祝之,以比巡、远。明年正月十三日,樊城破;三月十八日,襄阳降。此天意,非人力也。同时有武功大夫范大顺者,与顺、贵同入襄。及襄城降,仰天大呼曰:"好汉谁肯降?便死也做忠义鬼!"就所守地分自缢而死。又有右武大夫、马军统制牛富,樊城守御,立功尤多。城降之际,伤重不能步,乃就战楼,触柱数四,投身火中而死。此事亲得之襄州、顺化老卒,参之众说,虽有微异,而大意则同。不敢以文害辞没其实,因直书之,以备异时之传忠义者云。

齐东野语卷十九

嘉 定 宝 玺

贾涉为淮东制阃日,尝遣都统司计议官赵拱往河北蒙古军前议事。久之,拱归,得其大将扑鹿花所献"皇帝恭膺天命之宝"玉玺一座,并元符三年宝样一册,及镇江府诸军副都统制翟朝宗所献宝检一座,并缴进于朝。诏下礼部太常寺讨论受宝典礼,此嘉定十四年七月也。是岁十一月诏曰:"乃者,山东、河北,连城慕义,殊方效顺,肃奉玉宝来献于京。质理温纯,篆刻精古。文曰'皇帝恭膺天命之宝',暨厥图册,登载灿然,实惟我祖宗之旧。继获玉检,其文亦同,云云。天其申命用休,朕曷敢不承? 其以来年元日,受宝于大庆殿。"遂命奉安玉宝于天章阁,且奏告天地、宗庙、社稷。明年正月庚戌朔,御大庆殿受宝,大赦天下。应监司帅守,并许上表进贡称贺。推恩文武官,各进一秩,大犒诸军,三学士人并推恩有差。具命礼官裒集受宝本末,藏之秘阁。能文之士如朱中美、钱樵、谢耘等数十人,作为颂诗,以铺张盛美。四方士子,骈肩累足而至,学舍至无所容。盖当国者方粉饰太平,故一时恩赏,实为冒滥。有士子作书贻葛司成云:"窃惟国学,天子储养卿相之地。中兴以来,冠带云集,英俊日盛,可以培植国家无疆之基。自开禧之初,迄更化之后,天下公论,不归于上之人,多归于两学之士。凡政令施行之舛,除拜黜陟之偏,禁庭私谒之过,涉于国家盛衰之计,公论一鸣,两学雷动。天子虚己以听之,宰相俯苴而信之,天下倾心而是之。由是四方万里,或闻两学建议,父告其子,兄告其弟,师告其徒,必得其说,互相歆艳,谓不负所学,岂不重于当世哉? 迩来宝玺上进,皇上以先皇旧物,圣子神孙膺此天命之宝,慰答在天之灵,不得不侈烈祖之珍符,为今日之荣观也。草茅之士,兴起于山林寂寞之滨,形容于篇章歌颂之末,其诚可念。若两学之士,荣进素定,固当自信其所学,自勉其所守,安于义命可也。纷纷而来,不恤道路风霜之惨,喁喁相告,昧昧相呼。侥幸恩赏之蕃庶,冀望非常之盛典。甚至千数百人,饔飧廪粟,枕籍斋舍,廉耻俱丧,了无觍颜。或挺身献颂,或走谒朝贵,小小利害,其趋若市。公论将何以赖? 天下将何以望哉? 传之三辅,岂不贻笑于识字之程大卿乎? 传之远方,岂不贻笑于任子之胡尚书兄弟乎? 传之边陲,岂不贻笑于异类之赵拱乎? 传之地下,岂不贻笑于旧尹之赵尚书乎? 三十年忠谠之论,一日埽地;三十年流传之稿,一焚可尽矣。假使圣朝颁旷荡之恩,一视天下之士,通行免举,诿有可说。苟惟两学之士,独沾免举之渥,则非特柄国者,欲钳天下公论之口,而三学之士,适自钳其口耳,岂不惜哉! 恭惟大司成,天下英俊之师表,愿以公论所在,诲之以安义命而知进退,勉之以崇名节而黜浮竞。爵禄,天下之公器也,岂顽钝亡耻者可攫也。传曰:‘士之致远,先器识。’器识卑下,则它日立朝,必无可观者矣。舍其所重,就其所轻;暗其所长,鸣其所短:三尺之童,亦羞为之。昔陈东以直言而死,今李诚之以守城而死,二公皆学校之士也,足以为万世之名节。以今日一免解之轻,遽失吾万世公论之重,必无有如陈之直言、李之忠节者矣。元气能有几邪? 愿大司成续而寿之。”既而宗室犹以推赏太轻,至揭榜朝天门云:"宝玺,国之重器也,兴衰系焉。同姓,国之至亲也,休戚生焉。靖康之际,国步多难。我祖我父,一心王室,不死于兵,则死于虏,不死于虏,则死于盗贼;若子若孙,呼天号地,此恨难磨。苟存喘息于东南,期雪我祖我父万古之痛而后已。仰惟今日,故疆复矣,宝镇归矣,此正酾酒吊魂、慰生劳死之秋,其为踊跃,曷啻三百? 圣恩汪涉,周遍寰宇。监司郡守,奉表推恩。文武两学,通籍免举。侍班选人,特与趯放。不惟文武百僚转官,而未铨任子,亦与转官;不惟特科无及者出官,而三十年特科五等人亦出官。加恩异姓,悉逾覃霈。即彼验此,凡同姓一请者,便可援以补官;再请者,亦可援以廷对。今散恩诞布宗子,已请者各免本等解一次,四举者补下州文学,五举者补迪功郎。由是而观,不惟亲疏无别,而异姓反优于同姓,天子之子孙,反不若公卿大夫之子孙。痛念昔者,是玺之亡,宗室与之俱亡,而异姓自若也。今日是玺之得,推恩异姓,种种优渥,而同姓则反薄其恩。忧则与之同忧,喜则不与之同喜。人情岂如是乎? 况比年科甲,已非若祖宗之优;今日恩霈,又非若祖宗之厚。凡我国家,有一毫恩及同姓者,日以朘削,王家枝叶,剪伐弗恤,是皆权要之私憾耳。投鼠忌器,何忍于斯? 兴言及此,涕泪交垂;识者旁观,宁不感动? 中兴以来,推恩同姓,止有一举、两举之分,初无四举、五举之别;止有将仕免省之异,初无文学迪功之名。累朝是守,按为典章。经今百年,未尝辄变。今来五举与迪功郎,四举与文学,其视免省,何啻倍蓰? 而省试仅以六十五名为额,来岁以免解到省者,其数甚多。是虽当免举,实殿举也;殆与其他免解受实惠者,万万不侔。我辈当念祖父沦亡之痛,协心戮力,仰扣庙堂,体念同姓,举行旧典。勿以事已定而沮其志，勿以天听高而泯其说；使我辈得以慰祖父九地之灵，而子孙得蒙国家无穷之福。宗英其念之。"是时不转官赏者，朝中士惟陈贵谦、陈宓；在学不愿推恩者，茅汇征一人而已。按"恭膺天命之宝"，真宗初即位所制，其后每朝效之，易世则藏去。靖康之变，金人取玉宝十有四以去，此宝居其二焉。其一则哲宗元符三年所制，其一钦宗靖康元年所制也。及金人内乱南迁，宝玉多为蒙古所取。当时识者，谓此物不宜铺张。是以参政郑昭先有可吊、不可贺之论。时学士院权直卢祖皋草诏，乃径用元符故事，殊不知哲宗以元符元年进宝，至三年崩，识者忧之。今以嘉定十五年受宝，至十七年闰八月而宁宗崩。事有适相符者，敢并纪于此云。

鬼　车　鸟

鬼车，俗称"九头鸟"。陆长源《辨疑志》又名"渠逸鸟"。世传此鸟昔有十首，为犬噬其一，至今血滴人家，能为灾咎。故闻之者，必叱犬灭灯，以速其过。泽国风雨之夕，往往闻之。六一翁有诗，曲尽其悲哀之声，然鲜有睹其形者。淳熙间，李寿翁守长沙日，尝募人捕得之。身圆如箕，十脰环簇。其九有头，其一独无，而鲜血点滴，如世所传。每脰各生两翅，当飞时，十八翼霍霍竞进，不相为用，至有争拗折伤者。景定间，周汉国公主下降，赐第嘉会门之左，飞楼复道，近接禁籞。贵主尝得疾，一日，正昼，忽有九头鸟踞主第挎衣石上，其状大抵类野枭而大如箕。哀鸣啾啾，略不见惮。命弓射之，不中而去。是夕主薨，信乎其为不祥也。此余亲闻之徐俳云。

兰　亭　诗

　　永和兰亭禊饮集者四十二人，人各赋诗，自右军而下十一人，各成两篇；郗昙、王丰而下十五人，各成一篇，然亦不过四言两韵，或五言两韵耳。诗不成而罚觞者十有六人，然其间如王献之辈，皆一世知名之士，岂终日不能措一辞者？黄彻谓古人持重自惜，不轻率尔，恐贻久远之讥，故不如不赋之为愈耳。余则以为不然。盖古人意趣真率，是日适无兴不作，非若后世喋喋然强聒于杯酒间以为能也。史载献之尝与兄徽之、操之，俱诣谢安，二兄多言，献之寒温而已。既出，客问优劣，安曰："小者佳。吉人之辞寡，以其少言，故云。"今王氏父子群从咸集，而献之诗独不成，岂不平日静退之故邪？

著　书　之　难

　　著书之难尚矣。近世诸公，多作考异、证误、纠缪等书，以雌黄前辈，该赡可喜，而亦互有得失，亦安知无议其后者？程文简著《演繁露》，初成，高文虎炳如尝假观，称其博赡。虎子似孙续古，时年尚少，因窃窥之。越日，程索回元书，续古因出一帙曰《繁露诘》，其间多文简所未载，而辨证尤详。文简虽盛赏之，而心实不能堪。或议其该洽有余，而轻薄亦太过也。虽温公著《通鉴》，亦不能免此。若汉景帝四年内，日食皆误书于秋夏之交，甚至重复书杨彪赐之子于一年之间。至朱文公修《纲目》，亦承其误而不自觉，而《纲目》之误尤甚。唐肃宗朝，直脱二年之事。又自武德八年以后，至天祐之季，甲子并差。盖纪载编摩，条目浩博，势所必至，无足怪者。刘羲仲，道原之子也。道原以史学自名，羲仲世其家学，摘欧公《五代史》之讹说,为《纠谬》一书,以示坡公。公曰:"往岁,欧公著此书初成,荆公谓余曰:'欧公修《五代史》而不修《三国志》,非也,子盍为之乎?'余因辞不敢当。夫为史者,网罗数千百载之事,以成一书,其间岂无小得失邪?余所以不敢当荆公之托者,正畏如公之徒,掇拾于先后耳。"《挥麈录》云:"蜀人吴缜初登第,请于文忠,愿预官属。公不许,因作《纠误》。"岂别一书邪?

安　南　国　王

安南国王陈日煚者,本福州长乐邑人,姓名为谢升卿。少有大志,不屑为举子业。间为歌诗,有云:"池鱼便作鹍鹏化,燕雀安知鸿鹄心?"类多不羁语。好与博徒豪侠游,屡窃其家所有,以资妄用,遂失爱于父。其叔乃特异之,每加回护。会是家有姻集,罗列器皿颇盛。至夜,悉席卷而去,往依族人之仕于湘者。至半途,呼渡,舟子所须未满,殴之,中其要害。舟遽离岸,谢立津头以俟。闻人言舟子殂,因变姓名逃去。至衡,为人所捕。适主者亦闽人,遂阴纵之。至永州,久而无聊,授受生徒自给。永守林呈,亦同里,颇善遇人。居无何,有邕州永平寨巡检过永,一见奇之,遂挟以南。寨居邕、宜间,与交趾邻近。境有弃地数百里,每博易,则其国贵人皆出为市。国柜乃王之婿,有女亦从而来,见谢美少年,悦之,因请以归。令试举人,谢居首选,因纳为婿。其王无子,以国事授相。相又昏老,遂以属婿,以此得国焉。自后,屡遣人至闽访其家,家以为事不可料,不与之通,竟以岁久难以访问返命焉。其事得之陈合惟善金枢云。

贾 氏 前 兆

贾师宪柄国日,尝梦金紫人相迎逢,旁一客谓之曰:"此人姓郑,是能制公之死命。"时大珰郑师望方用事,意疑其人,且姓与梦合,于是竟以他故摈逐之。及鲁港失律,远谪南荒,就绍兴差官押送,则本州推官沈士圭,摄山阴尉郑虎臣也。郑,武弁,尝为贾所恶,适有是役,遂甘心焉。贾临行,置酒招二人,历言前梦,且祈哀徼芘云:"向在维扬日,襄、邓间有人善相。一日来,值其跣卧,因叹惜再三。私谓客曰:'相公贵极人臣,而足心肉陷,是名猴形,恐异时不免有万里行耳。'是知今日窜逐之事,虽满盈招咎,盖亦有数存焉。"及抵清漳之次日,泣谓押行官曰:"某夜来梦大不祥,才离此地,必死无疑,幸保全之。"遂连三日,逗遛不行,而官吏迫促之。离城五里许,小泊木绵庵,竟以疾殂,或谓虎臣有力焉。先是,林金枢存孺父为贾所摈,谪之肇州,道死于漳。漳有富民,蓄油杉甚佳。林氏子弟欲求,而价穷不可得,因抚其木曰:"收取,收取。待留与贾丞相自用。"盖一时愤恨之语耳。至是,郡守与之经营,竟得此物以敛,可谓异矣。死生祸福,皆有定数,不可幸免也如此。事亲闻之沈士圭云。

明 堂 不 乘 辂

度宗咸淳壬子岁,有事于明堂。先一夕,上宿太庙。至晚,将登辂,雨忽骤至。大礼使贾似道欲少俟,而摄行宫使带御器械胡显祖,请用开禧之例,却辂乘辇。上性躁急,遽从之。阁民吏曹垓,竟引摄礼部侍郎陈伯大、张志立奏中严外办,请上服通天冠,绛纱袍,乘逍遥辇入和宁门。似道以为既令百官常服从驾，而上乃盛服，不可。显祖谓泥路水深，决难乘辂。既而雨霁，则上已乘辇而归矣。既肆赦，似道即上疏出关，再疏言："嘉定间，三日皆雨，亦复登辂。用嘉定例尚放淳熙，用开禧之例，则是韩侂胄之所为。深恐万世之下，以臣与侂胄等。"于是必欲求去，而伯大、志立亦待罪，显祖竟从追削，送饶州居住；曹垓黜断，其子大中为阁职，亦降谪江阴。显祖本太常寺礼直官，以女为美人，故骤迁至此云。未几，有旨，美人胡氏，追毁内命妇，告送妙净寺削发为尼。然践刍忌器，或以为过。似道凡七疏辞位，竟出居湖曲赐第，用吕公著、乔行简典故焉。按淳熙乙亥，明堂致斋太庙，而大雨终日。夜，有旨："来早更不乘辂，止用逍遥子诣文德殿致斋。应仪仗排立并放免。从驾官常服以从。"大礼使赵雄密令勿放散，上闻之曰："若不霁，何施面目？"雄语人曰："不过罪罢出北关耳。"黄昏后雨止。中夜，内侍思恭传旨御史台、阁门、太常寺，仍旧乘辂，应有合行排办事件，疾速施行。十五日拂明雨止，乘辂而归。盖自有典故，清切如此。而显祖不知出此，乃妄援开禧韩侂胄当国时故事，故时相怒之尤甚也。

贾 氏 园 池

景定三年正月，诏以魏国公贾似道有再造功，命有司建第宅家庙，贾固辞，遂以集芳园及缗钱百万赐之。园故思陵旧物，古木寿藤，多南渡以前所植者。积翠回抱，仰不见日，架廊叠磴，幽眇透迤，极其营度之巧。犹以为未也，则隧地通道，抗以石梁。旁透湖滨，架百余楹。飞楼层台，凉亭燠馆，华邃精妙。前揖孤山，后据葛岭，两桥映带，一水横穿，各随地势以构筑焉。堂榭有名者曰蟠翠、古松。雪香、古梅。翠岩、奇石。倚

绣、杂花。挹露、海棠。玉蕊、琼花荼蘼。清胜，假山。已上集芳旧
物。高宗御扁"西湖一曲"、"奇勋"。理宗御书"秋壑"、"遂初
容堂"。度宗御书"初阳精舍"、"熙然台"、"砌台"。山之椒曰
"无边风月"、"见天地心"。水之滨曰"琳琅步"、"归舟"、"早
船"。通名之曰"后乐园"。四世家庙，则居第之左焉。庙有
记，一时名士拟作者数十，独取平舟杨公栋者刊之石。又以为
未足，则于第之左数百步瞰湖作别墅，曰光禄阁、春雨观、养乐
堂、嘉生堂。千头木奴，生意潇然，生物之府，通名之曰"养乐
园"。其旁则廖群玉之香月邻在焉。又于西陵之外，树竹千
迁，架楼临之，曰秋水观、第一春、梅思、刳船亭，则通谓之"水
竹院落"焉。后复葺南山水乐洞，赐园有声在堂、介堂、爱此、
留照、独喜、玉渊、漱石、宜晚，上下四方之宇诸亭，据胜专奇，
殆无遗策矣。其后，志之耶乘，从而为之辞曰："园囿一也，有
藏歌贮舞，流连光景者；有旷志怡神，蜉蝣尘外者；有澄想遐
观，运量宇宙，而游特其寄焉者。嘻！使园囿常兴而无废，天
下常治而无乱，非后天下之乐而乐者其谁能？"呜呼！当时为
此语者，亦安知俯仰之间，遽有荒田野草之悲哉！昔陆务观作
《南园记》于中原极盛之时，当时勉之以抑畏退休。今贾氏当
国十有六年，谀之者惟恐不极其至，况敢几微及此意乎？近世
以诗吊之者甚众。吴人汤益一诗，颇为人所称云："檀板歌残
陌上花，过墙荆棘刺檐牙。指挥已失铁如意，赐予宁存玉辟
邪。败屋春归无主燕，废池雨产在官蛙。木绵庵外尤愁绝，月
黑夜深闻鬼车。"李彭老一绝云："瑶房锦榭曲相通，能几番春
事已空。惆怅旧时吹笛处，隔窗风雨剥青红。"

子固类元章

诸王孙赵孟坚字子固，号彝斋，居嘉禾之广陈。修雅博识，善笔札，工诗文，酷嗜法书。多藏三代以来金石名迹，遇其会意时，虽倾囊易之不靳也。又善作梅竹，往往得逃禅、石室之妙，于水仙为尤奇，时人珍之。襟度潇爽，有六朝诸贤风气，时比之米南宫，而子固亦自以为不歉也。东西薄游，必挟所有以自随。一舟横陈，仅留一席为偃息之地，随意左右取之，抚摩吟讽，至忘寝食。所至，识不识望之，而知为米家书画船也。庚申岁，客辇下，会菖蒲节，余偕一时好事者邀子固，各携所藏，买舟湖上，相与评赏。饮酣，子固脱帽，以酒晞发，箕踞歌《离骚》，旁若无人。薄暮，入西泠，掠孤山，舣棹茂树间。指林麓最幽处瞪目绝叫曰："此真洪谷子、董北苑得意笔也。"邻舟数十，皆惊骇绝叹，以为真谛仙人。异时，萧千岩之侄滚，得白石旧藏五字不损本《禊叙》，后归之俞寿翁家。子固复从寿翁善价得之，喜甚，乘舟夜泛而归。至霅之昇山，风作舟覆，幸值支港，行李衣衾，皆滂溺无余。子固方被湿衣立浅水中，手持《禊帖》示人曰："《兰亭》在此，余不足介意也。"因题八言于卷首云："性命可轻，至宝是保。"盖其酷嗜雅尚，出于天性如此。后终于提辖左帑，身后有严陵之命。其帖后归之悦生堂，今复出人间矣。噫！近世求好事博雅如子固者，岂可得哉！

陈用宾梦放翁诗

陈观国字用宾，永嘉胜士也。丙戌之夏，寓越，梦访余于杭。壁间有古画数幅，严壑耸峭，竹树茂密，瀑飞绝巘，汇为大池。池中菡萏方盛开，一翁曳杖坐巨石上，仰瞻飞鹤翔舞。烟云空濛中,仿佛有字数行,体杂章草。其词曰:"水声兮激激,云容兮茸茸。千松拱绿,万荷凑红。爰宅兹岩,以逸放翁。屹万仞与世隔,峻一极而天通。予乃控野鹤,追冥鸿,往来乎蓬莱之宫。披海氛而一笑,以观九州之同。"旁一人指云:"此放翁诗也。"用宾惊悟,亟书以见寄。诗语清古,非思想之所及。异哉!

汉以前惊蛰为正月节

余尝读班史《历》,至周三月二日庚申惊蛰,而有疑焉。盖周建子为岁首,则三月为寅,今之正月也。虽今历法亦有因置闰而惊蛰在寅之时,然多在既望之后,不应在月初而言二日庚申也。及考《月令章句》,孟春以立春为节,惊蛰为中。又自危十度至壁八度,谓之豕韦之次,立春、惊蛰居之,卫之分野。自壁八度至胃一度,谓之降娄之次,雨水、春分居之,鲁之分野。然后知汉以前,皆以立春为正月节,惊蛰为中,雨水为二月节,春分为中也。至后汉,始以立春、雨水、惊蛰、春分为序。《尔雅》,师古于"惊蛰"注云:"今曰雨水,于夏为正月,周为三月。"于"雨水"注云:"今曰惊蛰,夏为二月,周为四月。"盖可见矣。《史记·历书》亦为"孟春冰泮启蛰。"《左传》桓公五年,"启蛰而郊"。杜氏注以为夏正建寅之月。疏引《夏小正》曰:"正月启蛰"。故汉初启蛰为正月中,雨水为二月节。及太初以后,更改气名,以雨水为正月中,惊蛰为二月节,以至于今。由是观之,自三代以至汉初,皆以惊蛰为正月中矣。又汉以前,谷雨为三月节,清明为三月中,亦与今不同。并见《前·志》。

后夫人进御

梁国子博士清河崔灵恩撰《三礼义宗》，其说博核。其中有后、夫人进御之说甚详，漫撫于此，以助多闻云。凡夫人进御之义，从后而下十五日遍。其法自下而上，象月初生，渐进至盛，法阴道也。然亦不必以月生日为始，但法象其义所知。其如此者，凡妇人阴道，晦明是其所忌。故古之君人者，不以月晦及望御于内。晦者阴灭，望者争明，故人君尤慎之。《春秋传》曰："晦阴惑疾，明淫心疾，以辟六气。"故不从月之始，但放月之生耳。其九嫔已下，皆九人而御，八十一人为九夕。世妇二十七人为三夕，九嫔九人为一夕，夫人三人为一夕，凡十四夕。后当一夕，为十五夕。明十五日则后御，十六日则后复御，而下亦放月以下渐就于微也。诸侯之御，则五日一遍。亦从下始，渐至于盛，亦放月之义。其御则从侄娣而迭为之御，凡侄娣六人当三夕，二媵当一夕，凡四夕。夫人专一夕为五夕，故五日而遍，至六日则还从夫人，如后之法。孤卿大夫有妾者，二妾共一夕，内子专一夕。士有妾者，但不得专夕而已，妻则专夕。凡九嫔以下，女御以上，未满五十者，悉皆进御，五十则止。后及夫人不入此例，五十犹御。故《内则》云："妾年未满五十者，必与五日之御。"则知五十之妾，不得进御矣。卿、大夫、士妻妾进御之法，亦如此也。

有丧不举茶托

凡居丧者，举茶不用托，虽曰俗礼，然莫晓其义。或谓昔人托必有朱，故有所嫌而然，要必有所据。宋景文《杂记》云："夏侍中薨于京师，子安期他日至馆中，同舍谒见，举茶托如平日，众颇讶之。"又平园《思陵记》载阜陵居高宗丧，宣坐、赐茶，亦不用托。始知此事流传已久矣。

清凉居士词

韩忠武王以元枢就第，绝口不言兵，自号清凉居士。时乘小骡，放浪西湖泉石间。一日，至香林园，苏仲虎尚书方宴客，王径造之，宾主欢甚，尽醉而归。明日，王饷以羊羔，且手书二词以遗之。《临江仙》云："冬日青山潇洒静，春来山暖花浓，少年衰老与花同。世间名利客，富贵与贫穷。　　荣华不是长生药，清闲不是死门风，劝君识取主人公。单方只一味，尽在不言中。"《南乡子》云："人有几何般？富贵荣华总是闲。自古英雄都是梦，为官，宝玉妻儿宿业缠。　　年事已衰残，髩发苍苍骨髓干。不道山林多好处，贪欢，只恐痴迷误了贤。"王生长兵间，初不能书。晚岁忽若有悟，能作字及小词。诗词皆有见趣，信乎非常之才也。

齐东野语卷二十

岳武穆御军

岳鹏举征群盗,过庐陵,托宿廛市。质明,为主人汛埽门宇,洗涤盆盎而去。郡守供帐,饯别于郊。师行将绝,谒未得通。问:"大将军何在?"殿者曰:"已杂偏裨去矣。"其严肃如此,真可谓中兴诸将第一。周洪道为追复制词有云:"事上以忠,至不嫌于辰告;行师有律,几不犯于秋毫。"盖实录也。"辰告"者,谓岳尝上疏请建储云。

莫氏别室子

吴兴富翁莫氏者,暮年忽有婢作娠。翁惧其妪妒,且以年迈惭其子妇若孙,亟遣嫁之。已而得男,翁时岁给钱米缯絮不绝。其夫以鬻粉羹为业,子稍长,诒羹于市。且十余岁。莫翁告殂,里巷群不逞遂指为奇货,悉造婢家唁之。婢方哭,则谓之曰:"汝富贵至矣,何以哭为?"问其说,乃曰:"汝之子,莫氏也。其家田园屋业,汝子皆有分,盍归取之? 不听则讼之可也。"其夫妇皆曰:"吾固知之,奈贫无资何?"曰:"我辈当贷汝。"即为作数百千文约,且曰:"我为汝经营,事济则归我。"然实无一钱,止为作衰服被其子,使往,且戒曰:"汝至灵帏,则大恸且拜,拜讫可亟出。人问汝,谨勿应,我辈当伺汝于屋左某家,即当告官可也。"其子谨受教。既入其家,哭且拜,一家骇然辟易。妪骂，欲殴逐之。莫氏长子亟前曰："不可。是将破吾家。"遂抱持之曰："汝非花楼桥卖羹之子乎？"曰："然。"遂引拜其母曰："此，母也，吾乃汝长兄也。汝当拜。"又遍指其家人云："此为汝长嫂，此为次兄若嫂。汝皆当拜。"又指云："此为汝长侄。此为次侄。汝当受拜。"既毕，告去，曰："汝，吾弟，当在此抚丧，安得去？"即命栉濯，尽去故衣，便与诸兄弟同寝处。已，又呼其所生，喻之以月廪岁衣如翁在日，且戒以非时毋辄至，亦欣然而退。群小方聚委巷茶肆俟之，久不至。既而物色之，乃知已纳，相视大沮，计略不得施。他日，投牒持券，诉其子负贷钱。郡逮莫妪及其子问之，遂备陈首尾。太守唐少刘掾叹服曰："其子可谓有高识矣。"于是尽以群小具狱，杖脊编置焉。泠，力丁切，"炫"声也。

耆英诸会

　　前辈耆年硕德，闲居里舍，放从诗酒之乐，风流雅韵，一时歆羡。后世想慕，绘而为图，传之好事，盖不可一二数也。今姑撦其表表者于此，致景行仰止之意云。唐香山九老，则集于洛阳，乐天序之。胡杲、怀州司马，年八十九。吉旼、卫尉卿致仕，八十六。刘真、滋州刺史，八十二。郑据、龙武长史，八十四。卢真、侍御史内供奉，八十二。张浑、永州刺史，八十七。白居易，刑部尚书致仕，七十四。所谓"七人五百八十四"者是也。又续会者二人，李元爽、洛中遗老九十六岁。僧如满九十五。或又云，狄兼谟、秘书监。卢贞、河南尹。二人。以年未七十，虽与会而不及列云。宋至道九老，则集于京师。张好问、太子中允，八十五。李运、太常少卿，八十。宋祺、丞相，七十九。武允成、庐州节度副使，七十九。吴僧赞宁、七十八。魏丕、郓州刺史，七十六。杨徽之、谏议大夫，七十五。朱昂、水部郎中，七十一。李昉，故相，七十。然此集竟不成。至和五老则杜衍、丞相，祁国公，八十。王涣、礼部侍郎，九十。毕世长、司农卿，九十四。朱贯、兵部郎中，八十八。冯平。驾部郎中，八十八。时钱明逸留钥睢阳，为之图象而序之。元丰洛阳耆英会凡十有二人。富弼、丞相，韩国公，七十九。文彦博、丞相，潞国公，七十七。席汝言、司封郎中，七十七。王尚恭、朝议大夫，七十六。赵丙、太常少卿，七十五。刘凡、秘书监，七十五。冯行己、卫州防御使，七十五。楚建中、天章待制，七十三。王谨言、司农少卿，七十二。王拱辰、检校太尉，判大名府，以家居洛，愿寓名会中，七十一。张问、大中大夫，龙图直阁，七十。司马光、端明学士，兼翰林侍读学士，六十四。用唐狄兼谟故事预焉，温公序之，图形妙觉僧舍，其后又改为真率会云。吴兴六老之会，则庆历六年集于南园。郎简、工部侍郎，七十七。范锐、司封员外，六十六。张维、卫尉寺丞，九十七，都管张先之父。刘馀庆、殿中丞，九十二，述之仲父。周守中、大理寺丞，九十，颀之父。吴琰。大理寺丞，七十二，知几之父。时太守马寻主之，胡安定教授湖学，为之序焉。吴中则元丰有十老之集，为卢革、大中大夫，八十二。黄挺、奉议郎，八十二。程师孟、正议大夫，集贤修撰，七十七。郑方平、朝散大夫，七十二。闾丘孝终、朝议大夫，七十三。章岵、苏州太守，七十三。徐九思、朝请大夫，七十三。徐师闵、朝议大夫，七十三。崇大年、承议郎，七十一。张诜。龙图直学，七十。米芾元章为之序焉。

纥石烈子仁词

开禧用兵，金人元帅纥石烈子仁领兵据濠梁，大书一词于濠之倅厅壁间。词名《上平南》，即《上西平》之调，云："虿锋摇，螳臂振，旧盟寒。恃洞庭彭蠡狂澜。天兵小试，百蹄一饮楚江干。捷书飞上九重天，春满长安。　　舜山川，周礼乐，唐日月，汉衣冠。洗五州妖气关山。已平全蜀，风行何用一泥丸？有人传喜日边，都护先还。"子仁盖女真之能文者，故敢肆言无惮如此。

读 书 声

　　昔有以诗投东坡者，朗诵之而请曰："此诗有分数否？"坡曰："十分。"其人大喜。坡徐曰："三分诗，七分读耳。"此虽一时戏语，然涪翁所谓"南窗读书吾伊声"，盖善读书者，其声正自可听耳。王沔字楚望，端拱初，参大政。上每试举人，多令沔读试卷。沔素善读，纵文格下者，能抑扬高下，迎其辞而读之，听者忘厌。凡经读者，每在高选。举子凡纳卷者，必祝之曰："得王楚望读之，幸也。"若然，则善于读者，不为无助焉。

刘 长 卿 词

　　刘震孙长卿号朔斋，知宛陵日，吴毅夫潜丞相方闲居，刘日陪午桥之游，奉之亦甚至。尝携具开宴，自撰乐语一联云："入则孔明，出则元亮，副平生自许之心；兄为东坡，弟为栾城，无晚岁相违之恨。"毅夫大为击节。刘后以召还，吴饯之郊外，刘赋《摸鱼儿》一词为别，末云："怕绿野堂边，刘郎去后，谁伴老裴度？"毅夫为之挥泪。继遣一价，追和此词，并以小奁侑之，送数十里外。启之，精金百星也。前辈怜才赏音如此，近世所无。

庆元开庆六士

　　庆元间，赵忠定去国，太学生周端朝、张衜、徐范、蒋传、林仲麟、杨宏中，以上书屏斥，遂得"六君子"之名。开庆间，丁大全用事，以法绳多士，陈宜中与权、刘黻声伯、黄镛器之、林则

祖兴周、曾唯师孔、陈宗正学,亦以上书得谪,号“六君子”。至
景定初,时相欲收士誉,恐上春官,并擢高第,时议或有异论。
既而林则祖、陈宗先死,曾屡遭黜。三公者,相继召试,居言
路,出藩入从。咸淳癸酉间,声伯自海闉召为从官翰苑,与权
自闽帅擢秋官居锁闱,器之起家知庐陵兼仓节。是岁六月,正
言郭闻劾器之云:“虚名多足以误世,实德乃可以服人。”又云:
“黄镛偶侪六士,遂得虚名,昨守吴门,怪状百出。愧士不敢谒
学,畏军不敢阅武。暨绾郡符,复兼庚节,怪诞仍不可枚数
矣。”越宿,陈与权入奏曰:“朝廷建官,本欲兼收实用;臣子事
上,岂容徒窃虚名? 倘公议有及于斯,虽顷刻难安于位。比观
谏坡造膝之抨弹,斥去庐陵治郡之无状,一皆公论,何预孤踪。
但首发虚名之误世,上系国家;而明指六士以修言,已形辞色。
盖亦谓忝论思之数,将使自知进退之谋,欲乞特畀闲禀,以穆
师言。”诏不允云:“虚名误世,辞气若过于抑扬;实德服人,指
意则有所归重。援是求去,非朕攸闻。”刘声伯亦一再上疏求
去,不允。郭不自安,乞罢言职者亦再,云:“直言无忌者,谏之
职,何敢容私;啧喉触讳者,语之穷,安能逆料? 惟兹吉守,旧
有直声,惜其预六士之称,不能终誉如此。今指其两郡之政,
谓之非虚名,可乎? 二臣何见,相继引嫌。实自实,虚自虚,人
品固难于概论;闻所闻,见所见,事理委无以相干。”亦不允其
请。而陈疏至四五,且引书牍之嫌。御批云:“卿以不必疑之
言,而申必欲去之请,如国体何? 前诏谓虚名实德,各有所指,
盖尽之矣。书牍引嫌,勿书可也,何以去为?”于是侍御陈坚节
夫、豸官陈过圣观共为一疏,乞申谕三臣,各安职守。而黄户
书万石、陈兵书存、常户侍棩、曹礼侍孝庆、倪刑侍曹、高工侍
斯得、李右史珏、文左史复之共为一疏调停之,久而方定。知

大体者,殊不然之。事久论定,虚名实德于人,亦可概见矣。

文臣带左右

绍兴以来,文散阶皆带左右字,以别有无出身,惟尝犯赃者则去之。刘岑季高得罪秦氏,坐赃废。后复官,去其左字,季高署衔,不以为愧也。孙觌仲益亦以赃罪去左字,但自称晋陵孙某而已。至绍兴末,复朝奉郎,乃始署衔。淳熙中,因赵善俊奏,又例去之。吴兴有王孝严行先居城西,俗称为王团练宅,盖将种也。以鹖冠登壬辰科,沾沾自喜,以带左字为荣。时施士衡得求因忤魏道弼,坐赃失官。素负气,殊以不带左字为耻,而有诏尽去之。乡人嘲之曰:"快杀施得求,愁杀王行先。"

马梁家姬

会稽有富人马生,以入粟得官,号"马殿干"。喜宾客,有姬美艳能歌,时出佐酒。客有梁县丞者颇黠,因与之目成。一旦马生殂,姬出,梁捐金得之。它日,置酒觞客,陈无损益之在坐。酒酣,举杯属梁曰:"有俪语奉上。"梁谛听之,即琅然高唱曰:"昔居殿干之家,爰丧其马;今入县丞之室,毋逝我梁。"一坐大呼笑,而主人怃然不乐。无几,梁亦死焉。人尤无损之谑戏,然闻者亦可以警也。

山獭治箭毒

世传补助奇僻之品,有所谓山獭者,不知出于何时。谓以少许磨酒饮之,立验,然《本草》、《医方》皆所不载。止见《桂海虞衡志》云:"出宜州溪峒。"峒人云:"獭性淫毒,山中有此物,凡牝兽悉避去。獭无偶,抱木而枯。"峒獠尤贵重之,能解箭毒。中箭者,研其骨少许傅之,立消。一枚直金一两。或得杀死者,功力劣。抱木枯死者,土人自稀得之。然今方术之士,售伪以愚世人者,类以鼠璞、猴胎为之,虽杀死者,亦未之见也。周子功尝使大理,经南丹州,即此物所产之地,其土人号之曰"插翘"。极为贵重,一枚直黄金数两。私货出界者,罪至死。方春时,猺女数十,歌啸山谷,以寻药挑菜为事。獭性淫,或闻妇人气,必跃升其身,刺骨而入,牢不可脱,因扼杀而藏之。土人验之之法:每令妇人摩手极热,取置掌心,以气呵之,即趯然而动,盖为阴气所感故耳。然其地亦不常有,或累数岁得其一,则其人立可致富,宜中州之多伪也。

月　　忌

俗以每月初五、十四、二十三日为月忌,凡事必避之,其说不经。后见卫道夫云:"闻前辈之说,谓此三日即《河图数》之中宫五数耳,五为君象,故民庶不可用。"此说颇有理,因图于此。

四初四,十三,二十二日。三初三,十二,二十一日。八初八日,十七日。九初九日,十八日。五初五,十四,二十三日。一初一,初十,十九日。二初二,十一,二十日。七初七日,十六日。六初六日,十五日。

张 功 甫 豪 侈

张镃功甫,号约斋,循忠烈王诸孙,能诗,一时名士大夫,莫不交游,其园池声妓服玩之丽甲天下。尝于南湖园作驾霄亭于四古松间,以巨铁絙悬之空半而羁之松身。当风月清夜,与客梯登之,飘摇云表,真有挟飞仙、溯紫清之意。王简卿侍郎尝赴其牡丹会云:"众宾既集,坐一虚堂,寂无所有。俄问左右云:'香已发未?'答云:'已发。'命卷帘,则异香自内出,郁然满坐。群妓以酒肴丝竹，次第而至。别有名姬十辈皆衣白，凡首饰衣领皆牡丹，首带照殿红一枝，执板奏歌侑觞，歌罢乐作乃退。复垂帘谈论自如，良久，香起，卷帘如前。别十姬，易服与花而出。大抵簪白花则衣紫，紫花则衣鹅黄，黄花则衣红，如是十杯，衣与花凡十易。所讴者皆前辈牡丹名词。酒竟，歌者、乐者，无虑数十人，列行送客。烛光香雾，歌吹杂作，客皆恍然如仙游也。"功甫于诛韩有力，赏不满意。又欲以故智去史，事泄，谪象台而殂。

台 妓 严 蕊

天台营妓严蕊字幼芳，善琴弈歌舞、丝竹书画，色艺冠一时。间作诗词有新语，颇通古今。善逢迎，四方闻其名，有不远千里而登门者。唐与正守台日，酒边尝命赋红白桃花，即成《如梦令》云："道是梨花不是，道是杏花不是，白白与红红，别是东风情味。曾记、曾记，人在武陵微醉。"与正赏之双缣。又七夕，郡斋开宴，坐有谢元卿者，豪士也，夙闻其名，因命之赋词，以己之姓为韵。酒方行，而已成《鹊桥仙》云："碧梧初出，桂花才吐，池上水花微谢。穿针人在合欢楼，正月露、玉盘高泻。　　　蛛忙鹊懒，耕慵织倦，空做古今佳话。人间刚道隔年期，指天上、方才隔夜。"元卿为之心醉，留其家半载，尽客囊橐馈赠之而归。其后朱晦庵以使节行部至台，欲摭与正之罪，遂指其尝与蕊为滥。系狱月余，蕊虽备受棰楚，而一语不及唐，然犹不免受杖。移籍绍兴，且复就越置狱，鞫之，久不得其情。狱吏因好言诱之曰："汝何不早认，亦不过杖罪。况已经断，罪不重科，何为受此辛苦邪？"蕊答云："身为贱妓，纵是与太守有滥，科亦不至死罪。然是非真伪，岂可妄言以污士大夫？虽死不可诬也。"其辞既坚，于是再痛杖之，仍系于狱。两月之间，一再受杖，委顿几死，然声价愈腾，至彻阜陵之听。未几，朱公改除，而岳霖商卿为宪，因贺朔之际，怜其病瘁，命之作词自陈。蕊略不构思，即口占《卜算子》云："不是爱风尘，似被前缘误。花落花开自有时，总赖东君主。　去也终须去，住也如何住？若得山花插满头，莫问奴归处。"即日判令从良。继而宗室近属，纳为小妇以终身焉。《夷坚志》亦尝略载其事而不能详。余盖得之天台故家云。

閒字义

"閒隙"之"閒"读若"艰"，谓有容可入也。"閒隔"之"閒"读若"谏"，谓入其閒而隔之也。"閒暇"之"閒"读若"闲"，谓其閒有容暇也。"闲"有"防"义，或借作"閒"，非正字也。《季布传》："侍閒，果言如朱家指。"师古曰："侍，谓侍于天子。閒谓事务之隙也。"《刘贾传》："使人閒招楚大司马周殷。"颜注："閒谓私求閒隙而招之。《汉书》无音。《史记》"閒"作去声。《张良传》："尝閒从容步游圯上。《汉书》无音。《索隐》："閒，闲字也。"《陈平传》："身閒行杖剑亡，渡河。"《音义》："閒，纪间反。"

舟人称谓有据

余生长泽国，每闻舟子呼造帆曰"欢"，以牵船之索曰"弹平声。子"，称使风之"帆"为去声，意谓吴谚耳。及观唐乐府有诗云："蒲帆犹未织，争得一欢成。"而钟会呼捉船索为"百丈"。赵氏注云："百丈者，牵船蔑，内地谓之笪。音弹。"韩昌黎诗云："无因帆江水。"而韵书去声内，亦有"扶帆切"者，是知方言俗语，皆有所据。陆放翁入蜀，闻舟人祠神，方悟杜诗"长年三老摊钱"之语,亦此类也。

张　仲　孚

　　完颜亮败盟寇蜀,主将合喜孛董,张仲孚副之。先是,吴氏守蜀时,专用神臂弓保险。孛董曰:"昔我军皆漠北人,故短于弩射。今军士多河南北人,何不习阅以分南人之长?"遂择五千人,昼夜习之。一日,设射,于石岩下张宴,以第其中否,岩皆如粉飞坠。酒酣,问仲孚曰:"果何如?"仲孚实秦相阴遣,虽吴氏兄弟,亦不知其谋,每欲剿其族,故金人信之不疑。仲孚欲散其谋,于是缪谓孛董曰:"用中国人集长兵固善,第虞一旦反噬,则恐无以制之耳。且我每金中原兵,常制以女真,正虑此也。"孛董闻其说甚恐,乃渐散之。自后,和好既成,蜀备久弛,有以吴璘无备告董,请劲骑数千,先事长驱而入者。仲孚为蜀危之,又谓孛董曰:"自四太子时,犹不得蜀,设不如意,出危道也。"董又为之止。其后,璘下秦州,取德胜,所至降附,其力为多。时王瞻叔驻绵州,总饷事,王刚中为制帅,治成都。瞻叔请遣重臣镇蜀,时虞雍公方奏采石功,遂以兵书开宣幕。虞知仲孚不忘本朝,欲显招之,乃以王爵告命使持与之,仲孚乃径自屯所归于虞。既而雍公舍险,出兵平地,一战而败,丧将校七十二人。凡吴璘所下州郡,不能抚有。及致金人责免敌钱,故所在皆叛。而仲孚屡为画策,亦不见用。中原之民,以为误己,大怒,因不复信之,以至于败云。

隐　　语

　　古之所谓廋词,即今之隐语,而俗所谓谜。《玉篇》"谜"字释云:"隐也。"人皆知其始于"黄绢幼妇",而不知自汉伍举、曼倩时已有之矣。至《鲍照集》，则有"井"字谜。自此杂说所载，间有可喜。今择其佳者著数篇于此，以资酒边雅谈云。用字谜云："一月复一月，两月共半边。上有可耕之田，下有长流之川。六口共一室，两口不团圆。"又云："重山复重山，重山向下悬。明月复明月，明月两相连。"　　木砧云："我本无名，因汝有名。汝有不平，吾与汝平。"　　日谜云："画时圆，写时方，寒时短，热时长。"又云："东海有一鱼，无头亦无尾。除去脊梁骨，便是这个谜。"　　染物霞头云："身居色界中，不染色界尘。一朝解缠缚，见姓自分明。"　　持棋云："彼亦不敢先，此亦不敢先，惟其不敢先，是以无所争，是以能入于不死不生。"字点云："寒则重重叠叠，热则四散分流。四个在县，三个在州。村里不见在村里，市头不见在市头。"　　印章云："方圆大小随人，腹里文章儒雅。有时满面红妆，常在风前月下。"

金刚云："立不中门，行不履阈。俨然人望而畏之，斯亦不足畏也矣。"　　蜘蛛云："上不在天，下不在田。中心藏之，玄之又玄。"又云："自东自西，自南自北，无思不服。"　　拄杖云："用之则行，舍之则藏，惟我与尔。危而不持，颠而不扶，则焉用彼。"　　木屐云："可以托六尺之孤，可以寄百里之命。遇刚则铿尔有声，遇柔则没齿无怨。"　　蹴踘云："瞻之在前，忽焉在后。乐然后笑，人不厌其笑。"　　墨斗云："我有一张琴，丝弦长在腹。时时马上弹，弹尽天下曲。"　　打稻枷云："天下有道则见，无道则隐。瞻之在前，忽焉在后。"　　夹注书云："大底不曾说小底，小底常是说大底，若要知道大庄事，须须去仔细问小底。"　　元宵灯球云："我有红圆子，治赤白带下，每服三五丸，临夜茶酒下。"　　日历云："都来一尺长，上面都是节。两头非常冷，中间非常热。"　　手指云："大者两文，小者三文，十枚共计二十八文。"　　水中石云："小时大，大时小。渐渐大，不见了。"或以为小儿颐门。　　手巾云："八尺一片，四角两面。所识是人面，不识畜生面。"　　接果云："斫头便斫头，却不教汝死。抛却亲生男，却爱过房子。"又有以今人名藏古人名者云："人人皆戴子瞻帽，仲长统。君实新来转一官。司马迁。门状送还王介甫，谢安石。潞公身上不曾寒。温彦博。"又有以古诗赋败弓云："争帝图王势已倾，无靶。八千兵散楚歌声。无弦。乌江不是无船渡，无弰。羞向东吴再起兵。无面。"然此近俗矣。若今书会所谓谜者，尤无谓也。

赵　涯

理宗初郊，行事之次，适天雷电以风，黄坛灯烛皆灭无余，百执事颠沛离次。已而风雨少止，惟子阶一陪祠官，虽朝衣被雨淋漓，而俨然不动，理宗甚异之。亟遣近侍问姓名，则赵涯也。时为京局官，末几，除监察御史。

书 种 文 种

裴度常训其子云："凡吾辈但可令文种无绝。然其间有成功，能致身万乘之相，则天也。"山谷云："四民皆坐世业，士大夫子弟能知忠、信、孝、友　斯可矣，然不可令读书种子断绝。有才气者出，便当名世矣。"似祖裴语，特易"文种"为"书种"耳。练兼善尝对书太息曰："吾老矣，非求闻者，姑下后世种子耳。"余家有书种堂，盖兼取二公之说云。

温 公 重 望

坡公《独乐园》诗云："儿童诵君实，走卒知司马。"京师之贪污不才者,人皆指笑之曰:"你好个司马家。"文潞公留守北京日,尝遣人入辽侦事。回见辽主大宴群臣,伶人戏剧作衣冠者,见物必攫取怀之。有从其后以物仆之,云:"汝司马端明邪?"是虽夷狄亦知之,岂止儿童走卒哉!宣和间,徽宗与蔡攸辈在禁中自为优戏,上作参军趋出。攸戏上曰:"陛下好个神宗皇帝。"上以杖鞭之云:"你也好个司马丞相。"是知公论在人心,有不容泯者如此。

陈　孝　女

　　陈孝女,钱塘人也。父业儒,尝受勇爵。漫游江淮间,居胭脂岭下,家粗给。乙亥兵火,挈家永嘉山中,悉为盗所掠,仅留一女十岁,携之丐食以归。故居荡不复存,因寄五里塘旧仆家。闻殊胜寺设粥供,日携女子就寺丐食。凡数月,僧扣所以,颇怜之,俾留众寮供榜疏职。时孙元帅下李知事者,东平人也,颇知书,亦寓寺旁。暇日至寺,必从容与僧谈,欲谋一士为友。僧以陈为荐,一见投合如久要,馆谷加厚,其女亦得其家欢心。居数月,当丁丑仲春,女子忽谓其父云:"吾母墓在故居侧,数年不至矣。闻主人禁烟将为湖山游,能乘此机,一往拜扫否?"父以告,李欣然与俱。既至墓所,拜奠罢,李偕携酒饮旁舍。女悲泣不已,久之,勉之还,则泣告曰:"比闻李氏今将北归,吾父子必将从之。父老子幼,南北万里,何日可再至吾母墓下?此所以痛也。"言与泪俱下,父亦感痛。而女躃踊呼号,声振林木,久而仆地,视之,死矣!李义之,因与墓邻敛而祔于母冢之旁云。呜呼!古有曹、饶二娥,焜耀史册,著为美谈。今陈氏女年甫十四,而天性至孝,抱冢泣死,视前修为无愧矣。因详著,以俟传忠孝者。